L'HOMME QUI RIT

Collection dirigée par Michel Zink et Michel Jarrety

VICTOR HUGO

L'Homme qui rit

ÉDITION PRÉSENTÉE ET ANNOTÉE PAR MYRIAM ROMAN
AVEC LA COLLABORATION DE DELPHINE GLEIZES

Offert par
le Gouvernement Français

LE LIVRE DE POCHE
classique

Maître de conférences à l'Université Lyon-II-Louis Lumière, Delphine Gleizes a consacré sa thèse à l'étude des processus de création chez V. Hugo et des rapports du texte et de l'image.

Maître de conférences à l'Université Paris-IV-Sorbonne, Myriam Roman a consacré sa thèse au roman hugolien.

Toutes deux participent du Groupe interuniversitaire de travail sur Victor Hugo, installé à l'Université Paris-VII-Denis Diderot.

PRÉFACE

Roman étrange et fascinant que *L'Homme qui rit*, moins connu que *Les Misérables* ou *Notre-Dame de Paris* alors que de grands poètes, et non des moindres, ont rendu hommage à sa puissance imaginative. Dès la parution du roman, en 1869, le poète anglais Algernon Charles Swinburne manifestait à Hugo toute son admiration pour cette œuvre qui se détache nettement du paysage romanesque et artistique de son temps : « Pour apprécier dignement ce livre, écartons la lampe du réalisme et lisons-le sous les rayons ensoleillés de l'imagination du poète se réfléchissant sur la nôtre [1]. »

À l'époque du réalisme et bientôt du naturalisme qui s'attachent à la peinture de milieux sociaux contemporains – *L'Homme qui rit* paraît en avril 1869, quelques mois avant *L'Éducation sentimentale* de Flaubert –, Hugo n'hésite pas à plonger son lecteur dans les temps reculés et mal connus de l'Angleterre du roi Jacques II et de la reine Anne, à ce moment charnière où un siècle finit tandis qu'un autre commence, où le XVIIe siècle se meurt dans le XVIIIe siècle. En Angleterre, le règne des Stuarts touche à sa fin. Pour évoquer l'Histoire, Hugo imagine des personnages forts et symboliques dont l'image reste gravée dans la mémoire : les « comprachicos », sinistres compagnons du Mal qui achètent de petits enfants en bas âge pour en faire des monstres de

---

1. A.C. Swinburne, traduction du *Courrier de l'Europe*, dans V. Hugo, *Œuvres complètes*, Édition de l'Imprimerie Nationale [abr. I.N.], vol. *Roman VIII*, 1907, p. 593.

foire, leur petite victime Gwynplaine, l'enfant perdu mutilé en « Homme qui rit ». Recueilli généreusement par Ursus le saltimbanque philosophe et son loup, il retrouve – pour le pire, hélas – sa véritable identité et son appartenance à l'aristocratie, pris entre l'aveugle Dea qu'il a sauvée et qui l'aime, et la duchesse Josiane qui le convoite de toute son impérieuse sensualité.

L'Homme qui rit se présente comme un roman sur le monstrueux où Hugo manifeste une remarquable audace d'invention et de création. Dès 1871, dans la célèbre lettre dite du Voyant, où il invite le Poète à « cultiver » son âme et à pratiquer « un long, immense et raisonné *dérèglement de tous les sens* », Arthur Rimbaud prend les « comprachicos » comme référence quand il est question de « faire l'âme monstrueuse [1] ». *L'Homme qui rit* a constitué une source d'inspiration pour une certaine poésie de la noirceur, sensible à l'étrange beauté picturale et douloureuse de certaines descriptions, réceptive aussi à la puissance symbolique de l'intrigue. Au temps du muet, le cinéaste Paul Leni sut en tirer un très beau film expressionniste, *The Man Who Laughs* (États-Unis, 1928) et plus près de nous, dans le célèbre *Dahlia noir* (1987), le romancier américain James Ellroy a fait du livre de Hugo à la fois la clé de l'énigme, qui permet de comprendre le meurtre et d'identifier les coupables, et le modèle avoué de son récit : *Le Dahlia noir* adapte *L'Homme qui rit* en « thriller » en transposant l'histoire dans l'Amérique de l'après-guerre.

Le roman appartient aux œuvres de Hugo écrites pendant son exil dans les îles anglo-normandes. Exil particulièrement long, puisqu'il aura concerné, au total, rien moins que dix-neuf ans de la vie du poète, de quarante-neuf à soixante-huit ans. Exil motivé par des raisons politiques, qui fait de Hugo un écrivain de l'engagement et du refus, qui a risqué sa vie pour ses idées, le soir du coup d'État du 2 décembre 1851 où le « pré-

---

1. A. Rimbaud, Lettre à Paul Demeny du 15 mai 1871, dans *Poésies*, éd. P. Brunel, Le Livre de Poche classique, p. 150.

sident de la République » d'alors, Louis-Napoléon
Bonaparte, bientôt Napoléon III, décida d'en finir avec
la République. L'opposition inébranlable de Hugo au
Second Empire reste une constante, implicite ou explicite, de son œuvre après 1851. Exil fécond et décisif
enfin, puisque c'est pendant cette période qu'il écrira
et publiera une grande partie de ses œuvres poétiques
et romanesques majeures. En 1853 dans *Châtiments*,
Hugo réinvente le genre de la satire avec la puissance
d'un Juvénal ou d'un Agrippa d'Aubigné ; en 1859, il
renouvelle l'épopée avec *La Légende des siècles* (Première série, *Les Petites Épopées*), non sans avoir
trouvé aussi – trouvé enfin, puisque sa fille Léopoldine
est morte noyée en 1843 – la justesse libératrice d'un
lyrisme qui, dans *Les Contemplations* (1856), chante
l'amour et interroge « la bouche d'ombre » autour de
l'irréparable douleur d'un père[1]. À ces trois recueils
poétiques majeurs, il faut associer la poésie presque
« expérimentale » des *Chansons des rues et des bois*
(1865), où le poète change de registre pour « le doux
style bas » des formes populaires, humble et bouffon à
la fois. En poésie, la figure hugolienne, même exilée,
occupera longtemps l'horizon des jeunes poètes du
continent...[2] Quant au roman, l'immense succès des
Misérables en 1862 place d'emblée Hugo romancier à
la place exceptionnelle qui ne lui a pas été contestée
aujourd'hui, celle d'un immense conteur d'histoires,
populaire et profond à la fois.

Dans l'œuvre de Hugo, *L'Homme qui rit* occupe
néanmoins une place singulière. Ce roman de l'exil,
certes, partage avec les romans d'après 1862 une même
interrogation sur la place de Dieu dans l'Histoire, ainsi
qu'une même présence, concrète et symbolique, de

---

1. « Ce que dit la bouche d'ombre » est le grand poème métaphysique
des *Contemplations* (II, VI, 26), sur la chaîne des êtres qui constitue la
Création, sur la présence du Mal et sa fin ultime.   2. Voir à ce sujet
Jean-Marc Hovasse, *Victor Hugo et le Parnasse*, thèse présentée sous la
dir. de M. Guy Rosa, Université Paris-VII, 2 vol., 1999.

l'Océan et de ses tempêtes. À bien des égards pourtant, *L'Homme qui rit* apparaît comme un roman quelque peu « exilé ». En 1869, il ne rencontra pas, d'ailleurs, le succès escompté auprès du public [1], alors même que sa forme étrange et souvent fantasmagorique a marqué durablement les imaginations. On peut rappeler que si l'année 1869 fut celle de *L'Éducation sentimentale*, ce fut aussi l'année des *Chants de Maldoror*, qui passèrent inaperçus pour n'être redécouverts qu'au début du XXᵉ siècle par les surréalistes. Or, à tout prendre, *L'Homme qui rit* pourrait bien être plus proche de Lautréamont que de Flaubert. La critique récente a rendu hommage à son étrangeté visionnaire : « parole-monstre de Victor Hugo », roman « baroque » et étonnant, « surréaliste » avant l'heure [2]. Dans sa réhabilitation du roman noir de la fin du XVIIIᵉ siècle, André Breton aurait pu ajouter au premier Hugo de *Han d'Islande* (1823) et de *Bug-Jargal* (1826), qu'il cite en exemple, celui de *L'Homme qui rit*, car si « le merveilleux seul » peut racheter ce « genre inférieur » et anecdotique qu'est le roman [3], en 1869 mieux encore qu'en 1823, Hugo semble toucher en son lecteur « ce point où la raison humaine perd son contrôle », et où « a toutes chances de se traduire l'émotion la plus profonde de l'être [4] »...

Le récit marque un tournant dans l'œuvre romanesque de Hugo et un retour à l'histoire pittoresque des siècles passés. Il fait suite à deux romans d'inspiration plus réaliste et relativement contemporains : dans l'ample fresque des *Misérables* (1862), une masse foisonnante de personnages permettait que se croisent et se côtoient les différentes générations qui ont fait le XIXᵉ siècle, de la Révolution jusqu'aux barricades de juin 1848 (dans

---

1. Voir en annexe les notes de Hugo dans son carnet, p. 843-844.   **2.** Voir les travaux de Marc Eigeldinger, ainsi que *« L'Homme qui rit » ou la parole-monstre de Victor Hugo*, colloque de la Société des Études romantiques, Sedes-CDU, 1985.   **3.** A. Breton, *Premier manifeste du surréalisme* (1924), dans A. Breton, *Les Manifestes du surréalisme*, Le Sagittaire, 1955, p. 16.   **4.** A. Breton, « Limites, non frontières du surréalisme », dans *La Clé des champs* (1937), J.-J. Pauvert, 1967, p. 21-22.

un chapitre digressif « La Charybde du Faubourg Saint-Antoine et la Scylla du Faubourg du Temple », V, I, 1). *Les Travailleurs de la mer* (1866) restreignaient le personnel et la temporalité romanesques à l'extrême pour raconter le naufrage et le sauvetage d'un navire à vapeur dans la Manche autour des années 1820. Avec *L'Homme qui rit*, Hugo semble abandonner la peinture de son siècle pour renouer avec des époques plus lointaines et des pays étrangers, en l'occurrence l'Angleterre à la charnière du XVIIᵉ et du XVIIIᵉ siècle. Ce faisant, il retrouve les schémas du roman noir et la double inspiration, gothique et historique, de ses premiers romans, *Han d'Islande* (1823) et *Notre-Dame de Paris* (1831).

Cette rupture avec l'œuvre romanesque antérieure est clairement affichée dans la préface et les ébauches de préface de *L'Homme qui rit*. Dès 1866, la préface des *Travailleurs de la mer*, en mettant en place une trilogie sur l'*anankè* (la fatalité) dont *Les Travailleurs de la mer* constituaient le dernier volet aux côtés de *Notre-Dame de Paris* et des *Misérables*, indiquait la fin d'une série romanesque. En toute logique, Hugo songea aussitôt à une nouvelle direction et une autre trilogie. S'identifiant au vieillard de La Fontaine (« Le vieillard et les trois jeunes hommes »), il définit son plan de travail dès 1866 :

Sous ce titre : *Études sociales*,
l'auteur commence une série.
Un octogénaire plantait.
Cette série qui a aujourd'hui pour première page
[prélude] *l'Homme qui Rit*,
c'est-à-dire *l'Angleterre après 1688*,
se continuera par *la France avant 1789*
et s'achèvera par *93*[1].

Le roman trouve ainsi son origine dans un projet qui est, cette fois, directement historique et que confirme la préface retenue en 1869[2].

---

1. « Historique de *L'Homme qui rit* », I.N., p. 577.   2. Voir *infra*, p. 33.

Pour cette raison, il entretient des liens très étroits avec les drames historiques du même auteur. Nous notions plus haut que les grandes œuvres publiées durant l'exil appartiennent aux genres de la poésie et du roman, tandis qu'aucune nouvelle création théâtrale n'est publiée ni jouée (conséquence pratique de l'exil...). Il serait pourtant faux de penser que Hugo a renoncé au théâtre. Bien au contraire, *L'Homme qui rit* offre en quelque sorte une version romanesque du théâtre romantique. Ne serait-ce que par son sujet, qui complète en effet la série des drames hugoliens consacrés à des moments fondateurs de l'histoire anglaise. Après le règne de Marie Tudor en 1553 (*Marie Tudor*, 1833), la monarchie d'Élisabeth en 1575 dans *Amy Robsart* (1822 ; 1827-1828), et surtout le Protectorat de Cromwell en 1657, dans une pièce qui pose le problème de la Révolution à travers la question du grand homme et du pouvoir (*Cromwell*, 1827), Hugo aborde l'Angleterre avant et après la Révolution de 1688, qui congédie la dérive absolutiste de la monarchie sous Jacques II pour réaffirmer un régime constitutionnel.

Certaines notes portées sur le manuscrit établissent l'importance du théâtre d'avant l'exil au moment où Hugo écrit son roman. C'est que l'année 1867 est marquée en France par l'Exposition Universelle et, à cette occasion, par la reprise d'*Hernani* et le projet de reprise de *Ruy Blas*. Depuis son exil guernesiais, Hugo suit de très près les représentations avant de se heurter, une fois de plus, à la censure politique. *Hernani* rencontre un franc succès, consigné dans le manuscrit : « 21 juin. *On reprend ce soir* HERNANI » et au feuillet suivant, plus bas, après deux télégrammes reliés au manuscrit : « HERNANI *a réussi*[1] ». Mais *Ruy Blas* est interdit en décembre par mesure de représailles contre le soutien apporté par l'écrivain à la révolution

---

1. « Le manuscrit de *L'Homme qui rit* », feuillets 297 et 298, I.N., p. 573.

italienne et à Garibaldi : la nouvelle se trouve interca-
lée dans le manuscrit, avec les documents qui lui sont
liés, au moment où Hugo rédige le paragraphe (II, III,
9) « *Il y a deux façons d'être inaccessible* » : « *La nouvelle m'arrive que Ruy Blas vient d'être interdit*[1] ». En
se remémorant l'interdiction qui continue à peser sur
son théâtre, on comprend les raisons pour lesquelles
Hugo a insisté sur la liberté irremplaçable du genre
romanesque et pourquoi, aussi, le sujet de *L'Homme
qui rit* n'est rien moins que la parole mutilée, trahie,
réduite à la toute fin du roman à la déploration sauvage
et déchirante d'un loup nommé « Homo », qui « hurl[e]
dans l'ombre en regardant la mer »...

L'intrigue s'inspire directement de certains drames
romantiques des années 1830. *Le roi s'amuse* (1832)
mettait en scène le bouffon difforme du roi François Ier,
Triboulet, tendre père et méchant homme assurément,
avant tout victime du despotisme royal qui l'oblige à
rire quand il voudrait pleurer ou protester :

> Ô rage ! être bouffon ! ô rage ! être difforme !
> Toujours cette pensée ! et, qu'on veille ou qu'on dorme,
> Quand du monde en rêvant vous avez fait le tour,
> Retomber sur ceci : Je suis bouffon de cour !
> Ne vouloir, ne pouvoir, ne devoir et ne faire
> Que rire[2] !

Dans la scène précédente, confronté à l'homme de
main Saltabadil, Triboulet se définissait ainsi : « Je suis
l'homme qui rit, il est l'homme qui tue[3]. » Si le bouffon du roi est l'origine de Gwynplaine, l'intrigue possède de nombreux points communs avec *Ruy Blas*

1. *Ibid.*, feuillet 326, p. 574. À cet endroit du manuscrit, Hugo a inséré
une épreuve de journal relative à l'interdiction de *Ruy Blas* et qui reproduit
la lettre du directeur de l'Odéon à Hugo ; vient ensuite sa propre réponse à
Louis Bonaparte. Voir la Chronologie en fin de vol., p. 849, et la lettre
publiée par Hugo en 1875 dans *Actes et Paroles II* ; *Pendant l'exil*, « Bous-
quins », vol. *Politique*, « Hernani », 1867, p. 593-595.   2. V. Hugo, *Le
roi s'amuse*, II, 2, « Bouquins », vol. *Théâtre I*, p. 878.   3. *Ibid.*, II, 1,
p. 877.

(1838). À l'histoire d'un valet devenu premier homme d'Espagne succède celle d'un saltimbanque reconnu pair d'Angleterre. Tous deux, malgré un long discours politique – le discours de Gwynplaine à la Chambre des lords (II, VIII, 7) peut se lire en parallèle avec celui de Ruy Blas aux ministres, acte III, sc. II –, doivent se résoudre à l'échec et trouver la mort, non sans avoir perdu la femme aimée. Tous deux appartiennent en même temps à deux espaces sociaux opposés : Ruy Blas est un laquais poussé par Don Salluste à usurper l'identité du noble Don César de Bazan ; Gwynplaine, un bouffon, qu'un caprice de la mer et les calculs d'un valet, Barkilphedro, rétablissent dans son statut de naissance. Dans les deux cas, la position subalterne, celle du laquais ou du saltimbanque, fait retour sur le personnage et le conduit à l'échec.

Autant que de ses sujets, le roman hérite des schémas dramaturgiques de la scène romantique hugolienne, telle que l'a caractérisée Anne Ubersfeld. Dans les drames de Hugo, le « retour offensif du passé », la « décapitation-castration » et le « mythe de Caïn » sont chargés d'exprimer l'impossibilité de penser la Révolution au XIXᵉ siècle[1]. Ces schèmes structurent également *L'Homme qui rit* : impossibilité de devenir lord et d'effacer la mutilation infligée pour l'éternité par le roi Jacques II ; perversions sadomasochistes de la sphère aristocratique en la personne de Josiane, qui voit en Gwynplaine un instrument de plaisir par l'humiliation et, à l'opposé, condamnation du héros à la chasteté forcée avec la fragile et céleste Dea ; enfin, affrontement caïnique avec le fils bâtard de lord Clancharlie, lord David. Les lieux habités du roman opposent, comme les décors des drames, les lieux de pouvoir et de gouvernement, la prison de Southwark,

---

1. A. Ubersfeld, *Le Roi et le bouffon. Étude sur le théâtre de Hugo de 1830 à 1839*, Corti, 1974, en particulier « Une symbolique du récit », p. 592-618, et « Deux espaces dramaturgiques : la division A / B », p. 407-450.

le château de Corleone-lodge et Westminster Hall, aux lieux marginaux et ouverts, le Tarrinzeau-field des saltimbanques et la cahute d'Ursus, maison roulante parce que le nomadisme est la seule forme de liberté qui reste au misérable. Enfin, l'attention portée aux objets dans *L'Homme qui rit*, à la gourde d'Hardquanonne (I, II, 5 et II, V, 1) ou au « tour » qui permet à la reine d'intervenir comme un *deus ex machina* entre Josiane et Gwynplaine (II, VII, 4), met en évidence ce qu'Anne Ubersfeld nomme « une dramaturgie de l'objet », chargée de représenter sur la scène romantique le conflit des forces politiques en présence [1].

Pourtant, il serait faux de penser que *L'Homme qui rit* marque un simple retour en arrière, vers les drames d'avant l'exil. Non seulement Hugo n'a cessé de s'intéresser au théâtre, mais il a continué à composer des pièces. Après *Les Travailleurs de la mer*, il a terminé *Mille francs de récompense* ; la rédaction de *L'Homme qui rit* est interrompue à plusieurs reprises pour l'écriture de *L'Intervention* et de *Mangeront-ils ?* et la préparation de *Torquemada* [2]. La période de rédaction la plus intensive se situe exactement au moment de *L'Homme qui rit* : de 1865 à 1869, Hugo écrit neuf pièces [3]. Cette œuvre théâtrale constitue « le Théâtre en liberté », que le proscrit politique ne peut faire jouer et qu'il choisira finalement, en conséquence, de ne pas publier [4]. Hugo s'y est essayé à des tonalités diverses, s'inspirant du mélodrame « réaliste » (*Mille francs de récompense, L'Intervention*), offrant un retour plus sombre à ses drames antérieurs (*Torquemada*) ou, à l'inverse, un interlude fantaisiste : la liberté créatrice

---

1. *Ibid.*, p. 582-591.   **2.** Voir G. Rosa, « Critique et autocritique dans *L'Homme qui rit* », dans « *L'Homme qui rit* » *ou la parole-monstre de Victor Hugo, op. cit.*, p. 7.   **3.** A. Laster, Présentation, *op. cit.*   **4.** Hugo envisage en effet en octobre 1868 de publier une série de pièces sous le titre *Le Théâtre en liberté*. Voir la présentation d'Arnaud Laster dans l'éd. « Bouquins » des *Œuvres complètes*, vol. *Théâtre II*, 1985, p. I-XIV.

de *Mangeront-ils ?* fait écho aux étranges pièces d'Ursus[1].

Ajoutons que Hugo vient de publier en 1864 son grand livre d'esthétique et de poésie, consacré, au milieu de tant d'autres « génies » qui ne sont pas seulement écrivains d'ailleurs, à William Shakespeare et à Eschyle (*William Shakespeare*). *L'Homme qui rit* s'inscrit dans une période de création et de réflexion sur le théâtre au cours de laquelle Hugo revient sur des éléments fondateurs de ses drames romantiques et relit Shakespeare dans la nouvelle traduction de son fils François-Victor en intégrant la question de l'art aux deux questions essentielles de l'exil, l'âme et l'immanence divine, questions métaphysiques nées d'une expérience quotidienne et concrète de l'Océan.

L'exil semble avoir conduit l'écrivain à redéfinir l'Histoire et à interroger, de manière plus pressante, la place et les enjeux de l'initiative humaine dans la marche immanente du cosmos. Le reliquat de *L'Homme qui rit* révèle que Hugo s'est beaucoup interrogé à cette époque sur le genre historique dans le roman et au théâtre, genre romantique par excellence dans lequel il s'était illustré, comme Balzac, Vigny, Mérimée ou Alexandre Dumas... La scène littéraire romantique s'était ainsi largement construite, dans la première moitié du siècle, à partir d'une Histoire pensée et ressentie à travers les passions humaines, l'ambition d'un Cromwell chez Hugo, le machiavélisme d'un Richelieu chez Vigny (*Cinq-Mars*, 1826) ou Dumas (*Les Trois Mousquetaires*, 1844), les amours passionnées d'une espionne républicaine et d'un chef royaliste dans *Les Chouans* de Balzac (1829), ou, chez Mérimée, le déchirement de deux frères, l'un protestant, l'autre catholique, au moment des guerres de Religion et de la Saint-Barthélemy (*Chronique du règne de*

---

1. Voir l'article d'Yves Gohin, « Histoire d'un ourson : *L'Homme qui rit* et *Mangeront-ils ?* », dans « *L'Homme qui rit* » *ou la parole-monstre de Victor Hugo, op. cit.*, p. 55-70.

Charles IX, 1829). Mais l'héroïsme romantique est-il
encore possible sous le Second Empire ? S'il n'est pas
question pour Hugo de renier sa foi romantique, sa
vision de l'Histoire s'approfondit d'une méditation sur
les forces atemporelles et permanentes qui dépassent
les hommes et leurs passions. La distinction qu'il établit à cette époque entre le roman et le théâtre, tout en
conservant la même appellation de « drame », fait surgir l'immanence naturelle comme un personnage : « Il
y a deux sortes de drame : le drame qu'on peut jouer,
et le drame qu'on ne peut pas jouer. Ce dernier participe de l'épopée. Aux personnages humains il mêle,
comme la nature elle-même, d'autres personnages, les
forces, les éléments, l'infini, l'inconnu[1]. » Le roman,
qui n'est pas limité à « la lutte brève des hommes »,
lui ajoute « la lutte des choses[2] ». Le genre historique
s'enrichit donc de toute la puissance ambivalente de la
Nature.

À l'origine, inclure le processus historique dans un
vaste cycle cosmique ne signifie pas marquer l'échec
de l'homme à faire l'Histoire, mais au contraire, dans
le contexte des révolutions manquées du XIXᵉ siècle,
autoriser un espoir pour une révolution à venir. Et ce,
d'autant plus que le projet initial de *L'Homme qui rit*
– constituer le premier volet d'une histoire de la Révolution – semblait présenter la Révolution anglaise
comme un premier pas vers 1789 et la Révolution française.

Force est de constater pourtant que le roman offre
un regard bien sombre sur l'Histoire. Contrairement
aux drames romantiques « anglais » de Hugo, l'Angleterre de *L'Homme qui rit* exhume une période peu
connue de la monarchie britannique, caractérisée par
une absence cruelle de grand homme (pas de Cromwell) ou de « grande femme » (pas de Marie Tudor ou
d'Élisabeth) : la reine Anne est un mélange de
« sphinx » et d'« oie » (II, 1, 5, p. 308) et ses amours

---

1. Ébauche de préface, donnée en annexe, p. 839. **2.** *Ibid.*

n'ont rien de la passion noble et puissante des héroïnes de théâtre. L'Angleterre de *L'Homme qui rit* est mise en parallèle avec la France de la Régence, jusque dans son goût pour l'esthétique rococo dont la duchesse Josiane et son château de Corleone-lodge sont l'emblème : « On était à l'aurore du dix-huitième siècle. L'Angleterre ébauchait ce qui a été en France la régence » (II, I, 3, p. 293). Présentée comme un roman sur l'Angleterre après la Révolution de 1688, l'œuvre laisse en réalité peu de place à l'espoir révolutionnaire pour montrer un pays en pleine Restauration. Le roman commence sur le corps d'une pauvre mendiante morte de faim et de froid sous la neige, et qui a transmis à son enfant un peu de sa propre mort : ce sera la cécité de Dea et sa fragile constitution. La mort de la petite fille est un moment suspendue, voilà tout. Quant au héros, son histoire d'enfant enlevé « par ordre du roi » dénonce un abus de pouvoir que sa restauration dans ses droits ne corrige en rien : c'est à un caprice de la mer et de la reine Anne que Gwynplaine doit de redevenir lord Clancharlie, sans que cette reconnaissance lui confère un quelconque pouvoir, bien au contraire. Une fois revenu dans la caste des puissants, Gwynplaine signe sans le vouloir la perte de la Green-Box et de ses habitants. « [C']est de l'enfer des pauvres qu'est fait le paradis des riches », disait-il d'ailleurs lui-même à Ursus (II, II, 11, p. 432) : la résurrection de Fermain Clancharlie implique la mort de Gwynplaine et des siens.

Roman très noir, roman sur le despotisme monarchique et aristocratique, *L'Homme qui rit* démontre l'urgence d'une Révolution mais sans l'annoncer ni la préfigurer, puisque l'individu y est impitoyablement écrasé par la puissance despotique et que l'immanence divine y apparaît, plus encore que dans les autres romans de Hugo, terriblement ambiguë. Déchaînés en tempêtes ou faussement immobiles dans un calme qui dissimule une menace d'engloutissement (ainsi l'enfant devant le pendu d'un désert de neige, I, I, 6 et plus tard l'homme sur les bords de la Tamise, II, ix, 2), les éléments naturels posent la question d'une présence ou d'une absence de Dieu dans l'histoire si étrangement immobile des révolutions manquées du xviie siècle anglais (1649 puis 1688), et surtout du xviiie et du xixe siècle français : 1789 et 1793, 1830, 1848 et 1851. C'est parce que Hugo ne peut présenter qu'une Histoire en négatif que son livre atteint une beauté étrange, irrésistiblement « bizarre », et que son esthétique oscille entre une surcharge et une théâtralisation proches de l'ostentation baroque [1] et, dans le même temps, la simplicité et l'épure symboliques d'une fable minimale qui conduit à des retraites au désert et des méditations sur l'absence. On donnera donc ici quelques-unes des caractéristiques majeures qui permettent de rendre compte, à travers l'étrangeté de ce roman, de sa nouveauté et de sa richesse.

L'intrigue est déroutante, puisque, tout en choisissant un sujet mélodramatique et spectaculaire (un petit lord enlevé et défiguré par des bandits à la solde de Jacques II), Hugo concentre l'action et l'unifie. La critique de l'époque admira la simplicité de la fable, à l'instar du journaliste du *Temps* qui notait : « [Le roman] se peut raconter en une heure au coin du feu. Sa donnée en est presque celle d'une légende ou d'un conte. La féerie en est absente, mais il touche à l'extraordinaire ; les simples et les ignorants en seront charmés et attendris [2]. » La fable s'étend sur deux époques : une seule nuit, du 29 au 30 janvier 1690, occupe la première partie ; la seconde, quinze ans plus tard à Londres, se déroule de la fin de l'hiver 1704-1705 au mois d'avril 1705. Le dénouement, le 30 avril 1705, est donné dans un livre séparé et conclusif : Gwynplaine s'enfonce dans l'océan pour rejoindre Dea

---

1. Cet aspect a été développé dans l'article de Michel Collot, « L'esthétique baroque dans *« L'Homme qui rit »* », dans *« L'Homme qui rit » ou la parole-monstre de Victor Hugo, op. cit.*, p. 99-121.   **2.** X. Feyrnet, *Le Temps*, dans « Revue de la critique », I.N., p. 595.

dans la mort. Nous sommes bien loin du romanesque
de cape et d'épée et des rebondissements incessants
qu'on trouve dans les romans d'Alexandre Dumas ou
dans *Le Bossu* de Paul Féval (1858). Plus qu'aux heureuses retrouvailles du mélodrame et à sa justice provi-
dentielle, la reconnaissance dont Gwynplaine a fait
l'objet appartient aux révélations d'identité qui enfer-
ment, par exemple, un Œdipe dans son destin. Res-
serré, le temps possède l'intensité des huis clos
tragiques.

La « Conclusion », présentée comme telle, marque
clairement un retour au point de départ. Parce que le
même titre est repris (« La mer et la nuit »), parce que
la mort, *in fine*, de Gwynplaine et de Dea laisse le
philosophe et son loup seuls au monde, renvoyant le
lecteur au premier chapitre préliminaire sur l'errance,
comme résistance du solitaire. Les effets de clôture
sont renforcés par un système d'échos qui invite à
superposer l'engloutissement des comprachicos dans la
première « époque » et la chute de Gwynplaine-Clancharlie dans la seconde : l'homme erre dans le labyrinthe de Corleone-lodge, « fouillis » et « madrépore »
(II, VII, 2), comme l'enfant qu'il était se frayait un chemin dans celui du Chess-Hill (I, III, 1 à 3) ; quand il
s'échappe de la Chambre des lords pour retrouver l'inn
Tadcaster, il frappe à une porte qui reste fermée,
comme il s'était jadis heurté, dans Weymouth, à cette
« autre forme du désert » (I, III, 1 à 4) que sont l'absence ou le silence des hommes (I, IX, 1)[1]. Or si le
lord-saltimbanque ne fait que revivre sa détresse d'enfant abandonné et recommencer la mort de ses tortion-
naires, alors il faut convenir que le propre de cette
histoire, comme de l'Histoire et de la Révolution,
semble être de n'avoir à sa disposition qu'un seul scé-

---

1. Le rapprochement des deux épisodes est explicite : « Il avait gratté. Il
avait frappé. Il avait cogné. Il heurta. Ceci lui rappela un lointain souvenir,
Weymouth, quand il avait, tout petit, Dea, toute petite, dans ses bras »,
p. 777.

nario, ce qu'annonce d'ailleurs explicitement le titre du premier livre de la deuxième partie : « Éternelle présence du passé ; les hommes reflètent l'homme. » Notons que ce scénario consiste, de surcroît, en un effacement... Le véritable sujet de *L'Homme qui rit*, c'est peut-être la rencontre réitérée de son personnage, Gwynplaine, avec le vide, expériences oxymoriques où il est mis en présence de l'absence : « Il vit une chose lugubre, l'évanouissement de tout » (II, IX, 1, p. 778).

La narration ne cherche pas à dissimuler ce vide, au contraire : l'enchaînement narratif se trouve subtilement déjoué. Les présentations liminaires des personnages tendent à s'autonomiser en portraits et à remplacer l'intérêt de l'action sur plusieurs dizaines de pages. Les portraits d'Ursus et des comprachicos (« Deux chapitres préliminaires ») ouvrent la première partie ; la seconde accumule de nouveaux portraits en retardant le plus possible le lien avec les personnages précédemment introduits. Pure digression, en apparence, que ces silhouettes néanmoins précisément campées, un aristocrate républicain drapé dans les douleurs de l'exil (II, I, 1, « Lord Clancharlie »), son fils illégitime, « dandy » avant l'heure (II, I, 2, « Lord David Dirry-Moir »), la fille bâtarde de Jacques II, autre élégante et précieuse (II, I, 3, « La duchesse Josiane »), la reine Anne, personnage historique qui se trouve ainsi doté d'autant de consistance que les personnages inventés (II, I, 5) – à moins que ce ne soit l'inverse et que les personnages fictifs n'en deviennent des personnages historiques –, le traître de mélodrame enfin, le courtisan parasite Barkilphedro (II, I, 6). De la même manière, les retrouvailles avec les habitants de la Green-Box sont opérées par des portraits, ceux de Gwynplaine et du couple qu'il forme avec Dea (II, II, 1 à 5).

Hugo choisit encore le fragment et la discontinuité quand il traite le témoignage historique par le biais d'anecdotes et de rituels. Les divertissements royaux et aristocratiques sont énumérés dans de longues listes qui accumulent les monstres fabriqués pour le plaisir des rois (I, « Deux chapitres préliminaires », ii), les clubs anglais (II, i, 4), ou encore brossent les époques de Cromwell, de Charles II et de Jacques II (II, i, 1) à travers une poussière d'événements qui suggère un chaos historique et babélien[1]. Les rituels minutieux de l'étiquette aristocratique, judiciaire et politique sont longuement détaillés dans leur formalité systématique et imperturbable : les deux listes écrites sur les murs de la cahute concernant les différents titres de noblesse et les pairs d'Angleterre (I, « Deux chapitres préliminaires », i, § iii), le strict rituel judiciaire de la Bishopsgate (II, iii, 6) et plus encore de la torture à Southwark (II, iv, 8), les rites d'intronisation d'un nouveau lord et le déroulement codifié d'une séance à la Chambre des lords (II, viii) n'offrent de l'ordre qu'une variante répétitive, mécanique et largement absurde, qui retrouve la confusion babélienne : ainsi le sergent de la coiffe commente-t-il les tortures subies par le prisonnier avec des formules en bas latin, emprunts bigarrés aux vieux codes juridiques normands (II, iv, 8)...

Hugo utilise ses recherches érudites et sa documentation en ce sens, pour susciter ce que Jean Gaudon a appelé un « effet de savoir[2] » : l'« effet de savoir » est un détail érudit, inutile à la fiction, mais qui apporte, en outre, une précision si infime et allusive qu'elle est inaccessible au lecteur. Le narrateur s'amuse alors avec son omniscience, joue avec les sonorités de mots dépourvus, ou presque, de signification. Le savoir en devient obscur, comme dans les listes d'oiseaux ou de loups du tout premier chapitre, comme dans les énumérations historiques du début de la seconde partie, véritables défis pour le commentateur qui en entreprend l'annotation ! Cette pratique du fragment est renforcée par les caractéristiques stylistiques de la phrase hugolienne à partir de l'exil : Henri Meschonnic a

1. Hugo employait déjà cette technique dans *Les Misérables*, « L'année 1817 », I, iii, 1.   **2.** Voir la Bibliographie, p. 856.

commenté en particulier dans *L'Homme qui rit* le morcellement de la page et « cet usage presque strophique
du paragraphe suivi d'un alinéa, puis d'une phrase
brève isolée par des blancs[1] ».

Un autre type de texte intervient dans la trame romanesque pour interrompre l'action en invitant le lecteur
à des pauses méditatives et à des débats de conscience.
La voix narrative se mêle alors à la conscience plus
diffuse du personnage afin de contempler un spectacle
et de réfléchir à une destinée. Les tableaux du pendu
(I, I, 5 et 6) ou de la tempête en mer (I, II, « L'ourque
en mer ») confrontent la fragile humanité, réduite à des
traces, à l'infini des éléments et du cosmos. Si les pay-
sages disparaissent dans la seconde partie, puisque le
décor change et que, de la nature, on passe à la ville,
ils trouvent un équivalent dans les monologues intérieurs, ces « tempêtes sous un crâne[2] » où des
dilemmes existentiels et moraux se déroulent dans un
espace intérieur. Chaque avancée de l'action permet
ainsi de développer longuement une crise psycholo-
gique : la brève visite de Josiane à l'inn Tadcaster
déclenche des « symptômes d'empoisonnement » (II,
III, 8) et une rêverie sensuelle qui finit par se reporter
sur Dea (II, III, 9) ; le billet de la duchesse relance la
tempête et donne lieu à la longue « tentation » de
« saint Gwynplaine » (II, IV, 1). La révélation à Gwynplaine de sa filiation aristocratique suscite là encore
des chapitres entiers consacrés à l'errance intérieure
(II, V, 3, 4, 5), de même que l'échec à la Chambre des
lords : « Il songeait, visionnaire éperdu devant la réalité inexorable » (II, IX, 2, p. 781). L'étrangeté de
L'Homme qui rit tient au fait que l'action y est non

---

1. H. Meschonnic, *Pour la poétique IV. Écrire Hugo*, t. 2, Gallimard,
1977, p. 105. Voir aussi l'article de Marie-Hélène Prat sur la brièveté et le
dépouillement de la prose de *L'Homme qui rit*, dans « Aspects de la phrase
hugolienne dans *L'Homme qui rit* », *L'Information grammaticale*, oct.
1984, nº 23, p. 24-29. **2.** Du nom de la célèbre scène des *Misérables* à
partir de laquelle on peut définir le genre du discours intérieur chez Hugo,
I, VII, 3, « Une tempête sous un crâne ».

seulement à la fois spectaculaire et réduite, mais sans cesse transposée, commentée, interrogée dans des moments contemplatifs où le lecteur est placé, comme le personnage, dans une attitude mi-passive, mi-active. Un simple développement de l'action peut se transformer en une découverte métaphysique qui fait surgir au cœur du réel une mystérieuse voix des choses.

Ces moments de contemplation et, d'une manière plus générale, les réflexions du narrateur mettent en valeur une logique inversée [1], que soulignent des effets d'antithèse et de clair-obscur. L'inversion est déjà patente dans les origines dramatiques du roman : *L'Homme qui rit* propose une version inversée de *Ruy Blas* puisque le laquais de Don Salluste est peuple et usurpe une identité aristocratique, alors que Gwynplaine est aristocrate de naissance et peuple « par ordre du roi »... Mais dans l'écriture même du roman, les rebondissements de l'action tiennent, davantage qu'à l'intrigue, épurée, à l'énonciation qui les souligne et les commente longuement. Le narrateur amplifie ainsi les « catastrophes » et les reconnaissances : la mutilation de Gwynplaine a pour contrepartie la prospérité de la Green-Box ; la cécité de Dea fait d'elle l'exact complémentaire du monstre et permet la naissance de « l'idylle » dans la « tragédie » (II, ii, 5, p. 391). À l'inverse, la richesse subite de Gwynplaine, loin de présager une fin heureuse, signe leur arrêt de mort. Les inversions font se rencontrer des contraires et dessinent un monde à l'envers, presque en négatif. Le couple des « amoureux assortis » (II, ii, 4) apparie une aveugle et un mutilé, un « Daphnis des Ténèbres » et une « Chloé de l'ombre » (II, ii, 5, p. 391), et une curieuse pastorale bucolique vient se greffer sur une réécriture de *Frankenstein* [2]. Pour Gwynplaine-Clancharlie, l'épreuve

---

1. Voir à ce sujet l'article de G. Rosa, « Critique et autocritique dans *L'Homme qui rit* », *op. cit.*, p. 8-14 en particulier.   2. Sur le rapprochement avec ce roman de Mary Shelley datant de 1817, voir C. W. Thomson, « À propos des lecteurs anglais de *L'Homme qui rit* : sources et ressources de Victor Hugo », dans *« L'Homme qui rit » ou la parole-monstre de Victor Hugo, op. cit.*, p. 123-140.

vient avec la richesse et le rétablissement de la vérité, ce qui fait de lui « une sorte de contraire de Job » (II, IX, 2, p. 791). On ajoutera enfin deux inversions logiques majeures dans le roman : les monstres sont le produit de l'art et non de la nature (on mutile par ordre du roi) ; le rire n'exprime pas la joie mais la souffrance et l'aliénation. Les identifications différées des personnages, décrits dans leur allure et leurs actions avant d'être nommés et reconnus explicitement par le narrateur, le jeu des points de vue, extérieurs et morcelés, qui limitent le regard, la coupure des chapitres instaurant des seuils dramatiques au milieu d'une continuité narrative sont autant de constantes qui produisent des « effets de mystère ». Pas de réel mystère en effet, ni de suspense véritable : quand le narrateur les explicite, le lecteur a depuis longtemps deviné les fils de l'intrigue. Hugo l'a voulu ainsi, construisant un monde ambigu où les réalités sont pressenties avant d'être établies et exigent au préalable l'intelligence du lecteur.

Cette logique inversée se prolonge dans l'ironie d'Ursus le cynique ou dans les passages historiques pris en charge par le narrateur, lorsqu'il campe la figure de l'exilé politique lord Linnœus Clancharlie, évoqué par ses contemporains ralliés pour leur propre confort à la monarchie restaurée (II, I, 1), ou quand il présente les honorables pairs de la Chambre des lords (II, VIII, 5). Elle peut même atteindre la dérision, voire l'autodérision, dans les propos de docteur Geestemunde, cet équivalent de la bouche d'ombre (en allemand, *der Mund*, la bouche et *der Geist*, l'âme) dont les sentences tragiques prennent par moments une tonalité caricaturale : « Les corps vont aux poissons, les âmes aux démons » (I, II, 18, p. 204), « La science pèse sur la conscience » (*ibid.* p. 205). Geestemunde est explicitement présenté comme le « pédant de l'abîme » (I, II, 4, p. 146), explorateur démoniaque du Mal certes, mais aussi pédant de collège, qui abuse du vers blanc assonancé et de la paronomase. L'ironie traduit la distance qui sépare les mots d'une signification toujours fragile et menacée de tomber dans les contradictions de l'ineffable et, plus particulièrement dans *L'Homme qui rit*, dans l'incompréhension du ridicule. *L'Homme qui rit* dénonce en cela, à maints égards, les paroles inabouties et les mutismes forcés.

Si tout y parle, même l'Océan, bien peu de voix sont en effet entendues. Ursus le philosophe soliloque et prodigue généreusement son « éloquence en plein vent » (III, II, 2), d'autant plus aisément que ses discours de philosophe cynique, érudits et ironiques, ont peu de chances d'être compris du public et des autorités. Cet orateur paradoxal qui ne cherche pas à convaincre est en même temps ventriloque. Protée sonore, il réalise pour Dea l'exploit d'« un monologue à cent voix » (II, VI, 3, p. 627). Mais la ventriloquie ne fait que radicaliser sa solitude : recréer tout un monde dans une parole ne donne pas le monde même. L'aveugle Dea ne s'y trompe pas : le bruit d'Ursus ne dissimule pas l'absence de Gwynplaine... Au boniment de foire et à la performance acrobatique, il conviendrait d'ajouter ces paroles déformées que Hugo multiplie dans *L'Homme qui rit* : la voix bestiale de l'Océan (I, II, 7, p. 162) ou celle du pendu, qui « n'était plus dans son gosier » (I, I, 5, p. 111), l'entretien paradoxal que la duchesse Josiane souhaite avoir avec Gwynplaine à condition qu'il se taise (« Je te fais des questions, mais n'y réponds pas », II, VII, 4, p. 673), la réception de *Chaos vaincu* où le drame se dénoue en « soleil de rire » (II, II, 9, p. 411), et, bien sûr, le discours de Gwynplaine à la Chambre des lords (II, VIII, 7). Dans *L'Homme qui rit*, soit on parle pour ne rien dire (Ursus), soit, quand la parole produit un effet, elle provoque le contraire de l'effet visé (Gwynplaine à la Chambre des lords).

Le thème du rire qui tue parcourt le roman. Le rire, c'est l'envers de la joie [1] : « Je ris, cela veut dire : Je

---

1. Sauf dans l'accueil réservé par le public à *Chaos vaincu*, où le rire du peuple apporte la joie – joie toutefois ambiguë, puisqu'elle fait sombrer la fable génésiaque dans la farce.

pleure », répond Gwynplaine aux lords qui le couvrent de quolibets (II, VIII, 7, p. 764). Hugo se consacre au grotesque sombre et paraît éliminer l'une des dimensions du grotesque qu'il revendiquait en 1827 dans la préface de *Cromwell* en distinguant « le difforme et l'horrible » du « comique et [du] bouffon[1] ». Ou plus exactement, il paraît superposer les deux grotesques en un étrange et monstrueux alliage qui remplace, dans le cas de la Chambre des lords, la pitié et la terreur par l'éclat de rire. L'horrible est reçu comme bouffon, et, en retour, la bouffonnerie du public est reçue par le lecteur et le narrateur comme horrible[2]. Nulle part ailleurs dans les romans de Hugo, le narrateur ne revient aussi souvent sur la présence possible, dans la Création, d'une volonté maligne, insinuant le doute qu'Ursus le philosophe a peut-être raison, et que la condition humaine ne serait alors, comme le bonheur, qu'« une mince bordure de bien autour de l'immense suaire du mal » (I, III, 5, p. 246).

L'Homme qui rit raconte la difficulté, voire l'impossibilité de la parole romantique, ce rêve d'une parole à la fois personnelle et universelle, qui permettrait en chacun une prise de conscience et serait adressée à tous, dans une communauté de valeurs et de sentiments. Nous avons noté la parenté thématique et formelle de ce roman avec le théâtre hugolien ; il est un autre élément, essentiel et évident, de son rapport au théâtre : l'histoire racontée est celle d'un théâtre de foire et ses héros sont des comédiens itinérants. Ce « Portrait de l'artiste en saltimbanque » vient enrichir la lignée des personnages étudiés par Jean Starobinski au XXe siècle et à partir de la seconde moitié du XIXe : le saltimbanque manifeste l'isolement de l'artiste en

---

1. Préface de *Cromwell*, dans V. Hugo, *Œuvres complètes*, Robert Laffont, « Bouquins », vol. *Critique*, 1985, p. 10.   2. Les critiques ont étudié le tournant que représente *L'Homme qui rit* dans la conception du rire chez V. Hugo, voir en particulier les articles de Bernard Leuilliot et de Jean-Pierre Reynaud dans *« L'Homme qui rit » ou la parole-monstre de Victor Hugo, op. cit.*

dehors de l'ordre bourgeois, de manière douloureuse et ambiguë, puisque la création et la fantaisie se gagnent pour lui au prix de la marginalité, du ridicule et de ses souffrances [1]. Lorsqu'à la Chambre des lords, Gwynplaine tente de changer de répertoire, de la comédie à la tragédie, lorsqu'il essaie de quitter la scène pour la « vie » et d'obtenir une action effective contre la misère, il demeure prisonnier de son masque : « Il était l'Homme qui Rit, cariatide du monde qui pleure » (II, IX, 2, p. 788).

Hugo offre ainsi à son lecteur un nouveau roman historique, où le réquisitoire contre le despotisme aristocratique et monarchique se complique de considérations cosmiques, de scénarii métaphysiques et cosmologiques qui exhibent la mort (pendaison, engloutissement) et l'Éros impossible. Même la mise en abyme génésiaque du roman, *Chaos vaincu*, est affectée d'une troublante ambiguïté. Parce que l'« âme » de l'Homme possède le visage de la bête et n'est rien, dès lors, qu'une « ébauche » d'âme, incomplète et inachevée (II, II, 9, p. 414) ; parce que le narrateur souligne l'écart entre le spectacle vu par le public et celui qui est vécu par les acteurs (Dea n'a pas le sentiment de sauver Gwynplaine, mais d'être sauvée par celui qui lui offre un point d'appui dans le vide qui l'entoure) ; parce que, surtout, la gravité initiatique du sujet tourne à la farce et que le rire, dans le roman, est entaché de chaos. La surcharge décorative et les mœurs composites elles aussi de ce XVIIIe siècle anglais, à la fois précieuses et décadentes, sont replacées dans de vastes tableaux cosmiques et traversées de méditations sur la destinée et la fragilité du Bien. Si Hugo a peut-être, comme il l'a craint, « abus[é] [2] » du roman, c'est qu'il a inventé, avec *L'Homme qui rit*, la réunion du mélodrame historique et de la méditation métaphysique

---

1. Jean Starobinski, *Portrait de l'artiste en saltimbanque* [Genève, Albert Skira, 1970], Flammarion, « Champs », 1983. **2.** Voir en annexe p. 844.

autour d'une raison à rebours dont l'éveil enfante des monstres. Il en résulte un roman fascinant, où nous sommes conviés, de l'aveu même de l'auteur qui souhaitait un « lecteur pensif[1] », à aimer et à déplorer, à penser, à (re)vivre.

Myriam ROMAN

---

1. Voir en annexe p. 839.

Note sur la présente édition

Le texte reproduit est celui de l'édition originale : *L'Homme qui rit*, Paris, Librairie Internationale, 15, boulevard Montmartre ; A. Lacroix, Verboeckhoven et Cie, éditeurs, à Bruxelles, à Leipzig et à Livourne (Impr. L. Poupart-Davyl puis Ch. Lahure, Paris), 1869, 4 vol.

Nous sommes restées au plus près du texte de 1869, en modifiant aussi peu que possible son orthographe : néanmoins l'accentuation a été modernisée (*très* au lieu de trés, *poète* au lieu de poëte, par exemple).

Les notes de Victor Hugo sont appelées par un astérisque.

Nos dictionnaires de référence pour l'établissement des notes ont été le *Grand Dictionnaire Universel du XIXe siècle* de Pierre Larousse (1866-1876), le *Littré* et le *Trésor de la Langue française*. Nous indiquons dans la Bibliographie les autres éditions de *L'Homme qui rit* ainsi que les sources de Hugo auxquelles nous avons pu avoir recours.

Que tous ceux qui nous ont apporté leur aide précieuse soient ici remerciés, en particulier Olivier Bara, François Bonfils, Olivier Ferret, Jean-Marc Hovasse, Muriel Moutet, Marie-Catherine Olivi et Anne Tomiche.

L'HOMME QUI RIT

PRÉFACE

De l'Angleterre tout est grand, même ce qui n'est pas bon, même l'oligarchie. Le patriciat anglais, c'est le patriciat, dans le sens absolu du mot. Pas de féodalité plus illustre, plus terrible et plus vivace. Disons-le, cette féodalité a été utile à ses heures. C'est en Angleterre que ce phénomène, la Seigneurie, veut être étudié, de même que c'est en France qu'il faut étudier ce phénomène, la Royauté.

Le vrai titre de ce livre serait *l'Aristocratie*. Un autre livre, qui suivra, pourra être intitulé *la Monarchie*. Et ces deux livres, s'il est donné à l'auteur d'achever ce travail, en précéderont et en amèneront un autre qui sera intitulé : *Quatre-vingt-treize*[1].

---

1. La trilogie annoncée ne sera pas réalisée. Quand Hugo publie *Quatrevingt Treize* (1874), le roman sur la Révolution française auquel il songeait depuis longtemps (hiver 1862-1863), il a renoncé au projet d'un ouvrage séparé sur la royauté en France. La question monarchique est en fait traitée dans le diptyque que forment *L'Homme qui rit* et *Quatrevingt Treize*.

PREMIÈRE PARTIE

LA MER ET LA NUIT

DEUX CHAPITRES PRÉLIMINAIRES [1]

I. – URSUS
II. – LES COMPRACHICOS

---

1. Ces deux premiers chapitres ont été ajoutés tardivement, suivant une pratique fréquente chez Hugo du décentrement et de la digression : la première version des *Misérables* commençait immédiatement par l'arrivée de Jean Valjean à Digne avant que Hugo ne se décide à faire précéder cette action initiale d'un portrait de Mgr Myriel. De même ici, la narration et l'apparition du personnage principal sont retardées par la présentation de personnages annexes, adjuvants (Ursus) et opposants (les comprachicos).

LA MER ET LA NUIT

DEUX CHAPITRES PRÉLIMINAIRES

I

Ursus et Homo. Première édition illustrée du roman,
par Daniel Vierge. Paris, 1875.

I

URSUS

I

Ursus et Homo étaient liés d'une amitié étroite. Ursus était un homme, Homo était un loup. Leurs humeurs s'étaient convenues. C'était l'homme qui avait baptisé le loup. Probablement il s'était aussi choisi lui-même son nom ; ayant trouvé *Ursus* bon pour lui, il avait trouvé *Homo* bon pour la bête [1]. L'association de cet homme et de ce loup profitait aux foires, aux fêtes de paroisse, aux coins de rues où les passants s'attroupent, et au besoin qu'éprouve partout le peuple d'écouter des sornettes et d'acheter de l'or-

---

1. En prenant un nom de bête (*ursus*, « ours ») et en réservant pour son loup celui de l'homme (*homo*), Ursus se présente comme un héritier de Diogène le Cynique (« le Chien »), ce philosophe antique professant le mépris des honneurs et des convenances sociales. Les anecdotes transmises par la tradition à son sujet (voir Diogène Laërce, *Vies, doctrines et sentences des philosophes illustres*) apparaissent en filigrane dans la constitution du personnage d'Ursus : la « Green-Box » du saltimbanque est la transposition du célèbre tonneau de Diogène, et son ironie hérite des réparties du philosophe.

viétan[1]. Ce loup, docile et gracieusement subalterne,
était agréable à la foule. Voir des apprivoisements est
une chose qui plaît. Notre suprême contentement est de
regarder défiler toutes les variétés de la domestication.
C'est ce qui fait qu'il y a tant de gens sur le passage
des cortèges royaux.

Ursus et Homo allaient de carrefour en carrefour,
des places publiques d'Aberystwith aux places
publiques de Yeddburg[2], de pays en pays, de comté en
comté, de ville en ville. Un marché épuisé, ils passaient
à l'autre. Ursus habitait une cahute roulante qu'Homo,
suffisamment civilisé, traînait le jour et gardait la nuit.
Dans les routes difficiles, dans les montées, quand il y
avait trop d'ornière et trop de boue, l'homme se bou-
clait la bricole au cou et tirait fraternellement, côte à
côte avec le loup. Ils avaient ainsi vieilli ensemble.
Ils campaient à l'aventure dans une friche, dans une
clairière, dans la patte d'oie d'un entrecroisement de
routes, à l'entrée des hameaux, aux portes des bourgs,
dans les halles, dans les mails[3] publics, sur la lisière
des parcs, sur les parvis d'églises. Quand la carriole
s'arrêtait dans quelque champ de foire, quand les
commères accouraient béantes, quand les curieux faisaient cercle, Ursus pérorait[4], Homo approuvait.
Homo, une sébile dans sa gueule, faisait poliment la
quête dans l'assistance. Ils gagnaient leur vie. Le loup
était lettré, l'homme aussi. Le loup avait été dressé par

---

1. À l'origine, remède inventé par un Italien d'Orvieto au XVIIᵉ siècle ;
devenu très vite péjoratif, le mot désigne une drogue de charlatan. Le roman
commence par un acte d'accusation contre la crédulité de la foule et son goût
pervers de la « domestication ».   **2.** Du pays de Galles, à l'ouest de l'Angleterre (Aberystwyth, dans la baie de Cardigan), jusqu'en Écosse : Yeddburg est
la capitale de la province de Tivedale. La source de Hugo est l'ouvrage de
James Beeverell, *Les Délices de la Grand'Bretagne et de l'Irlande* (Leide,
1707), t. VI, p. 1079.   **3.** Promenades publiques. Sens attesté depuis le
XVIIᵉ siècle (*Trésor de la Langue française*).   **4.** À la fois « traiter une question de manière complète, exposer jusqu'au bout » (sens classique et étymologique) et « parler de manière emphatique » (sens péjoratif). Le savoir
rhétorique indéniable d'Ursus (la péroraison est l'une des parties très codifiées
du discours classique) sera toujours associé au carnaval et à l'humour.

l'homme, ou s'était dressé tout seul, à diverses gentil-
lesses de loup qui contribuaient à la recette. – Surtout
ne dégénère pas en homme, lui disait son ami.

Le loup ne mordait jamais, l'homme quelquefois.
Du moins, mordre était la prétention d'Ursus. Ursus
était un misanthrope, et, pour souligner sa misanthropie, il s'était fait bateleur. Pour vivre aussi, car l'estomac impose ses conditions. De plus ce bateleur
misanthrope, soit pour se compliquer, soit pour se
compléter, était médecin. Médecin c'est peu, Ursus
était ventriloque. On le voyait parler sans que sa
bouche remuât. Il copiait, à s'y méprendre, l'accent et
la prononciation du premier venu ; il imitait les voix à
croire entendre les personnes. À lui tout seul, il faisait
le murmure d'une foule, ce qui lui donnait droit au titre
d'*engastrimythe*[1]. Il le prenait. Il reproduisait toutes
sortes de cris d'oiseaux, la grive, le grasset, l'alouette
pépi, qu'on nomme aussi la béguinette, le merle à plas-
tron blanc[2], tous voyageurs comme lui ; de façon que,
par instants, il vous faisait entendre, à son gré, ou une
place publique couverte de rumeurs humaines, ou une
prairie pleine de voix bestiales ; tantôt orageux comme
une multitude, tantôt puéril et serein comme l'aube.
– Du reste, ces talents-là, quoique rares, existent. Au
siècle dernier, un nommé Touzel, qui imitait les cohues
mêlées d'hommes et d'animaux et qui copiait tous les

---

1. Synonyme de ventriloque et allusion possible à Rabelais et au *Quart
Livre*, où Pantagruel découvre les Engastrimythes à la cour de Messer Gas-
ter : « C'étaient divinateurs, enchanteurs, et abuseurs du simple peuple,
semblans non de la bouche, mais du ventre parler » (chap. LVIII). La référence aux Engastrimythes est reprise dans *Jacques le fataliste* par Diderot,
dont un autre personnage se rapproche étonnamment d'Ursus le ventriloque,
le Neveu de Rameau, philosophe cynique lui aussi, capable d'imiter tout
un monde dans ses performances vocales.   **2.** Bon exemple d'érudition
hugolienne et de sa dimension ludique : le narrateur se plaît à dresser des
listes de termes spécialisés ou de noms propres obscurs, qu'il vient présenter comme appartenant à un savoir (faussement) commun ou qu'il vient
expliquer, comme ici, par un terme aussi peu explicite que possible : la
béguinette comme autre nom de l'alouette pépi... ne prend de réalité que
pour un lecteur ornithologue.

cris de bêtes, était attaché à la personne de Buffon [1] en qualité de ménagerie. Ursus était sagace, invraisemblable et curieux, et enclin aux explications singulières, que nous appelons fables. Il avait l'air d'y croire. Cette effronterie faisait partie de sa malice. Il regardait dans la main des quidams, ouvrait des livres au hasard et concluait, prédisait les sorts, enseignait qu'il est dangereux de rencontrer une jument noire et plus dangereux encore de s'entendre, au moment où l'on part pour un voyage, appeler par quelqu'un qui ne sait pas où vous allez, et il s'intitulait « marchand de superstition ». Il disait : « Il y a entre l'archevêque de Cantorbéry et moi une différence ; moi, j'avoue. » Si bien que l'archevêque, justement indigné, le fit un jour venir ; mais Ursus, adroit, désarma Sa Grâce en lui récitant un sermon de lui Ursus sur le saint jour de Christmas que l'archevêque, charmé, apprit par cœur, débita en chaire et publia, comme de lui archevêque. Moyennant quoi, il pardonna.

Ursus, médecin, guérissait, parceque ou quoique [2]. Il pratiquait les aromates. Il était versé dans les simples [3]. Il tirait parti de la profonde puissance qui est dans un tas de plantes dédaignées, la coudre moissine, la bourdaine blanche, le hardeau, la mancienne, la bourgépine, la viorne, le nerprun. Il traitait la phthisie par la ros solis ; il usait à propos des feuilles du tithymale qui, arrachées par le bas, sont un purgatif, et, arrachées par le haut, sont un vomitif ; il vous ôtait un mal de gorge au moyen de l'excroissance végétale dite *oreille de juif* ; il savait quel est le jonc qui guérit le bœuf, et quelle est la menthe qui guérit le cheval ; il était au fait des beautés et des bontés de l'herbe mandragore qui, personne ne l'ignore, est homme et femme. Il avait

---

1. Brillant naturaliste et écrivain français (1707-1788), auteur d'une remarquable *Histoire naturelle* en 36 tomes, avec un supplément géologique, *Les Époques de la nature*.   2. Alternative ironique qui renoue avec un *topos* comique, la satire de la médecine.   3. Plantes médicinales utilisées telles qu'elles sont fournies par la nature.

des recettes. Il guérissait les brûlures avec de la laine
de salamandre, de laquelle Néron, au dire de Pline,
avait une serviette[1]. Ursus possédait une cornue et un
matras ; il faisait de la transmutation ; il vendait des
panacées[2]. On contait de lui qu'il avait été jadis un peu
enfermé à Bedlam ; on lui avait fait l'honneur de le
prendre pour un insensé, mais on l'avait relâché,
s'apercevant qu'il n'était qu'un poète. Cette histoire
n'était probablement pas vraie ; nous avons tous de ces
légendes que nous subissons.

La réalité est qu'Ursus était savantasse, homme de
goût, et vieux poète latin. Il était docte sous les deux
espèces : il hippocratisait et il pindarisait[3]. Il eût
concouru en phébus avec Rapin et Vida[4]. Il eût
composé d'une façon non moins triomphante que le
Père Bouhours des tragédies jésuites[5]. Il résultait de sa
familiarité avec les vénérables rhythmes et mètres des
anciens qu'il avait des images à lui, et toute une famille
de métaphores classiques. Il disait d'une mère précédée
de ses deux filles : *c'est un dactyle*, d'un père suivi de

---

1. L'Histoire est traitée sous forme d'anecdotes, comme souvent chez
Hugo. Lorsqu'en 1848 il tenait un *Journal de ce que j'apprends chaque
jour*, il enregistrait non des éléments intimes et biographiques, mais de
petits faits, des chiffres ou des récits surprenants (voir *Choses vues*).
2. Ursus s'adonne à des expériences d'alchimie, comme le prêtre Frollo
de *Notre-Dame de Paris* : la cornue et le matras sont des récipients ; la
transmutation, une opération qui consiste à transformer une substance en
une autre et la panacée, un remède prétendument universel. Science, sorcellerie et superstition vont de pair dans un monde volontairement donné
comme archaïsant, avant la constitution de l'esprit scientifique et la séparation nette des savoirs.   3. À la fois médecin et poète, Ursus assure un
double héritage grec, celui d'Hippocrate, patron des médecins et « auteur »
de traités (*Traités du pronostic, des fractures, des luxations*...), et celui du
poète lyrique Pindare dont il reste des odes triomphales dédiées aux vain-
queurs des jeux.   4. Nicolas Rapin (v. 1540-1608), l'un des collabora-
teurs de *La Satire Ménippée* (1594), et Marco Girolamo Vida (1485-1566)
figurent ici pour leurs œuvres en latin. Le phébus désignant une « sorte de
galimatias formé de mots ayant tout d'abord un sens apparent, mais cessant
d'être intelligible lorsqu'on essaye de les comprendre » (P. Larousse), la
maîtrise classique du latin est traitée avec humour et carnavalisée : Ursus
représente un classicisme burlesque.   5. Le père jésuite Bouhours (1628-
1702), ami de Boileau et de Racine, incarne le classicisme du XVIIe siècle.

ses deux fils : *c'est un anapeste*, et d'un petit enfant
marchant entre son grand-père et sa grand'mère : *c'est
un amphimacre*[1]. Tant de science ne pouvait aboutir
qu'à la famine. L'école de Salerne dit : « Mangez peu
et souvent[2] ». Ursus mangeait peu et rarement ; obéis-
sant ainsi à une moitié du précepte et désobéissant à
l'autre ; mais c'était la faute du public, qui n'affluait
pas toujours et n'achetait pas fréquemment. Ursus
disait : « – L'expectoration d'une sentence soulage. Le
loup est consolé par le hurlement, le mouton par la
laine, la forêt par la fauvette, la femme par l'amour, et
le philosophe par l'épiphonème[3]. » Ursus, au besoin,
fabriquait des comédies qu'il jouait à peu près ; cela
aide à vendre les drogues. Il avait, entre autres œuvres,
composé une bergerade[4] héroïque en l'honneur du chevalier Hugh Middleton qui, en 1608, apporta à Londres
une rivière. Cette rivière était tranquille dans le comté
de Hartford, à soixante milles de Londres ; le chevalier
Middleton vint et la prit ; il amena une brigade de six
cents hommes armés de pelles et de pioches, se mit à
remuer la terre, la creusant ici, l'élevant là, parfois
vingt pieds haut, parfois trente pieds profond, fit des
aqueducs de bois en l'air, et çà et là huit cents ponts,
de pierre, de brique, de madriers, et un beau matin, la
rivière entra dans Londres, qui manquait d'eau[5]. Ursus
transforma tous ces détails vulgaires en une belle buco-

---

1. Dans la poésie grecque et latine, le *dactyle* est un pied formé d'une syllabe
longue suivie de deux brèves, l'*anapeste* de deux brèves et d'une longue, l'*amphimacre* d'une brève entre deux longues. Les comparaisons d'Ursus, sans
doute issues de l'apprentissage scolaire de Hugo enfant, supposent de suivre la
logique spatiale du dessin et de l'écriture : « une mère précédée de ses deux
filles » : – u u ; « un père suivi de ses deux fils » : u u – ; « un petit enfant marchant entre son grand-père et sa grand'mère » : – u –.   **2.** Salerne, dans
l'Italie méridionale, était connue au Moyen Âge pour son école de médecine
et sa tradition empirique. Certain de ses préceptes sont encore répandus au
XIXe siècle sous forme de dictons (P. Larousse).   **3.** Exclamation senten-
cieuse qui termine un discours.   **4.** Terme péjoratif désignant une poésie
pastorale faible et ennuyeuse.   **5.** Ce fait est attesté dans plusieurs des
sources utilisées par Hugo, en particulier Beeverell et Coyer (voir Bibliographie).

lique entre le fleuve Tamise et la rivière Serpentine ;
le fleuve invitait la rivière à venir chez lui, et lui offrait
son lit, et lui disait : « – Je suis trop vieux pour plaire
aux femmes, mais je suis assez riche pour les payer. »
– Tour ingénieux et galant pour exprimer que sir Hugh
Middleton avait fait tous les travaux à ses frais.

Ursus était remarquable dans le soliloque. D'une
complexion farouche et bavarde, ayant le désir de ne
voir personne et le besoin de parler à quelqu'un, il se
tirait d'affaire en se parlant à lui-même. Quiconque a
vécu solitaire sait à quel point le monologue est dans
la nature. La parole intérieure démange. Haranguer
l'espace est un exutoire. Parler tout haut et tout seul,
cela fait l'effet d'un dialogue avec le dieu qu'on a en
soi. C'était, on ne l'ignore point, l'habitude de
Socrate[1]. Il se pérorait. Luther aussi. Ursus tenait de
ces grands hommes. Il avait cette faculté hermaphro-
dite d'être son propre auditoire. Il s'interrogeait et se
répondait ; il se glorifiait et s'insultait. On l'entendait
de la rue monologuer dans sa cahute. Les passants, qui
ont leur manière à eux d'apprécier les gens d'esprit,
disaient : c'est un idiot. Il s'injuriait parfois, nous
venons de le dire, mais il y avait aussi des heures où
il se rendait justice. Un jour, dans une de ces allocu-
tions qu'il s'adressait à lui-même, on l'entendit
s'écrier : « – J'ai étudié le végétal dans tous ses mystères, dans la tige, dans le bourgeon, dans la sepale,
dans le pétale, dans l'étamine, dans la carpelle, dans
l'ovule, dans la thèque, dans la sporange, et dans l'apo-
thécion. J'ai approfondi la chromatie, l'osmosie, et la
chymosie, c'est-à-dire la formation de la couleur, de
l'odeur et de la saveur. » – Il y avait sans doute, dans
ce certificat qu'Ursus délivrait à Ursus, quelque fatuité,

---

1. Allusion au démon familier de Socrate, qui, selon lui, lui inspirait ses
résolutions. La philosophie d'Ursus se présente comme un art de la
harangue, qui réunit un célèbre philosophe de l'Antiquité qui n'a rien écrit,
Socrate, et le réformateur religieux du XVIᵉ siècle, Luther, remarquable pour
son éloquence ardente.

mais que ceux qui n'ont point approfondi la chromatie, l'osmosie et la chymosie, lui jettent la première pierre[1].

Heureusement Ursus n'était jamais allé dans les Pays-Bas. On l'y eût certainement voulu peser pour savoir s'il avait le poids normal au-delà ou en-deçà duquel un homme est sorcier. Ce poids en Hollande était sagement fixé par la loi. Rien n'était plus simple et plus ingénieux. C'était une vérification. On vous mettait dans un plateau, et l'évidence éclatait si vous rompiez l'équilibre : trop lourd, vous étiez pendu ; trop léger, vous étiez brûlé. On peut voir encore aujourd'hui, à Oudewater, la balance à peser les sorciers, mais elle sert maintenant à peser les fromages, tant la religion a dégénéré[2] ! Ursus eût eu certainement maille à partir avec cette balance. Dans ses voyages, il s'abstint de la Hollande, et fit bien. Du reste, nous croyons qu'il ne sortait point de la Grande-Bretagne.

Quoi qu'il en fût, étant très-pauvre et très-âpre, et ayant fait dans un bois la connaissance d'Homo, le goût de la vie errante lui était venu. Il avait pris ce loup en commandite[3], et il s'en était allé avec lui par les chemins, vivant, à l'air libre, de la grande vie du hasard. Il avait beaucoup d'industrie et d'arrière-pensée et un grand art en toute chose pour guérir, opérer, tirer les gens de maladie, et accomplir des particularités surprenantes ; il était considéré comme bon saltimbanque et bon médecin ; il passait aussi, on le comprend, pour magicien ; un peu, pas trop ; car il était malsain à cette époque d'être cru ami du diable. À vrai dire, Ursus, par passion de pharmacie et amour des plantes, s'exposait, vu qu'il allait souvent cueillir des

---

1. Parodie de la parole du Christ aux scribes et aux pharisiens qui voulaient lapider une femme adultère : « Que celui d'entre vous qui n'a jamais péché lui jette la première pierre » (Jean, VIII, 7).   2. Ironique, bien sûr, comme la feinte approbation d'une religion qui prétend mesurer le Bien dans le sens le plus concret et le plus matérialiste du terme...   3. Ursus prend Homo comme associé dans son entreprise. Le lexique économique poursuit l'humanisation du loup, constante depuis le début du chapitre.

herbes dans les fourrés bourrus où sont les salades de Lucifer, et où l'on risque, comme l'a constaté le conseiller De l'Ancre[1], de rencontrer dans la brouée[2] du soir un homme qui sort de terre, « borgne de l'œil droit, sans manteau, l'épée au côté, pieds nus et deschaux ». Ursus du reste, quoique d'allure et de tempérament bizarre, était trop galant homme pour attirer ou chasser la grêle, faire paraître des faces, tuer un homme du tourment de trop danser, suggérer des songes clairs ou tristes et pleins d'effroi, et faire naître des coqs à quatre ailes ; il n'avait pas de ces méchancetés-là. Il était incapable de certaines abominations. Comme, par exemple, de parler allemand, hébreu ou grec sans l'avoir appris, ce qui est le signe d'une scélératesse exécrable, ou d'une maladie naturelle procédant de quelque humeur mélancolique. Si Ursus parlait latin, c'est qu'il le savait. Il ne se serait point permis de parler syriaque, attendu qu'il ne le savait pas ; en outre, il est avéré que le syriaque est la langue des sabbats. En médecine, il préférait correctement Galien à Cardan, Cardan, tout savant homme qu'il est, n'étant qu'un ver de terre au respect de Galien[3].

En somme, Ursus n'était point un personnage inquiété par la police. Sa cahute était assez longue et

---

1. Probablement Pierre de Lancre (mort en 1630), magistrat bordelais envoyé comme commissaire extraordinaire dans le pays de Labour pour instruire des procès en sorcellerie ; il se distingua en infligeant aux accusés d'atroces tortures avant de brûler vifs plus de cinq cents prévenus, ce qui lui valut le titre de conseiller d'État. Auteur d'un *Tableau de l'inconstance des mauvais anges et des démons* (1613) et de l'*Incrédulité et mescréance du sortilège pleinement convaincue* (1622). **2.** Brouillard. **3.** Galien, célèbre médecin grec du IIe siècle apr. J.-C., référence importante de la médecine jusqu'au XVIIe siècle ; Jérôme Cardan (1501-1576), médecin, mathématicien et philosophe italien du XVIe siècle : « Comme médecin, Cardan eut une haute renommée à son époque ; mais ses théories, inspirées surtout de l'astrologie, de la sympathie générale qu'il supposait entre les corps célestes et les parties du corps humain, ont plus d'originalité que de profondeur » (P. Larousse). Son fils Jérôme fut aussi médecin. Ursus, prudent, choisit des autorités reconnues, du côté des Anciens plutôt que des Modernes plus étranges et audacieux...

assez large pour qu'il pût s'y coucher sur un coffre où
étaient ses hardes, peu somptueuses. Il était propriétaire d'une lanterne[1], de plusieurs perruques, et de
quelques ustensiles accrochés à des clous, parmi lesquels des instruments de musique. Il possédait en outre
une peau d'ours dont il se couvrait les jours de grande
performance ; il appelait cela se mettre en costume. Il
disait : *J'ai deux peaux ; voici la vraie.* Et il montrait
la peau d'ours. La cahute à roues était à lui et au loup.
Outre sa cahute, sa cornue et son loup, il avait une flûte
et une viole de gambe, et il en jouait agréablement. Il
fabriquait lui-même ses élixirs. Il tirait de ses talents
de quoi souper quelquefois. Il y avait au plafond de sa
cahute un trou par où passait le tuyau d'un poêle de
fonte contigu à son coffre, assez pour roussir le bois.
Ce poêle avait deux compartiments ; Ursus dans l'un
faisait cuire de l'alchimie, et dans l'autre des pommes
de terre. La nuit, le loup dormait sous la cahute, amica-
lement enchaîné. Homo avait le poil noir, et Ursus le
poil gris ; Ursus avait cinquante ans, à moins qu'il n'en
eût soixante. Son acceptation de la destinée humaine
était telle, qu'il mangeait, on vient de le voir, des
pommes de terre, immondice dont on nourrissait alors
les pourceaux et les forçats. Il mangeait cela, indigné
et résigné. Il n'était pas grand ; il était long. Il était
ployé et mélancolique. La taille courbée du vieillard,
c'est le tassement de la vie. La nature l'avait fait pour
être triste. Il lui était difficile de sourire et il lui avait
toujours été impossible de pleurer. Il lui manquait cette
consolation, les larmes, et ce palliatif, la joie. Un vieux
homme est une ruine pensante ; Ursus était cette ruine-
là. Une loquacité de charlatan, une maigreur de pro-
phète, une irascibilité de mine chargée, tel était Ursus.
Dans sa jeunesse il avait été philosophe chez un lord.

   Cela se passait il y a cent quatre-vingts ans, du

---

1. La lanterne est l'emblème de Diogène le Cynique (voir p. 39). Une
célèbre anecdote raconte qu'il se promenait en plein jour avec une lanterne
en répétant : « Je cherche un homme. »

temps que les hommes étaient un peu plus des loups
qu'ils ne sont aujourd'hui[1].

Pas beaucoup plus.

II

Homo n'était pas le premier loup venu. À son appétit de nèfles et de pommes, on l'eût pris pour un loup
de prairie, à son pelage foncé, on l'eût pris pour un
lycaon, et à son hurlement atténué en aboiement, on
l'eût pris pour un culpeu ; mais on n'a point encore
assez observé la pupille du culpeu pour être sûr que ce
n'est point un renard, et Homo était un vrai loup[2]. Sa
longueur était de cinq pieds, ce qui est une belle longueur de loup, même en Lithuanie ; il était très fort ; il
avait le regard oblique, ce qui n'était pas sa faute ;
il avait la langue douce, et il en léchait parfois Ursus ;
il avait une étroite brosse de poils courts sur l'épine
dorsale, et il était maigre d'une bonne maigreur de
forêt. Avant de connaître Ursus et d'avoir une carriole
à traîner, il faisait allègrement ses quarante lieues dans
une nuit. Ursus, le rencontrant dans un hallier, près

---

1. Le temps de la fiction est précisément daté à partir de la date de
publication du roman : 1869 − 180 = 1689.   2. La documentation de
Hugo est précise. J. Gaudon a montré qu'elle était puisée dans l'*Encyclopédie moderne. Dictionnaire abrégé des sciences, des lettres, des arts...*, Firmin Didot frères (1846-1852 et 1856-1863) : « Le loup (*Canis lupus*) fait
partie du premier sous-genre du genre Chien » ; on reste donc dans les
attributs de la philosophie cynique (voir p. 39). L'auteur de l'article précise
qu'il « habite toute l'Europe, à l'exception des Îles Britanniques, où l'on
est parvenu à la détruire », ce qui confère à Homo un statut exceptionnel,
celui de dernier représentant d'une espèce disparue. Le loup des prairies
(Amérique septentrionale) est une espèce moins carnassière que les autres,
qui se nourrit aussi de baies et de fruits. Le lycaon ou loup noir (Russie,
nord de l'Europe et Canada) possède un pelage entièrement noir. Le culpeu
(Chili, Malouines) est un peu plus grand que le chacal ; « Bougainville dit
l'avoir entendu aboyer, les naturalistes l'ont rangé parmi les chiens. »

d'un ruisseau d'eau vive, l'avait pris en estime en le voyant pêcher des écrevisses avec sagesse et prudence, et avait salué en lui un honnête et authentique loup Koupara, du genre dit chien crabier[1].

Ursus préférait Homo, comme bête de somme, à un âne. Faire tirer sa cahute à un âne lui eût répugné ; il faisait trop cas de l'âne pour cela. En outre, il avait remarqué que l'âne, songeur à quatre pattes peu compris des hommes, a parfois un dressement d'oreilles inquiétant quand les philosophes disent des sottises[2]. Dans la vie, entre notre pensée et nous, un âne est un tiers : c'est gênant. Comme ami, Ursus préférait Homo à un chien, estimant que le loup vient de plus loin vers l'amitié.

C'est pourquoi Homo suffisait à Ursus. Homo était pour Ursus plus qu'un compagnon, c'était un analogue. Ursus lui tapait ses flancs creux en disant : *J'ai trouvé mon tome second.*

Il disait encore : « Quand je serai mort, qui voudra me connaître n'aura qu'à étudier Homo. Je le laisserai après moi pour copie conforme. »

La loi anglaise, peu tendre aux bêtes des bois, eût pu chercher querelle à ce loup et le chicaner sur sa hardiesse d'aller familièrement dans les villes ; mais Homo profitait de l'immunité accordée par un statut d'Édouard IV[3] « aux domestiques ». – « *Pourra tout domestique suivant son maître aller et venir librement.* » – En outre, un certain relâchement à l'endroit des loups était résulté de la mode des femmes de la cour, sous les derniers Stuarts, d'avoir, en guise de chiens, de petits loups-corsacs, dits Adives, gros

---

1. Réécriture de l'*Encyclopédie Didot* (voir note précédente) : « Dans l'état sauvage [le koupara] se plaît dans les bois où coulent des rivières peuplées d'écrevisses et de crabes, qu'il pêche fort adroitement pour s'en nourrir, d'où lui vient son nom de *chien crabier*. »   **2.** Hugo a imaginé un tel animal dans un long poème intitulé *L'Âne*, composé de 1856 à 1858 mais publié seulement en 1880 : l'âne Patience, dialoguant avec Kant (*sic*), prend à partie les hommes et les savants orgueilleux dans leur prétention au savoir. **3.** Roi d'Angleterre (1461-1470 ; 1471-1481), chef du parti d'York.

comme des chats, qu'elles faisaient venir d'Asie à grands frais[1].

Ursus avait communiqué à Homo une partie de ses talents, se tenir debout, délayer sa colère en mauvaise humeur, bougonner au lieu de hurler, etc. ; et de son côté le loup avait enseigné à l'homme ce qu'il savait, se passer de toit, se passer de pain, se passer de feu, préférer la faim dans un bois à l'esclavage dans un palais.

La cahute, sorte de cabane-voiture qui suivait l'itinéraire le plus varié, sans sortir pourtant d'Angleterre et d'Écosse, avait quatre roues, plus un brancard pour le loup, et un palonnier pour l'homme. Ce palonnier était l'en-cas des mauvais chemins. Elle était solide bien que bâtie en planches légères comme un colombage. Elle avait à l'avant une porte vitrée avec un petit balcon servant aux harangues, tribune mitigée de chaire, et à l'arrière une porte pleine trouée d'un vasistas. L'abattement d'un marche-pied de trois degrés tournant sur charnière et dressé derrière la porte à vasistas donnait entrée dans la cahute, bien fermée la nuit de verrous et de serrures. Il avait beaucoup plu et beaucoup neigé dessus. Elle avait été peinte, mais on ne savait plus trop de quelle couleur, les changements de saison étant pour les carrioles comme les changements de règne pour les courtisans. À l'avant, au dehors, sur une espèce de frontispice en volige[2], on avait pu jadis déchiffrer cette inscription, en caractères noirs sur fond blanc, lesquels s'étaient peu à peu mêlés et confondus :

« L'or perd annuellement par le frottement un qua-

---

1. Annonce les développements ultérieurs sur la cour de la reine Anne, dernière souveraine en effet de la dynastie des Stuarts, ancienne famille qui régna sur l'Écosse (1371-1714) et sur l'Angleterre (1603-1714) (voir la Chronologie en fin de volume). Hugo exploite toujours l'article « Loup » de l'*Encyclopédie Didot* : le corsac, pas plus gros qu'un chat, « était très commun à Paris sous le règne de Charles IX, parce qu'il était alors de mode chez les dames de la cour d'en avoir au lieu de petits chiens. On le désignait sous le nom d'*adive*, et on le faisait venir à grands frais de l'Asie ».　**2.** « Planche mince de bois de sapin ou d'autre bois blanc » (P. Larousse).

torze centième de son volume ; c'est ce qu'on nomme le *frai* ; d'où il suit que, sur quatorze cent millions d'or circulant par toute la terre, il se perd tous les ans un million. Ce million d'or s'en va en poussière, s'envole, flotte, est atome, devient respirable, charge, dose, leste et appesantit les consciences, et s'amalgame avec l'âme des riches qu'il rend superbes et avec l'âme des pauvres qu'il rend farouches. »

Cette inscription, effacée et biffée par la pluie et par la bonté de la Providence, était heureusement illisible, car il est probable qu'à la fois énigmatique et transparente, cette philosophie de l'or respiré n'eût pas été du goût des schériffs, prévôts, marshalls, et autres porte-perruques de la loi. La législation anglaise ne badinait pas dans ce temps-là. On était aisément félon. Les magistrats se montraient féroces par tradition, et la cruauté était de routine. Les juges d'inquisition pullulaient. Jeffreys [1] avait fait des petits.

III

Dans l'intérieur de la cahute il y avait deux autres inscriptions. Au-dessus du coffre, sur la paroi de planches lavée à l'eau de chaux, on lisait ceci, écrit à l'encre et à la main :

« SEULES CHOSES QU'IL IMPORTE DE SAVOIR :

« Le baron pair d'Angleterre porte un tortil [2] à six perles.

« La couronne commence au vicomte.

---

1. Baron et homme politique anglais (1645-1689) que Jacques II nomma lord chancelier en 1685 : il fut particulièrement cruel lors des Assises sanglantes qui jugèrent les partisans de Monmouth. « Il est resté [...] un des types méprisés du juge inique et corrompu, implacable et féroce, par vénalité autant que par humeur » (P. Larousse).   **2.** Ruban ou collier de perles qui s'enroule autour d'une couronne de baron et, par extension, cette couronne.

« Le vicomte porte une couronne de perles sans nombre ; le comte une couronne de perles sur pointes entremêlées de feuilles de fraisier plus basses ; le marquis, perles et feuilles d'égale hauteur ; le duc, fleurons sans perles ; le duc-royal, un cercle de croix et de fleurs-de-lys ; le prince de Galles, une couronne pareille à celle du roi, mais non fermée.

« Le duc est *très-haut et très-puissant prince* ; le marquis et le comte, *très-noble et puissant seigneur* ; le vicomte, *noble et puissant seigneur* ; le baron, *véritablement seigneur*.

« Le duc est *grâce* ; les autres pairs sont *seigneurie*.

« Les lords sont inviolables.

« Les pairs sont chambre et cour, *concilium et curia*, législature et justice.

« Most honourable » est plus que « right honourable ».

« Les lords pairs sont qualifiés « lords de droit » ; les lords non pairs sont « lords de courtoisie » ; il n'y a de lords que ceux qui sont pairs.

« Le lord ne prête jamais serment, ni au roi, ni en justice. Sa parole suffit. Il dit : *sur mon honneur*.

« Les communes[1], qui sont le peuple, mandées à la barre des lords, s'y présentent humblement, tête nue, devant les pairs couverts.

« Les communes envoient aux lords les bills[2] par quarante membres qui présentent le bill avec trois révérences profondes.

« Les lords envoient aux communes les bills par un simple clerc.

« En cas de conflit, les deux chambres confèrent dans la chambre peinte, les pairs assis et couverts, les communes debout et nu-tête.

« D'après une loi d'Édouard VI[3], les lords ont le

---

1. Le Parlement anglais se décompose en deux chambres, la Chambre des lords (ou chambre haute, pairie héréditaire) et la Chambre des communes (ou chambre basse, pour les représentants des « communes », des villes).   2. Mot anglais désignant un projet d'acte du Parlement ou une loi rendue.   3. Roi d'Angleterre de 1547 à 1553.

privilège d'homicide simple. Un lord qui tue un homme simplement n'est pas poursuivi.

« Les barons ont le même rang que les évêques.

« Pour être baron pair, il faut relever du roi par *baroniam integram*, par baronie entière.

« La baronie entière se compose de treize fiefs nobles et un quart, chaque fief noble étant de vingt livres sterling, ce qui monte à quatre cents marcs.

« Le chef de baronie, *caput baroniæ*, est un château héréditairement régi comme l'Angleterre elle-même ; c'est-à-dire ne pouvant être dévolu aux filles qu'à défaut d'enfants mâles, et en ce cas allant à la fille aînée, *cœteris filiabus aliunde satisfactis**.

« Les barons ont la qualité de *lord* du saxon *laford*, du grand latin *dominus* et du bas latin *lordus*.

« Les fils aînés et puînés des vicomtes et barons sont les premiers écuyers du royaume.

« Les fils aînés des pairs ont le pas sur les chevaliers de la Jarretière ; les fils puînés, point.

« Le fils aîné d'un vicomte marche après tous les barons et avant tous les baronnets.

« Toute fille de lord est *lady*. Les autres filles anglaises sont *miss*.

« Tous les juges sont inférieurs aux pairs. Le sergent a un capuchon de peau d'agneau ; le juge a un capuchon de menu vair, *de minuto vario*, quantité de petites fourrures blanches de toutes sortes, hors l'hermine. L'hermine est réservée aux pairs et au roi.

« On ne peut accorder de *supplicavit*[1] contre un lord.

---

* Ce qui revient à dire : on pourvoit les autres filles comme on peut. (*Note d'Ursus* en marge du mur.)

---

1. Châtiment. La source de Hugo est Chamberlayne (voir p. 72). « Tous les Pairs du Royaume étant considérés comme les conseillers héréditaires et perpétuels du Roi, leurs personnes ont le privilège [...] d'être exemptes de tous Arrêts, excepté pour Trahison, Félonie, ou pour avoir violé la Paix, ou méprisé le Roi », 1re partie, p. 293.

« Un lord ne peut être contraint par corps[1]. Hors le cas de Tour de Londres[2].

« Un lord appelé chez le roi a droit de tuer un daim ou deux dans le parc royal.

« Le lord tient dans son château cour de baron.

« Il est indigne d'un lord d'aller dans les rues avec un manteau suivi de deux laquais. Il ne peut se montrer qu'avec un grand train de gentilshommes domestiques.

« Les pairs se rendent au parlement en carrosses à la file ; les communes, point. Quelques pairs vont à Westminster en chaises renversées à quatre roues. La forme de ces chaises et de ces carrosses armoriés et couronnés n'est permise qu'aux lords et fait partie de leur dignité.

« Un lord ne peut être condamné à l'amende que par les lords, et jamais à plus de cinq schellings, excepté le duc, qui peut être condamné à dix.

« Un lord peut avoir chez lui six étrangers. Tout autre anglais n'en peut avoir que quatre.

« Un lord peut avoir huit tonneaux de vin sans payer de droits.

« Le lord est seul exempt de se présenter devant le shériff de circuit.

« Le lord ne peut être taxé pour la milice.

« Quand il plaît à un lord, il lève un régiment et le donne au roi ; ainsi font Leurs Grâces le duc d'Athol, le duc de Hamilton, et le duc de Northumberland.

« Le lord ne relève que des lords.

« Dans les procès d'intérêt civil, il peut demander son renvoi de la cause, s'il n'y a pas au moins un chevalier parmi les juges.

« Le lord nomme ses chapelains.

« Un baron nomme trois chapelains ; un vicomte, quatre ; un comte et un marquis, cinq ; un duc, six.

« Le lord ne peut être mis à la question, même pour haute trahison.

---

1. La contrainte par corps est l'emprisonnement du débiteur pour le forcer à tenir ses engagements.   **2.** Forteresse et prison d'État, l'équivalent de la Bastille.

« Le lord ne peut être marqué à la main.

« Le lord est clerc[1], même ne sachant pas lire. Il sait de droit.

« Un duc se fait accompagner par un dais[2] partout où le roi n'est pas ; un vicomte a un dais dans sa maison ; un baron a un couvercle d'essai et se le fait tenir sous la coupe pendant qu'il boit ; une baronne a le droit de se faire porter la queue[3] par un homme en présence d'une vicomtesse.

« Quatre-vingt-six lords, ou fils aînés de lords, président aux quatre-vingt-six tables, de cinq cents couverts chacune, qui sont servies chaque jour à Sa Majesté dans son palais aux frais du pays environnant la résidence royale.

« Un roturier qui frappe un lord a le poing coupé.

« Le lord est à peu près roi.

« Le roi est à peu près Dieu.

« La terre est une lordship.

« Les anglais disent à Dieu *mylord*. »

Vis-à-vis cette inscription, on en lisait une deuxième, écrite de la même façon, et que voici :

« SATISFACTIONS QUI DOIVENT SUFFIRE
À CEUX QUI N'ONT RIEN[4] :

« Henri Auverquerque, comte de Grantham, qui siège à la chambre des lords entre le comte de Jersey et le comte de Greenwich, a cent mille livres sterling de rente. C'est à Sa Seigneurie qu'appartient le palais Grantham-Terrace, bâti tout en marbre, et célèbre par ce qu'on appelle le labyrinthe des corridors, qui est une curiosité où il y a le corridor incarnat en marbre de Sarancolin, le corridor brun en lumachelle d'Astracan,

---

1. Lettré, savant.   **2.** Ouvrage de bois ou de tissu fixé ou soutenu de manière à s'étendre comme un plafond au-dessus d'un autel, d'un lit, d'un trône, d'un personnage éminent.   **3.** Traîne.   **4.** Passage inspiré de J. Beeverell (voir note 2, p. 40) et étudié par J. Gaudon (voir Bibliographie).

le corridor blanc en marbre de Lani, le corridor noir
en marbre d'Alabanda, le corridor gris en marbre de
Staremma, le corridor jaune en marbre de Hesse, le
corridor vert en marbre du Tyrol, le corridor rouge mi-
parti griotte de Bohême et lumachelle de Cordoue, le
corridor bleu en turquin de Gênes, le corridor violet en
granit de Catalogne, le corridor deuil, veiné blanc et
noir, en schiste de Murviedro, le corridor rose en cipolin des Alpes, le corridor perle en lumachelle de
Nonette, et le corridor de toutes couleurs, dit corridor
courtisan, en brèche arlequine [1].

« Richard Lowther, vicomte Lonsdale, a Lowther,
dans le Westmoreland, qui est d'un abord fastueux et
dont le perron semble inviter les rois à entrer.

« Richard, comte de Scarborough, vicomte et baron
Lumley, vicomte de Waterford en Irlande, lord-lieute-
nant et vice-amiral du comté de Northumberland, et
de Durham, ville et comté, a la double châtellenie de
Stansted, l'antique et la moderne, où l'on admire une
superbe grille en demi-cercle entourant un bassin avec
jet d'eau incomparable. Il a de plus son château de
Lumley.

« Robert Darcy, comte de Holderness, a son
domaine de Holderness, avec tours de baron, et des
jardins infinis à la française où il se promène en carrosse à six chevaux précédé de deux piqueurs [2], comme
il convient à un pair d'Angleterre.

---

1. La variation sur les marbres résulte d'un collage d'extraits de l'*Encyclopédie Didot* tandis que la liste des châteaux est empruntée à Beeverell.
L'érudition est aussi un jeu avec les sonorités et les rythmes des mots. On
sera sensible à la poésie de la « lumachelle » (marbre contenant des débris
de coquilles ou de coraux fossiles), de la « griotte » (avec des taches de
rouge et de brun), du « cipolin » (marqué de larges bandes onduleuses
blanches et vertes, où s'incruste du mica), du « turquin » (bleu foncé et
mat) ou de la brèche arlequine, dont le fond fauve est parsemé d'une infinité
de petits fragments de diverses couleurs (P. Larousse). À cet arc-en-ciel de
couleurs vient s'ajouter la diversité géographique des provenances, Russie
(Astrakhan), Espagne, Italie, pays germaniques, France (Nonette, village du
Puy-de-Dôme réputé pour son marbre...).   **2.** Domestique à cheval qui
court devant la voiture de son maître pour éclairer la route et préparer les
relais.

« Charles Beauclerk, duc de Saint-Albans, comte de Burford, baron Heddington, grand fauconnier d'Angleterre, a une maison à Windsor, royale à côté de celle du roi.

« Charles Bodville, lord Robartes, baron Truro, vicomte Bodmyn, a Wimple en Cambridge, qui fait trois palais avec trois frontons, un arqué et deux triangulaires. L'arrivée est à quadruple rang d'arbres.

« Le très-noble et très-puissant lord Philippe Herbert, vicomte de Caërdif, comte de Montgomeri, comte de Pembroke, seigneur pair et rosse de Candall, Marmion, Saint-Quentin et Churland, gardien de l'étanerie dans les comtés de Cornouailles et de Devon, visiteur héréditaire du collège de Jésus, a le merveilleux jardin de Willton où il y a deux bassins à gerbe plus beaux que le Versailles du roi très-chrétien Louis quatorzième.

« Charles Seymour, duc de Somerset, a Somerset-House sur la Tamise, qui égale la villa Pamphili de Rome. On remarque sur la grande cheminée deux vases de porcelaine de la dynastie des Yuen, lesquels valent un demi-million de France.

« En Yorkshire, Arthur, lord Ingram, vicomte Irwin, a Temple-Newsham où l'on entre par un arc de triomphe, et dont les larges toits plats ressemblent aux terrasses morisques.

« Robert, lord Ferrers de Chartley, Bourchier et Lovaine, a, dans le Leicestershire, Staunton-Harold dont le parc en plan géométral a la forme d'un temple avec fronton ; et, devant la pièce d'eau, la grande église à clocher carré est à Sa Seigneurie.

« Dans le comté de Northampton, Charles Spencer, comte de Sunderland, un du conseil privé de Sa Majesté, possède Althrop où l'on entre par une grille à quatre piliers surmontés de groupes de marbre.

« Laurence Hyde, comte de Rochester, a, en Surrey, New-Parke, magnifique par son acrotère [1] sculpté, son

---

1. Piédestal sans base et sans corniche destiné à supporter des statues, vases ou autres ornements.

gazon circulaire entouré d'arbres, et ses forêts à l'extrémité desquelles il y a une petite montagne artistement arrondie et surmontée d'un grand chêne qu'on voit de loin.

« Philippe Stanhope, comte Chesterfield, possède Bredby, en Derbyshire, qui a un pavillon d'horloge superbe, des fauconniers, des garennes[1] et de très-belles eaux longues, carrées et ovales, dont une en forme de miroir, avec deux jaillissements qui vont très-haut.

« Lord Cornwallis, baron de Eye, a Brome-Hall qui est un palais du quatorzième siècle.

« Le très-noble Algernon Capel, vicomte Malden, comte d'Essex, a Cashiobury en Hersfordshire, château qui a la forme d'un grand H[2] et où il y a des chasses fort giboyeuses.

« Charles, lord Ossulstone, a Dawly en Middlesex où l'on arrive par des jardins italiens.

« James Cecill, comte de Salisbury, à sept lieues de Londres, a Hartfield-House, avec ses quatre pavillons seigneuriaux, son beffroi au centre et sa cour d'honneur, dallée de blanc et de noir comme celle de Saint-Germain. Ce palais, qui a deux cent soixante-douze pieds en front, a été bâti sous Jacques Ier par le grand trésorier d'Angleterre, qui est le bisaïeul du comte régnant. On y voit le lit d'une comtesse de Salisbury, d'un prix inestimable, entièrement fait d'un bois du Brésil qui est une panacée contre la morsure des serpents, et qu'on appelle *milhombres*, ce qui veut dire *mille hommes*. Sur ce lit est écrit en lettres d'or : *Honni soit qui mal y pense*.

« Edward Rich, comte de Warwick et Holland, a

---

1. Domaine où vivent des lapins à l'état sauvage et où l'on ne peut pénétrer sans l'accord du propriétaire.   2. Hugo aime à glisser dans ses romans des détails qui offrent l'équivalent d'une signature, qu'il s'agisse comme ici de l'initiale de son nom, ou, plus loin, de son patronyme, « Hugo Plagon » (p. 385), « Jean Hugo, archevêque de Trèves » (p. 445) ou Hugo Cholmley (p. 740). Ces doubles offrent souvent une version bouffonne de l'auteur.

Warwick-Castle, où l'on brûle des chênes entiers dans les cheminées.

« Dans la paroisse de Seven-Oaks, Charles Sackville, baron Buckhurst, vicomte Cranfeild, comte de Dorset et Middlesex, a Knowle, qui est grand comme une ville, et qui se compose de trois palais, parallèles l'un derrière l'autre comme des lignes d'infanterie, avec dix pignons à escalier sur la façade principale, et une porte sous donjon à quatre tours.

« Thomas Thynne, vicomte Weymouth, baron Varminster, possède Long-Leate, qui a presque autant de cheminées, de lanternes, de gloriettes [1], de poivrières [2], de pavillons et de tourelles que Chambord en France, lequel est au roi.

« Henry Howard, comte de Suffolk, a, à douze lieues de Londres, le palais d'Audlyene en Middlesex, qui le cède à peine en grandeur et majesté à l'Escurial du roi d'Espagne.

« En Bedforshire, Wrest-House-and-Park, qui est tout un pays enclos de fossés et de murailles, avec bois, rivières et collines, est à Henri, marquis de Kent.

« Hampton-Court, en Hereford, avec son puissant donjon crénelé, et son jardin barré d'une pièce d'eau qui le sépare de la forêt, est à Thomas, lord Coningsby.

« Grimsthorf, en Lincolnshire, avec sa longue façade coupée de hautes tourelles en pal, ses parcs, ses étangs, ses faisanderies, ses bergeries, ses boulingrins [3], ses quinconces, ses mails [4], ses futaies, ses parterres brodés, quadrillés et losangés de fleurs, qui ressemblent à de grands tapis, ses prairies de course, et la majesté du cercle où les carrosses tournent avant d'entrer au château, appartient à Robert, comte Lindsay, lord héréditaire de la forêt de Walham.

---

1. Petit pavillon. Plus spécialement cabinet de verdure.   **2.** Guérite de maçonnerie, placée à l'angle, sur le faîte d'un mur ; une tour en poivrière est une tour ronde coiffée d'un toit conique.   **3.** Parterre de gazon, généralement entouré de bordures et de talus, destiné à l'ornementation d'un jardin. Mot adapté de l'anglais « bowling-green » depuis 1664, de « bowling », « jeu de boules » et « green », « pelouse ». Hugo développe l'étymologie anglaise de ce mot, p. 439.   **4.** Voir note 3, p. 40.

« Up Parke, en Sussex, château carré avec deux pavillons symétriques à beffroi des deux côtés de la cour d'honneur, est au très-honorable Ford, lord Grey, vicomte Glendale et comte de Tankarville.

« Newnham Padox, en Warwickshire, qui a deux viviers quadrangulaires, et un pignon avec vitrail à quatre pans, est au comte de Denbigh, qui est comte de Rheinfelden en Allemagne.

« Wythame, dans le comté de Berk, avec son jardin français où il y a quatre tonnelles taillées, et sa grande tour crénelée accostée de deux hautes nefs de guerre, est à lord Montague, comte d'Abingdon, qui a aussi Rycott, dont il est baron, et dont la porte principale fait lire la devise : *Virtus ariete fortior* [1].

« William Cavendish, duc de Devonshire, a six châteaux, dont Chattsworth qui est à deux étages du plus bel ordre grec, et en outre Sa Grâce a son hôtel de Londres où il y a un lion qui tourne le dos au palais du roi.

« Le vicomte Kinalmeaky, qui est comte de Cork en Irlande, a Burlington-house en Picadily, avec de vastes jardins qui vont jusqu'aux champs hors de Londres ; il a aussi Chiswick où il y a neuf corps de logis magnifiques ; il a aussi Londesburgh qui est un hôtel neuf à côté d'un vieux palais.

« Le duc de Beaufort a Chelsea qui contient deux châteaux gothiques et un château florentin ; il a aussi Badmington en Glocester, qui est une résidence d'où rayonnent une foule d'avenues comme d'une étoile. Très-noble et puissant prince Henri, duc de Beaufort, est en même temps marquis et comte de Worcester, baron Raglan, baron Power, et baron Herbert de Chepstow.

« John Holles, duc de Newcastle et marquis de Clare, a Bolsover dont le donjon carré est majestueux,

---

1. Devise traduite par Ursus qui l'attribue à lord Norreys de Rycott (p. 428) : « *Le courage est plus fort qu'une machine de guerre.* » *Aries* désigne plus exactement le bélier.

plus Haughton en Nottingham où il y a au centre d'un
bassin une pyramide ronde imitant la tour de Babel[1].

« Villiam, lord Craven, baron Craven de Hamp-
steard, a, en Warwickshire, une résidence, Comb-
Abbey, où l'on voit le plus beau jet d'eau de l'Angleterre, et, en Berkshire, deux baronies, Hampstead Mar-
shall dont la façade offre cinq lanternes gothiques
engagées, et Asdowne Park qui est un château au point
d'intersection d'une croix de routes dans une forêt.

« Lord Linnœus Clancharlie, baron Clancharlie et
Hunkerville, marquis de Corleone en Sicile, a sa pairie
assise sur le château de Clancharlie, bâti en 914 par
Édouard le Vieux contre les danois, plus Hunkerville-
house à Londres, qui est un palais, plus, à Windsor,
Corleone-lodge, qui en est un autre, et huit châtelle-
nies, une à Bruxton, sur le Trent, avec un droit sur les
carrières d'albâtre, puis Gumdraith, Homble, Moricambe, Trenwardraith, Hell-Kerters où il y a un puits
merveilleux, Pillinmore et ses marais à tourbe, Reculver près de l'ancienne ville Vagniacœ, Vinecaunton sur
la montagne Moil-enlli ; plus dix-neuf bourgs et villages avec baillis, et tout le pays de Pensneth-chase, ce
qui ensemble rapporte à Sa Seigneurie quarante mille
livres sterling de rente[2].

« Les cent soixante-douze pairs régnant sous
Jacques II[3] possèdent entre eux en bloc un revenu de
douze cent soixante-douze mille livres sterling par an,
qui est la onzième partie du revenu de l'Angleterre. »

En marge du dernier nom, lord Linnœus Clancharlie,
on lisait cette note de la main d'Ursus :

– *Rebelle ; en exil ; biens, châteaux et domaines
sous le séquestre. C'est bien fait.* –

---

1. Ce détail indique assez l'orgueil blasphématoire des lords anglais dont
les luxueuses demeures rivalisent en gloire avec Dieu.   **2.** Le chapitre se
clôt sur une énumération plus longue que les autres, qui introduit l'un des
personnages essentiels de la fiction. Ce glissement insensible de l'Histoire
vers l'intrigue est un procédé fréquent chez Hugo, déjà utilisé dans *Les
Misérables*, par exemple à la fin de la bataille de Waterloo (II, I, 19) où sont
introduits Thénardier et le colonel Pontmercy.   **3.** Voir la Chronologie.

IV

Ursus admirait Homo. On admire près de soi. C'est une loi.

Être toujours sourdement furieux, c'était la situation intérieure d'Ursus, et gronder était sa situation extérieure. Ursus était le mécontent de la création. Il était dans la nature celui qui fait de l'opposition. Il prenait l'univers en mauvaise part. Il ne donnait de satisfecit[1] à qui que ce soit, ni à quoi que ce soit. Faire le miel n'absolvait pas l'abeille de piquer ; une rose épanouie n'absolvait pas le soleil de la fièvre jaune et du vomito negro[2]. Il est probable que dans l'intimité Ursus faisait beaucoup de critiques à Dieu. Il disait : – Évidemment, le diable est à ressort, et le tort de Dieu, c'est d'avoir lâché la détente. – Il n'approuvait guère que les princes, et il avait sa manière à lui de les applaudir. Un jour que Jacques II donna en don à la Vierge d'une chapelle catholique irlandaise une lampe d'or massif, Ursus, qui passait par là, avec Homo, plus indifférent, éclata en admiration devant tout le peuple, et s'écria : « Il est certain que la sainte Vierge a bien plus besoin d'une lampe d'or que les petits enfants que voilà pieds nus n'ont besoin de souliers. »

De telles preuves de sa « loyauté » et l'évidence de son respect pour les puissances établies ne contribuèrent probablement pas peu à faire tolérer par les magistrats son existence vagabonde et sa mésalliance avec un loup. Il laissait quelquefois le soir, par faiblesse amicale, Homo se détirer un peu les membres et errer en liberté autour de la cahute ; le loup était incapable d'un abus de confiance, et se comportait « en société », c'est-à-dire parmi les hommes, avec la discrétion d'un caniche ; pourtant, si l'on eût eu affaire à des alcades[3]

---

1. Approbation.   2. Mot espagnol, autre nom de la fièvre jaune. Maladie épidémique caractérisée par des vomissements noirs.   3. Juges ou magistrats municipaux en Espagne.

de mauvaise humeur, cela pouvait avoir des inconvénients ; aussi Ursus maintenait-il, le plus possible, l'honnête loup enchaîné. Au point de vue politique, son écriteau sur l'or, devenu indéchiffrable et d'ailleurs peu intelligible, n'était autre chose qu'un barbouillage de façade et ne le dénonçait point. Même après Jacques II, et sous le règne « respectable » de Guillaume et Marie [1], les petites villes des comtés d'Angleterre pouvaient voir rôder paisiblement sa carriole. Il voyageait librement, d'un bout de la Grande-Bretagne à l'autre, débitant ses philtres et ses fioles, faisant, de moitié avec son loup, ses mômeries de médecin de carrefour, et il passait avec aisance à travers les mailles du filet de police tendu à cette époque par toute l'Angleterre pour éplucher les bandes nomades, et particulièrement pour arrêter au passage les « comprachicos » [2].

Du reste, c'était juste. Ursus n'était d'aucune bande. Ursus vivait avec Ursus ; tête à tête de lui-même avec lui-même dans lequel un loup fourrait gentiment son museau. L'ambition d'Ursus eût été d'être caraïbe [3] ; ne le pouvant, il était celui qui est seul. Le solitaire est un diminutif du sauvage, accepté par la civilisation. On est d'autant plus seul qu'on est errant. De là son déplacement perpétuel. Rester quelque part lui semblait de l'apprivoisement. Il passait sa vie à passer son chemin. La vue des villes redoublait en lui le goût des broussailles, des halliers, des épines, et des trous dans les rochers. Son chez-lui était la forêt. Il ne se sentait pas très-dépaysé dans le murmure des places publiques assez pareil au brouhaha des arbres. La foule satisfait dans une certaine mesure le goût qu'on a du désert. Ce qui lui déplaisait dans cette cahute, c'est qu'elle avait

---

1. Guillaume III d'Orange-Nassau, stathouder de Hollande appelé en 1689 lors de la Révolution anglaise pour partager la couronne avec son épouse Mary II Stuart, la fille de Jacques II. Voir la Chronologie.   2. Les personnages qui font l'objet du chapitre suivant sont annoncés mais dans le mystère de leur nom.   3. Indigène des Antilles et des côtes voisines de l'Amérique, équivalent ici du « bon sauvage ».

une porte et des fenêtres et qu'elle ressemblait à une maison. Il eût atteint son idéal s'il eût pu mettre une caverne sur quatre roues, et voyager dans un antre.

Il ne souriait pas, nous l'avons dit, mais il riait ; parfois, fréquemment même ; d'un rire amer. Il y a du consentement dans le sourire, tandis que le rire est souvent un refus.

Sa grande affaire était de haïr le genre humain. Il était implacable dans cette haine. Ayant tiré à clair ceci que la vie humaine est une chose affreuse, ayant remarqué la superposition des fléaux, les rois sur le peuple, la guerre sur les rois, la peste sur la guerre, la famine sur la peste, la bêtise sur le tout, ayant constaté une certaine quantité de châtiment dans le seul fait d'exister, ayant reconnu que la mort est une délivrance, quand on lui amenait un malade, il le guérissait. Il avait des cordiaux [1] et des breuvages pour prolonger la vie des vieillards. Il remettait les culs-de-jatte sur leurs pieds, et leur jetait ce sarcasme : « Te voilà sur tes pattes. Puisses-tu marcher longtemps dans la vallée de larmes [2] ! » Quand il voyait un pauvre mourant de faim, il lui donnait tous les liards qu'il avait sur lui en grommelant : – Vis, misérable ! mange ! dure longtemps ! ce n'est pas moi qui abrégerai ton bagne. – Après quoi, il se frottait les mains, et disait : – Je fais aux hommes tout le mal que je peux.

Les passants pouvaient, par le trou de la lucarne de l'arrière, lire au plafond de la cahute cette enseigne, écrite à l'intérieur, mais visible du dehors, et charbonnée en grosses lettres : Ursus, philosophe.

---

1. Remède ou aliment propre à donner des forces.   2. Périphrase religieuse qui assimile la vie terrestre à une vie de souffrances. La « méchanceté » d'Ursus est purement verbale et sa « haine » ironique : l'Angleterre dépeinte par Hugo est placée sous le signe de l'inversion radicale et du divorce des mots et des choses : les loups sont humains, les civilisés sauvages... et ceux qui se disent misanthropes, bons et généreux.

II

LES COMPRACHICOS

I

Qui connaît à cette heure le mot *comprachicos*, et qui en sait le sens ?

Les comprachicos, ou comprapequeños, étaient une hideuse et étrange affiliation nomade, fameuse au dix-septième siècle, oubliée au dix-huitième, ignorée aujourd'hui. Les comprachicos sont, comme « la poudre de succession [1] », un ancien détail social caractéristique. Ils font partie de la vieille laideur humaine. Pour le grand regard de l'histoire, qui voit les ensembles, les comprachicos se rattachent à l'immense fait Esclavage. Joseph vendu par ses frères [2] est un chapitre de leur légende. Les comprachicos ont laissé trace dans les législations pénales d'Espagne et d'Angleterre. On trouve çà et là dans la confusion obscure des

---

1. Nom donné à l'arsenic par la célèbre empoisonneuse du XVIIᵉ siècle, La Voisin, principale accusée dans l'Affaire des Poisons qui compromit les plus hautes sphères de la Cour de Louis XIV (dont Racine et Mme de Montespan) en révélant un série d'empoisonnements sur une durée de dix ans (1670-1680).   **2.** Personnage de l'Ancien Testament, vendu par ses frères (Genèse, XXXVII-L).

lois anglaises la pression de ce fait monstrueux, comme on trouve l'empreinte du pied d'un sauvage dans une forêt.

Comprachicos, de même que comprapequeños, est un mot espagnol composé qui signifie « les *achète-petits* ».

Les comprachicos faisaient le commerce des enfants.

Ils en achetaient et ils en vendaient.

Ils n'en dérobaient point. Le vol des enfants est une autre industrie.

Et que faisaient-ils de ces enfants ?

Des monstres.

Pourquoi des monstres ?

Pour rire.

Le peuple a besoin de rire ; les rois aussi. Il faut aux carrefours le baladin ; il faut aux Louvres le bouffon. L'un s'appelle Turlupin, l'autre Triboulet[1].

Les efforts de l'homme pour se procurer de la joie sont parfois dignes de l'attention du philosophe.

Qu'ébauchons-nous dans ces quelques pages préliminaires ? un chapitre du plus terrible des livres, du livre qu'on pourrait intituler : l'*Exploitation des malheureux par les heureux.*

II

Un enfant destiné à être un joujou pour les hommes, cela a existé. (Cela existe encore aujourd'hui.) Aux époques naïves et féroces, cela constitue une industrie spéciale. Le dix-septième siècle, dit grand siècle, fut

---

1. Henri Le Grand, comédien français mort en 1634, conquit sa réputation sous le nom de Turlupin comme pitre de foire ; on dit qu'il plut tant à Richelieu qu'il entra grâce à lui dans la troupe de l'Hôtel de Bourgogne. Triboulet, bouffon de Louis XII et de François Ier, est le héros du drame de Hugo *Le roi s'amuse* (1832).

une de ces époques. C'est un siècle très-byzantin ; il eut la naïveté corrompue et la férocité délicate, variété curieuse de civilisation. Un tigre faisant la petite bouche. Madame de Sévigné minaude à propos du bûcher et de la roue[1]. Ce siècle exploita beaucoup les enfants : les historiens, flatteurs de ce siècle, ont caché la plaie, mais ils ont laissé voir le remède, Vincent de Paul[2].

Pour que l'homme hochet réussisse, il faut le prendre de bonne heure. Le nain doit être commencé petit. On jouait de l'enfance. Mais un enfant droit, ce n'est pas bien amusant. Un bossu, c'est plus gai.

De là un art. Il y avait des éleveurs. On prenait un homme et l'on faisait un avorton ; on prenait un visage et l'on faisait un mufle. On tassait la croissance ; on pétrissait la physionomie. Cette production artificielle de cas tératologiques avait ses règles. C'était toute une science. Qu'on s'imagine une orthopédie en sens inverse. Là où Dieu a mis le regard, cet art mettait le strabisme. Là où Dieu a mis l'harmonie, on mettait la difformité. Là où Dieu a mis la perfection, on rétablissait l'ébauche. Et, aux yeux des connaisseurs, c'était l'ébauche qui était parfaite. Il y avait également des reprises en sous-œuvre pour les animaux ; on inventait les chevaux pies ; Turenne montait un cheval pie[3]. De nos jours, ne peint-on pas les chiens en bleu et en vert ? La nature est notre canevas. L'homme a toujours voulu

---

1. Allusion au témoignage de Mme de Sévigné devant les révoltes bretonnes de 1675, et en particulier à la fin de la lettre à Mme de Grignan du 24 novembre 1675, où la marquise compare spirituellement les différentes formes de supplice : « Vous me parlez bien plaisamment de nos misères ; nous ne sommes plus si roués : un en huit jours, seulement pour entretenir la justice. Il est vrai que la penderie me paraît maintenant un rafraîchissement. » 2. Prêtre français (1581-1660), fondateur de missions de charité auprès des pauvres et d'institutions comme la charité de l'Hôtel-Dieu (1634) et l'œuvre des Enfants trouvés (1638). 3. Maréchal de France (1611-1675). P. Larousse illustre l'article « pie » (adj. – « Se dit de la couleur de quelques animaux quand ils ont le poil ou le plumage blanc et noir, comme la pie commune ») par une phrase de Mme de Sévigné : « J'ai été chez Mignard ; il a peint M. de Turenne sur sa pie. »

ajouter quelque chose à Dieu. L'homme retouche la
création, parfois en bien, parfois en mal. Le bouffon
de cour n'était pas autre chose qu'un essai de ramener
l'homme au singe. Progrès en arrière. Chef-d'œuvre à
reculons. En même temps, on tâchait de faire le singe
homme. Barbe, duchesse de Cleveland et comtesse de
Southampton, avait pour page un sapajou. Chez Fran-
çoise Sutton, baronne Dudley, huitième pairesse du
banc des barons, le thé était servi par un babouin vêtu
de brocard d'or que lady Dudley appelait « mon
nègre ». Catherine Sidley, comtesse de Dorchester,
allait prendre séance au parlement dans un carrosse
armorié derrière lequel se tenaient debout, museaux au
vent, trois papions[1] en grande livrée. Une duchesse de
Medina-Cœli, dont le cardinal Polus vit le lever, se
faisait mettre ses bas par un orang-outang. Ces singes
montés en grade faisaient contre-poids aux hommes
brutalisés et bestialisés. Cette promiscuité, voulue par
les grands, de l'homme et de la bête, était particulièrement soulignée par le nain et le chien. Le nain ne quittait jamais le chien, toujours plus grand que lui. Le
chien était le bini[2] du nain. C'était comme deux col-
liers accouplés. Cette juxtaposition est constatée par
une foule de monuments domestiques, notamment par
le portrait de Jeffrey Hudson, nain de Henriette de
France, fille de Henry IV, femme de Charles Ier[3].

Dégrader l'homme mène à le déformer. On complétait la suppression d'état par la défiguration. Certains
vivisecteurs de ces temps-là réussissaient très-bien à
effacer de la face humaine l'effigie divine. Le docteur
Conquest[4], membre du collège d'Amen-Street et visiteur juré des boutiques de chimistes de Londres, a écrit
un livre en latin sur cette chirurgie à rebours dont il

---

1. Variété de singe cynocéphale (qui possède un museau comme un
chien). 2. Distributif latin : le nain et le chien font la paire et vont par
deux. 3. Source de Hugo, identifiée par P. Berret, l'article « nain » du
Dictionnaire de la conversation (1834), que Hugo possédait à Guernesey.
4. Personnage inventé par Hugo d'après P. Berret (voir Bibliographie) : le
« livre » en question sera cité à la fin de la première partie, p. 254.

donne les procédés. À en croire Justus de Carrick-Fergus, l'inventeur de cette chirurgie est un moine nommé Aven-More, mot irlandais qui signifie *Grande-Rivière*.

Le nain de l'électeur palatin, Perkeo, dont la poupée – ou le spectre – sort d'une boîte à surprises dans la cave de Heidelberg [1], était un remarquable spécimen de cette science très-variée dans ses applications.

Cela faisait des êtres dont la loi d'existence était monstrueusement simple : permission de souffrir, ordre d'amuser.

III

Cette fabrication de monstres se pratiquait sur une grande échelle et comprenait divers genres.

Il en fallait au sultan ; il en fallait au pape. À l'un pour garder ses femmes ; à l'autre pour faire ses prières. C'était un genre à part ne pouvant se reproduire lui-même. Ces à-peu-près humains étaient utiles à la volupté et à la religion. Le sérail et la chapelle sixtine consommaient la même espèce de monstres, ici féroces, là suaves.

On savait produire dans ces temps-là des choses qu'on ne produit plus maintenant, on avait des talents qui nous manquent, et ce n'est pas sans raison que les bons esprits crient à la décadence. On ne sait plus sculpter en pleine chair humaine ; cela tient à ce que l'art des supplices se perd ; on était virtuose en ce genre, on ne l'est plus ; on a simplifié cet art au point qu'il va bientôt peut-être disparaître tout à fait. En coupant les membres à des hommes vivants, en leur ouvrant le ventre, en leur arrachant les viscères, on prenait sur le fait les phénomènes, on avait des trou-

---

1. Hugo a raconté l'histoire de Perkeo, « ce pauvre fou battu par ses maîtres quand il n'était pas ivre », dans la lettre XXVIII du *Rhin* (1842) : « Ce masque hideusement joyeux fait peur. »

vailles ; il faut y renoncer, et nous sommes privés des progrès que le bourreau faisait faire à la chirurgie.

Cette vivisection d'autrefois ne se bornait pas à confectionner pour la place publique des phénomènes, pour les palais des bouffons, espèces d'augmentatifs [1] du courtisan, et pour les sultans et papes des eunuques. Elle abondait en variantes. Un de ces triomphes, c'était de faire un coq pour le roi d'Angleterre.

Il était d'usage que, dans le palais du roi d'Angleterre, il y eût une sorte d'homme nocturne, chantant comme le coq. Ce veilleur, debout pendant qu'on dormait, rôdait dans le palais, et poussait d'heure en heure ce cri de basse-cour, répété autant de fois qu'il le fallait pour suppléer à une cloche. Cet homme, promu coq, avait subi pour cela en son enfance une opération dans le pharynx, laquelle fait partie de l'art décrit par le docteur Conquest. Sous Charles II, une salivation inhérente à l'opération ayant dégoûté la duchesse de Portsmouth, on conserva la fonction, afin de ne point amoindrir l'éclat de la couronne, mais on fit pousser le cri du coq par un homme non mutilé. On choisissait d'ordinaire pour cet emploi honorable un ancien officier. Sous Jacques II, ce fonctionnaire se nommait William Sampson Coq, et recevait annuellement pour son chant neuf livres deux schellings six sous*.

* Voir le docteur Chamberlayne, *État présent de l'Angleterre*, 1688, 1re partie, chap. 13, p. 179 [2].

1. Terme de grammaire qualifiant des parties de mots ou des mots qui renforcent le sens d'un mot ou d'une expression : ex. *-issime* dans *richissime*, *par* dans *par trop*.   **2.** Edward Chamberlayne (1616-1703) fit ses études à Oxford et fut nommé en 1677 gouverneur de Henri, le fils naturel de Charles II. Par la suite, il fut choisi pour enseigner l'anglais au prince George de Danemark. Son ouvrage le plus connu, *Angliæ Notitia ou État actuel de l'Angleterre, avec diverses réflexions sur l'état ancien du royaume*, en deux parties, 1668 et 1671, connut plusieurs éditions et fut continué par son fils John (mort en 1724). Ici, Hugo indique sa source à titre de caution historique (l'incroyable est pourtant vrai) et pour souligner l'horreur d'une mutilation prévue par les institutions royales. En réalité pourtant, Hugo s'est amusé à déformer le texte de Chamberlayne. La fonction existe, mais sans qu'elle ait impliqué de mutilation : « Guillaume Sampson Coq, un ancien Officier qui chante toute

Il y a cent ans à peine, à Pétersbourg, les mémoires de Catherine II le racontent, quand le czar ou la czarine étaient mécontents d'un prince russe, on faisait accroupir le prince dans la grande antichambre du palais, et il restait dans cette posture un nombre de jours déterminé, miaulant, par ordre, comme un chat, ou gloussant comme une poule qui couve, et becquetant à terre sa nourriture.

Ces modes sont passées, moins qu'on ne croit pourtant. Aujourd'hui, les courtisans gloussant pour plaire modifient un peu l'intonation. Plus d'un ramasse à terre, nous ne disons pas dans la boue, ce qu'il mange.

Il est très-heureux que les rois ne puissent pas se tromper. De cette façon leurs contradictions n'embarrassent jamais. En approuvant sans cesse, on est sûr d'avoir toujours raison, ce qui est agréable. Louis XIV n'eût aimé voir à Versailles ni un officier faisant le coq, ni un prince faisant le dindon. Ce qui rehaussait la dignité royale et impériale en Angleterre et en Russie eût semblé à Louis-le-Grand incompatible avec la couronne de saint Louis. On sait son mécontentement quand Madame Henriette une nuit s'oublia jusqu'à voir en songe une poule, grave inconvenance en effet dans une personne de la cour. Quand on est de la grande, on ne doit point rêver de la basse[1]. Bossuet, on s'en souvient, partagea le scandale de Louis XIV[2].

---

la nuit comme un Coq, et déclare par son chant quelle heure il est » fait partie de la liste des Officiers de la Maison du Roi et des « Serviteurs du bas étage ».
   1. On appréciera le jeu de mots.   **2.** S'agit-il d'Henriette-Anne d'Angleterre, épouse du frère de Louis XIV, morte subitement en 1670 et dont Bossuet prononça l'oraison funèbre (« Madame se meurt, Madame est morte ! ») ? C'est dans l'oraison funèbre de la Princesse Palatine (Anne de Gonzague), que Bossuet raconte comment la conversion de la princesse se réalise par deux rêves, dont celui d'« une poule devenue mère », mais le songe, loin d'être dévalué, est présenté comme une parabole inspirée d'une comparaison évangélique (Matth., XXIII, 37). Précisons que Bossuet, dans l'œuvre de Hugo, est toujours dénoncé pour la collusion de l'éloquence religieuse et du despotisme monarchique.

IV

Le commerce des enfants au dix-septième siècle se complétait, nous venons de l'expliquer, par une industrie. Les comprachicos faisaient ce commerce et exerçaient cette industrie. Ils achetaient des enfants, travaillaient un peu cette matière première, et la revendaient ensuite.

Les vendeurs étaient de toute sorte, depuis le père misérable se débarrassant de sa famille jusqu'au maître utilisant son haras [1] d'esclaves. Vendre des hommes n'avait rien que de simple. De nos jours on s'est battu pour maintenir ce droit. On se rappelle, il y a de cela moins d'un siècle, l'électeur de Hesse vendant ses sujets au roi d'Angleterre qui avait besoin d'hommes à faire tuer en Amérique. On allait chez l'électeur de Hesse comme chez le boucher, acheter de la viande. L'électeur de Hesse tenait de la chair à canon [2]. Ce prince accrochait ses sujets dans sa boutique. Marchandez, c'est à vendre. En Angleterre, sous Jeffreys, après la tragique aventure de Monmouth [3], il y eut force seigneurs et gentilshommes décapités et écartelés ; ces suppliciés laissèrent des épouses et des filles, veuves et orphelines que Jacques II donna à la reine sa femme. La reine vendit ces ladies à Guillaume Penn. Il est probable que ce roi avait une remise et tant pour cent. Ce qui étonne, ce n'est pas que Jacques II ait vendu ces femmes, c'est que Guillaume Penn les ait achetées [4].

---

1. Établissement où l'on fait se reproduire des chevaux. L'esclave est traité comme un animal.   2. Frédéric II de Hesse-Cassel, « célèbre par la vente qu'il fit de ses sujets » (P. Larousse) à l'Angleterre en guerre contre les colonies d'Amérique qui s'étaient révoltées : plus de 20 000 mercenaires hessois de 1776 à 1783 auraient ainsi combattu du côté anglais lors de la guerre d'Indépendance américaine.   3. Voir la Chronologie.   4. Quaker anglais fondateur de la Pennsylvanie en 1682. Il a formulé les lois d'un État démocratique et libéral (*Frames of Government*, 1682-1701), qui a servi de modèle à la Constitution américaine. Cela justifie l'étonnement du narrateur.

L'emplette de Penn s'excuse, ou s'explique, par ceci que Penn, ayant un désert à ensemencer d'hommes, avait besoin de femmes. Les femmes faisaient partie de son outillage.

Ces ladies furent une bonne affaire pour sa gracieuse majesté la reine. Les jeunes se vendirent cher. On songe avec le malaise d'un sentiment de scandale compliqué, que Penn eut probablement de vieilles duchesses à très-bon marché.

Les comprachicos se nommaient aussi « les cheylas », mot indou qui signifie *dénicheurs d'enfants*.

Longtemps les comprachicos ne se cachèrent qu'à demi. Il y a parfois dans l'ordre social une pénombre complaisante aux industries scélérates ; elles s'y conservent. Nous avons vu de nos jours en Espagne une affiliation de ce genre, dirigée par le trabucaire [1] Ramon Selles, durer de 1834 à 1866, et tenir trente ans sous la terreur trois provinces, Valence, Alicante, et Murcie.

Sous les Stuarts, les comprachicos n'étaient point mal en cour. Au besoin, la raison d'état se servait d'eux. Ils furent pour Jacques II presque un *instrumentum regni* [2]. C'était l'époque où l'on tronquait les familles encombrantes et réfractaires, où l'on coupait court aux filiations, où l'on supprimait brusquement les héritiers. Parfois on frustrait une branche au profit de l'autre. Les comprachicos avaient un talent, défigurer, qui les recommandait à la politique. Défigurer vaut mieux que tuer. Il y avait bien le masque de fer [3], mais

---

1. Bandit espagnol dont le nom provient du fusil dont ces brigands se servaient, le trabuc ou tromblon. La chemise comprenant les premières notes préparatoires du roman porte dans un coin l'inscription suivante : « *La mystérieuse affiliation à Ramon Selles en Espagne qui a trente ans tenu sous la terreur les provinces d'Alicante, de Murcie et de Valence, 1866.* » On ne sait pas si Ramon Selles est un personnage réel ou fictif (P. Berret, voir Bibliographie). **2.** Moyen de régner. **3.** Porté par un mystérieux prisonnier d'État qui mourut à la Bastille en novembre 1703, le Masque de fer est devenu par extension le nom de ce prisonnier, que Voltaire évoque dans *Le Siècle de Louis XIV*. En 1839, Hugo avait commencé un drame sur le sujet, *Les Jumeaux*, où il adoptait l'hypothèse d'un frère jumeau de Louis XIV.

c'est un gros moyen. On ne peut peupler l'Europe de masques de fer, tandis que les bateleurs difformes courent les rues sans invraisemblance ; et puis le masque de fer est arrachable, le masque de chair ne l'est pas. Vous masquer à jamais avec votre propre visage, rien n'est plus ingénieux. Les comprachicos travaillaient l'homme comme les chinois travaillent l'arbre. Ils avaient des secrets, nous l'avons dit ; ils avaient des trucs. Art perdu. Un certain rabougrissement bizarre sortait de leurs mains. C'était ridicule et profond. Ils touchaient à un petit être avec tant d'esprit que le père ne l'eût pas reconnu. Quelquefois ils laissaient la colonne dorsale droite, mais ils refaisaient la face. Ils démarquaient un enfant comme on démarque un mouchoir.

Les produits destinés aux bateleurs avaient les articulations disloquées d'une façon savante. On les eût dit désossés. Cela faisait des gymnastes.

Non seulement les comprachicos ôtaient à l'enfant son visage, mais ils lui ôtaient sa mémoire. Du moins ils lui en ôtaient ce qu'ils pouvaient. L'enfant n'avait point conscience de la mutilation qu'il avait subie. Cette épouvantable chirurgie laissait trace sur sa face, non dans son esprit. Il pouvait se souvenir tout au plus qu'un jour il avait été saisi par des hommes, puis qu'il s'était endormi, et qu'ensuite on l'avait guéri. Guéri de quoi ? il l'ignorait. Des brûlures par le soufre et des incisions par le fer, il ne se rappelait rien. Les comprachicos, pendant l'opération, assoupissaient le petit patient au moyen d'une poudre stupéfiante qui passait pour magique et qui supprimait la douleur. Cette poudre a été de tout temps connue en Chine, et y est encore employée à l'heure qu'il est. La Chine a eu avant nous toutes nos inventions, l'imprimerie, l'artillerie, l'aérostation[1], le chloroforme. Seulement la découverte qui en Europe prend tout de suite vie et

1. Technique de déplacement aérien par utilisation d'un gaz plus léger que l'air (ballon, dirigeable, montgolfière).

croissance, et devient prodige et merveille, reste
embryon en Chine et s'y conserve morte. La Chine est
un bocal de fœtus.

Puisque nous sommes en Chine, restons-y un
moment encore pour un détail. En Chine, de tout
temps, on a vu la recherche d'art et d'industrie que
voici : c'est le moulage de l'homme vivant. On prend
un enfant de deux ou trois ans, on le met dans un vase
de porcelaine plus ou moins bizarre, sans couvercle et
sans fond, pour que la tête et les pieds passent. Le jour
on tient ce vase debout, la nuit on le couche pour que
l'enfant puisse dormir. L'enfant grossit ainsi sans grandir, emplissant de sa chair comprimée et de ses os tor-
dus les bossages du vase. Cette croissance en bouteille
dure plusieurs années. À un moment donné, elle est
irrémédiable. Quand on juge que cela a pris et que le
monstre est fait, on casse le vase, l'enfant en sort, et
l'on a un homme ayant la forme d'un pot.

C'est commode ; on peut d'avance se commander
son nain de la forme qu'on veut.

V

Jacques II toléra les comprachicos. Par une bonne
raison, c'est qu'il s'en servait. Cela du moins lui arriva
plus d'une fois. On ne dédaigne pas toujours ce qu'on
méprise. Cette industrie d'en bas, expédient excellent
parfois pour l'industrie d'en haut qu'on nomme la politique, était volontairement laissée misérable, mais
point persécutée. Aucune surveillance, mais une certaine attention. Cela peut être utile. La loi fermait un
œil, le roi ouvrait l'autre.

Quelquefois le roi allait jusqu'à avouer sa compli-
cité. Ce sont là les audaces du terrorisme monarchique.
Le défiguré était fleurdelysé ; on lui ôtait la marque de
Dieu, on lui mettait la marque du roi. Jacob Astley,

chevalier et baronnet, seigneur de Melton, constable
dans le comté de Norfolk, eut dans sa famille un enfant
vendu, sur le front duquel le commissaire vendeur avait
imprimé au fer chaud une fleur de lys. Dans de certains
cas, si l'on tenait à constater, pour des raisons quelconques, l'origine royale de la situation nouvelle faite
à l'enfant, on employait ce moyen. L'Angleterre nous
a toujours fait l'honneur d'utiliser, pour ses usages personnels, la fleur de lys.

Les comprachicos, avec la nuance qui sépare une
industrie d'un fanatisme, étaient analogues aux étran-
gleurs de l'Inde ; ils vivaient entre eux, en bandes, un
peu baladins, mais par prétexte. La circulation leur était
ainsi plus facile. Ils campaient çà et là, mais graves, religieux et n'ayant avec les autres nomades aucune ressemblance, incapables de vol. Le peuple les a longtemps
confondus à tort avec les morisques[1] d'Espagne et les
morisques de Chine. Les morisques d'Espagne étaient
faux monnayeurs, les morisques de Chine étaient filous.
Rien de pareil chez les comprachicos. C'étaient d'honnêtes gens. Qu'on en pense ce qu'on voudra, ils étaient
parfois sincèrement scrupuleux. Ils poussaient une
porte, entraient, marchandaient un enfant, payaient et
l'emportaient. Cela se faisait correctement.

Ils étaient de tous les pays. Sous ce nom, *comprachicos*, fraternisaient des anglais, des français, des castillans, des allemands, des italiens. Une même pensée, une
même superstition, l'exploitation en commun d'un
même métier, font de ces fusions. Dans cette fraternité
de bandits, des levantins représentaient l'Orient, des
ponentais représentaient l'Occident[2]. Force basques y

---

1. Mauresques.   2. Vocabulaire employé par les marins de Méditerranée qui opposent le Ponant (l'Occident), les côtes occidentales de l'Europe,
au Levant (Orient), aux côtes de la Méditerranée orientale. Les Ponantais
(orthographe donnée par P. Larousse) sont ainsi des matelots de l'Océan tandis que les Levantins naviguent sur la Méditerranée. P. Larousse souligne
l'antipathie profonde et souvent sanglante qui a opposé ces deux « races de
marins », encore au début du XIXe siècle. Leur affiliation dans la même confré-
rie des *comprachicos* est donc remarquable.

dialoguaient avec force irlandais ; le basque et l'irlandais se comprennent, ils parlent le vieux jargon punique[1] ; ajoutez à cela les relations intimes de l'Irlande catholique avec la catholique Espagne. Relations telles qu'elles ont fini par faire pendre à Londres presque un roi d'Irlande, le lord gallois de Brany, ce qui a produit le comté de Letrim[2].

Les comprachicos étaient plutôt une association qu'une peuplade, plutôt un résidu qu'une association. C'était toute la gueuserie de l'univers ayant pour industrie un crime. C'était une sorte de peuple arlequin composé de tous les haillons. Affilier un homme, c'était coudre une loque.

Errer, était la loi d'existence des comprachicos. Apparaître, puis disparaître. Qui n'est que toléré ne prend pas racine. Même dans les royaumes où leur industrie était pourvoyeuse des cours, et, au besoin, auxiliaire du pouvoir royal, ils étaient parfois tout à coup rudoyés. Les rois utilisaient leur art et mettaient les artistes aux galères. Ces inconséquences sont dans le va-et-vient du caprice royal. Car tel est notre plaisir.

Pierre qui roule et industrie qui rôde n'amassent pas de mousse. Les comprachicos étaient pauvres. Ils auraient pu dire ce que disait cette sorcière maigre et en guenilles voyant s'allumer la torche du bûcher : « Le jeu n'en vaut pas la chandelle. » Peut-être, probablement même, leurs chefs, restés inconnus, les entrepreneurs en grand du commerce des enfants, étaient riches. Ce point, après deux siècles, serait malaisé à éclaircir.

C'était, nous l'avons dit, une affiliation. Elle avait ses lois, son serment, ses formules. Elle avait presque sa cabale. Qui voudrait en savoir long aujourd'hui sur les comprachicos n'aurait qu'à aller en Biscaye et en

---

1. Langue des Carthaginois. Manière pour Hugo d'inscrire le Mal dans un passé archaïque et originaire.   2. Leitrim, comté au nord de l'Irlande, qui formait auparavant le royaume de Bréifne, pays des O'Rourkes, avant que sir Brian O'Rourke, en 1588, n'abrite un millier de soldats espagnols après la défaite de l'Invincible Armada, ce qui lui valut d'être conduit hors de l'Irlande et exécuté en 1591.

Galice. Comme il y avait beaucoup de basques parmi
eux, c'est dans ces montagnes-là qu'est leur légende. On
parle encore à l'heure qu'il est des comprachicos à Oyar-
zun, à Urbistondo, à Leso, à Astigarraga. *Aguarda te,
niño, que voy a llamar al comprachicos !** est dans ce
pays-là le cri d'intimidation des mères aux enfants.

Les comprachicos, comme les tchiganes [1] et les gypsies, se donnaient des rendez-vous ; de temps en temps,
les chefs échangeaient des colloques. Ils avaient au dix-
septième siècle quatre principaux points de rencontre.
Un en Espagne : le défilé de Pancorbo [2] ; un en Allemagne : la clairière dite la Mauvaise Femme, près Die-
kirsch, où il y a deux bas-reliefs énigmatiques
représentant une femme qui a une tête et un homme qui
n'en a pas ; un en France : le tertre où était la colossale
statue Massue-la-Promesse, dans l'ancien bois sacré
Borvo Tomona, près de Bourbonne-les-Bains ; un en
Angleterre : derrière le mur du jardin de William Chalo-
ner, écuyer de Gisbrough en Cleveland dans York, entre
la tour carrée et le grand pignon percé d'une porte ogive.

VI

Les lois contre les vagabonds ont toujours été très-
rigoureuses en Angleterre. L'Angleterre, dans sa législation gothique, semblait s'inspirer de ce principe : *Homo
errans fera errante pejor* [3]. Un de ses statuts spéciaux
qualifie l'homme sans asile « plus dangereux que l'as-
pic, le dragon, le lynx et le basilic » (*atrocior aspide,*

---

* *Prends garde, je vais appeler le comprachicos.*

---

1. Tziganes.   **2.** Défilé de sinistre mémoire pour Hugo qui avait dû le
traverser, enfant, en 1811, avec sa mère et ses frères. Voir le chap. XVIII
du *Victor Hugo raconté par un témoin de sa vie.*   **3.** « L'homme errant
est pire que la bête féroce errante. »

dracone, lynce et basilico). L'Angleterre a longtemps eu le même souci des gypsies, dont elle voulait se débarrasser, que des loups, dont elle s'était nettoyée.

En cela l'anglais diffère de l'irlandais qui prie les saints pour la santé du loup, et l'appelle « mon parrain ».

La loi anglaise pourtant, de même qu'elle tolérait, on vient de le voir, le loup apprivoisé et domestiqué, devenu en quelque sorte un chien, tolérait le vagabond à état, devenu un sujet. On n'inquiétait ni le saltimbanque, ni le barbier ambulant, ni le physicien, ni le colporteur, ni le savant en plein vent, attendu qu'ils ont un métier pour vivre. Hors de là, et à ces exceptions près, l'espèce d'homme libre qu'il y a dans l'homme errant faisait peur à la loi. Un passant était un ennemi public possible. Cette chose moderne, flâner, était ignorée ; on ne connaissait que cette chose antique, rôder. La « mauvaise mine », ce je ne sais quoi que tout le monde comprend et que personne ne peut définir, suffisait pour que la société prît un homme au collet. Où demeures-tu ? Que fais-tu ? Et s'il ne pouvait répondre, de rudes pénalités l'attendaient. Le fer et le feu étaient dans le code. La loi pratiquait la cautérisation du vagabondage.

De là, sur tout le territoire anglais, une vraie « loi des suspects » appliquée aux rôdeurs, volontiers malfaiteurs, disons-le, et particulièrement aux gypsies, dont l'expulsion a été à tort comparée à l'expulsion des juifs et des maures d'Espagne, et des protestants de France. Quant à nous, nous ne confondons point une battue avec une persécution.

Les comprachicos, insistons-y, n'avaient rien de commun avec les gypsies. Les gypsies étaient une nation ; les comprachicos étaient un composé de toutes les nations ; un résidu, nous l'avons dit ; cuvette horrible d'eaux immondes. Les comprachicos n'avaient point, comme les gypsies, un idiome à eux ; leur jargon était une promiscuité d'idiomes ; toutes les langues mêlées étaient leur langue ; ils parlaient un tohu-bohu. Ils avaient fini par être, ainsi que les gypsies, un peuple serpentant parmi les peuples ; mais leur lien commun était l'affiliation, non la race. À toutes les époques de l'histoire, on peut constater, dans cette vaste masse liquide qui est l'humanité, de ces ruisseaux d'hommes vénéneux coulant à part, avec quelque empoisonnement autour d'eux. Les gypsies étaient une famille ; les comprachicos étaient une franc-maçonnerie ; maçonnerie ayant, non un but auguste, mais une industrie hideuse. Dernière différence, la religion. Les gypsies étaient païens, les comprachicos étaient chrétiens ; et même bons chrétiens ; comme il sied à une affiliation qui, bien que mélangée de tous les peuples, avait pris naissance en Espagne, lieu dévot.

Ils étaient plus que chrétiens, ils étaient catholiques ; ils étaient plus que catholiques, ils étaient romains ; et si ombrageux dans leur foi et si purs, qu'ils refusèrent de s'associer avec les nomades hongrois du comitat de Pesth, commandés et conduits par un vieillard ayant pour sceptre un bâton à pomme d'argent que surmonte l'aigle d'Autriche à deux têtes. Il est vrai que ces hongrois étaient schismatiques au point de célébrer l'Assomption le 27 août [1], ce qui est abominable.

En Angleterre, tant que régnèrent les Stuarts, l'affiliation des comprachicos fut, nous en avons laissé entrevoir les motifs, à peu près protégée. Jacques II, homme fervent, qui persécutait les juifs et traquait les gypsies, fut bon prince pour les comprachicos. On a vu pourquoi. Les comprachicos étaient acheteurs de la denrée humaine dont le roi était marchand. Ils excellaient dans les disparitions. Le bien de l'état veut de temps en temps des disparitions. Un héritier gênant, en bas âge, qu'ils prenaient et qu'ils maniaient, perdait sa forme. Ceci facilitait les confiscations. Les transferts de seigneuries aux favoris en étaient simplifiés. Les comprachicos étaient de plus très-discrets et très-taciturnes, s'engageaient au silence, et tenaient parole, ce qui est nécessaire pour les choses d'état. Il n'y avait presque pas d'exemple qu'ils eussent trahi les secrets du roi. C'était, il est vrai, leur

----

1. Au lieu du 15 août.

intérêt. Et si le roi eût perdu confiance, ils eussent été fort en danger. Ils étaient donc de ressource au point de vue de la politique. En outre, ces artistes fournissaient des chanteurs au saint-père. Les comprachicos étaient utiles au miserere d'Allegri[1]. Ils étaient particulièrement dévots à Marie. Tout ceci plaisait au papisme des Stuarts. Jacques II ne pouvait être hostile à des hommes religieux qui poussaient la dévotion à la vierge jusqu'à fabriquer des eunuques. En 1688 il y eut un changement de dynastie en Angleterre. Orange supplanta Stuart. Guillaume II remplaça Jacques III.

Jacques II alla mourir en exil où il se fit des miracles sur son tombeau, et où ses reliques guérirent l'évêque d'Autun de la fistule[2], digne récompense des vertus chrétiennes de ce prince.

Guillaume, n'ayant point les mêmes idées ni les mêmes pratiques que Jacques, fut sévère aux comprachicos. Il mit beaucoup de bonne volonté à l'écrasement de cette vermine.

Un statut des premiers temps de Guillaume et Marie frappa rudement l'affiliation des acheteurs d'enfants. Ce fut un coup de massue sur les comprachicos, désormais pulvérisés. Aux termes de ce statut, les hommes de cette affiliation, pris et dûment convaincus, devaient être marqués sur l'épaule d'un fer chaud imprimant un R, qui

---

1. Compositeur italien et chanteur à la chapelle pontificale, il composa un *Miserere* pour neuf voix et deux chœurs que Mozart transcrivit de mémoire. Hugo fait allusion à l'utilisation dans l'art lyrique de castrats, garçons châtrés pour qu'ils conservent une voix de soprano. **2.** Ce détail sur Jacques II est emprunté par Hugo au *Nouveau Dictionnaire historique*, de Chaudon et Delandine (éd. de 1804). Non seulement les rois de France et d'Angleterre, conformément à la tradition, auraient le don de guérir les écrouelles, mais le roi d'Angleterre, du moins ses restes, soigneraient la fistule, non sans ironie de la part de Hugo, étant donné les parties où peut se loger cette maladie. La fistule est une forme d'ulcère, un « canal accidentel qui communique avec une glande ou une cavité naturelle et amène au dehors, soit des liquides naturels, soit des matières provenant d'une cause morbide : FISTULE *lacrymale, urinaire, salivaire, stercorale* ou *de l'anus* » (P. Larousse). « Dans le langage vulgaire, fistule s'entend de la fistule à l'anus » (Littré).

signifie *rogue*, c'est-à-dire gueux ; sur la main gauche d'un T, signifiant *thief*, c'est-à-dire voleur, et sur la main droite d'un M, signifiant *man slay*, c'est-à-dire meurtrier. Les chefs, « présumés riches, quoique d'aspect mendiant », seraient punis du *collistrigium*, qui est le pilori, et marqués au front d'un P, plus leurs biens confisqués et les arbres de leurs bois déracinés. Ceux qui ne dénonceraient point les comprachicos seraient « châtiés de confiscation et de prison perpétuelle », comme pour le crime de misprision[1]. Quant aux femmes trouvées parmi ces hommes, elles subiraient le *cucking stool*, qui est un trébuchet dont l'appellation, composée du mot français *coquine* et du mot allemand *stuhl*, signifie « chaise de p... ». La loi anglaise étant douée d'une longévité bizarre, cette punition existe encore dans la législation d'Angleterre pour « les femmes querelleuses ». On suspend le cucking stool au-dessus d'une rivière ou d'un étang, on asseoit la femme dedans, et on laisse tomber la chaise dans l'eau, puis on la retire, et on recommence trois fois ce plongeon de la femme, « pour rafraîchir sa colère », dit le commentateur Chamberlayne[2].

---

1. Dans l'*État présent de l'Angleterre* de Chamberlayne, 1re partie, p. 57 (voir note 2, p. 72), crime de haute trahison étendu aussi au fait de ne pas dénoncer une trahison ou un crime. La citation exacte de Chamberlayne est « puni de la confiscation du revenu de ses Terres et de la Prison perpétuelle ».
2. Hugo cite à nouveau la source principale de sa documentation, déjà mentionnée p. 72, et cette fois-ci sans la trahir, 1re partie, p. 59.

LIVRE PREMIER [1]

LA NUIT MOINS NOIRE QUE L'HOMME

I

LA POINTE SUD DE PORTLAND

Une bise opiniâtre du nord souffla sans discontinuer sur le continent européen, et, plus rudement encore, sur l'Angleterre, pendant tout le mois de décembre 1689 et tout le mois de janvier 1690. De là le froid calamiteux qui a fait noter cet hiver comme « mémorable aux pauvres » sur les marges de la vieille bible de la chapelle presbytérienne des Non Jurors de Londres. Grâce à la solidité utile de l'antique parchemin monarchique employé aux registres officiels, de longues listes d'indigents trouvés morts de famine et de nudité sont encore lisibles aujourd'hui dans beaucoup de répertoires locaux, particulièrement dans les pouillés de la Clink liberty Court du bourg de Southwark, de la Pie powder Court, ce qui veut dire Cour des pieds pou-

---

1. Ces pages sont les premières rédigées par Hugo. Sur le manuscrit, en tête du premier feuillet qui suit une page de titre (portant « Première partie : La Mer et la Nuit »), il a écrit : « Commencé à Bruxelles, 4, place des Barricades, le 21 juillet 1866, jour de ma fête. »

dreux, et de la White Chapel Court, tenue au village
de Stapney par le bailli du seigneur. La Tamise prit, ce
qui n'arrive pas une fois par siècle, la glace s'y formant
difficilement à cause de la secousse de la mer. Les
chariots roulèrent sur la rivière gelée ; il y eut sur la
Tamise foire avec tentes, et combats d'ours et de taureaux ; on y rôtit un bœuf entier sur la glace. Cette
épaisseur de glace dura deux mois[1]. La pénible année
1690 dépassa en rigueur même les hivers célèbres du
commencement du dix-septième siècle, si minutieusement observés par le docteur Gédéon Delaun, lequel
a été honoré par la ville de Londres d'un buste avec
piédouche[2] en qualité d'apothicaire du roi Jacques Ier.

Un soir, vers la fin d'une des plus glaciales journées
de ce mois de janvier 1690, il se passait dans une des
nombreuses anses inhospitalières du golfe de Portland
quelque chose d'inusité qui faisait crier et tournoyer à
l'entrée de cette anse les mouettes et les oies de mer,
n'osant rentrer.

Dans cette crique, la plus périlleuse de toutes les
anses du golfe quand règnent de certains vents, et par
conséquent la plus solitaire, commode, à cause de son
danger même, aux navires qui se cachent, un petit bâtiment, accostant presque la falaise, grâce à l'eau profonde, était amarré à une pointe de roche. On a tort de
dire la nuit tombe ; on devrait dire la nuit monte ; car
c'est de terre que vient l'obscurité. Il faisait déjà nuit
au bas de la falaise ; il faisait encore jour en haut. Qui
se fût approché du bâtiment amarré, eût reconnu une
ourque biscayenne[3].

Le soleil, caché toute la journée par les brumes,
venait de se coucher. On commençait à sentir cette

---

1. Montage de Hugo à partir de J. Beeverell (voir note 2, p. 40 ; dans la
Bibliographie, J. Gaudon, « Les vicissitudes du savoir »).   2. Petit piédestal.   3. Comme dans *Les Travailleurs de la mer* dont le héros navigue
sur une « panse », Hugo choisit volontairement un type d'embarcation déjà
archaïque au moment de l'histoire (il le dit explicitement page suivante) et
il en dresse les caractéristiques précises.

angoisse profonde et noire qu'on pourrait nommer l'anxiété du soleil absent.

Le vent ne venant pas de la mer, l'eau de la crique était calme.

C'était, en hiver surtout, une exception heureuse. Ces criques de Portland sont presque toujours des havres de barre[1]. La mer dans les gros temps s'y émeut considérablement, et il faut beaucoup d'adresse et de routine pour passer là en sûreté. Ces petits ports, plutôt apparents que réels, font un mauvais service. Il est redoutable d'y entrer et terrible d'en sortir. Ce soir-là, par extraordinaire, nul péril.

L'ourque de Biscaye est un ancien gabarit tombé en désuétude. Cette ourque, qui a rendu des services, même à la marine militaire, était une coque robuste, barque par la dimension, navire par la solidité. Elle figurait dans l'Armada[2] ; l'ourque de guerre atteignait, il est vrai, de forts tonnages ; ainsi la capitainesse *Grand Griffon*, montée par Lope de Médina, jaugeait six cent cinquante tonneaux et portait quarante canons ; mais l'ourque marchande et contrebandière était d'un très-faible échantillon[3]. Les gens de mer estimaient et considéraient ce gabarit chétif. Les cordages de l'ourque étaient formés de tourons[4] de chanvre, quelques-uns avec âme[5] en fil de fer, ce qui indique une intention probable, quoique peu scientifique, d'obtenir des indications dans les cas de tension magné-

---

1. Petits ports dont l'entrée est fermée par un banc de roches ou de sable. **2.** L'(Invincible) Armada désigne la flotte espagnole envoyée en 1588 par Philippe II d'Espagne pour débarquer en Angleterre, punir la reine d'Angleterre Élisabeth de l'exécution de Marie Stuart et rétablir le catholicisme. Ce fut un désastre qui sonna le glas de la suprématie maritime espagnole et consacra la gloire des navigateurs anglais, en particulier sir Francis Drake et sir Walter Raleigh. **3.** Dimension des pièces de bois servant aux constructions navales. **4.** Un toron (*sic*) est un assemblage de fils tournés ensemble ; plusieurs torons entortillés servent à former un cordage. **5.** Sens concret et technique désignant la partie médiane ou principale. « Dans quelques cordages, l'âme est un toron qui est placé longitudinale-ment dans l'axe » (Littré).

tique ; la délicatesse de ce gréement[1] n'excluait point
les gros câbles de fatigue, les cabrias des galères espagnoles et les cameli des trirèmes romaines[2]. La barre
était très-longue, ce qui a l'avantage d'un grand bras
de levier, mais l'inconvénient d'un petit arc d'effort ;
deux rouets dans deux clans au bout de la barre corri-
geaient ce défaut et réparaient un peu cette perte de
force. La boussole était bien logée dans un habitacle
parfaitement carré, et bien balancée par ses deux cadres
de cuivre placés l'un dans l'autre horizontalement sur
de petits boulons comme dans les lampes de Cardan[3].
Il y avait de la science et de la subtilité dans la
construction de l'ourque, mais c'était de la science
ignorante et de la subtilité barbare. L'ourque était primitive comme la prame[4] et la pirogue, participait de la
prame par la stabilité et de la pirogue par la vitesse, et
avait, comme toutes les embarcations nées de l'instinct
pirate et pêcheur, de remarquables qualités de mer. Elle
était propre aux eaux fermées et aux eaux ouvertes ;
son jeu de voiles, compliqué d'étais[5] et très-particulier,
lui permettait de naviguer petitement dans les baies
closes des Asturies, qui sont presque des bassins,
comme Pasages par exemple[6], et largement en pleine
mer ; elle pouvait faire le tour d'un lac et le tour du
monde ; singulières nefs à deux fins, bonnes pour
l'étang, et bonnes pour la tempête. L'ourque était
parmi les navires ce qu'est le hochequeue parmi les
oiseaux, un des plus petits et un des plus hardis ; le

---

1. Tout le matériel de manœuvre, cordes et accessoires, nécessaire à la
propulsion d'un navire.   **2.** Cabrias et cameli sont des variétés de câble.
3. Jérôme Cardan (voir note 3, p. 47) est aussi l'inventeur d'un système de
suspension qui permet de maintenir le corps suspendu dans une position
invariable malgré les oscillations de son support.   **4.** Grand bâtiment à
rames et à voiles, à fond plat et d'un faible tirant d'eau.   **5.** Gros cordage
qui sert à soutenir les mâts d'un navire contre les efforts qui pourraient les
renverser de l'arrière vers l'avant.   **6.** Le passage qui suit, consacré à la
beauté du Pays basque espagnol, est investi des souvenirs personnels de
Hugo, qui parcourut la région en 1843 et séjourna à Pasages ; on en trouvera
le récit dans le *Voyage aux Pyrénées*. Se mêlent peut-être aussi des souvenirs d'enfance, en 1811.

hochequeue, perché, fait à peine plier un roseau, et,
envolé, traverse l'océan.

Les ourques de Biscaye, même les plus pauvres,
étaient dorées et peintes. Ce tatouage est dans le génie
de ces peuples charmants, un peu sauvages. Le sublime
bariolage de leurs montagnes, quadrillées de neiges et
de prairies, leur révèle le prestige âpre de l'ornement
quand même. Ils sont indigents et magnifiques ; ils
mettent des armoiries à leurs chaumières ; ils ont de
grands ânes qu'ils chamarrent de grelots et de grands
bœufs qu'ils coiffent de plumes ; leurs chariots, dont
on entend à deux lieues grincer les roues, sont enlu-
minés, ciselés, et enrubannés. Un savetier a un bas-
relief sur sa porte ; c'est saint Crépin[1] et une savate,
mais c'est en pierre. Ils galonnent leur veste de cuir ;
ils ne recousent pas le haillon, mais ils le brodent.
Gaîté profonde et superbe. Les basques sont, comme
les grecs, des fils du soleil. Tandis que le valencien se
drape nu et triste dans sa couverture de laine rousse
trouée pour le passage de la tête, les gens de Galice et
de Biscaye ont la joie des belles chemises de toile blan-
chie à la rosée. Leurs seuils et leurs fenêtres regorgent
de faces blondes et fraîches, riant sous les guirlandes
de maïs. Une sérénité joviale et fière éclate dans leurs
arts naïfs, dans leurs industries, dans leurs coutumes,
dans la toilette des filles, dans les chansons. La montagne, cette masure colossale, est en Biscaye toute
lumineuse ; les rayons entrent et sortent par toutes ses
brèches. Le farouche Jaïzquivel est plein d'idylles. La
Biscaye est la grâce pyrénéenne comme la Savoie est
la grâce alpestre. Les redoutables baies qui avoisinent
Saint-Sébastien, Leso et Fontarabie, mêlent aux tourmentes, aux nuées, aux écumes par-dessus les caps,
aux rages de la vague et du vent, à l'horreur, au fracas,
des batelières couronnées de roses. Qui a vu le pays
basque veut le revoir. C'est la terre bénie. Deux
récoltes par an, des villages gais et sonores, une pau-

---

1. Patron des cordonniers.

vreté altière, tout le dimanche un bruit de guitares,
danses, castagnettes, amours, des maisons propres et
claires, les cigognes dans les clochers.

Revenons à Portland, âpre montagne de la mer.

La presqu'île de Portland, vue en plan géométral,
offre l'aspect d'une tête d'oiseau dont le bec est tourné
vers l'Océan et l'occiput vers Weymouth ; l'isthme est
le cou.

Portland, au grand dommage de sa sauvagerie, existe
aujourd'hui pour l'industrie. Les côtes de Portland ont
été découvertes par les carriers et les plâtriers vers le
milieu du dix-huitième siècle. Depuis cette époque,
avec la roche de Portland, on fait du ciment dit romain,
exploitation utile qui enrichit le pays et défigure la
baie. Il y a deux cents ans, ces côtes étaient ruinées
comme une falaise, aujourd'hui elles sont ruinées
comme une carrière ; la pioche mord petitement, et le
flot grandement ; de là une diminution de beauté. Au
gaspillage magnifique de l'Océan a succédé la coupe
réglée de l'homme. Cette coupe réglée a supprimé la
crique où était amarrée l'ourque biscayenne. Pour
retrouver quelque vestige de ce petit mouillage démoli,
il faudrait chercher sur la côte orientale de la presqu'île, vers la pointe, au-delà de Folly-Pier et de
Dirdle-Pier, au-delà même de Wakeham, entre le lieu
dit Church-Hop et le lieu dit Southwell.

La crique, murée de tous les côtés par des escarpements plus hauts qu'elle n'était large, était de minute
en minute plus envahie par le soir ; la brume trouble,
propre au crépuscule, s'y épaississait ; c'était comme
une crue d'obscurité au fond d'un puits ; la sortie de
la crique sur la mer, couloir étroit, dessinait dans cet
intérieur presque nocturne où le flot remuait, une fissure blanchâtre. Il fallait être tout près pour apercevoir
l'ourque amarrée aux rochers et comme cachée dans
leur grand manteau d'ombre. Une planche jetée du
bord à une saillie basse et plate de la falaise, unique
point où l'on pût prendre pied, mettait la barque en
communication avec la terre, des formes noires mar-

chaient et se croisaient sur ce pont branlant, et dans ces ténèbres des gens s'embarquaient.

Il faisait moins froid dans la crique qu'en mer, grâce à l'écran de roche dressé au nord de ce bassin ; diminution qui n'empêchait pas ces gens de grelotter. Ils se hâtaient.

Les effets de crépuscule découpent les formes à l'emporte-pièce ; de certaines dentelures à leurs habits étaient visibles, et montraient que ces gens appartenaient à la classe nommée en Angleterre *the ragged*, c'est-à-dire les déguenillés.

On distinguait vaguement dans les reliefs de la falaise la torsion d'un sentier. Une fille qui laisse pendre et traîner son lacet sur un dossier de fauteuil dessine, sans s'en douter, à peu près tous les sentiers de falaises et de montagnes. Le sentier de cette crique, plein de nœuds et de coudes, presque à pic, et meilleur pour les chèvres que pour les hommes, aboutissait à la plate-forme où était la planche. Les sentiers de falaise sont habituellement d'une déclivité peu tentante ; ils s'offrent moins comme une route que comme une chute ; ils croulent plutôt qu'ils ne descendent. Celui-ci, ramification vraisemblable de quelque chemin dans la plaine, était désagréable à regarder, tant il était vertical. On le voyait d'en bas gagner en zigzag les assises hautes de la falaise d'où il débouchait à travers des effondrements sur le plateau supérieur par une entaille au rocher. C'est par ce sentier qu'avaient dû venir les passagers que cette barque attendait dans cette crique.

Autour du mouvement d'embarquement qui se faisait dans la crique, mouvement visiblement effaré et inquiet, tout était solitaire. On n'entendait ni un pas, ni un bruit, ni un souffle. À peine apercevait-on, de l'autre côté de la rade, à l'entrée de la baie de Ringstead, une flottille, évidemment fourvoyée, de bateaux à pêcher le requin. Ces bateaux polaires avaient été chassés des eaux danoises dans les eaux anglaises par les bizarreries de la mer. Les bises boréales jouent de ces tours aux pêcheurs. Ceux-ci venaient de se réfugier au mouillage de Portland, signe de mauvais temps présumable et de péril au large. Ils étaient occupés à jeter l'ancre. La maîtresse barque, placée en vedette selon l'ancien usage des flottilles norwégiennes, dessinait en noir tout son gréement sur la blancheur plate de la mer, et l'on voyait à l'avant la fourche de pêche portant toutes les variétés de crocs et de harpons destinés au seymnus glacialis, au squalus acanthias et au squalus spinax niger, et le filet à prendre la grande selache [1]. À ces quelques embarcations près, toutes balayées dans le même coin, l'œil, en ce vaste horizon de Portland, ne rencontrait rien de vivant. Pas une maison, pas un navire. La côte, à cette époque, n'était pas habitée, et la rade, en cette saison, n'était pas habitable.

Quel que fût l'aspect du temps, les êtres qu'allait emmener l'ourque biscayenne n'en pressaient pas moins le départ. Ils faisaient au bord de la mer une sorte de groupe affairé et confus, aux allures rapides. Les distinguer l'un de l'autre était difficile. Impossible de voir s'ils étaient vieux ou jeunes. Le soir indistinct les mêlait et les estompait. L'ombre, ce masque, était sur leur visage. C'étaient des silhouettes dans de la nuit. Ils étaient huit, il y avait probablement parmi eux une ou deux femmes, malaisées à reconnaître sous les déchirures et les loques dont tout le groupe était affublé, accoutrements qui n'étaient plus ni des vêtements de femmes, ni des vêtements d'hommes. Les haillons n'ont pas de sexe.

Une ombre plus petite, allant et venant parmi les grandes, indiquait un nain ou un enfant.

C'était un enfant.

---

1. Gros poissons de la famille des sélaciens. La sélache ou pélerin peut atteindre 10 mètres de longueur.

II

ISOLEMENT

En observant de près, voici ce qu'on eût pu noter.

Tous portaient de longues capes, percées et rapiécées, mais drapées, et au besoin les cachant jusqu'aux yeux, bonnes contre la bise et la curiosité. Sous ces capes, ils se mouvaient agilement. La plupart étaient coiffés d'un mouchoir roulé autour de la tête, sorte de rudiment par lequel le turban commence en Espagne. Cette coiffure n'avait rien d'insolite en Angleterre. Le Midi à cette époque était à la mode dans le Nord. Peut-être cela tenait-il à ce que le Nord battait le Midi. Il en triomphait et l'admirait. Après la défaite de l'Armada [1], le castillan fut chez Élisabeth un élégant baragouin de cour. Parler anglais chez la reine d'Angleterre était presque « shocking ». Subir un peu les mœurs de ceux à qui l'on fait la loi, c'est l'habitude du vainqueur barbare vis-à-vis le vaincu raffiné ; le tartare contemple et imite le chinois. C'est pourquoi les modes castillanes pénétraient en Angleterre ; en revanche, les intérêts anglais s'infiltraient en Espagne.

Un des hommes du groupe qui s'embarquait avait un air de chef. Il était chaussé d'alpargates [2], et attifé de guenilles passementées [3] et dorées, et d'un gilet de paillon [4], luisant, sous sa cape, comme un ventre de poisson. Un autre rabattait sur son visage un vaste feutre taillé en sombrero. Ce feutre n'avait pas de trou pour la pipe, ce qui indiquait un homme lettré.

L'enfant, par-dessus ses loques, était affublé, selon le principe qu'une veste d'homme est un manteau

---

1. Voir note 2, p. 87.　　**2.** Les « alpargattas », mot espagnol, sont des chaussures grossières faites de joncs ou de cordes tressées (P. Larousse). **3.** Ornées de passement, tissu de fils mêlés d'or, d'argent et de soie, utilisé en particulier pour les bordures.　　**4.** Sorte de paillettes.

d'enfant, d'une souquenille [1] de gabier [2] qui lui descendait jusqu'aux genoux.

Sa taille laissait deviner un garçon de dix à onze ans. Il était pieds nus.

L'équipage de l'ourque se composait d'un patron et de deux matelots.

L'ourque, vraisemblablement, venait d'Espagne et y retournait. Elle faisait, sans nul doute, d'une côte à l'autre, un service furtif.

Les personnes qu'elle était en train d'embarquer, chuchotaient entre elles.

Le chuchotement que ces êtres échangeaient était composite. Tantôt un mot castillan, tantôt un mot allemand, tantôt un mot français ; parfois du gallois, parfois du basque. C'était un patois, à moins que ce ne fût un argot [3].

Ils paraissaient être de toutes les nations et de la même bande.

L'équipage était probablement des leurs. Il y avait de la connivence dans cet embarquement.

Cette troupe bariolée semblait être une compagnie de camarades, peut-être un tas de complices.

S'il y eût eu un peu plus de jour, et si l'on eût regardé un peu curieusement, on eût aperçu sur ces

---

1. Longue blouse.   2. Matelot chargé des voiles et du gréement (note 1, p. 88). En 1823, Jean Valjean s'évade du bagne portuaire de Toulon, en sauvant un gabier qui a perdu l'équilibre en haut du grand hunier (*Les Misérables*, II, II, 3).   3. L'argot fait l'objet d'un long développement dans *Les Misérables* (IV, VII). La rectification (non un patois, langue régionale, mais un argot) est importante : « L'argot est la langue de la misère » (chap. 1, Le Livre de Poche, t. II, p. 1329), celle des malheureux mais aussi des criminels : « L'argot n'est autre chose qu'un vestiaire où la langue, ayant quelque mauvaise action à faire, se déguise. Elle s'y revêt de mots masqués et de métaphores haillons » (*ibid.*, p. 1333). « C'est l'inintelligible dans le ténébreux. Cela grince et cela chuchote, complétant le crépuscule par l'énigme. Il fait noir dans le malheur, il fait plus noir encore dans le crime ; ces deux noirceurs amalgamées composent l'argot » (*ibid.*, p. 1334). Le langage babélien des comprachicos va de pair avec les bigarrures de leur costume : il désigne le crime mais aussi, derrière l'énigme du Mal, la détresse de misérables qui chercheront au seuil de la mort à racheter la nuit de leur existence.

gens des chapelets et des scapulaires[1] dissimulés à demi sous les guenilles. Un des à-peu-près de femme mêlés au groupe avait un rosaire presque pareil pour la grosseur des grains à un rosaire de derviche, et facile à reconnaître pour un rosaire irlandais de Llanymthefry, qu'on appelle aussi Llanandiffry[2].

On eût également pu remarquer, s'il y avait eu moins d'obscurité, une Nuestra-Señora, avec le niño, sculptée et dorée à l'avant de l'ourque. C'était probablement la Notre-Dame basque, sorte de panagia[3] des vieux cantabres[4]. Sous cette figure, tenant lieu de poupée de proue, il y avait une cage à feu, point allumée en ce moment, excès de précaution qui indiquait un extrême souci de se cacher. Cette cage à feu était évidemment à deux fins ; quand on l'allumait, elle brûlait pour la Vierge et éclairait la mer, fanal faisant fonction de cierge.

Le taille-mer[5], long, courbe et aigu sous le beaupré[6], sortait de l'avant comme une corne de croissant. À la naissance du taille-mer, aux pieds de la Vierge, était agenouillé un ange adossé à l'étrave[7], ailes ployées, et regardant l'horizon avec une lunette. – L'ange était doré comme la Notre-Dame.

Il y avait dans le taille-mer des jours et des claires-voies pour laisser passer les lames, occasion de dorures et d'arabesques.

Sous la Notre-Dame, était écrit en majuscules dorées

---

1. Petits morceaux d'étoffe bénie qu'on attache autour du cou par des rubans. **2.** Bon exemple d'« effet de savoir » : la précision est gratuite et la connivence affichée du narrateur avec son lecteur (« facile à reconnaître ») est évidemment un leurre. Le moins qu'on puisse dire est que le rosaire irlandais de Llanymthefry n'appartient pas à l'univers quotidien du lecteur, même au XIXᵉ siècle ! **3.** Nom de la Vierge et, par métonymie, représentation de celle-ci. **4.** Peuple de l'ancienne péninsule ibérique dont sont issus les Basques. **5.** Partie inférieure de l'éperon d'un navire, qui fend les flots quand le navire va de l'avant. **6.** Mât placé à l'avant du navire. **7.** Pièce saillante qui forme la proue d'un navire.

le mot *Matutina*[1], nom du navire, illisible en ce moment à cause de l'obscurité.

Au pied de la falaise était déposé, en désordre et dans le pêle-mêle du départ, le chargement que ces voyageurs emportaient et qui, grâce à la planche servant de pont, passait rapidement du rivage dans la barque. Des sacs de biscuits, une caque de *stock-fish*[2], une boîte de portativesoup[3], trois barils, un d'eau douce, un de malt, un de goudron, quatre ou cinq bouteilles d'ale[4], un vieux porte-manteau[5] bouclé dans des courroies, des malles, des coffres, une balle d'étoupes[6] pour torches et signaux, tel était ce chargement. Ces déguenillés avaient des valises, ce qui semblait indiquer une existence nomade ; les gueux ambulants sont forcés de posséder quelque chose ; ils voudraient bien parfois s'envoler comme des oiseaux, mais ils ne peu-

---

1. La *Stella matutina* est l'« Étoile du matin », *Lucifer*, que les Anciens opposaient à l'étoile du soir, *Vesper*, et qui n'aurait été, selon Pythagore, qu'un astre unique, Vénus. Elle figure dans les litanies de la Vierge en latin : « *Stella matutina / Salus infirmorum / Refugium peccatorum* » ; « Étoile du matin / Salut des infirmes / Refuge des pécheurs ». Il existe aussi un hymne à la Vierge intitulé *Ave, maris stella*, « Je vous salue, étoile de la mer ». Le nom de l'ourque est ainsi un indice « réaliste », en accord avec sa poupée de proue, la Vierge à l'enfant, et le catholicisme papiste des comprachicos. Mais il possède en outre une valeur esthétique et symbolique : c'est une antithèse (aube sur la nuit effective et morale ; naissance suggérée alors que le livre va raconter un naufrage) qui désigne une énigmatique lueur et une rédemption possible. Notons enfin que « Stella » est un poème de *Châtiments* (VI, xv) où dans « l'étoile du matin », « la Poésie ardente » apparaît et, autour d'elle, le réveil et l'espérance envoyés par « l'Ange Liberté », « le géant Lumière ». 2. Barrique où l'on empile du poisson salé et séché. 3. Terme trouvé par Hugo chez l'abbé Coyer (*Nouvelles Observations sur l'Angleterre*, 1779). La « portable Soup » ou « soupe portative » : « C'est un bouillon composé de sourkrout, de sucre et de sagou, dégagé de toute graisse et de tout ce qui tend à la putréfaction. Ce bouillon condensé par la concentration, forme des tablettes solides qui se conservent très longtemps. » Antiscorbutique selon Coyer, qui servit au capitaine Cook pour son tour du monde (Lettre XXIII)... 4. Variété de bière anglaise très houblonnée. 5. Sorte de valise de cuir ou d'étoffe. 6. Partie la plus grossière de la filasse ou, dans la marine, produit de la décomposition de vieux cordages qui peut servir à colmater une brèche ou, comme ici, de combustible.

vent, à moins d'abandonner leur gagne-pain. Ils ont
nécessairement des caisses d'outils et des instruments
de travail, quelle que soit leur profession errante.
Ceux-ci traînaient ce bagage, embarras dans plus d'une
occasion.

Il n'avait pas dû être aisé d'apporter ce déménage-
ment au bas de cette falaise. Ceci du reste révélait une
intention de départ définitif.

On ne perdait pas le temps ; c'était un passage conti-
nuel du rivage à la barque et de la barque au rivage ;
chacun prenait sa part de la besogne ; l'un portait un
sac, l'autre un coffre. Les femmes possibles ou probables dans cette promiscuité travaillaient comme les
autres. On surchargeait l'enfant.

Si cet enfant avait dans ce groupe son père et sa
mère, cela est douteux. Aucun signe de vie ne lui était
donné. On le faisait travailler, rien de plus. Il paraissait,
non un enfant dans une famille, mais un esclave dans
une tribu. Il servait tout le monde, et personne ne lui
parlait.

Du reste, il se dépêchait, et, comme toute cette
troupe obscure dont il faisait partie, il semblait n'avoir
qu'une pensée, s'embarquer bien vite. Savait-il pourquoi ? probablement non. Il se hâtait machinalement.
Parce qu'il voyait les autres se hâter.

L'ourque était pontée. L'arrimage du chargement
dans la cale fut promptement exécuté, le moment de
prendre le large arriva. La dernière caisse avait été portée sur le pont, il n'y avait plus à embarquer que les
hommes. Les deux de cette troupe qui semblaient les
femmes étaient déjà à bord ; six, dont l'enfant, étaient
encore sur la plate-forme basse de la falaise. Le mouvement de départ se fit dans le navire, le patron saisit
la barre, un matelot prit une hache pour trancher le
câble d'amarre. Trancher, signe de hâte ; quand on a
le temps, on dénoue. *Andamos*[1], dit à demi-voix celui

---

1. « Allons-y », « Dépêchons » en espagnol. Hugo a choisi de ne pas
traduire l'expression.

des six qui paraissait le chef, et qui avait des paillettes sur ses guenilles. L'enfant se précipita vers la planche pour passer le premier. Comme il y mettait le pied, deux des hommes se ruant, au risque de le jeter à l'eau, entrèrent avant lui, un troisième l'écarta du coude et passa, le quatrième le repoussa du poing et suivit le troisième, le cinquième, qui était le chef, bondit plutôt qu'il n'entra dans la barque, et, en y sautant, poussa du talon la planche qui tomba à la mer, un coup de hache coupa l'amarre, la barre du gouvernail vira, le navire quitta le rivage, et l'enfant resta à terre.

III

SOLITUDE

L'enfant demeura immobile sur le rocher, l'œil fixe. Il n'appela point. Il ne réclama point. C'était inattendu pourtant ; il ne dit pas une parole. Il y avait dans le navire le même silence. Pas un cri de l'enfant vers ces hommes, pas un adieu de ces hommes à l'enfant. Il y avait des deux parts une acceptation muette de l'intervalle grandissant. C'était comme une séparation de mânes au bord d'un styx [1]. L'enfant, comme cloué sur la roche que la marée haute commençait à baigner, regarda la barque s'éloigner. On eût dit qu'il comprenait. Quoi ? que comprenait-il ? l'ombre.

Un moment après, l'ourque atteignit le détroit de sortie de la crique et s'y engagea. On aperçut la pointe du mât sur le ciel clair au-dessus des blocs fendus entre

---

1. L'allusion au fleuve des Enfers, le Styx, le fait que l'enfant soit « cloué » comme Prométhée sur son rocher, ou encore, page suivante, qu'il reçoive un « coup de foudre », font de la petite victime un Titan foudroyé, figure récurrente de la mythologie hugolienne, étudiée par P. Albouy (voir la Bibliographie).

lesquels serpentait le détroit comme entre deux murailles. Cette pointe erra au haut des roches, et sembla s'y enfoncer. On ne la vit plus. C'était fini. La barque avait pris la mer.

L'enfant regarda cet évanouissement.

Il était étonné, mais rêveur.

Sa stupéfaction se compliquait d'une sombre constatation de la vie. Il semblait qu'il y eût de l'expérience dans cet être commençant. Peut-être jugeait-il déjà ? L'épreuve, arrivée trop tôt, construit parfois au fond de la réflexion obscure des enfants on ne sait quelle balance redoutable où ces pauvres petites âmes pèsent Dieu.

Se sentant innocent, il consentait. Pas une plainte. L'irréprochable ne reproche pas.

Cette brusque élimination qu'on faisait de lui ne lui arracha pas même un geste. Il eut une sorte de roidissement intérieur. Sous cette subite voie de fait du sort qui semblait mettre le dénoûment de son existence presque avant le début, l'enfant ne fléchit pas. Il reçut ce coup de foudre, debout.

Il était évident, pour qui eût vu son étonnement sans accablement, que, dans ce groupe qui l'abandonnait, rien ne l'aimait, et il n'aimait rien.

Pensif, il oubliait le froid. Tout à coup l'eau lui mouilla les pieds ; la marée montait ; une haleine lui passa dans les cheveux ; la bise s'élevait. Il frissonna. Il eut de la tête aux pieds ce tremblement qui est le réveil.

Il jeta les yeux autour de lui.

Il était seul.

Il n'y avait pas eu pour lui jusqu'à ce jour sur la terre d'autres hommes que ceux qui étaient en ce moment dans l'ourque. Ces hommes venaient de se dérober.

Ajoutons, chose étrange à énoncer, que ces hommes, les seuls qu'il connût, lui étaient inconnus.

Il n'eût pu dire qui étaient ces hommes.

Son enfance s'était passée parmi eux, sans qu'il eût

« *Il étira ses petits bras maigres et bâilla.* » (p. 101)
Illustration de Daniel Vierge. Paris, 1875.

la conscience d'être des leurs. Il leur était juxtaposé ; rien de plus.

Il venait d'être oublié par eux.

Il n'avait pas d'argent sur lui, pas de souliers aux pieds, à peine un vêtement sur le corps, pas même un morceau de pain dans sa poche.

C'était l'hiver. C'était le soir. Il fallait marcher plusieurs lieues avant d'atteindre une habitation humaine.

Il ignorait où il était.

Il ne savait rien, sinon que ceux qui étaient venus avec lui au bord de cette mer s'en étaient allés sans lui.

Il se sentait mis hors de la vie.

Il sentait l'homme manquer sous lui.

Il avait dix ans.

L'enfant était dans un désert, entre des profondeurs où il voyait monter la nuit et des profondeurs où il entendait gronder les vagues.

Il étira ses petits bras maigres et bâilla.

Puis, brusquement, comme quelqu'un qui prend son parti, hardi, et se dégourdissant, et avec une agilité d'écureuil, – de clown peut-être[1], – il tourna le dos à la crique et se mit à monter le long de la falaise. Il escalada le sentier, le quitta, y revint, alerte et se risquant. Il se hâtait maintenant vers la terre. On eût dit qu'il avait un itinéraire. Il n'allait nulle part pourtant[2].

Il se hâtait sans but, espèce de fugitif devant la destinée.

Gravir est de l'homme, grimper est de la bête ; il gravissait et grimpait. Les escarpements de Portland

---

1. Comme souvent chez Hugo, la parenthèse, loin de donner un élément secondaire et erroné (« peut-être »), annonce un élément clé de l'histoire. Gwynplaine est déjà présenté comme un saltimbanque. 2. Passage brutal d'un point de vue où le narrateur semble ne pas connaître le personnage et se fier aux apparences (« On eût dit qu'il avait un itinéraire ») à un point de vue où il connaît parfaitement son personnage et ses intentions (« Il n'allait nulle part pourtant »). Ces changements inattendus de point de vue sont caractéristiques de la narration hugolienne et de sa recherche d'intensité dans la brièveté.

étant tournés au sud, il n'y avait presque pas de neige
dans le sentier. L'intensité du froid avait d'ailleurs fait
de cette neige une poussière, assez incommode au mar-
cheur. L'enfant s'en tirait. Sa veste d'homme, trop
large, était une complication, et le gênait. De temps
en temps, il rencontrait sur un surplomb ou dans une
déclivité un peu de glace qui le faisait tomber. Il se
raccrochait à une branche sèche ou à une saillie de
pierre, après avoir pendu quelques instants sur le précipice. Une fois il eut affaire à une veine de brèche qui
s'écroula brusquement sous lui, l'entraînant dans sa
démolition. Ces effondrements de la brèche sont per-
fides. L'enfant eut durant quelques secondes le glissement d'une tuile sur un toit ; il dégringola jusqu'à
l'extrême bord de la chute ; une touffe d'herbe empoi-
gnée à propos le sauva. Il ne cria pas plus devant
l'abîme qu'il n'avait crié devant les hommes ; il s'af-
fermit et remonta silencieux. L'escarpement était haut.
Il eut ainsi quelques péripéties. Le précipice s'aggravait de l'obscurité. Cette roche verticale n'avait pas de
fin. Elle reculait devant l'enfant dans la profondeur
d'en haut. À mesure que l'enfant montait, le sommet
semblait monter. Tout en grimpant, il considérait cet
entablement noir, posé comme un barrage entre le ciel
et lui. Enfin il arriva.

Il sauta sur le plateau. On pourrait presque dire il
prit terre, car il sortait du précipice.

À peine fut-il hors de l'escarpement qu'il grelotta.
Il sentit à son visage la bise, cette morsure de la nuit.
L'aigre vent du nord-ouest soufflait. Il serra contre sa
poitrine sa serpillière de matelot[1].

C'était un bon vêtement. Cela s'appelle, en langage
du bord, un *suroit*, parce que cette sorte de vareuse-là
est peu pénétrable aux pluies du sud-ouest.

L'enfant, parvenu sur le plateau, s'arrêta, posa fermement ses deux pieds nus sur le sol gelé, et regarda.

---

1. Vêtement d'étoffe grossière.

Derrière lui la mer, devant lui la terre, au-dessus de sa tête le ciel.

Mais un ciel sans astres. Une brume opaque masquait le zénith.

En arrivant au haut du mur de rocher, il se trouvait tourné du côté de la terre, il la considéra. Elle était devant lui à perte de vue, plate, glacée, couverte de neige. Quelques touffes de bruyère frissonnaient. On ne voyait pas de routes. Rien. Pas même une cabane de berger. On apercevait çà et là des tournoiements de spirales blêmes qui étaient des tourbillons de neige fine arrachés de terre par le vent, et s'envolant. Une succession d'ondulations de terrain, devenue tout de suite brumeuse, se plissait dans l'horizon. Les grandes plaines ternes se perdaient sous le brouillard blanc. Silence profond. Cela s'élargissait comme l'infini et se taisait comme la tombe.

L'enfant se retourna vers la mer.

La mer comme la terre était blanche ; l'une de neige, l'autre d'écume. Rien de mélancolique comme le jour que faisait cette double blancheur. Certains éclairages de la nuit ont des duretés très-nettes ; la mer était de l'acier, les falaises étaient de l'ébène. De la hauteur où était l'enfant, la baie de Portland apparaissait presque en carte géographique[1], – blafarde dans son demi-cercle de collines ; il y avait du rêve dans ce paysage nocturne ; une rondeur pâle engagée dans un croissant obscur, la lune offre quelquefois cet aspect –. D'un cap à l'autre, dans toute cette côte, on n'apercevait pas un seul scintillement indiquant un foyer allumé, une fenêtre éclairée, une maison vivante. Absence de lumière sur la terre comme au ciel ; pas une lampe en bas, pas un astre en haut[2]. Les larges aplanissements

---

1. Les présentations de lieux par « plan géométral » sont fréquentes chez Hugo (voir I, i, 1, p. 90) et traduisent une appréhension visuelle du réel, que l'on trouve déjà dans *Notre-Dame de Paris* (III, ii) ou *Les Travailleurs de la mer* (II, i, 4). La « carte géographique » devient ici dessin, lavis où s'estompent et s'opposent ombres et lumières.   2. Expérience de la déréliction et de l'absence possible de Dieu, tout l'épisode qui suit est placé sous le signe du vide.

des flots dans le golfe avaient çà et là des soulèvements subits. Le vent dérangeait et fronçait cette nappe. L'ourque était encore visible dans la baie, fuyant.

C'était un triangle noir qui glissait sur cette lividité.

Au loin, confusément, les étendues d'eau remuaient dans le clair-obscur sinistre de l'immensité.

La *Matutina* filait vite. Elle décroissait de minute en minute. Rien de rapide comme la fonte d'un navire dans les lointains de la mer.

À un certain moment, elle alluma son fanal de proue ; il est probable que l'obscurité se faisait inquiétante autour d'elle, et que le pilote sentait le besoin d'éclairer la vague. Ce point lumineux, scintillation aperçue de loin, adhérait lugubrement à sa haute et longue forme noire. On eût dit un linceul debout et en marche au milieu de la mer, sous lequel rôderait quelqu'un qui aurait à la main une étoile.

Il y avait dans l'air une imminence d'orage. L'enfant ne s'en rendait pas compte, mais un marin eût tremblé. C'était cette minute d'anxiété préalable où il semble que les éléments vont devenir des personnes, et qu'on va assister à la transfiguration mystérieuse du vent en aquilon[1]. La mer va être Océan[2], les forces vont se révéler volontés, ce qu'on prend pour une chose est une âme. On va le voir. De là l'horreur. L'âme de l'homme redoute cette confrontation avec l'âme de la nature.

Un chaos allait faire son entrée. Le vent, froissant le brouillard, et échafaudant les nuées derrière, posait le décor de ce drame terrible de la vague et de l'hiver qu'on appelle une tempête de neige.

Le symptôme des navires rentrants se manifestait. Depuis quelques moments la rade n'était plus déserte.

---

1. Vent du nord violent et impétueux. Noter le changement dans le niveau de langue : « aquilon » appartient au langage poétique et prépare l'agrandissement mythologique de la tempête.   2. Avec une majuscule, qui signale à la fois la personnification de la nature (dans la mythologie personnelle de Hugo) et une allusion au dieu Océan des théogonies antiques, le premier-né des Titans.

À chaque instant surgissaient de derrière les caps des barques inquiètes se hâtant vers le mouillage. Les unes doublaient le Portland Bill, les autres le Saint-Albans Head[1]. Du plus extrême lointain, des voiles venaient. C'était à qui se réfugierait. Au sud, l'obscurité s'épaississait et les nuages pleins de nuit se rapprochaient de la mer. La pesanteur de la tempête en surplomb et pendante apaisait lugubrement le flot. Ce n'était point le moment de partir. L'ourque était partie cependant.

Elle avait mis le cap au sud. Elle était déjà hors du golfe et en haute mer. Tout à coup la bise souffla en rafale ; la *Matutina*, qu'on distinguait encore très-nettement, se couvrit de toile, comme résolue à profiter de l'ouragan. C'était le noroit[2], qu'on nommait jadis vent de galerne, bise sournoise et colère. Le noroit eut tout de suite sur l'ourque un commencement d'acharnement. L'ourque, prise de côté, pencha, mais n'hésita pas, et continua sa course vers le large. Ceci indiquait une fuite plutôt qu'un voyage, moins de crainte de la mer que de la terre, et plus de souci de la poursuite des hommes que de la poursuite des vents.

L'ourque, passant par tous les degrés de l'amoindrissement, s'enfonça dans l'horizon ; la petite étoile qu'elle traînait dans l'ombre, pâlit ; l'ourque, de plus en plus amalgamée à la nuit, disparut.

Cette fois, c'était pour jamais.

Du moins l'enfant parut le comprendre. Il cessa de regarder la mer. Ses yeux se reportèrent sur les plaines, les landes, les collines, vers les espaces où il n'était pas impossible peut-être de faire une rencontre vivante. Il se mit en marche dans cet inconnu.

---

1. Nous sommes au sud de l'Angleterre. Le « Bill of Portland » est le cap qui se situe au sud de la presqu'île du même nom ; le Saint Alban's Head, plus à l'est, est au sud de la presqu'île de Purbeck. 2. Vent qui vient du nord-ouest.

IV

QUESTIONS

Qu'était-ce que cette espèce de bande en fuite laissant derrière elle cet enfant ?

Ces évadés étaient-ils des comprachicos ?

On a vu plus haut[1] le détail des mesures prises par Guillaume III, et votées en parlement, contre les malfaiteurs, hommes et femmes, dits comprachicos, dits comprapequeños, dits cheylas.

Il y a des législations dispersantes. Ce statut tombant sur les comprachicos détermina une fuite générale, non-seulement des comprachicos, mais des vagabonds de toute sorte. Ce fut à qui se déroberait et s'embarquerait. La plupart des comprachicos retournèrent en Espagne. Beaucoup, nous l'avons dit, étaient basques.

Cette loi protectrice de l'enfance eut un premier résultat bizarre : un subit délaissement d'enfants.

Ce statut pénal produisit immédiatement une foule d'enfants trouvés, c'est-à-dire perdus. Rien de plus aisé à comprendre. Toute troupe nomade contenant un enfant était suspecte ; le seul fait de la présence de l'enfant la dénonçait. – Ce sont probablement des comprachicos. – Telle était la première idée du shériff, du prévôt, du constable[2]. De là des arrestations et des recherches. Des gens simplement misérables, réduits à rôder et à mendier, étaient pris de la terreur de passer pour comprachicos, bien que ne l'étant pas ; mais les faibles sont peu rassurés sur les erreurs possibles de la justice. D'ailleurs les familles vagabondes sont habituellement effarées. Ce qu'on reprochait aux comprachicos, c'était l'exploitation des enfants d'autrui. Mais les promiscuités de la détresse et de l'indigence sont telles qu'il eût été parfois malaisé à un père et à une mère de constater que leur enfant était leur enfant.

---

1. Dans I, « Deux chapitres préliminaires », II, 6.   2. Officier de police anglais.

D'où tenez-vous cet enfant ? Comment prouver qu'on le tient de Dieu ? L'enfant devenait un danger ; on s'en défaisait. Fuir seuls sera plus facile. Le père et la mère se décidaient à le perdre, tantôt dans un bois, tantôt sur une grève, tantôt dans un puits.

On trouva dans les citernes des enfants noyés[1].

Ajoutons que les comprachicos étaient, à l'imitation de l'Angleterre, traqués désormais par toute l'Europe. Le branle de les poursuivre était donné. Rien n'est tel qu'un grelot attaché. Il y avait désormais émulation de toutes les polices pour les saisir, et l'alguazil[2] n'était pas moins au guet que le constable. On pouvait lire encore, il y a vingt-trois ans, sur une pierre de la porte d'Otero[3], une inscription intraduisible – le code dans les mots brave l'honnêteté – où est du reste marquée par une forte différence pénale la nuance entre les marchands d'enfants et les voleurs d'enfants. Voici l'inscription, en castillan un peu sauvage : *Aqui quedan las orejas de los comprachicos, y las bolsas de los robaniños, mientras que se van ellos al trabajo de mar*[4]. On le voit, les oreilles, etc., confisquées n'empêchaient point les galères. De là un sauve-qui-peut parmi les vagabonds. Ils partaient effrayés, ils arrivaient tremblants. Sur tout le littoral d'Europe, on surveillait les arrivages furtifs. Pour une bande, s'embarquer avec un enfant était impossible, car débarquer avec un enfant était périlleux.

Perdre l'enfant, c'était plus tôt fait.

Par qui l'enfant qu'on vient d'entrevoir dans la pénombre des solitudes de Portland, était-il rejeté ?

Selon toute apparence, par des comprachicos[5].

---

1. Le brutal retour à la ligne, que ne justifie pas un changement de thème par rapport à ce qui précède, a pour fonction de dramatiser l'énonciation et de susciter la réflexion du lecteur. **2.** Officier de police en Espagne. **3.** Inscription inventée par Hugo selon P. Berret (voir Bibliographie). **4.** « Ici restent les oreilles des comprachicos et les bourses des voleurs d'enfants, pendant que ceux-ci s'en vont au travail de la mer. » **5.** La fin du chapitre revient sur la question toute rhétorique posée au début et y répond de manière non moins rhétorique, les usages romanesques voulant en effet que toute information soit utile à l'histoire racontée. Hugo exhibe les ficelles

V

L'ARBRE D'INVENTION HUMAINE

Il pouvait être environ sept heures du soir. Le vent maintenant diminuait, signe de recrudescence prochaine. L'enfant se trouvait sur l'extrême plateau sud de la pointe de Portland.

Portland est une presqu'île. Mais l'enfant ignorait ce que c'est qu'une presqu'île et ne savait pas même ce mot, Portland. Il ne savait qu'une chose, c'est qu'on peut marcher jusqu'à ce qu'on tombe. Une notion est un guide ; il n'avait pas de notion. On l'avait amené là et laissé là. *On* et *là*, ces deux énigmes représentaient toute sa destinée ; *on* était le genre humain ; *là* était l'univers. Il n'avait ici-bas absolument pas d'autre point d'appui que la petite quantité de terre où il posait le talon, terre dure et froide à la nudité de ses pieds. Dans ce grand monde crépusculaire ouvert de toutes parts, qu'y avait-il pour cet enfant ? Rien.

Il marchait vers ce Rien.

L'immense abandon des hommes était autour de lui.

Il traversa diagonalement le premier plateau, puis un second, puis un troisième. À l'extrémité de chaque plateau, l'enfant trouvait une cassure de terrain ; la pente était quelquefois abrupte, mais toujours courte, les hautes plaines nues de la pointe de Portland ressemblent à de grandes dalles à demi engagées les unes sous les autres ; le côté sud semble entrer sous la plaine précédente et le côté nord se relève sur la suivante. Cela fait des ressauts[1] que l'enfant franchissait agilement. De temps en temps il suspendait sa marche et semblait tenir conseil avec lui-même. La nuit devenait

romanesques, non pour déconstruire le roman, mais pour mettre en valeur le dialogue qui en résulte entre un narrateur intrusif et un lecteur pris à partie.

1. Passage brusque d'un plan horizontal à un autre.

très-obscure, son rayon visuel se raccourcissait, il ne voyait plus qu'à quelques pas.

Tout à coup il s'arrêta, écouta un instant, fit un imperceptible hochement de tête satisfait, tourna vivement, et se dirigea vers une éminence de hauteur médiocre qu'il apercevait confusément à sa droite, au point de la plaine le plus rapproché de la falaise. Il y avait sur cette éminence une configuration qui semblait dans la brume un arbre. L'enfant venait d'entendre de ce côté un bruit, qui n'était ni le bruit du vent, ni le bruit de la mer. Ce n'était pas non plus un cri d'animaux. Il pensa qu'il y avait là quelqu'un.

En quelques enjambées il fut au bas du monticule.

Il y avait quelqu'un en effet.

Ce qui était indistinct au sommet de l'éminence était maintenant visible.

C'était quelque chose comme un grand bras sortant de terre tout droit [1]. À l'extrémité supérieure de ce bras, une sorte d'index, soutenu en dessous par le pouce, s'allongeait horizontalement. Ce bras, ce pouce et cet index dessinaient sur le ciel une équerre. Au point de jonction de cette espèce d'index et de cette espèce de pouce il y avait un fil auquel pendait on ne sait quoi de noir et d'informe. Ce fil, remué par le vent, faisait le bruit d'une chaîne.

C'était ce bruit que l'enfant avait entendu.

Le fil était, vu de près, ce que son bruit annonçait, une chaîne. Chaîne marine aux anneaux à demi pleins.

Par cette mystérieuse loi d'amalgame qui dans la nature entière superpose les apparences aux réalités, le lieu, l'heure, la brume, la mer tragique, les lointains tumultes visionnaires de l'horizon, s'ajoutaient à cette silhouette, et la faisaient énorme.

La masse liée à la chaîne offrait la ressemblance

---

1. Ce « quelque chose » ne sera identifié qu'au début du chapitre suivant (p. 114) comme un « gibet » et expliqué encore un peu plus loin (p. 116) : la description ancrée dans le point de vue limité d'un sujet permet ainsi à Hugo de créer du mystère avec presque rien (voir la Préface, p. 23).

d'une gaîne. Elle était emmaillottée comme un enfant et longue comme un homme. Il y avait en haut une rondeur autour de laquelle l'extrémité de la chaîne s'enroulait. La gaîne se déchiquetait à sa partie inférieure. Des décharnements sortaient de ces déchirures.

Une brise faible agitait la chaîne, et ce qui pendait à la chaîne vacillait doucement. Cette masse passive obéissait aux mouvements diffus des étendues ; elle avait on ne sait quoi de panique[1] ; l'horreur qui disproportionne les objets lui ôtait presque la dimension en lui laissant le contour ; c'était une condensation de noirceur ayant un aspect ; il y avait de la nuit dessus et de la nuit dedans ; cela était en proie au grandissement sépulcral ; les crépuscules, les levers de lune, les descentes de constellations derrière les falaises, les flottaisons de l'espace, les nuages, toute la rose des vents, avaient fini par entrer dans la composition de ce néant visible ; cette espèce de bloc quelconque suspendu dans le vent participait de l'impersonnalité éparse au loin sur la mer et dans le ciel, et les ténèbres achevaient cette chose qui avait été un homme.

C'était ce qui n'est plus.

Être un reste, ceci échappe à la langue humaine. Ne plus exister, et persister, être dans le gouffre et dehors, reparaître au-dessus de la mort, comme insubmersible, il y a une certaine quantité d'impossible mêlée à de telles réalités. De là l'indicible. Cet être, – était-ce un être ? – ce témoin noir, était un reste, et un reste terrible. Reste de quoi ? de la nature d'abord, de la société ensuite. Zéro et total.

L'inclémence absolue l'avait à sa discrétion. Les profonds oublis de la solitude l'environnaient. Il était livré aux aventures de l'ignoré. Il était sans défense contre l'obscurité, qui en faisait ce qu'elle voulait. Il

---

1. Au sens étymologique, qui provient du dieu Pan, qui semait la terreur dans les esprits. Dieu de la totalité et de l'étendue, de la nature dans son effrayant mystère. Voir dans *La Légende des siècles*, VIII, « Le Satyre ».

était à jamais le patient[1]. Il subissait. Les ouragans étaient sur lui. Lugubre fonction des souffles.

Ce spectre était là au pillage. Il endurait cette voie de fait horrible, la pourriture en plein vent. Il était hors la loi du cercueil. Il avait l'anéantissement sans la paix. Il tombait en cendre l'été et en boue l'hiver. La mort doit avoir un voile, la tombe doit avoir une pudeur. Ici ni pudeur ni voile. La putréfaction cynique et en aveu. Il y a de l'effronterie à la mort à montrer son ouvrage. Elle fait insulte à toutes les sérénités de l'ombre quand elle travaille hors de son laboratoire, le tombeau.

Cet être expiré était dépouillé. Dépouiller une dépouille, inexorable achèvement. Sa moelle n'était plus dans ses os, ses entrailles n'étaient plus dans son ventre, sa voix n'était plus dans son gosier. Un cadavre est une poche que la mort retourne et vide. S'il avait eu un moi, où ce moi était-il ? Là encore peut-être, et c'était poignant à penser. Quelque chose d'errant autour de quelque chose d'enchaîné. Peut-on se figurer dans l'obscurité un linéament[2] plus funèbre ?

Il existe des réalités ici-bas qui sont comme des issues sur l'inconnu, par où la sortie de la pensée semble possible, et où l'hypothèse se précipite. La conjecture a son *compelle intrare*[3]. Si l'on passe en certains lieux et devant certains objets, on ne peut faire autrement que de s'arrêter en proie aux songes, et de laisser son esprit s'avancer là-dedans. Il y a dans l'invisible d'obscures portes entrebâillées. Nul n'eût pu rencontrer ce trépassé sans méditer.

La vaste dispersion l'usait silencieusement. Il avait eu du sang qu'on avait bu, de la peau qu'on avait mangée, de la chair qu'on avait volée. Rien n'avait passé sans lui prendre quelque chose. Décembre lui avait

---

1. Au sens étymologique, qu'explicite la phrase suivante : le « patient », c'est celui qui « subi[t] ».   **2.** Ligne dessinée, ébauche. Mot clé du vocabulaire descriptif de Hugo.   **3.** « Forcez les gens d'entrer » (Luc XIV, 23). Parabole évangélique du maître à qui ses hôtes ont fait défaut et qui invite alors à sa table « les pauvres, les estropiés, les aveugles et les boiteux ».

emprunté du froid, minuit de l'épouvante, le fer de la
rouille, la peste des miasmes, la fleur des parfums[1]. Sa
lente désagrégation était un péage. Péage du cadavre à
la rafale, à la pluie, à la rosée, aux reptiles, aux
oiseaux. Toutes les sombres mains de la nuit avaient
fouillé ce mort.

C'était on ne sait quel étrange habitant, l'habitant de
la nuit. Il était dans une plaine et sur une colline, et il
n'y était pas. Il était palpable et évanoui. Il était de
l'ombre complétant les ténèbres. Après la disparition
du jour, dans la vaste obscurité silencieuse, il devenait
lugubrement d'accord avec tout. Il augmentait, rien que
parce qu'il était là, le deuil de la tempête et le calme
des astres. L'inexprimable, qui est dans le désert, se
condensait en lui. Épave d'un destin inconnu, il s'ajoutait à toutes les farouches réticences de la nuit. Il y
avait dans son mystère une vague réverbération de
toutes les énigmes.

On sentait autour de lui comme une décroissance de
vie allant jusqu'aux profondeurs. Il y avait dans les
étendues environnantes une diminution de certitude et
de confiance. Le frisson des broussailles et des herbes,
une mélancolie désolée, une anxiété où il semblait qu'il
y eût de la conscience, appropriaient tragiquement tout
le paysage à cette figure noire suspendue à cette
chaîne. La présence d'un spectre dans un horizon est
une aggravation à la solitude.

Il était simulacre[2]. Ayant sur lui les souffles qui ne

---

1. Noter les antithèses et les énumérations ouvertes : la dispersion du
cadavre produit la peur, la maladie, mais aussi le parfum, comme dans la
phrase suivante, tous les éléments de la nature participent au pillage. Le
cycle naturel est délibérément donné dans son ambivalence, manière de
suggérer une énigme fondamentale et de proposer au lecteur un genre inédit
de mélodrame métaphysique. **2.** Spectre, apparition de mauvais augure
dans une culture classique. Dans les *Géorgiques* (fin du livre 1er), Virgile
décrit les phénomènes merveilleux qui accompagnent la mort de César, des
simulacres : « *et simulacra modis pallentia miris / Visa sub obscurum noc-
tis* » (v. 477-478) ; « et l'on aperçut des fantômes d'une étrange pâleur dans
l'obscurité de la nuit ».

« *Ce spectre était là au pillage. Il endurait cette voie de fait horrible, la pourriture en plein vent.* » (p. 111)
Ecce. Dessin de Victor Hugo, Jersey, 1854.

s'apaisent pas, il était l'implacable. Le tremblement
éternel le faisait terrible. Il semblait, dans les espaces,
un centre, ce qui est effrayant à dire, et quelque chose
d'immense s'appuyait sur lui. Qui sait ? Peut-être
l'équité entrevue et bravée qui est au-delà de notre justice. Il y avait, dans sa durée hors de la tombe, de la
vengeance des hommes et de sa vengeance à lui. Il
faisait, dans ce crépuscule et dans ce désert, une attestation. Il était la preuve de la matière inquiétante, parce
que la matière devant laquelle on tremble est de la
ruine d'âme. Pour que la matière morte nous trouble,
il faut que l'esprit y ait vécu. Il dénonçait la loi d'en
bas à la loi d'en haut. Mis là par l'homme, il attendait
Dieu. Au-dessus de lui flottaient, avec toutes les torsions indistinctes de la nuée et de la vague, les énormes
rêveries de l'ombre.

Derrière cette vision, il y avait on ne sait quelle
occlusion sinistre. L'illimité, borné par rien, ni par un
arbre, ni par un toit, ni par un passant, était autour de
ce mort. Quand l'immanence surplombant sur nous,
ciel, gouffre, vie, tombeau, éternité, apparaît patente,
c'est alors que nous sentons tout inaccessible, tout
défendu, tout muré. Quand l'infini s'ouvre, pas de fermeture plus formidable.

VI

BATAILLE ENTRE LA MORT ET LA NUIT

L'enfant était devant cette chose, muet, étonné, les
yeux fixes.

Pour un homme c'eût été un gibet, pour l'enfant
c'était une apparition.

Où l'homme eût vu le cadavre, l'enfant voyait le
fantôme.

Et puis il ne comprenait point.

Les attractions d'abîme sont de toute sorte ; il y en avait une au haut de cette colline. L'enfant fit un pas, puis deux. Il monta, tout en ayant envie de descendre, et approcha, tout en ayant envie de reculer.

Il vint, tout près, hardi et frémissant, faire une reconnaissance du fantôme.

Parvenu sous le gibet, il leva la tête et examina.

Le fantôme était goudronné. Il luisait çà et là. L'enfant distinguait la face. Elle était enduite de bitume, et ce masque qui semblait visqueux et gluant se modelait dans les reflets de la nuit. L'enfant voyait la bouche qui était un trou, le nez qui était un trou, et les yeux qui étaient des trous. Le corps était enveloppé et comme ficelé dans une grosse toile imbibée de naphte [1]. La toile s'était moisie et rompue. Un genou passait à travers. Une crevasse laissait voir les côtes. Quelques parties étaient cadavre, d'autres squelette. Le visage était couleur de terre ; des limaces, qui avaient erré dessus, y avaient laissé de vagues rubans d'argent. La toile, collée aux os, offrait des reliefs, comme une robe de statue. Le crâne, fêlé et fendu, avait l'hiatus d'un fruit pourri. Les dents étaient demeurées humaines, elles avaient conservé le rire [2]. Un reste de cri semblait bruire dans la bouche ouverte. Il y avait quelques poils de barbe sur les joues. La tête, penchée, avait un air d'attention.

On avait fait récemment des réparations. Le visage était goudronné de frais, ainsi que le genou qui sortait de la toile, et les côtes. En bas les pieds passaient.

Juste dessous, dans l'herbe, on voyait deux souliers, devenus informes dans la neige et sous les pluies. Ces souliers étaient tombés de ce mort.

L'enfant, pieds nus, regarda ces souliers.

Le vent, de plus en plus inquiétant, avait de ces interruptions qui font partie des apprêts d'une tempête ; il avait tout à fait cessé depuis quelques instants. Le

---

1. Bitume liquide.   **2.** Le pendu goudronné est donc le premier « homme qui rit » du roman.

cadavre ne bougeait plus. La chaîne avait l'immobilité du fil à plomb.

Comme tous les nouveaux venus dans la vie, et en tenant compte de la pression spéciale de sa destinée, l'enfant avait sans nul doute en lui cet éveil d'idées propre aux jeunes années, qui tâche d'ouvrir le cerveau et qui ressemble aux coups de bec de l'oiseau dans l'œuf ; mais tout ce qu'il y avait dans sa petite conscience en ce moment se résolvait en stupeur. L'excès de sensation, c'est l'effet du trop d'huile [1], arrive à l'étouffement de la pensée. Un homme se fût fait des questions, l'enfant ne s'en faisait pas ; il regardait.

Le goudron donnait à cette face un aspect mouillé. Des gouttes de bitume figées dans ce qui avait été les yeux ressemblaient à des larmes. Du reste, grâce à ce bitume, le dégât de la mort était visiblement ralenti, sinon annulé, et réduit au moins de délabrement possible. Ce que l'enfant avait devant lui était une chose dont on avait soin. Cet homme était évidemment précieux. On n'avait pas tenu à le garder vivant, mais on tenait à le conserver mort.

Le gibet était vieux, vermoulu, quoique solide, et servait depuis de longues années.

C'était un usage immémorial en Angleterre de goudronner les contrebandiers. On les pendait au bord de la mer, on les enduisait de bitume, et on les laissait accrochés ; les exemples veulent le plein air, et les exemples goudronnés se conservent mieux. Ce goudron était de l'humanité. On pouvait de cette manière renouveler les pendus moins souvent. On mettait des potences de distance en distance sur la côte comme de nos jours les réverbères. Le pendu tenait lieu de lanterne. Il éclairait, à sa façon, ses camarades les contrebandiers. Les contrebandiers, de loin, en mer, apercevaient les gibets. En voilà un, premier avertissement ; puis un autre, deuxième avertissement. Cela

---

1. Trop d'huile dans une lampe éteint la flamme.

n'empêchait point la contrebande ; mais l'ordre se
compose de ces choses-là. Cette mode a duré en
Angleterre jusqu'au commencement de ce siècle. En
1822, on voyait encore devant le château de Douvres
trois pendus vernis. Du reste, le procédé conservateur
ne se bornait point aux contrebandiers. L'Angleterre
tirait le même parti des voleurs, des incendiaires et des
assassins. John Painter, qui mit le feu aux magasins
maritimes de Portsmouth, fut pendu et goudronné en
1776. L'abbé Coyer, qui l'appelle Jean Le Peintre, le
revit en 1777[1]. John Painter était accroché et enchaîné
au-dessus de la ruine qu'il avait faite, et rebadigeonné
de temps en temps. Ce cadavre dura, on pourrait
presque dire vécut, près de quatorze ans. Il faisait
encore un bon service en 1788. En 1790, pourtant, on
dut le remplacer. Les égyptiens faisaient cas de la
momie de roi ; la momie de peuple, à ce qu'il paraît,
peut être utile aussi.

Le vent, ayant beaucoup de prise sur le monticule,
en avait enlevé toute la neige. L'herbe y reparaissait,
avec quelques chardons çà et là. La colline était couverte de ce gazon marin dru et ras qui fait ressembler
le haut des falaises à du drap vert. Sous la potence, au
point même au dessus duquel pendaient les pieds du
supplicié, il y avait une touffe haute et épaisse, surprenante sur ce sol maigre. Les cadavres émiettés là
depuis des siècles expliquaient cette beauté de l'herbe.
La terre se nourrit de l'homme.

Une fascination lugubre tenait l'enfant. Il demeurait
là, béant. Il ne baissa le front qu'un moment pour une
ortie qui lui piquait les jambes, et qui lui fit la sensation

---

1. Contemporain de Voltaire et littérateur qui avait un « style agréable
et facile, et l'art d'amuser ses lecteurs » (P. Larousse), l'abbé Coyer est
l'auteur d'une traduction du *Commentaire de Blackstone sur le Code criminel d'Angleterre* (1776) et de *Nouvelles Observations sur l'Angleterre*
(1779, voir note 3, p. 96) où Hugo semble avoir pris ce détail : « Rappelez-
vous *Jean le Peintre*, cet Incendiaire, qui fut exécuté en 1776 ; j'ai vu son
cadavre dans les chaînes, attaché à une potence très élevée. Il regarde les
Magasins où il mit le feu » (fin de la lettre XXIII).

d'une bête. Puis il se redressa. Il regardait au-dessus de lui cette face qui le regardait. Elle le regardait d'autant plus qu'elle n'avait pas d'yeux. C'était du regard répandu, une fixité indicible où il y avait de la lueur et des ténèbres, et qui sortait du crâne et des dents aussi bien que des arcades sourcilières vides. Toute la tête du mort regarde, et c'est terrifiant. Pas de prunelle, et l'on se sent vu. Horreur des larves.

Peu à peu l'enfant devenait lui-même terrible. Il ne bougeait plus. La torpeur le gagnait. Il ne s'apercevait pas qu'il perdait conscience. Il s'engourdissait et s'ankylosait. L'hiver le livrait silencieusement à la nuit ; il y a du traître dans l'hiver. L'enfant était presque statue. La pierre du froid entrait dans ses os ; l'ombre, ce reptile, se glissait en lui. L'assoupissement qui sort de la neige monte dans l'homme comme une marée obscure ; l'enfant était lentement envahi par une immobilité ressemblant à celle du cadavre. Il allait s'endormir.

Dans la main du sommeil il y a le doigt de la mort. L'enfant se sentait saisi par cette main. Il était au moment de tomber sous le gibet. Il ne savait déjà plus s'il était debout.

La fin toujours imminente, aucune transition entre être et ne plus être, la rentrée au creuset, le glissement possible à toute minute, c'est ce précipice-là qui est la création.

Encore un instant, et l'enfant et le trépassé, la vie en ébauche et la vie en ruine, allaient se confondre dans le même effacement.

Le spectre eut l'air de le comprendre et de ne pas le vouloir. Tout à coup il se mit à remuer. On eût dit qu'il avertissait l'enfant. C'était une reprise de vent qui soufflait.

Rien d'étrange comme ce mort en mouvement.

Le cadavre au bout de la chaîne, poussé par le souffle invisible, prenait une attitude oblique, montait à gauche puis retombait, remontait à droite, et retombait et remontait avec la lente et funèbre précision d'un battement. Va-et-vient farouche. On eût cru voir dans les ténèbres le balancier de l'horloge de l'éternité.

Cela dura quelque temps ainsi. L'enfant devant cette agitation du mort sentait un réveil, et, à travers son refroidissement, avait assez nettement peur. La chaîne, à chaque oscillation, grinçait avec une régularité hideuse. Elle avait l'air de reprendre haleine, puis recommençait. Ce grincement imitait un chant de cigale.

Les approches d'une bourrasque produisent de subites enflures du vent. Brusquement la brise devint bise. L'oscillation du cadavre s'accentua lugubrement. Ce ne fut plus du balancement, ce fut de la secousse. La chaîne qui grinçait, cria.

Il sembla que ce cri était entendu. Si c'était un appel, il fut obéi. Du fond de l'horizon, un grand bruit accourut.

C'était un bruit d'ailes.

Un incident survenait, l'orageux incident des cimetières et des solitudes, l'arrivée d'une troupe de corbeaux.

Des taches noires volantes piquèrent le nuage, percèrent la brume, grossirent, approchèrent, s'amalgamèrent, s'épaissirent, se hâtant vers la colline, poussant des cris. C'était comme la venue d'une légion. Cette vermine ailée des ténèbres s'abattit sur le gibet.

L'enfant, effaré, recula.

Les essaims obéissent à des commandements. Les corbeaux s'étaient groupés sur la potence. Pas un n'était sur le cadavre. Ils se parlaient entre eux. Le croassement est affreux. Hurler, siffler, rugir, c'est de la vie ; le croassement est une acceptation satisfaite de la putréfaction. On croit entendre le bruit que fait le silence du sépulcre en se brisant. Le croassement est une voix dans laquelle il y a de la nuit. L'enfant était glacé.

Plus encore par l'épouvante que par le froid.

Les corbeaux se turent. Un d'eux sauta sur le squelette. Ce fut un signal. Tous se précipitèrent, il y eut une nuée d'ailes, puis toutes les plumes se refermèrent,

et le pendu disparut sous un fourmillement d'ampoules
noires remuant dans l'obscurité. En ce moment, le mort
se secoua.

Était-ce lui ? Était-ce le vent ? Il eut un bond
effroyable. L'ouragan, qui s'élevait, lui venait en aide.
Le fantôme entra en convulsion. C'était la rafale, déjà
soufflant à pleins poumons, qui s'emparait de lui, et
qui l'agitait dans tous les sens. Il devint horrible. Il se
mit à se démener. Pantin épouvantable, ayant pour
ficelle la chaîne d'un gibet. Quelque parodiste de
l'ombre avait saisi son fil et jouait de cette momie. Elle
tourna et sauta comme prête à se disloquer. Les
oiseaux, effrayés, s'envolèrent. Ce fut comme un
rejaillissement de toutes ces bêtes infâmes. Puis ils
revinrent. Alors une lutte commença.

Le mort sembla pris d'une vie monstrueuse. Les
souffles le soulevaient comme s'ils allaient l'emporter ; on eût dit qu'il se débattait et qu'il faisait effort
pour s'évader ; son carcan le retenait. Les oiseaux
répercutaient tous ses mouvements, reculant, puis se
ruant, effarouchés et acharnés. D'un côté, une étrange
fuite essayée ; de l'autre, la poursuite d'un enchaîné.
Le mort, poussé par tous les spasmes de la bise, avait
des soubresauts, des chocs, des accès de colère, allait,
venait, montait, tombait, refoulant l'essaim éparpillé.
Le mort était massue, l'essaim était poussière. La
féroce volée assaillante ne lâchait pas prise et s'opiniâ-
trait[1]. Le mort, comme saisi de folie sous cette meute
de becs, multipliait dans le vide ses frappements
aveugles semblables aux coups d'une pierre liée à une
fronde. Par moments il avait sur lui toutes les griffes
et toutes les ailes, puis rien ; c'étaient des évanouissements de la horde, tout de suite suivis de retours
furieux. Effrayant supplice continuant après la vie. Les
oiseaux semblaient frénétiques. Les soupiraux de l'enfer doivent donner passage à des essaims pareils.
Coups d'ongle, coups de bec, croassements, arrache-

_____
1. S'obstinait.

ments de lambeaux qui n'étaient plus de la chair, craquements de la potence, froissements du squelette, cliquetis des ferrailles, cris de la rafale, tumulte, pas de lutte plus lugubre. Une lémure[1] contre des démons. Sorte de combat spectre[2].

Parfois, la bise redoublant, le pendu pivotait sur lui-même, faisait face à l'essaim de tous les côtés à la fois, paraissait vouloir courir après les oiseaux, et l'on eût dit que ses dents tâchaient de mordre. Il avait le vent pour lui et la chaîne contre lui, comme si des dieux noirs s'en mêlaient. L'ouragan était de la bataille. Le mort se tordait, la troupe d'oiseaux roulait sur lui en spirale. C'était un tournoiement dans un tourbillon.

On entendait en bas un grondement immense, qui était la mer.

L'enfant voyait ce rêve. Subitement il se mit à trembler de tous ses membres, un frisson ruissela le long de son corps, il chancela, tressaillit, faillit tomber, se retourna, pressa son front de ses deux mains, comme si le front était un point d'appui, et, hagard, les cheveux au vent, descendant la colline à grands pas, les yeux fermés, presque fantôme lui-même, il prit la fuite, laissant derrière lui ce tourment dans la nuit.

VII

LA POINTE NORD DE PORTLAND

Il courut jusqu'à essoufflement, au hasard, éperdu, dans la neige, dans la plaine, dans l'espace. Cette fuite

---

1. Nom donné par les Romains aux fantômes des morts.   **2.** Exemple de « métaphore apposition » (H. Meschonnic), le combat de spectres devenant à son tour, par contamination, un spectre. La juxtaposition des deux substantifs participe du flou sémantique propre à suggérer une horreur innommable.

le réchauffa. Il en avait besoin. Sans cette course et sans cette épouvante, il était mort.

Quand l'haleine lui manqua, il s'arrêta. Mais il n'osa point regarder en arrière. Il lui semblait que les oiseaux devaient le poursuivre, que le mort devait avoir dénoué sa chaîne et était probablement en marche du même côté que lui, et que sans doute le gibet lui-même descendait la colline, courant après le mort. Il avait peur de voir cela, s'il se retournait.

Lorsqu'il eut repris un peu haleine, il se remit à fuir.

Se rendre compte des faits n'est point de l'enfance. Il percevait des impressions à travers le grossissement de l'effroi, mais sans les lier dans son esprit et sans conclure. Il allait n'importe où ni comment ; il courait avec l'angoisse et la difficulté du songe. Depuis près de trois heures qu'il était abandonné, sa marche en avant, tout en restant vague, avait changé de but ; auparavant il était en quête, à présent il était en fuite. Il n'avait plus faim, ni froid ; il avait peur [1]. Un instinct avait remplacé l'autre. Échapper était maintenant toute sa pensée. Échapper à quoi ? à tout. La vie lui apparaissait de toutes parts autour de lui comme une muraille horrible. S'il eût pu s'évader des choses, il l'eût fait.

Mais les enfants ne connaissent point ce bris de prison qu'on nomme le suicide.

Il courait.

Il courut ainsi un temps indéterminé. Mais l'haleine s'épuise, la peur s'épuise aussi.

Tout à coup, comme saisi d'un soudain accès d'énergie et d'intelligence, il s'arrêta, on eût dit qu'il avait honte de se sauver ; il se roidit, frappa du pied, dressa résolument la tête, et se retourna.

Il n'y avait plus ni colline, ni gibet, ni vol de corbeaux.

Le brouillard avait repris possession de l'horizon.

---

1. Dans *Les Misérables* déjà, Hugo décrivait l'angoisse d'un enfant, Cosette, dans l'immensité de l'espace et de la nuit (II, III, 5, « La petite toute seule »).

L'enfant poursuivit son chemin.

Maintenant il ne courait plus, il marchait. Dire que cette rencontre d'un mort l'avait fait un homme, ce serait limiter l'impression multiple et confuse qu'il subissait. Il y avait dans cette impression beaucoup plus et beaucoup moins. Ce gibet, fort trouble dans ce rudiment de compréhension qui était sa pensée, restait pour lui une apparition. Seulement, une terreur domptée étant un affermissement, il se sentit plus fort. S'il eût été d'âge à se sonder, il eût trouvé en lui mille autres commencements de méditation, mais la réflexion des enfants est informe, et tout au plus sentent-ils l'arrière-goût amer de cette chose obscure pour eux que l'homme plus tard appelle l'indignation.

Ajoutons que l'enfant a ce don d'accepter très-vite la fin d'une sensation. Les contours lointains et fuyants, qui font l'amplitude des choses douloureuses, lui échappent. L'enfant est défendu par sa limite, qui est la faiblesse, contre les émotions trop complexes. Il voit le fait, et peu de chose à côté. La difficulté de se contenter des idées partielles n'existe pas pour l'enfant. Le procès de la vie ne s'instruit que plus tard, quand l'expérience arrive avec son dossier. Alors il y a confrontation des groupes de faits rencontrés, l'intelligence renseignée et grandie compare, les souvenirs du jeune âge reparaissent sous les passions comme le palimpseste sous les ratures, ces souvenirs sont des points d'appui pour la logique, et ce qui était vision dans le cerveau de l'enfant devient syllogisme dans le cerveau de l'homme. Du reste l'expérience est diverse, et tourne bien ou mal selon les natures. Les bons mûrissent. Les mauvais pourrissent.

L'enfant avait bien couru un quart de lieue, et marché un autre quart de lieue. Tout à coup il sentit que son estomac le tiraillait. Une pensée, qui tout de suite éclipsa la hideuse apparition de la colline, lui vint violemment : manger. Il y a dans l'homme une bête, heureusement ; elle le ramène à la réalité.

Mais quoi manger ? mais où manger ? mais comment manger ?

Il tâta ses poches. Machinalement, car il savait bien qu'elles étaient vides.

Puis il hâta le pas. Sans savoir où il allait, il hâta le pas vers le logis possible.

Cette foi à l'auberge fait partie des racines de la providence dans l'homme.

Croire à un gîte, c'est croire en Dieu.

Du reste, dans cette plaine de neige, rien qui ressemblât à un toit.

L'enfant marchait, la lande continuait, nue à perte de vue.

Il n'y avait jamais eu sur ce plateau d'habitation humaine. C'est au bas de la falaise, dans des trous de roche, que logeaient jadis, faute de bois pour bâtir des cabanes, les anciens habitants primitifs, qui avaient pour arme une fronde, pour chauffage la fiente de bœuf séchée, pour religion l'idole Heil debout dans une clairière à Dorchester[1], et pour industrie la pêche de ce faux corail gris que les gallois appelaient *plin* et les grecs *isidis plocamos*.

L'enfant s'orientait du mieux qu'il pouvait. Toute la destinée est un carrefour, le choix des directions est redoutable, ce petit être avait de bonne heure l'option entre les chances[2] obscures. Il avançait cependant, mais, quoique ses jarrets semblassent d'acier, il commençait à se fatiguer. Pas de sentiers dans cette plaine ; s'il y en avait, la neige les avait effacés. D'instinct, il continuait à dévier vers l'est. Des pierres tranchantes lui avaient écorché les talons. S'il eût fait jour, on eût pu voir dans les traces qu'il laissait sur la neige, des taches roses qui étaient son sang.

Il ne reconnaissait rien. Il traversait le plateau de

---

1. Ces troglodytes renvoient au passé primitif de l'Angleterre. Heil est une idole saxonne et Dorchester, au nord de Portland, une ville connue pour ses vestiges antiques.   2. Hasards, qui peuvent amener un événement ou son contraire. L'enfant fait l'expérience de la contingence.

Portland du sud au nord, et il est probable que la bande
avec laquelle il était venu, évitant les rencontres,
l'avait traversé de l'ouest à l'est. Elle était vraisemblablement partie, dans quelque barque de pêcheur ou de
contrebandier, d'un point quelconque de la côte d'Ug-
gescombe, tel que Sainte-Catherine Chap, ou Swancry,
pour aller à Portland retrouver l'ourque qui l'attendait,
et elle avait dû débarquer dans une des anses de Wes-
ton pour aller se rembarquer dans une des criques d'Es-
ton. Cette direction-là était coupée en croix par celle
que suivait maintenant l'enfant[1]. Il était impossible
qu'il reconnût son chemin.

Le plateau de Portland a çà et là de hautes ampoules
ruinées brusquement par la côte et coupées à pic sur la
mer. L'enfant errant arriva sur un de ces points culmi-
nants, et s'y arrêta, espérant trouver plus d'indications
dans plus d'espace, cherchant à voir. Il avait devant
lui, pour tout horizon, une vaste opacité livide. Il l'examina avec attention, et sous la fixité de son regard, elle
devint moins indistincte. Au fond d'un lointain pli de
terrain, vers l'est, au bas de cette lividité opaque, sorte
d'escarpement mouvant et blême qui ressemblait à une
falaise de la nuit, rampaient et flottaient de vagues lambeaux noirs, espèces d'arrachements diffus. Cette opacité blafarde, c'était du brouillard ; ces lambeaux noirs,
c'étaient des fumées. Où il y a des fumées, il y a des
hommes. L'enfant se dirigea de ce côté.

Il entrevoyait à quelque distance une descente, et au
pied de la descente, parmi des configurations informes
de rochers que la brume estompait, une apparence de
banc de sable ou de langue de terre reliant probablement aux plaines de l'horizon le plateau qu'il venait
de traverser. Il fallait évidemment passer par là.

Il était arrivé en effet à l'isthme de Portland, allu-
vion diluvienne[2] qu'on appelle Chess-Hill.

Il s'engagea sur le versant du plateau.

---

1. La croix est aussi symbolique : le parcours de l'enfant est un chemin de
croix. Voir, page suivante, les épines qui entrent dans ses doigts.   **2.** Dépôt
terreux déposé par un déluge.

La pente était difficile et rude. C'était, avec moins d'âpreté pourtant, le revers de l'ascension qu'il avait faite pour sortir de la crique. Toute montée se solde par une descente. Après avoir grimpé, il dégringolait.

Il sautait d'un rocher à l'autre, au risque d'une entorse, au risque d'un écroulement dans la profondeur indistincte. Pour se retenir dans les glissements de la roche et de la glace, il prenait à poignées les longues lanières des landes et des ajoncs pleins d'épines, et toutes ces pointes lui entraient dans les doigts. Par instants, il trouvait un peu de rampe douce, et descendait en reprenant haleine, puis l'escarpement se refaisait, et pour chaque pas il fallait un expédient. Dans les descentes de précipices, chaque mouvement est la solution d'un problème. Il faut être adroit sous peine de mort. Ces problèmes, l'enfant les résolvait avec un instinct dont un singe eût pris note et une science qu'un saltimbanque eût admirée[1]. La descente était abrupte et longue. Il en venait à bout néanmoins.

Peu à peu, il approchait de l'instant où il prendrait terre sur l'isthme entrevu.

Par intervalles, tout en bondissant ou en dévalant de rocher en rocher, il prêtait l'oreille, avec un dressement de daim attentif. Il écoutait au loin, à sa gauche, un bruit vaste et faible, pareil à un profond chant de clairon. Il y avait dans l'air en effet un remuement de souffles précédant cet effrayant vent boréal[2], qu'on entend venir du pôle comme une arrivée de trompettes. En même temps, l'enfant sentait par moments sur son front, sur ses yeux, sur ses joues, quelque chose qui ressemblait à des paumes de mains froides se posant sur son visage. C'étaient de larges flocons glacés, ensemencés d'abord mollement dans l'espace, puis tourbillonnant, et annonçant l'orage de neige. L'enfant en était couvert. L'orage de neige qui, depuis plus d'une heure déjà, était sur la mer, commençait à gagner la terre. Il envahissait lentement les plaines. Il entrait obliquement par le nord-ouest dans le plateau de Portland.

---

1. Voir note 1, p. 101.   **2.** Vent du nord.

LIVRE DEUXIÈME

L'OURQUE EN MER [1]

I

LES LOIS QUI SONT HORS DE L'HOMME [2]

La tempête de neige est une des choses inconnues de la mer. C'est le plus obscur des météores [3] ; obscur dans tous les sens du mot. C'est un mélange de brouillard et de tourmente, et de nos jours on ne se rend pas bien compte encore de ce phénomène. De là beaucoup de désastres.

On veut tout expliquer par le vent et par le flot. Or dans l'air il y a une force qui n'est pas le vent, et dans l'eau il y a une force qui n'est pas le flot. Cette force, la même dans l'air et dans l'eau, c'est l'effluve [4]. L'air

---

1. Le chapitre précédent s'est terminé sur un imparfait qui évoque un procès en cours. Or, le livre suivant abandonne l'enfant pour revenir à l'ourque. Hugo est passé maître dans l'art de l'interruption et de l'entrelacs des histoires.　2. Doublement digressif, dans la matière traitée et dans le temps puisque le lecteur fait un bond au XIXᵉ siècle des progrès scientifiques, ce premier chapitre offre une réflexion sur les tempêtes, où le sentiment de l'infini est compatible avec l'éloge de la science. 3. Phénomènes atmosphériques.　4. Émanation invisible.

Fac-similé du manuscrit de *L'Homme qui rit*,
n.a.f. 24 746, fol. 70. BnF, Paris.

et l'eau sont deux masses liquides, à peu près identiques, et rentrant l'une dans l'autre par la condensation et la dilatation, tellement que respirer c'est boire ; l'effluve seule est fluide. Le vent et le flot ne sont que des poussées ; l'effluve est un courant. Le vent est visible par les nuées, le flot est visible par l'écume ; l'effluve est invisible. De temps en temps pourtant elle dit : je suis là. Son *Je suis là*, c'est un coup de tonnerre.

La tempête de neige offre un problème analogue au brouillard sec. Si l'éclaircissement de la callina des espagnols et du quobar des éthiopiens est possible, à coup sûr, cet éclaircissement se fera par l'observation attentive de l'effluve magnétique.

Sans l'effluve, une foule de faits demeurent énigmatiques. À la rigueur, les changements de vitesse du vent, se modifiant dans la tempête de trois pieds par seconde à deux cent vingt pieds[1], motiveraient les variantes de la vague allant de trois pouces, mer calme, à trente-six pieds, mer furieuse ; à la rigueur, l'horizontalité des souffles, même en bourrasque, fait comprendre comment une lame de trente pieds de haut peut avoir quinze cents pieds de long ; mais pourquoi les vagues du Pacifique sont-elles quatre fois plus hautes près de l'Amérique que près de l'Asie, c'est-à-dire plus hautes à l'ouest qu'à l'est ; pourquoi est-ce le contraire dans l'Atlantique ; pourquoi, sous l'équateur, est-ce le milieu de la mer qui est le plus haut ; d'où viennent ces déplacements de la tumeur de l'Océan ? c'est ce que l'effluve magnétique, combinée avec la rotation terrestre et l'attraction sidérale, peut seule expliquer.

Ne faut-il pas cette complication mystérieuse pour rendre raison d'une oscillation du vent allant, par exemple, par l'ouest, du sud-est au nord-est, puis revenant brusquement, par le même grand tour, du nord-est au

---

1. Unité de mesure correspondant à une trentaine de centimètres, utilisée avant l'adoption du système métrique par la Révolution française et sa généralisation au cours du XIXe siècle, le pied était divisé en douze pouces (un pouce équivalant à 2,7 ou 2,5 cm). Cette mesure reste en usage dans la navigation.

sud-est, de façon à faire en trente-six heures un prodigieux circuit de cinq cent soixante degrés, ce qui fut le prodrome[1] de la tempête de neige du 17 mars 1867[2] ?

Les vagues de tempête de l'Australie atteignent jusqu'à quatre-vingts pieds de hauteur ; cela tient au voisinage du pôle. La tourmente en ces latitudes résulte moins du bouleversement des souffles que de la continuité des décharges électriques sous-marines ; en l'année 1866, le câble transatlantique a été régulièrement troublé dans sa fonction deux heures sur vingt-quatre, de midi à deux heures, par une sorte de fièvre intermittente. De certaines compositions et décompositions de forces produisent les phénomènes, et s'imposent aux calculs du marin à peine de[3] naufrage. Le jour où la navigation, qui est une routine, deviendra une mathématique, le jour où l'on cherchera à savoir, par exemple, pourquoi, dans nos régions, les vents chauds viennent parfois du nord et les vents froids du midi, le jour où l'on comprendra que les décroissances de température sont proportionnées aux profondeurs océaniques, le jour où l'on aura présent à l'esprit que le globe est un gros aimant polarisé dans l'immensité, avec deux axes, un axe de rotation et un axe d'effluve, s'entrecoupant au centre de la terre, et que les pôles magnétiques tournent autour des pôles géographiques ; quand ceux qui risquent leur vie voudront la risquer scientifiquement, quand on naviguera sur de l'instabilité étudiée, quand le capitaine sera un météorologue, quand le pilote sera un chimiste, alors bien des catastrophes seront évitées. La mer est magnétique autant qu'aquatique ; un océan de forces flotte, inconnu, dans l'océan des flots ; à vau l'eau, pourrait-on dire[4]. Ne voir dans la mer qu'une masse d'eau, c'est ne pas voir la mer ; la mer est un va-et-vient de fluide autant qu'un flux

---

1. Préambule.   2. Tempête vécue par Hugo à Guernesey et consignée dans son carnet à la date du 17 mars 1867 : « ouragan, d'abord trombe d'écume, puis trombe de neige » [*Œuvres complètes*, Club français du livre, 1969, t. XIII, p. 1017].   3. Sous peine de.   4. Jeu sur le double sens de l'expression, figuré (« se perdre », ici « être gaspillé ») et propre (« en suivant le courant de l'eau »).

et reflux de liquide [1] ; les attractions la compliquent plus
encore peut-être que les ouragans ; l'adhésion molécu-
laire, manifestée, entre autres phénomènes, par l'attraction capillaire [2], microscopique pour nous, participe,
dans l'Océan, de la grandeur des étendues ; et l'onde des
effluves, tantôt aide, tantôt contrarie l'onde des airs et
l'onde des eaux. Qui ignore la loi électrique ignore la loi
hydraulique ; car l'une pénètre l'autre. Pas d'étude plus
ardue, il est vrai, ni plus obscure ; elle touche à l'empirisme comme l'astronomie touche à l'astrologie. Sans
cette étude pourtant, pas de navigation.

Cela dit, passons [3].

Un des composés les plus redoutables de la mer,
c'est la tourmente de neige. La tourmente de neige est
surtout magnétique. Le pôle la produit comme il produit l'aurore boréale [4] ; il est dans ce brouillard comme
il est dans cette lueur ; et, dans le flocon de neige
comme dans la strie de flamme, l'effluve est visible.

Les tourmentes sont les crises de nerfs et les accès
de délire de la mer. La mer a ses migraines. On peut
assimiler les tempêtes aux maladies. Les unes sont
mortelles, d'autres ne le sont point ; on se tire de celle-
ci et non de celle-là. La bourrasque de neige passe pour
être habituellement mortelle. Jarabija, un des pilotes de
Magellan [5], la qualifiait « une nuée sortie du mauvais
côté du diable »[*].

---

[*] Una nube salida del malo lado del diabolo.

---

1. Allitérations en [fl] et assonances en [u] et [i] superposent les deux
expressions, et produisent une harmonie imitative. Le « style » du savoir ne
renonce pas à la poésie. **2.** En physique, « action attractive par laquelle
les tubes capillaires (= dont le diamètre intérieur est ténu comme un cheveu)
élèvent les liquides dans lesquels ils sont plongés au-dessus du niveau du
liquide ambiant » (P. Larousse). **3.** La digression se trouve soulignée
par le narrateur en une expression énergique. **4.** Dans les régions
polaires, luminescence de la haute atmosphère sous l'action de particules
électrisées issues du Soleil (la « strie de flamme », dans la phrase suivante).
5. Célèbre navigateur portugais (1480-1521), au service de Charles Quint
et de l'Espagne, qui prit la route de l'ouest pour atteindre les îles riches en
épices de l'est (l'Indonésie) et découvrit le détroit qui porte son nom et
permet le passage de l'Atlantique au Pacifique. Il démontra ainsi que la

Surcouf[1] disait : *Il y a du trousse-galant[2] dans cette tempête-là.*

Les anciens navigateurs espagnols appelaient cette sorte de bourrasque *la nevada* au moment des flocons, et *la helada* au moment des grêlons. Selon eux il tombait du ciel des chauves-souris avec la neige.

Les tempêtes de neige sont propres aux latitudes polaires. Pourtant, parfois elles glissent, on pourrait presque dire elles croulent, jusqu'à nos climats, tant la ruine est mêlée aux aventures de l'air.

La *Matutina*, on l'a vu[3], s'était, en quittant Portland, résolûment engagée dans ce grand hasard nocturne qu'une approche d'orage aggravait. Elle était entrée dans toute cette menace avec une sorte d'audace tragique. Cependant, insistons-y, l'avertissement ne lui avait point manqué.

II

LES SILHOUETTES DU COMMENCEMENT FIXÉES

Tant que l'ourque fut dans le golfe de Portland, il y eut peu de mer ; la lame était presque étale. Quel que fût le brun de l'Océan, il faisait encore clair dans le ciel. La brise mordait peu sur le bâtiment. L'ourque

---

Terre était sphérique et que l'Amérique formait un continent distinct de l'Asie.
  1. Corsaire français (1773-1827), intrépide et d'« humeur aventureuse » (P. Larousse), qui lutta contre le commerce britannique dans l'océan Indien (1795-1801 et 1807-1809), avant de se retirer à Saint-Malo où il devint un riche armateur.   **2.** « Nom ancien du choléra sporadique, maladie qui *trousse* en peu de temps l'homme le plus vigoureux » (P. Larousse).
  3. À la fin du chap. I, ɪ, 3, p. 105, dans le point de vue de l'enfant. Noter l'entrelacs narratif et le retour en arrière qu'il suppose, par rapport à la découverte du pendu par l'enfant. Les destinées des comprachicos et de l'enfant sont parallèles (« pendant ce temps »...).

longeait le plus possible la falaise qui lui était un bon paravent.

On était dix sur la petite felouque[1] biscayenne, trois hommes d'équipage, et sept passagers, dont deux femmes. À la lumière de la pleine mer, car dans le crépuscule le large refait le jour, toutes les figures étaient maintenant visibles et nettes. On ne se cachait plus d'ailleurs, on ne se gênait plus, chacun reprenait sa liberté d'allures, jetait son cri, montrait son visage, le départ étant une délivrance.

La bigarrure du groupe éclatait. Les femmes étaient sans âge ; la vie errante fait des vieillesses précoces et l'indigence est une ride. L'une était une basquaise des ports-secs[2] ; l'autre, la femme au gros rosaire, était une irlandaise. Elles avaient l'air indifférent des misérables. Elles s'étaient en entrant accroupies l'une près de l'autre sur des coffres au pied du mât. Elles causaient ; l'irlandais et le basque, nous l'avons dit, sont deux langues parentes. La basquaise avait les cheveux parfumés d'oignon et de basilic. Le patron de l'ourque était basque guipuzcoan[3] ; un matelot était basque du versant nord des Pyrénées, l'autre était basque du versant sud, c'est-à-dire de la même nation, quoique le premier fût français et le second espagnol. Les basques ne reconnaissent point la patrie officielle. *Mi madre se llama montaña*, « ma mère s'appelle la montagne », disait l'arriero[4] Zalareus. Des cinq hommes accompagnant les deux femmes, un était français languedocien, un était français provençal, un était gênois, un, vieux, celui qui avait le sombrero sans trou à pipe, paraissait allemand, le cinquième, le chef, était un basque landais de Biscarosse[5]. C'était lui qui, au moment où l'enfant allait entrer dans l'ourque, avait d'un coup de talon jeté

---

1. Petit bâtiment, long et étroit, à voiles et à rames, que l'on utilisait en Méditerranée pour sa rapidité. L'ourque est qualifiée de felouque quoiqu'elle ne soit pas à rames, probablement à cause de son caractère maniable (voir I, i, 1, p. 88).   **2.** Les ports désignent les passages difficiles et contournés qui servent à franchir les Pyrénées.   **3.** Du Guipuzcoa, province du Pays basque espagnol.   **4.** Muletier.   **5.** En France.

la passerelle à la mer. Cet homme robuste, subit, rapide, couvert, on s'en souvient, de passementeries, de pasquilles[1] et de clinquants qui faisaient ses guenilles flamboyantes, ne pouvait tenir en place, se penchait, se dressait, allait et venait sans cesse d'un bout du navire à l'autre, comme inquiet entre ce qu'il venait de faire et ce qui allait arriver.

Ce chef de la troupe et le patron de l'ourque, et les deux hommes d'équipage, basques tous quatre, parlaient tantôt basque, tantôt espagnol, tantôt français, ces trois langues étant répandues sur les deux revers des Pyrénées. Du reste, hormis les femmes, tous parlaient à peu près le français, qui était le fond de l'argot de la bande. La langue française, dès cette époque, commençait à être choisie par les peuples comme intermédiaire entre l'excès de consonnes du nord et l'excès de voyelles du midi. En Europe le commerce parlait français ; le vol, aussi. On se souvient que Gibby, voleur de Londres, comprenait Cartouche[2].

L'ourque, fine voilière, marchait bon train ; pourtant dix personnes, plus les bagages, c'était beaucoup de charge pour un si faible gabarit.

Ce sauvetage d'une bande par ce navire n'impliquait pas nécessairement l'affiliation de l'équipage du navire à la bande. Il suffisait que le patron du navire fût un *vascongado*[3], et que le chef de la bande en fût un autre. S'entr'aider est, dans cette race, un devoir, qui n'admet pas d'exception. Un basque, nous venons de le dire, n'est ni espagnol, ni français, il est basque, et, toujours et partout, il doit sauver un basque. Telle est la fraternité pyrénéenne.

Tout le temps que l'ourque fut dans le golfe, le ciel, bien que de mauvaise mine, ne parut point assez gâté

---

1. Passequille, substantif féminin : ornement de rubans, de broderies, de perles et de pierreries exécuté en particulier sur un vêtement. **2.** Célèbre voleur français (1693-1721). **3.** Originaire des provinces vascongades, c'est-à-dire de l'une des trois provinces basques de l'Espagne (Biscaye, Guipuzcoa et Alava).

pour préoccuper les fugitifs. On se sauvait, on s'échappait, on était brutalement gai. L'un riait, l'autre chantait. Ce rire était sec, mais libre ; ce chant était bas, mais insouciant.

Le languedocien criait : *caoucagno !* « Cocagne ! » est le comble de la satisfaction narbonnaise. C'était un demi-matelot, un naturel du village aquatique de Gruissan sur le versant sud de la Clappe, marinier plutôt que marin, mais habitué à manœuvrer les périssoires[1] de l'étang de Bages et à tirer sur les sables salés de Sainte-Lucie la traîne[2] pleine de poisson. Il était de cette race qui se coiffe du bonnet rouge, fait des signes de croix compliqués à l'espagnole, boit du vin de peau de bouc, tette l'outre, racle le jambon, s'agenouille pour blasphémer et implore son saint patron avec menace : Grand saint, accorde-moi ce que je te demande, ou je te jette une pierre à la tête « ou té feg' un pic ».

Il pouvait, au besoin, s'ajouter utilement à l'équipage. Le provençal, dans la cambuse, attisait sous une marmite de fer un feu de tourbe[3], et faisait la soupe.

Cette soupe était une espèce de puchero[4] où le poisson remplaçait la viande et où le provençal jetait des pois chiches, de petits morceaux de lard coupés carrément, et des gousses de piment rouge, concessions du mangeur de bouillabaisse aux mangeurs d'olla podrida[5]. Un des sacs de provisions, déballé, était à côté de lui. Il avait allumé, au-dessus de sa tête, une lanterne de fer à vitres de talc[6], oscillant à un crochet du plafond de la cambuse.

---

1. Petite embarcation. Le Languedocien, marinier plutôt que marin, navigue en eau douce.   **2.** Sorte de filet.   **3.** Combustible médiocre, qui résulte de la décomposition de végétaux à l'abri de l'air.   **4.** Plat complet espagnol cuisiné avec des légumes et de la viande (bœuf, mouton, poulet, chorizo).   **5.** Plat espagnol consistant en un mélange de viandes diverses comme la bouillabaisse française est un mélange de poissons. **6.** Le talc est un minéral tendre mais qui résiste au feu et se présente en lames minces et transparentes : « Le verre de Russie [...] est un *talc* en grands feuillets transparents, ainsi nommé parce qu'il tient lieu de vitres en plusieurs endroits de la Russie et de la Sibérie » (Diderot, *Encyclopédie*, 1751-1780).

À côté, à un autre crochet, se balançait l'alcyon[1] girouette. C'était alors une croyance populaire qu'un alcyon mort, suspendu par le bec, présente toujours la poitrine au côté d'où vient le vent.

Tout en faisant la soupe, le provençal se mettait par instants dans la bouche le goulot d'une gourde et avalait un coup d'aguardiente[2]. C'était une de ces gourdes revêtues d'osier, larges et plates, à oreillons, qu'on se pendait au côté par une courroie, et qu'on appelait alors « gourdes de hanche ». Entre chaque gorgée, il mâchonnait un couplet d'une de ces chansons campagnardes dont le sujet est rien du tout ; un chemin creux, une haie ; on voit dans la prairie par une crevasse du buisson l'ombre allongée d'une charrette et d'un cheval au soleil couchant, et de temps en temps au-dessus de la haie paraît et disparaît l'extrémité de la fourche chargée de foin. Il n'en faut pas plus pour une chanson.

Un départ, selon ce qu'on a dans le cœur ou dans l'esprit, est un soulagement ou un accablement. Tous semblaient allégés, un excepté, qui était le vieux de la troupe, l'homme au chapeau sans pipe.

Ce vieux, qui paraissait plutôt allemand qu'autre chose, bien qu'il eût une de ces figures à fond perdu où la nationalité s'efface, était chauve, et si grave que sa calvitie semblait une tonsure. Chaque fois qu'il passait devant la Sainte-Vierge de la proue, il soulevait son feutre, et l'on pouvait apercevoir les veines gonflées et séniles de son crâne. Une façon de grande robe usée et déchiquetée, en serge brune de Dorchester, dont il s'enveloppait, ne cachait qu'à demi son justaucorps serré, étroit, et agrafé jusqu'au collet comme une soutane. Ses deux mains tendaient à l'entrecroisement et avaient la jonction machinale de la prière habituelle. Il avait ce qu'on pourrait nommer la physionomie blême ; car la physionomie est surtout un reflet, et c'est une erreur de

---

1. Oiseau de mer, symbole de paix et de tranquillité consacré à Téthys chez les Grecs. Mort et desséché, il avait dès cette époque la valeur d'un talisman (P. Larousse). 2. Eau-de-vie.

rencontre dans la montagne.
Le muletier borgne. Ancien trabucaire

« *C'était l'homme que le crime a laissé pensif. Il avait le sourcil
d'un trabucaire...* » (p. 138)
« Rencontre dans la montagne / Le muletier borgne. Ancien
trabucaire. » Dessin de Victor Hugo, 1843.
La légende aurait été rajoutée pendant l'exil.

croire que l'idée n'a pas de couleur. Cette physionomie
était évidemment la surface d'un étrange état intérieur,
la résultante d'un composé de contradictions allant se
perdre les unes dans le bien, les autres dans le mal, et,
pour l'observateur, la révélation d'un à-peu-près humain
pouvant tomber au-dessous du tigre ou grandir au-
dessus de l'homme. Ces chaos de l'âme existent. Il y
avait de l'illisible sur cette figure. Le secret y allait jusqu'à l'abstrait. On comprenait que cet homme avait
connu l'avant-goût du mal, qui est le calcul, et l'arrière-
goût, qui est le zéro. Dans son impassibilité, peut-être
seulement apparente, étaient empreintes les deux pétrifications, la pétrification du cœur, propre au bourreau, et
la pétrification de l'esprit, propre au mandarin [1]. On pouvait affirmer, car le monstrueux a sa manière d'être
complet, que tout lui était possible, même s'émouvoir.
Tout savant est un peu cadavre ; cet homme était un
savant. Rien qu'à le voir, on devinait cette science
empreinte dans les gestes de sa personne et dans les plis
de sa robe. C'était une face fossile dont le sérieux était
contrarié par cette mobilité ridée du polyglotte qui va
jusqu'à la grimace. Du reste, sévère. Rien d'hypocrite,
mais rien de cynique. Un songeur tragique. C'était
l'homme que le crime a laissé pensif. Il avait le sourcil
d'un trabucaire [2] modifié par le regard d'un archevêque.
Ses rares cheveux gris étaient blancs sur les tempes. On
sentait en lui le chrétien, compliqué de fatalisme turc [3].
Des nœuds de goutte déformaient ses doigts disséqués

---

1. Lettré. Mise en évidence de la sécheresse du savoir, qui conduit au
vide. Hugo reprend ici le personnage de Frollo, le prêtre savant de *Notre-
Dame de Paris*.   2. Voir note 1, p. 75.   3. La croyance chrétienne
dans le Bien et le Mal (le Jugement dernier et un possible rachat) se
complique de « fatalisme turc », c'est-à-dire de la certitude que tout est déjà
écrit d'avance, suivant la vision que l'on a communément de l'islam à
l'époque de Hugo, et avant (voir le conte de Voltaire *Zadig ou la Destinée,
histoire orientale*, 1748). « Les mahométans sont franchement fatalistes ;
ils admettent la prédestination dans le sens le plus absolu du mot, c'est-à-
dire comme un arrangement nécessaire et immuable des événements du
monde » (P. Larousse, article « Fatalisme »).

par la maigreur ; sa haute taille roide était ridicule ; il avait le pied marin. Il marchait lentement sur le pont sans regarder personne, d'un air convaincu et sinistre. Ses prunelles étaient vaguement pleines de la lueur fixe d'une âme attentive aux ténèbres et sujette à des réapparitions de conscience.

De temps en temps le chef de la bande, brusque et alerte, et faisant de rapides zigzags dans le navire, venait lui parler à l'oreille. Le vieillard répondait d'un signe de tête. On eût dit l'éclair consultant la nuit.

III

LES HOMMES INQUIETS SUR LA MER INQUIÈTE

Deux hommes sur le navire étaient absorbés, ce vieillard et le patron de l'ourque, qu'il ne faut pas confondre avec le chef de la bande ; le patron était absorbé par la mer, le vieillard par le ciel. L'un ne quittait pas des yeux la vague, l'autre attachait sa surveillance aux nuages. La conduite de l'eau était le souci du patron ; le vieillard semblait suspecter le zénith[1]. Il guettait les astres par toutes les ouvertures de la nuée.

C'était ce moment où il fait encore jour, et où quelques étoiles commencent à piquer faiblement le clair du soir.

L'horizon était singulier. La brume y était diverse.

Il y avait plus de brouillard sur la terre, et plus de nuage sur la mer.

Avant même d'être sorti de Portland-Bay, le patron, préoccupé du flot eut tout de suite une grande minutie de manœuvres. Il n'attendit pas qu'on eût décapé. Il passa en revue le trelingage, et s'assura que la bridure

---

1. Point du ciel qui passe au-dessus de la tête de l'observateur.

des bas-haubans était en bon état et appuyait bien les gambes de hune, précaution d'un homme qui compte faire des témérités de vitesse[1].

L'ourque, c'était là son défaut, enfonçait d'une demi-vare par l'avant plus que par l'arrière.

Le patron passait à chaque instant du compas de route au compas de variation, visant par les deux pinnules aux objets de la côte, afin de reconnaître l'aire de vent à laquelle ils répondaient. Ce fut d'abord une brise de bouline qui se déclara ; il n'en parut pas contrarié, bien qu'elle s'éloignât de cinq pointes du vent de la route. Il tenait lui-même la barre le plus possible, paraissant ne se fier qu'à lui pour ne perdre aucune force, l'effet du gouvernail s'entretenant par la rapidité du sillage.

La différence entre le vrai rumb[2] et le rumb apparent étant d'autant plus grande que le vaisseau a plus de vitesse, l'ourque semblait gagner vers l'origine du vent plus qu'elle ne faisait réellement. L'ourque n'avait pas vent largue et n'allait pas au plus près, mais on ne connaît directement le vrai rumb que lorsqu'on va vent arrière. Si l'on aperçoit dans les nuées de longues bandes qui aboutissent au même point de l'horizon, ce point est l'origine du vent ; mais ce soir-là il y avait plusieurs vents, et l'aire du rumb était trouble ; aussi le patron se méfiait des illusions du navire.

Il gouvernait à la fois timidement et hardiment, brassait au vent, veillait aux écarts subits, prenait garde aux lans[3], ne laissait pas arriver le bâtiment, observait la dérive, notait les petits chocs de la barre, avait l'œil à toutes les circonstances du mouvement, aux inégalités

---

1. « Effet de savoir » : la compétence technique du patron est proportionnelle à l'incompétence lexicale du lecteur...   2. Quantité angulaire comprise entre deux des trente-deux aires de vent de la boussole. Elle sert à désigner rapidement les différents points de l'horizon, à marquer les directions des vents et à définir la trajectoire du navire.   3. « Mouvement défectueux d'un navire qui tourne autour d'une verticale, soit par l'effet de la lame, soit parce que le gouvernail n'est pas tenu d'une main sûre » (P. Larousse).

de vitesse du sillage, aux folles ventes, se tenait constamment, de peur d'aventure, à quelque quart de vent de la côte qu'il longeait, et surtout maintenait l'angle de la girouette avec la quille plus ouvert que l'angle de la voilure, le rumb de vent indiqué par la boussole étant toujours douteux, à cause de la petitesse du compas de route. Sa prunelle, imperturbablement baissée, examinait toutes les formes que prenait l'eau.

Une fois pourtant il leva les yeux vers l'espace et tâcha d'apercevoir les trois étoiles qui sont dans le baudrier d'Orion : ces étoiles se nomment les trois Mages, et un vieux proverbe des anciens pilotes espagnols dit : *Qui voit les trois mages n'est pas loin du sauveur.*

Ce coup d'œil du patron au ciel coïncida avec cet aparté grommelé à l'autre bout du navire par le vieillard :

— Nous ne voyons pas même la Claire des Gardes, ni l'astre Antarès, tout rouge qu'il est. Pas une étoile n'est distincte.

Aucun souci parmi les autres fugitifs.

Toutefois, quand la première hilarité de l'évasion fut passée, il fallut bien s'apercevoir qu'on était en mer au mois de janvier, et que la bise était glacée. Impossible de se loger dans la cabine, beaucoup trop étroite et d'ailleurs encombrée de bagages et de ballots. Les bagages appartenaient aux passagers, et les ballots à l'équipage, car l'ourque n'était point un navire de plaisance et faisait la contrebande. Les passagers durent s'établir sur le pont ; résignation facile à ces nomades. Les habitudes du plein air rendent aisés aux vagabonds les arrangements de nuit : la belle étoile est de leurs amies ; et le froid les aide à dormir, à mourir quelquefois.

Cette nuit-là, du reste, on vient de le voir, la belle étoile était absente.

Le languedocien et le génois, en attendant le souper, se pelotonnèrent près des femmes, au pied du mât, sous des prélarts [1] que les matelots leur jetèrent.

---

1. Grosse toile goudronnée dont on se sert sur les navires et sur les ports pour protéger de la pluie objets et marchandises.

Le vieux chauve resta debout à l'avant, immobile et comme insensible au froid.

Le patron de l'ourque, de la barre où il était, fit une sorte d'appel guttural assez semblable à l'interjection de l'oiseau qu'on appelle en Amérique l'Exclamateur ; à ce cri le chef de la bande approcha, et le patron lui adressa cette apostrophe : *Etcheco jaüna !* Ces deux mots basques, qui signifient « laboureur de la montagne » sont, chez ces antiques cantabres [1], une entrée en matière solennelle et commandent l'attention.

Puis le patron montra du doigt au chef le vieillard, et le dialogue continua en espagnol, peu correct du reste, étant de l'espagnol montagnard. Voici les demandes et les réponses :

— Etcheco jaüna, que es este hombre ? *

— Un hombre.

— Que lenguas habla ?

— Todas.

— Que cosas sabe ?

---

* — Laboureur de la montagne, quel est cet homme ?
— Un homme.
— Quelles langues parle-t-il ?
— Toutes.
— Quelles choses sait-il ?
— Toutes.
— Quel est son pays ?
— Aucun et tous.
— Quel est son Dieu ?
— Dieu.
— Comment le nommes-tu ?
— Le Fou.
— Comment dis-tu que tu le nommes ?
— Le Sage.
— Dans votre troupe, qu'est-ce qu'il est ?
— Il est ce qu'il est.
— Le chef ?
— Non.
— Alors, quel est-il ?
— L'âme.

---

1. Voir note 4, p. 95.

— Todas.
— Qual païs ?
— Ningun, y todos.
— Qual Dios ?
— Dios.
— Como le llamas ?
— El Tonto.
— Como dices que le llamas ?
— El Sabio.
— En vuestre tropa, que esta ?
— Esta lo que esta.
— El gefe ?
— No.
— Pues, que esta ?
— La alma.

Le chef et le patron se séparèrent, chacun retournant à sa pensée, et peu après la *Matutina* sortit du golfe.

Les grands balancements du large commencèrent.

La mer, dans les écartements de l'écume, était d'apparence visqueuse ; les vagues, vues dans la clarté crépusculaire à profil perdu, avaient des aspects de flaques de fiel. Çà et là une lame, flottant à plat, offrait des fêlures et des étoiles, comme une vitre où l'on a jeté des pierres. Au centre de ces étoiles, dans un trou tournoyant, tremblait une phosphorescence, assez semblable à cette réverbération féline de la lumière disparue, qui est dans la prunelle des chouettes.

La *Matutina* traversa fièrement et en vaillante nageuse le redoutable frémissement du banc Chambours. Le banc Chambours, obstacle latent à la sortie de la rade de Portland, n'est point un barrage, c'est un amphithéâtre. Un cirque de sable sous l'eau, des gradins sculptés par les cercles de l'onde, une arène ronde et symétrique, haute comme une Yungfrau[1], mais noyée, un colysée[2] de l'Océan entrevu par le plongeur

---

1. Jungfrau, montagne des Alpes suisses haute de 4 158 m.
2. L'équivalent du Colisée de Rome, amphithéâtre ainsi nommé en raison de sa dimension colossale.

dans la transparence visionnaire de l'engloutissement, c'est là le banc Chambours. Les hydres s'y combattent, les léviathans[1] s'y rencontrent ; il y a là, disent les légendes, au fond du gigantesque entonnoir, des cadavres de navires saisis et coulés par l'immense araignée Kraken[2], qu'on appelle aussi le poisson-montagne. Telle est l'effrayante ombre de la mer.

Ces réalités spectrales ignorées de l'homme se manifestent à la surface par un peu de frisson.

Au dix-neuvième siècle, le banc Chambours est en ruine. Le brise-lames récemment construit a bouleversé et tronqué à force de ressacs cette haute architecture sous-marine, de même que la jetée bâtie au Croisic en 1760 y a changé d'un quart d'heure l'établissement des marées. La marée pourtant, c'est éternel ; mais l'éternité obéit à l'homme plus qu'on ne croit[3].

IV

ENTRÉE EN SCÈNE D'UN NUAGE DIFFÉRENT DES AUTRES

Le vieux homme que le chef de la troupe avait qualifié d'abord le Fou, puis le Sage, ne quittait plus l'avant. Depuis le passage du banc Chambours, son attention se partageait entre le ciel et l'Océan. Il baissait les

---

1. Animal marin énorme et monstrueux, crachant le feu, dont il est parlé dans le livre de Job (chap. XLI). Comme avec l'hydre, nous sommes du côté des légendes mythologiques.   **2.** Le Kraken est une espèce de poulpe de dimension prodigieuse dans les légendes norvégiennes. Allusion implicite à la pieuvre géante des *Travailleurs de la mer*, associée elle aussi à l'araignée, motif hugolien récurrent qui signifie la fatalité.   **3.** L'optimisme confiant dans les pouvoirs de la science se retrouvera dans certains passages digressifs du roman (par exemple dans la description d'un phare au XIXe siècle, dans le chap. I, II, 11, p. 176-177), alors même que la fiction dit le contraire, en montrant comment la science médicale se dévoie, par exemple, dans un art savant de la mutilation.

yeux, puis les relevait ; ce qu'il scrutait surtout, c'était le nord-est.

Le patron confia la barre à un matelot, enjamba le panneau de la fosse aux câbles, traversa le passavent[1] et vint au gaillard de proue.

Il aborda le vieillard, mais non de face. Il se tint un peu en arrière, les coudes serrés aux hanches, les mains écartées, la tête penchée sur l'épaule, l'œil ouvert, le sourcil haut, un coin des lèvres souriant, ce qui est l'attitude de la curiosité, quand elle flotte entre l'ironie et le respect.

Le vieillard, soit qu'il eût l'habitude de parler quelquefois seul, soit que sentir quelqu'un derrière lui l'excitât à parler, se mit à monologuer, en considérant l'étendue.

— Le méridien d'où l'on compte l'ascension droite est marqué dans ce siècle par quatre étoiles, la Polaire, la chaise de Cassiopée, la tête d'Andromède, et l'étoile Algénib, qui est dans Pégase. Mais aucune n'est visible[2].

Ces paroles se succédaient automatiquement, confuses, à peu près dites, et en quelque façon sans qu'il se mêlât de les prononcer. Elles flottaient hors de sa bouche et se dissipaient. Le monologue est la fumée des feux intérieurs de l'esprit.

Le patron interrompit :

— Seigneur...

Le vieillard, peut-être un peu sourd en même temps que très-pensif, continua :

— Pas assez d'étoiles, et trop de vent. Le vent quitte toujours sa route pour se jeter sur la côte. Il s'y jette à pic. Cela tient à ce que la terre est plus chaude que la

---

1. Le patron traverse tout le navire de l'arrière vers l'avant, jusqu'à la proue où se trouve la silhouette sombre du vieillard, guetteur et augure. Les positions spatiales, détaillées, sont des signes.   2. Le discours « automatique » et « confus » du vieillard oscille entre deux tonalités contraires, le risible (voir plus loin sa surdité et son ton de maître d'école) et le solennel. Type comique et tragique à la fois, il s'intègre dans la catégorie ambivalente du grotesque.

mer. L'air en est plus léger. Le vent froid et lourd de
la mer se précipite sur la terre pour le remplacer. C'est
pourquoi dans le grand ciel le vent souffle vers la terre
de tous les côtés. Il importerait de faire des bordées
allongées entre le parallèle estimé et le parallèle pré-
sumé. Quand la latitude observée ne diffère pas de la
latitude présumée de plus de trois minutes sur dix
lieues, et de quatre sur vingt, on est en bonne route.

Le patron salua, mais le vieillard ne le vit point. Cet
homme, qui portait presque une simarre[1] d'universi-
taire d'Oxford ou de Gœttingue, ne bougeait pas de
sa posture hautaine et revêche. Il observait la mer en
connaisseur des flots et des hommes. Il étudiait les
vagues, mais presque comme s'il allait demander dans
leur tumulte son tour de parole, et leur enseigner
quelque chose. Il y avait en lui du magister et de l'augure[2]. Il avait l'air du pédant de l'abîme.

Il poursuivit son soliloque, peut-être fait, après tout,
pour être écouté.

— On pourrait lutter, si l'on avait une roue au lieu
d'une barre. Par une vitesse de quatre lieues à l'heure,
trente livres d'effort sur la roue peuvent produire trois
cent mille livres d'effet sur la direction. Et plus encore,
car il y a des cas où l'on fait faire à la trousse deux
tours de plus.

Le patron salua une deuxième fois, et dit :

— Seigneur...

L'œil du vieillard se fixa sur lui. La tête tourna sans
que le corps remuât.

— Appelle-moi docteur.

— Seigneur docteur, c'est moi qui suis le patron.

— Soit, répondit le « docteur ».

Le docteur – nous le nommerons ainsi dorénavant –
parut consentir au dialogue :

— Patron, as-tu un octant[3] anglais ?

---

1. Longue robe.   2. Le *magister*, maître d'école de village et, par
extension, pédant, rencontre son contraire, le mage religieux qui sait lire
les présages.   3. Instrument du genre du sextant qui sert, comme lui, à
prendre des hauteurs et des distances et à calculer la position du navire.

— Non.

— Sans octant anglais, tu ne peux prendre hauteur ni par derrière, ni par devant.

— Les basques, répliqua le patron, prenaient hauteur avant qu'il y eût des anglais.

— Méfie-toi de l'olofée [1].

— Je mollis quand il le faut.

— As-tu mesuré la vitesse du navire ?

— Oui.

— Quand ?

— Tout à l'heure.

— Par quel moyen ?

— Au moyen du loch.

— As-tu eu soin d'avoir l'œil sur le bois du loch ?

— Oui.

— Le sablier fait-il juste ses trente secondes ?

— Oui.

— Es-tu sûr que le sable n'a point usé le trou entre les deux ampoulettes ?

— Oui.

— As-tu fait la contre-épreuve du sablier par la vibration d'une balle de mousquet suspendue...

— À un fil plat tiré de dessus le chanvre roui ? Sans doute.

— As-tu ciré le fil de peur qu'il ne s'allonge ?

— Oui.

— As-tu fait la contre-épreuve du loch ?

— J'ai fait la contre-épreuve du sablier par la balle de mousquet et la contre-épreuve du loch par le boulet de canon.

— Quel diamètre a ton boulet ?

— Un pied.

---

1. Comique et grave à la fois, ce dialogue dont le lecteur comprend parfaitement le principe (mettre en défaut le savoir du patron) sans jamais en saisir toute la pertinence technique. Un exemple avec l'olofée, orthographe possible de l'« auloffée » : « Mar. Action d'un bâtiment, à deux quarts largue, en mouvement pour approcher du lit du vent » (P. Larousse). La définition du dictionnaire n'est d'ailleurs pas plus explicite pour le néophyte...

— Bonne lourdeur.

— C'est un ancien boulet de notre vieille ourque de guerre, *la Casse de Par-grand*.

— Qui était de l'Armada[1] ?

— Oui.

— Et qui portait six cents soldats, cinquante matelots et vingt-cinq canons ?

— Le naufrage le sait.

— Comment as-tu pesé le choc de l'eau contre le boulet ?

— Au moyen d'un peson d'Allemagne.

— As-tu tenu compte de l'impulsion du flot contre la corde portant le boulet ?

— Oui.

— Quel est le résultat ?

— Le choc de l'eau a été de cent soixante-dix livres.

— C'est-à-dire que le navire fait à l'heure quatre lieues de France.

— Et trois de Hollande[2].

— Mais c'est seulement le surplus de la vitesse du sillage sur la vitesse de la mer.

— Sans doute.

— Où te diriges-tu ?

— À une anse que je connais entre Loyola et Saint-Sébastien[3].

— Mets-toi vite sur le parallèle du lieu de l'arrivée.

— Oui. Le moins d'écart possible.

— Méfie-toi des vents et des courants. Les premiers excitent les seconds.

— Traidores*.

_____

* Traîtres.

_____

1. Voir note 2, p. 87.   **2.** Avant l'adoption du système métrique lors de la Révolution, qui unifia les mesures, on utilisait la lieue, variable en fonction des pays, de 4 km à 6 km environ. Hugo souligne le morcellement des références de l'Ancien Régime.   **3.** Dans la province basque espagnole du Guipuzcoa.

— Pas de mots injurieux. La mer entend. N'insulte rien. Contente-toi d'observer.

— J'ai observé et j'observe. La marée est en ce moment contre le vent ; mais tout à l'heure, quand elle courra avec le vent, nous aurons du bon.

— As-tu un routier ?

— Non. Pas pour cette mer.

— Alors tu navigues à tâtons ?

— Point. J'ai la boussole.

— La boussole est un œil, le routier est l'autre.

— Un borgne voit.

— Comment mesures-tu l'angle que fait la route du navire avec la quille ?

— J'ai mon compas de variation, et puis je devine.

— Deviner, c'est bien ; savoir, c'est mieux.

— Christophe* devinait.

— Quand il y a de la brouille et quand la rose tourne vilainement, on ne sait plus par quel bout du harnais prendre le vent, et l'on finit par n'avoir plus ni point estimé, ni point corrigé. Un âne avec son routier vaut mieux qu'un devin avec son oracle.

— Il n'y a pas encore de brouille dans la bise, et je ne vois pas de motif d'alarme.

— Les navires sont des mouches dans la toile d'araignée de la mer.

— Présentement, tout est en assez bon état dans la vague et dans le vent.

— Un tremblement de points noirs sur le flot, voilà les hommes sur l'Océan.

— Je n'augure rien de mauvais pour cette nuit.

— Il peut arriver une telle bouteille à l'encre [1] que tu aies de la peine à te tirer d'intrigue.

— Jusqu'à présent tout va bien.

L'œil du docteur se fixa sur le nord-est.

Le patron continua :

---

* Colomb.

---

1. « *Bouteille à l'encre*, Affaire obscure, embrouillée » (P. Larousse).

— Gagnons seulement le golfe de Gascogne, et je réponds de tout. Ah ! par exemple, j'y suis chez moi. Je le tiens, mon golfe de Gascogne. C'est une cuvette souvent bien en colère, mais là je connais toutes les hauteurs d'eau et toutes les qualités de fond ; vase devant San Cipriano, coquilles devant Cizarque, sable au cap Peñas, petits cailloux au Boucaut de Mimizan, et je sais la couleur de tous les cailloux.

Le patron s'interrompit ; le docteur ne l'écoutait plus.

Le docteur considérait le nord-est. Il se passait sur ce visage glacial quelque chose d'extraordinaire. Toute la quantité d'effroi possible à un masque de pierre y était peinte. Sa bouche laissa échapper ce mot :

— À la bonne heure !

Sa prunelle, devenue tout à fait de hibou et toute ronde, s'était dilatée de stupeur en examinant un point de l'espace.

Il ajouta :

— C'est juste. Quant à moi, je consens.

Le patron le regardait.

Le docteur reprit, se parlant à lui-même ou parlant à quelqu'un dans l'abîme :

— Je dis oui.

Il se tut, ouvrit de plus en plus son œil avec un redoublement d'attention sur ce qu'il voyait, et reprit :

— Cela vient de loin, mais cela sait ce que cela fait.

Le segment de l'espace où plongeaient le rayon visuel et la pensée du docteur, étant opposé au couchant, était éclairé par la vaste réverbération crépusculaire presque comme par le jour. Ce segment, fort circonscrit et entouré de lambeaux de vapeur grisâtre, était tout simplement bleu, mais d'un bleu plus voisin du plomb que de l'azur.

Le docteur, tout à fait retourné du côté de la mer et sans regarder le patron désormais, désigna de l'index ce segment aérien, et dit :

— Patron, vois-tu ?

— Quoi ?

— Cela.

— Quoi ?

— Là-bas.

— Du bleu. Oui.

— Qu'est-ce ?

— Un coin du ciel.

— Pour ceux qui vont au ciel, dit le docteur. Pour ceux qui vont ailleurs, c'est autre chose.

Et il souligna ces paroles d'énigme d'un effrayant regard perdu dans l'ombre.

Il y eut un silence.

Le patron, songeant à la double qualification donnée par le chef à cet homme, se posa en lui-même cette question : Est-ce un fou ? Est-ce un sage ?

L'index osseux et rigide du docteur était demeuré dressé comme en arrêt vers le coin bleu trouble de l'horizon.

Le patron examina ce bleu[1].

— En effet, grommela-t-il, ce n'est pas du ciel, c'est du nuage.

— Nuage bleu pire que nuage noir, dit le docteur. Et il ajouta :

— C'est le nuage de la neige.

— *La nube de la nieve*, fit le patron comme s'il cherchait à mieux comprendre en se traduisant le mot.

— Sais-tu ce que c'est que le nuage de la neige ? demanda le docteur.

— Non.

— Tu le sauras tout à l'heure.

Le patron se remit à considérer l'horizon.

Tout en observant le nuage, le patron parlait entre ses dents.

— Un mois de bourrasque, un mois de pluie, janvier qui tousse et février qui pleure, voilà tout notre hiver à nous autres asturiens[2]. Notre pluie est chaude. Nous

---

1. Les signes sont trompeurs dans le monde à l'envers de *L'Homme qui rit*. Ici, le bleu annonce la tempête.   2. Habitant des Asturies, partie septentrionale de l'Espagne, « couverte d'âpres montagnes » (P. Larousse).

n'avons de neige que dans la montagne. Par exemple, gare à l'avalanche ! l'avalanche ne connaît rien ; l'avalanche, c'est la bête.

— Et la trombe, c'est le monstre, dit le docteur.

Le docteur, après une pause, ajouta :

— La voilà qui vient.

Il reprit :

— Plusieurs vents se mettent au travail à la fois. Un gros vent, de l'ouest, et un vent très-lent, de l'est.

— Celui-là est un hypocrite, dit le patron.

La nuée bleue grandissait.

— Si la neige, continua le docteur, est redoutable quand elle descend de la montagne, juge de ce qu'elle est quand elle croule du pôle.

Son œil était vitreux. Le nuage semblait croître sur son visage en même temps qu'à l'horizon.

Il reprit avec un accent de rêverie :

— Toutes les minutes amènent l'heure. La volonté d'en haut s'entr'ouvre.

Le patron de nouveau se posa intérieurement ce point d'interrogation : Est-ce un fou ?

— Patron, repartit le docteur, la prunelle toujours attachée sur le nuage, as-tu beaucoup navigué dans la Manche ?

Le patron répondit :

— C'est aujourd'hui la première fois.

Le docteur, que le nuage bleu absorbait, et qui, de même que l'éponge n'a qu'une capacité d'eau, n'avait qu'une capacité d'anxiété, ne fut pas, à cette réponse du patron, ému au-delà d'un très-léger dressement d'épaule.

— Comment cela ?

— Seigneur docteur, je ne fais habituellement que le voyage d'Irlande. Je vais de Fontarabie à Black-Harbour ou à l'île Akill, qui est deux îles. Je vais parfois à Brachipult, qui est une pointe du pays de Galles. Mais je gouverne toujours par delà les îles Scilly. Je ne connais pas cette mer-ci.

— C'est grave. Malheur à qui épelle l'océan ! La

Manche est une mer qu'il faut lire couramment. La Manche, c'est le sphynx[1]. Méfie-toi du fond.

— Nous sommes ici dans vingt-cinq brasses[2].

— Il faut arriver aux cinquante-cinq brasses qui sont au couchant et éviter les vingt qui sont au levant.

— En route, nous sonderons.

— La Manche n'est pas une mer comme une autre. La marée y monte de cinquante pieds dans les malines et de vingt-cinq dans les mortes eaux. Ici, le reflux n'est pas l'èbe, et l'èbe n'est pas le jusant. Ah ! tu m'avais l'air décontenancé en effet.

— Cette nuit, nous sonderons.

— Pour sonder, il faut s'arrêter, et tu ne pourras.

— Pourquoi ?

— Parce que le vent.

— Nous essaierons.

— La bourrasque est une épée aux reins.

— Nous sonderons, seigneur docteur.

— Tu ne pourras pas seulement mettre côté à travers.

— Foi en Dieu.

— Prudence dans les paroles. Ne prononce pas légèrement le nom irritable.

— Je sonderai, vous dis-je.

— Sois modeste. Tout à l'heure tu vas être soufflé par le vent.

— Je veux dire que je tâcherai de sonder.

— Le choc de l'eau empêchera le plomb de descendre et la ligne cassera. Ah ! tu viens dans ces parages pour la première fois !

— Pour la première fois.

— Eh bien, en ce cas, écoute, patron.

---

1. Figure mythique de l'énigme. Hugo choisit l'orthographe possible du mot avec un Y plutôt qu'un I. Rien d'étonnant. « Les mots ont une figure » (fragment daté de 1846, « Bouquins », vol. *Océan*, 1989, p. 153), particulièrement symbolique quand il s'agit du Y : « Je regrette l'Y de l'ancienne orthographe du mot abîme. Car Y était du nombre de ces lettres qui ont un double avantage : indiquer l'étymologie et faire peindre la chose par le mot » (vers 1850, *ibid.*, p. 162). **2.** Une brasse est une mesure de longueur équivalant en France à 1,624 m.

L'accent de ce mot, *écoute*, était si impératif que le patron salua.

— Seigneur docteur, j'écoute.

— Amure à bâbord et borde à tribord.

— Que voulez-vous dire ?

— Mets le cap à l'ouest.

— Caramba !

— Mets le cap à l'ouest.

— Pas possible.

— Comme tu voudras. Ce que je t'en dis, c'est pour les autres. Moi, j'accepte.

— Mais, seigneur docteur, le cap à l'ouest...

— Oui, patron.

— C'est le vent debout !

— Oui, patron.

— C'est un tangage diabolique !

— Choisis d'autres mots. Oui, patron.

— C'est le navire sur le chevalet !

— Oui, patron.

— C'est peut-être le mât rompu !

— Peut-être.

— Vous voulez que je gouverne à l'ouest !

— Oui.

— Je ne puis.

— En ce cas, fais ta dispute avec la mer comme tu voudras.

— Il faudrait que le vent changeât.

— Il ne changera pas de toute la nuit.

— Pourquoi ?

— Ceci est un souffle long de douze cents lieues.

— Aller contre ce vent-là ! impossible.

— Le cap à l'ouest, te dis-je !

— J'essaierai. Mais malgré tout nous dévierons.

— C'est le danger.

— La brise nous chasse à l'est.

— Ne va pas à l'est.

— Pourquoi ?

— Patron, sais-tu quel est aujourd'hui pour nous le nom de la mort ?

— Non.

— La mort s'appelle l'Est.

— Je gouvernerai à l'ouest.

Le docteur cette fois regarda le patron, et le regarda avec ce regard qui appuie comme pour enfoncer une pensée dans un cerveau. Il s'était tourné tout entier vers le patron et il prononça ces paroles lentement, syllabe à syllabe :

– Si cette nuit, quand nous serons au milieu de la mer, nous entendons le son d'une cloche, le navire est perdu [1].

Le patron le considéra, stupéfait.

— Que voulez-vous dire ?

Le docteur ne répondit pas. Son regard, un instant sorti, était maintenant rentré. Son œil était redevenu intérieur. Il ne sembla point percevoir la question étonnée du patron. Il n'était plus attentif qu'à ce qu'il écoutait en lui-même. Ses lèvres articulèrent, comme machinalement, ces quelques mots bas comme un murmure :

— Le moment est venu pour les âmes noires de se laver.

Le patron fit cette moue expressive qui rapproche du nez tout le bas du visage.

— C'est plutôt le fou que le sage, grommela-t-il.

Et il s'éloigna.

Cependant il mit le cap à l'ouest.

Mais le vent et la mer grossissaient.

V

HARDQUANONNE

Toutes sortes d'intumescences [2] déformaient la brume et se gonflaient à la fois sur tous les points de l'horizon, comme si des bouches qu'on ne voyait pas étaient occu-

---

1. Même inversion des signes que note 1, p. 151. **2.** Action par laquelle une chose s'enfle.

pées à enfler les outres de la tempête[1]. Le modelé des nuages devenait inquiétant.

La nuée bleue tenait tout le fond du ciel. Il y en avait maintenant autant à l'ouest qu'à l'est. Elle avançait contre la brise. Ces contradictions font partie du vent.

La mer qui, le moment d'auparavant, avait des écailles, avait maintenant une peau. Tel est ce dragon. Ce n'était plus le crocodile, c'était le boa. Cette peau, plombée et sale, semblait épaisse et se ridait lourdement. À la surface, des bouillons de houle, isolés, pareils à des pustules, s'arrondissaient, puis crevaient. L'écume ressemblait à une lèpre.

C'est à cet instant-là que l'ourque, encore aperçue de loin par l'enfant abandonné, alluma son fanal[2].

Un quart d'heure s'écoula.

Le patron chercha des yeux le docteur ; il n'était plus sur le pont.

Sitôt que le patron l'avait quitté, le docteur avait courbé sous le capot[3] de chambre sa stature peu commode, et était entré dans la cabine. Là il s'était assis près du fourneau, sur un chouquet[4] ; il avait tiré de sa poche un encrier de chagrin et un portefeuille de cordouan[5] ; il avait extrait du portefeuille un parchemin plié en quatre, vieux, taché et jaune ; il avait déplié cette feuille, pris une plume dans l'étui de son encrier, posé à plat le portefeuille sur son genou et le parchemin sur le portefeuille, et, sur le verso de ce parchemin, au rayonnement de la lanterne qui éclairait le cuisinier, il s'était mis à écrire. Les secousses du flot le gênaient. Le docteur écrivit longuement.

Tout en écrivant, le docteur remarqua la gourde

---

1. Représentation mythologique de la tempête empruntée au chant X de l'*Odyssée*, où les compagnons d'Ulysse ouvrent malheureusement l'outre des vents donnée par Éole, « où il avait bouclé les chemins des vents hululants » (v. 20, traduction de P. Jaccottet).   **2.** Renvoi à la p. 104.   **3.** Couverture de toile étendue sur le pont au-dessus de l'ouverture de l'escalier.   **4.** Gros billot de bois.   **5.** Cuir de Cordoue ou cuir en général.

d'aguardiente [1] que le provençal dégustait chaque fois qu'il ajoutait un piment au puchero [2], comme s'il la consultait sur l'assaisonnement.

Le docteur remarqua cette gourde, non parce que c'était une bouteille d'eau-de-vie, mais à cause d'un nom qui était tressé dans l'osier, en jonc rouge au milieu du jonc blanc. Il faisait assez clair dans la cabine pour qu'on pût lire ce nom.

Le docteur, s'interrompant, l'épela à demi-voix.

— Hardquanonne.

Puis il s'adressa au cuisinier :

— Je n'avais pas encore fait attention à cette gourde. Est-ce qu'elle a appartenu à Hardquanonne ?

— À notre pauvre camarade Hardquanonne ? fit le cuisinier. Oui.

Le docteur poursuivit :

— À Hardquanonne, le flamand de Flandre ?

— Oui.

— Qui est en prison ?

— Oui.

— Dans le donjon de Chatham [3] ?

— C'est sa gourde, répondit le cuisinier, et c'était mon ami. Je la garde en souvenir de lui. Quand le reverrons-nous ? Oui, c'est sa gourde de hanche.

Le docteur reprit sa plume et se remit à tracer péniblement des lignes un peu tortueuses sur le parchemin. Il avait évidemment le souci que cela fût très-lisible. Malgré le tremblement du bâtiment et le tremblement de l'âge, il vint à bout de ce qu'il voulait écrire.

Il était temps ; car subitement il y eut un coup de mer. Une arrivée impétueuse de flots assaillit l'ourque, et l'on sentit poindre cette danse effrayante par laquelle les navires accueillent la tempête.

Le docteur se leva, s'approcha du fourneau, tout en opposant de savantes flexions de genou aux brusqueries de la houle, sécha, comme il put, au feu de la

---

1. Voir note 2, p. 136. **2.** Voir note 4, p. 135. **3.** À 40 km au sud-est de Londres.

marmite les lignes qu'il venait d'écrire, replia le parchemin dans le portefeuille, et remit le portefeuille et l'écritoire dans sa poche.

Le fourneau n'était pas la pièce la moins ingénieuse de l'aménagement intérieur de l'ourque ; il était dans un bon isolement. Pourtant la marmite oscillait. Le provençal la surveillait.

— Soupe aux poissons, dit-il.

— Pour les poissons, répondit le docteur.

Puis il retourna sur le pont.

VI

ILS SE CROIENT AIDÉS

À travers sa préoccupation croissante, le docteur passa une sorte de revue de la situation, et quelqu'un qui eût été près de lui eût pu entendre ceci sortir de ses lèvres :

— Trop de roulis[1] et pas assez de tangage[2].

Et le docteur, rappelé par le travail obscur de son esprit, redescendit dans sa pensée comme un mineur dans son puits.

Cette méditation n'excluait nullement l'observation de la mer. La mer observée est une rêverie.

Le sombre supplice des eaux, éternellement tourmentées, allait commencer. Une lamentation sortait de toute cette onde. Des apprêts, confusément lugubres, se faisaient dans l'immensité. Le docteur considérait ce qu'il avait sous les yeux et ne perdait aucun détail. Du reste il n'y avait dans son regard aucune contemplation[3]. On ne contemple pas l'enfer.

---

1. Mouvement alternatif transversal du navire.   **2.** Mouvement où l'avant et l'arrière du navire plongent tour à tour.   **3.** En théologie, extase mystique où l'âme, étrangère aux choses extérieures, est absorbée tout entière dans les choses de Dieu.

Une vaste commotion, encore à demi latente, mais transparente déjà dans le trouble des étendues, accentuait et aggravait de plus en plus le vent, les vapeurs, les houles. Rien n'est logique et rien ne semble absurde comme l'Océan. Cette dispersion de soi-même est inhérente à sa souveraineté, et est un des éléments de son ampleur. Le flot est sans cesse pour et contre. Il ne se noue que pour se dénouer. Un de ses versants attaque, un autre délivre. Pas de vision comme les vagues. Comment peindre ces creux et ces reliefs alternants, réels à peine, ces vallées, ces hamacs, ces évanouissements de poitrails, ces ébauches[1] ? Comment exprimer ces halliers de l'écume, mélangés de montagne et de songe ? L'indescriptible est là, partout, dans la déchirure, dans le froncement, dans l'inquiétude, dans le démenti perpétuel, dans le clair-obscur, dans les pendentifs de la nuée, dans les clefs de voûte toujours défaites[2], dans la désagrégation sans lacune et sans rupture, et dans le fracas funèbre que fait toute cette démence.

La brise venait de se déclarer plein nord. Elle était tellement favorable dans sa violence, et si utile à l'éloignement de l'Angleterre, que le patron de la *Matutina* s'était décidé à couvrir la barque de toile. L'ourque s'évadait dans l'écume, comme au galop, toutes voiles hors, vent arrière, bondissant de vague en vague, avec rage et gaieté. Les fugitifs, ravis, riaient. Ils battaient des mains, applaudissant la houle, le flot, les souffles,

---

1. Description placée sous le signe de la métamorphose : la mer agitée offre un entrelacs de formes baroques, de montagnes (reliefs, vallées), de bêtes (les poitrails), de courbes (le hamac, filet qui sert au couchage du marin), où le lexique lui-même juxtapose les sens : le hallier peut désigner une « réunion de buissons très touffus » ou un « filet de chasse qu'on tend pour former une sorte de haie ». Au brouillage des lignes du dessin s'ajoute l'érosion elle aussi baroque des frontières entre rêve et réalité. 2. Le pendentif est un triangle sphérique entre les grands arcs qui supportent une coupole ; la clef de voûte, une pierre en forme de coin placée à la partie centrale de la voûte et servant à maintenir en équilibre les autres pierres. Le chaos naturel est évoqué, comme souvent chez Hugo, par des architectures écroulées.

les voiles, la vitesse, la fuite, l'avenir ignoré. Le docteur semblait ne pas les voir, et songeait.

Tout vestige de jour s'était éclipsé.

Cette minute-là était celle où l'enfant attentif sur les
falaises lointaines perdit l'ourque de vue[1]. Jusqu'à ce
moment son regard était resté fixé et comme appuyé
sur le navire. Quelle part ce regard eut-il dans la destinée ? Dans cet instant où la distance effaça l'ourque et
où l'enfant ne vit plus rien, l'enfant s'en alla au nord
pendant que le navire s'en allait au sud.

Tous s'enfonçant dans la nuit.

VII

HORREUR SACRÉE

De leur côté, mais avec épanouissement et allégresse, ceux que l'ourque emportait regardaient derrière eux reculer et décroître la terre hostile. Peu à peu
la rondeur obscure de l'Océan montait amincissant
dans le crépuscule Portland, Purbeck, Tineham, Kim-
meridge, les deux Matravers, les longues bandes de la
falaise brumeuse, et la côte ponctuée de phares.

L'Angleterre s'effaça. Les fuyards n'eurent plus
autour d'eux que la mer.

Tout à coup la nuit fut terrible.

Il n'y eut plus d'étendue ni d'espace ; le ciel s'était
fait noirceur, et il se referma sur le navire. La lente
descente de la neige commença. Quelques flocons
apparurent. On eût dit des âmes. Rien ne fut plus
visible dans le champ de course du vent. On se sentit
livré. Tout le possible était là, piège.

C'est par cette obscurité de caverne que débute dans
nos climats la trombe polaire.

---

1. Entrelacement narratif, qui renvoie exactement à la p. 105, I, I, 3.

Ma destinée, dessin de Victor Hugo, 1857.
Naufrage, dessin de Victor Hugo.
« *La tourmente boréale se précipita sur l'ourque...* » (p. 162).

Un grand nuage trouble, pareil au dessous d'une hydre, pesait sur l'Océan, et par endroits ce ventre livide adhérait aux vagues. Quelques-unes de ces adhérences ressemblaient à des poches crevées, pompant la mer, se vidant de vapeur et s'emplissant d'eau. Ces succions soulevaient çà et là sur le flot des cônes d'écume.

La tourmente boréale[1] se précipita sur l'ourque, l'ourque se rua dedans. La rafale et le navire vinrent au devant l'un de l'autre comme pour une insulte.

Dans ce premier abordage forcené, pas une voile ne fut carguée[2], pas un foc[3] ne fut amené, pas un ris[4] ne fut pris, tant l'évasion est un délire. Le mât craquait et se ployait en arrière, comme effrayé.

Les cyclones, dans notre hémisphère nord, tournent de gauche à droite, dans le même sens que les aiguilles d'une montre, avec un mouvement de translation qui atteint quelquefois soixante milles par heure. Quoiqu'elle fût en plein à la merci de cette violente poussée giratoire, l'ourque se comportait comme si elle eût été dans le demi-cercle maniable, sans autre précaution que de se tenir debout à la lame, et de présenter le cap au vent antérieur en recevant le vent actuel à tribord afin d'éviter les coups d'arrière et de travers. Cette demi-prudence n'eût servi de rien en cas d'une saute de vent de bout en bout.

Une profonde rumeur soufflait dans la région inaccessible.

Le rugissement de l'abîme, rien n'est comparable à cela. C'est l'immense voix bestiale du monde. Ce que nous appelons la matière, cet organisme insondable, cet amalgame d'énergies incommensurables où parfois on distingue une quantité imperceptible d'intention qui fait frissonner, ce cosmos aveugle et nocturne, ce Pan[5] incompréhensible, a un cri, cri étrange, prolongé, obstiné, continu, qui est moins que la parole et plus que le

---

1. Qui vient du nord.   2. Repliée.   3. Voile triangulaire à l'avant du navire.   4. Bande horizontale des voiles qu'on replie pour diminuer la voilure.   5. Voir note 1, p. 110.

tonnerre. Ce cri, c'est l'ouragan. Les autres voix, chants, mélodies, clameurs, verbes, sortent des nids, des couvées, des accouplements, des hyménées, des demeures ; celle-ci, trombe, sort de ce Rien qui est Tout. Les autres voix expriment l'âme de l'univers ; celle-ci en exprime le monstre. C'est l'informe, hurlant. C'est l'inarticulé parlé par l'indéfini. Chose pathétique et terrifiante. Ces rumeurs dialoguent au-dessus et au-delà de l'homme. Elles s'élèvent, s'abaissent, ondulent, déterminent des flots de bruit, font toutes sortes de surprises farouches à l'esprit, tantôt éclatent tout près de notre oreille avec une importunité de fanfare, tantôt ont l'enrouement rauque du lointain ; brouhaha vertigineux qui ressemble à un langage, et qui est un langage en effet ; c'est l'effort que fait le monde pour parler, c'est le bégaiement du prodige. Dans ce vagissement se manifeste confusément tout ce qu'endure, subit, souffre, accepte et rejette l'énorme palpitation ténébreuse. Le plus souvent cela déraisonne, cela semble un accès de maladie chronique, et c'est plutôt de l'épilepsie répandue que de la force employée ; on croit assister à une chute du haut-mal [1] dans l'infini. Par moments, on entrevoit une revendication de l'élément, on ne sait quelle velléité de reprise du chaos sur la création. Par moments, c'est une plainte, l'espace se lamente et se justifie, c'est quelque chose comme la cause du monde plaidée ; on croit deviner que l'univers est un procès ; on écoute, on tâche de saisir les raisons données, le pour et contre redoutable ; tel gémissement de l'ombre a la ténacité d'un syllogisme. Vaste trouble pour la pensée. La raison d'être des mythologies et des polythéismes est là. À l'effroi de ces grands murmures s'ajoutent des profils surhumains sitôt évanouis qu'aperçus, des euménides [2] à peu près distinctes, des gorges de furies dessinées dans les nuages,

---

1. Autre nom de l'épilepsie, brusques attaques avec perte de connaissance.
2. Les Euménides, aussi appelées Érinyes, sont dans la mythologie grecque les divinités infernales chargées de punir les coupables et d'exécuter la vengeance des dieux. Les Furies sont leur équivalent romain.

des chimères plutoniennes[1] presque affirmées. Aucune
horreur n'égale ces sanglots, ces rires, ces souplesses du
fracas, ces demandes et ces réponses indéchiffrables, ces
appels à des auxiliaires inconnus. L'homme ne sait que
devenir en présence de cette incantation épouvantable.
Il plie sous l'énigme de ces intonations draconiennes[2].
Quel sous-entendu y a-t-il ? Que signifient-elles ? qui
menacent-elles ? qui supplient-elles ? Il y a là comme
un déchaînement. Vociférations de précipice à précipice,
de l'air à l'eau, du vent au flot, de la pluie au rocher,
du zénith au nadir[3], des astres aux écumes, la muselière
du gouffre défaite, tel est ce tumulte, compliqué d'on ne
sait quel démêlé mystérieux avec les mauvaises
consciences.

La loquacité de la nuit n'est pas moins lugubre que
son silence. On y sent la colère de l'ignoré.

La nuit est une présence. Présence de qui ?

Du reste, entre la nuit et les ténèbres il faut distinguer. Dans la nuit il y a l'absolu ; il y a le multiple dans
les ténèbres. La grammaire, cette logique, n'admet pas
de singulier pour les ténèbres. La nuit est une, les
ténèbres sont plusieurs.

Cette brume du mystère nocturne, c'est l'épars, le
fugace, le croulant, le funeste. On ne sent plus la terre,
on sent l'autre réalité.

Dans l'ombre infinie et indéfinie, il y a quelque
chose, ou quelqu'un, de vivant ; mais ce qui est vivant
là fait partie de notre mort. Après notre passage terrestre, quand cette ombre sera pour nous de la lumière,
la vie qui est au-delà de notre vie nous saisira. En
attendant, il semble qu'elle nous tâte. L'obscurité est
une pression. La nuit est une sorte de main mise sur

---

1. Pluton, dieu des Enfers chez les Romains. Des monstres effrayants
habitent le vestibule des Enfers, dont une Chimère qui vomit du feu. La
tempête où les comprachicos vont être jugés pour leurs actes est évoquée à
travers la géographie mythique des Enfers.   **2.** Dérivé de « dragon »,
d'après le latin *draco, -onis* : « Qui ressemble à un dragon ».   **3.** Radica-
lisation de l'antithèse, du haut et du bas, le nadir étant le point exactement
opposé au zénith.

notre âme. À de certaines heures hideuses et solennelles nous sentons ce qui est derrière le mur du tombeau empiéter sur nous.

Jamais cette proximité de l'inconnu n'est plus palpable que dans les tempêtes de mer. L'horrible s'y accroît du fantasque. L'interrupteur possible des actions humaines, l'antique Assemble-nuages [1], a là à sa disposition, pour pétrir l'événement comme bon lui semble, l'élément inconsistant, l'incohérence illimitée, la force diffuse sans parti pris. Ce mystère, la tempête, accepte et exécute, à chaque instant, on ne sait quels changements de volonté, apparents ou réels.

Les poètes ont de tout temps appelé cela le caprice des flots.

Mais le caprice n'existe pas.

Les choses déconcertantes que nous nommons, dans la nature, caprice et, dans la destinée, hasard, sont des tronçons de loi entrevus.

VIII

NIX ET NOX [2]

Ce qui caractérise la tempête de neige, c'est qu'elle est noire. L'aspect habituel de la nature dans l'orage, terre ou mer obscure, ciel blême, est renversé ; le ciel est noir, l'océan est blanc. En bas écume, en haut ténèbres. Un horizon muré de fumée, un zénith plafonné de crêpe [3]. La tempête ressemble à l'intérieur d'une cathédrale tendue de deuil. Mais aucun luminaire

---

1. Traduction d'une épithète homérique (*néphélègnéréta*) désignant le roi des dieux, Zeus « assembleur de nuages », dans l'*Iliade* (chant I, v. 511 ; IV, v. 30 ; VII, v. 280) et l'*Odyssée* (I, v. 63, etc.). **2.** Paronomase qui amalgame la « neige » et la « nuit ». **3.** Tissu qui, noir, est signe de deuil.

dans cette cathédrale. Pas de feux Saint-Elme[1] aux
pointes des vagues, pas de flammèches, pas de phos-
phores[2] ; rien qu'une immense ombre. Le cyclone
polaire diffère du cyclone tropical en ceci que l'un
allume toutes les lumières et que l'autre les éteint
toutes. Le monde devient subitement une voûte de
cave. De cette nuit tombe une poussière de taches pâles
qui hésitent entre ce ciel et cette mer. Ces taches, qui
sont les flocons de neige, glissent, errent et flottent.
C'est quelque chose comme les larmes d'un suaire qui
se mettraient à vivre et entreraient en mouvement. À
cet ensemencement se mêle une bise forcenée. Une
noirceur émiettée en blancheurs, le furieux dans l'obscur, tout le tumulte dont est capable le sépulcre, un
ouragan sous un catafalque[3], telle est la tempête de
neige.

Dessous tremble l'Océan recouvrant de formidables
approfondissements inconnus.

Dans le vent polaire qui est électrique, les flocons
se font tout de suite grêlons, et l'air s'emplit de projectiles. L'eau pétille, mitraillée.

Pas de coups de tonnerre. L'éclair des tourmentes
boréales est silencieux. Ce qu'on dit quelquefois du
chat, « il jure », on peut le dire de cet éclair-là. C'est
une menace de gueule entr'ouverte, étrangement
inexorable. La tempête de neige, c'est la tempête
aveugle et muette. Quand elle a passé, souvent les
navires aussi sont aveugles, et les matelots muets.

Sortir d'un tel gouffre est malaisé.

On se tromperait pourtant de croire le naufrage absolument inévitable. Les pêcheurs danois de Disco[4] et du
Balesin, les chercheurs de baleines noires, Hearn allant
vers le détroit de Behring reconnaître l'embouchure de

---

1. Phénomène électrique d'une aigrette lumineuse qui voltige à la surface
des flots ou à l'extrémité des vergues et des mâts des navires. Hugo dépeint
le phénomène dans *Les Travailleurs de la mer* (II, ii, 10, « Les avertissements de la mer »).   2. Corps simple, lumineux dans l'obscurité.
3. Estrade décorative funèbre placée dans une église.   4. Disco, île de
la mer de Baffin, sur la côte nord-ouest du Groenland.

la Rivière de la mine de cuivre [1], Hudson, Mackenzie,
Vancouver, Ross, Dumont-d'Urville, ont subi, au pôle
même, les plus inclémentes bourrasques de neige, et
s'en sont échappés [2].

C'est dans cette espèce de tempête-là que l'ourque
était entrée à pleines voiles et avec triomphe. Frénésie
contre frénésie. Quand Montgomery, s'évadant de
Rouen, précipita à toutes rames sa galère sur la chaîne
barrant la Seine à la Bouille, il eut la même effronterie [3].

La *Matutina* courait. Son penchement sous voiles
faisait par instants avec la mer un affreux angle de
quinze degrés, mais sa bonne quille [4] ventrue adhérait
au flot comme à de la glu. La quille résistait à l'arrachement de l'ouragan. La cage à feu éclairait l'avant.
Le nuage plein de souffles traînant sa tumeur sur
l'Océan, rétrécissait et rongeait de plus en plus la mer
autour de l'ourque. Pas une mouette. Pas une hiron-
delle de falaise. Rien que la neige. Le champ des
vagues était petit et épouvantable. On n'en voyait que
trois ou quatre, démesurées.

---

1. Samuel Hearne (1745-1792), navigateur anglais chargé en 1769 par
la Compagnie de la baie d'Hudson d'aller explorer une rivière se jetant au
nord dans la mer et arrivant en 1771 à la Rivière de Cuivre.   **2.** Henry
Hudson (vers 1550-1611), découvreur de la baie qui porte son nom au
nord-est du Canada ; sir Alexander Mackenzie (1764-1820), explorateur des
régions boréales de l'Amérique du Nord, a laissé son nom à un fleuve du
nord du Canada ; George Vancouver (1757-1798), le premier à établir une
carte précise du nord-ouest du Canada et de l'île qui porte son nom ; sir
John Ross (1777-1856), explorateur de l'Arctique, ou son neveu sir James
Clarke Ross (1800-1862), explorateur de l'Antarctique, qui a légué son nom
à une île ; Dumont d'Urville, seul Français parmi les marins anglais ou
écossais nommés précédemment, sans doute pour son voyage dans les
régions antarctiques de 1837 à 1840, au cours duquel il découvrit la terre
Louis-Philippe.   **3.** Gabriel de Montgomery (1530-1574), converti au
protestantisme, défendit Rouen assiégée par l'armée royale quand éclata le
début des guerres de Religion en 1562 : « La ville forcée, Montgomery se
retira avec les Anglais sur une galère qu'il tenait prête, franchit par une
manœuvre hardie l'estacade de Caudebec, et gagna Le Havre » (*Nouvelle
Biographie générale*, Firmin Didot frères, 1861).   **4.** Longue pièce de
bois allant de la poupe à la proue et sur laquelle repose tout le navire.

De temps en temps un vaste éclair couleur de cuivre rouge apparaissait derrière les superpositions obscures de l'horizon et du zénith. Cet élargissement vermeil montrait l'horreur des nuées. Le brusque embrasement des profondeurs, sur lequel, pendant une seconde, se détachaient les premiers plans des nuages et les fuites lointaines du chaos céleste, mettait l'abîme en perspective. Sur ce fond de feu les flocons de neige devenaient noirs, et l'on eût dit des papillons sombres volant dans une fournaise. Puis tout s'éteignait.

La première explosion passée, la bourrasque, chassant toujours l'ourque, se mit à rugir en basse continue. C'est la phase de grondement, redoutable diminution de fracas. Rien d'inquiétant comme ce monologue de la tempête. Ce récitatif morne ressemble à un temps d'arrêt que prendraient les mystérieuses forces combattantes, et indique une sorte de guet dans l'inconnu.

L'ourque continuait éperdument sa course. Ses deux voiles majeures surtout faisaient une fonction effrayante. Le ciel et la mer étaient d'encre, avec des jets de bave sautant plus haut que le mât. À chaque instant, des paquets d'eau traversaient le pont comme un déluge, et à toutes les inflexions du roulis, les écubiers[1], tantôt de tribord, tantôt de bâbord, devenaient autant de bouches ouvertes revomissant l'écume à la mer. Les femmes s'étaient réfugiées dans la cabine, mais les hommes demeuraient sur le pont. La neige aveuglante tourbillonnait. Les crachats de la houle s'y ajoutaient. Tout était furieux.

En ce moment, le chef de la bande, debout à l'arrière sur la barre d'arcasse[2], d'une main s'accrochant aux haubans[3], de l'autre arrachant sa pagne de tête[4] qu'il secouait aux lueurs de la cage à feu, arrogant, content, la face altière, les cheveux farouches, ivre de toute cette ombre, cria :

---

1. Ouvertures cylindriques pratiquées à l'avant pour le passage de chaînes. 2. La plus élevée des barres. 3. Câbles qui assujettissent un mât par le travers ou par l'arrière. 4. Fréquemment employé au début du XIXe siècle au féminin, pagne désigne ici un morceau d'étoffe.

— Nous sommes libres !

— Libres ! libres ! libres ! répétèrent les évadés.

Et toute la bande, saisissant des poings les agrès, se dressa sur le pont.

— Hurrah ! cria le chef.

Et la bande hurla dans la tempête :

— Hurrah !

À l'instant où cette clameur s'éteignait parmi les rafales, une voix grave et haute s'éleva à l'autre extrémité du navire, et dit : – Silence !

Toutes les têtes se retournèrent.

Ils venaient de reconnaître la voix du docteur. L'obscurité était épaisse ; le docteur était adossé au mât avec lequel sa maigreur se confondait, on ne le voyait pas.

La voix reprit :

— Écoutez !

Tous se turent.

Alors on entendit distinctement dans les ténèbres le tintement d'une cloche.

IX

SOIN CONFIÉ À LA MER FURIEUSE

Le patron de la barque, qui tenait la barre, éclata de rire. – Une cloche ! C'est bon. Nous chassons à bâbord[1]. Que prouve cette cloche ? Que nous avons la terre à dextribord[2].

La voix ferme et lente du docteur répondit :

— Vous n'avez pas la terre à tribord.

— Mais si ! cria le patron.

— Non.

— Mais cette cloche vient de la terre.

---

1. Être poussé vers la gauche.   2. À droite ; « destrebort » est attesté dans le *Grand Routier* de Garcie, cité par Hugo p. 326.

— Cette cloche, dit le docteur, vient de la mer.

Il y eut un frisson parmi ces hommes hardis. Les faces hagardes des deux femmes apparurent dans le carré du capot de cabine[1] comme deux larves évoquées[2]. Le docteur fit un pas, et sa longue forme noire se détacha du mât. On entendait la cloche tinter au fond de la nuit.

Le docteur reprit :

— Il y a, au milieu de la mer, à moitié chemin entre Portland et l'archipel de la Manche, une bouée, qui est là pour avertir. Cette bouée est amarrée avec des chaînes aux bas-fonds et flotte à fleur d'eau. Sur cette bouée est fixé un tréteau de fer, et à la traverse de ce tréteau est suspendue une cloche. Dans le gros temps, la mer, secouée, secoue la bouée, et la cloche sonne. Cette cloche, vous l'entendez.

Le docteur laissa passer un redoublement de la bise, attendit que le son de la cloche eût repris le dessus, et poursuivit :

— Entendre cette cloche dans la tempête, quand le noroit[3] souffle, c'est être perdu. Pourquoi ? le voici : si vous entendez le bruit de cette cloche, c'est que le vent vous l'apporte. Or le vent vient de l'ouest et les brisants d'Aurigny sont à l'est. Vous ne pouvez entendre la cloche que parce que vous êtes entre la bouée et les brisants. C'est sur ces brisants que le vent vous pousse. Vous êtes du mauvais côté de la bouée. Si vous étiez du bon, vous seriez au large, en haute mer, en route sûre, et vous n'entendriez pas la cloche. Le vent n'en porterait pas le bruit vers vous. Vous passeriez près de la bouée sans savoir qu'elle est là. Nous avons dévié. Cette cloche, c'est le naufrage qui sonne le tocsin[4]. Maintenant, avisez !

La cloche, pendant que le docteur parlait, apaisée

---

1. Voir note 3, p. 156.   **2.** Apparues par magie, comme des fantômes. Dans l'Antiquité, les larves sont les esprits des morts, formes hideuses, qui poursuivent les vivants.   **3.** Voir note 2, p. 105.   **4.** Sonnerie de cloche répétée et prolongée pour donner l'alarme.

par une baisse de brise, sonnait lentement, un coup
après l'autre, et ce tintement intermittent semblait
prendre acte des paroles du vieillard. On eût dit le glas
de l'abîme.

Tous écoutaient haletants, tantôt cette voix, tantôt
cette cloche.

X

LA GRANDE SAUVAGE, C'EST LA TEMPÊTE

Cependant le patron avait saisi son porte-voix.

— *Cargate todo, hombres*[1] ! Débordez les écoutes,
halez les cale-bas, affalez les itaques et les cagues des
basses-voiles ! mordons à l'ouest ! reprenons de la
mer ! le cap sur la bouée ! le cap sur la cloche ! il y a
du large là-bas. Tout n'est pas désespéré[2].

— Essayez, dit le docteur.

Disons ici, en passant, que cette bouée à sonnerie,
sorte de clocher de la mer, a été supprimée en 1802. De
très-vieux navigateurs se souviennent encore de l'avoir
entendue. Elle avertissait, mais un peu tard.

L'ordre du patron fut obéi. Le languedocien fit un
troisième matelot. Tous aidèrent. On fit mieux que carguer, on ferla ; on sangla tous les rabans, on noua les
cargue-points, les cargue-fonds et les cargue-boulines ;
on mit des pataras sur les estropes qui purent ainsi servir de haubans de travers ; on jumela le mât ; on cloua
les mantelets de sabord, ce qui est une façon de murer
le navire[3]. La manœuvre, quoique exécutée en pan-

---

1. « Courage, mes frères » (familier).   **2.** Le patron tente de réduire
au maximum la voilure pour diminuer la prise du vent et essayer d'atteindre
le large. Voir note 2, p. 41.   **3.** Comme dans la note précédente, le vocabulaire technique souligne la science de manœuvres qui n'en seront que plus déri-
soires : « ferler » désigne une manière particulière de carguer les voiles, en les
relevant pli par pli tout le long et au-dessus d'une vergue sur l'avant.

tenne[1], n'en fut pas moins correcte. L'ourque fut ramenée à la simplification de détresse. Mais à mesure que le bâtiment, serrant tout, s'amoindrissait, le bouleversement de l'air et de l'eau croissait sur lui. La hauteur des houles atteignait presque la dimension polaire.

L'ouragan, comme un bourreau pressé, se mit à écarteler le navire. Ce fut, en un clin d'œil, un arrachement effroyable, les huniers déralingués, le bordage rasé, les dogues d'amures déboîtés, les haubans saccagés, le mât brisé, tout le fracas du désastre volant en éclats[2]. Les gros câbles cédèrent, bien qu'ils eussent quatre brasses d'étalingure[3].

La tension magnétique propre aux orages de neige aidait à la rupture des cordages. Ils cassaient autant sous l'effluve que sous le vent[4]. Diverses chaînes sorties de leurs poulies ne manœuvraient plus. À l'avant, les joues, et à l'arrière, les hanches, ployaient sous des pressions à outrance. Une lame emporta la boussole avec l'habitacle. Une autre lame emporta le canot, amarré en porte-manteau au beaupré[5] selon la bizarre coutume asturienne. Une autre lame emporta la vergue civadière[6]. Une autre lame emporta la Notre-Dame de proue et la cage à feu.

Il ne restait que le gouvernail.

On suppléa au fanal manquant au moyen d'une grosse grenade à brûlot pleine d'étoupe[7] flambante et de goudron allumé, qu'on suspendit à l'étrave[8].

Le mât, cassé en deux, tout hérissé de haillons frissonnants, de cordes, de moufles[9] et de vergues, encom-

---

1. En désordre (terme de marine).   **2.** Troisième énumération technique du chapitre qui traduit le dépeçage du navire par le vent. **3.** « Nœud qui fixe le bout d'un câble ou la manille d'un câble-chaîne à l'organeau d'une ancre » (P. Larousse).   **4.** Sur l'effluve et le magnétisme, voir les explications de Hugo p. 127-129.   **5.** Hissé et fixé sur le mât placé à l'avant.   **6.** La vergue (charpente en croix sur l'avant des mâts) qui sert à porter la civadière, la voile carrée du mât de beaupré. **7.** Voir note 6, p. 96.   **8.** Pièce saillante qui forme la proue d'un navire. **9.** Assemblage de poulies dans une même chape.

brait le pont. En tombant, il avait brisé un pan de la muraille de tribord.

Le patron, toujours à la barre, cria :

— Tant que nous pouvons gouverner, rien n'est perdu. Les œuvres vives[1] tiennent bon. Des haches ! des haches ! le mât à la mer ! dégagez le pont.

Équipage et passagers avaient la fièvre des batailles suprêmes. Ce fut l'affaire de quelques coups de cognée. On poussa le mât par dessus le bord. Le pont fut débarrassé.

— Maintenant, reprit le patron, prenez une drisse[2] et amarrez-moi à la barre.

On le lia au timon[3].

Pendant qu'on l'attachait, il riait. Il cria à la mer.

— Beugle, la vieille ! beugle ! j'en ai vu de pires au cap Machichaco[4].

Et quand il fut garrotté, il empoigna le timon à deux poings avec cette joie étrange que donne le danger.

— Tout est bien, camarades ! Vive Notre-Dame de Buglose ! Gouvernons à l'ouest !

Une lame de travers, colossale, vint, et s'abattit sur l'arrière. Il y a toujours dans les tempêtes une sorte de vague tigre, flot féroce et définitif, qui arrive à point nommé, rampe quelque temps comme à plat ventre sur la mer, puis bondit, rugit, grince, fond sur le navire en détresse, et le démembre. Un engloutissement d'écume couvrit toute la poupe de la *Matutina*, on entendit dans cette mêlée d'eau et de nuit une dislocation. Quand l'écume se dissipa, quand l'arrière reparut, il n'y avait plus ni patron, ni gouvernail.

Tout avait été arraché.

La barre et l'homme qu'on venait d'y lier s'en étaient allés avec la vague dans le pêle-mêle hennissant de la tempête.

Le chef de la bande regarda fixement l'ombre et cria :

---

1. La partie de la coque qui est au-dessous de la ligne de flottaison. **2.** Cordage ou palan servant à hisser une voile. **3.** Gouvernail. **4.** Dans le golfe de Biscaye, au nord de Bilbao, en Pays basque.

« *Il y a toujours dans les tempêtes une sorte de vague tigre, flot féroce et définitif.* » (p. 173)
Illustration de Daniel Vierge, Paris, 1875.

— *Te burlas de nosotros* * ?

À ce cri de révolte succéda un autre cri :

— Jetons l'ancre ! sauvons le patron.

On courut au cabestan[1]. On mouilla l'ancre. Les ourques n'en avaient qu'une. Ceci n'aboutit qu'à la perdre. Le fond était de roc vif, la houle forcenée. Le câble cassa comme un cheveu.

L'ancre demeura au fond de la mer.

Du taille-mer il ne restait que l'ange regardant dans sa lunette.

À dater de ce moment, l'ourque ne fut plus qu'une épave. La *Matutina* était irrémédiablement désemparée. Ce navire, tout à l'heure ailé, et presque terrible dans sa course, était maintenant impotent. Pas une manœuvre qui ne fût tronquée et désarticulée. Il obéissait, ankylosé et passif, aux furies bizarres de la flottaison. Qu'en quelques minutes, à la place d'un aigle il y ait un cul-de-jatte, cela ne se voit qu'à la mer.

Le soufflement de l'espace était de plus en plus monstrueux. La tempête est un poumon épouvantable. Elle ajoute sans cesse de lugubres aggravations à ce qui n'a point de nuances, le noir. La cloche du milieu de la mer sonnait désespérément, comme secouée par une main farouche.

La *Matutina* s'en allait au hasard des vagues ; un bouchon de liège a de ces ondulations ; elle ne voguait plus, elle surnageait ; elle semblait à chaque instant prête à se retourner le ventre à fleur d'eau comme un poisson mort. Ce qui la sauvait de cette perdition, c'était la bonne conservation de la coque, parfaitement étanche. Aucune vaigre[2] n'avait cédé sous la flottaison. Il n'y avait ni fissure, ni crevasse, et pas une goutte d'eau n'entrait dans la cale. Heureusement, car une

----

* Te moques-tu de nous ?

----

1. Treuil à arbre vertical.   **2.** Planche de bordage qui revêt l'intérieur des membrures d'un navire.

avarie avait atteint la pompe et l'avait mise hors de service.

L'ourque dansait hideusement dans l'angoisse des flots. Le pont avait les convulsions d'un diaphragme qui cherche à vomir. On eût dit qu'il faisait effort pour rejeter les naufragés. Eux, inertes, se cramponnaient aux manœuvres dormantes, au bordage, au traversin, au serre-bosse, aux garcettes, aux cassures du franc-bord embouffeté dont les clous leur déchiraient les mains, aux porques déjetées, à tous les reliefs misérables du délabrement. De temps en temps ils prêtaient l'oreille. Le bruit de la cloche allait s'affaiblissant. On eût dit qu'elle aussi agonisait. Son tintement n'était plus qu'un râle intermittent. Puis ce râle s'éteignit. Où étaient-ils donc ? et à quelle distance étaient-ils de la bouée ? Le bruit de la cloche les avait effrayés, son silence les terrifia. Le noroit[1] leur faisait faire un chemin peut-être irréparable. Ils se sentaient emportés par une frénétique reprise d'haleine. L'épave courait dans le noir. Une vitesse aveuglée, rien n'est plus affreux. Ils sentaient du précipice devant eux, sous eux, sur eux. Ce n'était plus une course, c'était une chute.

Brusquement, dans l'énorme tumulte du brouillard de neige, une rougeur apparut.

— Un phare ! crièrent les naufragés.

XI

LES CASQUETS[2]

C'était en effet la Light-House des Casquets.

Un phare au dix-neuvième siècle est un haut cylindre conoïde de maçonnerie surmonté d'une machine à éclai-

_____

1. Voir note 2, p. 105.   2. Écueil au nord-est de Guernesey.

rage toute scientifique. Le phare des Casquets en particulier est aujourd'hui une triple tour blanche portant trois châteaux de lumière [1]. Ces trois maisons à feu évoluent et pivotent sur des rouages d'horlogerie avec une telle précision que l'homme de quart [2] qui les observe du large fait invariablement dix pas sur le pont du navire pendant l'irradiation, et vingt-cinq pendant l'éclipse. Tout est calculé dans le plan focal et dans la rotation du tambour octogone formé de huit larges lentilles simples à échelons, et ayant au-dessus et au-dessous ses deux séries d'anneaux dioptriques ; engrenage algébrique garanti des coups de vent et des coups de mer par des vitres épaisses d'un millimètre, parfois cassées pourtant par les aigles de mer qui se jettent dessus, grands phalènes [3] de ces lanternes géantes. La bâtisse qui enferme, soutient et sertit ce mécanisme est, comme lui, mathématique. Tout y est sobre, exact, nu, précis, correct. Un phare est un chiffre.

Au dix-septième siècle un phare était une sorte de panache de la terre au bord de la mer [4]. L'architecture d'une tour de phare était magnifique et extravagante. On y prodiguait les balcons, les balustres, les tourelles, les logettes, les gloriettes, les girouettes. Ce n'étaient que mascarons, statues, rinceaux, volutes, rondes-bosses, figures et figurines, cartouches avec inscriptions [5]. *Pax in bello* [6], disait le phare d'Eddy-

---

1. Chapitre digressif sur les phares, curieusement construit à partir de descriptions qui ne correspondent pas à la réalité sur laquelle s'appuie la fiction. Première étape de cette stratégie déceptive : les Casquets sont d'abord décrits au XIXe siècle et non au XVIIe. 2. L'agent en service. 3. Grands papillons de nuit. 4. Seconde étape de la stratégie déceptive (note 1, *supra*) : cette description d'un phare du XVIIe siècle laisse entendre qu'elle va s'appliquer aux Casquets, mais il n'en sera rien (voir la chute à la fin du paragraphe). La digression savante est radicalement hors fiction et ne sert qu'à renforcer la singularité dépouillée du naufrage de *La Matutina*. 5. Le vocabulaire technique appartient au domaine de l'architecture et traduit une surcharge baroque dans les avancées ou les loges diverses et les ornements sculptés aux formes entrelacées (volutes, rinceaux – tiges stylisées disposées en enroulement) avec des effets de perspective (la ronde-bosse est une sculpture en relief, qui se détache du fond). 6. *La paix dans la guerre*. L'inscription se lit sur la gravure qui représente le phare de Plymouth dans *Les Délices de la Grande-Bretagne et de l'Irlande* de Beeverell (voir note 1, p. 179).

Le phare d'Eddystone. Dessin de Victor Hugo, 1866.

stone [1]. Observons-le en passant, cette déclaration de
paix ne désarmait pas toujours l'Océan. Winstanley la
répéta sur un phare qu'il construisit à ses frais dans
un lieu farouche, devant Plymouth. La tour du phare
achevée, il se mit dedans et la fit essayer par la tempête. La tempête vint et emporta le phare et Winstanley [2]. Du reste ces bâtisses excessives donnaient de
toutes parts prise à la bourrasque, comme ces géné-
raux trop chamarrés qui dans la bataille attirent les
coups. Outre les fantaisies de pierre, il y avait les fantaisies de fer, de cuivre, de bois ; les serrureries faisaient relief, les charpentes faisaient saillie. Partout,
sur le profil du phare, débordaient, scellés au mur
parmi les arabesques, des engins de toute espèce,
utiles et inutiles, treuils, palans, poulies, contre-poids,
échelles, grues de chargement, grappins de sauvetage.
Sur le faîte, autour du foyer, de délicates serrureries
ouvragées portaient de gros chandeliers de fer où l'on
plantait des tronçons de câble noyés de résine, mèches
brûlant opiniâtrément et qu'aucun vent n'éteignait. Et
du haut en bas, la tour était compliquée d'étendards
de mer, de banderolles, de bannières, de drapeaux, de
pennons [3], de pavillons, qui montaient de hampe en
hampe, d'étage en étage, amalgamant toutes les cou-

---

1. Trois dessins de Hugo, contemporains de l'écriture du livre II de
L'Homme qui rit, représentent le phare d'Eddystone (Maison Victor Hugo,
CFL n° 780, reproduit p. 178), un phare dans le style de celui d'Eddystone
(coll. part., *Dessins de Victor Hugo*, Villequier, 1971, n° 141) et Les Casquets du XVIIᵉ siècle (Maison Victor Hugo, CFL n° 781, reproduit p. 182).
Le dessin que Hugo consacre au phare d'Eddystone – qui, par ailleurs,
existe – reprend le Plymouth de Beeverell mais Hugo, en « copiant », transforme un phare des Lumières aux lignes géométriques bien dessinées, efficace et lumineux, en un sombre édifice aux assemblages baroques et
chaotiques.   **2.** Jacques Winstanley, ingénieur anglais (1660-1708) qui
fit construire le phare d'Eddystone : « Plein de confiance dans la solidité
de son œuvre, il voulut faire partager sa conviction aux autres et, dans ce
but, s'établit à demeure dans le phare ; mais celui-ci fut renversé par une
violente tempête et Winstanley périt au milieu des ruines » (P. Larousse).
3. Drapeaux triangulaires à longue pointe, que les chevaliers du Moyen
Âge portaient au bout de leur lance.

leurs, toutes les formes, tous les blasons, tous les
signaux, toutes les turbulences, jusqu'à la cage à
rayons du phare, et faisaient dans la tempête une
joyeuse émeute de guenilles autour de ce flamboiement. Cette effronterie de lumière au bord du gouffre
ressemblait à un défi et mettait en verve d'audace les
naufragés. Mais le phare des Casquets n'était point de
cette mode.

C'était à cette époque un simple vieux phare barbare, tel que Henri Ier l'avait fait construire après la
perdition de la *Blanche-Nef*[1], un bûcher flambant sous
un treillis de fer au haut d'un rocher, une braise derrière une grille, et une chevelure de flamme dans le
vent.

Le seul perfectionnement qu'avait eu ce phare
depuis le douzième siècle, c'était un soufflet de forge
mis en mouvement par une crémaillère à poids de
pierre, qu'on avait ajusté à la cage à feu en 1610.

A ces antiques phares-là, l'aventure des oiseaux de
mer était plus tragique qu'aux phares actuels. Les
oiseaux y accouraient, attirés par la clarté, s'y précipitaient et tombaient dans le brasier où on les voyait sauter, espèces d'esprits noirs agonisant dans cet enfer ; et
parfois ils retombaient hors de la cage rouge sur le
rocher, fumants, boiteux, aveugles, comme hors d'une
flamme de lampe des mouches à demi-brûlées.

À un navire en manœuvre, pourvu de toutes ses ressources de gréement[2], et maniable au pilote, le phare
des Casquets est utile. Il crie : gare ! Il avertit de
l'écueil. À un navire désemparé il n'est que terrible.
La coque, paralysée et inerte, sans résistance contre
le plissement insensé de l'eau, sans défense contre la
pression du vent, poisson sans nageoires, oiseau sans
ailes, ne peut qu'aller où le souffle la pousse. Le phare
lui montre l'endroit suprême, signale le lieu de disparition, fait le jour sur l'ensevelissement. Il est la chandelle du sépulcre.

---

1. Henri Ier d'Angleterre perdit son fils dans le naufrage de la *Blanche-
Nef* en 1120.   **2.** Voir note 1, p. 88.

Éclairer l'ouverture inexorable, avertir de l'inévitable, pas de plus tragique ironie.

XII

CORPS À CORPS AVEC L'ÉCUEIL

Cette mystérieuse dérision ajoutée au naufrage, les misérables en détresse sur la *Matutina* la comprirent tout de suite. L'apparition du phare les releva d'abord, puis les accabla. Rien à faire, rien à tenter. Ce qui a été dit des rois peut se dire des flots [1]. On est leur peuple ; on est leur proie. Tout ce qu'ils délirent, on le subit. Le noroit [2] drossait [3] l'ourque sur les Casquets. On y allait. Pas de refus possible. On dérivait rapidement vers le récif. On sentait monter le fond ; la sonde, si on eût pu mouiller utilement une sonde, n'eût pas donné plus de trois ou quatre brasses [4]. Les naufragés écoutaient les sourds engouffrements de la vague dans les hiatus sous-marins du profond rocher. Ils distinguaient au-dessous du phare, comme une tranche obscure, entre deux lames de granit, la passe étroite de l'affreux petit havre sauvage qu'on devinait plein de squelettes d'hommes et de carcasses de navires. C'était une bouche d'antre, plutôt qu'une entrée de port. Ils entendaient le pétillement du haut bûcher dans sa cage de fer, une pourpre hagarde illuminait la tempête, la rencontre de la flamme et de la grêle troublait la brume, la nuée noire et la fumée rouge combattaient, serpent contre serpent, un arrachement de braises volait

---

1. Ce parallélisme inattendu entre l'arbitraire des flots et le despotisme monarchique prépare la partie politique du roman sur les abus du pouvoir monarchique, mais révèle aussi qu'une même force prédatrice s'exerce à l'échelle des sociétés humaines comme du cosmos, posant ainsi la troublante question du Mal dans la création. **2.** Voir note 2, p. 105. **3.** Entraîner vers la côte, ici, sur l'écueil. **4.** Voir note 2, p. 153.

« *Un bûcher flambant sous un treillis de fer
au haut d'un rocher.* » (p. 180)
Le phare des Casquets. Dessin de Victor Hugo, 1866.

au vent, et les flocons de neige semblaient prendre la fuite devant cette brusque attaque d'étincelles. Les brisants, estompés d'abord, se dessinaient maintenant nettement, fouillis de roches, avec des pics, des crêtes et des vertèbres. Les angles se modelaient par de vives lignes vermeilles, et les plans inclinés par de sanglants glissements de clarté. À mesure qu'on avançait, le relief de l'écueil croissait et montait, sinistre.

Une des femmes, l'irlandaise, dévidait éperdument son rosaire.

À défaut du patron, qui était le pilote, restait le chef, qui était le capitaine. Les basques savent tous la montagne et la mer. Ils sont hardis aux précipices et inventifs dans les catastrophes.

On arrivait, on allait toucher. On fut tout à coup si près de la grande roche du nord des Casquets, que subitement elle éclipsa le phare. On ne vit plus qu'elle, et de la lueur derrière. Cette roche debout dans la brume ressemblait à une grande femme noire avec une coiffe de feu.

Cette roche mal famée se nomme le Biblet. Elle contrebute[1] au septentrion[2] l'écueil qu'un autre récif, l'Etacq-aux-Guilmets, contrebute au midi.

Le chef regarda le Biblet, et cria :

— Un homme de bonne volonté pour porter un grelin[3] au brisant ! Y a-t-il ici quelqu'un qui sache nager ?

Pas de réponse.

Personne à bord ne savait nager, pas même les matelots ; ignorance du reste fréquente chez les gens de mer.

Une hiloire[4] à peu près détachée de ses liaisons oscillait dans le bordage. Le chef l'étreignit de ses deux poings, et dit :

— Aidez-moi.

On détacha l'hiloire. On l'eut à sa disposition pour

---

1. Terme d'architecture : soutenir. **2.** Au nord. **3.** Cordage plus mince qu'un câble. **4.** Fort bordage qui relie les solives et les différentes pièces du pont.

en faire ce qu'on voudrait. De défensive elle devint offensive.

C'était une assez longue poutre, en cœur de chêne, saine et robuste, pouvant servir d'engin d'attaque et de point d'appui ; levier contre un fardeau, bélier contre une tour.

— En garde ! cria le chef.

Ils se mirent six, arcboutés au tronçon du mât, tenant l'hiloire horizontale hors du bord et droite comme une lance devant la hanche de l'écueil.

La manœuvre était périlleuse. Donner une poussée à une montagne, c'est une audace. Les six hommes pouvaient être jetés à l'eau du contre-coup.

Ce sont là les diversités de la lutte des tempêtes. Après la rafale, l'écueil ; après le vent, le granit. On a affaire tantôt à l'insaisissable, tantôt à l'inébranlable.

Il y eut une de ces minutes pendant lesquelles les cheveux blanchissent.

L'écueil et le navire, on allait s'aborder[1].

Un rocher est un patient. Le récif attendait.

Une houle accourut, désordonnée. Elle mit fin à l'attente. Elle prit le navire en dessous, le souleva et le balança un moment, comme la fronde balance le projectile.

— Fermes ! cria le chef. Ce n'est qu'un rocher, nous sommes des hommes.

La poutre était en arrêt. Les six hommes ne faisaient qu'un avec elle. Les chevilles pointues de l'hiloire leur labouraient les aisselles, mais ils ne les sentaient point.

La houle jeta l'ourque contre le roc.

Le choc eut lieu.

Il eut lieu sous l'informe nuage d'écume qui cache toujours ces péripéties.

Quand ce nuage tomba à la mer, quand l'écart se refit entre la vague et le rocher, les six hommes rou-

---

1. Remarquable exemple d'anacoluthe qui souligne la densité brusque d'un style hugolien qu'on réduit trop souvent aux périodes et aux envols rhétoriques.

laient sur le pont ; mais la *Matutina* fuyait le long du brisant. La poutre avait tenu bon et déterminé une déviation. En quelques secondes, le glissement de la lame étant effréné, les Casquets furent derrière l'ourque. La *Matutina*, pour l'instant, était hors de péril immédiat.

Cela arrive. C'est un coup droit de beaupré[1] dans la falaise qui sauva Wood de Largo à l'embouchure du Tay[2]. Dans les rudes parages du cap Winterton[3], et sous le commandement du capitaine Hamilton, c'est par une manœuvre de levier pareille contre le redoutable rocher Brannodu-um que sut échapper au naufrage la *Royale-Marie*, bien que ce ne fût qu'une frégate de la façon d'Écosse. La vague est une force si soudainement décomposée que les diversions y sont faciles, possibles du moins, même dans les chocs les plus violents. Dans la tempête il y a de la brute ; l'ouragan c'est le taureau, et l'on peut lui donner le change.

Tâcher de passer de la sécante à la tangente, tout le secret d'éviter le naufrage est là.

C'est ce service que l'hiloire avait rendu au navire. Elle avait fait office d'aviron ; elle avait tenu lieu de gouvernail. Mais cette manœuvre libératrice était une fois faite ; on ne pouvait la recommencer. La poutre était à la mer. La dureté du choc l'avait fait sauter hors des mains des hommes par dessus le bord, et elle s'était perdue dans le flot. Desceller une autre charpente, c'était disloquer la membrure.

L'ouragan remporta la *Matutina*. Tout de suite les Casquets semblèrent à l'horizon un encombrement inutile. Rien n'a l'air décontenancé comme un écueil en pareille occasion. Il y a dans la nature, du côté de l'in-

---

1. Voir note 5, p. 172.   2. Le Tay et Largo sont respectivement une rivière et une baie en Écosse ; John Wood, habile navigateur anglais mort au début du XVIIIe siècle, participa à l'exploration du détroit de Magellan (1669-1671) avant de diriger en 1676 une expédition qui avait pour but de trouver le passage du nord-est. Les journaux de ses voyages sont célèbres et traduits par extraits dans des compilations françaises.   3. Sur la côte de Norfolk, au nord de Yarmouth, à l'est de l'Angleterre.

connu, là où le visible est compliqué d'invisible, de
hargneux profils immobiles que semble indigner une
proie lâchée.

Tels furent les Casquets pendant que la *Matutina*
s'enfuyait.

Le phare, reculant, pâlit, blêmit, puis s'effaça.

Cette extinction fut morne. Les épaisseurs de brume
se superposèrent sur ce flamboiement devenu diffus.
Le rayonnement se délaya dans l'immensité mouillée.
La flamme flotta, lutta, s'enfonça, perdit forme. On eût
dit une noyée. Le brasier devint lumignon[1], ce ne fut
plus qu'un tremblement blafard et vague. Tout autour
s'élargissait un cercle de lueur extravasée[2]. C'était
comme un écrasement de lumière au fond de la nuit.

La cloche, qui était une menace, s'était tue ; le
phare, qui était une menace, s'était évanoui. Pourtant,
quand ces deux menaces eurent disparu, ce fut plus
terrible. L'une était une voix, l'autre était un flambeau.
Elles avaient quelque chose d'humain. Elles de moins,
resta l'abîme.

XIII

FACE À FACE AVEC LA NUIT

L'ourque se retrouva à vau l'ombre[3] dans l'obscurité
incommensurable.

La *Matutina*, échappée aux Casquets, dévalait de
houle en houle. Répit, mais dans le chaos. Poussée en
travers par le vent, maniée par les mille tractions de la
vague, elle répercutait toutes les oscillations folles du

---

1. Chandelle près d'être consumée.   **2.** Répandue hors de son contenant naturel.   **3.** Mot forgé à partir de l'expression « à vau l'eau » (voir
note 4, p. 130), suivant une création lexicale que Hugo semble affectionner
puisqu'il emploie dans *Les Travailleurs de la mer* « à vau le feu » (II, II, 10).

flot. Elle n'avait presque plus de tangage, signe redoutable de l'agonie d'un navire. Les épaves n'ont que du roulis[1]. Le tangage est la convulsion de la lutte. Le gouvernail seul peut prendre le vent debout.

Dans la tempête, et surtout dans le météore de neige, la mer et la nuit finissent par se fondre et s'amalgamer, et par ne plus faire qu'une fumée. Brume, tourbillon, souffle, glissement dans tous les sens, aucun point d'appui, aucun lieu de repère, aucun temps d'arrêt, un perpétuel recommencement, une trouée après l'autre, nul horizon visible, profond recul noir, l'ourque voguait là-dedans.

Se dégager des Casquets, éluder l'écueil, cela avait été pour les naufragés une victoire. Mais surtout une stupeur. Ils n'avaient point poussé de hurrahs ; en mer, on ne fait pas deux fois de ces imprudences-là. Jeter la provocation là où l'on ne jetterait pas la sonde, c'est grave.

L'écueil repoussé, c'était de l'impossible accompli. Ils en étaient pétrifiés. Peu à peu pourtant, ils se remettaient à espérer. Telles sont les insubmersibles mirages de l'âme. Pas de détresse qui, même à l'instant le plus critique, ne voie blanchir dans ses profondeurs l'inexprimable lever de l'espérance. Ces malheureux ne demandaient pas mieux que de s'avouer qu'ils étaient sauvés. Ils avaient en eux ce bégaiement.

Mais un grandissement formidable se fit tout à coup dans la nuit. À bâbord surgit, se dessina et se découpa sur le fond de brume une haute masse opaque, verticale, à angles droits, une tour carrée de l'abîme.

Ils regardèrent, béants.

La rafale les poussait vers cela.

Ils ignoraient ce que c'était. C'était le rocher Ortach.

---

1. Voir note 1, p. 158.

XIV

ORTACH

L'écueil recommençait. Après les Casquets, Ortach. La tempête n'est point une artiste, elle est brutale et toute-puissante, et ne varie pas ses moyens.

L'obscurité n'est pas épuisable. Elle n'est jamais à bout de pièges et de perfidies. L'homme, lui, est vite à l'extrémité de ses ressources. L'homme se dépense, le gouffre non.

Les naufragés se tournèrent vers le chef, leur espoir. Il ne put que hausser les épaules ; morne dédain de l'impuissance.

Un pavé au milieu de l'océan, c'est le rocher Ortach. L'écueil Ortach, tout d'une pièce, au-dessus du choc contrarié des houles, monte droit à quatre-vingts pieds de haut [1]. Les vagues et les navires s'y brisent. Cube immuable, il plonge à pic ses plans rectilignes dans les innombrables courbes serpentantes de la mer.

La nuit il figure un billot énorme posé sur les plis d'un grand drap noir. Dans la tempête, il attend le coup de hache, qui est le coup de tonnerre.

Mais jamais de coup de tonnerre dans la trombe de neige. Le navire, il est vrai, a le bandeau sur les yeux ; toutes les ténèbres sont nouées sur lui. Il est prêt comme un supplicié. Quant à la foudre, qui est une fin prompte, il ne faut point l'espérer.

La *Matutina*, n'étant plus qu'un échouement flottant, s'en alla vers ce rocher-ci comme elle était allée vers l'autre. Les infortunés, qui s'étaient un moment crus sauvés, rentrèrent dans l'angoisse. Le naufrage, qu'ils avaient laissé derrière eux, reparaissait devant eux. L'écueil ressortait du fond de la mer. Il n'y avait rien de fait.

Les Casquets sont un gaufrier à mille comparti-

---

1. 25 m environ.

ments, l'Ortach est une muraille. Naufrager aux Casquets, c'est être déchiqueté ; naufrager à l'Ortach, c'est être broyé.

Il y avait une chance pourtant.

Sur les fronts droits, et l'Ortach est un front droit, la vague, pas plus que le boulet, n'a de ricochets. Elle est réduite au jeu simple. C'est le flux, puis le reflux. Elle arrive lame et revient houle.

Dans des cas pareils, la question de vie et de mort se pose ainsi : si la lame conduit le bâtiment jusqu'au rocher, elle l'y brise, il est perdu ; si la houle revient avant que le bâtiment ait touché, elle le remmène, il est sauvé.

Anxiété poignante. Les naufragés apercevaient dans la pénombre le grand flot suprême venant à eux. Jusqu'où allait-il les traîner ? Si le flot brisait au navire, ils étaient roulés au roc et fracassés. S'il passait sous le navire...

Le flot passa sous le navire.

Ils respirèrent.

Mais quel retour allait-il avoir ? Qu'est-ce que le ressac[1] ferait d'eux ?

Le ressac les remporta.

Quelques minutes après, la *Matutina* était hors des eaux de l'écueil. L'Ortach s'effaçait comme les Casquets s'étaient effacés.

C'était la deuxième victoire. Pour la seconde fois l'ourque était arrivée au bord du naufrage, et avait reculé à temps.

---

1. Retour violent des vagues sur elles-mêmes quand elles ont frappé un obstacle.

XV

PORTENTOSUM MARE [1]

Cependant un épaississement de brume s'était abattu
sur ces malheureux en dérive. Ils ignoraient où ils
étaient. Ils voyaient à peine à quelques encâblures
autour de l'ourque. Malgré une véritable lapidation de
grêlons qui les forçait tous à baisser la tête, les femmes
s'étaient obstinées à ne point redescendre dans la
cabine. Pas de désespéré qui ne veuille naufrager à ciel
ouvert. Si près de la mort, il semble qu'un plafond au-
dessus de soi est un commencement de cercueil.

La vague, de plus en plus gonflée, devenait courte.
La turgescence du flot indique un étranglement ; dans
le brouillard, de certains bourrelets de l'eau signalent
un détroit. En effet, à leur insu, ils côtoyaient Aurigny.
Entre Ortach et les Casquets au couchant et Aurigny
au levant, la mer est resserrée et gênée, et l'état de
malaise pour la mer détermine localement l'état de
tempête. La mer souffre comme autre chose ; et là où
elle souffre, elle s'irrite. Cette passe est redoutée.

La *Matutina* était dans cette passe.

Qu'on s'imagine sous l'eau une écaille de tortue
grande comme Hyde-Park ou les Champs-Élysées, et
dont chaque strie est un bas-fond et dont chaque bos-
sage [2] est un récif. Telle est l'approche ouest d'Aurigny. La mer recouvre et cache cet appareil de naufrage.
Sur cette carapace de brisants sous-marins, la vague
déchiquetée saute et écume. Dans le calme, clapotement ; dans l'orage, chaos.

Cette complication nouvelle, les naufragés la remar-
quaient sans se l'expliquer. Subitement ils la comprirent. Une pâle éclaircie se fit au zénith, un peu de
blêmissement se dispersa sur la mer, cette lividité

---

1. La mer monstrueuse.   2. En architecture, saillie laissée à la surface
d'un moellon comme ornement d'un mur.

démasqua à bâbord un long barrage en travers à l'est, et vers lequel se ruait, chassant le navire devant elle, la poussée du vent. Ce barrage était Aurigny.

Qu'était-ce que ce barrage ? Ils tremblèrent. Ils eussent bien plus tremblé encore si une voix leur eût répondu : Aurigny.

Pas d'île défendue contre la venue de l'homme comme Aurigny. Elle a sous l'eau et hors de l'eau une garde féroce dont Ortach est la sentinelle. À l'ouest, Burhou, Sauteriaux, Anfroque, Niangle, Fond-du-Croc, les Jumelles, la Grosse, la Clanque, les Eguillons, le Vrac, la Fosse-Malière ; à l'est, Sauquet, Hommeau Floreau, la Brinebetais, la Queslingue, Croquelihou, la Fourche, le Saut, Noire Pute, Coupie, Orbue. Qu'est-ce que tous ces monstres ? des hydres ? oui, de l'espèce écueil.

Un de ces récifs s'appelle le But, comme pour indiquer que tout voyage finit là.

Cet encombrement d'écueils, simplifié par l'eau et la nuit, apparaissait aux naufragés sous la forme d'une simple bande obscure, sorte de rature noire sur l'horizon.

Le naufrage, c'est l'idéal de l'impuissance. Être près de la terre et ne pouvoir l'atteindre, flotter et ne pouvoir voguer, avoir le pied sur quelque chose qui paraît solide et qui est fragile, être plein de vie et plein de mort en même temps, être prisonnier des étendues, être muré entre le ciel et l'Océan, avoir sur soi l'infini comme un cachot, avoir autour de soi l'immense évasion des souffles et des ondes, et être saisi, garrotté, paralysé, cet accablement stupéfie et indigne. On croit y entrevoir le ricanement du combattant inaccessible. Ce qui vous tient, c'est cela même qui lâche les oiseaux et met en liberté les poissons. Cela ne semble rien et c'est tout. On dépend de cet air qu'on trouble avec sa bouche, on dépend de cette eau qu'on prend dans le creux de sa main. Puisez de cette tempête plein un verre, ce n'est plus qu'un peu d'amertume. Gorgée, c'est une nausée ; houle, c'est l'extermination. Le grain

de sable dans le désert, le flocon d'écume dans
l'Océan, sont des manifestations vertigineuses : la
toute-puissance ne prend pas la peine de cacher son
atome, elle fait la faiblesse force, elle emplit de son
tout le néant, et c'est avec l'infiniment petit que l'infiniment grand vous écrase. C'est avec des gouttes que
l'Océan vous broie. On se sent jouet.

Jouet, quel mot terrible !

La *Matutina* était un peu au-dessus d'Aurigny, ce
qui était favorable ; mais dérivait vers la pointe nord,
ce qui était fatal. La bise nord-ouest, comme un arc
tendu décoche une flèche, lançait le navire vers le cap
septentrional. Il existe à cette pointe, un peu en deçà
du havre de Corbelets, ce que les marins de l'archipel
normand appellent « un singe ».

Le singe, – *swinge*, – est un courant de l'espèce
furieuse. Un chapelet d'entonnoirs dans les bas fonds
produit dans les vagues un chapelet de tourbillons.
Quand l'un vous lâche, l'autre vous reprend. Un
navire, happé par le singe, roule ainsi de spirale en
spirale jusqu'à ce qu'une roche aiguë ouvre la coque.
Alors le bâtiment crevé s'arrête, l'arrière sort des
vagues, l'avant plonge, le gouffre achève son tour de
roue, l'arrière s'enfonce et tout se referme. Une flaque
d'écume s'élargit et flotte, et l'on ne voit plus à la
surface de la lame que quelques bulles çà et là, venues
des respirations étouffées sous l'eau.

Dans toute la Manche, les trois singes les plus dangereux sont le singe qui avoisine le fameux banc de
sable Girdler Sands, le singe qui est à Jersey entre le
Pignonnet et la pointe de Noirmont, et le singe d'Aurigny.

Un pilote local, qui eût été à bord de la *Matutina*,
eût averti les naufragés de ce nouveau péril. À défaut
de pilote, ils avaient l'instinct ; dans les situations
extrêmes, il y a une seconde vue. De hautes torsions
d'écume s'envolaient le long de la côte, dans le pillage
frénétique du vent. C'était le crachement du singe.
Nombre de barques ont chaviré dans cette embûche.

Sans savoir ce qu'il y avait là, ils approchaient avec horreur.

Comment doubler ce cap ? Nul moyen.

De même qu'ils avaient vu surgir les Casquets, puis surgir Ortach, à présent ils voyaient se dresser la pointe d'Aurigny, toute de haute roche. C'était comme des géants l'un après l'autre. Série de duels effrayants.

Charybde et Scylla [1] ne sont que deux ; les Casquets, Ortach et Aurigny sont trois.

Le même phénomène d'envahissement de l'horizon par l'écueil se reproduisait avec la monotonie grandiose du gouffre. Les batailles de l'Océan ont, comme les combats d'Homère [2], ce rabâchage sublime.

Chaque lame, à mesure qu'ils approchaient, ajoutait vingt coudées au cap affreusement amplifié dans la brume. La décroissance d'intervalle semblait de plus en plus irrémédiable. Ils touchaient à la lisière du singe. Le premier pli qui les saisirait les entraînerait. Encore un flot franchi, tout était fini.

Soudain l'ourque fut repoussée en arrière comme par le coup de poing d'un titan. La houle se cabra sous le navire et se renversa, rejetant l'épave dans sa crinière d'écume. La *Matutina*, sous cette impulsion, s'écarta d'Aurigny.

Elle se retrouva au large.

D'où arrivait ce secours ? du vent.

Le souffle de l'orage venait de se déplacer.

Le flot avait joué d'eux, maintenant c'était le tour du vent. Ils s'étaient dégagés eux-mêmes des Casquets ; mais devant Ortach la houle avait fait la péripétie [3] ; devant Aurigny, ce fut la bise. Il y avait eu subitement une saute du septentrion [4] au midi.

---

1. Monstres fabuleux, gardiens du détroit de Messine. Les marins qui évitaient d'être engloutis par Charybde échouaient sur l'écueil de Scylla, monstre à six têtes qui les dévorait. Ulysse les affronte au chant XII de l'*Odyssée* (v. 201-259). **2.** Allusion à l'autre grand récit homérique, l'*Iliade*. L'intertexte est résolument épique. **3.** Vocabulaire du théâtre, retournement de situation imprévu. **4.** Voir note 2, p. 183.

Le suroit [1] avait succédé au noroit.

Le courant, c'est le vent dans l'eau ; le vent, c'est le courant dans l'air ; ces deux forces venaient de se contrarier, et le vent avait eu le caprice de retirer sa proie au courant.

Les brusqueries de l'Océan sont obscures. Elles sont le perpétuel peut-être. Quand on est à leur merci, on ne peut ni espérer ni désespérer. Elles font, puis défont. L'Océan s'amuse. Toutes les nuances de la férocité fauve sont dans cette vaste et sournoise mer, que Jean Bart [2] appelait « la grosse bête ». C'est le coup de griffe avec les intervalles voulus de patte de velours. Quelquefois la tempête bâcle le naufrage ; quelquefois elle le travaille avec soin ; on pourrait presque dire elle le caresse. La mer a le temps. Les agonisants s'en aperçoivent.

Parfois, disons-le, ces ralentissements dans le supplice annoncent la délivrance. Ces cas sont rares. Quoi qu'il en soit, les agonisants croient vite au salut, le moindre apaisement dans les menaces de l'orage leur suffit, ils s'affirment à eux-mêmes qu'ils sont hors de péril, après s'être crus ensevelis, ils prennent acte de leur résurrection, ils acceptent fiévreusement ce qu'ils ne possèdent pas encore, tout ce que la mauvaise chance contenait est épuisé, c'est évident, ils se déclarent satisfaits, ils sont sauvés, ils tiennent Dieu quitte. Il ne faut point trop se hâter de donner de ces reçus à l'Inconnu.

Le suroit débuta en tourbillon. Les naufragés n'ont jamais que des auxiliaires bourrus. La *Matutina* fut impétueusement traînée au large par ce qui lui restait d'agrès [3] comme une morte par les cheveux. Cela ressembla à ces délivrances accordées par Tibère, à prix de viol. Le vent brutalisait ceux qu'il sauvait. Il leur

---

1. Vent du sud-ouest.   **2.** Célèbre marin français originaire de Dunkerque (1650-1702), qui se mit au service de Louis XIV et remporta, comme corsaire, de nombreuses victoires sur les Hollandais et les Anglais.
3. Synonyme de gréement (voir note 1, p. 88).

rendait service avec fureur. Ce fut du secours sans pitié.

L'épave, dans ce rudoiement libérateur, acheva de se disloquer.

Des grêlons, gros et durs à charger un tromblon, criblaient le bâtiment. À tous les renversements du flot, ces grêlons roulaient sur le pont comme des billes. L'ourque, presque entre deux eaux, perdait toute forme sous les retombées de vagues et sous les effondrements d'écumes. Chacun dans le navire songeait à soi.

Se cramponnait qui pouvait. Après chaque paquet de mer, on avait la surprise de se retrouver tous. Plusieurs avaient le visage déchiré par des éclats de bois.

Heureusement le désespoir a les poings solides. Une main d'enfant dans l'effroi a une étreinte de géant. L'angoisse fait un étau avec des doigts de femme. Une jeune fille qui a peur enfoncerait ses ongles roses dans du fer. Ils s'accrochaient, se tenaient, se retenaient. Mais toutes les vagues leur apportaient l'épouvante du balaiement.

Soudainement ils furent soulagés.

XVI

DOUCEUR SUBITE DE L'ÉNIGME

L'ouragan venait de s'arrêter court.

Il n'y eut plus dans l'air ni suroit, ni noroit[1]. Les clairons forcenés de l'espace se turent. La trombe sortit du ciel, sans diminution préalable, sans transition, et comme si elle-même avait glissé à pic dans un gouffre. On ne sut plus où elle était. Les flocons remplacèrent les grêlons. La neige recommença à tomber lentement.

Plus de flot. La mer s'aplatit.

---

1. Voir note 1, p. 194, et note 2 p. 105.

Ces soudaines cessations sont propres aux bourrasques de neige. L'effluve électrique épuisée, tout se tranquillise, même la vague, qui, dans les tourmentes ordinaires, conserve souvent une longue agitation. Ici point. Aucun prolongement de colère dans le flot. Comme un travailleur après une fatigue, le flot s'assoupit immédiatement, ce qui dément presque les lois de la statique, mais n'étonne point les vieux pilotes, car ils savent que tout l'inattendu est dans la mer.

Ce phénomène a lieu même, mais très-rarement, dans les tempêtes ordinaires. Ainsi, de nos jours, lors du mémorable ouragan du 27 juillet 1867, à Jersey, le vent, après quatorze heures de furie, tomba tout de suite au calme plat.

Au bout de quelques minutes, l'ourque n'avait plus autour d'elle qu'une eau endormie.

En même temps, car la dernière phase ressemble à la première, on ne distingua plus rien. Tout ce qui était devenu visible dans les convulsions des nuages météoriques redevint trouble, les silhouettes blêmes se fondirent en délaiements diffus, et le sombre de l'infini se rapprocha de toutes parts du navire. Ce mur de nuit, cette occlusion circulaire, ce dedans de cylindre dont le diamètre décroissait de minute en minute, enveloppait la *Matutina*, et avec la lenteur sinistre d'une banquise qui se ferme, se rapetissait formidablement. Au zénith, rien, un couvercle de brume, une clôture. L'ourque était comme au fond du puits de l'abîme.

Dans ce puits, une flaque de plomb liquide, c'était la mer. L'eau ne bougeait plus. Immobilité morne. L'Océan n'est jamais plus farouche qu'étang.

Tout était silence, apaisement, aveuglement.

Le silence des choses est peut-être de la taciturnité.

Les derniers clapotements glissaient le long du bordage. Le pont était horizontal avec des déclivités insensibles. Quelques dislocations remuaient faiblement. La coque de grenade, qui tenait lieu de fanal [1], et où brû-

---

1. Voir p. 172.

laient des étoupes dans du goudron, ne se balançait plus au beaupré et ne jetait plus de gouttes enflammées dans la mer. Ce qui restait de souffle dans les nuées n'avait plus de bruit. La neige tombait épaisse, molle, à peine oblique. On n'entendait l'écume d'aucun brisant. Paix de ténèbres.

Ce repos, après ces exaspérations et ces paroxysmes, fut pour les malheureux si longtemps ballottés un indicible bien-être. Il leur sembla qu'ils cessaient d'être mis à la question. Ils entrevoyaient autour d'eux et au-dessus d'eux un consentement à les sauver. Ils reprirent confiance. Tout ce qui avait été furie était maintenant tranquillité. Cela leur parut une paix signée. Leurs poitrines misérables se dilatèrent. Ils pouvaient lâcher le bout de corde ou de planche qu'ils tenaient, se lever, se redresser, se tenir debout, marcher, se mouvoir. Ils se sentaient inexprimablement calmés. Il y a dans la profondeur obscure de ces effets de paradis, préparation à autre chose. Il était clair qu'ils étaient bien décidément hors de la rafale, hors de l'écume, hors des souffles, hors des rages, délivrés.

On avait désormais toutes les chances pour soi. Dans trois ou quatre heures le jour se lèverait, on serait aperçu par quelque navire passant, on serait recueilli. Le plus fort était fait. On rentrait dans la vie. L'important, c'était d'avoir pu se soutenir sur l'eau jusqu'à la cessation de la tempête. Ils se disaient : Cette fois, c'est fini.

Tout à coup ils s'aperçurent que c'était fini en effet.

Un des matelots, le basque du Nord, nommé Galdeazun, descendit, pour chercher du câble, dans la cale, puis remonta et dit :

— La cale est pleine.

— De quoi ? demanda le chef.

— D'eau, répondit le matelot.

Le chef cria :

— Qu'est-ce que cela veut dire ?

— Cela veut dire, reprit Galdeazun, que dans une demi-heure nous allons sombrer.

XVII

LA RESSOURCE DERNIÈRE

Il y avait une crevasse dans la quille[1]. Une voie d'eau s'était faite. À quel moment ? Personne n'eût pu le dire. Était-ce en accostant les Casquets ? Était-ce devant Ortach ? Était-ce dans le clapotement des bas-fonds de l'ouest d'Aurigny ? Le plus probable, c'est qu'ils avaient touché le Singe. Ils avaient reçu un obs-cur coup de boutoir[2]. Ils ne s'en étaient point aperçus au milieu de la survente convulsive qui les secouait. Dans le tétanos on ne sent pas une piqûre.

L'autre matelot, le basque du Sud, qui s'appelait Ave-Maria, fit à son tour la descente de la cale, revint, et dit : – L'eau dans la quille est haute de deux vares[3].

Environ six pieds.

Ave-Maria ajouta :

— Avant quarante minutes, nous coulons.

Où était cette voie d'eau ? on ne la voyait pas. Elle était noyée. Le volume d'eau qui emplissait la cale cachait cette fissure. Le navire avait un trou au ventre, quelque part, sous la flottaison, fort avant sous la ca-rène[4]. Impossible de l'apercevoir. Impossible de le boucher. On avait une plaie et l'on ne pouvait la pan-ser. L'eau du reste n'entrait pas très-vite.

Le chef cria :

— Il faut pomper.

Galdeazun répondit :

— Nous n'avons plus de pompe.

— Alors, repartit le chef, gagnons la terre.

— Où, la terre ?

— Je ne sais.

— Ni moi.

---

1. Voir note 4, p. 167.   **2.** Coup violent.   **3.** La vare est une mesure de longueur d'origine espagnole, dont le narrateur précise la valeur dans la phrase suivante.   **4.** Partie immergée de la coque d'un navire, située sous la ligne de flottaison.

— Mais elle est quelque part.

— Oui.

— Que quelqu'un nous y mène, reprit le chef.

— Nous n'avons pas de pilote, dit Galdeazun.

— Prends la barre, toi.

— Nous n'avons plus de barre.

— Bâclons-en une avec la première poutre venue. Des clous. Un marteau. Vite des outils !

— La baille de charpenterie est à l'eau. Nous n'avons plus d'outils.

— Gouvernons tout de même, n'importe où !

— Nous n'avons plus de gouvernail.

— Où est le canot ? jetons-nous-y. Ramons !

— Nous n'avons plus de canot.

— Ramons sur l'épave.

— Nous n'avons plus d'avirons.

— À la voile alors !

— Nous n'avons plus de voile, et plus de mât.

— Faisons un mât avec une hiloire[1], faisons une voile avec un prélart[2]. Tirons-nous de là. Confions-nous au vent !

— Il n'y a plus de vent.

Le vent en effet les avait quittés. La tempête s'en était allée, et ce départ, qu'ils avaient pris pour leur salut, était leur perte. Le suroît[3] en persistant les eût frénétiquement poussés à quelque rivage, eût gagné de vitesse la voie d'eau, les eût portés peut-être à un bon banc de sable propice, et les eût échoués avant qu'ils eussent sombré. Le rapide emportement de l'orage eût pu leur faire prendre terre. Point de vent, plus d'espoir. Ils mouraient de l'absence d'ouragan.

La situation suprême apparaissait.

Le vent, la grêle, la bourrasque, le tourbillon, sont des combattants désordonnés qu'on peut vaincre. La tempête peut être prise au défaut de l'armure. On a des ressources contre la violence qui se découvre sans

---

1. Voir note 4, p. 183.   **2.** Voir note 1, p. 141.   **3.** Voir note 1, p. 194.

cesse, se meut à faux, et frappe souvent à côté. Mais rien à faire contre le calme. Pas un relief qu'on puisse saisir.

Les vents sont une attaque de cosaques ; tenez bon, cela se disperse. Le calme, c'est la tenaille du bourreau.

L'eau, sans hâte, mais sans interruption, irrésistible et lourde, montait dans la cale, et, à mesure qu'elle montait, le navire descendait. Cela était très-lent.

Les naufragés de la *Matutina* sentaient peu à peu s'entr'ouvrir sous eux la plus désespérée des catastrophes, la catastrophe inerte. La certitude tranquille et sinistre du fait inconscient les tenait. L'air n'oscillait pas, la mer ne bougeait pas. L'immobile, c'est l'inexorable. L'engloutissement les résorbait en silence. À travers l'épaisseur de l'eau muette, sans colère, sans passion, sans le vouloir, sans le savoir, sans y prendre intérêt, le fatal centre du globe les attirait. L'horreur, au repos, se les amalgamait. Ce n'était plus la gueule béante du flot, la double mâchoire du coup de vent et du coup de mer, méchamment menaçante, le rictus de la trombe, l'appétit écumant de la houle ; c'était sous ces misérables on ne sait quel bâillement noir de l'infini. Ils se sentaient entrer dans une profondeur paisible qui était la mort. La quantité de bord que le navire avait hors du flot s'amincissait, voilà tout. On pouvait calculer à quelle minute elle s'effacerait. C'était tout le contraire de la submersion par la marée montante. L'eau ne montait pas vers eux, ils descendaient vers elle. Le creusement de leur tombe venait d'eux-mêmes. Leur poids était le fossoyeur[1].

Ils étaient exécutés, non par la loi des hommes, mais par la loi des choses.

La neige tombait, et, comme l'épave ne remuait plus, cette charpie blanche faisait sur le pont une nappe et couvrait le navire d'un suaire.

---

1. C'est un principe récurrent de l'éthique métaphysique de Hugo que les méchants causent leur propre perte.

La cale allait s'alourdissant. Nul moyen de franchir la voie d'eau. Ils n'avaient pas même une pelle d'épuisement, qui d'ailleurs eût été illusoire et d'un emploi impraticable, l'ourque étant pontée. On s'éclaira ; on alluma trois ou quatre torches qu'on planta dans des trous et comme on put. Galdeazun apporta quelques vieux seaux de cuir ; ils entreprirent d'étancher la cale et firent la chaîne ; mais les seaux étaient hors de service, le cuir des uns était décousu, le fond des autres était crevé, et les seaux se vidaient en chemin. L'inégalité était dérisoire entre ce qu'on recevait et ce qu'on rendait. Une tonne d'eau entrait, un verre d'eau sortait. On n'eut pas d'autre réussite. C'était une dépense d'avare essayant d'épuiser sou à sou un million.

Le chef dit :

— Allégeons l'épave !

Pendant la tempête on avait amarré les quelques coffres qui étaient sur le pont. Ils étaient restés liés au tronçon du mât. On défit les amarres, et on roula les coffres à l'eau par une des brèches du bordage. Une de ces valises appartenait à la femme basquaise qui ne put retenir ce soupir :

— Oh ! ma cape neuve doublée d'écarlate ! oh ! mes pauvres bas en dentelle d'écorce de bouleau ! Oh ! mes pendeloques d'argent pour aller à la messe du mois de Marie !

Le pont déblayé, restait la cabine. Elle était fort encombrée. Elle contenait, on s'en souvient[1], des bagages qui étaient aux passagers et des ballots qui étaient aux matelots.

On prit les bagages, et on se débarrassa de tout ce chargement par la brèche du bordage.

On retira les ballots, et on les poussa à l'Océan.

On acheva de vider la cabine. La lanterne, le chou-

---

1. Entrelacs du texte, qui renvoie au chap. I, i, 2, p. 96-97.

quet[1], les barils, les sacs, les bailles[2] et les charniers[3], la marmite avec la soupe, tout alla aux flots.

On dévissa les écrous du fourneau de fer éteint depuis longtemps, on le descella, on le hissa sur le pont, on le traîna jusqu'à la brèche, et on le précipita hors du navire.

On envoya à l'eau tout ce qu'on put arracher du vaigrage, des porques, des haubans et du gréement fracassé[4].

De temps en temps le chef prenait une torche, la promenait sur les chiffres d'étiage[5] peints à l'avant du navire, et regardait où en était le naufrage.

XVIII

LA RESSOURCE SUPRÊME

L'épave, allégée, s'enfonçait un peu moins, mais s'enfonçait toujours.

Le désespoir de la situation n'avait plus ni ressource, ni palliatif. On avait épuisé le dernier expédient.

— Y a-t-il encore quelque chose à jeter à la mer ? cria le chef.

Le docteur, auquel personne ne songeait plus, sortit d'un angle du capot de cabine[6], et dit :

— Oui.

— Quoi ? demanda le chef.

---

1. Voir note 4, p. 156.   **2.** Baquets.   **3.** Tonneau d'eau réservé à la boisson de l'équipage, « ainsi nommé parce qu'autrefois il y avait, à proximité [...] un charnier ou garde-manger dans lequel les matelots déposaient ce qui leur était resté de leur ration » (P. Larousse).   **4.** Termes déjà vus : le vaigrage est l'ensemble des vaigres (note 2, p. 175) ; pour le gréement, voir note 1, p. 88, et les haubans, note 3, p. 168 ; les porques sont de fortes pièces de construction courbes qui consolident la carène.   **5.** Niveau très bas d'un cours d'eau qui sert de point de repère pour en mesurer les crues (et éventuellement les assèchements).   **6.** Voir note 3, p. 156.

Le docteur répondit :

— Notre crime.

Il y eut un frémissement, et tous crièrent :

— Amen.

Le docteur, debout et blême, leva un doigt vers le ciel, et dit :

— À genoux.

Ils chancelaient, ce qui est le commencement de l'agenouillement.

Le docteur reprit :

— Jetons à la mer nos crimes. Ils pèsent sur nous. C'est là ce qui enfonce le navire. Ne songeons plus au sauvetage, songeons au salut. Notre dernier crime surtout, celui que nous avons commis, ou, pour mieux dire, complété tout à l'heure, misérables qui m'écoutez, il nous accable. C'est une insolence impie de tenter l'abîme quand on a l'intention d'un meurtre derrière soi. Ce qui est fait contre un enfant est fait contre Dieu. Il fallait s'embarquer, je le sais, mais c'était la perdition certaine. La tempête, avertie par l'ombre que notre action a faite, est venue. C'est bien. Du reste, ne regrettez rien. Nous avons là, pas loin de nous, dans cette obscurité, les sables de Vauville et le cap de la Hougue. C'est la France. Il n'y avait qu'un abri possible, l'Espagne. La France ne nous est pas moins dangereuse que l'Angleterre. Notre délivrance de la mer eût abouti au gibet. Ou pendus, ou noyés ; nous n'avions pas d'autre option. Dieu a choisi pour nous. Rendons-lui grâce. Il nous accorde la tombe qui lave. Mes frères, l'inévitable était là. Songez que c'est nous qui tout à l'heure avons fait notre possible pour envoyer là-haut quelqu'un, cet enfant, et qu'en ce moment-ci même, à l'instant où je parle, il y a peut-être au-dessus de nos têtes une âme qui nous accuse devant un juge qui nous regarde[1]. Mettons à profit le sursis suprême. Effor-

---

1. Parmi les périphrases qui désignent Dieu chez Hugo, on notera celle du regard d'en haut, première esquisse d'une présence divine qu'on retrouvera lorsque l'enfant recueille la petite fille, p. 226.

çons-nous, si cela se peut encore, de réparer, dans tout
ce qui dépend de nous, le mal que nous avons fait.
Si l'enfant nous survit, venons-lui en aide. S'il meurt,
tâchons qu'il nous pardonne. Ôtons de dessus nous
notre forfait. Déchargeons de ce poids nos consciences.
Tâchons que nos âmes ne soient pas englouties devant
Dieu, car c'est le naufrage terrible. Les corps vont aux
poissons, les âmes aux démons. Ayez pitié de vous. À
genoux, vous dis-je. Le repentir, c'est la barque qui ne
se submerge pas. Vous n'avez plus de boussole ?
Erreur. Vous avez la prière.

Ces loups devinrent moutons. Ces transformations
se voient dans l'angoisse. Il arrive que les tigres
lèchent le crucifix. Quand la porte sombre s'entre-
bâille, croire est difficile, ne pas croire est impossible.
Si imparfaites que soient les diverses ébauches de religion essayées par l'homme, même quand la croyance
est informe, même quand le contour du dogme ne
s'adapte point aux linéaments de l'éternité entrevue, il
y a, à la minute suprême, un tressaillement d'âme.
Quelque chose commence après la vie. Cette pression
est sur l'agonie.

L'agonie est une échéance. À cette seconde fatale,
on sent sur soi la responsabilité diffuse. Ce qui a été
complique ce qui sera. Le passé revient et rentre dans
l'avenir. Le connu devient abîme aussi bien que l'inconnu, et ces deux précipices, l'un où l'on a ses fautes,
l'autre où l'on a son attente, mêlent leur réverbération.
C'est cette confusion des deux gouffres qui épouvante
le mourant.

Ils avaient fait leur dernière dépense d'espérance du
côté de la vie. C'est pourquoi ils se tournèrent de
l'autre côté. Il ne leur restait plus de chance que dans
cette ombre. Ils le comprirent. Ce fut un éblouissement
lugubre, tout de suite suivi d'une rechute d'horreur. Ce
que l'on comprend dans l'agonie ressemble à ce qu'on
aperçoit dans l'éclair. Tout, puis rien. On voit, et l'on
ne voit plus. Après la mort, l'œil se rouvrira, et ce qui
a été un éclair deviendra un soleil.

Ils crièrent au docteur :

— Toi ! Toi ! il n'y a plus que toi. Nous t'obéirons. Que faut-il faire ? parle.

Le docteur répondit :

— Il s'agit de passer par-dessus le précipice inconnu et d'atteindre l'autre bord de la vie, qui est au-delà du tombeau. Étant celui qui sait le plus de choses, je suis le plus en péril de vous tous. Vous faites bien de laisser le choix du pont à celui qui porte le fardeau le plus lourd.

Il ajouta :

— La science pèse sur la conscience.

Puis il reprit :

— Combien de temps nous reste-t-il encore ?

Galdeazun regarda à l'étiage et répondit :

— Un peu plus d'un quart d'heure.

— Bien, dit le docteur.

Le toit bas du capot, où il s'accoudait, faisait une espèce de table. Le docteur prit dans sa poche son écritoire et sa plume, et son portefeuille d'où il tira un parchemin, le même sur le revers duquel il avait écrit, quelques heures auparavant, une vingtaine de lignes tortueuses et serrées.

— De la lumière, dit-il.

La neige, tombant comme une écume de cataracte, avait éteint les torches l'une après l'autre. Il n'en restait plus qu'une. Ave-Maria la déplanta, et vint se placer debout, tenant cette torche, à côté du docteur.

Le docteur remit son portefeuille dans sa poche, posa sur le capot la plume et l'encrier, déplia le parchemin, et dit :

— Écoutez.

Alors, au milieu de la mer, sur ce ponton décroissant, sorte de plancher tremblant du tombeau, commença, gravement faite par le docteur, une lecture que toute l'ombre semblait écouter. Tous ces condamnés baissaient la tête autour de lui. Le flamboiement de la torche accentuait leurs pâleurs. Ce que lisait le docteur était écrit en anglais. Par intervalles, quand un de ces

regards lamentables paraissait désirer un éclaircissement, le docteur s'interrompait et répétait, soit en français, soit en espagnol, soit en basque, soit en italien, le
passage qu'il venait de lire. On entendait des sanglots
étouffés et des coups sourds frappés sur les poitrines.
L'épave continuait de s'enfoncer.

La lecture achevée, le docteur posa le parchemin à
plat sur le capot, saisit la plume et, sur une marge
blanche ménagée au bas de ce qu'il avait écrit, il
signa :

Doctor Gerhardus Geestemunde.

Puis, se tournant vers les autres, il dit :

— Venez, et signez.

La basquaise approcha, prit la plume, et signa
Asuncion.

Elle passa la plume à l'irlandaise qui, ne sachant pas
écrire, fit une croix.

Le docteur, à côté de cette croix, écrivit :

— Barbara Fermoy, *de l'île Tyrryf, dans les
Ébudes*.

Puis il tendit la plume au chef de la bande.

Le chef signa Gaïzdorra, *captal*.

Le génois, au-dessous du chef, signa Giangirate.

Le languedocien signa Jacques Quatourze, dit le
Narbonnais.

Le provençal signa Luc-Pierre Capgaroupe, *du
bagne de Mahon*.

Sous ces signatures, le docteur écrivit cette note :

— De trois hommes d'équipage, le patron ayant été
enlevé par un coup de mer, il ne reste que deux, et ont
signé.

Les deux matelots mirent leurs noms au-dessous de
cette note. Le basque du Nord signa Galdeazun. Le
basque du Sud signa Ave-Maria, *voleur*[1].

---

1. Comme dans la liste des affiliés de Patron-Minette, on peut dire que
« ces noms ont des figures » (*Les Misérables*, III, vii, 4). Bon exemple d'un
pittoresque onomastique qui inscrit ici en creux la confusion babélienne des
peuples et des langues, explicitement évoquée p. 208, et une subversion
carnavalesque, dans « *Ave-Maria*, voleur », par exemple où sont brutale-

Puis le docteur dit :

— Capgaroupe.

— Présent, dit le provençal.

— Tu as la gourde de Hardquanonne ?

— Oui.

— Donne-la-moi.

Capgaroupe but la dernière gorgée d'eau-de-vie et tendit la gourde au docteur.

La crue intérieure du flot s'aggravait. L'épave entrait de plus en plus dans la mer.

Les bords du pont en plan incliné étaient couverts d'une mince lame rongeante, qui grandissait.

Tous s'étaient groupés sur la tonture[1] du navire.

Le docteur sécha l'encre des signatures au feu de la torche, plia le parchemin à plis plus étroits que le diamètre du goulot, et l'introduisit dans la gourde. Il cria :

— Le bouchon.

— Je ne sais où il est, dit Capgaroupe.

— Voici un bout de funin[2], dit Jacques Quatourze.

Le docteur boucha la gourde avec ce funin, et dit :

— Du goudron.

Galdeazun alla à l'avant, appuya un étouffoir d'étoupe sur la grenade à brûlot qui s'éteignait, la décrocha de l'étrave et l'apporta au docteur, à demi pleine de goudron bouillant.

Le docteur plongea le goulot de la gourde dans le goudron, et l'en retira.

La gourde, qui contenait le parchemin signé de tous, était bouchée et goudronnée.

— C'est fait, dit le docteur.

Et de toutes ces bouches sortit, vaguement bégayé en toutes langues, le brouhaha lugubre des catacombes.

— Ainsi soit-il !

— Mea culpa !

---

ment accolés comme un nom et un état social le début de la prière à la Vierge et l'univers de la rapine.

1. Courbure donnée au pont du navire dans le sens de sa longueur.
2. Cordage non goudronné.

— Asi sea !*
— Aro raï !**
— Amen !

On eût cru entendre se disperser dans les ténèbres, devant l'effrayant refus céleste de les entendre, les sombres voix de Babel.

Le docteur tourna le dos à ses compagnons de crime et de détresse, et fit quelques pas vers le bordage. Arrivé au bord de l'épave, il regarda dans l'infini et dit avec un accent profond :

— Bist du bei mir ?***

Il parlait probablement à quelque spectre.

L'épave s'enfonçait.

Derrière le docteur tous songeaient. La prière est une force majeure. Ils ne se courbaient pas, ils ployaient. Il y avait de l'involontaire dans leur contrition. Ils fléchissaient comme se flétrit une voile à qui la brise manque, et ce groupe hagard prenait peu à peu, par la jonction des mains et par l'abattement des fronts, l'attitude, diverse, mais accablée, de la confiance désespérée en Dieu. On ne sait quel reflet vénérable, venu de l'abîme, s'ébauchait sur ces faces scélérates.

Le docteur revint vers eux. Quel que fût son passé, ce vieillard était grand en présence du dénoûment. La vaste réticence environnante le préoccupait sans le déconcerter. C'était l'homme qui n'est pas pris au dépourvu. Il y avait sur lui de l'horreur tranquille. La majesté de Dieu compris était sur son visage.

Ce bandit vieilli et pensif avait, sans s'en douter, la posture pontificale.

Il dit :

— Faites attention.

Il considéra un moment l'étendue et ajouta :

— Maintenant nous allons mourir.

Puis il prit la torche des mains d'Ave-Maria, et la secoua.

----

* — Ainsi soit-il !   ** — À la bonne heure (patois roman).
*** — Es-tu près de moi ?

Une flamme s'en détacha, et s'envola dans la nuit.

Et le docteur jeta la torche à la mer.

La torche s'éteignit. Toute clarté s'évanouit. Il n'y eut plus que l'immense ombre inconnue. Ce fut quelque chose comme la tombe se fermant.

Dans cette éclipse on entendit le docteur qui disait :

— Prions.

Tous se mirent à genoux.

Ce n'était déjà plus dans la neige, c'était dans l'eau qu'ils s'agenouillaient.

Ils n'avaient plus que quelques minutes.

Le docteur seul était resté debout. Les flocons de neige, en s'arrêtant sur lui, l'étoilaient de larmes blanches, et le faisaient visible sur ce fond d'obscurité. On eût dit la statue parlante des ténèbres.

Le docteur fit un signe de croix, et éleva la voix pendant que sous ses pieds commençait cette oscillation presque indistincte qui annonce l'instant où une épave va plonger. Il dit :

— Pater noster qui es in cœlis.

Le provençal répéta en français :

— Notre Père qui êtes aux cieux.

L'irlandaise reprit en langue galloise, comprise de la femme basque :

— Ar nathair ata ar neamh.

Le docteur continua :

— Sanctificetur nomen tuum.

— Que votre nom soit sanctifié, dit le provençal.

— Naomhthar hainm, dit l'irlandaise.

— Adveniat regnum tuum, poursuivit le docteur.

— Que votre règne arrive, dit le provençal.

— Tigeadh do rioghachd, dit l'irlandaise.

Les agenouillés avaient de l'eau jusqu'aux épaules. Le docteur reprit :

— Fiat voluntas tua.

— Que votre volonté soit faite, balbutia le provençal.

Et l'irlandaise et la basquaise jetèrent ce cri :

— Deuntar do thoil ar an Hhalàmb !

— Sicut in cœlo, et in terra, dit le docteur.

Aucune voix ne lui répondit.

Il baissa les yeux. Toutes les têtes étaient sous l'eau. Pas un ne s'était levé. Ils s'étaient laissé noyer à genoux.

Le docteur prit dans sa main droite la gourde qu'il avait déposée sur le capot, et l'éleva au-dessus de sa tête.

L'épave coulait.

Tout en enfonçant, le docteur murmurait le reste de la prière.

Son buste fut hors de l'eau un moment, puis sa tête, puis il n'y eut plus que son bras tenant la gourde, comme s'il la montrait à l'infini.

Ce bras disparut. La profonde mer n'eut pas plus de pli qu'une tonne[1] d'huile. La neige continuait de tomber.

Quelque chose surnagea, et s'en alla sur le flot dans l'ombre. C'était la gourde goudronnée que son enveloppe d'osier soutenait.

---

1. Grand tonneau.

LIVRE TROISIÈME

L'ENFANT DANS L'OMBRE

I

LE CHESS-HILL

La tempête n'était pas moins intense sur terre que sur mer.

Le même déchaînement farouche s'était fait autour de l'enfant abandonné[1]. Le faible et l'innocent deviennent ce qu'ils peuvent dans la dépense de colère inconsciente que font les forces aveugles ; l'ombre ne discerne pas ; et les choses n'ont point les clémences qu'on leur suppose.

Il y avait sur terre très-peu de vent ; le froid avait on ne sait quoi d'immobile. Aucun grêlon. L'épaisseur de la neige tombante était épouvantable.

Les grêlons frappent, harcèlent, meurtrissent, assourdissent, écrasent ; les flocons sont pires. Le flocon inexorable et doux fait son œuvre en silence. Si on le touche, il fond. Il est pur comme l'hypocrite est candide. C'est par des blancheurs lentement superposées que le flocon arrive à l'avalanche et le fourbe au crime.

---

1. Retour en arrière à la fin du chap. I, ɪ, 7, p. 126.

L'enfant avait continué d'avancer dans le brouillard. Le brouillard est un obstacle mou ; de là des périls ; il cède et persiste ; le brouillard, comme la neige, est plein de trahison. L'enfant, étrange lutteur au milieu de tous ces risques, avait réussi à atteindre le bas de la descente, et s'était engagé dans le Chess-Hill. Il était, sans le savoir, sur un isthme, ayant des deux côtés l'Océan, et ne pouvant faire fausse route, dans cette brume, dans cette neige et dans cette nuit, sans tomber, à droite dans l'eau profonde du golfe, à gauche dans la vague violente de la haute mer. Il marchait, ignorant, entre deux abîmes.

L'isthme de Portland était à cette époque singulièrement âpre et rude. Il n'a plus rien aujourd'hui de sa configuration d'alors. Depuis qu'on a eu l'idée d'exploiter la pierre de Portland en ciment romain[1], toute la roche a subi un remaniement qui a supprimé l'aspect primitif. On y trouve encore le calcaire lias, le schiste, et le trapp sortant des bancs de conglomérat[2] comme la dent de la gencive ; mais la pioche a tronqué et nivelé tous ces pitons hérissés et scabreux[3] où venaient se percher hideusement les ossifrages[4]. Il n'y a plus de cîmes où puissent se donner rendez-vous les labbes et les stercoraires[5] qui, comme les envieux, aiment à souiller les sommets. On chercherait en vain le haut monolithe nommé Godolphin, vieux mot gallois qui signifie *aigle blanche*. On cueille encore, l'été, dans ces terrains forés et troués comme l'éponge, du roma-

---

1. Ciment obtenu en cuisant et en concassant certaines pierres, qui a la propriété de durcir rapidement dans l'air et dans l'eau.   **2.** Agrégation en une seule masse de substances de natures diverses. Le calcaire lias, le schiste et le trapp sont des types de minéraux.   **3.** Raboteux.   **4.** Étymologiquement, « qui rompt les os ». Autre nom du gypaète, oiseau de la famille des vautours, le plus grand des oiseaux de proie de l'ancien continent. Niche dans les rochers les plus abrupts.   **5.** Oiseaux palmipèdes qui poursuivent les autres oiseaux de mer pour leur voler leur proie ; « ce sont de vrais tyrans de la mer » ; « on a cru longtemps que les excréments des mouettes, des sternes, etc., étaient une nourriture pour les *labbes*, ce qui leur avait valu le nom de *stercoraires* qu'on leur donne encore aujourd'hui » (du rad. *stercus*, fumier) (P. Larousse).

rin, du pouliot, de l'hysope sauvage[1], du fenouil de
mer qui, infusé, donne un bon cordial, et cette herbe,
pleine de nœuds, qui sort du sable et dont on fait de la
natte ; mais on n'y ramasse plus ni ambre gris, ni étain
noir, ni cette triple espèce d'ardoise, l'une verte, l'autre
bleue, l'autre couleur de feuilles de sauge. Les renards,
les blaireaux, les loutres, les martres, s'en sont allés ;
il y avait dans ces escarpements de Portland, comme à
la pointe de Cornouailles, des chamois ; il n'y en a
plus. On pêche encore, dans de certains creux, des
plies[2] et des pilchards[3], mais les saumons, effarouchés,
ne remontent plus la Wey entre la Saint-Michel et la
Noël pour y pondre leurs œufs. On ne voit plus là,
comme au temps d'Élisabeth, de ces vieux oiseaux
inconnus, gros comme des éperviers, qui coupaient une
pomme en deux et n'en mangeaient que le pépin. On
n'y voit plus de ces corneilles à bec jaune, *cornish
chough* en anglais, *pyrrocarax* en latin, qui avaient la
malice de jeter sur les toits de chaume des sarments
allumés. On n'y voit plus l'oiseau sorcier fulmar, émi-
gré de l'archipel d'Écosse, et jetant par le bec une huile
que les insulaires brûlaient dans leurs lampes. On n'y
rencontre plus le soir, dans les ruissellements du
jusant[4], l'antique neitse[5] légendaire aux pieds de porc
et au cri de veau. La marée n'échoue plus sur ces
sables l'otarie moustachue, aux oreilles enroulées, aux
machelières[6] pointues, se traînant sur ses pattes sans
ongles. Dans ce Portland aujourd'hui méconnaissable,
il n'y a jamais eu de rossignols, à cause du manque de
forêts, mais les faucons, les cygnes et les oies de mer
se sont envolés. Les moutons de Portland d'à présent
ont la chair grasse et la laine fine ; les rares brebis qui

---

1. Le pouliot est une espèce de menthe ; l'hysope, un genre de plante
comprenant plusieurs espèces, est utilisée pour ses vertus médicinales.
2. Genre de poisson plat qu'on trouve surtout dans les mers d'Europe et qui
comprend plusieurs espèces, dont le carrelet et la limande.   3. Nom anglais
pour la sardine.   4. Reflux de la marée.   5. Le neit-soak est un
phoque de petite taille qui habite les bords de mers glaciales.   6. Dents
molaires.

paissaient il y a deux siècles cette herbe salée étaient petites et coriaces et avaient la toison bourrue, comme il sied à des troupeaux celtes menés jadis par des bergers mangeurs d'ail qui vivaient cent ans et qui, à un demi-mille de distance, perçaient des cuirasses avec leur flèche d'une aune de long. Terre inculte fait laine rude. Le Chess-Hill d'aujourd'hui ne ressemble en rien au Chess-Hill d'autrefois, tant il a été bouleversé par l'homme, et par ces furieux vents des Sorlingues[1] qui rongent jusqu'aux pierres.

Aujourd'hui cette langue de terre porte un rail-way qui aboutit à un joli échiquier de maisons neuves, Chesilton, et il y a une « Portland-Station ». Les wagons roulent où rampaient les phoques.

L'isthme de Portland, il y a deux cents ans, était un dos d'âne de sable avec une épine vertébrale de rocher.

Le danger, pour l'enfant, changea de forme. Ce que l'enfant avait à craindre dans la descente, c'était de rouler au bas de l'escarpement ; dans l'isthme, ce fut de tomber dans des trous. Après avoir eu affaire au précipice, il eut affaire à la fondrière. Tout est chausse-trappe au bord de la mer. La roche est glissante, la grève est mouvante. Les points d'appui sont des embûches. On est comme quelqu'un qui met le pied sur des vitres. Tout peut brusquement se fêler sous vous. Fêlure par où l'on disparaît[2]. L'Océan a des troisièmes dessous comme un théâtre bien machiné[3].

Les longues arêtes de granit auxquelles s'adosse le double versant d'un isthme sont d'un abord malaisé. On y trouve difficilement ce qu'on appelle en langage de mise en scène des praticables[4]. L'homme n'a aucune hospitalité à attendre de l'Océan, pas plus du

---

1. Groupe d'îlots situés dans l'Atlantique, à l'extrémité ouest du comté de Cornouailles.   **2.** Le motif de la vitre fêlée ou de la fêlure évoquera plus loin le cœur fragile de Dea (II, III, 9, p. 494) et donnera le titre du livre II, III, « Commencement de la fêlure ».   **3.** On appelle « dessous » au théâtre les étages en planches situés sous la scène (du premier au troisième dessous).   **4.** Décor où l'on peut passer, sur lequel on peut marcher.

rocher que de la vague ; l'oiseau et le poisson seuls sont prévus par la mer. Les isthmes particulièrement sont dénudés et hérissés. Le flot qui les use et les mine des deux côtés les réduit à leur plus simple expression. Partout des reliefs coupants, des crêtes, des scies, d'affreux haillons de pierre déchirée, des entre-bâillements dentelés comme la mâchoire multicuspide[1] d'un requin, des casse-cous[2] de mousse mouillée, de rapides coulées de roches aboutissant à l'écume. Qui entreprend de franchir un isthme rencontre à chaque pas des blocs difformes, gros comme des maisons, figurant des tibias, des omoplates, des fémurs, anatomie hideuse des rocs écorchés. Ce n'est pas pour rien que ces stries des bords de la mer se nomment côtes. Le piéton se tire comme il peut de ce pêle-mêle de débris. Cheminer à travers l'ossature d'une énorme carcasse, tel est à peu près ce labeur.

Mettez un enfant dans ce travail d'Hercule[3].

Le grand jour eût été utile, il faisait nuit ; un guide eût été nécessaire, il était seul. Toute la vigueur d'un homme n'eût pas été de trop, il n'avait que la faible force d'un enfant. À défaut de guide, un sentier l'eût aidé. Il n'y avait point de sentier.

D'instinct, il évitait le chaîneau aigu des rochers et suivait la plage le plus qu'il pouvait. C'est là qu'il rencontrait les fondrières. Les fondrières se multipliaient devant lui sous trois formes, la fondrière d'eau, la fondrière de neige, la fondrière de sable. La dernière est la plus redoutable. C'est l'enlisement[4].

Savoir ce que l'on affronte est alarmant, mais l'ignorer est terrible. L'enfant combattait le danger inconnu. Il était à tâtons dans quelque chose qui était peut-être la tombe.

Nulle hésitation. Il tournait les rochers, évitait les

1. Dont les dents ont beaucoup de pointes.   **2.** Passages difficiles.
3. Héraclès chez les Grecs, demi-dieu qui se vit imposer une série d'épreuves (les douze travaux) réclamant une force surhumaine.   **4.** Sur l'angoisse de l'enlisement, voir *Les Misérables*, V, III, 5.

« *Partout des reliefs coupants, des crêtes, des scies, d'affreux haillons de pierre déchirée.* » (p. 215)
Illustration de Daniel Vierge. Paris, 1875.

crevasses, devinait les pièges, subissait les méandres de l'obstacle, mais avançait. Ne pouvant aller droit, il marchait ferme.

Il reculait au besoin avec énergie. Il savait s'arracher à temps de la glu hideuse des sables mouvants. Il secouait la neige de dessus lui. Il entra plus d'une fois dans l'eau jusqu'aux genoux. Dès qu'il sortait de l'eau, ses guenilles mouillées étaient tout de suite gelées par le froid profond de la nuit. Il marchait rapide dans ses vêtements roidis. Pourtant il avait eu l'industrie[1] de conserver sèche et chaude sur sa poitrine sa vareuse de matelot. Il avait toujours bien faim.

Les aventures de l'abîme ne sont limitées en aucun sens ; tout y est possible, même le salut. L'issue est invisible, mais trouvable. Comment l'enfant, enveloppé d'une étouffante spirale de neige, perdu sur cette levée étroite entre les deux gueules du gouffre, n'y voyant pas, parvint-il à traverser l'isthme, c'est ce que lui-même n'aurait pu dire. Il avait glissé, grimpé, roulé, cherché, marché, persévéré, voilà tout. Secret de tous les triomphes. Au bout d'un peu moins d'une heure, il sentit que le sol remontait, il arrivait à l'autre bord, il sortait du Chess-Hill, il était sur la terre ferme.

Le pont qui relie aujourd'hui Sandford-Cas à Smallmouth-Sand n'existait pas à cette époque. Il est probable que, dans son tâtonnement intelligent, il avait remonté jusque vis-à-vis Wyke Regis, où il y avait alors une langue de sable, vraie chaussée naturelle, traversant l'East Fleet.

Il était sauvé de l'isthme, mais il se retrouvait face à face avec la tempête, avec l'hiver, avec la nuit.

Devant lui se développait de nouveau la sombre perte de vue des plaines.

Il regarda à terre, cherchant un sentier.

Tout à coup il se baissa.

Il venait d'apercevoir dans la neige quelque chose qui lui semblait une trace.

---

1. L'adresse, nécessaire à la survie.

C'était une trace en effet, la marque d'un pied. La blancheur de la neige découpait nettement l'empreinte et la faisait très-visible. Il la considéra. C'était un pied nu, plus petit qu'un pied d'homme, plus grand qu'un pied d'enfant.

Probablement le pied d'une femme.

Au delà de cette empreinte, il y en avait une autre, puis une autre ; les empreintes se succédaient, à la distance d'un pas, et s'enfonçaient dans la plaine vers la droite. Elles étaient encore fraîches et couvertes de peu de neige. Une femme venait de passer là.

Cette femme avait marché et s'en était allée dans la direction même où l'enfant avait vu des fumées.

L'enfant, l'œil fixé sur les empreintes, se mit à suivre ce pas.

II

EFFET DE NEIGE

Il chemina un certain temps sur cette piste. Par malheur les traces étaient de moins en moins nettes. La neige tombait dense et affreuse. C'était le moment où l'ourque agonisait sous cette même neige dans la haute mer[1].

L'enfant, en détresse comme le navire, mais autrement, n'ayant dans l'inextricable entrecroisement d'obscurités qui se dressaient devant lui, d'autre ressource que ce pied marqué dans la neige, s'attachait à ce pas comme au fil du dédale[2].

Subitement, soit que la neige eût fini par les niveler,

---

1. Entrelacement précis des intrigues qui sont données comme simultanées ; renvoi au chap. I, II, 16, « Douceur subite de l'énigme ».   2. Allusion au fil qu'Ariane donna à Thésée pour lui permettre de sortir du Labyrinthe après avoir tué le Minotaure.

soit pour toute autre cause, les empreintes s'effacèrent. Tout redevint plane, uni, ras, sans une tache, sans un détail. Il n'y eut plus qu'un drap blanc sur la terre et un drap noir sur le ciel.

C'était comme si la passante s'était envolée.

L'enfant aux abois se pencha et chercha. En vain.

Comme il se relevait, il eut la sensation de quelque chose d'indistinct qu'il entendait, mais qu'il n'était pas sûr d'entendre. Cela ressemblait à une voix, à une haleine, à de l'ombre. C'était plutôt humain que bestial, et plutôt sépulcral que vivant. C'était du bruit, mais du rêve.

Il regarda et ne vit rien.

La large solitude nue et livide était devant lui.

Il écouta. Ce qu'il avait cru entendre s'était dissipé. Peut-être n'avait-il rien entendu. Il écouta encore. Tout faisait silence.

Il y avait de l'illusion dans toute cette brume. Il se remit en marche.

En marche au hasard, n'ayant plus désormais ce pas pour le guider.

Il s'éloignait à peine que le bruit recommença. Cette fois il ne pouvait douter. C'était un gémissement, presque un sanglot.

Il se retourna. Il promena ses yeux dans l'espace nocturne. Il ne vit rien.

Le bruit s'éleva de nouveau.

Si les limbes[1] peuvent crier, c'est ainsi qu'elles crient.

Rien de pénétrant, de poignant et de faible comme cette voix. Car c'était une voix. Cela venait d'une âme. Il y avait de la palpitation dans ce murmure. Pourtant cela semblait presque inconscient. C'était quelque chose comme une souffrance qui appelle, mais sans savoir qu'elle est une souffrance et qu'elle fait un appel. Ce cri, premier souffle peut-être, peut-être dernier soupir, était à égale distance du râle qui clôt la

---

1. Séjour des enfants morts sans baptême.

vie et du vagissement qui l'ouvre. Cela respirait, cela étouffait, cela pleurait. Sombre supplication dans l'invisible.

L'enfant fixa son attention partout, loin, près, au fond, en haut, en bas. Il n'y avait personne. Il n'y avait rien.

Il prêta l'oreille. La voix se fit entendre encore. Il la perçut distinctement. Cette voix avait un peu du bêlement d'un agneau.

Alors il eut peur et songea à fuir.

Le gémissement reprit. C'était la quatrième fois. Il était étrangement misérable et plaintif. On sentait qu'après ce suprême effort, plutôt machinal que voulu, ce cri allait probablement s'éteindre. C'était une réclamation expirante instinctivement faite à la quantité de secours qui est en suspens dans l'étendue ; c'était on ne sait quel bégaiement d'agonie adressé à une Providence possible. L'enfant s'avança du côté d'où venait la voix.

Il ne voyait toujours rien.

Il avança encore, épiant.

La plainte continuait. D'inarticulée et confuse qu'elle était, elle était devenue claire et presque vibrante. L'enfant était tout près de la voix. Mais où était-elle ?

Il était près d'une plainte. Le tremblement d'une plainte dans l'espace passait à côté de lui. Un gémissement humain flottant dans l'invisible, voilà ce qu'il venait de rencontrer. Telle était du moins son impression, trouble comme le profond brouillard où il était perdu.

Comme il hésitait entre un instinct qui le poussait à fuir et un instinct qui lui disait de rester, il aperçut dans la neige, à ses pieds, à quelques pas devant lui, une sorte d'ondulation de la dimension d'un corps humain, une petite éminence basse, longue et étroite, pareille au renflement d'une fosse, une ressemblance de sépulture dans un cimetière qui serait blanc.

En même temps, la voix cria.

C'est de là-dessous qu'elle sortait.

L'enfant se baissa, s'accroupit devant l'ondulation, et de ses deux mains en commença le déblaiement.

Il vit se modeler, sous la neige qu'il écartait, une forme, et tout à coup, sous ses mains, dans le creux qu'il avait fait, apparut une face pâle.

Ce n'était point cette face qui criait. Elle avait les yeux fermés et la bouche ouverte, mais pleine de neige.

Elle était immobile. Elle ne bougea pas sous la main de l'enfant. L'enfant, qui avait l'onglée[1] aux doigts, tressaillit en touchant le froid de ce visage. C'était la tête d'une femme. Les cheveux épars étaient mêlés à la neige. Cette femme était morte.

L'enfant se remit à écarter la neige. Le cou de la morte se dégagea, puis le haut du torse, dont on voyait la chair sous des haillons.

Soudainement il sentit sous son tâtonnement un mouvement faible. C'était quelque chose de petit qui était enseveli, et qui remuait. L'enfant ôta vivement la neige, et découvrit un misérable corps d'avorton, chétif, blême de froid, encore vivant, nu sur le sein nu de la morte.

C'était une petite fille.

Elle était emmaillottée, mais de pas assez de guenilles, et, en se débattant, elle était sortie de ses loques. Sous elle ses pauvres membres maigres, et son haleine au-dessus d'elle, avaient un peu fait fondre la neige. Une nourrice lui eût donné cinq ou six mois, mais elle avait un an peut-être, car la croissance dans la misère subit de navrantes réductions qui vont parfois jusqu'au rachitisme. Quand son visage fut à l'air, elle poussa un cri, continuation de son sanglot de détresse. Pour que la mère n'eût pas entendu ce sanglot, il fallait qu'elle fût bien profondément morte.

L'enfant prit la petite dans ses bras.

La mère roidie était sinistre. Une irradiation spectrale sortait de cette figure. La bouche béante et sans

---

1. Premier degré de la gelure des mains.

souffle semblait commencer dans la langue indistincte
de l'ombre la réponse aux questions faites aux morts
dans l'invisible. La réverbération blafarde des plaines
glacées était sur ce visage. On voyait le front, jeune
sous les cheveux bruns, le froncement presque indigné
des sourcils, les narines serrées, les paupières closes,
les cils collés par le givre, et, du coin des yeux au coin
des lèvres, le pli profond des pleurs. La neige éclairait
la morte. L'hiver et le tombeau ne se nuisent pas. Le
cadavre est le glaçon de l'homme. La nudité des seins
était pathétique. Ils avaient servi ; ils avaient la sublime
flétrissure de la vie donnée par l'être à qui la vie
manque, et la majesté maternelle y remplaçait la pureté
virginale. À la pointe d'une des mamelles il y avait
une perle blanche. C'était une goutte de lait, gelée.

Disons-le tout de suite[1], dans ces plaines où le garçon perdu passait à son tour, une mendiante allaitant
son nourrisson et cherchant elle aussi un gîte, s'était,
il y avait peu d'heures, égarée. Transie, elle était tombée sous la tempête, et n'avait pu se relever. L'avalanche l'avait couverte. Elle avait, le plus qu'elle avait
pu, serré sa fille contre elle, et elle avait expiré.

La petite fille avait essayé de téter ce marbre.

Sombre confiance voulue par la nature, car il semble
que le dernier allaitement soit possible à une mère,
même après le dernier soupir.

Mais la bouche de l'enfant n'avait pu trouver le sein,
où la goutte de lait, volée par la mort, s'était glacée,
et, sous la neige, le nourrisson, plus accoutumé au berceau qu'à la tombe, avait crié.

Le petit abandonné avait entendu la petite agoni-
sante.

Il l'avait déterrée.

Il l'avait prise dans ses bras.

Quand la petite se sentit dans des bras, elle cessa de

---

1. Les détails de l'histoire sont rapidement évacués dans un bref résumé
schématique, au profit d'une méditation pathétique sur la maternité et l'extrême pauvreté.

crier. Les deux visages des deux enfants se touchèrent, et les lèvres violettes du nourrisson se rapprochèrent de la joue du garçon comme d'une mamelle.

La petite fille était presque au moment où le sang coagulé va arrêter le cœur. Sa mère lui avait déjà donné quelque chose de sa mort ; le cadavre se communique, c'est un refroidissement qui se gagne. La petite avait les pieds, les mains, les bras, les genoux, comme paralysés par la glace. Le garçon sentit ce froid terrible.

Il avait sur lui un vêtement sec et chaud, sa vareuse. Il posa le nourrisson sur la poitrine de la morte, ôta sa vareuse, en enveloppa la petite fille, ressaisit l'enfant, et, presque nu maintenant sous les bouffées de neige que soufflait la bise, emportant la petite dans ses bras, il se remit en route.

La petite ayant réussi à retrouver la joue du garçon, y appuya sa bouche, et, réchauffée, s'endormit. Premier baiser de ces deux âmes[1] dans les ténèbres.

La mère demeura gisante, le dos sur la neige, la face vers la nuit. Mais au moment où le petit garçon se dépouilla pour vêtir la petite fille, peut-être, du fond de l'infini où elle était, la mère le vit-elle[2].

III

TOUTE VOIE DOULOUREUSE SE COMPLIQUE D'UN FARDEAU

Il y avait un peu plus de quatre heures que l'ourque s'était éloignée de la crique de Portland, laissant sur le rivage ce garçon. Depuis ces longues heures qu'il était

---

1. Le statut du corps est ambigu dans *L'Homme qui rit*, presque toujours aliéné ou aliénant. Peut-être est-ce pour cela que l'amour enfantin des deux petits est d'emblée présenté comme l'union de deux âmes. **2.** Variante suggérant, comme pour le regard divin, p. 203, que la survie de l'âme après la mort se manifesterait par un regard.

abandonné, et qu'il marchait devant lui, il n'avait encore fait, dans cette société humaine où peut-être il allait entrer, que trois rencontres, un homme, une femme et un enfant. Un homme, cet homme sur la colline ; une femme, cette femme dans la neige ; un enfant, cette petite fille qu'il avait dans les bras [1].

Il était exténué de fatigue et de faim.

Il avançait plus résolûment que jamais, avec de la force de moins et un fardeau de plus.

Il était maintenant à peu près sans vêtements. Le peu de haillons qui lui restaient, durcis par le givre, étaient coupants comme du verre et lui écorchaient la peau. Il se refroidissait, mais l'autre enfant se réchauffait. Ce qu'il perdait n'était pas perdu, elle le regagnait. Il constatait cette chaleur qui était pour la pauvre petite une reprise de vie. Il continuait d'avancer.

De temps en temps, tout en la soutenant bien, il se baissait et d'une main prenait de la neige à poignée, et en frottait ses pieds, pour les empêcher de geler.

Dans d'autres moments, ayant la gorge en feu, il se mettait dans la bouche un peu de cette neige et la suçait, ce qui trompait une minute sa soif, mais la changeait en fièvre. Soulagement qui était une aggravation.

La tourmente était devenue informe à force de violence ; les déluges de neige sont possibles ; c'en était un. Ce paroxysme maltraitait le littoral en même temps qu'il bouleversait l'Océan. C'était probablement l'instant où l'ourque éperdue se disloquait dans la bataille des écueils.

Il traversa sous cette bise, marchant toujours vers l'est, de larges surfaces de neige. Il ne savait quelle heure il était. Depuis longtemps il ne voyait plus de fumées. Ces indications dans la nuit sont vite effacées ; d'ailleurs, il était plus que l'heure où les feux sont éteints ; enfin peut-être s'était-il trompé, et il était pos-

---

1. L'épisode, présenté dans le plus grand dépouillement, prend une valeur de parabole.

sible qu'il n'y eût point de ville ni de village du côté où il allait.

Dans le doute, il persévérait.

Deux ou trois fois la petite cria. Alors il imprimait à son allure un mouvement de bercement ; elle s'apaisait et se taisait. Elle finit par se bien endormir, et d'un bon sommeil. Il la sentait chaude, tout en grelottant.

Il resserrait fréquemment les plis de la vareuse autour du cou de la petite, afin que le givre ne s'introduisît pas par quelque ouverture et qu'il n'y eût aucune fuite de neige fondue entre le vêtement et l'enfant.

La plaine avait des ondulations. Aux déclivités où elle s'abaissait, la neige, amassée par le vent dans les plis de terrain, était si haute pour lui petit qu'il y enfonçait presque tout entier, et il fallait marcher à demi enterré. Il marchait, poussant la neige des genoux.

Le ravin franchi, il parvenait à des plateaux balayés par la bise où la neige était mince. Là il trouvait le verglas.

L'haleine tiède de la petite fille effleurait sa joue, le réchauffait un moment, et s'arrêtait et se gelait dans ses cheveux, où elle faisait un glaçon.

Il se rendait compte d'une complication redoutable, il ne pouvait plus tomber. Il sentait qu'il ne se relèverait pas. Il était brisé de fatigue, et le plomb de l'ombre l'eût, comme la femme expirée, appliqué sur le sol, et la glace l'eût soudé vivant à la terre. Il avait dévalé sur des pentes de précipices, et s'en était tiré ; il avait trébuché dans des trous, et en était sorti ; désormais une simple chute, c'était la mort. Un faux pas ouvrait la tombe. Il ne fallait pas glisser. Il n'aurait plus la force même de se remettre sur ses genoux.

Or le glissement était partout autour de lui ; tout était givre et neige durcie.

La petite qu'il portait lui faisait la marche affreusement difficile ; non-seulement c'était un poids, excessif pour sa lassitude et son épuisement ; mais c'était un embarras. Elle lui occupait les deux bras, et, à qui chemine sur le verglas, les deux bras sont un balancier naturel et nécessaire.

Il fallait se passer de ce balancier.

Il s'en passait, et marchait, ne sachant que devenir sous son fardeau.

Cette petite était la goutte qui faisait déborder le vase de détresse.

Il avançait, oscillant à chaque pas, comme sur un tremplin, et accomplissant, pour aucun regard, des miracles d'équilibre. Peut-être pourtant, redisons-le, était-il suivi en cette voie douloureuse par des yeux ouverts dans les lointains de l'ombre, l'œil de la mère et l'œil de Dieu [1].

Il chancelait, chavirait, se raffermissait, avait soin de l'enfant, lui remettait du vêtement sur elle, lui couvrait la tête, chavirait encore, avançait toujours, glissait, puis se redressait. Le vent avait la lâcheté de le pousser.

Il faisait vraisemblablement beaucoup plus de chemin qu'il ne fallait. Il était selon toute apparence dans ces plaines où s'est établie plus tard la Bincleaves Farm, entre ce qu'on nomme maintenant Spring Gardens et Personage House. Métairies et cottages à présent, friches alors. Souvent moins d'un siècle sépare un steppe [2] d'une ville.

Subitement, une interruption s'étant faite dans la bourrasque glaciale qui l'aveuglait, il aperçut à peu de distance devant lui un groupe de pignons et de cheminées mis en relief par la neige, le contraire d'une silhouette, une ville dessinée en blanc sur l'horizon noir, quelque chose comme ce qu'on appellerait aujourd'hui une épreuve négative [3].

Des toits, des demeures, un gîte ! Il était donc quelque part ! Il sentit l'ineffable encouragement de l'espérance. La vigie d'un navire égaré criant terre ! a de ces émotions. Il pressa le pas.

---

1. Point de rencontre des deux regards transcendants déjà mentionnés plus haut, p. 203 et p. 223. **2.** Terme masculin au XIXᵉ siècle. **3.** Autre cas d'inversion des signes.

Il touchait donc enfin à des hommes. Il allait donc arriver à des vivants. Plus rien à craindre. Il avait en lui cette chaleur subite, la sécurité. Ce dont il sortait était fini. Il n'y aurait plus de nuit désormais, ni d'hiver, ni de tempête. Il lui semblait que tout ce qu'il y a de possible dans le mal était maintenant derrière lui. La petite n'était plus un poids. Il courait presque.

Son œil était fixé sur ces toits. La vie était là. Il ne les quittait pas du regard. Un mort regarderait ainsi ce qui lui apparaîtrait par l'entre-bâillement d'un couvercle de tombe. C'étaient les cheminées dont il avait vu les fumées.

Aucune fumée n'en sortait.

Il eut vite fait d'atteindre les habitations. Il parvint à un faubourg de ville qui était une rue ouverte. À cette époque le barrage des rues la nuit tombait en désuétude.

La rue commençait par deux maisons. Dans ces deux maisons on n'apercevait aucune chandelle ni aucune lampe, non plus que dans toute la rue, ni dans toute la ville, aussi loin que la vue pouvait s'étendre.

La maison de droite était plutôt un toit qu'une maison ; rien de plus chétif ; la muraille était de torchis[1] et le toit de paille ; il y avait plus de chaume que de mur. Une grande ortie née au pied du mur touchait au bord du toit. Cette masure n'avait qu'une porte qui semblait une chattière et qu'une fenêtre qui était une lucarne. Le tout fermé. À côté, une soue à porcs habitée indiquait que la chaumière était habitée aussi. La maison de gauche était large, haute, toute en pierre, avec toit d'ardoise. Fermée aussi. C'était Chez le Riche vis-à-vis de Chez le Pauvre[2].

Le garçon n'hésita pas. Il alla à la grande maison. La porte à deux battants, massif damier[3] de chêne à gros clous, était de celles derrière lesquelles on devine

---

1. Terre argileuse malaxée avec de la paille ou du foin ; matériau du pauvre.   2. La topographie devient parabole.   3. Surface divisée en carrés contigus.

une robuste armature de barres et de serrures ; un marteau de fer y pendait.

Il souleva le marteau, avec quelque peine, car ses mains engourdies étaient plutôt des moignons que des mains. Il frappa un coup.

On ne répondit pas.

Il frappa une seconde fois, et deux coups.

Aucun mouvement ne se fit dans la maison.

Il frappa une troisième fois. Rien.

Il comprit qu'on dormait, ou qu'on ne se souciait pas de se lever.

Alors il se tourna vers la maison pauvre. Il prit à terre, dans la neige, un galet et heurta à la porte basse.

On ne répondit point.

Il se haussa sur la pointe des pieds, et cogna de son caillou à la lucarne, assez doucement pour ne point casser la vitre, assez fort pour être entendu.

Aucune voix ne s'éleva, aucun pas ne remua, aucune chandelle ne s'alluma.

Il pensa que là aussi on ne voulait point se réveiller.

Il y avait dans l'hôtel de pierre et dans le logis de chaume la même surdité aux misérables.

Le garçon se décida à pousser plus loin, et pénétra dans le détroit de maisons qui se prolongeait devant lui, si obscur qu'on eût plutôt dit l'écart de deux falaises que l'entrée d'une ville.

IV

AUTRE FORME DU DÉSERT

C'est dans le Weymouth qu'il venait d'entrer.

Le Weymouth d'alors n'était point l'honorable et superbe Weymouth d'aujourd'hui. Cet ancien Weymouth n'avait pas, comme le Weymouth actuel, un irréprochable quai rectiligne avec une statue et une

auberge en l'honneur de Georges III[1]. Cela tenait à ce
que Georges III n'était pas né. Par la même raison, on
n'avait point encore, au penchant de la verte colline de
l'est, dessiné, à plat sur le sol, au moyen du gazon
scalpé et de la craie mise à nu, ce cheval blanc, d'un
arpent de long, le *White Horse*, portant un roi sur son
dos, et tournant, toujours en l'honneur de Georges III,
sa queue vers la ville. Ces honneurs, du reste, sont
mérités ; Georges III, ayant perdu dans sa vieillesse
l'esprit qu'il n'avait jamais eu dans sa jeunesse, n'est
point responsable des calamités de son règne. C'était
un innocent. Pourquoi pas des statues ?

Le Weymouth d'il y a cent quatre-vingts ans était à
peu près aussi symétrique qu'un jeu d'onchets[2]
brouillé. L'Astaroth[3] des légendes se promenait quelquefois sur la terre portant derrière son dos une besace
dans laquelle il y avait de tout, même des bonnes
femmes dans leurs maisons. Un pêle-mêle de baraques
tombé de ce sac du diable donnerait l'idée de ce Weymouth incorrect. Plus, dans les baraques, les bonnes
femmes. Il reste comme spécimen de ces logis la maison des Musiciens. Une confusion de tanières de bois
sculptées, et vermoulues, ce qui est une autre sculpture,
d'informes bâtisses branlantes à surplombs, quelques-
unes à piliers, s'appuyant les unes sur les autres pour
ne pas tomber au vent de mer, et laissant entre elles les
espacements exigus d'une voirie tortue et maladroite,
ruelles et carrefours souvent inondés par les marées
d'équinoxe, un amoncellement de vieilles maisons
grand'mères groupées autour d'une église aïeule,
c'était là Weymouth. Weymouth était une sorte d'an-

---

1. George III (1738-1820), souverain dont les mesures maladroites
entraînèrent la guerre avec l'Amérique (et l'indépendance de celle-ci en
1783). Atteint de troubles mentaux dès 1765, le roi sombra dans la folie en
1810.   2. Les onchets ou jonchets sont des bâtonnets de bois ou d'os
qu'on joue à jeter pêle-mêle sur une table pour les retirer un à un avec un
crochet sans faire bouger les autres.   3. S'agit-il du génie persan que
l'on faisait présider à l'Occident et que les juifs et les Phéniciens adoraient
au milieu des bois ? Ou de la déesse syrienne dont le nom grec est Astarté ?

tique village normand échoué sur la côte d'Angleterre [1].

Le voyageur, s'il entrait à la taverne remplacée aujourd'hui par l'hôtel, au lieu de payer royalement une sole frite et une bouteille de vin vingt-cinq francs, avait l'humiliation de manger pour deux sous une soupe au poisson, fort bonne d'ailleurs. C'était misérable.

L'enfant perdu portant l'enfant trouvé suivit la première rue, puis la seconde, puis une troisième. Il levait les yeux cherchant aux étages et sur les toits une vitre éclairée, mais tout était clos et éteint. Par intervalles, il cognait aux portes. Personne ne répondait. Rien ne fait le cœur de pierre comme d'être chaudement entre deux draps. Ce bruit et ces secousses avaient fini par réveiller la petite. Il s'en apercevait parce qu'il se sentait téter la joue. Elle ne criait pas, croyant à une mère.

Il risquait de tourner et de rôder longtemps peut-être dans les intersections des ruelles de Scrambridge où il y avait alors plus de cultures que de maisons, et plus de haies d'épines que de logis, mais il s'engagea à propos dans un couloir qui existe encore aujourd'hui près de Trinity Schools. Ce couloir le mena sur une plage qui était un rudiment de quai avec parapet, et à sa droite il distingua un pont.

Ce pont était le pont de la Wey qui relie Weymouth à Melcomb-Regis, et sous les arches duquel le Harbour communique avec la Back Water.

Weymouth, hameau, était alors le faubourg de Melcomb-Regis, cité et port ; aujourd'hui Melcomb-Regis est une paroisse de Weymouth. Le village a absorbé la ville. C'est par ce pont que s'est fait ce travail. Les ponts sont de singuliers appareils de succion qui aspi-

---

1. Ce chaos architectural constitue un élément récurrent de la ville normande et anglo-normande dans les descriptions et dans les dessins de Hugo, voir en particulier certains dessins du manuscrit des *Travailleurs de la mer*, reproduits dans l'édition des *Œuvres complètes*, Club français du livre, 1969, t. XVIII, nos 716 et 717.

rent la population et font quelquefois grossir un quartier riverain aux dépens de son vis-à-vis.

Le garçon alla à ce pont, qui à cette époque était une passerelle de charpente couverte. Il traversa cette passerelle.

Grâce au toit du pont, il n'y avait pas de neige sur le tablier. Ses pieds nus eurent un moment de bien-être en marchant sur ces planches sèches.

Le pont franchi, il se trouva dans Melcomb-Regis.

Il y avait là moins de maisons de bois que de maisons de pierre. Ce n'était plus le bourg, c'était la cité. Le pont débouchait sur une assez belle rue qui était Saint-Thomas street. Il y entra. La rue offrait de hauts pignons taillés, et çà et là des devantures de boutiques. Il se remit à frapper aux portes. Il ne lui restait pas assez de force pour appeler et crier.

À Melcomb-Regis comme à Weymouth personne ne bougeait. Un bon double tour avait été donné aux serrures. Les fenêtres étaient recouvertes de leurs volets comme les yeux de leurs paupières. Toutes les précautions étaient prises contre le réveil, soubresaut désagréable.

Le petit errant subissait la pression indéfinissable de la ville endormie. Ces silences de fourmilière paralysée dégagent du vertige. Toutes ces léthargies mêlent leurs cauchemars, ces sommeils sont une foule, et il sort de ces corps humains gisants une fumée de songes. Le sommeil a de sombres voisinages hors de la vie ; la pensée décomposée des endormis flotte au-dessus d'eux, vapeur vivante et morte, et se combine avec le possible qui pense probablement aussi dans l'espace[1]. De là des enchevêtrements. Le rêve, ce nuage, superpose ses épaisseurs et ses transparences à cette étoile, l'esprit. Au-dessus de ces paupières fermées où la vision a remplacé la vue, une désagrégation sépulcrale de silhouettes et d'aspects se dilate dans l'impalpable.

---

1. Les songes possèdent pour Hugo une existence concrète et visible, et pas seulement pour celui qui rêve. La pensée s'objective en images.

Une dispersion d'existences mystérieuses s'amalgame à notre vie par ce bord de la mort qui est le sommeil. Ces entrelacements de larves[1] et d'âmes sont dans l'air. Celui même qui ne dort pas sent peser sur lui ce milieu plein d'une vie sinistre. La chimère ambiante, réalité devinée, le gêne. L'homme éveillé qui chemine à travers les fantômes du sommeil des autres refoule confusément des formes passantes, a, ou croit avoir, la vague horreur des contacts hostiles de l'invisible, et sent à chaque instant la poussée obscure d'une rencontre inexprimable qui s'évanouit. Il y a des effets de forêt dans cette marche au milieu de la diffusion nocturne des songes[2].

C'est ce qu'on appelle avoir peur sans savoir pourquoi.

Ce qu'un homme éprouve, un enfant l'éprouve plus encore.

Ce malaise de l'effroi nocturne amplifié par ces maisons spectres, s'ajoutait à tout cet ensemble lugubre sous lequel il luttait.

Il entra dans Conycar Lane, et aperçut au bout de cette ruelle la Back Water qu'il prit pour l'Océan ; il ne savait plus de quel côté était la mer ; il revint sur ses pas, tourna à gauche par Maiden Street, et rétrograda jusqu'à Saint Albans row.

Là, au hasard, et sans choisir, et aux premières maisons venues, il heurta violemment. Ces coups, où il épuisait sa dernière énergie, étaient désordonnés et saccadés, avec des intermittences et des reprises presque irritées. C'était le battement de sa fièvre frappant aux portes.

Une voix répondit.

Celle de l'heure.

Trois heures du matin sonnèrent lentement derrière lui au vieux clocher de Saint-Nicolas.

Puis tout retomba dans le silence.

---

1. Voir note 2, p. 170.   **2.** La référence au chapitre des *Misérables*, « La petite toute seule », est quasiment explicite ici (voir note 1, p. 122).

Que pas un habitant n'eût même entr'ouvert une lucarne, cela peut sembler surprenant. Pourtant dans une certaine mesure ce silence s'explique. Il faut dire qu'en janvier 1690 on était au lendemain d'une assez forte peste qu'il y avait eu à Londres, et que la crainte de recevoir des vagabonds malades produisait partout une certaine diminution d'hospitalité. On n'entre-bâillait pas même sa fenêtre de peur de respirer leur miasme.

L'enfant sentit le froid des hommes plus terrible que le froid de la nuit. C'est un froid qui veut. Il eut ce serrement du cœur découragé qu'il n'avait pas eu dans les solitudes. Maintenant il était rentré dans la vie de tous, et il restait seul. Comble d'angoisse. Le désert impitoyable, il l'avait compris ; mais la ville inexorable, c'était trop.

L'heure, dont il venait de compter les coups, avait été un accablement de plus. Rien de glaçant en de certains cas comme l'heure qui sonne. C'est une déclaration d'indifférence. C'est l'éternité disant : Que m'importe !

Il s'arrêta. Et il n'est pas certain qu'en cette minute lamentable, il ne se soit pas demandé s'il ne serait pas plus simple de se coucher là et de mourir. Cependant la petite fille posa la tête sur son épaule, et se rendormit. Cette confiance obscure le remit en marche.

Lui qui n'avait autour de lui que de l'écroulement, il sentit qu'il était point d'appui. Profonde sommation du devoir.

Ni ces idées ni cette situation n'étaient de son âge. Il est probable qu'il ne les comprenait pas. Il agissait d'instinct. Il faisait ce qu'il faisait.

Il marcha dans la direction de Johnstone row.

Mais il ne marchait plus, il se traînait.

Il laissa à sa gauche Sainte-Mary street, fit des zig-zags dans les ruelles, et, au débouché d'un boyau sinueux entre deux masures, se trouva dans un assez large espace libre. C'était un terrain vague, point bâti, probablement l'endroit où est aujourd'hui Chesterfield Place. Les maisons finissaient là. Il apercevait à sa

droite la mer, et presque plus rien de la ville à sa
gauche.

Que devenir ? La campagne recommençait. À l'est,
de grands plans inclinés de neige marquaient les larges
versants de Radipole. Allait-il continuer ce voyage ?
allait-il avancer et rentrer dans les solitudes ? allait-il
reculer et rentrer dans les rues ? que faire entre ces
deux silences, la plaine muette et la ville sourde ?
lequel choisir de ces refus ?

Il y a l'ancre de miséricorde, il y a aussi le regard
de miséricorde. C'est ce regard que le pauvre petit
désespéré jeta autour de lui.

Tout à coup il entendit une menace.

V

LA MISANTHROPIE FAIT DES SIENNES

On ne sait quel grincement étrange et alarmant vint
dans cette ombre jusqu'à lui.

C'était de quoi reculer. Il avança.

À ceux que le silence consterne, un rugissement
plaît.

Ce rictus féroce le rassura. Cette menace était une
promesse. Il y avait là un être vivant et éveillé, fût-
ce une bête fauve. Il marcha du côté d'où venait le
grincement.

Il tourna un angle de mur, et, derrière, à la réverbération de la neige et de la mer, sorte de vaste éclairage
sépulcral, il vit une chose qui était là comme abritée.
C'était une charrette, à moins que ce ne fût une cabane.
Il y avait des roues, c'était une voiture ; et il y avait
un toit, c'était une demeure. Du toit sortait un tuyau,
et du tuyau une fumée. Cette fumée était vermeille, ce
qui semblait annoncer un assez bon feu à l'intérieur. À
l'arrière, des gonds en saillie indiquaient une porte, et

au centre de cette porte une ouverture carrée laissait voir de la lueur dans la cahute. Il approcha.

Ce qui avait grincé le sentit venir. Quand il fut près de la cahute, la menace devint furieuse. Ce n'était plus à un grondement qu'il avait affaire, mais à un hurlement. Il entendit un bruit sec, comme d'une chaîne violemment tendue, et brusquement, au-dessous de la porte, dans l'écartement des roues de derrière, deux rangées de dents aiguës et blanches apparurent.

En même temps qu'une gueule entre les roues, une tête passa par la lucarne.

— Paix là ! dit la tête.

La gueule se tut.

La tête reprit :

— Est-ce qu'il y a quelqu'un ?

L'enfant répondit :

— Oui.

— Qui ?

— Moi.

— Toi ? qui ça ? d'où viens-tu ?

— Je suis las, dit l'enfant.

— Quelle heure est-il ?

— J'ai froid.

— Que fais-tu là ?

— J'ai faim.

La tête répliqua :

— Tout le monde ne peut pas être heureux comme un lord. Va-t'en.

La tête rentra, et le vasistas se ferma.

L'enfant courba le front, resserra entre ses bras la petite endormie et rassembla sa force pour se remettre en route. Il fit quelques pas et commença à s'éloigner.

Cependant, en même temps que la lucarne s'était fermée, la porte s'était ouverte. Un marchepied s'était abaissé. La voix qui venait de parler à l'enfant cria du fond de la cahute avec colère :

— Eh bien, pourquoi n'entres-tu pas ?

L'enfant se retourna.

— Entre donc, reprit la voix. Qui est-ce qui m'a donné un garnement comme cela, qui a faim et qui a froid, et qui n'entre pas !

L'enfant, à la fois repoussé et attiré, demeurait immobile. La voix repartit :

— On te dit d'entrer, drôle !

Il se décida, et mit un pied sur le premier échelon de l'escalier.

Mais on gronda sous la voiture.

Il recula. La gueule ouverte reparut.

— Paix ! cria la voix de l'homme.

La gueule rentra. Le grondement cessa.

— Monte, reprit l'homme.

L'enfant gravit péniblement les trois marches. Il était gêné par l'autre enfant, tellement engourdie, enveloppée et roulée dans le suroit qu'on ne distinguait rien d'elle, et que ce n'était qu'une petite masse informe.

Il franchit les trois marches, et, parvenu au seuil, s'arrêta.

Aucune chandelle ne brûlait dans la cahute, par économie de misère probablement. La baraque n'était éclairée que d'une rougeur faite par le soupirail d'un poêle de fonte où pétillait un feu de tourbe[1]. Sur le poêle fumaient une écuelle et un pot contenant selon toute apparence quelque chose à manger. On en sentait la bonne odeur. Cette habitation était meublée d'un coffre, d'un escabeau, et d'une lanterne, point allumée, accrochée au plafond. Plus, aux cloisons quelques planches sur tasseaux[2] et un décroche-moi-ça[3], où pendaient des choses mêlées. Sur les planches et aux clous s'étageaient des verreries, des cuivres, un alambic, un récipient assez semblable à ces vases à grener[4] la cire qu'on appelle grelous, et une confusion d'objets bizarres auxquels l'enfant n'eût pu rien comprendre, et qui était une batterie de cuisine de chimiste. La cahute

---

1. Voir note 3, p. 135.   **2.** Petites pièces de bois qui soutiennent l'extrémité d'une tablette.   **3.** Crochet, portemanteau.   **4.** Réduire en petits grains.

avait une forme oblongue, le poêle à l'aval. Ce n'était pas même une petite chambre, c'était à peine une grande boîte. Le dehors était plus éclairé par la neige que cet intérieur par le poêle. Tout dans la baraque était indistinct et trouble. Pourtant un reflet du feu sur le plafond permettait d'y lire cette inscription en gros caractères : URSUS, PHILOSOPHE [1].

L'enfant, en effet, faisait son entrée chez Homo et chez Ursus. On vient d'entendre gronder l'un et parler l'autre.

L'enfant, arrivé au seuil, aperçut près du poêle un homme long, glabre, maigre et vieux, vêtu en grisaille, qui était debout et dont le crâne chauve touchait le toit. Cet homme n'eût pu se hausser sur les pieds. La cahute était juste.

— Entre, dit l'homme, qui était Ursus.

L'enfant entra.

— Pose là ton paquet.

L'enfant posa sur le coffre son fardeau, avec précaution, de crainte de l'effrayer et de le réveiller.

L'homme reprit :

— Comme tu mets ça là doucement ! Ce ne serait pas pire quand ce serait une châsse [2]. Est-ce que tu as peur de faire une fêlure à tes guenilles ? Ah ! l'abominable vaurien ! dans les rues à cette heure-ci ? Qui es-tu ? réponds. Mais non, je te défends de répondre. Allons au plus pressé ; tu as froid, chauffe-toi.

Et il le poussa par les deux épaules devant le poêle.

— Es-tu assez mouillé ! Es-tu assez glacé ! S'il est permis d'entrer ainsi dans les maisons ! Allons, ôte-moi toutes ces pourritures, malfaiteur !

Et, d'une main, avec une brusquerie fébrile, il lui

---

1. C'est ici seulement que le lien est effectué avec le portrait liminaire d'Ursus et Homo, jusque-là non motivé, et que le propriétaire de la cahute est identifié (suivant un jeu constant avec les points de vue qui suscite des identifications différées, voir la Préface, p. 23). Mais non sans mystère. Qui déchiffre les lettres, profitant du reflet du poêle ? Pas l'enfant, en tout cas, puisqu'on apprendra plus loin (p. 252) qu'il ne sait pas lire...   **2.** Coffre où l'on garde les reliques d'un saint.

arracha ses haillons qui se déchirèrent en charpie, tandis que, de l'autre main, il décrochait d'un clou une chemise d'homme et une de ces jaquettes de tricot qu'on appelle encore aujourd'hui kiss-my-quick.

— Tiens, voilà des nippes.

Il choisit dans le tas un chiffon de laine et en frotta devant le feu les membres de l'enfant ébloui et défaillant, et qui, en cette minute de nudité chaude, crut voir et toucher le ciel. Les membres frottés, l'homme essuya les pieds.

— Allons, carcasse, tu n'as rien de gelé. J'étais assez bête pour avoir peur qu'il n'eût quelque chose de gelé, les pattes de derrière ou de devant ! Il ne sera pas perclus pour cette fois. Rhabille-toi.

L'enfant endossa la chemise, et l'homme lui passa par dessus la jaquette de tricot.

— À présent...

L'homme avança du pied l'escabeau, y fit asseoir, toujours par une poussée aux épaules, le petit garçon, et lui montra de l'index l'écuelle qui fumait sur le poêle. Ce que l'enfant entrevoyait dans cette écuelle, c'était encore le ciel, c'est-à-dire une pomme de terre et du lard.

— Tu as faim, mange.

L'homme prit sur une planche une croûte de pain dur et une fourchette de fer, et les présenta à l'enfant. L'enfant hésita.

— Faut-il que je te mette le couvert ? dit l'homme. Et il posa l'écuelle sur les genoux de l'enfant.

— Mords dans tout ça !

La faim l'emporta sur l'ahurissement. L'enfant se mit à manger. Le pauvre être dévorait plutôt qu'il ne mangeait. Le bruit joyeux du pain croqué remplissait la cahute. L'homme bougonnait.

— Pas si vite, horrible goinfre ! Est-il gourmand, ce gredin-là ! Ces canailles qui ont faim mangent d'une façon révoltante. On n'a qu'à voir souper un lord. J'ai vu dans ma vie des ducs manger. Ils ne mangent pas ;

c'est ça qui est noble. Ils boivent, par exemple. Allons, marcassin, empiffre-toi !

L'absence d'oreilles qui caractérise le ventre affamé faisait l'enfant peu sensible à cette violence d'épithètes, tempérée d'ailleurs par la charité des actions, contre-sens à son profit. Pour l'instant, il était absorbé par ces deux urgences, et par ces deux extases, se réchauffer, manger.

Ursus poursuivait entre cuir et chair[1] son imprécation en sourdine :

— J'ai vu le roi Jacques souper en personne dans le Banqueting House où l'on admire des peintures du fameux Rubens ; sa majesté ne touchait à rien. Ce gueux-ci broute ! brouter, mot qui dérive de brute. Quelle idée ai-je eue de venir dans ce Weymouth, sept fois voué aux dieux infernaux ! Je n'ai depuis ce matin rien vendu, j'ai parlé à la neige, j'ai joué de la flûte à l'ouragan, je n'ai pas empoché un farthing[2], et le soir il m'arrive des pauvres ! Hideuse contrée ! il y a bataille, lutte et concours entre les passants imbéciles et moi. Ils tâchent de ne me donner que des liards[3], je tâche de ne leur donner que des drogues. Eh bien, aujourd'hui, rien ! pas un idiot dans le carrefour, pas un penny dans la caisse ! Mange, boy de l'enfer ! tords et croque ! nous sommes dans un temps où rien n'égale le cynisme des pique-assiettes. Engraisse à mes dépens, parasite. Il est mieux qu'affamé, il est enragé, cet être-là. Ce n'est pas de l'appétit, c'est de la férocité. Il est surmené par un virus rabique[4]. Qui sait ? il a peut-être la peste. As-tu la peste, brigand ? S'il allait la donner à Homo ! Ah mais, non ! crevez, populace, mais je ne veux pas que mon loup meure. Ah çà, j'ai faim moi aussi. Je déclare que ceci est un incident désagréable. J'ai travaillé aujourd'hui très-avant dans la nuit. Il y a

---

1. Entre la chair et la peau et, au sens figuré, dans son for intérieur.
2. Très petite somme d'argent : le farthing est une petite pièce de cuivre représentant le quart d'un penny.   3. L'équivalent français du farthing.
4. Virus de la rage.

des fois dans la vie qu'on est pressé. Je l'étais ce soir
de manger. Je suis tout seul, je fais du feu, je n'ai
qu'une pomme de terre, une croûte de pain, une bouchée de lard et une goutte de lait, je mets ça à chauffer,
je me dis : bon ! je m'imagine que je vais me repaître.
Patatras ! il faut que ce crocodile me tombe dans ce
moment-là. Il s'installe carrément entre ma nourriture
et moi. Voilà mon réfectoire dévasté. Mange, brochet,
mange, requin, combien as-tu de rangs de dents dans
la gargamelle[1] ? bâfre, louveteau. Non, je retire le mot,
respect aux loups. Engloutis ma pâture, boa ! J'ai travaillé aujourd'hui, l'estomac vide, le gosier plaintif, le
pancréas en détresse, les entrailles délabrées, très-avant
dans la nuit ; ma récompense est de voir manger un
autre. C'est égal, part à deux. Il aura le pain, la pomme
de terre et le lard, mais j'aurai le lait.

En ce moment un cri lamentable et prolongé s'éleva
dans la cahute. L'homme dressa l'oreille.

— Tu cries maintenant, sycophante[2] ! Pourquoi
cries-tu ?

Le garçon se retourna. Il était évident qu'il ne criait
pas. Il avait la bouche pleine.

Le cri ne s'interrompait pas.

L'homme alla au coffre.

— C'est donc le paquet qui gueule ! Vallée de Josaphat[3] ! Voilà le paquet qui vocifère ! Qu'est-ce qu'il a
à croasser, ton paquet ?

Il déroula le suroît. Une tête d'enfant en sortit, la
bouche ouverte et criant.

— Eh bien, qui va là ? dit l'homme. Qu'est-ce que
c'est ? Il y en a un autre. Ça ne va donc pas finir ? Qui
vive ! aux armes ! Caporal, hors la garde ! deuxième
patatras ! Qu'est-ce que tu m'apportes là, bandit ? Tu
vois bien qu'elle a soif. Allons, il faut qu'elle boive,
celle-ci. Bon ! je n'aurai pas même le lait à présent.

---

1. Populaire, gosier.   **2.** Délateur, mouchard.   **3.** Exclamation formée à partir d'une célèbre vallée de Palestine ; d'après la Bible (prophétie
de Joël, IV, 2), la vallée de Josaphat serait le lieu du Jugement dernier.

Il prit dans un fouillis sur une planche un rouleau de linge à bandage, une éponge et une fiole, en murmurant avec frénésie :

— Damné pays !

Puis il considéra la petite.

— C'est une fille. Ça se reconnaît au glapissement. Elle est trempée, elle aussi.

Il arracha, comme il avait fait pour le garçon, les haillons dont elle était plutôt nouée que vêtue, et il l'entortilla d'un lambeau indigent, mais propre et sec, de grosse toile. Ce rhabillement rapide et brusque exaspéra la petite fille.

— Elle miaule inexorablement, dit-il.

Il coupa avec ses dents un morceau allongé de l'éponge, déchira du rouleau un carré de linge, en étira un brin de fil, prit sur le poêle le pot où il y avait du lait, remplit de ce lait la fiole, introduisit à demi l'éponge dans le goulot, couvrit l'éponge avec le linge, ficela ce bouchon avec le fil, appliqua contre sa joue la fiole, pour s'assurer qu'elle n'était pas trop chaude, et saisit sous son bras gauche le maillot éperdu qui continuait de crier.

— Allons, soupe, créature ! prends-moi le téton.

Et il lui mit dans la bouche le goulot de la fiole.

La petite but avidement.

Il soutint la fiole à l'inclinaison voulue en grommelant :

— Ils sont tous les mêmes, les lâches ! Quand ils ont ce qu'ils veulent, ils se taisent.

La petite avait bu si énergiquement et avait saisi avec tant d'emportement ce bout de sein offert par cette providence bourrue, qu'elle fut prise d'une quinte de toux.

— Tu vas t'étrangler, gronda Ursus. Une fière goulue aussi que celle-là !

Il lui retira l'éponge qu'elle suçait, laissa la quinte s'apaiser, et lui replaça la fiole entre les lèvres, en disant :

— Tête, coureuse.

Cependant le garçon avait posé sa fourchette. Voir la petite boire lui faisait oublier de manger. Le moment d'auparavant, quand il mangeait, ce qu'il avait dans le regard, c'était de la satisfaction, maintenant c'était de la reconnaissance. Il regardait la petite revivre. Cet achèvement de la résurrection commencée par lui emplissait sa prunelle d'une réverbération ineffable. Ursus continuait entre ses gencives son mâchonnement de paroles courroucées. Le petit garçon par instant levait sur Ursus ses yeux humides de l'émotion indéfinissable qu'éprouvait, sans pouvoir l'exprimer, le pauvre être rudoyé et attendri.

Ursus l'apostropha furieusement :

— Eh bien, mange donc !

— Et vous ? dit l'enfant tout tremblant, et une larme dans la prunelle. Vous n'aurez rien ?

— Veux-tu bien manger tout, engeance ! Il n'y en a pas trop pour toi puisqu'il n'y en avait pas assez pour moi.

L'enfant reprit sa fourchette, mais ne mangea point.

— Mange, vociféra Ursus. Est-ce qu'il s'agit de moi ? Qui est-ce qui te parle de moi ? Mauvais petit clerc pieds nus de la paroisse de Sans-le-Sou, je te dis de manger tout. Tu es ici pour manger, boire et dormir. Mange, sinon je te jette à la porte, toi et ta drôlesse !

Le garçon, sur cette menace, se remit à manger. Il n'avait pas grand chose à faire pour expédier ce qui restait dans l'écuelle.

Ursus murmura :

— Ça joint mal, cet édifice, il vient du froid par les vitres.

Une vitre en effet avait été cassée à l'avant, par quelque cahot de la carriole ou par quelque pierre de polisson. Ursus avait appliqué sur cette avarie une étoile de papier qui s'était décollée. La bise entrait par là.

Il s'était à demi assis sur le coffre. La petite, à la fois dans ses bras et sur ses genoux, suçait voluptueusement la bouteille avec cette somnolence béate des chérubins devant Dieu et des enfants devant la mamelle.

— Elle est soûle, dit Ursus.

Et il reprit :

— Faites donc des sermons sur la tempérance !

Le vent arracha de la vitre l'emplâtre de papier qui vola à travers la cahute ; mais ce n'était pas de quoi troubler les deux enfants occupés à renaître.

Pendant que la petite buvait et que le petit mangeait, Ursus maugréait.

— L'ivrognerie commence au maillot. Donnez-vous donc la peine d'être l'évêque Tillotson[1] et de tonner contre les excès de la boisson. Odieux vent coulis[2] ! Avec cela que mon poële est vieux. Il laisse échapper des bouffées de fumée à vous donner la trichiasis[3]. On a l'inconvénient du froid et l'inconvénient du feu. On ne voit pas clair. L'être que voici abuse de mon hospitalité. Eh bien, je n'ai pas encore pu distinguer le visage de ce mufle. Le confortable fait défaut céans. Par Jupiter, j'estime fortement les festins exquis dans les chambres bien closes. J'ai manqué ma vocation, j'étais né pour être sensuel. Le plus grand des sages est Philoxénès qui souhaita d'avoir un cou de grue pour goûter plus longuement les plaisirs de la table[4]. Zéro de recette aujourd'hui ! Rien vendu de la journée ! Calamité. Habitants, laquais, et bourgeois, voilà le médecin, voilà la médecine. Tu perds ta peine, mon vieux. Remballe ta pharmacie. Tout le monde se porte bien ici. En voilà une ville maudite où personne n'est malade ! Le ciel seul a la diarrhée. Quelle neige !

---

1. L'un des meilleurs prédicateurs de l'Église anglicane (1630-1694). 2. Courant d'air. 3. Déviation des cils vers le globe oculaire qui peut provoquer une irritation de la conjonctive et de la cornée. 4. Philoxène de Cythère ou Philoxène de Leucade, contemporains gourmands et gastronomes (IVe-Ve siècle av. J.-C.), l'un poète et l'autre simple parasite, souvent mal distingués l'un de l'autre. L'un des deux, « mécontent de la nature, [aurait] demandé aux Dieux [*sic*] un gosier de trois coudées, pour avoir le plaisir d'avaler plus longtemps » (*Biographie universelle*, Michaud, 1823).

Anaxagoras[1] enseignait que la neige est noire. Il avait raison, froideur étant noirceur. La glace, c'est la nuit. Quelle bourrasque ! Je me représente l'agrément de ceux qui sont en mer. L'ouragan, c'est le passage des satans, c'est le hourvari[2] des brucolaques[3] galopant et roulant tête bèche, au-dessus de nos boîtes osseuses. Dans la nuée, celui-ci a une queue, celui-là a des cornes, celui-là a une flamme pour langue, cet autre a des griffes aux ailes, cet autre a une bedaine de lord-chancelier, cet autre a une caboche d'académicien, on distingue une forme dans chaque bruit. À vent nouveau, démon différent ; l'oreille écoute, l'œil voit, le fracas est une figure. Parbleu, il y a des gens en mer, c'est évident. Mes amis, tirez-vous de la tempête, j'ai assez à faire de me tirer de la vie. Ah çà, est-ce que je tiens auberge, moi ? Pourquoi est-ce que j'ai des arrivages de voyageurs ? La détresse universelle a des éclaboussures jusque dans ma pauvreté. Il me tombe dans ma cabane des gouttes hideuses de la grande boue humaine. Je suis livré à la voracité des passants. Je suis une proie. La proie des meurt-de-faim. L'hiver, la nuit, une cahute de carton, un malheureux ami dessous et dehors, la tempête, une pomme de terre, du feu gros comme le poing, des parasites, le vent pénétrant par toutes les fentes, pas le sou, et des paquets qui se mettent à aboyer ! On les ouvre, on trouve dedans des gueuses. Si c'est là un sort ! J'ajoute que les lois sont violées ! Ah ! vagabond avec ta vagabonde, malicieux pick-pocket, avorton mal intentionné, ah ! tu circules dans les rues passé le couvre-feu ! Si notre bon roi le savait, c'est lui qui te ferait joliment flanquer dans un cul de basse fosse[4] pour t'apprendre ! Monsieur se promène la nuit avec mademoiselle ! Par quinze degrés de

---

1. Célèbre philosophe grec de l'école ionienne (ve siècle av. J.-C.), qui eut parmi ses disciples Périclès, Euripide et, selon certains, Socrate. Auteur d'un traité *De la nature* qui propose des explications physiques des phénomènes célestes.   **2.** Dans la chasse, cri des chasseurs et sonnerie de trompe pour ramener les chiens induits en erreur ; par extension, grand tumulte.   **3.** Spectres, revenants.   **4.** Cachot souterrain.

froid, nu tête, nu pieds ! sache que c'est défendu. Il y a des règlements et ordonnances, factieux ! les vagabonds sont punis, les honnêtes gens qui ont des maisons à eux sont gardés et protégés, les rois sont les pères du peuple. Je suis domicilié, moi ! Tu aurais été fouetté en place publique, si l'on t'avait rencontré, et c'eût été bien fait. Il faut de l'ordre dans un état policé. Moi j'ai eu tort de ne pas te dénoncer au constable. Mais je suis comme cela, je comprends le bien, et je fais le mal. Ah ! le ruffian ! m'arriver dans cet état-là ! Je ne me suis pas aperçu de leur neige en entrant, ça a fondu. Et voilà toute ma maison mouillée. J'ai l'inondation chez moi. Il faudra brûler un charbon impossible pour sécher ce lac. Du charbon à douze farthings le dénerel ! Comment allons-nous faire pour tenir trois dans cette baraque ? Maintenant c'est fini, j'entre dans la nursery, je vais avoir chez moi en sevrage l'avenir de la gueuserie d'Angleterre. J'aurai pour emploi, office et fonction de dégrossir les fœtus mal accouchés de la grande coquine Misère, de perfectionner la laideur des gibiers de potence en bas âge, et de donner aux jeunes filous des formes de philosophe ! La langue de l'ours est l'ébauchoir[1] de Dieu. Et dire que, si je n'avais pas été depuis trente ans grugé par des espèces de cette sorte, je serais riche, Homo serait gras, j'aurais un cabinet de médecine plein de raretés, des instruments de chirurgie autant que le docteur Linacre, chirurgien du roi Henri VIII[2], divers animaux de tous genres, des momies d'Égypte, et autres choses semblables ! Je serais du collège des Docteurs, et j'aurais le droit d'user de la bibliothèque bâtie en 1652 par le célèbre Harvey[3], et d'aller travailler dans la lanterne du dôme d'où l'on découvre toute la ville de Londres !

---

1. Outil de sculpteur et de divers artisans qui sert à donner la première façon à une matière, à la dégrossir.   **2.** Thomas Linacre (1460-1524), célèbre médecin et helléniste anglais de Henri VII puis de Henri VIII, prit une grande part à la fondation du Collège des médecins.   **3.** Le médecin William Harvey (1578-1657) découvrit la circulation du sang.

Je pourrais continuer mes calculs sur l'offuscation[1] solaire, et prouver qu'une vapeur caligineuse[2] sort de l'astre. C'est l'opinion de Jean Kepler, qui naquit un an avant la Saint-Barthélemy, et qui fut mathématicien de l'empereur[3]. Le soleil est une cheminée qui fume quelquefois. Mon poële aussi. Mon poële ne vaut pas mieux que le soleil. Oui, j'eusse fait fortune, mon personnage serait autre, je ne serais pas trivial, je n'avilirais point la science dans les carrefours. Car le peuple n'est pas digne de la doctrine, le peuple n'étant qu'une multitude d'insensés, qu'un mélange confus de toutes sortes d'âges, de sexes, d'humeurs et de conditions, que les sages de tous les temps n'ont point hésité à mépriser, et dont les plus modérés, dans leur justice, détestent l'extravagance et la fureur. Ah ! je suis ennuyé de ce qui existe. Après cela on ne vit pas longtemps. C'est vite fait, la vie humaine. Hé bien non, c'est long. Par intervalles, pour que nous ne nous découragions pas, pour que nous ayons la stupidité de consentir à être, et pour que nous ne profitions pas des magnifiques occasions de nous pendre que nous offrent toutes les cordes et tous les clous, la nature a l'air de prendre un peu soin de l'homme. Pas cette nuit pourtant. Elle fait pousser le blé, elle fait mûrir le raisin, elle fait chanter le rossignol, cette sournoise de nature. De temps en temps un rayon d'aurore, ou un verre de gin, c'est là ce qu'on appelle le bonheur. Une mince bordure de bien autour de l'immense suaire du mal. Nous avons une destinée dont le diable a fait l'étoffe et dont Dieu a fait l'ourlet. En attendant, tu m'as mangé mon souper, voleur !

Cependant le nourrisson, qu'il tenait toujours entre ses bras, et très-doucement tout en faisant rage, refer-

---

1. En astronomie, « nom donné à des affaiblissements passagers du soleil, sans que cet astre soit éclipsé par la lune » (Littré).　**2.** Qui est de la nature du brouillard.　**3.** Célèbre astronome allemand (1571-1630), protestant, qui fut protégé par l'empereur allemand Rodolphe II de Habsbourg (1576-1612).

mait vaguement les yeux, signe de plénitude. Ursus examina la fiole, et grogna :

— Elle a tout bu, l'effrontée !

Il se dressa et, soutenant la petite du bras gauche, de la main droite il souleva le couvercle du coffre, et tira de l'intérieur une peau d'ours, ce qu'il appelait, on s'en souvient [1], sa « vraie peau ».

Tout en exécutant ce travail, il entendait l'autre enfant manger, et il le regardait de travers.

— Ce sera une besogne s'il faut désormais que je nourrisse ce glouton en croissance ! Ce sera un ver solitaire que j'aurai dans le ventre de mon industrie.

Il étala, toujours d'un seul bras, et de son mieux, la peau d'ours sur le coffre, avec des efforts de coude et des ménagements de mouvements pour ne point secouer le commencement de sommeil de la petite fille. Puis il la déposa sur la fourrure, du côté le plus proche du feu.

Cela fait, il mit la fiole vide sur le poële, et s'écria :

— C'est moi qui ai soif !

Il regarda dans le pot ; il y restait quelques bonnes gorgées de lait ; il approcha le pot de ses lèvres. Au moment où il allait boire, son œil tomba sur la petite fille. Il remit le pot sur le poële, prit la fiole, la déboucha, y vida ce qui restait de lait, juste assez pour l'emplir, replaça l'éponge, et reficela le linge sur l'éponge autour du goulot.

— J'ai tout de même faim et soif, reprit-il.

Et il ajouta :

— Quand on ne peut pas manger du pain, on boit de l'eau.

On entrevoyait derrière le poële une cruche égueulée.

Il la prit et la présenta au garçon :

— Veux-tu boire ?

L'enfant but, et se remit à manger.

---

1. Entrelacement de la narration qui renvoie p. 48, I, « Deux chapitres préliminaires », 1, i.

Ursus ressaisit la cruche et la porta à sa bouche. La température de l'eau qu'elle contenait avait été inégalement modifiée par le voisinage du poële. Il avala quelques gorgées et fit une grimace.

— Eau prétendue pure, tu ressembles aux faux amis. Tu es tiède en dessus et froide en dessous.

Cependant le garçon avait fini de souper. L'écuelle était mieux que vidée, elle était nettoyée. Il ramassait et mangeait, pensif, quelques miettes de pain éparses dans les plis du tricot, sur ses genoux.

Ursus se tourna vers lui.

— Ce n'est pas tout ça. Maintenant, à nous deux. La bouche n'est pas faite que pour manger, elle est faite pour parler. À présent que tu es réchauffé et gavé, animal, prends garde à toi, tu vas répondre à mes questions. D'où viens-tu ?

L'enfant répondit :

— Je ne sais pas.

— Comment, tu ne sais pas ?

— J'ai été abandonné ce soir au bord de la mer.

— Ah ! le chenapan ! Comment t'appelles-tu ? Il est si mauvais sujet qu'il en vient à être abandonné par ses parents.

— Je n'ai pas de parents.

— Rends-toi un peu compte de mes goûts, et fais attention que je n'aime point qu'on me chante des chansons qui sont des contes. Tu as des parents, puisque tu as ta sœur.

— Ce n'est pas ma sœur.

— Ce n'est pas ta sœur ?

— Non.

— Qu'est-ce que c'est alors ?

— C'est une petite que j'ai trouvée.

— Trouvée !

— Oui.

— Comment ! tu as ramassé ça ?

— Oui.

— Où ? si tu mens, je t'extermine.

— Sur une femme qui était morte dans la neige.

— Quand ?

— Il y a une heure.

— Où ?

— À une lieue d'ici.

Les arcades frontales d'Ursus se plissèrent et prirent cette forme aiguë qui caractérise l'émotion des sourcils d'un philosophe.

— Morte ! en voilà une qui est heureuse ! Il faut l'y laisser, dans sa neige. Elle y est bien. De quel côté ?

— Du côté de la mer.

— As-tu passé le pont ?

— Oui.

Ursus ouvrit la lucarne de l'arrière et examina le dehors. Le temps ne s'était pas amélioré. La neige tombait épaisse et lugubre.

Il referma le vasistas.

Il alla à la vitre cassée, il boucha le trou avec un chiffon, il remit de la tourbe dans le poële, il déploya le plus largement qu'il put la peau d'ours sur le coffre, prit un gros livre qu'il avait dans un coin et le mit sous le chevet pour servir d'oreiller, et plaça sur ce traversin la tête de la petite endormie.

Il se tourna vers le garçon.

— Couche-toi là.

L'enfant obéit et s'étendit de tout son long avec la petite.

Ursus roula la peau d'ours autour des deux enfants, et la borda sous leurs pieds.

Il aveignit[1] sur une planche, et se noua autour du corps une ceinture de toile à grosse poche contenant probablement une trousse de chirurgien et des flacons d'élixirs.

Puis il décrocha du plafond la lanterne, et l'alluma[2]. C'était une lanterne sourde. En s'allumant, elle laissa les enfants dans l'obscurité.

---

1. Du verbe « aveindre », tirer un objet de la place où il est rangé, atteindre quelque chose avec effort.   2. On se souvient que c'est l'emblème de Diogène le Cynique (note 1, p. 48).

Ursus entrebâilla la porte et dit :

— Je sors. N'ayez pas peur. Je vais revenir. Dormez.

Et, abaissant le marchepied, il cria :

— Homo !

Un grondement tendre lui répondit.

Ursus, la lanterne à la main, descendit, le marchepied remonta, la porte se referma. Les enfants demeurèrent seuls.

Du dehors, une voix, qui était la voix d'Ursus, demanda :

— Boy qui viens de me manger mon souper ! Dis donc, tu ne dors pas encore ?

— Non, répondit le garçon.

— Eh bien ! si elle beugle, tu lui donneras le reste du lait.

On entendit un cliquetis de chaîne défaite, et le bruit d'un pas d'homme, compliqué d'un pas de bête, qui s'éloignait.

Quelques instants après, les deux enfants dormaient profondément.

C'était on ne sait quel ineffable mélange d'haleines ; plus que la chasteté, l'ignorance ; une nuit de noces avant le sexe. Le petit garçon et la petite fille, nus et côte à côte, eurent pendant ces heures silencieuses la promiscuité séraphique[1] de l'ombre ; la quantité de songe possible à cet âge flottait de l'un à l'autre ; il y avait probablement sous leurs paupières fermées de la lumière d'étoile ; si le mot mariage n'est pas ici disproportionné, ils étaient mari et femme de la façon dont on est ange. De telles innocences dans de telles ténèbres, une telle pureté dans un tel embrassement, ces anticipations sur le ciel ne sont possibles qu'à l'enfance, et aucune immensité n'approche de cette grandeur des petits. De tous les gouffres celui-ci est le plus profond. La perpétuité formidable d'un mort enchaîné hors de la vie, l'énorme acharnement de l'Océan sur

---

1. Angélique.

un naufrage, la vaste blancheur de la neige recouvrant des formes ensevelies, n'égale pas en pathétique deux bouches d'enfants qui se touchent divinement dans le sommeil, et dont la rencontre n'est pas même un baiser. Fiançailles peut-être ; peut-être catastrophe [1]. L'ignoré pèse sur cette juxtaposition. Cela est charmant ; qui sait si ce n'est pas effrayant ? on se sent le cœur serré. L'innocence est plus suprême que la vertu. L'innocence est faite d'obscurité sacrée. Ils dormaient. Ils étaient paisibles. Ils avaient chaud. La nudité des corps entrelacés amalgamait la virginité des âmes. Ils étaient là comme dans le nid de l'abîme.

VI

LE RÉVEIL

Le jour commence par être sinistre. Une blancheur triste entra dans la cahute. C'était l'aube glaciale. Ce blémissement, qui ébauche en réalité funèbre le relief des choses frappées d'apparence spectrale par la nuit, n'éveilla pas les enfants, étroitement endormis. La cahute était chaude. On entendait leurs deux respirations alternant comme deux ondes tranquilles. Il n'y avait plus d'ouragan dehors. Le clair du crépuscule prenait lentement possession de l'horizon. Les constellations s'éteignaient comme des chandelles soufflées l'une après l'autre. Il n'y avait plus que la résistance de quelques grosses étoiles. Le profond chant de l'infini sortait de la mer.

Le poêle n'était pas tout à fait éteint. Le petit jour devenait peu à peu le grand jour. Le garçon dormait moins que la fille. Il y avait en lui du veilleur et du

---

1. Curieuse évacuation du corps, maudit dans *L'Homme qui rit*, voir note 1, p. 223.

gardien. À un rayon plus vif que les autres qui traversa la vitre, il ouvrit les yeux ; le sommeil de l'enfance s'achève en oubli ; il demeura dans un demi-assoupissement, sans savoir où il était, ni ce qu'il avait près de lui, sans faire effort pour se souvenir, regardant au plafond, et se composant un vague travail de rêverie avec les lettres de l'inscription *Ursus, philosophe*, qu'il examinait sans les déchiffrer, car il ne savait pas lire [1].

Un bruit de serrure fouillée par une clef lui fit dresser le cou.

La porte tourna, le marche-pied bascula. Ursus revenait. Il monta les trois degrés, sa lanterne éteinte à la main.

En même temps un piétinement de quatre pattes escalada lestement le marche-pied. C'était Homo, suivant Ursus, et, lui aussi, rentrant chez lui.

Le garçon réveillé eut un certain sursaut.

Le loup, probablement en appétit, avait un rictus matinal qui montrait toutes ses dents, très-blanches.

Il s'arrêta à demi-montée et posa ses deux pattes de devant dans la cahute, les deux coudes sur le seuil comme un prêcheur au bord de la chaire. Il flaira à distance le coffre qu'il n'était pas accoutumé à voir habité de cette façon. Son buste de loup, encadré par la porte, se dessinait en noir sur la clarté du matin. Il se décida, et fit son entrée.

Le garçon, en voyant le loup dans la cahute, sortit de la peau d'ours, se leva et se plaça debout devant la petite, plus endormie que jamais.

Ursus venait de raccrocher la lanterne au clou du plafond. Il déboucla silencieusement et avec une lenteur machinale sa ceinture où était sa trousse, et la remit sur une planche. Il ne regardait rien et semblait ne rien voir. Sa prunelle était vitreuse. Quelque chose de profond remuait dans son esprit. Sa pensée enfin se fit jour, comme d'ordinaire, par une vive sortie de paroles. Il s'écria :

---

1. Voir note 1, p. 237.

— Décidément heureuse ! Morte, bien morte.

Il s'accroupit, et remit une pelletée de scories dans le poêle, et tout en fourgonnant[1] la tourbe[2], il grommela :

— J'ai eu de la peine à la trouver. La malice inconnue l'avait fourrée sous deux pieds de neige. Sans Homo, qui voit aussi clair avec son nez que Christophe Colomb avec son esprit, je serais encore là à patauger dans l'avalanche et à jouer à cache-cache avec la mort. Diogène prenait sa lanterne et cherchait un homme, j'ai pris ma lanterne et j'ai cherché une femme ; il a trouvé le sarcasme, j'ai trouvé le deuil[3]. Comme elle était froide ! J'ai touché la main, une pierre. Quel silence dans les yeux ! Comment peut-on être assez bête pour mourir en laissant un enfant derrière soi ! Ça ne va pas être commode à présent de tenir trois dans cette boîte-ci. Quelle tuile ! Voilà que j'ai de la famille à présent ! Fille et garçon.

Tandis qu'Ursus parlait, Homo s'était glissé près du poêle. La main de la petite endormie pendait entre le poêle et le coffre. Le loup se mit à lécher cette main.

Il la léchait si doucement que la petite ne s'éveilla pas.

Ursus se retourna.

— Bien, Homo. Je serai le père et tu seras l'oncle.

Puis il reprit sa besogne de philosophe d'arranger le feu, sans interrompre son *aparte*.

— Adoption. C'est dit. D'ailleurs Homo veut bien.

Il se redressa.

— Je voudrais savoir qui est responsable de cette morte. Sont-ce les hommes ? ou...

Son œil regarda en l'air, mais au-delà du plafond, et sa bouche murmura :

— Est-ce toi ?

Puis son front s'abaissa comme sous un poids, et il reprit :

— La nuit a pris la peine de tuer cette femme.

Son regard, en se relevant, rencontra le visage du

---

1. Tisonnant.   **2.** Voir note 3, p. 135.   **3.** Voir note 1, p. 48.

garçon réveillé qui l'écoutait. Ursus l'interpella brusquement :

— Qu'as-tu à rire ?

Le garçon répondit :

— Je ne ris pas.

Ursus eut une sorte de secousse, l'examina fixement et en silence pendant quelques instants, et dit :

— Alors tu es terrible.

L'intérieur de la cahute dans la nuit était si peu éclairé qu'Ursus n'avait pas encore vu la face du garçon. Le grand jour la lui montrait.

Il posa les deux paumes de ses mains sur les deux épaules de l'enfant, considéra encore avec une attention de plus en plus poignante son visage, et lui cria :

— Ne ris donc plus !

— Je ne ris pas, dit l'enfant.

Ursus eut un tremblement de la tête aux pieds.

— Tu ris, te dis-je.

Puis secouant l'enfant avec une étreinte qui était de la fureur si elle n'était de la pitié, il lui demanda violemment :

— Qui est-ce qui t'a fait cela ?

L'enfant répondit :

— Je ne sais ce que vous voulez dire.

Ursus reprit :

— Depuis quand as-tu ce rire ?

— J'ai toujours été ainsi, dit l'enfant.

Ursus se tourna vers le coffre en disant à demi-voix :

— Je croyais que ce travail-là ne se faisait plus.

Il prit au chevet, très-doucement pour ne pas la réveiller, le livre qu'il avait mis comme oreiller sous la tête de la petite.

— Voyons Conquest[1], murmura-t-il.

C'était une liasse in-folio, reliée en parchemin mou.

_____

1. Fausse attribution de Hugo, préparée dès la p. 70 du roman, à partir du nom d'un célèbre médecin accoucheur, le docteur Conquest, mort à Londres en 1866.

Il la feuilleta du pouce, s'arrêta à une page, ouvrit le livre tout grand sur le poêle, et lut :

— « ... *De Denasatis*[1]. » – C'est ici.

Et il continua :

— « *Bucca fissa usque ad aures, genzivis denudatis, nasoque murdridato, masca eris, et ridebis semper*[2]. »

— C'est bien cela.

Et il replaça le livre sur une des planches en grommelant :

— Aventure dont l'approfondissement serait malsain. Restons à la surface. Ris, mon garçon.

La petite fille se réveilla. Son bonjour fut un cri.

— Allons, nourrice, donne le sein, dit Ursus.

La petite s'était dressée sur son séant. Ursus prit sur le poêle la fiole, et la lui donna à sucer.

En ce moment le soleil se levait. Il était à fleur de l'horizon. Son rayon rouge entrait par la vitre et frappait de face le visage de la petite fille tourné vers lui. Les prunelles de l'enfant fixées sur le soleil réfléchissaient comme deux miroirs cette rondeur pourpre. Les prunelles restaient immobiles, les paupières aussi.

— Tiens, dit Ursus, elle est aveugle.

---

1. Le terme *denasatus* vient du dictionnaire de moyen et bas latin de Du Cange (*Glossarium mediae et infimae latinitatis*), et renvoie à un châtiment appliqué dans certaines sociétés en punition d'un crime. **2.** « La bouche fendue jusqu'aux oreilles, les gencives à nu et le nez écrasé, tu seras masque et riras toujours. » La citation latine est de Hugo, qui l'a forgée à partir de mots de bas latin trouvés dans Du Cange. Dans une première version, le masque infligé à l'enfant était celui d'une lamie (monstre antique à visage de femme et à queue de serpent qui dévorait les enfants), et se trouvait condamné aux pleurs éternels : « *Naribus excissis, paupillis* (paupières) *secatis, angulisque labrarum ad genas inferiores vi tractis, lamia eris et plorabis semper* » (P. Berret).

DEUXIÈME PARTIE

PAR ORDRE DU ROI

LIVRE PREMIER

ÉTERNELLE PRÉSENCE DU PASSÉ ;
LES HOMMES REFLÈTENT L'HOMME[1]

I

LORD CLANCHARLIE[2]

I

Il y avait dans ces temps-là un vieux souvenir.

Ce souvenir était lord Linnœus Clancharlie.

Le baron Linnœus Clancharlie, contemporain de Cromwell[3], était un des pairs d'Angleterre, peu nombreux, hâtons-nous de le dire, qui avaient accepté la république. Cette acceptation pouvait avoir sa raison d'être, et s'explique à la rigueur, puisque la république avait momentanément triomphé. Il était tout simple que

---

1. Maxime bien sombre qui sembler dénier tout progrès dans l'Histoire et contredire ainsi la trilogie révolutionnaire annoncée dans la Préface.
2. Comme dans la partie précédente, une série de portraits liminaires s'offre au lecteur : ces vignettes tendent à réduire le narratif et à fragmenter le roman en une poussière de traits, qui disent, à leur manière, l'échec de la Révolution anglaise (voir la Préface).   3. Voir la Chronologie historique.

lord Clancharlie demeurât du parti de la république, tant que la république avait eu le dessus[1]. Mais après la clôture de la révolution et la chute du gouvernement parlementaire, lord Clancharlie avait persisté. Il était aisé au noble patricien de rentrer dans la chambre haute reconstituée, les repentirs étant toujours bien reçus des restaurations, et Charles II[2] étant bon prince à ceux qui revenaient à lui ; mais lord Clancharlie n'avait pas compris ce qu'on doit aux événements. Pendant que la nation couvrait d'acclamations le roi reprenant possession de l'Angleterre, pendant que l'unanimité prononçait son verdict, pendant que s'accomplissait la salutation du peuple à la monarchie, pendant que la dynastie se relevait au milieu d'une palinodie glorieuse et triomphale, à l'instant où le passé devenait l'avenir et où l'avenir devenait le passé, ce lord était resté réfractaire. Il avait détourné la tête de toute cette allégresse ; il s'était volontairement exilé ; pouvant être pair, il avait mieux aimé être proscrit ; et les années s'étaient écoulées ainsi ; il avait vieilli dans cette fidélité à la république morte. Aussi était-il couvert du ridicule qui s'attache naturellement à cette sorte d'enfantillage.

Il s'était retiré en Suisse. Il habitait une espèce de haute masure au bord du lac de Genève. Il s'était choisi cette demeure dans le plus âpre recoin du lac, entre Chillon où est le cachot de Bonnivard[3], et Vevey où est le

---

1. L'ironie sera constante dans ce portrait d'un révolutionnaire sincère et courageux : cet éloge en négatif, par le détour d'une opinion aristocratique veule et opportuniste, participe de l'inversion généralisée des signes. Au lieu de louer lord Clancharlie (énonciation simple), Hugo le blâme... par le discours des ralliés à la cause du plus fort. Plus le personnage est blâmé, plus grand est son mérite : ce procédé très indirect signale une crise du langage, puisque celui-ci signifie le contraire de ce qu'il dit. 2. Voir la Chronologie historique. 3. François de Bonnivard (1494-1570), historien de Genève et prieur du monastère de Saint-Victor, lutta pour l'établissement de la liberté de la ville : s'opposant aux ambitions du duc de Savoie pour Genève, il fut emprisonné à deux reprises au château de Chillon dans un cachot souterrain dont le fond est plus bas que le lac Léman. Byron lui a consacré le poème du *Prisonnier de Chillon* (1816).

tombeau de Ludlow[1]. Les Alpes sévères, pleines de crépuscules, de souffles et de nuées, l'enveloppaient ; et il
vivait là, perdu dans ces grandes ténèbres qui tombent
des montagnes. Il était rare qu'un passant le rencontrât.
Cet homme était hors de son pays, presque hors de son
siècle[2]. En ce moment, pour ceux qui étaient au courant
et qui connaissaient les affaires du temps, aucune résistance aux conjonctures n'était justifiable. L'Angleterre
était heureuse ; une restauration est une réconciliation
d'époux ; prince et nation ont cessé de faire lit à part ;
rien de plus gracieux et de plus riant ; la Grande-Bretagne rayonnait ; avoir un roi, c'est beaucoup, mais de
plus on avait un charmant roi ; Charles II était aimable,
homme de plaisir et de gouvernement, et grand à la suite
de Louis XIV ; c'était un gentleman et un gentilhomme ;
Charles II était admiré de ses sujets ; il avait fait la guerre
de Hanovre, sachant certainement pourquoi, mais le
sachant tout seul ; il avait vendu Dunkerque à la France[3],
opération de haute politique ; les pairs démocrates, desquels Chamberlayne[4] a dit : « La maudite république
infecta avec son haleine puante plusieurs de la haute
noblesse », avaient eu le bon sens de se rendre à l'évidence, d'être de leur époque, et de reprendre leur siège à
la noble chambre ; il leur avait suffi pour cela de prêter
au roi le serment d'allégeance. Quand on songeait à
toutes ces réalités, à ce beau règne, à cet excellent roi, à
ces augustes princes rendus par la miséricorde divine à
l'amour des peuples ; quand on se disait que des person-

---

1. Edmund Ludlow (1617-1692), fervent républicain, fit partie du tribunal qui condamna Charles Ier et s'opposa à Cromwell quand celui-ci prit le
pouvoir. Sous la Restauration, il s'exila en Suisse. 2. Derrière l'exil
solitaire de lord Clancharlie, apparaît la figure de Hugo dans son exil anglo-
normand, austère et fidèle à la République tandis que la France du Second
Empire se satisfait de la « fête impériale ». C'est un des passages du roman
où l'actualité affleure. 3. « Un trait caractéristique de ce prince et de ce
règne, c'est la continuelle pénurie d'argent. [...] Charles II se mit aux gages
de Louis XIV, lui vendit Dunkerque [...] » (P. Larousse).
4. Voir note 2, p. 72.

nages considérables, tels que Monk[1], et plus tard
Jeffreys[2], s'étaient ralliés au trône, qu'ils avaient été justement récompensés de leur loyauté et de leur zèle par
les plus magnifiques charges et par les fonctions les plus
lucratives, que lord Clancharlie ne pouvait l'ignorer,
qu'il n'eût tenu qu'à lui d'être glorieusement assis à côté
d'eux dans les honneurs, que l'Angleterre était remontée,
grâce à son roi, au sommet de la prospérité, que Londres
n'était que fêtes et carrousels[3], que tout le monde était
opulent et enthousiasmé, que la cour était galante, gaie et
superbe ; si, par hasard, loin de ces splendeurs, dans on
ne sait quel demi-jour lugubre ressemblant à la tombée
de la nuit, on apercevait ce vieillard vêtu des mêmes
habits que le peuple, pâle, distrait, courbé, probablement
du côté de la tombe, debout au bord du lac, à peine attentif à la tempête et à l'hiver, marchant comme au hasard,
l'œil fixe, ses cheveux blancs secoués par le vent de
l'ombre, silencieux, solitaire, pensif, il était difficile de
ne pas sourire.

Sorte de silhouette d'un fou.

En songeant à lord Clancharlie, à ce qu'il aurait pu
être et à ce qu'il était, sourire était de l'indulgence.
Quelques-uns riaient tout haut. D'autres s'indignaient.

On comprend que les hommes sérieux fussent
choqués par une telle insolence d'isolement.

Circonstance atténuante : lord Clancharlie n'avait
jamais eu d'esprit. Tout le monde en tombait d'accord.

II

Il est désagréable de voir les gens pratiquer l'obstination. On n'aime pas ces façons de Régulus[4], et dans
l'opinion publique quelque ironie en résulte.

---

1. George Monk ou Monck (1608-1670), général et homme politique anglais,
servit la cause des Parlementaires mais, à la mort de Cromwell, devenu maître
de la situation, il restaura la royauté après avoir convaincu Charles II de faire
la déclaration de Breda (1660). **2.** Voir note 1, p. 52. **3.** Parades où des
cavaliers divisés en quadrilles se livrent à des exercices. **4.** Général et

Ces opiniâtretés ressemblent à des reproches, et l'on a raison d'en rire.

Et puis, en somme, ces entêtements, ces escarpements, sont-ce des vertus ? N'y a-t-il pas dans ces affiches excessives d'abnégation et d'honneur beaucoup d'ostentation ? C'est plutôt parade qu'autre chose. Pourquoi ces exagérations de solitude et d'exil ? Ne rien outrer est la maxime du sage. Faites de l'opposition, soit ; blâmez si vous voulez, mais décemment, et tout en criant vive le roi ! La vraie vertu c'est d'être raisonnable. Ce qui tombe a dû tomber, ce qui réussit a dû réussir. La providence a ses motifs ; elle couronne qui le mérite. Avez-vous la prétention de vous y connaître mieux qu'elle ? Quand les circonstances ont prononcé, quand un régime a remplacé l'autre, quand la défalcation du vrai et du faux s'est faite par le succès, ici la catastrophe, là le triomphe, aucun doute n'est plus possible, l'honnête homme se rallie à ce qui a prévalu, et, quoique cela soit utile à sa fortune et à sa famille, sans se laisser influencer par cette considération, et ne songeant qu'à la chose publique, il prête main forte au vainqueur.

Que deviendrait l'état si personne ne consentait à servir ? Tout s'arrêterait donc ? Garder sa place est d'un bon citoyen. Sachez sacrifier vos préférences secrètes. Les emplois veulent être tenus. Il faut bien que quelqu'un se dévoue. Être fidèle aux fonctions publiques est une fidélité. La retraite des fonctionnaires serait la paralysie de l'état. Vous vous bannissez, c'est pitoyable. Est-ce un exemple ? quelle vanité ! Est-ce un défi ? quelle audace ! Quel personnage vous croyez-vous donc ? Apprenez que nous vous valons. Nous ne désertons pas, nous. Si nous voulions, nous aussi, nous

---

consul romain (IIIᵉ siècle av. J.-C.). Fait prisonnier par les Carthaginois en 255, lors de la première guerre punique, il fut envoyé sur parole à Rome négocier un échange de prisonniers : non content de dissuader le Sénat romain d'accepter les conditions de Carthage, il retourna à Carthage où il fut supplicié.

serions intraitables et indomptables, et nous ferions de pires choses que vous. Mais nous aimons mieux être des gens intelligents. Parce que je suis Trimalcion[1], vous ne me croyez pas capable d'être Caton[2] ! Allons donc !

III

Jamais situation ne fut plus nette et plus décisive que celle de 1660. Jamais la conduite à tenir n'avait été plus clairement indiquée à un bon esprit.

L'Angleterre était hors de Cromwell. Sous la république beaucoup de faits irréguliers s'étaient produits. On avait créé la suprématie britannique ; on avait, avec l'aide de la guerre de Trente Ans, dominé l'Allemagne, avec l'aide de la Fronde, abaissé la France, avec l'aide du duc de Bragance, amoindri l'Espagne. Cromwell avait domestiqué Mazarin ; dans les traités, le Protecteur d'Angleterre signait au-dessus du roi de France ; on avait mis les Provinces-Unies à l'amende de huit millions, molesté Alger et Tunis, conquis la Jamaïque, humilié Lisbonne, suscité dans Barcelone la rivalité française, et dans Naples Masaniello[3] ; on avait amarré le Portugal à l'Angleterre ; on avait fait, de Gibraltar à Candie, un balayage des barbaresques ; on avait fondé la domination maritime sous ces deux formes, la victoire et le commerce ; le 10 août 1653, l'homme des trente-trois batailles gagnées, le vieil amiral qui se qualifiait *Grand-père des matelots*, ce Martin Happertz

---

1. Trimalcion, le célèbre affranchi de Pétrone (voir l'épisode du « Festin de Trimalcion » dans le *Satiricon*, Iᵉʳ siècle, sous le règne de Néron). Monstrueusement riche et vulgaire, il théâtralise sa fortune et son pouvoir. Modèle de la décadence de l'Empire romain.   2. Caton d'Utique (v. 93-46 av. J.-C.), défenseur de la République romaine et farouche stoïcien, préféra se donner la mort après la défaite de l'armée pompéienne à Thapsus, plutôt que de survivre à la République.   3. Révolutionnaire napolitain (1620-Naples, 1647) qui prit la tête d'une révolte contre l'autorité espagnole et s'empara de la ville ; le vice-roi le fit assassiner.

Tromp, qui avait battu la flotte espagnole, avait été détruit par la flotte anglaise[1] ; on avait retiré l'Atlantique à la marine espagnole, le Pacifique à la marine hollandaise, la Méditerranée à la marine vénitienne, et, par l'acte de navigation, on avait pris possession du littoral universel ; par l'Océan on tenait le monde ; le pavillon hollandais saluait humblement en mer le pavillon britannique ; la France, dans la personne de l'ambassadeur Mancini, faisait des génuflexions à Olivier Cromwell ; ce Cromwell jouait de Calais et de Dunkerque comme de deux volants sur une raquette[2] ; on avait fait trembler le continent, dicté la paix, décrété la guerre, mis sur tous les faîtes le drapeau anglais ; le seul régiment des côtes-de-fer du Protecteur[3] pesait dans la terreur de l'Europe autant qu'une armée ; Cromwell disait : *Je veux qu'on respecte la république anglaise comme on a respecté la république romaine* ; il n'y avait plus rien de sacré ; la parole était libre, la presse était libre ; on disait en pleine rue ce qu'on voulait ; on imprimait sans contrôle ni censure ce qu'on voulait ; l'équilibre des trônes avait été rompu ; tout l'ordre monarchique européen, dont les Stuarts faisaient partie, avait été bouleversé. Enfin, on était sorti de cet odieux régime, et l'Angleterre avait son pardon.

Charles II, indulgent, avait donné la Déclaration de Bréda[4]. Il avait octroyé à l'Angleterre l'oubli de cette époque où le fils d'un brasseur de Huntingdon mettait

---

1. Amiral hollandais victorieux de l'Espagne en 1639 (victoires de Gravelines et des Dunes), qui battit l'Angleterre près de Douvres en 1652 mais fut défait à Portland et tué un peu plus tard dans un nouvel engagement avec Monk au large des côtes hollandaises (1653).   2. La politique extérieure de Cromwell fut particulièrement glorieuse pour l'Angleterre ; il fit alliance avec Mazarin qui lui envoyait son neveu Mancini en ambassade, et y gagna Dunkerque.   3. Les « Côtes de fer » (*Ironside*) de Cromwell sont la troupe très disciplinée et soudée par le fanatisme religieux qui l'avait fait remarquer à Marston Moor en 1644. C'est en réorganisant l'armée sur ce modèle que Cromwell avait pu prendre le pouvoir.   4. Voir la Chronologie.

le pied sur la tête de Louis XIV[1]. L'Angleterre faisait
son mea culpa, et respirait. L'épanouissement des
cœurs, nous venons de le dire, était complet ; les gibets
des régicides s'ajoutant à la joie universelle. Une restauration est un sourire ; mais un peu de potence ne
messied pas, et il faut satisfaire la conscience publique.
L'esprit d'indiscipline s'était dissipé, la loyauté se
reconstituait. Être de bons sujets était désormais l'ambition unique. On était revenu des folies de la politique ; on bafouait la révolution, on raillait la
république, et ces temps singuliers où l'on avait toujours de grands mots à la bouche, *Droit, Liberté, Progrès* ; on riait de ces emphases. Le retour au bon sens
était admirable ; l'Angleterre avait rêvé. Quel bonheur
d'être hors de ces égarements ! Y a-t-il rien de plus
insensé ? Où en serait-on si le premier venu avait des
droits ? Se figure-t-on tout le monde gouvernant ?
S'imagine-t-on la cité menée par les citoyens ? Les
citoyens sont un attelage, et l'attelage n'est pas le
cocher[2]. Mettre aux voix, c'est jeter aux vents. Voulez-
vous faire flotter les états comme les nuées ? Le
désordre ne construit pas l'ordre. Si le Chaos est l'architecte, l'édifice sera Babel. Et puis quelle tyrannie
que cette prétendue liberté ! Je veux m'amuser, moi, et
non gouverner. Voter m'ennuie ; je veux danser.
Quelle providence qu'un prince qui se charge de tout !
Certes ce roi est généreux de se donner pour nous cette
peine ! Et puis, il est élevé là-dedans, il sait ce que
c'est. C'est son affaire. La paix, la guerre, la législation, les finances, est-ce que cela regarde les peuples ?
Sans doute il faut que le peuple paie, sans doute il faut
que le peuple serve, mais cela doit lui suffire. Une part

---

1. Qu'Oliver Cromwell (1599-1658), né à Huntingdon ait été le fils d'un
brasseur paraît douteux : son père, Richard, appartenait à une famille de chevaliers et cultivait ses terres en gentilhomme campagnard.   2. Célèbre
comparaison tirée du *Phèdre* de Platon (246a-246e) où Socrate compare
l'âme humaine à une force composée d'un attelage et d'un cocher ailés.
Celui-ci représente la raison qui doit tirer parti d'un excellent cheval (le
cœur et la passion) et d'un mauvais cheval (les fonctions vitales).

lui est faite dans la politique ; c'est de lui que sortent les deux forces de l'état, l'armée et le budget. Être contribuable, et être soldat, est-ce que ce n'est pas assez ? Qu'a-t-il besoin d'autre chose ? il est le bras militaire, il est le bras financier. Rôle magnifique. On règne pour lui. Il faut bien qu'il rétribue ce service. Impôt et liste civile[1] sont des salaires acquittés par les peuples et gagnés par les princes. Le peuple donne son sang et son argent, moyennant quoi on le mène. Vouloir se conduire lui-même, quelle idée bizarre ! un guide lui est nécessaire. Étant ignorant, le peuple est aveugle. Est-ce que l'aveugle n'a pas un chien ? Seulement, pour le peuple, c'est un lion, le roi, qui consent à être le chien. Que de bonté ! Mais pourquoi le peuple est-il ignorant ? parce qu'il faut qu'il le soit. L'ignorance est gardienne de la vertu. Où il n'y a pas de perspectives, il n'y a pas d'ambitions ; l'ignorant est dans une nuit utile, qui, supprimant le regard, supprime les convoitises. De là l'innocence. Qui lit pense, qui pense raisonne. Ne pas raisonner, c'est le devoir ; c'est aussi le bonheur. Ces vérités sont incontestables. La société est assise dessus.

Ainsi s'étaient rétablies les saines doctrines sociales en Angleterre. Ainsi la nation s'était réhabilitée. En même temps on revenait à la belle littérature. On dédaignait Shakespeare et l'on admirait Dryden[2] : *Dryden est le plus grand poète de l'Angleterre et du siècle*, disait Atterbury le traducteur d'*Achitophel*[3]. C'était l'époque où M. Huet, évêque d'Avranches, écrivait à Saumaise qui avait fait à l'auteur du *Paradis perdu* l'honneur de le réfuter et de l'injurier : – *Comment pouvez-vous vous occuper de si peu de chose que ce*

---

1. Somme allouée au chef de l'État pour subvenir aux dépenses et aux charges de sa fonction.　**2.** John Dryden (1631-1700), pourtant puritain d'origine, devint le poète officiel de la Restauration. Il chercha à concilier le théâtre anglais avec le goût classique français et écrivit des tragicomédies et des tragédies héroïques où il supprime les outrances shakespeariennes. **3.** *Absalon et Achitophel*, satire de Dryden (1681, première partie), où il mettait en scène ses contemporains ; l'œuvre remporta un vif succès.

Milton ?[1] Tout renaissait, tout reprenait sa place. Dryden en haut, Shakespeare en bas, Charles II sur le trône, Cromwell au gibet. L'Angleterre se relevait des hontes et des extravagances du passé. C'est un grand bonheur pour les nations d'être ramenées par la monarchie au bon ordre dans l'état et au bon goût dans les lettres.

Que de tels bienfaits pussent être méconnus, cela est difficile à croire. Tourner le dos à Charles II, récompenser par de l'ingratitude la magnanimité qu'il avait eue de remonter sur le trône, n'était-ce pas abominable ? Lord Linnœus Clancharlie avait fait aux honnêtes gens ce chagrin. Bouder le bonheur de sa patrie, quelle aberration !

On sait qu'en 1650[2] le parlement avait décrété cette rédaction : – *Je promets de demeurer fidèle à la république, sans roi, sans souverain, sans seigneur.* – Sous prétexte qu'il avait prêté ce serment monstrueux, lord Clancharlie vivait hors du royaume, et, en présence de la félicité générale, se croyait le droit d'être triste. Il avait la sombre estime de ce qui n'était plus ; attache bizarre à des choses évanouies.

L'excuser était impossible ; les plus bienveillants l'abandonnaient. Ses amis lui avaient fait longtemps l'honneur de croire qu'il n'était entré dans les rangs républicains que pour voir de plus près les défauts de la cuirasse de la république, et pour la frapper plus sûrement, le jour venu, au profit de la cause sacrée du roi. Ces attentes de l'heure utile pour tuer l'ennemi par derrière font partie de la loyauté. On avait espéré cela de lord Clancharlie, tant on avait de pente à le juger favorablement. Mais, en présence de son étrange persistance républicaine, il avait bien fallu renoncer à cette

---

1. Pierre Daniel Huet (1630-1721), prélat et érudit français, sous-précepteur du Dauphin (1670), évêque d'Avranches (1692-1699), représente le camp des classiques qui méprisent le génie de Shakespeare et celui de John Milton (l'auteur du *Paradis perdu*, célèbre épopée de Satan), modèles fondateurs du romantisme.   **2.** Voir la Chronologie.

bonne opinion. Évidemment lord Clancharlie était convaincu, c'est-à-dire idiot.

L'explication des indulgents flottait entre obstination puérile et opiniâtreté sénile.

Les sévères, les justes, allaient plus loin. Ils flétrissaient ce relaps[1]. L'imbécillité a des droits, mais elle a des limites. On peut être une brute, on ne doit pas être un rebelle. Et puis, qu'était-ce après tout que lord Clancharlie ? un transfuge. Il avait quitté son camp, l'aristocratie, pour aller au camp opposé, le peuple[2]. Ce fidèle était un traître. Il est vrai qu'il était « traître » au plus fort et fidèle au plus faible ; il est vrai que le camp répudié par lui était le camp vainqueur, et que le camp adopté par lui était le camp vaincu ; il est vrai qu'à cette « trahison » il perdait tout, son privilége politique et son foyer domestique, sa pairie et sa patrie ; il ne gagnait que le ridicule ; il n'avait de bénéfice que l'exil. Mais qu'est-ce que cela prouve ? qu'il était un niais. Accordé.

Traître et dupe en même temps, cela se voit.

Qu'on soit niais tant qu'on voudra, à la condition de ne pas donner le mauvais exemple. On ne demande aux niais que d'être honnêtes, moyennant quoi ils peuvent prétendre à être les bases des monarchies. La brièveté d'esprit de ce Clancharlie était inimaginable. Il était resté dans l'éblouissement de la fantasmagorie révolutionnaire. Il s'était laissé mettre dedans par la république, et dehors. Il faisait affront à son pays. Pure félonie que son attitude ! Être absent, c'est être inju-

---

1. Retombé dans l'hérésie après l'avoir abjurée. **2.** G. Rosa a montré à propos de *Quatrevingt-Treize* que les républicains hugoliens sont le plus souvent des transfuges, comme Gauvain et Cimourdain et, ici, comme lord Clancharlie et Gwynplaine. Pouvoir quitter sa classe sociale d'origine pour une autre au nom d'un choix de conscience récuse le déterminisme social, autorise toutes les conversions à la République (il n'est pas nécessaire de naître peuple ou républicain), et montre la grandeur sincère de l'adhésion républicaine, puisque celui qui se rallie à elle a d'abord tout à perdre... Voir G. Rosa, « Présentation de *Quatrevingt-Treize* », dans V. Hugo, *Œuvres complètes*, Club français du livre, 1970, t. XV-XVI/1, p. 234-239.

rieux. Il semblait se tenir à l'écart du bonheur public comme d'une peste. Dans son bannissement volontaire, il y avait on ne sait quel refuge contre la satisfaction nationale. Il traitait la royauté comme une contagion. Sur la vaste allégresse monarchique, dénoncée par lui comme lazaret[1], il était le drapeau noir. Quoi ! au dessus de l'ordre reconstitué, de la nation relevée, de la religion restaurée, faire cette figure sinistre[2] ! sur cette sérénité jeter cette ombre ! prendre en mauvaise part l'Angleterre contente ! être le point obscur dans ce grand ciel bleu ! ressembler à une menace ! protester contre le vœu de la nation ! refuser son oui au consentement universel ! Ce serait odieux si ce n'était pas bouffon. Ce Clancharlie ne s'était pas rendu compte qu'on peut s'égarer avec Cromwell, mais qu'il faut revenir avec Monk[3]. Voyez Monk. Il commande l'armée de la république ; Charles II en exil, instruit de sa probité, lui écrit ; Monk, qui concilie la vertu avec les démarches rusées, dissimule d'abord, puis tout à coup, à la tête des troupes, casse le parlement factieux, et rétablit le roi, et Monk est créé duc d'Albemarle, a l'honneur d'avoir sauvé la société, devient très-riche, illustre à jamais son époque, et est fait chevalier de la Jarretière avec la perspective d'un enterrement à Westminster[4]. Telle est la gloire d'un anglais fidèle. Lord Clancharlie n'avait pu s'élever jusqu'à l'intelligence du devoir ainsi pratiqué. Il avait l'infatuation et l'immobilité de l'exil. Il se satisfaisait avec des phrases creuses. Cet homme était ankylosé par l'orgueil. Les mots, conscience, dignité, etc., sont des mots après tout. Il faut voir le fond.

Ce fond, Clancharlie ne l'avait pas vu. C'était une

---

1. Lieu où sont isolés les malades contagieux.   **2.** Ce passage rappelle les slogans du Second Empire qui donnent les titres antiphrastiques des six premières sections de *Châtiments* (« La société est sauvée » ; « L'ordre est rétabli », etc.) : la résistance de Clancharlie à la Restauration est aussi celle de Hugo aux ralliements à Napoléon III.   **3.** Voir note 1, p. 262.   **4.** L'abbaye de Westminster, où les rois d'Angleterre sont couronnés depuis le XIe siècle, abrite aussi les tombeaux des gloires nationales.

conscience myope, voulant, avant de faire une action, la regarder d'assez près pour en sentir l'odeur. De là des dégoûts absurdes. On n'est pas homme d'État avec ces délicatesses. L'excès de conscience dégénère en infirmité. Le scrupule est manchot devant le sceptre à saisir et eunuque devant la fortune à épouser. Méfiez-vous des scrupules. Ils mènent loin. La fidélité déraisonnable se descend comme un escalier de cave. Une marche, puis une marche, puis une marche encore, et l'on se trouve dans le noir. Les habiles remontent, les naïfs restent. Il ne faut pas laisser légèrement sa conscience s'engager dans le farouche. De transition en transition on arrive aux nuances foncées de la pudeur politique. Alors on est perdu. C'était l'aventure de lord Clancharlie.

Les principes finissent par être un gouffre.

Il se promenait, les mains derrière le dos, le long du lac de Genève ; la belle avance !

On parlait quelquefois à Londres de cet absent. C'était, devant l'opinion publique, à peu près un accusé. On plaidait le pour et le contre. La cause entendue, le bénéfice de la stupidité lui était acquis.

Beaucoup d'anciens zélés de l'ex-république avaient fait adhésion aux Stuarts. Ce dont on doit les louer. Naturellement ils le calomniaient un peu. Les entêtés sont importuns aux complaisants. Des gens d'esprit, bien vus et bien situés en cour, et ennuyés de son attitude désagréable, disaient volontiers : – *S'il ne s'est pas rallié, c'est qu'on ne l'a pas payé assez cher*, etc. – *Il voulait la place de chancelier que le roi a donnée à lord Hyde*, etc. – Un de ses « anciens amis » allait même jusqu'à chuchoter : – *Il me l'a dit à moi-même.* Quelquefois, tout solitaire qu'était Linnœus Clancharlie, par des proscrits qu'il rencontrait, par de vieux régicides tels que Andrew Broughton, lequel habitait Lausanne, il lui revenait quelque chose de ces propos. Clancharlie se bornait à un imperceptible haussement d'épaules, signe de profond abrutissement.

Une fois il compléta ce haussement d'épaules par

ces quelques mots murmurés à demi-voix : *Je plains ceux qui croient cela.*

IV

Charles II, bon homme, le dédaigna. Le bonheur de l'Angleterre sous Charles II était plus que du bonheur, c'était de l'enchantement. Une restauration, c'est un ancien tableau poussé au noir qu'on revernit ; tout le passé reparaît. Les bonnes vieilles mœurs faisaient leur rentrée, les jolies femmes régnaient et gouvernaient. Evelyn[1] en a pris note ; on lit dans son journal : « Luxure, profanation, mépris de Dieu. J'ai vu un dimanche soir le roi avec ses filles de joie, la Portsmouth, la Cleveland, la Mazarin, et deux ou trois autres ; toutes à peu près nues dans la galerie du jeu. » On sent percer quelque humeur dans cette peinture ; mais Evelyn était un puritain grognon, entaché de rêverie républicaine. Il n'appréciait pas le profitable exemple que donnent les rois par ces grandes gaietés babyloniennes qui en définitive alimentent le luxe. Il ne comprenait pas l'utilité des vices. Règle : N'extirpez point les vices, si vous voulez avoir des femmes charmantes. Autrement vous ressembleriez aux imbéciles qui détruisent les chenilles tout en raffolant des papillons.

Charles II, nous venons de le dire, s'aperçut à peine qu'il existait un réfractaire appelé Clancharlie, mais Jacques II fut plus attentif. Charles II gouvernait mollement, c'était sa manière ; disons qu'il n'en gouvernait pas plus mal. Un marin quelquefois fait à un cordage destiné à maîtriser le vent un nœud lâche qu'il laisse

---

1. John Evelyn (1620-1706), auteur anglais qui, à côté d'ouvrages populaires sur des sujets scientifiques, est surtout connu pour son journal qui « contient des détails fort curieux sur les mœurs et la société de la dernière moitié du XVIIe siècle [et] parut pour la première fois en 1818. Une seconde édition a été publiée à Londres par John Forster (1859, 4 vol.) » (P. Larousse).

serrer par le vent. Telle est la bêtise de l'ouragan, et du peuple.

Ce nœud large, devenu très vite nœud étroit, ce fut le gouvernement de Charles II.

Sous Jacques II, l'étranglement commença. Étranglement nécessaire de ce qui restait de la révolution. Jacques II eut l'ambition louable d'être un roi efficace. Le règne de Charles II n'était à ses yeux qu'une ébauche de restauration ; Jacques II voulut un retour à l'ordre plus complet encore. Il avait, en 1660, déploré qu'on se fût borné à une pendaison de dix régicides. Il fut un plus réel reconstructeur de l'autorité. Il donna vigueur aux principes sérieux ; il fit régner cette justice qui est la véritable, qui se met au-dessus des déclamations sentimentales, et qui se préoccupe avant tout des intérêts de la société. À ces sévérités protectrices, on reconnaît le père de l'état. Il confia la main de justice à Jeffreys[1], et l'épée à Kirke[2]. Kirke multipliait les exemples. Ce colonel utile fit un jour pendre et dépendre trois fois de suite le même homme, un républicain, lui demandant à chaque fois : – Abjures-tu la république ? Le scélérat ayant toujours dit non, fut achevé. – *Je l'ai pendu quatre fois*, dit Kirke satisfait. Les supplices recommencés sont un grand signe de force dans le pouvoir. Lady Lyle, qui pourtant avait envoyé son fils en guerre contre Montmouth[3], mais qui avait caché chez elle deux rebelles, fut mise à mort. Un autre rebelle, ayant eu l'honnêteté de déclarer qu'une femme anabaptiste lui avait donné asile, eut sa grâce,

---

1. Voir note 1, p. 52.　2. Officier anglais célèbre pour sa cruauté et ses exactions. Il contribua à vaincre le duc de Monmouth et fut chargé d'écraser ses partisans dans les comtés de l'ouest : « Sans procès, sans information, le sanguinaire colonel Kirke fit pendre ou couper en quartiers par le bourreau un grand nombre d'habitants de Bridgewater, de Tauton, etc., se livra à des actes de véritable sauvagerie, et fut privé de son commandement, non, comme on pourrait le croire, pour l'abus odieux qu'il en avait fait, mais pour avoir épargné les prisonniers riches qui lui achetaient leur vie moyennant des rançons considérables » (P. Larousse). Kirke se retourna contre Jacques II lors de la Révolution de 1688.　3. Voir Chronologie.

et la femme fut brûlée vive. Kirke, un autre jour, fit comprendre à une ville qu'il la savait républicaine en pendant dix-neuf bourgeois. Représailles bien légitimes, certes, quand on songe que sous Cromwell on coupait le nez et les oreilles aux saints de pierre dans les églises. Jacques II, qui avait su choisir Jeffreys et Kirke, était un prince imbu de vraie religion, il se mortifiait par la laideur de ses maîtresses, il écoutait le père la Colombière [1], ce prédicateur qui était presque aussi onctueux que le père Cheminais [2], mais avec plus de feu, et qui eut la gloire d'être dans la première moitié de sa vie le conseiller de Jacques II, et dans la seconde l'inspirateur de Marie Alacoque [3]. C'est grâce à cette forte nourriture religieuse que plus tard Jacques II put supporter dignement l'exil et donner dans sa retraite de Saint-Germain le spectacle d'un roi supérieur à l'adversité, touchant avec calme les écrouelles et conversant avec des jésuites.

On comprend qu'un tel roi dût, dans une certaine mesure, se préoccuper d'un rebelle comme lord Linnœus Clancharlie. Les pairies héréditairement transmissibles contenant une certaine quantité d'avenir, il était évident que, s'il y avait quelque précaution à prendre du côté de ce lord, Jacques II n'hésiterait pas.

---

1. Claude de la Colombière (1611-1682), jésuite français qui prêcha devant Charles II, avant d'être expulsé d'Angleterre pour s'être mêlé à des intrigues. Il s'établit alors à Paray-le-Monial et devint le directeur de conscience de Marie Alacoque.   2. Timoléon Cheminais de Montaigu (1652-1689), jésuite dont les *Sermons* publiés en 1690 « brillent surtout par une onction touchante, qui a fait comparer ce sermonnaire à Racine » (P. Larousse).   3. Religieuse visitandine à Paray-le-Monial (1649-1690), elle fut témoin d'apparitions du Christ et répandit la dévotion au Sacré-Cœur de Jésus. Elle venait d'être béatifiée en 1864 et ses œuvres rééditées à Paris en 1867.

II

LORD DAVID DIRRY-MOIR

I

Lord Linnœus Clancharlie n'avait pas toujours été vieux et proscrit. Il avait eu sa phase de jeunesse et de passion. On sait, par Harrison[1] et Pride[2], que Cromwell jeune avait aimé les femmes et le plaisir, ce qui, parfois (autre aspect de la question femme), annonce un séditieux. Défiez-vous de la ceinture mal attachée. *Male prœcinctum juvenem cavete*[3].

Lord Clancharlie avait eu, comme Cromwell, ses incorrections et ses irrégularités. On lui connaissait un enfant naturel, un fils. Ce fils, venu au monde à l'instant où la république finissait, était né en Angleterre pendant que son père partait pour l'exil. C'est pourquoi il n'avait jamais vu ce père qu'il avait. Ce bâtard de lord Clancharlie avait grandi page à la cour de Charles II. On l'appelait lord David Dirry-Moir ; il était lord de courtoisie, sa mère étant femme de qualité. Cette mère, pendant que lord Clancharlie devenait hibou en Suisse, prit le parti, étant belle, de bouder moins, et se fit pardonner ce premier amant sauvage par un deuxième, celui-là incontestablement apprivoisé, et même royaliste, car c'était le roi. Elle fut un peu la maîtresse de Charles II, assez pour que sa

---

1. Thomas Harrison (1606-1660), membre du Parlement qui participa activement à la chute de Charles Ier ; membre du conseil d'État en 1651, quand celui-ci s'effondra, il refusa de reconnaître le lord Protecteur. **2.** Thomas Pride (?-1658), capitaine puis lieutenant-colonel dans l'armée parlementaire pendant la guerre civile (1642-1651), connu pour avoir chassé les 140 presbytériens de la Chambre des députés en 1648. Juge lors du procès de Charles Ier. Fait chevalier par Cromwell en 1656. **3.** « Méfie-toi du jeune homme à la ceinture mal attachée. » Citation adaptée de Suétone (*César*, XLV, 5) : avertissement de Sylla à l'encontre de Jules César dont l'élégance lui semblait suspecte.

majesté, charmée d'avoir repris cette jolie femme à la
république, donnât au petit lord David, fils de sa
conquête, une commission de garde de la branche. Ce
qui fit ce bâtard officier, avec bouche en cour, et par
contre-coup stuartiste ardent. Lord David fut quelque
temps, comme garde de la branche, un des cent
soixante-dix portant la grosse épée ; puis il entra dans
la bande des pensionnaires, et fut un des quarante qui
portent la pertuisane dorée. Il eut en outre, étant de
cette troupe noble instituée par Henri VIII pour garder
son corps, le privilège de poser les plats sur la table du
roi. Ce fut ainsi que, tandis que son père blanchissait
en exil, lord David prospéra sous Charles II.

Après quoi il prospéra sous Jacques II.

Le roi est mort, vive le roi, c'est le *non deficit alter,
aureus* [1].

Ce fut à cet avénement du duc d'York qu'il obtint la
permission de s'appeler lord David Dirry-Moir, d'une
seigneurie que sa mère, qui venait de mourir, lui avait
léguée dans cette grande forêt d'Écosse où l'on trouve
l'oiseau Krag [2], lequel creuse son nid avec son bec dans
le tronc des chênes.

II

Jacques II était un roi, et avait la prétention d'être
un général. Il aimait à s'entourer de jeunes officiers. Il
se montrait volontiers en public à cheval avec un
casque et une cuirasse, et une vaste perruque débor-
dante sortant de dessous le casque par-dessus la cui-

---

1. Paroles de la Sibylle de Cumes à Énée, à propos du rameau d'or qui
repousse une fois coupé : « Un premier rameau arraché, un second ne
manque pas de pousser à son tour, qui est d'or » (Virgile, *Énéide*, VI, 143).
2. Noms empruntés au livre de Beeverell (voir note 2, p. 40) : Dirry-Moir
est une forêt d'Écosse, dans la province de Sutherland, où l'on trouve « une
espèce d'oiseau, particulière à ce pays-là, d'une figure approchante [*sic*]
d'un perroquet. On le nomme *Knag* [*sic*] : c'est une sorte de pivert, qui se
creuse son nid avec le bec dans le tronc des chênes » (t. VII, p. 1292).

rasse ; espèce de statue équestre de la guerre imbécile.
Il prit en amitié la bonne grâce du jeune lord David. Il
sut gré à ce royaliste d'être fils d'un républicain ; un
père renié ne nuit point à une fortune de cour qui
commence. Le roi fit lord David gentilhomme de la
chambre du lit, à mille livres de gages.

C'était un bel avancement. Un gentilhomme du lit
couche toutes les nuits près du roi sur un lit qu'on
dresse. On est douze gentilshommes, et l'on se relaie.

Lord David, dans ce poste, fut le chef de l'avenier
du roi, celui qui donne l'avoine aux chevaux et qui a
deux cent soixante livres de gages. Il eut sous lui les
cinq cochers du roi, les cinq postillons du roi, les cinq
palefreniers du roi, les douze valets de pied du roi, et
les quatre porteurs de chaise du roi. Il eut le gouvernement des six chevaux de course que le roi entretient à
Haymarket et qui coûtent six cents livres par an à sa
majesté. Il fit la pluie et le beau temps dans la garde-
robe du roi, laquelle fournit les habits de cérémonie
aux chevaliers de la Jarretière[1]. Il fut salué jusqu'à
terre par l'huissier de la verge noire, qui est au roi. Cet
huissier, sous Jacques II, était le chevalier Duppa. Lord
David eut les respects de M. Baker, qui était clerc de
la couronne, et de M. Brown, qui était clerc du parlement. La cour d'Angleterre, magnifique, est un patron
d'hospitalité. Lord David présida, comme l'un des
douze, aux tables et réceptions. Il eut la gloire d'être
debout derrière le roi les jours d'offrande, quand le roi
donne à l'église le besant d'or, *byzantium*[2], les jours
de collier, quand le roi porte le collier de son ordre, et
les jours de communion, quand personne ne commu-
nie, hors le roi et les princes. Ce fut lui qui, le jeudi
saint, introduisit près de sa majesté les douze pauvres
auxquels le roi donne autant de sous d'argent qu'il a

---

1. Cet ordre de chevalerie anglais, fondé au XIVe siècle par Édouard III,
a pour grand-maître le roi et comporte, outre le prince de Galles, 24 chevaliers choisis parmi la plus haute noblesse.   2. Monnaie byzantine d'or et
d'argent répandue au temps des croisades.

d'années de vie et autant de shellings qu'il a d'années de règne. Il eut la fonction, quand le roi était malade, d'appeler, pour assister sa majesté, les deux grooms de l'aumônerie qui sont prêtres, et d'empêcher les médecins d'approcher sans permission du conseil d'État. De plus, il fut lieutenant-colonel du régiment écossais de la garde royale, lequel bat la marche d'Écosse.

En cette qualité il fit plusieurs campagnes, et très-glorieusement, car il était vaillant homme de guerre. C'était un seigneur brave, bien fait, beau, généreux, fort grand de mine et de manières. Sa personne ressemblait à sa qualité. Il était de haute taille comme de haute naissance.

Il fut presque un moment en passe d'être nommé groom of the stole [1], ce qui lui eût donné le privilège de passer la chemise au roi ; mais il faut pour cela être prince ou pair.

Créer un pair, c'est beaucoup. C'est créer une pairie, cela fait des jaloux. C'est une faveur ; une faveur fait au roi un ami, et cent ennemis, sans compter que l'ami devient ingrat. Jacques II, par politique, créait difficilement des pairies, mais les transférait volontiers. Une pairie transférée ne produit pas d'émoi. C'est simplement un nom qui continue. La lordship en est peu troublée.

La bonne volonté royale ne répugnait point à introduire lord David Dirry-Moir dans la chambre haute, pourvu que ce fût par la porte d'une pairie substituée. Sa majesté ne demandait pas mieux que d'avoir une occasion de faire David Dirry-Moir, de lord de courtoisie, lord de droit.

---

1. Dans Chamberlayne, le premier des gentilshommes de la Chambre du Roi, « c'est-à-dire Serviteur de la Robe de nuit. Il a la charge et l'honneur de présenter, et de donner au Roi sa chemise tous les matins, et d'ordonner toutes les choses qui appartiennent à la Chambre du Lit » (1ʳᵉ partie, p. 180).

III

Cette occasion se présenta.

Un jour on apprit qu'il était arrivé au vieil absent, lord Linnœus Clancharlie, diverses choses dont la principale était qu'il était trépassé. La mort a cela de bon pour les gens, qu'elle fait un peu parler d'eux. On raconta ce qu'on savait, ou ce qu'on croyait savoir, des dernières années de lord Linnœus. Conjectures et légendes probablement. À en croire ces récits, sans doute très-hasardés, vers la fin de sa vie, lord Clancharlie aurait eu une recrudescence républicaine telle, qu'il en était venu, affirmait-on, jusqu'à épouser, étrange entêtement de l'exil, la fille d'un régicide, Ann Bradshaw, – on précisait le nom, – laquelle était morte aussi, mais, disait-on, en mettant au monde un enfant, un garçon, qui, si tous ces détails étaient exacts, se trouverait être le fils légitime et l'héritier légal de lord Clancharlie. Ces dires, fort vagues, ressemblaient plutôt à des bruits qu'à des faits. Ce qui se passait en Suisse était pour l'Angleterre d'alors aussi lointain que ce qui se passe en Chine pour l'Angleterre d'aujourd'hui. Lord Clancharlie aurait eu cinquante-neuf ans au moment de son mariage, et soixante à la naissance de son fils, et serait mort fort peu de temps après, laissant derrière lui cet enfant, orphelin de père et de mère. Possibilités, sans doute, mais invraisemblances. On ajoutait que cet enfant était « beau comme le jour », ce qui se lit dans tous les contes de fées. Le roi Jacques mit fin à ces rumeurs, évidemment sans fondement aucun, en déclarant un beau matin lord David Dirry-Moir unique et définitif héritier, *à défaut d'enfant légitime*, et par le bon plaisir royal, de lord Linnœus Clancharlie, son père naturel, *l'absence de toute autre filiation et descendance étant constatée*, de quoi les patentes furent enregistrées en chambre des lords. Par ces patentes, le roi substituait lord David Dirry-Moir aux titres, droits et prérogatives dudit défunt lord Linnœus Clancharlie, à la seule condition que lord David épouserait, quand elle serait nubile, une fille, en ce moment-là tout enfant et âgée de quelques mois seulement, que le roi avait au berceau faite duchesse, on ne savait trop pourquoi. Lisez, si vous voulez, on savait trop pourquoi. On appelait cette petite la duchesse Josiane.

La mode anglaise était alors aux noms espagnols. Un des bâtards de Charles II s'appelait Carlos, comte de Plymouth. Il est probable que *Josiane* était la contraction de Josefa-y-Ana. Cependant peut-être y avait-il Josiane comme il y avait Josias. Un des gentilshommes de Henri III se nommait Josias du Passage.

C'est à cette petite duchesse que le roi donnait la pairie de Clancharlie. Elle était pairesse en attendant qu'il y eût un pair. Le pair serait son mari. Cette pairie reposait sur une double châtellenie, la baronnie de Clancharlie et la baronnie de Hunkerville ; en outre les lords Clancharlie étaient, en récompense d'un ancien fait d'armes et par permission royale, marquis de Corleone en Sicile. Les pairs d'Angleterre ne peuvent porter de titres étrangers ; il y a pourtant des exceptions ; ainsi Henry Arundel, baron Arundel de Wardour, était, ainsi que lord Clifford, comte du Saint-Empire, dont lord Cowper est prince ; le duc de Hamilton est en France duc de Chatellerault ; Basil Feilding, comte de Denbigh, est en Allemagne comte de Hapsbourg, de Lauffenbourg et de Rheinfelden. Le duc de Marlborough était prince de Mindelheim en Souabe, de même que le duc de Wellington était prince de Waterloo en Belgique[1]. Le même lord Wellington était duc espagnol de Ciudad-Rodrigo, et comte portugais de Vimeira.

Il y avait en Angleterre, et il y a encore, des terres

_____

1. Il s'agit du duc de Wellington (1769-1852), vainqueur de Napoléon à Waterloo le 18 juin 1815, après avoir remporté de nombreuses victoires contre les troupes françaises au Portugal, à Vimeiro (1808), et en Espagne : en particulier, la bataille de Vitoria (1813) lui permit de chasser les Français d'Espagne et de pénétrer en France.

nobles et des terres roturières. Les terres des lords Clancharlie étaient toutes nobles. Ces terres, châteaux, bourgs, bailliages, fiefs, rentes, alleux[1] et domaines adhérents à la pairie Clancharlie-Hunkerville appartenaient provisoirement à lady Josiane, et le roi déclarait qu'une fois Josiane épousée, lord David Dirry-Moir serait baron Clancharlie.

Outre l'héritage Clancharlie, lady Josiane avait sa fortune personnelle. Elle possédait de grands biens, dont plusieurs venaient des dons de Madame sans queue au duc d'York. *Madame sans queue*, cela veut dire Madame tout court. On appelait ainsi Henriette d'Angleterre, duchesse d'Orléans, la première femme de France après la reine[2].

IV

Après avoir prospéré sous Charles et Jacques, lord David prospéra sous Guillaume. Son jacobisme n'alla point jusqu'à suivre Jacques II en exil. Tout en continuant d'aimer son roi légitime, il eut le bon sens de servir l'usurpateur. Il était, du reste, quoique avec quelque indiscipline, excellent officier ; il passa de l'armée de terre dans l'armée de mer, et se distingua dans l'escadre blanche[3]. Il y devint ce qu'on appelait alors « capitaine de frégate légère ». Cela finit par faire un très-galant homme, poussant fort loin l'élégance des vices, un peu poète comme tout le monde, bon servi-

---

1. L'*alleu* prend sens par opposition avec le *fief* dans les *Capitulaires* de Charlemagne et de ses successeurs : « Le possesseur du *fief* n'en avait que la jouissance et non la propriété ; il ne pouvait ni en disposer ni le transmettre ; il reconnaissait un seigneur ; le propriétaire de l'*alleu* en avait la disposition pleine et absolue ; il ne relevait, quant à son *alleu*, d'aucun seigneur » (P. Larousse).   2. Fille de Charles Iᵉʳ, Henriette-Anne d'Angleterre avait épousé le frère de Louis XIV, Philippe d'Orléans. Elle mourut subitement en 1670 et Bossuet prononça son oraison funèbre. Voir note 2, p. 73. 3. Sur les trois divisions (escadres) que comporte une flotte régulière, celle qui, dans un combat, forme l'arrière-garde.

teur de l'état, bon domestique du prince, assidu aux fêtes, aux galas, aux petits levers, aux cérémonies, aux batailles, servile comme il faut, très-hautain, ayant la vue basse ou perçante selon l'objet à regarder, probe volontiers, obséquieux et arrogant à propos, d'un premier mouvement franc et sincère, quitte à se remasquer ensuite, très observateur de la bonne et mauvaise humeur royale, insouciant devant une pointe d'épée, toujours prêt à risquer sa vie sur un signe de sa majesté avec héroïsme et platitude, capable de toutes les incartades et d'aucune impolitesse, homme de courtoisie et d'étiquette, fier d'être à genoux dans les grandes occasions monarchiques, d'une vaillance gaie, courtisan en dessus, paladin en dessous, tout jeune à quarante-cinq ans.

Lord David chantait des chansons françaises, gaieté élégante qui avait plu à Charles II.

Il aimait l'éloquence et le beau langage. Il admirait fort ces boniments célèbres qu'on appelle les Oraisons funèbres de Bossuet.

Du côté de sa mère, il avait à peu près de quoi vivre, environ dix mille livres sterling de revenu, c'est-à-dire deux cent cinquante mille francs de rente. Il s'en tirait en faisant des dettes. En magnificence, extravagance et nouveauté, il était incomparable. Dès qu'on le copiait, il changeait sa mode. À cheval, il portait des bottes aisées[1] de vache retournée, avec éperons. Il avait des chapeaux que personne n'avait, des dentelles inouïes, et des rabats à lui tout seul.

---

1. Confortables.

III

LA DUCHESSE JOSIANE

I

Vers 1705, bien que lady Josiane eût vingt-trois ans et lord David quarante-quatre, le mariage n'avait pas encore eu lieu, et cela par les meilleures raisons du monde. Se haïssaient-ils ? loin de là. Mais ce qui ne peut vous échapper n'inspire aucune hâte. Josiane voulait rester libre ; David voulait rester jeune. N'avoir de lien que le plus tard possible, cela lui semblait un prolongement du bel âge. Les jeunes hommes retardataires abondaient dans ces époques galantes ; on grisonnait dameret[1] ; la perruque était complice, plus tard la poudre fut auxiliaire. A cinquante-cinq ans, lord Charles Gerrard, baron Gerrard des Gerrards de Bromley, remplissait Londres de ses bonnes fortunes. La jolie et jeune duchesse de Buckingham, comtesse de Coventry, faisait des folies d'amour pour les soixante-sept ans du beau Thomas Bellasyse, vicomte Falcomberg. On citait les vers fameux de Corneille septuagénaire à une femme de vingt ans : *Marquise, si mon visage*[2]. Les femmes aussi avaient des succès d'automne, témoin Ninon[3] et Marion[4]. Tels étaient les modèles.

---

1. « Homme qui donne à sa toilette, à ses manières, des soins qui conviendraient mieux aux dames » (P. Larousse).   2. Stances à la marquise du Parc, actrice : « Marquise, si mon visage / A quelques traits un peu vieux, / Souvenez-vous qu'à mon âge / Vous ne vaudrez guère mieux. Le temps aux plus belles choses / Se plaît à faire un affront, / Et saura faner vos roses / Comme il a ridé mon front. »   3. Ninon de Lenclos (1616-1706), cultivée et de mœurs assez libres, eut comme amants Coligny, le Grand Condé, le marquis d'Estrées et, amie de Saint-Évremond, elle sut bien accueillir le jeune Voltaire : « Elle fut aimable jusqu'à la fin de sa vie, comme en témoignent les désirs qu'elle inspira encore dans son extrême vieillesse à l'abbé de Châteauneuf. Elle le fit languir deux ou trois jours, afin que le sacrifice fût consommé juste à l'anniversaire de sa soixante-dixième année » (P. Larousse).   4. Marion Delorme (1611-1650), courti-

Josiane et David étaient en coquetterie avec une nuance particulière. Ils ne s'aimaient pas, ils se plaisaient. Se côtoyer leur suffisait. Pourquoi se dépêcher d'en finir ? Les romans d'alors poussaient les amoureux et les fiancés à ce genre de stage qui était du plus bel air. Josiane, en outre, se sachant bâtarde, se sentait princesse, et le prenait de haut avec les arrangements quelconques. Elle avait du goût pour lord David. Lord David était beau, mais c'était par-dessus le marché. Elle le trouvait élégant.

Être élégant, c'est tout. Caliban élégant et magnifique distance Ariel pauvre[1]. Lord David était beau, tant mieux ; l'écueil d'être beau, c'est d'être fade ; il ne l'était pas. Il pariait, boxait, s'endettait. Josiane faisait grand cas de ses chevaux, de ses chiens, de ses pertes au jeu, de ses maîtresses. Lord David de son côté subissait la fascination de la duchesse Josiane, fille sans tache et sans scrupule, altière, inaccessible et hardie. Il lui adressait des sonnets que Josiane lisait quelquefois. Dans ces sonnets, il affirmait que posséder Josiane, ce serait monter jusqu'aux astres, ce qui ne l'empêchait pas de toujours remettre cette ascension à l'an prochain. Il faisait antichambre à la porte du cœur de Josiane, et cela leur convenait à tous les deux. À la cour on admirait le suprême bon goût de cet ajournement. Lady Josiane disait : « C'est ennuyeux que je sois forcée d'épouser lord David, moi qui ne demanderais pas mieux que d'être amoureuse de lui ! »

Josiane, c'était la chair. Rien de plus magnifique. Elle était très-grande, trop grande. Ses cheveux étaient de cette nuance qu'on pourrait nommer le blond

---

sane célèbre qui fut la maîtresse de Cinq-Mars, de Buckingham, de Saint-Évremond, de Condé... peut-être de Richelieu. Elle a inspiré à Hugo un drame romantique (*Marion Delorme*, 1831). Passée en Angleterre en 1650, après avoir été compromise dans la Fronde, elle y aurait épousé un lord, puis, devenue veuve, se serait encore remariée deux fois (P. Larousse).

1. Dans *La Tempête* de Shakespeare (1611), Caliban est un nain grimaçant né d'un démon et d'une sorcière, qui s'oppose au génie aérien et gracieux, Ariel.

pourpre. Elle était grasse, fraîche, robuste, vermeille,
avec énormément d'audace et d'esprit. Elle avait les
yeux trop intelligibles. D'amant, point ; de chasteté,
pas davantage. Elle se murait dans l'orgueil. Les
hommes, fi donc ! un dieu tout au plus était digne
d'elle, ou un monstre. Si la vertu consiste dans l'escarpement, Josiane était toute la vertu possible, sans
aucune innocence. Elle n'avait pas d'aventures, par
dédain ; mais on ne l'eût point fâchée de lui en suppo-
ser, pourvu qu'elles fussent étranges et proportionnées
à une personne faite comme elle. Elle tenait peu à sa
réputation et beaucoup à sa gloire. Sembler facile et
être impossible, voilà le chef-d'œuvre. Josiane se sentait majesté et matière. C'était une beauté encombrante.
Elle empiétait plus qu'elle ne charmait. Elle marchait
sur les cœurs. Elle était terrestre. On l'eût aussi étonnée
de lui montrer une âme dans sa poitrine que de lui faire
voir des ailes sur son dos. Elle dissertait sur Locke[1].
Elle avait de la politesse. On la soupçonnait de savoir
l'arabe.

Être la chair et être la femme, c'est deux. Où la
femme est vulnérable, au côté pitié, par exemple, qui
devient si aisément amour, Josiane ne l'était pas. Non
qu'elle fût insensible. L'antique comparaison de la
chair avec le marbre est absolument fausse. La beauté
de la chair, c'est de n'être point marbre ; c'est de palpiter, c'est de trembler, c'est de rougir, c'est de saigner ;
c'est d'avoir la fermeté sans avoir la dureté ; c'est
d'être blanche sans être froide ; c'est d'avoir ses tres-
saillements et ses infirmités ; c'est d'être la vie, et le
marbre est la mort. La chair, à un certain degré de
beauté, a presque le droit de nudité ; elle se couvre
d'éblouissement comme d'un voile ; qui eût vu Josiane

---

1. John Locke (1632-1704), philosophe anglais, auteur de l'*Essai sur
l'entendement humain* (1690) où il réfute la théorie cartésienne des idées
innées pour aborder la question de la connaissance sous l'angle de l'empirisme. Ces thèses furent critiquées en 1704 par Leibniz dans ses *Nouveaux
Essais sur l'entendement humain*. La duchesse Josiane prend position sur
des questions savantes et d'actualité.

nue n'aurait aperçu ce modelé qu'à travers une dilatation lumineuse. Elle se fût montrée volontiers à un satyre, ou à un eunuque. Elle avait l'aplomb mythologique. Faire de sa nudité un supplice, éluder un Tantale[1], l'eût amusée. Le roi l'avait faite duchesse, et Jupiter néréide[2]. Double irradiation dont se composait la clarté étrange de cette créature. À l'admirer on se sentait devenir païen et laquais. Son origine c'était la bâtardise et l'océan. Elle semblait sortir d'une écume. À vau l'eau avait été le premier jet de sa destinée, mais dans le grand milieu royal. Elle avait en elle de la vague, du hasard, de la seigneurie et de la tempête. Elle était lettrée et savante. Jamais une passion ne l'avait approchée, et elle les avait sondées toutes. Elle avait le dégoût des réalisations, et le goût aussi. Si elle se fût poignardée, ce n'eût été, comme Lucrèce[3], qu'après. Toutes les corruptions, à l'état visionnaire, étaient dans cette vierge. C'était une Astarté[4] possible dans une Diane[5] réelle. Elle était, par insolence de haute naissance, provocante et inabordable. Pourtant elle pouvait trouver divertissant de s'arranger à elle-même une chute. Elle habitait une gloire dans un nimbe avec la velléité d'en descendre, et peut-être avec la curiosité

---

1. Roi mythique condamné à avoir devant lui l'objet de ses craintes ou de ses désirs sans jamais pouvoir l'atteindre : selon les versions, il est placé sous un rocher qui menace indéfiniment de l'écraser, plongé dans l'eau jusqu'au cou tandis que le niveau baisse toutes les fois qu'il essaie de boire ou confronté à une branche chargée de fruits, qui s'éloigne chaque fois qu'il tend la main.   2. Divinité marine, très belle et très joyeuse, souvent représentée mi-femme mi-poisson, l'une des cinquante filles de Nérée. 3. Héroïne romaine qui, violée par le fils de Tarquin le Superbe, préféra se donner la mort ; cet épisode tragique aurait provoqué la fin de la monarchie à Rome. Cet exemple classique de vertu et d'honneur est subverti par Hugo qui, perfidement, suggère un plaisir et un consentement de la victime. 4. Nom grec de la déesse babylonienne Ishtar, déesse de la fécondité et des combats dans les religions anciennes de l'Asie antérieure. Elle représente l'étoile du matin. Josiane serait ainsi liée aux comprachicos et à la *Matutina* : déesse païenne et potentiellement redoutable, associée à la tempête, elle appartient à l'univers latent du Mal.   5. Nom romain d'Artémis, déesse de la Lune et de la chasse. Vierge et chaste, elle est cruelle et vindicative.

d'en tomber. Elle était un peu lourde pour son nuage.
Faillir plaît. Le sans-gêne princier donne un privilége
d'essai, et une personne ducale s'amuse où une bourgeoise se perdrait. Josiane était en tout, par la naissance, par la beauté, par l'ironie, par la lumière, à peu
près reine. Elle avait eu un moment d'enthousiasme
pour Louis de Boufflers qui cassait un fer à cheval
entre ses doigts. Elle regrettait qu'Hercule fût mort.
Elle vivait dans on ne sait quelle attente d'un idéal
lascif et suprême.

Au moral, Josiane faisait penser au vers de l'épître
aux Pisons : *Desinit in piscem*[1].

Un beau torse de femme en hydre se termine.

C'était une noble poitrine, un sein splendide harmo-
nieusement soulevé par un cœur royal, un vivant et
clair regard, une figure pure et hautaine, et, qui sait ?
ayant sous l'eau, dans la transparence entrevue et
trouble, un prolongement ondoyant, surnaturel, peut-
être draconien[2] et difforme. Vertu superbe achevée en
vices dans la profondeur des rêves.

II

Avec cela, précieuse.
C'était la mode.
Qu'on se rappelle Élisabeth[3].
Élisabeth est un type qui, en Angleterre, a dominé
trois siècles, le seizième, le dix-septième et le dix-hui-

---

1. *Desinit in piscem mulier formosa superne*, « la femme dont le haut
du corps est beau se termine en queue de poisson », v. 4 de l'*Épître aux
Pisons*, couramment appelée l'*Art poétique*, d'Horace, passage qui donne à
voir un monstre fait de parties et de morceaux pour défendre l'idée « classique » d'une unité du sujet et de l'harmonie nécessaire des parties et de tout.
Josiane est justement un monstre anticlassique.   2. Voir note 2, p. 164.
3. Voir la Chronologie. Son avènement au trône fut marqué par le rétablissement de l'Église anglicane (1559).

tième. Élisabeth est plus qu'une anglaise, c'est une anglicane. De là le respect profond de l'église épisco-pale pour cette reine ; respect ressenti par l'église catholique, qui la mélangeait d'un peu d'excommuni-cation. Dans la bouche de Sixte-Quint [1] anathématisant Élisabeth, la malédiction tourne au madrigal. *Un gran cervello di principessa*, dit-il. Marie Stuart, moins occupée de la question église et plus occupée de la question femme, était peu respectueuse pour sa sœur Élisabeth et lui écrivait de reine à reine et de coquette à prude : « Votre esloignement du mariage provient de ce que vous ne voulez perdre liberté de vous faire faire l'amour [2]. » Marie Stuart jouait de l'éventail et Élisa-beth de la hache [3]. Partie inégale. Du reste toutes deux rivalisaient en littérature. Marie Stuart faisait des vers français ; Élisabeth traduisait Horace. Élisabeth, laide, se décrétait belle, aimait les quatrains et les acros-tiches, se faisait présenter les clefs des villes par des cupidons, pinçait la lèvre à l'italienne et roulait la pru-nelle à l'espagnole, avait dans sa garde-robe trois mille habits et toilettes, dont plusieurs costumes de Minerve et d'Amphitrite [4], estimait les irlandais pour la largeur

---

1. Pape de 1585 à 1590, il appuya en France Henri III et la Ligue et excommunia Henri de Navarre ; il finança contre l'Angleterre l'expédition désastreuse de l'Invincible Armada (1588). P. Larousse raconte cette anec-dote au sujet de la reine Élisabeth : « Sixte-Quint la mettait au nombre des trois personnes qui, suivant lui, méritaient seules de régner : les deux autres, c'étaient Henri IV et lui-même. » « Ce pape appelait Élisabeth *un gran cervello de principessa*, et disait qu'il eût bien voulu coucher seulement une nuit avec elle pour donner naissance à un nouvel Alexandre le Grand. »
2. Malgré les injonctions du Parlement, Élisabeth refusa toujours de se marier et n'eut pas d'enfant (d'où son surnom de « la Reine vierge »).
3. Reine d'Écosse (1542-1567) et de France (1559-1560), la très belle et cultivée Marie Stuart eut une vie romanesque (et de nombreux favoris). Catholique, elle fut chassée d'Écosse par la révolte protestante et nobiliaire et dut se réfugier en Angleterre où elle vécut dix-huit ans, de prison en prison. Élisabeth se résolut à la faire exécuter en 1587, à la suite d'un des nombreux complots qui cherchaient à faire de Marie sa rivale pour le trône de l'Angleterre.   4. Minerve, déesse romaine identifiée à l'Athéna grecque, déesse de la guerre et de la raison, sortie toute armée du crâne de Zeus. Amphitrite, déesse de la mer, épouse de Poséidon.

de leurs épaules, couvrait son vertugadin[1] de paillons et de passequilles[2], adorait les roses, jurait, sacrait, trépignait, cognait du poing ses filles d'honneur, envoyait au diable Dudley, battait le chancelier Burleigh, qui pleurait, la vieille bête, crachait sur Mathew, colletait Hatton, souffletait Essex, montrait sa cuisse à Bassompierre[3], était vierge.

Ce qu'elle avait fait pour Bassompierre, la reine de Saba l'avait fait pour Salomon*. Donc, c'était correct, l'Écriture sainte ayant créé le précédent. Ce qui est biblique peut être anglican. Le précédent biblique va même jusqu'à faire un enfant qui s'appelle Ebnehaquem ou Melilechet, c'est-à-dire *le Fils du Sage*.

Pourquoi pas ces mœurs ? Cynisme vaut bien hypocrisie.

Aujourd'hui l'Angleterre, qui a un Loyola appelé Wesley[4], baisse un peu les yeux devant ce passé. Elle en est contrariée, mais fière.

---

* *Regina Saba coram rege crura denudavit*[5]. Schicklardus in Prœmio Tarich. Jersici F. 65.

---

1. Bourrelet, cercle qui faisait bouffer la jupe autour des hanches, et, par extension, la jupe elle-même avec son bourrelet.   **2.** Comme les comprachicos... Voir note 4, p. 93, et note 1, p. 134.   **3.** Robert Dudley, comte de Leicester (1532-1588), l'un des favoris d'Élisabeth qui faillit l'épouser (personnage important d'*Amy Robsart*, drame de Hugo tiré du roman de Walter Scott, *Kenilworth*) ; William Cecil, baron Burleigh (1520-1598), secrétaire royal d'Élisabeth et son principal ministre pendant quarante ans ; Tobie Matthew, archevêque d'York (?) ; sir Christopher Hatton (1540-1591), d'abord officier de la garde royale puis lord chancelier de 1587 à 1591 ; Robert Devereux, 2ᵉ comte d'Essex (1567-1601), successeur de Dudley auprès d'Élisabeth, banni finalement de la cour puis condamné à mort pour avoir comploté avec Jacques VI d'Écosse ; François de Bassompierre, maréchal de France (1579-1646), en faveur sous Henri IV et ambassadeur de Louis XIII avant de déplaire à Richelieu et d'être embastillé pendant douze ans.   **4.** John Wesley (1703-1791), réformateur religieux anglais, fondateur du méthodisme qui, au cours du XVIIIᵉ siècle, multiplia les églises en Angleterre, en France et en Amérique, jusqu'à devenir l'une des plus importantes branches du protestantisme.   **5.** « La reine de Saba découvrit ses jambes en présence du roi. » Suivant une longue tradition (non attestée dans la Bible), la reine de Saba aurait eu une idylle et un fils avec le roi Salomon.

Dans ces mœurs-là, le goût du difforme existait, particulièrement chez les femmes, et singulièrement chez les belles. À quoi bon être belle, si l'on n'a pas un magot [1] ? Que sert d'être reine si l'on n'est pas tutoyée par un poussah [2] ? Marie Stuart avait eu des « bontés » pour un cron [3], Rizzio [4]. Marie Thérèse d'Espagne avait été « un peu familière » avec un nègre. D'où *l'abbesse noire*. Dans les alcôves du grand siècle la bosse était bien portée ; témoin le maréchal de Luxembourg.

Et avant Luxembourg, Condé, « ce petit homme tant joli ».

Les belles elles-mêmes pouvaient, sans inconvénient, être contrefaites. C'était accepté. Anne de Boleyn avait un sein plus gros que l'autre, six doigts à une main, et une surdent. La Vallière était bancale. Cela n'empêcha pas Henri VIII d'être insensé et Louis XIV d'être éperdu [5].

Au moral, mêmes déviations. Presque pas de femme dans les hauts rangs qui ne fût un cas tératologique. Agnès contenait Mélusine [6]. On était femme le jour et

---

1. Sorte de singe et, au sens figuré, homme très laid.   2. Du chinois *pou-sa*, idole bouddhique assise les jambes croisées ; avec influence probable de « poussif », gros homme mal bâti.   3. Terme élucidé par B. Leuilliot, qui l'a retrouvé dans une lettre de Hugo à Auguste Vacquerie : « *Cron* est dans Brantôme et veut dire *contrefait, voûté*. C'est une extension de l'anglais *crone*, vieille femme. Les pauvres vieilles femmes, comme on abuse d'elles ! Quelle insolence qu'*anus* ! Du reste *cron* est mieux qu'anglais. Il est grec. *Chronos. Senex morosus et maleficus*. C'est un des noms de Saturne » (7 mars 1869).   4. David Riccio : « Il était laid et bossu, mais, par ses talents, comme chanteur et musicien, il gagna la faveur de la reine qui le nomma secrétaire d'État pour les affaires de la France » (P. Larousse). On supposa qu'il était l'amant de la reine. Darnley, le second époux de la princesse, le fit égorger en mars 1566. Marie Stuart fit à son tour assassiner son époux avec l'aide de son amant, le comte de Bothwell. 5. C'est, entre autres raisons, pour pouvoir épouser Anne Boleyn qu'Henri VIII rompit avec le pape et fut le roi du schisme religieux (Acte de Suprématie, 1534). Louise de La Vallière (1644-1710) fut l'une des célèbres maîtresses de Louis XIV, touchante et sincère. Elle finit par tomber en disgrâce, se fit religieuse et passa trente-six ans dans un couvent. 6. L'innocente et pure Agnès de *L'École des femmes* de Molière (ou sainte Agnès, vierge et martyre sous Dioclétien) contient la fée Mélusine des légendes médiévales, mi-femme, mi-serpent.

goule la nuit. On allait en grève baiser sur le pieu de fer des têtes fraîches coupées. Marguerite de Valois, une aïeule des précieuses, avait porté à sa ceinture sous cadenas dans des boîtes de fer-blanc cousues à son corps de jupe tous les cœurs de ses amants morts[1]. Henri IV s'était caché sous ce vertugadin-là[2].

Au dix-huitième siècle la duchesse de Berry, fille du Régent, résuma toutes ces créatures dans un type obscène et royal.

En outre les belles dames savaient le latin. C'était, depuis le seizième siècle, une grâce féminine. Jane Grey avait poussé l'élégance jusqu'à savoir l'hébreu[3].

La duchesse Josiane latinisait. De plus, autre belle manière, elle était catholique. En secret, disons-le, et plutôt comme son oncle Charles II que comme son père Jacques II. Jacques, à son catholicisme, avait perdu sa royauté, et Josiane ne voulait point risquer sa pairie. C'est pourquoi, catholique dans l'intimité et entre raffinés et raffinées, elle était protestante extérieure. Pour la canaille.

Cette façon d'entendre la religion est agréable ; on jouit de tous les biens attachés à l'église officielle épiscopale, et plus tard on meurt, comme Grotius[4], en odeur de catholicisme, et l'on a la gloire que le Père Petau[5] dise une messe pour vous.

Quoique grasse et bien portante, Josiane était, insistons-y, une précieuse parfaite.

Par moments, sa façon dormante et voluptueuse de

---

1. La reine Margot, épouse d'Henri de Navarre, le futur Henri IV, dont Alexandre Dumas avait su camper la figure passionnée dans un roman de 1845.   **2.** Voir note 1, p. 289.   **3.** Arrière-petite-fille d'Henri VII par sa mère, Jane Grey (1537-1554) fut un moment et bien contre son gré la rivale de Marie Tudor, qui la fit exécuter. Elle avait reçu une instruction remarquable.   **4.** Juriste et diplomate hollandais (1583-1645) qui dut se réfugier en France et devint ambassadeur en Suède. Il est l'auteur du *De jure belli ac pacis*, code de droit international public.   **5.** Denis Pétau, père jésuite (1583-1652) qui, disait-on, comptait parmi les hommes les plus érudits de son temps.

traîner la fin des phrases imitait les allongements de pattes d'une tigresse marchant dans les jongles[1].

L'utilité d'être précieuse, c'est que cela déclasse le genre humain. On ne lui fait plus l'honneur d'en être.

Avant tout, mettre l'espèce humaine à distance, voilà ce qui importe.

Quand on n'a pas l'Olympe, on prend l'hôtel de Rambouillet[2].

Junon se résout en Araminte[3]. Une prétention de divinité non admise crée la mijaurée. À défaut de coups de tonnerre, on a l'impertinence. Le temple se ratatine en boudoir. Ne pouvant être déesse, on est idole.

Il y a en outre dans le précieux une certaine pédanterie qui plaît aux femmes.

La coquette et le pédant sont deux voisins. Leur adhérence est visible dans le fat.

Le subtil dérive du sensuel. La gourmandise affecte la délicatesse. Une grimace dégoûtée sied à la convoitise.

Et puis le côté faible de la femme se sent gardé par toute cette casuistique de la galanterie qui tient lieu de scrupules aux précieuses. C'est une circonvallation avec fossé. Toute précieuse a un air de répugnance. Cela protége.

On consentira, mais on méprise. En attendant.

Josiane avait un for intérieur inquiétant. Elle se sentait une telle pente à l'impudeur qu'elle était bégueule. Les reculs de fierté en sens inverse de nos vices nous mènent aux vices contraires. L'excès d'effort pour être chaste la faisait prude. Être trop sur la défensive, cela indique un secret désir d'attaque. Qui est farouche n'est pas sévère.

---

1. Variante graphique de « jungle » à partir de la prononciation ancienne du mot (*Trésor de la langue française*).   2. Salon littéraire et mondain dans la première moitié du XVIIᵉ siècle, longtemps considéré comme l'un des hauts lieux de la préciosité.   3. Junon, reine des dieux, déesse du mariage ; Araminte, la jeune veuve de Marivaux dans *Les Fausses Confidences* (1737).

Elle s'enfermait dans l'exception arrogante de son rang et de sa naissance, tout en préméditant peut-être, nous l'avons dit, quelque brusque sortie.

On était à l'aurore du dix-huitième siècle. L'Angleterre ébauchait ce qui a été en France la régence. Walpole et Dubois se tiennent[1]. Marlborough[2] se battait contre son ex-roi Jacques II auquel il avait, disait-on, vendu sa sœur Churchill. On voyait briller Bolingbroke[3] et poindre Richelieu[4]. La galanterie trouvait commode une certaine mêlée des rangs ; le plain-pied se faisait par les vices. Il devait se faire plus tard par les idées. L'encanaillement, prélude aristocratique, commençait ce que la révolution devait achever. On n'était pas très-loin de Jélyotte[5] publiquement assis en

---

1. Robert Walpole (1676-1745), homme politique anglais appelé par les Hanovre en 1715 à devenir premier lord de la Trésorerie et chancelier de l'Échiquier. Personnalité cynique et pragmatique, il recherchait l'alliance avec la France, justement favorisée à Paris par le cardinal Guillaume Dubois (1656-1723), ancien précepteur de Philippe d'Orléans, appelé au pouvoir lors de la Régence de celui-ci, pendant la minorité de Louis XV. Il est dépeint comme vénal, libertin et intrigant, mais intelligent et habile en politique étrangère.   2. John Churchill, 1er duc de Marlborough (1650-1722), dut sa fortune au duc d'York, futur Jacques II, qui avait pour maîtresse sa sœur, Arabella Churchill. Il fut pourtant l'un des premiers à abandonner le roi en 1688 ; si Guillaume d'Orange s'en méfia, il retrouva son crédit avec la reine Anne. Nommé général en chef des armées, il dirigea la guerre contre la France. Son nom (déformé en Malbrouck) est resté célèbre dans une chanson populaire française.   3. Homme politique et écrivain, Bolingbroke, premier vicomte de Saint-John (1678-1751), fut en faveur sous Guillaume III et la reine Anne. Cynique et déiste, c'est lui qui a fourni à Pope les lignes générales de la philosophie religieuse de l'*Essai sur l'homme* (1734).   4. Le maréchal de Richelieu (1696-1788), petit-neveu du cardinal de Richelieu, grand seigneur libertin et élégant, embastillé en 1711 pour ses assiduités auprès de la duchesse de Bourgogne et en 1716 pour un duel. Ce sera un homme important pour la politique étrangère de la France pendant la première moitié du XVIIIe siècle.   5. Pierre Jélyotte (1711-1782), célèbre chanteur qui fit pendant vingt-deux ans, de 1733 à 1755, les délices de l'Opéra, créant avec succès les principaux rôles dans les œuvres de Rameau ; il continua de chanter aux spectacles de la cour jusqu'en 1765. Madame d'Épinay (1726-1783), femme de lettres longtemps liée à Grimm, et qui fit construire pour Rousseau la retraite de l'*Ermitage* dans la vallée de Montmorency : « Délaissée par un mari dissipateur et débauché, elle se livra elle-même aux galanteries qui étaient dans les mœurs de son temps » (P. Larousse).

plein jour sur le lit de la marquise d'Épinay. Il est vrai, car les mœurs se font écho, que le seizième siècle avait vu le bonnet de nuit de Smeton[1] sur l'oreiller d'Anne de Boleyn.

Si femme signifie faute, comme je ne sais plus quel concile l'a affirmé, jamais la femme n'a plus été femme qu'en ces temps-là. Jamais, couvrant sa fragilité de son charme, et sa faiblesse de sa toute-puissance, elle ne s'est plus impérieusement fait absoudre. Faire du fruit défendu le fruit permis, c'est la chute d'Ève ; mais faire du fruit permis le fruit défendu, c'est son triomphe. Elle finit par là. Au dix-huitième siècle la femme tire le verrou sur le mari. Elle s'enferme dans l'Éden avec Satan. Adam est dehors.

III

Tous les instincts de Josiane inclinaient plutôt à se donner galamment qu'à se donner légalement. Se donner par galanterie implique de la littérature, rappelle Ménalque et Amaryllis[2], et est presque une action docte.

Mademoiselle de Scudéry, l'attrait de la laideur pour la laideur mis à part, n'avait pas eu d'autre motif pour céder à Pélisson[3].

---

1. Hugo s'inspire de l'article consacré à Anne Boleyn par Chaudon et Delandine dans *Le Nouveau Dictionnaire historique* : lorsque la reine fut accusée d'adultère par Henri VIII, aucun de ses familiers ne voulut l'accuser à l'exception d'un certain Smeton « qui, frappé par la crainte, ou entraîné par la force de la vérité, avoua qu'il avait souillé le lit de son souverain » (8e éd., Lyon, 1804, t. II, p. 454b).   2. Personnages de berger et de bergère dans les *Idylles* de Théocrite, œuvre grecque dont Virgile s'inspira dans ses *Bucoliques* (40-37 av. J.-C.).   3. Mademoiselle de Scudéry (1607-1701), auteur de la *Clélie* et du *Grand Cyrus*, romans précieux à succès, et Paul Pellisson-Fontanier (1624-1693), littérateur lui aussi, défiguré par la petite vérole : « Mlle de Scudéry était laide ; elle avait la peau noire et rude, les yeux noirs, les ongles noirs [...] elle fut séduite [...] par la monstrueuse laideur de Pellisson, à qui elle trouvait une grâce incomparable » (P. Larousse).

La fille souveraine et la femme sujette, telles sont les vieilles coutumes anglaises. Josiane différait le plus qu'elle pouvait l'heure de cette sujétion. Qu'il fallût en venir au mariage avec lord David, puisque le bon plaisir royal l'exigeait, c'était une nécessité sans doute, mais quel dommage ! Josiane agréait et éconduisait lord David. Il y avait entre eux accord tacite pour ne point conclure et pour ne point rompre. Ils s'éludaient. Cette façon de s'aimer avec un pas en avant et deux pas en arrière, est exprimée par les danses du temps, le menuet et la gavotte. Être des gens mariés, cela ne va pas à l'air du visage, cela fane les rubans qu'on porte, cela vieillit. L'épousaille, solution désolante de clarté. La livraison d'une femme par un notaire, quelle platitude ! La brutalité du mariage crée des situations définitives, supprime la volonté, tue le choix, a une syntaxe comme la grammaire, remplace l'inspiration par l'orthographe, fait de l'amour une dictée, met en déroute le mystérieux de la vie, inflige la transparence aux fonctions périodiques et fatales, ôte du nuage l'aspect en chemise de la femme, donne des droits diminuants pour qui les exerce comme pour qui les subit, dérange par un penchement de balance tout d'un côté le charmant équilibre du sexe robuste et du sexe puissant, de la force et de la beauté, et fait ici un maître et là une servante, tandis que, hors du mariage, il y a un esclave et une reine. Prosaïser le lit jusqu'à le rendre décent, conçoit-on rien de plus grossier ? Qu'il n'y ait plus de mal du tout à s'aimer, est-ce assez bête !

Lord David mûrissait. Quarante ans, c'est une heure qui sonne. Il ne s'en apercevait pas. Et de fait il avait toujours l'air de ses trente ans. Il trouvait plus amusant de désirer Josiane que de la posséder. Il en possédait d'autres ; il avait des femmes. Josiane de son côté avait des songes.

Les songes étaient pires.

La duchesse Josiane avait cette particularité, moins rare du reste qu'on ne croit, qu'un de ses yeux était bleu et l'autre noir. Ses prunelles étaient faites d'amour et de haine, de bonheur et de malheur. Le jour et la nuit étaient mêlés dans son regard.

Son ambition était ceci : se montrer capable de l'impossible.

Un jour elle avait dit à Swift[1] :

— Vous vous figurez, vous autres, que votre mépris existe.

Vous autres, c'était le genre humain.

Elle était papiste à fleur de peau. Son catholicisme ne dépassait point la quantité nécessaire pour l'élégance. Ce serait du puséysme aujourd'hui[2]. Elle portait de grosses robes de velours, ou de satin, ou de moire, quelques-unes amples de quinze et seize aunes[3], et des entoilages d'or et d'argent, et autour de sa ceinture force nœuds de perles alternés avec des nœuds de pierreries. Elle abusait des galons. Elle mettait parfois une veste de drap passementé comme un bachelier. Elle allait à cheval sur une selle d'homme, en dépit de l'invention des selles de femme introduite en Angleterre au quatorzième siècle par Anne, femme de Richard II. Elle se lavait le visage, les bras, les épaules et la gorge avec du sucre candi délayé dans du blanc d'œuf à la mode castillane. Elle avait, après qu'on avait spirituellement parlé auprès d'elle, un rire de réflexion d'une grâce singulière.

Du reste, aucune méchanceté. Elle était plutôt bonne.

---

1. Jonathan Swift (1667-1745), écrivain irlandais, célèbre ironiste et satiriste, auteur des *Voyages de Gulliver* et de pamphlets (dont la célèbre *Modeste proposition pour empêcher les enfants des pauvres en Irlande d'être à la charge de leurs parents ou de leur pays et pour les rendre utiles au public*, 1729). En 1704, la satire du *Conte du tonneau*, qui s'exerce à la fois contre l'Église romaine, l'Église anglicane et les dissidents, déplut à la reine Anne et fut l'une des raisons principales qui empêcha Swift d'accéder à l'évêché.   2. Ou puseyisme : mouvement religieux dû à Pusey (1800-1882) qui rapprocha une partie de l'Église anglicane du catholicisme. 3. Ancienne mesure de longueur qui, en France, valait environ 1,20 m et fut supprimée en 1834 (P. Larousse).

IV

MAGISTER ELEGANTIARUM [1]

Josiane s'ennuyait, cela va sans dire.

Lord David Dirry-Moir avait une situation magistrale dans la vie joyeuse de Londres. Nobility et gentry le vénéraient.

Enregistrons une gloire de lord David : il osait porter ses cheveux. La réaction contre la perruque commençait. De même qu'en 1824 Eugène Devéria [2] osa le premier laisser pousser sa barbe, en 1702 Price Devereux osa le premier hasarder en public, sous la dissimulation d'une frisure savante, sa chevelure naturelle. Risquer sa chevelure, c'était presque risquer sa tête. L'indignation fut universelle ; pourtant Price Devereux était vicomte Hereford, et pair d'Angleterre. Il fut insulté, et le fait est que la chose en valait la peine. Au plus fort de la huée, lord David parut tout à coup, lui aussi, avec ses cheveux et sans perruque. Ces choses-là annoncent la fin des sociétés. Lord David fut honni plus encore que le vicomte Hereford. Il tint bon. Price Devereux avait été le premier, David Dirry-Moir fut le second. Il est quelquefois plus difficile d'être le second que le premier. Il faut moins de génie, mais plus de courage. Le premier, enivré par l'innovation, a pu

---

1. « Maître des élégances ». Peut-être sur le modèle de Pétrone, *elegantiae arbiter* à la cour de Néron (Tacite, *Annales*, XVI, 18-19).   **2.** Peintre ami de Hugo (1805-1865) qui apparut en 1827 comme le chef de file de la peinture romantique avec *La Naissance d'Henri IV* et participa à la bataille d'*Hernani*. Le manuscrit comporte un portrait d'Eugène Devéria, accompagné d'une note de Hugo : « Les dessins quelconques qui sont dans mes manuscrits sont tous de moi. Celui-ci, par exception unique, n'en est pas. C'est le portrait d'Eugène Devéria, fait par lui-même, et en 1824. Il l'avait donné à mon frère Abel, duquel je le tiens. V.H. » Devéria avait connu un déclin rapide : « Décoré en 1838, Devéria ne reçut depuis aucune nouvelle distinction. Ses amis ont regretté en lui un homme de cœur, d'un commerce charmant, bien que sa nature fût comme voilée par une profonde mélancolie » (P. Larousse).

ignorer le danger ; le second voit l'abîme, et s'y précipite. Cet abîme, ne plus porter perruque, David Dirry-
Moir s'y jeta. Plus tard on les imita, on eut, après ces
deux révolutionnaires, l'audace de se coiffer de ses
cheveux, et la poudre vint, comme circonstance atténuante.

Pour fixer en passant cet important point d'histoire,
disons que la vraie priorité dans la guerre à la perruque
appartiendrait à une reine, Christine de Suède, laquelle
mettait des habits d'homme, et s'était montrée dès
1680 avec ses cheveux châtains naturels, poudrés et
hérissés sans coiffure en tête naissante. Elle avait en
outre « quelques poils de barbe », dit Misson[1].

Le pape, de son côté, par sa bulle de mars 1694,
avait un peu déconsidéré la perruque en l'ôtant de la
tête des évêques et des prêtres, et en ordonnant aux
gens d'église de laisser pousser leurs cheveux.

Lord David donc ne portait pas perruque et mettait
des bottes de peau de vache.

Ces grandes choses le désignaient à l'admiration
publique. Pas un club dont il ne fût le leader, pas une
boxe où on ne le souhaitât pour referee. Le referee,
c'est l'arbitre.

Il avait rédigé les chartes de plusieurs cercles de la
high life ; il avait fait des fondations d'élégance dont
une, *Lady Guinea*, existait encore à Pall Mall en 1772.
Lady Guinea était un cercle où foisonnait toute la jeune
lordship. On y jouait. Le moindre enjeu était un rouleau de cinquante guinées, et il n'y avait jamais moins
de vingt mille guinées sur la table. Près de chaque
joueur se dressait un guéridon pour poser la tasse de
thé et la sébile de bois doré où l'on met les rouleaux
de guinées. Les joueurs avaient, comme les valets
quand ils fourbissent les couteaux, des manches de
cuir, lesquelles protégeaient leurs dentelles, des plas-

1. François-Maximilien Misson (mort à Londres en 1722), littérateur
français qui publia des observations de ses voyages en Italie et en Angleterre.

trons de cuir qui garantissaient leurs fraises, et sur la tête, pour abriter leurs yeux, à cause de la grande lumière des lampes, et maintenir en ordre leur frisure, de larges chapeaux de paille couverts de fleurs. Ils étaient masqués, pour qu'on ne vît pas leur émotion, surtout au jeu de quinze. Tous avaient sur le dos leurs habits à l'envers, afin d'attirer la chance.

Lord David était du Beefsteak Club, du Surly Club, et du Split-farthing Club, du Club des Bourrus et du Club des Gratte-Sous, du Nœud Scellé, Sealed Knot, club des royalistes, et du Martinus Scribblerus, fondé par Swift[1], en remplacement de la Rota, fondée par Milton[2].

Quoique beau, il était du Club des Laids. Ce club était dédié à la difformité. On y prenait l'engagement de se battre, non pour une belle femme, mais pour un homme laid. La salle du club avait pour ornement des portraits hideux : Thersite, Triboulet, Duns, Hudibras, Scarron[3] ; sur la cheminée était Ésope[4] entre deux borgnes, Coclès et Camoëns[5] ; Coclès étant borgne de

---

1. Voir note 1, p. 296.　　2. Voir note 1, p. 268.　　3. Thersite, homme du peuple laid et lâche dans l'*Iliade*, qu'Ulysse rosse à coups de bâton pour avoir mené une mutinerie dans l'armée, décrit au chant II comme boiteux, voûté et la tête pointue ; Triboulet, le bouffon de François Ier, auquel Hugo a consacré le drame du *Roi s'amuse* (1832) ; Hudibras, personnage éponyme du poème héroïque de Samuel Butler (publié en trois parties, 1663, 1664, 1678) ; Paul Scarron, écrivain passé maître dans le burlesque (1610-1660), paralysé et malade, qui se peignait ainsi : « Mes jambes et mes cuisses ont fait d'abord un angle obtus et puis un angle égal et enfin un aigu ; mes cuisses et mon corps en font un autre, et la tête se penchant sur mon estomac, je ne ressemble pas mal à un Z » (cité par P. Larousse). Pour « Duns », peut-être Duns Scott, célèbre philosophe et théologien écossais (1266-1308).　　4. Le fabuliste grec Ésope (prob. VIe siècle av. J.-C.) aurait été difforme et bègue. 5. Horatius Coclès (en latin « le Borgne »), héros romain légendaire (VIe siècle av. J.-C.) qui aurait défendu seul le pont Sublicius pendant la guerre contre le roi étrusque Porsenna ; Louis de Camoens (1525-1579), gentilhomme et poète portugais, auteur de l'épopée des *Lusiades*. Exilé de la cour du Portugal, il avait demandé à se battre comme simple soldat en Afrique et c'est à cette occasion qu'il eut l'œil droit emporté par un coup de feu. Il mena par la suite une vie mouvementée et mourut dans le dénuement le plus total. P. Larousse le présente en poète romantique, comme un grand homme accablé par les infortunes, payant son « génie » de ses souffrances.

l'œil gauche et Camoëns de l'œil droit, chacun était sculpté de son côté borgne, et ces deux profils sans yeux se faisaient vis-à-vis. Le jour où la belle madame Visart eut la petite vérole, le Club des Laids lui porta un toast. Ce club florissait encore au commencement du dix-neuvième siècle ; il avait envoyé un diplôme de membre honoraire à Mirabeau [1].

Depuis la restauration de Charles II, les clubs révolutionnaires étaient abolis. On avait démoli, dans la petite rue avoisinant Moorfields, la taverne où se tenait le Calf's Head Club, club de la Tête de Veau, ainsi nommé parce que le 30 janvier 1649, jour où coula sur l'échafaud le sang de Charles Ier, on y avait bu dans un crâne de veau du vin rouge à la santé de Cromwell [2].

Aux clubs républicains avaient succédé les clubs monarchiques.

On s'y amusait décemment.

Il y avait le She romps Club. On prenait dans la rue une femme, une passante, une bourgeoise, aussi peu vieille et aussi peu laide que possible ; on la poussait dans le club, de force, et on la faisait marcher sur les mains, les pieds en l'air, le visage voilé par ses jupes retombantes. Si elle y mettait de la mauvaise grâce, on cinglait un peu de la cravache ce qui n'était plus voilé. C'était sa faute. Les écuyers de ce genre de manège s'appelaient « les sauteurs ».

Il y avait le Club des Éclairs de chaleur, métaphoriquement Merry-danses. On y faisait danser par des

---

1. Célèbre orateur et révolutionnaire, à la laideur légendaire (1749-1791). Hugo lui a rendu un important hommage en 1834 dans *Littérature et philosophie mêlées* : « laid et mal bâti », marqué par la petite-vérole... et pourtant transfiguré dans ses discours à l'Assemblée : « Sa tête avait une laideur grandiose et fulgurante dont l'effet par moments était électrique et terrible » (« Sur Mirabeau », dans V. Hugo, *Œuvres complètes*, « Bouquins », 1985, vol. *Critique*, p. 220, 228).   2. Peut faire écho aussi aux banquets républicains de 1848, et au « veau froid » ou « veau démocratique » servi en hommage à cette coutume des clubs révolutionnaires anglais, reprise pendant la Révolution française après Thermidor. Trois révolutions se superposeraient donc ici.

nègres et des blanches les danses des picantes et des timtirimbas du Pérou, notamment la Mozamala, « mauvaise fille », danse qui a pour triomphe la danseuse s'asseyant sur un tas de son auquel en se relevant elle laisse une empreinte callipyge[1]. On s'y donnait pour spectacle un vers de Lucrèce,

Tunc Venus in sylvis jungebat corpora amantum[2]

Il y avait le Hellfire Club, « Club des Flammes », où l'on jouait à être impie. C'était la joute des sacrilèges. L'enfer y était à l'enchère du plus gros blasphème.

Il y avait le Club des Coups de Tête, ainsi nommé parce qu'on y donnait des coups de tête aux gens. On avisait quelque portefaix à large poitrail et à l'air imbécile. On lui offrait, et au besoin on le contraignait d'accepter, un pot de porter[3] pour se laisser donner quatre coups de tête dans la poitrine. Et là-dessus on pariait. Une fois, un homme, une grosse brute de gallois nommé Gogangerdd, expira au troisième coup de tête. Ceci parut grave. Il y eut enquête, et le jury d'indictement[4] rendit ce verdict : « Mort d'un gonflement de cœur causé par excès de boisson ». Gogangerdd avait en effet bu le pot de porter.

Il y avait le Fun Club. *Fun* est, comme *cant*, comme *humour*, un mot spécial intraduisible. Le fun est à la farce ce que le piment est au sel. Pénétrer dans une maison, y briser une glace de prix, y balafrer les portraits de famille, empoisonner le chien, mettre un chat dans la volière, cela s'appelle « tailler une pièce de fun ». Donner une fausse mauvaise nouvelle qui fait prendre aux personnes le deuil à tort, c'est du fun. C'est le fun qui a fait un trou carré dans un Holbein à

---

1. « Aux belles fesses », épithète de la déesse de l'Amour, Aphrodite (Vénus chez les Romains).   **2.** « Alors, Vénus, dans les forêts, unissait les corps des amants » (*De rerum natura*, V, v. 962).   **3.** Bière brune, assez amère. Étymologiquement, « bière des portefaix ».   **4.** Acte d'accusation.

Hampton-Court. Le fun serait fier si c'était lui qui avait cassé les bras à la Vénus de Milo. Sous Jacques II, un jeune lord millionnaire qui avait mis le feu la nuit à une chaumière fit rire Londres aux éclats et fut proclamé *Roi du fun*. Les pauvres diables de la chaumière s'étaient sauvés en chemise. Les membres du Fun Club, tous de la plus haute aristocratie, couraient Londres à l'heure où les bourgeois dorment, arrachaient les gonds des volets, coupaient les tuyaux des pompes, défonçaient les citernes, décrochaient les enseignes, saccageaient les cultures, éteignaient les réverbères, sciaient les poutres d'étai[1] des maisons, cassaient les carreaux des fenêtres, surtout dans les quartiers indigents. C'étaient les riches qui faisaient cela aux misérables. C'est pourquoi nulle plainte possible. D'ailleurs c'était de la comédie. Ces mœurs n'ont pas tout à fait disparu. Sur divers points de l'Angleterre ou des possessions anglaises, à Guernesey par exemple, de temps en temps on vous dévaste un peu votre maison la nuit, on vous brise une clôture, on vous arrache le marteau de votre porte, etc. Si c'étaient des pauvres, on les enverrait au bagne ; mais ce sont d'aimables jeunes gens[2].

Le plus distingué des clubs était présidé par un empereur qui portait un croissant sur le front et qui s'appelait « le grand Mohock ». Le mohock dépassait le fun. Faire le mal pour le mal, tel était le programme. Le Mohock Club avait ce but grandiose : nuire. Pour remplir cette fonction, tous les moyens étaient bons. En devenant mohock, on prêtait serment d'être nuisible. Nuire à tout prix, n'importe quand, à n'importe qui, et n'importe comment, était le devoir. Tout membre du Mohock Club devait avoir un talent. L'un

---

1. Celles qui soutiennent la maison.   2. Fait vécu par Hugo et consigné dans le carnet du 9 mai 1860 : « Cette nuit de jeunes *sixty* aimables ont cassé tous les marteaux de porte de la rue Hauteville. C'est une farce aristocratique guernesiaise » (*Œuvres complètes*, Club français du livre, 1969, t. XII, p. 1328).

était « maître de danse », c'est-à-dire faisait gambader les manants en leur lardant les mollets de son épée. D'autres savaient « faire suer », c'est-à-dire improviser autour d'un bélître quelconque une ronde de six ou huit gentilshommes la rapière à la main ; étant entouré de toutes parts, il était impossible que le bélître ne tournât pas le dos à quelqu'un ; le gentilhomme à qui l'homme montrait le dos l'en châtiait par un coup de pointe qui le faisait pirouetter ; un nouveau coup de pointe aux reins avertissait le quidam que quelqu'un de noble était derrière lui, et ainsi de suite, chacun piquant à son tour ; quand l'homme, enfermé dans ce cercle d'épées, et tout ensanglanté, avait assez tourné et dansé, on le faisait bâtonner par des laquais pour changer le cours de ses idées. D'autres « tapaient le lion », c'est-à-dire arrêtaient en riant un passant, lui écrasaient le nez d'un coup de poing, et lui enfonçaient leurs deux pouces dans les deux yeux. Si les yeux étaient crevés, on les lui payait.

C'étaient là, au commencement du dix-huitième siècle, les passe-temps des opulents oisifs de Londres. Les oisifs de Paris en avaient d'autres. M. de Charolais lâchait son coup de fusil à un bourgeois sur le seuil de sa porte [1]. De tout temps la jeunesse s'est amusée.

Lord David Dirry-Moir apportait dans ces diverses institutions de plaisir son esprit magnifique et libéral. Tout comme un autre, il brûlait gaîment une cabane de chaume et de bois, et roussissait un peu ceux qui étaient dedans, mais il leur rebâtissait leur maison en pierre. Il lui arriva de faire danser sur les mains deux femmes dans le She romps Club. L'une était fille, il la dota ; l'autre était mariée, il fit nommer son mari chapelain.

Les combats de coq lui durent de louables perfec-

---

1. Charles de Bourbon, comte de Charolais (1700-1760), passé à la postérité pour ses violences : « Plusieurs fois on le vit précipiter des toits, à coups de mousquet, des ouvriers couvreurs, pour prouver son adresse, et repaître ses yeux du spectacle de leur agonie » (P. Larousse).

tionnements. C'était merveille de voir lord David habiller un coq pour le combat. Les coqs se prennent aux plumes comme les hommes aux cheveux. Aussi lord David faisait-il son coq le plus chauve possible. Il lui coupait avec des ciseaux toutes les plumes de la queue et, de la tête aux épaules, toutes les plumes du cou. – Autant de moins pour le bec de l'ennemi, disait-il. Puis il étendait les ailes de son coq, et taillait en pointe chaque plume l'une après l'autre, et cela faisait des ailes garnies de dards. – Voilà pour les yeux de l'ennemi, disait-il. Ensuite, il lui grattait les pattes avec un canif, lui aiguisait les ongles, lui emboîtait dans le maître ergot un éperon d'acier aigu et tranchant, lui crachait sur la tête, lui crachait sur le cou, l'oignait de salive comme on frottait d'huile les athlètes, et le lâchait, terrible, en s'écriant : – Voilà comment d'un coq on fait un aigle, et comment la bête de basse-cour devient une bête de la montagne[1] !

Lord David assistait aux boxes, et il en était la règle vivante. Dans les grandes performances, c'était lui qui faisait planter les pieux et tendre les cordes, et qui fixait le nombre de toises qu'aurait le carré de combat. S'il était second, il suivait pied à pied son boxeur, une bouteille dans une main, une éponge dans l'autre, lui criait : *Strike fair** , lui suggérait les ruses, le conseillait combattant, l'essuyait sanglant, le ramassait renversé, le prenait sur ses genoux, lui mettait le goulot entre les

---

* Frappe ferme.

---

1. La « création » d'un coq par lord David peut s'enrichir de références philosophiques empruntées à la tradition cynique. Une anecdote antique célèbre fait du coq l'enjeu d'une définition de l'espèce humaine : « Platon ayant défini l'homme un animal à deux pieds sans plumes, et l'auditoire l'ayant approuvé, Diogène apporta dans son école un coq plumé, et dit : "Voilà l'homme selon Platon." Aussi Platon ajouta-t-il à sa définition : "et qui a des ongles plats et larges" » (Diogène Laërce, *Vie, doctrines et sentences des philosophes illustres*, traduit par Robert Genaille, Garnier-Flammarion, 1994, t. II, p. 21). Si l'homme selon Platon est un coq pour Diogène, le coq pour lord David est un enfant-objet monstrueux.

dents, et de sa propre bouche pleine d'eau lui soufflait une pluie fine dans les yeux et dans les oreilles, ce qui ranime le mourant. S'il était arbitre, il présidait à la loyauté des coups, interdisait à qui que ce fût, hors les seconds, d'assister les combattants, déclarait vaincu le champion qui ne se plaçait pas bien en face de l'adversaire, veillait à ce que le temps des ronds[1] ne dépassât pas une demi-minute, faisait obstacle au butting[2], donnait tort à qui cognait avec la tête, empêchait de frapper l'homme tombé à terre. Toute cette science ne le faisait point pédant et n'ôtait rien à son aisance dans le monde.

Ce n'est pas quand il était referee d'une boxe que les partenaires hâlés, bourgeonnés et velus de celui-ci ou de celui-là, se fussent permis, pour venir en aide à leurs boxeurs faiblissants et pour culbuter la balance des paris, d'enjamber la palissade, d'entrer dans l'enceinte, de casser les cordes, d'arracher les pieux, et d'intervenir violemment dans le combat. Lord David était du petit nombre des arbitres qu'on n'ose rosser.

Personne n'entraînait comme lui. Le boxeur dont il consentait à être le « traîner » était sûr de vaincre. Lord David choisissait un Hercule, massif comme une roche, haut comme une tour, et en faisait son enfant. Faire passer de l'état défensif à l'état offensif cet écueil humain, tel était le problème. Il y excellait. Une fois le cyclope adopté, il ne le quittait plus. Il devenait nourrice. Il lui mesurait le vin, il lui pesait la viande, il lui comptait le sommeil. Ce fut lui qui inventa cet admirable régime d'athlète, renouvelé depuis par Moreley : le matin un œuf cru et un verre de sherry, à midi gigot saignant et thé, à quatre heures pain grillé et thé, le soir pale ale[3] et pain grillé. Après quoi il déshabillait l'homme, le massait et le couchait. Dans la rue il ne le perdait pas de vue, écartant de lui tous

---

1. Hugo traduit plus loin par « suspension », II, ɪ, 12, p. 366. 2. Cogner avec la tête (traduit par l'expression suivante). 3. Voir note 4, p. 96.

les dangers, les chevaux échappés, les roues de voitures, les soldats ivres, les jolies filles. Il veillait sur sa vertu. Cette sollicitude maternelle apportait sans cesse quelque nouveau perfectionnement à l'éducation du pupille. Il lui enseignait le coup de poing qui casse les dents et le coup de pouce qui fait jaillir l'œil. Rien de plus touchant.

Il se préparait de la sorte à la vie politique, à laquelle il devait plus tard être appelé. Ce n'est pas une petite affaire que de devenir un gentilhomme accompli.

Lord David Dirry-Moir aimait passionnément les exhibitions de carrefours, les tréteaux à parade, les circus à bêtes curieuses, les baraques de saltimbanques, les clowns, les tartailles[1], les pasquins[2], les farces en plein vent et les prodiges de la foire. Le vrai seigneur est celui qui goûte de l'homme du peuple ; c'est pourquoi lord David hantait les tavernes et les cours des miracles de Londres et des Cinq-Ports[3]. Afin de pouvoir au besoin, sans compromettre son rang dans l'escadre blanche, se colleter avec un gabier[4] ou un calfat[5], il mettait, quand il allait dans ces bas-fonds, une jaquette de matelot. Pour ces transformations, ne pas porter perruque lui était commode, car, même sous Louis XIV, le peuple a gardé ses cheveux, comme le lion sa crinière. De cette façon, il était libre. Les petites gens, que lord David rencontrait dans ces cohues et auxquelles il se mêlait, le tenaient en haute estime, et ne savaient pas qu'il fût lord. On l'appelait Tom-Jim-Jack. Sous ce nom il était populaire, et fort illustre dans cette crapule. Il s'encanaillait en maître. Dans l'occasion, il faisait le coup de poing. Ce côté de sa vie élégante était connu et fort apprécié de lady Josiane.

---

1. De Tartaglia, « le bègue », masque de la comédie italienne, originaire de Naples.   2. Mauvais bouffon, méchant diseur de bons mots. 3. Ancienne dénomination donnée à une division administrative et militaire de l'Angleterre, s'étendant aux cinq ports commerciaux situés en face des côtes françaises, sur la côte des comtés de Kent et de Sussex, soit Douvres, Sandwich, Romney, Hithe et Hastings. 4. Voir note 2, p. 94.   5. Marin qui garnit d'étoupe goudronnée les joints et interstices de la coque pour la rendre étanche.

V

LA REINE ANNE

I

Au dessus de ce couple, il y avait Anne, reine d'Angleterre.

La première femme venue, c'était la reine Anne. Elle était gaie, bienveillante, auguste, à peu près. Aucune de ses qualités n'atteignait à la vertu, aucune de ses imperfections n'atteignait au mal. Son embonpoint était bouffi, sa malice était épaisse, sa bonté était bête. Elle était tenace et molle. Épouse, elle était infidèle et fidèle, ayant des favoris auxquels elle livrait son cœur, et un consort auquel elle gardait son lit. Chrétienne, elle était hérétique et bigote. Elle avait une beauté, le cou robuste d'une Niobé[1]. Le reste de sa personne était mal réussi. Elle était gauchement coquette, et honnêtement. Sa peau était blanche et fine, elle la montrait beaucoup. C'est d'elle que venait la mode du collier de grosses perles serré au cou. Elle avait le front étroit, les lèvres sensuelles, les joues charnues, l'œil gros, la vue basse. Sa myopie s'étendait à son esprit. À part çà et là un éclat de jovialité, presque aussi pesante que sa colère, elle vivait dans une sorte de gronderie taciturne et de silence grognon. Il lui échappait des mots qu'il fallait deviner. C'était un mélange de la bonne femme et de la méchante diablesse. Elle aimait l'inattendu, ce qui est profondément

---

1. Fille de Tantale, orgueilleuse, qui se vanta de ses quatorze enfants devant Leto qui n'en avait que deux : ceux-ci, Apollon et Artémis, vengèrent leur mère en tuant tous les enfants de Niobé à l'exception d'une fille. Niobé, de douleur, se serait transformée en pierre (Ovide, *Métamorphoses*, livre VI). Source d'inspiration dans la sculpture (en particulier le groupe antique *Niobé et les Niobides*, qu'on attribua pour partie à Praxitèle, au Musée des Offices à Florence) et la peinture : c'est à ce titre que Niobé semble figurer dans la description de la reine Anne.

féminin. Anne était un échantillon à peine dégrossi de l'Ève universelle. À cette ébauche était échu ce hasard, le trône. Elle buvait. Son mari était un danois, de race.

Tory, elle gouvernait par les whighs[1]. En femme, en folle. Elle avait des rages. Elle était casseuse. Pas de personne plus maladroite pour manier les choses de l'état. Elle laissait tomber à terre les événements. Toute sa politique était fêlée. Elle excellait à faire de grosses catastrophes avec de petites causes. Quand une fantaisie d'autorité lui prenait, elle appelait cela : *donner le coup de poker*.

Elle disait avec un air de profonde rêverie des paroles telles que celles-ci : « Aucun pair ne peut être couvert devant le roi, excepté Courcy, baron Kinsale, pair d'Irlande. » Elle disait : « Ce serait une injustice que mon mari ne fût pas lord-amiral, puisque mon père l'a été. » – Et elle faisait George de Danemark haut-amiral d'Angleterre « and of all Her Majesty's Plantations ». Elle était perpétuellement en transpiration de mauvaise humeur ; elle n'exprimait pas sa pensée, elle l'exsudait. Il y avait du sphinx dans cette oie.

Elle ne haïssait point le fun, la farce taquine et hostile. Si elle eût pu faire Apollon bossu, c'eût été sa joie. Mais elle l'eût laissé dieu. Bonne, elle avait pour idéal de ne désespérer personne, et d'ennuyer tout le monde. Elle avait souvent le mot cru, et, un peu plus, elle eût juré, comme Élisabeth. De temps en temps, elle prenait dans une poche d'homme qu'elle avait à sa jupe une petite boîte ronde d'argent repoussé, sur laquelle était son portrait de profil, entre les deux lettres Q. A.[*], ouvrait cette boîte, et en tirait avec le bout de son doigt un peu de pommade dont elle se rougissait les lèvres. Alors, ayant arrangé sa bouche,

---

[*] Queen Ann.

---

1. Whigs et tories sont les deux partis qui se disputent le pouvoir en Angleterre. Voir la Chronologie.

elle riait. Elle était très-friande des pains d'épice plats de Zélande. Elle était fière d'être grasse.

Puritaine plutôt qu'autre chose, elle eût pourtant volontiers donné dans les spectacles. Elle eut une velléité d'Académie de musique, copiée sur celle de France. En 1700, un français nommé Forteroche voulut construire à Paris un « Cirque Royal » coûtant quatre cent mille livres, à quoi d'Argenson s'opposa ; ce Forteroche passa en Angleterre, et proposa à la reine Anne, qui en fut un moment séduite, l'idée de bâtir à Londres un théâtre à machines, plus beau que celui du roi de France, et ayant *un quatrième dessous* [1]. Comme Louis XIV, elle aimait que son carrosse galopât. Ses attelages et ses relais faisaient quelquefois en moins de cinq quarts d'heure le trajet de Windsor [2] à Londres.

II

Du temps d'Anne, pas de réunion sans l'autorisation de deux juges de paix. Douze personnes assemblées, fût-ce pour manger des huîtres et boire du porter [3], étaient en félonie.

Sous ce règne, pourtant relativement débonnaire, la presse [4] pour la flotte se fit avec une extrême violence ; sombre preuve que l'anglais est plutôt sujet que citoyen. Depuis des siècles le roi d'Angleterre avait là un procédé de tyran qui démentait toutes les vieilles chartes de franchise, et dont la France en particulier triomphait et s'indignait. Ce qui diminue un peu ce triomphe, c'est que, en regard de la presse des matelots en Angleterre, il y avait en France la presse des soldats.

---

1. Ce qui est exceptionnel, voir note 3, p. 214.　　2. L'une des résidences favorites de la famille royale, construite au XIIIe siècle par Henri III
et située sur la rive droite de la Tamise, à « 23 milles de Londres » (voir
II, v, 4, p. 595), soit une quarantaine de kilomètres.　　3. Voir note 3,
p. 301.　　4. Terme de marine : « Enrôlement forcé de matelots qui se
pratique en Angleterre, dans le cas où les enrôlements volontaires sont
insuffisants » (P. Larousse).

Dans toutes les grandes villes de France, tout homme valide allant par les rues à ses affaires était exposé à être poussé par les racoleurs dans une maison appelée *four*. Là on l'enfermait pêle-mêle avec d'autres, on triait ceux qui étaient propres au service, et les recruteurs vendaient ces passants aux officiers. En 1695, il y avait à Paris trente fours.

Les lois contre l'Irlande, émanées de la reine Anne, furent atroces.

Anne était née en 1664, deux ans avant l'incendie de Londres, sur quoi les astrologues – (il y en avait encore, témoin Louis XIV, qui naquit assisté d'un astrologue et emmaillotté dans un horoscope) – avaient prédit qu'étant « la sœur aînée du feu », elle serait reine. Elle le fut, grâce à l'astrologie, et à la révolution de 1688. Elle était humiliée de n'avoir pour parrain que Gilbert, archevêque de Cantorbéry. Être filleule du pape n'était plus possible en Angleterre. Un simple primat est un parrain médiocre. Anne dut s'en contenter. C'était sa faute. Pourquoi était-elle protestante ?

Le Danemark avait payé sa virginité, *virginitas empta*[1], comme disent les vieilles chartes, d'un douaire[2] de six mille deux cent cinquante livres sterling de rente, pris sur le bailliage de Wardinbourg et sur l'île de Fehmarn.

Anne suivait, sans conviction et par routine, les traditions de Guillaume. Les anglais, sous cette royauté née d'une révolution, avaient tout ce qui peut tenir de liberté entre la Tour de Londres où l'on mettait l'orateur et le pilori où l'on mettait l'écrivain. Anne parlait un peu danois, pour ses aparté avec son mari, et un peu français, pour ses aparté avec Bolingbroke[3]. Pur baragouin ; mais c'était, à la cour surtout, la grande mode anglaise de parler français. Il n'y avait de bon mot qu'en français. Anne se préoccupait des monnaies, surtout des monnaies de cuivre, qui sont les basses et

---

1. Mot à mot, « sa virginité ayant été achetée ».   **2.** Droit de l'épouse survivante sur les biens de son mari.   **3.** Voir note 3, p. 293.

les populaires ; elle voulait y faire grande figure. Six
farthings furent frappés sous son règne. Au revers des
trois premiers, elle fit mettre simplement un trône ; au
revers du quatrième, elle voulut un char de triomphe,
et au revers du sixième une déesse tenant d'une main
l'épée et de l'autre l'olivier avec l'exergue *Bello et
Pace*[1]. Fille de Jacques II, qui était ingénu et féroce,
elle était brutale.

Et en même temps au fond elle était douce. Contradiction qui n'est qu'apparente. Une colère la métamor-
phosait. Chauffez le sucre, il bouillonnera.

Anne était populaire. L'Angleterre aime les femmes
régnantes. Pourquoi ? la France les exclut. C'est déjà
une raison. Peut-être même n'y en a-t-il point d'autre.
Pour les historiens anglais, Élisabeth, c'est la grandeur,
Anne, c'est la bonté. Comme on voudra. Soit. Mais
rien de délicat dans ces règnes féminins. Les lignes
sont lourdes. C'est de la grosse grandeur et de la grosse
bonté. Quant à leur vertu immaculée, l'Angleterre y
tient, nous ne nous y opposons point. Élisabeth est une
vierge tempérée par Essex[2], et Anne est une épouse
compliquée de Bolingbroke[3].

III

Une habitude idiote qu'ont les peuples, c'est d'attribuer au roi ce qu'ils font. Ils se battent. À qui la gloire ? au roi. Ils paient. Qui est magnifique ? le roi. Et le
peuple l'aime d'être si riche. Le roi reçoit des pauvres
un écu et rend aux pauvres un liard. Qu'il est généreux ! Le colosse piédestal contemple le pygmée fardeau. Que myrmidon[4] est grand ! il est sur mon dos.

---

1. En temps de guerre comme en temps de paix. **2.** Voir note 3,
p. 289. **3.** Voir note 3, p. 293. **4.** Les Myrmidons, peuple de Thessalie dont la tradition raconte qu'ils furent d'abord des fourmis dans l'île
d'Égine : à la demande du roi Éaque, Zeus transforma les fourmis en guerriers intrépides. Le mot peut être employé en nom commun comme synonyme de nain ou de Pygmée.

Un nain a un excellent moyen d'être plus haut qu'un géant, c'est de se jucher sur ses épaules. Mais que le géant laisse faire, c'est là le singulier ; et qu'il admire la grandeur du nain, c'est là le bête. Naïveté humaine.

La statue équestre, réservée aux rois seuls, figure très-bien la royauté ; le cheval, c'est le peuple. Seulement ce cheval se transfigure lentement. Au commencement c'est un âne, à la fin c'est un lion. Alors il jette par terre son cavalier, et l'on a 1642 en Angleterre et 1789 en France, et quelquefois il le dévore, et l'on a en Angleterre 1649 et en France 1793 [1].

Que le lion puisse redevenir baudet, cela étonne, mais cela est. Cela se voyait en Angleterre. On avait repris le bât de l'idolâtrie royaliste. La Queen Ann, nous venons de le dire, était populaire. Que faisait-elle pour cela ? rien. Rien, c'est là tout ce qu'on demande au roi d'Angleterre. Il reçoit pour ce rien-là une trentaine de millions par an. En 1705, l'Angleterre, qui n'avait que treize vaisseaux de guerre sous Élisabeth et trente-six sous Jacques Ier, en comptait cent cinquante. Les anglais avaient trois armées, cinq mille hommes en Catalogne, dix mille en Portugal, cinquante mille en Flandre, et en outre ils payaient quarante millions par an à l'Europe monarchique et diplomatique, sorte de fille publique que le peuple anglais a toujours entretenue. Le parlement ayant voté un emprunt patriotique de trente-quatre millions de rentes viagères, il y avait eu presse à l'échiquier [2] pour y souscrire. L'Angleterre envoyait une escadre aux Indes-Orientales, et une escadre sur les côtes d'Espagne avec l'amiral Leake, sans compter un en-cas de quatre cents voiles sous l'amiral Showell. L'Angleterre venait de s'amal-

---

1. Après les révolutions (1642 et 1789), la mise à mort des rois : Charles Ier exécuté à Whitehall le 30 janvier 1649 et Louis XVI guillotiné le 21 janvier 1793 place de la Révolution (place de la Concorde).   2. La cour de l'Échiquier, chargée initialement de gérer les biens de la couronne, et devenue par sa position centrale une chambre des comptes et une haute cour de justice.

gamer l'Écosse. On était entre Hochstet[1] et Ramillies[2], et l'une de ces victoires faisait entrevoir l'autre. L'Angleterre, dans ce coup de filet de Hochstet, avait fait prisonniers vingt-sept bataillons et quatre régiments de dragons, et ôté cent lieues de pays à la France, reculant éperdue du Danube au Rhin. L'Angleterre étendait la main vers la Sardaigne et les Baléares. Elle ramenait triomphalement dans ses ports dix vaisseaux de ligne espagnols et force galions chargés d'or. La baie et le détroit d'Hudson étaient déjà à demi lâchés par Louis XIV ; on sentait qu'il allait lâcher aussi l'Acadie, Saint-Christophe et Terre-Neuve, et qu'il serait trop heureux si l'Angleterre tolérait au cap Breton[3] le roi de France, pêchant la morue. L'Angleterre allait lui imposer cette honte de démolir lui-même les fortifications de Dunkerque. En attendant elle avait pris Gibraltar et elle prenait Barcelone. Que de grandes choses accomplies ! Comment ne pas admirer la reine Anne qui se donnait la peine de vivre pendant ce temps-là[4] ?

À un certain point de vue, le règne d'Anne semble une réverbération du règne de Louis XIV. Anne, un moment parallèle à ce roi dans cette rencontre qu'on appelle l'histoire, a avec lui une vague ressemblance de reflet. Comme lui elle joue au grand règne ; elle a ses monuments, ses arts, ses victoires, ses capitaines, ses gens de lettres, sa cassette pensionnant les renommées, sa galerie de chefs-d'œuvre latérale à sa majesté. Sa cour, à elle aussi, fait cortège et a un aspect triom-

---

1. Seconde bataille de Höchstädt en Bavière, en 1704, remportée par Marlborough (voir note 2, p. 293) contre les troupes françaises. 2. En Belgique, près de Louvain, victoire de Marlborough sur l'armée française commandée par Villeroi en 1706. Correspond à la période de revers qui marque en France la fin du règne de Louis XIV. 3. L'île du Cap-Breton, dans l'Amérique septentrionale, à l'entrée du golfe du Saint-Laurent. 4. Première allusion au célèbre monologue « prérévolutionnaire » de Figaro de Beaumarchais, dans l'acte V, scène III, du *Mariage de Figaro* (1784, 1re représentation) : « Parce que vous êtes un grand seigneur, vous vous croyez un grand génie !... noblesse, fortune, un rang, des places ; tout cela rend si fier ! Qu'avez-vous fait pour tant de biens ? vous vous êtes donné la peine de naître, et rien de plus. »

phal, un ordre et une marche. C'est une réduction en
petit de tous les grands hommes de Versailles, déjà pas
très-grands. Le trompe-l'œil y est ; qu'on y ajoute le
God save the queen, qui eût pu dès lors être pris à
Lulli[1], et l'ensemble fait illusion. Pas un personnage ne
manque. Christophe Wren est un Mansard fort passa-
ble[2] ; Somers vaut Lamoignon[3]. Anne a un Racine qui
est Dryden[4], un Boileau qui est Pope[5], un Colbert qui
est Godolphin[6], un Louvois qui est Pembroke[7], et un
Turenne qui est Marlborough[8]. Grandissez les perruques pourtant, et diminuez les fronts. Le tout est
solennel et pompeux, et Windsor, à cet instant-là,
aurait presque un faux air de Marly[9]. Pourtant tout est
féminin, et le père Tellier d'Anne s'appelle Sarah Jennings[10]. Du reste, un commencement d'ironie, qui cinquante ans plus tard sera la philosophie, s'ébauche

---

1. Hymne national de l'Angleterre. Jean-Baptiste Lulli (1632-1687),
célèbre musicien novateur en faveur auprès de Louis XIV.   2. Deux
architectes, François Mansart (1598-1666), qui eut un rôle important dans
l'élaboration du classicisme français, et Christopher Wren (1632-1723),
dont il fut l'un des inspirateurs et qui conçut en particulier la cathédrale
Saint-Paul à Londres à partir de 1675.   3. Deux parlementaires opposés
à la puissance royale. Guillaume de Lamoignon (1617-1677), premier président au Parlement de Paris, qui refusa de présider au procès de Fouquet et
chercha à rendre la justice plus humaine ; John Somers (1651-1716), qui
contribua à la Révolution de 1688 et continua à jouer par la suite un rôle
prépondérant dans le parti whig.   4. Deux dramaturges classiques. Pour
Dryden, voir note 2, p. 267.   5. Deux poètes édicteurs de règles fonda-
trices : l'*Essai sur la critique* de Pope (*Essay on Criticism*, 1711) a joué le
rôle de l'*Art poétique* (1674) de Boileau en France.   6. Deux intendants
des Finances.   7. Deux administrateurs de l'État.   8. Deux maréchaux victorieux. Pour Marlborough, voir note 2, p. 293.   9. Pour Windsor, voir note 2, p. 309. Le château de Marly, vendu et démoli à la
Révolution, avait été construit par Jules Hardouin Mansart pour Louis XIV
et à la glorification du Roi-Soleil : au centre, le pavillon du soleil était
entouré de douze pavillons symbolisant les signes du zodiaque.
10. Deux conseillers occultes. Le père Letellier (1643-1719), dernier
confesseur de Louis XIV, sut s'attirer les bonnes grâces du vieux roi et se
montra impitoyable envers les protestants et les jansénistes ; Sarah Jennings
(1660-1744), épouse de John Churchill, futur duc de Marlborough, amie
d'enfance d'Anne, qui exerça sur la reine une très forte influence, faisant
triompher le parti whig et soutenant la carrière de son époux, avant leur
disgrâce en 1711.

dans la littérature, et le Tartufe protestant est démasqué par Swift[1], de même que le Tartufe catholique a été dénoncé par Molière. Bien qu'à cette époque l'Angleterre querelle et batte la France, elle l'imite et elle s'en éclaire ; et ce qui est sur la façade de l'Angleterre, c'est de la lumière française. C'est dommage que le règne d'Anne n'ait duré que douze ans, sans quoi les anglais ne se feraient pas beaucoup prier pour dire le siècle d'Anne comme nous disons le siècle de Louis XIV. Anne apparaît en 1702, quand Louis XIV décline. C'est une des curiosités de l'histoire que le lever de cet astre pâle coïncide avec le coucher de l'astre de pourpre, et qu'à l'instant où la France avait le roi Soleil, l'Angleterre ait eu la reine Lune.

Détail qu'il faut noter. Louis XIV, bien qu'on fût en guerre avec lui, était fort admiré en Angleterre. *C'est le roi qu'il faut à la France*, disaient les anglais. L'amour des anglais pour leur liberté se complique d'une certaine acceptation de la servitude d'autrui. Cette bienveillance pour les chaînes qui attachent le voisin va quelquefois jusqu'à l'enthousiasme pour le despote d'à côté.

En somme, Anne a rendu son peuple « *hureux* », comme le dit à trois reprises et avec une gracieuse insistance, pages 6 et 9 de sa dédicace, et page 3 de sa préface, le traducteur français du livre de Beeverell[2].

IV

La reine Anne en voulait un peu à la duchesse Josiane pour deux raisons.

Premièrement, parce qu'elle trouvait la duchesse Josiane jolie.

---

1. Voir note 1, p. 296.   **2.** Voir note 2, p. 40. Hugo reproduit volontairement une coquille dans la dédicace du libraire P. vander Aa, à Leyde, et se plaît à citer sa source, comme il l'avait fait pour l'*État présent de l'Angleterre* de Chamberlayne.

Deuxièmement, parce qu'elle trouvait joli le fiancé de la duchesse Josiane.

Deux raisons pour être jalouse suffisent à une femme ; une seule suffit à une reine.

Ajoutons ceci. Elle lui en voulait d'être sa sœur.

Anne n'aimait pas que les femmes fussent jolies. Elle trouvait cela contraire aux mœurs.

Quant à elle, elle était laide.

Non par choix pourtant.

Une partie de sa religion venait de cette laideur.

Josiane, belle et philosophe, importunait la reine.

Pour une reine laide une jolie duchesse n'est pas une sœur agréable.

Il y avait un autre grief, la naissance *improper*[1] de Josiane.

Anne était fille d'Anne Hyde, simple lady, légitimement, mais fâcheusement épousée par Jacques II, lorsqu'il était duc d'York. Anne, ayant de ce sang inférieur dans les veines, ne se sentait qu'à demi royale, et Josiane, venue au monde tout à fait irrégulièrement, soulignait l'incorrection, moindre, mais réelle, de la naissance de la reine. La fille de la mésalliance voyait sans plaisir, pas très-loin d'elle, la fille de la bâtardise. Il y avait là une ressemblance désobligeante. Josiane avait le droit de dire à Anne : ma mère vaut bien la vôtre. À la cour on ne le disait pas, mais évidemment on le pensait. C'était ennuyeux pour la majesté royale. Pourquoi cette Josiane ? Quelle idée avait-elle eue de naître ? À quoi bon une Josiane ? De certaines parentés sont diminuantes.

Pourtant Anne faisait bon visage à Josiane.

Peut-être l'eût-elle aimée, si elle n'eût été sa sœur.

---

1. Mot anglais, « indécent, de mauvais goût ». Dans tout le roman, Hugo s'amuse à insérer des termes anglais, alliant ainsi l'exactitude historique, le pittoresque et les possibilités ludiques des jeux de mots.

VI

BARKILPHEDRO

Il est utile de connaître les actions des personnes, et quelque surveillance est sage.

Josiane faisait un peu espionner lord David par un homme à elle, en qui elle avait confiance, et qui se nommait Barkilphedro.

Lord David faisait discrètement observer Josiane par un homme à lui, dont il était sûr, et qui se nommait Barkilphedro.

La reine Anne, de son côté, se faisait secrètement tenir au courant des faits et gestes de la duchesse Josiane, sa sœur bâtarde, et de lord David, son futur beau-frère de la main gauche, par un homme à elle, sur qui elle comptait pleinement, et qui se nommait Barkilphedro.

Ce Barkilphedro avait sous la main ce clavier : Josiane, lord David, la reine. Un homme entre deux femmes. Que de modulations possibles ! Quel amalgame d'âmes !

Barkilphedro n'avait pas toujours eu cette situation magnifique de parler bas à trois oreilles.

C'était un ancien domestique du duc d'York[1]. Il avait tâché d'être homme d'église, mais avait échoué. Le duc d'York, prince anglais et romain, composé de papisme royal et d'anglicanisme légal, avait sa maison catholique et sa maison protestante, et eût pu pousser Barkilphedro dans l'une ou l'autre hiérarchie, mais il ne le jugea point assez catholique pour le faire aumônier et assez protestant pour le faire chapelain. De sorte que Barkilphedro se trouva entre deux religions l'âme par terre.

Ce n'est point une posture mauvaise pour de certaines âmes reptiles.

---

1. Le futur Jacques II.

Portrait de Barkilphedro, par Daniel Vierge. Paris, 1875.

De certains chemins ne sont faisables qu'à plat ventre.

Une domesticité obscure, mais nourrissante, fut longtemps toute l'existence de Barkilphedro. La domesticité, c'est quelque chose, mais il voulait de plus la puissance. Il allait peut-être y arriver quand Jacques II tomba[1]. Tout était à recommencer. Rien à faire sous Guillaume III[2], maussade, et ayant dans sa façon de régner une pruderie qu'il croyait de la probité. Barkilphedro, son protecteur Jacques détrôné, ne fut pas tout de suite en guenilles. Un je ne sais quoi qui survit aux princes déchus alimente et soutient quelque temps leurs parasites. Le reste de sève épuisable fait vivre deux ou trois jours au bout des branches les feuilles de l'arbre déraciné ; puis tout à coup la feuille jaunit et sèche, et le courtisan aussi.

Grâce à cet embaumement qu'on nomme légitimité, le prince, lui, quoique tombé et jeté au loin, persiste et se conserve ; il n'en est pas de même du courtisan, bien plus mort que le roi. Le roi là-bas est momie, le courtisan ici est fantôme. Être l'ombre d'une ombre, c'est là une maigreur extrême. Donc Barkilphedro devint famélique. Alors il prit la qualité d'homme de lettres.

Mais on le repoussait même des cuisines. Quelquefois il ne savait où coucher. « Qui me tirera de la belle étoile ? » disait-il. Et il luttait. Tout ce que la patience dans la détresse a d'intéressant, il l'avait. Il avait de plus le talent du termite, savoir faire une trouée de bas en haut. En s'aidant du nom de Jacques II, des souvenirs, de la fidélité, de l'attendrissement, etc., il perça jusqu'à la duchesse Josiane.

Josiane prit en gré cet homme qui avait de la misère et de l'esprit, deux choses qui émeuvent. Elle le présenta à lord Dirry-Moir, lui donna gîte dans ses communs, le tint pour de sa maison, fut bonne pour lui, et quelquefois même lui parla. Barkilphedro n'eut

---

1. Avec la Révolution de 1688.   **2.** Voir la Chronologie.

plus ni faim, ni froid. Josiane le tutoyait. C'était la mode des grandes dames de tutoyer les gens de lettres, qui se laissaient faire. La marquise de Mailly recevait, couchée, Roy qu'elle n'avait jamais vu, et lui disait : *C'est toi qui as fait l'Année galante ? Bonjour*[1]. Plus tard, les gens de lettres rendirent le tutoiement. Un jour vint où Fabre d'Églantine dit à la duchesse de Rohan :

— *N'es-tu pas la Chabot*[2] *?*

Pour Barkilphedro, être tutoyé c'était un succès. Il en fut ravi. Il avait ambitionné cette familiarité de haut en bas.

— Lady Josiane me tutoie ! se disait-il. Et il se frottait les mains.

Il profita de ce tutoiement pour gagner du terrain. Il devint une sorte de familier des petits appartements de Josiane, point gênant, inaperçu ; la duchesse eût presque changé de chemise devant lui. Tout cela pourtant était précaire. Barkilphedro visait à une situation. Une duchesse, c'est à moitié chemin. Une galerie souterraine qui n'arrivait pas jusqu'à la reine, c'était de l'ouvrage manqué.

Un jour Barkilphedro dit à Josiane :

— Votre Grâce voudrait-elle faire mon bonheur ?

— Qu'est-ce que tu veux ? demanda Josiane.

— Un emploi.

— Un emploi ! à toi !

— Oui, madame.

— Quelle idée as-tu de demander un emploi ? tu n'es bon à rien.

— C'est pour cela.

Josiane se mit à rire.

---

1. La marquise de Mailly (1710-1751) fut l'une des maîtresses de Louis XV ; Pierre-Charles Roy (1683-1764), un poète dramatique qui se distingua en écrivant des livrets d'opéra et des ballets.   **2.** Allusion à la Révolution, à laquelle Fabre d'Églantine prit part comme secrétaire de Danton et député de la Convention. Il participa en particulier à l'élaboration du calendrier révolutionnaire. Accusé de corruption, il fut exécuté en 1794. Les Rohan-Chabot sont une branche de la prestigieuse famille des princes de Rohan.

— Dans les fonctions auxquelles tu n'es pas propre, laquelle désires-tu ?

— Celle de déboucheur de bouteilles de l'Océan.

Le rire de Josiane redoubla.

— Qu'est-ce que cela ? Tu te moques.

— Non, madame.

— Je vais m'amuser à te répondre sérieusement, dit la duchesse. Qu'est-ce que tu veux être ? Répète.

— Déboucheur de bouteilles de l'Océan.

— Tout est possible à la cour. Est-ce qu'il y a un emploi comme cela ?

— Oui, madame.

— Apprends-moi des choses nouvelles. Continue.

— C'est un emploi qui est.

— Jure-le-moi sur l'âme que tu n'as pas.

— Je le jure.

— Je ne te crois point.

— Merci, madame.

— Donc tu voudrais ?... Recommence.

— Décacheter les bouteilles de la mer.

— Voilà une fonction qui ne doit pas donner grande fatigue. C'est comme peigner le cheval de bronze [1].

— À peu près.

— Ne rien faire. C'est en effet la place qu'il te faut. Tu es bon à cela.

— Vous voyez que je suis propre à quelque chose.

— Ah çà ! tu bouffonnes. La place existe-t-elle ?

Barkilphedro prit l'attitude de la gravité déférente.

— Madame, vous avez un père auguste, Jacques II, roi, et un beau-frère illustre, Georges de Danemark, duc de Cumberland. Votre père a été et votre beau-frère est lord-amiral d'Angleterre.

---

1. Véritable sinécure. Hugo adolescent aurait trouvé dans le théâtre de Régnard ce trait concernant Arlequin chargé de peigner la queue du cheval de bronze dans une ville italienne. Mentionnée dans un article du *Conservateur littéraire*, cette expression est utilisée dans *Napoléon le Petit* (II, 2) pour qualifier le « travail » du Sénat qui a laissé promulguer la nouvelle Constitution de 1852.

— Sont-ce là les nouveautés que tu viens m'apprendre ? Je sais cela aussi bien que toi.

— Mais voici ce que Votre Grâce ne sait pas. Il y a dans la mer trois sortes de choses : celles qui sont au fond de l'eau, *Lagon* ; celles qui flottent sur l'eau, *Flotson* ; et celles que l'eau rejette sur la terre, *Jetson*[1].

— Après ?

— Ces trois choses-là, Lagon, Flotson, Jetson, appartiennent au lord haut-amiral.

— Après ?

— Votre Grâce comprend ?

— Non.

— Tout ce qui est dans la mer, ce qui s'engloutit, ce qui surnage et ce qui s'échoue, tout appartient à l'amiral d'Angleterre.

— Tout. Soit. Ensuite ?

— Excepté l'esturgeon, qui appartient au roi.

— J'aurais cru, dit Josiane, que tout cela appartenait à Neptune.

— Neptune est un imbécile. Il a tout lâché. Il a laissé tout prendre aux anglais.

— Conclus.

— Les prises de mer ; c'est le nom qu'on donne à ces trouvailles-là.

— Soit.

— C'est inépuisable. Il y a toujours quelque chose qui flotte, quelque chose qui aborde. C'est la contribution de la mer. La mer paie impôt à l'Angleterre.

---

1. La source de Hugo est Chamberlayne : le Grand Amiral, le 9ᵉ et dernier des Grands Officiers de la Couronne, office réservé aux plus grands seigneurs et aux parents du roi, possède toutes les épaves rejetées par la mer : « La Loi et la Coutume donnent au Grand Amiral la Disposition de toutes les peines et amendes [...] il dispose aussi des biens des Pirates [...] et a part à toutes les bonnes prises sur Mer, *Lagon, Jetson*, et *Flotson*, comme parlent nos jurisconsultes, c'est-à-dire, de tout ce qui se trouve au fond de la Mer, de tout ce qui y flotte ou nage, et de tout ce qu'elle jette à Terre, qui n'appartient point à des Seigneurs particuliers qui ont leurs Maisons sur le Bord de la Mer » (1ʳᵉ partie, p. 160). Chamberlayne, néanmoins, ne mentionne pas la fonction que demande Barkilphedro...

— Je veux bien. Mais conclus.

— Votre Grâce comprend que de cette façon l'Océan crée un bureau.

— Où ça ?

— À l'amirauté.

— Quel bureau ?

— Le bureau des prises de mer.

— Eh bien ?

— Le bureau se subdivise en trois offices, Lagon, Flotson, Jetson ; et pour chaque office il y a un officier.

— Et puis ?

— Un navire en pleine mer veut donner un avis quelconque à la terre, qu'il navigue en telle latitude, qu'il rencontre un monstre marin, qu'il est en vue d'une côte, qu'il est en détresse, qu'il va sombrer, qu'il est perdu, et cætera, le patron prend une bouteille, met dedans un morceau de papier où il a écrit la chose, cachète le goulot, et jette la bouteille à la mer. Si la bouteille va au fond, cela regarde l'officier Lagon ; si elle flotte, cela regarde l'officier Flotson ; si elle est portée à terre par les vagues, cela regarde l'officier Jetson.

— Et tu voudrais être l'officier Jetson ?

— Précisément.

— Et c'est ce que tu appelles être déboucheur de bouteilles de l'Océan[1] ?

— Puisque la place existe.

— Pourquoi désires-tu cette dernière place plutôt que les deux autres ?

— Parce qu'elle est vacante en ce moment.

— En quoi consiste l'emploi ?

— Madame, en 1598, une bouteille goudronnée trouvée par un pêcheur de congre dans les sables

---

1. La nécessité narrative est plus qu'évidente : Barkilphedro demande l'emploi qui lui permettra d'entrer en possession de la gourde d'Hardquanonne, dont le lecteur connaît déjà l'existence. Les ficelles du mélodrame sont exploitées de telle sorte que la préparation dramatique met en évidence des étranges hasards de l'existence, et interroge les destinées – pures coïncidences, providence suprême ou ironie du sort ?

d'échouage d'Epidium Promontorium fut portée à la reine Élisabeth, et un parchemin qu'on tira de cette bouteille fit savoir à l'Angleterre que la Hollande avait pris sans rien dire un pays inconnu, la nouvelle Zemble [1], *Nova Zemla*, que cette prise avait eu lieu en juin 1596, que dans ce pays-là on était mangé par les ours, et que la manière d'y passer l'hiver était indiquée sur un papier enfermé dans un étui de mousquet suspendu dans la cheminée de la maison de bois bâtie dans l'île et laissée par les hollandais qui étaient tous morts, et que cette cheminée était faite d'un tonneau défoncé, emboîté dans le toit.

— Je comprends peu ton amphigouri.

— Soit. Élisabeth comprit. Un pays de plus pour la Hollande, c'était un pays de moins pour l'Angleterre. La bouteille qui avait donné l'avis fut tenue pour chose importante. Et à partir de ce jour, ordre fut intimé à quiconque trouverait une bouteille cachetée au bord de la mer de la porter à l'amiral d'Angleterre, sous peine de potence. L'amiral commet pour ouvrir ces bouteilles-là un officier, lequel informe du contenu sa majesté, s'il y a lieu.

— Arrive-t-il souvent de ces bouteilles à l'amirauté ?

— Rarement. Mais c'est égal. La place existe. Il y a pour la fonction chambre et logis à l'amirauté.

— Et cette manière de ne rien faire, combien la paie-t-on ?

— Cent guinées par an.

— Tu me déranges pour cela ?

— C'est de quoi vivre.

— Gueusement.

— Comme il sied à ceux de ma sorte.

— Cent guinées, c'est une fumée.

— Ce qui vous fait vivre une minute nous fait vivre un an, nous autres. C'est l'avantage qu'ont les pauvres.

---

1. Nouvelle-Zemble ou Novaïa-Zemlia (en russe, « Nouvelle Terre »), archipel de l'océan Arctique, entre la mer de Barents et la mer de Kara.

— Tu auras la place.

Huit jours après, grâce à la bonne volonté de Josiane, grâce au crédit de lord David Dirry-Moir, Barkilphedro, sauvé désormais, tiré du provisoire, posant maintenant le pied sur un terrain solide, logé, défrayé, renté de cent guinées, était installé à l'amirauté.

VII

BARKILPHEDRO PERCE

Il y a d'abord une chose pressée ; c'est d'être ingrat. Barkilphedro n'y manqua point.

Ayant reçu tant de bienfaits de Josiane, naturellement il n'eut qu'une pensée, s'en venger.

Ajoutons que Josiane était belle, grande, jeune, riche, puissante, illustre, et que Barkilphedro était laid, petit, vieux, pauvre, protégé, obscur. Il fallait bien aussi qu'il se vengeât de cela.

Quand on n'est fait que de nuit, comment pardonner tant de rayons ?

Barkilphedro était un irlandais qui avait renié l'Irlande ; mauvaise espèce.

Barkilphedro n'avait qu'une chose en sa faveur ; c'est qu'il avait un très-gros ventre.

Un gros ventre passe pour signe de bonté. Mais ce ventre s'ajoutait à l'hypocrisie de Barkilphedro. Car cet homme était très-méchant.

Quel âge avait Barkilphedro ? aucun. L'âge nécessaire à son projet du moment. Il était vieux par les rides et les cheveux gris, et jeune par l'agilité d'esprit. Il était leste et lourd ; sorte d'hippopotame singe. Royaliste, certes ; républicain, qui sait ? catholique, peut-être ; protestant, sans doute. Pour Stuart, probablement ; pour Brunswick, évidemment[1]. Être Pour

---

1. La maison de Brunswick avait des prétentions au trône d'Angleterre

n'est une force qu'à la condition d'être en même temps
Contre. Barkilphedro pratiquait cette sagesse.

La place de « déboucheur de bouteilles de l'Océan »
n'était pas aussi risible qu'avait semblé le dire Barkilphedro. Les réclamations, qu'aujourd'hui on qualifie-
rait déclamations, de Garcie-Ferrandez dans son
Routier de la mer[1] contre la spoliation des échouages,
dite *droit de bris*, et contre le pillage des épaves par
les gens des côtes, avaient fait sensation en Angleterre
et avaient amené pour les naufragés ce progrès que
leurs biens, effets et propriétés, au lieu d'être volés par
les paysans, étaient confisqués par le lord-amiral.

Tous les débris de mer jetés à la rive anglaise, marchandises, carcasses de navires, ballots, caisses, etc.,
appartenaient au lord-amiral ; mais, et ici se révélait
l'importance de la place sollicitée par Barkilphedro,
les récipients flottants contenant des messages et des
informations éveillaient particulièrement l'attention de
l'amirauté. Les naufrages sont une des graves préoccupations de l'Angleterre. La navigation étant sa vie, le
naufrage est son souci. L'Angleterre a la perpétuelle
inquiétude de la mer. La petite fiole de verre que jette
aux vagues un navire en perdition contient un renseignement suprême, précieux à tous les points de vue.
Renseignement sur le bâtiment, renseignement sur
l'équipage, renseignement sur le lieu, l'époque et le
mode du naufrage, renseignement sur les vents qui ont
brisé le vaisseau, renseignement sur les courants qui
ont porté la fiole flottante à la côte. La fonction que
Barkilphedro occupait a été supprimée il y a plus d'un

---

car Ernest Auguste, duc de Brunswick-Lüneburg, avait épousé la petite-fille
de Jacques Ier. Son fils, George-Louis, montera sur le trône d'Angleterre,
sous le nom de George Ier.

1. Pierre Garcie, marin et auteur d'un manuscrit au XVe siècle, compor-
tant les routes maritimes de la Manche, imprimé pour la première fois en
1520 et très régulièrement réédité, revu et corrigé au XVIe et au XVIIe siècle,
sous le titre *Le Grand Routier, pilotage et ancrage de mer, tant des parties
de France, Bretagne, Angleterre que hautes Allemagnes... composé par
Pierre Garcie dit Ferrande.*

siècle, mais elle avait une véritable utilité. Le dernier titulaire fut William Hussey, de Doddington en Lincoln. L'homme qui tenait cet office était une sorte de rapporteur des choses de la mer. Tous les vases fermés et cachetés, bouteilles, fioles, jarres, etc., jetés au littoral anglais par le flux, lui étaient remis ; il avait seul droit de les ouvrir ; il était le premier dans le secret de leur contenu ; il les classait et les étiquetait dans son greffe ; l'expression *loger un papier au greffe*, encore usitée dans les îles de la Manche, vient de là. À la vérité, une précaution avait été prise. Aucun de ces récipients ne pouvait être décacheté et débouché qu'en présence de deux jurés de l'amirauté assermentés au secret, lesquels signaient, conjointement avec le titulaire de l'office Jetson, le procès-verbal d'ouverture. Mais ces jurés étant tenus au silence, il en résultait, pour Barkilphedro, une certaine latitude discrétionnaire ; il dépendait de lui, jusqu'à un certain point, de supprimer un fait, ou de le mettre en lumière.

Ces fragiles épaves étaient loin d'être, comme Barkilphedro l'avait dit à Josiane, rares et insignifiantes. Tantôt elles atteignaient la terre assez vite ; tantôt après des années. Cela dépendait des vents et des courants. Cette mode des bouteilles jetées à vau l'eau a un peu passé comme celle des ex-voto ; mais, dans ces temps religieux, ceux qui allaient mourir envoyaient volontiers de cette façon leur dernière pensée à Dieu et aux hommes, et parfois ces missives de la mer abondaient à l'amirauté. Un parchemin conservé au château d'Audlyene (vieille orthographe), et annoté par le comte de Suffolk, grand trésorier d'Angleterre sous Jacques Ier, constate qu'en la seule année 1615 cinquante-deux gourdes, ampoules, et fibules goudronnées, contenant des mentions de bâtiments en perdition, furent apportées et enregistrées au greffe du lord-amiral [1].

---

1. Le discours historique dans sa précision chiffrée vient se greffer sur les replis mélodramatiques de l'action et sur des références mythologiques (l'Océan, mystérieux Titan qui pose la question du Bien et du Mal et de la

Les emplois de cour sont la goutte d'huile : ils vont toujours s'élargissant. C'est ainsi que le portier est devenu le chancelier et que le palefrenier est devenu le connétable. L'officier spécial chargé de la fonction souhaitée et obtenue par Barkilphedro était habituellement un homme de confiance. Élisabeth l'avait voulu ainsi. À la cour, qui dit confiance dit intrigue, et qui dit intrigue dit croissance. Ce fonctionnaire avait fini par être un peu un personnage. Il était clerc, et prenait rang immédiatement après les deux grooms[1] de l'aumônerie. Il avait ses entrées au palais, pourtant, disons-le, ce qu'on appelait « l'entrée humble », *humilis introïtus*, et jusque dans la chambre de lit. Car l'usage était qu'il informât la personne royale, quand l'occasion en valait la peine, de ses trouvailles, souvent très-curieuses, testaments de désespérés, adieux jetés à la patrie, révélations de barateries[2] et de crimes de mer, legs à la couronne, etc., qu'il maintînt son greffe en communication avec la cour, et qu'il rendît de temps en temps compte à sa majesté de ce décachetage de bouteilles sinistres. C'était le cabinet noir[3] de l'Océan.

Élisabeth, qui parlait volontiers latin, demandait à Tamfeld de Coley en Berkshire, l'officier Jetson de son temps, lorsqu'il lui apportait quelqu'une de ces paperasses sorties de la mer : *Quid mihi scribit Neptunus ?* Qu'est-ce que Neptune m'écrit ?

La percée était faite. Le termite avait réussi. Barkilphedro approchait la reine.

C'était tout ce qu'il voulait.

Pour faire sa fortune ?

Non.

Pour défaire celle des autres.

---

finalité d'un Cosmos). Le romanesque hugolien est fait de cet amalgame insolite : l'Histoire humaine s'y élargit en interrogation sur la force des choses tout en suscitant l'émotivité simple et forte du mélodrame.

  1. Valets.   **2.** Faute commise par le capitaine d'un navire dans l'exercice de ses fonctions.   **3.** « Nom sous lequel on désignait une sorte de bureau secret des postes, où des employés spéciaux décachetaient les lettres et scrutaient les correspondances » (P. Larousse).

Bonheur plus grand.

Nuire, c'est jouir.

Avoir en soi un désir de nuire, vague mais implacable, et ne le jamais perdre de vue, ceci n'est pas donné à tout le monde. Barkilphedro avait cette fixité.

L'adhérence de gueule qu'a le boule-dogue, sa pensée l'avait.

Se sentir inexorable lui donnait un fond de satisfaction sombre. Pourvu qu'il eût une proie sous la dent, ou dans l'âme une certitude de mal faire, rien ne lui manquait.

Il grelottait content, dans l'espoir du froid d'autrui.

Être méchant, c'est une opulence. Tel homme qu'on croit pauvre et qui l'est en effet, a toute sa richesse en malice, et la préfère ainsi. Tout est dans le contentement qu'on a. Faire un mauvais tour, qui est la même chose qu'un bon tour, c'est plus que de l'argent. Mauvais pour qui l'endure, bon pour qui le fait. Katesby, le collaborateur de Guy Fawkes dans le complot papiste des poudres, disait : *Voir sauter le parlement les quatre fers en l'air, je ne donnerais pas cela pour un million sterling*[1].

Qu'était-ce que Barkilphedro ? Ce qu'il y a de plus petit et ce qu'il y a de plus terrible. Un envieux[2].

L'envie est une chose dont on a toujours le placement à la cour.

La cour abonde en impertinents, en désœuvrés, en riches fainéants affamés de commérages, en chercheurs

---

1. Sous Jacques Iᵉʳ, la Conspiration des poudres est un complot mené par des sympathisants catholiques, dont Guy Fawkes et Casteby (*sic*), qui voulurent faire périr le roi, ses ministres et les membres du Parlement, à l'aide de trente-six barils de poudre cachés sous la salle du Parlement. La tentative avorta après l'arrestation de Guy Fawkes le 5 novembre 1605. **2.** « Le méchant, chez Hugo, est presque toujours un *envieux* poursuivant une *vengeance* » (P. Albouy, *La Création mythologique chez Victor Hugo*, José Corti, 1985, p. 272). Voir en effet Thénardier dans *Les Misérables* ou Clubin dans *Les Travailleurs de la mer* (en particulier I, VI, 6, « Un intérieur d'abîme, éclairé ») qui associent le méchant à la haine envieuse et à une impuissance amoureuse.

d'aiguilles dans les bottes de foin, en faiseurs de misères, en moqueurs moqués, en niais spirituels, qui ont besoin de la conversation d'un envieux.

Quelle chose rafraîchissante que le mal qu'on vous dit des autres !

L'envie est une bonne étoffe à faire un espion.

Il y a une profonde analogie entre cette passion naturelle, l'envie, et cette fonction sociale, l'espionnage. L'espion chasse pour le compte d'autrui, comme le chien ; l'envieux chasse pour son propre compte, comme le chat.

Un moi féroce, c'est là tout l'envieux.

Autres qualités : Barkilphedro était discret, secret, concret. Il gardait tout, et se creusait de sa haine. Une énorme bassesse implique une énorme vanité. Il était aimé de ceux qu'il amusait, et haï des autres ; mais il se sentait dédaigné par ceux qui le haïssaient, et méprisé par ceux qui l'aimaient. Il se contenait. Tous ses froissements bouillonnaient sans bruit dans sa résignation hostile. Il était indigné, comme si les coquins avaient ce droit-là. Il était silencieusement en proie aux furies. Tout avaler, c'était son talent. Il avait de sourds courroux intérieurs, des frénésies de rage souterraine, des flammes couvées et noires, dont on ne s'apercevait pas ; c'était un colérique fumivore. La surface souriait. Il était obligeant, empressé, facile, aimable, complaisant. N'importe qui, et n'importe où, il saluait. Pour un souffle de vent, il s'inclinait jusqu'à terre. Avoir un roseau dans la colonne vertébrale, quelle source de fortune !

Ces êtres cachés et vénéneux ne sont pas si rares qu'on le croit. Nous vivons entourés de glissements sinistres. Pourquoi les malfaisants ? Question poignante. Le rêveur se la pose sans cesse et le penseur ne la résout jamais[1]. De là l'œil triste des philosophes

---

1. Excellente définition de la place du Mal dans l'œuvre de V. Hugo. Noter qu'il reste une question insoluble et obsédante ; Hugo n'a jamais terminé l'épopée commencée en janvier 1854 et interrompue en avril 1860 sur *La Fin de Satan*.

l'envieux

Barkilphedro

« *Qu'était-ce que Barkilphedro ? Ce qu'il y a de plus petit
et ce qu'il y a de plus terrible. Un envieux.* » (p. 329)
L'Envieux Barkilphedro. Dessin de Victor Hugo, 1869 (?).

toujours fixé sur cette montagne de ténèbres qui est la destinée, et du haut de laquelle le colossal spectre du mal laisse tomber des poignées de serpents sur la terre.

Barkilphedro avait le corps obèse et le visage maigre. Torse gras et face osseuse. Il avait les ongles cannelés et courts, les doigts noueux, les pouces plats, les cheveux gros, beaucoup de distance d'une tempe à l'autre, et un front de meurtrier, large et bas. L'œil bridé cachait la petitesse de son regard sous une broussaille de sourcils. Le nez, long, pointu, bossu et mou, s'appliquait presque sur la bouche. Barkilphedro, convenablement vêtu en empereur, eût un peu ressemblé à Domitien [1]. Sa face d'un jaune rance était comme modelée dans une pâte visqueuse ; ses joues immobiles semblaient de mastic ; il avait toutes sortes de vilaines rides réfractaires, l'angle de la mâchoire massif, le menton lourd, l'oreille canaille. Au repos, de profil, sa lèvre supérieure relevée en angle aigu laissait voir deux dents. Ces dents avaient l'air de vous regarder. Les dents regardent, de même que l'œil mord.

Patience, tempérance, continence, réserve, retenue, aménité, déférence, douceur, politesse, sobriété, chasteté, complétaient et achevaient Barkilphedro. Il calomniait ces vertus en les ayant.

En peu de temps Barkilphedro prit pied à la cour.

---

1. Empereur romain (51-96) qui revendiqua pour lui le pouvoir absolu et que son extrême cruauté fit surnommer « Néron chauve ». Il proscrivit les philosophes et les historiens (Épictète par exemple) et persécuta les chrétiens.

VIII

INFERI [1]

On peut, à la cour, prendre pied de deux façons : dans les nuées, on est auguste ; dans la boue, on est puissant.

Dans le premier cas, on est de l'Olympe. Dans le second cas, on est de la garde-robe [2].

Qui est de l'Olympe n'a que la foudre ; qui est de la garde-robe a la police.

La garde-robe contient tous les instruments de règne, et parfois, car elle est traître, le châtiment. Héliogabale [3] y vient mourir. Alors elle s'appelle les latrines.

D'habitude elle est moins tragique. C'est là qu'Albéroni [4] admire Vendôme. La garde-robe est volontiers le lieu d'audience des personnes royales. Elle fait fonction de trône. Louis XIV y reçoit la duchesse de Bourgogne ; Philippe V y est coude à coude avec la reine. Le prêtre y pénètre. La garde-robe est parfois une succursale du confessionnal.

C'est pourquoi il y a à la cour les fortunes du dessous. Ce ne sont pas les moindres.

Si vous voulez, sous Louis XI, être grand, soyez Pierre de Rohan, maréchal de France ; si vous voulez être influent, soyez Olivier le Daim, barbier. Si vous

---

1. « Les Enfers. » 2. Administration particulière du linge et des habits de la reine et de la famille royale. Mais aussi lieu où l'on place la chaise percée et, par extension, action de satisfaire ses besoins naturels. Le sens scatologique resurgit à la fin du paragraphe dans la mort d'Héliogabale. 3. Cet empereur romain du IIe siècle apr. J.-C., dont le bref règne accumula les exécutions sanglantes et les désordres, fut assassiné dans les latrines de son palais où il s'était réfugié. Les tyrans de l'histoire finissent souvent dans les égouts chez Hugo, ainsi Marat dans *Les Misérables* (V, II, 4). 4. Célèbre cardinal italien, homme d'intrigue et de pouvoir (1664-1752) : envoyé par le duc de Parme auprès du maréchal duc de Vendôme, commandant des troupes françaises en Italie, il devint son secrétaire particulier, puis, à la mort de celui-ci, réussit à s'imposer pendant un certain temps comme le tout-puissant ministre du roi d'Espagne, Philippe V.

voulez, sous Marie de Médicis, être glorieux, soyez Sillery, chancelier ; si vous voulez être considérable, soyez la Hannon, femme de chambre. Si vous voulez, sous Louis XV, être illustre, soyez Choiseul, ministre ; si vous voulez être redoutable, soyez Lebel, valet[1]. Étant donné Louis XIV, Bontemps qui lui fait son lit est plus puissant que Louvois qui lui fait ses armées et que Turenne qui lui fait ses victoires[2]. De Richelieu ôtez le père Joseph[3], voilà Richelieu presque vide. Il a de moins le mystère. L'éminence rouge est superbe, l'éminence grise est terrible. Être un ver, quelle force ! Tous les Narvaez amalgamés avec tous les O'Donnell font moins de besogne qu'une sœur Patrocinio[4].

Par exemple, la condition de cette puissance, c'est la petitesse. Si vous voulez rester fort, restez chétif. Soyez le néant. Le serpent au repos, couché en rond, figure à la fois l'infini et zéro.

Une de ces fortunes vipérines était échue à Barkilphedro.

Il s'était glissé où il voulait.

Les bêtes plates entrent partout. Louis XIV avait des punaises dans son lit et des jésuites dans sa politique.

---

1. Valet de chambre de Louis XV, pour qui, dit-on, il achetait ou faisait enlever des jeunes femmes ou de toutes jeunes filles qu'il conduisait dans la maison de plaisir du roi du Parc-aux-Cerfs. Ce fut lui qui introduisit la comtesse du Barry à la cour et fit en sorte qu'elle devînt la maîtresse du roi. 2. Voir notes 7 et 8, p. 314. 3. Le père Joseph (1577-1638), l'un des célèbres agents du cardinal de Richelieu, son « éminence grise ». 4. Hugo fait allusion à la très grande instabilité politique de l'Espagne au XIXᵉ siècle, qui finira par déclencher la guerre de 1870 et qui, en attendant, venait de se manifester en 1868 par le coup d'État du général Prim qui chassait la reine Isabelle. Manuel Ramon Maria Narvaez (1800-1868) et Leopoldo O'Donnell (1809-1867), situés dans les camps opposés, occupaient le pouvoir en alternance sous son règne. Maria Rafaela Quiroga, sœur Patrocinio (1811-1891), religieuse espagnole à laquelle la reine Isabelle était très attachée ; elle joua un rôle important dans son mariage, en soutenant le parti de l'infant Don Francisco qui lui avait fait des promesses concernant l'avenir de son ordre. Le peuple appelait sœur Patrocinio, qui faisait des miracles et guérissait, « la bonne sœur des plaies ». Conseillère de la reine, elle soutenait le parti ultra-conservateur. C'est la toute-puissance de la camerilla d'Isabelle qui, en mécontentant l'opinion publique et l'armée, fut la cause du coup d'État.

D'incompatibilité, point.

En ce monde tout est pendule. Graviter c'est osciller. Un pôle veut l'autre. François Ier veut Triboulet[1]; Louis XV veut Lebel[2]. Il existe une affinité profonde entre cette extrême hauteur et cet extrême abaissement.

C'est l'abaissement qui dirige. Rien de plus aisé à comprendre. Qui est dessous tient les fils.

Pas de position plus commode.

On est l'œil, et on a l'oreille.

On est l'œil du gouvernement.

On a l'oreille du roi.

Avoir l'oreille du roi, c'est tirer et pousser à sa fantaisie le verrou de la conscience royale, et fourrer dans cette conscience ce qu'on veut. L'esprit du roi, c'est votre armoire. Si vous êtes chiffonnier, c'est votre hotte. L'oreille des rois n'est pas aux rois ; c'est ce qui fait qu'en somme, ces pauvres diables sont peu responsables. Qui ne possède pas sa pensée, ne possède pas son action. Un roi, cela obéit.

À quoi ?

À une mauvaise âme quelconque qui du dehors lui bourdonne dans l'oreille. Mouche sombre de l'abîme.

Ce bourdonnement commande. Un règne est une dictée.

La voix haute, c'est le souverain ; la voix basse, c'est la souveraineté.

Ceux qui dans un règne savent distinguer cette voix basse et entendre ce qu'elle souffle à la voix haute, sont les vrais historiens.

---

1. Voir note 3, p. 299.   **2.** Voir note 1, p. 334.

IX

HAÏR EST AUSSI FORT QU'AIMER

La reine Anne avait autour d'elle plusieurs de ces voix basses. Barkilphedro en était une.

Outre la reine, il travaillait, influençait et pratiquait sourdement lady Josiane et lord David. Nous l'avons dit, il parlait bas à trois oreilles. Une oreille de plus que Dangeau[1]. Dangeau ne parlait bas qu'à deux, du temps où, passant sa tête entre Louis XIV épris d'Henriette sa belle-sœur, et Henriette éprise de Louis XIV son beau-frère, secrétaire de Louis à l'insu d'Henriette et d'Henriette à l'insu de Louis, situé au beau milieu de l'amour des deux marionnettes, il faisait les demandes et les réponses.

Barkilphedro était si riant, si acceptant, si incapable de prendre la défense de qui que ce soit, si peu dévoué au fond, si laid, si méchant, qu'il était tout simple qu'une personne royale en vînt à ne pouvoir se passer de lui. Quand Anne eut goûté de Barkilphedro, elle ne voulut pas d'autre flatteur. Il la flattait comme on flattait Louis le Grand, par la piqûre à autrui. – Le roi étant ignorant, dit madame de Montchevreuil[2], on est obligé de bafouer les savants.

Empoisonner de temps en temps la piqûre, c'est le comble de l'art. Néron aime à voir travailler Locuste[3].

Les palais royaux sont très-pénétrables ; ces madré-

---

1. Le marquis de Dangeau (1638-1720) en faveur à la Cour pour son talent dans les divers jeux de société, dont les bouts-rimés. Saint-Simon le présente dans ses *Mémoires* comme le courtisan par excellence, flatteur et fade. D'après P. Larousse, il aurait été le « conseiller » du roi dans sa « correspondance littéraire » avec Mme de Montespan. Il a écrit des *Mémoires* ou *Journal de la cour de Louis XIV*.   2. En faveur auprès de Mme de Maintenon, la marquise de Montchevreuil « était la surveillante de toutes les femmes de la cour et tout, jusqu'aux ministres, jusqu'aux filles du roi, tremblait devant elle » (P. Larousse).   3. Célèbre empoisonneuse romaine qui fournit à Néron le poison pour faire périr Britannicus.

pores [1] ont une voirie intérieure vite devinée, pratiquée, fouillée, et au besoin évidée, par ce rongeur qu'on nomme le courtisan. Un prétexte pour entrer suffit. Barkilphedro ayant ce prétexte, sa charge, fut en très-peu de temps chez la reine ce qu'il était chez la duchesse Josiane, l'animal domestique indispensable. Un mot qu'il hasarda un jour le mit tout de suite au fait de la reine ; il sut à quoi s'en tenir sur la bonté de sa majesté. La reine aimait beaucoup son lord stewart, William Cavendish, duc de Devonshire, qui était très-imbécile. Ce lord, qui avait tous les grades d'Oxford et ne savait pas l'orthographe, fit un beau matin la bêtise de mourir. Mourir, c'est fort imprudent à la cour, car personne ne se gêne plus pour parler de vous. La reine, Barkilphedro présent, se lamenta, et finit par s'écrier en soupirant : C'est dommage que tant de vertus fussent portées et servies par une si pauvre intelligence !

— Dieu veuille avoir son âne ! murmura Barkilphedro, à demi-voix et en français.

La reine sourit. Barkilphedro enregistra ce sourire.

Il en conclut : Mordre plaît.

Congé était donné à sa malice.

À partir de ce jour, il fourra sa curiosité partout, sa malignité aussi. On le laissait faire, tant on le craignait. Qui fait rire le roi fait trembler le reste.

C'était un puissant drôle.

Il faisait chaque jour des pas en avant, sous terre. On avait besoin de Barkilphedro. Plusieurs grands l'honoraient de leur confiance au point de le charger dans l'occasion d'une commission honteuse.

---

1. Masses calcaires sécrétées par des polypes – polypiers pierreux – et finissant par former des bancs, des récifs, des îles par l'accroissement de leurs sécrétions : « Les polypes sont des animaux rayonnés, aquatiques, presque tous marins, souvent très petits, ordinairement soudés et agrégés, et, dans ce dernier cas, ils sécrètent en commun, soit intérieurement, soit extérieurement, cette matière [...] qui leur sert de support et qui a reçu le nom de *polypier* » (P. Larousse). Les palais aristocratiques sont rapprochés des architectures labyrinthiques et naturelles du monde marin, sécrétées et construites par de tout petits animaux, les polypes ou le courtisan.

La cour est un engrenage. Barkilphedro y devint moteur. Avez-vous remarqué dans certains mécanismes la petitesse de la roue motrice ?

Josiane, en particulier, qui utilisait, nous l'avons indiqué, le talent d'espion de Barkilphedro, avait en lui une telle confiance, qu'elle n'avait pas hésité à lui remettre une des clefs secrètes de son appartement, au moyen de laquelle il pouvait entrer chez elle à toute heure. Cette excessive livraison de sa vie intime était une mode au dix-septième siècle. Cela s'appelait : donner la clef. Josiane avait donné deux de ces clefs de confiance ; lord David avait l'une, Barkilphedro avait l'autre [1].

Du reste, pénétrer d'emblée jusqu'aux chambres à coucher était dans les vieilles mœurs une chose nullement surprenante. De là des incidents. La Ferté, tirant brusquement les rideaux du lit de mademoiselle Lafont, y trouvait Sainson, mousquetaire noir, etc., etc.

Barkilphedro excellait à faire de ces découvertes sournoises qui subordonnent et soumettent les grands aux petits. Sa marche dans l'ombre était tortueuse, douce et savante. Comme tout espion parfait, il était composé d'une inclémence de bourreau et d'une patience de micrographe [2]. Il était courtisan né. Tout courtisan est un noctambule. Le courtisan rôde dans cette nuit qu'on appelle la toute-puissance. Il a une lanterne sourde à la main. Il éclaire le point qu'il veut, et reste ténébreux. Ce qu'il cherche avec cette lanterne, ce n'est pas un homme ; c'est une bête. Ce qu'il trouve, c'est le roi [3].

Les rois n'aiment pas qu'on prétende être grand autour d'eux. L'ironie à qui n'est pas eux les charme. Le talent de Barkilphedro consistait en un rapetissement perpétuel des lords et des princes au profit de la majesté royale, grandie d'autant.

---

1. Ce détail aura bien sûr une importance dans le développement ultérieur de l'intrigue. Voir II, VII, 5, p. 685 et 687.   **2.** Celui qui décrit les objets microscopiques.   **3.** Nouvelle réécriture de l'histoire de Diogène et sa lanterne. Voir note 1, p. 48.

La clef intime qu'avait Barkilphedro était faite, ayant deux jeux, un à chaque extrémité, de façon à pouvoir ouvrir les petits appartements dans les deux résidences favorites de Josiane, Hunkerville-house à Londres, Corleone-lodge à Windsor. Ces deux hôtels faisaient partie de l'héritage Clancharlie. Hunkerville-house confinait à Oldgate. Oldgate à Londres était une porte par où l'on venait de Harwick, et où l'on voyait une statue de Charles II ayant sur sa tête un ange peint, et sous ses pieds un lion et une licorne sculptés. De Hunkerville-house, par le vent d'est, on entendait le carillon de Sainte-Marylebone[1]. Corleone-lodge était un palais florentin en brique et en pierre avec colonnade de marbre, bâti sur pilotis à Windsor, au bout du pont de bois, et ayant une des plus superbes cours d'honneur de l'Angleterre.

Dans ce dernier palais, contigu au château de Windsor, Josiane était à portée de la reine. Josiane s'y plaisait néanmoins.

Presque rien au dehors, toute en racines, telle était l'influence de Barkilphedro sur la reine. Rien de plus difficile à arracher que ces mauvaises herbes de cour ; elles s'enfoncent très-avant et n'offrent aucune prise extérieure. Sarcler Roquelaure, Triboulet ou Brummel est presque impossible[2].

De jour en jour, et de plus en plus, la reine Anne prenait en gré Barkilphedro.

Sarah Jennings[3] est célèbre ; Barkilphedro est inconnu ; sa faveur resta obscure. Ce nom, Barkilphedro, n'est pas arrivé jusqu'à l'histoire. Toutes les taupes ne sont pas prises par le taupier.

---

1. Au nord-ouest de Londres.   **2.** Surnommé « l'homme le plus laid de France », le marquis, puis duc de Roquelaure (1617-1676) avait la réputation d'un bon militaire et d'un homme d'esprit : « Toutefois, Saint-Simon le représente comme un bouffon et un plaisant de profession » (P. Larousse). Pour Triboulet, voir note 3, p. 299. Brummel (1778-1840), célèbre dandy, ami du prince de Galles et à ce titre, arbitre des élégances. En disgrâce pourtant à partir de 1816 (il a donc été « sarclé »), il mourra en France dans la misère.   **3.** Voir note 10, p. 314.

Barkilphedro, ancien candidat clergyman, avait un peu étudié tout ; tout effleuré donne pour résultat rien. On peut être victime de l'*omnis res scibilis*[1]. Avoir sous le crâne le tonneau des Danaïdes[2], c'est le malheur de toute une race de savants qu'on peut appeler les stériles. Ce que Barkilphedro avait mis dans son cerveau l'avait laissé vide.

L'esprit, comme la nature, a horreur du vide. Dans le vide, la nature met l'amour ; l'esprit, souvent, y met la haine. La haine occupe.

La haine pour la haine existe. L'art pour l'art est dans la nature, plus qu'on ne croit.

On hait. Il faut bien faire quelque chose.

La haine gratuite, mot formidable. Cela veut dire la haine qui est à elle-même son propre paiement.

L'ours vit de se lécher la griffe.

Indéfiniment, non. Cette griffe, il faut la ravitailler. Il faut mettre quelque chose dessous.

Haïr indistinctement est doux et suffit quelque temps ; mais il faut finir par avoir un objet. Une animosité diffuse sur la création épuise, comme toute jouissance solitaire. La haine sans objet ressemble au tir sans cible. Ce qui intéresse le jeu, c'est un cœur à percer.

On ne peut pas haïr uniquement pour l'honneur. Il faut un assaisonnement, un homme, une femme, quelqu'un à détruire.

Ce service d'intéresser le jeu, d'offrir un but, de passionner la haine en la fixant, d'amuser le chasseur par la vue de la proie vivante, de faire espérer au guetteur le bouillonnement tiède et fumant du sang qui va couler, d'épanouir l'oiseleur par la crédulité inutilement ailée de l'alouette, d'être une bête couvée à son insu

---

1. *De omni re scibili*, « De tout ce qui peut être su », devise du grand humaniste de la Renaissance Pic de La Mirandole.   **2.** Meurtrières de leurs époux, les Danaïdes, filles de Danaos, furent précipitées dans le Tartare et condamnées à verser éternellement de l'eau dans un tonneau sans fond.

pour le meurtre par un esprit, ce service exquis et horrible dont n'a pas conscience celui qui le rend, Josiane le rendit à Barkilphedro.

La pensée est un projectile. Barkilphedro, dès le premier jour, s'était mis à viser Josiane avec les mauvaises intentions qu'il avait dans l'esprit. Une intention et une escopette[1], cela se ressemble. Barkilphedro se tenait en arrêt, dirigeant contre la duchesse toute sa méchanceté secrète. Cela vous étonne ? Que vous a fait l'oiseau à qui vous tirez un coup de fusil ? C'est pour le manger, dites-vous. Barkilphedro aussi.

Josiane ne pouvait guère être frappée au cœur : l'endroit où est une énigme est difficilement vulnérable ; mais elle pouvait être atteinte à la tête, c'est-à-dire à l'orgueil.

C'est par là qu'elle se croyait forte et qu'elle était faible.

Barkilphedro s'en était rendu compte.

Si Josiane avait pu voir clair dans la nuit de Barkilphedro, si elle avait pu distinguer ce qui était embusqué derrière ce sourire, cette fière personne, si haut située, eût probablement tremblé. Heureusement pour la tranquillité de ses sommeils, elle ignorait absolument ce qu'il y avait dans cet homme.

L'inattendu fuse on ne sait d'où. Les profonds dessous de la vie sont redoutables. Il n'y a point de haine petite. La haine est toujours énorme. Elle conserve sa stature dans le plus petit être et reste monstre. Une haine est toute la haine. Un éléphant que hait une fourmi est en danger.

Même avant d'avoir frappé, Barkilphedro sentait avec joie un commencement de saveur de l'action mauvaise qu'il voulait commettre. Il ne savait encore ce qu'il ferait contre Josiane. Mais il était décidé à faire quelque chose. C'était déjà beaucoup qu'un tel parti pris.

Anéantir Josiane, c'eût été trop de succès. Il ne l'es-

---

1. Sorte de fusil.

pérait point. Mais l'humilier, l'amoindrir, la désoler, rougir de larmes de rage ces yeux superbes, voilà une réussite. Il y comptait. Tenace, appliqué, fidèle au tourment d'autrui, inarrachable, la nature ne l'avait pas fait ainsi pour rien. Il entendait bien trouver le défaut de l'armure d'or de Josiane, et faire ruisseler le sang de cette olympienne. Quel bénéfice, insistons-y, y avait-il là pour lui ? Un bénéfice énorme. Faire du mal à qui nous a fait du bien.

Qu'est-ce qu'un envieux ? C'est un ingrat. Il déteste la lumière qui l'éclaire et le réchauffe. Zoïle[1] hait ce bienfait, Homère.

Faire subir à Josiane ce qu'on appellerait aujourd'hui une vivisection, l'avoir, toute convulsive, sur sa table d'anatomie, la disséquer, vivante, à loisir dans une chirurgie quelconque, la déchiqueter en amateur pendant qu'elle hurlerait, ce rêve charmait Barkilphedro.

Pour arriver à ce résultat, il eût fallu souffrir un peu, qu'il l'eût trouvé bon. On peut se pincer à sa tenaille. Le couteau en se reployant vous coupe les doigts ; qu'importe ! Être un peu pris dans la torture de Josiane lui eût été égal. Le bourreau manieur de fer rouge, a sa part de brûlure, et n'y prend pas garde. Parce que l'autre souffre davantage, on ne sent rien. Voir le supplicié se tordre vous ôte votre douleur.

Fais ce qui nuit, advienne que pourra.

La construction du mal d'autrui se complique d'une acceptation de responsabilité obscure. On se risque soi-même dans le danger qu'on fait courir à un autre, tant les enchaînements de tout peuvent amener d'écroulements inattendus. Ceci n'arrête point le vrai méchant. Il ressent en joie ce que le patient éprouve en angoisse. Il a le chatouillement de ce déchirement ; l'homme

---

1. Célèbre grammairien et critique grec dont le nom était déjà proverbial au temps du poète latin Horace pour désigner les critiques envieux et passionnés. Hugo recourt souvent à ce type, voir *William Shakespeare*, II, iii, « Zoïle aussi éternel qu'Homère ».

mauvais ne s'épanouit qu'affreusement. Le supplice se
réverbère sur lui en bien-être. Le duc d'Albe se chauf-
fait les mains aux bûchers [1]. Foyer, douleur ; reflet,
plaisir. Que de telles transpositions soient possibles,
cela fait frissonner. Notre côté ténèbres est insondable.
Supplice exquis, l'expression est dans Bodin [2*], ayant
peut-être ce triple sens terrible : recherche du tourment,
souffrance du tourmenté, volupté du tourmenteur.
Ambition, appétit, tous ces mots signifient quelqu'un
sacrifié à quelqu'un satisfait. Chose triste, que l'espérance puisse être perverse. En vouloir à une créature,
c'est lui vouloir du mal. Pourquoi pas du bien ? Serait-
ce que le principal versant de notre volonté serait du
côté du mal ? Un des plus rudes labeurs du juste c'est
de s'extraire continuellement de l'âme une malveil-
lance difficilement épuisable. Presque toutes nos
convoitises, examinées, contiennent de l'inavouable.
Pour le méchant complet, et cette perfection hideuse
existe, Tant pis pour les autres signifie Tant mieux
pour moi. Ombre de l'homme. Cavernes.

Josiane avait cette plénitude de sécurité que donne
l'orgueil ignorant, fait du mépris de tout. La faculté
féminine de dédaigner est extraordinaire. Un dédain
inconscient, involontaire et confiant, c'était là Josiane.
Barkilphedro était pour elle à peu près une chose. On
l'eût bien étonnée si on lui eût dit que Barkilphedro,
cela existait.

Elle allait, venait et riait devant cet homme qui la
contemplait obliquement.

Lui, pensif, il épiait une occasion.

À mesure qu'il attendait, sa détermination de jeter

---

* Livre IV, p. 196.

---

1. Général de Charles Quint et de Philippe II (1508-1582) resté dans les
mémoires comme le sanglant bourreau des Pays-Bas dont il avait été
nommé gouverneur.	**2.** Jean Bodin, célèbre publiciste (versé dans la
connaissance du droit public) du XVIᵉ siècle, auteur d'ouvrages sur l'histoire,
l'économie politique et le droit.

dans la vie de cette femme un désespoir quelconque, augmentait.

Affût inexorable.

D'ailleurs il se donnait à lui-même d'excellentes raisons. Il ne faut pas croire que les coquins ne s'estiment pas. Ils se rendent des comptes dans des monologues altiers, et ils le prennent de très-haut. Comment ! cette Josiane lui avait fait l'aumône ! Elle avait émietté sur lui, comme sur un mendiant, quelques liards de sa colossale richesse ! Elle l'avait rivé et cloué à une fonction inepte ! Si, lui Barkilphedro, presque homme d'église, capacité variée et profonde, personnage docte, ayant l'étoffe d'un révérend, il avait pour emploi d'enregistrer des tessons bons à racler les pustules de Job [1], s'il passait sa vie dans un galetas de greffe à déboucher gravement de stupides bouteilles incrustées de toutes les saletés de la mer, et à déchiffrer des parchemins moisis, des pourritures de grimoires, des ordures de testaments, on ne sait quelles balivernes illisibles, c'était la faute de cette Josiane ! Comment ! cette créature le tutoyait !

Et il ne se vengerait pas !

Et il ne punirait pas cette espèce !

Ah çà mais ! Il n'y aurait donc plus de justice ici-bas !

---

1. Dans la Bible, le juste éprouvé par Dieu jusque dans son corps puisqu'il est affecté d'une plaie hideuse. Assis sur du fumier, il enlève avec un tesson le liquide qui coule de ses ulcères. Hugo est fasciné par cette figure biblique qui est l'un des douze génies de *William Shakespeare* (I, ii, 2, § ii).

X

FLAMBOIEMENTS QU'ON VERRAIT
SI L'HOMME ÉTAIT TRANSPARENT

Quoi ! cette femme, cette extravagante, cette songeuse lubrique, vierge jusqu'à l'occasion, ce morceau de chair n'ayant pas encore fait sa livraison, cette effronterie à couronne princière, cette Diane[1] par orgueil, pas encore prise par le premier venu, soit, peut-être, on le dit, j'y consens, faute d'un hasard, cette bâtarde d'une canaille de roi qui n'avait pas eu l'esprit de rester en place, cette duchesse de raccroc[2], qui, grande dame, jouait à la déesse, et qui, pauvre, eût été fille publique, cette lady à peu près, cette voleuse des biens d'un proscrit, cette hautaine gueuse, parce qu'un jour, lui Barkilphedro, n'avait pas de quoi dîner, et qu'il était sans asile, avait eu l'impudence de l'asseoir chez elle à un bout de table, et de le nicher dans un trou quelconque de son insupportable palais, où ça ? n'importe où, peut-être au grenier, peut-être à la cave, qu'est-ce que cela fait ? un peu mieux que les valets, un peu plus mal que les chevaux ! Elle avait abusé de sa détresse, à lui, Barkilphedro, pour se dépêcher de lui rendre traîtreusement service, ce que font les riches afin d'humilier les pauvres, et de se les attacher comme des bassets qu'on mène en laisse ! Qu'est-ce que ce service lui coûtait d'ailleurs ? Un service vaut ce qu'il coûte. Elle avait des chambres de trop dans sa maison. Venir en aide à Barkilphedro ! le bel effort qu'elle avait fait là[3] ! avait-elle mangé une cuillerée de soupe à la tortue de moins[4] ? s'était-elle privée de quelque

---

1. Voir note 5, p. 286.   **2.** Par un coup du hasard.   **3.** Seconde référence au monologue de Figaro, voir note 4, p. 313.   **4.** La charité de Josiane s'oppose en tout point à celle d'Ursus qui donnait son maigre ordinaire : l'écho entre les deux hospitalités, celle du saltimbanque et celle de la duchesse, souligne l'égoïsme des puissants, thème récurrent dans le roman.

chose dans le débordement haïssable de son superflu ?
Non. Elle avait ajouté à ce superflu une vanité, un objet
de luxe, une bonne action en bague au doigt, un
homme d'esprit secouru, un clergyman patronné ! Elle
pouvait prendre des airs, dire : je prodigue les bienfaits,
je donne la becquée à des gens de lettres, faire sa protectrice ! Est-il heureux de m'avoir trouvée, ce misérable ! Quelle amie des arts je suis ! Le tout pour avoir
dressé un lit de sangle dans un méchant bouge sous les
combles ! Quant à la place à l'amirauté, Barkilphedro
la tenait de Josiane, parbleu ! jolie fonction ! Josiane
avait fait Barkilphedro ce qu'il était. Elle l'avait créé,
soit. Oui, créé rien. Moins que rien. Car il se sentait,
dans cette charge ridicule, ployé, ankylosé et contrefait. Que devait-il à Josiane ? La reconnaissance du
bossu pour sa mère qui l'a fait difforme. Voilà ces
privilégiés, ces gens comblés, ces parvenus, ces pré-
férés de la hideuse marâtre fortune ! Et l'homme à
talents, et Barkilphedro, était forcé de se ranger dans
les escaliers, de saluer des laquais, de grimper le soir
sur un tas d'étages, et d'être courtois, empressé, gracieux, déférent, agréable, et d'avoir toujours sur le
museau une grimace respectueuse ! S'il n'y a pas de
quoi grincer de rage ! Et pendant ce temps-là elle se
mettait des perles au cou, et elle prenait des poses
d'amoureuse avec son imbécile de lord David Dirry-
Moir, la drôlesse !

Ne vous laissez jamais rendre service. On en abu-
sera. Ne vous laissez pas prendre en flagrant délit
d'inanition. On vous soulagerait. Parce qu'il était sans
pain, cette femme avait trouvé le prétexte suffisant
pour lui donner à manger ! Désormais il était son
domestique ! Une défaillance d'estomac, et vous voilà
à la chaîne pour la vie ! Être obligé, c'est être exploité.
Les heureux, les puissants, profitent du moment où
vous tendez la main pour vous mettre un sou dedans,
et de la minute où vous êtes lâche pour vous faire
esclave, et esclave de la pire espèce, esclave d'une charité, esclave forcé d'aimer ! quelle infamie ! quelle

indélicatesse ! quelle surprise à notre fierté ! Et c'est fini, vous voilà condamné, à perpétuité, à trouver bon cet homme, à trouver belle cette femme, à rester au second plan du subalterne, à approuver, à applaudir, à admirer, à encenser, à vous prosterner, à mettre à vos rotules le calus[1] de l'agenouillement, à sucrer vos paroles, quand vous êtes rongé de colère, quand vous mâchez des cris de fureur, et quand vous avez en vous plus de soulèvement sauvage et plus d'écume amère que l'Océan !

C'est ainsi que les riches font prisonnier le pauvre[2].

Cette glu de la bonne action commise sur vous vous barbouille et vous embourbe pour toujours.

Une aumône est irrémédiable. Reconnaissance, c'est paralysie. Le bienfait a une adhérence visqueuse et répugnante qui vous ôte vos libres mouvements. Les odieux êtres opulents et gavés dont la pitié a sévi sur vous le savent. C'est dit. Vous êtes leur chose. Ils vous ont acheté. Combien ? un os, qu'ils ont retiré à leur chien pour vous l'offrir. Ils vous ont lancé cet os à la tête. Vous avez été lapidé autant que secouru. C'est égal. Avez-vous rongé l'os, oui ou non ? Vous avez eu aussi votre part de la niche. Donc remerciez. Remerciez à jamais. Adorez vos maîtres. Génuflexion indéfinie. Le bienfait implique un sous-entendu d'infériorité acceptée par vous. Ils exigent que vous vous sentiez pauvre diable et que vous les sentiez dieux. Votre diminution les augmente. Votre courbure les redresse. Il y a dans leur son de voix une douce pointe impertinente. Leurs événements de famille, mariages, baptêmes, la femelle pleine, les petits qu'on met bas, cela vous regarde. Il leur naît un louveteau, bien, vous composerez un sonnet. Vous êtes poète pour être plat.

---

1. Endurcissement de la peau par le frottement. 2. Qui parle ? Le personnage (discours indirect libre) ou uniquement le narrateur ? L'énonciation particulièrement ambiguë ici accentue ce qui est une constante du monologue de Barkilphedro : pour être absolument méchant, celui-ci n'a pas tout à fait tort dans ses griefs.

Si ce n'est pas à faire crouler les astres ! Un peu plus, ils vous feraient user leurs vieux souliers !

— Qu'est-ce que vous avez donc là chez vous, ma chère ? qu'il est laid ! qu'est-ce que c'est que cet homme ? – Je ne sais pas, c'est un grimaud que je nourris. – Ainsi dialoguent ces dindes. Sans même baisser la voix. Vous entendez, et vous restez mécaniquement aimable. Du reste, si vous êtes malade, vos maîtres vous envoient le médecin. Pas le leur. Dans l'occasion, ils s'informent. N'étant pas de la même espèce que vous, et l'inaccessible étant de leur côté, ils sont affables. Leur escarpement les fait abordables. Ils savent que le plain-pied est impossible. À force de dédain, ils sont polis. À table, ils vous font un petit signe de tête. Quelquefois ils savent l'orthographe de votre nom. Ils ne vous font pas sentir qu'ils sont vos protecteurs autrement qu'en marchant naïvement sur tout ce que vous avez de susceptible et de délicat. Ils vous traitent avec bonté !

Est-ce assez abominable ?

Certes, il était urgent de châtier la Josiane. Il fallait lui apprendre à qui elle avait eu affaire ! Ah ! messieurs les riches, parce que vous ne pouvez pas tout consommer, parce que l'opulence aboutirait à l'indigestion, vu la petitesse de vos estomacs égaux aux nôtres, après tout, parce qu'il vaut mieux distribuer les restes que les perdre, vous érigez cette pâtée jetée aux pauvres en magnificence ! Ah ! vous nous donnez du pain, vous nous donnez un asile, vous nous donnez des vêtements, vous nous donnez un emploi, et vous poussez l'audace, la folie, la cruauté, l'ineptie et l'absurdité jusqu'à croire que nous sommes vos obligés ! ce pain, c'est un pain de servitude, cet asile, c'est une chambre de valet, ces vêtements, c'est une livrée, cet emploi, c'est une dérision, payée, soit, mais abrutissante ! Ah ! vous vous croyez le droit de nous flétrir avec du logement et de la nourriture, vous vous imaginez que nous vous sommes redevables, et vous comptez sur de la reconnaissance ! Eh bien, nous vous mangerons le ven-

tre ! Eh bien ! nous vous détripaillerons, belle madame,
et nous vous dévorerons toute en vie, et nous vous
couperons les attaches du cœur avec nos dents !

Cette Josiane ! n'était-ce pas monstrueux ? quel
mérite avait-elle ? elle avait fait ce chef-d'œuvre de
venir au monde en témoignage de la bêtise de son père
et de la honte de sa mère, elle nous faisait la grâce
d'exister[1], et cette complaisance qu'elle avait d'être un
scandale public, on la lui payait des millions, elle avait
des terres et des châteaux, des garennes, des chasses,
des lacs, des forêts, est-ce que je sais, moi ? et avec
cela elle faisait sa sotte ! et on lui adressait des vers !
et lui, Barkilphedro, qui avait étudié et travaillé, qui
s'était donné de la peine, qui s'était fourré de gros
livres dans les yeux et dans la cervelle, qui avait pourri
dans les bouquins et dans la science, qui avait énormément d'esprit, qui commanderait très-bien des armées,
qui écrirait des tragédies comme Otway[2] et Dryden[3],
s'il voulait, lui qui était fait pour être empereur, il avait
été réduit à permettre à cette rien du tout de l'empêcher
de crever de faim ! L'usurpation de ces riches, exé-
crables élus du hasard, peut-elle aller plus loin ! Faire
semblant d'être généreux avec nous, et nous protéger,
et nous sourire à nous qui boirions leur sang et qui
nous lécherions les lèvres ensuite ! Que la basse femme
de cour ait l'odieuse puissance d'être bienfaitrice, et
que l'homme supérieur puisse être condamné à ramasser de telles bribes tombant d'une telle main, quelle
plus épouvantable iniquité ! Et quelle société que celle
qui a à ce point pour base la disproportion et l'injustice ? Ne serait-ce pas le cas de tout prendre par les
quatre coins, et d'envoyer pêle-mêle au plafond la
nappe et le festin et l'orgie, et l'ivresse et l'ivrognerie,
et les convives, et ceux qui sont à deux coudes sur la

---

1. Référence plus développée au monologue de Figaro. Voir p. 313, et
p. 345.   2. Thomas Otway (1652-1685), dramaturge anglais introduc-
teur, comme Dryden, du classicisme dans le théâtre anglais. Il est l'auteur
de *Venise sauvée* (1682).   3. Voir note 2, p. 267.

table, et ceux qui sont à quatre pattes dessous, et les insolents qui donnent et les idiots qui acceptent, et de recracher tout au nez de Dieu, et de jeter au ciel toute la terre ! En attendant, enfonçons nos griffes dans Josiane.

Ainsi songeait Barkilphedro. C'étaient là les rugissements qu'il avait dans l'âme. C'est l'habitude de l'envieux de s'absoudre en amalgamant à son grief personnel le mal public. Toutes les formes farouches des passions haineuses allaient et venaient dans cette intelligence féroce. À l'angle des vieilles mappemondes du quinzième siècle on trouve un large espace vague sans forme et sans nom où sont écrits ces trois mots : *Hic sunt leones.* Ce coin sombre est aussi dans l'homme. Les passions rôdent et grondent quelque part en nous, et l'on peut dire aussi d'un côté obscur de notre âme : Il y a ici des lions [1].

Cet échafaudage de raisonnements fauves était-il absolument absurde ? cela manquait-il d'un certain jugement ? Il faut bien le dire, non [2].

Il est effrayant de penser que cette chose qu'on a en soi, le jugement, n'est pas la justice. Le jugement, c'est le relatif. La justice, c'est l'absolu. Réfléchissez à la différence entre un juge et un juste.

Les méchants malmènent la conscience avec autorité. Il y a une gymnastique du faux. Un sophiste est un faussaire, et dans l'occasion ce faussaire brutalise le bon sens. Une certaine logique très-souple, très-implacable et très-agile est au service du mal et excelle à meurtrir la vérité dans les ténèbres. Coups de poing sinistres de Satan à Dieu.

Tel sophiste, admiré des niais, n'a pas d'autre gloire que d'avoir fait des « bleus » à la conscience humaine.

---

1. En marge du manuscrit, à l'encre rouge, Hugo a noté : « Ainsi M. Proudhon ».   2. L'intervention du narrateur explique dans quelle mesure le discours du méchant n'est pas erroné, sans pouvoir témoigner non plus d'une soif de justice. Si la question se retrouve ailleurs dans les romans (voir Thénardier dans *Les Misérables*, III, VIII, 20), la question du juste, de l'injuste et du vrai traverse tout particulièrement *L'Homme qui rit* (voir II, II, 11, « Gwynplaine est dans le juste, Ursus est dans le vrai »).

L'affligeant, c'est que Barkilphedro pressentait un avortement. Il entreprenait un vaste travail, et en somme, il le craignait du moins, pour peu de ravage. Être un homme corrosif, avoir en soi une volonté d'acier, une haine de diamant, une curiosité ardente de la catastrophe, et ne rien brûler, ne rien décapiter, ne rien exterminer ! Être ce qu'il était, une force de dévastation, une animosité vorace, un rongeur du bonheur d'autrui, avoir été créé – (car il y a un créateur, le diable ou Dieu, n'importe qui !) – avoir été créé de toutes pièces Barkilphedro pour ne réaliser peut-être qu'une chiquenaude ; est-ce possible ! Barkilphedro manquerait son coup ! Être un ressort à lancer des quartiers de rocher, et lâcher toute sa détente pour faire à une mijaurée une bosse au front ! une catapulte faisant le dégât d'une pichenette[1] ! accomplir une besogne de Sisyphe pour un résultat de fourmi ! suer toute la haine pour à peu près rien ! Est-ce assez humiliant quand on est un mécanisme d'hostilité à broyer le monde ! Mettre en mouvement tous ses engrenages, faire dans l'ombre un tracas de machine de Marly[2], pour réussir peut-être à pincer le bout d'un petit doigt rose ! Il allait tourner et retourner des blocs pour arriver, qui sait ? à rider un peu la surface plate de la cour ! Dieu a cette manie de dépenser grandement les forces. Un remuement de montagne aboutit au déplacement d'une taupinière.

En outre, la cour étant donnée, terrain bizarre, rien n'est plus dangereux que de viser son ennemi, et de le manquer. D'abord cela vous démasque à votre ennemi, et cela l'irrite ; ensuite, et surtout, cela déplaît au maître. Les rois goûtent peu les maladroits. Pas de contusions ; pas de gourmades laides. Égorgez tout le

---

1. Chiquenaude, petit coup donné sur le nez ou les doigts.   2. Commune où fut établie en 1676 la célèbre machine hydraulique destinée à approvisionner la ville et le parc de Versailles, construite par Renquin Swalm suivant un système très imposant et très complexe : un barrage avec quatorze roues hydrauliques, trois séries de pompes horizontales (64, 79 et 78), etc.

monde, ne faites saigner du nez à personne. Qui tue est habile, qui blesse est inepte. Les rois n'aiment pas qu'on éclope leurs domestiques. Ils vous en veulent si vous fêlez une porcelaine sur leur cheminée ou un courtisan dans leur cortège. La cour doit rester propre. Cassez, et remplacez ; c'est bien.

Ceci se concilie du reste parfaitement avec le goût des médisances qu'ont les princes. Dites du mal, n'en faites point. Ou, si vous en faites, que ce soit en grand. Poignardez, mais n'égratignez pas. À moins que l'épingle ne soit empoisonnée. Circonstance atténuante. C'était, rappelons-le, le cas de Barkilphedro.

Tout pygmée haineux est la fiole où est enfermé le dragon de Salomon. Fiole microscopique, dragon démesuré. Condensation formidable attendant l'heure gigantesque de la dilatation. Ennui consolé par la préméditation de l'explosion. Le contenu est plus grand que le contenant. Un géant latent, quelle chose étrange ! un acarus [1] dans lequel il y a une hydre ! Être cette affreuse boîte à surprise, avoir en soi Léviathan [2], c'est pour le nain une torture et une volupté.

Aussi rien n'eût fait lâcher prise à Barkilphedro. Il attendait son heure. Viendrait-elle ? Qu'importe ? il l'attendait. Quand on est très-mauvais, l'amour-propre s'en mêle. Faire des trous et des sapes à une fortune de cour, plus haute que nous, la miner à ses risques et périls, tout souterrain et tout caché qu'on est, insistons-y, c'est intéressant. On se passionne à un tel jeu. On s'éprend de cela comme d'un poème épique qu'on ferait. Être très-petit et s'attaquer à quelqu'un de très-grand est une action d'éclat. C'est beau d'être la puce d'un lion.

L'altière bête se sent piquée et dépense son énorme colère contre l'atome. Un tigre rencontré l'ennuierait moins. Et voilà les rôles changés. Le lion humilié a

---

1. Genre déterminé d'acariens, qui sont des arachnides tout petits. L'acarien appartient à la même famille que les scorpions et les araignées, motif central de l'imaginaire hugolien (note 2, p. 144).   2. Voir note 1, p. 144.

dans sa chair le dard de l'insecte, et la puce peut dire : j'ai en moi du sang de lion.

Pourtant, ce n'étaient là pour l'orgueil de Barkilphedro que de demi apaisements. Consolations. Palliatifs. Taquiner est une chose, torturer vaudrait mieux. Barkilphedro, pensée désagréable qui lui revenait sans cesse, n'aurait vraisemblablement pas d'autre succès que d'entamer chétivement l'épiderme de Josiane. Que pouvait-il espérer de plus, lui si infime contre elle si radieuse ! une égratignure, que c'est peu, à qui voudrait toute la pourpre de l'écorchure vive, et les rugissements de la femme plus que nue, n'ayant même plus cette chemise, la peau ! avec de telles envies, que c'est fâcheux d'être impuissant ! Hélas ! rien n'est parfait.

En somme il se résignait. Ne pouvant mieux, il ne rêvait que la moitié de son rêve. Faire une farce noire, c'est là un but après tout.

Celui qui se venge d'un bienfait, quel homme ! Barkilphedro était ce colosse. Ordinairement l'ingratitude est de l'oubli ; chez ce privilégié du mal, elle était de la fureur. L'ingrat vulgaire est rempli de cendre. De quoi était plein Barkilphedro ? d'une fournaise. Fournaise murée de haine, de colère, de silence, de rancune, attendant pour combustible Josiane. Jamais un homme n'avait à ce point abhorré une femme sans raison. Quelle chose terrible ! Elle était son insomnie, sa préoccupation, son ennui, sa rage.

Peut-être en était-il un peu amoureux[1].

---

1. Les figures combinées de la chute et de la litote donnent soudain à la figure du méchant la profondeur complexe d'un amoureux pervers.

XI

BARKILPHEDRO EN EMBUSCADE

Trouver l'endroit sensible de Josiane et la frapper là ; telle était, pour toutes les causes que nous venons de dire, la volonté imperturbable de Barkilphedro.

Vouloir ne suffit pas ; il faut pouvoir.

Comment s'y prendre ?

Là était la question.

Les chenapans vulgaires font soigneusement le scénario de la coquinerie qu'ils veulent commettre. Ils ne se sentent pas assez forts pour saisir l'incident au passage, pour en prendre possession de gré ou de force, et pour le contraindre à les servir. De là des combinaisons préliminaires que les méchants profonds dédaignent. Les méchants profonds ont pour tout *a priori* leur méchanceté ; ils se bornent à s'armer de toutes pièces, préparent plusieurs en-cas variés, et, comme Barkilphedro, épient tout bonnement l'occasion. Ils savent qu'un plan façonné d'avance court risque de mal s'emboîter dans l'événement qui se présentera. On ne se rend pas comme cela maître du possible et l'on n'en fait point ce qu'on veut. On n'a point de pourparler préalable avec la destinée. Demain ne nous obéit pas. Le hasard a une certaine indiscipline.

Aussi le guettent-ils pour lui demander sans préambule, d'autorité, et sur le champ, sa collaboration. Pas de plan, pas d'épure, pas de maquette, pas de soulier tout fait chaussant mal l'inattendu. Ils plongent à pic dans la noirceur. La mise à profit immédiate et rapide du fait quelconque qui peut aider, c'est là l'habileté qui distingue le méchant efficace, et qui élève le coquin à la dignité de démon. Brusquer le sort, c'est le génie.

Le vrai scélérat vous frappe comme une fronde, avec le premier caillou venu.

Les malfaiteurs capables comptent sur l'imprévu, cet auxiliaire stupéfait de tant de crimes.

Empoigner l'incident, sauter dessus ; il n'y a pas d'autre Art Poétique pour ce genre de talent.

Et, en attendant, savoir à qui l'on a affaire. Sonder le terrain.

Pour Barkilphedro le terrain était la reine Anne.

Barkilphedro approchait la reine.

De si près que, parfois, il s'imaginait entendre les monologues de sa majesté.

Quelquefois, il assistait, point compté, aux conversations des deux sœurs. On ne lui défendait pas le glissement d'un mot. Il en profitait pour s'amoindrir. Façon d'inspirer confiance.

C'est ainsi qu'un jour, à Hampton-Court[1], dans le jardin, étant derrière la duchesse, qui était derrière la reine, il entendit Anne, se conformant lourdement à la mode, émettre des sentences.

— Les bêtes sont heureuses, disait la reine, elles ne risquent pas d'aller en enfer.

— Elles y sont, répondit Josiane.

Cette réponse, qui substituait brusquement la philosophie à la religion, déplut. Si par hasard c'était profond, Anne se sentait choquée.

— Ma chère, dit-elle à Josiane, nous parlons de l'enfer comme deux sottes. Demandons à Barkilphedro ce qu'il en est. Il doit savoir ces choses-là.

— Comme diable ? demanda Josiane.

— Comme bête, répondit Barkilphedro.

Et il salua.

— Madame, dit la reine à Josiane, il a plus d'esprit que nous.

Pour un homme comme Barkilphedro, approcher la reine, c'était la tenir. Il pouvait dire : Je l'ai. Maintenant il lui fallait la manière de s'en servir.

Il avait pied en cour. Être posté, c'est superbe.

---

1. Résidence des souverains anglais, au sud-ouest de Londres, sur la rive gauche de la Tamise, réaménagée par Christopher Wren (voir note 2, p. 314) à partir de 1689 d'après des modèles français, le Louvre, puis le nouveau Versailles de Jules Hardouin-Mansart.

Aucune chance ne pouvait lui échapper. Plus d'une fois il avait fait sourire méchamment la reine. C'était avoir un permis de chasse.

Mais n'y avait-il aucun gibier réservé ? Ce permis de chasse allait-il jusqu'à casser l'aile ou la patte à quelqu'un comme la propre sœur de sa majesté ?

Premier point à éclaircir. La reine aimait-elle sa sœur ?

Un faux pas peut tout perdre. Barkilphedro observait.

Avant d'entamer la partie, le joueur regarde ses cartes. Quels atouts a-t-il ? Barkilphedro commença par examiner l'âge des deux femmes : Josiane, vingt-trois ans ; Anne, quarante et un ans. C'était bien. Il avait du jeu.

Le moment où la femme cesse de compter par printemps et commence à compter par hivers, est irritant. Sourde rancune contre le temps, qu'on a en soi. Les jeunes belles épanouies, parfums pour les autres, sont pour vous épines, et de toutes ces roses vous sentez la piqûre. Il semble que toute cette fraîcheur vous est prise, et que la beauté ne décroît en vous que parce qu'elle croît chez les autres.

Exploiter cette mauvaise humeur secrète, creuser la ride d'une femme de quarante ans qui est reine, cela était indiqué à Barkilphedro.

L'envie excelle à exciter la jalousie comme le rat à faire sortir le crocodile.

Barkilphedro attachait sur Anne son regard magistral.

Il voyait dans la reine comme on voit dans une stagnation. Le marécage a sa transparence. Dans une eau sale on voit des vices ; dans une eau trouble on voit des inepties. Anne n'était qu'une eau trouble.

Des embryons de sentiments et des larves d'idées se mouvaient dans cette cervelle épaisse.

C'était peu distinct. Cela avait à peine des contours. C'étaient des réalités pourtant, mais informes. La reine pensait ceci. La reine désirait cela. Préciser quoi était difficile. Les transformations confuses qui s'opèrent dans l'eau croupissante sont malaisées à étudier.

La reine, habituellement obscure, avait par instants des échappées bêtes et brusques. C'était là ce qu'il fallait saisir. Il fallait la prendre sur le fait.

Qu'est-ce que la reine Anne, dans son for intérieur, voulait à la duchesse Josiane ? Du bien, ou du mal ?

Problème. Barkilphedro se le posa.

Ce problème résolu, on pourrait aller plus loin.

Divers hasards servirent Barkilphedro. Et surtout sa ténacité au guet.

Anne était, du côté de son mari, un peu parente de la nouvelle reine de Prusse[1], femme du roi aux cent chambellans, de laquelle elle avait un portrait peint sur émail d'après le procédé de Turquet de Mayerne[2]. Cette reine de Prusse avait, elle aussi, une sœur cadette illégitime, la baronne Drika.

Un jour, Barkilphedro présent, Anne fit à l'ambassadeur de Prusse des questions sur cette Drika.

— On la dit riche ?

— Très-riche, répondit l'ambassadeur.

— Elle a des palais ?

— Plus magnifiques que ceux de la reine sa sœur.

— Qui doit-elle épouser ?

— Un très-grand seigneur, le comte Gormo.

— Joli ?

— Charmant.

— Elle est jeune ?

— Toute jeune.

— Aussi belle que la reine ?

L'ambassadeur baissa la voix et répondit :

— Plus belle.

---

1. Frédéric Ier, premier roi de Prusse (1701-1713), célèbre pour son faste, et probablement Sophie-Charlotte de Hanovre, sa seconde épouse, fille du duc de Hanovre et sœur de George, futur roi d'Angleterre (épousée en 1684 ; morte en 1705). **2.** Théodore Turquet de Mayerne (1573-1655), médecin suisse qui fut le médecin personnel de Jacques Ier. À côté des ouvrages de médecine qu'il a écrits, il est l'inventeur de la couleur pourpre employée pour les carnations dans la peinture en émail.

— Ce qui est insolent, murmura Barkilphedro.

La reine eut un silence, puis s'écria :

— Ces bâtardes !

Barkilphedro nota ce pluriel.

Une autre fois, à une sortie de chapelle où Barkil-phedro se tenait assez près de la reine derrière les deux grooms[1] de l'aumônerie, lord David Dirry-Moir, tra-versant des rangées de femmes, fit sensation par sa bonne mine. Sur son passage éclatait un brouhaha d'exclamations féminines : – Qu'il est élégant ! – Qu'il est galant ! – Qu'il a grand air ! – Qu'il est beau !

— Comme c'est désagréable ! grommela la reine.

Barkilphedro entendit.

Il était fixé.

On pouvait nuire à la duchesse sans déplaire à la reine.

Le premier problème était résolu.

Maintenant le deuxième se présentait.

Comment faire pour nuire à la duchesse ?

Quelle ressource pouvait, pour un but si ardu, lui offrir son misérable emploi ?

Aucune, évidemment.

XII

ÉCOSSE, IRLANDE ET ANGLETERRE

Indiquons un détail : Josiane « avait le tour ».

On le comprendra en réfléchissant qu'elle était, quoique du petit côté, sœur de la reine, c'est-à-dire personne princière.

Avoir le tour. Qu'est cela ?

Le vicomte de Saint-John – prononcez Boling-broke[2] – écrivait à Thomas Lennard, comte de Sussex :

---

1. Voir note 1, p. 328.   **2.** Voir note 3, p. 293.

« Deux choses font qu'on est grand. En Angleterre avoir le tour ; en France avoir le pour. »

Le pour, en France, c'était ceci : Quand le roi était en voyage, le fourrier [1] de la cour, le soir venu, au débotté [2] à l'étape, assignait leur logement aux personnes suivant sa majesté. Parmi ces seigneurs, quelques-uns avaient un privilège immense : « Ils ont le *pour*, dit le Journal Historique de l'année 1694, page 6, c'est-à-dire que le fourrier qui marque les logis met *Pour* avant leur nom, comme : *Pour M. le prince de Soubise*, au lieu que, quand il marque le logis d'une personne qui n'est point prince, il ne met point de *Pour*, mais simplement son nom, par exemple : *le duc de Gesvres, le duc de Mazarin*, etc. » Ce *Pour* sur une porte indiquait un prince, ou un favori. Favori, c'est pire que prince. Le roi accordait le *pour* comme le cordon bleu ou la pairie.

« Avoir le tour » en Angleterre était moins vaniteux, mais plus réel. C'était un signe de véritable approche de la personne régnante. Quiconque était, par naissance ou faveur, en posture de recevoir des communications directes de sa majesté, avait dans le mur de sa chambre de lit un tour [3] où était ajusté un timbre. Le timbre sonnait, le tour s'ouvrait, une missive royale apparaissait sur une assiette d'or ou sur un coussin de velours, puis le tour se refermait. C'était intime et solennel. Le mystérieux dans le familier. Le tour ne servait à aucun autre usage. Sa sonnerie annonçait un message royal. On ne voyait pas qui l'apportait. C'était du reste tout simplement un page de la reine ou du roi. Leicester [4] avait le tour sous Élisabeth et Buckingham [5]

---

1. Officier de la maison d'un prince souverain, chargé de marquer le logement des personnes qui suivent la cour.   2. Moment de l'arrivée.
3. Armoire cylindrique tournant sur un pivot et enchâssée dans le mur.
4. Voir note 3, p. 289.   5. George Villiers, duc de Buckingham (1592-1628), célèbre ministre et favori de Jacques Ier et de Charles Ier. Jacques Ier fit des folies pour lui ; sa puissance était telle qu'une ballade populaire disait : « Quand le puissant duc avait dit oui, personne n'osait dire non » (cité par P. Larousse). Il mourut assassiné à Portsmouth au moment où il s'embarquait pour secourir les protestants de La Rochelle. Le lecteur français le connaît comme le riche amant d'Anne d'Autriche dans *Les Trois Mousquetaires* d'Alexandre Dumas (1844).

sous Jacques Ier. Josiane l'avait sous Anne, quoique peu favorite. Qui avait le tour était comme quelqu'un qui serait en relation directe avec la petite poste du ciel, et chez qui Dieu enverrait de temps en temps son facteur porter une lettre. Pas d'exception plus enviée. Ce privilège entraînait plus de servilité. On en était un peu plus valet. À la cour, ce qui élève abaisse. « Avoir le tour », cela se disait en français ; ce détail d'étiquette anglaise étant probablement une ancienne platitude française.

Lady Josiane, vierge pairesse comme Élisabeth avait été vierge reine, menait, tantôt à la ville, tantôt à la campagne, selon la saison, une existence quasi princière, et tenait à peu près une cour dont lord David était courtisan, avec plusieurs. N'étant pas encore mariés, lord David et lady Josiane pouvaient sans ridicule se montrer ensemble en public, ce qu'ils faisaient volontiers. Ils allaient souvent aux spectacles et aux courses dans le même carrosse et dans la même tribune. Le mariage, qui leur était permis et même imposé, les refroidissait ; mais en somme leur attrait était de se voir. Les privautés permises aux « engaged »[1] ont une frontière aisée à franchir. Ils s'en abstenaient, ce qui est facile étant de mauvais goût.

Les plus belles boxes d'alors avaient lieu à Lambeth, paroisse où le lord archevêque de Cantorbery a un palais, quoique l'air y soit malsain, et une riche bibliothèque ouverte à de certaines heures aux honnêtes gens. Une fois, c'était en hiver, il y eut là, dans une prairie fermée à clef, un assaut de deux hommes auquel assista Josiane, menée par David. Elle avait demandé : Est-ce que les femmes sont admises ? et David avait répondu : *Sunt fœminæ magnates*. Traduction libre : *Pas les bourgeoises*. Traduction littérale : *Les grandes dames existent*. Une duchesse entre partout. C'est pourquoi lady Josiane vit la boxe.

---

1. Fiancés.

Lady Josiane fit seulement la concession de se vêtir en cavalier, chose fort usitée alors. Les femmes ne voyageaient guère autrement. Sur six personnes que contenait le coche de Windsor, il était rare qu'il n'y eût point une ou deux femmes habillées en hommes. C'était signe de gentry.

Lord David, étant en compagnie d'une femme, ne pouvait figurer dans le match, et devait rester simple assistant.

Lady Josiane ne trahissait sa qualité que par ceci, qu'elle regardait à travers une lorgnette, ce qui était acte de gentilhomme.

La « noble rencontre » était présidée par lord Germaine, arrière-grand-père ou grand-oncle de ce lord Germaine[1] qui, vers la fin du dix-huitième siècle, fut colonel, lâcha pied dans une bataille, puis fut ministre de la guerre, et n'échappa aux biscayens de l'ennemi que pour tomber sous les sarcasmes de Sheridan, mitraille pire[2]. Force gentilshommes pariaient : Harry Bellew de Carleton, ayant des prétentions à la pairie éteinte de Bella-Aqua, contre Henry, lord Hyde, membre du parlement pour le bourg de Dunhivid, qu'on appelle aussi Launceston ; l'honorable Peregrine Bertie, membre pour le bourg de Truro, contre sir Thomas Colepeper, membre pour Maidstone ; le laird de

---

1. George, vicomte de Sackville (lord George Germain de 1770 à 1782), général anglais qui conduisit si avant ses troupes dans les rangs de l'ennemi (français) lors de la bataille de Fontenoy (1745) qu'il fut fait prisonnier et soigné dans la propre tente de Louis XV. En 1759, il fut temporairement renvoyé de l'armée anglaise pour avoir négligé de poursuivre les Français qui battaient en retraite (bataille de Minden). À partir de 1775, il occupa le poste de ministre chargé de la guerre contre les colonies américaines révoltées. Il fut rendu en partie responsable de la défaite de Saratoga (1777). 2. Richard Sheridan (1751-1816), célèbre dramaturge anglais, auteur de *L'École de la médisance* (1777), qui fut aussi un homme politique célèbre en son temps, en particulier pour ses dons d'orateur : « L'esprit de Sheridan était un mélange d'insouciance et de vivacité, d'activité et de paresse. Il excellait dans l'art de renvoyer à ses adversaires les traits qu'ils lui lançaient, et il les battait presque toujours avec leurs propres armes » (P. Larousse).

Lamyrbau, qui est de la marche de Lothian, contre Samuel Trefusis, du bourg de Penryn ; sir Bartholomew Gracedieu, du bourg Saint-Yves, contre le très-honorable Charles Bodville, qui s'appelle lord Robartes, et qui est Custos Rotulorum du comté de Cornouailles [1]. D'autres encore.

Les deux boxeurs étaient un irlandais de Tipperary nommé du nom de sa montagne natale Phelem-ghemadone, et un écossais appelé Helmsgail. Cela mettait deux orgueils nationaux en présence. Irlande et Écosse allaient se cogner ; Erin [2] allait donner des coups de poing à Gajothel [3]. Aussi les paris dépassaient quarante mille guinées, sans compter les jeux fermes [4].

Les deux champions étaient nus avec une culotte très-courte bouclée aux hanches, et des brodequins à semelles cloutées, lacés aux chevilles.

Helmsgail, l'écossais, était un petit d'à peine dix-neuf ans, mais il avait déjà le front recousu ; c'est pourquoi on tenait pour lui deux et un tiers. Le mois précédent il avait enfoncé une côte et crevé les deux yeux au boxeur Sixmileswater : ce qui expliquait l'enthousiasme. Il y avait eu pour ses parieurs gain de douze mille livres sterling. Outre son front recousu, Helmsgail avait la

---

1. En dressant une liste de noms empruntés à Chamberlayne, qui ne renvoient évidemment à rien dans l'expérience du lecteur, Hugo, sous couvert d'un sérieux historique et scientifique (le ton se veut assuré), invite en fait celui-ci à lire dans cette liste un tohu-bohu de signifiants fantaisistes et ridicules – manière ironique de remettre en cause la respectabilité sociale, en la montrant comme une grille figée de titres et de possessions, qui ne dit rien du tout, si ce n'est la vanité des puissants... Le *Custos Rotulorum*, ou « Gardien des Rolles », est le Justicier-Quorum (voir note 2, p. 519) chargé par le Chancelier de conserver les registres des sessions et de les apporter lors des assises, tous les trois mois (Chamberlayne, 2ᵉ partie, p. 101).   2. Ancien nom de l'Irlande, trouvé dans Beeverell (voir note 2, p. 40), t. VIII, p. 1377.   3. Nom que les Écossais se donnent d'après Beeverell, t. VI, p. 1061. Le nom des deux combattants est un nom de lieu emprunté à cette même source : Helmsdail (*sic*) est le nom d'une rivière écossaise et Phelem-ghe-Madone, celui d'une chaîne de douze montagnes irlandaises, « des plus hautes qui se voient en Irlande » (t. VIII, p. 1417).   4. Jeux où la somme à gagner ou à perdre est fixée d'avance et ne résulte pas d'un rapport comme dans les paris.

mâchoire ébréchée. Il était leste et alerte. Il était haut comme une femme petite, ramassé, trapu, d'une stature basse et menaçante, et rien n'avait été perdu de la pâte dont il avait été fait ; pas un muscle qui n'allât au but, le pugilat. Il y avait de la concision dans son torse ferme, luisant et brun comme l'airain. Il souriait, et trois dents qu'il avait de moins s'ajoutaient à son sourire [1].

Son adversaire était vaste et large, c'est-à-dire faible.

C'était un homme de quarante ans. Il avait six pieds de haut, un poitrail d'hippopotame et l'air doux. Son coup de poing fendait le pont d'un navire, mais il ne savait pas le donner. L'irlandais Phelem-ghe-madone était surtout une surface et semblait être dans les boxes plutôt pour recevoir que pour rendre. Seulement on sentait qu'il durerait longtemps. Espèce de rostbeef pas assez cuit, difficile à mordre et impossible à manger. Il était ce qu'on appelle en argot local, de la viande crue, *raw flesh*. Il louchait. Il semblait résigné.

Ces deux hommes avaient passé la nuit précédente côte à côte dans le même lit, et dormi ensemble. Ils avaient bu dans le même verre chacun trois doigts de vin de Porto.

Ils avaient l'un et l'autre leur groupe de souteneurs, gens de rude mine, menaçant au besoin les arbitres. Dans le groupe pour Helmsgail, on remarquait John Gromane, fameux pour porter un bœuf sur son dos, et un nommé John Bray qui un jour avait pris sur ses épaules dix boisseaux de farine à quinze gallons par boisseau, plus le meunier, et avait marché avec cette charge plus de deux cents pas loin. Du côté de Phelem-ghe-madone, lord Hyde avait amené de Launceston un certain Kilter, lequel demeurait au Château-Vert, et lançait par-dessus son épaule une pierre de vingt livres plus haut que la plus haute tour du château. Ces trois hommes, Kilter, Bray et Gromane, étaient de Cornouailles, ce qui honore le comté.

---

1. Autre « homme qui rit », dont le visage porte les marques de l'aliéna-tion que le pouvoir aristocratique inflige aux misérables.

D'autres souteneurs étaient des garnements brutes, au râble solide, aux jambes arquées, aux grosses pattes noueuses, à la face inepte, en haillons, et ne craignant rien, étant presque tous repris de justice.

Beaucoup s'entendaient admirablement à griser les gens de police. Chaque profession doit avoir ses talents.

Le pré choisi était plus loin que le Jardin des Ours, où l'on faisait autrefois battre les ours, les taureaux et les dogues, au-delà des dernières bâtisses en construction, à côté de la masure du prieuré de Sainte Marie Over Ry, ruiné par Henri VIII. Vent du nord et givre était le temps ; une pluie fine tombait, vite figée en verglas. On reconnaissait dans les gentlemen présents ceux qui étaient pères de famille, parce qu'ils avaient ouvert leurs parapluies.

Du côté de Phelem-ghe-madone, colonel Moncreif, arbitre, et Kilter, pour tenir le genou [1].

Du côté de Helmsgail, l'honorable Pughe Beaumaris, arbitre, et lord Desertum, qui est de Kilcarry, pour tenir le genou.

Les deux boxeurs furent quelques instants immobiles dans l'enceinte pendant qu'on réglait les montres. Puis ils marchèrent l'un à l'autre et se donnèrent la main.

Phelem-ghe-madone dit à Helmsgail : – J'aimerais m'en aller chez moi.

Helmsgail répondit avec honnêteté : – Il faut que la gentry se soit dérangée pour quelque chose.

Nus comme ils étaient, ils avaient froid. Phelem-ghe-madone tremblait. Ses mâchoires claquaient.

Docteur Eleanor Sharp, neveu de l'archevêque d'York, leur cria : Tapez-vous, mes drôles. Ça vous réchauffera.

---

1. L'équivalent du soigneur : « Lorsqu'un des combattants a été renversé, ses témoins le relèvent et le font asseoir sur leurs genoux ; les adjoints agissent également en lui faisant avaler de l'eau froide et du jus de citron ; ils le lavent avec une éponge et l'encouragent » (P. Larousse, art. « boxe »).

Cette parole d'aménité les dégela.

Ils s'attaquèrent.

Mais ni l'un ni l'autre n'étaient en colère. On compta trois reprises molles. Révérend Docteur Gumdraith, un des quarante associés d'All Soules College*, cria : Qu'on leur entonne du gin !

Mais les deux referees et les deux parrains, juges tous quatre, maintinrent la règle. Il faisait pourtant bien froid.

On entendit le cri : *first blood* ! le premier sang était réclamé. On les replaça bien en face l'un de l'autre.

Ils se regardèrent, s'approchèrent, allongèrent les bras, se touchèrent les poings, puis reculèrent. Tout à coup, Helmsgail, le petit homme, bondit.

Le vrai combat commença.

Phelem-ghe-madone fut frappé en plein front entre les deux sourcils. Tout son visage ruissela de sang. La foule cria : *Helmsgail a fait couler le bordeaux*** ! On applaudit. Phelem-ghe-madone, tournant ses bras comme un moulin ses ailes, se mit à démener ses deux poings au hasard.

L'honorable Peregrine Bertie dit : – Aveuglé. Mais pas encore aveugle.

Alors Helmsgail entendit de toutes parts éclater cet encouragement : – *bung his peepers**** !*

En somme, les deux champions étaient vraiment bien choisis, et, quoique le temps fût peu favorable, on comprit que le match réussirait. Le quasi-géant Phelem-ghe-madone avait les inconvénients de ses avantages ; il se mouvait pesamment. Ses bras étaient massue, mais son corps était masse. Le petit courait, frappait, sautait, grinçait, doublait la vigueur par la vitesse, savait

---

* Collège de Toutes-les-Âmes[1].   ** *Helmsgail has tapped his claret.*
*** Crève-lui les quinquets[2].

---

1. La traduction permet de souligner le paradoxe et le scandale du mot « âme » dans le contexte bestial et sanguinaire d'un match de boxe. **2.** Hugo traduit en respectant le caractère argotique de l'expression. Voir, sur l'argot, note 3, p. 94.

les ruses. D'un côté le coup de poing primitif, sauvage, inculte, à l'état d'ignorance ; de l'autre le coup de poing de la civilisation. Helmsgail combattait autant avec ses nerfs qu'avec ses muscles et avec sa méchanceté qu'avec sa force ; Phelem-ghe-madone était une espèce d'assommeur inerte, un peu assommé au préalable. C'était l'art contre la nature. C'était le féroce contre le barbare.

Il était clair que le barbare serait battu. Mais pas très-vite. De là l'intérêt.

Un petit contre un grand. La chance est pour le petit. Un chat a raison d'un dogue. Les Goliath sont toujours vaincus par les David[1].

Une grêle d'apostrophes tombait sur les combattants : – *Bravo, Helmsgail ! good ! well done, highlander !* – *Now, Phelem** !

Et les amis de Helmsgail lui répétaient avec bienveillance l'exhortation : – Crève-lui les quinquets !

Helmsgail fit mieux. Brusquement baissé et redressé avec une ondulation de reptile, il frappa Phelem-ghe-madone au sternum. Le colosse chancela.

— Mauvais coup ! cria le vicomte Barnard.

Phelem-ghe-madone s'affaissa sur le genou de Kilter en disant : – Je commence à me réchauffer.

Lord Desertum consulta les referees, et dit : – Il y aura cinq minutes de rond**.

Phelem-ghe-madone défaillait. Kilter lui essuya le sang des yeux et la sueur du corps avec une flanelle et lui mit un goulot dans la bouche. On était à la onzième passe. Phelem-ghe-madone, outre sa plaie au front, avait les pectoraux déformés de coups, le ventre tuméfié et le sinciput[2] meurtri. Helmsgail n'avait rien.

Un certain tumulte éclatait parmi les gentlemen.

---

* Bravo, Helmsgail ! bon ! c'est bien, montagnard ! – À ton tour, Phelem !   ** Suspension.

---

1. Dans la Bible, le futur roi David, encore jeune pasteur, triomphe du géant philistin Goliath avec une simple fronde (*Rois*, I, XVII).   **2.** La partie supérieure de la tête.

Lord Barnard répétait : – Mauvais coup.

— Pari nul, dit le laird de Lamyrbau.

— Je réclame mon enjeu, reprit sir Thomas Cole-peper.

Et l'honorable membre pour le bourg Saint-Yves, sir Bartholomew Gracedieu, ajouta :

— Qu'on me rende mes cinq cents guinées, je m'en vais.

— Cessez le match, cria l'assistance.

Mais Phelem-ghe-madone se leva presque aussi branlant qu'un homme ivre, et dit :

— Continuons le match, à une condition. J'aurai aussi, moi, le droit de donner un mauvais coup.

On cria de toutes parts : – Accordé.

Helmsgail haussa les épaules.

Les cinq minutes passées, la reprise se fit.

Le combat, qui était une agonie pour Phelem-ghe-madone, était un jeu pour Helmsgail.

Ce que c'est que la science ! le petit homme trouva moyen de mettre le grand en chancery, c'est-à-dire que tout à coup Helmsgail prit sous son bras gauche courbé comme un croissant d'acier la grosse tête de Phelem-ghe-madone, et le tint là sous son aisselle, cou ployé et nuque basse, pendant que de son poing droit, tombant et retombant comme un marteau sur un clou, mais de bas en haut et en dessous, il lui écrasait à l'aise la face. Quand Phelem-ghe-madone, enfin lâché, releva la tête, il n'avait plus de visage.

Ce qui avait été un nez, des yeux et une bouche, n'était plus qu'une apparence d'éponge noire trempée dans le sang[1]. Il cracha. On vit à terre quatre dents.

Puis il tomba. Kilter le reçut sur son genou.

Helmsgail était à peine touché. Il avait quelques bleus insignifiants et une égratignure à une clavicule.

Personne n'avait plus froid. On faisait seize et un quart pour Helmsgail contre Phelem-ghe-madone.

---

1. Au tour de Phelem-ghe-madone de se présenter comme l'homme qui rit (voir *supra* dans le même chapitre, p. 363) : l'image circule d'un combattant à un autre, pour les désigner comme deux victimes.

Harry de Carleton cria :

— Il n'y a plus de Phelem-ghe-madone. Je parie pour Helmsgail ma pairie de Bella-Aqua et mon titre de lord Bellew contre une vieille perruque de l'archevêque de Canterbury.

— Donne ton mufle, dit Kilter à Phelem-ghe-madone, et, fourrant sa flanelle sanglante dans la bouteille, il le débarbouilla avec du gin. On revit la bouche, et Phelem-ghe-madone ouvrit une paupière. Les tempes semblaient fêlées.

— Encore une reprise, ami, dit Kilter. Et il ajouta : – Pour l'honneur de la basse ville [1].

Les gallois et les irlandais s'entendent ; pourtant Phelem-ghe-madone ne fit aucun signe pouvant indiquer qu'il avait encore quelque chose dans l'esprit.

Phelem-ghe-madone se releva, Kilter le soutenant. C'était la vingt-cinquième reprise. À la manière dont ce cyclope, car il n'avait plus qu'un œil, se remit en posture, on comprit que c'était la fin, et personne ne douta qu'il ne fût perdu. Il posa sa garde au-dessus du menton, gaucherie de moribond. Helmsgail, à peine en sueur, cria : Je parie pour moi. Mille contre un.

Helmsgail, levant le bras, frappa, et ce fut étrange, tous deux tombèrent. On entendit un grognement gai.

C'était Phelem-ghe-madone qui était content.

Il avait profité du coup terrible qu'Helmsgail lui avait donné sur le crâne pour lui en donner un, mauvais, au nombril.

Helmsgail, gisant, râlait.

L'assistance regarda Helmsgail à terre et dit :

— Remboursé.

Tout le monde battit des mains, même les perdants.

Phelem-ghe-madone avait rendu mauvais coup pour mauvais coup, et agi dans son droit.

On emporta Helmsgail sur une civière. L'opinion était qu'il n'en reviendrait point. Lord Robartes

---

1. Partie inférieure et plus misérable de la ville.

s'écria : Je gagne douze cents guinées. Phelem-ghe-madone était évidemment estropié pour la vie [1].

En sortant, Josiane prit le bras de lord David, ce qui est toléré entre « engaged ». Elle lui dit :

— C'est très-beau. Mais...

— Mais quoi ?

— J'aurais cru que cela m'ôterait mon ennui. Eh bien, non.

Lord David s'arrêta, regarda Josiane, ferma la bouche et enfla les joues en secouant la tête, ce qui signifie : attention ! et dit à la duchesse :

— Pour l'ennui il n'y a qu'un remède.

— Lequel ?

— Gwynplaine [2].

La duchesse demanda :

— Qu'est-ce que c'est que Gwynplaine ?

---

1. Si, contre toute attente pourtant programmée, c'est Goliath qui remporte le combat, il n'y a pas de véritable vainqueur parmi les combattants. Seul lord Robartes, c'est-à-dire l'aristocratie, en tire un profit.   **2.** Le lien est renoué avec des personnages que le lecteur a depuis longtemps perdus de vue, depuis la fin de la première partie.

LIVRE DEUXIÈME

GWYNPLAINE ET DEA

I

OÙ L'ON VOIT LE VISAGE DE CELUI
DONT ON N'A ENCORE VU QUE LES ACTIONS

La nature avait été prodigue de ses bienfaits envers Gwynplaine. Elle lui avait donné une bouche s'ouvrant jusqu'aux oreilles, des oreilles se repliant jusque sur les yeux, un nez informe fait pour l'oscillation des lunettes de grimacier[1], et un visage qu'on ne pouvait regarder sans rire.

Nous venons de le dire, la nature avait comblé Gwynplaine de ses dons. Mais était-ce la nature ?

Ne l'avait-on pas aidée ?

Deux yeux pareils à des jours de souffrance, un hiatus pour bouche, une protubérance camuse avec deux trous qui étaient les narines, pour face un écrasement, et tout cela ayant pour résultante le rire, il est certain que la nature ne produit pas toute seule de tels chefs-d'œuvre.

---

1. Artiste comique.

Seulement, le rire est-il synonyme de la joie ?

Si, en présence de ce bateleur, – car c'était un bateleur, – on laissait se dissiper la première impression de gaieté, et si l'on observait cet homme avec attention, on y reconnaissait la trace de l'art. Un pareil visage n'est pas fortuit, mais voulu. Être à ce point complet n'est pas dans la nature. L'homme ne peut rien sur sa beauté, mais peut tout sur sa laideur. D'un profil hottentot vous ne ferez pas un profil romain, mais d'un nez grec vous pouvez faire un nez kalmouck[1]. Il suffit d'oblitérer la racine du nez et d'épater les narines. Le bas latin du moyen âge n'a pas créé pour rien le verbe *denasare*. Gwynplaine enfant avait-il été assez digne d'attention pour qu'on s'occupât de lui au point de modifier son visage ? Pourquoi pas ? ne fût-ce que dans un but d'exhibition et de spéculation. Selon toute apparence, d'industrieux manieurs d'enfants avaient travaillé à cette figure. Il semblait évident qu'une science mystérieuse, probablement occulte, qui était à la chirurgie ce que l'alchimie est à la chimie, avait ciselé cette chair, à coup sûr dans le très-bas âge, et créé, avec préméditation, ce visage. Cette science, habile aux sections, aux obtusions et aux ligatures, avait fendu la bouche, débridé les lèvres, dénudé les gencives, distendu les oreilles, décloisonné les cartilages, désordonné les sourcils et les joues, élargi le muscle zygomatique, estompé les coutures et les cicatrices, ramené la peau sur les lésions tout en maintenant la face à l'état béant, et de cette sculpture puissante et profonde était sorti ce masque, Gwynplaine.

On ne naît pas ainsi.

Quoi qu'il en fût, Gwynplaine était admirablement réussi. Gwynplaine était un don fait par la providence à la tristesse des hommes. Par quelle providence ? Y a-t-il une providence Démon comme il y a une providence Dieu ? Nous posons la question sans la résoudre.

---

1. Deux peuples, l'un d'Afrique méridionale et l'autre, mongol, vivant dans le sud de la Russie, dont le nez est épaté.

Gwynplaine était saltimbanque. Il se faisait voir en public. Pas d'effet comparable au sien. Il guérissait les hypocondries rien qu'en se montrant. Il était à éviter pour des gens en deuil, confus et forcés, s'ils l'apercevaient, de rire indécemment. Un jour le bourreau vint, et Gwynplaine le fit rire. On voyait Gwynplaine, on se tenait les côtes ; il parlait, on se roulait à terre. Il était le pôle opposé du chagrin. Spleen était à un bout, et Gwynplaine à l'autre.

Aussi était-il parvenu rapidement, dans les champs de foire et dans les carrefours, à une fort satisfaisante renommée d'homme horrible.

C'est en riant que Gwynplaine faisait rire. Et pourtant il ne riait pas. Sa face riait, sa pensée non. L'espèce de visage inouï que le hasard ou une industrie bizarrement spéciale lui avait façonné, riait tout seul. Gwynplaine ne s'en mêlait pas. Le dehors ne dépendait pas du dedans. Ce rire qu'il n'avait point mis sur son front, sur ses joues, sur ses sourcils, sur sa bouche, il ne pouvait l'en ôter. On lui avait à jamais appliqué le rire sur le visage. C'était un rire automatique, et d'autant plus irrésistible qu'il était pétrifié. Personne ne se dérobait à ce rictus. Deux convulsions de la bouche sont communicatives, le rire et le bâillement. Par la vertu de la mystérieuse opération probablement subie par Gwynplaine enfant, toutes les parties de son visage contribuaient à ce rictus, toute sa physionomie y aboutissait, comme une roue se concentre sur le moyeu ; toutes ses émotions, quelles qu'elles fussent, augmentaient cette étrange figure de joie, disons mieux, l'aggravaient. Un étonnement qu'il aurait eu, une souffrance qu'il aurait ressentie, une colère qui lui serait survenue, une pitié qu'il aurait éprouvée, n'eussent fait qu'accroître cette hilarité des muscles ; s'il eût pleuré, il eût ri ; et, quoi que fît Gwynplaine, quoi qu'il voulût, quoi qu'il pensât, dès qu'il levait la tête, la foule, si la foule était là, avait devant les yeux cette apparition : l'éclat de rire foudroyant.

Qu'on se figure une tête de Méduse[1], gaie.

Tout ce qu'on avait dans l'esprit était mis en déroute par cet inattendu, et il fallait rire.

L'art antique appliquait jadis au fronton des théâtres de la Grèce une face d'airain, joyeuse. Cette face s'appelait la Comédie. Ce bronze semblait rire et faisait rire, et était pensif. Toute la parodie, qui aboutit à la démence, toute l'ironie, qui aboutit à la sagesse, se condensaient et s'amalgamaient sur cette figure ; la somme des soucis, des désillusions, des dégoûts et des chagrins se faisait sur ce front impassible, et donnait ce total lugubre, la gaieté ; un coin de la bouche était relevé, du côté du genre humain, par la moquerie, et l'autre coin, du côté des dieux, par le blasphème ; les hommes venaient confronter à ce modèle du sarcasme idéal l'exemplaire d'ironie que chacun a en soi ; et la foule, sans cesse renouvelée autour de ce rire fixe, se pâmait d'aise devant l'immobilité sépulcrale du ricanement. Ce sombre masque mort de la comédie antique ajusté à un homme vivant, on pourrait presque dire que c'était là Gwynplaine. Cette tête infernale de l'hilarité implacable, il l'avait sur le cou. Quel fardeau pour les épaules d'un homme, le rire éternel !

Rire éternel. Entendons-nous, et expliquons-nous. À en croire les manichéens, l'absolu plie par moments, et Dieu lui-même a des intermittences. Entendons-nous aussi sur la volonté. Qu'elle puisse jamais être tout à fait impuissante, nous ne l'admettons pas. Toute existence ressemble à une lettre, que modifie le post-scriptum. Pour Gwynplaine, le post-scriptum était ceci : à force de volonté, en y concentrant toute son attention, et à la condition qu'aucune émotion ne vînt le distraire et détendre la fixité de son effort, il pouvait parvenir à suspendre l'éternel rictus de sa face et à y jeter une

---

1. L'une des trois Gorgones dont la chevelure est faite de serpents entrelacés et dont les yeux ont le pouvoir de changer en pierre ceux qui croisent leur regard. Persée parvient à lui trancher la tête, qu'il utilise alors pour pétrifier ses ennemis.

« *Gwynplaine était saltimbanque. Il se faisait voir en public...* »
Frontispice de *L'Homme qui rit* par Daniel Vierge.
Paris, 1875. (p. 373)

sorte de voile tragique, et alors on ne riait plus devant lui, on frissonnait[1].

Cet effort, Gwynplaine, disons-le, ne le faisait presque jamais, car c'était une fatigue douloureuse et une tension insupportable. Il suffisait d'ailleurs de la moindre distraction et de la moindre émotion pour que, chassé un moment, ce rire, irrésistible comme un reflux, reparût sur sa face, et il était d'autant plus intense que l'émotion, quelle qu'elle fût, était plus forte.

À cette restriction près, le rire de Gwynplaine était éternel.

On voyait Gwynplaine, on riait. Quand on avait ri, on détournait la tête. Les femmes surtout avaient horreur. Cet homme était effroyable. La convulsion bouffonne était comme un tribut payé ; on la subissait joyeusement, mais presque mécaniquement. Après quoi, une fois le rire refroidi, Gwynplaine, pour une femme, était insupportable à voir et impossible à regarder.

Il était du reste grand, bien fait, agile, nullement difforme si ce n'est de visage. Ceci était une indication de plus parmi les présomptions qui laissaient entrevoir dans Gwynplaine plutôt une création de l'art qu'une œuvre de la nature. Gwynplaine, beau de corps, avait probablement été beau de figure. En naissant, il avait dû être un enfant comme un autre. On avait conservé le corps intact et seulement retouché la face. Gwynplaine avait été fait exprès.

C'était là du moins la vraisemblance.

On lui avait laissé les dents. Les dents sont nécessaires au rire. La tête de mort les garde.

L'opération faite sur lui avait dû être affreuse. Il ne s'en souvenait pas, ce qui ne prouvait point qu'il ne l'eût pas subie. Cette sculpture chirurgicale n'avait pu

---

1. Exemple de la minutieuse préparation dramatique du récit hugolien : cette précision justifie par avance la scène de la Chambre des lords, II, viii, 7, p. 752.

réussir que sur un enfant tout petit, et par conséquent ayant peu conscience de ce qui lui arrivait, et pouvant aisément prendre une plaie pour une maladie. En outre, dès ce temps-là, on se le rappelle, les moyens d'endormir le patient et de supprimer la souffrance étaient connus. Seulement, à cette époque, on les appelait magie. Aujourd'hui on les appelle anesthésie.

Outre ce visage, ceux qui l'avaient élevé lui avaient donné des ressources de gymnaste et d'athlète ; ses articulations, utilement disloquées, et propres à des flexions en sens inverse, avaient reçu une éducation de clown et pouvaient, comme des gonds de porte, se mouvoir dans tous les sens. Dans son appropriation au métier de saltimbanque rien n'avait été négligé.

Ses cheveux avaient été teints couleur d'ocre une fois pour toutes ; secret qu'on a retrouvé de nos jours. Les jolies femmes en usent ; ce qui enlaidissait autrefois est aujourd'hui jugé bon pour embellir. Gwynplaine avait les cheveux jaunes. Cette peinture des cheveux, apparemment corrosive, les avait laissés laineux et bourrus au toucher. Ce hérissement fauve, plutôt crinière que chevelure, couvrait et cachait un profond crâne fait pour contenir de la pensée. L'opération quelconque, qui avait ôté l'harmonie au visage et mis toute cette chair en désordre, n'avait pas eu prise sur la boîte osseuse. L'angle facial de Gwynplaine était puissant et surprenant. Derrière ce rire il y avait une âme, faisant, comme nous tous, un songe.

Du reste ce rire était pour Gwynplaine tout un talent. Il n'y pouvait rien, et il en tirait parti. Au moyen de ce rire, il gagnait sa vie.

Gwynplaine, – on l'a sans doute déjà reconnu[1], – était cet enfant abandonné un soir d'hiver sur la côte de

---

1. Parfait exemple de la technique narrative de Hugo, qui consiste à expliciter très tard un lien que le lecteur a déjà perçu depuis longtemps. Pas de véritable effet de surprise, donc, dans cette identification très différée, mais le sentiment d'une réalité en clair-obscur, où le lecteur est amené à percevoir les liens avant qu'on ne les lui explique clairement.

Portland, et recueilli dans une pauvre cahute roulante à
Weymouth.

II

DEA

L'enfant était à cette heure un homme. Quinze ans
s'étaient écoulés. On était en 1705. Gwynplaine touchait à ses vingt-cinq ans.

Ursus avait gardé avec lui les deux enfants. Cela
avait fait un groupe nomade.

Ursus et Homo avaient vieilli. Ursus était devenu
tout à fait chauve. Le loup grisonnait. L'âge des loups
n'est pas fixé comme l'âge des chiens. Selon Molin, il
y a des loups qui vivent quatre-vingts ans, entre autres
le petit koupara, *caviæ vorus*, et le loup odorant, *canis
nubilus* de Say[1].

La petite fille trouvée sur la femme morte était maintenant une grande créature de seize ans, pâle avec des
cheveux bruns, mince, frêle, presque tremblante à force
de délicatesse et donnant la peur de la briser, admirablement belle, les yeux pleins de lumière, aveugle.

La fatale nuit d'hiver qui avait renversé la mendiante
et son enfant dans la neige, avait fait coup double. Elle
avait tué la mère et aveuglé la fille.

La goutte sereine avait à jamais paralysé les prunelles de cette fille, devenue femme à son tour. Sur
son visage, à travers lequel le jour ne passait point,
les coins des lèvres tristement abaissés exprimaient ce

---

1. Retour au chapitre préliminaire consacré à Homo, II, p. 49. Dans l'*Encyclopédie moderne* de Didot (voir note 2, p. 49), le petit koupara, ou *Canis
caviae vorus*, est une variété de chien crabier plus petite que le koupara.
« Le loup odorant (*Canis nubilus* Say) », « plus grand que notre loup
commun », exhale une odeur forte et fétide et se trouve en Amérique septentrionale.

désappointement amer. Ses yeux, grands et clairs, avaient cela d'étrange qu'éteints pour elle, pour les autres ils brillaient. Mystérieux flambeaux allumés n'éclairant que le dehors. Elle donnait de la lumière, elle qui n'en avait pas. Ces yeux disparus resplendissaient. Cette captive des ténèbres blanchissait le milieu sombre où elle était. Du fond de son obscurité incurable, de derrière ce mur noir qu'on nomme la cécité, elle jetait un rayonnement. Elle ne voyait pas hors d'elle le soleil et l'on voyait en elle son âme.

Son regard mort avait on ne sait quelle fixité céleste.

Elle était la nuit, et de cette ombre irrémédiable amalgamée à elle-même, elle sortait astre.

Ursus, maniaque de noms latins, l'avait baptisée Dea[1]. Il avait un peu consulté son loup ; il lui avait dit : Tu représentes l'homme, je représente la bête ; nous sommes le monde d'en bas ; cette petite représentera le monde d'en haut. Tant de faiblesse, c'est la toute-puissance. De cette façon l'univers complet, humanité, bestialité, divinité, sera dans notre cahute. – Le loup n'avait pas fait d'objection.

Et c'est ainsi que l'enfant trouvée s'appelait Dea.

Quant à Gwynplaine, Ursus n'avait pas eu la peine de lui inventer un nom. Le matin même du jour où il avait constaté le défigurement du petit garçon et la cécité de la petite fille, il avait demandé : – Boy, comment t'appelles-tu ? – Et le garçon avait répondu : – On m'appelle Gwynplaine.

— Va pour Gwynplaine, avait dit Ursus.

Dea assistait Gwynplaine dans ses exercices.

Si la misère humaine pouvait être résumée, elle l'eût été par Gwynplaine et Dea. Ils semblaient être nés chacun dans un compartiment du sépulcre ; Gwynplaine dans l'horrible, Dea dans le noir. Leurs existences étaient faites avec des ténèbres d'espèce différente prises dans les deux côtés formidables de la nuit. Ces ténèbres, Dea les avait en elle et Gwynplaine les avait

---

1. Déesse.

sur lui. Il y avait du fantôme dans Dea et du spectre dans Gwynplaine. Dea était dans le lugubre, et Gwynplaine dans le pire. Il y avait pour Gwynplaine voyant, une possibilité poignante qui n'existait pas pour Dea aveugle : se comparer aux autres hommes. Or, dans une situation comme celle de Gwynplaine, en admettant qu'il cherchât à s'en rendre compte, se comparer, c'était ne plus se comprendre. Avoir, comme Dea, un regard vide d'où le monde est absent, c'est une suprême détresse, moindre pourtant que celle-ci : être sa propre énigme ; sentir aussi quelque chose d'absent qui est soi-même ; voir l'univers et ne pas se voir. Dea avait un voile, la nuit, et Gwynplaine avait un masque, sa face. Chose inexprimable, c'était avec sa propre chair que Gwynplaine était masqué. Quel était son visage, il l'ignorait. Sa figure était dans l'évanouissement. On avait mis sur lui un faux lui-même. Il avait pour face une disparition. Sa tête vivait et son visage était mort. Il ne se souvenait pas de l'avoir vu. Le genre humain, pour Dea comme pour Gwynplaine, était un fait extérieur ; ils en étaient loin ; elle était seule, il était seul ; l'isolement de Dea était funèbre, elle ne voyait rien ; l'isolement de Gwynplaine était sinistre, il voyait tout. Pour Dea, la création ne dépassait point l'ouïe et le toucher ; le réel était borné, limité, court, tout de suite perdu ; elle n'avait pas d'autre infini que l'ombre. Pour Gwynplaine, vivre, c'était avoir à jamais la foule devant soi et hors de soi. Dea était la proscrite de la lumière ; Gwynplaine était le banni de la vie. Certes, c'étaient là deux désespérés. Le fond de la calamité possible était touché. Ils y étaient, lui comme elle. Un observateur qui les eût vus eût senti sa rêverie s'achever en une incommensurable pitié. Que ne devaient-ils pas souffrir ? Un décret de malheur pesait visiblement sur ces deux créatures humaines, et jamais la fatalité, autour de deux êtres qui n'avaient rien fait, n'avait mieux arrangé la destinée en torture et la vie en enfer.

Ils étaient dans un paradis.

Ils s'aimaient.

Gwynplaine adorait Dea. Dea idolâtrait Gwynplaine.

— Tu es si beau ! lui disait-elle.

III

Une seule femme sur la terre voyait Gwynplaine. C'était cette aveugle.

Ce que Gwynplaine avait été pour elle, elle le savait par Ursus, à qui Gwynplaine avait raconté sa rude marche de Portland à Weymouth, et les agonies mêlées à son abandon. Elle savait que, toute petite, expirante sur sa mère expirée, tétant un cadavre, un être, un peu moins petit qu'elle, l'avait ramassée ; que cet être, éliminé et comme enseveli sous le sombre refus universel, avait entendu son cri ; que, tous étant sourds pour lui, il n'avait pas été sourd pour elle ; que cet enfant, isolé, faible, rejeté, sans point d'appui ici-bas, se traînant dans le désert, épuisé de fatigue, brisé, avait accepté des mains de la nuit ce fardeau, un autre enfant ; que lui, qui n'avait point de part à attendre dans cette distribution obscure qu'on appelle le sort, il s'était chargé d'une destinée ; que, dénûment, angoisse et détresse, il s'était fait providence ; que, le ciel se fermant, il avait ouvert son cœur ; que, perdu, il avait sauvé ; que, n'ayant pas de toit ni d'abri, il avait été asile ; qu'il s'était fait mère et nourrice ; que, lui qui était seul au monde, il avait répondu au délaissement par une adoption ; que, dans les ténèbres, il avait donné

---

1. « Elle n'a pas d'yeux, et elle voit. » Inversion d'un thème biblique que l'on trouve dans les psaumes (CXV, à propos des idoles, « elles ont des yeux, et elles ne verront point ») ou encore dans Marc, VIII, 18 : « Aurez-vous toujours des yeux sans voir, et des oreilles sans entendre ? »

cet exemple ; que, ne se trouvant pas assez accablé, il avait bien voulu de la misère d'un autre par surcroît ; que sur cette terre où il semblait qu'il n'y eût rien pour lui, il avait découvert le devoir ; que là où tous eussent hésité, il avait avancé ; que là où tous eussent reculé, il avait consenti ; qu'il avait mis sa main dans l'ouverture du sépulcre et qu'il l'en avait retirée, elle, Dea ; que, demi-nu, il lui avait donné son haillon, parce qu'elle avait froid ; qu'affamé, il avait songé à la faire boire et manger ; que pour cette petite, ce petit avait combattu la mort ; qu'il l'avait combattue sous toutes les formes, sous la forme hiver et neige, sous la forme solitude, sous la forme terreur, sous la forme froid, faim et soif, sous la forme ouragan ; que pour elle, Dea, ce titan de dix ans avait livré bataille à l'immensité nocturne. Elle savait qu'il avait fait cela, enfant, et que maintenant, homme, il était sa force à elle débile, sa richesse à elle indigente, sa guérison à elle malade, son regard à elle aveugle. A travers les épaisseurs inconnues par qui elle se sentait tenue à distance, elle distinguait nettement ce dévouement, cette abnégation, ce courage. L'héroïsme, dans la région immatérielle, a un contour. Elle saisissait ce contour sublime ; dans l'inexprimable abstraction où vit une pensée que n'éclaire pas le soleil, elle percevait ce mystérieux linéament de la vertu. Dans cet entourage de choses obscures mises en mouvement qui était la seule impression que lui fît la réalité, dans cette stagnation inquiète de la créature passive toujours au guet du péril possible, dans cette sensation d'être là sans défense qui est toute la vie de l'aveugle, elle constatait au-dessus d'elle Gwynplaine, Gwynplaine jamais refroidi, jamais absent, jamais éclipsé, Gwynplaine attendri, secourable et doux ; Dea tressaillait de certitude et de reconnaissance, son anxiété rassurée aboutissait à l'extase, et de ses yeux pleins de ténèbres elle contemplait au zénith de son abîme cette bonté, lumière profonde.

Dans l'idéal, la bonté, c'est le soleil ; et Gwynplaine éblouissait Dea.

Pour la foule, qui a trop de têtes pour avoir une pensée et trop d'yeux pour avoir un regard, pour la foule qui, surface elle-même, s'arrête aux surfaces, Gwynplaine était un clown, un bateleur, un saltimbanque, un grotesque, un peu plus et un peu moins qu'une bête. La foule ne connaissait que le visage.

Pour Dea, Gwynplaine était le sauveur qui l'avait ramassée dans la tombe et emportée dehors, le consolateur qui lui faisait la vie possible, le libérateur dont elle sentait la main dans la sienne en ce labyrinthe qui est la cécité ; Gwynplaine était le frère, l'ami, le guide, le soutien, le semblable d'en haut, l'époux ailé et rayonnant, et là où la multitude voyait le monstre, elle voyait l'archange.

C'est que Dea, aveugle, apercevait l'âme.

IV

LES AMOUREUX ASSORTIS

Ursus, philosophe, comprenait. Il approuvait la fascination de Dea.

Il disait :

— L'aveugle voit l'invisible.

Il disait :

— La conscience est vision.

Il regardait Gwynplaine, et il grommelait :

— Demi-monstre, mais demi-dieu.

Gwynplaine, de son côté, était enivré de Dea. Il y a l'œil invisible, l'esprit, et l'œil visible, la prunelle. Lui, c'est avec l'œil visible qu'il la voyait. Dea avait l'éblouissement idéal, Gwynplaine avait l'éblouissement réel. Gwynplaine n'était pas laid, il était effrayant ; il avait devant lui son contraste. Autant il était terrible, autant Dea était suave. Il était l'horreur, elle était la grâce. Il y avait du rêve en Dea. Elle sem-

blait un songe ayant un peu pris corps. Il y avait dans
toute sa personne, dans sa structure éolienne [1], dans sa
fine et souple taille inquiète comme le roseau, dans ses
épaules peut-être invisiblement ailées, dans les ron-
deurs discrètes de son contour indiquant le sexe, mais
à l'âme plutôt qu'aux sens, dans sa blancheur qui était
presque de la transparence, dans l'auguste occlusion
sereine de son regard divinement fermé à la terre, dans
l'innocence sacrée de son sourire, un voisinage exquis
de l'ange, et elle était tout juste assez femme.

Gwynplaine, nous l'avons dit, se comparait, et il
comparait Dea.

Son existence, telle qu'elle était, était le résultat d'un
double choix inouï. C'était le point d'intersection des
deux rayons d'en bas et d'en haut, du rayon noir et du
rayon blanc. La même miette peut être becquetée à la
fois par les deux becs du mal et du bien, l'un donnant
la morsure, l'autre le baiser. Gwynplaine était cette
miette, atome meurtri et caressé. Gwynplaine était le
produit d'une fatalité, compliquée d'une providence.
Le malheur avait mis le doigt sur lui, le bonheur aussi.
Deux destinées extrêmes composaient son sort étrange.
Il y avait sur lui un anathème et une bénédiction. Il
était le maudit élu. Qui était-il ? Il ne le savait. Quand
il se regardait, il voyait un inconnu. Mais cet inconnu
était monstrueux. Gwynplaine vivait dans une sorte de
décapitation, ayant un visage qui n'était pas lui. Ce
visage était épouvantable, si épouvantable qu'il amusait. Il faisait tant peur qu'il faisait rire. Il était inferna-
lement bouffon. C'était le naufrage de la figure
humaine dans un mascaron bestial. Jamais on n'avait
vu plus totale éclipse de l'homme sur le visage humain,
jamais parodie n'avait été plus complète, jamais
ébauche plus affreuse n'avait ricané dans un cauchemar, jamais tout ce qui peut repousser une femme
n'avait été plus hideusement amalgamé dans un homme ; l'infortuné cœur, masqué et calomnié par cette

---

1. Qui rappelle la légèreté du vent.

face, semblait à jamais condamné à la solitude sous ce visage comme sous un couvercle de tombe. Eh bien, non ! où s'était épuisée la méchanceté inconnue, la bonté invisible à son tour se dépensait. Dans ce pauvre déchu, tout à coup relevé, à côté de tout ce qui repousse elle mettait ce qui attire, dans l'écueil elle mettait l'aimant, elle faisait accourir à tire d'ailes vers cet abandonné une âme, elle chargeait la colombe de consoler le foudroyé, et elle faisait adorer la difformité par la beauté.

Pour que cela fût possible, il fallait que la belle ne vît pas le défiguré. Pour ce bonheur, il fallait ce malheur. La providence avait fait Dea aveugle.

Gwynplaine se sentait vaguement l'objet d'une rédemption. Pourquoi la persécution ? il l'ignorait. Pourquoi le rachat ? il l'ignorait. Une auréole était venue se poser sur sa flétrissure ; c'est tout ce qu'il savait. Ursus, quand Gwynplaine avait été en âge de comprendre, lui avait lu et expliqué le texte du docteur Conquest *de Denasatis*[1], et, dans un autre in-folio, *Hugo Plagon**[2], le passage *nares habens mutilas*[3] ; mais Ursus s'était prudemment abstenu « d'hypothèses », et s'était bien gardé de conclure quoi que ce soit. Des suppositions étaient possibles, la probabilité d'une voie de fait sur l'enfance de Gwynplaine était entrevue ; mais pour Gwynplaine il n'y avait qu'une évidence, le résultat. Sa destinée était de vivre sous un stigmate. Pourquoi ce stigmate ? pas de réponse. Silence et solitude autour de Gwynplaine. Tout était fuyant dans les conjectures qu'on pouvait ajuster à cette réalité tragique, et, excepté le fait terrible, rien

---

* *Versio Gallica Will. Tyrii, lib.* II, *cap.* XXIII.

---

1. Voir I, III, 6, p. 254-255.   **2.** Inscription ludique du nom de l'auteur, voir note 2, p. 59. L'auteur, la citation latine et la référence précise donnée en note ne sont pas des inventions de Hugo : il les a trouvés dans le *Glossarium* de Du Cange à l'article « Denasatus » (note 1, p. 255).   **3.** « Ayant les narines mutilées. »

n'était certain. Dans cet accablement, Dea intervenait ;
sorte d'interposition céleste entre Gwynplaine et le
désespoir. Il percevait, ému et comme réchauffé, la
douceur de cette fille exquise tournée vers son horreur ;
l'étonnement paradisiaque attendrissait sa face draco-
nienne[1] ; fait pour l'effroi, il avait cette exception prodigieuse d'être admiré et adoré dans l'idéal par de la
lumière, et, monstre, il sentait sur lui la contemplation
d'une étoile.

Gwynplaine et Dea, c'était un couple, et ces deux
cœurs pathétiques s'adoraient. Un nid, et deux
oiseaux ; c'était là leur histoire. Ils avaient fait leur
rentrée dans la loi universelle qui est de se plaire, de
se chercher et de se trouver.

De sorte que la haine s'était trompée. Les persécu-
teurs de Gwynplaine, quels qu'ils fussent, l'énigmatique acharnement, de quelque part qu'il vînt, avaient
manqué leur but. On avait voulu faire un désespéré, on
avait fait un enchanté. On l'avait d'avance fiancé à une
plaie guérissante. On l'avait prédestiné à être consolé
par une affliction. La tenaille de bourreau s'était doucement faite main de femme. Gwynplaine était horrible, artificiellement horrible, horrible de la main des
hommes ; on avait espéré l'isoler à jamais, de la
famille d'abord, s'il avait une famille, de l'humanité
ensuite ; enfant, on avait fait de lui une ruine ; mais
cette ruine, la nature l'avait reprise comme elle reprend
toutes les ruines ; cette solitude, la nature l'avait consolée comme elle console toutes les solitudes ; la nature
vient au secours de tous les abandons ; là où tout
manque, elle se redonne tout entière ; elle refleurit et
reverdit sur tous les écroulements ; elle a le lierre pour
les pierres et l'amour pour les hommes.

Générosité profonde de l'ombre.

---

1. Voir note 2, p. 164.

V

LE BLEU DANS LE NOIR

Ainsi vivaient l'un par l'autre ces infortunés, Dea appuyée, Gwynplaine accepté.

Cette orpheline avait cet orphelin. Cette infirme avait ce difforme.

Ces veuvages s'épousaient.

Une ineffable action de grâces se dégageait de ces deux détresses. Elles remerciaient.

Qui ?

L'immensité obscure.

Remercier devant soi, c'est assez. L'action de grâces a des ailes et va où elle doit aller. Votre prière en sait plus long que vous.

Que d'hommes ont cru prier Jupiter et ont prié Jéhovah ! Que de croyants aux amulettes sont écoutés par l'infini ! Combien d'athées ne s'aperçoivent pas que, par le seul fait d'être bons et tristes, ils prient Dieu !

Gwynplaine et Dea étaient reconnaissants.

La difformité, c'est l'expulsion. La cécité, c'est le précipice. L'expulsion était adoptée ; le précipice était habitable.

Gwynplaine voyait descendre vers lui en pleine lumière, dans un arrangement de destinée qui ressemblait à la mise en perspective d'un songe, une blanche nuée de beauté ayant la forme d'une femme, une vision radieuse dans laquelle il y avait un cœur, et cette apparition, presque nuage et pourtant femme, l'étreignait, et cette vision l'embrassait, et ce cœur voulait bien de lui ; Gwynplaine n'était plus difforme, étant aimé ; une rose demandait la chenille en mariage, sentant dans cette chenille le papillon divin ; Gwynplaine, le rejeté, était choisi.

Avoir son nécessaire, tout est là. Gwynplaine avait le sien. Dea avait le sien.

L'abjection du défiguré, allégée et comme sublimée,

se dilatait en ivresse, en ravissement, en croyance ; et une main venait au devant de la sombre hésitation de l'aveugle dans la nuit.

C'était la pénétration de deux détresses dans l'idéal, celle-ci absorbant celle-là. Deux exclusions s'admettaient. Deux lacunes se combinaient pour se compléter. Ils se tenaient par ce qui leur manquait. Par où l'un était pauvre, l'autre était riche. Le malheur de l'un faisait le trésor de l'autre. Si Dea n'eût pas été aveugle, eût-elle choisi Gwynplaine ? Si Gwynplaine n'eût pas été défiguré, eût-il préféré Dea ? Elle probablement n'eût pas plus voulu du difforme que lui de l'infirme. Quel bonheur pour Dea que Gwynplaine fût hideux ! Quelle chance pour Gwynplaine que Dea fût aveugle ! En dehors de leur appareillement providentiel, ils étaient impossibles. Un prodigieux besoin l'un de l'autre était au fond de leur amour. Gwynplaine sauvait Dea, Dea sauvait Gwynplaine. Rencontre de misères produisant l'adhérence. Embrassement d'engloutis dans le gouffre. Rien de plus étroit, rien de plus désespéré, rien de plus exquis.

Gwynplaine avait une pensée :

— Que serais-je sans elle !

Dea avait une pensée :

— Que serais-je sans lui !

Ces deux exils aboutissaient à une patrie ; ces deux fatalités incurables, le stigmate de Gwynplaine, la cécité de Dea, opéraient leur jonction dans le contentement. Ils se suffisaient, ils n'imaginaient rien au-delà d'eux-mêmes ; se parler était un délice, s'approcher était une béatitude ; à force d'intuition réciproque, ils en étaient venus à l'unité de rêverie ; ils pensaient à deux la même pensée. Quand Gwynplaine marchait, Dea croyait entendre un pas d'apothéose. Ils se serraient l'un contre l'autre dans une sorte de clair-obscur sidéral plein de parfums, de lueurs, de musiques, d'architectures lumineuses, de songes ; ils s'appartenaient ; ils se savaient ensemble à jamais dans la même joie et dans la même extase ; et rien n'était étrange comme cette construction d'un éden par deux damnés.

Ils étaient inexprimablement heureux.

Avec leur enfer ils avaient fait du ciel ; telle est votre puissance, amour !

Dea entendait rire Gwynplaine. Et Gwynplaine voyait Dea sourire.

Ainsi la félicité idéale était trouvée, la joie parfaite de la vie était réalisée, le mystérieux problème du bonheur était résolu. Et par qui ? par deux misérables.

Pour Gwynplaine Dea était la splendeur. Pour Dea Gwynplaine était la présence.

La présence, profond mystère qui divinise l'invisible et d'où résulte cet autre mystère, la confiance. Il n'y a dans les religions que cela d'irréductible. Mais cet irréductible suffit. On ne voit pas l'immense être nécessaire ; on le sent.

Gwynplaine était la religion de Dea.

Parfois, éperdue d'amour, elle se mettait à genoux devant lui, sorte de belle prêtresse adorant un gnome de pagode, épanoui.

Figurez-vous l'abîme, et au milieu de l'abîme une oasis de clarté, et dans cette oasis ces deux êtres hors de la vie, s'éblouissant.

Pas de pureté comparable à ces amours. Dea ignorait ce que c'était qu'un baiser, bien que peut-être elle le désirât ; car la cécité, surtout d'une femme, a ses rêves, et, quoique tremblante devant les approches de l'inconnu, ne les hait pas toutes. Quant à Gwynplaine, la jeunesse frissonnante le rendait pensif ; plus il se sentait ivre, plus il était timide ; il eût pu tout oser avec cette compagne de son premier âge, avec cette ignorante de la faute comme de la lumière, avec cette aveugle qui voyait une chose, c'est qu'elle l'adorait. Mais il eût cru voler ce qu'elle lui eût donné ; il se résignait avec une mélancolie satisfaite à aimer angéliquement, et le sentiment de sa difformité se résolvait en une pudeur auguste.

Ces heureux habitaient l'idéal. Ils y étaient époux à

distance comme les sphères. Ils échangeaient dans le
bleu l'effluve [1] profonde qui dans l'infini est l'attraction et sur la terre le sexe. Ils se donnaient des baisers
d'âme.

Ils avaient toujours eu la vie commune. Ils ne se
connaissaient pas autrement qu'ensemble. L'enfance
de Dea avait coïncidé avec l'adolescence de Gwynplaine. Ils avaient grandi côte à côte. Ils avaient longtemps dormi dans le même lit, la cahute n'étant point
une vaste chambre à coucher. Eux sur le coffre, Ursus
sur le plancher ; voilà quel était l'arrangement. Puis un
beau jour, Dea étant encore petite, Gwynplaine s'était
vu grand, et c'est du côté de l'homme qu'avait
commencé la honte. Il avait dit à Ursus : Je veux dormir à terre, moi aussi. Et, le soir venu, il s'était étendu
près du vieillard, sur la peau d'ours. Alors Dea avait
pleuré. Elle avait réclamé son camarade de lit. Mais
Gwynplaine, devenu inquiet, car il commençait à
aimer, avait tenu bon. À partir de ce moment, il s'était
mis à coucher sur le plancher avec Ursus. L'été, dans
les belles nuits, il couchait dehors, avec Homo. Dea
avait treize ans qu'elle n'était pas encore résignée.
Souvent le soir elle disait : Gwynplaine, viens près de
moi ; cela me fera dormir. Un homme à côté d'elle
était un besoin du sommeil de l'innocente. La nudité,
c'est de se voir nu : aussi ignorait-elle la nudité. Ingé-
nuité d'Arcadie ou d'Otaïti [2]. Dea sauvage faisait
Gwynplaine farouche. Il arrivait parfois à Dea, étant
déjà presque jeune fille, de se peigner ses longs cheveux, assise sur son lit, sa chemise défaite et à demi
tombante, laissant voir la statue féminine ébauchée et
un vague commencement d'Ève, et d'appeler Gwynplaine. Gwynplaine rougissait, baissait les yeux, ne

---

1. Voir note 4, p. 127.   **2.** L'Arcadie est un pays de l'ancien Pélopon-
nèse, célébré par les poètes antiques comme le séjour de l'innocence et du
bonheur. En poésie, il est souvent un lieu imaginaire peuplé de bergers
fidèles dans leurs amours. Otaïti renvoie aux mythes du bon sauvage, et
évoque l'amour de Gwynplaine et Dea dans le même registre de l'idylle et
de la pastorale.

savait que devenir devant cette chair naïve, balbutiait, détournait la tête, avait peur, et s'en allait, et ce Daphnis des ténèbres prenait la fuite devant cette Chloë de l'ombre[1].

Telle était cette idylle éclose dans une tragédie.

Ursus leur disait :

— Vieilles brutes ! adorez-vous.

VI

URSUS INSTITUTEUR, ET URSUS TUTEUR

Ursus ajoutait :

— Je leur ferai un de ces jours un mauvais tour. Je les marierai.

Ursus faisait à Gwynplaine la théorie de l'amour. Il lui disait :

— L'amour, sais-tu comment le bon Dieu allume ce feu-là ? Il met la femme en bas, le diable entre deux, l'homme sur le diable. Une allumette, c'est-à-dire un regard, et voilà que tout flambe.

— Un regard n'est pas nécessaire, répondait Gwynplaine, songeant à Dea.

Et Ursus répliquait :

— Dadais ! est-ce que les âmes, pour se regarder, ont besoin des yeux ?

Parfois Ursus était bon diable. Gwynplaine, par moments, éperdu de Dea jusqu'à en devenir sombre, se garait d'Ursus comme d'un témoin. Un jour Ursus lui dit :

---

1. *Daphnis et Chloé*, célèbre roman grec de Longus (fin du IIe siècle apr. J.-C.) et référence fondatrice dans le genre de l'idylle, raconte la naissance de l'amour sensuel entre deux jeunes gens, tous deux enfants trouvés, élevés par des cultivateurs dans l'île de Lesbos et formés aux travaux des champs.

— Bah ! ne te gêne pas. En amour le coq se montre.

— Mais l'aigle se cache, répondit Gwynplaine.

Dans d'autres instants, Ursus se disait en aparté :

— Il est sage de mettre des bâtons dans les roues du char de Cythérée [1]. Ils s'aiment trop. Cela peut avoir des inconvénients. Obvions à l'incendie. Modérons ces cœurs.

Et Ursus avait recours à des avertissements de ce genre, parlant à Gwynplaine quand Dea dormait, et à Dea quand Gwynplaine avait le dos tourné :

— Dea, il ne faut pas trop t'attacher à Gwynplaine. Vivre dans un autre est périlleux. L'égoïsme est une bonne racine du bonheur. Les hommes, ça échappe aux femmes. Et puis, Gwynplaine peut finir par s'infatuer. Il a tant de succès ! tu ne te figures pas le succès qu'il a !

— Gwynplaine, les disproportions ne valent rien. Trop de laideur d'un côté, trop de beauté de l'autre, cela doit donner à réfléchir. Tempère ton ardeur, mon boy. Ne t'enthousiasme pas trop de Dea. Te crois-tu sérieusement fait pour elle ? Mais considère donc ta difformité et sa perfection. Vois la distance entre elle et toi. Elle a tout, cette Dea ! quelle peau blanche, quels cheveux, des lèvres qui sont des fraises, et son pied ! quant à sa main ! ses épaules sont d'une courbe exquise, le visage est sublime, elle marche, il sort d'elle de la lumière, et ce parler grave avec ce son de voix charmant ! et avec tout cela songer que c'est une femme ! elle n'est pas si sotte que d'être un ange. C'est la beauté absolue. Dis-toi tout cela pour te calmer.

De là des redoublements d'amour entre Dea et Gwynplaine, et Ursus s'étonnait de son insuccès, un peu comme quelqu'un qui dirait :

— C'est singulier, j'ai beau jeter de l'huile sur le feu, je ne parviens pas à l'éteindre.

Les éteindre, moins même, les refroidir, le voulait-

---

1. Surnom de Vénus, par référence à l'île de Cythère où elle était honorée. La référence au monde de l'idylle se poursuit.

il ? non certes. Il eût été bien attrapé s'il avait réussi. Au fond, cet amour, flamme pour eux, chaleur pour lui, le ravissait.

Mais il faut bien taquiner un peu ce qui nous charme. Cette taquinerie-là, c'est ce que les hommes appellent la sagesse.

Ursus avait été pour Gwynplaine et Dea à peu près père et mère. Tout en murmurant, il les avait élevés ; tout en grondant, il les avait nourris. Cette adoption ayant fait la cahute roulante plus lourde, il avait dû s'atteler plus fréquemment avec Homo pour la traîner.

Disons que, les premières années passées, quand Gwynplaine fut presque grand et Ursus tout à fait vieux, ç'avait été le tour de Gwynplaine de traîner Ursus.

Ursus, en voyant grandir Gwynplaine, avait tiré l'horoscope de sa difformité. – *On a fait ta fortune*, lui avait-il dit.

Cette famille d'un vieillard, de deux enfants et d'un loup, avait formé, tout en rôdant, un groupe de plus en plus étroit.

La vie errante n'avait pas empêché l'éducation. Errer, c'est croître, disait Ursus. Gwynplaine étant évidemment fait pour être « montré dans les foires », Ursus avait cultivé en lui le saltimbanque, et dans ce saltimbanque il avait incrusté de son mieux la science et la sagesse. Ursus, en arrêt devant le masque ahurissant de Gwynplaine, grommelait : « Il a été bien commencé. » C'est pourquoi il l'avait complété par tous les ornements de la philosophie et du savoir.

Il répétait souvent à Gwynplaine : – Sois un philosophe. Être sage, c'est être invulnérable. Tel que tu me vois, je n'ai jamais pleuré. Force de ma sagesse. Crois-tu que, si j'avais voulu pleurer, j'aurais manqué d'occasion ?

Ursus, dans ses monologues écoutés par le loup, disait : – J'ai enseigné à Gwynplaine Tout, y compris le latin, et à Dea Rien, y compris la musique. Il leur avait appris à tous deux à chanter. Il avait lui-même un joli talent sur la muse de blé, une petite flûte de ce

temps-là. Il en jouait agréablement, ainsi que de la chiffonie, sorte de vielle de mendiant, que la chronique de Bertrand Duguesclin [1] qualifie « instrument truand », et qui
est le point de départ de la symphonie. Ces musiques
attiraient le monde. Ursus montrait à la foule sa chiffonie et disait : – En latin, *organistrum*.

Il avait enseigné à Dea et à Gwynplaine le chant
selon la méthode d'Orphée et d'Égide Binchois. Il lui
était arrivé plus d'une fois de couper les leçons de ce
cri d'enthousiasme : – Orphée, musicien de la Grèce !
Binchois, musicien de la Picardie [2] !

Ces complications d'éducation soignée n'avaient pas
occupé les deux enfants au point de les empêcher de
s'adorer. Ils avaient grandi en mêlant leurs cœurs,
comme deux arbrisseaux plantés près, en devenant
arbres, mêlent leurs branches.

— C'est égal, murmurait Ursus, je les marierai.

Et il bougonnait en aparté :

— Ils m'ennuient avec leur amour.

Le passé, le peu qu'ils en avaient du moins, n'existait point pour Gwynplaine et Dea. Ils en savaient ce
qu'Ursus leur en avait dit. Ils appelaient Ursus
« Père ».

Gwynplaine n'avait souvenir de son enfance que
comme d'un passage de démons sur son berceau. Il en
avait une impression comme d'avoir été trépigné dans

---

1. Célèbre connétable de France du XIVe siècle qui s'illustra dans la
guerre de Cent Ans. P. Larousse fait état d'une très abondante bibliographie
sur le personnage, en particulier de chroniques publiées au XIXe siècle, dans
le contexte de la réhabilitation romantique du Moyen Âge.   2. Jeu de
Hugo sur le très connu mythologique Orphée, dieu des musiciens, et l'obscur Binchois sous l'égide duquel – justement ! – Ursus se place. Ceci à des
fins comiques et peut-être aussi pour rappeler que les arts et les sciences
progressent grâce à des hommes dont l'histoire, consacrée aux rois et aux
grands hommes de guerre, ne conserve pas la mémoire ou qu'elle relègue
dans l'érudition (voir *William Shakespeare*, III, iii, « L'histoire réelle. Chacun remis à sa place »). Gilles Binchois est un musicien du XVe siècle, qui
perfectionna l'art d'écrire, l'harmonie et la notation de la musique : il est
cité dans certains traités de musique, mais on ne posséderait presque rien
de lui (*Nouvelle Biographie universelle*, Didot frères, 1853).

l'obscurité sous des pieds difformes. Était-ce exprès, ou sans le vouloir ? il l'ignorait. Ce qu'il se rappelait nettement, et dans les moindres détails, c'était la tragique aventure de son abandon. La trouvaille de Dea faisait pour lui de cette nuit lugubre une date radieuse.

La mémoire de Dea était, plus encore que celle de Gwynplaine, dans la nuée. Si petite, tout s'était dissipé. Elle se rappelait sa mère comme une chose froide. Avait-elle vu le soleil ? Peut-être. Elle faisait effort pour replonger son esprit dans cet évanouissement qui était derrière elle. Le soleil ? qu'était-ce ? Elle se souvenait d'on ne sait quoi de lumineux et de chaud que Gwynplaine avait remplacé.

Ils se disaient des choses à voix basse. Il est certain que roucouler est ce qu'il y a de plus important sur la terre. Dea disait à Gwynplaine : La lumière, c'est quand tu parles.

Une fois, n'y tenant plus, Gwynplaine, apercevant à travers une manche de mousseline le bras de Dea, effleura de ses lèvres cette transparence. Bouche difforme, baiser idéal. Dea sentit un ravissement profond. Elle devint toute rose. Ce baiser d'un monstre fit l'aurore sur ce beau front plein de nuit. Cependant Gwynplaine soupirait avec une sorte de terreur, et, comme la gorgère [1] de Dea s'entrebâillait, il ne pouvait s'empêcher de regarder des blancheurs visibles par cette ouverture de paradis.

Dea releva sa manche et tendit à Gwynplaine son bras nu en disant : Encore ! Gwynplaine se tira d'affaire par l'évasion.

Le lendemain ce jeu recommençait, avec des variantes. Glissement céleste dans ce doux abîme qui est l'amour.

Ce sont là des choses auxquelles le bon Dieu, en sa qualité de vieux philosophe, sourit.

---

1. Synonyme de « gorgerette », espèce de collerette dont les femmes se couvraient la gorge.

« *Ursus montrait à la foule sa chiffonie.* » (p. 394)
Illustration de Daniel Vierge. Paris, 1875.

VII

LA CÉCITÉ DONNE DES LEÇONS DE CLAIRVOYANCE

Parfois Gwynplaine s'adressait des reproches. Il se faisait de son bonheur un cas de conscience. Il s'imaginait que se laisser aimer par cette femme qui ne pouvait le voir, c'était la tromper. Que dirait-elle si ses yeux s'ouvraient tout à coup ? comme ce qui l'attire la repousserait ! comme elle reculerait devant son effroyable aimant ! quel cri ! quelles mains voilant son visage ! quelle fuite ! Un pénible scrupule le harcelait. Il se disait que, monstre, il n'avait pas droit à l'amour. Hydre idolâtrée par l'astre, il était de son devoir d'éclairer cette étoile aveugle.

Une fois il dit à Dea :

— Tu sais que je suis très-laid.

— Je sais que tu es sublime, répondit-elle.

Il reprit :

— Quand tu entends tout le monde rire, c'est de moi qu'on rit, parce que je suis horrible.

— Je t'aime, lui dit Dea.

Après un silence, elle ajouta :

— J'étais dans la mort ; tu m'as remise dans la vie. Toi là, c'est le ciel à côté de moi. Donne-moi ta main, que je touche Dieu !

Leurs mains se cherchèrent et s'étreignirent, et ils ne dirent plus une parole, rendus silencieux par la plénitude de s'aimer.

Ursus, bourru, avait entendu. Le lendemain, comme ils étaient tous trois ensemble, il dit :

— D'ailleurs Dea est laide aussi.

Le mot manqua son effet. Dea et Gwynplaine n'écoutaient pas. Absorbés l'un dans l'autre, ils percevaient rarement les épiphonèmes [1] d'Ursus. Ursus était profond en pure perte.

---

1. Voir note 3, p. 44.

Cette fois pourtant la précaution d'Ursus « Dea est laide aussi » indiquait chez cet homme docte une certaine science de la femme. Il est certain que Gwynplaine avait fait, loyalement, une imprudence. Dit à une toute autre femme et à une toute autre aveugle que Dea, le mot : *Je suis laid*, eût pu être dangereux. Être aveugle et amoureux, c'est être deux fois aveugle. Dans cette situation-là on fait des songes ; l'illusion est le pain du songe ; ôter l'illusion à l'amour, c'est lui ôter l'aliment. Tous les enthousiasmes entrent utilement dans sa formation ; aussi bien l'admiration physique que l'admiration morale. D'ailleurs, il ne faut jamais dire à une femme de mot difficile à comprendre. Elle rêve là-dessus. Et souvent elle rêve mal. Une énigme dans une rêverie fait du dégât. La percussion d'un mot qu'on a laissé tomber désagrège ce qui adhérait. Il arrive parfois que, sans qu'on sache comment, parce qu'il a reçu le choc obscur d'une parole en l'air, un cœur se vide insensiblement. L'être qui aime s'aperçoit d'une baisse dans son bonheur. Rien n'est redoutable comme cette exsudation[1] lente de vase fêlé.

Heureusement Dea n'était point de cette argile. La pâte à faire toutes les femmes n'avait point servi pour elle. C'était une nature rare que Dea. Le corps était fragile, le cœur non. Ce qui était le fond de son être, c'était une divine persévérance d'amour.

Tout le creusement que produisit en elle le mot de Gwynplaine aboutit à lui faire dire un jour cette parole :

— Être laid, qu'est-ce que cela ? c'est faire du mal. Gwynplaine ne fait que du bien. Il est beau.

Puis, toujours sous cette forme d'interrogation familière aux enfants et aux aveugles, elle reprit :

— Voir ? qu'appelez-vous voir, vous autres ? moi je ne vois pas, je sais. Il paraît que voir, cela cache.

— Que veux-tu dire ? demanda Gwynplaine.

Dea répondit :

---

1. Suintement.

— Voir est une chose qui cache le vrai.

— Non, dit Gwynplaine.

— Mais si ! répliqua Dea, puisque tu dis que tu es laid !

Elle songea un moment, et ajouta :

— Menteur !

Et Gwynplaine avait cette joie d'avoir avoué et de n'être pas cru. Sa conscience était en repos, son amour aussi.

Ils étaient arrivés ainsi, elle à seize ans, lui à près de vingt-cinq.

Ils n'étaient pas, comme on dirait aujourd'hui, « plus avancés » que le premier jour. Moins ; puisque, l'on s'en souvient, ils avaient eu leur nuit de noces, elle âgée de neuf mois, lui de dix ans. Une sorte de sainte enfance continuait dans leur amour ; c'est ainsi qu'il arrive parfois que le rossignol attardé prolonge son chant de nuit jusque dans l'aurore.

Leurs caresses n'allaient guère au-delà des mains pressées, et parfois du bras nu, effleuré. Une volupté doucement bégayante leur suffisait.

Vingt-quatre ans, seize ans. Cela fit qu'un matin, Ursus, ne perdant pas de vue son « mauvais tour », leur dit :

— Un de ces jours vous choisirez une religion.

— Pourquoi faire ? demanda Gwynplaine.

— Pour vous marier.

— Mais c'est fait, répondit Dea.

Dea ne comprenait point qu'on pût être mari et femme plus qu'ils ne l'étaient.

Au fond, ce contentement chimérique et virginal, ce naïf assouvissement de l'âme par l'âme, ce célibat pris pour mariage, ne déplaisait point à Ursus. Ce qu'il en disait, c'était parce qu'il faut bien parler. Mais le médecin qu'il y avait en lui trouvait Dea, sinon trop jeune, du moins trop délicate et trop frêle pour ce qu'il appelait « l'hyménée en chair et en os ».

Cela viendrait toujours assez tôt.

D'ailleurs, mariés, ne l'étaient-ils point ? Si l'indis-

soluble existait quelque part, n'était-ce pas dans cette
cohésion, Gwynplaine et Dea ! Chose admirable, ils
étaient adorablement jetés dans les bras l'un de l'autre
par le malheur. Et comme si ce n'était pas assez de ce
premier lien, sur le malheur était venu se rattacher,
s'enrouler et se serrer l'amour. Quelle force peut
jamais rompre la chaîne de fer consolidée par le nœud
de fleurs ?

Certes, les inséparables étaient là.

Dea avait la beauté ; Gwynplaine avait la lumière.
Chacun apportait sa dot ; et ils faisaient plus que le
couple, ils faisaient la paire ; séparés seulement par
l'innocence, interposition sacrée.

Cependant Gwynplaine avait beau rêver et s'absor-
ber le plus qu'il pouvait dans la contemplation de Dea
et dans le for intérieur de son amour, il était homme.
Les lois fatales ne s'éludent point. Il subissait, comme
toute l'immense nature, les fermentations obscures
voulues par le créateur. Cela parfois, quand il paraissait
en public, lui faisait regarder les femmes qui étaient
dans la foule ; mais il détournait tout de suite ce regard
en contravention, et il se hâtait de rentrer, repentant,
dans son âme.

Ajoutons que l'encouragement manquait. Sur le
visage de toutes les femmes qu'il regardait il voyait
l'aversion, l'antipathie, la répugnance, le rejet. Il était
clair qu'aucune autre que Dea n'était possible pour lui.
Cela l'aidait à se repentir.

VIII

NON SEULEMENT LE BONHEUR, MAIS LA PROSPÉRITÉ

Que de choses vraies dans les contes ! La brûlure du
diable invisible qui vous touche, c'est le remords d'une
mauvaise pensée.

Chez Gwynplaine, la mauvaise pensée ne parvenait point à éclore, et il n'y avait jamais remords. Mais il y avait parfois regret.

Vagues brumes de la conscience.

Qu'était-ce ? Rien.

Leur bonheur était complet. Tellement complet qu'ils n'étaient même plus pauvres.

De 1689 à 1704 une transfiguration avait eu lieu.

Il arrivait parfois, en cette année 1704, qu'à la nuit tombante, dans telle ou telle petite ville du littoral, un vaste et lourd fourgon, traîné par deux chevaux robustes, faisait son entrée. Cela ressemblait à une coque de navire qu'on aurait renversée, la quille pour toit, le pont pour plancher, et mise sur quatre roues. Les roues étaient égales toutes quatre et hautes comme des roues de fardier[1]. Roues, timon[2] et fourgon, tout était badigeonné en vert, avec une gradation rhythmique de nuances qui allait du vert bouteille pour les roues au vert pomme pour la toiture. Cette couleur verte avait fini par faire remarquer cette voiture, et elle était connue dans les champs de foire ; on l'appelait la Green-Box, ce qui veut dire la Boîte-Verte. Cette Green-Box n'avait que deux fenêtres, une à chaque extrémité, et à l'arrière une porte avec marchepied. Sur le toit, d'un tuyau peint en vert comme le reste, sortait une fumée. Cette maison en marche était toujours vernie à neuf et lavée de frais. À l'avant, sur un strapontin adhérent au fourgon et ayant pour porte la fenêtre, au-dessus de la croupe des chevaux, à côté d'un vieillard qui tenait les guides et dirigeait l'attelage, deux femmes brehaignes, c'est-à-dire bohémiennes, vêtues en déesses, sonnaient de la trompette. L'ébahissement des bourgeois contemplait et commentait cette machine, fièrement cahotante.

---

1. Grande voiture à deux ou quatre roues très basses, servant à transporter des charges très lourdes. Dans *Les Misérables*, Éponine et Azelma enfants jouent à la balançoire dans les restes d'un vieux fardier longuement décrit pour marquer l'arrivée de Fantine à Montfermeil (I, IV, 1).
2. Pièce de bois placée à l'avant où l'on attelle les chevaux.

C'était l'ancien établissement d'Ursus, amplifié par le succès, et de tréteau promu théâtre.

Une espèce d'être entre chien et loup était enchaîné sous le fourgon. C'était Homo.

Le vieux cocher qui menait les hackneys [1] était la personne même du philosophe.

D'où venait cette croissance de la cahute misérable en berlingot [2] olympique ?

De ceci : Gwynplaine était célèbre.

C'était avec un flair vrai de ce qui est la réussite parmi les hommes qu'Ursus avait dit à Gwynplaine : On a fait ta fortune.

Ursus, on s'en souvient, avait fait de Gwynplaine son élève. Des inconnus avaient travaillé le visage. Il avait, lui, travaillé l'intelligence, et derrière ce masque si bien réussi il avait mis le plus qu'il avait pu de pensée. Dès que l'enfant grandi lui en avait paru digne, il l'avait produit sur la scène, c'est-à-dire sur le devant de la cahute. L'effet de cette apparition avait été extraordinaire. Tout de suite les passants avaient admiré. Jamais on n'avait rien vu de comparable à ce surprenant mime du rire. On ignorait comment ce miracle d'hilarité communicable était obtenu, les uns le croyaient naturel, les autres le déclaraient artificiel, et, les conjectures s'ajoutant à la réalité, partout, dans les carrefours, dans les marchés, dans toutes les stations de foire et de fête, la foule se ruait vers Gwynplaine. Grâce à cette « great attraction », il y avait eu dans la pauvre escarcelle du groupe nomade pluie de liards d'abord, ensuite de gros sous, et enfin de shellings. Un lieu de curiosité épuisé, on passait à l'autre. Rouler n'enrichit pas une pierre [3], mais enrichit une cahute ; et d'année en année, de ville en ville, avec l'accroissement de la taille et de la laideur de Gwynplaine, la fortune prédite par Ursus était venue.

---

1. Chevaux (mot anglais).   **2.** Ici, roulotte.   **3.** Allusion au proverbe : « Pierre qui roule n'amasse pas mousse ».

— Quel service on t'a rendu là, mon garçon ! disait Ursus.

Cette « fortune » avait permis à Ursus, administrateur du succès de Gwynplaine, de faire construire la charrette de ses rêves, c'est-à-dire un fourgon assez vaste pour porter un théâtre et semer la science et l'art dans les carrefours. De plus, Ursus avait pu ajouter au groupe composé de lui, d'Homo, de Gwynplaine et de Dea, deux chevaux et deux femmes, lesquelles étaient dans la troupe déesses, nous venons de le dire, et servantes. Un frontispice mythologique était utile alors à une baraque de bateleurs. – Nous sommes un temple errant, disait Ursus.

Ces deux brehaignes, ramassées par le philosophe dans le pêle-mêle nomade des bourgs et faubourgs, étaient laides et jeunes, et s'appelaient, par la volonté d'Ursus, l'une Phœbé et l'autre Vénus. Lisez : *Fibi* et *Vinos*. Attendu qu'il est convenable de se conformer à la prononciation anglaise.

Phœbé faisait la cuisine et Vénus scrobait le temple [1].

De plus, les jours de performance [2], elles habillaient Dea.

En dehors de ce qui est, pour les bateleurs comme pour les princes, « la vie publique », Dea était, comme Fibi et Vinos, vêtue d'une jupe florentine en toile fleurie et d'un capingot de femme qui, n'ayant pas de manches, laissait les bras libres. Ursus et Gwynplaine portaient des capingots d'hommes, et, comme les matelots de guerre, de grandes chausses à la marine. Gwynplaine avait en outre, pour les travaux et les exercices de force, autour du cou et sur les épaules une escla-

---

1. Travestissement burlesque de la mythologie : la déesse de la Lune et de la Chasse (Phébé est le surnom d'Artémis, note 5, p. 286) est cuisinière tandis que celle de l'Amour fait le ménage. « Scrober » est un mot anglo-normand signifiant « laver, frotter à la brosse au chiendent ».   **2.** Mot anglais : « représentation ».

vine[1] de cuir. Il soignait les chevaux. Ursus et Homo
avaient soin l'un de l'autre.

Dea, à force d'être habituée à la Green-Box, allait et
venait dans l'intérieur de la maison roulante presque
avec aisance, et comme si elle y voyait.

L'œil qui eût pu pénétrer dans la structure intime et
dans l'arrangement de cet édifice ambulant eût aperçu
dans un angle, amarrée aux parois et immobile sur ses
quatre roues, l'antique cahute d'Ursus mise à la
retraite, ayant permission de se rouiller, et désormais
dispensée de rouler comme Homo de traîner.

Cette cahute, rencognée à l'arrière à droite de la
porte, servait de chambre et de vestiaire à Ursus et à
Gwynplaine. Elle contenait maintenant deux lits. Dans
le coin vis-à-vis était la cuisine.

Un aménagement de navire n'est pas plus concis et
plus précis que ne l'était l'appropriation intérieure de
la Green-Box. Tout y était casé, rangé, prévu, voulu.

Le berlingot[2] était coupé en trois compartiments
cloisonnés. Les compartiments communiquaient par
des baies libres et sans porte. Une pièce d'étoffe tombante les fermait à peu près. Le compartiment d'arrière
était le logis des hommes, le compartiment d'avant
était le logis des femmes, le compartiment du milieu,
séparant les deux sexes, était le théâtre. Les effets d'orchestre et de machines étaient dans la cuisine. Une soupente sous la voussure[3] du toit contenait les décors, et
en ouvrant une trappe à cette soupente on démasquait
des lampes qui produisaient des magies d'éclairage.

Ursus était le poète de ces magies. C'était lui qui
faisait les pièces.

Il avait des talents divers, il faisait des tours de
passe-passe très-particuliers. Outre les voix qu'il faisait
entendre, il produisait toutes sortes de choses inatten-
dues, des chocs de lumière et d'obscurité, des forma-

---

1. Vêtement d'homme, généralement à manches et à capuchon, servant
pour le travail, le voyage ou par temps de pluie.   **2.** Voir note 2,
p. 402.   **3.** Surface courbe.

tions spontanées de chiffres ou de mots à volonté sur une cloison, des clair-obscurs mêlés d'évanouissements de figures, force bizarreries parmi lesquelles, inattentif à la foule qui s'émerveillait, il semblait méditer.

Un jour Gwynplaine lui avait dit :

— Père, vous avez l'air d'un sorcier.

Et Ursus avait répondu :

— Cela tient peut-être à ce que je le suis.

La Green-Box, fabriquée sur la savante épure[1] d'Ursus, offrait ce raffinement ingénieux qu'entre les deux roues de devant et de derrière, le panneau central de la façade de gauche tournait sur charnière à l'aide d'un jeu de chaînes et de poulies, et s'abattait à volonté comme un pont-levis. En s'abattant il mettait en liberté trois supports fléaux à gonds qui, gardant la verticale pendant que le panneau s'abaissait, venaient se poser droits sur le sol comme les pieds d'une table, et soutenaient au-dessus du pavé, ainsi qu'une estrade, le panneau devenu plateau. En même temps le théâtre apparaissait, augmenté du plateau qui en faisait l'avant-scène. Cette ouverture ressemblait absolument à une bouche de l'enfer, au dire des prêcheurs puritains en plein vent qui s'en détournaient avec horreur. Il est probable que c'est pour une invention impie de ce genre que Solon donna des coups de bâton à Thespis[2].

Thespis du reste a duré plus longtemps qu'on ne croit. La charrette-théâtre existe encore. C'est sur des théâtres roulants de ce genre qu'au seizième et au dix-septième siècle on a joué en Angleterre les ballets et ballades d'Amner et de Pilkington, en France les pastorales de Gilbert Colin, en Flandre, aux kermesses, les doubles-chœurs de Clément, dit Non Papa, en Alle-

---

1. Terme de géométrie et d'architecture désignant une représentation en trois dimensions de la figure et des parties assemblées qui la composent.
2. Thespis, le créateur de la tragédie chez les Grecs au VIe siècle av. J.-C., banni d'Athènes par Solon, aurait promené son chariot-théâtre dans l'Attique.

magne l'Adam et Ève de Theiles, et en Italie les parades vénitiennes d'Animuccia et de Ca-Fossis, les sylves de Gesualdo, prince de Venouse, *le Satyre* de Laura Guidiccioni, *le Désespoir de Philène, la Mort d'Ugolin* de Vincent Galilée, père de l'astronome, lequel Vincent Galilée chantait lui-même sa musique en s'accompagnant de la viole de gambe, et tous ces premiers essais d'opéra italien qui, dès 1580, ont substitué l'inspiration libre au genre madrigalesque.

Le chariot couleur d'espérance qui portait Ursus, Gwynplaine et leur fortune, et en tête duquel Fibi et Vinos trompettaient comme deux renommées [1], faisait partie de tout ce grand ensemble bohémien et littéraire. Thespis n'eût pas plus désavoué Ursus que Congrio n'eût désavoué Gwynplaine.

À l'arrivée, sur les places des villages et des villes, dans les intervalles de la fanfare de Fibi et de Vinos, Ursus commentait les trompettes par des révélations instructives.

— Cette symphonie est grégorienne, s'écriait-il [2]. Citoyens bourgeois, le sacramentaire grégorien, ce grand progrès, s'est heurté en Italie contre le rit ambrosien, et en Espagne contre le rit mozarabique, et n'en a triomphé que difficilement [3].

Après quoi, la Green-Box s'arrêtait dans un lieu quelconque du choix d'Ursus, et, le soir venu, le panneau avant-scène s'abaissait, le théâtre s'ouvrait, et la performance [4] commençait.

Le théâtre de la Green-Box représentait un paysage

---

1. La déesse allégorique de la Renommée est souvent représentée comme une femme ailée soufflant dans une trompette. Nous sommes toujours dans un registre burlesque ou héroï-comique, où la parade des saltimbanques appelle les comparaisons nobles et mythologiques.   **2.** Même jeu héroï-comique, qui évoque la musique de parade par un chant religieux.   **3.** Le rit est le rituel des cérémonies, de saint Ambroise (rit ambrosien suivi par l'Église de Milan) ou des chrétiens d'Espagne sous domination arabe (rit mozarabique). Le *Sacramentaire* du pape Grégoire Ier, au ve siècle apr. J.-C., manuel des cérémonies du rite grégorien, mit du temps à s'imposer dans toute la chrétienté.   **4.** Voir note 2, p. 403.

peint par Ursus qui ne savait pas peindre, ce qui fait qu'au besoin le paysage pouvait représenter un souterrain.

Le rideau, ce que nous appelons la toile, était une triveline de soie à carreaux contrastés.

Le public était dehors, dans la rue, sur la place, arrondi en demi-cercle devant le spectacle, sous le soleil, sous les averses, disposition qui faisait la pluie moins désirable pour les théâtres de ce temps-là que pour les théâtres d'à-présent. Quand on le pouvait, on donnait les représentations dans une cour d'auberge, ce qui faisait qu'on avait autant de rangs de loges que d'étages de fenêtres. De cette manière, le théâtre étant plus clos, le public était plus payant.

Ursus était de tout, de la pièce, de la troupe, de la cuisine, de l'orchestre. Vinos battait du carcaveau[1], dont elle maniait à merveille les baguettes, et Fibi pinçait de la morache, qui est une sorte de guiterne[2]. Le loup avait été promu utilité. Il faisait décidément partie de « la compagnie », et jouait dans l'occasion des bouts de rôle. Souvent, quand ils paraissaient côte à côte sur le théâtre, Ursus et Homo, Ursus dans sa peau d'ours bien lacée, Homo dans sa peau de loup mieux ajustée encore, on ne savait lequel des deux était la bête ; ce qui flattait Ursus.

---

1. Instrument médiéval consistant en un clavier en bois que l'on frappe avec des baguettes.   **2.** La guiterne est un instrument ancien à cordes pincées dont la forme pouvait être semblable à une petite guitare ou être piriforme et bombée comme un luth.

IX

EXTRAVAGANCES QUE LES GENS SANS GOÛT APPELLENT POÉSIE

Les pièces d'Ursus étaient des interludes[1], genre un peu passé de mode aujourd'hui. Une de ces pièces, qui n'est pas venue jusqu'à nous, était intitulée *Ursus Rursus*[2]. Il est probable qu'il y jouait le principal rôle. Une fausse sortie suivie d'une rentrée, c'était vraisemblablement le sujet, sobre et louable.

Le titre des interludes d'Ursus était quelquefois en latin, comme on le voit, et la poésie quelquefois en espagnol. Les vers espagnols d'Ursus étaient rimés comme presque tous les sonnets castillans de ce temps-là. Cela ne gênait point le peuple. L'espagnol était alors une langue courante, et les marins anglais parlaient castillan de même que les soldats romains parlaient carthaginois. Voyez Plaute[3]. D'ailleurs, au spectacle comme à la messe, la langue latine ou autre, que l'auditoire ne comprenait pas, n'embarrassait personne. On s'en tirait en l'accompagnant gaîment de paroles connues. Notre vieille France gauloise particulièrement avait cette manière-là d'être dévote. À l'église, sur un *Immolatus* les fidèles chantaient *Liesse prendrai*, et sur un *Sanctus, Baise-moi, ma mie*[4]. Il

---

1. Au théâtre, ancienne espèce d'intermède.   **2.** Paronomase en latin. « L'ours, de retour », qui consiste en fait, comme le narrateur l'explique dans la suite du paragraphe, en « une fausse sortie, suivie d'une rentrée ». **3.** Le poète comique latin (III-IIᵉ siècle av. J.-C.) est connu, outre sa verve comique qui servit de modèle au théâtre classique (*L'Avare* de Molière est inspiré de *L'Aulularia*), pour avoir fait parler l'un de ses personnages en carthaginois (dans *Pœnulus* ou *Le Carthaginois*).   **4.** Des paroles qui chantent l'amour profane et joyeux au moment de la messe où est commémorée la mort du Christ : l'*Immolatus* se chante au moment de la « Préface » (*Praefatio*) de la Prière eucharistique (dans le texte de Pâques, « Vraiment, il est juste et bon de te glorifier, Seigneur, en tout temps, mais plus encore en ces jours où le Christ, notre Pâque, a été immolé », « *cum Pascha nostrum immolatus est Christus* »), qui est suivie du *Sanctus* (« Saint, saint est le Seigneur », « *Sanctus, sanctus, sanctus dominus* »), chant de louange à Dieu.

fallut le concile de Trente [1] pour mettre fin à ces fami-
liarités.

Ursus avait fait spécialement pour Gwynplaine un
interlude, dont il était content. C'était son œuvre capitale. Il s'y était mis tout entier. Donner sa somme dans
son produit, c'est le triomphe de quiconque crée. La
crapaude qui fait un crapaud fait un chef-d'œuvre.
Vous doutez ? Essayez d'en faire autant.

Ursus avait beaucoup léché cet interlude. Cet ourson
était intitulé : *Chaos vaincu*.

Voici ce que c'était :

Un effet de nuit. Au moment où la triveline s'écartait, la foule massée devant la Green-Box ne voyait que
du noir. Dans ce noir se mouvaient, à l'état reptile,
trois formes confuses, un loup, un ours et un homme.
Le loup était le loup, Ursus était l'ours, Gwynplaine
était l'homme. Le loup et l'ours représentaient les
forces féroces de la nature, les faims inconscientes,
l'obscurité sauvage, et tous deux se ruaient sur Gwynplaine, et c'était le chaos combattant l'homme. On ne
distinguait la figure d'aucun. Gwynplaine se débattait
couvert d'un linceul, et son visage était caché par ses
épais cheveux tombants. D'ailleurs tout était ténèbres.
L'ours grondait, le loup grinçait, l'homme criait.
L'homme avait le dessous, les deux bêtes l'acca-
blaient ; il demandait aide et secours, il jetait dans l'inconnu un profond appel. Il râlait. On assistait à cette
agonie de l'homme ébauche, encore à peine distinct
des brutes ; c'était lugubre, la foule regardait hale-
tante ; une minute de plus, les fauves triomphaient, et
le chaos allait résorber l'homme. Lutte, cris, hurlements, et tout à coup silence. Un chant dans l'ombre.
Un souffle avait passé, on entendait une voix. Des

---

1. Convoqué par le pape Paul III à la demande de Charles Quint, pour
faire face aux progrès de la Réforme protestante, le concile de Trente (1545-
1563 avec des interruptions) révisa la plupart des institutions ecclésiastiques, réaffirmant les pratiques du culte (les sept sacrements, le culte de la
Vierge et des saints, des images) et prenant des mesures disciplinaires (célibat des prêtres, interdiction du cumul des évêchés...).

musiques mystérieuses flottaient, accompagnant ce chant de l'invisible, et subitement, sans qu'on sût d'où ni comment, une blancheur surgissait. Cette blancheur était une lumière, cette lumière était une femme, cette femme était l'esprit. Dea, calme, candide, belle, formidable de sérénité et de douceur, apparaissait au centre d'un nimbe. Silhouette de clarté dans de l'aurore. La voix, c'était elle. Voix légère, profonde, ineffable. D'invisible faite visible, dans cette aube, elle chantait. On croyait entendre une chanson d'ange ou un hymne d'oiseau. À cette apparition, l'homme, dressé dans un sursaut d'éblouissement, abattait ses deux poings sur les deux brutes terrassées.

Alors la vision, portée sur un glissement difficile à comprendre et d'autant plus admiré, chantait ces vers, d'une pureté espagnole suffisante pour les matelots anglais qui écoutaient :

> Ora ! llora !
> De palabra
> Nace razon,
> Da luz el son*.

Puis elle baissait les yeux au-dessous d'elle comme si elle eût vu un gouffre, et reprenait :

> Noche quita te de alli
> El alba canta hallali.**

À mesure qu'elle chantait, l'homme se levait de plus en plus, et, de gisant, il était maintenant agenouillé, les mains levées vers la vision, ses deux genoux posés sur les deux bêtes immobiles et comme foudroyées. Elle continuait, tournée vers lui :

---

* Prie ! pleure ! – Du verbe naît la raison. – Le chant crée la lumière.
** Nuit ! va-t-en ! – l'aube chante hallali[1].

---

1. Cri de chasse annonçant que la bête poursuivie est aux abois, par extension « Sonner l'hallali », annoncer la fin de quelque chose.

> Es menester a cielos ir,
> Y tu que llorabas reir.*

Et, s'approchant, avec une majesté d'astre, elle ajoutait :

> Gebra barzon !
> Dexa, monstro,
> A tu negro
> Caparazon.**

Et elle lui posait la main sur le front.

Alors une autre voix s'élevait, plus profonde et par conséquent plus douce encore, voix navrée et ravie, d'une gravité tendre et farouche, et c'était le chant humain répondant au chant sidéral. Gwynplaine, toujours agenouillé dans l'obscurité sur l'ours et le loup vaincus, la tête sous la main de Dea, chantait :

> O ven ! ama !
> Eres alma,
> Soy corazon ***.

Et brusquement, dans cette ombre, un jet de lumière frappait Gwynplaine en pleine face.

On voyait dans ces ténèbres le monstre épanoui.

Dire la commotion de la foule est impossible. Un soleil de rire surgissant, tel était l'effet. Le rire naît de l'inattendu, et rien de plus inattendu que ce dénoûment. Pas de saisissement comparable à ce soufflet de lumière sur ce masque bouffon et terrible. On riait autour de ce rire ; partout, en haut, en bas, sur le devant, au fond, les hommes, les femmes, les vieilles faces chauves, les roses figures d'enfants, les bons, les méchants, les gens gais, les gens tristes, tout le monde ; et même dans la rue, les passants, ceux qui ne voyaient

---

* Il faut aller au ciel, – et rire, toi qui pleurais. ** Brise le joug ! – quitte, monstre, – ta noire – carapace. *** Oh ! viens ! aime ! – tu es âme, – je suis cœur.

« Silhouette de clarté dans de l'aurore. La voix, c'était elle... » (p. 410)
Portrait de Dea. Illustration de Daniel Vierge. Paris, 1875.

pas, en entendant rire, riaient. Et ce rire s'achevait en battements de mains et en trépignements. La triveline refermée, on rappelait Gwynplaine avec frénésie. De là un succès énorme. Avez-vous vu *Chaos vaincu* ? On courait à Gwynplaine. Les insouciances venaient rire, les mélancolies venaient rire, les mauvaises consciences venaient rire. Rire si irrésistible que par moments il pouvait sembler maladif. Mais s'il y a une peste que l'homme ne fuit pas, c'est la contagion de la joie. Le succès au surplus ne dépassait point la populace. Grosse foule, c'est petit peuple. On voyait *Chaos vaincu* pour un penny. Le beau monde ne va pas où l'on va pour un sou.

Ursus ne haïssait point cette œuvre, longtemps couvée par lui.

— C'est dans le genre d'un nommé Shakespeare, disait-il avec modestie.

La juxtaposition de Dea ajoutait à l'inexprimable effet de Gwynplaine. Cette blanche figure à côté de ce gnome, représentait ce qu'on pourrait appeler l'étonnement divin. Le peuple regardait Dea avec une sorte d'anxiété mystérieuse. Elle avait ce je ne sais quoi de suprême de la vierge et de la prêtresse, qui ignore l'homme et connaît Dieu. On voyait qu'elle était aveugle et l'on sentait qu'elle était voyante. Elle semblait debout sur le seuil du surnaturel. Elle paraissait être à moitié dans notre lumière et à moitié dans l'autre clarté. Elle venait travailler sur la terre, et travailler de la façon dont travaille le ciel, avec de l'aurore. Elle trouvait une hydre et faisait une âme. Elle avait l'air de la puissance créatrice, satisfaite et stupéfaite de sa création ; on croyait voir sur son visage adorablement effaré la volonté de la cause et la surprise du résultat. On sentait qu'elle aimait son monstre. Le savait-elle monstre ? Oui, puisqu'elle le touchait. Non, puisqu'elle l'acceptait. Toute cette nuit et tout ce jour mêlés se résolvaient dans l'esprit du spectateur en un clair-obscur où apparaissaient des perspectives infinies. Comment la divinité adhère à l'ébauche, de quelle façon s'accomplit la pénétration de l'âme dans la matière, comment le rayon solaire est un cordon ombilical, comment le défiguré se transfigure, comment l'informe devient paradisiaque, tous ces mystères entrevus compliquaient d'une émotion presque cosmique la convulsion d'hilarité soulevée par Gwynplaine. Sans aller au fond, car le spectateur n'aime point la fatigue de l'approfondissement, on comprenait quelque chose au-delà de ce qu'on apercevait, et ce spectacle étrange avait une transparence d'avatar[1].

Quant à Dea, ce qu'elle éprouvait échappe à la parole humaine. Elle se sentait au milieu d'une foule, et ne savait ce que c'était qu'une foule. Elle entendait une rumeur, et c'est tout. Pour elle une foule était un souffle ; et au fond ce n'est que cela. Les générations sont des haleines qui passent. L'homme respire, aspire et expire. Dans cette foule, Dea se sentait seule, et avait le frisson d'une suspension au-dessus d'un précipice. Tout à coup, dans ce trouble de l'innocent en détresse prêt à accuser l'inconnu, dans ce mécontentement de la chute possible, Dea, sereine pourtant, et supérieure à la vague angoisse du péril, mais intérieurement frémissante de son isolement, retrouvait sa certitude et son support ; elle ressaisissait son fil de sauvetage dans l'univers des ténèbres, elle posait sa main sur la puissante tête de Gwynplaine. Joie inouïe ! elle appuyait ses doigts roses sur cette forêt de cheveux crépus. La laine touchée éveille une idée de douceur. Dea touchait un mouton qu'elle savait être un lion. Tout son cœur se fondait en un ineffable amour. Elle se sentait hors de danger, elle trouvait le sauveur. Le public croyait voir le contraire. Pour les spectateurs, l'être sauvé, c'était Gwynplaine, et l'être sauveur, c'était Dea. Qu'importe ! pensait Ursus, pour qui le cœur de Dea était visible. Et Dea, rassurée, consolée, ravie, adorait l'ange, pendant que le peuple contemplait le monstre

---

1. Dans la mythologie indienne, nom générique des incarnations divines (de Vishnou en particulier) ; par extension, métamorphose.

et subissait, fasciné lui aussi, mais en sens inverse, cet
immense rire prométhéen[1].

L'amour vrai ne se blase point. Étant tout âme, il ne
peut s'attiédir. Une braise se couvre de cendre, une
étoile non. Ces impressions exquises se renouvelaient
tous les soirs pour Dea, et elle était prête à pleurer de
tendresse pendant qu'on se tordait de rire. Autour
d'elle, on n'était que joyeux ; elle, elle était heureuse.

Du reste l'effet de gaieté, dû au rictus imprévu et
stupéfiant de Gwynplaine, n'était évidemment pas
voulu par Ursus. Il eût préféré plus de sourire et moins
de rire, et une admiration plus littéraire. Mais triomphe
console. Il se réconciliait tous les soirs avec son succès
excessif, en comptant combien les piles de farthings
faisaient de shellings, et combien les piles de shellings
faisaient de pounds. Et puis il se disait qu'après tout,
ce rire passé, *Chaos vaincu* se retrouvait au fond des
esprits et qu'il leur en restait quelque chose. Il ne se
trompait peut-être point tout à fait ; le tassement d'une
œuvre se fait dans le public. La vérité est que cette
populace, attentive à ce loup, à cet ours, à cet homme,
puis à cette musique, à ces hurlements domptés par
l'harmonie, à cette nuit dissipée par l'aube, à ce chant
dégageant la lumière, acceptait avec une sympathie
confuse et profonde, et même avec un certain respect
attendri, ce drame-poëme de *Chaos vaincu*, cette victoire de l'esprit sur la matière, aboutissant à la joie de
l'homme.

Tels étaient les plaisirs grossiers du peuple.

Ils lui suffisaient. Le peuple n'avait pas le moyen
d'aller aux « nobles matches » de la gentry, et ne pou-

---

1. Prométhée, fils du Titan Japet, vola le feu aux dieux pour le donner
aux hommes et fut cloué par Zeus sur le Caucase tandis qu'un aigle lui
rongeait éternellement le foie. Il incarne le mythe romantique de l'humanité
se construisant dans la révolte. C'est un des mythes titanesques récurrents
chez Hugo (voir dans la Bibliographie les travaux de P. Albouy) et l'une
des figures mythiques de *William Shakespeare* (II, ii, 3 et 4).

vait, comme les seigneurs et gentilshommes, parier
mille guinées pour Helmsgail contre Phelem-ghe-
madone.

X

COUP D'ŒIL DE CELUI QUI EST HORS DE TOUT[1]
SUR LES CHOSES ET SUR LES HOMMES

L'homme a une pensée, se venger du plaisir qu'on
lui fait. De là le mépris pour le comédien.

Cet être me charme, me divertit, me distrait, m'enseigne, m'enchante, me console, me verse l'idéal,
m'est agréable et utile, quel mal puis-je lui rendre ?
L'humiliation. Le dédain, c'est le soufflet à distance.
Souffletons-le. Il me plaît, donc il est vil. Il me sert,
donc je le hais. Où y a-t-il une pierre que je la lui
jette ? Prêtre, donne la tienne. Philosophe, donne la
tienne. Bossuet, excommunie-le. Rousseau, insulte-le.
Orateur, crache-lui les cailloux de ta bouche. Ours,
lance-lui ton pavé. Lapidons l'arbre, meurtrissons le
fruit, et mangeons-le. Bravo ! et À bas ! Dire les vers
des poètes, c'est être pestiféré. Histrion, va ! mettons-
le au carcan dans son succès. Achevons-lui son
triomphe en huée. Qu'il amasse la foule et qu'il crée
la solitude. Et c'est ainsi que les classes riches, dites
hautes classes, ont inventé pour le comédien cette
forme d'isolement, l'applaudissement.

La populace est moins féroce. Elle ne haïssait point
Gwynplaine. Elle ne le méprisait pas non plus. Seulement le dernier calfat[2] du dernier équipage de la der-

---

1. Noter l'ambiguïté de la périphrase. Désigne-t-elle le point de vue de
Gwynplaine comme comédien, celui du narrateur, de l'auteur... ou de
Dieu ? Cette polysémie correspond à cette distance que Hugo souhaite susciter chez son lecteur pour l'inviter à penser la monstruosité et l'exclusion.
2. Voir note 5, p. 306.

nière caraque[1] amarrée dans le dernier des ports d'Angleterre se considérait comme incommensurablement supérieur à cet amuseur de « la canaille », et estimait qu'un calfat est autant au-dessus d'un saltimbanque qu'un lord est au-dessus d'un calfat.

Gwynplaine était donc, comme tous les comédiens, applaudi et isolé. Du reste ici-bas tout succès est crime, et s'expie. Qui a la médaille a le revers.

Pour Gwynplaine il n'y avait point de revers. En ce sens que les deux côtés de son succès lui agréaient. Il était satisfait de l'applaudissement, et content de l'isolement. Par l'applaudissement, il était riche ; par l'isolement, il était heureux.

Être riche, dans ces bas-fonds, c'est n'être plus misérable. C'est n'avoir plus de trous à ses vêtements, plus de froid dans son âtre, plus de vide dans son estomac. C'est manger à son appétit et boire à sa soif. C'est avoir tout le nécessaire, y compris un sou à donner à un pauvre. Cette richesse indigente, suffisante à la liberté, Gwynplaine l'avait.

Du côté de l'âme, il était opulent. Il avait l'amour. Que pouvait-il désirer ?

Il ne désirait rien.

La difformité de moins, il semble que ce pouvait être là une offre à lui faire. Comme il l'eût repoussée ! Quitter ce masque et reprendre son visage, redevenir ce qu'il avait été peut-être, beau et charmant, certes, il n'eût pas voulu[2] ! Et avec quoi eût-il nourri Dea ? que fût devenue la pauvre et douce aveugle qui l'aimait ? Sans ce rictus qui faisait de lui un clown unique, il ne serait plus qu'un saltimbanque comme un autre, le premier équilibriste venu, un ramasseur de liards entre les fentes des pavés, et Dea n'aurait peut-être pas du pain tous les jours ! Il se sentait avec un profond orgueil de tendresse le protecteur de cette infirme

---

1. Sorte de navire rond en usage dans la marine du XVIe siècle.   **2.** L'inversion des signes correspond ici à un mécanisme dialectique et compensatoire. La laideur de Gwynplaine est devenue sa providence.

céleste. Nuit, Solitude, Dénûment, Impuissance, Ignorance, Faim et Soif, les sept gueules béantes de la
misère se dressaient autour d'elle, et il était le Saint-
Georges combattant ce dragon[1]. Et il triomphait de la
misère. Comment ? par sa difformité. Par sa difformité,
il était utile, secourable, victorieux, grand. Il n'avait
qu'à se montrer, et l'argent venait. Il était le maître des
foules ; il se constatait le souverain des populaces. Il
pouvait tout pour Dea. Ses besoins, il y pourvoyait ;
ses désirs, ses envies, ses fantaisies, dans la sphère
limitée des souhaits possibles à un aveugle, il les
contentait. Gwynplaine et Dea étaient, nous l'avons
montré déjà, la providence l'un de l'autre. Il se sentait
enlevé sur ses ailes, elle se sentait portée dans ses bras.
Protéger qui vous aime, donner le nécessaire à qui vous
donne les étoiles, il n'est rien de plus doux. Gwynplaine avait cette félicité suprême. Et il la devait à sa
difformité. Cette difformité le faisait supérieur à tout.
Par elle il gagnait sa vie, et la vie des autres ; par elle
il avait l'indépendance, la liberté, la célébrité, la satisfaction intime, la fierté. Dans cette difformité il était
inaccessible. Les fatalités ne pouvaient rien contre lui
au-delà de ce coup où elles s'étaient épuisées, et qui
lui avait tourné en triomphe. Ce fond du malheur était
devenu un sommet élyséen[2]. Gwynplaine était emprisonné dans sa difformité, mais avec Dea. C'était, nous
l'avons dit, être au cachot dans le paradis. Il y avait
entre eux et le monde des vivants une muraille. Tant
mieux. Cette muraille les parquait, mais les défendait.
Que pouvait-on contre Dea, que pouvait-on contre
Gwynplaine, avec une telle fermeture de la vie autour
d'eux ? Lui ôter le succès ? impossible. Il eût fallu lui
ôter sa face. Lui ôter l'amour ? impossible. Dea ne le

---

1. Patron de l'Angleterre dont la légende est incertaine. Il aurait terrassé
un dragon pour délivrer une jeune fille. Ce passage au discours indirect
libre (est-ce Gwynplaine ou le narrateur qui parle ?) utilise la référence
légendaire comme une allégorie, puisque saint Georges terrasse la misère.
2. Dans la mythologie gréco-latine des Enfers, séjour des âmes vertueuses
et des héros.

voyait point. L'aveuglement de Dea était divinement
incurable. Quel inconvénient avait pour Gwynplaine sa
difformité ? Aucun. Quel avantage avait-elle ? Tous. Il
était aimé malgré cette horreur, et peut-être à cause
d'elle. Infirmité et difformité s'étaient, d'instinct, rap-
prochées, et accouplées. Être aimé, est-ce que ce n'est
pas tout ? Gwynplaine ne songeait à sa défiguration
qu'avec reconnaissance. Il était béni dans ce stigmate.
Il le sentait avec joie imperdable et éternel. Quelle
chance que ce bienfait fût irrémédiable ! Tant qu'il y
aurait des carrefours, des champs de foire, des routes
où aller devant soi, du peuple en bas, du ciel en haut,
on serait sûr de vivre, Dea ne manquerait de rien, on
aurait l'amour ! Gwynplaine n'eût pas changé de
visage avec Apollon[1]. Être monstre était pour lui la
forme du bonheur.

Aussi disions-nous en commençant que la destinée
l'avait comblé. Ce réprouvé était un préféré.

Il était si heureux qu'il en venait à plaindre les
hommes autour de lui. Il avait de la pitié de reste.
C'était d'ailleurs son instinct de regarder un peu
dehors, car aucun homme n'est tout d'une pièce et une
nature n'est pas une abstraction ; il était ravi d'être
muré, mais de temps en temps il levait la tête par-
dessus le mur. Il n'en rentrait qu'avec plus de joie dans
son isolement près de Dea, après avoir comparé.

Que voyait-il autour de lui ? Qu'était-ce que ces
vivants dont son existence nomade lui montrait tous
les échantillons, chaque jour remplacés par d'autres ?
Toujours de nouvelles foules, et toujours la même multitude. Toujours de nouveaux visages et toujours les
mêmes infortunes. Une promiscuité de ruines. Chaque
soir toutes les fatalités sociales venaient faire cercle
autour de sa félicité.

La Green-Box était populaire.

Le bas prix appelle la basse classe. Ce qui venait à

---

1. Incarnation de l'idéal grec de la beauté.

lui c'étaient les faibles, les pauvres, les petits[1]. On allait à Gwynplaine comme on va au gin. On venait acheter pour deux sous d'oubli. Du haut de son tréteau, Gwynplaine passait en revue le sombre peuple. Son esprit s'emplissait de toutes ces apparitions successives de l'immense misère. La physionomie humaine est faite par la conscience et par la vie, et est la résultante d'une foule de creusements mystérieux. Pas une souffrance, pas une colère, pas une ignominie, pas un désespoir, dont Gwynplaine ne vît la ride. Ces bouches d'enfants n'avaient pas mangé. Cet homme était un père, cette femme était une mère, et derrière eux on devinait des familles en perdition. Tel visage sortait du vice et entrait au crime ; et l'on comprenait le pourquoi ? ignorance et indigence. Tel autre offrait une empreinte de bonté première raturée par l'accablement social et devenue haine. Sur ce front de vieille femme on voyait la famine ; sur ce front de jeune fille on voyait la prostitution. Le même fait, offrant chez la jeune la ressource, et plus lugubre là. Dans cette cohue il y avait des bras, mais pas d'outils ; ces travailleurs ne demandaient pas mieux, mais le travail manquait. Parfois près de l'ouvrier un soldat venait s'asseoir, quelquefois un invalide, et Gwynplaine apercevait ce spectre, la guerre. Ici Gwynplaine lisait chômage, là exploitation, là servitude. Sur certains fronts il constatait on ne sait quel refoulement vers l'animalité, et ce lent retour de l'homme à la bête produit en bas par la pression des pesanteurs obscures du bonheur d'en haut. Dans ces ténèbres, il y avait pour Gwynplaine un soupirail. Ils avaient, lui et Dea, du bonheur par un jour[2] de souffrance. Tout le reste était damnation. Gwyn-

---

1. La référence évangélique à la parole du Christ, « Laissez venir à moi les petits enfants » (Marc, X, 14), va être troublée par la phrase suivante. Est-il un Messie, celui qui apporte l'oubli et non le salut au peuple, et dont l'effet est alors semblable à celui de l'alcool ? L'oubli est un bienfait (voir la fin du chapitre, p. 422), mais à titre provisoire et faute de mieux. Il révèle l'urgence des questions sociales et n'y remédie pas.   2. Au sens de « lumière que laisse filtrer la souffrance ».

plaine sentait au-dessus de lui le piétinement inconscient des puissants, des opulents, des magnifiques, des
grands, des élus du hasard ; au-dessous, il distinguait
le tas de faces pâles des déshérités ; il se voyait, lui et
Dea, avec leur tout petit bonheur, si immense, entre
deux mondes ; en haut le monde allant et venant, libre,
joyeux, dansant, foulant aux pieds ; en haut, le monde
qui marche ; en bas, le monde sur qui l'on marche.
Chose fatale, et qui indique un profond mal social, la
lumière écrase l'ombre ! Gwynplaine constatait ce
deuil. Quoi ! une destinée si reptile ! L'homme se traînant ainsi ! une telle adhérence à la poussière et à la
fange, un tel dégoût, une telle abdication, et une telle
abjection, qu'on a envie de mettre le pied dessus ! de
quel papillon cette vie terrestre est-elle donc la chenille ? Quoi ! dans cette foule qui a faim et qui ignore,
partout, devant tous, le point d'interrogation du crime
ou de la honte ! l'inflexibilité des lois produisant
l'amollissement des consciences ! pas un enfant qui ne
croisse pour le rapetissement ! pas une vierge qui ne
grandisse pour l'offre ! pas une rose qui ne naisse pour
la bave ! Ses yeux parfois, curieux d'une curiosité
émue, cherchaient à voir jusqu'au fond de cette obscurité où agonisaient tant d'efforts inutiles et où luttaient
tant de lassitudes, familles dévorées par la société,
mœurs torturées par les lois, plaies faites gangrènes par
la pénalité, indigences rongées par l'impôt, intelligences à vau l'eau[1] dans un engloutissement d'ignorance, radeaux en détresse couverts d'affamés, guerres,
disettes, râles, cris, disparitions ; et il sentait le vague
saisissement de cette poignante angoisse universelle. Il
avait la vision de toute cette écume du malheur sur le
sombre pêle-mêle humain. Lui, il était au port, et il
regardait autour de lui ce naufrage. Par moment, il prenait dans ses mains sa tête défigurée, et songeait.

---

1. Expression que Hugo affectionne (voir p. 130 et p. 186), placée ici
dans un réseau métaphorique qui associe la mer à « l'immense misère »,
suivant une allégorie développée longuement dans un chapitre des *Misérables*
(I, ii, 8, « L'onde et l'ombre »).

Quelle folie que d'être heureux ! comme on rêve ! il lui venait des idées. L'absurde lui traversait le cerveau. Parce qu'il avait autrefois secouru un enfant, il sentait des velléités de secourir le monde. Des nuages de rêverie lui obscurcissaient parfois sa propre réalité ; il perdait le sentiment de la proportion jusqu'à se dire : Que pourrait-on faire pour ce pauvre peuple ? Quelquefois son absorption était telle qu'il le disait tout haut. Alors Ursus haussait les épaules et le regardait fixement. Et Gwynplaine continuait de rêver : – Oh ! si j'étais puissant, comme je viendrais en aide aux malheureux ! Mais que suis-je ? un atome. Que puis-je ? rien.

Il se trompait. Il pouvait beaucoup pour les malheureux. Il les faisait rire.

Et, nous l'avons dit, faire rire, c'est faire oublier.

Quel bienfaiteur sur la terre, qu'un distributeur d'oubli !

XI

GWYNPLAINE EST DANS LE JUSTE, URSUS EST DANS LE VRAI

Un philosophe est un espion. Ursus, guetteur de rêves, étudiait son élève. Nos monologues ont sur notre front une vague réverbération distincte au regard du physionomiste. C'est pourquoi ce qui se passait en Gwynplaine n'échappait point à Ursus. Un jour que Gwynplaine méditait, Ursus, le tirant par son capingot, s'écria :

— Tu me fais l'effet d'un observateur, imbécile ! Prends-y garde, cela ne te regarde pas. Tu as une chose à faire, aimer Dea. Tu es heureux de deux bonheurs : le premier, c'est que la foule voit ton museau ; le second, c'est que Dea ne le voit pas. Ce bonheur que tu as, tu n'y as pas droit. Nulle femme, voyant ta bouche, n'acceptera ton baiser. Et cette bouche qui fait ta for-

tune, cette face qui fait ta richesse, ça n'est pas à toi.
Tu n'étais pas né avec ce visage-là. Tu l'as pris à la
grimace qui est au fond de l'infini. Tu as volé son
masque au diable. Tu es hideux, contente-toi de ce
quine[1]. Il y a dans ce monde, qui est une chose très-
bien faite, les heureux de droit et les heureux de raccroc[2]. Tu es un heureux de raccroc. Tu es dans une
cave où se trouve prise une étoile. La pauvre étoile est
à toi. N'essaie pas de sortir de ta cave, et garde ton
astre, araignée ! tu as dans ta toile l'escarboucle
Vénus[3]. Fais-moi le plaisir d'être satisfait. Je te vois
rêvasser, c'est idiot. Écoute, je vais te parler le langage
de la vraie poésie : que Dea mange des tranches de
bœuf et des côtelettes de mouton, dans six mois elle
sera forte comme une turque ; épouse-la tout net, et
fais-lui un enfant, deux enfants, trois enfants, une
ribambelle d'enfants. Voilà ce que j'appelle philoso-
pher. De plus, on est heureux, ce qui n'est pas bête.
Avoir des petits, c'est là le bleu. Aie des mioches,
torche-les, mouche-les, couche-les, barbouille-les et
débarbouille-les, que tout cela grouille autour de toi ;
s'ils rient, c'est bien ; s'ils gueulent, c'est mieux ; crier,
c'est vivre ; regarde-les téter à six mois, ramper à un
an, marcher à deux ans, grandir à quinze ans, aimer à
vingt ans. Qui a ces joies, a tout. Moi, j'ai manqué
cela, c'est ce qui fait que je suis une brute. Le bon
Dieu, un faiseur de beaux poëmes, et qui est le premier
des hommes de lettres, a dicté à son collaborateur
Moïse : *Multipliez !* tel est le texte[4]. Multiplie, animal.
Quant au monde, il est ce qu'il est ; il n'a pas besoin

---

1. Cinq numéros pris et sortis ensemble à la loterie, et, au figuré, chance
inespérée.   2. Comme la duchesse Josiane... Voir note 2, p. 345.
3. Vénus, à la fois déesse de l'Amour et... planète la plus brillante après le
soleil et la lune. L'escarboucle est une pierre très rare et précieuse, remarquable pour son éclat.   4. « Croissez et multipliez », commandement
donné plusieurs fois par Dieu dans la Genèse (par ex. I, 28). Les cinq
premiers livres de la Bible composent le « Livre de Moïse », parce qu'ils
ont été longtemps attribués à cet « auteur » unique et inspiré qui aurait écrit
sous le commandement de Dieu.

de toi pour aller mal. N'en prends pas souci. Ne t'occupe pas de ce qui est dehors. Laisse l'horizon tranquille. Un comédien est fait pour être regardé, non pour
regarder. Sais-tu ce qu'il y a dehors ? les heureux de
droit. Toi, je te le répète, tu es l'heureux du hasard. Tu
es le filou du bonheur dont ils sont les propriétaires.
Ils sont les légitimes, tu es l'intrus, tu vis en concubi-
nage avec la chance. Que veux-tu de plus que ce que
tu as ? Que Schiboleth[1] me soit en aide ! ce polisson
est un maroufle[2]. Se multiplier par Dea, c'est pourtant
agréable. Une telle félicité ressemble à une escroque-
rie. Ceux qui ont le bonheur ici-bas par privilège de là-
haut n'aiment pas qu'on se permette d'avoir tant de
joie au-dessous d'eux. S'ils te demandaient : de quel
droit es-tu heureux ? tu ne saurais que répondre. Tu
n'as pas de patente, eux ils en ont une. Jupiter, Allah,
Vishnou, Sabaoth[3], n'importe, leur a donné le visa
pour être heureux. Crains-les. Ne te mêle pas d'eux
afin qu'ils ne se mêlent pas de toi. Sais-tu ce que c'est,
misérable, que l'heureux de droit ? C'est un être terrible, c'est le lord. Ah ! le lord, en voilà un qui a dû
intriguer dans l'inconnu du diable avant d'être au
monde, pour entrer dans la vie par cette porte-là !
Comme il a dû lui être difficile de naître ! il ne s'est
donné que cette peine-là[4], mais, juste ciel ! c'en est
une ! obtenir du destin, ce butor aveugle, qu'il vous
fasse d'emblée au berceau maître des hommes ! corrompre ce buraliste[5] pour qu'il vous donne la meilleure
place au spectacle ! Lis le memento qui est dans la
cahute que j'ai mise à la retraite, lis ce bréviaire de ma

---

1. Mot hébreu signifiant *épi*, qui permettait aux gens de Galaad de reconnaître – et d'égorger – leurs ennemis, les gens d'Éphraïm, lesquels prononçaient
« sibboleth » (Juges, 12). Désigne dans le langage familier l'épreuve qui doit
faire juger de la capacité d'une personne (P. Larousse). **2.** Fripon.
3. Qualification donnée par les Hébreux à Dieu, « Adonaï Sabaoth » signifiant au sens propre « des armées » (célestes). **4.** Encore un emprunt au
Mariage de Figaro, placé cette fois dans la bouche du philosophe. Voir II,
I, 10, p. 349. **5.** Celui ou celle qui tient un bureau de distribution, ici
de places de spectacle.

sagesse, et tu verras ce que c'est que le lord. Un lord, c'est celui qui a tout et qui est tout. Un lord est celui qui existe au-dessus de sa propre nature ; un lord est celui qui a, jeune, les droits du vieillard, vieux, les bonnes fortunes du jeune homme, vicieux, le respect des gens de bien, poltron, le commandement des gens de cœur, fainéant, le fruit du travail, ignorant, le diplôme de Cambridge et d'Oxford, bête, l'admiration des poètes, laid, le sourire des femmes, Thersite [1], le casque d'Achille [2], lièvre, la peau du lion. N'abuse pas de mes paroles, je ne dis pas qu'un lord soit nécessairement ignorant, poltron, laid, bête et vieux ; je dis seulement qu'il peut être tout cela sans que cela lui fasse du tort. Au contraire. Les lords sont les princes. Le roi d'Angleterre n'est qu'un lord, le premier seigneur de la seigneurie ; c'est tout, c'est beaucoup. Les rois jadis s'appelaient lords : le lord de Danemark, le lord d'Irlande, le lord des Îles. Le lord de Norvége ne s'est appelé roi que depuis trois cents ans. Lucius, le plus ancien roi d'Angleterre [3], était qualifié par saint Télesphore *mylord Lucius*. Les lords sont pairs, c'est-à-dire égaux. De qui ? du roi. Je ne fais pas la faute de confondre les lords avec le parlement. L'assemblée du peuple, que les saxons, avant la conquête, intitulaient *wittenagemot*, les normands, après la conquête, l'ont intitulée *parliamentum*. Peu à peu on a mis le peuple à la porte. Les lettres closes du roi convoquant les communes portaient jadis *ad consilium impendendum*, elles portent aujourd'hui *ad consentiendum* [4]. Les communes ont le droit de consentement. Dire oui est leur liberté. Les pairs peuvent dire non. Et la preuve, c'est qu'ils l'ont dit. Les pairs peuvent couper la tête au roi, le peuple point. Le coup de hache à Charles Ier

1. Voir note 3, p. 299.   **2.** Achille, le guerrier invincible, personnage central de l'*Iliade* qui permet la victoire de Troie.   **3.** Roi breton qui aurait vécu au IIe siècle et se serait converti au christianisme (saint Lucius). **4.** « Pour délivrer leur conseil » a été remplacé par « Pour consentir [à la volonté du roi] ».

est un empiétement, non sur le roi, mais sur les pairs, et l'on a bien fait de mettre aux fourches la carcasse de Cromwell[1]. Les lords ont la puissance, pourquoi ? parce qu'ils ont la richesse. Qui est-ce qui a feuilleté le Doomsday-book ? C'est la preuve que les lords possèdent l'Angleterre, c'est le registre des biens des sujets dressé sous Guillaume-le-Conquérant, et il est sous la garde du chancelier de l'échiquier. Pour y copier quelque chose, on paie quatre sous par ligne. C'est un fier livre. Sais-tu que j'ai été docteur domestique chez un lord qui s'appelait Marmaduke et qui avait neuf cent mille francs de France de rente par an ? Tire-toi de là, affreux crétin. Sais-tu que rien qu'avec les lapins des garennes du comte Lindsey on nourrirait toute la canaille des Cinq ports ? Aussi frottez-vous-y. On y met bon ordre. Tout braconnier est pendu. Pour deux longues oreilles poilues qui passaient hors de sa gibecière, j'ai vu accrocher à la potence un père de six enfants. Telle est la seigneurie. Le lapin d'un lord est plus que l'homme du bon Dieu. Les seigneurs sont, entends-tu, maraud ? et nous devons le trouver bon. Et puis si nous le trouvons mauvais, qu'est-ce que cela leur fait ? le peuple faisant des objections ! Plaute[2] lui-même n'approcherait pas de ce comique. Un philosophe serait plaisant s'il conseillait à cette pauvre diablesse de multitude de se récrier contre la largeur et la lourdeur des lords. Autant faire discuter par la chenille la patte de l'éléphant. J'ai vu un jour un hippopotame marcher sur une taupinière ; il écrasait tout ; il était innocent. Il ne savait même pas qu'il y eût des taupes, ce gros bonasse de mastodonte. Mon cher, des taupes qu'on écrase, c'est le genre humain. L'écrasement est une loi. Et crois-tu que la taupe elle-même n'écrase rien ? Elle est le mastodonte du ciron[3], qui est le mastodonte du volvoce[4]. Mais ne raisonnons pas. Mon gar-

---

1. Le cadavre de Cromwell, mort le 3 septembre 1658 et inhumé à l'abbaye de Westminster, en fut retiré à la Restauration et pendu au gibet de Tyburn.   2. Voir note 3, p. 408.   3. Animal minuscule qui servait d'exemple d'extrême petitesse.   4. Sorte d'algue des eaux douces, de la

çon, les carrosses existent. Le lord est dedans, le
peuple est sous la roue, le sage se range. Mets-toi de
côté, et laisse passer. Quant à moi, j'aime les lords, et
je les évite. J'ai vécu chez un. Cela suffit à la beauté
de mes souvenirs. Je me rappelle son château, comme
une gloire dans un nuage. Moi, mes rêves sont en
arrière. Rien de plus admirable que Marmaduke-Lodge
pour la grandeur, la belle symétrie, les riches revenus,
les ornements et les accompagnements de l'édifice. Du
reste, les maisons, hôtels et palais des lords offrent un
recueil de ce qu'il y a de plus grand et magnifique
dans ce florissant royaume. J'aime nos seigneurs. Je
les remercie d'être opulents, puissants et prospères.
Moi qui suis vêtu de ténèbres, je vois avec intérêt et
plaisir cet échantillon de l'azur céleste qu'on appelle
un lord. On entrait à Marmaduke-Lodge par une cour
extrêmement spacieuse, qui faisait un carré long partagé en huit carreaux, fermés de balustrades, laissant
de tous côtés un large chemin ouvert, avec une superbe
fontaine hexagone au milieu, à deux bassins, couverte
d'un dôme d'un ouvrage exquis à jour, qui était suspendu sur six colonnes. C'est là que j'ai connu un
docte français, M. l'abbé du Cros, qui était de la maison des Jacobins de la rue Saint-Jacques. Il y avait à
Marmaduke-Lodge une moitié de la bibliothèque d'Er-
penius [1], dont l'autre moitié est à l'auditoire de théologie de Cambridge. J'y lisais des livres, assis sous le
portail qui est enjolivé. Ces choses-là ne sont ordinairement vues que par un petit nombre de voyageurs
curieux. Sais-tu, ridicule boy, que monseigneur William North, qui est lord Gray de Rolleston, et qui siège
le quatorzième au banc des barons, a plus d'arbres de

---

famille des infusoires, caractérisée par « un corps très petit [...] tournant sur
lui-même comme sur un axe et renfermant souvent des globules tout petits »
(P. Larousse).

   1. Nom latin de Thomas van Erpen, orientaliste hollandais (1584-1624)
célèbre pour l'étendue de ses connaissances (il parlait le turc, l'éthiopien,
l'arabe, l'hébreu, le persan).

haute futaie dans sa montagne que tu n'as de cheveux
sur ton horrible caboche ? Sais-tu que lord Norreys de
Rycott, qui est la même chose que le comte d'Abingdon,
a un donjon carré de deux cents pieds de haut, portant
cette devise *Virtus ariete fortior*, ce qui a l'air de vouloir
dire *la vertu est plus forte qu'un bélier*, mais ce qui veut
dire, imbécile ! *le courage est plus fort qu'une machine
de guerre ?* Oui, j'honore, accepte, respecte et révère
nos seigneurs. Ce sont les lords qui, avec la majesté
royale, travaillent à procurer et à conserver les avantages
de la nation. Leur sagesse consommée éclate dans les
conjonctures épineuses. La préséance sur tous, je voudrais bien voir qu'ils ne l'eussent pas. Ils l'ont. Ce qui
s'appelle en Allemagne principauté et en Espagne gran-
desse, s'appelle pairie en Angleterre et en France.
Comme on était en droit de trouver ce monde assez misérable, Dieu a senti où le bât le blessait, il a voulu prouver
qu'il savait faire des gens heureux, et il a créé les lords
pour donner satisfaction aux philosophes. Cette créa-
tion-là corrige l'autre, et tire d'affaire le bon Dieu. C'est
pour lui une sortie décente d'une fausse position. Les
grands sont grands. Un pair en parlant de lui-même dit
nos. Un pair est un pluriel. Le roi qualifie les pairs
consanguinei nostri[1]. Les pairs ont fait une foule de lois
sages, entr'autres celle qui condamne à mort l'homme
qui coupe un peuplier de trois ans. Leur suprématie est
telle qu'ils ont une langue à eux. En style héraldique, le
noir, qui s'appelle *sable* pour le peuple des nobles, s'appelle *saturne* pour les princes et *diamant* pour les pairs.
Poudre de diamant, nuit étoilée, c'est le noir des heureux. Et même entre eux, ils ont des nuances, ces hauts
seigneurs. Un baron ne peut laver[2] avec un vicomte sans
sa permission. Ce sont là des choses excellentes, et qui
conservent les nations. Que c'est beau pour un peuple
d'avoir vingt-cinq ducs, cinq marquis, soixante-seize

---

1. Nos frères.   2. Le sens intransitif et vieilli de laver est « se laver
les mains avant le repas ».

comtes, neuf vicomtes et soixante et un barons, qui font cent soixante-seize pairs, qui les uns sont Grâce et les autres Seigneurie ! Après cela, quand il y aurait quelques haillons par-ci par-là ! Tout ne peut pas être en or. Haillons, soit ; est-ce que ne voilà pas de la pourpre ? L'un achète l'autre. Il faut bien que quelque chose soit construit avec quelque chose. Eh bien, oui, il y a des indigents, la belle affaire ! Ils étoffent le bonheur des opulents. Morbleu ! nos lords sont notre gloire. La meute de Charles Mohun, baron Mohun, coûte à elle seule autant que l'hôpital des lépreux de Mooregate, et que l'hôpital de Christ, fondé pour les enfants en 1553 par Édouard VI. Thomas Osborne, duc de Leeds, dépense par an, rien que pour ses livrées, cinq mille guinées d'or. Les grands d'Espagne ont un gardien nommé par le roi qui les empêche de se ruiner. C'est pleutre. Nos lords, à nous, sont extravagants et magnifiques. J'estime cela. Ne déblatérons pas comme des envieux. Je sais gré à une belle vision qui passe. Je n'ai pas la lumière, mais j'ai le reflet. Reflet sur mon ulcère, diras-tu. Va-t'en au diable. Je suis un Job[1] heureux de contempler Trimalcion[2]. Oh ! la belle planète radieuse là-haut ! c'est quelque chose que d'avoir ce clair de lune. Supprimer les lords, c'est une opinion qu'Oreste n'oserait soutenir, tout insensé qu'il était[3]. Dire que les lords sont nuisibles ou inutiles, cela revient à dire qu'il faut ébranler les états, et que les hommes ne sont pas faits pour vivre comme les troupeaux, broutant l'herbe et mordus par le chien. Le pré est tondu par le mouton, le mouton est tondu par le berger. Quoi de plus juste ? À tondeur, tondeur et demi[4]. Moi, tout m'est égal ; je suis un philosophe, et je

---

1. Voir note 1, p. 344.   **2.** Voir note 1, p. 264.   **3.** Après avoir vengé son père Agamemnon en tuant sa mère Clytemnestre et Égisthe, l'amant de celle-ci, Oreste, poursuivi par les Furies vengeresses, devient fou et erre dans la Grèce (Athènes, Trézène, Delphes, la Tauride). D'après P. Larousse, c'est Racine qui a popularisé l'épisode de la folie d'Oreste dans *Andromaque*, dans la dernière scène de la tragédie (« Pour qui sont ces serpents qui sifflent sur vos têtes ? »).   **4.** Locution qui s'emploie pour marquer une surenchère (« et demi » = « plus grand encore »).

tiens à la vie comme une mouche. La vie n'est qu'un
pied à terre. Quand je pense que Henry Bowes
Howard, comte de Berkshire, a dans ses écuries vingt-
quatre carrosses de gala, dont un à harnais d'argent et
un autre à harnais d'or ! Mon Dieu, je sais bien que
tout le monde n'a pas vingt-quatre carrosses de gala,
mais il ne faut point déclamer. Parce que tu as eu froid
une nuit, ne voilà-t-il pas ! Il n'y a pas que toi. D'autres
aussi ont froid et faim. Sais-tu que sans ce froid Dea
ne serait pas aveugle, et que, si Dea n'était pas aveugle,
elle ne t'aimerait pas ! raisonne, buse ! Et puis, si tous
les gens qui sont épars se plaignaient, ce serait un beau
vacarme. Silence, voilà la règle. Je suis convaincu que
le bon Dieu ordonne aux damnés de se taire, sans quoi
ce serait Dieu qui serait damné, d'entendre un cri éternel. Le bonheur de l'Olympe est au prix du silence
du Cocyte[1]. Donc, peuple, tais-toi. Je fais mieux, moi,
j'approuve et j'admire. Tout à l'heure, j'énumérais les
lords, mais il faut y ajouter deux archevêques et vingt-
quatre évêques ! En vérité, je suis attendri quand j'y
songe. Je me rappelle avoir vu, chez le dîmeur[2] du
révérend doyen de Raphoë, lequel doyen fait partie de
la seigneurie et de l'église, une vaste meule du plus
beau blé prise aux paysans d'alentour et que le doyen
n'avait pas eu la peine de faire pousser. Cela lui laissait
le temps de prier Dieu. Sais-tu que lord Marmaduke
mon maître était lord grand trésorier d'Irlande, et haut
sénéchal de la souveraineté de Knaresburg dans le
comté d'York ? Sais-tu que le lord haut chambellan,
qui est un office héréditaire dans la famille des ducs
d'Ancaster, habille le roi le jour du couronnement, et
reçoit pour sa peine quarante aunes de velours cramoisi, plus le lit où le roi a dormi ; et que l'huissier de

---

1. Un des fleuves des Enfers dans la mythologie gréco-latine, alimenté
par les larmes des coupables et sur les bords duquel erraient les malheureux
privés de sépulture.　　2. Employé chargé de percevoir la dîme, qui représentait à l'origine le dixième des récoltes ou des revenus que l'on payait
comme impôt aux églises.

la verge noire est son député ! Je voudrais bien te voir faire résistance à ceci, que le plus ancien vicomte d'Angleterre est le sire Robert Brent, créé vicomte par Henri V. Tous les titres des lords indiquent une souveraineté sur une terre, le comte Rivers excepté, qui a pour titre son nom de famille. Comme c'est admirable ce droit qu'ils ont de taxer les autres, et de prélever, par exemple, comme en ce moment-ci, quatre shellings par livre sterling de rente, ce qu'on vient de continuer pour un an, et tous ces beaux impôts sur les esprits distillés [1], sur les accises [2] du vin et de la bière, sur le tonnage [3] et le pondage [4], sur le cidre, le poiré, le mum [5], le malt et l'orge préparé, et sur le charbon de terre et cent autres choses semblables ! Vénérons ce qui est. Le clergé lui-même relève des lords. L'évêque de Man est le sujet du comte de Derby. Les lords ont des bêtes féroces à eux qu'ils mettent dans leurs armoiries. Comme Dieu n'en a pas fait assez, ils en inventent. Ils ont créé le sanglier héraldique qui est autant au-dessus du sanglier que le sanglier est au-dessus du porc, et que le seigneur est au-dessus du prêtre. Ils ont créé le griffon qui est aigle aux lions et lion aux aigles, et qui fait peur aux lions par ses ailes et aux aigles par sa crinière. Ils ont la guivre, la licorne, la serpente, la salamandre, la tarasque, la drée, le dragon, l'hippogriffe. Tout cela, terreur pour nous, leur est ornement et parure. Ils ont une ménagerie qui s'appelle le blason, et où rugissent les monstres inconnus. Pas de forêt comparable pour l'inattendu des prodiges à leur orgueil. Leur vanité est pleine de fantômes qui s'y promènent comme dans une nuit sublime, armés, casqués, cuirassés, éperonnés, le bâton d'empire à la main, et disant d'une voix grave : Nous sommes les aïeux ! Les scarabées mangent les racines, et les panoplies mangent le peuple. Pourquoi pas ? Allons-nous changer les lois ?

---

1. Alcools distillés. **2.** Impôt indirect portant principalement sur les boissons. **3.** Droit payé par un navire de commerce en fonction du poids qu'il peut porter. **4.** Droit perçu en Angleterre sur le poids des marchandises, à l'entrée et à la sortie. **5.** Sorte de bière. On dit aussi « mumme ».

la seigneurie fait partie de l'ordre. Sais-tu qu'il y a un duc en Écosse qui galope trente lieues sans sortir de chez lui ? Sais-tu que le lord archevêque de Canterbury a un million de France de revenu ? Sais-tu que sa majesté a par an sept cent mille livres sterling de liste civile, sans compter les châteaux, forêts, domaines, fiefs, tenances, alleux, prébendes, dîmes et redevances, confiscations et amendes, qui dépassent un million sterling ? Ceux qui ne sont pas contents sont difficiles.

— Oui, murmura Gwynplaine pensif, c'est de l'enfer des pauvres qu'est fait le paradis des riches[1].

XII

URSUS LE POÈTE ENTRAÎNE URSUS LE PHILOSOPHE

Puis Dea entra ; il la regarda, et ne vit plus qu'elle. L'amour est ainsi ; on peut être envahi un moment par une obsession de pensées quelconques ; la femme qu'on aime arrive, et fait brusquement évanouir tout ce qui n'est pas sa présence, sans se douter qu'elle efface peut-être en nous un monde.

Disons ici un détail. Dans *Chaos vaincu*, un mot, *monstro*, adressé à Gwynplaine, déplaisait à Dea. Quelquefois, avec le peu d'espagnol que tout le monde savait dans ce temps-là, elle faisait le petit coup de tête de le remplacer par *quiero*, qui signifie *je le veux*. Ursus tolérait, non sans quelque impatience, ces altérations du texte. Il eût volontiers dit à Dea, comme de nos jours Moëssard[2] à Vissot[3] : *Tu manques de respect au répertoire.*

---

1. Remarquable et tranchante synthèse qui résume en une formule la logorrhée d'Ursus.   2. Simon-Pierre Moëssard (1781-1851), acteur français « plein de bonhomie et de rondeur » (P. Larousse), qui, devenu vieux, cessa de jouer pour devenir le régisseur du théâtre de la Porte-Saint-Martin, auquel il était attaché depuis 1816.   3. Louis, François Vissot (mort en

« L'Homme qui rit ». Telle était la forme qu'avait prise la célébrité de Gwynplaine. Son nom, Gwynplaine, à peu près ignoré, avait disparu sous ce sobriquet, de même que sa face sous le rire. Sa popularité était comme son visage, un masque.

Son nom pourtant se lisait sur un large écriteau placardé à l'avant de la Green-Box, lequel offrait à la foule cette rédaction due à Ursus :

« Ici l'on voit Gwynplaine, abandonné à l'âge de dix ans, la nuit du 29 janvier 1690, par les scélérats comprachicos, au bord de la mer à Portland, de petit devenu grand, et aujourd'hui appelé

« L'HOMME QUI RIT. »

L'existence de ces saltimbanques était une existence de lépreux dans une ladrerie et de bienheureux dans une atlantide[1]. C'était chaque jour un brusque passage de l'exhibition foraine la plus bruyante à l'abstraction la plus complète. Tous les soirs ils faisaient leur sortie de ce monde. C'étaient comme des morts qui s'en allaient, quittes à renaître le lendemain. Le comédien est un phare à éclipses, apparition, puis disparition, et il n'existe guère pour le public que comme fantôme et lueur dans cette vie à feux tournants.

Au carrefour succédait la claustration. Sitôt le spectacle fini, pendant que l'auditoire se désagrégeait et que le brouhaha de satisfaction de la foule se dissipait dans la dispersion des rues, la Green-Box redressait son panneau comme une forteresse son pont-levis, et la communication avec le genre humain était coupée. D'un côté l'univers, et de l'autre cette baraque ; et dans

---

1861), attaché au théâtre de la Porte-Saint-Martin depuis sa fondation, interprète du juif dans *La Pie voleuse*, puis second régisseur de ce théâtre.

1. L'existence marginale des saltimbanques est évoquée par un oxymore. Une ladrerie est un hôpital où on enfermait les lépreux. L'Atlantide est une île fabuleuse de l'Antiquité qui aurait été un lieu idyllique, riche, magnifique et prospère avant d'être engloutie dans les flots en une nuit et un jour.

cette baraque il y avait la liberté, la bonne conscience, le courage, le dévouement, l'innocence, le bonheur, l'amour, toutes les constellations.

La cécité voyante et la difformité aimée s'asseyaient côte à côte, la main pressant la main, le front touchant le front, et, ivres, se parlaient tout bas.

Le compartiment du milieu était à deux fins ; pour le public théâtre, pour les acteurs salle à manger.

Ursus, toujours satisfait de placer une comparaison, profitait de cette diversité de destination pour assimiler le compartiment central de la Green-Box à l'arradash d'une hutte abyssinienne.

Ursus comptait la recette, puis l'on soupait. Pour l'amour tout est de l'idéal, et boire et manger ensemble quand on aime, cela admet toutes sortes de douces promiscuités furtives qui font qu'une bouchée devient un baiser. On boit l'ale [1] ou le vin au même verre, comme on boirait la rosée au même lys. Deux âmes, dans l'agape, ont la même grâce que deux oiseaux. Gwynplaine servait Dea, lui coupait les morceaux, lui versait à boire, s'approchait trop près.

— Hum ! disait Ursus, et il détournait son grondement achevé malgré lui en sourire.

Le loup, sous la table, soupait, inattentif à ce qui n'était point son os.

Vinos et Fibi partageaient le repas, mais gênaient peu. Ces deux vagabondes, à demi-sauvages et restées effarées, parlaient brehaigne entre elles.

Ensuite Dea rentrait au gynécée avec Fibi et Vinos. Ursus allait mettre Homo à la chaîne sous la Green-Box, et Gwynplaine s'occupait des chevaux, et d'amant devenait palefrenier, comme s'il eût été un héros d'Homère ou un paladin de Charlemagne. À minuit, tout dormait, le loup excepté, qui de temps en temps, pénétré de sa responsabilité, ouvrait un œil.

Le lendemain, au réveil, on se retrouvait ; on déjeunait ensemble, habituellement de jambon et de thé ; le

---

1. Voir note 4, p. 96.

thé, en Angleterre, date de 1678. Puis Dea, à la mode espagnole, et par le conseil d'Ursus qui la trouvait délicate, dormait quelques heures, pendant que Gwynplaine et Ursus faisaient tous les petits travaux du dehors et du dedans qu'exige la vie nomade.

Il était rare que Gwynplaine rôdât hors de la Green-Box, excepté dans les routes désertes et les lieux solitaires. Dans les villes, il ne sortait qu'à la nuit, caché par un large chapeau rabattu, afin de ne point user son visage dans la rue.

On ne le voyait à face découverte que sur le théâtre.

Du reste la Green-Box avait peu fréquenté les villes. Gwynplaine, à vingt-quatre ans, n'avait guère vu de plus grandes cités que les Cinq-ports[1]. Sa renommée cependant croissait. Elle commençait à déborder la populace, et elle montait plus haut. Parmi les amateurs de bizarreries foraines et les coureurs de curiosités et de prodiges, on savait qu'il existait quelque part, à l'état de vie errante, tantôt ici, tantôt là, un masque extraordinaire. Ou en parlait, on le cherchait, on se demandait : Où est-ce ? L'Homme qui Rit devenait décidément fameux. Un certain lustre en rejaillissait sur *Chaos vaincu*.

Tellement qu'un jour Ursus, ambitieux, dit :

— Il faut aller à Londres.

---

1. Voir note 3, p. 306.

LIVRE TROISIÈME

COMMENCEMENT DE LA FÊLURE

I

L'INN TADCASTER

Londres n'avait à cette époque qu'un pont, le Pont de Londres, avec des maisons dessus. Ce pont reliait à Londres Southwark, faubourg pavé et caillouté avec des galets de la Tamise, tout en ruettes et ruelles, ayant des lieux fort serrés et, comme la cité, quantité de bâtisses, logis et cahutes de bois, pêle-mêle combustible où l'incendie a ses aises. 1666 l'avait prouvé [1].

Southwark alors se prononçait *Soudric* ; aujourd'hui on prononce *Sousouorc*, à peu près. Du reste, une excellente manière de prononcer les noms anglais, c'est de ne pas les prononcer du tout. Ainsi, Southampton, dites : *Stpntn*.

C'était le temps où *Chatham* se prononçait *Je t'aime*.

---

1. Allusion au grand incendie de Londres (*the Great Fire*), dont on sait maintenant qu'il fit plus de ravages que les bombes allemandes de la Seconde Guerre mondiale.

Le Southwark de ce temps-là ressemble au Southwark d'aujourd'hui comme Vaugirard ressemble à Marseille. C'était un bourg ; c'est une ville. Pourtant il s'y faisait un grand mouvement de navigation. Dans un long vieux mur cyclopéen sur la Tamise étaient scellés des anneaux où s'amarraient les coches de rivière. Ce mur s'appelait le mur d'Effroc ou Effroc-Stone. York, quand elle était saxonne, s'appelait Effroc. La légende contait qu'un duc d'Effroc s'était noyé au pied de ce mur. L'eau en effet y était assez profonde pour un duc. À mer basse il y avait encore six bonnes brasses[1]. L'excellence de ce petit mouillage attirait les navires de mer, et la vieille panse de Hollande, dite la *Vograat*, venait s'amarrer à l'Effroc-Stone[2]. La *Vograat* faisait directement une fois par semaine la traversée de Londres à Rotterdam et de Rotterdam à Londres. D'autres coches partaient deux fois par jour, soit pour Deptford, soit pour Greenwich, soit pour Gravesend, descendant par une marée et remontant par l'autre. Le trajet jusqu'à Gravesend, quoique de vingt milles, se faisait en six heures.

La *Vograat* était d'un modèle qu'on ne voit plus aujourd'hui que dans les musées de marine. Cette panse était un peu une jonque. En ce temps-là, pendant que la France copiait la Grèce, la Hollande copiait la Chine. La *Vograat*, lourde coque à deux mâts, était cloisonnée étanche perpendiculairement, avec une chambre très-creuse au milieu du bâtiment et deux tillacs[3], l'un à l'avant, l'autre à l'arrière, pontés ras, comme les vaisseaux de fer à tourelle d'aujourd'hui, ce qui avait l'avantage de diminuer la prise du flot sur le navire dans les gros temps, et l'inconvénient d'exposer l'équipage aux coups de mer, à cause de l'absence

_____

1. Ce détail prépare la tentation du suicide chez Gwynplaine, II, ix, 2, p. 780.   **2.** Même préparation dramatique, concernant le chapitre i de la Conclusion, p. 802. D'après G. Schaeffer, *Vograat* est un nom emprunté au hollandais ancien et signifie « Suivez conseil ».   **3.** Pont supérieur d'un navire.

de parapet. Rien n'arrêtait au bord celui qui allait tomber [1]. De là de fréquentes chutes et des pertes d'hommes qui ont fait abandonner ce gabarit. La panse *Vograat* allait droit en Hollande et ne faisait même pas escale à Gravesend.

Une antique corniche de pierre, roche autant que maçonnerie, longeait le bas de l'Effroc-Stone, et, praticable à toute mer, facilitait l'abord des bateaux amarrés au mur. Le mur était de distance en distance coupé d'escaliers. Il marquait la pointe sud de Southwark. Un remblai permettait aux passants de s'accouder au haut de l'Effroc-Stone comme au parapet d'un quai. De là on voyait la Tamise. De l'autre côté de l'eau, Londres cessait. Il n'y avait plus que des champs.

En amont de l'Effroc-Stone, au coude de la Tamise, presque vis-à-vis le palais de Saint-James, derrière Lambeth-House, non loin de la promenade appelée alors Foxhall (*vaux-hall* probablement), il y avait, entre une poterie où l'on faisait de la porcelaine et une verrerie où l'on faisait des bouteilles peintes, un de ces vastes terrains vagues où l'herbe pousse, appelés autrefois en France cultures et mails [2], et en Angleterre bowling-greens. De bowling-green, tapis vert à rouler une boule, nous avons fait boulingrin [3]. On a aujourd'hui ce pré-là dans sa maison ; seulement on le met sur une table, il est en drap au lieu d'être en gazon, et on l'appelle billard.

Au reste, on ne voit pas pourquoi, ayant *boulevard* (boule-vert), qui est le même mot que *bowling-green*, nous nous sommes donné *boulingrin*. Il est surprenant qu'un personnage grave comme le dictionnaire ait de ces luxes inutiles [4].

---

1. Encore une annonce du dénouement (voir p. précédente), cette fois-ci dans son ultime développement (Conclusion, IV, p. 829). À chaque fois, un épisode différent est préparé, toujours funeste : la tentation du suicide, le départ et la mort. La détermination narrative, très forte, contribue à créer l'impression tragique d'un destin. Et les personnages sont d'autant plus enfermés dans le temps clos d'une fatalité que les indices en sont glissés dans un tableau liminaire (celui d'un bateau), qui immobilise l'action.
2. Voir note 3, p. 40.   **3.** Voir note 3, p. 60.   **4.** Ajoutons à ce jeu des doubles emplois le fait que « bowling-green » est attesté en français,

Le bowling-green de Southwark s'appelait Tarrinzeau-field, pour avoir appartenu jadis aux barons Hastings qui sont barons Tarrinzeau and Mauchline. Des
lords Hastings, le Tarrinzeau-field avait passé aux
lords Tadcaster, lesquels l'avaient exploité en lieu
public, ainsi que plus tard un duc d'Orléans a exploité
le Palais-Royal. Puis le Tarrinzeau-field était devenu
vaine pâture et propriété paroissiale.

Le Tarrinzeau-field était une sorte de champ de foire
permanent, encombré d'escamoteurs [1], d'équilibristes,
de bateleurs, et de musiques sur des tréteaux, et toujours plein d'imbéciles qui « viennent regarder le diable », comme disait l'archevêque Sharp [2]. Regarder le
diable, c'est aller au spectacle.

Plusieurs inns, qui prenaient et envoyaient du public
à ces théâtres forains, s'ouvraient sur cette place fériée
toute l'année et y prospéraient. Ces inns étaient de
simples échoppes, habitées seulement le jour. Le soir
le tavernier mettait dans sa poche la clef de la taverne
et s'en allait. Un seul de ces inns était une maison. Il
n'y avait pas d'autre logis dans tout le Bowling-Green,
les baraques du champ de foire pouvant toujours disparaître d'un moment à l'autre, vu l'absence d'attache et
le vagabondage de tous ces saltimbanques. Les bateleurs ont une vie déracinée.

Cet inn, appelé l'inn Tadcaster, du nom des anciens seigneurs, plutôt auberge que taverne, et plutôt hôtellerie
qu'auberge, avait une porte cochère et une assez grande
cour.

La porte cochère, ouvrant de la cour sur la place,

----

anglicisme commenté par P. Larousse : « Forme britannique du mot français
boulingrin, dont se servent ceux qui veulent faire preuve d'érudition, les
mêmes qui disent *béby* au lieu de *bébé*, *riding coat* au lieu de *redingote*. »

1. Équivalents de prestidigitateurs ; par extension, voleurs à la tire.
2. Probablement John Sharp, « l'un des meilleurs prédicateurs de l'Angleterre » (1644-1714), interdit en 1686 à cause de ses prédications contre
les catholiques, réintégré après la révolution de 1688 et nommé doyen de
Cantorbéry, puis archevêque d'York. Un recueil complet de ses sermons a
été publié en 1740 (P. Larousse).

était la porte légitime de l'auberge Tadcaster et avait à
côté d'elle une porte bâtarde par où l'on entrait. Qui
dit bâtarde dit préférée[1]. Cette porte basse était la seule
par où l'on passât. Elle donnait dans le cabaret proprement dit, qui était un large galetas enfumé, garni de
tables et bas de plafond. Elle était surmontée d'une
fenêtre au premier étage, aux ferrures de laquelle était
ajustée et pendue l'enseigne de l'inn. La grande porte,
barrée et verrouillée à demeure, restait fermée.

Il fallait traverser le cabaret pour entrer dans la cour.

Il y avait dans l'inn Tadcaster un maître et un boy.
Le maître s'appelait maître Nicless. Le boy s'appelait
Govicum. Maître Nicless, – Nicolas sans doute, qui
devient par la prononciation anglaise Nicless, – était
un veuf avare et tremblant et ayant le respect des lois.
Du reste, poilu aux sourcils et sur les mains. Quant au
garçon de quatorze ans qui versait à boire et répondait
au nom de Govicum, c'était une grosse tête joyeuse
avec un tablier. Il était tondu ras, signe de servitude.

Il couchait au rez-de-chaussée, dans un réduit où
l'on avait jadis mis un chien. Ce réduit avait pour
fenêtre une lucarne ouvrant sur le bowling-green.

II

ÉLOQUENCE EN PLEIN VENT

Un soir qu'il faisait grand vent, et assez froid, et
qu'on avait toutes les raisons du monde de se hâter
dans la rue, un homme qui cheminait dans le Tarrinzeau-field, sous le mur de l'auberge Tadcaster, s'arrêta

---

1. Allusion à la duchesse Josiane (II, i, 11). On peut y voir un écho
volontaire destiné à instaurer une complicité entre le narrateur et le lecteur,
à rappeler à celui-ci le rôle actif qu'il doit jouer dans les fictions hugo-
liennes.

« *Quant au garçon de quatorze ans qui versait à boire
et répondait au nom de Govicum, c'était une grosse
tête joyeuse avec un tablier.* » (p. 441)
Dessin de Victor Hugo.

brusquement. On était dans les derniers mois de l'hiver de 1704 à 1705. Cet homme, dont les vêtements indiquaient un matelot, était de bonne mine et de belle taille, ce qui est prescrit aux gens de cour et n'est pas défendu aux gens du peuple. Pourquoi s'était-il arrêté ? Pour écouter. Qu'écoutait-il ? Une voix qui parlait probablement dans une cour, de l'autre côté du mur, voix un peu sénile, mais pourtant si haute qu'elle venait jusqu'aux passants dans la rue. En même temps, on entendait, dans l'enclos où la voix pérorait, un bruit de foule. Cette voix[1] disait :

— Hommes et femmes de Londres, me voici. Je vous félicite cordialement d'être anglais. Vous êtes un grand peuple. Je dis plus, vous êtes une grande populace. Vos coups de poings sont encore plus beaux que vos coups d'épée. Vous avez de l'appétit. Vous êtes la nation qui mange les autres. Fonction magnifique. Cette succion du monde classe à part l'Angleterre. Comme politique et philosophie, et maniement des colonies, populations, et industries, et comme volonté de faire aux autres du mal qui est pour soi du bien, vous êtes particuliers et surprenants. Le moment approche où il y aura sur la terre deux écriteaux ; sur l'un on lira : *Côté des hommes* ; sur l'autre on lira : *Côté des anglais*. Je constate ceci à votre gloire, moi qui ne suis ni anglais, ni homme, ayant l'honneur d'être un ours. De plus, je suis docteur. Cela va ensemble. Gentlemen, j'enseigne. Quoi ? Deux espèces de choses : celles que je sais et celles que j'ignore. Je vends des drogues et je donne des idées. Approchez, et écoutez. La science vous y convie. Ouvrez votre oreille. Si elle est petite, elle tiendra peu de vérité ; si elle est grande, beaucoup de stupidité y entrera. Donc, attention. J'enseigne la Pseudodoxia Epidemica[2]. J'ai un cama-

---

1. L'identité du personnage n'est pas donnée mais les signes de reconnaissance s'accumulent. Effet de mystère, donc, plutôt que véritable mystère, qui permet à la fois de donner un rôle au lecteur et de suggérer un univers où rien n'est totalement exprimé et dicible.   2. En latin macaronique, la « fausse opinion qui se répand partout »...

rade qui fait rire, moi je fais penser. Nous habitons la même boîte, le rire étant d'aussi bonne famille que le savoir. Quand on demandait à Démocrite : Comment savez-vous ? il répondait : Je ris[1]. Et moi, si l'on me demande : Pourquoi riez-vous ? je répondrai : Je sais. Du reste, je ne ris pas. Je suis le rectificateur des erreurs populaires. J'entreprends le nettoyage de vos intelligences. Elles sont malpropres. Dieu permet que le peuple se trompe et soit trompé. Il ne faut pas avoir de pudeurs bêtes ; j'avoue franchement que je crois en Dieu, même quand il a tort. Seulement quand je vois des ordures, – les erreurs sont des ordures, – je les balaie. Comment sais-je ce que je sais ? Cela ne regarde que moi. Chacun prend la science où il peut. Lactance[2] faisait des questions à une tête de Virgile en bronze qui lui répondait ; Sylvestre II[3] dialoguait avec les oiseaux ; les oiseaux parlaient-ils ? le pape gazouillait-il ? Questions. L'enfant mort du rabbin Éléazar causait avec saint Augustin[4]. Entre nous, je doute de tous ces faits, excepté du dernier. L'enfant mort parlait, soit ; mais il avait sous la langue une lame d'or où étaient gravées diverses constellations. Donc il trichait. Le fait s'explique. Vous voyez ma modération. Je sépare le vrai du faux. Tenez, voici d'autres erreurs que vous partagez sans doute, pauvres gens du peuple, et dont je désire vous dégager. Dioscoride croyait qu'il y avait un dieu dans la jusquiame, Chrysippe dans le cynopaste, Josèphe dans la racine bauras, Homère dans la plante moly[5]. Tous se

---

1. Philosophe grec présocratique (v^e-ive siècle av. J.-C.). Une tradition populaire le présente comme riant de tout, par opposition à un autre présocratique, Héraclite, qui aurait pleuré de tout.   **2.** Rhéteur latin chrétien (iiie-ive siècle apr. J.-C.), précepteur du fils de l'empereur Constantin et auteur des *Institutions divines*, une apologie chrétienne en sept livres. **3.** Gerbert d'Aurillac (v. 938-1003), théologien et savant qui devint pape en 999 sous le nom de Sylvestre II.   **4.** Saint Augustin, célèbre docteur et Père de l'Église (354-430 apr. J.-C.), auteur de *La Cité de Dieu* et des *Confessions*.   **5.** Dioscoride, médecin grec du i^{er} siècle, qui s'occupa avant tout de botanique, Chrysippe, le médecin grec du ive siècle av. J.-C. ou le philosophe stoïcien plus connu du iiie-iie siècle av. J.-C. (?), Flavius Josèphe, historien juif du i^{er} siècle, se joignent à Homère dans une énumération destinée à produire un « effet de savoir » (voir note 2, p. 41). La plante trompaient. Ce qui est dans ces herbes, ce n'est pas un dieu, c'est un démon. Je l'ai vérifié. Il n'est pas vrai que le serpent qui tenta Ève eût, comme Cadmus[1], une face humaine. Garcias de Horto, Cadamosto et Jean Hugo, archevêque de Trèves, nient qu'il suffise de scier un arbre pour prendre un éléphant[2]. J'incline à leur avis. Citoyens, les efforts de Lucifer sont la cause des fausses opinions. Sous le règne d'un tel prince, il doit paraître des météores d'erreur et de perdition. Peuple, Claudius Pulcher ne mourut pas parce que les poulets refusèrent de sortir du poulailler ; la vérité est que Lucifer ayant prévu la mort de Claudius Pulcher prit soin d'empêcher ces animaux de manger[3]. Que Belzébuth ait donné à l'empereur Vespasien[4] la vertu de redresser les boiteux et de rendre la vue aux aveugles en les touchant, c'était une action louable en soi, mais dont le motif était coupable. Gentlemen, défiez-vous des faux savants qui exploitent la racine de brioine et la couleuvrée blanche, et qui font des collyres avec du miel et du sang de coq. Sachez voir clair dans les mensonges. Il n'est point exact qu'Orion[5] soit né d'un besoin naturel de Jupiter ; la

---

moly est la plante que Mercure donne à Ulysse pour le préserver des enchantements de Circé (*Odyssée*, chant X).
   1. Nom de la constellation du Serpentaire, appelée aussi dans l'Antiquité constellation d'Ophiuchus, représentée dans les anciens atlas célestes comme un vieillard chauve, barbu, tenant un serpent dans ses mains. Selon certaines traditions, ce vieillard serait Esculape, l'inventeur de la médecine, auquel un serpent apporta un jour l'herbe qui servit à ressusciter Androgée ou Hippolyte.   **2.** Ici plus qu'ailleurs dans le monologue d'Ursus, l'érudition est au service de l'absurde. Sur la signature bouffonne, voir note 2, p. 59.
   3. Publius Claudius Pulcher, homme d'État romain (IIe siècle av. J.-C.), commandant la flotte romaine envoyée en Sicile contre les Carthaginois pendant la première guerre punique. Avant le combat, les augures se montrèrent défavorables, les poulets sacrés refusant de manger. Il répondit alors : « Eh bien ! qu'on les jette à la mer ; ils boiront s'ils ne veulent pas manger. » Le combat fut un désastre pour la flotte romaine, qu'on attribua à cette impiété. Il fut sévèrement puni pour sa faute, mais on ignore la date et la cause de sa mort (P. Larousse).   **4.** Empereur romain de 69 à 79, dont l'avarice est restée légendaire.   **5.** Constellation voisine du Taureau. « On raconte qu'Hyrieus, ayant reçu et régalé chez lui Jupiter, Neptune et Mercure, et ayant sollicité leur intervention toute-puissante pour en obtenir la faveur d'être père, les trois divins personnages ne trouvèrent pas

vérité est que ce fut Mercure qui produisit cet astre de cette façon. Il n'est pas vrai qu'Adam eût un nombril. Quand saint Georges a tué un dragon, il n'avait pas près de lui la fille d'un saint[1]. Saint Jérôme [2] dans son cabinet n'avait pas sur sa cheminée une pendule ; premièrement, parce qu'étant dans une grotte, il n'avait pas de cabinet ; deuxièmement, parce qu'il n'avait pas de cheminée ; troisièmement, parce que les pendules n'existaient pas. Rectifions. Rectifions. Ô gentils qui m'écoutez, si l'on vous dit que quiconque flaire l'herbe valériane [3], il lui naît un lézard dans le cerveau, que dans la putréfaction le bœuf se change en abeilles et le cheval en frelons, que l'homme pèse plus mort que vivant, que le sang de bouc dissout l'émeraude, qu'une chenille, une mouche et une araignée aperçues sur le même arbre annoncent la famine, la guerre et la peste, qu'on guérit le mal caduc [4] au moyen d'un ver qu'on trouve dans la tête du chevreuil, n'en croyez rien, ce sont des erreurs. Mais voici des vérités [5] : la peau de veau marin [6] garantit du tonnerre ; le crapaud se nourrit de terre, ce qui lui fait venir une

---

de procédé plus efficace que de répandre dans une peau de taureau les produits liquides de leur digestion, *urina in pelle bovis effusa*, et que c'est de cette composition privilégiée que sortit *Orion*, dont le nom serait évidemment tiré du grec, *ouron*, l'urine » (P. Larousse).

1. Voir note 1, p. 418.   **2.** Célèbre Père de l'Église (v. 347-420 apr. J.-C.), auteur de la Vulgate, la traduction latine de la Bible (qui devint la version officielle de la Bible catholique et fut reconnue authentique au concile de Trente, 1546). Dans l'iconographie très abondante qui l'a illustré, il est très souvent représenté en ermite ou en savant dans sa cellule.   **3.** Plante herbacée à fleurs roses ou blanches, dont la racine était déjà connue dans l'Antiquité pour ses usages médicinaux. La valériane officinale est utilisée comme antispasmodique.   **4.** Autre nom de l'épilepsie.   **5.** Ursus affirme lutter contre les superstitions mensongères et les erreurs, tout en assénant évidemment, en bon philosophe ironiste, d'autres erreurs... Cela manifeste une crise du langage : parce que l'ironie marque un divorce entre les mots et leur sens premier et qu'elle est la seule liberté d'expression qui soit laissée au poète dans les tyrannies (dans la mesure où c'est un discours codé à décrypter) ; parce qu'Ursus ne parle au fond qu'à lui-même ; parce que le sujet de son discours n'est peut-être au fond que la fuite perpétuelle de la vérité dans les discours. L'éloquence en plein vent, titre du chapitre, c'est... du vent.   **6.** Nom donné au phoque.

pierre dans la tête ; la rose de Jéricho[1] fleurit la veille de Noël ; les serpents ne peuvent supporter l'ombre du frêne ; l'éléphant n'a pas de jointures et est forcé de dormir debout contre un arbre ; faites couver par un crapaud un œuf de coq, vous aurez un scorpion qui vous fera une salamandre ; un aveugle recouvre la vue en mettant une main sur le côté gauche de l'autel et l'autre main sur ses yeux ; la virginité n'exclut pas la maternité. Braves gens, nourrissez-vous de ces évidences. Sur ce, vous pouvez croire en Dieu de deux façons, ou comme la soif croit à l'orange, ou comme l'âne croit au fouet. Maintenant je vais vous présenter mon personnel.

Ici un coup de vent assez violent secoua les chambranles et les volets de l'inn, qui était une maison isolée. Cela fit une espèce de long murmure céleste. L'orateur attendit un moment, puis reprit le dessus.

— Interruption. Soit. Parle, aquilon. Gentlemen, je ne me fâche pas. Le vent est loquace, comme tous les solitaires. Personne ne lui tient compagnie là-haut. Alors il bavarde. Je reprends mon fil. Vous contemplez ici des artistes associés. Nous sommes quatre. *A lupo principium*[2]. Je commence par mon ami qui est un loup. Il ne s'en cache pas. Voyez-le. Il est instruit, grave et sagace. La Providence a probablement eu un moment l'idée d'en faire un docteur d'université ; mais il faut pour cela être un peu bête, et il ne l'est pas. J'ajoute qu'il est sans préjugés et point aristocrate. Il cause dans l'occasion avec une chienne, lui qui aurait droit à une louve. Ses dauphins, s'il en a eu, mêlent probablement avec grâce le jappement de leur mère au hurlement de leur père. Car il hurle. Il faut hurler avec

---

1. Cette plante a suscité maintes légendes à cause de son incorruptibilité : même desséchée, elle s'épanouit à nouveau si on la place dans l'eau. Si on l'en retire, elle se rétracte à nouveau, et ainsi de suite : « On l'a comparée [...] à la pureté et à l'humilité profonde de la Vierge ; on a prétendu qu'elle s'épanouissait spontanément la nuit de la Nativité, pour se refermer après, comme auparavant » (P. Larousse).   2. « Commençons par le loup. » Jeu de mots à partir de l'expression latine *A Jove principium*, « Commençons par Jupiter ».

les hommes[1]. Il aboie aussi, par condescendance pour
la civilisation. Adoucissement magnanime. Homo est
un chien perfectionné. Vénérons le chien. Le chien,
– quelle drôle de bête ! – a sa sueur sur sa langue et
son sourire dans sa queue. Gentlemen, Homo égale en
sagesse et surpasse en cordialité le loup sans poil du
Mexique, l'admirable xoloïtzeniski[2]. J'ajoute qu'il est
humble. Il a la modestie d'un loup utile aux humains.
Il est secourable et charitable, silencieusement. Sa patte
gauche ignore la bonne action qu'a faite sa patte
droite[3]. Tels sont ses mérites. De cet autre, mon
deuxième ami, je ne dis qu'un mot : c'est un monstre.
Vous l'admirerez. Il fut jadis abandonné par des pirates
sur les bords du sauvage Océan. Celle-ci est une
aveugle. Est-ce une exception ? Non. Nous sommes
tous des aveugles. L'avare est un aveugle ; il voit l'or
et ne voit pas la richesse. Le prodigue est un aveugle ;
il voit le commencement et ne voit pas la fin. La
coquette est une aveugle ; elle ne voit pas ses rides. Le
savant est un aveugle ; il ne voit pas son ignorance.
L'honnête homme est un aveugle ; il ne voit pas le
coquin. Le coquin est un aveugle ; il ne voit pas Dieu.
Dieu est un aveugle ; le jour où il a créé le monde, il
n'a pas vu que le diable se fourrait dedans. Moi je suis
un aveugle ; je parle, et je ne vois pas que vous êtes
des sourds. Cette aveugle-ci, qui nous accompagne, est

---

1. Pastiche d'un proverbe qui invite à se résigner au conformisme : « Il
faut hurler avec les loups si l'on veut courir avec eux ». Ursus remplace le
loup par l'homme, suivant le principe de la bestialité humaine qu'il a
énoncé dès le début du roman (voir I, « Deux chapitres préliminaires », I,
« Ursus »).   **2.** C'est surtout le mot qui est admirable et son étrangeté
phonique humoristique ! Même si Gérald Schaeffer précise qu'il existe : le
xoloïzcuintle, ou chien nu du Mexique, correspond à l'Anubis égyptien
qui accompagne les morts dans l'au-delà.   **3.** Pastiche burlesque d'une
sentence évangélique sur la charité modeste : « Mais lorsque vous ferez
l'aumône, que votre main gauche ne sache point ce que fait votre main
droite » (Matthieu, VI, 3).

une prêtresse mystérieuse. Vesta[1] lui eût confié son tison. Elle a dans le caractère des obscurités douces comme les hiatus qui s'ouvrent dans la laine d'un mouton. Je la crois fille de roi sans l'affirmer. Une louable défiance est l'attribut du sage. Quant à moi, je ratiocine et je médicamente. Je pense et je panse[2]. *Chirurgus sum*[3]. Je guéris les fièvres, miasmes et pestes. Presque toutes nos phlegmasies[4] et souffrances sont des exutoires, et, bien soignées, nous débarrassent gentiment d'autres maux qui seraient pires. Nonobstant, je ne vous conseille pas d'avoir un anthrax, autrement dit carbuncle[5]. C'est une maladie bête qui ne sert à rien. On en meurt, mais c'est tout. Je ne suis pas inculte ni rustique. J'honore l'éloquence et la poésie, et je vis avec ces déesses dans une intimité innocente. Et je termine par un avis. Gentlemen et gentlewomen, en vous, du côté d'où vient la lumière, cultivez la vertu, la modestie, la probité, la justice et l'amour. Chacun ici-bas peut, comme cela, avoir son petit pot de fleurs sur sa fenêtre. Mylords et messieurs, j'ai dit. Le spectacle va commencer.

L'homme, matelot probable, qui écoutait du dehors, entra dans la salle basse de l'inn, la traversa, paya quelque monnaie qu'on lui demanda, pénétra dans une cour pleine de public, aperçut au fond de la cour une baraque à roues, toute grande ouverte, et vit sur ce tréteau un homme vieux vêtu d'une peau d'ours, un homme jeune qui avait l'air d'un masque, une fille aveugle et un loup.

— Vivedieu ! s'écria-t-il, voilà d'admirables gens.

---

1. Divinité romaine gardienne du feu et du foyer domestique, dont le culte était assuré par les vestales, vouées à la chasteté, dont Dea semble un avatar. **2.** Calembour célèbre : Voltaire revenant d'Angleterre, le roi Louis XV lui demanda : « Qu'avez-vous appris là-bas ? – À penser, sire. – Les chevaux ? » (G. Schaeffer). **3.** « Je suis chirurgien. » **4.** Inflammations internes. Terme qui regroupe un certain nombre de maladies du poumon (phtisie, pneumonie, pleurésie) et de l'estomac (P. Larousse). **5.** Mot anglais pour anthrax, amas de furoncles avec une partie centrale nécrosée.

III

La Green-Box, on vient de la reconnaître[1], était arrivée à Londres. Elle s'était établie à Southwark. Ursus avait été attiré par le bowling-green, lequel avait cela d'excellent que la foire n'y chômait jamais, pas même en hiver.

Voir le dôme de Saint-Paul avait été agréable à Ursus.

Londres, à tout prendre, est une ville qui a du bon. Avoir dédié une cathédrale à saint Paul, c'est de la bravoure. Le vrai saint cathédral est saint Pierre. Saint Paul est suspect d'imagination, et, en matière ecclésiastique, imagination signifie hérésie. Saint Paul n'est saint qu'avec des circonstances atténuantes. Il n'est entré au ciel que par la porte des artistes[2].

Une cathédrale est une enseigne. Saint Pierre indique Rome, la ville du dogme ; saint Paul signale Londres, la ville du schisme.

Ursus, dont la philosophie avait de si grands bras qu'elle contenait tout, était homme à apprécier ces nuances, et son attrait pour Londres venait peut-être d'un certain goût pour saint Paul.

La grande cour de l'inn Tadcaster avait fixé le choix d'Ursus. La Green-Box semblait prévue par cette cour ; c'était un théâtre tout construit. Cette cour était carrée,

---

1. Le narrateur hugolien souligne nettement et de manière presque redondante le faux suspense sur lequel repose la narration.   **2.** Saint Paul est l'un des douze génies de *William Shakespeare*, dont Hugo précise que certaines œuvres furent rejetées par le canon de l'Église : « Ce sont les plus belles ; et entre autres son épître aux Laodicéens, et surtout son Apocalypse, raturée par le concile de Rome sous Gélase. » Illuminé sur le chemin de Damas, il est un symbole de la Révolution : « Paul, après sa chute auguste, s'est redressé armé, contre les vieilles erreurs, de ce glaive fulgurant, le christianisme ; et deux mille ans après, la France, terrassée de lumière, se relèvera, elle aussi, tenant à la main cette flamme épée, la Révolution » (I, II, 2, § X).

et bâtie de trois côtés, avec un mur faisant vis-à-vis aux étages, et auquel on adossa la Green-Box, introduite grâce aux vastes dimensions de la porte cochère. Un grand balcon de bois, couvert d'un auvent et porté sur poteaux, lequel desservait les chambres du premier étage, s'appliquait sur les trois pans de la façade intérieure de cette cour, avec deux retours en équerre. Les fenêtres du rez-de-chaussée firent les baignoires[1], le pavé de la cour fit le parterre, et le balcon fit le balcon. La Green-Box, rangée contre le mur, avait devant elle cette salle de spectacle. Cela ressemblait beaucoup au Globe, où furent joués *Othello*, le *Roi Lear* et la *Tempête*[2].

Dans un recoin, en arrière de la Green-Box, il y avait une écurie.

Ursus avait pris ses arrangements avec le tavernier maître Nicless, qui, vu le respect des lois, n'admit le loup qu'en payant plus cher. L'écriteau « Gwynplaine. – L'Homme qui Rit », décroché de la Green-Box, avait été accroché près de l'enseigne de l'inn. La salle-cabaret avait, on le sait, une porte intérieure qui donnait sur la cour. À côté de cette porte fut improvisée, au moyen d'un tonneau éventré, une logette pour « la buraliste[3] », qui était tantôt Fibi, tantôt Vinos. C'était à peu près comme aujourd'hui. Qui entre paie. Sous l'écriteau L'Homme qui Rit fut pendue à deux clous une planche peinte en blanc, portant, charbonné en grosses lettres, le titre de la grande pièce d'Ursus, *Chaos vaincu*.

Au centre du balcon, précisément en face de la Green-Box, un compartiment qui avait pour entrée principale une porte-fenêtre, avait été réservé entre deux cloisons « pour la noblesse ».

---

1. Au théâtre, loge de rez-de-chaussée, un peu au-dessus du parterre. La séparation du théâtre en différents espaces correspond à une séparation sociale et mondaine en usage dans les théâtres à l'italienne au XIXe siècle. 2. Le théâtre d'Ursus se présente une fois encore comme héritier de Shakespeare. 3. Voir note 5, p. 424.

Il était assez large pour contenir, sur deux rangs, dix spectateurs.

— Nous sommes à Londres, avait dit Ursus. Il faut s'attendre à de la gentry.

Il avait fait meubler cette « loge » des meilleures chaises de l'inn, et placer au centre un grand fauteuil de velours d'Utrecht bouton d'or à dessins cerise pour le cas où quelque femme d'alderman [1] viendrait.

Les représentations avaient commencé.

Tout de suite, la foule vint.

Mais le compartiment pour la noblesse resta vide.

À cela près, le succès fut tel que de mémoire de saltimbanque on n'en avait pas vu de pareil. Tout Southwark accourut en cohue admirer l'Homme qui Rit.

Les baladins et bateleurs de Tarrinzeau-field furent effarés de Gwynplaine. Un épervier s'abattant dans une cage de chardonnerets et leur becquetant leur mangeoire, tel fut l'effet. Gwynplaine leur dévora leur public.

Outre le menu peuple des avaleurs de sabres et des grimaciers [2], il y avait sur le bowling-green de vrais spectacles. Il y avait un circus à femmes retentissant du matin au soir d'une sonnerie magnifique de toutes sortes d'instruments, psaltérions, tambours, rubèbes, micamons, timbres, chalumelles, dulcaynes, gingues, chevrettes, cornemuses, cornets d'Allemagne, eschaqueils d'Angleterre, pipes, fistules, flajos et flageolets. Il y avait sous une large tente ronde des sauteurs que n'eussent point égalés nos coureurs actuels des Pyrénées, Dulma, Bordenave et Meylonga, lesquels du pic de Pierrefitte descendent au plateau du Limaçon, ce qui est presque tomber. Il y avait une ménagerie ambulante où l'on voyait un tigre bouffe, qui, fouaillé par un belluaire [3], tâchait de lui happer son fouet et d'en avaler

---

1. Officier municipal en Angleterre.   2. Voir note 1, p. 371.
3. Dans l'Antiquité, gladiateur qui combattait les bêtes féroces dans les amphithéâtres, par extension dompteur de bêtes féroces.

la mèche. Ce comique à gueule et à griffes fut lui-même éclipsé.

Curiosité, applaudissements, recettes, foule, l'Homme qui Rit prit tout. En un clin d'œil ce fut fait. Il n'y eut plus que la Green-Box.

— Chaos vaincu est Chaos vainqueur, disait Ursus se mettant de moitié dans le succès de Gwynplaine, et tirant la nappe à lui, comme on dit en langue cabotine [1].

Le succès de Gwynplaine fut prodigieux. Pourtant il resta local. Passer l'eau est difficile pour une renommée. Le nom de Shakespeare a mis cent trente ans à venir d'Angleterre en France ; l'eau est une muraille, et si Voltaire, ce qu'il a bien regretté plus tard, n'avait pas fait à Shakespeare la courte échelle, Shakespeare, à l'heure qu'il est, serait peut-être encore de l'autre côté du mur, en Angleterre, captif d'une gloire insulaire [2].

La gloire de Gwynplaine ne passa point le pont de Londres. Elle ne prit point les dimensions d'un écho de grande ville. Du moins dans les premiers temps. Mais Southwark peut suffire à l'ambition d'un clown. Ursus disait : – La sacoche des recettes, comme une fille qui a fait une faute, grossit à vue d'œil.

On jouait *Ursus Rursus*, puis *Chaos vaincu*.

Dans les entr'actes, Ursus justifiait sa qualité d'engastrimythe [3] et faisait de la ventriloquie transcendante ; il imitait toute voix qui s'offrait dans l'assistance, un chant, un cri, à ébahir par la ressemblance le chanteur ou le crieur lui-même, et parfois il copiait le brouhaha du public, et il soufflait comme s'il eût été à lui seul un tas de gens. Talents remarquables.

En outre, il haranguait, on vient de le voir, comme

---

1. Dans l'argot des comédiens ambulants.   2. C'est avec réticence que Voltaire introduisit Shakespeare dans ses *Lettres philosophiques* (1734) et traduisit un passage d'*Hamlet* ; Hugo ne manque jamais de rappeler les condamnations de Voltaire à l'égard du grand génie dramatique anglais, même si l'exil est une période où il rend hommage, à de nombreuses reprises, au philosophe français.   3. Voir note 1, p. 41.

Cicéron, vendait des drogues, soignait les maladies et même guérissait les malades.

Southwark était captivé.

Ursus était satisfait des applaudissements de Southwark, mais il n'en était point étonné.

— Ce sont les anciens trinobantes[1], disait-il.

Et il ajoutait :

— Que je ne confonds point, pour la délicatesse du goût, avec les atrobates[2] qui ont peuplé Berks, les belges qui ont habité le Somerset, et les parisiens qui ont fondé York.

À chaque représentation, la cour de l'inn, transformée en parterre, s'emplissait d'un auditoire déguenillé et enthousiaste. C'étaient des bateliers, des porte-chaises, des charpentiers de bord, des cochers de coches de rivière, des matelots frais débarqués dépensant leur solde en ripailles et en filles. Il y avait des estafiers[3], des ruffians[4] et des gardes noirs, qui sont des soldats condamnés pour quelque faute disciplinaire à porter leur habit rouge retourné du côté de la doublure noire, et nommés pour cela blackguards, d'où nous avons fait *blagueurs*. Tout cela affluait de la rue dans le théâtre et refluait du théâtre dans la salle à boire. Les chopes bues ne nuisaient pas au succès.

Parmi ces gens qu'on est convenu d'appeler « la lie », il y en avait un plus haut que les autres, plus grand, plus fort, moins pauvre, plus carré d'épaules, vêtu comme le commun du peuple, mais pas déchiré, admirateur à tout rompre, se faisant place à coups de poing, ayant une perruque à la diable, jurant, criant, gouaillant, point malpropre, et au besoin pochant un œil et payant bouteille.

---

1. Ancien peuple de la Grande-Bretagne dont le territoire, formé par ce qui deviendra l'Hertford, l'Essex et le Middlesex, avait pour capitale Londinium, Londres (Trinovantes dans le *De Bello Gallico*).   2. Les Atrébates, ancien peuple de la Grande-Bretagne qui se trouvait au sud de la Tamise.   3. À l'origine, laquais, puis homme de main louant ses services (sorte de garde du corps) et, le cas échéant, souteneur de filles.   4. Homme débauché vivant avec des femmes de mauvaise vie, souteneur éventuellement et, par extension, voyou.

Cet habitué était le passant dont on a entendu tout à l'heure le cri d'enthousiasme [1].

Ce connaisseur immédiatement fasciné avait tout de suite adopté l'Homme qui Rit. Il ne venait pas à toutes les représentations. Mais quand il venait, il était le « traîner [2] » du public, les applaudissements se changeaient en acclamations, le succès allait, non aux frises [3], il n'y en avait pas, mais aux nues, il y en avait. (Même ces nues, vu l'absence de plafond, pleuvaient quelquefois sur le chef-d'œuvre d'Ursus.)

Si bien qu'Ursus remarqua cet homme et que Gwynplaine le regarda.

C'était un fier ami inconnu qu'on avait là !

Ursus et Gwynplaine voulurent le connaître, ou du moins savoir qui c'était.

Ursus un soir, de la coulisse, qui était la porte de la cuisine de la Green-Box, ayant par hasard maître Nicless l'hôtelier près de lui, lui montra l'homme mêlé à la foule, et lui demanda :

— Connaissez-vous cet homme ?

— Sans doute.

— Qu'est-ce ?

— Un matelot.

— Comment s'appelle-t-il ? dit Gwynplaine, intervenant.

— Tom-Jim-Jack, répondit l'hôtelier.

Puis, tout en redescendant l'escalier marchepied de l'arrière de la Green-Box pour rentrer dans l'inn, maître Nicless laissa tomber cette réflexion, profonde à perte de vue :

— Quel dommage qu'il ne soit pas lord ! ce serait une fameuse canaille.

Du reste, quoique installé dans une hôtellerie, le groupe de la Green-Box n'avait rien modifié de ses

---

1. Renvoi à l'exclamation qui clôt le chapitre précédent (p. 449).
2. L'équivalent de la « claque », celui qui entraîne avec lui le public.
3. Jeu de mots : la frise est le nom donné aux bandes de toile placées au cintre d'un théâtre, pour figurer dans la décoration un plafond ou un ciel.

mœurs, et maintenait son isolement. À cela près de quelques mots échangés çà et là avec le tavernier, ils ne se mêlaient point aux habitants, permanents ou passagers, de l'auberge, et ils continuaient de vivre entre eux.

Depuis qu'on était à Southwark, Gwynplaine avait pris l'habitude, après le spectacle, après le souper des gens et des chevaux, d'aller, pendant qu'Ursus et Dea se couchaient chacun de son côté, respirer un peu le grand air dans le bowling-green entre onze heures et minuit[1]. Un certain vague qu'on a dans l'esprit pousse aux promenades nocturnes et aux flâneries étoilées ; la jeunesse est une attente mystérieuse ; c'est pourquoi on marche volontiers la nuit, sans but. À cette heure-là, il n'y avait plus personne dans le champ de foire, tout au plus quelques titubations d'ivrognes faisant des silhouettes chancelantes dans les coins obscurs ; les tavernes vides se fermaient, la salle basse de l'auberge Tadcaster s'éteignait, ayant à peine dans quelque angle une dernière chandelle éclairant un dernier buveur, une lueur indistincte sortait entre les chambranles de l'inn entr'ouvert, et Gwynplaine, pensif, content, songeant, heureux d'un divin bonheur trouble, allait et venait devant cette porte entrebâillée. À quoi pensait-il ? à Dea, à rien, à tout, aux profondeurs. Il s'écartait peu de l'auberge, retenu, comme par un fil, près de Dea. Faire quelques pas dehors lui suffisait.

Puis il rentrait, trouvait toute la Green-Box endormie, et s'endormait.

---

1. Préparation dramatique de la promenade de Gwynplaine (II, III, 9).

IV

LES CONTRAIRES FRATERNISENT DANS LA HAINE

Le succès n'est pas aimé, surtout par ceux dont il est la chute. Il est rare que les mangés adorent les mangeurs. L'Homme qui Rit décidément faisait événement. Les bateleurs d'alentour étaient indignés. Un succès de théâtre est un siphon, pompe la foule, et fait le vide autour de lui. La boutique en face est éperdue. À la hausse des recettes de la Green-Box avait tout de suite correspondu, nous l'avons dit, une baisse dans les recettes environnantes. Brusquement, les spectacles, jusqu'alors fêtés, chômèrent. Ce fut comme un étiage[1] se marquant en sens inverse, mais avec une concordance parfaite, la crue ici, la diminution là. Tous les théâtres connaissent ces effets de marée ; elle n'est haute chez celui-ci qu'à la condition d'être basse chez celui-là. La fourmilière foraine, qui exhibait ses talents et ses fanfares sur les tréteaux circonvoisins[2], se voyant ruinée par l'Homme qui Rit, entra en désespoir, mais fut éblouie. Tous les grimes[3], tous les clowns, tous les bateleurs enviaient Gwynplaine. En voilà un qui est heureux d'avoir un mufle de bête féroce ! Des mères baladines et danseuses de corde, qui avaient de jolis enfants, les regardaient avec colère en montrant Gwynplaine et en disant : Quel dommage que tu n'aies pas une figure comme cela ! Quelques-unes battaient leurs petits de fureur de les trouver beaux. Plus d'une, si elle eût su le secret, eût arrangé son fils « à la Gwynplaine[4] ». Une tête d'ange qui ne rapporte rien ne vaut pas une face de diable lucrative. On entendit un jour la mère d'un petit qui était un chérubin de gentillesse et qui jouait les cupidons, s'écrier : On nous a manqué

---

1. Voir note 5, p. 202.   **2.** Situés auprès et tout autour.   **3.** Au théâtre, rôles de vieillards exigeant que l'acteur se donne des rides et des cheveux blancs.   **4.** Inversion perverse des signes : la beauté des enfants est haïe des mères.

nos enfants. Il n'y a que ce Gwynplaine de réussi. Et, montrant le poing à son fils, elle ajouta : – Si je connaissais ton père, je lui ferais une scène !

Gwynplaine était une poule aux œufs d'or. Quel merveilleux phénomène ! Ce n'était qu'un cri dans toutes les baraques. Les saltimbanques, enthousiasmés et exaspérés, contemplaient Gwynplaine en grinçant des dents. La rage admire, cela s'appelle l'envie. Alors elle hurle. Ils essayèrent de troubler *Chaos vaincu*, firent cabale, sifflèrent, grognèrent, huèrent. Cela fut pour Ursus un motif de harangues hortensiennes[1] à la populace, et pour l'ami Tom-Jim-Jack une occasion de donner quelques-uns de ces coups de poing qui rétablissent l'ordre. Les coups de poing de Tom-Jim-Jack achevèrent de le faire remarquer par Gwynplaine et estimer par Ursus. De loin, du reste ; car le groupe de la Green-Box se suffisait à lui-même et se tenait à distance de tout, et quant à Tom-Jim-Jack, ce leader de la canaille faisait l'effet d'une sorte d'estafier[2] suprême, sans liaison, sans intimité, casseur de vitres, meneur d'hommes, paraissant, disparaissant, camarade de tout le monde et compagnon de personne.

Ce déchaînement d'envie contre Gwynplaine ne se tint pas pour battu, pour quelques giffles de Tom-Jim-Jack. Les huées ayant avorté, les saltimbanques du Tarrinzeau-field rédigèrent une supplique. Ils s'adressèrent à l'autorité. C'est la marche ordinaire. Contre un succès qui nous gêne, on ameute la foule, puis on implore le magistrat.

Aux bateleurs se joignirent les révérends. L'Homme qui Rit avait porté coup aux prêches. Le vide ne s'était pas fait seulement dans les baraques, mais dans les églises. Les chapelles des cinq paroisses de Southwark n'avaient plus d'auditoire. On délaissait le sermon pour

---

1. Dignes de Quintus Hortensius, célèbre orateur romain du Ier siècle av. J.-C., rival de Cicéron. Son éloquence, marquée par l'asianisme, recourt à l'ornement et à l'emphase ; elle s'oppose au goût attique et cicéronien.
2. Voir note 3, p. 454.

aller à Gwynplaine. *Chaos vaincu*, la Green-Box, l'Homme qui Rit, toutes ces abominations de Baal[1] l'emportaient sur l'éloquence de la chaire. La voix qui harangue dans le désert, *vox clamantis in deserto*[2], n'est pas contente, et adjure volontiers le gouvernement. Les pasteurs des cinq paroisses se plaignirent à l'évêque de Londres, lequel se plaignit à sa majesté.

La plainte des bateleurs se fondait sur la religion. Ils la déclaraient outragée. Ils signalaient Gwynplaine comme sorcier et Ursus comme impie.

Les révérends, eux, invoquaient l'ordre social. Ils prenaient fait et cause pour les actes du parlement violé, laissant l'orthodoxie de côté. C'était plus malin. Car on était à l'époque de M. Locke, mort depuis six mois à peine, le 28 octobre 1704[3], et le scepticisme, que Bolingbroke[4] allait insuffler à Voltaire, commençait. Wesley[5] devait plus tard venir restaurer la Bible comme Loyola[6] a restauré le papisme.

De cette façon, la Green-Box était battue en brèche des deux côtés, par les bateleurs au nom du Pentateuque[7], par les chapelains au nom des règlements de police. D'une part le ciel, d'autre part la voirie, les révérends tenant pour la voirie, et les saltimbanques pour le ciel. La Green-Box était dénoncée par les prêtres comme encombrante, et par les baladins comme sacrilège[8].

---

1. Dans le style biblique, nom collectif des faux dieux et des idoles. 2. Citation du livre d'Isaïe (XL, 3) – « On a entendu la voix de celui qui crie dans le désert : Préparez la voie du Seigneur, rendez droits dans la solitude, les sentiers de notre Dieu » –, reprise dans l'Évangile comme une allusion au Christ (Matth., III, 3 ; Marc, I, 3 ; Luc, III, 4 ; Jean, I, 23). Hugo, avec humour, prend la citation biblique dans son sens concret immédiat : les prédicateurs haranguent dans le désert, depuis que leurs auditeurs ont fui la chaire pour aller au spectacle.   3. Voir note 1, p. 285.   4. Voir note 3, p. 293.   5. Voir note 4, p. 289.   6. Ignace de Loyola (1491 ?-1556), fondateur de l'ordre des jésuites, lié à la Contre-Réforme, la réaction du catholicisme à la Réforme.   7. L'ensemble des cinq premiers livres de la Bible.   8. Ce chiasme logique propose un autre type d'inversion dans un roman qui les multiplie ; le religieux se retranche derrière les lois de la cité et ce sont les baladins qui brandissent les impératifs religieux.

Y avait-il prétexte ? Donnait-elle prise ? Oui. Quel était son crime ? Ceci : elle avait un loup. Un loup en Angleterre est un proscrit. Le dogue, soit ; le loup, point. L'Angleterre admet le chien qui aboie et non le chien qui hurle ; nuance entre la basse-cour et la forêt. Les recteurs et vicaires des cinq paroisses de South-wark rappelaient dans leurs requêtes les nombreux statuts royaux et parlementaires mettant le loup hors la loi. Ils concluaient à quelque chose comme l'incarcération de Gwynplaine et la mise en fourrière du loup, ou tout au moins l'expulsion. Question d'intérêt public, de risque pour les passants, etc. Et là-dessus, ils faisaient appel à la Faculté. Ils citaient le verdict du collège des Quatre-Vingts médecins de Londres, corps docte qui date de Henri VIII, qui a un sceau comme l'état, qui élève les malades à la dignité de justiciables, qui a le droit d'emprisonner ceux qui enfreignent ses lois et contreviennent à ses ordonnances, et qui, entr'autres constatations utiles à la santé des citoyens, a mis hors de doute ce fait acquis à la science : – Si un loup voit un homme le premier, l'homme est enroué pour la vie. – De plus, on peut être mordu.

Donc Homo était le prétexte.

Ursus, par l'hôtelier, avait vent de ces menées. Il était inquiet. Il craignait ces deux griffes, police et justice. Pour avoir peur de la magistrature, il suffit d'avoir peur ; il n'est pas nécessaire d'être coupable. Ursus souhaitait peu le contact des shériffs, prévôts, baillis et coroners. Son empressement de contempler de près ces visages officiels était nul. Il avait de voir des magistrats la même curiosité que le lièvre de voir des chiens d'arrêt [1].

Il commençait à regretter d'être venu à Londres.

— Le mieux est ennemi du bien, murmurait-il en aparté. Je croyais ce proverbe déconsidéré, j'ai eu tort. Les vérités bêtes sont les vérités vraies.

Contre tant de puissances coalisées, saltimbanques

---

1. Chiens dressés à s'arrêter quand ils voient ou sentent le gibier.

prenant en main la cause de la religion, chapelains s'indignant au nom de la médecine, la pauvre Green-Box, suspecte de sorcellerie en Gwynplaine et d'hydrophobie[1] en Homo, n'avait pour elle qu'une chose, mais qui est une grande force en Angleterre, l'inertie municipale. C'est du laisser-faire local qu'est sortie la liberté anglaise. La liberté en Angleterre se comporte comme la mer autour de l'Angleterre. C'est une marée. Peu à peu les mœurs montent sur les lois. Une épouvantable législation engloutie, l'usage dessus, un code féroce encore visible sous la transparence de l'immense liberté, c'est là l'Angleterre.

L'Homme qui Rit, *Chaos vaincu*, Homo, pouvaient avoir contre eux les bateleurs, les prédicants, les évêques, la chambre des communes, la chambre des lords, sa majesté, et Londres, et toute l'Angleterre, et rester tranquilles tant que Southwark serait pour eux. La Green-Box était l'amusement préféré du faubourg, et l'autorité locale semblait indifférente. En Angleterre, indifférence, c'est protection. Tant que le shériff du comté de Surrey, à qui ressortit Southwark, ne bougerait pas, Ursus respirait, et Homo pouvait dormir sur ses deux oreilles de loup.

À la condition de ne point aboutir au coup de pouce[2], ces haines servaient le succès. La Green-Box pour l'instant ne s'en portait pas plus mal. Au contraire. Il transpirait dans le public qu'il y avait des intrigues. L'Homme qui Rit en devenait plus populaire. La foule a le flair des choses dénoncées, et les prend en bonne part. Être suspect recommande. Le peuple adopte d'instinct ce que l'index menace. La chose dénoncée, c'est un commencement de fruit défendu ; on se hâte d'y mordre. Et puis un applaudissement qui taquine quelqu'un, surtout quand ce quelqu'un est l'autorité, c'est doux. Faire, en passant une soirée agréable, acte

---

1. C'est-à-dire d'être atteinte par la rage, dont la peur de l'eau est un des symptômes les plus fréquents (P. Larousse).   2. « Donner le coup de pouce » : étrangler, achever, tuer.

d'adhésion à l'opprimé et d'opposition à l'oppresseur,
cela plaît. On protège en même temps qu'on s'amuse.
Ajoutons que les baraques théâtrales du bowling-green
continuaient de huer et de cabaler contre l'Homme qui
Rit. Rien de meilleur pour le succès. Les ennemis font
un bruit efficace qui aiguise et avive le triomphe. Un
ami est plus vite las de louer qu'un ennemi d'injurier.
Injurier n'est pas nuire. Voilà ce que les ennemis ignorent. Ils ne peuvent pas ne point insulter, et c'est là
leur utilité. Ils ont une impossibilité de se taire qui
entretient l'éveil public. La foule grossissait à *Chaos
vaincu*.

Ursus gardait pour lui ce que lui disait maître
Nicless des intrigues et des plaintes en haut lieu, et
n'en parlait pas à Gwynplaine, pour ne point troubler
la sérénité des représentations par des préoccupations.
S'il arrivait malheur, on le saurait toujours assez tôt.

V

LE WAPENTAKE

Une fois pourtant il crut devoir déroger à cette prudence, par prudence même, et il jugea utile de tâcher
d'inquiéter Gwynplaine. Il est vrai qu'il s'agissait
d'une chose beaucoup plus grave encore, dans la pensée d'Ursus, que les cabales de foire et d'église. Gwynplaine, en ramassant un farthing[1] tombé à terre dans
un moment où l'on comptait la recette, s'était mis à
l'examiner, et, en présence de l'hôtelier, avait tiré du
contraste entre le farthing, représentant la misère du
peuple, et l'empreinte représentant, sous la figure
d'Anne, la magnificence parasite du trône, un propos
mal sonnant. Ce propos, répété par maître Nicless,

---

1. Voir note 2, p. 239.

avait fait tant de chemin qu'il était revenu à Ursus par Fibi et Vinos. Ursus en eut la fièvre. Paroles séditieuses. Lèse-majesté. Il admonesta rudement Gwynplaine.

— Veille sur ton abominable gueule. Il y a une règle pour les grands, ne rien faire ; et une règle pour les petits, ne rien dire. Le pauvre n'a qu'un ami, le silence. Il ne doit prononcer qu'un monosyllabe : oui. Avouer et consentir, c'est tout son droit. Oui, au juge. Oui, au roi. Les grands, si bon leur semble, nous donnent des coups de bâton, j'en ai reçu, c'est leur prérogative, et ils ne perdent nullement de leur grandeur en nous rompant les os. L'ossifrage[1] est une espèce d'aigle. Vénérons le sceptre qui est le premier des bâtons. Respect, c'est prudence, et platitude, c'est égoïsme. Qui outrage son roi se met en même danger qu'une fille coupant témérairement la jube[2] à un lion. On m'informe que tu as jasé sur le compte du farthing, qui est la même chose que le liard[3], et que tu as médit de cette médaille auguste moyennant laquelle on nous octroie au marché le demi-quart d'un hareng salé. Prends garde. Deviens sérieux. Apprends qu'il existe des punitions. Imprègne-toi des vérités législatives. Tu es dans un pays où celui qui scie un petit arbre de trois ans est paisiblement mené au gibet. Les jureurs, on leur met les pieds aux ceps[4]. L'ivrogne est enfermé dans une barrique défoncée par en bas pour qu'il marche, avec un trou en haut du tonneau par où passe sa tête et deux trous dans la bonde par où passent ses mains, de sorte qu'il ne peut se coucher. Qui frappe quelqu'un dans la salle de Westminster[5] est en prison pour la vie, et ses biens confisqués. Qui frappe quelqu'un dans le palais du roi a la main droite tranchée. Une chiquenaude sur un nez qui saigne, et te voilà manchot. Le convaincu d'hérésie en cour d'évêque est brûlé vif.

---

1. Voir note 4, p. 212.   **2.** Mot ancien pour crinière.   **3.** Voir note 3, p. 239.   **4.** Instrument de torture où l'on attachait les pieds du patient. **5.** La salle du Parlement.

C'est pour pas grand chose que Cuthbert Simpson a été écartelé au tourniquet. Voilà trois ans, en 1702, ce n'est pas loin, comme tu vois, on a tourné au pilori un scélérat appelé Daniel de Foë, lequel avait eu l'audace d'imprimer les noms des membres des communes qui avaient parlé la veille au parlement[1]. Celui qui est félon à sa majesté, on l'éventre vivant et on lui arrache le cœur dont on lui soufflette les deux joues. Inculque-toi ces notions de droit et de justice. Ne jamais se permettre un mot, et, à la plus petite inquiétude, prendre sa volée ; telle est la bravoure que je pratique et que je conseille. En fait de témérité, imite les oiseaux, et en fait de bavardage, imite les poissons. Du reste, l'Angleterre a cela d'admirable que sa législation est fort douce.

Son admonition faite, Ursus fut inquiet quelque temps ; Gwynplaine point. L'intrépidité de la jeunesse se compose de défaut d'expérience. Toutefois il sembla que Gwynplaine avait eu raison d'être tranquille, car les semaines s'écoulèrent pacifiquement, et il ne parut pas que le propos sur la reine eût des suites.

Ursus, on le sait, manquait d'apathie, et, comme le chevreuil au guet, était en éveil de tous les côtés.

Un jour, peu de temps après sa semonce à Gwynplaine, en regardant par la lucarne du mur qui avait vue sur le dehors, Ursus devint pâle.

— Gwynplaine ?

— Quoi ?

— Regarde.

— Où ?

— Dans la place.

— Et puis ?

— Vois-tu ce passant ?

— Cet homme en noir ?

---

1. Romancier, poète et journaliste (1660-1731), l'auteur de *Robinson Crusoé* et de *Moll Flanders* ne vint que tard au roman. Il se fit d'abord connaître par une série de pamphlets vigoureux dont *The Shortest Way With The Dissenters* (1702), qui le conduisit au pilori et à la prison.

— Oui.

— Qui a une espèce de masse au poing ?

— Oui.

— Eh bien ?

— Eh bien, Gwynplaine, cet homme est le wapentake.

— Qu'est-ce que c'est que le wapentake ?

— C'est le bailli de la centaine.

— Qu'est-ce que c'est que le bailli de la centaine ?

— C'est le *præpositus hundredi*[1].

— Qu'est-ce que c'est que le *præpositus hundredi* ?

— C'est un officier terrible.

— Qu'est-ce qu'il a à la main ?

— C'est l'iron-weapon.

— Qu'est-ce que l'iron-weapon ?

— C'est une chose en fer.

— Qu'est-ce qu'il fait de ça ?

— D'abord il jure dessus. Et c'est pour cela qu'on l'appelle le wapentake.

— Ensuite ?

— Ensuite il vous touche avec.

— Avec quoi ?

— Avec l'iron-weapon.

— Le wapentake vous touche avec l'iron-weapon ?

— Oui.

— Qu'est-ce que cela veut dire ?

— Cela veut dire : suivez-moi.

— Et il faut le suivre ?

— Oui.

— Où ?

— Est-ce que je sais, moi ?

— Mais il vous dit où il vous mène ?

— Non.

— Mais on peut bien le lui demander ?

— Non.

— Comment ?

---

1. « Centenier ». *Hundredi* est une latinisation de l'anglais *hundred* (cent).

— Il ne vous dit rien, et vous ne lui dites rien.

— Mais...

— Il vous touche de l'iron-weapon, tout est dit. Vous devez marcher.

— Mais où ?

— Derrière lui.

— Mais où ?

— Où bon lui semble, Gwynplaine.

— Et si l'on résiste ?

— On est pendu.

Ursus remit la tête à la lucarne, respira largement, et dit :

— Dieu merci, le voilà passé ! Ce n'est pas chez nous qu'il vient [1].

Ursus s'effrayait probablement plus que de raison des indiscrétions et des rapports possibles au sujet des paroles inconsidérées de Gwynplaine.

Maître Nicless, qui les avait entendues, n'avait aucun intérêt à compromettre les pauvres gens de la Green-Box. Il tirait latéralement de l'Homme qui Rit une bonne petite fortune. *Chaos vaincu* avait deux réussites : en même temps qu'il faisait triompher l'art dans la Green-Box, il faisait prospérer l'ivrognerie dans la taverne.

VI

LA SOURIS INTERROGÉE PAR LES CHATS

Ursus eut encore une autre alerte, assez terrible. Cette fois, c'était lui qui était en question. Il fut mandé à Bishopsgate devant une commission composée de trois visages désagréables. Ces trois visages étaient

---

1. Préparation dramatique de l'arrestation de Gwynplaine (II, IV, 2, p. 516).

trois docteurs, qualifiés préposés, l'un était un docteur en théologie, délégué du doyen de Westminster, l'autre était un docteur en médecine, délégué du collège des Quatre-Vingts, l'autre était un docteur en histoire et droit civil, délégué du collège de Gresham. Ces trois experts *in omni re scibili*[1] avaient la police des paroles prononcées en public dans tout le territoire des cent trente paroisses de Londres, des soixante-treize de Middlesex, et, par extension, des cinq de Southwark. Ces juridictions théologales subsistent encore en Angleterre, et sévissent utilement. Le 23 décembre 1868, par sentence de la cour des Arches confirmée par arrêt des lords du conseil privé, le révérend Mackonochie a été condamné au blâme, plus aux dépens[2], pour avoir allumé des chandelles sur une table[3]. La liturgie ne plaisante pas.

Ursus donc un beau jour reçut des docteurs délégués un ordre de comparution qui, heureusement, lui fut remis en mains propres et qu'il put tenir secret. Il se rendit, sans mot dire, à la sommation, frémissant à la pensée qu'il pouvait être considéré comme donnant prise jusqu'au point d'avoir l'air de pouvoir être soupçonné d'être peut-être, dans une certaine mesure, téméraire. Lui qui recommandait tant le silence aux autres, il avait là une rude leçon. *Garrute, sana te ipsum*[4].

Les trois docteurs préposés et délégués siégeaient à Bishopsgate au fond d'une salle de rez-de-chaussée, sur trois chaises à bras en cuir noir, avec les trois bustes de Minos, d'Éaque et de Rhadamante[5] au-dessus de leur tête dans la muraille, une table devant eux, et à leurs pieds une sellette.

Ursus, introduit par un estafier[6] paisible et sévère,

---

1. Voir note 1, p. 340. **2.** À payer les frais de justice. **3.** L'ensemble du chapitre a été, semble-t-il, intercalé après la lecture par Hugo d'un article de la *Gazette de Guernesey* (2 janv. 1869) relatant cette condamnation étrange ; l'article est relié au manuscrit (P. Albouy, éd. Club français du livre). **4.** « Bavard, soigne-toi toi-même. » Parodie du proverbe romain *Medice, cure te ipsum*, « Médecin, guéris-toi toi-même ». **5.** Les trois juges des Enfers. **6.** Voir note 3, p. 454.

entra, les aperçut, et, sur le champ, dans sa pensée, donna à chacun d'eux le nom du juge d'enfer que le personnage avait au-dessus de sa tête.

Minos, le premier des trois, le préposé à la théologie, lui fit signe de s'asseoir sur la sellette[1].

Ursus salua correctement, c'est-à-dire jusqu'à terre, et, sachant qu'on enchante les ours avec du miel et les docteurs avec du latin, dit, en restant à demi courbé par respect :

— *Tres faciunt capitulum*[2].

Et, tête basse, la modestie désarme, il vint s'asseoir sur le tabouret.

Chacun des trois docteurs avait devant lui sur la table un dossier de notes qu'il feuilletait.

Minos commença :

— Vous parlez en public ?

— Oui, répondit Ursus.

— De quel droit ?

— Je suis philosophe.

— Ce n'est pas là un droit.

— Je suis aussi saltimbanque, fit Ursus.

— C'est différent.

Ursus respira, mais humblement. Minos reprit :

— Comme saltimbanque, vous pouvez parler, mais comme philosophe, vous devez vous taire.

— Je tâcherai, dit Ursus.

Et il songea en lui-même : – Je puis parler, mais je dois me taire. Complication.

Il était fort effrayé.

Le préposé à Dieu continua :

— Vous dites des choses mal sonnantes. Vous outragez la religion. Vous niez les vérités les plus évidentes. Vous propagez de révoltantes erreurs. Par

---

1. Cette expression, connue surtout aujourd'hui dans son sens figuré, est employée dans son sens premier concret. La sellette désigne le petit siège de bois très bas sur lequel on obligeait un condamné à s'asseoir lors de son interrogatoire « lorsque les conclusions du ministère public tendaient à une peine afflictive » (P. Larousse). La situation est grave pour Ursus.   2. « Trois personnes constituent un chapitre. » Règle de droit ecclésiastique.

exemple, vous avez dit que la virginité excluait la maternité[1].

Ursus leva doucement les yeux.

— Je n'ai pas dit cela. J'ai dit que la maternité excluait la virginité.

Minos fut pensif et grommela :

— Au fait, c'est le contraire.

C'était la même chose. Mais Ursus avait paré le premier coup.

Minos, méditant la réponse d'Ursus, s'enfonça dans la profondeur de son imbécillité, ce qui fit un silence.

Le préposé à l'histoire, celui qui pour Ursus était Rhadamante, masqua la déroute de Minos par cette interpellation :

— Inculpé, vos hardiesses et vos erreurs sont de toutes sortes. Vous avez nié que la bataille de Pharsale[2] eût été perdue parce que Brutus et Cassius avaient rencontré un nègre.

— J'ai dit, murmura Ursus, que cela tenait aussi à ce que César était un meilleur capitaine.

L'homme de l'histoire passa sans transition à la mythologie.

— Vous avez excusé les infamies d'Actéon[3].

— Je pense, insinua Ursus, qu'un homme n'est pas déshonoré pour avoir vu une femme nue.

— Et vous avez tort, dit le juge sévèrement.

Rhadamante rentra dans l'histoire.

— À propos des accidents arrivés à la cavalerie de

---

1. Faux : Ursus a soutenu le contraire (« la virginité n'exclut pas la maternité », p. 447), même si l'assertion prenait place dans une liste de phénomènes superstitieux et pouvait donc se lire en un sens ironique... Mais pour les trois juges, peu importe le sens, comme le prouve la réponse d'Ursus : leur bêtise se contente d'une inversion de mots.   **2.** Célèbre bataille en Thessalie où César battit Pompée et l'armée sénatoriale en 48 av. J.-C.   **3.** Chasseur mythique de Thèbes qui, ayant surpris Artémis nue au bain, fut métamorphosé en cerf par la déesse et livré en pâture à ses propres chiens.

juge extrêmement capable

« *Minos [...] s'enfonça dans la profondeur de son imbécillité...* »
(p. 469)
Juge extrêmement capable. Dessin de Victor Hugo.

Mithridate[1], vous avez contesté les vertus des herbes et des plantes. Vous avez nié qu'une herbe, comme la securiduca, pût faire tomber les fers des chevaux.

— Pardon, répondit Ursus. J'ai dit que cela n'était possible qu'à l'herbe sferra-cavallo. Je ne nie la vertu d'aucune herbe.

Et il ajouta à demi-voix :

— Ni d'aucune femme.

Par ce hors-d'œuvre ajouté à sa réponse, Ursus se prouvait à lui-même que, si inquiet qu'il fût, il n'était pas désarçonné. Ursus était composé de terreur et de présence d'esprit.

— J'insiste, reprit Rhadamante. Vous avez déclaré que ce fut une simplicité à Scipion[2], quand il voulut ouvrir les portes de Carthage, de prendre pour clef l'herbe Æthiopis, parce que l'herbe Æthiopis n'a pas la propriété de rompre les serrures.

— J'ai simplement dit qu'il eût mieux fait de se servir de l'herbe Lunaria.

— C'est une opinion, murmura Rhadamante touché à son tour.

Et l'homme de l'histoire se tut.

L'homme de la théologie, Minos, revenu à lui, questionna de nouveau Ursus. Il avait eu le temps de consulter le cahier de notes.

— Vous avez classé l'orpiment[3] parmi les produits arsénicaux, et vous avez dit qu'on pouvait empoisonner avec de l'orpiment. La Bible le nie.

— La Bible le nie, soupira Ursus, mais l'arsenic l'affirme.

Le personnage en qui Ursus voyait Éaque, qui était le préposé à la médecine et qui n'avait pas encore

---

1. Roi du Pont (sultan oriental de culture hellénique), il chercha à chasser Rome de l'Asie ; il fut vaincu une première fois par Sylla (86-85 av. J.-C.), puis par Pompée (66 av. J.-C.). **2.** Scipion l'Africain, acteur essentiel de la deuxième guerre punique. Il assiégea Carthage en 204 av. J.-C. et remporta sur Hannibal la victoire décisive de Zama (202 av. J.-C.). **3.** Sulfure jaune d'arsenic.

parlé, intervint, et, les yeux superbement fermés à
demi, appuya Ursus de très-haut. Il dit :

— La réponse n'est pas inepte.

Ursus remercia de son sourire le plus avili.

Minos fit une moue affreuse.

— Je continue, reprit Minos. Répondez. Vous avez
dit qu'il était faux que le basilic [1] soit roi des serpents
sous le nom de Cocatrix [2].

— Très-révérend, dit Ursus, j'ai si peu voulu nuire
au basilic que j'ai dit qu'il était certain qu'il avait une
tête d'homme.

— Soit, répliqua sévèrement Minos, mais vous avez
ajouté que Poerius en avait vu un qui avait une tête de
faucon. Pourriez-vous le prouver ?

— Difficilement, dit Ursus.

Ici il perdit un peu de terrain.

Minos, ressaisissant l'avantage, poussa.

— Vous avez dit qu'un juif qui se fait chrétien ne
sent pas bon.

— Mais j'ai ajouté qu'un chrétien qui se fait juif
sent mauvais.

Minos jeta un regard sur le dossier dénonciateur.

— Vous affirmez et propagez des choses invraisem-
blables. Vous avez dit qu'Élien [3] avait vu un éléphant
écrire des sentences.

— Non pas, très-révérend. J'ai simplement dit
qu'Oppien [4] avait entendu un hippopotame discuter un
problème philosophique.

— Vous avez déclaré qu'il n'est pas vrai qu'un plat

---

1. Du grec *basiliskos*, diminutif de *basileus*, roi. Reptile fabuleux dont
le regard était mortel et qu'on disait sorti d'un œuf de coq couvé par un
crapaud.   2. « De l'espagnol *cocotriz*, crocodile. Animal fabuleux que la
superstition populaire croyait être une espèce de basilic habitant les
cavernes et les puits » (P. Larousse).   3. Élien le Sophiste, compilateur
grec (IIe siècle apr. J.-C.), auteur entre autres d'une *Histoire des animaux*
en 17 livres (Londres, 1644, 2 vol. in-4°), « pleine de fables ridicules, mais
qui contient des particularités curieuses » (P. Larousse).   4. Poète grec
(IIe siècle apr. J.-C.), auteur d'un poème sur la chasse (*Cynegetica*) et d'un
autre sur la pêche (*Halieutica*).

de bois de hêtre se couvre de lui-même de tous les mets qu'on peut désirer.

— J'ai dit que, pour qu'il ait cette vertu, il faut qu'il vous ait été donné par le diable.

— Donné à moi !

— Non, à moi, révérend ! – Non ! à personne ! à tout le monde !

Et, à part, Ursus songea : Je ne sais plus ce que je dis. Mais son trouble extérieur, bien qu'extrême, n'était pas trop visible. Ursus luttait.

— Tout ceci, repartit Minos, implique une certaine foi au diable.

Ursus tint bon.

— Très-révérend, je ne suis pas impie au diable. La foi au diable est l'envers de la foi en Dieu. L'une prouve l'autre. Qui ne croit pas un peu au diable ne croit pas beaucoup en Dieu. Qui croit au soleil doit croire à l'ombre. Le diable est la nuit de Dieu. Qu'est-ce que la nuit ? la preuve du jour.

Ursus improvisait ici une insondable combinaison de philosophie et de religion. Minos redevint pensif et refit un plongeon dans le silence.

Ursus respira de nouveau.

Une brusque attaque eut lieu. Éaque, le délégué de la médecine, qui venait de protéger dédaigneusement Ursus contre le préposé à la théologie, se fit subitement d'auxiliaire assaillant. Il posa son poing fermé sur son dossier, qui était épais et chargé. Ursus reçut de lui en plein torse cette apostrophe :

— Il est prouvé que le cristal est de la glace sublimée, et que le diamant est du cristal sublimé ; il est avéré que la glace devient cristal en mille ans, et que le cristal devient diamant en mille siècles. Vous l'avez nié.

— Point, répliqua Ursus avec mélancolie. J'ai seulement dit qu'en mille ans la glace avait le temps de fondre, et que mille siècles, c'était malaisé à compter.

L'interrogatoire continua, les demandes et les réponses faisant comme un cliquetis d'épées.

— Vous avez nié que les plantes pussent parler.

— Nullement. Mais il faut pour cela qu'elles soient sous un gibet.

— Avouez-vous que la mandragore [1] crie ?

— Non, mais elle chante.

— Vous avez nié que le quatrième doigt de la main gauche eût une vertu cordiale [2].

— J'ai seulement dit qu'éternuer à gauche était un signe malheureux.

— Vous avez témérairement et injurieusement parlé du phénix.

— Docte juge, j'ai simplement dit que, lorsqu'il a écrit que le cerveau du phénix était un morceau délicat, mais qui causait des maux de tête, Plutarque [3] s'était fort avancé, attendu que le phénix n'a jamais existé [4].

— Parole détestable. Le cinnamalque qui fait son nid avec des bâtons de cannelle, le rhintace que Parysatis [5] employait à ses empoisonnements, le manucodiate qui est l'oiseau de paradis, et la semenda dont le bec a trois tuyaux, ont passé à tort pour le phénix ; mais le phénix a existé.

— Je ne m'y oppose pas.

— Vous êtes une bourrique.

— Je ne demande pas mieux.

— Vous avez confessé que le sureau guérissait l'es-

---

1. Plante vivace à la racine épaisse, longue et généralement bifurquée, considérée pendant des siècles comme une plante aux vertus magiques, sur laquelle abondent les superstitions et les rites. On disait qu'elle poussait des gémissements quand on l'arrachait du sol natal. Les récits de Théophraste ou de Pline décrivent les rites qui doivent présider à son arrachage.	**2.** Revigorante.	**3.** Ce biographe et moraliste grec (Ier-IIe siècle apr. J.-C.), connu pour ses *Vies parallèles*, fut aussi un brillant et prolixe polygraphe, s'intéressant à la morale, la religion, la politique, la pédagogie...	**4.** Oiseau fabuleux, unique en son espèce, qui vivait plusieurs siècles, se faisait périr sur un bûcher et renaissait de ses cendres. De nombreux auteurs anciens en ont parlé (Hérodote, Ovide, Tacite, Pline, etc.).	**5.** Reine de Perse (née vers 450 av. J.-C.) qui fit périr dans d'atroces tortures ceux qui avaient tué son fils Cyrus au cours d'une bataille, s'attaqua ensuite à tous ceux qui lui semblèrent suspects et « couronna sa vie sanglante en empoisonnant dans un festin Statira, sa belle-fille » (P. Larousse).

quinancie[1], mais vous avez ajouté que ce n'était pas parce qu'il avait dans sa racine une excroissance fée.

— J'ai dit que c'était parce que Judas[2] s'était pendu à un sureau.

— Opinion plausible, grommela le théologien Minos, satisfait de rendre son coup d'épingle au médecin Éaque.

L'arrogance froissée est tout de suite colère. Éaque s'acharna.

— Homme nomade, vous errez par l'esprit autant que par les pieds. Vous avez des tendances suspectes et surprenantes. Vous côtoyez la sorcellerie. Vous êtes en relation avec des animaux inconnus. Vous parlez aux populaces d'objets qui n'existent que pour vous seul, et qui sont d'une nature ignorée, tels que l'hœmorrhoüs.

— L'hœmorrhoüs est une vipère qu'a vue Tremellius[3].

Cette riposte produisit un certain désarroi dans la science irritée du docteur Éaque.

Ursus ajouta :

— L'hœmorrhoüs est tout aussi réel que l'hyène odoriférante et que la civette[4] décrite par Castellus.

Éaque s'en tira par une charge à fond.

— Voici des paroles textuelles de vous, et très-diaboliques. Écoutez.

L'œil sur le dossier, Éaque lut :

— « Deux plantes, la thalagssigle et l'aglaphotis sont lumineuses le soir. Fleurs le jour, étoiles la nuit. »

Et regardant fixement Ursus :

— Qu'avez-vous à dire ?

---

1. Inflammation et ulcération des amygdales.   **2.** L'apôtre qui vendit Jésus pour de l'argent et qui, pris de remords, se pendit (Matth., XXVII, 5). **3.** Emmanuel Tremellius, savant hébraïsant, né à Ferrare vers 1510, mort à Sedan en 1580. Il se convertit au catholicisme, qu'il abandonna pour la Réforme. Auteur d'un *Catechismus hebraicus, hebr. et græc.* (Paris, 1551, in-8°), traduit du catéchisme de Calvin (P. Larousse).   **4.** Mammifère appartenant au genre des carnassiers d'Afrique et doté d'une poche pleine d'un liquide épais exhalant une forte odeur de musc.

Ursus répondit :

— Toute plante est lampe. Le parfum est de la lumière.

Éaque feuilleta d'autres pages.

— Vous avez nié que les vésicules de loutre fussent équivalentes au castoreum [1].

— Je me suis borné à dire qu'il fallait peut-être se défier d'Aétius [2] sur ce point.

Éaque devint farouche.

— Vous exercez la médecine ?

— Je m'exerce à la médecine, soupira timidement Ursus.

— Sur les vivants ?

— Plutôt que sur les morts, fit Ursus.

Ursus ripostait avec solidité, mais avec platitude ; mélange admirable où la suavité dominait. Il parlait avec tant de douceur que le docteur Éaque sentit le besoin de l'insulter.

— Que nous roucoulez-vous là ? dit-il rudement.

Ursus fut ébahi et se borna à répondre :

— Le roucoulement est pour les jeunes et le gémissement pour les vieux. Hélas ! je gémis.

Éaque répliqua :

— Soyez averti de ceci : si un malade est soigné par vous, et s'il meurt, vous serez puni de mort.

Ursus hasarda une question.

— Et s'il guérit ?

— En ce cas-là, répondit le docteur, adoucissant sa voix, vous serez puni de mort.

— C'est peu varié, dit Ursus.

Le docteur reprit :

— S'il y a mort, on punit l'ânerie. S'il y a guérison, on punit l'outrecuidance. La potence dans les deux cas.

---

1. Matière animale sécrétée par des glandes placées sous la peau de l'abdomen du castor, employée en pharmacie comme antispasmodique.
2. Médecin du Ve siècle à la cour de Constantinople, auteur d'une vaste compilation, intitulée *Tetrabiblos*, où il résume les connaissances médicales de l'époque, empruntant à Hippocrate, Galien et Dioscoride.

— J'ignorais ce détail, murmura Ursus. Je vous remercie de me renseigner. On ne connaît pas toutes les beautés de la législation.

— Prenez garde à vous.

— Religieusement, dit Ursus.

— Nous savons ce que vous faites.

— Moi, pensa Ursus, je ne le sais pas toujours.

— Nous pourrions vous envoyer en prison.

— Je l'entrevois, messeigneurs.

— Vous ne pouvez nier vos contraventions et vos empiétements.

— Ma philosophie demande pardon.

— On vous attribue des audaces.

— On a énormément tort.

— On dit que vous guérissez les malades !

— Je suis victime des calomnies.

La triple paire de sourcils horrifiques braquée sur Ursus se fronça ; les trois savantes faces se rapprochèrent et chuchotèrent. Ursus eut la vision d'un vague bonnet d'âne s'esquissant au-dessus de ces trois têtes autorisées ; le bougonnement intime et compétent de cette trinité dura quelques minutes, pendant lesquelles Ursus sentit toutes les glaces et toutes les braises de l'angoisse ; enfin Minos, qui était le prœses [1], se tourna vers lui et lui dit d'un air furieux :

— Allez-vous-en.

Ursus eut un peu la sensation de Jonas sortant du ventre de la baleine [2].

Minos continua :

— On vous relaxe !

Ursus se dit :

— Si l'on m'y reprend ! – Bonsoir la médecine !

Et il ajouta dans son for intérieur :

— Désormais je laisserai soigneusement crever les gens.

---

1. *Prœses*, celui qui préside.   **2.** Parce qu'il fuyait l'ordre divin, Jonas fut avalé par un gros poisson à l'intérieur duquel il passa trois jours et trois nuits avant d'en sortir pour aller prêcher à Ninive (voir dans la Bible le livre de Jonas).

Ployé en deux, il salua tout, les docteurs, les bustes, la table et les murs, et se dirigea vers la porte à reculons, disparaissant presque comme de l'ombre qui se dissipe.

Il sortit de la salle lentement, comme un innocent, et de la rue rapidement, comme un coupable. Les gens de justice sont d'une approche si singulière et si obscure, que, même absous, on s'évade.

Tout en s'enfuyant, il grommelait :

— Je l'ai échappé belle. Je suis le savant sauvage, eux sont les savants domestiques. Les docteurs tracassent les doctes. La fausse science est l'excrément de la vraie ; et on l'emploie à la perte des philosophes. Les philosophes, en produisant les sophistes, produisent leur propre malheur. De la fiente de la grive naît le gui, avec lequel on fait la glu, avec laquelle on prend la grive. *Turdus sibi malum cacat*[1].

Nous ne donnons pas Ursus pour un délicat. Il avait l'effronterie de se servir des mots qui rendaient sa pensée. Il n'avait pas plus de goût que Voltaire.

Ursus rentra à la Green-Box, raconta à maître Nicless qu'il s'était attardé à suivre une jolie femme et ne souffla mot de son aventure.

Seulement le soir il dit tout bas à Homo :

— Sache ceci. J'ai vaincu les trois têtes de Cerbère[2].

---

1. « La grive chie son propre malheur. » Proverbe antique, relevé par Isidore de Séville (*Étymologies*, XII, 7, 71), qui se disait de tous les oiseaux mais plus particulièrement de la grive, dont la fiente passe pour engendrer le gui avec lequel on fait de la glu pour attraper les oiseaux (B. Leuilliot).
2. Chien à trois têtes qui garde les Enfers.

VII

QUELLES RAISONS PEUT AVOIR UN QUADRUPLE POUR VENIR S'ENCANAILLER PARMI LES GROS SOUS ?

Une diversion survint.

L'inn Tadcaster était de plus en plus une fournaise de joie et de rire. Pas de plus gai tumulte. L'hôtelier et son boy ne suffisaient pas à verser l'ale, le stout et le porter. Le soir, la salle basse, toutes vitres éclairées, n'avait pas une table vide. On chantait, on criait ; le grand vieil âtre en cul de four, grillé de fer et gorgé de houille, flambait. C'était comme une maison de feu et de bruit.

Dans la cour, c'est-à-dire dans le théâtre, plus de foule encore.

Tout le public de faubourg que pouvait donner Southwark abondait à tel point aux représentations de *Chaos vaincu* que, sitôt le rideau levé, c'est-à-dire sitôt le panneau de la Green-Box abaissé, il était impossible de trouver une place. Les fenêtres regorgeaient de spectateurs ; le balcon était envahi. On ne voyait plus un seul des pavés de la cour, tous remplacés par des visages.

Seulement le compartiment pour la noblesse restait toujours vide.

Cela faisait, à cet endroit, qui était le centre du balcon, un trou noir, ce qu'on appelle, en métaphore d'argot « un four ». Personne. Foule partout, excepté là.

Un soir, il y eut quelqu'un.

C'était un samedi, jour où les anglais se dépêchent de s'amuser, ayant à s'ennuyer le dimanche. La salle était comble.

Nous disons *salle*. Shakespeare aussi n'a eu longtemps pour théâtre qu'une cour d'hôtellerie, et il l'appelait salle. *Hall*.

Au moment où la triveline s'écarta sur le prologue de *Chaos vaincu*, Ursus, Homo et Gwynplaine étant en scène, Ursus jeta, comme d'habitude, un coup d'œil sur l'assistance, et eut une commotion.

Le compartiment « pour la noblesse » était occupé.

Une femme était assise, seule, au milieu de la loge, sur le fauteuil de velours d'Utrecht.

Elle était seule, et elle emplissait la loge.

De certains êtres ont de la clarté. Cette femme, comme Dea, avait sa lueur à elle, mais autre[1]. Dea était pâle, cette femme était vermeille. Dea était l'aube, cette femme était l'aurore. Dea était belle, cette femme était superbe. Dea était l'innocence, la candeur, la blancheur, l'albâtre ; cette femme était la pourpre, et l'on sentait qu'elle ne craignait pas la rougeur. Son irradiation débordait la loge, et elle siégeait au centre, immobile, dans on ne sait quelle plénitude d'idole.

Au milieu de cette foule sordide, elle avait le rayonnement supérieur de l'escarboucle[2], elle inondait ce peuple de tant de lumière qu'elle le noyait d'ombre, et toutes ces faces obscures subissaient son éclipse. Sa splendeur était l'effacement de tout.

Tous les yeux la regardaient.

Tom-Jim-Jack était mêlé à la cohue. Il disparaissait comme les autres dans le nimbe de cette personne éclatante.

Cette femme absorba d'abord l'attention du public, fit concurrence au spectacle, et nuisit un peu aux premiers effets de *Chaos vaincu*.

Quel que fût son air de rêve, pour ceux qui étaient près d'elle, elle était réelle. C'était bien une femme. C'était peut-être même trop une femme. Elle était grande et forte, et se montrait magnifiquement le plus nue qu'elle pouvait. Elle portait de volumineux pendants d'oreilles en perles où étaient mêlés ces bijoux bizarres dits *clefs d'Angleterre*. Sa robe de dessus était de mousseline de Siam brodée en or passé, grand luxe, car telle de ces robes de mousseline valait alors six

---

1. La duchesse Josiane apparaît d'emblée comme le contraire de Dea.
2. Voir note 3, p. 423.

cents écus. Une large agrafe de diamants fermait sa chemise qu'on voyait à fleur de gorge, mode lascive du temps, et qui était de cette toile de Frise dont Anne d'Autriche[1] avait des draps si fins qu'ils passaient à travers une bague. Cette femme avait comme une cuirasse de rubis, quelques-uns cabochons[2], et des pierreries cousues partout à son corps de jupe. De plus, les deux sourcils noircis à l'encre de Chine, et les bras, les coudes, les épaules, le menton, le dessous des narines, le dessus des paupières, le lambeau des oreilles, la paume des mains, le bout des doigts, touchés avec le fard et ayant on ne sait quelle pointe rouge et provoquante. Et sur tout cela une implacable volonté d'être belle. Elle l'était au point d'être farouche. C'était la panthère, pouvant être chatte, et caresser. Un de ses yeux était bleu, l'autre était noir.

Gwynplaine, comme Ursus, considérait cette femme.

La Green-Box était un peu un spectacle fantasmagorique, *Chaos vaincu* était plutôt un songe qu'une pièce, ils étaient habitués à faire sur le public un effet de vision ; cette fois l'effet de vision revenait sur eux, la salle renvoyait au théâtre la surprise, et c'était leur tour d'être effarés. Ils avaient le ricochet de la fascination.

Cette femme les regardait, et ils la regardaient.

Pour eux, à la distance où ils étaient, et dans la brume lumineuse que fait la pénombre théâtrale, les détails s'effaçaient ; et c'était comme une hallucination. C'était une femme sans doute, mais n'était-ce pas aussi une chimère ? Cette entrée d'une lumière dans leur obscurité les stupéfiait. C'était comme l'arrivée d'une planète inconnue. Cela venait du monde des heureux. L'irradiation amplifiait cette figure. Cette femme avait sur elle des scintillations nocturnes, comme une voie lactée. Ces pierreries semblaient des étoiles. Cette agrafe de diamants était peut-être une pléiade. Le

---

1. Reine de France, épouse de Louis XIII et mère du futur Louis XIV pendant la minorité duquel elle exerça la Régence (1643-1661). **2.** Polis et non taillés, de forme convexe.

modelé splendide de son sein semblait surnaturel. On sentait, en voyant cette créature astrale, l'approche momentanée et glaciale des régions de félicité. C'était des profondeurs d'un paradis que se penchait sur la chétive Green-Box et sur son misérable public cette face de sérénité inexorable. Curiosité suprême qui se satisfaisait, et qui, en même temps, donnait pâture à la curiosité populaire. En haut permettait à En bas de le regarder.

Ursus, Gwynplaine, Vinos, Fibi, la foule, tous, avaient la secousse de cet éblouissement, excepté Dea, ignorante dans sa nuit.

Il y avait, dans cette présence, de l'apparition, mais aucune des idées qu'éveille ordinairement ce mot n'était réalisée par cette figure ; elle n'avait rien de diaphane, rien d'indécis, rien de flottant ; aucune vapeur ; c'était une apparition rose et fraîche, bien portante. Et pourtant, dans les conditions d'optique où étaient placés Ursus et Gwynplaine, c'était visionnaire. Les fantômes gras, qu'on nomme les vampires, existent. Telle belle reine qui, elle aussi, est pour la foule une vision, et qui mange trente millions par an au peuple des pauvres, a cette santé-là.

Derrière cette femme, dans la pénombre, on apercevait son mousse, *el mozo*[1], un petit homme enfantin, blanc et joli à l'air sérieux. Un groom très-jeune et très-grave était la mode de ce temps-là. Ce mousse était vêtu, chaussé et coiffé de velours couleur feu, et avait sur sa calotte galonnée d'or un bouquet de plumes de tisserin[2], ce qui est le signe d'une haute domesticité, et indique qu'on est le valet d'une très-grande dame.

Le laquais fait partie du seigneur, et il était impossible de ne pas remarquer dans l'ombre de cette femme ce page porte-queue[3]. La mémoire prend des notes

---

1. « Valet » en espagnol, et, page suivante, « muchacho[-porte queue] », jeune garçon. Hugo marque ainsi la dimension « espagnole » de Josiane.
2. Oiseau d'Inde et d'Afrique.   3. Chargé de porter la queue de la robe d'une grande dame ou d'un grand personnage.

souvent à notre insu ; et, sans que Gwynplaine s'en doutât, les joues rondes, la mine sérieuse, la calotte galonnée et le bouquet de plumes du mousse de la dame laissèrent une trace quelconque dans son esprit. Ce groom du reste ne faisait rien pour se faire regarder ; attirer l'attention, c'est manquer de respect ; il se tenait debout et passif au fond de la loge, et reculé aussi loin que le permettait la porte fermée.

Quoique son muchacho-portequeue fût là, cette femme n'en était pas moins seule dans le compartiment, attendu qu'un valet ne compte pas.

Si puissante que fût la diversion produite par cette personne qui faisait l'effet d'un personnage, le dénoûment de *Chaos vaincu* fut plus puissant encore. L'impression fut, comme toujours, irrésistible. Peut-être même y eut-il dans la salle, à cause de la radieuse spectatrice, car quelquefois le spectateur s'ajoute au spectacle, un surcroît d'électricité. La contagion du rire de Gwynplaine fut plus triomphante que jamais. Toute l'assistance se pâma dans une indescriptible épilepsie d'hilarité, où l'on distinguait le rictus sonore et magistral de Tom-Jim-Jack.

Seule, la femme inconnue qui regardait ce spectacle dans une immobilité de statue et avec des yeux de fantôme, ne rit pas.

Spectre, mais solaire.

La représentation finie, le panneau relevé, l'intimité refaite dans la Green-Box, Ursus ouvrit et vida sur la table du souper le sac de la recette. C'était une cohue de gros sous parmi laquelle ruissela subitement une once d'or d'Espagne.

— Elle ! s'écria Ursus.

Cette once d'or au milieu de ces sous vert-de-grisés c'était en effet cette femme au milieu de ce peuple.

— Elle a payé sa place un quadruple ! reprit Ursus enthousiasmé.

En ce moment l'hôtelier entra dans la Green-Box, passa son bras par la fenêtre de l'arrière, ouvrit dans le mur auquel la Green-Box s'adossait un vasistas dont nous avons parlé, qui permettait de voir dans la place, et qui était à la hauteur de cette fenêtre, puis fit silencieusement signe à Ursus de regarder dehors. Un carrosse empanaché de laquais à plumes portant des torches, et magnifiquement attelé, s'éloignait au grand trot.

Ursus prit respectueusement le quadruple entre son pouce et son index, le montra à maître Nicless et dit :

— C'est une déesse.

Puis ses yeux tombèrent sur le carrosse prêt à tourner le coin de la place, et sur l'impériale duquel les torches des valets éclairaient une couronne d'or à huit fleurons.

Et il s'écria :

— C'est plus. C'est une duchesse.

Le carrosse disparut. Le bruit du roulement s'éteignit.

Ursus demeura quelques instants extatique, faisant entre ses deux doigts, devenus ostensoir, l'élévation du quadruple comme on ferait l'élévation de l'hostie.

Puis il le posa sur la table, et tout en le contemplant, se mit à parler de « la madame ». L'hôtelier lui donnait la réplique. C'était une duchesse. Oui. On savait le titre. Mais le nom ? on l'ignorait. Maître Nicless avait vu de près le carrosse, tout armorié, et les laquais, tout galonnés. Le cocher avait une perruque à croire voir un lord-chancelier. Le carrosse était de cette forme rare nommée en Espagne *coche-tumbon*, variété splendide qui a un couvercle de tombe, ce qui est un support magnifique pour une couronne. Le mousse était un échantillon d'homme si mignon qu'il pouvait se tenir assis sur l'étrier du carrosse en dehors de la portière. On emploie ces jolis êtres-là à porter les queues des dames ; ils portent aussi leurs messages. Et avait-on remarqué le bouquet de plumes de tisserin de ce mousse ? Voilà qui est grand. On paie l'amende si l'on porte ces plumes-là sans droit. Maître Nicless avait aussi regardé la dame de près. Une espèce de reine. Tant de richesse donne de la beauté. La peau est plus blanche, l'œil est plus fier, la démarche est plus noble, la grâce est plus insolente. Rien n'égale l'élégance impertinente de ces mains qui ne travaillent pas. Maître Nicless racontait cette magnificence de la chair blanche avec des veines bleues, ce cou, ces épaules, ces bras, ce fard partout, ces pendeloques de perles, cette coiffure poudrée d'or, ces profusions de pierreries, ces rubis, ces diamants.

— Moins brillants que les yeux, murmura Ursus.

Gwynplaine se taisait.

Dea écoutait.

— Et savez-vous, dit le tavernier, le plus étonnant ?

— Quoi ? demanda Ursus.

— C'est que je l'ai vue monter en carrosse.

— Après ?

— Elle n'y est pas montée seule.

— Bah !

— Quelqu'un est monté avec elle.

— Qui ?

— Devinez.

— Le roi, dit Ursus.

— D'abord, fit maître Nicless, il n'y a pas de roi pour le moment. Nous ne sommes pas sous un roi. Devinez qui est monté dans le carrosse avec cette duchesse.

— Jupiter, dit Ursus.

L'hôtelier répondit :

— Tom-Jim-Jack.

Gwynplaine, qui n'avait pas articulé un mot, rompit le silence.

— Tom-Jim-Jack ! s'écria-t-il.

Il y eut une pause d'étonnement pendant laquelle on put entendre Dea dire à voix basse :

— Est-ce qu'on ne pourrait pas empêcher cette femme-là de venir ?

VIII

SYMPTÔMES D'EMPOISONNEMENT [1]

« L'apparition » ne revint pas.

Elle ne revint pas dans la salle, mais elle revint dans l'esprit de Gwynplaine.

Gwynplaine fut, dans une certaine mesure, troublé.

Il lui sembla que, pour la première fois de sa vie, il venait de voir une femme.

Il fit tout de suite cette demi-chute de songer étrangement. Il faut prendre garde à la rêverie qui s'impose. La rêverie a le mystère et la subtilité d'une odeur. Elle est à la pensée ce que le parfum est à la tubéreuse [2]. Elle est parfois la dilatation d'une idée vénéneuse, et elle a la pénétration d'une fumée. On peut s'empoisonner avec des rêveries comme avec des fleurs. Suicide enivrant, exquis et sinistre.

Le suicide de l'âme, c'est de penser mal. C'est là l'empoisonnement. La rêverie attire, enjôle, leurre, enlace, puis fait de vous son complice. Elle vous met de moitié dans les tricheries qu'elle fait à la conscience. Elle vous charme. Puis vous corrompt. On peut dire de la rêverie ce qu'on dit du jeu. On commence par être dupe, on finit par être fripon.

Gwynplaine songea.

Il n'avait jamais vu la Femme.

Il en avait vu l'ombre dans toutes les femmes du peuple, et il en avait vu l'âme dans Dea.

Il venait d'en voir la réalité.

Une peau tiède et vivante, sous laquelle on sentait couler un sang passionné, des contours ayant la précision du marbre et l'ondulation de la vague, un visage hautain et impassible, mêlant le refus à l'attrait, et se

---

1. Premier titre envisagé : « Malesuada Caro », « La chair est mauvaise conseillère ».   **2.** Plante dont la fleur dégage un parfum violent et capiteux.

résumant en un resplendissement, des cheveux colorés comme d'un reflet d'incendie, une galanterie de parure ayant et donnant le frisson des voluptés, la nudité ébauchée trahissant le souhait dédaigneux d'être possédée à distance par la foule, une coquetterie inexpugnable, l'impénétrable ayant du charme, la tentation assaisonnée de perdition entrevue, une promesse aux sens et une menace à l'esprit, double anxiété, l'une qui est le désir, l'autre qui est la crainte. Il venait de voir cela. Il venait de voir une femme.

Il venait de voir plus et moins qu'une femme, une femelle.

Et en même temps une olympienne.

Une femelle de dieu.

Ce mystère, le sexe, venait de lui apparaître.

Et où ? dans l'inaccessible.

À une distance infinie.

Destinée ironique, l'âme, cette chose céleste, il la tenait, il l'avait dans sa main, c'était Dea ; le sexe, cette chose terrestre, il l'apercevait au plus profond du ciel, c'était cette femme.

Une duchesse.

Plus qu'une déesse, avait dit Ursus.

Quel escarpement !

Le rêve lui-même reculerait devant une telle escalade.

Allait-il faire la folie de songer à cette inconnue ? il se débattait.

Il se rappelait tout ce qu'Ursus lui avait dit de ces hautes existences quasi-royales ; les divagations du philosophe, qui lui avaient semblé inutiles, devenaient pour lui des jalons de méditation ; nous n'avons souvent dans la mémoire qu'une couche d'oubli très-mince, laquelle, dans l'occasion, laisse tout à coup voir ce qui est dessous ; il se représentait ce monde auguste, la seigneurie, dont était cette femme, inexorablement superposé au monde infime, le peuple, dont il était. Et même était-il du peuple ? N'était-il pas, lui bateleur, au-dessous de ce qui est au-dessous ? Pour la première

fois, depuis qu'il avait l'âge de réflexion, il eut vaguement le cœur serré de sa bassesse, que nous appelle-
rions aujourd'hui abaissement. Les peintures et les
énumérations d'Ursus, ses inventaires lyriques, ses
dithyrambes de châteaux, de parcs, de jets d'eau et de
colonnades, ses étalages de la richesse et de la puissance, revivaient dans la pensée de Gwynplaine avec
le relief d'une réalité mêlée aux nuées. Il avait l'obsession de ce zénith. Qu'un homme pût être un lord, cela
lui semblait chimérique. Cela était pourtant. Chose
incroyable ! il y avait des lords ! mais étaient-ils de
chair et d'os, comme nous ? C'était douteux. Il se sentait, lui, au fond de l'ombre, avec de la muraille tout
autour lui, et il apercevait dans un lointain suprême,
au-dessus de sa tête, comme par l'ouverture d'un puits
au fond duquel il serait, cet éblouissant pêle-mêle
d'azur, de figures et de rayons qui est l'Olympe. Au
milieu de cette gloire resplendissait la duchesse.

Il sentait de cette femme on ne sait quel besoin
bizarre compliqué d'impossible.

Et ce contre-sens poignant se retournait sans cesse
malgré lui dans son esprit : voir auprès de lui, à sa
portée, dans la réalité étroite et tangible, l'âme, et dans
l'insaisissable, au fond de l'idéal la chair.

Aucune de ces pensées ne lui arrivait à l'état de précision. C'était du brouillard qu'il avait en lui. Cela
changeait à chaque instant de contour et flottait. Mais
c'était un profond obscurcissement.

Du reste, l'idée qu'il y eût là quoi que ce soit d'abor-
dable n'effleura pas un instant son esprit. Il n'ébaucha,
pas même en songe, aucune ascension vers la
duchesse. Heureusement.

Le tremblement de ces échelles-là, une fois qu'on a
mis le pied dessus, peut vous rester à jamais dans le
cerveau ; on croit monter à l'Olympe, et l'on arrive à
Bedlam[1]. Une convoitise distincte, qui eût pris forme
en lui, l'eût terrifié. Il n'éprouva rien de pareil.

---

1. Asile de fous, le plus ancien d'Angleterre, fondé par Henri VIII en
1547.

D'ailleurs reverrait-il jamais cette femme ? probablement non. S'éprendre d'une lueur qui passe à l'horizon, la démence ne va point jusque-là. Faire les yeux doux à une étoile, à la rigueur, cela se comprend, on la revoit, elle reparaît, elle est fixe. Mais est-ce qu'on peut être amoureux d'un éclair ?

Il avait un va-et-vient de rêves. L'idole au fond de la loge, majestueuse et galante, s'estompait lumineusement dans la diffusion de ses idées, puis s'effaçait. Il y pensait, n'y pensait pas, s'occupait d'autre chose, y retournait. Il subissait un bercement, rien de plus.

Cela l'empêcha de dormir plusieurs nuits. L'insomnie est aussi pleine de songes que le sommeil.

Il est presque impossible d'exprimer dans leurs limites exactes les évolutions abstruses qui se font dans le cerveau. L'inconvénient des mots c'est d'avoir plus de contour que les idées. Toutes les idées se mêlent par les bords ; les mots, non. Un certain côté diffus de l'âme leur échappe toujours. L'expression a des frontières, la pensée n'en a pas.

Notre sombre immensité intérieure est telle que ce qui se passait en Gwynplaine touchait à peine, dans sa pensée, à Dea. Dea était au centre de son esprit, sacrée. Rien ne pouvait approcher d'elle.

Et pourtant, ces contradictions sont toute l'âme humaine, il y avait en lui un conflit. En avait-il conscience ? tout au plus.

Il sentait dans son for intérieur, à l'endroit des fêlures possibles, nous avons tous cet endroit-là, un choc de velléités. Pour Ursus, c'eût été clair ; pour Gwynplaine, c'était indistinct.

Deux instincts, l'un l'idéal, l'autre le sexe, combattaient en lui. Il y a de ces luttes entre l'ange blanc et l'ange noir sur le pont de l'abîme.

Enfin l'ange noir fut précipité.

Un jour, tout à coup, Gwynplaine ne pensa plus à la femme inconnue.

Le combat entre les deux principes, le duel entre son côté terrestre et son côté céleste, s'était passé au plus obscur de lui-même, et à de telles profondeurs qu'il ne s'en était que très-confusément aperçu.

Ce qui est certain, c'est qu'il n'avait pas cessé une minute d'adorer Dea.

Il y avait eu en lui, et très-avant, un désordre, son sang avait eu une fièvre, mais c'était fini. Dea seule demeurait.

On eût même bien étonné Gwynplaine si on lui eût dit que Dea avait pu être un moment en danger.

En une semaine ou deux le fantôme qui avait semblé menacer ces âmes, s'effaça.

Il n'y eut plus dans Gwynplaine que le cœur, foyer, et l'amour, flamme.

Du reste, nous l'avons dit, « la duchesse » n'était pas revenue.

Ce qu'Ursus trouva tout simple. « La dame au quadruple » est un phénomène. Cela entre, paie, et s'évanouit. Ce serait trop beau si cela revenait.

Quant à Dea, elle ne fit même pas allusion à cette femme qui avait passé. Elle écoutait probablement, et était suffisamment renseignée par des soupirs d'Ursus, et, çà et là, par quelque exclamation significative comme : *on n'a pas des onces d'or tous les jours !* Elle ne parla plus de « la femme ». C'est là un instinct profond. L'âme prend de ces précautions obscures, dans le secret desquelles elle n'est pas toujours elle-même. Se taire sur quelqu'un, il semble que c'est l'éloigner. En s'informant, on craint d'appeler. On met du silence de son côté comme on fermerait une porte.

L'incident s'oublia.

Était-ce même quelque chose ? Cela avait-il existé ? Pouvait-on dire qu'une ombre eût flotté entre Gwynplaine et Dea ? Dea ne le savait pas, et Gwynplaine ne le savait plus. Non. Il n'y avait rien eu. La duchesse elle-même s'estompa dans la perspective lointaine comme une illusion. Ce ne fut rien qu'une minute de songe traversée par Gwynplaine, et dont il était hors. Une dissipation de rêverie, comme une dissipation de brume, ne laisse point trace, et, le nuage passé, l'amour n'est pas plus diminué dans le cœur que le soleil dans le ciel.

IX

ABYSSUS ABYSSUM VOCAT [1]

Une autre figure disparue, ce fut Tom-Jim-Jack. Brusquement il cessa de venir dans l'inn Tadcaster.

Les personnes situées de façon à voir les deux versants de la vie élégante des grands seigneurs de Londres purent noter peut-être qu'à la même époque la Gazette de la Semaine, entre deux extraits de registres de paroisses, annonça le « départ de lord David Dirry-Moir, sur l'ordre de sa majesté d'aller reprendre, dans l'escadre blanche en croisière sur les côtes de Hollande, le commandement de sa frégate [2]. »

Ursus s'aperçut que Tom-Jim-Jack ne venait plus ; il en fut très-préoccupé. Tom-Jim-Jack n'avait point reparu depuis le jour où il était parti dans le même carrosse que la dame au quadruple. C'était, certes, une énigme que ce Tom-Jim-Jack qui enlevait des duchesses à bras tendu ! Quel approfondissement intéressant à faire ! que de questions à poser ! que de choses à dire ! C'est pourquoi Ursus ne dit pas un mot.

Ursus, qui avait vécu, savait quelles cuissons donnent les curiosités téméraires. La curiosité doit toujours être proportionnée au curieux. À écouter, on risque l'oreille ; à guetter, on risque l'œil. Ne rien entendre et ne rien voir est prudent. Tom-Jim-Jack était monté

---

1. « L'abîme appelle l'abîme », Psaumes, XLI, 8.   2. Bon exemple de faux suspense. Le lien, évident, entre le départ de lord David et la disparition de Tom-Jim-Jack, n'est pourtant pas explicitement établi par le narrateur.

dans ce carrosse princier, l'hôtelier avait été témoin de cette ascension. Ce matelot s'asseyant à côté de cette lady avait un aspect de prodige qui rendait Ursus circonspect. Les caprices de la vie d'en haut doivent être sacrés pour les personnes basses. Tous ces reptiles qu'on appelle les pauvres n'ont rien de mieux à faire que de se tapir dans leur trou quand ils aperçoivent quelque chose d'extraordinaire. Se tenir coi est une force. Fermez vos yeux, si vous n'avez pas le bonheur d'être aveugle ; bouchez vos oreilles, si vous n'avez pas la chance d'être sourd ; paralysez votre langue, si vous n'avez pas la perfection d'être muet. Les grands sont ce qu'ils veulent, les petits sont ce qu'ils peuvent, laissons passer l'inconnu. N'importunons point la mythologie ; n'ennuyons point les apparences ; ayons un profond respect pour les simulacres. Ne dirigeons pas nos commérages vers les rapetissements ou les grossissements qui s'opèrent dans les régions supérieures pour des motifs que nous ignorons. Ce sont la plupart du temps, pour nous chétifs, des illusions d'optique. Les métamorphoses sont l'affaire des dieux ; les transformations et les désagrégations des grands personnages éventuels qui flottent au-dessus de nous, sont des nuages impossibles à comprendre et périlleux à étudier. Trop d'attention impatiente les olympiens dans leurs évolutions d'amusement et de fantaisie, et un coup de tonnerre pourrait bien vous apprendre que ce taureau trop curieusement examiné par vous est Jupiter. N'entrebâillons pas les plis du manteau couleur de muraille des puissants terribles. Indifférence, c'est intelligence. Ne bougez point, cela est salubre. Faites le mort, on ne vous tuera pas. Telle est la sagesse de l'insecte. Ursus la pratiquait.

L'hôtelier, intrigué de son côté, interpella un jour Ursus.

— Savez-vous qu'on ne voit plus Tom-Jim-Jack ?

— Tiens, dit Ursus, je ne l'avais pas remarqué.

Maître Nicless fit à demi-voix une réflexion, sans doute sur la promiscuité du carrosse ducal avec Tom-

Jim-Jack, observation probablement irrévérente et dangereuse, qu'Ursus eut soin de ne pas écouter.

Ursus néanmoins était trop artiste pour ne point regretter Tom-Jim-Jack. Il eut un certain désappointement. Il ne fit part de son impression qu'à Homo, seul confident de la discrétion duquel il fût sûr. Il dit tout bas à l'oreille du loup :

— Depuis que Tom-Jim-Jack ne vient plus, je sens un vide comme homme et un froid comme poète.

Cet épanchement dans le cœur d'un ami soulagea Ursus.

Il resta muré vis-à-vis de Gwynplaine qui, de son côté, ne fit aucune allusion à Tom-Jim-Jack.

Au fait, Tom-Jim-Jack de plus ou de moins importait peu à Gwynplaine, absorbé en Dea.

L'oubli s'était fait de plus en plus dans Gwynplaine. Dea, elle, ne se doutait même pas qu'un vague ébranlement eût eu lieu. En même temps, on n'entendait plus parler de cabales et de plaintes contre *l'Homme qui Rit*. Les haines semblaient avoir lâché prise. Tout s'était apaisé dans la Green-Box et autour de la Green-Box. Plus de cabotinage, ni des cabotins, ni des prêtres. Plus de grondement extérieur. On avait le succès sans la menace. La destinée a de ces sérénités subites. La splendide félicité de Gwynplaine et de Dea était, pour l'instant, absolument sans ombre. Elle était peu à peu montée jusqu'à ce point où rien ne peut plus croître. Il y a un mot qui exprime ces situations-là, l'apogée. Le bonheur, comme la mer, arrive à faire son plein. Ce qui est inquiétant pour les parfaitement heureux, c'est que la mer redescend.

Il y a deux façons d'être inaccessible, c'est d'être très-haut et d'être très-bas. Au moins autant peut-être que la première, la deuxième est souhaitable. Plus sûrement que l'aigle n'échappe à la flèche, l'infusoire[1] échappe à l'écrasement. Cette sécurité de la petitesse, nous l'avons dit déjà, si quelqu'un l'avait sur la terre,

1. Voir note 4, p. 426.

c'était ces deux êtres, Gwynplaine et Dea ; mais jamais elle n'avait été si complète. Ils vivaient de plus en plus l'un par l'autre, l'un en l'autre, extatiquement. Le cœur se sature d'amour comme d'un sel divin qui le conserve ; de là l'incorruptible adhérence de ceux qui se sont aimés dès l'aube de la vie, et la fraîcheur des vieilles amours prolongées. Il existe un embaumement d'amour. C'est de Daphnis et Chloë[1] que sont faits Philémon et Baucis[2]. Cette vieillesse-là, ressemblance du soir avec l'aurore, était évidemment réservée à Gwynplaine et à Dea. En attendant, ils étaient jeunes.

Ursus regardait cet amour comme un médecin fait sa clinique. Du reste il avait ce qu'on appelait en ce temps-là « le regard hippocratique[3] ». Il attachait sur Dea, frêle et pâle, sa prunelle sagace, et il grommelait : – C'est bien heureux qu'elle soit heureuse ! – D'autres fois il disait : – Elle est heureuse pour sa santé.

Il hochait la tête, et parfois lisait attentivement Avicenne[4], traduit par Vopiscus Fortunatus, Louvain, 1650, un bouquin qu'il avait, à l'endroit des « troubles cardiaques ».

Dea, aisément fatiguée, avait des sueurs et des assoupissements, et faisait, on s'en souvient, sa sieste dans le jour. Une fois qu'elle était ainsi endormie, étendue sur la peau d'ours, et que Gwynplaine n'était pas là, Ursus se pencha doucement et appliqua son oreille contre la poitrine de Dea, du côté du cœur. Il sembla écouter quelques instants, et en se redressant il murmura : – Il ne lui faudrait pas une secousse. La fêlure grandirait bien vite.

---

1. Voir note 1, p. 391.   **2.** Dans une légende racontée par Ovide (*Les Métamorphoses*, VIII, v. 611-724), couple très âgé et pauvre de paysans de Phrygie qui accueillent un soir Zeus et Hermès sans le savoir ; ils obtiennent en récompense de n'être jamais séparés et à leur mort se transforment l'un en chêne, l'autre en tilleul. Mythe de l'hospitalité et de la fidélité conjugale. **3.** Celui d'Hippocrate, célèbre médecin grec du ve-ive siècle av. J.-C., fondateur de la médecine.   **4.** Célèbre médecin, philosophe et mystique arabo-islamique du xe-xie siècle, auteur d'un *Canon de la médecine* qui fut longtemps la base des études médicales en Orient et en Occident.

La foule continuait d'affluer aux représentations de *Chaos vaincu*. Le succès de l'Homme qui Rit paraissait inépuisable. Tout accourait ; ce n'était plus seulement Southwark, c'était déjà un peu Londres. Le public commençait même à se mélanger ; ce n'était plus de purs matelots et cochers ; dans l'opinion de maître Nicless, connaisseur en canaille, il y avait maintenant dans cette populace des gentilshommes et des baronnets, déguisés en gens du peuple. Le déguisement est un des bonheurs de l'orgueil, et c'était la grande mode d'alors. Cette aristocratie mêlée à la mob[1] était bon signe et indiquait une extension de succès gagnant Londres. La gloire de Gwynplaine avait décidément fait son entrée dans le grand public. Et le fait était réel. Il n'était plus question dans Londres que de l'Homme qui Rit. On en parlait jusque chez le Mohock-Club, hanté des lords.

Dans la Green-Box on ne s'en doutait pas ; on se contentait d'être heureux. L'enivrement de Dea c'était de toucher tous les soirs le front crépu et fauve de Gwynplaine. En amour, rien n'est tel qu'une habitude. Toute la vie s'y concentre. La réapparition de l'astre est une habitude de l'univers. La création n'est pas autre chose qu'une amoureuse, et le soleil est un amant.

La lumière est une cariatide[2] éblouissante qui porte le monde. Tous les jours, pendant une minute sublime, la terre couverte de nuit s'appuie sur le soleil levant. Dea, aveugle, sentait la même rentrée de chaleur et d'espérance en elle dans le moment où elle posait sa main sur la tête de Gwynplaine.

Être deux ténébreux qui s'adorent, s'aimer dans la plénitude du silence, on s'accommoderait de l'éternité passée ainsi.

Un soir, Gwynplaine, ayant en lui cette surcharge de félicité qui, pareille à l'ivresse des parfums, cause une

---

1. En anglais, la populace (péjoratif). **2.** Dans l'architecture grecque, support en forme de statue féminine.

sorte de divin malaise, rôdait, comme il faisait d'ordinaire après le spectacle terminé, dans le pré, à quelque cent pas de la Green-Box. On a de ces heures de dilatation où l'on dégorge le trop plein de son cœur. La nuit était noire et transparente ; il faisait clair d'étoiles. Tout le champ de foire était désert, et il n'y avait que du sommeil et de l'oubli dans les baraques éparses autour du Tarrinzeau-field.

Une seule lumière n'était pas éteinte ; c'était la lanterne de l'inn Tadcaster, entr'ouvert et attendant la rentrée de Gwynplaine.

Minuit venait de sonner aux cinq paroisses de Southwark avec les intermittences et les différences de voix d'un clocher à l'autre.

Gwynplaine songeait à Dea. À quoi eût-il songé ? Mais ce soir-là, singulièrement confus, plein d'un charme où il y avait de l'angoisse, il songeait à Dea comme un homme songe à une femme. Il se le reprochait. C'était une diminution. La sourde attaque de l'époux commençait en lui. Douce et impérieuse impatience. Il franchissait la frontière invisible ; en deçà il y a la vierge, au-delà il y a la femme. Il se questionnait avec anxiété ; il avait ce qu'on pourrait nommer la rougeur intérieure. Le Gwynplaine des premières années s'était peu à peu transformé dans l'inconscience d'une croissance mystérieuse. L'ancien adolescent pudique se sentait devenir trouble et inquiétant. Nous avons l'oreille de lumière où parle l'esprit, et l'oreille d'obscurité où parle l'instinct. Dans cette oreille amplifiante des voix inconnues lui faisaient des offres. Si pur que soit le jeune homme qui rêve d'amour, un certain épaississement de chair finit toujours par s'interposer entre son rêve et lui. Les intentions perdent leur transparence. L'inavouable voulu par la nature fait son entrée dans la conscience. Gwynplaine éprouvait on ne sait quel appétit de cette matière où sont toutes les tentations, et qui manquait presque à Dea. Dans sa fièvre, qui lui semblait malsaine, il transfigurait Dea, du côté périlleux peut-être, et il tâchait d'exagérer cette forme séraphique jusqu'à la forme féminine. C'est de toi, femme, que nous avons besoin.

Trop de paradis, l'amour en arrive à ne pas vouloir cela. Il lui faut la peau fiévreuse, la vie émue, le baiser électrique et irréparable, les cheveux dénoués, l'étreinte ayant un but. Le sidéral gêne. L'éthéré pèse. L'excès du ciel dans l'amour, c'est l'excès de combustible dans le feu ; la flamme en souffre. Dea saisissable et saisie, la vertigineuse approche qui mêle en deux êtres l'inconnu de la création, Gwynplaine, éperdu, avait ce cauchemar exquis. Une femme ! Il entendait en lui ce profond cri de la nature. Comme un Pygmalion [1] du rêve modelant une Galathée de l'azur, il faisait témérairement, au fond de son âme, des retouches à ce contour chaste de Dea ; contour trop céleste et pas assez édénique ; car l'Éden, c'est Ève ; et Ève était une femelle, une mère charnelle, une nourrice terrestre, le ventre sacré des générations, la mamelle du lait inépuisable, la berceuse du monde nouveau-né ; et le sein exclut les ailes. La virginité n'est que l'espérance de la maternité. Pourtant, dans les mirages de Gwynplaine, Dea jusqu'alors avait été au-dessus de la chair. En ce moment, égaré, il essayait dans sa pensée de l'y faire redescendre, et il tirait ce fil, le sexe, qui tient toute jeune fille liée à la terre. Pas un seul de ces oiseaux n'est lâché. Dea, pas plus qu'une autre, n'était hors la loi, et Gwynplaine, tout en ne l'avouant qu'à demi, avait une vague volonté qu'elle s'y soumît. Il avait cette volonté malgré lui, et dans une rechute continuelle. Il se figurait Dea humaine. Il en était à concevoir une idée inouïe : Dea, créature, non plus seulement d'extase, mais de volupté ; Dea la tête sur l'oreiller. Il avait honte de cet empiétement visionnaire ; c'était comme un effort de profanation ; il résistait à cette obsession ; il s'en détournait, puis il y revenait ; il

---

1. Sculpteur légendaire de Chypre, tombé amoureux de Galatée, la statue de femme qu'il avait façonnée, et qui demanda à la déesse Aphrodite de lui donner vie.

lui semblait commettre un attentat à la pudeur. Dea était pour lui un nuage. Frémissant, il écartait ce nuage comme il eût soulevé une chemise. On était en avril.

La colonne vertébrale a ses rêveries.

Il faisait des pas au hasard avec cette oscillation distraite qu'on a dans la solitude. N'avoir personne autour de soi, cela aide à divaguer. Où allait sa pensée ? il n'eût osé se le dire à lui-même. Dans le ciel ? Non. Dans un lit. Vous le regardiez, astres.

Pourquoi dit-on un amoureux ? On devrait dire un possédé. Être possédé du diable, c'est l'exception ; être possédé de la femme, c'est la règle. Tout homme subit cette aliénation de soi-même. Quelle sorcière qu'une jolie femme ! Le vrai nom de l'amour, c'est captivité.

On est fait prisonnier par l'âme d'une femme. Par sa chair aussi. Quelquefois plus encore par la chair que par l'âme. L'âme est l'amante ; la chair est la maîtresse.

On calomnie le démon. Ce n'est pas lui qui a tenté Ève. C'est Ève qui l'a tenté. La femme a commencé.

Lucifer passait tranquille. Il a aperçu la femme. Il est devenu Satan.

La chair, c'est le dessus de l'inconnu. Elle provoque, chose étrange, par la pudeur. Rien de plus troublant. Elle a honte, cette effrontée.

En cet instant-là, ce qui agitait Gwynplaine et ce qui le tenait, c'était cet effrayant amour de surface. Moment redoutable que celui où l'on veut la nudité. Un glissement dans la faute est possible. Que de ténèbres dans cette blancheur de Vénus !

Quelque chose en Gwynplaine appelait à grands cris Dea, Dea fille, Dea moitié d'un homme, Dea chair et flamme, Dea gorge nue. Il chassait presque l'ange. Crise mystérieuse que tout amour traverse, et où l'idéal est en danger. Ceci est la préméditation de la création.

Moment de corruption céleste.

L'amour de Gwynplaine pour Dea devenait nuptial. L'amour virginal n'est qu'une transition. Le moment était arrivé. Il fallait à Gwynplaine cette femme.

Il lui fallait une femme.

Pente dont on ne voit que le premier plan.

L'appel indistinct de la nature est inexorable.

Toute la femme, quel gouffre !

Heureusement, pour Gwynplaine, il n'y avait d'autre femme que Dea. La seule dont il voulût. La seule qui pût vouloir de lui.

Gwynplaine avait ce grand frisson vague qui est la réclamation vitale de l'infini.

Ajoutez l'aggravation du printemps. Il aspirait les effluves[1] sans nom de l'obscurité sidérale. Il allait devant lui, délicieusement hagard. Les parfums errants de la sève en travail, les irradiations capiteuses qui flottent dans l'ombre, l'ouverture lointaine des fleurs nocturnes, la complicité des petits nids cachés, les bruissements d'eaux et de feuilles, les soupirs sortant des choses, la fraîcheur, la tiédeur, tout ce mystérieux éveil d'avril et de mai, c'est l'immense sexe épars proposant à voix basse la volupté, provocation vertigineuse qui fait bégayer l'âme. L'idéal ne sait plus ce qu'il dit.

Qui eût vu marcher Gwynplaine eût pensé : Tiens ! un ivrogne !

Il chancelait presque en effet sous le poids de son cœur, du printemps et de la nuit.

La solitude dans le bowling-green était si paisible que, par instants, il parlait haut.

Se sentir pas écouté fait qu'on parle.

Il se promenait à pas lents, la tête baissée, les mains derrière le dos, la gauche dans la droite, les doigts ouverts.

Tout à coup il sentit comme le glissement de quelque chose dans l'entrebâillement inerte de ses doigts.

Il se retourna vivement.

Il avait dans la main un papier et devant lui un homme.

---

1. Voir note 4, p. 127.

C'était cet homme, venu jusqu'à lui par derrière avec la précaution d'un chat, qui lui avait mis ce papier entre les doigts.

Le papier était une lettre.

L'homme, suffisamment éclairé par la pénombre stellaire, était petit, joufflu, jeune, grave, et vêtu d'une livrée couleur feu, visible du haut en bas par la fente verticale d'un long surtout gris qu'on appelait alors capenoche, mot espagnol contracté qui veut dire cape-de-nuit. Il était coiffé d'une gorra[1] cramoisie, pareille à une calotte de cardinal où la domesticité serait accentuée par un galon. Sur cette calotte on apercevait un bouquet de plumes de tisserin[2].

Il était immobile devant Gwynplaine. On eût dit une silhouette de rêve.

Gwynplaine reconnut le mousse de la duchesse.

Avant que Gwynplaine eût pu jeter un cri de surprise, il entendit la voix grêle, à la fois enfantine et féminine, du mousse qui lui disait :

— Trouvez-vous demain à pareille heure à l'entrée du pont de Londres. J'y serai. Je vous conduirai.

— Où ? demanda Gwynplaine.

— Où vous êtes attendu.

Gwynplaine abaissa ses yeux sur la lettre qu'il tenait machinalement dans sa main.

Quand il les releva, le mousse n'était plus là.

On distinguait dans la profondeur du champ de foire une vague forme obscure qui décroissait rapidement. C'était le petit laquais qui s'en allait. Il tourna un coin de rue, et il n'y eut plus personne.

Gwynplaine regarda le mousse disparaître, puis il regarda la lettre. Il est des moments dans la vie où ce qui vous arrive ne vous arrive pas ; la stupeur vous maintient quelque temps à une certaine distance du fait. Gwynplaine approcha la lettre de ses yeux comme

---

1. Bonnet de soie noire tricotée, importé de Venise en France au début du XIXe siècle, emprunté à l'espagnol *gorra*, « sorte de berret », lui-même peut-être du basque *gorri*, « rouge ».   2. Voir note 2, p. 482.

quelqu'un qui veut lire ; alors, il s'aperçut qu'il ne pouvait la lire pour deux raisons : premièrement, parce
qu'il ne l'avait pas décachetée ; deuxièmement, parce
qu'il faisait nuit. Il fut plusieurs minutes avant de se
rendre compte qu'il y avait une lanterne dans l'inn. Il
fit quelques pas, mais de côté, et comme s'il ne savait
où aller. Un somnambule à qui un fantôme a remis une
lettre marche de la sorte.

Enfin il se décida, courut plutôt qu'il n'avança vers
l'inn, se plaça dans le rayon de la porte entr'ouverte,
et considéra encore une fois, à cette clarté, la lettre
fermée. On ne voyait aucune empreinte sur le cachet,
et sur l'enveloppe il y avait : *À Gwynplaine*. Il brisa le
cachet, déchira l'enveloppe, déplia la lettre, la mit en
plein sous la lumière, et voici ce qu'il lut :

« Tu es horrible, et je suis belle. Tu es histrion, et je
suis duchesse. Je suis la première, et tu es le dernier.
Je veux de toi. Je t'aime. Viens. »

LIVRE QUATRIÈME

LA CAVE PÉNALE

I

LA TENTATION DE SAINT GWYNPLAINE [1]

Tel jet de flamme fait à peine une piqûre aux ténèbres ; tel autre met le feu à un volcan.

Il y a des étincelles énormes.

Gwynplaine lut la lettre, puis la relut. Il y avait bien ce mot : Je t'aime !

Les épouvantes se succédèrent dans son esprit.

La première, ce fut de se croire fou.

Il était fou. C'était certain. Ce qu'il venait de voir n'existait pas. Les simulacres crépusculaires jouaient de lui, misérable. Le petit homme écarlate était une lueur de vision. Quelquefois, la nuit, rien condensé en une flamme vient rire de vous. Après s'être moqué,

---

1. Variation sur les célèbres tentations de saint Antoine, moine du IIIᵉ-IVᵉ siècle qui se retira dans les déserts de la Thébaïde où il fonda plusieurs monastères tout en s'enfonçant toujours plus avant dans le désert. Pendant vingt années, il fut poursuivi par des visions fantastiques effrayantes et des tentations restées célèbres dans la tradition ecclésiastique.

l'être illusoire avait disparu, laissant derrière lui Gwynplaine fou. L'ombre fait de ces choses-là.

La seconde épouvante, ce fut de constater qu'il avait
toute sa raison.

Une vision ? mais non. Eh bien ! et cette lettre ? Est-
ce qu'il n'avait pas une lettre entre les mains ? Est-ce
que ne voilà pas une enveloppe, un cachet, du papier,
une écriture ? Est-ce qu'il ne sait pas de qui cela vient ?
Rien d'obscur dans cette aventure. On a pris une plume
et de l'encre, et l'on a écrit. On a allumé une bougie,
et l'on a cacheté avec de la cire. Est-ce que son nom
n'est pas écrit sur la lettre ? *A Gwynplaine.* Le papier
sent bon. Tout est clair. Le petit homme, Gwynplaine
le connaît. Ce nain est un groom. Cette lueur est une
livrée. Ce groom a donné rendez-vous à Gwynplaine
pour le lendemain à la même heure, à l'entrée du pont
de Londres. Est-ce que le pont de Londres est une illusion ? Non, non, tout cela se tient. Il n'y a là-dedans
aucun délire. Tout est réalité. Gwynplaine est parfaitement lucide. Ce n'est pas une fantasmagorie tout de
suite décomposée au-dessus de sa tête, et dissipée en
évanouissement ; c'est une chose qui lui arrive. Non,
Gwynplaine n'est pas fou. Gwynplaine ne rêve pas. Et
il relisait la lettre.

Eh bien, oui. Mais alors ?

Alors c'est formidable.

Il y a une femme qui veut de lui.

Une femme veut de lui ! En ce cas que personne ne
prononce plus jamais ce mot : incroyable. Une femme
veut de lui ! une femme qui a vu son visage ! une
femme qui n'est pas aveugle ! Et qui est cette femme ?
Une laide ? non. Une belle. Une bohémienne ? non.
Une duchesse.

Qu'y avait-il là-dedans, et qu'est-ce que cela voulait
dire ? Quel péril qu'un tel triomphe ! mais comment
ne pas s'y jeter à tête perdue ?

Quoi ! cette femme ! la sirène, l'apparition, la lady,
la spectatrice de la loge visionnaire, la ténébreuse éclatante ! Car c'était elle. C'était bien elle.

Le pétillement de l'incendie commençant éclatait en lui de toutes parts. C'était cette étrange inconnue ! la même qui l'avait tant troublé ! Et ses premières pensées tumultueuses sur cette femme reparaissaient, comme chauffées à tout ce feu sombre. L'oubli n'est autre chose qu'un palimpseste. Qu'un accident survienne, et tous les effacements revivent dans les interlignes de la mémoire étonnée. Gwynplaine croyait avoir retiré cette figure de son esprit, et il l'y retrouvait, et elle y était empreinte, et elle avait fait son creux dans ce cerveau inconscient, coupable d'un songe. À son insu, la profonde gravure de la rêverie avait mordu très-avant. Maintenant un certain mal était fait. Et toute cette rêverie, désormais peut-être irréparable, il la reprenait avec emportement.

Quoi ! on voulait de lui ! Quoi ! la princesse descendait de son trône, l'idole de son autel, la statue de son piédestal, le fantôme de sa nuée ! Quoi ! du fond de l'impossible, la chimère arrivait ! Quoi ! cette déité du plafond, quoi ! cette irradiation, quoi ! cette néréide[1] toute mouillée de pierreries, quoi ! cette beauté inabordable et suprême, du haut de son escarpement de rayons, elle se penchait vers Gwynplaine ! Quoi ! son char d'aurore, attelé à la fois de tourterelles et de dragons, elle l'arrêtait au-dessus de Gwynplaine, et elle disait à Gwynplaine : Viens ! Quoi ! lui, Gwynplaine, il avait cette gloire terrifiante d'être l'objet d'un tel abaissement de l'empyrée[2] ! Cette femme, si l'on peut donner ce nom à une forme sidérale et souveraine, cette femme se proposait, se donnait, se livrait ! Vertige ! L'Olympe se prostituait ! à qui ? à lui, Gwynplaine ! Des bras de courtisane s'ouvraient dans un nimbe pour le serrer contre un sein de déesse ! Et cela sans souillure. Ces majestés-là ne noircissent pas. La lumière lave les dieux. Et cette déesse qui venait à lui savait ce qu'elle faisait. Elle n'était pas ignorante de

---

1. Voir note 2, p. 286.   2. Dans l'Antiquité, la plus élevée des quatre sphères célestes, contenant les astres et qui était le séjour des dieux.

l'horreur incarnée en Gwynplaine. Elle avait vu ce masque qui était le visage de Gwynplaine ! et ce masque ne la faisait pas reculer. Gwynplaine était aimé quoique !

Chose qui dépassait tous les songes, il était aimé parce que ! loin de faire reculer la déesse, ce masque l'attirait ! Gwynplaine était plus qu'aimé, il était désiré. Il était mieux qu'accepté, il était choisi. Lui, choisi !

Quoi ! là où était cette femme, dans ce royal milieu du resplendissement irresponsable et de la puissance en plein libre arbitre, il y avait des princes, elle pouvait prendre un prince ; il y avait des lords, elle pouvait prendre un lord ; il y avait des hommes beaux, charmants, superbes, elle pouvait prendre Adonis[1]. Et qui prenait-elle ? Gnafron[2] ! Elle pouvait choisir au milieu des météores et des foudres l'immense séraphin à six ailes, et elle choisissait la larve rampant dans la vase. D'un côté, les altesses et les seigneuries, toute la grandeur, toute l'opulence, toute la gloire ; de l'autre, un saltimbanque. Le saltimbanque l'emportait ! Quelle balance y avait-il donc dans le cœur de cette femme ? à quel poids pesait-elle son amour ? Cette femme ôtait de son front le chapeau ducal et le jetait sur le tréteau du clown ! Cette femme ôtait de sa tête l'auréole olympienne et la posait sur le crâne hérissé du gnome ! On ne sait quel renversement du monde[3], le fourmillement d'insectes en haut, les constellations en bas, engloutissait Gwynplaine éperdu sous un écroulement de lumière, et lui faisait un nimbe dans le cloaque. Une toute-puissante, en révolte contre la beauté et la splen-

---

1. Dans la mythologie grecque, jeune homme d'une grande beauté, aimé d'Aphrodite qui, lorsqu'il fut tué par un sanglier, demanda à Zeus de le ressusciter : le jeune homme passa alors la moitié de l'année sur Terre et l'autre moitié aux Enfers, près de Perséphone.   **2.** Personnage de cordonnier ivrogne et fort en gueule, créé en 1805 par Laurent Mourguet (1769-1844) et qui constitue la première marionnette authentiquement lyonnaise, avant l'invention par L. Mourguet de Guignol en 1808.   **3.** Encore une forme d'inversion des signes : le monde à l'envers (voir la Préface).

deur, se donnait au damné de la nuit, préférait Gwynplaine à Antinoüs[1], entrait en accès de curiosité devant
les ténèbres, et y descendait, et de cette abdication de
la déesse, sortait, couronnée et prodigieuse, la royauté
du misérable. « Tu es horrible. Je t'aime. » Ces mots
atteignaient Gwynplaine à l'endroit hideux de l'orgueil. L'orgueil, c'est là le talon où tous les héros sont
vulnérables. Gwynplaine était flatté dans sa vanité de
monstre. C'était comme être difforme qu'il était aimé.
Lui aussi, autant et plus peut-être que les Jupiters et les
Apollons, il était l'exception. Il se sentait surhumain, et
tellement monstre qu'il était dieu. Éblouissement épouvantable.

Maintenant, qu'était-ce que cette femme ? que
savait-il d'elle ? Tout et rien. C'était une duchesse, il
le savait ; il savait qu'elle était belle, qu'elle était riche,
qu'elle avait des livrées, des laquais, des pages, et des
coureurs à flambeaux autour de son carrosse à couronne. Il savait qu'elle était amoureuse de lui, ou du
moins qu'elle le lui disait. Le reste, il l'ignorait. Il
savait son titre, et ne savait pas son nom. Il savait sa
pensée, et ne savait pas sa vie. Était-elle mariée, veuve,
fille ? était-elle libre ? était-elle sujette à des devoirs
quelconques ? À quelle famille appartenait-elle ? Y
avait-il autour d'elle des pièges, des embûches, des
écueils ? Ce qu'est la galanterie dans les hautes régions
oisives, qu'il y ait sur ces sommets des antres où rêvent
des charmeuses féroces ayant pêle-mêle autour d'elles
des ossements d'amour déjà dévorés, à quels essais tragiquement cyniques peut aboutir l'ennui d'une femme
qui se croit au-dessus de l'homme, Gwynplaine ne
soupçonnait rien de cela ; il n'avait pas même dans
l'esprit de quoi échafauder une conjecture, on est mal
renseigné dans le sous-sol social où il vivait ; pourtant
il voyait de l'ombre. Il se rendait compte que toute

---

1. Jeune Grec d'une grande beauté, favori de l'empereur Hadrien. Il se
noya dans le Nil en 122 : Hadrien l'éleva au rang des dieux, lui fit bâtir un
temple et fonda en son honneur Antinoë.

cette clarté était obscure. Comprenait-il ? Non. Devi-
nait-il ? Encore moins. Qu'y avait-il derrière cette lettre ? Une ouverture à deux battants, et en même temps
une fermeture inquiétante. D'un côté l'aveu. De l'autre
l'énigme.

L'aveu et l'énigme, ces deux bouches, l'une provoquante, l'autre menaçante, prononcent la même parole :
Ose !

Jamais la perfidie du hasard n'avait mieux pris ses
mesures, et n'avait fait arriver plus à point une tentation. Gwynplaine, remué par le printemps et par la
montée de la sève universelle, était en train de faire le
rêve de la chair. Le vieil homme insubmersible dont
aucun de nous ne triomphe, s'éveillait en cet éphèbe
attardé, resté adolescent à vingt-quatre ans. C'est à ce
moment-là, c'est à la minute la plus trouble de cette
crise, que l'offre lui était faite, et que se dressait devant
lui, éblouissante, la gorge nue du sphinx. La jeunesse
est un plan incliné. Gwynplaine penchait, on le poussait. Qui ? la saison. Qui ? la nuit. Qui ? cette femme.
S'il n'y avait pas le mois d'avril, on serait bien plus
vertueux. Les buissons en fleur, tas de complices !
l'amour est le voleur, le printemps est le recéleur.

Gwynplaine était bouleversé.

Il y a une certaine fumée du mal qui précède la faute,
et qui n'est pas respirable à la conscience. L'honnêteté
tentée a la nausée obscure de l'enfer. Ce qui
s'entr'ouvre dégage une exhalaison qui avertit les forts
et étourdit les faibles. Gwynplaine avait ce mystérieux
malaise.

Des dilemmes, à la fois fugaces et opiniâtres, flottaient devant lui. La faute, obstinée à s'offrir, prenait
forme. Le lendemain, minuit, le pont de Londres, le
page ? Irait-il ? Oui ! criait la chair. Non ! criait l'âme.

Pourtant, disons-le, si singulier que cela semble au
premier abord, cette question : – Irait-il ? – il ne se
l'adressa pas une seule fois distinctement. Les actions
reprochables ont des endroits réservés. Comme les
eaux-de-vie trop fortes, on ne les boit pas tout d'un

trait. On pose le verre, on verra plus tard, la première goutte est déjà bien étrange.

Ce qui est sûr, c'est qu'il se sentait poussé par derrière vers l'inconnu.

Et il frémissait. Et il entrevoyait un bord d'écroulement. Et il se rejetait en arrière, ressaisi de tous côtés par l'effroi. Il fermait les yeux. Il faisait effort pour se nier à lui-même cette aventure, et pour se remettre à douter de sa raison. Évidemment c'était le mieux. Ce qu'il avait de plus sage à faire, c'était de se croire fou.

Fièvre fatale. Tout homme surpris par l'imprévu a eu dans sa vie de ces pulsations tragiques. L'observateur écoute toujours avec anxiété le retentissement des sombres coups de bélier du destin contre une conscience.

Hélas ! Gwynplaine s'interrogeait. Là où le devoir est net, se poser des questions, c'est déjà la défaite.

Du reste, détail à noter, l'effronterie de l'aventure qui peut-être eût choqué un homme corrompu, ne lui apparaissait point. Ce que c'est que le cynisme, il l'ignorait. L'idée de prostitution, indiquée plus haut, ne l'approchait pas. Il n'était pas de force à la concevoir. Il était trop pur pour admettre les hypothèses compliquées. De cette femme, il ne voyait que la grandeur. Hélas ! il était flatté. Sa vanité ne constatait que sa victoire. Qu'il fût l'objet d'une impudeur plutôt que d'un amour, il lui eût fallu, pour conjecturer cela, beaucoup plus d'esprit que n'en a l'innocence. Près de : *Je t'aime*, il n'apercevait pas ce correctif effrayant : *Je veux de toi*.

Le côté bestial de la déesse lui échappait.

L'esprit peut subir des invasions. L'âme a ses vandales, les mauvaises pensées, qui viennent dévaster notre vertu. Mille idées en sens inverse se précipitaient sur Gwynplaine l'une après l'autre, quelquefois toutes ensemble. Puis il se faisait en lui des silences. Alors il prenait sa tête entre ses mains, dans une sorte d'attention lugubre, pareille à la contemplation d'un paysage de la nuit.

Tout à coup il s'aperçut d'une chose, c'est qu'il ne pensait plus. Sa rêverie était arrivée à ce moment noir où tout disparaît.

Il remarqua aussi qu'il n'était pas rentré. Il pouvait être deux heures du matin.

Il mit la lettre apportée par le page dans sa poche de côté, mais s'apercevant qu'elle était sur son cœur, il l'ôta de là, et la fourra toute froissée dans le premier gousset venu de son haut-de-chausses, puis il se dirigea vers l'hôtellerie, y pénétra silencieusement, ne réveilla pas le petit Govicum qui l'attendait tombé de sommeil sur une table avec ses deux bras pour oreiller, referma la porte, alluma une chandelle à la lanterne de l'auberge, tira les verroux, donna un tour de clef à la serrure, prit machinalement les précautions d'un homme qui rentre tard, remonta l'escalier de la Green-Box, se glissa dans l'ancienne cahute qui lui servait de chambre, regarda Ursus qui dormait, souffla sa chandelle et ne se coucha pas.

Une heure passa ainsi. Enfin, las, se figurant que le lit c'est le sommeil, il posa sa tête sur son oreiller, sans se déshabiller, et il fit à l'obscurité la concession de fermer les yeux ; mais l'orage d'émotions qui l'assaillait n'avait pas discontinué un instant. L'insomnie est un sévice de la nuit sur l'homme. Gwynplaine souffrait beaucoup. Pour la première fois de sa vie, il n'était pas content de lui. Intime douleur mêlée à sa vanité satisfaite. Que faire ? Le jour vint. Il entendit Ursus se lever, et n'ouvrit pas les paupières. Aucune trêve cependant. Il songeait à cette lettre. Tous les mots lui revenaient dans une sorte de chaos. Sous de certains souffles violents du dedans de l'âme, la pensée est un liquide. Elle entre en convulsions, elle se soulève, et il en sort quelque chose de semblable au rugissement sourd de la vague. Flux, reflux, secousses, tournoiements, hésitations du flot devant l'écueil, grêles et pluies, nuages avec des trouées où sont des lueurs, arrachements misérables d'une écume inutile, folles ascensions tout de suite écroulées, immenses efforts perdus, apparition du naufrage de toutes parts, ombre et dispersion, tout cela, qui est dans l'abîme, est dans l'homme. Gwynplaine était en proie à cette tourmente.

Au plus fort de cette angoisse, les paupières toujours fermées, il entendit une voix exquise qui disait : – Est-ce que tu dors, Gwynplaine ? – Il ouvrit les yeux en sursaut et se leva sur son séant, la porte de la cahute vestiaire était entr'ouverte, Dea apparaissait dans l'entrebâillement. Elle avait dans les yeux et sur les lèvres son ineffable sourire. Elle se dressait charmante, dans la sérénité inconsciente de son rayonnement. Il y eut une sorte de minute sacrée. Gwynplaine la contempla, tressaillant, ébloui, réveillé ; réveillé de quoi ? du sommeil ? non, de l'insomnie. C'était elle, c'était Dea ; et tout à coup il sentit au plus profond de son être l'indéfinissable évanouissement de la tempête et la sublime descente du bien sur le mal ; le prodige du regard d'en haut s'opéra, la douce aveugle lumineuse, sans autre effort que sa présence, dissipa toute l'ombre en lui, le rideau de nuage s'écarta de cet esprit comme tiré par une main invisible, et Gwynplaine, enchantement céleste, eut dans la conscience une rentrée d'azur. Il redevint subitement, par la vertu de cet ange, le grand et bon Gwynplaine innocent. L'âme, comme la création, a de ces confrontations mystérieuses ; tous deux se taisaient, elle la clarté, lui le gouffre, elle divine, lui apaisé ; et au-dessus du cœur orageux de Gwynplaine, Dea resplendissait avec on ne sait quel inexprimable effet d'étoile de la mer[1].

---

1. *Maris stella* dans l'hymne à la Vierge : Dea reprend le motif du salut amorcé dans le nom de l'ourque, la *Stella matutina* (voir p. 96).

II

DU PLAISANT AU SÉVÈRE [1]

Comme c'est simple un miracle ! C'était dans la
Green-Box l'heure du déjeuner, et Dea venait tout bonnement savoir pourquoi Gwynplaine n'arrivait pas à
leur petite table du matin.

— Toi ! cria Gwynplaine, et tout fut dit. Il n'eut
plus d'autre horizon et d'autre vision que ce ciel où
était Dea.

Qui n'a pas vu, après l'ouragan, le sourire immédiat
de la mer, ne peut se rendre compte de ces apaise-
ments-là. Rien ne se calme plus vite que les gouffres.
Cela tient à leur facilité d'engloutissement. Ainsi est le
cœur humain. Pas toujours, pourtant.

Dea n'avait qu'à se montrer, toute la lumière qui
était en Gwynplaine sortait et allait à elle, et il n'y
avait plus derrière Gwynplaine ébloui qu'une fuite de
fantômes. Quelle pacificatrice que l'adoration !

Quelques instants après, tous deux étaient assis l'un
devant l'autre, Ursus entre eux, Homo à leurs pieds.
La théière, sous laquelle flambait une petite lampe,
était sur la table. Fibi et Vinos étaient dehors et
vaquaient au service.

Le déjeuner, comme le souper, se faisait dans le
compartiment du centre. De la façon dont la table très-
étroite était placée, Dea tournait le dos à la baie de la
cloison qui répondait à la porte d'entrée de la Green-
Box.

Leurs genoux se touchaient. Gwynplaine versait le
thé à Dea.

Dea soufflait gracieusement sur sa tasse. Tout à
coup, elle éternua. Il y avait en ce moment-là, au-

---

1. Second hémistiche d'un vers de l'*Art poétique* de Boileau : « Heureux
qui, dans ses vers, sait d'une voix légère / Passer du grave au doux, du
plaisant au sévère ! » (Chant I, v. 75-76).

dessus de la flamme de la lampe, une fumée qui se dissipait, et quelque chose comme du papier qui tombait en cendre. Cette fumée avait fait éternuer Dea.

— Qu'est cela ? demanda-t-elle.

— Rien, répondit Gwynplaine.

Et il se mit à sourire.

Il venait de brûler la lettre de la duchesse.

L'ange gardien de la femme aimée, c'est la conscience de l'homme qui aime.

Cette lettre de moins sur lui le soulagea étrangement, et Gwynplaine sentit son honnêteté comme l'aigle sent ses ailes.

Il lui sembla qu'avec cette fumée la tentation s'en allait, et qu'en même temps que ce papier, la duchesse tombait en cendre.

Tout en mêlant leurs tasses, buvant l'un après l'autre dans la même, ils parlaient. Babil d'amoureux, caquetage de moineaux. Enfantillages dignes de la Mère l'Oie [1] et d'Homère. Deux cœurs qui s'aiment, n'allez pas chercher plus loin la poésie ; et deux baisers qui dialoguent, n'allez pas chercher plus loin la musique.

— Sais-tu une chose ?

— Non.

— Gwynplaine, j'ai rêvé que nous étions des bêtes, et que nous avions des ailes.

— Ailes, cela veut dire oiseaux, murmura Gwynplaine.

— Bêtes, cela veut dire anges, grommela Ursus [2].

La causerie continuait :

— Si tu n'existais pas, Gwynplaine...

---

1. Contes pour amuser les enfants.   **2.** « L'homme n'est ni ange ni bête, et le malheur veut que qui veut faire l'ange fait la bête » (Pascal, *Pensées*, Le Livre de Poche, éd. Ferreyrolles, p. 370). Ursus dément la célèbre assertion pascalienne par une inversion de philosophe cynique (on sait depuis la présentation d'Homo que les bêtes sont plus que des modèles d'humanité dans *L'Homme qui rit*) et peut-être aussi suivant la croyance hugolienne d'une chaîne des êtres qui attribue aux animaux une forme d'âme, voir dans *Les Contemplations*, VI, XXVI, « Ce que dit la bouche d'ombre ».

— Eh bien ?

— C'est qu'il n'y aurait pas de bon Dieu.

— Le thé est trop chaud. Tu vas te brûler, Dea.

— Souffle sur ma tasse.

— Que tu es belle ce matin !

— Figure-toi qu'il y a toutes sortes de choses que je veux te dire.

— Dis.

— Je t'aime !

— Je t'adore !

Et Ursus faisait cet aparté :

— Par le ciel, voilà d'honnêtes gens.

Quand on s'aime, ce qui est exquis, ce sont les silences. Il se fait comme des amas d'amour, qui éclatent ensuite doucement.

Il y eut une pause après laquelle Dea s'écria :

— Si tu savais ! le soir, quand nous jouons la pièce, à l'instant où ma main touche ton front... – Oh ! tu as une noble tête, Gwynplaine ! –... à l'instant où je sens tes cheveux sous mes doigts, c'est un frisson, j'ai une joie du ciel, je me dis : Dans tout ce monde de noirceur qui m'enveloppe, dans cet univers de solitude, dans cet immense écroulement obscur où je suis, dans cet effrayant tremblement de moi et de tout, j'ai un point d'appui, le voilà. C'est lui. – C'est toi.

— Oh ! tu m'aimes, dit Gwynplaine. Moi aussi je n'ai que toi sur la terre. Tu es tout pour moi. Dea, que veux-tu que je fasse ? Désires-tu quelque chose ? que te faut-il ?

Dea répondit :

— Je ne sais pas. Je suis heureuse.

— Oh ! reprit Gwynplaine, nous sommes heureux !

Ursus éleva la voix sévèrement :

— Ah ! vous êtes heureux. C'est une contravention. Je vous ai déjà avertis. Ah ! vous êtes heureux ! Alors, tâchez qu'on ne vous voie pas. Tenez le moins de place possible. Ça doit se fourrer dans des trous, le bonheur. Faites-vous encore plus petits que vous n'êtes, si vous pouvez. Dieu mesure la grandeur du bonheur à la peti-

tesse des heureux. Les gens contents doivent se cacher
comme des malfaiteurs. Ah ! vous rayonnez, méchants
vers luisants que vous êtes, morbleu, on vous marchera
dessus, et l'on fera bien. Qu'est-ce que c'est que toutes
ces mamours-là ? Je ne suis pas une duègne, moi, dont
l'état est de regarder les amoureux se becqueter. Vous
me fatiguez, à la fin ! Allez au diable !

Et sentant que son accent revêche mollissait jusqu'à
l'attendrissement, il noya cette émotion dans un fort
souffle de bougonnement.

— Père, dit Dea, comme vous faites votre grosse
voix !

— C'est que je n'aime pas qu'on soit trop heureux,
répondit Ursus.

Ici Homo fit écho à Ursus. On entendit un grondement sous les pieds des amoureux.

Ursus se pencha et mit la main sur le crâne d'Homo.

— C'est cela, toi aussi, tu es de mauvaise humeur.
Tu grognes. Tu hérisses ta mèche sur ta caboche de
loup. Tu n'aimes pas les amourettes. C'est que tu es
sage. C'est égal, tais-toi. Tu as parlé, tu as dit ton avis,
soit ; maintenant silence.

Le loup gronda de nouveau.

Ursus le regarda sous la table.

— Paix donc, Homo ! Allons, n'insiste pas, philosophe !

Mais le loup se dressa et montra les dents du côté
de la porte.

— Qu'est-ce que tu as donc ? dit Ursus.

Et il empoigna Homo par la peau du cou.

Dea, inattentive aux grincements du loup, toute à sa
pensée, et savourant en elle-même le son de voix de
Gwynplaine, se taisait, dans cette sorte d'extase propre
aux aveugles, qui semble parfois leur donner intérieurement un chant à écouter et leur remplacer par on ne
sait quelle musique idéale la lumière qui leur manque.
La cécité est un souterrain d'où l'on entend la profonde
harmonie éternelle.

Pendant qu'Ursus, apostrophant Homo, baissait le front, Gwynplaine avait levé les yeux.

Il allait boire une tasse de thé, et ne la but pas ; il la posa sur la table avec la lenteur d'un ressort qui se détend, ses doigts restèrent ouverts, et il demeura immobile, l'œil fixe, ne respirant plus.

Un homme était debout derrière Dea, dans l'encadrement de la porte.

Cet homme était vêtu de noir avec une cape de justice. Il avait une perruque jusqu'aux sourcils, et il tenait à la main un bâton de fer sculpté en couronne aux deux bouts.

Ce bâton était court et massif.

Qu'on se figure Méduse [1] passant sa tête entre deux branches du paradis.

Ursus, qui avait senti la commotion d'un nouveau venu et qui avait dressé la tête sans lâcher Homo, reconnut ce personnage redoutable.

Il eut un tremblement de la tête aux pieds.

Il dit bas à l'oreille de Gwynplaine :

— C'est le wapentake.

Gwynplaine se souvint.

Une parole de surprise allait lui échapper. Il la retint.

Le bâton de fer terminé en couronne aux deux extrémités était l'iron-weapon.

C'était de l'iron-weapon, sur lequel les officiers de justice urbaine prêtaient serment en entrant en charge, que les anciens wapentakes de la police anglaise tiraient leur qualification.

Au delà de l'homme à la perruque, dans la pénombre, on entrevoyait l'hôtelier consterné.

L'homme, sans dire une parole, et personnifiant cette *Muta Themis* [2] des vieilles chartes, abaissa son bras droit par dessus Dea rayonnante, et toucha du bâton de fer l'épaule de Gwynplaine, pendant que, du pouce de sa main gauche, il montrait derrière lui la porte de la Green-Box. Ce double geste, d'autant plus

---

1. Voir note 1, p. 374.   **2.** « Thémis muette. » Allégorie de la justice.

impérieux qu'il était silencieux, voulait dire : Suivez-moi.

Pro signo exeundi, sursum trahe[1], dit le cartulaire[2] normand.

L'individu sur lequel venait se poser l'iron-weapon n'avait d'autre droit que le droit d'obéir. Nulle réplique à cet ordre muet. Les rudes pénalités anglaises menaçaient le réfractaire.

Sous ce rigide attouchement de la loi, Gwynplaine eut une secousse, puis fut comme pétrifié.

Au lieu d'être simplement effleuré du bâton de fer sur l'épaule, il en eût été violemment frappé sur la tête, qu'il n'eût pas été plus étourdi. Il se voyait sommé de suivre l'officier de police. Mais pourquoi ? Il ne comprenait pas.

Ursus, jeté lui aussi de son côté dans un trouble poignant, entrevoyait quelque chose d'assez distinct. Il songeait aux bateleurs et aux prédicateurs, ses concurrents, à la Green-Box dénoncée, au loup, ce délinquant, à son propre démêlé avec les trois inquisitions de Bishop'sgate ; et qui sait ? peut-être, mais ceci était effrayant, aux bavardages malséants et factieux de Gwynplaine touchant l'autorité royale. Il tremblait profondément.

Dea souriait[3].

Ni Gwynplaine ni Ursus ne prononcèrent une parole. Tous deux eurent la même pensée : ne pas inquiéter Dea. Le loup l'eut peut-être aussi, car il cessa de gronder. Il est vrai qu'Ursus ne le lâchait point.

D'ailleurs Homo, dans l'occasion, avait ses prudences. Qui n'a remarqué certaines anxiétés intelligentes des animaux ?

Peut-être, dans la mesure de ce qu'un loup peut comprendre des hommes, se sentait-il proscrit.

---

1. « Lorsqu'on te fait signe de sortir, lève-toi. » **2.** Recueil d'actes. **3.** La scène de l'arrestation est construite sur des effets d'antithèses qui accroissent le pathétique tout en ressortissant à cette esthétique du contraste systématisé qui est celle de *L'Homme qui rit* (voir la Préface).

Gwynplaine se leva.

Aucune résistance n'était possible, Gwynplaine le savait, il se rappelait les paroles d'Ursus, et aucune question n'était faisable.

Il demeura debout devant le wapentake.

Le wapentake lui retira le weapon de dessus l'épaule, et ramena à lui le bâton de fer qu'il tint droit dans la posture du commandement, attitude de police comprise alors de tout le peuple, et qui intimait l'ordre que voici :

— Que cet homme me suive, et personne autre. Restez tous où vous êtes. Silence.

Pas de curieux. La police a, de tout temps, eu le goût de ces clôtures-là.

Ce genre de saisie était qualifié « séquestre de la personne ».

Le wapentake, d'un seul mouvement, et comme une pièce mécanique qui pivote sur elle-même, tourna le dos, et se dirigea d'un pas magistral et grave vers l'issue de la Green-Box.

Gwynplaine regarda Ursus.

Ursus eut cette pantomime composée d'un haussement d'épaules, des deux coudes aux hanches avec les mains écartées, et des sourcils froncés en chevrons[1], laquelle signifie : soumission à l'inconnu.

Gwynplaine regarda Dea. Elle songeait. Elle continuait de sourire.

Il posa l'extrémité de ses doigts sur ses lèvres, et lui envoya un inexprimable baiser.

Ursus, soulagé d'une certaine quantité de terreur par le dos tourné du wapentake, saisit ce moment pour glisser dans l'oreille de Gwynplaine ce murmure :

— Sur ta vie, ne parle pas avant qu'on t'interroge !

Gwynplaine, avec ce soin de ne pas faire de bruit qu'on a dans la chambre d'un malade, décrocha de la cloison son chapeau et son manteau, s'enveloppa du manteau jusqu'aux yeux, et se rabattit le chapeau sur

---

1. En forme d'accent circonflexe.

le front ; ne s'étant pas couché, il avait encore ses vêtements de travail et au cou son esclavine[1] de cuir ; il
regarda encore une fois Dea ; le wapentake, arrivé à la
porte extérieure de la Green-Box, éleva son bâton et
commença à descendre le petit escalier de sortie ; alors
Gwynplaine se mit en marche comme si cet homme le
tirait avec une chaîne invisible ; Ursus regarda Gwynplaine sortir de la Green-Box ; le loup, à ce moment-
là, ébaucha un grondement plaintif, mais Ursus le tint
en respect, et lui dit tout bas : Il va revenir.

Dans la cour, maître Nicless, d'un geste servile et
impérieux, refoulait les cris d'effarement dans les
bouches de Vinos et de Fibi qui considéraient avec
détresse Gwynplaine emmené, et les vêtements couleur
deuil et le bâton de fer du wapentake.

Deux pétrifications, c'étaient ces deux filles. Elles
avaient des attitudes de stalactites.

Govicum, abasourdi, écarquillait sa face dans une
fenêtre entrebâillée.

Le wapentake précédait Gwynplaine de quelques pas
sans se retourner et sans le regarder, avec cette tranquillité glaciale que donne la certitude d'être la loi.

Tous deux, dans un silence de sépulcre, franchirent
la cour, traversèrent la salle obscure du cabaret et
débouchèrent sur la place. Il y avait là quelques passants groupés devant la porte de l'auberge, et le justicier-quorum[2] à la tête d'une escouade de police. Ces
curieux, stupéfaits, et sans souffler mot, s'écartèrent et
se rangèrent avec la discipline anglaise devant le bâton
du constable ; le wapentake prit la direction des petites
rues, dites alors Little Strand, qui longeaient la Tamise ;

---

1. Voir note 1, p. 404. **2.** Dans Chamberlayne (2ᵉ partie, p. 101-102),
magistrat de l'ordre public choisi par le roi pour le gouvernement civil des
provinces : « Ceux d'entre eux que le roi considère le plus, s'appellent
Justiciers *Quorum*, à l'occasion de ces paroles qu'il y a dans leur Commission, *Quorum A.B. unum esse volumus*, et sans l'avis et le consentement de
ceux-ci, ils [*sic*] ne se passe aucune Affaire d'importance dans la [*sic*]
Comté. » Leur office est d'appeler devant eux, de juger et d'emprisonner
ceux qui troublent l'ordre public.

et Gwynplaine, ayant à sa droite et à sa gauche les gens du justicier-quorum alignés en double haie, pâle, sans un geste, sans autre mouvement que les pas qu'il faisait, couvert de son manteau ainsi que d'un suaire, s'éloigna lentement de l'inn, marchant muet derrière l'homme taciturne, comme une statue qui suit un spectre.

III

LEX, REX, FEX [1]

L'arrestation sans explication, qui étonnerait fort un anglais d'aujourd'hui, était un procédé de police fort usité alors dans la Grande-Bretagne. On y eut recours, particulièrement pour les choses délicates auxquelles pourvoyaient en France les lettres de cachet [2], et en dépit de l'*habeas corpus* [3], jusque sous Georges II [4], et une des accusations dont Walpole eut à se défendre, ce fut d'avoir fait ou laissé arrêter Neuhoff de cette façon. L'accusation était probablement peu fondée, car Neuhoff, roi de Corse, fut incarcéré par ses créanciers [5].

Les prises de corps silencieuses, dont la Sainte-

---

1. « La loi, le roi, la merde. »   **2.** Lettre marquée du cachet du roi et portant un ordre de sa part ; se disait plus particulièrement des ordres d'exil et d'emprisonnement délivrés non en vertu d'un arrêt juridique, mais par ordre seul du roi.   **3.** Voir la Chronologie.   **4.** Roi d'Angleterre de 1727 à 1760.   **5.** Théodore, baron de Neuhof, aventurier allemand (1694-1756) qui se fit proclamer roi de Corse en 1736 sous le nom de Théodore Ier. Ayant dû quitter l'île sept mois plus tard, il tenta deux débarquements puis se retira à Londres où il fut effectivement emprisonné pour dettes de 1749 à 1756. D'après P. Larousse et contrairement à ce que dit Hugo, Horace Walpole, fils de Robert (voir note 1, p. 293), aida Neuhof à quitter la prison pour dettes en ouvrant une souscription en sa faveur. Neuhof mourut peu après sa libération.

Vœhme en Allemagne[1] avait fort usé, étaient admises par la coutume germanique qui régit une moitié des vieilles lois anglaises, et recommandées, en certains cas, par la coutume normande qui régit l'autre moitié. Le maître de police du palais de Justinien[2] s'appelait « le silentiaire impérial », *silentiarius imperialis*. Les magistrats anglais qui pratiquaient cette sorte de prise de corps, s'appuyaient sur de nombreux textes normands : – *Canes latrant, sergentes silent. – Sergenter agere, id est tacere*[3]. – Ils citaient Lundulphus Sagax, paragraphe 16 – : *Facit imperator silentium*[4]. – Ils citaient la charte du roi Philippe, de 1307 : – *Multos tenebimus bastonerios qui, obmutescentes, sergentare valeant*[5]. – Ils citaient les statuts de Henri Ier d'Angleterre, chapitre 53 : – *Surge signo jussus. Taciturnior esto. Hoc est esse in captione regis*[6]. – Ils se prévalaient spécialement de cette prescription considérée comme faisant partie des antiques franchises[7] féodales de l'Angleterre : – « Sous les viscomtes sont les serjans de l'espée, lesquels doivent justicier vertueusement à l'espée tous ceux qui suient malveses compagnies, gens diffamez d'aucuns crimes, et gens fuitis et forbannis,... et les doivent si vigoureusement et discrètement

---

1. Ou Sainte-Wehme. Tribunal secret très anciennement établi en Allemagne (XIIIe siècle) pour la punition des Grands que leur puissance mettait à l'abri des poursuites de la justice ordinaire. Ses membres en étaient inconnus, ses jugements secrets et les condamnés « souvent pendus et quelquefois poignardés ». Charles Quint ruina la puissance de ce tribunal puissant et mystérieux en réorganisant la justice (1532) (P. Larousse).   2. Empereur romain d'Orient (482-565) qui accomplit une œuvre législative importante en faisant recueillir et noter les principes du droit romain (dans le Code dit Code de Justinien, les *Institutes*, le *Digeste* et les *Pandectes*) qui restent le fondement du droit civil moderne.   3. « Les chiens aboient, les sergents se taisent. – Se conduire en sergent, c'est-à-dire se taire. » Ce latin macaronique est constitué d'un collage de mots trouvés dans le *Glossarium* de Du Cange (voir note 1, p. 255).   4. « L'empereur fait le silence. »   5. « Nous avons beaucoup de bâtonniers qui valent des sergents par leur silence. »   6. Roi de 1100 à 1135. « Lève-toi au signal de l'ordre. Sois silencieux. C'est cela, être aux ordres du roi. »   7. Droits, privilèges et libertés que possédaient par charte ou concession des villes ou des pays, des corps constitués, limitant ainsi le pouvoir de l'autorité souveraine.

appréhender, que la bonne gent qui sont paisibles soient gardez paisiblement, et que les malfeteurs soient espoantés. » Être arrêté de la sorte, c'était être saisi « ô le glaive de l'espée » (*Vetus Consuetudo Normanniæ*[1], MS. I. part. Sect. I cap. II). Les jurisconsultes invoquaient en outre, *in Charta Ludovici Hutini pro normannis*[2], le chapitre *servientes spathæ*[3]. Les *servientes spathæ*, dans l'approche graduelle de la basse latinité jusqu'à nos idiomes, sont devenus *sergentes spadæ*.

Les arrestations silencieuses étaient le contraire de la clameur de haro[4], et indiquaient qu'il convenait de se taire jusqu'à ce que de certaines obscurités fussent éclaircies.

Elles signifiaient : Questions réservées.

Elles indiquaient, dans l'opération de police, une certaine quantité de raison d'état.

Le terme de droit *private*, qui veut dire *à huis clos*, s'appliquait à ce genre d'arrestations.

C'est de cette manière qu'Édouard III avait, selon quelques annalistes, fait saisir Mortimer dans le lit de sa mère Isabelle de France. Ici encore on peut douter, car Mortimer soutint un siège dans sa ville avant d'être pris[5].

Warwick, le Faiseur de rois[6], pratiquait volontiers ce mode « d'attraire les gens ».

----

1. « Ancienne coutume de Normandie. »   2. « Dans la Charte de Louis le Hutin pour les Normands » (Louis VII).   3. Sergents à verge (aujourd'hui huissiers).   4. Dans le droit ancien, formule juridique prononcée dans les cas d'urgence : d'après la coutume de Normandie, celui qui assistait à un crime devait « crier le haro » et ceux qui l'avaient entendu, lui prêter main-forte pour arrêter le coupable.   5. Roger, comte de Mortimer (1287-1330), amant puissant de la reine Isabelle de France, fille de Philippe le Bel et reine d'Angleterre, aida celle-ci à prendre le pouvoir et à assassiner son époux, Édouard II, pour placer sur le trône le jeune Édouard III. À sa majorité, lassé des exactions de Mortimer, le roi le fit arrêter et le livra au Parlement qui le condamna sans même l'avoir interrogé et garda la reine prisonnière (P. Larousse).   6. Le comte de Warwick, homme politique anglais (1428-1471) qui, lors de la guerre des Deux-Roses, soutint et fit d'abord couronner Édouard IV contre Henri VI. Lorsqu'il perdit la faveur d'Édouard IV, il travailla avec succès à faire remonter Henri VI sur le trône.

Cromwell l'employait, surtout dans le Connaught ; et ce fut avec cette précaution du silence que Trailie-Arcklo, parent du comte d'Ormond, fut arrêté dans Kilmacaugh[1].

Ces prises de corps par le simple geste de justice représentaient plutôt le mandat de comparution que le mandat d'arrêt.

Elles n'étaient parfois qu'un procédé d'information, et impliquaient même, par le silence imposé à tous, un certain ménagement pour la personne saisie.

Pour le peuple, peu au fait de ces nuances, elles étaient particulièrement terrifiantes.

L'Angleterre, qu'on ne l'oublie pas, n'était pas en 1705, ni même beaucoup plus tard, ce qu'elle est de nos jours. L'ensemble était très-confus et parfois très-oppressif ; Daniel de Foë, qui avait tâté du pilori[2], caractérise quelque part l'ordre social anglais par ces mots : « les mains de fer de la loi ». Il n'y avait pas seulement la loi, il y avait l'arbitraire. Qu'on se rappelle Steele chassé du parlement[3], Locke chassé de sa chaire[4] ; Hobbes[5] et Gibbon[6], forcés de fuir ; Charles

---

1. Jacques Butler, comte puis duc d'Ormond (1610-1688), partisan de Charles Ier et nommé vice-roi d'Irlande en 1644, soutint le parti des royalistes. En 1649, à l'annonce de l'exécution du roi, il fit proclamer le prince de Galles roi sous le nom de Charles II et soutint la rébellion royaliste irlandaise, marchant sur Dublin. Il fut arrêté entre autres par l'arrivée de Cromwell en Irlande et s'exila en France (1650). Important conseiller de Charles II, il reviendra au pouvoir avec lui à la Restauration.   2. Voir note 1, p. 464.   3. Sir Richard Steele, journaliste, essayiste, auteur dramatique et homme politique irlandais (1672-1729). Partisan des whigs, il attaqua avec vigueur les tories, et fut exclu de la Chambre des Communes comme auteur d'écrits séditieux en mars 1714. 4. John Locke (voir note 1, p. 285) que Charles II et Jacques II considéraient comme hostile à la dynastie des Stuarts, fut dépouillé de son titre de *fellow* à l'Université d'Oxford (P. Larousse).   5. Thomas Hobbes, philosophe anglais (1588-1679), précepteur du fils de W. Cavendish et célèbre en particulier pour sa théorie de l'état de nature et du contrat social (*Léviathan*, 1651), à laquelle Rousseau s'opposera. Il dut fuir l'Angleterre et séjourner en France de 1640 à 1651, craignant d'être suspecté pour ses opinions royalistes. 6. Edward Gibbon, historien anglais (1737-1794), auteur d'une des premières tentatives d'histoire scientifique, *Histoire du déclin et de la chute de l'Empire romain* (1776), entré au Parlement, en fut chassé en 1782 par une révolution ministérielle et décida de quitter l'Angleterre et de se retirer à Lausanne.

Churchill[1], Hume[2], Priestley[3] persécutés ; John Wilkes[4] mis à la Tour. Qu'on énumère, le compte sera
long, les victimes du statut *seditious libel*. L'inquisition avait un peu fusé par toute l'Europe : ses pratiques
de police faisaient école. Un attentat monstrueux à tous
les droits était possible en Angleterre ; qu'on se sou-
vienne du *Gazetier cuirassé*. En plein dix-huitième
siècle, Louis XV faisait enlever dans Piccadily les écrivains qui lui déplaisaient[5]. Il est vrai que Georges III
empoignait en France le prétendant au beau milieu de
la salle de l'Opéra. C'étaient deux bras très longs ;

----

1. Charles Churchill, poète satirique anglais (1731-1764), connu pour sa
plume virulente, lié à John Wilkes sous l'inspiration duquel il écrivit une *Prophétie de la famine*.   **2.** David Hume, célèbre philosophe britannique (1711-
1776) fondateur de l'empirisme (*Essais philosophiques sur l'entendement
humain*, 1748) mais également auteur d'une *Histoire d'Angleterre* (publiée de
1754 à 1759) qui fut très mal accueillie dans son pays.   **3.** Joseph Priestley,
chimiste, philosophe et théologien anglais (1733-1804). Ce fondateur de la
chimie moderne par ses travaux sur les gaz se passionnait aussi pour des
polémiques religieuses qui lui firent beaucoup d'ennemis, en particulier
dans l'Église anglicane, à tel point que « c'était une grande recommandation
aux bienfaits du gouvernement que d'avoir combattu les opinions de Priestley » (P. Larousse). Ayant salué la Révolution française, il fut nommé
citoyen français et membre de l'Assemblée nationale, ce qui lui valut, le
14 juillet 1791, à la date anniversaire de la prise de la Bastille, de voir sa
maison saccagée et incendiée par ses compatriotes. Il dut s'exiler en Amérique en 1794.   **4.** John Wilkes, homme politique britannique (1727-
1797), défenseur des libertés traditionnelles contre l'autoritarisme royal,
fondateur du journal *The North Briton* où il publia de virulentes attaques
contre le gouvernement du roi George III ; il fut emprisonné à plusieurs
reprises, sut exploiter la publicité de ses incarcérations pour être triomphalement réélu au Parlement en 1768.   **5.** Charles Thévenot (ou Theveneau),
dit Theveneau de Morande (1748-v. 1803), pamphlétaire français installé
en Angleterre où il publiait de violents libelles, dont le plus célèbre fut, en
1771, *Le Gazetier cuirassé ou Anecdotes scandaleuses de la Cour de
France*, qui « fournit de curieux détails de mœurs sur l'époque dépravée de
Louis XV » (P. Larousse). C'est parce qu'il rassembla des documents sur
la comtesse du Barry, maîtresse du roi, en menaçant celui-ci de les publier
sous le titre *Mémoires d'une femme publique*, que Louis XV demanda l'accord du gouvernement anglais pour un enlèvement. Morande avait eu vent
du projet et il ameuta la foule contre les émissaires de Louis XV, qui finit
par envoyer Beaumarchais acheter le silence de Morande pour une très
coquette somme. Le personnage, maître chanteur qui ne demandait que cela,
s'empressa d'accepter...

celui du roi de France allait jusque dans Londres, et celui du roi d'Angleterre jusque dans Paris. Telles étaient les libertés.

Ajoutons qu'on exécutait volontiers les gens dans l'intérieur des prisons ; escamotage mêlé au supplice ; expédient hideux, auquel l'Angleterre revient en ce moment ; donnant ainsi au monde le singulier spectacle d'un grand peuple qui, voulant améliorer, choisit le pire, et qui, ayant devant lui, d'un côté le passé, de l'autre le progrès, se trompe de visage, et prend la nuit pour le jour.

IV

URSUS ESPIONNE LA POLICE

Ainsi que nous l'avons dit, selon les très-rigides lois de la police d'alors, la sommation de suivre le wapentake, adressée à un individu, impliquait pour toute autre personne présente le commandement de ne point bouger.

Quelques curieux pourtant s'obstinèrent, et accompagnèrent de loin le cortège qui emmenait Gwynplaine.

Ursus fut du nombre.

Ursus avait été pétrifié autant qu'on a le droit de l'être. Mais Ursus, tant de fois assailli par les surprises de la vie errante et par les méchancetés de l'inattendu, avait, comme un navire de guerre, son branle-bas de combat qui appelle au poste de bataille tout l'équipage, c'est-à-dire toute l'intelligence.

Il se dépêcha de n'être plus pétrifié, et se mit à réfléchir. Il ne s'agit pas d'être ému, il s'agit de faire face.

Faire face à l'incident, c'est le devoir de quiconque n'est pas imbécile.

Ne pas chercher à comprendre, mais agir. Tout de suite. Ursus s'interrogea.

Qu'y avait-il à faire ?

Gwynplaine parti, Ursus se trouvait placé entre deux craintes : la crainte pour Gwynplaine, qui lui disait de suivre ; la crainte pour lui-même, qui lui disait de rester.

Ursus avait l'intrépidité d'une mouche et l'impassibilité d'une sensitive [1]. Son tremblement fut indescriptible. Pourtant il prit héroïquement son parti, et se décida à braver la loi et à suivre le wapentake, tant il était inquiet de ce qui pouvait arriver à Gwynplaine.

Il fallait qu'il eût bien peur pour avoir tant de courage.

À quels actes de vaillance l'épouvante peut pousser un lièvre !

Le chamois éperdu saute les précipices. Être effrayé jusqu'à l'imprudence, c'est une des formes de l'effroi.

Gwynplaine avait été enlevé plutôt qu'arrêté. L'opération de police s'était exécutée si rapidement que le champ de foire, d'ailleurs peu fréquenté à cette heure matinale, avait été à peine ému. Presque personne ne se doutait dans les baraques du Tarrinzeau-field que le wapentake était venu chercher l'Homme qui Rit. De là le peu de foule.

Gwynplaine, grâce à son manteau et à son feutre, qui se rejoignaient presque sur son visage, ne pouvait être reconnu des passants.

Avant de sortir à la suite de Gwynplaine, Ursus eut une précaution. Il prit à part maître Nicless, le boy Govicum, Fibi et Vinos, et leur prescrivit le plus absolu silence vis-à-vis de Dea, ignorante de tout ; qu'on eût soin de ne pas souffler un mot qui pût lui faire soupçonner ce qui s'était passé ; qu'on lui expliquât par les soins de ménage de la Green-Box l'absence de Gwynplaine et d'Ursus ; que d'ailleurs c'était bientôt l'heure de son sommeil au milieu du jour, et qu'avant que Dea

---

1. Variété de mimosa dont les feuilles se rétractent au contact ; par métaphore et analogie, désigne une personne d'une grande sensibilité, qui se replie facilement sur elle-même.

fût éveillée, il serait de retour, lui Ursus, avec Gwynplaine, tout cela n'étant qu'un malentendu, un mistake,
comme on dit en Angleterre ; qu'il leur serait bien
facile à Gwynplaine et à lui d'éclairer les magistrats et
la police ; qu'ils feraient toucher du doigt la méprise,
et que tout à l'heure ils allaient revenir tous deux. Surtout que personne ne dît rien à Dea. Ces recommanda-
tions faites, il partit.

Ursus put, sans être remarqué, suivre Gwynplaine.
Quoiqu'il se tînt à la plus grande distance possible, il
s'arrangea de façon à ne pas le perdre de vue. La hardiesse dans le guet, c'est la bravoure des timides.

Après tout, et si solennel que fût l'appareil, Gwynplaine n'était peut-être que cité à comparaître devant
le magistrat de simple police pour quelque infraction
sans gravité.

Ursus se disait que cette question allait être tout de
suite résolue.

L'éclaircissement se ferait, sous ses yeux mêmes,
par la direction que prendrait l'escouade emmenant
Gwynplaine au moment où, parvenue aux limites du
Tarrinzeau-field, elle atteindrait l'entrée des ruelles du
Little-Strand.

Si elle tournait à gauche, c'était qu'elle conduisait
Gwynplaine à la maison de ville de Southwark. Peu de
chose à craindre alors : quelque méchant délit municipal, une admonition du magistrat, deux ou trois shellings d'amende, puis Gwynplaine serait lâché, et la
représentation de *Chaos vaincu* aurait lieu le soir
même comme à l'ordinaire. Personne ne se serait
aperçu de rien.

Si l'escouade tournait à droite, c'était sérieux.

Il y avait de ce côté-là des lieux sévères.

À l'instant où le wapentake, menant les deux files
d'argousins[1] entre lesquelles marchait Gwynplaine,
arriva aux petites rues, Ursus, haletant, regarda. Il

---

1. Agent de police.

existe des moments où tout l'homme passe dans les
yeux.

De quel côté allait-on tourner ?

On tourna à droite.

Ursus, chancelant d'effroi, s'appuya contre un mur
pour ne point tomber.

Rien d'hypocrite comme ce mot qu'on se dit à soi-
même : *Je veux savoir à quoi m'en tenir.* Au fond, on
ne le veut pas du tout. On a une peur profonde. L'angoisse se complique d'un effort obscur pour ne point
conclure. On ne se l'avoue pas, mais on reculerait
volontiers, et quand on a avancé, on se le reproche.

C'est ce que fit Ursus. Il pensa avec frisson :

— Voilà qui tourne mal. J'aurais toujours su cela
assez tôt. Qu'est-ce que je fais là à suivre Gwynplaine ?

Cette réflexion faite, comme l'homme n'est que
contradiction, il doubla le pas, et, maîtrisant son
anxiété, il se hâta, afin de se rapprocher de l'escouade
et de ne pas laisser se rompre dans le dédale des rues
de Southwark le fil entre Gwynplaine et lui Ursus.

Le cortège de police ne pouvait aller vite, à cause
de sa solennité.

Le wapentake l'ouvrait.

Le justicier-quorum le fermait.

Cet ordre impliquait une certaine lenteur.

Toute la majesté possible au recors [1] éclatait dans le
justicier-quorum. Son costume tenait le milieu entre le
splendide accoutrement du docteur en musique d'Oxford et l'ajustement sobre et noir du docteur en divinité
de Cambridge. Il avait des habits de gentilhomme sous
un long godebert qui est une mante fourrée de dos de
lièvre de Norvège. Il était mi-parti gothique et

---

1. Avant l'abolition de la contrainte par corps en matière civile et
commerciale, ce nom servait à désigner les personnes accompagnant les
huissiers pour leur servir de témoins et leur prêter main-forte au besoin. Par
extension, le terme désigne l'agent préposé à l'exécution des ordres de la
justice.

moderne, ayant une perruque comme Lamoignon[1] et
des manches mahoîtres[2] comme Tristan l'Hermite[3].
Son gros œil rond couvait Gwynplaine avec une fixité
de hibou. Il marchait en cadence. Impossible de voir
un bonhomme plus farouche.

Ursus, un moment dérouté dans l'écheveau brouillé
des ruelles, parvint à rejoindre près de Sainte-Marie
Over-Ry le cortège qui, heureusement, avait été retardé
dans le préau de l'église par une batterie d'enfants et
de chiens, incident habituel des rues de Londres, *dogs
and boys*, disent les vieux registres de police, lesquels
font passer les chiens avant les enfants.

Un homme conduit au magistrat par les gens de
police étant, après tout, un événement fort vulgaire, et
chacun ayant ses affaires, les curieux s'étaient dis-
persés. Il n'était resté, sur la piste de Gwynplaine,
qu'Ursus.

On passa devant les deux chapelles, qui se faisaient
face, des Recreative Religionists et de la Ligue Halle-
luiah, deux sectes d'alors qui subsistent encore aujour-
d'hui.

Puis le cortège serpenta de ruelle en ruelle, choisissant de préférence les roads non encore bâtis, les rows
où poussait l'herbe et les lanes déserts, et fit force
zigzags.

Enfin il s'arrêta.

On était dans une ruette exiguë. Pas de maisons, si
ce n'est à l'entrée deux ou trois masures. Cette ruette
était composée de deux murs, l'un à gauche, bas ;
l'autre à droite, haut. La muraille haute était noire et
maçonnée à la saxonne, avec des créneaux, des scorpions[4] et des carrés de grosses grilles sur des soupiraux
étroits. Aucune fenêtre ; çà et là seulement des fentes,

---

1. Voir note 3, p. 314.   **2.** Avec un bourrelet d'étoffe montant et rem-
bourré qui couvre l'épaule et le bras jusqu'au coude ; à la mode au xve siècle.
3. Écrivain du xviie siècle (1601-1665), auteur, entre autres, d'un roman
autobiographique, *Le Page disgracié* (1643).   **4.** Petites machines de
guerre utilisées par les Anciens et au Moyen Âge pour lancer des projectiles.

qui étaient d'anciennes embrasures de pierriers[1] et d'archegayes[2]. On voyait, au pied de ce grand mur, comme le trou au bas de la ratière, un tout petit guichet, très-surbaissé.

Ce guichet, emboîté dans un lourd plein cintre de pierre, avait un judas grillé, un marteau massif, une large serrure, des gonds noueux et robustes, un enchevêtrement de clous, une cuirasse de plaques et de peintures, et était fait de fer plus que de bois.

Personne dans la ruette. Pas de boutiques. Pas de passants. Mais on entendait tout près un bruit continu comme si la ruette eût été parallèle à un torrent. C'était un vacarme de voix et de voitures. Il était probable qu'il y avait de l'autre côté de l'édifice noir une grande rue, sans doute la rue principale de Southwark, laquelle se reliait d'un bout à la route de Cantorbéry et de l'autre bout au pont de Londres.

Dans toute la longueur de la ruette un guetteur, en dehors du cortège enveloppant Gwynplaine, n'eût vu d'autre face humaine que le blême profil d'Ursus, risqué et à demi avancé dans la pénombre d'un coin de mur, regardant et ayant peur de voir. Il s'était posté dans le repli que faisait un zigzag de la rue.

L'escouade se groupa devant le guichet.

Gwynplaine était au centre, mais avait maintenant derrière lui le wapentake et son bâton de fer.

Le justicier-quorum leva le marteau et frappa trois coups.

Le judas s'ouvrit.

Le justicier-quorum dit :

— De par sa majesté.

La pesante porte de chêne et de fer tourna sur ses gonds, et une ouverture livide et froide s'offrit, pareille à une bouche d'antre. Une voûte hideuse se prolongeait dans l'ombre.

Ursus vit Gwynplaine disparaître là-dessous.

---

1. Gros mortiers servant à lancer des pierres et des grenades.　2. Ancienne lance gauloise dont se servaient les cavaliers (P. Larousse).

V

MAUVAIS LIEU

Le wapentake entra après Gwynplaine.

Puis le justicier-quorum.

Puis toute l'escouade.

Le guichet se referma.

La pesante porte revint s'appliquer hermétiquement sur ses chambranles de pierre sans qu'on vît qui l'avait ouverte ni qui la refermait. Il semblait que les verroux rentrassent d'eux-mêmes dans leurs alvéoles. Quelques-uns de ces mécanismes inventés par l'antique intimidation existent encore dans les très-vieilles maisons de force. Porte dont on ne voyait pas le portier. Cela faisait ressembler le seuil de la prison au seuil de la tombe.

Ce guichet était la porte basse de la geôle de Southwark.

Rien dans cet édifice vermoulu et revêche ne démentait la mine discourtoise propre à une prison.

Un temple païen, construit par les vieux Cattieuchlans pour les Mogons, qui sont d'anciens dieux anglais, devenu palais pour Ethelulfe et forteresse pour saint Édouard, puis élevé à la dignité de prison en 1199 par Jean Sans-Terre[1], c'était là la geôle de Southwark. Cette geôle, d'abord traversée par une rue, comme Chenonceaux[2] l'est par une rivière, avait été pendant un siècle ou deux une *gate*, c'est-à-dire une porte de faubourg ; puis on avait muré le passage. Il reste en Angleterre quelques prisons de ce genre ; ainsi, à Londres, Newgate ; à Cantorbéry, Westgate ; à Édimbourg, Canongate. En France la Bastille a d'abord été une porte.

---

1. Jean sans Terre, roi d'Angleterre de 1199 à 1216. **2.** Chef-d'œuvre de la Renaissance, le château de Chenonceaux, en Touraine, fut occupé par Diane de Poitiers puis Catherine de Médicis : la première ajouta un pont à cinq arches sur le Cher et la seconde fit élever sur ce pont deux étages de galeries dont la sobriété annonce le classicisme.

Presque toutes les geôles d'Angleterre offraient le même aspect, grand mur au dehors, au dedans une ruche de cachots. Rien de funèbre comme ces gothiques prisons où l'araignée et la justice tendaient leurs toiles, et où John Howard[1], ce rayon, n'avait pas encore pénétré. Toutes, comme l'antique géhenne de Bruxelles, eussent pu être appelées Treurenberg, *maison des pleurs*.

On éprouvait, en présence de ces constructions inclémentes et sauvages, la même angoisse que ressentaient les navigateurs antiques devant les enfers d'esclaves dont parle Plaute, îles ferricrépitantes, *ferricrepiditæ insulæ*[2], lorsqu'ils passaient assez près pour entendre le bruit des chaînes.

La geôle de Southwark, ancien lieu d'exorcismes et de tourments, avait d'abord eu pour spécialité les sorciers, ainsi que l'indiquaient ces deux vers gravés sur une pierre fruste au-dessus du guichet :

> *Sunt arreptitii vexati dæmone multo.*
> *Est energumenus quem dæmon possidet unus**.

Vers qui fixent la nuance délicate entre le démoniaque et l'énergumène[3].

Au-dessus de cette inscription était clouée à plat contre le mur, signe de haute justice, une échelle de pierre, laquelle avait été de bois jadis, mais changée en

---

* Dans le démoniaque un enfer se démène.
 Avec un simple diable, on n'est qu'énergumène.

---

1. Célèbre philanthrope anglais (1726-1770) qui mena une enquête attentive sur les maisons de détention, en Grande-Bretagne puis en Europe et jusqu'en Crimée. Ses travaux (*État des prisons en Angleterre*, 1777-1784, et *Histoire des principaux lazarets de l'Europe*, 1789) ont contribué à adoucir le système pénitentiaire en Europe.	**2.** Dans *La Comédie des Ânes* de Plaute, l'esclave Liban parle des « *ferricrepinas insulas* », « les îles de Grincent-les-fers » où l'on envoie les esclaves pour les punir.	**3.** Au sens étymologique et premier du terme, personne possédée par le démon.

pierre par l'enfouissement dans la terre pétrifiante du lieu nommé Aspley-Gowis, près l'abbaye de Woburn[1].

La prison de Southwark, aujourd'hui démolie, donnait sur deux rues, auxquelles, comme *gate*, elle avait autrefois servi de communication, et avait deux portes : sur la grande rue, la porte d'apparat, destinée aux autorités, et, sur la ruette, la porte de souffrance, destinée au reste des vivants. Et aux trépassés aussi ; car lorsqu'il mourait un prisonnier dans la geôle, c'était par là que le cadavre sortait[2]. Une libération comme une autre.

La mort, c'est l'élargissement dans l'infini.

C'est par l'entrée de souffrance que Gwynplaine venait d'être introduit dans la prison.

La ruette, nous l'avons dit, n'était autre chose qu'un petit chemin caillouté, serré entre deux murs se faisant face. Il y a en ce genre à Bruxelles le passage dit : *Rue d'une personne*. Les deux murs étaient inégaux ; le haut mur était la prison, le mur bas était le cimetière. Ce mur bas, clôture du pourrissoir mortuaire de la geôle, ne dépassait guère la stature d'un homme. Il était percé d'une porte, vis-à-vis le guichet de la geôle. Les morts n'avaient que la peine de traverser la rue. Il suffisait de longer le mur une vingtaine de pas pour entrer au cimetière. Sur la muraille haute était appliquée une échelle patibulaire[3], en face sur la muraille basse était sculptée une tête de mort. L'un de ces murs n'égayait pas l'autre.

---

1. Woburn est une ville et un comté au sud-ouest de Bedford, connu au XIXe siècle pour « le beau château moderne des ducs de Bedford, bâti sur l'emplacement d'une ancienne abbaye de cisterciens fondée en 1145 » (P. Larousse). 2. Préparation dramatique du chapitre II, VI, 4.   3. Servant de gibet.

VI

QUELLES MAGISTRATURES IL Y AVAIT SOUS LES
PERRUQUES D'AUTREFOIS

Quelqu'un qui, en ce moment-là, eût regardé de l'autre côté de la prison, du côté de la façade, eût aperçu la grande rue de Southwark, et eût pu remarquer, en station devant la porte monumentale et officielle de la geôle, une voiture de voyage, reconnaissable à sa « loge de carrosse » qu'on appellerait aujourd'hui cabriolet. Un cercle de curieux entourait cette voiture. Elle était armoriée, et l'on en avait vu descendre un personnage qui était entré dans la prison ; probablement un magistrat, conjecturait la foule ; les magistrats en Angleterre étant souvent nobles et ayant presque toujours « droit d'écuage ». En France, blason et robe s'excluaient presque ; le duc de Saint-Simon[1] dit en parlant des magistrats : « Les gens de cet état. » En Angleterre un gentilhomme n'était point déshonoré parce qu'il était juge.

Le magistrat ambulant existe en Angleterre ; il s'appelle *juge de circuit*, et rien n'était plus simple que de voir dans ce carrosse le véhicule d'un magistrat en tournée. Ce qui était moins simple, c'est que le personnage supposé magistrat était descendu, non de la voiture même, mais de la loge de devant, place qui n'est pas habituellement celle du maître. Autre particularité : on voyageait à cette époque, en Angleterre, de deux façons, par « le carrosse de diligence » à raison d'un shelling tous les cinq milles, et en poste[2] à franc-étrier[3] moyennant trois sous par mille et quatre sous au pos-

---

1. Célèbre mémorialiste français du XVIIᵉ siècle dont les *Mémoires*, admirés par Chateaubriand, Stendhal et Proust, couvrent une période allant de la fin du règne de Louis XIV à la Régence (1691-1723). Si certains extraits avaient circulé au XVIIIᵉ siècle, la première édition à peu près complète ne vit le jour qu'en 1829.   **2.** En louant un cheval que l'on change à chaque relais de poste.   **3.** De toute la vitesse de son cheval.

tillon après chaque poste ; une voiture de maître, qui se passait la fantaisie de voyager par relais, payait par cheval et par mille autant de shellings que le cavalier courant la poste payait de sous ; or, la voiture arrêtée devant la geôle de Southwark était attelée de quatre chevaux et avait deux postillons, luxe de prince. Enfin, ce qui achevait d'exciter et de déconcerter les conjectures, cette voiture était minutieusement fermée. Les panneaux pleins étaient levés. Les vitres étaient bouchées avec des volets ; toutes les ouvertures par où l'œil eût pu pénétrer étaient masquées ; du dehors on ne pouvait rien voir dedans, et il est probable que du dedans on ne pouvait rien voir dehors. Du reste, il ne semblait pas qu'il y eût quelqu'un dans cette voiture.

Southwark étant dans le Surrey, c'est au shériff du comté de Surrey que ressortissait la prison de Southwark. Ces juridictions distinctes étaient très-fréquentes en Angleterre. Ainsi, par exemple, la Tour de Londres n'était supposée située dans aucun comté ; c'est-à-dire que, légalement, elle était en quelque sorte en l'air. La Tour ne reconnaissait d'autre autorité juridique que son constable, qualifié *custos turris*[1]. La Tour avait sa juridiction, son église, sa cour de justice et son gouvernement à part. L'autorité du *custos*, ou constable, s'étendait hors de Londres sur vingt-et-un *hamlets*, traduisez : *hameaux*. Comme en Grande-Bretagne les singularités légales se greffent les unes sur les autres, l'office de maître-canonnier[2] d'Angleterre relevait de la Tour de Londres.

D'autres habitudes légales semblent plus bizarres encore. Ainsi la cour de l'amirauté anglaise consulte et applique les lois de Rhodes et d'Oleron (île française qui a été anglaise).

Le shériff d'une province était très-considérable. Il était toujours écuyer, et quelquefois chevalier. Il était qualifié *spectabilis* dans les vieilles chartes ; « homme

---

1. Le gardien de la tour.   **2.** Dans la marine, sous-officier qui commande aux canonniers (P. Larousse).

à regarder ». Titre intermédiaire entre : *illustris* et *cla-
rissimus*[1], moins que le premier, plus que le second.
Les shériffs des comtés étaient jadis choisis par le
peuple, mais Édouard II[2], et après lui Henri VI[3], ayant
repris cette nomination pour la couronne, les shériffs
étaient devenus une émanation royale. Tous recevaient
leur commission de sa majesté, excepté le shériff du
Westmoreland qui était héréditaire, et les shériffs de
Londres et de Middlesex qui étaient élus par la livery[4]
dans le Commonhall. Les shériffs de Galles et de Chester possédaient de certaines prérogatives fiscales.
Toutes ces charges subsistent encore en Angleterre,
mais, usées peu à peu au frottement des mœurs et des
idées, elles n'ont plus la même physionomie qu'autrefois. Le shériff du comté avait la fonction d'escorter et
de protéger les « juges itinérants ». Comme on a deux
bras, il avait deux officiers, son bras droit, le sous-
shériff, et son bras gauche, le justicier-quorum. Le
justicier-quorum, assisté du bailli de la centaine, qualifié wapentake, appréhendait, interrogeait, et, sous la
responsabilité du shériff, emprisonnait, pour être jugés
par les juges de circuit, les voleurs, meurtriers, séditieux, vagabonds, et tous gens de félonie. La nuance
entre le sous-shériff et le justicier-quorum, dans leur
service hiérarchique vis-à-vis du shériff, c'est que le
sous-shériff accompagnait, et que le justicier-quorum
assistait. Le shériff tenait deux cours, une cour séden-
taire et centrale, la County-court, et une cour
voyageante, la Shériff-turn. Il représentait ainsi l'unité
et l'ubiquité. Il pouvait comme juge se faire aider et
renseigner, dans les questions litigieuses, par un sergent de la coiffe, dit *sergens coifœ*, qui est un sergent

---

1. « Illustre et très considéré. » Titres donnés à certains fonctionnaires
dans l'Empire romain.   2. Roi d'Angleterre de 1307 à 1327.   3. Roi
d'Angleterre de 1422 à 1461 et de 1470 à 1471.   4. Précision donnée par
l'abbé Coyer, *Nouvelles Observations sur l'Angleterre* (1779). Les officiers
publics municipaux sont élus : « Pour avoir le droit de voter, il faut être
Livery-man, c'est-à-dire Citoyen de Londres et homme libre, ce qui exclut
les Domestiques, les Apprentis et les Mineurs » (Lettre XIV).

en droit et qui porte, sous sa calotte noire, une coiffe de toile blanche de Cambray. Le shériff désencombrait les maisons de justice ; quand il arrivait dans une ville de sa province, il avait le droit d'expédier sommairement les prisonniers, ce qui aboutissait soit à leur renvoi, soit à leur pendaison, et ce qui s'appelait « délivrer la geôle », *goal delivery*. Le shériff présentait le bill[1] de mise en cause aux vingt-quatre jurés d'accusation ; s'ils l'approuvaient, ils écrivaient dessus : *billa vera*[2] ; s'ils le désapprouvaient, ils écrivaient : *ignoramus*[3] ; alors l'accusation était annulée et le shériff avait le privilége de déchirer le bill. Si, pendant la délibération, un juré mourait, ce qui, de droit, acquittait l'accusé et le faisait innocent, le shériff, qui avait eu le privilége d'arrêter l'accusé, avait le privilége de le mettre en liberté. Ce qui faisait singulièrement estimer et craindre le shériff, c'est qu'il avait pour charge d'exécuter « *tous les ordres de sa majesté* » ; latitude redoutable. L'arbitraire se loge dans ces rédactions-là. Les officiers qualifiés verdeors, et les coroners faisaient cortège au shériff[4], et les clercs du marché lui prêtaient main-forte, et il avait une très-belle suite de gens à cheval et de livrées. Le shériff, dit Chamberlayne[5], est « la vie de la Justice, de la Loi et de la Comté. »

En Angleterre, une démolition insensible pulvérise et désagrège perpétuellement les lois et les coutumes. De nos jours, insistons-y, ni le shériff, ni le wapentake, ni le justicier-quorum, ne pratiqueraient leurs charges comme ils les pratiquaient en ce temps-là. Il y avait dans l'ancienne Angleterre une certaine confusion de pouvoirs, et les attributions mal définies se résolvaient en empiétements, qui seraient impossibles aujourd'hui. La promiscuité de la police et de la justice a cessé. Les noms sont restés, les fonctions se sont modifiées. Nous croyons même que le mot *wapentake* a changé de sens.

---

1. Voir note 2, p. 53.   **2.** « L'acte dit vrai. »   **3.** « Nous ignorons. »
4. Le shériff et ses agents sont chargés de l'exécution des lois dans chaque comté.   **5.** Voir note 2, p. 72.

Il signifiait une magistrature, maintenant il signifie une division territoriale ; il spécifiait le centenier, il spécifie le canton *(centum)*.

Du reste, à cette époque, le shériff de comté combinait, avec quelque chose de plus et quelque chose de moins, et condensait dans son autorité, à la fois royale et municipale, les deux magistrats qu'on appelait jadis en France Lieutenant civil de Paris et Lieutenant de police. Le lieutenant civil de Paris est assez bien qualifié par cette vieille note de police : « M. le lieutenant civil ne hait pas les querelles domestiques, parce que le pillage est toujours pour lui. » (22 juillet 1704.) Quant au lieutenant de police, personnage inquiétant, multiple et vague, il se résume en l'un de ses meilleurs types, René d'Argenson, qui, au dire de Saint-Simon, avait sur son visage les trois juges d'enfer mêlés[1].

Ces trois juges d'enfer étaient, on l'a vu, à la Bishop'sgate de Londres.

VII

FRÉMISSEMENT

Quand Gwynplaine entendit le guichet, grinçant de tous ses verroux, se refermer, il tressaillit. Il lui sembla que cette porte, qui venait de se clore, était la porte de communication de la lumière avec les ténèbres, donnant d'un côté sur le fourmillement terrestre, et de l'autre sur le monde mort, et que maintenant toutes les choses qu'éclaire le soleil étaient derrière lui, qu'il

---

1. Marc-René de Voyer d'Argenson (1652-1721), lieutenant général de police en 1697, puis président du conseil de l'intérieur, fut l'inventeur de la police politique et des lettres de cachet. Saint-Simon le peint effectivement comme possédant « une figure effrayante, qui retraçait celle des trois juges des Enfers » *(Mémoires,* année 1718).

avait franchi la frontière de ce qui est la vie, et qu'il était dehors. Ce fut un profond serrement de cœur. Qu'allait-on faire de lui ? Qu'est-ce que tout cela voulait dire ?

Où était-il ?

Il ne voyait rien autour de lui ; il se trouvait dans du noir. La porte en se fermant l'avait fait momentanément aveugle. Le vasistas était fermé comme la porte. Pas de soupirail, pas de lanterne. C'était une précaution des vieux temps. Il était défendu d'éclairer l'abord intérieur des geôles, afin que les nouveaux venus ne pussent faire aucune remarque.

Gwynplaine étendit les mains et toucha le mur à sa droite et à sa gauche ; il était dans un couloir. Peu à peu, ce jour de cave qui suinte on ne sait d'où et qui flotte dans les lieux obscurs, et auquel s'ajuste la dilatation des pupilles, lui fit distinguer çà et là un linéament, et le couloir s'ébaucha vaguement devant lui.

Gwynplaine, qui n'avait jamais entrevu les sévérités pénales qu'à travers les grossissements d'Ursus, se sentait saisi par une sorte de main énorme et obscure. Être manié par l'inconnu de la loi, c'est effrayant. On est brave en présence de tout, et l'on se déconcerte en présence de la justice. Pourquoi ? c'est que la justice de l'homme n'est que crépusculaire, et que le juge s'y meut à tâtons. Gwynplaine se rappelait ce qu'Ursus lui avait dit de la nécessité du silence ; il voulait revoir Dea ; il y avait dans sa situation on ne sait quoi de discrétionnaire[1] qu'il ne voulait pas irriter. Parfois vouloir éclaircir, c'est empirer. Pourtant, d'un autre côté, la pesée de cette aventure était si forte qu'il finit par y céder, et qu'il ne put retenir une question.

— Messieurs, demanda-t-il, où me conduisez-vous ?

On ne lui répondit pas.

C'était la loi des prises de corps silencieuses, et le

---

1. En jurisprudence, le pouvoir discrétionnaire est la faculté laissée à un juge d'agir selon sa volonté et non d'après des lois fixes.

texte normand est formel : *A silentiariis ostio præposi-
tis introducti sunt*[1].

Ce silence glaça Gwynplaine. Jusque-là il s'était cru
fort ; il se suffisait ; se suffire, c'est être puissant. Il
avait vécu isolé, s'imaginant qu'être isolé, c'est être
inexpugnable. Et voilà que tout à coup il se sentait sous
la pression de la hideuse force collective. De quelle
façon se débattre avec cet anonyme horrible, la loi ? Il
défaillait sous l'énigme. Une peur d'une espèce inconnue avait trouvé le défaut de son armure. Et puis il
n'avait pas dormi, il n'avait pas mangé ; à peine avait-
il trempé ses lèvres dans une tasse de thé. Il avait eu
toute la nuit une sorte de délire, et il lui restait de la
fièvre. Il avait soif, il avait faim peut-être. L'estomac
mécontent dérange tout. Depuis la veille, il était assailli
d'incidents. Les émotions qui le tourmentaient le soutenaient ; sans l'ouragan, la voile serait chiffon. Mais
cette faiblesse profonde du haillon que le vent gonfle
jusqu'à ce qu'il le déchire, il la sentait en lui. Il sentait
venir l'affaissement. Allait-il tomber sans connaissance
sur le pavé ? Se trouver mal, c'est la ressource de la
femme et l'humiliation de l'homme. Il se roidissait,
mais il tremblait.

Il avait la sensation de quelqu'un qui perd pied.

VIII

GÉMISSEMENT

On se mit en marche.

On avança dans le couloir.

Aucun greffe préalable. Aucun bureau avec
registres. Les prisons de ce temps-là n'étaient point

---

1. « Ils sont introduits par ceux qui sont chargés de la porte et gardent
le silence. »

paperassières. Elles se contentaient de se fermer sur vous, souvent sans savoir pourquoi. Être une prison, et avoir des prisonniers, cela leur suffisait.

Le cortège avait dû s'allonger et prendre la forme du corridor. On marchait presque un à un ; d'abord le wapentake, ensuite Gwynplaine, ensuite le justicier-quorum ; puis les gens de police, avançant en bloc et bouchant le corridor derrière Gwynplaine comme un tampon. Le couloir se resserrait ; maintenant Gwynplaine touchait le mur de ses deux coudes ; la voûte en caillou noyé de ciment avait d'intervalle en intervalle des voussures [1] de granit en saillie faisant étranglement ; il fallait baisser le front pour passer ; pas de course possible dans ce corridor ; la fuite eût été forcée de marcher lentement ; ce boyau faisait des détours ; toutes les entrailles sont tortueuses, celles d'une prison comme celles d'un homme ; çà et là, tantôt à droite, tantôt à gauche, des coupures dans le mur, carrées et closes de grosses grilles, laissaient apercevoir des escaliers, ceux-ci montant, ceux-là plongeant. On arriva à une porte fermée, elle s'ouvrit, on passa, elle se referma. Puis on rencontra une deuxième porte, qui livra passage, puis une troisième, qui tourna de même sur ses gonds. Ces portes s'ouvraient et se refermaient comme toutes seules. On ne voyait personne. En même temps que le couloir se rétrécissait, la voûte s'abaissait, et l'on en était à ne plus pouvoir marcher que la tête courbée. Le mur suintait ; il tombait de la voûte des gouttes d'eau ; le dallage qui pavait le corridor avait la viscosité d'un intestin. L'espèce de pâleur diffuse qui tenait lieu de clarté devenait de plus en plus opaque ; l'air manquait. Ce qu'il y avait de singulièrement lugubre, c'est que cela descendait.

Il fallait y faire attention pour s'apercevoir qu'on descendait. Dans les ténèbres, une pente douce, c'est sinistre. Rien n'est redoutable comme les choses obscures auxquelles on arrive par des pentes insensibles.

---

1. Voir note 3, p. 404.

Descendre, c'est l'entrée dans l'ignoré terrible.

Combien de temps marcha-t-on ainsi ? Gwynplaine n'eût pu le dire.

Passées à ce laminoir [1], l'angoisse, les minutes s'allongent démesurément.

Subitement on fit halte.

L'obscurité était épaisse.

Il y avait un certain élargissement du corridor.

Gwynplaine entendit tout près de lui un bruit dont le gong chinois pourrait seul donner une idée ; quelque chose comme un coup frappé sur le diaphragme de l'abîme.

C'était le wapentake qui venait de heurter de son bâton une lame de fer.

Cette lame était une porte.

Non une porte qui tourne, mais une porte qui se lève et s'abat. À peu près comme une herse.

Il y eut un froissement strident dans une rainure, et Gwynplaine eut subitement devant les yeux un morceau de jour carré.

C'était la lame qui venait de se hisser dans une fente de la voûte, de la façon dont se lève le panneau d'une souricière.

Une ouverture s'était faite.

Ce jour n'était pas du jour ; c'était de la lueur. Mais, pour la prunelle très-dilatée de Gwynplaine, cette clarté pâle et brusque fut d'abord comme le choc d'un éclair.

Il fut quelque temps avant de rien voir. Discerner dans l'éblouissement est aussi difficile que dans la nuit.

Puis, par degrés, sa pupille se proportionna à la lumière comme elle s'était proportionnée à l'obscurité ; il finit par distinguer ; la clarté, qui lui avait d'abord paru trop vive, s'apaisa dans sa prunelle et se refit livide ; il hasarda son regard dans l'ouverture béante devant lui, et ce qu'il aperçut était effroyable.

À ses pieds, une vingtaine de marches, hautes,

---

1. Machine à l'aide de laquelle on étire en feuilles les métaux malléables. Au figuré, « passer au laminoir », être soumis à de dures épreuves.

étroites, frustes, presque à pic, sans rampe à droite ni à gauche, sorte de crête de pierre pareille à un pan de mur biseauté en escalier, entraient et s'enfonçaient dans une cave très-creuse. Elles allaient jusqu'en bas.

Cette cave était ronde, à voûte ogive en arc-rampant[1], à cause du défaut de niveau des impostes[2], dislocation propre à tous les souterrains sur lesquels se sont tassés de très-lourds édifices.

L'espèce de coupure tenant lieu de porte que la lame de fer venait de démasquer et à laquelle aboutissait l'escalier, était entaillée dans la voûte, de sorte que de cette hauteur l'œil plongeait dans la cave comme dans un puits.

La cave était vaste, et, si c'était le fond d'un puits, c'était le fond d'un puits cyclopéen. L'idée qu'éveille l'ancien mot « cul-de-basse-fosse » ne pouvait s'appliquer à cette cave qu'à la condition de se figurer une fosse à lions ou à tigres.

La cave n'était pas dallée ni pavée. Elle avait pour sol la terre mouillée et froide des lieux profonds.

Au milieu de la cave, quatre colonnes basses et difformes soutenaient un porche lourdement ogival dont les quatre nervures en se rejoignant à l'intérieur du porche dessinaient à peu près le dedans d'une mitre. Ce porche, pareil aux pinacles sous lesquels jadis on mettait des sarcophages, montait jusqu'à la voûte et faisait dans la cave une sorte de chambre centrale, si l'on peut appeler du nom de chambre un compartiment ouvert de tous les côtés, ayant, au lieu de quatre murs, quatre piliers.

À la clef de voûte du porche pendait une lanterne de cuivre, ronde et grillée comme une fenêtre de prison. Cette lanterne jetait autour d'elle, sur les piliers, sur les voûtes et sur le mur circulaire entrevu vaguement

---

1. Arc dont l'une des naissances est à un niveau plus élevé que l'autre.
2. En architecture, pierres ordinairement en saillie terminant chacun des pieds-droits d'une porte cintrée ou d'une arcade, et sur lesquelles reposent les premières pierres du cintre.

en arrière des piliers, une clarté blafarde, coupée de barres d'ombre.

C'était cette clarté qui avait d'abord ébloui Gwynplaine. Maintenant ce n'était plus pour lui qu'une rougeur presque confuse.

Pas d'autre jour dans cette cave. Ni fenêtre, ni porte, ni soupirail.

Entre les quatre piliers, précisément au-dessous de la lanterne, à l'endroit où il y avait le plus de lumière, était appliquée à plat sur le sol une silhouette blanche et terrible.

C'était couché sur le dos. On voyait une tête dont les yeux étaient fermés, un corps dont le torse disparaissait sous on ne sait quel monceau informe, quatre membres se rattachant au torse en croix de saint André[1] et tirés vers les quatre piliers par quatre chaînes liées aux pieds et aux mains. Ces chaînes aboutissaient à un anneau de fer au bas de chaque colonne. Cette forme, immobilisée dans l'atroce posture de l'écartèlement, avait la lividité glacée du cadavre. C'était nu ; c'était un homme.

Gwynplaine, pétrifié, debout au haut de l'escalier, regardait.

Tout à coup il entendit un râle.

Ce cadavre était vivant.

Tout près de ce spectre, dans une des ogives du porche, des deux côtés d'un grand fauteuil à bras exhaussé par une large pierre plate, se tenaient droits deux hommes vêtus de longs suaires noirs, et dans le fauteuil un vieillard enveloppé d'une robe rouge était assis, blême, immobile, sinistre, un bouquet de roses à la main.

Ce bouquet de roses eût renseigné un moins ignorant que Gwynplaine. Le droit de juger en tenant une touffe de fleurs caractérisait le magistrat à la fois royal et municipal. Le lord-maire de Londres juge encore ainsi.

---

1. En forme de X, comme celle sur laquelle l'apôtre saint André aurait été crucifié.

« *Tout à coup il entendit un râle.* » (p. 544)
Illustration de Daniel Vierge. Paris, 1875.

Aider les juges à juger, c'était la fonction des premières roses de la saison[1].

Le vieillard assis dans le fauteuil était le shériff du
comté de Surrey.

Il avait la rigidité majestueuse d'un romain revêtu
de l'augustat[2].

Le fauteuil était le seul siège qu'il y eût dans la cave.

À côté du fauteuil, on voyait une table couverte de
papiers et de livres et sur laquelle était posée la longue
baguette blanche du shériff.

Les hommes debout à gauche et à droite du shériff
étaient deux docteurs, l'un en médecine, l'autre en
lois ; celui-ci reconnaissable à sa coiffe de sergent en
droit sur sa perruque. Tous deux avaient la robe noire,
l'un de juge, l'autre de médecin. Ces deux sortes
d'hommes portent le deuil des morts qu'ils font.

Derrière le shériff, au rebord de la marche que faisait
la pierre plate, se tenait accroupi avec une écritoire
près de lui sur la dalle, un dossier de carton sur ses
genoux, et une feuille de parchemin sur le dossier, un
greffier en perruque ronde, la plume à la main, dans
l'attitude d'un homme prêt à écrire.

Ce greffier était de l'espèce dite *greffier garde-
sacs ;* ce qu'indiquait une sacoche qui était devant lui
à ses pieds. Ces sacoches, jadis employées dans les
procès, étaient qualifiées « sacs de justice ».

À l'un des piliers était adossé, croisant les bras, un
homme tout vêtu de cuir. C'était un valet de bourreau.

Ces hommes semblaient enchantés dans leur posture
funèbre autour de l'homme enchaîné. Pas un ne
remuait ni ne parlait.

Il y avait sur tout cela un calme monstrueux.

_____

1. Hugo a trouvé ce détail dans les lettres de l'abbé Coyer (*Nouvelles Observations sur l'Angleterre*, 1779), à ceci près qu'il transforme radicalement sa
source, en supprimant les raisons pragmatiques invoquées par Coyer qui faisait
en contexte un éloge des sessions à Oldbailey : « Tous les Magistrats [...] avaient
à la main un bouquet de fleurs, et la salle était semée d'herbes odoriférantes, pour
remédier au mauvais air qui s'exhale d'une foule de spectateurs » (Lettre VIII).
2. Dignité d'un auguste, d'un empereur romain.

Ce que Gwynplaine voyait là, c'était une cave pénale. Ces caves abondaient en Angleterre. La crypte de la Beauchamp Tower a longtemps servi à cet usage, de même que le souterrain de la Lollard's Prison. Il y avait, et l'on peut voir encore à Londres, en ce genre, le lieu bas dit « les vaults de Lady Place ». Dans cette dernière chambre, il y a une cheminée en-cas pour la chauffe des fers.

Toutes les prisons du temps du King-John[1], et la geôle de Southwark en était une, avaient leur cave pénale.

Ce qui va suivre se pratiquait alors fréquemment en Angleterre, et pourrait, à la rigueur, en procédure criminelle, s'y exécuter même aujourd'hui ; car toutes ces lois-là existent toujours. L'Angleterre offre ce curieux spectacle d'un code barbare vivant en bonne intelligence avec la liberté. Le ménage, disons-le, est excellent.

Quelque défiance pourtant ne serait pas hors de propos. Si une crise survenait, un réveil pénal n'est pas impossible. La législation anglaise est un tigre apprivoisé. Elle fait patte de velours, mais elle a toujours ses griffes.

Couper les ongles aux lois, cela est sage.

La loi ignore presque le droit. Il y a d'un côté la pénalité, de l'autre l'humanité. Les philosophes protestent ; mais il se passera du temps encore avant que la justice des hommes ait fait sa jonction avec la justice.

Respect de la loi ; c'est le mot anglais. En Angleterre on vénère tant les lois qu'on ne les abroge jamais. On se tire de cette vénération en ne les exécutant point. Une vieille loi tombe en désuétude comme une vieille femme ; mais on ne tue pas plus l'une de ces vieilles que l'autre. On cesse de les pratiquer, voilà tout. Libre à elles de se croire toujours belles et jeunes. On les laisse rêver qu'elles existent. Cette politesse s'appelle respect.

---

1. Jean sans Terre mentionné p. 531.

La coutume normande est bien ridée ; cela n'empêche pas plus d'un juge anglais de lui faire encore les yeux doux. On conserve amoureusement une antiquaille atroce, si elle est normande. Quoi de plus féroce que la potence ! En 1867 on a condamné un homme[*] à être coupé en quatre quartiers qui seraient offerts à une femme, la reine.

Du reste, la torture n'a jamais existé en Angleterre. C'est l'histoire qui le dit. L'aplomb de l'histoire est beau.

Mathieu de Westminster [1] prend acte de ce que « la loi saxonne, fort clémente et débonnaire », ne punissait pas de mort les criminels, et il ajoute : « On se bornait à leur couper le nez, à leur crever les yeux, et à leur arracher les parties qui distinguent le sexe. » Seulement !

Gwynplaine, hagard au haut de l'escalier, commençait à trembler de tous ses membres. Il avait toutes sortes de frissons. Il cherchait à se rappeler quel crime il pouvait avoir commis. Au silence du wapentake venait de succéder la vision d'un supplice. C'était un pas de fait, mais un pas tragique. Il voyait s'obscurcir de plus en plus la sombre énigme légale sous laquelle il se sentait pris.

La forme humaine couchée à terre râla une deuxième fois.

---

[*] Le fénian Burke, mai 1867[2].

---

1. Matthieu de Westminster, chroniqueur anglais vivant au début du XIVᵉ siècle, auteur d'une histoire universelle en trois livres, qui s'arrête au début du règne d'Édouard II (1307).   **2.** Les Fenians sont des révolutionnaires irlandais, membres d'une société secrète fondée vers 1858 pour obtenir par la force l'indépendance de l'Irlande, qui entreprirent de nombreuses actions de 1865 à 1867. Plusieurs d'entre eux, dont le général Burke, furent condamnés à mort en avril 1867 à Dublin et graciés en mai en même temps que paraissait une lettre ouverte de V. Hugo (recueillie dans *Actes et Paroles*, II, 1867). Daté du 24 novembre 1867, un poème de Hugo reproche à la reine Victoria l'exécution de trois autres Fenians (« Ô sombre femme, un jour, n'ayant plus de royaume... », *Toute la Lyre*, VIII, 18) (B. Leuilliot).

Gwynplaine eut l'impression qu'on lui poussait doucement l'épaule.

Cela venait du wapentake.

Gwynplaine comprit qu'il fallait descendre.

Il obéit.

Il s'enfonça de marche en marche dans l'escalier. Les degrés avaient un plat bord très-mince, et huit ou neuf pouces [1] de haut. Avec cela pas de rampe. On ne pouvait descendre qu'avec précaution. Derrière Gwynplaine descendait, le suivant à la distance de deux degrés, le wapentake, tenant droit l'ironweapon, et derrière le wapentake descendait, à la même distance, le justicier-quorum.

Gwynplaine en descendant ces marches sentait on ne sait quel engloutissement de l'espérance. C'était une sorte de mort pas à pas. Chaque degré franchi éteignait en lui de la lumière. Il arriva, de plus en plus pâlissant, au bas de l'escalier.

L'espèce de larve terrassée et enchaînée aux quatre piliers continuait de râler.

Une voix dans la pénombre dit :

— Approchez.

C'était le shériff qui s'adressait à Gwynplaine.

Gwynplaine fit un pas.

— Plus près, dit la voix.

Gwynplaine fit encore un pas.

— Tout près, reprit le shériff.

Le justicier-quorum murmura à l'oreille de Gwynplaine, si gravement que ce chuchotement était solennel :

— Vous êtes devant le shériff du comté de Surrey.

Gwynplaine avança jusqu'au supplicié qu'il voyait étendu au centre de la cave. Le wapentake et le justicier-quorum restèrent où ils étaient et laissèrent Gwynplaine avancer seul.

Quand Gwynplaine, parvenu jusque sous le porche, vit de près cette chose misérable qu'il n'avait encore

---

1. Entre 20 et 25 cm.

aperçue qu'à distance, et qui était un homme vivant, son effroi devint épouvante.

L'homme lié sur le sol était absolument nu, à cela près de ce haillon hideusement pudique qu'on pourrait nommer la feuille de vigne du supplice, et qui était le *succingulum* des romains et le *christipannus* des gothiques, duquel notre vieux jargon gaulois a fait le *cripagne*. Jésus, nu sur la croix, n'avait que ce lambeau.

L'effrayant patient que considérait Gwynplaine semblait un homme de cinquante à soixante ans. Il était chauve. Des poils blancs de barbe lui hérissaient le menton. Il fermait les yeux et ouvrait la bouche. On voyait toutes ses dents. Sa face maigre et osseuse était voisine de la tête de mort[1]. Ses bras et ses jambes, assujettis par les chaînes aux quatre poteaux de pierre, faisaient un X. Il avait sur la poitrine et le ventre une plaque de fer, et sur cette plaque étaient posées en tas cinq ou six grosses pierres. Son râle était tantôt un souffle, tantôt un rugissement.

Le shériff, sans quitter son bouquet de roses, prit sur la table, de la main qu'il avait libre, sa verge blanche et la dressa en disant :

— Obédience à sa majesté.

Puis il reposa la verge sur la table.

Ensuite, avec la lenteur d'un glas, sans un geste, aussi immobile que le patient, le shériff éleva la voix.

Il dit :

— Homme qui êtes ici lié de chaînes, écoutez pour la dernière fois la voix de justice. Vous avez été extrait de votre cachot et amené dans cette geôle. Dûment interpellé et dans les formes voulues, *formaliis verbis pressus*, sans égard aux lectures et communications qui vous ont été faites et qui vous vont êtes renouvelées, inspiré par un esprit de ténacité mauvaise et perverse,

---

1. Encore un corps mutilé par le soin des hommes de telle sorte qu'il en devient un « Homme qui rit », comme le pendu goudronné rencontré par l'enfant (I, i, 6), comme Helmsgail et Phelem-ghe-madone (II, i, 12).

vous vous êtes enfermé dans le silence, et vous avez refusé de répondre au juge. Ce qui est un libertinage détestable, et ce qui constitue, parmi les faits punissables du cashlit, le crime et délit d'oversenesse[1].

Le sergent de la coiffe debout à droite du shériff interrompit et dit avec une indifférence qui avait on ne sait quoi de funèbre :

— *Overhernessa*. Lois d'Alfred et de Godrun. Chapitre six.

Le shériff reprit :

— La loi est vénérée de tous, excepté des larrons qui infestent les bois où les biches font leurs petits.

Comme une cloche après une cloche, le sergent dit :

— *Qui faciunt vastum in foresta ubi damœ solent founinare*[2].

— Celui qui refuse de répondre au magistrat, dit le shériff, est suspect de tous les vices. Il est réputé capable de tout le mal.

Le sergent intervint :

— *Prodigus, devorator, profusus, salax, ruffianus, ebriosus, luxuriosus, simulator, consumptor patrimonii, elluo, ambro, et gluto*[3].

— Tous les vices, dit le shériff, supposent tous les

---

1. Hugo a puisé un certain nombre de mots anglo-saxons dans une liste établie par Du Cange à la fin de son *Glossarium* : *Cashlite, Overhernessa*, mais aussi, plus loin, *Frodmortell, Medlefeoh, Throtebolla*. Voir note 1, p. 255. 2. La cérémonie de la loi est une messe lugubre (voir p. 553, « on eût dit le prêtre et le diacre du supplice, célébrant la messe féroce de la loi »), où tandis que le shériff officie comme un prêtre, le sergent reprend en latin ce qui vient d'être dit : les phrases latines constituent soit des traductions (c'est le cas ici), soit des gloses (en ce cas, nous avons pris le parti de les traduire en note). Le plus souvent, elles énoncent des idées absurdes, insolites et digressives, comme cette comparaison inattendue avec les biches. Le ton choisi par Hugo est ainsi étrange parce qu'il juxtapose les contraires en les exacerbant, mêlant le plus horrible (la torture sadique) au plus carnavalesque : le caractère hétéroclite et grand-guignolesque de ce rituel pénal serait parfaitement bouffon si le lecteur était projeté dans un univers irréaliste et métalittéraire... Ce qui n'est pas le cas, évidemment. 3. « Gaspilleur, glouton, immodéré, lubrique, ruffian, ivrogne, libidineux, menteur, dilapideur de patrimoine, goinfre, dégustateur, et gourmand. »

crimes. Qui n'avoue rien confesse tout. Celui qui se
tait devant les questions du juge est de fait menteur et
parricide.

— *Mendax et parricida*, fit le sergent.

Le shériff dit :

— Homme, il n'est point permis de se faire absent
par le silence. Le faux contumace fait une plaie à la
loi. Il ressemble à Diomède blessant une déesse[1]. La
taciturnité devant la justice est une forme de la rébellion.
Lèse-justice, c'est lèse-majesté. Rien de plus haïssable
et de plus téméraire. Qui se soustrait à l'interrogatoire
vole la vérité. La loi y a pourvu. Pour des cas semblables, les anglais ont de tout temps joui du droit de
fosse, de fourche et de chaînes.

— *Anglica charta*, année 1088, dit le sergent.

Et toujours avec la même gravité mécanique, le sergent ajouta :

— *Ferrum, et fossam, et furcas, cum aliis liberta-
tibus*[2].

Le shériff continua :

— C'est pourquoi, homme, puisque vous n'avez pas
voulu vous départir du silence, bien que sain d'esprit
et parfaitement informé de ce que vous demande la
justice, puisque vous êtes diaboliquement réfractaire,
vous avez dû être géhenné[3], et vous avez été, aux
termes des statuts criminels, mis à l'épreuve du tourment dit « la peine forte et dure ». Voici ce qui vous a
été fait. La loi exige que je vous en informe authentiquement[4]. Vous avez été amené dans cette basse-fosse,

---

1. Dans l'*Iliade*, ce roi fabuleux, protégé par Athéna, blesse Aphrodite
à la main (chant V, v. 330-340).   2. « Les fers, et la fosse, et les
fourches, avec les autres droits. »   3. La géhenne est le séjour des
réprouvés dans la Bible et, au sens figuré et vieilli, la torture appliquée aux
criminels.   4. Le récit rétrospectif est assumé par la figure du juge tortion-
naire, dont la parole est adressée au patient en personne, de manière bouffonne
et atroce à la fois : Hardquanonne est bien placé pour savoir ce qu'on lui a fait...
Ce procédé de théâtre (le récit dans le dialogue ou le monologue) sert à merveille
la dénonciation de l'horreur judiciaire : non seulement elle démembre les corps,
mais elle commente ses actes dans une éloquence mécanique et insensible.

vous avez été dépouillé de vos vêtements, vous avez été couché tout nu à terre sur le dos, vos quatre membres ont été tendus et liés aux quatre colonnes de la loi, une planche de fer vous a été appliquée au ventre, et l'on vous a mis sur le corps autant de pierres que vous en pouvez porter. « Et davantage », dit la loi.

— *Plusque*, affirma le sergent.

Le shériff poursuivit :

— En cette situation, et avant de prolonger l'épreuve, il vous a été fait, par moi shériff du comté de Surrey, sommation itérative de répondre et de parler, et vous avez sataniquement persévéré dans le silence, bien qu'étant au pouvoir des gênes, chaînes, ceps, entraves et ferrements.

— *Attachiamenta legalia*[1], dit le sergent.

— Sur votre refus et endurcissement, dit le shériff, étant équitable que l'obstination de la loi soit égale à l'obstination du criminel, l'épreuve a continué, telle que la commandent les édits et textes. Le premier jour on ne vous a donné ni à boire ni à manger.

— *Hoc est superjejunare*[2], dit le sergent.

Il y eut un silence. On entendait l'affreuse respiration sifflante de l'homme sous le tas de pierres.

Le sergent en droit compléta son interruption :

— *Adde augmentum abstinentiæ ciborum diminutione. Consuetudo britannica*[3], article cinq cent quatre.

Ces deux hommes, le shériff et le sergent, alternaient ; rien de plus sombre que cette monotonie imperturbable ; la voix lugubre répondait à la voix sinistre ; on eût dit le prêtre et le diacre du supplice, célébrant la messe féroce de la loi.

Le shériff recommença :

— Le premier jour on ne vous a donné ni à boire ni à manger. Le deuxième jour on vous a donné à manger et pas à boire ; on vous a mis entre les dents trois bou-

---

1. « Les attaches prévues par la loi. » 2. « Ce qui est plus que jeûner. » Horrible euphémisme... 3. « Ajoute l'augmentation de l'abstinence à la diminution des nourritures. Coutume britannique. »

chées de pain d'orge. Le troisième jour on vous a donné à boire et pas à manger. On vous a versé dans la bouche, en trois fois et en trois verres, une pinte d'eau prise au ruisseau d'égout de la prison. Le quatrième jour est venu. C'est aujourd'hui. Maintenant, si vous continuez à ne pas répondre, vous serez laissé là jusqu'à ce que vous mouriez. Ainsi le veut justice.

Le sergent, toujours à sa réplique, approuva :

— *Mors rei homagium est bonæ legi*[1].

— Et tandis que vous vous sentirez trépasser lamentablement, repartit le shériff, nul ne vous assistera, quand même le sang vous sortirait de la gorge, de la barbe et des aisselles, et de toutes les ouvertures du corps depuis la bouche jusqu'aux reins.

— *A throtebolla*, dit le sergent, *et pabu et subhircis, et a grugno usque ad crupponum.*

Le shériff continua :

— Homme, faites attention. Car les suites vous regardent. Si vous renoncez à votre silence exécrable, et si vous avouez, vous ne serez que pendu, et vous aurez droit au meldefeoh, qui est une somme d'argent.

— *Damnum confitens*, dit le sergent, *habeat le meldefeoh. Leges Inæ*, chapitre vingt.

— Laquelle somme, insista le shériff, vous sera payée en doitkins, suskins et galihalpens, seul cas où cette monnaie puisse être employée, aux termes du statut d'abolition, an troisième de Henri cinquième, et aurez le droit et jouissance de *scortum ante mortem*[2], et serez ensuite étranglé au gibet. Tels sont les avantages de l'aveu. Vous plaît-il répondre à justice ?

Le shériff se tut et attendit. Le patient demeura sans mouvement.

Le shériff reprit :

— Homme, le silence est un refuge où il y a plus de risque que de salut. L'opiniâtreté est damnable et scélérate. Qui se tait devant justice est félon à la cou-

---

1. « La mort du coupable est un hommage à l'excellence de la loi. »
2. « Une prostituée avant la mort. »

ronne. Ne persistez point dans cette désobéissance non filiale. Songez à sa majesté. Ne résistez point à notre gracieuse reine. Quand je vous parle, répondez-lui. Soyez loyal sujet.

Le patient râla.

Le shériff repartit :

— Donc, après les soixante-douze premières heures de l'épreuve, nous voici au quatrième jour. Homme, c'est le jour décisif. C'est au quatrième jour que la loi fixe la confrontation.

— *Quarta die, frontem ad frontem adduce*, grommela le sergent.

— La sagesse de la loi, reprit le shériff, a choisi cette heure extrême, afin d'avoir ce que nos ancêtres appelaient « le jugement par le froid mortel », attendu que c'est le moment où les hommes sont crus sur leur oui et sur leur non.

Le sergent en droit appuya :

— *Judicium pro frodmortell, quod homines credendi sint per suum ya et per suum na*. Charte du roi Adelstan. Tome premier, page cent soixante-treize.

Il y eut un instant d'attente, puis le shériff inclina vers le patient sa face sévère.

— Homme qui êtes là couché à terre...

Et il fit une pause.

— Homme, cria-t-il, m'entendez-vous ?

L'homme ne bougea pas.

— Au nom de la loi, dit le shériff, ouvrez les yeux.

Les paupières de l'homme restèrent closes.

Le shériff se tourna vers le médecin debout à sa gauche.

— Docteur, donnez votre diagnostic.

— *Probe, da diagnosticum*, fit le sergent.

Le médecin descendit de la dalle avec la raideur magistrale, s'approcha de l'homme, se pencha, mit son oreille près de la bouche du patient, lui tâta le pouls au poignet, à l'aisselle et à la cuisse, et se redressa.

— Eh bien ? dit le shériff.

— Il entend encore, dit le médecin.

— Voit-il ? demanda le shériff.

Le médecin répondit :

— Il peut voir.

Sur un signe du shériff, le justicier-quorum et le wapentake s'avancèrent. Le wapentake se plaça près de la tête du patient ; le justicier-quorum s'arrêta derrière Gwynplaine.

Le médecin recula d'un pas entre les piliers.

Alors le shériff, élevant le bouquet de roses comme un prêtre son goupillon, interpella le patient d'une voix haute, et devint formidable :

— Ô misérable, parle ! la loi te supplie avant de t'exterminer. Tu veux sembler muet, songe à la tombe qui est muette ; tu veux paraître sourd, songe à la damnation qui est sourde. Pense à la mort qui est pire que toi. Réfléchis, tu vas être abandonné dans ce cachot. Écoute, mon semblable, car je suis un homme ! Écoute, mon frère, car je suis un chrétien ! Écoute, mon fils, car je suis un vieillard ! Prends garde à moi, car je suis le maître de ta souffrance, et je vais tout à l'heure être horrible. L'horreur de la loi fait la majesté du juge. Songe que moi-même je tremble devant moi. Mon propre pouvoir me consterne[1]. Ne me pousse pas à bout. Je me sens plein de la sainte méchanceté du châtiment. Aie donc, ô infortuné, la salutaire et honnête crainte de la justice, et obéis-moi. L'heure de la confrontation est venue et tu dois répondre. Ne t'obstine point dans la résistance. N'entre pas dans l'irrévocable. Pense que l'achèvement est mon droit. Cadavre commencé, écoute ! À moins qu'il ne te plaise expirer ici pendant des heures, des jours et des semaines, et agoniser longtemps d'une épouvantable agonie affamée et fécale, sous le poids de ces pierres, seul dans

---

1. Poussée à l'extrême, la théâtralisation de la loi touche ici à la parodie : comme Geestemunde était « le pédant de l'abîme » (I, ii, 4), le shériff est en quelque sorte le « pédant de la loi ». La méchanceté confine à la caricature dans *L'Homme qui rit*, mais – et c'est en cela que ce roman sur le rire atteint un ton étrange et nouveau à la fois – ce que dit le shériff est hélas atrocement vrai...

ce souterrain, délaissé, oublié, aboli, donné à manger aux rats et aux belettes, mordu par les bêtes des ténèbres, tandis qu'on ira et viendra, et qu'on achètera et qu'on vendra, et que les voitures rouleront dans la rue au-dessus de ta tête ; à moins qu'il ne te convienne de râler sans rémission au fond de ce désespoir, grinçant, pleurant, blasphémant, sans un médecin pour apaiser tes plaies, sans un prêtre pour offrir le verre d'eau divin à ton âme ; oh ! à moins que tu ne veuilles sentir lentement éclore à tes lèvres l'écume affreuse du sépulcre, oh ! je t'adjure et te conjure, entends-moi ! je t'appelle à ton propre secours, aie pitié de toi-même, fais ce qui t'est demandé, cède à la justice, obéis, tourne la tête, ouvre les yeux, et dis si tu reconnais cet homme !

Le patient ne tourna pas la tête et n'ouvrit pas les yeux.

Le shériff jeta un coup d'œil tour à tour au justicier-quorum et au wapentake.

Le justicier-quorum ôta à Gwynplaine son chapeau et son manteau, le prit par les épaules et lui fit faire face à la lumière du côté de l'homme enchaîné. Le visage de Gwynplaine se détacha dans toute cette ombre, avec son relief étrange, pleinement éclairé.

En même temps le wapentake se courba, saisit par les tempes entre ses deux mains la tête du patient, tourna cette tête inerte vers Gwynplaine, et de ses deux pouces et de ses deux index écarta les paupières fermées. Les yeux farouches de l'homme apparurent.

Le patient vit Gwynplaine.

Alors, soulevant lui-même sa tête et ouvrant ses paupières toutes grandes, il le regarda.

Il tressaillit autant qu'on peut tressaillir quand on a une montagne sur la poitrine, et il cria :

— C'est lui ! oui ! c'est lui !

Et, terrible, il éclata de rire[1].

---

1. Hardquanonne devient véritablement un « Homme qui rit », dans le double rire de la victime torturée et du bourreau satanique qui jouit de sa création monstrueuse.

— C'est lui ! répéta-t-il.

Puis il laissa retomber sa tête sur le sol, et il referma les yeux.

— Greffier, écrivez, dit le shériff.

Gwynplaine, quoique terrifié, avait fait jusqu'à ce moment-là à peu près bonne contenance. Le cri du patient : *C'est lui !* le bouleversa. Ce : *Greffier, écrivez*, le glaça. Il lui sembla comprendre qu'un scélérat l'entraînait dans sa destinée, sans que lui, Gwynplaine, pût deviner pourquoi, et que l'inintelligible aveu de cet homme se fermait sur lui comme la charnière d'un carcan. Il se figura cet homme et lui attachés au même pilori à deux poteaux jumeaux. Gwynplaine perdit pied dans cette épouvante, et se débattit. Il se mit à balbutier des bégaiements incohérents, avec le trouble profond de l'innocence, et, frémissant, effaré, éperdu, il jeta au hasard les premiers cris qui lui vinrent et toutes ces paroles de l'angoisse qui ont l'air de projectiles insensés.

— Ce n'est pas vrai. Ce n'est pas moi. Je ne connais pas cet homme. Il ne peut pas me connaître, puisque je ne le connais pas. J'ai ma représentation de ce soir qui m'attend. Qu'est-ce qu'on me veut ? Je demande ma liberté. Ce n'est pas tout ça. Pourquoi m'a-t-on amené dans cette cave ? Alors il n'y a plus de lois. Dites tout de suite qu'il n'y a plus de lois. Monsieur le juge, je répète que ce n'est pas moi. Je suis innocent de tout ce qu'on peut dire. Je le sais bien, moi. Je veux m'en aller. Cela n'est pas juste. Il n'y a rien entre cet homme et moi. On peut s'informer. Ma vie n'est pas une chose cachée. On est venu me prendre comme un voleur. Pourquoi est-on venu comme cela ? Cet homme-là, est-ce que je sais ce que c'est ? Je suis un garçon ambulant qui joue des farces dans les foires et les marchés. Je suis l'Homme qui Rit. Il y a assez de monde qui sont venus me voir. Nous sommes dans le Tarrinzeau-field. Voilà quinze ans que je fais mon état honnêtement. J'ai vingt-cinq ans. Je loge à l'inn Tadcaster. Je m'appelle Gwynplaine. Faites-moi la grâce de me faire mettre hors d'ici, monsieur le juge. Il ne faut pas abuser de la petitesse des malheureux. Ayez compassion d'un homme qui n'a rien fait, et qui est sans protection et sans défense. Vous avez devant vous un pauvre saltimbanque.

— J'ai devant moi, dit le shériff, lord Fermain Clancharlie, baron Clancharlie et Hunkerville, marquis de Corleone en Sicile, pair d'Angleterre.

Et se levant, et montrant son fauteuil à Gwynplaine, le shériff ajouta :

— Mylord, que votre seigneurie daigne s'asseoir.

LIVRE CINQUIÈME

LA MER ET LE SORT REMUENT SOUS LE MÊME SOUFFLE[1]

I

SOLIDITÉ DES CHOSES FRAGILES

La destinée nous tend parfois un verre de folie à boire. Une main sort du nuage et nous offre brusquement la coupe sombre où est l'ivresse inconnue.

Gwynplaine ne comprit pas.

Il regarda derrière lui pour voir à qui l'on parlait.

Le son trop aigu n'est plus perceptible à l'oreille ; l'émotion trop aiguë n'est plus perceptible à l'intelligence. Il y a une limite pour comprendre comme pour entendre.

Le wapentake et le justicier-quorum s'approchèrent de Gwynplaine et le prirent sous les bras, et il sentit

---

1. La scène spectaculaire de reconnaissance est interrompue en son milieu par un changement de livre et un titre qui, par une métaphore cosmique, élargit le mélodrame en méditation sur le hasard et la destinée. Bon exemple de l'usage des titres chez Hugo et de son rapport particulier aux schémas sentimentaux du roman-feuilleton.

qu'on l'asseyait dans le fauteuil d'où le shériff s'était levé.

Il se laissa faire, sans s'expliquer comment cela se pouvait.

Quand Gwynplaine fut assis, le justicier-quorum et le wapentake reculèrent de quelques pas et se tinrent droits et immobiles en arrière du fauteuil.

Alors le shériff posa son bouquet de roses sur la dalle, mit des lunettes que lui présenta le greffier, tira de dessous les dossiers qui encombraient la table une feuille de parchemin tachée, jaunie, verdie, rongée et cassée par places, qui semblait avoir été pliée à plis très-étroits, et dont un côté était couvert d'écriture, et, debout sous la lumière de la lanterne, rapprochant de ses yeux cette feuille, de sa voix la plus solennelle, il lut ceci[1] :

« Au nom du Père, du Fils et du Saint Esprit,

« Ce jourd'hui vingt-neuvième de janvier mil six cent quatre-vingt-dix de Notre Seigneur,

« A été méchamment abandonné, sur la côte déserte de Portland, dans l'intention de l'y laisser périr de faim, de froid et de solitude, un enfant âgé de dix ans.

« Cet enfant a été vendu à l'âge de deux ans par ordre de sa très-gracieuse majesté le roi Jacques deuxième.

« Cet enfant est lord Fermain Clancharlie, fils légitime unique de lord Linnœus Clancharlie, baron Clancharlie et Hunkerville, marquis de Corleone en Italie, pair du royaume d'Angleterre, défunt, et d'Ann Bradshaw, son épouse, défunte.

« Cet enfant est héritier des biens et titres de son père. C'est pourquoi il a été vendu, mutilé, défiguré et disparu par la volonté de sa très-gracieuse majesté.

---

1. On découvre enfin le contenu de la lettre rédigée au tout début du roman (I, ii, 5 et I, ii, 18), conformément aux effets ambigus de la dramatisation hugolienne qui exacerbe de « fausses » surprises. Les signatures, elles, sont données à lire deux fois – manière pour Hugo de mettre en avant la responsabilité morale des individus qui choisissent librement de se reconnaître coupables.

« Cet enfant a été élevé et dressé pour être bateleur dans les marchés et foires.

« Il a été vendu à l'âge de deux ans après la mort du seigneur son père, et dix livres sterling ont été données au roi pour l'achat de cet enfant, ainsi que pour diverses concessions, tolérances et immunités.

« Lord Fermain Clancharlie, âgé de deux ans, a été acheté par moi soussigné qui écris ces lignes, et mutilé et défiguré par un flamand de Flandre nommé Hardquanonne, lequel est seul en possession des secrets et procédés du docteur Conquest.

« L'enfant était destiné par nous à être un masque de rire. *Masca ridens.*

« À cette intention, Hardquanonne lui a pratiqué l'opération *Bucca fissa usque ad aures*[1], qui met sur la face un rire éternel.

« L'enfant, par un moyen connu de Hardquanonne seul, ayant été endormi et fait insensible pendant ce travail, ignore l'opération qu'il a subie.

« Il ignore qu'il est lord Clancharlie.

« Il répond au nom de *Gwynplaine*.

« Cela tient à la bassesse de l'âge et à la petitesse de mémoire qu'il avait quand il a été vendu et acheté, étant à peine âgé de deux ans.

« Hardquanonne est le seul qui sache faire l'opération *Bucca fissa*, et cet enfant est le seul vivant à qui elle ait été faite.

« Cette opération est unique et singulière à ce point que, même après de longues années, cet enfant, fût-il un vieillard au lieu d'être un enfant, et ses cheveux noirs fussent-ils devenus des cheveux blancs, serait immédiatement reconnu par Hardquanonne.

« À l'heure où nous écrivons ceci, Hardquanonne, lequel sait pertinemment tous ces faits et y a participé comme auteur principal, est détenu dans les prisons de son altesse le prince d'Orange, vulgairement appelé le

---

1. Voir p. 255.

roi Guillaume III[1]. Hardquanonne a été appréhendé et saisi comme étant de ceux dits les Comprachicos ou Cheylas. Il est enfermé dans le donjon de Chatham.

« C'est en Suisse, près du lac de Genève, entre Lausanne et Vevey, dans la maison même où son père et sa mère étaient morts, que l'enfant nous a été, conformément aux commandements du roi, vendu et livré par le dernier domestique du feu lord Linnœus, lequel domestique a trépassé peu après comme ses maîtres, de sorte que cette affaire délicate et secrète n'est plus connue à cette heure de personne ici-bas, si ce n'est de Hardquanonne, qui est au cachot dans Chatham, et de nous, qui allons mourir.

« Nous soussignés, avons élevé et gardé huit ans, pour en tirer parti dans notre industrie, le petit seigneur acheté par nous au roi.

« Ce jour d'huy, fuyant l'Angleterre pour ne point partager le mauvais sort de Hardquanonne, nous avons, par timidité et crainte, à cause des inhibitions et fulminations pénales édictées en parlement, abandonné, à la nuit tombante, sur la côte de Portland, le dit enfant Gwynplaine, qui est lord Fermain Clancharlie.

« Or, avons juré le secret au roi, mais pas à Dieu.

« Cette nuit, en mer, assaillis d'une sévère tempête par la volonté de la Providence, en plein désespoir et détresse, agenouillés devant celui qui peut sauver nos vies et qui voudra peut-être sauver nos âmes, n'ayant plus rien à attendre des hommes et tout à craindre de Dieu, ayant pour ancre et ressource le repentir de nos actions mauvaises, résignés à mourir et contents si la justice d'en haut se satisfait, humbles et pénitents et nous frappant la poitrine, faisons cette déclaration et la confions et remettons à la mer furieuse pour qu'elle en use selon le bien à l'obéissance de Dieu. Et que la Très-Sainte Vierge nous soit en aide. Ainsi soit-il. Et avons signé. »

Le shériff, s'interrompant, dit :

---

1. Voir la Chronologie.

— Voici les signatures. Toutes d'écritures diverses.
Et il se remit à lire :

— « Doctor Gernardus Geestemunde. – Asuncion.
– Une croix, et à côté : Barbara Fermoy, de l'île Tyrryf,
dans les Ebudes. – Gaïzdorra, captal. – Giangirate.
– Jacques Quatourze, dit le Narbonnais. – Luc-Pierre
Capgaroupe, du bagne de Mahon. »

Le shériff, s'arrêtant encore, dit :

— Note écrite de la même main que le texte et que
la première signature.

Et il lut :

— « De trois hommes d'équipage, le patron ayant
été enlevé par un coup de mer, il ne reste que deux. Et
ont signé. – Galdeazun. – Ave-Maria, voleur. »

Le shériff, mêlant la lecture et les interruptions,
continua :

— Au bas de la feuille est écrit : « En mer, à bord
de la *Matutina*, ourque de Biscaye, du golfe de Pasages. »

— Cette feuille, ajouta le shériff, est un parchemin
de chancellerie qui porte le filigrane du roi Jacques
deuxième. En marge de la déclaration, et de la même
écriture, il y a cette note :

— « La présente déclaration est écrite par nous au
verso [1] de l'ordre royal qui nous a été remis pour notre
décharge d'avoir acheté l'enfant. Qu'on retourne la
feuille, on verra l'ordre. »

Le shériff retourna le parchemin, et l'éleva dans sa
main droite en l'exposant à la lumière. On vit une page

---

1. Mise en scène signifiante de l'acte de confession par un objet symbolique, comme au théâtre. Les bandits et les rois sont le recto et le verso
d'une même feuille, qui dénonce la collusion du pouvoir et des strates
obscures du mal.

blanche, si le mot page blanche peut s'appliquer à une telle moisissure, et au milieu de la page trois mots écrits : deux mots latins, *jussu regis*[1], et une signature : *Jeffreys*[2].

— *Jussu regis. Jeffreys*, dit le shériff, passant de la voix grave à la voix haute.

Un homme à qui il vient de tomber sur la tête une tuile du palais des rêves, c'était là Gwynplaine.

Il se mit à parler comme on parle dans l'inconscience :

— Gernardus, oui, le docteur. Un homme vieux et triste. J'en avais peur. Gaïzdorra, captal, cela veut dire le chef. Il y avait des femmes, Asuncion, et l'autre. Et puis le provençal. C'était Capgaroupe. Il buvait dans une bouteille plate sur laquelle il y avait un nom écrit en rouge.

— La voici, dit le shériff.

Et il posa sur la table une chose que le greffier venait de tirer du sac de justice.

C'était une gourde à oreillons, revêtue d'osier. Cette bouteille avait visiblement eu des aventures. Elle avait dû séjourner dans l'eau. Des coquillages et des confer-ves[3] y adhéraient. Elle était incrustée et damasquinée de toutes les rouilles de l'Océan. Le goulot avait un collet de goudron indiquant qu'elle avait été hermétiquement bouchée. Elle était décachetée et ouverte. On avait toutefois replacé dans le goulot une sorte de tampon de funin[4] goudronné qui avait été le bouchon.

— C'est dans cette bouteille, dit le shériff, qu'avait été enfermée, par les gens qui allaient mourir, la déclaration dont il vient d'être donné lecture. Ce message adressé à la justice lui a été fidèlement remis par la mer.

Le shériff augmenta la majesté de son intonation, et continua :

---

1. « Par ordre du roi. »   **2.** Voir note 1, p. 52.   **3.** Algue verte fila-menteuse.   **4.** Voir note 2, p. 207.

— De même que la montagne Harrow est excellente au blé et fournit la fine fleur de farine dont on cuit le pain pour la table royale, de même la mer rend à l'Angleterre tous les services qu'elle peut, et, quand un lord se perd, elle le retrouve et le rapporte.

Puis il reprit :

— Sur cette gourde il y a en effet un nom écrit en rouge.

Et haussant la voix, il se tourna vers le patient immobile :

— Votre nom à vous, malfaiteur qui êtes ici. Car telles sont les voies obscures par où la vérité, engloutie dans le gouffre des actions humaines, arrive du fond à la surface.

Le shériff prit la gourde et présenta à la lumière un des côtés de l'épave qui avait été nettoyé, probablement pour les besoins de la justice. On y voyait serpenter dans les entrelacements de l'osier un mince ruban de jonc rouge, devenu noir par endroits, travail de l'eau et du temps. Ce jonc, malgré quelques cassures, traçait distinctement dans l'osier ces douze lettres : *Hardquanonne*.

Alors le shériff, reprenant ce son de voix particulier qui ne ressemble à rien et qu'on pourrait qualifier l'accent de justice, se tourna vers le patient :

— Hardquanonne ! quand, par nous, shériff, cette gourde, sur laquelle est votre nom, vous a été, pour la première fois, montrée, exhibée et présentée, vous l'avez tout d'abord et de bonne grâce reconnue comme vous ayant appartenu ; puis, lecture vous ayant été faite, en sa teneur, du parchemin qui y était ployé et enfermé, vous n'avez pas voulu en dire davantage, et, dans l'espoir sans doute que l'enfant perdu ne serait pas retrouvé et que vous échapperiez au châtiment, vous avez refusé de répondre. À la suite duquel refus, vous avez été appliqué à la peine forte et dure, et deuxième lecture dudit parchemin, où est consignée la déclaration et confession de vos complices, vous a été donnée. Inutilement. Aujourd'hui, qui est le jour qua-

trième et le jour légalement voulu de la confrontation,
ayant été mis en présence de celui qui a été abandonné
à Portland le vingt-neuf janvier mil six cent quatre-
vingt-dix, l'espérance diabolique s'est évanouie en
vous, et vous avez rompu le silence et reconnu votre
victime...

Le patient ouvrit les yeux, dressa la tête, et d'une
voix où il y avait la sonorité étrange de l'agonie, avec
on ne sait quel calme mêlé à son râle, prononçant tragiquement sous cet amas de pierres des mots pour chacun desquels il lui fallait soulever l'espèce de
couvercle de tombe posé sur lui, il se mit à parler :

— J'ai juré le secret, et je l'ai gardé le plus que j'ai
pu. Les hommes sombres sont les hommes fidèles, et
il existe une honnêteté dans l'enfer. Aujourd'hui le
silence est devenu inutile. Soit. C'est pourquoi je parle.
Eh bien, oui. C'est lui. Nous l'avons fait à nous deux
le roi : le roi par sa volonté, moi par mon art.

Et, regardant Gwynplaine, il ajouta :

— Maintenant ris à jamais.

Et lui-même il se mit à rire.

Ce second rire, plus farouche encore que le premier,
aurait pu être pris pour un sanglot.

Le rire cessa, et l'homme se recoucha. Ses paupières
se refermèrent.

Le shériff, qui avait laissé la parole au supplicié,
poursuivit :

— De tout quoi il est pris acte.

Il donna au greffier le temps d'écrire, puis il dit :

— Hardquanonne, aux termes de la loi, après
confrontation suivie d'effet, après troisième lecture de
la déclaration de vos complices, désormais confirmée
par votre reconnaissance et confession, après votre
aveu itératif, vous allez être dégagé de ces entraves, et
remis au bon plaisir de sa majesté pour être pendu
comme plagiaire [1].

-----

1. Au sens étymologique du mot, du latin *plagiarius*, « celui qui vole les
esclaves d'autrui ».

— Plagiaire, fit le sergent de la coiffe. C'est-à-dire acheteur et vendeur d'enfants. Loi visigothe, livre sept, titre trois, paragraphe *Usurpaverit* ; et Loi salique, titre quarante et un, paragraphe deux ; et Loi des Frisons, titre vingt et un, *De Plagio*. Et Alexandre Nequam dit :

Qui pueros vendis, plagiarius est tibi nomen*.

Le shériff posa le parchemin sur la table, ôta ses lunettes, ressaisit le bouquet, et dit :

— Fin de la peine forte et dure. Hardquanonne, remerciez sa majesté.

D'un signe, le justicier-quorum mit en mouvement l'homme habillé de cuir.

Cet homme, qui était un valet de bourreau, « groom du gibet », disent les vieilles chartes, alla au patient, lui ôta l'une après l'autre les pierres qu'il avait sur le ventre, enleva la plaque de fer qui laissa voir les côtes déformées du misérable, puis lui défit des poignets et des chevilles les quatre carcans qui le liaient aux piliers.

Le patient, déchargé des pierres et délivré des chaînes, resta à plat sur la terre, les yeux fermés, les bras et les jambes écartés, comme un crucifié décloué.

— Hardquanonne, dit le shériff, levez-vous.

Le patient ne remua point.

Le groom du gibet lui prit une main et la lâcha ; la main retomba. L'autre main, soulevée, retomba de même. Le valet de bourreau saisit un pied, puis l'autre, les talons revinrent frapper le sol. Les doigts restèrent inertes et les orteils immobiles. Les pieds nus d'un corps gisant ont on ne sait quoi de hérissé.

Le médecin s'approcha, tira d'une poche de sa robe un petit miroir d'acier et le mit devant la bouche béante de Hardquanonne ; puis du doigt il lui ouvrit les paupières. Elles ne s'abaissèrent point. Les prunelles vitreuses demeurèrent fixes.

Le médecin se redressa et dit :

— Il est mort.

---

* Toi qui vends des enfants, ton nom est plagiaire.

Et il ajouta :

— Il a ri, cela l'a tué [1].

— Peu importe, dit le shériff. Après l'aveu, vivre ou mourir n'est plus qu'une formalité.

Puis, désignant Hardquanonne d'un geste de son bouquet de roses, le shériff jeta cet ordre au wapentake :

— Carcasse à emporter d'ici cette nuit.

Le wapentake adhéra d'un hochement de tête.

Et le shériff ajouta :

— Le cimetière de la prison est en face.

Le wapentake fit un nouveau signe d'adhésion.

Le greffier écrivait.

Le shériff, ayant dans sa main gauche le bouquet, prit dans l'autre main sa baguette blanche, se plaça droit devant Gwynplaine toujours assis, lui fit une révérence profonde, puis, autre attitude de solennité, renversa sa tête en arrière, et, regardant Gwynplaine en face, lui dit :

— À vous qui êtes ici présent, nous Philippe Denzill Parsons, chevalier, shériff du comté de Surrey, assisté d'Aubrie Docminique, écuyer, notre clerc et greffier, et de nos officiers ordinaires, dûment pourvu de commandements directs et spéciaux de sa majesté, en vertu de notre commission, et des droits et devoirs de notre charge, et avec le congé du lord chancelier d'Angleterre, procès verbaux dressés et actes pris, vu les pièces communiquées par l'amirauté, après vérification des attestations et signatures, après déclarations lues et ouïes, après confrontation faite, toutes les constatations et informations légales étant complétées, épuisées, et menées à bonne et juste fin, nous vous signifions et déclarons, afin qu'il en advienne ce que de droit, que vous êtes Fermain Clancharlie, baron Clancharlie et Hunkerville, marquis de Corleone en Sicile, pair d'Angleterre, et que Dieu garde votre seigneurie.

---

1. Au sens premier et sans figure, il est mort de rire... On peut ainsi prendre la mesure du caractère tragique que Hugo a voulu donner au rire dans son roman.

Et il salua.

Le sergent en droit, le docteur, le justicier-quorum, le wapentake, le greffier, tous les assistants, excepté le bourreau, répétèrent ce salut plus profondément encore, et s'inclinèrent jusqu'à terre devant Gwynplaine.

— Ah çà, cria Gwynplaine, réveillez-moi !

Et il se dressa debout, tout pâle.

— Je viens vous réveiller en effet, dit une voix qu'on n'avait pas encore entendue.

Un homme sortit de derrière un des piliers. Comme personne n'avait pénétré dans la cave depuis que la lame de fer avait livré passage à l'arrivée du cortège de police, il était visible que cet homme était dans cette ombre avant l'entrée de Gwynplaine, qu'il avait un rôle régulier d'observation, et qu'il avait mission et fonction de se tenir là. Cet homme était gros et replet, en perruque de cour et en manteau de voyage, plutôt vieux que jeune, et très correct.

Il salua Gwynplaine avec respect et aisance, avec l'élégance d'un gentleman domestique, et sans gaucherie de magistrat.

— Oui, dit-il, je viens vous réveiller. Depuis vingt-cinq ans, vous dormez. Vous faites un songe, et il faut en sortir. Vous vous croyez Gwynplaine, vous êtes Clancharlie. Vous vous croyez du peuple, vous êtes de la seigneurie. Vous vous croyez au dernier rang, vous êtes au premier. Vous vous croyez histrion, vous êtes sénateur. Vous vous croyez pauvre, vous êtes opulent. Vous vous croyez petit, vous êtes grand. Réveillez-vous, mylord [1] !

Gwynplaine, d'une voix très-basse, et où il y avait une certaine terreur, murmura :

— Qu'est-ce que tout cela veut dire ?

---

1. La théâtralité de la scène de reconnaissance est accentuée par le discours de Barkilphedro qui radicalise les antithèses. Il se présente en outre comme un Pygmalion sinistre ou le génie ambigu d'un conte inquiétant, puisque, même prince, Gwynplaine restera crapaud... *L'Homme qui rit* mêle ainsi les codes du théâtre et du conte de « fées » en les tirant systématiquement vers le noir...

— Cela veut dire, mylord, répondit le gros homme,
que je m'appelle Barkilphedro, que je suis officier de
l'amirauté, que cette épave, la gourde de Hardquanonne,
a été trouvée au bord de la mer, qu'elle m'a été apportée
pour être décachetée par moi, comme c'est la sujétion et
la prérogative de ma charge, que je l'ai ouverte en présence des deux jurés assermentés de l'office Jetson, lesquels sont tous deux membres du parlement, William
Blathwaith, pour la ville de Bath, et Thomas Jervoise
pour Southampton, que les deux jurés ont décrit et certifié le contenu de la gourde, et signé le procès verbal d'ouverture, conjointement avec moi, que j'ai fait mon
rapport à sa majesté, que, par l'ordre de la reine, toutes
les formalités légales nécessaires ont été remplies avec la
discrétion que commande une si délicate matière, et que
la dernière, la confrontation, vient d'avoir lieu ; cela veut
dire que vous avez un million de rente ; cela veut dire que
vous êtes lord du Royaume-Uni de la Grande Bretagne,
législateur et juge, juge suprême, législateur souverain,
vêtu de la pourpre et de l'hermine, égal aux princes, semblable aux empereurs, que vous avez sur la tête la couronne de pair, et que vous allez épouser une duchesse,
fille d'un roi.

Sous cette transfiguration croulant sur lui à coups de
tonnerre, Gwynplaine s'évanouit.

II

CE QUI ERRE NE SE TROMPE PAS [1]

Toute cette aventure était venue d'un soldat qui avait
trouvé une bouteille au bord de la mer.

---

1. Le début du chapitre a été ajouté lors de la correction des épreuves sur les
conseils de Vacquerie, qui demanda à Hugo des éclaircissements sur les
manœuvres de Barkilphedro et l'attitude de la reine. La première version du
texte commençait directement par les sentiments de Barkilphedro (J. Massin).

Racontons le fait.

À tout fait se rattache un engrenage.

Un jour un des quatre canonniers composant la garnison du château de Calshor avait ramassé dans le sable à marée basse une gourde d'osier jetée là par le flux. Cette gourde, toute moisie, était bouchée d'un bouchon goudronné. Le soldat avait porté l'épave au colonel du château, et le colonel l'avait transmise à l'amiral d'Angleterre. L'amiral, c'était l'amirauté ; pour les épaves, l'amirauté, c'était Barkilphedro. Barkilphedro avait ouvert et débouché la gourde, et l'avait portée à la reine. La reine avait immédiatement avisé. Deux conseillers considérables avaient été informés et consultés : le lord-chancelier, qui est, de par la loi, « gardien de la conscience du roi d'Angleterre », et le lord-maréchal, qui est « juge des armes et de la descente de la noblesse ». Thomas Howard, duc de Norfolk, pair catholique, qui était héréditairement haut-maréchal d'Angleterre, avait fait dire par son député-comte-maréchal Henri Howard, comte de Bindon, qu'il serait de l'avis du lord-chancelier. Quant au lord-chancelier, c'était William Cowper. Il ne faut point confondre ce chancelier avec son homonyme et son contemporain William Cowper, l'anatomiste commentateur de Bidloo[1], qui publia en Angleterre le *Traité des muscles* presque au moment où Étienne Abeille publiait en France l'*Histoire des Os*[2] ; un chirurgien est distinct d'un lord. Lord William Cowper était célèbre pour avoir, à propos de l'affaire de Talbot Yel-

---

1. Godefroy Bidloo, médecin et anatomiste hollandais (1649-1713), médecin de Guillaume III et auteur d'une *Anatomia corporis humani, centum et quinque tabulis per artificiosississum G. de Lairesse ad vivum delineatis demonstrata, etc.* (Amsterdam, 1685, in-fol.) (P. Larousse).   2. La *Biographie universelle* de Michaud mentionne un Scipion Abeille, auteur en 1685 d'une *Histoire nouvelle des os, selon les anciens et les modernes*. William Cowper (1666-1709) est un anatomiste anglais, auteur de grands ouvrages d'anatomie dont *The Anatomy of human bodies* (1697) avec des planches magnifiques, « qu'il publia sous son nom, mais qui étaient pour la plupart l'œuvre du médecin hollandais Bidloo » (P. Larousse).

verton, vicomte Longueville, émis cette sentence :
« qu'au respect de la constitution d'Angleterre, la restauration d'un pair importait plus que la restauration
d'un roi ». La gourde trouvée à Calshor avait éveillé
au plus haut point son attention. L'auteur d'une
maxime aime les occasions de l'appliquer. C'était un
cas de restauration d'un pair. Des recherches avaient
été faites. Gwynplaine, ayant écriteau sur rue, était
facile à trouver. Hardquanonne aussi. Il n'était pas
mort. La prison pourrit l'homme, mais le conserve, si
garder c'est conserver. Les gens confiés aux bastilles
y étaient rarement dérangés. On ne changeait guère
plus de cachot qu'on ne change de cercueil. Hardquanonne était encore dans le donjon de Chatham. On
n'eut qu'à mettre la main dessus. On le transféra de
Chatham à Londres. En même temps on s'informait en
Suisse. Les faits furent reconnus exacts. On leva, dans
les greffes locaux, à Vevey, à Lausanne, l'acte de
mariage de lord Linnœus en exil, l'acte de naissance
de l'enfant, les actes de décès du père et de la mère, et
l'on en eut « pour servir ce que de besoin » de doubles
expéditions, dûment certifiées. Tout cela s'exécuta
dans le plus sévère secret, avec ce qu'on appelait alors
la promptitude royale, et avec le « silence de taupe »
recommandé et pratiqué par Bacon[1], et plus tard érigé
en loi par Blackstone[2], pour les affaires de chancellerie
et d'état, et pour les choses qualifiées sénatoriales.

---

1. Francis Bacon (1561-1626) : ce philosophe, qui renouvela l'ordre des
sciences en proposant une méthode inductive et expérimentale (*Essais de
morale et de politique*, 1597 ; *Novum Organum*, 1620), fut aussi un homme
d'État intrigant et sans scrupules, qui atteignit sous Jacques Ier les plus
hautes fonctions judiciaires : il fut avocat, procureur général, garde des
Sceaux puis grand chancelier, créé lord Verulam en 1618 puis vicomte de
Saint Albans en 1621.   2. Guillaume Blackstone (1723-1780), juris-
consulte anglais qui, le premier, ouvrit à Oxford un cours de droit civil et
politique anglais. Son enseignement eut un tel retentissement que le roi
d'Angleterre lui fit demander des leçons écrites pour l'instruction du prince
de Galles ; le résumé qu'il en publia sous le titre *Commentaires sur les lois
d'Angleterre* eut un grand nombre d'éditions, et fut traduit en français dès
le xviiie siècle par l'abbé Coyer.

Le *jussu regis* et la signature *Jeffreys* furent vérifiés. Pour qui a étudié pathologiquement les cas de caprice dits « bon plaisir », ce *jussu regis* est tout simple. Pourquoi Jacques II, qui, ce semble, eût dû cacher de tels actes, en laissait-il, au risque même de compromettre la réussite, des traces écrites ? Cynisme. Indifférence hautaine. Ah ! vous croyez qu'il n'y a que les filles d'impudiques ! la raison d'état l'est aussi. *Et se cupit ante videri*[1]. Commettre un crime et s'en blasonner, c'est là toute l'histoire. Le roi se tatoue, comme le forçat. On a intérêt à échapper au gendarme et à l'histoire, on en serait bien fâché, on tient à être connu et reconnu. Voyez mon bras, remarquez ce dessin, un temple de l'amour et un cœur enflammé percé d'une flèche, c'est moi qui suis Lacenaire[2]. *Jussu regis*. C'est moi qui suis Jacques II. On accomplit une mauvaise action, on met sa marque dessus. Se compléter par l'effronterie, se dénoncer soi-même, faire imperdable son méfait, c'est la bravade insolente du malfaiteur. Christine saisit Monaldeschi, le fait confesser et assassiner, et dit : *Je suis reine de Suède chez le roi de France*[3]. Il y a le tyran qui se cache, comme Tibère, et le tyran qui se vante, comme Philippe II. L'un est plus scorpion, l'autre est plus léopard. Jacques II était de cette dernière variété. Il avait, on le sait, le visage ouvert et gai, différent en cela de Philippe II. Philippe était lugubre, Jacques était jovial. On est tout de même féroce. Jacques II était le tigre bonasse. Il avait, comme Philippe II, la tranquillité de ses forfaits. Il était monstre par la grâce de Dieu. Donc il n'avait rien à

---

1. Virgile, *Bucoliques*, III, 65 : « Galatée me lance une pomme, la folle, et s'enfuit vers les saules, *avec le désir d'être d'abord aperçue* ».   **2.** Pierre-François Lacenaire (1800-exécuté le 19 janvier 1836), célèbre brigand et assassin qui, poète manqué, écrivit dans sa prison des *Mémoires* où il s'érige en criminel romantique révolté contre la société.   **3.** Jean, marquis de Monaldeschi, grand écuyer et favori de la reine Christine de Suède, qui l'accompagna dans ses voyages après son abdication. Il fut assassiné par ordre de la reine et sous ses yeux dans une des galeries du château de Fontainebleau, sans qu'on sache pourquoi (P. Larousse).

dissimuler et à atténuer, et ses assassinats étaient de droit divin. Il eût volontiers, lui aussi, laissé derrière lui ses archives de Simancas [1] avec tous ses attentats numérotés, datés, classés, étiquetés et mis en ordre, chacun dans son compartiment, comme les poisons dans l'officine d'un pharmacien. Signer ses crimes, c'est royal.

Toute action commise est une traite tirée sur le grand payeur ignoré. Celle-ci venait d'arriver à échéance avec l'endos sinistre *Jussu regis*.

La reine Anne, point femme d'un côté, en ce qu'elle excellait à garder un secret, avait demandé, sur cette grave affaire, au lord-chancelier un rapport confidentiel du genre qualifié « rapport à l'oreille royale ». Les rapports de cette sorte ont toujours été usités dans les monarchies. À Vienne, il y avait le *conseiller de l'oreille*, personnage aulique [2]. C'était une ancienne dignité carlovingienne, l'*auricularius* des vieilles chartes palatines. Celui qui parle bas à l'empereur.

William, baron Cowper, chancelier d'Angleterre [3], que la reine croyait, parce qu'il était myope comme elle et plus qu'elle, avait rédigé un mémoire commençant ainsi : « Deux oiseaux étaient aux ordres de Salomon [4], une huppe, le hudbud, qui parlait toutes les langues, et un aigle, le simourganka, qui couvrait d'ombre avec ses ailes une caravane de vingt mille hommes. De même, sous une autre forme, la Providence, » etc. Le lord-chancelier constatait le fait d'un

---

1. Forteresse renfermant depuis Charles Quint toutes les archives et les papiers d'État du royaume ; remarquables par leur masse (quarante-six salles comprenant plusieurs millions de documents), elles sont particulièrement riches, d'après P. Larousse, pour la période comprise entre 1480 et le premier quart du XVIIe siècle.   2. Qui a rapport au palais et à l'entourage d'un souverain ; en Allemagne, se disait « des membres d'une cour supérieure, dont la juridiction s'étendait à tout l'empire, et qui jugeait sans appel toutes les causes qui lui étaient déférées » (P. Larousse).   3. William Cooper, membre du Parlement, fut chargé de la garde du grand sceau par la reine Anne en 1705, puis nommé l'année suivante grand chancelier et pair d'Angleterre. Attaché au parti whig, il se démettra de sa charge en 1718.   4. Roi d'Israël dans la Bible, fils de David et Bethsabée.

héritier de pairie enlevé et mutilé, puis retrouvé. Il ne blâmait point Jacques II, père de la reine après tout. Il donnait même des raisons. Premièrement : il y a les anciennes maximes monarchiques. *E senioratu eripimus. In roturagio cadat*[1]. Deuxièmement : le droit royal de mutilation existe. Chamberlayne[2] l'a constaté. *Corpora et bona nostrorum subjectorum nostra sunt**, a dit Jacques Ier, de glorieuse et docte mémoire. Il a été crevé les yeux à des ducs de sang royal pour le bien du royaume. Certains princes, trop voisins du trône, ont été utilement étouffés entre deux matelas, ce qui a passé pour apoplexie. Or, étouffer, c'est plus que mutiler. Le roi de Tunis a arraché les yeux à son père, Muley-Assem, et ses ambassadeurs n'en ont pas moins été reçus par l'empereur[3]. Donc le roi peut ordonner une suppression de membre comme une suppression d'état, etc., c'est légal, etc. Mais une légalité ne détruit pas l'autre. « Si le noyé revient sur l'eau et n'est pas mort, c'est Dieu qui retouche l'action du roi. Si l'héritier se retrouve, que la couronne lui soit rendue. Ainsi il fut fait pour lord Alla, roi de Northumbre, qui lui aussi avait été bateleur. Ainsi il doit être fait pour Gwynplaine, qui lui aussi est roi, c'est-à-dire lord. La bassesse du métier, traversée et subie par force majeure, ne ternit point le blason ; témoin Abdolonyme[4],

---

* « La vie et les membres des sujets dépendent du roi. » (Chamberlayne, 2e partie, chap. IV, p. 76.)

---

1. « Nous l'arrachons à la seigneurie. Qu'il tombe dans la roture. » 2. Voir note 2, p. 72.   3. L'empereur dont il est question est Charles Quint, roi d'Espagne (1516-1556) et empereur germanique (1519-1556). Muley-Haçan, roi de Tunis, était monté sur le trône en 1533, avait reconnu l'empereur comme suzerain et s'était maintenu au pouvoir en faisant étrangler ou aveugler la plupart de ses neveux... Son fils Muley-Homaïdah s'empara du trône en 1543 et fit aveugler son père ; il « crut échapper au ressentiment de Charles Quint, en se reconnaissant son feudataire ». L'empereur feignit de le reconnaître mais le chassa quelque temps après de Tunis, pour mettre sur le trône son oncle Abdel-Melek (Michaud, *Biographie universelle*). 4. Descendant des rois de Sidon, il était réduit par la pauvreté à cultiver un jardin, quand Alexandre le Grand décida de lui donner la couronne.

qui était roi et qui fut jardinier ; témoin Joseph, qui
était saint et qui fut menuisier ; témoin Apollon, qui
était dieu et qui fut berger[1]. » Bref, le savant chancelier
concluait à la réintégration en tous ses biens et dignités
de Fermain, lord Clancharlie, faussement appelé
Gwynplaine, « à la seule condition qu'il fût confronté
avec le malfaiteur Hardquanonne, et reconnu par
ledit. » Et sur ce, le chancelier, garde constitutionnel
de la conscience royale, rassurait cette conscience.

Le lord-chancelier rappelait, en post-scriptum, que,
au cas où Hardquanonne refuserait de répondre, il
devait être appliqué à « la peine forte et dure », auquel
cas, pour atteindre la période dite de *frodmortell* voulue par la charte du roi Adelstan, la confrontation
devait avoir lieu le quatrième jour ; ce qui a bien un
peu l'inconvénient que, si le patient meurt le second
ou le troisième jour, la confrontation devient difficile ;
mais la loi doit être exécutée. L'inconvénient de la loi
fait partie de la loi.

Du reste, dans l'esprit du lord-chancelier, la reconnaissance de Gwynplaine par Hardquanonne ne faisait
aucun doute.

Anne, suffisamment informée de la difformité de
Gwynplaine, ne voulant point faire tort à sa sœur, à
laquelle avaient été substitués les biens des Clancharlie, décida avec bonheur que la duchesse Josiane serait
épousée par le nouveau lord, c'est-à-dire par Gwynplaine.

La réintégration de lord Fermain Clancharlie était du
reste un cas très-simple, l'héritier étant légitime et
direct. Pour les filiations douteuses ou pour les pairies
« in abeyance[2] » revendiquées par des collatéraux, la
chambre des lords doit être consultée. Ainsi, sans
remonter plus haut, elle le fut en 1782 pour la baronnie
de Sidney, réclamée par Élisabeth Perry ; en 1798,
pour la baronnie de Beaumont, réclamée par Thomas

---

1. Dieu de la divination, de la musique et de la poésie, Apollon est en
même temps guerrier et pasteur.   2. En suspens, sans ascendant direct.

Stapleton ; en 1803, pour la baronnie de Chandos, réclamée par le révérend Tymewell Brydges ; en 1813, pour la pairie-comté de Banbury, réclamée par le lieutenant général Knollys, etc. ; mais ici rien de pareil. Aucun litige ; une légitimité évidente ; un droit clair et certain ; il n'y avait point lieu à saisir la chambre, et la reine, assistée du lord-chancelier, suffisait pour reconnaître et admettre le nouveau lord.

Barkilphedro mena tout.

L'affaire, grâce à lui, resta tellement souterraine, le secret fut si hermétiquement gardé, que ni Josiane, ni lord David n'eurent vent du prodigieux fait qui se creusait sous eux. Josiane, très-altière, avait un escarpement qui la rendait aisée à bloquer. Elle s'isolait d'elle-même. Quant à lord David, on l'envoya en mer, sur les côtes de Flandre. Il allait perdre la lordship et ne s'en doutait pas. Notons ici un détail. Il advint qu'à dix lieues du mouillage de la station navale commandée par lord David, un capitaine nommé Halyburton força la flotte française. Le comte de Pembroke, président du conseil, porta sur une proposition de promotion de contre-amiraux ce capitaine Halyburton. Anne raya Halyburton et mit lord David Dirry-Moir à sa place, afin que lord David eût au moins, lorsqu'il apprendrait qu'il n'était plus pair, la consolation d'être contre-amiral.

Anne se sentit contente. Un mari horrible à sa sœur, un beau grade à lord David. Malice et bonté.

Sa majesté allait se donner la comédie. En outre, elle se disait qu'elle réparait un abus de pouvoir de son auguste père, qu'elle restituait un membre à la pairie, qu'elle agissait en grande reine, qu'elle protégeait l'innocence selon la volonté de Dieu, que la Providence dans ses saintes et impénétrables voies, etc. C'est bien doux de faire une action juste, qui est désagréable à quelqu'un qu'on n'aime pas.

Du reste, savoir que le futur mari de sa sœur était difforme avait suffi à la reine. De quelle façon ce Gwynplaine était-il difforme, quel genre de laideur était-ce ? Barkilphedro n'avait pas tenu à en informer la reine, et Anne n'avait pas daigné s'en enquérir. Profond dédain royal. Qu'importait d'ailleurs ? La chambre des lords ne pouvait qu'être reconnaissante. Le lord-chancelier, l'oracle, avait parlé. Restaurer un pair, c'est restaurer toute la pairie. La royauté, en cette occasion, se montrait bonne et respectueuse gardienne du privilège de la pairie. Quel que fût le visage du nouveau lord, un visage n'est pas une objection contre un droit. Anne se dit plus ou moins tout cela, et alla simplement à son but, à ce grand but féminin et royal, se satisfaire.

La reine était alors à Windsor[1], ce qui mettait une certaine distance entre les intrigues de cour et le public.

Les personnes seules d'absolue nécessité furent dans le secret de ce qui allait se passer.

Quant à Barkilphedro, il fut joyeux, ce qui ajouta à son visage une expression lugubre.

La chose en ce monde qui peut le plus être hideuse, c'est la joie.

Il eut cette volupté de déguster le premier la gourde de Hardquanonne. Il eut l'air peu surpris, l'étonnement étant d'un petit esprit. D'ailleurs, n'est-ce pas ? cela lui était bien dû, à lui qui depuis si longtemps faisait faction à la porte du hasard. Puisqu'il attendait, il fallait bien que quelque chose arrivât.

Ce *nil mirari*[2] faisait partie de sa contenance. Au fond, disons-le, il avait été émerveillé. Quelqu'un qui eût pu lui ôter le masque qu'il mettait sur sa conscience devant Dieu même, eût trouvé ceci : Précisément, en cet instant-là, Barkilphedro commençait à être convaincu qu'il lui serait décidément impossible, à lui ennemi intime et infime, de faire une fracture à cette haute existence de la duchesse Josiane. De là un accès frénétique d'animosité latente. Il était parvenu à ce

---

1. Voir note 2, p. 309.   2. *Nil admirari* : « Ne s'émouvoir de rien » (Horace, *Épîtres*, I, 6, 1). Maxime stoïcienne dont Horace fait le principe du bonheur, elle s'emploie souvent dans le sens de « Ne s'étonner de rien » (*Nil mirari*) et comme la devise des indifférents.

paroxysme qu'on appelle le découragement. D'autant plus furieux qu'il désespérait. Ronger son frein, expression tragique et vraie ! un méchant rongeant l'impuissance. Barkilphedro était peut-être au moment de renoncer, non à vouloir du mal à Josiane, mais à lui en faire ; non à la rage, mais à la morsure. Pourtant, quelle chute, lâcher prise ! garder désormais sa haine dans le fourreau, comme un poignard de musée ! Rude humiliation.

Tout à coup, à point nommé, – l'immense aventure universelle se plaît à ces coïncidences, – la gourde de Hardquanonne vient, de vague en vague, se placer entre ses mains. Il y a dans l'inconnu on ne sait quoi d'apprivoisé qui semble être aux ordres du mal. Barkilphedro, assisté des deux témoins quelconques, jurés indifférents de l'amirauté, débouche la gourde, trouve le parchemin, le déploie, lit... – Qu'on se représente cet épanouissement monstrueux !

Il est étrange de penser que la mer, le vent, les espaces, les flux et les reflux, les orages, les calmes, les souffles, peuvent se donner beaucoup de peine pour arriver à faire le bonheur d'un méchant. Cette complicité avait duré quinze ans. Œuvre mystérieuse. Pendant ces quinze années, l'Océan n'avait pas été une minute sans y travailler. Les flots s'étaient transmis de l'un à l'autre la bouteille surnageante, les écueils avaient esquivé le choc du verre, aucune fêlure n'avait lézardé la gourde, aucun frottement n'avait usé le bouchon, les algues n'avaient point pourri l'osier, les coquillages n'avaient point rongé le mot *Hardquanonne*, l'eau n'avait pas pénétré dans l'épave, la moisissure n'avait pas dissous le parchemin, l'humidité n'avait pas effacé l'écriture, que de soins l'abîme avait dû se donner ! Et de cette façon, ce que Gernardus avait jeté à l'ombre, l'ombre l'avait remis à Barkilphedro, et le message envoyé à Dieu était parvenu au démon. Il y avait eu abus de confiance dans l'immensité, et l'ironie obscure mêlée aux choses s'était arrangée de telle sorte qu'elle avait compliqué ce triomphe loyal, l'enfant perdu

Gwynplaine redevenant lord Clancharlie, d'une victoire venimeuse, qu'elle avait fait méchamment une
bonne action, et qu'elle avait mis la justice au service
de l'iniquité. Retirer sa victime à Jacques II, c'était
donner une proie à Barkilphedro. Relever Gwynplaine,
c'était livrer Josiane. Barkilphedro réussissait ; et
c'était pour cela que pendant tant d'années les vagues,
les lames, les rafales, avaient ballotté, secoué, poussé,
jeté, tourmenté et respecté cette bulle de verre où il y
avait tant d'existences mêlées ! c'était pour cela qu'il
y avait eu entente cordiale entre les vents, les marées
et les tempêtes ! La vaste agitation du prodige complaisante pour un misérable ! l'infini collaborateur d'un
ver de terre ! la destinée a de ces volontés sombres.

Barkilphedro eut un éclair d'orgueil titanique. Il se
dit que tout cela avait été exécuté à son intention. Il se
sentit centre et but.

Il se trompait. Réhabilitons le hasard. Ce n'était
point là le vrai sens du fait remarquable dont profitait
la haine de Barkilphedro. L'Océan se faisant père et
mère d'un orphelin, envoyant la tourmente à ses bourreaux, brisant la barque qui a repoussé l'enfant,
engloutissant les mains jointes des naufragés, refusant
toutes leurs supplications et n'acceptant d'eux que leur
repentir, la tempête recevant un dépôt des mains de la
mort, le robuste navire où était le forfait remplacé par
la fiole fragile où est la réparation, la mer changeant
de rôle, comme une panthère qui se ferait nourrice, et
se mettant à bercer, non l'enfant, mais sa destinée, pendant qu'il grandit ignorant de tout ce que le gouffre
fait pour lui, les vagues, à qui a été jetée la gourde,
veillant sur ce passé dans lequel il y a un avenir, l'ouragan soufflant dessus avec bonté, les courants dirigeant
la frêle épave à travers l'insondable itinéraire de l'eau,
les ménagements des algues, des houles, des rochers,
toute la vaste écume de l'abîme prenant sous sa protection un innocent, l'onde imperturbable comme une
conscience, le chaos rétablissant l'ordre, le monde des

ténèbres aboutissant à une clarté, toute l'ombre employée à cette sortie d'astre, la vérité ; le proscrit consolé dans sa tombe, l'héritier rendu à l'héritage, le crime du roi cassé, la préméditation divine obéie, le petit, le faible, l'abandonné, ayant l'infini pour tuteur ; voilà ce que Barkilphedro eût pu voir dans l'événement dont il triomphait ; voilà ce qu'il ne vit pas. Il ne se dit point que tout avait été fait pour Gwynplaine ; il se dit que tout avait été fait pour Barkilphedro ; et qu'il en valait la peine. Tels sont les satans.

Du reste, pour s'étonner qu'une épave fragile ait pu nager quinze ans sans être avariée, il faudrait peu connaître la profonde douceur de l'Océan. Quinze ans, ce n'est rien. Le 4 octobre 1867, dans le Morbihan, entre l'île de Groix, la pointe de la presqu'île de Gavres et le rocher des Errants, des pêcheurs de Port-Louis ont trouvé une amphore romaine du quatrième siècle ; couverte d'arabesques par les incrustations de la mer. Cette amphore avait flotté quinze cents ans.

Quelque apparence flegmatique que voulût garder Barkilphedro, sa stupéfaction avait égalé sa joie.

Tout s'offrait ; tout était comme préparé. Les tronçons de l'aventure qui allait satisfaire sa haine étaient d'avance épars à sa portée. Il n'y avait qu'à les rapprocher et à faire les soudures. Ajustage amusant à exécuter. Ciselure.

Gwynplaine ! il connaissait ce nom. *Masca ridens*[1] ! Comme tout le monde, il avait été voir l'Homme qui Rit. Il avait lu l'enseigne-écriteau accrochée à l'inn Tadcaster ainsi qu'on lit une affiche de spectacle qui attire la foule ; il l'avait remarquée ; il se la rappela sur le champ dans les moindres détails, quitte d'ailleurs à vérifier ensuite ; cette affiche, dans l'évocation électrique qui se fit en lui, reparut devant son œil profond et vint se placer à côté du parchemin des naufragés, comme la réponse à côté de la question, comme le mot à côté de l'énigme, et ces lignes : « Ici l'on voit

[1]. Voir p. 255.

Gwynplaine abandonné à l'âge de dix ans, la nuit du 29 janvier 1690, au bord de la mer, à Portland, » prirent brusquement sous son regard un resplendissement d'apocalypse. Il eut cette vision : le flamboiement de *Mane Thecel Pharès*[1] sur un boniment de la foire. C'en était fait de tout cet échafaudage qui était l'existence de Josiane. Écroulement subit. L'enfant perdu était retrouvé. Il y avait un lord Clancharlie. David Dirry-Moir était vidé. La pairie, la richesse, la puissance, le rang, tout cela sortait de lord David et entrait dans Gwynplaine. Tout, châteaux, chasses, forêts, hôtels, palais, domaines, y compris Josiane, était à Gwyn-plaine. Et Josiane, quelle solution ! Qui maintenant avait-elle devant elle ? illustre et hautaine, un histrion ; belle et précieuse, un monstre. Eût-on jamais espéré cela ? La vérité est que Barkilphedro était dans l'en-thousiasme. Toutes les combinaisons les plus hai-neuses peuvent être dépassées par la munificence infernale de l'imprévu. Quand la réalité veut, elle fait des chefs-d'œuvre. Barkilphedro trouvait bêtes tous ses rêves. Il avait mieux.

Le changement qui allait se faire par lui se fût-il fait contre lui, il ne l'eût pas moins voulu. Il existe de féroces insectes désintéressés qui piquent sachant qu'ils mourront de la piqûre. Barkilphedro était cette vermine-là.

Mais cette fois, il n'avait pas le mérite du désintéres-sement. Lord David Dirry-Moir ne lui devait rien, et lord Fermain Clancharlie allait lui devoir tout. De pro-tégé, Barkilphedro allait devenir protecteur. Et protec-teur de qui ? d'un pair d'Angleterre. Il aurait un lord à lui ! un lord qui serait sa créature ! le premier pli, Barkilphedro comptait bien le lui donner. Et ce lord

---

1. Formule qu'une main mystérieuse écrit sur une muraille lors du festin du roi Balthazar ; Daniel l'interprète comme signifiant « compté, pesé et divisé », en un présage annonçant la ruine de Babylone (Livre de Daniel, V, 25).

serait le beau-frère morganatique [1] de la reine ! Étant si laid, il plairait à la reine de toute la quantité dont il déplairait à Josiane. Poussé par cette faveur, et en mettant des habits graves et modestes, Barkilphedro pouvait devenir un personnage. Il s'était toujours destiné à l'Église. Il avait une vague envie d'être évêque.

En attendant, il était heureux.

Quel beau succès ! et comme toute cette quantité de besogne du hasard était bien faite ! Sa vengeance, car il appelait cela sa vengeance, lui était mollement apportée par le flot. Il n'avait pas été vainement embusqué.

L'écueil, c'était lui. L'épave, c'était Josiane. Josiane venait s'échouer sur Barkilphedro ! Profonde extase scélérate.

Il était habile à cet art qu'on appelle la suggestion, et qui consiste à faire dans l'esprit des autres une petite incision où l'on met une idée à soi ; tout en se tenant à l'écart, et sans avoir l'air de s'en mêler, il s'arrangea de façon à ce que Josiane allât à la baraque Green-Box et vît Gwynplaine. Cela ne pouvait pas nuire. Le saltimbanque vu en sa bassesse, bon ingrédient dans la combinaison. Plus tard, cela assaisonnerait.

Il avait silencieusement tout apprêté d'avance. Ce qu'il voulait, c'était on ne sait quoi de soudain. Le travail qu'il avait exécuté ne pourrait être exprimé que par ces mots étranges : construire un coup de foudre.

Les préliminaires achevés, il avait veillé à ce que toutes les formalités voulues fussent accomplies dans les formes légales. Le secret n'en avait point souffert, le silence faisant partie de la loi.

La confrontation de Hardquanonne avec Gwynplaine avait eu lieu ; Barkilphedro y avait assisté. On vient d'en voir le résultat.

Le même jour, un carrosse de poste de la reine vint

---

1. Se dit de l'union contractée par un prince et une femme de condition inférieure, qui ne bénéficie donc pas, en conséquence, de tous les droits accordés à l'épouse.

brusquement, de la part de sa majesté, chercher lady
Josiane à Londres pour la conduire à Windsor où Anne
en ce moment passait la saison. Josiane, pour quelque
chose qu'elle avait dans l'esprit, eût bien souhaité
désobéir, ou du moins retarder d'un jour son obéissance et remettre ce départ au lendemain, mais la vie
de cour ne comporte point ces résistances-là. Elle dut
se mettre immédiatement en route, et abandonner sa
résidence de Londres, Hunkerville-house, pour sa résidence de Windsor, Corleone-lodge.

La duchesse Josiane avait quitté Londres au moment
même où le wapentake se présentait à l'inn Tadcaster
pour enlever Gwynplaine et le mener à la cave pénale
de Southwark.

Quand elle arriva à Windsor, l'huissier de la verge
noire, qui garde la porte de la chambre de présence,
l'informa que sa majesté était enfermée avec le lord
chancelier, et ne pourrait la recevoir que le lendemain ;
qu'elle eût en conséquence à se tenir, à Corleone-
lodge, à la disposition de sa majesté, et que sa majesté
lui enverrait directement ses ordres le lendemain matin
à son réveil. Josiane rentra chez elle fort dépitée, soupa
de mauvaise humeur, eut la migraine, congédia tout le
monde, son mousse excepté, puis le congédia lui-
même, et se coucha qu'il faisait encore jour.

En arrivant elle avait appris que, ce même lendemain, lord David Dirry-Moir, ayant reçu en mer l'ordre
de venir immédiatement prendre les ordres de la reine,
était attendu à Windsor.

III

AUCUN HOMME NE PASSERAIT BRUSQUEMENT DE LA SIBÉRIE
AU SÉNÉGAL SANS PERDRE CONNAISSANCE. (*Humboldt*.) [1]

L'évanouissement d'un homme, même le plus ferme
et le plus énergique, sous un brusque coup de massue
de la fortune, n'a rien qui doive surprendre. Un homme
s'assomme par l'imprévu comme un bœuf par le mer-
lin. François d'Albescola, le même qui arrachait aux
ports turcs leur chaîne de fer, demeura, quand on le fit
pape, un jour entier sans connaissance [2]. Or, du cardinal
au pape l'enjambée est moindre que du saltimbanque
au pair d'Angleterre.

Rien de violent comme les ruptures d'équilibre.

Quand Gwynplaine revint à lui et rouvrit les yeux,
il était nuit. Gwynplaine était dans un fauteuil au
milieu d'une vaste chambre toute tendue de velours
pourpre, murs, plafond et plancher. On marchait sur du
velours. Près de lui se tenait debout, tête nue, l'homme
au gros ventre et au manteau de voyage qui était sorti
de derrière un pilier dans la cave de Southwark. Gwynplaine était seul dans cette chambre avec cet homme.
De son fauteuil, en étendant le bras, il pouvait toucher
deux tables, portant chacune une girandole [3] de six
chandelles de cire allumées. Sur l'une de ces tables, il
y avait des papiers et une cassette ; sur l'autre un en-
cas, volaille froide, vin, brandy, servi sur un plateau de
vermeil.

Par le vitrage d'une longue fenêtre allant du plan-

---

1. Probablement le savant naturaliste et grand voyageur Alexandre de
Humboldt (1769-1869), qui explora l'Amérique et l'Asie et composa, entre
autres, un *Cosmos ou Description physique du monde*.   **2.** François
d'Albescola de la Rovère (1414-1484), devenu pape sous le nom de
Sixte IV le 9 août 1471, voulut relancer l'idée d'une croisade contre les
Turcs : une flotte fut constituée au début de son pontificat qu'il bénit en
personne ; les opérations n'eurent pas un grand succès mais le légat rentra
en triomphe à Rome (Michaud, *Biographie universelle*).   **3.** Chandelier
à plusieurs branches disposées en pyramide.

cher au plafond, un clair ciel nocturne d'avril faisait
entrevoir au dehors un demi-cercle de colonnes autour
d'une cour d'honneur fermée d'un portail à trois
portes, une fort large et deux basses : la porte cochère,
très-grande, au milieu ; à droite, la porte chevalière,
moindre ; à gauche, la porte piétonne, petite. Ces
portes étaient fermées de grilles dont les pointes brillaient ; une haute sculpture couronnait la porte centrale.
Les colonnes étaient probablement en marbre blanc,
ainsi que le pavage de la cour, qui faisait un effet de
neige et qui encadrait de sa nappe de lames plates une
mosaïque confusément distincte dans l'ombre ; cette
mosaïque, sans doute, vue le jour, eût offert au regard,
avec tous ses émaux et toutes ses couleurs, un gigantesque blason, selon la mode florentine. Des zigzags
de balustres montaient et descendaient, indiquant des
escaliers de terrasses. Au-dessus de la cour se dressait
une immense architecture brumeuse et vague à cause
de la nuit. Des intervalles de ciel, pleins d'étoiles,
découpaient une silhouette de palais.

On apercevait un toit démesuré, des pignons à
volutes, des mansardes à visières comme des casques,
des cheminées pareilles à des tours, et des entable-
ments[1] couverts de dieux et de déesses immobiles. À
travers la colonnade jaillissait dans la pénombre une
de ces fontaines de féerie, doucement bruyantes, qui se
versent de vasque en vasque, mêlent la pluie à la cas-
cade, ressemblent à une dispersion d'écrin, et font au
vent une folle distribution de leurs diamants et de leurs
perles comme pour désennuyer les statues qui les
entourent. De longues rangées de fenêtres se profi-
laient, séparées par des panoplies[2] en ronde-bosse[3], et
par des bustes sur des piédouches[4]. Sur les acrotères[5],

---

1. Partie qui surmonte une colonnade et comprend l'architrave, la frise
et la corniche.   2. Armure complète d'un chevalier du Moyen Âge ; se
dit aussi d'un panneau en forme d'écu sur lequel on accroche des armes
rares.   3. Voir note 5, p. 177.   4. Petit piédestal, à base circulaire ou
carrée.   5. Voir note 1, p. 58.

des trophées et des morions[1] à panaches de pierre alternaient avec les dieux.

Dans la chambre où était Gwynplaine, au fond, en face de la fenêtre, on voyait d'un côté une cheminée aussi haute que la muraille, et de l'autre, sous un dais[2], un de ces spacieux lits féodaux où l'on monte avec une échelle et où l'on peut se coucher en travers. L'escabeau de lit était à côté. Un rang de fauteuils au bas des murs et un rang de chaises en avant des fauteuils complétaient l'ameublement. Le plafond était de forme tumbon ; un grand feu de bois à la française flambait dans la cheminée ; à la richesse des flammes et à leurs stries roses et vertes, un connaisseur eût constaté que ce feu était de bois de frêne, très-grand luxe ; la chambre était si grande que les deux girandoles[3] la laissaient obscure. Çà et là, des portières[4], baissées et flottantes, indiquaient des communications avec d'autres chambres. Cet ensemble avait l'aspect carré et massif du temps de Jacques Ier, mode vieillie et superbe. Comme le tapis et la tenture de la chambre, le dais, le baldaquin, le lit, l'escabeau, les rideaux, la cheminée, les housses des tables, les fauteuils, les chaises, tout était velours cramoisi. Pas d'or, si ce n'est au plafond. Là, à égale distance des quatre angles, luisait, appliqué à plat, un énorme bouclier rond de métal repoussé[5], où étincelait un éblouissant relief d'armoiries ; dans ces armoiries, sur deux blasons accostés[6], on distinguait un tortil[7] de baron et une couronne de marquis ; était-ce du cuivre doré ? était-ce du vermeil ? on ne savait. Cela semblait de l'or. Et au centre de ce plafond seigneurial, magnifique ciel obscur, ce flamboyant écusson avait le sombre resplendissement d'un soleil dans de la nuit.

---

1. Ancien casque léger, à calotte sphérique et à bords relevés en pointe devant et derrière.   **2.** Voir note 2, p. 56.   **3.** Voir note 3, p. 587.   **4.** Tentures fermant l'ouverture d'une porte.   **5.** Façonné par repoussage, c'est-à-dire suivant un procédé manuel de façonnage à froid, pour obtenir des formes en relief.   **6.** Se dit de deux pièces mises en pal (quand un pieu posé debout divise l'écu de haut en bas) ou en bande, quand elles en ont d'autres à leur côté.   **7.** Voir note 2, p. 52.

Un homme sauvage dans lequel est amalgamé un homme libre est à peu près aussi inquiet dans un palais que dans une prison. Ce lieu superbe était troublant. Toute magnificence dégage de l'effroi. Quel pouvait être l'habitant de cette demeure auguste ? À quel colosse toute cette grandeur appartenait-elle ? De quel lion ce palais était-il l'antre ? Gwynplaine, encore mal éveillé, avait le cœur serré.

— Où est-ce que je suis ? dit-il.

L'homme qui était debout devant lui, répondit :

— Vous êtes dans votre maison, mylord.

IV

FASCINATION

Il faut du temps pour revenir à la surface.

Gwynplaine avait été jeté au fond de la stupéfaction.

On ne prend pas tout de suite pied dans l'inconnu.

Il y a des déroutes d'idées comme il y a des déroutes d'armées ; le ralliement ne se fait point immédiatement.

On se sent en quelque sorte épars. On assiste à une bizarre dissipation de soi-même.

Dieu est le bras, le hasard est la fronde, l'homme est le caillou. Résistez donc, une fois lancé.

Gwynplaine, qu'on nous passe le mot, ricochait d'un étonnement sur l'autre. Après la lettre d'amour de la duchesse, la révélation de la cave de Southwark.

Dans une destinée, quand l'inattendu commence, préparez-vous à ceci : coup sur coup. Cette farouche porte une fois ouverte, les surprises s'y précipitent. La brèche faite à votre mur, le pêle-mêle des événements s'y engouffre. L'extraordinaire ne vient pas pour une fois.

L'extraordinaire, c'est une obscurité. Cette obscurité

était sur Gwynplaine. Ce qui lui arrivait lui semblait inintelligible. Il percevait tout à travers ce brouillard qu'une commotion profonde laisse dans l'intelligence comme la poussière d'un écroulement. La secousse avait été de fond en comble. Rien de net ne s'offrait à lui. Pourtant la transparence se rétablit toujours peu à peu. La poussière tombe. D'instant en instant, la densité de l'étonnement décroît. Gwynplaine était comme quelqu'un qui aurait l'œil ouvert et fixe dans un songe, et qui tâcherait de voir ce qu'il y a dedans. Il décomposait ce nuage, puis le recomposait. Il avait des intermittences d'égarement. Il subissait cette oscillation de l'esprit dans l'imprévu, laquelle, tour à tour, vous pousse du côté où l'on comprend, puis vous ramène du côté où l'on ne comprend plus. À qui n'est-il pas arrivé d'avoir ce balancier dans le cerveau ?

Par degré la dilatation se faisait en sa pensée dans les ténèbres de l'incident comme elle s'était faite en sa pupille dans les ténèbres du souterrain de Southwark. Le difficile, c'était de parvenir à mettre un certain espacement entre tant de sensations accumulées. Pour que cette combustion des idées troubles, dite compréhension, puisse s'opérer, il faut de l'air entre les émotions. Ici l'air manquait. L'événement, pour ainsi dire, n'était pas respirable. En entrant dans la terrifiante cave de Southwark, Gwynplaine s'était attendu au carcan du forçat ; on lui avait mis sur la tête la couronne de pair. Comment était-ce possible ? Il n'y avait point assez de place entre ce que Gwynplaine avait redouté et ce qui lui arrivait, cela s'était succédé trop vite, son effroi se changeait en autre chose trop brusquement pour que ce fût clair. Les deux contrastes étaient trop serrés l'un contre l'autre. Gwynplaine faisait effort pour retirer son esprit de cet étau.

Il se taisait. C'est l'instinct des grandes stupeurs qui sont sur la défensive plus qu'on ne croit. Qui ne dit rien fait face à tout. Un mot qui vous échappe, saisi par l'engrenage inconnu, peut vous tirer tout entier sous on ne sait quelles roues.

L'écrasement, c'est la peur des petits. La foule craint toujours qu'on ne lui mette le pied dessus. Or Gwynplaine avait été de la foule bien longtemps.

Un état singulier de l'inquiétude humaine se traduit par ce mot : voir venir. Gwynplaine était dans cet état. On ne se sent pas encore en équilibre avec une situation qui surgit. On surveille quelque chose qui doit avoir une suite. On est vaguement attentif. On voit venir. Quoi ? on ne sait. Qui ? on regarde.

L'homme au gros ventre répéta :

— Vous êtes dans votre maison, mylord.

Gwynplaine se tâta. Dans les surprises, on regarde, pour s'assurer que les choses existent, puis on se tâte, pour s'assurer qu'on existe soi-même. C'était bien à lui qu'on parlait ; mais lui-même était autre. Il n'avait plus son capingot et son esclavine[1] de cuir. Il avait un gilet de drap d'argent, et un habit de satin qu'en le touchant il sentait brodé ; il sentait une grosse bourse pleine dans la poche du gilet. Un large haut de chausses de velours recouvrait son étroite culotte collante de clown ; il avait des souliers à hauts talons rouges. De même qu'on l'avait transporté dans ce palais, on lui avait changé ses vêtements.

L'homme reprit :

— Que votre seigneurie daigne se souvenir de ceci : C'est moi qui me nomme Barkilphedro. Je suis clerc de l'amirauté. C'est moi qui ai ouvert la gourde de Hardquanonne et qui en ai fait sortir votre destinée. Ainsi, dans les contes arabes, un pêcheur fait sortir d'une bouteille un géant[2].

Gwynplaine fixa ses yeux sur le visage souriant qui lui parlait.

Barkilphedro continua :

— Outre ce palais, mylord, vous avez Hunkerville-house, qui est plus grand. Vous avez Clancharlie-castle, où est assise votre pairie, et qui est une forte-

---

1. Voir note 1, p. 404.   **2.** « L'Histoire du pêcheur », dans *Les Mille et Une Nuits*, traduit par Antoine Galland (1704-1717).

resse du temps d'Édouard le Vieux[1]. Vous avez dix-
neuf baillis à vous, avec leurs villages et leurs paysans.
Ce qui met sous votre bannière de lord et de nobleman
environ quatre vingt mille vassaux et fiscalins[2]. À
Clancharlie, vous êtes juge, juge de tout, des biens et
des personnes, et vous tenez votre cour de baron. Le
roi n'a de plus que vous que le droit de frapper monnaie. Le roi, que la loi normande qualifie chief-signor,
a justice, cour et coin. Coin, c'est monnaie. À cela
près, vous êtes roi dans votre seigneurie comme lui
dans son royaume. Vous avez droit, comme baron, à
un gibet de quatre piliers en Angleterre, et, comme
marquis, à une potence de sept poteaux en Sicile ; la
justice du simple seigneur ayant deux piliers, celle du
châtelain trois, et celle du duc huit. Vous êtes qualifié
prince dans les anciennes chartres de Northumbre.
Vous êtes allié aux vicomtes Valentia en Irlande, qui
sont Power, et aux comtes d'Umfraville en Écosse, qui
sont Angus. Vous êtes chef de clan comme Campbell,
Ardmannach, et Mac-Callummore. Vous avez huit châ-
tellenies, Reculver, Buxton, Hell-Kerters, Homble,
Moricambe, Gumdraith, Trenwardraith et d'autres.
Vous avez un droit sur les tourbières[3] de Pillinmore et
sur les carrières d'albâtre de Trent ; de plus vous avez
tout le pays de Penneth-chase, et vous avez une montagne avec une ancienne ville qui est dessus. La ville
s'appelle Vinecaunton ; la montagne s'appelle Moil-
enlli. Tout cela vous fait un revenu de quarante mille
livres sterling, c'est-à-dire quarante fois les vingt-cinq
mille francs de rente dont se contente un français.

Pendant que Barkilphedro parlait, Gwynplaine, dans
un crescendo de stupeur, se souvenait. Le souvenir est
un engloutissement qu'un mot peut remuer jusqu'au

---

1. Renseignements déjà donnés au début du roman, I, « Deux chapitres
préliminaires », Ursus, III, p. 62. 2. Dans les Capitulaires (règlements)
de Charlemagne et d'autres rois, celui qui dépendait d'un domaine appartenant au fisc, c'est-à-dire au trésor du souverain. 3. Gisement de tourbe
en quantité exploitable.

fond. Tous ces noms prononcés par Barkilphedro,
Gwynplaine les connaissait. Ils étaient inscrits aux dernières lignes de ces deux placards qui tapissaient la
cahute où s'était écoulée son enfance, et, à force d'y
avoir laissé machinalement errer ses yeux, il les savait
par cœur[1]. En arrivant, orphelin abandonné, dans la
baraque roulante de Weymouth, il y avait trouvé son
héritage inventorié qui l'attendait, et le matin, quand le
pauvre petit s'éveillait, la première chose qu'épelait
son regard insouciant et distrait, c'était sa seigneurie
et sa pairie. Détail étrange qui s'ajoutait à toutes ses
surprises, pendant quinze ans, rôdant de carrefour en
carrefour, clown d'un tréteau nomade, gagnant son
pain au jour le jour, ramassant des liards et vivant de
miettes, il avait voyagé avec sa fortune affichée sur sa
misère.

Barkilphedro toucha de l'index la cassette qui était
sur la table :

— Mylord, cette cassette contient deux mille guinées que sa gracieuse majesté la reine vous envoie pour
vos premiers besoins.

Gwynplaine fit un mouvement.

— Ce sera pour mon père Ursus, dit-il.

— Soit, mylord, fit Barkilphedro. Ursus, à l'inn
Tadcaster. Le sergent de la coiffe, qui nous a accom-
pagnés jusqu'ici et qui va repartir tout à l'heure, les lui
portera. Peut-être irai-je à Londres. En ce cas, ce serait
moi. Je m'en charge.

— Je les lui porterai moi-même, repartit Gwynplaine.

Barkilphedro cessa de sourire, et dit :

— Impossible.

Il y a une inflexion de voix qui souligne. Barkilphedro eut cet accent. Il s'arrêta comme pour mettre un
point après le mot qu'il venait de dire. Puis il continua,

---

1. La métamorphose du saltimbanque en pair d'Angleterre semble réaliser un destin fixé dès le début du roman par les inscriptions de la cahute.
Le schéma narratif est ici celui de la prédestination tragique.

avec ce ton respectueux et particulier du valet qui se sent le maître :

— Mylord, vous êtes ici à vingt-trois milles de Londres, à Corleone-lodge, dans votre résidence de cour, contiguë au château royal de Windsor. Vous y êtes sans que personne le sache. Vous y avez été transporté dans une voiture fermée qui vous attendait à la porte de la geôle de Southwark. Les gens qui vous ont introduit dans ce palais ignorent qui vous êtes, mais me connaissent, et cela suffit. Vous avez pu être amené jusqu'à cet appartement, au moyen d'une clef secrète que j'ai. Il y a dans la maison des personnes endormies, et ce n'est pas l'heure de réveiller les gens. C'est pourquoi nous avons le temps d'une explication, qui sera courte d'ailleurs. Je vais vous la faire. J'ai commission de sa majesté.

Barkilphedro se mit à feuilleter tout en parlant une liasse de dossiers qui était près de la cassette.

— Mylord, voici votre patente de pair. Voici le brevet de votre marquisat sicilien. Voici les parchemins et diplômes de vos huit baronnies avec les sceaux de onze rois, depuis Baldret, roi de Kent, jusqu'à Jacques VI et Ier, roi d'Angleterre et d'Écosse. Voici vos lettres de préséance. Voici vos baux à rentes, et les titres et descriptions de vos fiefs, alleux[1], mouvances[2], pays et domaines. Ce que vous avez au-dessus de votre tête dans ce blason qui est au plafond, ce sont vos deux couronnes, le tortil[3] à perles de baron et le cercle à fleurons de marquis. Ici, à côté, dans votre vestiaire, est votre robe de pair de velours rouge à bandes d'hermine. Aujourd'hui même, il y a quelques heures, le lord-chancelier, et le député-comte-maréchal d'Angleterre, informés du résultat de votre confrontation avec le comprachicos Hardquanonne, ont pris les ordres de sa majesté. Sa majesté a signé selon son bon plaisir qui est la même chose que la loi. Toutes les formalités sont

---

1. Voir note 1, p. 281. 2. Fief dont d'autres dépendent (mouvance active) ou qui dépend d'un autre fief. 3. Voir note 2, p. 52.

remplies. Demain, pas plus tard que demain, vous serez
admis à la chambre des lords ; on y délibère depuis
quelques jours sur un bill présenté par la couronne
ayant pour objet d'augmenter de cent mille livres sterling, qui sont deux millions cinq cent mille livres de
France, la dotation annuelle du duc de Cumberland,
mari de la reine ; vous pourrez prendre part à la dis-
cussion.

Barkilphedro s'interrompit, respira lentement, et
reprit :

— Pourtant rien n'est fait encore. On n'est pas pair
d'Angleterre malgré soi. Tout peut s'annuler et disparaître, à moins que vous ne compreniez. Un événement
qui se dissipe avant d'éclore, cela se voit dans la politique. Mylord, le silence à cette heure est encore sur
vous. La chambre des lords ne sera mise au fait que
demain. Le secret de toute votre affaire a été gardé, par
raison d'état, laquelle est d'une conséquence tellement
considérable que les personnes graves, seules infor-
mées en ce moment de votre existence et de vos droits,
les oublieront immédiatement, si la raison d'état leur
commande de les oublier. Ce qui est dans la nuit peut
rester dans la nuit. Il est aisé de vous effacer. Cela est
d'autant plus facile que vous avez un frère, fils naturel
de votre père et d'une femme qui depuis, pendant l'exil
de votre père, a été la maîtresse du roi Charles II, ce
qui fait que votre frère est bien en cour ; or c'est à ce
frère, tout bâtard qu'il est, que reviendrait votre pairie.
Voulez-vous cela ? je ne le suppose pas. Eh bien, tout
dépend de vous. Il faut obéir à la reine. Vous ne quitte-
rez cette résidence que demain, dans une voiture de sa
majesté, et pour aller à la chambre des lords. Mylord,
voulez-vous être pair d'Angleterre, oui ou non ? La
reine a des vues sur vous. Elle vous destine à une
alliance quasi royale. Lord Fermain Clancharlie, ceci
est l'instant décisif. Le destin n'ouvre point une porte
sans en fermer une autre. Après de certains pas en
avant, un pas en arrière n'est plus possible. Qui entre
dans la transfiguration a derrière lui un évanouisse-

ment. Mylord, Gwynplaine est mort. Comprenez-vous ?

Gwynplaine eut un tremblement de la tête aux pieds, puis il se remit.

— Oui, dit-il.

Barkilphedro sourit, salua, prit la cassette sous son manteau, et sortit.

V

ON CROIT SE SOUVENIR, ON OUBLIE

Qu'est-ce que ces étranges changements à vue qui se font dans l'âme humaine ?

Gwynplaine avait été en même temps enlevé sur un sommet et précipité dans un abîme.

Il avait le vertige.

Le vertige double.

Le vertige de l'ascension et le vertige de la chute.

Mélange fatal.

Il s'était senti monter et ne s'était pas senti tomber.

Voir un nouvel horizon, c'est redoutable.

Une perspective, cela donne des conseils. Pas toujours bons.

Il avait eu devant lui la trouée féerique, piège peut-être, d'un nuage qui se déchire et qui montre le bleu profond.

Si profond qu'il est obscur.

Il était sur la montagne d'où l'on voit les royaumes de la terre.

Montagne d'autant plus terrible qu'elle n'existe pas. Ceux qui sont sur cette cime sont dans un rêve.

La tentation y est gouffre, et si puissante que l'enfer sur ce sommet espère corrompre le paradis, et que le diable y apporte Dieu.

Fasciner l'éternité, quelle étrange espérance !

Là où Satan tente Jésus, comment un homme lutterait-il ?

Des palais, des châteaux, la puissance, l'opulence, toutes les félicités humaines à perte de vue autour de soi, une mappemonde des jouissances étalées à l'horizon, une sorte de géographie radieuse dont on est le centre ; mirage périlleux.

Et qu'on se figure le trouble d'une telle vision pas amenée, sans échelons préalables franchis, sans précaution, sans transition.

Un homme qui s'est endormi dans un trou de taupe et qui se réveille sur la pointe du clocher de Strasbourg[1] ; c'était là Gwynplaine.

Le vertige est une espèce de lucidité formidable. Surtout celui qui, vous emportant à la fois vers le jour et vers la nuit, se compose de deux tournoiements en sens inverse.

On voit trop, et pas assez.

On voit tout, et rien.

On est ce que l'auteur de ce livre a appelé quelque part « l'aveugle ébloui[2] ».

Gwynplaine, resté seul, se mit à marcher à grands pas. Un bouillonnement précède l'explosion.

À travers cette agitation, dans cette impossibilité de se tenir en place, il méditait. Ce bouillonnement était une liquidation. Il faisait l'appel de ses souvenirs. Chose surprenante qu'on ait toujours si bien écouté ce qu'on croit à peine avoir entendu ! la déclaration des naufragés lue par le shériff dans la cave de Southwark lui revenait parfaitement nette et intelligible ; il s'en rappelait chaque mot ; il revoyait dessous toute son enfance.

Brusquement il s'arrêta, les mains derrière le dos, regardant le plafond, le ciel, n'importe, ce qui est en haut.

---

1. Chef-d'œuvre architectural (XIIᵉ-XVᵉ siècle) dont la flèche s'élève à plus de 142 m de haut et que Hugo a célébré dans *Le Rhin* pour sa grâce aérienne (lettre XXX).   **2.** « Pleurs dans la nuit », *Les Contemplations* (1856), VI, 6, XVI.

— Revanche ! dit-il.

Il fut comme celui qui met sa tête hors de l'eau. Il lui sembla qu'il voyait tout, le passé, l'avenir, le présent, dans le saisissement d'une clarté subite.

— Ah ! cria-t-il, – car il y a des cris au fond de la pensée, – ah ! c'était donc cela ! j'étais lord. Tout se découvre. Ah ! l'on m'a volé, trahi, perdu, déshérité, abandonné, assassiné ! le cadavre de ma destinée a flotté quinze ans sur la mer, et tout à coup il a touché la terre, et il s'est dressé debout et vivant ! Je renais. Je nais ! Je sentais bien sous mes haillons palpiter autre chose qu'un misérable, et, quand je me tournais du côté des hommes, je sentais bien qu'ils étaient le troupeau, et que je n'étais pas le chien, mais le berger ! Pasteurs des peuples, conducteurs d'hommes, guides et maîtres, c'est là ce qu'étaient mes pères ; et ce qu'ils étaient, je le suis ! Je suis gentilhomme, et j'ai une épée ; je suis baron, et j'ai un casque ; je suis marquis, et j'ai un panache ; je suis pair, et j'ai une couronne. Ah ! l'on m'avait pris tout cela ! J'étais l'habitant de la lumière, et l'on m'avait fait l'habitant des ténèbres ! Ceux qui avaient proscrit le père ont vendu l'enfant. Quand mon père a été mort, ils lui ont retiré de dessous la tête la pierre de l'exil qu'il avait pour oreiller, et ils me l'ont mise au cou, et ils m'ont jeté dans l'égout ! Oh ! ces bandits qui ont torturé mon enfance, oui, ils remuent et se dressent au plus profond de ma mémoire, oui, je les revois. J'ai été le morceau de chair becqueté sur une tombe par une troupe de corbeaux. J'ai saigné et crié sous toutes ces silhouettes horribles. Ah ! c'est donc là qu'on m'avait précipité, sous l'écrasement de ceux qui vont et viennent, sous le trépignement de tous, au-dessous du dernier dessous du genre humain, plus bas que le serf, plus bas que le valet, plus bas que le goujat, plus bas que l'esclave, à l'endroit où le chaos devient le cloaque, au fond de la disparition ! Et c'est de là que je sors ! c'est de là que je remonte ! c'est de là que je ressuscite ! Et me voilà. Revanche !

Il s'assit, se releva, prit sa tête dans ses mains, se

remit à marcher, et ce monologue d'une tempête continua en lui :

— Où suis-je ? sur le sommet ! Où est-ce que je
viens m'abattre ? sur la cime ! Ce faîte, la grandeur, ce
dôme du monde, la toute-puissance, c'est ma maison.
Ce temple en l'air, j'en suis un des dieux ! l'inaccessible, j'y loge. Cette hauteur que je regardais d'en bas,
et d'où il tombait tant de rayons que j'en fermais les
yeux, cette seigneurie inexpugnable, cette forteresse
imprenable des heureux, j'y entre. J'y suis. J'en suis.
Ah ! tour de roue définitif ! j'étais en bas, je suis en
haut. En haut, à jamais ! me voilà lord, j'aurai un manteau d'écarlate, j'aurai des fleurons sur la tête, j'assis-
terai au couronnement des rois, ils prêteront serment
entre mes mains, je jugerai les ministres et les princes,
j'existerai. Des profondeurs où l'on m'avait jeté, je
rejaillis jusqu'au zénith. J'ai des palais de ville et de
campagne, des hôtels, des jardins, des chasses, des
forêts, des carrosses, des millions ; je donnerai des
fêtes, je ferai des lois, j'aurai le choix des bonheurs et
des joies, et le vagabond Gwynplaine, qui n'avait pas
le droit de prendre une fleur dans l'herbe, pourra cueillir des astres dans le ciel !

Funèbre rentrée de l'ombre dans une âme. Ainsi
s'opérait, en ce Gwynplaine qui avait été un héros, et
qui, disons-le, n'avait peut-être pas cessé de l'être, le
remplacement de la grandeur morale par la grandeur
matérielle. Transition lugubre. Effraction d'une vertu
par une troupe de démons qui passe. Surprise faite au
côté faible de l'homme. Toutes les choses inférieures
qu'on appelle supérieures, les ambitions, les volontés
louches de l'instinct, les passions, les convoitises,
chassées loin de Gwynplaine par l'assainissement du
malheur, reprenaient tumultueusement possession de
ce généreux cœur. Et à quoi cela avait-il tenu ? à la
trouvaille d'un parchemin dans une épave charriée par
la mer. Le viol d'une conscience par un hasard, cela se
voit.

Gwynplaine buvait à pleine gorgée l'orgueil, ce qui lui faisait l'âme obscure. Tel est ce vin tragique.

Cet étourdissement l'envahissait ; il faisait plus qu'y consentir, il le savourait. Effet d'une longue soif. Est-on complice de la coupe où l'on perd sa raison ? Il avait toujours vaguement désiré cela. Il regardait sans cesse du côté des grands ; regarder, c'est souhaiter. L'aiglon ne naît pas impunément dans l'aire.

Être lord. Maintenant, à de certains moments, il trouvait cela tout simple.

Peu d'heures s'étaient écoulées, comme le passé d'hier était déjà loin !

Gwynplaine avait rencontré l'embuscade du mieux, ennemi du bien.

Malheur à celui dont on dit : A-t-il du bonheur !

On résiste à l'adversité mieux qu'à la prospérité. On se tire de la mauvaise fortune plus entier que de la bonne. Charybde est la misère, mais Scylla est la richesse [1]. Ceux qui se dressaient sous la foudre sont terrassés par l'éblouissement. Toi qui ne t'étonnais pas du précipice, crains d'être emporté sur les légions d'ailes de la nuée et du songe. L'ascension t'élèvera et t'amoindrira. L'apothéose a une sinistre puissance d'abattre.

Se connaître en bonheur, ce n'est pas facile. Le hasard n'est autre chose qu'un déguisement. Rien ne trompe comme ce visage-là. Est-il la Providence ? Est-il la Fatalité ?

Une clarté peut ne pas être une clarté. Car la lumière est vérité, et une lueur peut être une perfidie. Vous croyez qu'elle éclaire, non, elle incendie.

Il fait nuit ; une main pose une chandelle, vil suif devenu étoile, au bord d'une ouverture dans les ténèbres. Le phalène [2] y va.

Dans quelle mesure est-il responsable ?

Le regard du feu fascine le phalène de même que le regard du serpent fascine l'oiseau.

---

1. Voir note 1, p. 193.   2. Voir note 3, p. 177.

Que le phalène et l'oiseau n'aillent point là, cela leur est-il possible ? Est-il possible à la feuille de refuser obéissance au vent ? Est-il possible à la pierre de refuser obéissance à la gravitation ?

Questions matérielles, qui sont aussi des questions morales.

Après la lettre de la duchesse, Gwynplaine s'était redressé. Il y avait en lui de profondes attaches qui avaient résisté. Mais les bourrasques, après avoir épuisé le vent d'un côté de l'horizon, recommencent de l'autre, et la destinée, comme la nature, a ses acharnements. Le premier coup ébranle, le second déracine.

Hélas ! comment tombent les chênes ?

Ainsi, celui qui, enfant de dix ans, seul sur la falaise de Portland, prêt à livrer bataille, regardait fixement les combattants à qui il allait avoir affaire, la rafale qui emportait le navire où il comptait s'embarquer, le gouffre qui lui dérobait cette planche de salut, le vide béant dont la menace est de reculer, la terre qui lui refusait un abri, le zénith qui lui refusait une étoile, la solitude sans pitié, l'obscurité sans regard, l'océan, le ciel, toutes les violences dans un infini et toutes les énigmes dans l'autre ; celui qui n'avait pas tremblé ni défailli devant l'énormité hostile de l'inconnu ; celui qui, tout petit, avait tenu tête à la nuit comme l'ancien Hercule avait tenu tête à la mort ; celui qui, dans ce conflit démesuré, avait fait ce défi de mettre toutes les chances contre lui en adoptant un enfant, lui enfant, et en s'embarrassant d'un fardeau, lui fatigué et fragile, rendant ainsi plus faciles les morsures à sa faiblesse, et ôtant lui-même les muselières aux monstres de l'ombre embusqués autour de lui ; celui qui, belluaire[1] avant l'âge, avait, tout de suite, dès ses premiers pas hors du berceau, pris corps à corps la destinée ; celui que sa disproportion avec la lutte n'avait pas empêché de lutter ; celui qui, voyant tout à coup se faire autour de lui une occultation effrayante du genre humain, avait

_____
1. Voir note 3, p. 452.

accepté cette éclipse et continué superbement sa marche ; celui qui avait su avoir froid, avoir soif, avoir
faim, vaillamment ; celui qui, pygmée par la stature,
avait été colosse par l'âme ; ce Gwynplaine qui avait
vaincu l'immense vent de l'abîme sous sa double
forme, Tempête et Misère, chancelait sous ce souffle,
une vanité !

Ainsi, quand elle a épuisé les détresses, les dénû-
ments, les orages, les rugissements, les catastrophes,
les agonies, sur un homme resté debout, la Fatalité se
met à sourire, et l'homme, brusquement devenu ivre,
trébuche.

Le sourire de la Fatalité. S'imagine-t-on rien de plus
terrible ? C'est la dernière ressource de l'impitoyable
essayeur d'âmes qui éprouve les hommes. Le tigre qui
est dans le destin fait parfois patte de velours. Préparation redoutable. Douceur hideuse du monstre.

La coïncidence d'un affaiblissement avec un agrandissement, tout homme a pu l'observer en soi. Une
croissance soudaine disloque et donne la fièvre.

Gwynplaine avait dans le cerveau le tourbillonnement vertigineux d'une foule de nouveautés, tout le
clair-obscur de la métamorphose, on ne sait quelles
confrontations étranges, le choc du passé contre l'avenir, deux Gwynplaines, lui-même double ; en arrière,
un enfant en guenilles, sorti de la nuit, rôdant, grelottant, affamé, faisant rire, en avant, un seigneur éclatant,
fastueux, superbe, éblouissant Londres. Il se dépouil-
lait de l'un et s'amalgamait à l'autre. Il sortait du saltimbanque et entrait dans le lord. Changements de
peau, qui sont parfois des changements d'âme. Par instants cela ressemblait trop au songe. C'était complexe,
mauvais et bon. Il pensait à son père. Chose poignante,
un père qui est un inconnu. Il essayait de se le figurer.
Il pensait à ce frère dont on venait de lui parler. Ainsi,
une famille ! Quoi ! une famille, à lui Gwynplaine ! Il
se perdait dans des échafaudages fantastiques. Il avait
des apparitions de magnificences ; des solennités

inconnues s'en allaient en nuage devant lui ; il entendait des fanfares.

— Et puis, disait-il, je serai éloquent.

Et il se représentait une entrée splendide à la
chambre des lords. Il arrivait gonflé de choses nouvelles. Que n'avait-il pas à dire ? Quelle provision il
avait faite ! Quel avantage d'être, au milieu d'eux,
l'homme qui a vu, touché, subi, souffert, et de pouvoir
leur crier : J'ai été près de tout ce dont vous êtes loin !
À ces patriciens repus d'illusions, il leur jettera la réalité à la face, et ils trembleront, car il sera vrai, et ils
applaudiront, car il sera grand. Il surgira parmi ces
tout-puissants, plus puissant qu'eux ; il leur apparaîtra
comme le porte-flambeau, car il leur montrera la vérité,
et comme le porte-glaive, car il leur montrera la justice.
Quel triomphe !

Et tout en faisant ces constructions dans son esprit,
lucide et trouble à la fois, il avait des mouvements de
délire, des accablements dans le premier fauteuil venu,
des sortes d'assoupissements, des sursauts. Il allait,
venait, regardait le plafond, examinait les couronnes,
étudiait vaguement les hiéroglyphes du blason, palpait
le velours du mur, remuait les chaises, retournait les
parchemins, lisait les noms, épelait les titres, Buxton,
Homble, Gumdraith, Hunkerville, Clancharlie, comparait les cires et les cachets, tâtait les tresses de soie des
sceaux royaux, s'approchait de la fenêtre, écoutait le
jaillissement de la fontaine, constatait les statues,
comptait avec une patience de somnambule les
colonnes de marbre, et disait : Cela est.

Et il touchait son habit de satin, et il s'interrogeait :

— Est-ce que c'est moi ? Oui.

Il était en pleine tempête intérieure.

Dans cette tourmente, sentit-il sa défaillance et sa
fatigue ? But-il, mangea-t-il, dormit-il ? S'il le fit, ce
fut sans le savoir. Dans de certaines situations vio-
lentes, les instincts se satisfont comme bon leur semble
sans que la pensée s'en mêle. D'ailleurs sa pensée était
moins une pensée qu'une fumée. Au moment où le

flamboiement noir de l'éruption se dégorge à travers son puits plein de tourbillons, le cratère a-t-il conscience des troupeaux qui paissent l'herbe au pied de sa montagne ?

Les heures passèrent.

L'aube parut et fit le jour. Un rayon blanc pénétra dans la chambre et en même temps entra dans l'esprit de Gwynplaine.

— Et Dea ! lui dit la clarté.

LIVRE SIXIÈME

ASPECTS VARIÉS D'URSUS

I

CE QUE DIT LE MISANTHROPE

Après qu'Ursus eut vu Gwynplaine s'enfoncer sous la porte de la geôle de Southwark, il demeura, hagard, dans le recoin où il s'était mis en observation. Il eut longtemps dans l'oreille ce grincement de serrures et de verroux qui semble le hurlement de joie de la prison dévorant un misérable. Il attendit. Quoi ? Il épia. Quoi ? Ces inexorables portes, une fois fermées, ne se rouvrent pas tout de suite ; elles sont ankylosées par leur stagnation dans les ténèbres et elles ont les mouvements difficiles, surtout lorsqu'il s'agit de délivrer ; entrer, soit ; sortir, c'est différent. Ursus le savait. Mais attendre est une chose qu'on n'est pas libre de cesser à volonté ; on attend malgré soi ; les actions que nous faisons dégagent une force acquise qui persiste même lorsqu'il n'y a plus d'objet, qui nous possède et nous tient, et qui nous oblige pendant quelque temps à continuer ce qui est désormais sans but. Le guet inutile, posture inepte que nous avons tous eue dans l'occa-

sion, perte de temps que fait machinalement tout
homme attentif à une chose disparue. Personne
n'échappe à ces fixités-là. On s'obstine avec une sorte
d'acharnement distrait. On ne sait pourquoi l'on reste
à cet endroit où l'on est, mais on y reste. Ce qu'on
a commencé activement, on le continue passivement.
Ténacité épuisante d'où l'on sort accablé. Ursus, différent des autres hommes, fut pourtant, comme le premier venu, cloué sur place par cette rêverie mêlée de
surveillance où nous plonge un événement qui peut
tout sur nous et sur lequel nous ne pouvons rien. Il
considérait tour à tour les deux murailles noires, tantôt
la basse, tantôt la haute, tantôt la porte où il y avait
une échelle de potence, tantôt la porte où il y avait une
tête de mort ; il était comme pris dans cet étau composé
d'une prison et d'un cimetière. Cette rue évitée et
impopulaire avait si peu de passants qu'on ne remarquait point Ursus.

Enfin il sortit de l'encoignure quelconque qui l'abri-
tait, espèce de guérite de hasard où il était en vedette [1]
et il s'en alla à pas lents. Le jour baissait, tant sa faction avait été longue. De temps en temps il tournait
le cou et regardait l'affreux guichet bas où était entré
Gwynplaine. Il avait l'œil vitreux et stupide. Il arriva
au bout de la ruelle, prit une autre rue, puis une autre,
retrouvant vaguement l'itinéraire par où il avait passé
quelques heures auparavant. Par intervalles il se retournait, comme s'il pouvait encore voir la porte de la prison, quoiqu'il ne fût plus dans la rue où était la geôle.
Peu à peu il se rapprochait du Tarrinzeau-field. Les
lanes [2] qui avoisinaient le champ de foire étaient des
sentiers déserts entre des clôtures de jardins. Il marchait courbé le long des haies et des fossés. Tout à
coup il fit halte, et se redressa, et il cria : – Tant
mieux !

---

1. Soldat placé en sentinelle.   **2.** Terme anglais éclairé par la suite de
la phrase. Les lanes sont des chemins, à la campagne, et des ruelles, en
ville.

En même temps il se donna deux coups de poing sur la tête, puis deux coups de poing sur les cuisses, ce qui indique l'homme qui juge les choses comme il faut les juger.

Et il se mit à grommeler entre cuir et chair[1], par moments avec des éclats de voix :

— C'est bien fait ! Ah ! le gueux ! le brigand ! le chenapan ! le vaurien ! le séditieux[2] ! Ce sont ses propos sur le gouvernement qui l'ont mené là. C'est un rebelle. J'avais chez moi un rebelle. J'en suis délivré. J'ai de la chance. Il nous compromettait. Fourré au bagne ! Ah ! tant mieux ! Excellence des lois. Ah ! l'ingrat ! moi qui l'avais élevé ! Donnez-vous donc de la peine ! Quel besoin avait-il de parler et de raisonner ? Il s'est mêlé des questions d'état ! Je vous demande un peu ! En maniant des sous, il a déblatéré sur l'impôt, sur les pauvres, sur le peuple, sur ce qui ne le regardait pas ! il s'est permis des réflexions sur les pence[3] ! il a commenté méchamment et malicieusement le cuivre de la monnaie du royaume ! il a insulté les liards[4] de sa majesté ! un farthing[5], c'est la même chose que la reine ! l'effigie sacrée, morbleu, l'effigie sacrée. A-t-on une reine, oui ou non ? respect à son vert-de-gris[6]. Tout se tient dans le gouvernement. Il faut connaître cela. J'ai vécu, moi. Je sais les choses. On me dira : Mais vous renoncez donc à la politique ? La politique, mes amis, je m'en soucie autant que du poil bourru d'un âne. J'ai reçu un jour un coup de canne d'un baronnet[7]. Je me suis dit : Cela suffit, je comprends la politique. Le peuple n'a qu'un liard, il le

---

1. Voir note 1, p. 239.   2. Agitateur, personne qui se révolte contre l'autorité publique.   3. Pluriel de *penny*, monnaie de cuivre représentant le douzième d'un *shilling* et le deux cent quarantième de la livre (*pound*).   4. Monnaie originaire du Dauphiné représentant sur une de ses faces l'effigie de la personne royale.   5. Voir note 2, p. 239.   6. Dépôt verdâtre qui se forme à l'air humide sur le cuivre. 7. Titre de noblesse en Angleterre, immédiatement au-dessous du baron. Ce titre, créé en 1611 par le roi Jacques Ier, est héréditaire mais ne donne pas le droit de siéger à la Chambre des lords.

donne, la reine le prend, le peuple remercie. Rien de plus simple. Le reste regarde les lords. Leurs seigneuries les lords spirituels et temporels. Ah ! Gwynplaine est sous clef ! Ah ! il est aux galères ! c'est juste. C'est équitable, excellent, mérité et légitime. C'est sa faute. Bavarder est défendu. Es-tu un lord, imbécile ? Le wapentake l'a saisi, le justicier-quorum l'a emmené, le shériff le tient. Il doit être en ce moment-ci épluché par quelque sergent de la coiffe[1]. Comme ça vous plume les crimes, ces habiles gens-là ! Coffré, mon drôle ! Tant pis pour lui, tant mieux pour moi ! Je suis, ma foi, bien content. J'avoue ingénûment que j'ai de la chance. Quelle extravagance j'avais faite de ramasser ce petit et cette petite ! Nous étions si tranquilles auparavant, Homo et moi ! Qu'est-ce qu'ils venaient faire dans ma baraque, ces gredins-là ? Les ai-je assez couvés quand ils étaient mioches ! les ai-je assez traînés avec ma bricole[2] ! joli sauvetage ! lui sinistrement laid, elle borgne des deux yeux ! Privez-vous donc de tout ! Ai-je assez tété pour eux les mamelles de la famine ! Ça grandit, ça fait l'amour ! Des flirtations[3] d'infirmes, c'est là que nous en étions. Le crapaud et la taupe, idylle. J'avais ça dans mon intimité. Tout cela devait finir par la justice. Le crapaud a parlé politique, c'est bon. M'en voilà délivré. Quand le wapentake est venu, j'ai d'abord été bête, on doute toujours du bonheur, j'ai cru que je ne voyais pas ce que je voyais, que c'était impossible, que c'était un cauchemar, que c'était une farce que me faisait le rêve. Mais non, il n'y a rien de plus réel. C'est plastique[4].

---

1. Justicier-quorum (voir note 2, p. 519), shériff, sergent de la coiffe : Hugo explique ces fonctions plus haut dans le roman (II, IV, 6).   **2.** Courroie d'un harnais qu'on applique sur la poitrine d'un cheval ; bretelle de porteur. **3.** Nom dérivé du verbe anglais « to flirt » et qui signifie « le petit manège des jeunes filles auprès des hommes et des hommes auprès des jeunes filles » (Littré). Ce terme était apprécié par Hugo, qui l'emploie dans *Les Travailleurs de la mer* (I, III, 1) à propos de l'héroïne, Déruchette : « Cette petite fait de la flirtation à poudre. »   **4.** Le terme, d'un emploi assez sibyllin ici, est sans doute à prendre au sens de « réel », « palpable », comme les arts plastiques qui « visent à élaborer des formes visibles » (*Robert historique de la langue française*).

Gwynplaine est bellement en prison. C'est un coup de la providence. Merci, bonne madame. C'est ce monstre qui, avec le tapage qu'il faisait, a attiré l'attention sur mon établissement, et a dénoncé mon pauvre loup ! Parti, le Gwynplaine ! Et me voilà débarrassé des deux. D'un caillou deux bosses. Car Dea en mourra. Quand elle ne verra plus Gwynplaine – elle le voit, l'idiote ! – elle n'aura plus de raison d'être, elle se dira : Qu'est-ce que je fais en ce monde ? Et elle partira, elle aussi. Bon voyage. Au diable tous les deux. Je les ai toujours détestés, ces êtres ! Crève, Dea. Ah ! que je suis content !

II

CE QU'IL FAIT

Il rejoignit l'inn Tadcaster.

Six heures et demie sonnaient, la demie passé six[1], comme disent les anglais. C'était un peu avant le crépuscule.

Maître Nicless était sur le pas de sa porte. Sa face consternée n'avait point réussi depuis le matin à se détendre, et l'effarement y était resté figé.

Du plus loin qu'il aperçut Ursus :

— Eh bien ? cria-t-il.

— Eh bien quoi ?

— Gwynplaine va-t-il revenir ? Il serait grand temps. Le public ne tardera pas à arriver. Aurons-nous ce soir la représentation de l'Homme qui Rit ?

— L'Homme qui Rit, c'est moi, dit Ursus.

Et il regarda le tavernier avec un ricanement éclatant.

---

1. Traduction littérale et humoristique de l'expression anglaise « half past six ».

Puis il monta droit au premier, ouvrit la fenêtre voisine de l'enseigne de l'inn, se pencha, allongea le poing, fit une pesée[1] sur l'écriteau de Gwynplaine – l'Homme qui Rit, et sur le panneau affiche de *Chaos vaincu*, décloua l'un, arracha l'autre, mit ces deux planches sous son bras, et redescendit.

Maître Nicless le suivait des yeux.

— Pourquoi décrochez-vous ça ?

Ursus partit d'un second éclat de rire.

— Pourquoi riez-vous ? reprit l'hôtelier.

Ursus répondit :

— Je rentre dans la vie privée.

Maître Nicless comprit, et donna ordre à son lieutenant, le boy Govicum, d'annoncer à quiconque se présenterait qu'il n'y aurait pas de représentation le soir. Il ôta de la porte la futaille-niche[2] où se faisait la recette, et la rencoigna dans un angle de la salle basse.

Un moment après, Ursus montait dans la Green-Box.

Il posa dans un coin les deux écriteaux, et pénétra dans ce qu'il appelait « le pavillon des femmes ».

Dea dormait.

Elle était sur son lit, tout habillée et son corps de jupe défait, comme dans les siestes.

Près d'elle, Vinos et Fibi, assises, l'une sur un escabeau, l'autre à terre, songeaient.

Malgré l'heure avancée, elles n'avaient point revêtu leur tricot de déesses, signe de profond découragement. Elles étaient restées empaquetées dans leur guimpe de bure[3] et dans leur robe de grosse toile.

Ursus considéra Dea.

— Elle s'essaie à un plus long sommeil, murmurat-il.

Il apostropha Fibi et Vinos.

— Vous savez, vous autres. C'est fini la musique.

---

1. Pression exercée sur un objet pour le déplacer.   **2.** Sorte de barrique ; ici, « tonneau éventré » (II, III, 3).   **3.** Chemisette sans manches, très montante, généralement en tissu léger, mais ici de bure, grossière étoffe de laine brune.

Vous pouvez mettre vos trompettes dans votre tiroir.
Vous avez bien fait de ne pas vous harnacher en déités.
Vous êtes bien laides comme ceci, mais vous avez bien
fait. Gardez vos cotillons de torchon. Pas de représentation ce soir. Ni demain, ni après-demain, ni après
après-demain. Plus de Gwynplaine. Pas plus de Gwynplaine que sur ma patte.

Et il se remit à regarder Dea.

— Quel coup ça va lui donner ! Ce sera comme une
chandelle qu'on souffle.

Il enfla ses joues.

— Fouhh ! – Plus rien.

Il eut un petit rire sec.

— Gwynplaine de moins, c'est tout de moins. Ce
sera comme si je perdais Homo. Ce sera pire. Elle sera
plus seule qu'une autre. Les aveugles, ça patauge dans
plus de tristesse que nous.

Il alla à la lucarne du fond.

— Comme les jours allongent ! on y voit encore à
sept heures. Pourtant allumons le suif[1].

Il battit le briquet et alluma la lanterne du plafond
de la Green-Box.

Il se pencha sur Dea.

— Elle va s'enrhumer. Les femmes, vous lui avez
trop délacé son capingot. Il y a le proverbe français :

On est en avril,
N'ôte pas un fil.

Il vit briller à terre une épingle, la ramassa et la
piqua sur sa manche. Puis il arpenta la Green-Box en
gesticulant.

— Je suis en pleine possession de mes facultés. Je
suis lucide, archi-lucide. Je trouve cet événement très-
correct, et j'approuve ce qui se passe. Quand elle va se
réveiller, je lui dirai tout net l'incident. La catastrophe
ne se fera pas attendre. Plus de Gwynplaine. Bonsoir,

---

1. Graisse animale servant à confectionner des chandelles.

Dea. Comme tout ça est bien arrangé ! Gwynplaine dans la prison. Dea au cimetière. Ils vont se faire vis-à-vis. Danse macabre. Deux destinées qui rentrent dans la coulisse. Serrons[1] les costumes. Bouclons la valise. Valise, lisez cercueil. C'était manqué, ces deux créatures-là. Dea sans yeux, Gwynplaine sans visage. Là-haut le bon Dieu rendra la clarté à Dea et la beauté à Gwynplaine. La mort est une mise en ordre. Tout est bien. Fibi, Vinos, accrochez vos tambourins au clou. Vos talents pour le vacarme vont se rouiller, mes belles. On ne jouera plus, on ne trompettera plus. *Chaos vaincu* est vaincu. L'Homme qui Rit est flambé[2]. Taratantara[3] est mort. Cette Dea dort toujours. Elle fait aussi bien. À sa place, je ne me réveillerais pas. Bah ! elle sera vite rendormie. C'est tout de suite mort, une mauviette comme ça. Voilà ce que c'est que de s'occuper de politique. Quelle leçon ! Et comme les gouvernements ont raison ! Gwynplaine au shériff. Dea au fossoyeur. C'est parallèle. Symétrie instructive. J'espère bien que le tavernier a barricadé la porte. Nous allons mourir ce soir entre nous, en famille. Pas moi, ni Homo. Mais Dea. Moi, je continuerai de faire rouler le berlingot[4]. J'appartiens aux méandres de la vie vagabonde. Je congédierai les deux filles. Je n'en garderai pas même une. J'ai de la tendance à être un vieux débauché. Une servante chez un libertin, c'est du pain sur la planche. Je ne veux pas de tentation. Ce n'est plus de mon âge. *Turpe senilis amor*[5]. Je poursuivrai ma route tout seul avec Homo. C'est Homo qui va être étonné ! Où est Gwynplaine ? où est Dea ? Mon vieux camarade, nous revoilà ensemble. Par la peste,

---

1. Rangeons, remisons.   2. Terme figuré et familier signifiant « ruiné, perdu en parlant des personnes » et « dont on ne peut rien espérer en parlant d'une affaire » (Littré).   3. À l'origine sorte d'onomatopée imitant le son de la trompette, présente dans un vers du poète latin Ennius. Puis désigne en métrique un vers de dix syllabes. 4. Voir note 2, p. 404.   5. « C'est chose honteuse que l'amour chez un vieillard », Ovide, *Amours*, I, 9, 4.

je suis ravi. Ça m'encombrait, leurs bucoliques[1]. Ah ! ce garnement de Gwynplaine qui ne revient même pas ! Il nous plante là. C'est bon. Maintenant c'est le tour de Dea. Ce ne sera pas long. J'aime les choses finies. Je ne donnerais pas une chiquenaude sur le bout du nez du diable pour l'empêcher de crever. Crève, entends-tu ! Ah ! elle se réveille !

Dea ouvrit les paupières ; car beaucoup d'aveugles ferment les yeux pour dormir. Son doux visage ignorant avait tout son rayonnement.

— Elle sourit, murmura Ursus, et moi je ris. Ça va bien.

Dea appela.

— Fibi ! Vinos ! Il doit être l'heure de la représentation. Je crois avoir dormi longtemps. Venez m'habiller.

Ni Fibi, ni Vinos ne bougèrent.

Cependant cet ineffable regard d'aveugle qu'avait Dea venait de rencontrer la prunelle d'Ursus. Il tressaillit.

— Eh bien ! cria-t-il, qu'est-ce que vous faites donc ? Vinos, Fibi, vous n'entendez pas votre maîtresse ? Est-ce que vous êtes sourdes ? Vite ! la représentation va commencer.

Les deux femmes regardèrent Ursus, stupéfaites.

Ursus vociféra.

— Vous ne voyez pas le public qui entre. Fibi, habille Dea. Vinos, tambourine.

Obéissance, c'était Fibi. Passive, c'était Vinos. À elles deux elles personnifiaient la soumission. Leur maître Ursus avait toujours été pour elles une énigme. N'être jamais compris est une raison pour être toujours obéi. Elles pensèrent simplement qu'il devenait fou, et

---

1. Hugo joue ici sur les mots. Du point de vue de l'histoire littéraire, les bucoliques désignent des poésies pastorales, dont les plus célèbres sont celles de Virgile. Mais, précise Littré, le terme est employé familièrement pour désigner un « ramas de choses sans importance et sans valeur, comme papiers, nippes ». Ursus fait un effort désespéré pour dégrader l'idylle.

exécutèrent l'ordre. Fibi décrocha le costume et Vinos le tambour.

Fibi commença à habiller Dea. Ursus baissa la portière du gynécée et, de derrière le rideau, continua :

— Regarde donc, Gwynplaine ! la cour est déjà plus qu'à moitié remplie de multitude. On se bouscule dans les vomitoires[1]. Quelle foule ! que dis-tu de Fibi et de Vinos qui n'avaient pas l'air de s'en apercevoir ? que ces femmes brehaignes[2] sont stupides ! qu'on est bête en Égypte ! Ne soulève pas la portière. Sois pudique, Dea s'habille.

Il fit une pause, et tout à coup on entendit cette exclamation :

— Que Dea est belle !

C'était la voix de Gwynplaine. Fibi et Vinos eurent une secousse et se retournèrent. C'était la voix de Gwynplaine, mais dans la bouche d'Ursus.

Ursus, d'un signe, par l'entre-bâillement de la portière, leur fit défense de s'étonner.

Il reprit avec la voix de Gwynplaine :

— Ange !

Puis il répliqua avec la voix d'Ursus :

— Dea, un ange ! tu es fou, Gwynplaine. Il n'y a de mammifère volant que la chauve-souris.

Et il ajouta :

— Tiens, Gwynplaine, va détacher Homo. Ce sera plus raisonnable.

Et il descendit l'escalier d'arrière de la Green-Box, très-vite, à la façon leste de Gwynplaine. Tapage imitatif que Dea put entendre.

Il avisa dans la cour le boy que toute cette aventure faisait oisif et curieux.

— Tends tes deux mains, lui dit-il tout bas.

---

1. Dans les théâtres romains, ce terme désignait de larges issues qui permettaient au public d'accéder aux gradins. Au sens médical, ce synonyme vieilli de « vomitif » possède quelque analogie avec la pratique de la parole chez Ursus, proche de « l'expectoration » (« Ursus », I).   2. Le mot est traduit par Hugo, II, II, 8, p. 401.

Et il lui vida dedans une poignée de sous.

Govicum fut attendri de cette munificence.

Ursus lui chuchota à l'oreille :

— Boy, installe-toi dans la cour, saute, danse, cogne, gueule, braille, siffle, roucoule, hennis, applaudis, trépigne, éclate de rire, casse quelque chose.

Maître Nicless, humilié et dépité de voir les gens venus pour l'Homme qui Rit rebrousser chemin et refluer vers les autres baraques du champ de foire, avait fermé la porte de l'inn ; il avait même renoncé à donner à boire ce soir-là, afin d'éviter l'ennui des questions ; et, dans le désœuvrement de la représentation manquée, chandelle au poing, il regardait dans la cour du haut du balcon. Ursus, avec la précaution de mettre sa voix entre parenthèses dans les paumes de ses deux mains ajustées à sa bouche, lui cria :

— Gentleman, faites comme votre boy, glapissez, jappez, hurlez.

Il remonta dans la Green-Box et dit au loup :

— Parle le plus que tu pourras.

Et, haussant la voix :

— Il y a trop de foule. Je crois que nous allons avoir une représentation cahotée.

Cependant Vinos tapait du tambour.

Ursus poursuivit :

— Dea est habillée. On va pouvoir commencer. Je regrette qu'on ait laissé entrer tant de public. Comme ils sont tassés ! Mais vois donc, Gwynplaine ! y en a-t-il de la tourbe effrénée[1] ! je gage que nous ferons notre plus grosse recette aujourd'hui. Allons, drôlesses, toutes deux à la musique ! Arrive ici, Fibi, saisis ton clairon. Bon, Vinos, rosse ton tambour. Flanque-lui une raclée. Fibi, prends une pose de Renommée[2]. Mesdemoiselles, je ne vous trouve pas assez nues comme cela. Ôtez-moi ces jaquettes. Remplacez la toile par la

---

1. De *turba*, mot latin désignant une troupe avec un sens de dénigrement. Ici le vulgaire, la populace qui s'agite de façon effrénée, c'est-à-dire sans retenue, sans mesure. **2.** Voir note 1, p. 406.

gaze. Le public aime les formes de la femme. Laissons tonner les moralistes. Un peu d'indécence, morbleu. Soyons voluptueuses. Et ruez-vous dans des mélodies éperdues. Ronflez, cornez, crépitez, fanfarez, tambourinez ! Que de monde, mon pauvre Gwynplaine !

Il s'interrompit :

— Gwynplaine, aide-moi. Baissons le panneau.

Cependant il déploya son mouchoir.

— Mais d'abord laisse-moi mugir dans mon haillon.

Et il se moucha énergiquement, ce que doit toujours faire un engastrimythe[1].

Son mouchoir remis dans sa poche, il retira les clavettes[2] du jeu de poulies qui fit son grincement ordinaire. Le panneau s'abaissa.

— Gwynplaine, il est inutile d'écarter la triveline. Gardons le rideau jusqu'à ce que la représentation commence. Nous ne serions pas chez nous. Vous, venez sur l'avant-scène toutes deux. Musique, mesdemoiselles ! Poum ! Poum ! Poum ! La chambrée est bien composée. C'est la lie du peuple. Que de populace, mon Dieu !

Les deux brehaignes, abruties d'obéissance, s'installèrent avec leurs instruments à leur place habituelle aux deux angles du panneau abaissé.

Alors Ursus devint extraordinaire. Ce ne fut plus un homme, ce fut une foule. Forcé de faire la plénitude avec le vide, il appela à son secours une ventriloquie prodigieuse. Tout l'orchestre de voix humaines et bestiales qu'il avait en lui entra en branle à la fois. Il se fit légion. Quelqu'un qui eût fermé les yeux eût cru être dans une place publique un jour de fête ou un jour d'émeute. Le tourbillon de bégaiements et de clameurs qui sortait d'Ursus chantait, clabaudait[3], causait, tous-

---

1. Voir note 1, p. 41.   2. « Petite cheville plate qui passe au travers d'une plus grosse pour l'arrêter » (Littré).   3. Au sens figuré, « clabauder » signifie « crier sans cause ». Mais le sens propre convient aussi au cynisme philosophique d'Ursus, le clabaud étant un chien de chasse qui « aboie mal à propos » (Littré).

sait, crachait, éternuait, prenait du tabac, dialoguait, faisait les demandes et les réponses, tout cela à la fois. Les syllabes ébauchées rentraient les unes dans les autres. Dans cette cour où il n'y avait rien, on entendait des hommes, des femmes, des enfants. C'était la confusion claire du brouhaha. À travers ce fracas, serpentaient, comme dans une fumée, des cacophonies étranges, des gloussements d'oiseaux, des jurements de chats, des vagissements d'enfants qui tettent. On distinguait l'enrouement des ivrognes. Le mécontentement des dogues sous les pieds des gens bougonnait. Les voix venaient de loin et de près, d'en haut et d'en bas, du premier plan et du dernier. L'ensemble était une rumeur, le détail était un cri. Ursus cognait du poing, frappait du pied, jetait sa voix tout au fond de la cour, puis la faisait venir de dessous terre. C'était orageux et familier. Il passait du murmure au bruit, du bruit au tumulte, du tumulte à l'ouragan. Il était lui et tous. Soliloque et polyglotte. De même qu'il y a le trompe-l'œil, il y a le trompe-l'oreille. Ce que Protée[1] faisait pour le regard, Ursus le faisait pour l'ouïe. Rien de merveilleux comme ce fac-simile[2] de la multitude. De temps en temps il écartait la portière du gynécée et regardait Dea. Dea écoutait.

De son côté dans la cour le boy faisait rage.

Vinos et Fibi s'essoufflaient consciencieusement dans les trompettes et se démenaient sur les tambourins. Maître Nicless, spectateur unique, se donnait, comme elles, l'explication tranquille qu'Ursus était fou, ce qui du reste n'était qu'un détail grisâtre ajouté à sa mélancolie. Le brave hôtelier grommelait : Quel désordre ! Il était sérieux comme quelqu'un qui se souvient qu'il y a des lois.

Govicum, ravi d'être utile à du désordre, se déme-

---

1. Divinité de la mer qui avait le pouvoir de prendre une multitude de formes. Ayant la capacité de lire dans l'avenir, Protée utilisait ces métamorphoses pour se soustraire à ceux qui lui faisaient des questions. **2.** Imitation exacte.

nait presque autant qu'Ursus. Cela l'amusait. De plus,
il gagnait ses sous.

Homo était pensif.

À son vacarme, Ursus mêlait des paroles.

— C'est comme à l'ordinaire, Gwynplaine, il y a de
la cabale. Nos concurrents sapent nos succès. La huée,
assaisonnement du triomphe. Et puis les gens sont trop
nombreux. Ils sont mal à leur aise. L'angle des coudes
du voisin ne dispose pas à la bienveillance. Pourvu
qu'ils ne cassent pas les banquettes ! Nous allons être
en proie à une population insensée. Ah ! si notre ami
Tom-Jim-Jack était là ! mais il ne vient plus. Vois donc
toutes ces têtes les unes sur les autres. Ceux qui sont
debout n'ont pas l'air content, quoique se tenir debout
soit, selon Galien[1], un mouvement ; que ce grand
homme appelle « le mouvement tonique ». Nous abré-
gerons le spectacle. Comme il n'y a que *Chaos vaincu*
d'affiché, nous ne jouerons pas *Ursus rursus*. C'est
toujours ça de gagné. Quel hourvari[2] ! Ô turbulence
aveugle des masses ! Ils nous feront quelque dégât !
Ça ne peut pourtant pas continuer comme ça. Nous ne
pourrions pas jouer. On ne saisirait pas un mot de la
pièce. Je vais les haranguer. Gwynplaine, écarte un peu
la triveline. Citoyens...

Ici Ursus se cria à lui-même d'une voix fébrile et
pointue :

— À bas le vieux !

Et il reprit, de sa voix à lui :

— Je crois que le peuple m'insulte. Cicéron a raison : *plebs, fex urbis*[3]. N'importe, admonestons la
mob[4]. J'aurai beaucoup de peine à me faire entendre.
Je parlerai pourtant. Homme, fais ton devoir. Gwynplaine, vois donc cette mégère qui grince là-bas.

Ursus fit une pause où il plaça un grincement.
Homo, provoqué, en ajouta un second, et Govicum un
troisième.

---

1. Voir note 3, p. 47.   **2.** Voir note 2, p. 244.   **3.** « La populace,
lie de la ville ». Voir le titre II, IV, 3, « Lex, rex, fex ».   **4.** Voir note 1,
p. 495.

Ursus poursuivit.

— Les femmes sont pires que les hommes. Moment peu propice. C'est égal, essayons le pouvoir d'un discours. Il est toujours l'heure d'être disert. – Écoute ça, Gwynplaine, exorde insinuant. – Citoyennes et citoyens, c'est moi qui suis l'ours. J'ôte ma tête pour vous parler. Je réclame humblement le silence.

Ursus prêta à la foule ce cri :

— Grumphll !

Et continua :

— Je vénère mon auditoire. Grumphll est un épiphonème[1] comme un autre. Salut, population grouillante. Que vous soyez tous de la canaille, je n'en fais nul doute. Cela n'ôte rien à mon estime. Estime réfléchie. J'ai le plus profond respect pour messieurs les sacripants[2] qui m'honorent de leur pratique. Il y a parmi vous des êtres difformes, je ne m'en offense point. Messieurs les boiteux et messieurs les bossus sont dans la nature. Le chameau est gibbeux[3] ; le bison est enflé du dos ; le blaireau a les jambes plus courtes à gauche qu'à droite ; le fait est déterminé par Aristote dans son traité du marcher des animaux. Ceux d'entre vous qui ont deux chemises en ont une sur le torse et l'autre chez l'usurier. Je sais que cela se fait. Albuquerque[4] mettait en gage sa moustache et saint Denis[5] son auréole. Les juifs prêtaient, même sur l'auréole. Grands exemples. Avoir des dettes, c'est avoir quelque chose. Je révère en vous des gueux.

---

1. Voir note 3, p. 44.   **2.** À l'origine, le nom propre Sacripant, rendu fameux par l'Arioste dans son *Roland furieux*, est un farouche roi de Circassie, connu pour sa bravoure et son audace. Mais, devenu nom commun, ce mot désigne un faux brave, tapageur et querelleur.   **3.** Qui possède une ou plusieurs bosses.   **4.** Peut-être Alfonso de Albuquerque (1453-1515) : navigateur et conquistador portugais qui participa à une expédition en Inde (1503), puis à Madagascar (1505). Il fut nommé vice-roi des Indes et soutint l'expansion de l'empire colonial portugais.   **5.** Évangélisateur de la Gaule et premier évêque de Paris (v. 250). Martyr, il fut décapité et aurait, par miracle, pris sa tête dans ses mains et continué à marcher jusqu'au lieu de sa sépulture. La tradition hagiographique le confond parfois avec Denys l'Aréopagite, Athénien converti au christianisme par saint Paul.

Ursus se coupa par cette interruption en basse profonde :

— Triple baudet !

Et il répondit de son accent le plus poli :

— D'accord. Je suis un savant. Je m'en excuse comme je peux. Je méprise scientifiquement la science. L'ignorance est une réalité dont on se nourrit ; la science est une réalité dont on jeûne. En général on est forcé d'opter : Être un savant, et maigrir ; brouter, et être un âne. Ô citoyens, broutez ! La science ne vaut pas une bouchée de quelque chose de bon. J'aime mieux manger de l'aloyau que de savoir qu'il s'appelle le muscle psoas [1]. Je n'ai, moi, qu'un mérite. C'est l'œil sec. Tel que vous me voyez, je n'ai jamais pleuré. Il faut dire que je n'ai jamais été content. Jamais content. Pas même de moi. Je me dédaigne. Mais, je soumets ceci aux membres de l'opposition ici présents, si Ursus n'est qu'un savant, Gwynplaine est un artiste.

Il renifla de nouveau :

— Grumphll !

Et il reprit :

— Encore Grumphll ! c'est une objection. Néanmoins je passe outre. Et Gwynplaine, ô messieurs mesdames ! a près de lui un autre artiste, c'est ce personnage distingué et velu qui nous accompagne, le seigneur Homo, ancien chien sauvage, aujourd'hui loup civilisé, et fidèle sujet de sa majesté. Homo est un mime d'un talent fondu et supérieur. Soyez attentifs et recueillis. Vous allez tout à l'heure voir jouer Homo, ainsi que Gwynplaine, et il faut honorer l'art. Cela sied aux grandes nations. Êtes-vous des hommes des bois ? J'y souscris. En ce cas, *sylvæ sint consule dignæ* [2]. Deux artistes valent bien un consul. Bon. Ils viennent de me jeter un trognon de chou. Mais je n'ai pas été

---

1. L'aloyau désigne en boucherie une partie du bœuf aussi appelée travers ou râble. Le psoas est le terme d'anatomie qui désigne le muscle de cette région lombaire.   2. « Que les bois soient dignes du consul », Virgile, *Bucoliques*, IV, 3.

touché. Cela ne m'empêchera pas de parler. Au contraire. Le danger esquivé est bavard. *Garrula pericula*, dit Juvénal[1]. Peuple, il y a parmi vous des ivrognes, il y a aussi des ivrognesses. C'est très-bien. Les hommes sont infects, les femmes sont hideuses. Vous avez toutes sortes d'excellentes raisons pour vous entasser ici sur ces bancs de cabaret, le désœuvrement, la paresse, l'intervalle entre deux vols, le porter, l'ale, le stout, le malt, le brandy, le gin[2], et l'attrait d'un sexe pour l'autre sexe. À merveille. Un esprit tourné au badinage aurait ici un beau champ. Mais je m'abstiens. Luxure, soit. Pourtant il faut que l'orgie ait de la tenue. Vous êtes gais, mais bruyants. Vous imitez avec distinction les cris des bêtes ; mais que diriez-vous si, quand vous parlez d'amour avec une lady dans un bouge, je passais mon temps à aboyer après vous ? Cela vous gênerait. Eh bien, cela nous gêne. Je vous autorise à vous taire. L'art est aussi respectable que la débauche. Je vous parle un langage honnête.

Il s'apostropha :

— Que la fièvre t'étrangle avec tes sourcils en épis de seigle !

Et il répliqua :

— Honorables messieurs, laissons les épis de seigle tranquilles. C'est une impiété de faire violence aux végétables[3] pour leur trouver une ressemblance humaine ou animale. En outre, la fièvre n'étrangle pas. Fausse métaphore. De grâce, faites silence ! souffrez qu'on vous le dise, vous manquez un peu de cette majesté qui caractérise le vrai gentilhomme anglais. Je

---

1. Hugo ne cite qu'une partie du vers de Juvénal (*Satire* XII). Le poète latin raconte comment son ami Catulle vient d'échapper miraculeusement à un terrible naufrage. Une fois sortis de la tempête, « les matelots s'épanchent en de longs bavardages : la joie d'évoquer le danger lorsqu'on est bien à l'abri » (trad. Cl.-A. Tabart). **2.** Le porter (voir note 3, p. 301). Le stout est une bière brune épaisse et voisine du porter. L'ale (voir note 4, p. 96). Le malt, orge germé qui entre dans la préparation de la bière et du whisky, peut aussi désigner le whisky lui-même. **3.** Végétaux. L'emploi de ce mot, archaïque en français, s'apparente plutôt ici à un anglicisme.

constate que, parmi vous, ceux qui ont des souliers à travers lesquels passent leurs orteils en profitent pour poser leurs pieds sur les épaules des spectateurs qui sont devant eux, ce qui expose les dames à faire la remarque que les semelles se crèvent toujours au point où est la tête des os métatarsiens[1]. Montrez un peu moins vos pieds, et montrez un peu plus vos mains. J'aperçois d'ici des fripons qui plongent leurs griffes ingénieuses dans les goussets de leurs voisins imbéciles. Chers pick-pockets, de la pudeur. Boxez le prochain, si vous voulez, ne le dévalisez pas. Vous fâcherez moins les gens en leur pochant un œil qu'en leur chipant un sou. Endommagez les nez, soit. Le bourgeois tient à son argent plus qu'à sa beauté. Du reste, agréez mes sympathies. Je n'ai point le pédantisme de blâmer les filous. Le mal existe. Chacun l'endure, et chacun le fait. Nul n'est exempt de la vermine de ses péchés. Je ne parle que de celle-là. N'avonsnous pas tous nos démangeaisons ? Dieu se gratte à l'endroit du diable. Moi-même j'ai fait des fautes. *Plaudite, cives*[2] !

Ursus exécuta un long groan[3] qu'il domina par ces paroles finales :

— Mylords et messieurs, je vois que mon discours a eu le bonheur de vous déplaire. Je prends congé de vos huées pour un moment. Maintenant je vais remettre ma tête, et la représentation va commencer.

Il quitta l'accent oratoire pour le ton intime.

— Refermons la triveline. Respirons. J'ai été mielleux. J'ai bien parlé. Je les ai appelés mylords et messieurs. Langage velouté, mais inutile. Que dis-tu de toute cette crapule, Gwynplaine ? Comme on se rend bien compte des maux que l'Angleterre a soufferts

---

1. Qui appartient au métatarse, partie du squelette du pied située avant les premières phalanges des orteils.   **2.** « Citoyens, applaudissez ! » Par ces mots, les acteurs romains demandaient l'approbation du public, à la fin des comédies de Plaute notamment.   **3.** Terme anglais signifiant « gémissement », « plainte », « grognement ».

depuis quarante ans par l'emportement de ces esprits aigres et malicieux ! Les anciens anglais étaient belliqueux, ceux-ci sont mélancoliques et illuminés, et ils se font gloire de mépriser les lois et de méconnaître l'autorité royale. J'ai fait tout ce que peut faire l'éloquence humaine. Je leur ai prodigué des métonymies[1] gracieuses comme la joue en fleur d'un adolescent. Sont-ils adoucis ? J'en doute. Qu'attendre d'un peuple qui mange si extraordinairement, et qui se bourre de tabac, au point qu'en ce pays les gens de lettres eux-mêmes composent souvent leurs ouvrages avec une pipe à la bouche ! C'est égal, jouons la pièce.

On entendit glisser sur leur tringle les anneaux de la triveline. Le tambourinage des brehaignes cessa. Ursus décrocha sa chiffonie[2], exécuta son prélude, dit à demi-voix : Hein ! Gwynplaine, comme c'est mystérieux ! puis se bouscula avec le loup.

Cependant, en même temps que la chiffonie, il avait ôté du clou une perruque très-bourrue qu'il avait, et il l'avait jetée sur le plancher dans un coin à sa portée.

La représentation de *Chaos vaincu* eut lieu presque comme à l'ordinaire, moins les effets de lumière bleue et les féeries d'éclairage. Le loup jouait de bonne foi. Au moment voulu, Dea fit son apparition et de sa voix tremblante et divine évoqua Gwynplaine. Elle étendit le bras, cherchant cette tête...

Ursus se rua sur la perruque, l'ébouriffa, s'en coiffa, et avança doucement, en retenant son souffle, sa tête ainsi hérissée sous la main de Dea.

Puis, appelant à lui tout son art et copiant la voix de Gwynplaine, il chanta avec un ineffable amour la réponse du monstre à l'appel de l'esprit.

L'imitation fut si parfaite que, cette fois encore, les deux brehaignes cherchèrent des yeux Gwynplaine, effrayées de l'entendre sans le voir.

---

1. Figure de rhétorique par laquelle on désigne une chose ou une idée par une autre, qui lui est liée par une relation de nécessité (la cause pour l'effet, le contenant pour le contenu, la partie pour le tout...). **2.** Instrument médiéval, sorte de vielle à roue.

Govicum, émerveillé, trépigna, applaudit, battit des mains, produisit un vacarme olympien [1], et rit à lui tout seul comme une troupe de dieux. Ce boy, disons-le, déploya un rare talent de spectateur.

Fibi et Vinos, automates dont Ursus poussait les ressorts, firent le tohu-bohu habituel d'instruments, cuivre et peau d'âne [2] mêlés, qui marquait la fin de la représentation et accompagnait le départ du public.

Ursus se releva en sueur.

Il dit tout bas à Homo : – Tu comprends qu'il s'agissait de gagner du temps. Je crois que nous avons réussi. Je ne m'en suis point mal tiré, moi qui avais pourtant le droit d'être assez éperdu. Gwynplaine peut encore revenir d'ici à demain. Il était inutile de tuer tout de suite Dea. Je t'explique la chose, à toi.

Il ôta la perruque et s'essuya le front.

— Je suis un ventriloque de génie, murmura-t-il. Quel talent j'ai eu ! J'ai égalé Brabant [3], l'engastrimythe du roi de France François Ier. Dea est convaincue que Gwynplaine est ici.

— Ursus, dit Dea, où est Gwynplaine ?

Ursus se retourna, en sursaut.

Dea était restée au fond du théâtre, debout sous la lanterne du plafond. Elle était pâle, d'une pâleur d'ombre.

Elle reprit avec un ineffable sourire désespéré :

— Je sais. Il nous a quittés. Il est parti. Je savais bien qu'il avait des ailes.

Et, levant vers l'infini ses yeux blancs, elle ajouta :

— À quand moi ?

---

1. Homère attribuait aux dieux de l'Olympe un rire particulièrement bruyant.   2. Peau très dure et élastique, utilisée entre autres pour faire des tambours.   3. Louis Brabant, valet de chambre du roi François Ier et ventriloque.

III

COMPLICATIONS

Ursus demeura interdit.

Il n'avait pas fait illusion.

Était-ce la faute de sa ventriloquie ? Non certes. Il avait réussi à tromper Fibi et Vinos, qui avaient des yeux, et non à tromper Dea, qui était aveugle. C'est que les prunelles seules de Fibi et de Vinos étaient lucides, tandis que, chez Dea, c'était le cœur qui voyait.

Il ne put répondre un mot. Et il pensa à part lui : *Bos in lingua*[1]. L'homme interdit a un bœuf sur la langue.

Dans les émotions complexes, l'humiliation est le premier sentiment qui se fasse jour. Ursus songea :

— J'ai gaspillé mes onomatopées.

Et, comme tout rêveur acculé au pied du mur de l'expédient, il s'injuria :

— Chute à plat. J'ai épuisé en pure perte l'harmonie imitative. Mais qu'allons-nous devenir maintenant ?

Il regarda Dea. Elle se taisait, de plus en plus pâlissante, sans faire un mouvement. Son œil perdu restait fixé dans les profondeurs.

Un incident vint à propos.

Ursus aperçut dans la cour maître Nicless, sa chandelle en main, qui lui faisait signe.

Maître Nicless n'avait point assisté à la fin de l'espèce de comédie fantôme jouée par Ursus. Cela tenait à ce qu'on avait frappé à la porte de l'inn. Maître Nicless était allé ouvrir. Deux fois on avait frappé, ce qui avait fait deux éclipses de maître Nicless. Ursus, absorbé par son monologue à cent voix, ne s'en était point aperçu.

Sur l'appel muet de maître Nicless, Ursus descendit.

Il s'approcha de l'hôtelier.

---

[1]. L'expression est traduite par la phrase suivante.

Ursus mit un doigt sur sa bouche.

Maître Nicless mit un doigt sur sa bouche.

Tous deux se regardèrent ainsi.

Chacun d'eux semblait dire à l'autre : Causons, mais taisons-nous.

Le tavernier, silencieusement, ouvrit la porte de la salle basse de l'inn. Maître Nicless entra, Ursus entra. Il n'y avait personne qu'eux deux. La devanture sur la rue, porte et volets, était close.

Le tavernier poussa derrière lui la porte de la cour, qui se ferma au nez de Govicum curieux.

Maître Nicless posa la chandelle sur une table.

Le dialogue s'engagea. À demi-voix, comme un chuchotement.

— Maître Ursus...

— Maître Nicless ?

— J'ai fini par comprendre.

— Bah !

— Vous avez voulu faire croire à la pauvre aveugle que tout était ici comme à l'ordinaire.

— Aucune loi ne défend d'être ventriloque.

— Vous avez du talent.

— Non.

— C'est prodigieux à quel point vous faites ce que vous voulez faire.

— Je vous dis que non.

— Maintenant j'ai à vous parler.

— Est-ce de la politique ?

— Je n'en sais rien.

— C'est que je n'écouterais pas.

— Voici. Pendant que vous faisiez la pièce et le public à vous tout seul, on a frappé à la porte de la taverne.

— On a frappé à la porte ?

— Oui.

— Je n'aime pas ça.

— Moi non plus.

— Et puis ?

— Et puis j'ai ouvert.

— Qui est-ce qui frappait ?

— Quelqu'un qui m'a parlé.

— Qu'est-ce qu'il a dit ?

— Je l'ai écouté.

— Qu'est-ce que vous avez répondu ?

— Rien. Je suis revenu vous voir jouer.

— Et... ?

— Et l'on a frappé une seconde fois.

— Qui ? le même ?

— Non. Un autre.

— Quelqu'un encore qui vous a parlé ?

— Quelqu'un qui ne m'a rien dit.

— Je le préfère.

— Moi pas.

— Expliquez-vous, maître Nicless.

— Devinez qui avait frappé la première fois.

— Je n'ai pas le temps d'être Œdipe[1].

— C'était le maître du circus.

— D'à côté ?

— D'à côté.

— Où il y a toute cette musique enragée ?

— Enragée.

— Eh bien ?

— Eh bien, maître Ursus, il vous fait des offres.

— Des offres ?

— Des offres.

— Pourquoi ?

— Parce que.

— Vous avez sur moi un avantage, maître Nicless, c'est que vous, tout à l'heure, vous avez compris mon énigme, et que moi, maintenant, je ne comprends pas la vôtre.

— Le maître du circus m'a chargé de vous dire qu'il avait vu ce matin passer le cortège de police, et que lui, le maître du circus, voulant vous prouver qu'il est votre ami, il vous offrait de vous acheter, moyennant

---

1. Prince thébain qui devina l'énigme du Sphinx et força le monstre à se précipiter du haut d'un rocher.

cinquante livres sterling payées comptant, votre berlingot, la Green-Box, vos deux chevaux, vos trompettes avec les femmes qui y soufflent, votre pièce avec l'aveugle qui chante dedans, votre loup, et vous avec.

Ursus eut un hautain sourire.

— Maître de l'inn Tadcaster, vous direz au maître du circus que Gwynplaine va revenir.

Le tavernier prit sur une chaise quelque chose qui était dans l'obscurité, et se retourna vers Ursus, les deux bras levés, laissant pendre de l'une de ses mains un manteau et de l'autre une esclavine[1] de cuir, un chapeau de feutre et un capingot.

Et maître Nicless dit :

— L'homme qui a frappé la seconde fois, et qui était un homme de police, et qui est entré et sorti sans prononcer une parole, a apporté ceci.

Ursus reconnut l'esclavine, le capingot, le chapeau et le manteau de Gwynplaine.

IV

MŒNIBUS SURDIS CAMPANA MUTA[2]

Ursus palpa le feutre du chapeau, le drap du manteau, la serge du capingot[3], le cuir de l'esclavine, ne put douter de cette défroque, et d'un geste bref et impératif, sans dire un mot, désigna à maître Nicless la porte de l'inn.

Maître Nicless ouvrit.

Ursus se précipita hors de la taverne.

Maître Nicless le suivit des yeux, et vit Ursus courir,

---

1. Voir note 1, p. 404.   **2.** « À murailles sourdes, cloche muette. » Le titre du chapitre est par ailleurs éclairé par le développement sur la cloche « Muta », sorte de glas réservé « aux occasions mélancoliques ».   **3.** Le mot ne figure dans aucun dictionnaire d'époque.

autant que le lui permettaient ses vieilles jambes, dans la direction prise le matin par le wapentake emmenant Gwynplaine. Un quart d'heure après, Ursus essoufflé arrivait dans la petite rue où était l'arrière-guichet de la geôle de Southwark et où il avait passé déjà tant d'heures d'observation.

Cette ruelle n'avait pas besoin de minuit pour être déserte. Mais, triste le jour, elle était inquiétante la nuit. Personne ne s'y hasardait passé une certaine heure. Il semblait qu'on craignît que les deux murs ne se rapprochassent, et qu'on eût peur, s'il prenait fantaisie à la prison et au cimetière de s'embrasser, d'être écrasé par l'embrassement. Effets nocturnes. Les saules tronqués de la ruelle Vauvert[1] à Paris étaient de la sorte mal famés. On prétendait que la nuit ces moignons d'arbres se changeaient en grosses mains et empoignaient les passants.

D'instinct le peuple de Southwark évitait, nous l'avons dit, cette rue entre prison et cimetière. Jadis elle avait été barrée la nuit d'une chaîne de fer. Très-inutile ; car la meilleure chaîne pour fermer cette rue, c'était la peur qu'elle faisait.

Ursus y entra résolûment.

Quelle idée avait-il ? Aucune.

Il venait dans cette rue aux informations. Allait-il frapper à la porte de la geôle ? Non certes. Cet expédient effroyable et vain ne germait pas dans son cerveau. Tenter de s'introduire là pour demander un renseignement ? Quelle folie ! Les prisons n'ouvrent pas plus à qui veut entrer qu'à qui veut sortir. Leurs gonds ne tournent que sur la loi. Ursus le savait. Que venait-il donc faire dans cette rue ? Voir. Voir quoi ? Rien. On ne sait pas. Le possible. Se retrouver en face de la porte où Gwynplaine avait disparu, c'était déjà quelque chose. Quelquefois le mur le plus noir et le plus bourru parle, et d'entre les pierres une lueur sort.

---

1. Sans doute allusion à l'expression « aller au diable Vauvert » (aller dans un endroit fort éloigné et déplaisant).

Une vague transsudation[1] de clarté se dégage parfois
d'un entassement fermé et sombre. Examiner l'enveloppe d'un fait, c'est être utilement aux écoutes. Nous
avons tous cet instinct de ne laisser, entre le fait qui
nous intéresse et nous, que le moins d'épaisseur possible. C'est pourquoi Ursus était retourné dans la ruelle
où était l'entrée basse de la maison de force[2].

Au moment où il s'engagea dans la ruelle, il entendit
un coup de cloche, puis un second.

— Tiens, pensa-t-il, serait-ce déjà minuit ?

Machinalement, il se mit à compter.

— Trois, quatre, cinq.

Il songea :

— Comme les coups de cette cloche sont espacés !
quelle lenteur ! – Six. Sept.

Et il fit cette remarque :

— Quel son lamentable ! – Huit, neuf. – Ah ! rien
de plus simple. Être dans une prison, cela attriste une
horloge. – Dix. – Et puis, le cimetière est là. Cette
cloche sonne l'heure aux vivants et l'éternité aux
morts. – Onze. – Hélas ! sonner une heure à qui n'est
pas libre, c'est aussi sonner une éternité ! – Douze.

Il s'arrêta.

— Oui, c'est minuit.

La cloche sonna un treizième coup.

Ursus tressaillit.

— Treize !

Il y eut un quatorzième coup. Puis un quinzième.

— Qu'est-ce que cela veut dire ?

Les coups continuèrent à longs intervalles. Ursus
écoutait.

— Ce n'est pas une cloche d'horloge. C'est la
cloche Muta. Aussi je disais : Comme minuit sonne
longtemps ! cette cloche ne sonne pas, elle tinte. Que
se passe-t-il ici de sinistre ?

---

1. « Action d'un fluide qui passe à travers les parois d'un corps quelconque et se ramasse en gouttelettes à sa surface » (Littré). On parle de
transsudation cadavérique.   2. Prison, « maison où l'on enferme les gens
de mauvaises mœurs qu'on veut corriger » (Littré).

Toute prison autrefois, comme tout monastère, avait sa cloche dite Muta, réservée aux occasions mélancoliques. La Muta, « la muette », était une cloche tintant très-bas, qui avait l'air de faire son possible pour n'être pas entendue.

Ursus avait regagné l'encoignure commode au guet, d'où il avait pu, pendant une grande partie de la journée, épier la prison.

Les tintements se suivaient, à une lugubre distance l'un de l'autre.

Un glas fait dans l'espace une vilaine ponctuation. Il marque dans les préoccupations de tout le monde des alinéas funèbres. Un glas de cloche ressemble à un râle d'homme. Annonce d'agonie. Si, dans les maisons, çà et là, aux environs de cette cloche en branle, il y a des rêveries éparses et en attente, ce glas les coupe en tronçons rigides. La rêverie indécise est une sorte de refuge ; on ne sait quoi de diffus dans l'angoisse permet à quelque espérance de percer ; le glas, désolant, précise. Cette diffusion, il la supprime, et dans ce trouble, où l'inquiétude tâche de rester en suspens, il détermine des précipités [1]. Un glas parle à chacun dans le sens de son chagrin ou de son effroi. Une cloche tragique, cela vous regarde. Avertissement. Rien de sombre comme un monologue sur lequel tombe cette cadence. Les retours égaux indiquent une intention. Qu'est-ce que ce marteau, la cloche, forge sur cette enclume, la pensée ?

Ursus, confusément, comptait, bien que cela n'eût aucun but, les tintements du glas. Se sentant sur un glissement, il faisait effort pour ne point ébaucher de conjectures. Les conjectures sont un plan incliné où l'on va inutilement trop loin. Néanmoins, que signifiait cette cloche ?

---

1. En chimie, la précipitation est l'opération par laquelle une matière en suspension dans un liquide se concentre et forme un dépôt, le précipité. Ici, la rêverie est assimilée, comme souvent chez Hugo, à cet état de suspension diffuse que l'action vient précipiter, au double sens du terme.

Il regardait l'obscurité à l'endroit où il savait qu'était la porte de la prison.

Tout à coup, à cet endroit même, qui faisait une sorte de trou noir, il y eut une rougeur. Cette rougeur grandit et devint une clarté.

Cette rougeur n'avait rien de vague. Elle eut tout de suite une forme et des angles. La porte de la geôle venait de tourner sur ses gonds. Cette rougeur en dessinait le cintre et les chambranles.

C'était plutôt un entre-bâillement qu'une ouverture. Une prison, cela ne s'ouvre pas, cela bâille. D'ennui peut-être.

La porte du guichet donna passage à un homme qui avait une torche à la main.

La cloche ne discontinuait pas. Ursus se sentit saisi par deux attentes ; il se mit en arrêt, l'oreille au glas, l'œil à la torche.

Après cet homme, la porte, qui n'était qu'entre-bâillée, s'élargit tout à fait, et donna issue à deux autres hommes, puis à un quatrième. Ce quatrième était le wapentake, visible à la lumière de la torche. Il avait au poing son bâton de fer.

À la suite du wapentake, défilèrent, débouchant de dessous le guichet, en ordre, deux par deux, avec la rigidité d'une série de poteaux qui marcheraient, des hommes silencieux.

Ce cortège nocturne franchissait la porte basse couple par couple, comme les bini[1] d'une procession de pénitents, sans solution de continuité, avec un soin lugubre de ne faire aucun bruit, gravement, presque doucement. Un serpent qui sort d'un trou a cette précaution.

La torche faisait saillir les profils et les attitudes. Profils farouches, attitudes mornes.

Ursus reconnut tous les visages de police qui, le matin, avaient emmené Gwynplaine.

Nul doute. C'étaient les mêmes. Ils reparaissaient.

---

1. Voir note 2, p. 70.

Évidemment Gwynplaine aussi allait reparaître.

Ils l'avaient amené là ; ils le ramenaient.

C'était clair.

La prunelle d'Ursus redoubla de fixité. Mettrait-on Gwynplaine en liberté ?

La double file des gens de police s'écoulait de la voûte basse très-lentement, et comme goutte à goutte. La cloche, qui ne s'interrompait point, semblait leur marquer le pas. En sortant de la prison, le cortège, montrant le dos à Ursus, tournait à droite dans le tronçon de la rue opposé à celui où il était posté.

Une deuxième torche brilla sous le guichet.

Ceci annonçait la fin du cortège.

Ursus allait voir ce qu'ils emmenaient. Le prisonnier. L'homme.

Ursus allait voir Gwynplaine.

Ce qu'ils emmenaient apparut.

C'était une bière.

Quatre hommes portaient une bière couverte d'un drap noir.

Derrière eux venait un homme ayant une pelle sur l'épaule.

Une troisième torche allumée, tenue par un personnage lisant dans un livre, qui devait être un chapelain [1], fermait le cortège.

La bière prit la file à la suite des gens de police qui avaient tourné à droite.

En même temps la tête du cortège s'arrêta.

Ursus entendit le grincement d'une clef.

Vis-à-vis la prison, dans le mur bas qui longeait l'autre côté de la rue, une deuxième ouverture de porte s'éclaira par une torche qui passa dessous.

Cette porte, sur laquelle on distinguait une tête de mort, était la porte du cimetière.

Le wapentake s'engagea dans cette ouverture, puis les hommes, puis la deuxième torche après la première ; le

---

1. Prêtre titulaire d'une chapelle et, plus précisément, officier ecclésiastique au service d'un prince ou d'un roi.

cortège y décrut comme le reptile rentrant ; la file entière des gens de police pénétra dans cette autre obscurité qui était au-delà de cette porte, puis la bière, puis l'homme à la pelle, puis le chapelain avec sa torche et son livre, et la porte se referma.

Il n'y eut plus rien qu'une lueur au-dessus d'un mur.

On entendit un chuchotement, puis des coups sourds.

C'étaient sans doute le chapelain et le fossoyeur qui jetaient sur le cercueil, l'un, des versets de prière, l'autre, des pelletées de terre.

Le chuchotement cessa, les coups sourds cessèrent.

Un mouvement se fit, les torches brillèrent, le wapentake repassa, tenant haut le weapon, sous la porte rouverte du cimetière, le chapelain revint avec son livre, le fossoyeur avec sa pelle, le cortège reparut, sans le cercueil, la double file d'hommes refit le même trajet entre les deux portes avec la même taciturnité et en sens inverse, la porte du cimetière se referma, la porte de la prison se rouvrit, la voûte sépulcrale du guichet se découpa en lueur, l'obscurité du corridor devint vaguement visible, l'épaisse et profonde nuit de la geôle s'offrit au regard, et toute cette vision rentra dans toute cette ombre.

Le glas s'éteignit. Le silence vint tout clore, sinistre serrure des ténèbres.

De l'apparition évanouie, ce ne fut plus que cela.

Un passage de spectres qui se dissipe.

Des rapprochements qui coïncident logiquement finissent par construire quelque chose qui ressemble à l'évidence. À Gwynplaine arrêté, au mode silencieux de son arrestation, à ses vêtements rapportés par l'homme de police, à ce glas de la prison où il avait été conduit, venait s'ajouter, disons mieux, s'ajuster cette chose tragique, un cercueil porté en terre.

— Il est mort ! cria Ursus.

Il tomba assis sur une borne.

— Mort ! Ils l'ont tué ! Gwynplaine ! mon enfant ! mon fils !

Et il éclata en sanglots.

V

LA RAISON D'ÉTAT TRAVAILLE EN PETIT COMME EN GRAND

Ursus, il s'en vantait, hélas ! n'avait jamais pleuré. Le réservoir des pleurs était plein. Une telle plénitude, où s'est accumulée goutte à goutte, douleur à douleur, toute une longue existence, ne se vide pas en un instant. Ursus sanglota longtemps.

La première larme est une ponction. Il pleura sur Gwynplaine, sur Dea, sur lui Ursus, sur Homo. Il pleura comme un enfant. Il pleura comme un vieillard. Il pleura de tout ce dont il avait ri. Il acquitta l'arriéré. Le droit de l'homme aux larmes ne se périme pas.

Du reste, le mort qu'on venait de mettre en terre, c'était Hardquanonne ; mais Ursus n'était pas forcé de le savoir.

Plusieurs heures s'écoulèrent.

Le jour commença à poindre ; la pâle nappe du matin s'étala, vaguement plissée d'ombre, sur le bowling-green[1]. L'aube vint blanchir la façade de l'inn Tadcaster. Maître Nicless ne s'était pas couché ; car parfois le même fait produit plusieurs insomnies.

Les catastrophes rayonnent en tout sens. Jetez une pierre dans l'eau, et comptez les éclaboussures.

Maître Nicless se sentait atteint. C'est fort désagréable, des aventures chez vous. Maître Nicless, peu rassuré et entrevoyant des complications, méditait. Il regrettait d'avoir reçu chez lui « ces gens-là ». – S'il avait su ! – Ils finiront par lui attirer quelque mauvaise affaire. Comment les mettre dehors maintenant ? – Il avait bail avec Ursus. – Quel bonheur s'il en était débarrassé ! – Comment s'y prendre pour les chasser ?

Brusquement il y eut à la porte de l'inn un de ces frappements tumultueux qui, en Angleterre, annoncent « quelqu'un ». La gamme du frappement correspond à l'échelle de la hiérarchie.

---

1. Voir les explications de Hugo, II, III, 1, p. 439.

Ce n'était point tout à fait le frappement d'un lord, mais c'était le frappement d'un magistrat.

Le tavernier, fort tremblant, entre-bâilla son vasistas.

Il y avait magistrat en effet. Maître Nicless aperçut à sa porte, dans le petit jour, un groupe de police, en tête duquel se détachaient deux hommes, dont l'un était le justicier-quorum [1].

Maître Nicless avait vu le matin le justicier-quorum, et il le connaissait.

Il ne connaissait pas l'autre homme.

C'était un gentleman gras, au visage couleur cire, en perruque mondaine et en cape de voyage.

Maître Nicless avait grand peur du premier de ces personnages, le justicier-quorum. Si maître Nicless eût été de la cour, il eût eu plus peur encore du second, car c'était Barkilphedro.

Un des hommes du groupe cogna une seconde fois la porte, violemment.

Le tavernier, avec une grosse sueur d'anxiété au front, ouvrit.

Le justicier-quorum, du ton d'un homme qui a charge de police et qui est très au fait du personnel des vagabonds, éleva la voix et demanda sévèrement :

— Maître Ursus ?

L'hôtelier, bonnet bas, répondit :

— Votre Honneur, c'est ici.

— Je le sais, dit le justicier.

— Sans doute, Votre Honneur.

— Qu'il vienne.

— Votre Honneur, il n'est pas là.

— Où est-il ?

— Je l'ignore.

— Comment ?

— Il n'est pas rentré.

— Il est donc sorti de bien bonne heure ?

— Non. Mais il est sorti bien tard.

— Ces vagabonds ! reprit le justicier.

---

1. Voir note 2, p. 519.

— Votre Honneur, dit doucement maître Nicless, le voilà.

Ursus, en effet, venait de paraître à un détour de mur. Il arrivait à l'inn. Il avait passé presque toute la nuit entre la geôle où, à midi, il avait vu entrer Gwynplaine, et le cimetière où, à minuit, il avait entendu combler une fosse. Il était pâle de deux pâleurs, de sa tristesse et du crépuscule.

Le petit jour, qui est de la lueur à l'état de larve[1], laisse les formes, même celles qui se meuvent, mêlées à la diffusion de la nuit. Ursus, blême et vague, marchant lentement, ressemblait à une figure de songe.

Dans cette distraction farouche que donne l'angoisse, il s'en était allé de l'inn tête nue. Il ne s'était pas même aperçu qu'il n'avait point de chapeau. Ses quelques cheveux gris remuaient au vent. Ses yeux ouverts ne paraissaient pas regarder. Souvent, éveillé on est endormi, de même qu'il arrive qu'endormi on est éveillé. Ursus avait un air fou.

— Maître Ursus, cria le tavernier, venez. Leurs Honneurs désirent vous parler.

Maître Nicless, occupé uniquement d'amadouer l'incident, lâcha, et en même temps eût voulu retenir ce pluriel, Leurs Honneurs, respectueux pour le groupe, mais blessant peut-être pour le chef, confondu de la sorte avec ses subordonnés.

Ursus eut le sursaut d'un homme précipité à bas d'un lit où il dormirait profondément.

— Qu'est-ce ? dit-il.

Et il aperçut la police, et en tête de la police le magistrat.

Nouvelle et rude secousse.

Tout à l'heure le wapentake, maintenant le justicier-quorum. L'un semblait le jeter à l'autre. Il y a de vieilles histoires d'écueils comme cela.

Le justicier-quorum lui fit signe d'entrer dans la taverne.

---

1. Voir note 2, p. 170.

Ursus obéit.

Govicum, qui venait de se lever et qui balayait la salle, s'arrêta, se rencogna derrière les tables, mit son balai au repos, et retint son souffle. Il plongea son poing dans ses cheveux et se gratta vaguement, ce qui indique l'attention aux événements.

Le justicier-quorum s'assit sur un banc, devant une table ; Barkilphedro prit une chaise. Ursus et maître Nicless demeurèrent debout. Les gens de police, laissés dehors, se massèrent devant la porte refermée.

Le justicier-quorum fixa sa prunelle légale sur Ursus, et dit :

— Vous avez un loup.

Ursus répondit :

— Pas tout à fait.

— Vous avez un loup, reprit le justicier, en soulignant « loup » d'un accent décisif.

Ursus répondit :

— C'est que...

Et il se tut.

— Délit, repartit le justicier.

Ursus hasarda cette plaidoirie :

— C'est mon domestique.

Le justicier posa sa main à plat sur la table les cinq doigts écartés, ce qui est un très-beau geste d'autorité.

— Baladin, demain, à pareille heure, vous et votre loup, vous aurez quitté l'Angleterre. Sinon, le loup sera saisi, mené au greffe, et tué.

Ursus pensa : – Continuation des assassinats. – Mais il ne souffla mot et se contenta de trembler de tous ses membres.

— Vous entendez ? reprit le justicier.

Ursus adhéra d'un hochement de tête.

Le justicier insista.

— Tué.

Il y eut un silence.

— Étranglé, ou noyé.

Le justicier-quorum regarda Ursus.

— Et vous en prison.

Ursus murmura :

— Mon juge...

— Soyez parti avant demain matin. Sinon, tel est l'ordre.

— Mon juge...

— Quoi ?

— Il faut que nous quittions l'Angleterre, lui et moi ?

— Oui.

— Aujourd'hui ?

— Aujourd'hui.

— Comment faire ?

Maître Nicless était heureux. Ce magistrat, qu'il avait redouté, venait à son aide. La police se faisait l'auxiliaire de lui, Nicless. Elle le délivrait de ces « gens-là ». Le moyen qu'il cherchait, elle le lui apportait. Cet Ursus qu'il voulait congédier, la police le chassait. Force majeure. Rien à objecter. Il était ravi. Il intervint :

— Votre Honneur, cet homme...

Il désignait Ursus du doigt.

— ... Cet homme demande comment faire pour quitter l'Angleterre aujourd'hui ? Rien de plus simple. Il y a, tous les jours et toutes les nuits, aux amarrages de la Tamise, de ce côté-ci du pont de Londres comme de l'autre côté, des bateaux qui partent pour les pays. On va d'Angleterre en Danemark, en Hollande, en Espagne, pas en France, à cause de la guerre, mais partout. Cette nuit, plusieurs navires partiront, vers une heure du matin, qui est l'heure de la marée. Entre autres, la panse[1] *Vograat* de Rotterdam.

Le justicier-quorum fit un mouvement d'épaule du côté d'Ursus :

— Soit. Partez par le premier bateau venu. Par la *Vograat*.

---

1. « Une de ces larges et fortes chaloupes ventrues d'autrefois, à la mode de Rotterdam, que les marins du siècle dernier appelaient des *panses hollandaises* », telle est la description que Victor Hugo lui-même donne de cette embarcation dans *Les Travailleurs de la mer* (I, i, 6).

— Mon juge... fit Ursus.

— Eh bien ?

— Mon juge, si je n'avais, comme autrefois, que ma petite baraque à roues, cela se pourrait. Elle tiendrait sur un bateau. Mais...

— Mais quoi ?

— Mais c'est que j'ai la Green-Box, qui est une grande machine avec deux chevaux, et, si large que soit un navire, jamais cela n'entrera.

— Qu'est-ce que cela me fait ? dit le justicier. On tuera le loup.

Ursus, frémissant, se sentait manié comme par une main de glace. – Les monstres ! pensa-t-il. Tuer les gens ! c'est leur expédient.

Le tavernier sourit, et s'adressa à Ursus.

— Maître Ursus, vous pouvez vendre la Green-Box.

Ursus regarda Nicless.

— Maître Ursus, vous avez offre.

— De qui ?

— Offre pour la voiture. Offre pour les deux chevaux. Offre pour les deux femmes brehaignes. Offre...

— De qui ? répéta Ursus.

— Du maître du circus voisin.

— C'est juste.

Ursus se souvint.

Maître Nicless se tourna vers le justicier-quorum.

— Votre Honneur, le marché peut être conclu aujourd'hui même. Le maître du circus d'à côté désire acheter la grande voiture et les deux chevaux.

— Le maître de ce circus a raison, dit le justicier, car il va en avoir besoin. Une voiture et des chevaux, cela lui sera utile. Lui aussi partira aujourd'hui. Les révérends des paroisses de Southwark se sont plaints des vacarmes obscènes du Tarrinzeau-field. Le shériff a pris des mesures. Ce soir, il n'y aura plus une seule baraque de bateleur sur cette place. Fin des scandales. L'honorable gentleman qui daigne être ici présent...

Le justicier-quorum s'interrompit par un salut à Barkilphedro, que Barkilphedro lui rendit.

— ... L'honorable gentleman qui daigne être ici présent est arrivé cette nuit de Windsor. Il apporte des ordres. Sa Majesté a dit : Il faut nettoyer cela.

Ursus, dans sa longue méditation de toute la nuit, n'avait pas été sans se poser quelques questions. Après tout, il n'avait vu qu'une bière. Était-il bien sûr que Gwynplaine fût dedans ? Il pouvait y avoir sur la terre d'autres morts que Gwynplaine. Un cercueil qui passe n'est pas un trépassé qui se nomme. À la suite de l'arrestation de Gwynplaine, il y avait eu un enterrement. Cela ne prouvait rien. *Post hoc, non propter hoc* [1], – etc. – Ursus en était revenu à douter. L'espérance brûle et luit sur l'angoisse comme le naphte [2] sur l'eau. Cette flamme surnageante flotte éternellement sur la douleur humaine. Ursus avait fini par se dire : Il est probable que c'est Gwynplaine qu'on a enterré, mais ce n'est pas certain. Qui sait ? Gwynplaine est peut-être encore vivant.

Ursus s'inclina devant le justicier.

— Honorable juge, je partirai. Nous partirons. On partira. Par la *Vograat*. Pour Rotterdam. J'obéis. Je vendrai la Green-Box, les chevaux, les trompettes, les femmes d'Égypte [3]. Mais il y a quelqu'un qui est avec moi, un camarade, et que je ne puis laisser derrière moi. Gwynplaine...

— Gwynplaine est mort, dit une voix.

Ursus eut l'impression du froid d'un reptile sur sa peau. C'était Barkilphedro qui venait de parler.

La dernière lueur s'évanouissait. Plus de doute. Gwynplaine était mort.

Ce personnage devait le savoir. Il était assez sinistre pour cela.

Ursus salua.

---

1. « Après cela, non à cause de cela. » La formule de la scolastique « *post hoc ergo propter hoc* » (« après cela, donc à cause de cela ») désignait l'erreur qui consiste à prendre pour cause ce qui n'est qu'un antécédent dans le temps.   2. Bitume liquide, de même origine que le pétrole, très inflammable et très volatil.   3. Bohémiennes.

Maître Nicless était très-bon homme en dehors de la lâcheté. Mais, effrayé, il était atroce. La suprême férocité, c'est la peur.

Il grommela :

— Simplification.

Et il eut, derrière Ursus, ce frottement de mains, particulier aux égoïstes, qui signifie : M'en voilà quitte ! et qui semble fait au-dessus de la cuvette de Ponce-Pilate [1].

Ursus accablé baissait la tête. La sentence de Gwynplaine était exécutée, la mort ; et, quant à lui, son arrêt lui était signifié, l'exil. Il n'y avait plus qu'à obéir. Il songeait.

Il sentit qu'on lui touchait le coude. C'était l'autre personnage, l'acolyte du justicier-quorum. Ursus tressaillit.

La voix qui avait dit : *Gwynplaine est mort*, lui chuchota à l'oreille :

— Voici dix livres sterling que vous envoie quelqu'un qui vous veut du bien.

Et Barkilphedro posa une petite bourse sur une table devant Ursus.

On se rappelle la cassette que Barkilphedro avait emportée.

Dix guinées [2] sur deux mille, c'était tout ce que pouvait faire Barkilphedro. En conscience, c'était assez. S'il eût donné davantage, il y eût perdu. Il avait pris la peine de faire la trouvaille d'un lord, il en commençait l'exploitation, il était juste que le premier rendement de la mine lui appartînt. Ceux qui verraient là une petitesse seraient dans leur droit, mais auraient tort de s'étonner. Barkilphedro aimait l'argent, surtout volé. Un envieux contient un avare. Barkilphedro n'était pas

---

1. Préfet romain de Judée qui accepta de gracier le voleur Barrabas et de laisser condamner Jésus, après s'être lavé les mains dans une cuvette (Matthieu, 27, 20-26). L'expression « s'en laver les mains » désigne depuis le fait de se désintéresser du sort de quelqu'un.   2. Nom donné à l'origine aux pièces de monnaie faites avec de la poudre d'or de Guinée. Cette monnaie anglaise valait vingt et un *shillings*.

sans défauts. Commettre des crimes, cela n'empêche pas d'avoir des vices. Les tigres ont des poux.

D'ailleurs, c'était l'école de Bacon[1].

Barkilphedro se tourna vers le justicier-quorum, et lui dit :

— Monsieur, veuillez terminer. Je suis très pressé. Une chaise attelée des propres relais de sa majesté m'attend. Il faut que je reparte ventre à terre pour Windsor, et que j'y sois avant deux heures d'ici. J'ai des comptes à rendre et des ordres à prendre.

Le justicier-quorum se leva.

Il alla à la porte qui n'était fermée qu'au pène, l'ouvrit, regarda, sans dire un mot, les gens de police, et il lui jaillit de l'index un éclair d'autorité. Tout le groupe entra avec ce silence où l'on entrevoit l'approche de quelque chose de sévère.

Maître Nicless, satisfait du dénoûment rapide qui coupait court aux complications, charmé d'être hors de cet écheveau brouillé, craignit, en voyant ce déploiement d'exempts[2], qu'on n'appréhendât Ursus chez lui. Deux arrestations coup sur coup dans sa maison, celle de Gwynplaine, puis celle d'Ursus, cela pouvait nuire à la taverne, les buveurs n'aimant point les dérangements de police. C'était le cas d'une intervention convenablement suppliante et généreuse. Maître Nicless tourna vers le justicier-quorum sa face souriante où la confiance était tempérée par le respect :

— Votre Honneur, je fais observer à Votre Honneur que ces honorables messieurs les sergents ne sont point indispensables du moment que le loup coupable va être emmené hors d'Angleterre, et que ce nommé Ursus ne fait point de résistance, et que les ordres de Votre Honneur sont ponctuellement suivis. Votre Honneur considérera que les actions respectables de la police, si nécessaires au bien du royaume, font du tort à un établissement, et que ma maison est innocente. Les saltimbanques de la Green-Box étant nettoyés, comme dit

---

1. Voir note 1, p. 574.   2. Officiers de police.

Sa Majesté la reine, je ne vois plus personne ici de criminel, car je ne suppose pas que la fille aveugle et les deux brehaignes soient délinquantes, et j'implorerais Votre Honneur de daigner abréger son auguste visite et de congédier ces dignes messieurs qui viennent d'entrer, car ils n'ont rien à faire en ma maison, et si Votre Honneur me permettait de prouver la justesse de mon dire sous la forme d'une humble question, je rendrais évidente l'inutilité de la présence de ces vénérables messieurs en demandant à Votre Honneur : Puisque le nommé Ursus s'exécute et part, qui peuvent-ils avoir à arrêter ici ?

— Vous, dit le justicier.

On ne discute pas avec un coup d'épée qui vous perce de part en part. Maître Nicless s'affaissa sur n'importe quoi, sur une table, sur un banc, sur ce qui se trouva là, atterré.

Le justicier haussa la voix tellement que, s'il y avait des gens sur la place, ils pouvaient l'entendre.

— Maître Nicless Plumptre, tavernier de cette taverne, ceci est le dernier point à régler. Ce baladin et ce loup sont des vagabonds. Ils sont chassés. Mais le plus coupable, c'est vous. C'est chez vous, et de votre consentement, que la loi a été violée, et vous, homme patenté[1], investi d'une responsabilité publique, vous avez installé le scandale dans votre maison. Maître Nicless, votre licence vous est retirée, vous payerez l'amende, et vous irez en prison.

Les gens de police entourèrent le tavernier.

Le justicier continua, désignant Govicum :

— Ce garçon, votre complice, est saisi.

Le poignet d'un exempt s'abattit sur le collet de Govicum, qui considéra l'exempt avec curiosité. Le boy, pas très-effrayé, comprenait peu, avait déjà vu plus d'une chose singulière, et se demandait si c'était la suite de la comédie.

---

1. Détenteur d'une patente, à savoir d'un droit ou privilège accordé par le roi. Désigne aussi l'impôt ou contribution annuelle que paye toute personne qui fait du commerce. Double sens ironique ici.

Le justicier-quorum enfonça son chapeau sur son chef, croisa ses deux mains sur son ventre, ce qui est le comble de la majesté, et ajouta :

— C'est dit, maître Nicless, vous serez attrait en prison, et mis en geôle. Vous et ce boy. Et cette maison, l'inn Tadcaster, demeurera fermée, condamnée et close. Pour l'exemple. Sur ce, vous allez nous suivre.

LIVRE SEPTIÈME

LA TITANE[1]

I

RÉVEIL

— Et Dea !

Il sembla à Gwynplaine, regardant poindre le jour à Corleone-lodge pendant ces aventures de l'inn Tadcaster, que ce cri venait du dehors ; ce cri était en lui.

Qui n'a entendu les profondes clameurs de l'âme ?

D'ailleurs le jour se levait.

L'aurore est une voix.

À quoi servirait le soleil si ce n'est à réveiller la sombre endormie, la conscience ?

La lumière et la vertu sont de même espèce.

Que le dieu s'appelle Christ ou qu'il s'appelle Amour, il y a toujours une heure où il est oublié, même par le meilleur ; nous avons tous, même les saints, besoin d'une voix qui nous fasse souvenir, et l'aube

---

1. Titan est le nom générique donné aux enfants mâles d'Ouranos (le Ciel) et de Gaïa (la Terre) dans la mythologie grecque. Les Titans, génération primitive de dieux, s'emparèrent du pouvoir qui finalement leur échappa au profit des dieux olympiens.

fait parler en nous l'avertisseur sublime. La conscience crie devant le devoir comme le coq chante devant le jour.

Le cœur humain, ce chaos, entend le *Fiat lux*[1].

Gwynplaine – nous continuerons à le nommer ainsi ; Clancharlie est un lord, Gwynplaine est un homme ; – Gwynplaine fut comme ressuscité.

Il était temps que l'artère fût liée.

Il y avait en lui une fuite d'honnêteté.

— Et Dea ! dit-il.

Et il sentit dans ses veines comme une transfusion généreuse. Quelque chose de salubre et de tumultueux se précipitait en lui. L'irruption violente des bonnes pensées, c'est un retour au logis de quelqu'un qui n'a pas sa clef, et qui force honnêtement son propre mur. Il y a escalade, mais du bien. Il y a effraction, mais du mal.

— Dea ! Dea ! Dea ! répéta-t-il.

Il s'affirmait à lui-même son propre cœur.

Et il fit cette question à haute voix :

— Où es-tu ?

Presque étonné qu'on ne lui répondît pas.

Il reprit, regardant le plafond et les murs, avec un égarement où la raison revenait :

— Où es-tu ? où suis-je ?

Et dans cette chambre, dans cette cage, il recommença sa marche de bête farouche enfermée.

— Où suis-je ? à Windsor. Et toi ? à Southwark. Ah ! mon Dieu ! voilà la première fois qu'il y a une distance entre nous. Qui donc a creusé cela ? moi ici, toi là ! Oh ! cela n'est pas. Cela ne sera pas. Qu'est-ce donc qu'on m'a fait ?

Il s'arrêta.

— Qui donc m'a parlé de la reine ? est-ce que je connais cela ? Changé ! moi changé ! pourquoi ? parce que je suis lord. Sais-tu ce qui se passe, Dea ? tu es

---

1. Référence au premier jour de la Genèse (I, 3) où la lumière divine déchire les ténèbres : « Dieu dit : "Que la lumière soit" et la lumière fut. »

lady. C'est étonnant les choses qui arrivent. Ah çà ! il s'agit de retrouver mon chemin. Est-ce qu'on m'aurait perdu ? Il y a un homme qui m'a parlé avec un air obscur. Je me rappelle les paroles qu'il m'a adressées : – Mylord, une porte qui s'ouvre ferme une autre porte. Ce qui est derrière vous n'est plus. – Autrement dit : vous êtes un lâche ! Cet homme-là, le misérable ! il me disait cela pendant que je n'étais pas encore réveillé. Il abusait de mon premier moment étonné. J'étais comme une proie qu'il avait. Où est-il, que je l'insulte ! il me parlait avec le sombre sourire du rêve. Ah ! voici que je redeviens moi ! C'est bon. On se trompe si l'on croit qu'on fera de lord Clancharlie ce qu'on voudra ! Pair d'Angleterre, oui, avec une pairesse, qui est Dea. Des conditions ! est-ce que j'en accepte ? La reine ? que m'importe la reine ! je ne l'ai jamais vue. Je ne suis pas lord pour être esclave. J'entre libre dans la puissance. Est-ce qu'on se figure m'avoir déchaîné pour rien ? On m'a démuselé, voilà tout. Dea ! Ursus ! nous sommes ensemble. Ce que vous étiez, je l'étais. Ce que je suis, vous l'êtes. Venez ! non. J'y vais. Tout de suite. Tout de suite ! J'ai déjà trop attendu. Que doivent-ils penser de ne pas me voir revenir ? Cet argent ! quand je pense que je leur ai envoyé de l'argent ! c'était moi qu'il fallait. Je me rappelle, cet homme, il m'a dit que je ne pouvais pas sortir d'ici. Nous allons voir. Allons, une voiture ! une voiture ! qu'on attelle. Je veux aller les chercher. Où sont les valets ? il doit y avoir des valets, puisqu'il y a un seigneur. Je suis le maître ici. C'est ma maison. Et j'en tordrai les verroux, et j'en briserai les serrures, et j'en enfoncerai les portes à coups de pied. Quelqu'un qui me barre le passage, je lui passe mon épée au travers du corps, car j'ai une épée maintenant. Je voudrais bien voir qu'on me résistât. J'ai une femme, qui est Dea. J'ai un père, qui est Ursus. Ma maison est un palais et je le donne à Ursus. Mon nom est un diadème et je le donne à Dea. Vite ! Tout de suite ! Dea, me voici ! Ah ! j'aurai vite enjambé l'intervalle, va !

Et, levant la première portière venue, il sortit de la chambre impétueusement.

Il se trouva dans un corridor.

Il alla devant lui.

Un deuxième corridor se présenta.

Toutes les portes étaient ouvertes.

Il se mit à marcher au hasard, de chambre en chambre, de couloir en couloir, cherchant la sortie.

II

RESSEMBLANCE D'UN PALAIS AVEC UN BOIS

Dans les palais à l'italienne, Corleone-lodge était de cette sorte, il y avait très-peu de portes. Tout était rideau, portière, tapisserie.

Pas de palais à cette époque qui n'eût, à l'intérieur, un singulier fouillis de chambres et de corridors où abondait le faste ; dorures, marbres, boiseries ciselées, soies d'orient ; avec des recoins pleins de précaution et d'obscurité, d'autres pleins de lumière. C'étaient des galetas[1] riches et gais, des réduits vernis, luisants, revêtus de faïences de Hollande ou d'azulejos[2] de Portugal, des embrasures de hautes fenêtres coupées en soupentes, et des cabinets tout en vitres, jolies lanternes logeables. Les épaisseurs de mur, évidées, étaient habitables. Çà et là, des bonbonnières[3] qui étaient des garde-robes[4]. Cela s'appelait « les petits appartements ». C'est là qu'on commettait les crimes.

---

1. Logement pratiqué dans les combles et généralement misérable.
2. Faïences de Hollande et *azulejos* de Portugal : carreaux vernissés ou émaillés, utilisés pour le revêtement des murs.   **3.** Au sens figuré, « petite maison élégante et commode », terme parfois employé dans un sens péjoratif.   **4.** Les « garde-robes » sont généralement des chambres destinées à renfermer les habits ou le linge ; mais ce mot désigne aussi les lieux d'aisance.

Si l'on avait à tuer le duc de Guise[1] ou à fourvoyer la jolie présidente de Sylvecane, ou, plus tard, à étouffer les cris des petites qu'amenait Lebel[2], c'était commode. Logis compliqué, inintelligible à un nouveau venu. Lieu des rapts ; fond ignoré où aboutissaient les disparitions. Dans ces élégantes cavernes les princes et les seigneurs déposaient leur butin ; le comte de Charolais[3] y cachait madame Courchamp, la femme du maître des requêtes ; M. de Monthulé y cachait la fille de Haudry, le fermier de la Croix Saint-Lenfroy ; le prince de Conti[4] y cachait les deux belles boulangères de l'Île-Adam ; le duc de Buckingham[5] y cachait la pauvre Pennywell, etc. Les choses qui s'accomplissaient là étaient de celles qui se font, comme dit la loi romaine, *vi, clam et precario*[6], par force, en secret, et pour peu de temps. Qui était là y restait selon le bon plaisir du maître. C'étaient des oubliettes, dorées. Cela tenait du cloître et du sérail[7]. Des escaliers tournaient, montaient, descendaient. Une spirale de chambres s'emboîtant vous ramenait à votre point de départ. Une galerie s'achevait en oratoire[8]. Un confessionnal se greffait sur une alcôve[9]. Les ramifications des coraux

---

1. Henri de Lorraine, duc de Guise (1550-1588), combattit les protestants et soutint le massacre de la Saint-Barthélemy (1572). Fondateur de la Ligue, mû par des ambitions personnelles, il constituait une menace politique pour le roi qui le fit assassiner à Blois en 1588. **2.** Voir note 1, p. 334. **3.** Voir note 1, p. 303. On lui attribua de nombreuses maîtresses, actrices ou personnes du monde comme Mme de Saint-Sulpice ou Mme de Courchamp. **4.** Plusieurs princes de Conti eurent la réputation d'avoir des mœurs dissolues, notamment Louis-François de Bourbon (1717-1776), écarté de la cour à cause de son peu de respect pour Mme de Pompadour. Il se choisit comme résidence d'été L'Isle-Adam, menant une vie assez liée au milieu littéraire. On lui connaît de nombreuses maîtresses. **5.** George Villiers, duc de Buckingham, voir note 5, p. 359. **6.** Expression traduite par la fin de la phrase. **7.** Palais du sultan en Turquie, employé plus ordinairement mais improprement au sens de « harem », partie du palais où sont les femmes, qui s'oppose ici au « cloître ». **8.** Petite pièce réservée à la prière. **9.** Enfoncement pratiqué dans une chambre pour y placer un lit, désignant plus précisément le lieu des intrigues amoureuses. On note ici l'intrication du pouvoir spirituel et du pouvoir temporel, tous deux dénoncés pour leurs menées obscures et contraires à la morale publique.

et les percées des éponges avaient probablement servi
de modèles aux architectes des « petits appartements »
royaux et seigneuriaux. Les embranchements étaient
inextricables. Des portraits pivotant sur des ouvertures
offraient des entrées et des sorties. C'était machiné. Il
le fallait bien ; il s'y jouait des drames. Les étages de
cette ruche allaient des caves aux mansardes. Madrépore[1] bizarre incrusté dans tous les palais, à commencer par Versailles, et qui était comme l'habitation des
pygmées[2] dans la demeure des titans. Couloirs, repo-
soirs, nids, alvéoles, cachettes. Toutes sortes de trous
où se fourraient les petitesses des grands.

Ces lieux, serpentants et murés, éveillaient des idées
de jeux, d'yeux bandés, de mains à tâtons, de rires
contenus, colin-maillard, cache-cache[3], et en même
temps faisaient songer aux Atrides[4], aux Plantagenets[5],
aux Médicis[6], aux sauvages chevaliers d'Elz[7], à

---

1. Voir note 1, p. 337. Ce réseau métaphorique, déjà employé par Hugo pour
désigner l'écueil des Douvres dans *Les Travailleurs de la mer* (II, I, 11), présente une analogie évidente avec le palais de Corleone-lodge.   **2.** Nains
légendaires de la région du Nil et peuple de petite taille d'Afrique. S'opposent dans le texte aux Titans, voir note 1, p. 649.   **3.** Ces jeux enfantins
et innocents contrastent avec les sordides massacres politiques de l'histoire.
4. Famille mythique de la Grèce ancienne dont le destin est marqué par la
tragédie, l'adultère et le parricide. Atrée tua les enfants de son frère,
Thyeste, et les lui fit manger. Agamemnon dut sacrifier sa fille Iphigénie
et entraîna la vengeance de sa femme Clytemnestre, qui l'assassina avec
l'aide de son amant Égisthe. Oreste et Électre, enfants de cette dernière,
vengèrent leur père en tuant la reine et son amant.   **5.** Dynastie des rois
d'Angleterre au pouvoir depuis Henri II (1154) jusqu'à l'avènement de
Henri VII (1485). « Dans le XIVᵉ siècle, les Plantagenets s'étaient divisés en
deux branches rivales, York et Lancastre » (P. Larousse), qui donnèrent
naissance aux factions de la guerre des Deux-Roses. Assassinats, trahisons
et exécutions ont agité l'histoire de cette maison.   **6.** Ancienne famille
qui joua un rôle considérable à Florence. L'histoire a retenu le nom de
Cosme (1389-1465) et surtout celui de Laurent le Magnifique (1448-1492).
La conspiration des Pazzi (26 avril 1478), qui coûta la vie à Julien, frère
de Laurent, fut réprimée avec une extrême violence.   **7.** Victor Hugo
évoque, lors de son voyage sur les bords du Rhin en 1863, sa visite au
château d'Elz, décrit comme un chaos architectural assez sinistre. L'écrivain en fit un dessin (*Œuvres complètes*, CFL, t. XVIII, n° 280).

Rizzio[1], à Monaldeschi[2], aux épées poursuivant un fuyard de chambre en chambre.

L'antiquité avait, elle aussi, de mystérieux logis de ce genre, où le luxe était approprié aux horreurs. L'échantillon en a été conservé sous terre dans certains sépulcres d'Égypte, par exemple dans la crypte du roi Psamméticus, découverte par Passalacqua[3]. On trouve dans les vieux poètes l'effroi de ces constructions suspectes. *Error circumflexus, locus implicitus gyris*[4].

Gwynplaine était dans les petits appartements de Corleone-lodge.

Il avait la fièvre de partir, d'être dehors, de revoir Dea. Cet enchevêtrement de corridors et de cellules, de portes dérobées, de portes imprévues, l'arrêtait et le ralentissait. Il eût voulu y courir, il était forcé d'y errer. Il croyait n'avoir qu'une porte à pousser, il avait un écheveau à débrouiller.

Après chambre, une autre. Puis des carrefours de salons.

Il ne rencontrait rien de vivant. Il écoutait. Aucun mouvement.

Il lui semblait parfois revenir sur ses pas.

Par moments il croyait voir quelqu'un venir à lui. Ce n'était personne. C'était lui, dans une glace, en habit de seigneur.

C'était lui, invraisemblable. Il se reconnaissait, mais pas tout de suite.

Il allait, prenant tous les passages qui s'offraient.

Il s'engageait dans des méandres d'architecture intime ; là un cabinet coquettement peint et sculpté, un peu obscène et très-discret ; là une chapelle équivoque

---

1. Voir note 4, p. 290. **2.** Voir note 3, p. 575. **3.** La crypte du roi Psamméticus était un gigantesque labyrinthe d'Égypte qu'aurait visité Hérodote et dont Pline fait la description dans son *Histoire naturelle* (XXXVI, 85), évoquant un entrecroisement de voies, des successions de salles sur différents niveaux et des colonnades de porphyre. Jean Mallion (*Victor Hugo et l'art architectural*) précise qu'on en attribue la découverte, peut-être à tort, à Passalacqua, conservateur du musée de Berlin. **4.** « Errance où l'on tourne en rond, lieu emmêlé de détours. »

tout écaillée de nacres et d'émaux, avec des ivoires faits pour être vus à la loupe, comme des dessus de tabatières ; là un de ces précieux retraits [1] florentins accommodés pour les hypocondries féminines, et qu'on appelait dès lors *boudoirs*. Partout, sur les plafonds, sur les murs, sur les planchers même, il y avait des figurations veloutées ou métalliques d'oiseaux et d'arbres, des végétations extravagantes enroulées de perles, des bossages [2] de passementerie [3], des nappes de jais [4], des guerriers, des reines, des tritonnes [5] cuirassées d'un ventre d'hydre. Les biseaux des cristaux taillés ajoutaient des effets de prismes à des effets de reflets. Les verroteries jouaient les pierreries. On voyait étinceler des encoignures sombres. On ne savait si toutes ces facettes lumineuses, où des verres d'émeraudes s'amalgamaient à des ors de soleil levant et où flottaient des nuées gorge de pigeon [6], étaient des miroirs microscopiques ou des aigues marines [7] démesurées. Magnificence à la fois délicate et énorme. C'était le plus mignon des palais, à moins que ce ne fût le plus colossal des écrins. Une maison pour Mab [8] ou un bijou pour Géo [9]. Gwynplaine cherchait l'issue.

---

1. Appartement retiré, repris par le terme « boudoir », cabinet élégant attenant à l'appartement d'une dame. Littré précise l'étymologie du mot, du verbe « bouder », « ainsi dit parce que les dames se retirent dans leur boudoir quand elles veulent être seules ». L'hypocondrie désigne une maladie nerveuse mais est souvent synonyme de tristesse ou de mélancolie. **2.** Voir note 2, p. 190.   **3.** Ouvrage de fil, comme les franges ou les galons, qui décore vêtements et meubles.   **4.** Variété de lignite (charbon naturel) fibreuse et dure, d'un noir luisant, travaillée en bijoux.   **5.** Divinités marines qui ont figure humaine mais dont le corps se termine en poisson. Ce paradigme de la chimère, qui se développe dans l'ensemble du décor, reprend la description de Josiane (II, I, 3, I) en sirène.   **6.** Couleur mélangée, ondoyante en fonction des points de vue, semblable à celle d'une gorge de pigeon.   **7.** Pierres précieuses de couleur bleuâtre, semblable à celle de l'eau de mer.   **8.** La reine Mab, personnage féerique de la poésie populaire anglaise, n'était, selon Shakespeare dans son *Roméo et Juliette* (I, 4), « pas plus grosse qu'une agate à l'index d'un échevin » (trad. M. Castelain). Déjà citée par Hugo dans *William Shakespeare* (II, IV, III).   **9.** Gaïa ou Gê, la Terre, élément primordial de la mythologie grecque d'où sortirent les dieux. Elle engendra le Ciel (Ouranos) et s'unit à lui pour enfanter les Titans et les Titanides.

Il ne la trouvait pas. Impossible de s'orienter. Rien de capiteux comme l'opulence quand on la voit pour la première fois. Mais en outre c'était un labyrinthe. À chaque pas, une magnificence lui faisait obstacle. Cela semblait résister à ce qu'il s'en allât. Cela avait l'air de ne pas vouloir le lâcher. Il était comme dans une glu de merveilles. Il se sentait saisi et retenu.

— Quel horrible palais ! pensait-il.

Il rôdait dans ce dédale, inquiet, se demandant ce que cela voulait dire, s'il était en prison, s'irritant, aspirant à l'air libre. Il répétait : Dea ! Dea ! comme on tient le fil qu'il ne faut pas laisser rompre et qui vous fera sortir.

Par moments il appelait.

— Hé ! quelqu'un !

Rien ne répondait.

Ces chambres n'en finissaient pas. C'était désert, silencieux, splendide, sinistre.

On se figure ainsi les châteaux enchantés.

Des bouches de chaleur cachées entretenaient dans ces corridors et dans ces cabinets une température d'été. Le mois de juin semblait avoir été pris par quelque magicien et enfermé dans ce labyrinthe. Par moments cela sentait bon. On traversait des bouffées de parfums comme s'il y avait là des fleurs invisibles. On avait chaud. Partout des tapis. On eût pu se promener nu.

Gwynplaine regardait par les fenêtres. L'aspect changeait. Il voyait tantôt des jardins, remplis des fraîcheurs du printemps et du matin, tantôt de nouvelles façades avec d'autres statues, tantôt des patios[1] à l'espagnole, qui sont de petites cours quadrangulaires entre de grands bâtiments, dallées, moisies et froides ; parfois une rivière qui était la Tamise, parfois une grosse tour qui était Windsor.

Dehors, de si grand matin, il n'y avait point de passants.

---

1. Cour intérieure à ciel ouvert fréquente dans les demeures espagnoles.

Il s'arrêtait. Il écoutait.

— Oh ! je m'en irai, disait-il. Je rejoindrai Dea. On ne me gardera pas de force. Malheur à qui voudrait m'empêcher de sortir ! Qu'est-ce que c'est que cette grande tour-là ? S'il y a un géant, un dogue d'enfer[1], une tarasque[2], pour barrer la porte dans ce palais ensorcelé, je l'exterminerai. Une armée, je la dévorerai. Dea ! Dea !

Tout à coup il entendit un petit bruit, très-faible. Cela ressemblait à de l'eau qui coule.

Il était dans une galerie étroite, obscure, fermée à quelques pas devant lui par un rideau fendu.

Il alla à ce rideau, l'écarta, entra.

Il pénétra dans de l'inattendu.

III

ÈVE

Une salle octogone, voûtée en anse de panier, sans fenêtres, éclairée d'un jour d'en haut, toute revêtue, mur, pavage et voûte, de marbre fleur de pêcher[3] ; au milieu de la salle un baldaquin pinacle[4] en marbre drap mortuaire[5], à colonnes torses, dans le style pesant et charmant d'Élisabeth, couvrant d'ombre une vasque-

---

1. Allusion à Cerbère, qui, dans la mythologie, est le chien à trois têtes qui garde l'entrée des Enfers. La référence devient explicite p. 666. **2.** Sorte de dragon des légendes provençales.   **3.** Couleur d'un blanc tirant sur le rose.   **4.** C'est-à-dire de forme pyramidale.   **5.** Au-delà de ses connotations funèbres, le terme désigne la lumachelle, variété de marbre, déjà évoquée dans le chapitre préliminaire sur Ursus (III, p. 57). Le terme « drap mortuaire » désigne aussi, selon Littré, une couleuvre du Bengale, acception qui fait écho à toutes les notations reptiliennes de ce chapitre intitulé « Ève ». Les colonnes torses sont des colonnes torsadées, variante architecturale du serpent enroulé au tronc de l'arbre de la connaissance dans le jardin d'Éden.

baignoire du même marbre noir ; au milieu de la vasque un fin jaillissement d'eau odorante et tiède remplissant doucement et lentement la cuve ; c'est là ce qu'il avait devant les yeux.

Bain noir fait pour changer la blancheur en resplendissement.

C'était cette eau qu'il avait entendue. Une fuite ménagée dans la baignoire à un certain niveau ne la laissait pas déborder. La vasque fumait, mais si peu qu'il y avait à peine quelque buée sur le marbre. Le grêle jet d'eau était pareil à une souple verge d'acier fléchissante au moindre souffle.

Aucun meuble. Si ce n'est, près de la baignoire, une de ces chaises-lits à coussins assez longues pour qu'une femme, qui y est étendue, puisse avoir à ses pieds son chien, ou son amant ; d'où *can-al-pie* [1], dont nous avons fait *canapé*.

C'était une chaise longue d'Espagne, vu que le bas était en argent. Les coussins et le capiton étaient de soie glacée blanc.

De l'autre côté de la baignoire, se dressait, adossée au mur, une haute étagère de toilette en argent massif avec tous ses ustensiles, ayant à son milieu huit petites glaces de Venise ajustées dans un châssis d'argent et figurant une fenêtre.

Dans le pan coupé de muraille le plus voisin du canapé, était entaillée une baie carrée qui ressemblait à une lucarne et qui était bouchée d'un panneau fait d'une lame d'argent rouge. Ce panneau avait des gonds comme un volet. Sur l'argent rouge brillait, niellée [2] et dorée, une couronne royale. Au-dessus du panneau était suspendu et scellé au mur un timbre qui était en vermeil, à moins qu'il ne fût en or.

Vis-à-vis l'entrée de cette salle, en face de Gwyn-

---

1. Littéralement « chien au pied » en espagnol. Littré donne cependant une autre étymologie au terme « canapé », de *canapeum* (bas latin), lit garni de rideaux pour écarter les moustiques.   2. Le nielle est une incrustation d'émail noir dont on décore une plaque de métal.

plaine qui s'était arrêté court, le pan coupé de marbre manquait. Il était remplacé par une ouverture de même dimension, allant jusqu'à la voûte et fermée d'une large et haute toile d'argent.

Cette toile, d'une ténuité féerique, était transparente. On voyait au travers.

Au centre de la toile, à l'endroit où est d'ordinaire l'araignée, Gwynplaine aperçut une chose formidable, une femme nue.

Nue à la lettre, non. Cette femme était vêtue. Et vêtue de la tête aux pieds. Le vêtement était une chemise, très-longue, comme les robes d'anges dans les tableaux de sainteté, mais si fine qu'elle semblait mouillée. De là un à peu près de femme nue, plus traître et plus périlleux que la nudité franche. L'histoire a enregistré des processions de princesses et de grandes dames entre deux files de moines, où, sous prétexte de pieds nus et d'humilité, la duchesse de Montpensier [1] se montrait ainsi à tout Paris dans une chemise de dentelle. Correctif : un cierge à la main.

La toile d'argent, diaphane comme une vitre, était un rideau. Elle n'était fixée que du haut, et pouvait se soulever. Elle séparait la salle de marbre, qui était une salle de bain, d'une chambre, qui était une chambre à coucher. Cette chambre, très-petite, était une espèce de grotte de miroirs. Partout des glaces de Venise, contiguës, ajustées polyédriquement [2], reliées par des baguettes dorées, réfléchissaient le lit qui était au centre. Sur ce lit, d'argent comme la toilette et le canapé, était couchée la femme. Elle dormait.

----

1. Anne Marie Louise d'Orléans, duchesse de Montpensier (1627-1693), connue sous le nom de Mademoiselle. « Une des singularités les plus remarquables de l'histoire de Mlle de Montpensier, c'est la quantité de mariages qu'elle souhaita ou qui lui furent imposés » (*Biographie universelle de Michaud*). Elle aima sur le tard un simple gentilhomme, le comte de Lauzun, qu'elle pensa épouser. Plus tard encore « Mademoiselle se livra tout entière à la religion et ne fut plus occupée que de pratiques pieuses jusqu'à sa mort ». 2. Un polyèdre est un volume délimité de toutes parts par des faces planes et polygonales.

« *Sub clara nuda lucerna.* » (p. 662)
Dessin de Victor Hugo.

Elle dormait la tête renversée, un de ses pieds refoulant ses couvertures, comme la succube[1] au-dessus de laquelle le rêve bat des ailes.

Son oreiller de guipure[2] était tombé à terre sur le tapis.

Entre sa nudité et le regard il y avait deux obstacles, sa chemise et le rideau de gaze d'argent, deux transparences. La chambre, plutôt alcôve que chambre, était éclairée avec une sorte de retenue par le reflet de la salle de bain. La femme peut-être n'avait pas de pudeur, mais la lumière en avait.

Le lit n'avait ni colonnes, ni dais, ni ciel, de sorte que la femme, quand elle ouvrait les yeux pouvait se voir mille fois nue dans les miroirs au-dessus de sa tête.

Les draps avaient le désordre d'un sommeil agité. La beauté des plis indiquait la finesse de la toile. C'était l'époque où une reine, songeant qu'elle serait damnée, se figurait l'enfer ainsi : un lit avec de gros draps.

Du reste, cette mode du sommeil nu venait d'Italie, et remontait aux romains. *Sub clara nuda lucerna*, dit Horace[3].

Une robe de chambre en soie singulière, de Chine sans doute, car dans les plis on entrevoyait un grand lézard d'or, était jetée sur le pied du lit.

Au-delà du lit, au fond de l'alcôve, il y avait probablement une porte, masquée et marquée par une assez grande glace sur laquelle étaient peints des paons et des cygnes. Dans cette chambre faite d'ombre tout reluisait. Les espacements entre les cristaux et les dorures étaient enduits de cette matière étincelante qu'on appelait à Venise « fiel de verre[4] ».

---

1. Démon femelle qui vient la nuit s'unir avec un homme.   **2.** Sorte de dentelle sans fond dont les motifs sont séparés par de grands vides. **3.** « Nue dans la clarté de la lampe » (Horace, *Satires*, II, 7, 48). Cette citation a servi par ailleurs de titre à un dessin de Hugo (*Œuvres complètes*, CFL, t. XVII, n° 530).   **4.** Le naturaliste Buffon, cité par Littré, nomme ainsi l'écume qui se forme sur les creusets pendant la fusion du verre, écume composée d'impuretés et de sels. Matière brillante mais impure donc, à l'image de Josiane.

Au chevet du lit était fixé un pupitre en argent à tasseaux tournants et à flambeaux fixes sur lequel on pouvait voir un livre ouvert portant au haut des pages ce titre en grosses lettres rouges : *Alcoranus Mahumedis* [1].

Gwynplaine ne percevait aucun de ces détails. La femme, voilà ce qu'il voyait.

Il était à la fois pétrifié et bouleversé ; ce qui s'exclut, mais ce qui existe.

Cette femme, il la reconnaissait.

Elle avait les yeux fermés et le visage tourné vers lui.

C'était la duchesse.

Elle, cet être mystérieux en qui se mélangeaient tous les resplendissements de l'inconnu, celle qui lui avait fait faire tant de songes inavouables, celle qui lui avait écrit une si étrange lettre ! La seule femme au monde dont il pût dire : Elle m'a vu, et elle veut de moi ! Il avait chassé les songes, il avait brûlé la lettre. Il l'avait reléguée, elle, le plus loin qu'il avait pu hors de sa rêverie et de sa mémoire ; il n'y pensait plus ; il l'avait oubliée...

Il la revoyait !

Il la revoyait terrible.

La femme nue, c'est la femme armée.

Il ne respirait plus. Il se sentait soulevé comme dans un nimbe, et poussé. Il regardait. Cette femme devant lui ! Était-ce possible ?

Au théâtre, duchesse. Ici, néréide [2], naïade [3], fée. Toujours apparition.

Il essaya de fuir et sentit que cela ne se pouvait pas. Ses regards étaient devenus deux chaînes, et l'attachaient à cette vision.

Était-ce une fille ? Était-ce une vierge ? Les deux.

Messaline[1], présente peut-être dans l'invisible, devait
sourire, et Diane[2] devait veiller. Il y avait sur cette
beauté la clarté de l'inaccessible. Pas de pureté comparable à cette forme chaste et altière. Certaines neiges
qui n'ont jamais été touchées sont reconnaissables. Les
blancheurs sacrées de la Yungfrau[3], cette femme les
avait. Ce qui se dégageait de ce front inconscient, de
cette vermeille chevelure éparse, de ces cils abaissés,
de ces veines bleues vaguement visibles, de ces ron-
deurs sculpturales des seins, des hanches et des genoux
modelant les affleurements roses de la chemise, c'était
la divinité d'un sommeil auguste. Cette impudeur se
dissolvait en rayonnement. Cette créature était nue
avec autant de calme que si elle avait droit au cynisme
divin, elle avait la sécurité d'une olympienne qui se
fait fille du gouffre, et qui peut dire à l'océan : Père !
et elle s'offrait, inabordable et superbe, à tout ce qui
passe, aux regards, aux désirs, aux démences, aux
songes, aussi fièrement assoupie sur ce lit de boudoir
que Vénus dans l'immensité de l'écume[4].

Elle s'était endormie la nuit et prolongeait son sommeil au grand jour ; confiance commencée dans les
ténèbres et continuée dans la lumière.

Gwynplaine frémissait. Il admirait.

Admiration malsaine, et qui intéresse trop.

Il avait peur.

La boîte à surprise du sort ne s'épuise point. Gwynplaine avait cru être au bout. Il recommençait.
Qu'était-ce que tous ces éclairs, s'abattant sur sa tête
sans relâche, et enfin, foudroiement suprême, lui jetant,
à lui, homme frissonnant, une déesse endormie ?
Qu'était-ce que toutes ces ouvertures de ciel succes-

---

1. Troisième épouse de l'empereur Claude. Connue pour ses déborde-
ments et son insatiable appétit sexuel, évoqué par Juvénal (*Satire* VI).
Claude la fit assassiner quand il apprit qu'elle s'était mariée en secret avec
un de ses amants.   **2.** Voir note 5, p. 286.   **3.** Voir note 1,
p. 143.   **4.** Josiane apparaît ici en Vénus (voir p. 423) anadyomène,
c'est-à-dire née de l'écume, lorsque la mer fut fécondée par le sang de la
blessure d'Ouranos.

sives d'où finissait par sortir, désirable et redoutable, son rêve ? Qu'était-ce que ces complaisances du tentateur inconnu lui apportant, l'une après l'autre, ses aspirations vagues, ses velléités confuses, jusqu'à ses mauvaises pensées devenues chair vivante, et l'accablant sous une enivrante série de réalités tirées de l'impossible ? Y avait-il conspiration de toute l'ombre contre lui, misérable, et qu'allait-il devenir avec tous ces sourires de la fortune sinistre autour de lui ? Qu'était-ce que ce vertige arrangé exprès ? Cette femme ! là ! pourquoi ? comment ? nulle explication. Pourquoi lui ? Pourquoi elle ? Était-il fait pair d'Angleterre exprès pour cette duchesse ? Qui les amenait ainsi l'un à l'autre ? qui était dupe ? qui était victime ? De qui abusait-on la bonne foi ? était-ce Dieu qu'on trompait ? Toutes ces choses, il ne les précisait pas, il les entrevoyait à travers une suite de nuages noirs dans son cerveau. Ce logis magique et malveillant, cet étrange palais, tenace comme une prison, était-il du complot ? Gwynplaine subissait une sorte de résorption[1]. Des forces obscures le garrottaient mystérieusement. Une gravitation l'enchaînait. Sa volonté, soutirée, s'en allait de lui. À quoi se retenir ? Il était hagard et charmé. Cette fois, il se sentait irrémédiablement insensé. La sombre chute à pic dans le précipice d'éblouissement continuait.

La femme dormait.

Pour lui, l'état de trouble s'aggravant, ce n'était même plus la lady, la duchesse, la dame ; c'était la femme.

Les déviations sont dans l'homme à l'état latent. Les vices ont dans notre organisme un tracé invisible tout préparé. Même innocents, et en apparence purs, nous avons cela en nous. Être sans tache, ce n'est pas être sans défaut. L'amour est une loi. La volupté est un

---

[1]. Terme de physiologie désignant l'action de ponctionner un liquide. Employé ici au sens, abusif selon Littré, d'« atrophie jusqu'à la disparition complète d'un élément ou d'un organe ».

piège. Il y a l'ivresse, et il y a l'ivrognerie. L'ivresse, c'est de vouloir une femme ; l'ivrognerie, c'est de vouloir la femme.

Gwynplaine, hors de lui, tremblait.

Que faire contre cette rencontre ? Pas de flots d'étoffes, pas d'ampleurs soyeuses, pas de toilette prolixe et coquette, pas d'exagération galante cachant et montrant, pas de nuage. La nudité dans sa concision redoutable. Sorte de sommation mystérieuse, effrontément édénique. Tout le côté ténébreux de l'homme mis en demeure. Ève pire que Satan. L'humain et le surhumain amalgamés. Extase inquiétante, aboutissant au triomphe brutal de l'instinct sur le devoir. Le contour souverain de la beauté est impérieux. Quand il sort de l'idéal et quand il daigne être réel, c'est pour l'homme une proximité funeste.

Par instants la duchesse se déplaçait mollement sur le lit, et avait les vagues mouvements d'une vapeur dans l'azur, changeant d'attitude comme la nuée change de forme. Elle ondulait, composant et décomposant des courbes charmantes. Toutes les souplesses de l'eau, la femme les a. Comme l'eau, la duchesse avait on ne sait quoi d'insaisissable. Chose bizarre à dire, elle était là, chair visible, et elle restait chimérique. Palpable, elle semblait lointaine. Gwynplaine, effaré et pâle, contemplait. Il écoutait ce sein palpiter et croyait entendre une respiration de fantôme. Il était attiré, il se débattait. Que faire contre elle ? que faire contre lui ?

Il s'était attendu à tout, excepté à cela. Un gardien féroce en travers de la porte, quelque furieux monstre geôlier à combattre, voilà sur quoi il avait compté. Il avait prévu Cerbère[1] ; il trouvait Hébé[2].

Une femme nue. Une femme endormie.

Quel sombre combat !

---

1. Voir note 1, p. 658.   2. Hébé, fille de Zeus et d'Héra, est la déesse de la jeunesse qui était chargée de verser le nectar à la table des dieux. En zoologie, désigne aussi selon Littré une espèce de couleuvre.

Il fermait les paupières. Trop d'aurore dans l'œil est une souffrance. Mais, à travers ses paupières fermées, tout de suite il la revoyait. Plus ténébreuse, aussi belle.

Prendre la fuite, ce n'est pas facile. Il avait essayé, et n'avait pu. Il était enraciné comme on est dans le rêve. Quand nous voulons rétrograder, la tentation cloue nos pieds au pavé. Avancer reste possible, reculer non. Les invisibles bras de la faute sortent de terre et nous tirent dans le glissement.

Une banalité acceptée de tout le monde, c'est que l'émotion s'émousse. Rien n'est plus faux. C'est comme si l'on disait que, sous de l'acide nitrique [1] tombant goutte à goutte, une plaie s'apaise et s'endort, et que l'écartèlement blase Damiens [2].

La vérité est qu'à chaque redoublement, la sensation est plus aiguë.

d'étonnement en étonnement, Gwynplaine était arrivé au paroxysme. Ce vase, sa raison, sous cette stupeur nouvelle, débordait. Il sentait en lui un éveil effrayant.

De boussole, il n'en avait plus. Une seule certitude était devant lui, cette femme. On ne sait quel irrémédiable bonheur s'entr'ouvrait, ressemblant à un naufrage. Plus de direction possible. Un courant irrésistible, et l'écueil. L'écueil, ce n'est pas le rocher, c'est la sirène. Un aimant est au fond de l'abîme. S'arracher à cette attraction, Gwynplaine le voulait, mais comment faire ? Il ne sentait plus de point d'attache. La fluctuation humaine est infinie. Un homme peut être désemparé comme un navire. L'ancre, c'est la conscience. Chose lugubre, la conscience peut casser.

Il n'avait même pas cette ressource : – Je suis défiguré et terrible. Elle me repoussera. – Cette femme lui avait écrit qu'elle l'aimait.

---

1. Acide particulièrement corrosif, utilisé notamment en gravure sous son nom courant, l'eau-forte. Métaphore déjà utilisée par Hugo (II, IV, 1, p. 505) : « La profonde gravure de la rêverie avait mordu très avant. »   **2.** Damiens commit un attentat sur la personne du roi Louis XV, non dans l'intention de le tuer, puisqu'il ne le frappa qu'avec un canif, mais pour « le rappeler à ses devoirs » (P. Larousse). Il fut condamné à mort, torturé atrocement et écartelé le 28 mars 1757.

Il y a dans les crises un instant de porte-à-faux. Quand nous débordons sur le mal plus que nous ne nous appuyons sur le bien, cette quantité de nous-même qui est en suspens sur la faute finit par l'emporter et nous précipite. Ce moment triste était-il venu pour Gwynplaine ?

Comment échapper ?

Ainsi c'était elle ! la duchesse ! cette femme ! Il l'avait devant lui, dans cette chambre, dans ce lieu désert, endormie, livrée, seule. Elle était à sa discrétion, et il était en son pouvoir !

La duchesse !

On a aperçu une étoile au fond des espaces. On l'a admirée. Elle est si loin ! que craindre d'une étoile fixe ? Un jour, – une nuit, – on la voit se déplacer. On distingue un frisson de lueur autour d'elle. Cet astre, qu'on croyait impassible, remue. Ce n'est pas l'étoile, c'est la comète. C'est l'immense incendiaire du ciel. L'astre marche, grandit, secoue une chevelure de pourpre, devient énorme. C'est de votre côté qu'il se dirige. Ô terreur, il vient à vous ! La comète vous connaît, la comète vous désire, la comète vous veut. Épouvantable approche céleste. Ce qui arrive sur vous, c'est le trop de lumière, qui est l'aveuglement ; c'est l'excès de vie, qui est la mort. Cette avance que vous fait le zénith, vous la refusez. Cette offre d'amour du gouffre, vous la rejetez. Vous mettez votre main sur vos paupières, vous vous cachez, vous vous dérobez, vous vous croyez sauvé. Vous rouvrez les yeux... – L'étoile redoutable est là. Elle n'est plus étoile, elle est monde. Monde ignoré. Monde de lave et de braise. Dévorant prodige des profondeurs. Elle emplit le ciel. Il n'y a plus qu'elle. L'escarboucle[1] du fond de l'infini, diamant de loin, de près est fournaise. Vous êtes dans sa flamme.

Et vous sentez commencer votre combustion par une chaleur de paradis.

---

1. Voir note 3, p. 423.

IV

SATAN

Tout à coup la dormeuse se réveilla. Elle se dressa sur son séant avec une majesté brusque et harmonieuse ; ses cheveux de blonde soie floche [1] se répandirent avec un doux tumulte sur ses reins ; sa chemise tombante laissa voir son épaule très-bas ; elle toucha de sa main délicate son orteil rose, et regarda quelques instants son pied nu, digne d'être adoré par Périclès et copié par Phidias [2] ; puis elle s'étira et bâilla comme une tigresse au soleil levant.

Il est probable que Gwynplaine respirait, comme lorsqu'on retient son souffle, avec effort.

— Est-ce qu'il y a là quelqu'un ? dit-elle.

Elle dit cela tout en bâillant, et c'était plein de grâce.

Gwynplaine entendit cette voix qu'il ne connaissait pas. Voix de charmeuse ; accent délicieusement hautain ; l'intonation de la caresse tempérant l'habitude du commandement.

En même temps, se dressant sur ses genoux, il y a une statue antique ainsi agenouillée dans mille plis transparents, elle tira à elle la robe de chambre et se jeta à bas du lit, nue et debout, le temps de voir passer une flèche, et tout de suite enveloppée. En un clin d'œil la robe de soie la couvrit. Les manches, très-longues, lui cachaient les mains. On ne voyait plus que le bout des doigts de ses pieds, blancs avec de petits ongles, comme des pieds d'enfant.

Elle s'ôta du dos un flot de cheveux qu'elle rejeta sur sa robe, puis elle courut derrière le lit, au fond de l'alcôve, et appliqua son oreille au miroir peint qui vraisemblablement recouvrait une porte.

---

1. Soie naturelle, qui n'a pas été travaillée ni filée.   **2.** Le nom et l'action de Périclès, célèbre général et orateur d'Athènes (v. 495-429 av. J.-C.), sont associés à la période la plus brillante de la civilisation grecque. Il confia au sculpteur Phidias (v. 490-v. 430 av. J.-C.) l'édification des monuments de l'Acropole.

Elle frappa contre la glace avec le petit coude que fait l'index replié.

— Y a-t-il quelqu'un ? Lord David ! est-ce que ce serait déjà vous ? Quelle heure est-il donc ? Est-ce toi, Barkilphedro ?

Elle se retourna.

— Mais non. Ce n'est pas de ce côté-ci. Est-ce qu'il y a quelqu'un dans la chambre de bain ? mais répondez donc ! Au fait, non, personne ne peut venir par là.

Elle alla au rideau de toile d'argent, l'ouvrit du bout de son pied, l'écarta d'un mouvement d'épaule, et entra dans la chambre de marbre.

Gwynplaine sentit comme un froid d'agonie. Nul abri. Il était trop tard pour fuir. D'ailleurs il n'en avait pas la force. Il eût voulu que le pavé se fendît, et tomber sous terre. Aucun moyen de ne pas être vu.

Elle le vit.

Elle le regarda[1], prodigieusement étonnée, mais sans aucun tressaillement, avec une nuance de bonheur et de mépris :

— Tiens, dit-elle, Gwynplaine !

Puis, subitement, d'un bond violent, car cette chatte était une panthère, elle se jeta à son cou.

Elle lui pressa la tête entre ses bras nus dont les manches, dans cet emportement, s'étaient relevées.

Et tout à coup le repoussant, abattant sur les deux épaules de Gwynplaine ses petites mains comme des serres, elle debout devant lui, lui debout devant elle, elle se mit à le regarder étrangement.

Elle le regarda, fatale, avec ses yeux d'Aldébaran[2], rayon visuel mixte, ayant on ne sait quoi de louche et de sidéral. Gwynplaine contemplait cette prunelle bleue et cette prunelle noire, éperdu sous la double fixité de ce regard de ciel et de ce regard d'enfer. Cette

---

1. Il faut noter l'analogie de cette rencontre avec celle de Gilliatt et de la pieuvre dans *Les Travailleurs de la mer* (II, IV, 1), marquée par la même réciprocité fulgurante du regard. **2.** Nom d'une étoile de première grandeur, d'une teinte un peu rouge, nommée aussi Œil du Taureau.

« ... elle tira à elle la robe de chambre et se jeta à bas du lit,
nue et debout, le temps de voir passer une flèche, et
tout de suite enveloppée. » (p. 669)
Dessin de Victor Hugo.

femme et cet homme se renvoyaient l'éblouissement
sinistre. Ils se fascinaient l'un l'autre, lui par la difformité, elle par la beauté, tous deux par l'horreur.

Il se taisait, comme sous un poids impossible à soulever. Elle s'écria :

— Tu as de l'esprit. Tu es venu. Tu as su que
j'avais été forcée de partir de Londres. Tu m'as suivie.
Tu as bien fait. Tu es extraordinaire d'être ici.

Une prise de possession réciproque, cela jette une
sorte d'éclair. Gwynplaine, confusément averti par une
vague crainte sauvage et honnête, recula, mais les
ongles roses crispés sur son épaule le tenaient. Quelque
chose d'inexorable s'ébauchait. Il était dans l'antre de
la femme fauve, homme fauve lui-même.

Elle reprit :

— Anne, cette sotte, – tu sais ? la reine, – elle m'a
fait venir à Windsor sans savoir pourquoi. Quand je
suis arrivée, elle était enfermée avec son idiot de chancelier[1]. Mais comment as-tu fait pour pénétrer jusqu'à
moi ? Voilà ce que j'appelle être un homme. Des obstacles. Il n'y en a pas. On est appelé, on accourt. Tu
t'es renseigné ? Mon nom, la duchesse Josiane, je
pense que tu le savais. Qui est-ce qui t'a introduit ?
C'est le mousse sans doute. Il est intelligent. Je lui
donnerai cent guinées[2]. Comment t'y es-tu pris ? dis-
moi cela. Non, ne me le dis pas. Je ne veux pas le
savoir. Expliquer rapetisse. Je t'aime mieux surprenant. Tu es assez monstrueux pour être merveilleux. Tu
tombes de l'empyrée[3], voilà, ou tu montes du troisième
dessous, à travers la trappe de l'Érèbe[4]. Rien de plus
simple, le plafond s'est écarté ou le plancher s'est
ouvert. Une descente par les nuées ou une ascension

---

1. Chez Chamberlayne (1re partie, chapitre 12), le second des officiers
de la couronne, chargé d'examiner les actes, patentes et commissions que
lui envoie le roi.   2. Voir note 2, p. 644.   3. Dans l'Antiquité, la plus
élevée des quatre sphères célestes, celle qui contenait les astres. Plus généralement, désigne le séjour des bienheureux et s'oppose à l'Érèbe.   4. Dans
la mythologie antique, la partie la plus obscure de l'Enfer, les Ténèbres.
C'est le Chaos qui engendra l'Érèbe et la Nuit.

dans un flamboiement de soufre, c'est ainsi que tu arrives. Tu mérites d'entrer comme les dieux. C'est dit, tu es mon amant.

Gwynplaine, égaré, écoutait, sentant de plus en plus sa pensée osciller. C'était fini. Et impossible de douter. La lettre de la nuit, cette femme la confirmait. Lui, Gwynplaine, amant d'une duchesse, amant aimé ! l'immense orgueil aux mille têtes sombres remua dans ce cœur infortuné.

La vanité, force énorme en nous, contre nous.

La duchesse continua :

— Puisque tu es là, c'est que c'est voulu. Je n'en demande pas davantage. Il y a quelqu'un en haut, ou en bas, qui nous jette l'un à l'autre. Fiançailles du Styx [1] et de l'Aurore. Fiançailles effrénées hors de toutes les lois ! Le jour où je t'ai vu, j'ai dit : – C'est lui. Je le reconnais. C'est le monstre de mes rêves. Il sera à moi. – Il faut aider le destin. C'est pourquoi je t'ai écrit. Une question, Gwynplaine ? crois-tu à la prédestination ? J'y crois, moi, depuis que j'ai lu le Songe de Scipion dans Cicéron [2]. Tiens, je ne remarquais pas. Un habit de gentilhomme. Tu t'es habillé en seigneur. Pourquoi pas ? Tu es saltimbanque. Raison de plus. Un bateleur vaut un lord. D'ailleurs, qu'est-ce que les lords ? des clowns. Tu as une noble taille, tu es très-bien fait. C'est inouï que tu sois ici ! Quand es-tu arrivé ? Depuis combien de temps es-tu là ? Est-ce que tu m'as vue nue ? je suis belle, n'est-ce pas ? j'allais prendre mon bain. Oh ! je t'aime. Tu as lu ma lettre ! L'as-tu lue toi-même ? Te l'a-t-on lue ? Sais-tu lire ? Tu dois être ignorant. Je te fais des questions, mais n'y réponds pas. Je n'aime pas ton son de voix. Il est doux. Un être incomparable comme toi ne devrait pas parler,

---

1. Le fleuve des Enfers, dans la mythologie antique, est le fils de la Nuit et de l'Érèbe. **2.** Le *De republica* de Cicéron (106-43 av. J.-C.), qui traite du développement de la cité, des rapports entre droit et raison et de l'histoire comme accomplissement du dessein de la divinité, s'achève sur un mythe, à la manière platonicienne, le « Songe de Scipion ».

mais grincer. Tu chantes, c'est harmonieux. Je hais cela. C'est la seule chose en toi qui me déplaise. Tout le reste est formidable, tout le reste est superbe. Dans l'Inde, tu serais dieu. Est-ce que tu es né avec ce rire épouvantable sur la face ? Non, n'est-ce pas ? C'est sans doute une mutilation pénale. J'espère bien que tu as commis quelque crime. Viens dans mes bras.

Elle se laissa tomber sur le canapé et le fit tomber près d'elle. Ils se trouvèrent l'un près de l'autre sans savoir comment. Ce qu'elle disait passait sur Gwynplaine comme un grand vent. Il percevait à peine le sens de ce tourbillon de mots forcenés. Elle avait l'admiration dans les yeux. Elle parlait en tumulte, frénétiquement, d'une voix éperdue et tendre. Sa parole était une musique, mais Gwynplaine entendait cette musique comme une tempête.

Elle appuya de nouveau sur lui son regard fixe.

— Je me sens dégradée près de toi, quel bonheur ! Être altesse, comme c'est fade ! Je suis auguste, rien de plus fatigant. Déchoir repose. Je suis si saturée de respect que j'ai besoin de mépris. Nous sommes toutes un peu des extravagantes, à commencer par Vénus[1], Cléopâtre[2], mesdames de Chevreuse[3] et de Longueville[4], et à finir par moi. Je t'afficherai, je le déclare. Voilà une amourette qui fera une contusion à la royale famille Stuart[5] dont je suis. Ah ! je respire ! J'ai trouvé l'issue. Je suis hors de la majesté. Être déclassée, c'est

1. Voir note 3, p. 423. **2.** Chassée du trône par son frère Ptolémée XIII, Cléopâtre (69-30 av. J.-C.) régna de nouveau sur l'Égypte grâce à César dont elle devint la maîtresse et qui lui donna un fils, Césarion. Plus tard, Antoine s'éprit d'elle, mais ce dernier, battu par Octave à Actium (31 av. J.-C.), se suicida. Cléopâtre elle-même, après avoir recherché la clémence d'Octave, se donna la mort en se faisant mordre par un serpent. **3.** Marie de Rohan-Montbazon, duchesse de Chevreuse (1600-1679), surintendante de la maison de la reine Anne d'Autriche, mena une vie galante et participa à de nombreuses conspirations contre Richelieu. **4.** Anne-Geneviève de Bourbon-Condé (1619-1679), d'une grande beauté, fut mariée très jeune au duc de Longueville, qui lui préférait son ancienne maîtresse. Elle fut connue en son temps pour son goût de la galanterie et des liaisons amoureuses. **5.** Voir la Chronologie.

être délivrée. Tout rompre, tout braver, tout faire, tout défaire, c'est vivre. Écoute, je t'aime.

Elle s'interrompit, et eut un effrayant sourire.

— Je t'aime non seulement parce que tu es difforme, mais parce que tu es vil. J'aime le monstre, et j'aime l'histrion. Un amant humilié, bafoué, grotesque, hideux, exposé aux rires sur ce pilori qu'on appelle un théâtre, cela a une saveur extraordinaire. C'est mordre au fruit de l'abîme. Un amant infamant, c'est exquis. Avoir sous la dent la pomme, non du paradis, mais de l'enfer, voilà ce qui me tente, j'ai cette faim et cette soif, et je suis cette Ève-là. L'Ève du gouffre. Tu es probablement, sans le savoir, un démon. Je me suis gardée à un masque du songe. Tu es un pantin dont un spectre tient les fils. Tu es la vision du grand rire infernal. Tu es le maître que j'attendais. Il me fallait un amour comme en ont les Médées[1] et les Canidies[2]. J'étais sûre qu'il m'arriverait une de ces immenses aventures de la nuit. Tu es ce que je voulais. Je te dis là un tas de choses que tu ne dois pas comprendre. Gwynplaine, personne ne m'a possédée, je me donne à toi pure comme la braise ardente. Tu ne me crois évidemment pas, mais si tu savais comme cela m'est égal !

Ses paroles avaient le pêle-mêle de l'éruption. Une piqûre au flanc de l'Etna donnerait l'idée de ce jet de flamme.

Gwynplaine balbutia :

— Madame...

Elle lui mit la main sur la bouche.

— Silence ! je te contemple. Gwynplaine, je suis l'immaculée effrénée. Je suis la vestale bacchante[3].

---

1. Magicienne de la mythologie grecque, Médée aida Jason dans sa quête de la Toison d'or. Abandonnée par ce dernier, elle se vengea en tuant ses enfants.   2. Canidia, de son vrai nom Gratidia, courtisane et sorcière dont parle Horace dans ses *Satires*.   3. Les deux termes s'opposent et font écho à l'expression « l'immaculée effrénée ». Une bacchante est une prêtresse de Bacchus, célébrant des bacchanales, fêtes connues pour leur absence de retenue et leur débauche. Au contraire, chez les Romains, une vestale est une prêtresse de Vesta, consacrée à la virginité.

Aucun homme ne m'a connue, et je pourrais être
Pythie à Delphes[1], et avoir sous mon talon nu le trépied de bronze où les prêtres, accoudés sur la peau de
Python, chuchotent des questions au dieu invisible.
Mon cœur est de pierre, mais il ressemble à ces cailloux mystérieux que la mer roule au pied du rocher
Huntly Nabb, à l'embouchure de la Thees[2], et dans
lesquels, si on les casse, on trouve un serpent. Ce serpent, c'est mon amour. Amour tout-puissant, car il t'a
fait venir. La distance impossible était entre nous.
J'étais dans Sirius et tu étais dans Allioth[3]. Tu as fait
la traversée démesurée, et te voilà. C'est bien. Tais-toi.
Prends-moi.

Elle s'arrêta. Il frissonnait. Elle se remit à sourire.

— Vois-tu, Gwynplaine, rêver, c'est créer. Un souhait est un appel. Construire une chimère, c'est provoquer la réalité. L'ombre toute-puissante et terrible ne se
laisse pas défier. Elle nous satisfait. Te voilà. Oserai-je
me perdre ? oui. Oserai-je être ta maîtresse, ta concu-
bine, ton esclave, ta chose ? avec joie. Gwynplaine, je
suis la femme. La femme, c'est de l'argile qui désire
être fange. J'ai besoin de me mépriser. Cela assaisonne
l'orgueil. L'alliage de la grandeur, c'est la bassesse.
Rien ne se combine mieux. Méprise-moi, toi qu'on
méprise. L'avilissement sous l'avilissement, quelle
volupté ! la fleur double de l'ignominie ! je la cueille.
Foule-moi aux pieds. Tu ne m'en aimeras que mieux.
Je le sais, moi. Sais-tu pourquoi je t'idolâtre ? parce
que je te dédaigne. Tu es si au-dessous de moi que je
te mets sur un autel. Mêler le haut et le bas, c'est le
chaos, et le chaos me plaît. Tout commence et finit

---

1. Prêtresse de l'oracle de Delphes. Le dieu Apollon parlait, selon la
légende, par sa bouche et répondait aux questions que lui faisaient les
prêtres du lieu. Python était un serpent mythologique qui désolait les environs de Delphes et qu'Apollon tua à coups de flèches. **2.** La Thees ou
Tees est une rivière du nord de l'Angleterre. **3.** Sirius est une étoile de
la constellation du Grand Chien, la plus belle et la plus brillante des étoiles
et qui, de ce fait, semble la plus proche. Allioth ou Alliath est le nom de la
première étoile de la queue de la Grande Ourse.

par le chaos. Qu'est-ce que le chaos ? une immense souillure. Et avec cette souillure, Dieu a fait la lumière, et avec cet égout, Dieu a fait le monde. Tu ne sais pas à quel point je suis perverse. Pétris un astre dans de la boue, ce sera moi.

Ainsi parlait cette femme formidable, montrant nu, par sa robe défaite, son torse de vierge.

Elle poursuivit :

— Louve pour tous, chienne pour toi. Comme on va s'étonner ! l'étonnement des imbéciles est doux. Moi, je me comprends. Suis-je une déesse ? Amphitrite s'est donnée au Cyclope[1]. *Fluctivoma Amphitrite*. Suis-je une fée ? Urgèle[2] s'est livrée à Bugryx, l'androptère aux huit mains palmées. Suis-je une princesse ? Marie Stuart a eu Rizzio[3]. Trois belles, trois monstres. Je suis plus grande qu'elles, car tu es pire qu'eux. Gwynplaine, nous sommes faits l'un pour l'autre. Le monstre que tu es dehors, je le suis dedans. De là mon amour. Caprice, soit. Qu'est-ce que l'ouragan ? un caprice. Il y a entre nous une affinité sidérale : l'un et l'autre nous sommes de la nuit, toi par la face, moi par l'intelligence. À ton tour tu me crées. Tu arrives, voilà mon âme dehors. Je ne la connaissais pas. Elle est surprenante. Ton approche fait sortir l'hydre de moi, déesse. Tu me révèles ma vraie nature. Tu me fais faire la découverte de moi-même. Vois comme je te ressemble. Regarde dans moi comme dans un miroir. Ton visage, c'est mon âme. Je ne savais pas être à ce point terrible. Moi aussi je suis donc un monstre ! Ô Gwynplaine, tu me désennuies.

1. C'est la plus célèbre des Néréides (voir note 2, p. 286), épouse de Poséidon. La tradition évoque pourtant plus fréquemment une autre Néréide, Galatée, aimée du cyclope Polyphème, qui, rival malheureux du jeune et bel Acis, surprit les deux amants et écrasa Acis sous un rocher. Le sang du jeune homme devint fleuve (Ovide, *Les Métamorphoses*, III). 2. *La Fée Urgèle* (1765), opéra-comique de E.R. Duni, sur un livret de Favart, qui tire sa source d'un des *Contes de Cantorbéry* de Chaucer et d'un conte en vers de Voltaire, *Ce qui plaît aux dames*. La Fée Urgèle est évoquée par Nodier dans *La Fée aux miettes* et dans les *Ballades* (I) de Victor Hugo. 3. Voir note 4, p. 290.

Elle eut un étrange rire d'enfant, s'approcha de son oreille et lui dit tout bas :

— Veux-tu voir une femme folle ? c'est moi.

Son regard entrait dans Gwynplaine. Un regard est un philtre. Sa robe avait des dérangements redoutables. L'extase aveugle et bestiale envahissait Gwynplaine. Extase où il y avait de l'agonie.

Pendant que cette femme parlait, il sentait comme des éclaboussures de feu. Il sentait sourdre l'irréparable. Il n'avait pas la force de dire un mot. Elle s'interrompait, elle le considérait : Ô monstre ! murmurait-elle. Elle était farouche.

Brusquement, elle lui saisit les mains.

— Gwynplaine, je suis le trône, tu es le tréteau. Mettons-nous de plain-pied. Ah ! je suis heureuse, me voilà tombée. Je voudrais que tout le monde pût savoir à quel point je suis abjecte. On s'en prosternerait davantage, car plus on abhorre, plus on rampe. Ainsi est fait le genre humain. Hostile, mais reptile. Dragon, mais ver. Oh ! je suis dépravée comme les dieux. On ne peut toujours pas m'ôter cela d'être la bâtarde d'un roi. J'agis en reine. Qu'était-ce que Rhodope[1] ? Une reine qui aima Phtèh[2], l'homme à la tête de crocodile. Elle a bâti en son honneur la troisième pyramide. Penthésilée[3] a aimé le centaure, qui s'appelle le Sagittaire[4] et qui est une constellation. Et que dis-tu d'Anne d'Autriche ? Mazarin était-il assez laid ![5] Tu n'es pas laid,

---

1. Courtisane de Thrace, contemporaine d'Ésope et esclave dans la même maison que lui. Une tradition contestée rapporte que le roi d'Égypte Psamméticus se serait épris d'elle et l'aurait épousée (Hérodote, *Histoires*, II, 134).   2. Dieu égyptien, représenté comme un homme trapu et contrefait, que les Grecs identifièrent à Vulcain.   3. Dans la mythologie grecque, reine des Amazones, peuple de femmes guerrières. Elle fut tuée par Achille qui, ému par sa beauté, pleura sa mort.   4. Mi-hommes, michevaux, les Centaures sont des créatures sauvages et assez bestiales, à l'exception de Chiron, connu pour sa bonté. Sagittaire fut à sa mort placé parmi les astres à la demande des Muses, qui en firent une constellation du zodiaque.   5. Anne d'Autriche (1601-1666), fille aînée du roi d'Espagne Philippe III, épousa Louis XIII, roi de France. À la mort de ce dernier, elle devint régente et nomma le cardinal Mazarin Premier ministre. Elle contracta peut-être avec lui un mariage secret.

toi, tu es difforme. Le laid est petit, le difforme est grand. Le laid, c'est la grimace du diable derrière le beau. Le difforme est l'envers du sublime. C'est l'autre côté. L'Olympe a deux versants : l'un, dans la clarté, donne Apollon[1] ; l'autre, dans la nuit, donne Polyphème[2]. Toi, tu es Titan[3]. Tu serais Béhémoth[4] dans la forêt, Léviathan dans l'océan, Typhon[5] dans le cloaque. Tu es suprême. Il y a de la foudre dans ta difformité. Ton visage a été dérangé par un coup de tonnerre. Ce qui est sur ta face, c'est la torsion courroucée du grand poing de flamme. Il t'a pétri et il a passé. La vaste colère obscure a, dans un accès de rage, englué ton âme sous cette effroyable figure surhumaine. L'enfer est un réchaud pénal où chauffe ce fer rouge qu'on appelle la Fatalité ; tu es marqué de ce fer-là. T'aimer, c'est comprendre le grand. J'ai ce triomphe. Être amoureuse d'Apollon, le bel effort ! La gloire se mesure à l'étonnement. Je t'aime. J'ai rêvé de toi des nuits, des nuits, des nuits ! C'est ici un palais à moi. Tu verras mes jardins. Il y a des sources sous les feuilles, des grottes où l'on peut s'embrasser, et de très-beaux groupes de marbre qui sont du cavalier Bernin[6]. Et des fleurs ! Il y en a trop. Au printemps, c'est un incendie de roses. T'ai-je dit que la reine était ma sœur ? Fais de moi ce que tu voudras. Je suis faite pour que Jupiter baise mes pieds et pour que Satan me

---

1. Fils de Zeus dans la mythologie grecque, dieu des arts et de la divination, symbole de la beauté.   2. Célèbre cyclope que l'*Odyssée* représente comme un géant horrible et violent, promettant à Ulysse et ses compagnons une mort certaine.   3. Voir note 1, p. 649.   4. Animal monstrueux évoqué dans le livre de Job (40, 15-24), qui revêt l'apparence d'une sorte d'hippopotame. Son nom signifie en hébreu la « Bête », être maléfique que Dieu seul peut soumettre. Léviathan est un autre animal monstrueux évoqué dans le livre de Job, voir note 1, p. 144.   5. Typhon, divinité égyptienne regardée comme la source de tous les maux, devint chez les Grecs un Géant représentant les régions infernales. Le cloaque est un lieu destiné à recevoir les immondices, masse d'eau sale et croupie.   6. Gian Lorenzo Bernini, dit le Bernin (1598-1680), artiste baroque au talent exceptionnel, sculpteur virtuose et architecte, eut en charge d'importants travaux, notamment à Saint-Pierre de Rome.

crache au visage. As-tu une religion ? Moi je suis
papiste. Mon père Jacques II est mort en France avec
un tas de jésuites autour de lui. Jamais je n'ai ressenti
ce que j'éprouve auprès de toi. Oh ! je voudrais être le
soir avec toi, pendant qu'on ferait de la musique, tous
deux adossés au même coussin, sous le tendelet[1] de
pourpre d'une galère d'or, au milieu des douceurs infinies de la mer. Insulte-moi. Bats-moi. Paye-moi.
Traite-moi comme une créature. Je t'adore.

Les caresses peuvent rugir. En doutez-vous ? entrez
chez les lions. L'horreur était dans cette femme et se
combinait avec la grâce. Rien de plus tragique. On sentait la griffe, on sentait le velours. C'était l'attaque
féline, mêlée de retraite. Il y avait du jeu et du meurtre
dans ce va-et-vient. Elle idolâtrait, insolemment. Le
résultat, c'était la démence communiquée. Fatal langage, inexprimablement violent et doux. Ce qui insultait n'insultait pas. Ce qui adorait outrageait. Ce qui
souffletait déifiait. Son accent imprimait à ses paroles
furieuses et amoureuses on ne sait quelle grandeur pro-
méthéenne[2]. Les fêtes de la Grande Déesse, chantées
par Eschyle[3], donnaient aux femmes cherchant les
satyres[4] sous les étoiles cette sombre rage épique. Ces
paroxysmes compliquaient les danses obscures sous les
branches de Dodone[5]. Cette femme était comme trans-
figurée, s'il est possible qu'on se transfigure du côté
opposé au ciel. Ses cheveux avaient des frissons de

---

1. Sorte de dais ou de tente placé au-dessus de certaines embarcations
pour abriter les passagers. La galère, navire à rames et à voiles, ici utilisée
comme embarcation d'agrément, est un antique vaisseau de guerre et
évoque surtout la condition des galériens condamnés aux travaux forcés.
Un passage d'*Antoine et Cléopâtre* (II, 2) de Shakespeare semble être la
source de cette description.   2. Voir note 1, p. 415.   3. Eschyle (525-
456 av. J.-C.) fut l'un des trois plus grands auteurs tragiques grecs, avec
Euripide et Sophocle. Il est placé par Hugo au rang des génies de l'humanité
dans *William Shakespeare*.   4. Divinités mythologiques, à corps humain,
à cornes et à pieds de bouc. Ils sont souvent représentés, tel Pan, jouant de
la flûte et séduisant les nymphes.   5. Grand sanctuaire de la Grèce
ancienne. Son oracle était célèbre : les paroles des dieux se formulaient par
le murmure des feuilles de la forêt voisine.

crinière ; sa robe se refermait, puis se rouvrait ; rien de
charmant comme ce sein plein de cris sauvages, les
rayons de son œil bleu se mêlaient aux flamboiements
de son œil noir, elle était surnaturelle. Gwynplaine,
défaillant, se sentait vaincu par la pénétration profonde
d'une telle approche.

— Je t'aime ! cria-t-elle.

Et elle le mordit d'un baiser.

Homère a des nuages qui peut-être allaient devenir
nécessaires sur Gwynplaine et Josiane comme sur Jupiter et Junon. Pour Gwynplaine, être aimé par une
femme qui avait un regard et qui le voyait, avoir sur sa
bouche informe une pression de lèvres divines, c'était
exquis et fulgurant. Il sentait devant cette femme pleine
d'énigmes tout s'évanouir en lui. Le souvenir de Dea
se débattait dans cette ombre avec de petits cris. Il y a
un bas-relief antique qui représente le sphinx[1] man-
geant un amour ; les ailes du doux être céleste saignent
entre ces dents féroces et souriantes.

Est-ce que Gwynplaine aimait cette femme ? Est-ce
que l'homme a, comme le globe, deux pôles ?
Sommes-nous, sur notre axe inflexible, la sphère tour-
nante, astre de loin, boue de près, où alternent le jour
et la nuit ? Le cœur a-t-il deux côtés, l'un qui aime
dans la lumière, l'autre qui aime dans les ténèbres ?
Ici la femme rayon ; là la femme cloaque. L'ange est
nécessaire. Est-ce qu'il serait possible que le démon,
lui aussi, fût un besoin ? Y a-t-il pour l'âme l'aile de
chauve-souris ? l'heure crépusculaire sonne-t-elle fata-
lement pour tous ? la faute fait-elle partie intégrante de
notre destinée non refusable ? le mal, dans notre
nature, est-il à prendre en bloc, avec le reste ? est-ce
que la faute est une dette à payer ? Frémissements profonds.

Et une voix pourtant nous dit que c'est un crime
d'être faible. Ce que Gwynplaine éprouvait était indicible, la chair, la vie, l'effroi, la volupté, une ivresse

_____
1. Voir note 1, p. 153.

accablée, et toute la quantité de honte qu'il y a dans
l'orgueil. Est-ce qu'il allait tomber ?

Elle répéta : – Je t'aime !

Et, frénétique, elle l'étreignit contre sa poitrine.

Gwynplaine haletait.

Tout à coup, tout près d'eux, une petite sonnerie
ferme et claire vibra. C'était le timbre scellé dans le
mur qui tintait. La duchesse tourna la tête, et dit :

— Qu'est-ce qu'elle me veut ?

Et brusquement, avec le bruit d'une trappe à ressort,
le panneau d'argent incrusté d'une couronne royale
s'ouvrit.

L'intérieur d'un tour, tapissé de velours bleu prince,
apparut, avec une lettre sur une assiette d'or.

Cette lettre était volumineuse et carrée et posée de
façon à montrer le cachet qui était une grande
empreinte sur de la cire vermeille. Le timbre continuait
de sonner.

Le panneau ouvert touchait presque au canapé où
tous deux étaient assis. La duchesse, penchée et se retenant d'un bras au cou de Gwynplaine, étendit l'autre
bras, prit la lettre sur l'assiette, et repoussa le panneau.
Le tour se referma et le timbre se tut.

La duchesse cassa la cire entre ses doigts, défit l'enveloppe, en tira deux plis qu'elle contenait, et jeta l'enveloppe à terre aux pieds de Gwynplaine.

Le sceau de cire brisé restait déchiffrable, et Gwynplaine put y distinguer une couronne royale et au-
dessous la lettre A.

L'enveloppe déchirée étalait ses deux côtés, de sorte
qu'on pouvait en même temps lire la suscription : *À sa
grâce la duchesse Josiane*.

Les deux plis qu'avait contenus l'enveloppe étaient
un parchemin et un vélin[1]. Le parchemin était grand,
le vélin était petit. Sur le parchemin était empreint un
large sceau de chancellerie, en cette cire verte dite cire

---

1. Peau de veau, plus fine qu'un parchemin ordinaire.

de seigneurie. La duchesse, toute palpitante et les yeux noyés d'extase, fit une imperceptible moue d'ennui.

— Ah ! dit-elle, qu'est-ce qu'elle m'envoie là ? Une paperasse ! Quel trouble-fête que cette femme !

Et, laissant de côté le parchemin, elle entr'ouvrit le vélin.

— C'est de son écriture. C'est de l'écriture de ma sœur. Cela me fatigue. Gwynplaine, je t'ai demandé si tu savais lire. Sais-tu lire ?

Gwynplaine fit de la tête signe que oui.

Elle s'étendit sur le canapé, presque comme une femme couchée, cacha soigneusement ses pieds sous sa robe et ses bras sous ses manches, avec une pudeur bizarre, tout en laissant voir son sein, et, couvrant Gwynplaine d'un regard passionné, elle lui tendit le vélin.

— Eh bien, Gwynplaine, tu es à moi. Commence ton service. Mon bien-aimé, lis-moi ce que m'écrit la reine.

Gwynplaine prit le vélin, il défit le pli, et, d'une voix où il y avait toutes sortes de tremblements, il lut.

« Madame,

« Nous vous envoyons gracieusement la copie ci-jointe d'un procès-verbal, certifié et signé par notre serviteur William Cowper[1], lord chancelier de ce royaume d'Angleterre, et duquel il résulte cette particularité considérable que le fils légitime de lord Linnœus Clancharlie vient d'être constaté et retrouvé, sous le nom de *Gwynplaine*, dans la bassesse d'une existence ambulante et vagabonde et parmi des saltimbanques et bateleurs. Cette suppression d'état remonte à son plus bas âge. En conséquence des lois du royaume, et en vertu de son droit héréditaire, lord Fermain Clancharlie, fils de lord Linnœus, sera, ce jour-d'hui même, admis et réintégré dans la chambre des

---

1. Voir note 2, p. 573.

lords. C'est pourquoi, voulant vous bien traiter et vous conserver la transmission des biens et domaines des lords Clancharlie Hunkerville, nous le substituons dans vos bonnes grâces à lord David Dirry-Moir. Nous avons fait amener lord Fermain dans votre résidence de Corleone-lodge ; nous commandons et voulons, comme reine et sœur, que notre dit lord Fermain Clancharlie, nommé jusqu'à ce jour Gwynplaine, soit votre mari, et vous l'épouserez, et c'est notre plaisir royal. »

Pendant que Gwynplaine lisait, avec des intonations qui chancelaient presque à chaque mot, la duchesse, soulevée du coussin du canapé, écoutait, l'œil fixe. Comme Gwynplaine achevait, elle lui arracha la lettre.

— ANNE, REINE, dit-elle, lisant la signature, avec une intonation de rêverie.

Puis elle ramassa à terre le parchemin qu'elle avait jeté, et y promena son regard. C'était la déclaration des naufragés de la *Matutina*, copiée sur un procès-verbal signé du shériff de Southwark et du lord-chancelier.

Le procès-verbal lu, elle relut le message de la reine. Puis elle dit :

— Soit.

Et, calme, montrant du doigt à Gwynplaine la portière de la galerie par où il était entré :

— Sortez, dit-elle.

Gwynplaine, pétrifié, demeura immobile.

Elle reprit, glaciale :

— Puisque vous êtes mon mari, sortez.

Gwynplaine, sans parole, les yeux baissés comme un coupable, ne bougeait pas.

Elle ajouta :

— Vous n'avez pas le droit d'être ici. C'est la place de mon amant.

Gwynplaine était comme cloué.

— Bien, dit-elle. Ce sera moi, je m'en vais. Ah ! vous êtes mon mari ! Rien de mieux. Je vous hais.

Et se levant, jetant à on ne sait qui dans l'espace un
hautain geste d'adieu, elle sortit.

La portière de la galerie se referma sur elle.

V

ON SE RECONNAÎT, MAIS ON NE SE CONNAÎT PAS

Gwynplaine demeura seul.

Seul en présence de cette baignoire tiède et de ce lit
défait.

La pulvérisation des idées était en lui à son comble.
Ce qu'il pensait ne ressemblait pas à de la pensée.
C'était une diffusion, une dispersion, l'angoisse d'être
dans l'incompréhensible. Il avait en lui quelque chose
comme le sauve-qui-peut d'un rêve.

L'entrée dans les mondes inconnus n'est pas une
chose simple.

À partir de la lettre de la duchesse, apportée par le
mousse, une série d'heures surprenantes avait commencé
pour Gwynplaine, de moins en moins intelligibles. Jusqu'à cet instant il était dans le songe, mais il y voyait
clair. Maintenant il y tâtonnait.

Il ne pensait pas. Il ne songeait même plus. Il
subissait.

Il restait assis sur le canapé, à l'endroit où la
duchesse l'avait laissé.

Tout à coup il y eut dans cette ombre un bruit de
pas. C'était un pas d'homme. Ce pas venait du côté
opposé à la galerie par où était sortie la duchesse. Il
approchait, et on l'entendait sourdement, mais nettement. Gwynplaine, quelle que fût son absorption, prêta
l'oreille.

Subitement, au delà du rideau de toile d'argent que
la duchesse avait laissé entr'ouvert, derrière le lit, la
porte qu'il était aisé de soupçonner sous la glace peinte

s'ouvrit toute grande, et une voix mâle et joyeuse, chantant à pleine gorge, jeta dans la chambre aux miroirs ce refrain d'une vieille chanson française :

> Trois petits gorets[1] sur leur fumier
> Juraient comme des porteurs de chaise.

Un homme entra.

Cet homme avait l'épée au côté et à la main un chapeau à plumes avec ganse et cocarde, et était vêtu d'un magnifique habit de mer, galonné.

Gwynplaine se dressa, comme si un ressort le mettait debout.

Il reconnut cet homme et cet homme le reconnut.

De leurs deux bouches stupéfaites s'échappa en même temps ce double cri :

— Gwynplaine !

— Tom-Jim-Jack !

L'homme au chapeau à plumes marcha sur Gwynplaine, qui croisa les bras.

— Comment es-tu ici, Gwynplaine ?

— Et toi, Tom-Jim-Jack, comment y viens-tu ?

— Ah ! je comprends. Josiane ! un caprice. Un saltimbanque qui est un monstre, c'est trop beau pour qu'on y résiste. Tu t'es déguisé pour venir ici, Gwynplaine.

— Et toi aussi, Tom-Jim-Jack.

— Gwynplaine, que signifie cet habit de seigneur ?

— Tom-Jim-Jack, que signifie cet habit d'officier ?

— Gwynplaine, je ne réponds pas aux questions.

— Ni moi, Tom-Jim-Jack.

— Gwynplaine, je ne m'appelle pas Tom-Jim-Jack.

— Tom-Jim-Jack, je ne m'appelle pas Gwynplaine.

— Gwynplaine, je suis ici chez moi.

— Je suis ici chez moi, Tom-Jim-Jack.

— Je te défends de me faire écho. Tu as l'ironie,

---

1. Hugo s'amuse ici en proposant ce que l'on appelle, selon Littré, une « rime en goret », c'est-à-dire une rime qui ne rime pas.

mais j'ai ma canne. Trêve à tes parodies, misérable drôle.

Gwynplaine devint pâle.

— Drôle toi-même ! et tu me rendras raison de cette insulte.

— Dans ta baraque, tant que tu voudras. À coups de poing.

— Ici, et à coups d'épée.

— L'ami Gwynplaine, l'épée est affaire de gentils-hommes. Je ne me bats qu'avec mes pareils. Nous sommes égaux devant le poing, inégaux devant l'épée. À l'inn Tadcaster, Tom-Jim-Jack peut boxer Gwynplaine. À Windsor, c'est différent. Apprends ceci : je suis contre-amiral.

— Et moi, je suis pair d'Angleterre.

L'homme en qui Gwynplaine voyait Tom-Jim-Jack éclata de rire.

— Pourquoi pas roi ? Au fait, tu as raison. Un histrion est tous ses rôles. Dis-moi que tu es Theseus, duc d'Athènes[1].

— Je suis pair d'Angleterre, et nous nous battrons.

— Gwynplaine, ceci devient long. Ne joue pas avec quelqu'un qui peut te faire fouetter. Je m'appelle lord David Dirry-Moir.

— Et moi, je m'appelle lord Clancharlie.

Lord David eut un second éclat de rire.

— Bien trouvé. Gwynplaine est lord Clancharlie. C'est en effet le nom qu'il faut avoir pour posséder Josiane. Écoute, je te pardonne. Et sais-tu pourquoi ? C'est que nous sommes les deux amants.

La portière de la galerie s'écarta, et une voix dit :

— Vous êtes les deux maris, messeigneurs.

Tous deux se retournèrent.

— Barkilphedro ! s'écria lord David.

C'était Barkilphedro, en effet.

---

1. Héros grec par excellence, à l'instar d'Héraclès, Thésée s'illustra par de nombreux exploits, combattant notamment le monstre Minotaure dans son terrible labyrinthe.

Il saluait profondément les deux lords avec un sourire.

Derrière lui, à quelques pas, on apercevait un gentilhomme au visage respectueux et sévère qui avait une baguette noire à la main.

Ce gentilhomme s'avança, fit trois révérences à Gwynplaine, et lui dit :

— Mylord, je suis l'huissier de la verge noire[1]. Je viens chercher votre seigneurie, conformément aux ordres de sa majesté.

---

1. Baguette qui est l'insigne d'une autorité.

LIVRE HUITIÈME

LE CAPITOLE ET SON VOISINAGE [1]

I

DISSECTION DES CHOSES MAJESTUEUSES

La redoutable ascension qui, depuis tant d'heures déjà, variait ses éblouissements sur Gwynplaine, et qui l'avait emporté à Windsor, le remporta à Londres.

Les réalités visionnaires se succédèrent devant lui, sans solution de continuité.

Nul moyen de s'y soustraire. Quand une le quittait, l'autre le reprenait.

Il n'avait pas le temps de respirer.

Qui a vu un jongleur a vu le sort. Ces projectiles tombant, montant et retombant, ce sont les hommes dans la main du destin.

Projectiles et jouets.

---

1. L'expression « Il n'y a qu'un pas du Capitole à la roche Tarpéienne » signifie qu'à la gloire suprême succède parfois la ruine et le déshonneur. Les héros romains étaient portés en triomphe au Capitole ; les conspirateurs étaient précipités du haut de la roche Tarpéienne toute proche. Le titre désigne bien sûr le parcours de Gwynplaine, son accession à la Chambre des lords et sa chute brutale.

Le soir de ce même jour, Gwynplaine était dans un lieu extraordinaire.

Il était assis sur un banc fleurdelysé. Il avait par-dessus ses habits de soie une robe de velours écarlate doublée de taffetas blanc avec rochet[1] d'hermine, et aux épaules deux bandes d'hermine bordées d'or.

Il avait autour de lui des hommes de tout âge, jeunes et vieux, assis comme lui sur les fleurs de lys et comme lui vêtus d'hermine et de pourpre.

Devant lui, il apercevait d'autres hommes, à genoux. Ces hommes avaient des robes de soie noire. Quelques-uns de ces hommes agenouillés écrivaient.

En face de lui, à quelque distance, il apercevait des marches, une estrade, un dais, un large écusson étince-lant entre un lion et une licorne[2], et, sous ce dais, sur cette estrade, au haut de ces marches, adossé à cet écusson, un fauteuil doré et couronné. C'était un trône.

Le trône de la Grande Bretagne.

Gwynplaine était, pair lui-même, dans la chambre des pairs d'Angleterre.

De quelle façon avait eu lieu cette introduction de Gwynplaine à la chambre des lords ? Disons-le.

Toute la journée, depuis le matin jusqu'au soir, depuis Windsor jusqu'à Londres, depuis Corleone-lodge jusqu'à Westminster-hall, avait été une montée d'échelon en échelon. À chaque échelon nouvel étour-dissement.

Il avait été emmené de Windsor dans les voitures de la reine, avec l'escorte due à un pair. La garde qui honore ressemble beaucoup à la garde qui garde.

Ce jour-là, les riverains de la route de Windsor à Londres virent galoper une cavalcade de gentils-hommes pensionnaires de sa majesté accompagnant deux chaises menées grand train en poste royale. Dans

---

1. Mantelet de cérémonie des pairs d'Angleterre.   **2.** Animal fabuleux représenté avec un corps de cheval, une tête de cerf et une corne unique au milieu du front. Le lion et la licorne tenant un écusson sont les armes de la Grande-Bretagne.

la première était assis l'huissier de la verge noire, sa baguette à la main. Dans la seconde on distinguait un large chapeau à plumes blanches couvrant d'ombre un visage qu'on ne voyait pas. Qui est-ce qui passait là ? était-ce un prince ? était-ce un prisonnier ?

C'était Gwynplaine.

Cela avait l'air de quelqu'un qu'on mène à la tour de Londres[1], à moins que ce ne fût quelqu'un qu'on menât à la chambre des pairs.

La reine avait bien fait les choses. Comme il s'agissait du futur mari de sa sœur, elle avait donné une escorte de son propre service.

L'officier de l'huissier de la verge noire était à cheval en tête du cortège.

L'huissier de la verge noire avait dans sa chaise, sur un strapontin, un coussin de drap d'argent. Sur ce coussin était posé un portefeuille noir timbré d'une couronne royale.

À Brentford[2], dernier relais avant Londres, les deux chaises et l'escorte firent halte.

Un carrosse d'écaille attelé de quatre chevaux attendait, avec quatre laquais derrière, deux postillons devant, et un cocher en perruque. Roues, marchepieds, soupentes[3], timon[4], tout le train de ce carrosse était doré. Les chevaux étaient harnachés d'argent.

Ce coche de gala était d'un dessin altier et surprenant, et eût magnifiquement figuré parmi les cinquante et un carrosses célèbres, dont Roubo[5] nous a laissé les portraits.

L'huissier de la verge noire mit pied à terre, ainsi que son officier.

L'officier de l'huissier retira du strapontin de la

---

1. Voir note 2, p. 55.   2. Ville d'Angleterre du comté de Middlesex, à 12 km au sud-ouest de Londres.   3. « Assemblage de plusieurs courroies (...) qui servent à soutenir le corps d'une voiture » (Littré).   4. Longue pièce de bois disposée à l'avant d'une voiture et de part et d'autre de laquelle on attelle les chevaux.   5. Jacques-André Roubo, maître menuisier du XVIIIe siècle, présenta devant l'Académie des sciences un traité sur *L'Art du menuisier* (1769) qui lui valut une très grande considération.

chaise de poste le coussin de drap d'argent sur lequel était le portefeuille à couronne, le prit sur ses deux mains, et se tint debout derrière l'huissier.

L'huissier de la verge noire ouvrit la portière du carrosse, qui était vide, puis la portière de la chaise où était Gwynplaine, et, baissant les yeux, invita respectueusement Gwynplaine à prendre place dans le carrosse.

Gwynplaine descendit de la chaise et monta dans le carrosse.

L'huissier portant la verge et l'officier portant le coussin y entrèrent après lui, et y occupèrent la banquette basse destinée aux pages dans les anciens coches de cérémonie.

Le carrosse était tendu à l'intérieur de satin blanc garni d'entoilage de Binche[1] avec crêtes[2] et glands[3] d'argent. Le plafond était armorié.

Les postillons des deux chaises qu'on venait de quitter étaient vêtus du hoqueton[4] royal. Le cocher, les postillons et les laquais du carrosse où l'on entrait avaient une autre livrée, très-magnifique.

Gwynplaine, à travers le somnambulisme où il était comme anéanti, remarqua cette fastueuse valetaille et demanda à l'huissier de la verge noire :

— Quelle est cette livrée ?

L'huissier de la verge noire répondit :

— La vôtre, mylord.

Ce jour-là, la chambre des lords devait siéger le soir. *Curia erat serena*[5], disent les vieux procès-verbaux. En Angleterre, la vie parlementaire est volontiers une vie nocturne. On sait qu'il arriva une fois à Sheridan[6] de commencer à minuit un discours et de le terminer au lever du soleil.

---

1. Ville de Belgique, province de Hainaut, célèbre pour ses broderies. **2.** « Petite passementerie à dent comme une crête, sorte d'agrément, servant à border ou encadrer des rideaux, des sièges » (Littré). **3.** Ouvrage tressé ayant la forme d'un gland, souvent orné de franges, terminant un cordon. **4.** Casaque brodée. **5.** Traduit par la phrase précédente. **6.** Voir note 2, p. 361.

Les deux chaises de poste retournèrent à vide à Windsor ; le carrosse où était Gwynplaine se dirigea vers Londres.

Le carrosse d'écaille à quatre chevaux alla au pas de Brentford à Londres. La dignité de la perruque du cocher l'exigeait.

Sous la figure de ce cocher solennel, le cérémonial prenait possession de Gwynplaine.

Ces retards, du reste, étaient, selon toute apparence, calculés. On en verra plus loin le motif probable.

Il n'était pas encore nuit, mais il s'en fallait de peu, quand le carrosse d'écaille s'arrêta devant la King's Gate, lourde porte surbaissée entre deux tourelles qui communiquait de White-Hall [1] à Westminster.

La cavalcade des gentilshommes pensionnaires fit groupe autour du carrosse.

Un des valets de pied de l'arrière sauta sur le pavé, et ouvrit la portière.

L'huissier de la verge noire, suivi de son officier portant le coussin, sortit du carrosse et dit à Gwynplaine :

— Mylord, daignez descendre. Que votre seigneurie garde son chapeau sur sa tête.

Gwynplaine était vêtu, sous son manteau de voyage, de l'habit de soie qu'il n'avait pas quitté depuis la veille. Il n'avait pas d'épée.

Il laissa son manteau dans le carrosse.

Sous la voûte carrossière de la King's Gate, il y avait une porte latérale petite et exhaussée de quelques degrés.

Dans les choses d'apparat, le respect est de précéder.

L'huissier de la verge noire, ayant derrière lui son officier, marchait devant.

---

1. White-Hall était un palais situé sur la rive gauche de la Tamise. « Le célèbre cardinal Wolsey (v. 1473-1530) fit de ce palais une habitation capable d'éclipser par son luxe et sa magnificence non seulement les demeures royales d'Angleterre, mais celles de tous les souverains d'Europe » (P. Larousse). « Disgracié en 1529, le favori de Henri VIII dut quitter cette superbe habitation qui devint propriété de la couronne. »

Gwynplaine suivait.

Ils montèrent le degré, et entrèrent sous la porte latérale.

Quelques instants après, ils étaient dans une chambre ronde et large avec pilier au centre, un bas de tourelle, salle de rez-de-chaussée, éclairée d'ogives étroites comme des lancettes d'abside [1], et qui devait être obscure même en plein midi. Peu de lumière fait parfois partie de la solennité. L'obscur est majestueux.

Dans cette chambre treize hommes se tenaient debout. Trois en avant, six au deuxième rang, quatre en arrière.

Des trois premiers un avait une cotte [2] de velours incarnat, et les deux autres des cottes vermeilles aussi, mais de satin. Tous trois avaient les armes d'Angleterre brodées sur l'épaule.

Les six du second rang étaient vêtus de vestes dalmatiques [3] en moire blanche, chacun avec un blason différent sur la poitrine.

Les quatre derniers, tous en moire noire, étaient distincts les uns des autres, le premier par une cape bleue, le deuxième par un saint Georges [4] écarlate sur l'estomac, le troisième par deux croix cramoisies brodées sur sa poitrine et sur son dos, le quatrième par un collet [5] de fourrure noire appelée peau de sabelline [6]. Tous étaient en perruque, nu-tête, et avaient l'épée au côté.

On distinguait à peine leurs visages dans la pénombre. Eux ne pouvaient voir la figure de Gwynplaine.

L'huissier de la verge noire éleva sa baguette et dit :

— Mylord Fermain Clancharlie, baron Clancharlie

---

1. Fenêtres étroites et hautes, en forme de fer de lance.   2. Sorte de casaque, anciennement portée sur la cuirasse des chevaliers.   3. Riche tunique à manches amples et courtes, portée dans l'Antiquité par les souverains et les grands personnages.   4. Voir note 1, p. 418.   5. Partie du vêtement qui entoure le cou.   6. Ou zibeline : petit mammifère de Sibérie, du genre martre, dont la fourrure est particulièrement prisée. Le « sable », de la même famille étymologiquement, est un terme héraldique qui désigne la couleur noire sur un blason.

et Hunkerville, moi huissier de la verge noire, premier officier de la chambre de présence, je remets votre seigneurie à Jarretière, roi d'armes d'Angleterre.

Le personnage à cotte de velours, laissant les autres derrière lui, salua Gwynplaine jusqu'à terre et dit :

— Mylord Fermain Clancharlie, je suis Jarretière, premier roi d'armes d'Angleterre. Je suis l'officier créé et couronné par sa grâce le duc de Norfolk, comte-maréchal héréditaire. J'ai juré obéissance au roi, aux pairs et aux chevaliers de la Jarretière [1]. Le jour de mon couronnement, où le comte-maréchal d'Angleterre m'a versé un gobelet de vin sur la tête, j'ai solennellement promis d'être officieux à la noblesse, d'éviter la compagnie des personnes de mauvaise réputation, d'excuser plutôt que de blâmer les gens de qualité, et d'assister les veuves et les vierges. C'est moi qui ai charge de régler les cérémonies de l'enterrement des pairs et qui ai le soin et la garde de leurs armoiries. Je me mets aux ordres de votre seigneurie.

Le premier des deux autres en cottes de satin fit une révérence, et dit :

— Mylord, je suis Clarence, deuxième roi d'armes d'Angleterre. Je suis l'officier qui règle l'enterrement des nobles au-dessous des pairs. Je me mets aux ordres de votre seigneurie.

L'autre homme à cotte de satin salua, et dit :

— Mylord, je suis Norroy, troisième roi d'armes d'Angleterre. Je me mets aux ordres de votre seigneurie.

Les six du second rang, immobiles et sans saluer, firent un pas.

Le premier à la droite de Gwynplaine, dit :

— Mylord, nous sommes les six ducs d'armes d'Angleterre. Je suis York.

Puis chacun des hérauts [2] ou ducs d'armes prit la parole à son tour, et se nomma.

— Je suis Lancastre.

---

1. Voir note 1, p. 277.   **2.** Officier qui sert pour le sacre des rois, les mariages, les publications officielles.

— Je suis Richmond.

— Je suis Chester.

— Je suis Somerset.

— Je suis Windsor.

Les blasons qu'ils avaient sur la poitrine étaient ceux des comtés et des villes dont ils portaient les noms.

Les quatre qui étaient habillés de noir, derrière les hérauts, gardaient le silence.

Le roi d'armes Jarretière les montra du doigt à Gwynplaine, et dit :

— Mylord, voici les quatre poursuivants d'armes.
– Manteau-Bleu.

L'homme à la cape bleue salua de la tête.

— Dragon-Rouge.

L'homme au saint Georges salua.

— Rouge-Croix.

L'homme aux croix écarlates salua.

— Porte-coulisse[1].

L'homme à la fourrure de sabelline salua.

Sur un signe du roi d'armes, le premier des poursuivants, Manteau-Bleu, s'avança, et prit des mains de l'officier de l'huissier le coussin de drap d'argent et le portefeuille à couronne.

Et le roi d'armes dit à l'huissier de la verge noire :

— Ainsi soit. Je donne à votre honneur réception de sa seigneurie.

Ces pratiques d'étiquette et d'autres qui vont suivre étaient le vieux cérémonial antérieur à Henri VIII[2], qu'Anne essaya, pendant un temps, de faire revivre. Rien de tout cela ne se fait plus aujourd'hui. Pourtant la chambre des lords se croit immuable ; et si l'immémorial existe quelque part, c'est là.

Elle change toutefois. *E pur si muove*[3].

---

1. Terme de blason ; herse placée à la porte d'un château.   **2.** Roi d'Angleterre de 1509 à 1547.   **3.** Galilée (1564-1642), grand mathématicien et astronome, se rallia au système de Copernic et fut condamné en 1633 par l'Inquisition à abjurer sa théorie du mouvement de la Terre autour du Soleil. On raconte qu'en quittant le tribunal, il aurait murmuré, à propos de la Terre, « E pur si muove » : « Et pourtant elle tourne. »

Qu'est devenu, par exemple, le *may pole*, ce mât de mai que la ville de Londres plantait sur le passage des pairs allant au parlement ? Le dernier qui ait fait figure a été arboré en 1713. Depuis, le « may pole » a disparu. Désuétude.

L'apparence, c'est l'immobilité ; la réalité, c'est le changement. Ainsi prenez ce titre : Albemarle. Il semble éternel. Sous ce titre ont passé six familles : Odo, Mandeville, Béthune, Plantagenet, Beauchamp, Monk. Sous ce titre, Leicester, se sont succédé cinq noms différents : Beaumont, Brewose, Dudley, Sidney, Coke. Sous Lincoln, six. Sous Pembroke, sept, etc. Les familles changent sous les titres qui ne bougent pas. L'historien superficiel croit à l'immuabilité. Au fond, nulle durée. L'homme ne peut être que flot. L'onde, c'est l'humanité.

Les aristocraties ont pour orgueil ce que les femmes ont pour humiliation : vieillir ; mais femmes et aristocraties ont la même illusion : se conserver.

Il est probable que la chambre des lords ne se reconnaîtra point dans ce qu'on vient de lire et dans ce qu'on va lire, un peu comme la jolie femme d'autrefois qui ne veut pas avoir de rides. Le miroir est un vieil accusé ; il en prend son parti.

Faire ressemblant, c'est là tout le devoir de l'historien.

Le roi d'armes s'adressa à Gwynplaine.

— Veuillez me suivre, mylord.

Il ajouta :

— On vous saluera. Votre seigneurie soulèvera seulement le bord de son chapeau.

Et l'on se dirigea en cortège vers une porte qui était au fond de la salle ronde.

L'huissier de la verge noire ouvrait la marche.

Puis Manteau-Bleu, portant le coussin ; puis le roi d'armes ; derrière le roi d'armes était Gwynplaine, le chapeau sur la tête.

Les autres rois d'armes, hérauts, poursuivants, restèrent dans la salle ronde.

Gwynplaine, précédé de l'huissier de la verge noire et sous la conduite du roi d'armes, suivit de salle en salle un itinéraire qu'il serait impossible de retrouver aujourd'hui, le vieux logis du parlement d'Angleterre ayant été démoli.

Il traversa entre autres cette gothique chambre d'état où avait eu lieu la rencontre suprême de Jacques II et de Monmouth[1], et qui avait vu l'agenouillement inutile du neveu lâche devant l'oncle féroce. Autour de cette chambre étaient rangés sur le mur, par ordre de dates, avec leurs noms et leurs blasons, neuf portraits en pied d'anciens pairs : lord Nansladron, 1305. Lord Baliol, 1306. Lord Benestede, 1314. Lord Cantilupe, 1356. Lord Montbegon, 1357. Lord Tibotot, 1372. Lord Zouch of Codnor, 1615. Lord Bella-Aqua, sans date. Lord Harren and Surrey, comte de Blois, sans date.

La nuit étant venue, il y avait des lampes de distance en distance dans les galeries. Des lustres de cuivre à chandelles de cire étaient allumés dans les salles, éclairées à peu près comme des bas-côtés d'église.

On n'y rencontrait que les personnes nécessaires.

Dans une chambre que le cortège traversa se tenaient debout, la tête respectueusement inclinée, les quatre clercs du signet[2], et le clerc des papiers d'état.

Dans une autre était l'honorable Philip Sydenham, chevalier banneret[3], seigneur de Brympton en Somerset. Le chevalier banneret est le chevalier fait en guerre par le roi sous la bannière royale déployée.

Dans une autre était le plus ancien baronnet[4] d'Angleterre, sir Edmund Bacon de Suffolk, héritier de sir Nicholas, et qualifié *primus baronetorum Angliæ*[5]. Sir Edmund avait derrière lui son arcifer portant son

---

1. James Scott, duc de Monmouth (1649-1685). Opposant au duc d'York, le futur Jacques II, il dut s'exiler en Hollande en 1683. Revenu à l'avènement de Jacques II, il fut décapité.   **2.** Petit sceau, utilisé pour authentifier un document officiel.   **3.** « Seigneur qui comptait un nombre suffisant de vassaux pour lever une bannière, sous laquelle ils devaient se ranger et l'accompagner à la guerre » (P. Larousse).   **4.** Voir note 7, p. 609.   **5.** Premier des baronnets d'Angleterre.

arquebuse [1] et son écuyer portant les armes d'Ulster [2], les baronnets étant les défenseurs nés du comté d'Ulster en Irlande.

Dans une autre était le chancelier de l'échiquier [3], accompagné de ses quatre maîtres des comptes et des deux députés du lord-chambellan [4] chargés de fendre les tailles [5]. Plus le maître des monnaies, ayant dans sa main ouverte une livre sterling, faite, comme c'est l'usage pour les pounds, au moulinet [6]. Ces huit personnages firent la révérence au nouveau lord.

À l'entrée du corridor tapissé d'une natte qui était la communication de la chambre basse à la chambre haute, Gwynplaine fut salué par sir Thomas Mansell de Margam, contrôleur [7] de la maison de la reine et membre du parlement pour Glamorgan ; et, à la sortie, par une députation « de un sur deux » des barons des Cinq-Ports [8], rangés à sa droite et à sa gauche, quatre par quatre, les Cinq-Ports étant huit. William Ashburnham le salua pour Hastings, Matthew Aylmor pour Douvres, Josias Burchett pour Sandwich, sir Philip Boteler pour Hyeth, John Brewer pour New Rumney, Edward Southwell pour la ville de Rye, James Hayes pour la ville de Winchelsea, et Georges Nailor pour la ville de Seaford.

Le roi d'armes, comme Gwynplaine allait rendre le salut, lui rappela à voix basse le cérémonial.

— Seulement le bord du chapeau, mylord.

Gwynplaine fit comme il lui était indiqué.

---

1. Ou arcifère. Désigne à l'origine, dans la mythologie, les divinités qui portent un arc, comme Cupidon ou Diane. C'est ici un officier qui porte l'arme du baronnet, une arquebuse, la plus ancienne des armes à feu, que l'on faisait partir à l'origine avec une mèche.   **2.** Région historique du nord-ouest de l'Irlande qui passa sous contrôle anglais à partir du XIIᵉ siècle.   **3.** Voir note 2, p. 312.   **4.** Le sixième des grands officiers de la Couronne, chez Chamberlayne, chargé de toute l'intendance, livrées et logements relevant de l'État.   **5.** Division d'un marc d'or en une certaine quantité de pièces égales.   **6.** « Machine dont on se servait autrefois pour travailler à la monnaie » (P. Larousse).   **7.** L'un des officiers ayant qualité d'écuyer, qui veillaient aux dépenses de bouche et à l'approvisionnement de la maison royale.   **8.** Voir note 3, p. 306.

Il arriva à la chambre peinte, où il n'y avait pas de peinture, si ce n'est quelques figures de saints, entre autres saint Édouard [1], sous les voussures des longues fenêtres ogives coupées en deux par le plancher, desquelles Westminster-Hall avait le bas, et la chambre peinte le haut.

En deçà de la barrière de bois qui traversait de part en part la chambre peinte, se tenaient les trois secrétaires d'état, hommes considérables. Le premier de ces officiers avait dans ses attributions le sud de l'Angleterre, l'Irlande et les colonies, plus la France, la Suisse, l'Italie, l'Espagne, le Portugal et la Turquie. Le deuxième dirigeait le nord de l'Angleterre, avec surveillance sur les Pays-Bas, l'Allemagne, le Danemark, la Suède, la Pologne et la Moscovie. Le troisième, écossais, avait l'Écosse [2]. Les deux premiers étaient anglais. L'un d'eux était l'honorable Robert Harley [3], membre du parlement pour la ville de New-Radnor. Un député d'Écosse, Mungo Graham, esquire [4], parent du duc de Montrose [5], était présent. Tous saluèrent Gwynplaine en silence.

Gwynplaine toucha le bord de son chapeau.

Le garde-barrière leva le bras de bois sur charnière

---

1. Édouard III (1004-1066) le Confesseur, roi auquel succéda le Normand Guillaume le Conquérant. « Sa grande piété et la continence qu'il avait su garder avec son épouse le firent canoniser par le pape Alexandre III, qui lui donna le titre de confesseur de la foi, et depuis, il fut invoqué sous le nom de saint Édouard le Confesseur » (P. Larousse).   2. Hugo souligne avec humour la difficile gestion politique des affaires écossaises. 3. Robert Harley (1661-1724), comte d'Oxford et grand trésorier d'Angleterre sous la reine Anne. Il s'occupa d'améliorer les finances du royaume, « mais les plans qu'il fit exécuter seront toujours réprouvés par la probité et la morale ». Il eut l'idée notamment d'instituer des loteries royales, « appât offert aux passions et à la cupidité de la multitude » (*Biographie universelle* de Michaud).   4. Rang le plus modeste sur l'échelle de la noblesse anglaise, titre premier d'un gentilhomme.   5. Jacques Graham, duc de Montrose (1612-1650), Écossais qui s'illustra, par ses faits de guerre, comme un ardent défenseur du roi Charles Iᵉʳ. Après l'exécution de ce dernier, il offrit ses services à Charles II, mais échoua dans sa tentative de reconquête militaire. Il fut condamné par le Parlement écossais à la pendaison.

qui donnait entrée sur l'arrière de la chambre peinte où était la longue table verte drapée, réservée aux seuls lords.

Il y avait sur la table un candélabre allumé.

Gwynplaine, précédé de l'huissier de la verge noire, de Manteau-Bleu et de Jarretière, pénétra dans ce compartiment privilégié.

Le garde-barrière referma l'entrée derrière Gwynplaine.

Le roi d'armes, sitôt la barrière franchie, s'arrêta.

La chambre peinte était spacieuse.

On apercevait au fond, debout au-dessous de l'écusson royal qui était entre les deux fenêtres, deux vieillards vêtus de robes de velours rouge avec deux bandes d'hermine ourlées de galons d'or sur l'épaule et des chapeaux à plumes blanches sur leurs perruques. Par la fente des robes on voyait leur habit de soie et la poignée de leur épée.

Derrière eux était immobile un homme habillé en moire noire, portant haute une grande masse d'or surmontée d'un lion couronné.

C'était le massier des pairs d'Angleterre.

Le lion est leur insigne : « *Et les lions ce sont les Barons et li Per,* » dit la chronique manuscrite de Bertrand Duguesclin[1].

Le roi d'armes montra à Gwynplaine les deux personnages en robes de velours, et lui dit à l'oreille :

— Mylord, ceux-ci sont vos égaux. Vous rendrez le salut exactement comme il vous sera fait. Ces deux seigneuries ici présentes sont deux barons et vos parrains désignés par le lord-chancelier. Ils sont très-vieux, et presque aveugles. Ce sont eux qui vous vont introduire dans la chambre des lords. Le premier est Charles Mildmay, lord Fitzwalter, sixième seigneur du

---

1. Bertrand Duguesclin (1320-1380), connétable de Charles V, reconquit le royaume de France sur les Anglais. De nombreuses chroniques, manuscrites ou imprimées, relatent les hauts faits de cet homme de guerre, connu pour son courage et son habileté tactique au combat.

banc des barons, le second est Augustus Arundel, lord Arundel de Trerice, trente-huitième seigneur du banc des barons.

Le roi d'armes, faisant un pas vers les deux vieillards, éleva la voix :

— Fermain Clancharlie, baron Clancharlie, baron Hunkerville, marquis de Corleone en Sicile, salue vos seigneuries.

Les deux lords soulevèrent leurs chapeaux au-dessus de leur tête de toute la longueur du bras, puis se recoiffèrent.

Gwynplaine leur rendit le salut de la même manière.

L'huissier de la verge noire avança, puis Manteau-Bleu, puis Jarretière.

Le massier vint se placer devant Gwynplaine, et les deux lords à ses côtés, lord Fitzwalter à sa droite et lord Arundel de Trerice à sa gauche. Lord Arundel était fort cassé, et le plus vieux des deux. Il mourut l'année d'après, léguant à son petit-fils John, mineur, sa pairie qui, du reste, devait s'éteindre en 1768.

Ce cortège sortit de la chambre peinte et s'engagea dans une galerie à pilastres [1] où alternaient en sentinelle, de pilastre en pilastre, des pertuisaniers [2] d'Angleterre et des hallebardiers [3] d'Écosse.

Les hallebardiers écossais étaient cette magnifique troupe aux jambes nues digne de faire face, plus tard, à Fontenoy [4], à la cavalerie française et à ces cuirassiers du roi auxquels leur colonel disait : *Messieurs les maîtres, assurez vos chapeaux, nous allons avoir l'honneur de charger*.

Le capitaine des pertuisaniers et le capitaine des hal-

---

1. Colonne plate engagée dans un mur et formant une légère saillie. 2. Soldats armés d'une pertuisane, lance munie d'un fer tranchant et pointu et de deux fers latéraux en forme de croissant.   3. Soldats armés d'une hallebarde, lance munie d'un fer tranchant et pointu et de deux fers latéraux, l'un en forme de croissant, l'autre en pointe.   4. Localité de Belgique, province de Hainaut, qui fut le théâtre d'une bataille que les Français, menés par le maréchal de Saxe, gagnèrent contre les Anglais et les Hollandais en 1745, au cours de la guerre de Succession d'Autriche.

lebardiers firent à Gwynplaine et aux deux lords parrains le salut de l'épée. Les soldats saluèrent, les uns de la pertuisane, les autres de la hallebarde.

Au fond de la galerie resplendissait une grande porte, si magnifique que les deux battants semblaient deux lames d'or.

Des deux côtés de la porte deux hommes étaient immobiles. À leur livrée on pouvait reconnaître les *door-keepers*, « garde-portes ».

Un peu avant d'arriver à cette porte, la galerie s'élargissait et il y avait un rond-point vitré.

Dans ce rond-point était assis sur un fauteuil à dossier démesuré un personnage auguste par l'énormité de sa robe et de sa perruque. C'était William Cowper, lord-chancelier d'Angleterre [1].

C'est une qualité d'être infirme plus que le roi. William Cowper était myope, Anne l'était aussi, mais moins. Cette vue basse de William Cowper plut à la myopie de sa majesté et le fit choisir par la reine pour chancelier et garde de la conscience royale.

William Cowper avait la lèvre supérieure mince et la lèvre inférieure épaisse, signe de demi-bonté.

Le rond-point vitré était éclairé d'une lampe au plafond.

Le lord-chancelier, grave dans son haut fauteuil, avait à sa droite une table où était assis le clerc de la couronne, et à sa gauche une table où était assis le clerc du parlement.

Chacun des deux clercs avait devant soi un registre ouvert et une écritoire.

Derrière le fauteuil du lord-chancelier se tenait son massier, portant la masse à couronne. Plus le porte-queue [2] et le porte-bourse, en grande perruque. Toutes ces charges existent encore.

Sur une crédence [3] près du fauteuil il y avait une

---

1. Voir note 2, p. 573.   **2.** Voir note 3, p. 482.   **3.** Sorte de petite table qui permet de conserver des objets à portée de main.

épée à poignée d'or, avec fourreau et ceinturon de velours feu [1].

Derrière le clerc de la couronne était debout un officier soutenant tout ouvert de ses deux mains une robe, qui était la robe de couronnement.

Derrière le clerc du parlement un autre officier tenait déployée une autre robe, qui était la robe de parlement.

Ces robes, toutes deux de velours cramoisi doublé de taffetas blanc avec deux bandes d'hermine galonnées d'or à l'épaule, étaient pareilles, à cela près que la robe de couronnement avait un plus large rochet [2] d'hermine.

Un troisième officier qui était le « librarian » portait sur un carreau [3] de cuir de Flandre le red-book, petit livre relié en maroquin rouge, contenant la liste des pairs et des communes, plus des pages blanches et un crayon qu'il était d'usage de remettre à chaque nouveau membre entrant au parlement.

La marche en procession que fermait Gwynplaine entre les deux pairs ses parrains s'arrêta devant le fauteuil du lord chancelier.

Les deux lords parrains ôtèrent leurs chapeaux. Gwynplaine fit comme eux.

Le roi d'armes reçut des mains de Manteau-Bleu le coussin de drap d'argent, se mit à genoux, et présenta le portefeuille noir sur le coussin au lord-chancelier.

Le lord-chancelier prit le portefeuille et le tendit au clerc du parlement. Le clerc vint le recevoir avec cérémonie, puis alla se rasseoir.

Le clerc du parlement ouvrit le portefeuille, et se leva.

Le portefeuille contenait les deux messages usités : la patente royale adressée à la chambre des lords, et la sommation de siéger* adressée au nouveau pair.

---

* *Writ of summons.*

---

1. D'un rouge orangé très vif.   **2.** Voir note 1, p. 690.   **3.** Sorte de coussin carré.

Le clerc, debout, lut tout haut les deux messages avec une lenteur respectueuse.

La sommation de siéger intimée à lord Fermain Clancharlie se terminait par les formules accoutumées : « ... Nous vous enjoignons étroitement*, sous la foi et l'allégeance que vous nous devez, de venir prendre en personne votre place parmi les prélats et les pairs siégeant en notre parlement à Westminster, afin de donner votre avis, en tout honneur et conscience, sur les affaires du royaume et de l'église. »

La lecture des messages terminée, le lord-chancelier éleva la voix.

— Acte est donné à la couronne. Lord Fermain Clancharlie, votre seigneurie renonce à la transsubstantiation [1], à l'adoration des saints et à la messe ?

Gwynplaine s'inclina.

— Acte est donné, dit le lord-chancelier.

Et le clerc du parlement repartit :

— Sa seigneurie a pris le test [2].

Le lord-chancelier ajouta :

— Mylord Fermain Clancharlie, vous pouvez siéger.

— Ainsi soit, dirent les deux parrains.

Le roi d'armes se releva, prit l'épée sur la crédence et en boucla le ceinturon autour de la taille de Gwynplaine.

« Ce faict, disent les vieilles chartes normandes, le pair prend son espée et monte aux hauts sièges et assiste à l'audience. »

---

* *Strictly enjoin you.*

---

1. En théologie, changement miraculeux de la substance du pain et du vin en la substance du corps et du sang du Christ dans l'Eucharistie. Fondement doctrinal de l'Église catholique, de même que l'adoration des saints et la messe.   **2.** Une loi de 1673 (*Test Act*) obligeait tous les officiers civils et militaires à jurer qu'ils ne croyaient pas à la doctrine de la transsubstantiation et à se conformer au rite anglican. Un deuxième acte, voté en 1678, interdisait aux catholiques d'occuper des sièges au Parlement. Cette loi qui excluait tous les non-anglicans de la vie politique fut abrogée en 1828.

Gwynplaine entendit derrière lui quelqu'un qui lui disait :

— Je revêts votre seigneurie de la robe de parlement.

Et en même temps l'officier qui lui parlait et qui portait cette robe la lui passa et lui noua au cou le ruban noir du rochet d'hermine.

Gwynplaine maintenant, la robe de pourpre sur le dos et l'épée d'or au côté, était semblable aux deux lords qu'il avait à sa droite et à sa gauche.

Le librarian lui présenta le red-book et le lui mit dans la poche de sa veste.

Le roi d'armes lui murmura à l'oreille :

— Mylord, en entrant, vous saluerez la chaise royale.

La chaise royale, c'est le trône.

Cependant les deux clercs écrivaient, chacun à sa table, l'un sur le registre de la couronne, l'autre sur le registre du parlement.

Tous deux, l'un après l'autre, le clerc de la couronne le premier, apportèrent leur livre au lord-chancelier, qui signa.

Après avoir signé sur les deux registres, le lord-chancelier se leva :

— Lord Fermain Clancharlie, baron Clancharlie, baron Hunkerville, marquis de Corleone en Italie, soyez le bienvenu parmi vos pairs, les lords spirituels et temporels de la Grande Bretagne.

Les deux parrains de Gwynplaine lui touchèrent l'épaule. Il se tourna.

Et la grande porte dorée du fond de la galerie s'ouvrit à deux battants.

C'était la porte de la chambre des pairs d'Angleterre.

Il ne s'était pas écoulé trente-six heures depuis que Gwynplaine, entouré d'un autre cortège, avait vu s'ouvrir devant lui la porte de fer de la geôle de Southwark.

Rapidité terrible de tous ces nuages sur sa tête ; nuages qui étaient des événements ; rapidité qui était une prise d'assaut.

II

IMPARTIALITÉ

La création d'une égalité avec le roi, dite pairie, fut aux époques barbares une fiction utile. En France et en Angleterre, cet expédient politique rudimentaire produisit des résultats différents. En France, le pair fut un faux roi ; en Angleterre, ce fut un vrai prince. Moins grand qu'en France, mais plus réel. On pourrait dire : moindre, mais pire.

La pairie est née en France. L'époque est incertaine : sous Charlemagne, selon la légende ; sous Robert le Sage[1], selon l'histoire. L'histoire n'est pas plus sûre de ce qu'elle dit que la légende. Favin[2] écrit : « le Roy de France voulut attirer à lui les grands de son état par ce titre magnifique de Pairs, comme s'ils lui étaient égaux. »

La pairie se bifurqua très-vite et de France passa en Angleterre.

La pairie anglaise a été un grand fait, et presque une grande chose. Elle a eu pour précédent le wittenagemot saxon[3]. Le thane danois[4] et le vavasseur normand[5] se fondirent dans le baron. Baron est le même mot que *vir*[6], qui se traduit en espagnol par *varon*, et qui signifie, par excellence, homme. Dès 1075 les barons se

---

1. Robert le Sage, roi de France (972-1031), fils de Hugues Capet, fut aussi surnommé le Pieux en raison de sa foi religieuse. Il dut faire face à l'opposition des seigneurs féodaux, mais imposa malgré tout une paix relative dans le royaume.   **2.** André Favin (ou Favyn), avocat né à Paris à la fin du XVIe siècle, est aussi connu pour ses ouvrages historiques, notamment *Histoire de Navarre* (1622) et *Traité des premiers offices de la couronne de France* (1613).   **3.** Les rois saxons, chefs de guerre entourés de leurs meilleurs compagnons d'armes, étaient assistés par le *wittenagemot* ou « conseil des sages », assemblée consultative et judiciaire.   **4.** Guerrier qui jurait fidélité à un chef et combattait sous ses ordres.   **5.** Du latin médiéval *vassus vassorum*, « vassal des vassaux ». Désigne celui qui, n'ayant pas lui-même de vassaux, occupait le degré inférieur de la noblesse féodale, spécialement en Normandie.   **6.** Homme, en latin.

font sentir au roi. Et à quel roi ! à Guillaume le
Conquérant[1]. En 1086 ils donnent une base à la féodalité, cette base est le *Dooms day-book*[2]. « Livre du
Jugement dernier. » Sous Jean sans Terre[3], conflit ; la
seigneurie française le prend de haut avec la Grande
Bretagne, et la pairie de France mande à sa barre le roi
d'Angleterre. Indignation des barons anglais. Au sacre
de Philippe-Auguste, le roi d'Angleterre portait,
comme duc de Normandie, la première bannière carrée
et le duc de Guyenne la seconde. Contre ce roi vassal de l'étranger, « la guerre des seigneurs » éclate.
Les barons imposent au misérable roi Jean la Grande
Charte[4] d'où sort la chambre des lords. Le pape prend
fait et cause pour le roi, et excommunie les lords. La
date, c'est 1215, et le pape, c'est Innocent III[5] qui écrivait le *Veni sancte Spiritus* et qui envoyait à Jean sans
Terre les quatre vertus cardinales[6] sous la forme de

---

1. Guillaume Ier le Conquérant (v. 1027-1087), duc de Normandie, était
cousin du roi d'Angleterre Édouard le Confesseur, qui le reconnut pour
héritier. Il devint roi d'Angleterre à la suite de la bataille d'Hastings (1066)
gagnée sur le roi Harold II. Cette victoire marque le passage du territoire
anglo-saxon sous domination normande.   2. Ou *Domesday Book*,
« Livre du Jugement dernier ». Recensement des domaines de l'Angleterre
à des fins administratives, militaires et sans doute fiscales effectué sur
l'ordre de Guillaume Ier le Conquérant (1086).   3. Jean sans Terre (voir
note 1, p. 531), roi d'Angleterre, accéda au trône avec l'aide du roi de
France Philippe Auguste. Mais ce dernier le fit citer devant la cour des
pairs de France (1202) pour l'enlèvement d'Isabelle d'Angoulême et fit
condamner le roi Jean par défaut à la perte de ses fiefs français (d'où le
surnom de « Jean sans Terre »).   4. Le règne de Jean sans Terre fut
désastreux à bien des égards : il engendra la révolte des barons qui forcèrent
le roi à accepter la Grande Charte (1215), qui garantissait les droits féodaux
et instituait le contrôle de l'impôt par le Grand Conseil du royaume.
5. Le pape Innocent III (1160-1216) entretint des relations difficiles avec
le roi de France Philippe Auguste. « Après avoir eu pendant longtemps des
relations amicales avec Jean sans Terre dont on l'accuse d'avoir feint
d'ignorer les crimes, il l'excommunia parce qu'il avait refusé de reconnaître
l'archevêque de Cantorbéry, encourageant les barons anglais dans leur
révolte, et ne s'apaisa que lorsqu'il eut réduit le prince anglais à la plus
avilissante sujétion » (P. Larousse).   6. Les quatre vertus cardinales sont,
dans la religion chrétienne, le courage, la justice, la prudence et la tempérance,
vertus qui ne furent pas mises en pratique durant le règne de Jean sans Terre.

quatre anneaux d'or. Les lords persistent. Long duel, qui durera plusieurs générations. Pembroke[1] lutte. 1248 est l'année des « Provisions d'Oxford[2] ». Vingt-quatre barons limitent le roi, le discutent, et appellent, pour prendre part à la querelle élargie, un chevalier par comté. Aube des communes. Plus tard, les lords s'adjoignirent deux citoyens par chaque cité et deux bourgeois par chaque bourg. C'est ce qui fait que, jusqu'à Élisabeth, les pairs furent juges de la validité des élections des communes. De leur juridiction naquit l'adage : « Les députés doivent être nommés sans les trois P ; *sine Prece, sine Pretio, sine Poculo*[3] ! Ce qui n'empêcha pas les bourgs-pourris[4]. En 1293, la cour des pairs de France avait encore le roi d'Angleterre pour justiciable, et Philippe le Bel citait devant lui Édouard I[er][5]. Édouard Ier était ce roi qui ordonnait à son fils de le faire bouillir après sa mort et d'emporter ses os en guerre. Sous les folies royales les lords sentent le besoin de fortifier le parlement ; ils le divisent en deux chambres. Chambre haute et chambre basse. Les lords gardent arrogamment la suprématie. « S'il arrive qu'un des communes soit si hardy que de parler désavantageusement de la chambre des lords, on l'appelle au barreau (à la barre) pour recevoir correction et

---

1. William Marshal, comte de Pembroke (v. 1146-1219), fut régent d'Angleterre à la mort de Jean sans Terre pendant la minorité de son fils Henri III.   2. « Provisions d'Oxford », concessions faites par le roi Henri III aux barons révoltés conduits par Simon de Montfort (1258). Rédigées par vingt-quatre barons, elles instituaient la réunion d'un parlement trois fois par an, un conseil permanent auprès du souverain, ainsi que la désignation de chevaliers dans chaque comté, ce qui préfigurait la Chambre des communes.   3. « Sans sollicitation, sans argent, sans pot-de-vin. »   4. Expression désignant les localités qui envoyaient à la Chambre des communes des représentants qui n'avaient pas été désignés en toute impartialité, les électeurs subissant la pression des groupes d'influence locaux. Le *bill* de réforme (1832) tenta de mettre fin à ces pratiques.   5. Philippe IV le Bel (1268-1314), roi de France, entra en guerre en Guyenne contre Édouard Ier d'Angleterre (1239-1307). Ce dernier, qui mit un terme à la révolte des barons par sa victoire sur Simon de Montfort, dut néanmoins reconnaître le droit du Parlement à consentir l'impôt.

quelquefois on l'envoie à la Tour* ». Même distinction dans le vote. Dans la chambre des lords on vote un à un, en commençant par le dernier baron qu'on nomme « le puîné ». Chaque pair appelé répond *content* ou *non content*. Dans les communes on vote tous ensemble, par Oui ou Non, en troupeau. Les communes accusent, les pairs jugent. Les pairs, par dédain des chiffres, délèguent aux communes, qui en tireront parti, la surveillance de l'échiquier[1], ainsi nommé, selon les uns, du tapis de la table qui représentait un *échiquier*, et, selon les autres, des tiroirs de la vieille armoire où était, derrière une grille de fer, le trésor des rois d'Angleterre. De la fin du treizième siècle date le Registre annuel, « Year-book ». Dans la guerre des deux roses[2], on sent le poids des lords, tantôt du côté de John de Gaunt, duc de Lancastre, tantôt du côté d'Edmund, duc d'York. Wat-Tyler, les Lollards[3], Warwick, le faiseur de rois[4], toute cette anarchie-mère d'où sortira l'affranchissement, a pour point d'appui, avoué ou secret, la

---

* Chamberlayne[5], *État présent de l'Angleterre.* Tome II, 2e partie. Chap. IV, page 64. 1688.

---

1. Voir note 2, p. 312.   **2.** Guerre civile qui ravagea l'Angleterre pendant la deuxième moitié du xve siècle, et dont la cause fut la rivalité entre deux maisons : celle de Lancastre (qui portait sur son écu une rose rouge) et celle d'York (dont l'emblème était une rose blanche) pour le trône d'Angleterre.   **3.** Walter Lollard, considéré comme hérétique, remit en cause les dogmes et sacrements de l'Église catholique. Il fut brûlé par l'Inquisition (xive siècle), mais ses partisans, les Lollards, persécutés en Allemagne, se réfugièrent en Angleterre. John Wycliffe (ou Wiclef) devint en 1365 principal du collège de Cantorbéry. Niant la transsubstantiation, les sacrements de l'ordre et du mariage, il s'opposa à l'Église de Rome. Comptant sur l'appui des Lollards, il fomenta la terrible insurrection de Wat-Tyler (1381). Condamné par le concile de Londres (1382), il dut se retirer de la vie publique, mais sa position annonçait la réforme de l'Église d'Angleterre sous Henri VIII.   **4.** Richard Nevil « hérita du titre de comte de Warwick en 1453 et maria sa sœur au duc Richard d'York, qu'il excita à revendiquer le trône d'Angleterre, occupé par la maison de Lancastre. Le rôle qu'il joua dans la guerre des Deux-Roses lui fit donner le surnom de *faiseur de rois* » (*Dictionnaire général de Biographie et d'Histoire*, Ch. Dezobry et Th. Bachelet, 1869).   **5.** Voir note 2, p. 72.

féodalité anglaise. Les lords jalousent utilement le
trône ; jalouser, c'est surveiller ; ils circonscrivent
l'initiative royale, restreignent les cas de haute trahison, suscitent de faux Richards contre Henri IV[1], se
font arbitres, jugent la question des trois couronnes
entre le duc d'York et Marguerite d'Anjou[2], et, au
besoin, lèvent des armées et ont leurs batailles,
Shrewsbury[3], Tewkesbury, Saint-Alban, tantôt per-
dues, tantôt gagnées. Déjà, au treizième siècle, ils
avaient eu la victoire de Lewes[4], et ils avaient chassé
du royaume les quatre frères du roi, bâtards d'Isabelle
et du comte de la Marche[5], usuriers tous quatre, et
exploitant les chrétiens par les juifs ; d'un côté princes,
de l'autre escrocs[6], chose qu'on a revue plus tard, mais
qui était peu estimée dans ce temps-là. Jusqu'au quinzième siècle, le duc normand reste visible dans le roi
d'Angleterre, et les actes du parlement se font en français.
A partir de Henri VII[7], par la volonté des lords, ils
se font en anglais. L'Angleterre, bretonne sous Uther
Pendragon, romaine sous César, saxonne sous l'heptarchie, danoise sous Harold, normande après Guillaume[8],

---

1. Sous Richard II (1367-1400), Henri de Lancastre, après avoir été banni
du royaume, se révolta par les armes contre la maison d'York, fit déposer
Richard et accéda au trône sous le nom de Henri IV.   2. Marguerite d'Anjou (1429-1482), fille du roi René et reine d'Angleterre, épousa Henri VI
(1445), roi faible et sujet à des crises de démence sur lequel elle prit un
ascendant absolu. La conduite du royaume suscita le mécontentement des
barons, emmenés par l'ambitieux duc d'York (le futur Édouard IV). De
longs combats opposèrent les deux camps. Henri VI fut finalement détrôné
et assassiné. La reine fut battue à Saint Albans (1455), puis à Tewkesbury
(1471), et finit ses jours exilée en France.   3. Henri V, encore prince de
Galles, remporta à Shrewsbury, en 1403, une victoire célèbre sur le comte
de Northumberland, chef des barons révoltés.   4. En 1264, Simon de
Montfort, commandant l'armée des barons révoltés, battit et fit prisonnier
Henri III à la bataille de Lewes.   5. Voir note 5, p. 522.   6. Hugo
pense évidemment à Louis Napoléon Bonaparte, à ses yeux « prince » et
« escroc ».   7. Henri VII (1457-1509), roi d'Angleterre qui mit fin à la
guerre des Deux-Roses et fonda la dynastie des Tudor.   8. Cette énumération désigne les vagues de domination successives subies par l'Angleterre.
Pendragon (ou Penteyrn) était le nom porté par le chef de la confédération
des Bretons. À partir du ve siècle, l'Angleterre passa sous domination
saxonne, ce qui aboutit à la création de sept royaumes ou heptarchie. Une

devient, grâce aux lords, anglaise. Puis elle devient
anglicane[1]. Avoir sa religion chez soi, c'est une grande
force. Un pape extérieur soutire la vie nationale. Une
mecque[2] est une pieuvre. En 1534[3], Londres congédie
Rome, la pairie adopte la réforme et les lords acceptent
Luther. Réplique à l'excommunication de 1215. Ceci
convenait à Henri VIII, mais à d'autres égards les lords
le gênaient. Un boule-dogue devant un ours, c'est la
chambre des lords devant Henri VIII. Quand Wolsey
vole White-Hall[4] à la nation, et quand Henri VIII vole
White-Hall à Wolsey, qui gronde ? quatre lords, Darcie
de Chichester, Saint-John de Bletso, et (deux noms
normands) Mountjoye et Mounteagle. Le roi usurpe.
La pairie empiète. L'hérédité contient de l'incorruptibilité ; de là l'insubordination des lords. Devant Élisabeth[5] même, les barons remuent. Il en résulte les
supplices de Durham. Cette jupe tyrannique est teinte
de sang. Un vertugadin[6] sous lequel il y a un billot[7],
c'est là Élisabeth. Élisabeth assemble le parlement le
moins qu'elle peut, et réduit la chambre des lords à
soixante-cinq membres, dont un seul marquis, Westminster, et pas un duc. Du reste, les rois en France
avaient la même jalousie et opéraient la même élimination. Sous Henri III[8], il n'y avait plus que huit duchés-
pairies, et c'était au grand déplaisir du roi que le baron
de Mantes, le baron de Coucy, le baron de Coulom-

---

vague d'invasion venue du nord amena les Danois au pouvoir sous le règne
de Canut (1016) et plus tard sous celui de Harold. Ce dernier, venu illégiti-
mement sur le trône, en fut chassé, après la bataille d'Hastings (1066), par
Guillaume Ier le Conquérant (v. 1027-1087), duc de Normandie.

   1. L'anglicanisme est la religion réformée de l'Angleterre sous le règne de
Henri VIII qui consacre la séparation d'avec l'Église catholique de Rome.
2. Capitale religieuse de l'islam. Emploi ici métaphorique pour désigner
l'Église catholique et le Vatican.   **3.** Voir note 5, p. 290.   **4.** Voir
note 1, p. 693.   **5.** Le règne d'Élisabeth Ire (1533-1603), reine d'Angleterre,
marqué par l'amoindrissement du pouvoir parlementaire et par le renforcement
du pouvoir personnel, fut l'un des plus brillants de l'histoire du pays. Voir la
Chronologie.   **6.** Voir note 1, p. 289.   **7.** Bloc de bois sur lequel on
appuyait la tête d'un condamné à la décapitation.   **8.** Henri III (1551-
1589), roi de France.

miers, le baron de Châteauneuf-en-Timerais, le baron
de la Fère-en-Lardenois, le baron de Mortagne, et
quelques autres encore, se maintenaient barons pairs
de France. En Angleterre, la couronne laissait volontiers les pairies s'amortir[1] ; sous Anne, pour ne citer
qu'un exemple, les extinctions depuis le douzième
siècle avaient fini par faire un total de cinq cent
soixante-cinq pairies abolies. La guerre des roses[2]
avait commencé l'extirpation des ducs, que Marie
Tudor[3], à coups de hache, avait achevée. C'était décapiter la noblesse. Couper le duc, c'est couper la tête.
Bonne politique sans doute, mais corrompre vaut
mieux que couper. C'est ce que sentit Jacques Ier[4]. Il
restaura la duché. Il fit duc son favori Villiers[5], qui
l'avait fait porc*. Transformation du duc féodal en duc
courtisan. Cela pullulera. Charles II[6] fera duchesses
deux de ses maîtresses, Barbe de Southampton et
Louise de Quérouel. Sous Anne, il y aura vingt-cinq
ducs, dont trois étrangers, Cumberland, Cambridge et
Schonberg[7]. Ces procédés de cour, inventés par
Jacques Ier, réussissent-ils ? Non. La chambre des lords
se sent maniée par l'intrigue et s'irrite. Elle s'irrite
contre Jacques Ier, elle s'irrite contre Charles Ier[8],
lequel, soit dit en passant, a peut-être un peu tué son
père comme Marie de Médicis[9] a peut-être un peu tué
son mari. Rupture entre Charles Ier et la pairie. Les
lords, qui, sous Jacques Ier, avaient mandé à leur barre

---

* Villiers appelait Jacques Ier *Votre Cochonnerie*.

---

1. S'éteindre.   **2.** Voir note 2, p. 710.   **3.** Marie Tudor (1516-
1558), surnommée « Marie la Sanglante ». Fille d'Henri VIII et de Catherine
d'Aragon, elle devint reine d'Angleterre, rétablit le catholicisme et mena une
politique extrêmement dure, multipliant les exécutions capitales.
4. Voir la Chronologie.   **5.** Voir note 5, p. 359.   **6.** Voir la Chronologie.
7. Hugo éclaire plus loin l'identité de ces personnages (p. 725 et p. 734),
p. 729 pour Schonberg.   **8.** Voir la Chronologie.   **9.** Marie de Médicis (1573-1642), reine de France, épouse de Henri IV. À la mort de celui-
ci, elle exerça la régence au nom de son fils Louis XIII. Elle dut s'exiler à
la suite d'intrigues qui visaient à faire disgracier Richelieu.

la concussion [1] dans la personne de Bacon [2], font, sous
Charles Ier, le procès à la trahison dans la personne de
Stafford [3]. Ils avaient condamné Bacon, ils condamnent
Stafford. L'un avait perdu l'honneur, l'autre perd la
vie. Charles Ier est décapité une première fois en Stafford. Les lords prêtent main-forte aux communes. Le
roi convoque le parlement à Oxford, la révolution le
convoque à Londres [4] ; quarante-trois pairs vont avec
le roi, vingt-deux avec la république. De cette acceptation du peuple par les lords sort le *bill des droits* [5],
ébauche de nos *droits de l'homme*, vague ombre proje-
tée du fond de l'avenir par la révolution de France sur
la révolution d'Angleterre.

Tels sont les services. Involontaires, soit. Et payés
cher, car cette pairie est un parasite énorme. Mais
considérables. L'œuvre despotique de Louis XI, de
Richelieu et de Louis XIV, la construction d'un sultan [6], l'aplatissement pris pour l'égalité, la bastonnade
donnée par le sceptre, les multitudes nivelées par
l'abaissement, ce travail turc fait en France, les lords
l'ont empêché en Angleterre. Ils ont fait de l'aristocratie un mur, endiguant le roi d'un côté, abritant le
peuple de l'autre. Ils rachètent leur arrogance envers le
peuple par de l'insolence envers le roi. Simon, comte

1. Perception illicite par un agent public de sommes qu'il sait ne pas
être dues.   2. Voir note 1, p. 574.   3. Dans la lutte qui opposa le roi
Charles Ier et le Parlement, Thomas Wentworth (1593-1641), comte de Strafford, qui s'était rapproché du roi, fut accusé de trahison par l'un des chefs de
l'opposition parlementaire, John Pym. Il fut condamné à mort à l'issue de son
procès. Le roi dut signer l'arrêté d'exécution de son plus proche conseiller.
L'édition originale mentionne à tort le nom de William Stafford (1612-1680),
lui aussi exécuté (1680) sur une accusation de trahison (*Popish Plot*, 1678),
mais sous le règne de Charles II.   4. Allusion aux prémices de la guerre
civile qui opposa le Parlement à Charles Ier.   5. Voir la Chronologie.
6. Louis XI (1423-1483) eut un règne marqué par la lutte contre les grands
vassaux pour asseoir une autorité royale de plus en plus forte. Richelieu
(1585-1642), ministre du roi Louis XIII, entreprit la restauration de l'autorité royale contre les conspirations des grands du royaume. Louis XIV
(1638-1715) est considéré comme le type du monarque absolu. Ces exemples sont ici comparés au pouvoir du sultan, souverain de l'Empire ottoman
et modèle de despotisme, déjà évoqué par Hugo dans ses *Orientales* (1829).

de Leicester[1], disait à Henri III : *Roi, tu as menti*. Les lords imposent à la couronne des servitudes ; ils froissent le roi à l'endroit sensible, à la vénerie[2]. Tout lord, passant dans un parc royal, a le droit d'y tuer un daim. Chez le roi, le lord est chez lui. Le roi prévu à la tour de Londres, avec son tarif, pas plus qu'un pair, douze livres sterling par semaine, on doit cela à la chambre des lords. Plus encore. Le roi découronné, on le lui doit. Les lords ont destitué Jean sans Terre[3], dégradé Édouard II[4], déposé Richard II[5], brisé Henri VI[6], et ont rendu Cromwell possible[7]. Quel Louis XIV il y avait dans Charles Ier ! Grâce à Cromwell, il est resté latent. Du reste, disons-le en passant, Cromwell lui-même, aucun historien n'a pris garde à ce fait, prétendait à la pairie ; c'est ce qui lui fait épouser Élisabeth Bourchier, descendante et héritière d'un Cromwell, lord Bourchier, dont la pairie s'était éteinte en 1471, et d'un Bourchier, lord Robesart, autre pairie éteinte en 1429. Partageant la croissance redoutable des événements, il trouva plus court de dominer par le roi supprimé que par la pairie réclamée. Le cérémonial des lords, parfois sinistre, atteignait le roi. Les deux porte-glaives de la Tour, debout, la hache sur l'épaule, à droite et à gauche du pair accusé comparaissant à la barre, étaient aussi bien pour le roi que pour tout autre lord. Pendant cinq siècles l'antique chambre des lords a eu un plan, et l'a suivi avec fixité. On compte ses jours de distraction et de faiblesse, comme par exemple ce moment étrange où elle se laissa séduire par la galéasse[8] chargée de fromages, de jambons et de vins grecs que lui envoya Jules II[9]. L'aristocratie anglaise

---

1. Simon de Montfort, comte de Leicester (v. 1206-1265) : voir note 2, p. 709. **2.** Chasse à courre. **3.** Après avoir accepté la Grande Charte que lui imposaient les barons, Jean sans Terre (voir note 3, p. 708) refusa d'y souscrire ; les barons élirent alors roi le futur Louis VIII de France qui débarqua en Angleterre en 1216. Seule la mort de Jean permit à son fils Henri III de lui succéder. **4.** Voir note 2, p. 536. **5.** Voir note 1, p. 711. **6.** Voir note 3, p. 536. **7.** Voir la Chronologie. **8.** Ou galéace : nom d'un grand vaisseau à bas bords, à rames et à voiles, sorte de galère. **9.** Jules II (Giuliano della Rovere, 1443-1513) : pape de 1503

était inquiète, hautaine, irréductible, attentive, patrioti-
quement défiante. C'est elle qui, à la fin du dix-
septième siècle, par l'acte dixième de l'an 1694, ôtait
au bourg de Stockbridge, en Southampton, le droit de
députer au parlement, et forçait les communes à casser
l'élection de ce bourg, entachée de fraude papiste. Elle
avait imposé le test [1] à Jacques, duc d'York [2], et sur son
refus l'avait exclu du trône. Il régna cependant, mais
les lords finirent par le ressaisir et par le chasser. Cette
aristocratie a eu dans sa longue durée quelque instinct
de progrès. Une certaine quantité de lumière appré-
ciable s'en est toujours dégagée, excepté vers la fin,
qui est maintenant. Sous Jacques II, elle maintenait
dans la chambre basse la proportion de trois cent quarante-six bourgeois contre quatre-vingt douze chevaliers ; les seize barons de courtoisie [3] des Cinq-Ports [4]
étant plus que contre-balancés par les cinquante
citoyens des vingt-cinq cités. Tout en étant très-corrup-
trice et très-égoïste, cette aristocratie avait, en certains
cas, une singulière impartialité. On la juge durement.
Les bons traitements de l'histoire sont pour les
communes ; c'est à débattre. Nous croyons le rôle des
lords très-grand. L'oligarchie [5], c'est de l'indépendance
à l'état barbare, mais c'est de l'indépendance. Voyez
la Pologne, royaume nominal [6], république réelle. Les

à 1513. Il restaura l'autorité du Saint Siège face à la noblesse italienne.
Surnommé « le Terrible », il joua un rôle considérable dans la politique
européenne de son temps.
    1. Voir note 2, p. 705.   **2.** Futur Jacques II, voir la Chronologie.
3. De l'anglais « courtesy ». Usage qui consiste à porter par faveur spéciale
un titre de noblesse sans pour autant prétendre aux prérogatives attachées à ce
titre. Le titre de lord pouvait être ainsi porté par les fils des ducs et le fils aîné
des comtes. Hugo met en pratique, dans ce chapitre et dans les suivants, le
savoir livresque qu'Ursus a fixé sous forme de liste sur les murs de sa cahute
(voir « Ursus », III).   **4.** Voir note 3, p. 306.   **5.** Régime où commande
un petit nombre d'individus. Évoque ici l'action des lords et de la noblesse
dans l'histoire.   **6.** Qui existe seulement de nom, et non pas en réalité.
En Pologne, à partir du XVIᵉ siècle et jusqu'au XVIIIᵉ siècle, la noblesse
polonaise rendit la monarchie élective, fondant une « république nobiliaire »
qui affaiblissait considérablement le pouvoir royal.

pairs d'Angleterre tenaient le trône en suspicion et en tutelle. Dans mainte occasion, mieux que les communes, les lords savaient déplaire. Ils faisaient échec au roi. Ainsi, en 1694, année remarquable, les parlements triennaux[1], rejetés par les communes parce que Guillaume III n'en voulait pas, avaient été votés par les pairs. Guillaume III, irrité, ôta le château de Pendennis au comte de Bath, et toutes ses charges au vicomte Mordaunt. La chambre des lords, c'était la république de Venise[2] au cœur de la royauté d'Angleterre. Réduire le roi au doge, tel était son but, et elle a fait croître la nation de tout ce dont elle a fait décroître le roi.

La royauté le comprenait et haïssait la pairie. Des deux côtés on cherchait à s'amoindrir. Ces diminutions profitaient au peuple en augmentation. Les deux puissances aveugles, monarchie et oligarchie, ne s'apercevaient pas qu'elles travaillaient pour un tiers, la démocratie. Quelle joie ce fut pour la cour, au siècle dernier, de pouvoir pendre un pair, lord Ferrers[3] !

Du reste, on le pendit avec une corde de soie. Politesse.

On n'eût pas pendu un pair de France. Remarque altière que fit le duc de Richelieu. D'accord. On l'eût décapité. Politesse plus grande. Montmorency-Tancarville signait : *Pair de France et d'Angleterre*, rejetant ainsi la pairie anglaise au second rang. Les pairs de France étaient plus hauts et moins puissants, tenant au rang plus qu'à l'autorité, et à la préséance plus qu'à la domination. Il y avait entre eux et les lords la nuance qui sépare la vanité de l'orgueil. Pour les pairs de

---

1. Guillaume III, qui souhaitait s'assurer des subsides nécessaires à la guerre, fut contraint d'accepter, en 1694, l'Acte triennal, qui devait garantir l'élection d'un nouveau Parlement tous les trois ans, limitant ainsi les pouvoirs constitutionnels royaux. Voir la Chronologie. **2.** Très tôt au Moyen Âge, le pouvoir fut exercé à Venise par les patriciens, réunis en Grand Conseil (1171). Le doge, qui représentait l'autorité suprême, n'exerça plus bientôt le pouvoir exécutif réel (fin du XIIIe siècle). **3.** Laurence Shirley (1720-1760) : jugé pour meurtre par ses pairs, il fut condamné à mort et pendu avec une corde de soie, eu égard à son rang.

France, avoir le pas sur les princes étrangers, précéder les grands d'Espagne, primer les patrices de Venise [1], faire asseoir sur les bas sièges du parlement les maréchaux de France, le connétable et l'amiral de France, fût-il comte de Toulouse et fils de Louis XIV [2], distinguer entre les duchés mâles et les duchés femelles [3], maintenir l'intervalle entre une comté simple comme Armagnac ou Albret et une comté-pairie [4] comme Évreux, porter de droit, dans certains cas, le cordon bleu ou la toison d'or [5] à vingt-cinq ans, contre-balancer le duc de la Trémoille, le plus ancien pair chez le roi, par le duc d'Uzès, le plus ancien pair en parlement, prétendre à autant de pages et de chevaux au carrosse qu'un électeur [6], se faire dire *Monseigneur* par le premier président, discuter si le duc du Maine a rang de pair, comme comte d'Eu, dès 1458, traverser la grand chambre diagonalement ou par les côtés ; c'était la grosse affaire. La grosse affaire pour les lords, c'était l'acte de navigation [7], le test [8], l'enrôlement de l'Europe au service de l'Angleterre, la domination des mers,

---

1. Avoir le pas, en matière de préséances, sur les plus hauts dignitaires de la République de Venise.   2. Louis Alexandre de Bourbon (1678-1737), comte de Toulouse, troisième fils légitimé de Louis XIV et de Mme de Montespan, fut créé amiral de France alors qu'il n'avait que cinq ans. 3. Duché que les femmes peuvent posséder et qui se transmet par elles. 4. Domaine que le roi avait érigé en comté, en y ajoutant la pairie. 5. Le cordon bleu et la Toison d'or sont des insignes qui désignent l'appartenance à un ordre de chevalerie. Le cordon bleu était le plus célèbre et le plus envié des cordons, que le roi de France n'attribuait que comme suprême récompense. La Toison d'or, ordre de chevalerie fondé en 1429 par Philippe le Bon, duc de Bourgogne, appartint par la suite aux couronnes d'Autriche et d'Espagne. Cette distinction consistait en un collier orné d'une toison ou d'un mouton doré.   6. Prince ou évêque appelé à concourir à l'élection de l'empereur d'Allemagne. « Les questions de préséance entre électeurs ou dans leurs rapports avec la diplomatie étrangère ont soulevé bien des difficultés », note P. Larousse.   7. Loi sur la navigation et le commerce maritime de l'Angleterre, votée par le Parlement sous Cromwell en 1651 ; il s'agissait d'encourager la marine marchande britannique en lui réservant, par des mesures restrictives contre les pavillons étrangers, la meilleure partie des transports. Ce fut le point de départ de la suprématie maritime de l'Angleterre.   8. Voir note 2, p. 705.

l'expulsion des Stuarts[1], la guerre à la France[2]. Ici,
avant tout l'étiquette[3] ; là, avant tout l'empire. Les
pairs d'Angleterre avaient la proie, les pairs de France
avaient l'ombre.

En somme, la chambre des lords d'Angleterre a été
un point de départ ; en civilisation, c'est immense. Elle
a eu l'honneur de commencer une nation. Elle a été la
première incarnation de l'unité d'un peuple. La résistance anglaise, cette obscure force toute-puissante, est
née dans la chambre des lords. Les barons, par une
série de voies de fait sur le prince, ont ébauché le
détrônement définitif. La chambre des lords aujour-
d'hui est un peu étonnée et triste de ce qu'elle a fait
sans le vouloir et sans le savoir. D'autant plus que c'est
irrévocable. Que sont les concessions ? des restitutions.
Et les nations ne l'ignorent point. J'octroie, dit le roi.
Je récupère, dit le peuple. La chambre des lords a cru
créer le privilège des pairs, elle a produit le droit des
citoyens. L'aristocratie, ce vautour, a couvé cet œuf
d'aigle, la liberté.

Aujourd'hui l'œuf est cassé, l'aigle plane, le vautour
meurt.

L'aristocratie agonise, l'Angleterre grandit.

Mais soyons justes envers l'aristocratie. Elle a fait
équilibre à la royauté ; elle a été contrepoids. Elle a
fait obstacle au despotisme ; elle a été barrière.

Remercions-la, et enterrons-la.

---

1. Elle mit fin au règne de Jacques II en 1688.   **2.** Sous Guillaume III,
l'Angleterre s'opposa à la France lors de la guerre de Succession du Palati-
nat. Guillaume III fut reconnu par Louis XIV à la paix de Ryswick (1697).
3. Le protocole.

III

LA VIEILLE SALLE

Près de l'abbaye de Westminster il y avait un antique palais normand qui fut brûlé sous Henri VIII. Il en resta deux ailes. Édouard VI[1] mit dans l'une la chambre des lords, et dans l'autre la chambre des communes.

Ni les deux ailes, ni les deux salles n'existent maintenant : on a rebâti tout cela.

Nous l'avons dit et il faut y insister, nulle ressemblance entre la chambre des lords d'aujourd'hui et la chambre des lords de jadis. On a démoli l'ancien palais, ce qui a un peu démoli les anciens usages. Les coups de pioche dans les monuments ont leurs contrecoups dans les coutumes et les chartes[2]. Une vieille pierre ne tombe pas sans entraîner une vieille loi. Installez dans une salle ronde le sénat d'une salle carrée, il sera autre. Le coquillage changé déforme le mollusque.

Si vous voulez conserver une vieille chose, humaine ou divine, code ou dogme, patriciat[3] ou sacerdoce[4], n'en refaites rien à neuf, pas même l'enveloppe. Mettez des pièces, tout au plus. Par exemple, le jésuitisme est une pièce mise au catholicisme. Traitez les édifices comme vous traitez les institutions.

Les ombres doivent habiter les ruines. Les puissances décrépites sont mal à l'aise dans les logis fraîchement décorés. Aux institutions haillons il faut les palais masures.

Montrer l'intérieur de la chambre des lords d'autre-

---

1. Édouard VI était le fils d'Henri VIII. Voir note 1, p. 720.   **2.** Au Moyen Âge, désignait un titre de propriété de vente ou de privilège octroyé. Puis le mot a désigné l'ensemble des lois constitutionnelles établies par un souverain, comme par exemple la Grande Charte de 1215.   **3.** Désigne la dignité du patricien, et par extension les personnes issues de la noblesse ou de la classe sociale la plus privilégiée.   **4.** Désigne le corps et l'autorité ecclésiastiques.

fois, c'est montrer de l'inconnu. L'histoire, c'est la nuit. En histoire, il n'y a pas de second plan. La décroissance et l'obscurité s'emparent immédiatement de tout ce qui n'est plus sur le devant du théâtre. Décor enlevé, effacement, oubli. Le Passé a un synonyme : l'Ignoré.

Les pairs d'Angleterre siégeaient, comme cour de justice, dans la grande salle de Westminster, et, comme haute chambre législative, dans une salle spéciale nommée « maison des lords », *House of the lords*.

Outre la cour des pairs d'Angleterre, qui ne s'assemble que convoquée par la couronne, les deux grands tribunaux anglais, inférieurs à la cour des pairs, mais supérieurs à toute autre juridiction, siégeaient dans la grande salle de Westminster. Au haut bout de cette salle, ils habitaient deux compartiments qui se touchaient. Le premier tribunal était la cour du banc du roi, que le roi était censé présider ; le deuxième était la cour de chancellerie, que le chancelier présidait. L'un était cour de justice, l'autre était cour de miséricorde. C'était le chancelier qui conseillait au roi les grâces ; rarement. Ces deux cours, qui existent encore, interprétaient la législation et la refaisaient un peu ; l'art du juge est de menuiser le code en jurisprudence[1]. Industrie d'où l'équité se tire comme elle peut. La législation se fabriquait et s'appliquait en ce lieu sévère, la grande salle de Westminster. Cette salle avait une voûte de châtaignier où ne pouvaient se mettre les toiles d'araignée ; c'est bien assez qu'elles se mettent dans les lois.

Siéger comme cour et siéger comme chambre, c'est deux. Cette dualité constitue le pouvoir suprême. Le

---

1. Au code, recueil de lois et de règlements, s'oppose la jurisprudence, qui est la décision de justice faisant autorité. Elle constitue souvent une interprétation de la législation, d'où l'emploi du terme « menuiser », ici assez péjoratif, qui indique l'action de travailler des pièces de bois en les découpant et les amincissant.

long parlement[1], qui commença le 3 novembre 1640, sentit le besoin révolutionnaire de ce double glaive. Aussi se déclara-t-il, comme une chambre des pairs, pouvoir judiciaire en même temps que pouvoir législatif.

Ce double pouvoir était immémorial dans la chambre des lords. Nous venons de le dire, juges, les lords occupaient Westminster-Hall ; législateurs, ils avaient une autre salle.

Cette autre salle, proprement dite chambre des lords, était oblongue et étroite. Elle avait pour tout éclairage quatre fenêtres profondément entaillées dans le comble[2] et recevant le jour par le toit, plus, au-dessus du dais royal[3], un œil-de-bœuf à six vitres, avec rideaux ; le soir, pas d'autre lumière que douze demi-candélabres appliqués sur la muraille. La salle du sénat de Venise était moins éclairée encore. Une certaine ombre plaît à ces hiboux de la toute-puissance.

Sur la salle où s'assemblaient les lords s'arrondissait avec des plans polyédriques[4] une haute voûte à caissons dorés. Les communes n'avaient qu'un plafond plat ; tout a un sens dans les constructions monarchiques. À une extrémité de la longue salle des lords était la porte ; à l'autre, en face, le trône. À quelques pas de la porte, la barre, coupure transversale, sorte de frontière, marquant l'endroit où finit le peuple et où commence la seigneurie. À droite du trône, une cheminée, blasonnée au pinacle, offrait deux bas-reliefs de marbre, figurant, l'un la victoire de Cuthwolph[5] sur les bretons en 572, l'autre le plan géométral[6] du bourg de Dunstable, lequel n'a que quatre rues, parallèles aux quatre parties du monde. Trois marches exhaussaient

———

    1. Session du parlement ouverte par le roi Charles Ier en novembre 1640 et close par Cromwell en avril 1653. Son action mena à la révolution et à l'exécution de Charles Ier.   **2.** Charpente destinée à soutenir un toit et, par extension, partie la plus haute d'un édifice, sous les toits.   **3.** Voir note 2, p. 56.   **4.** Voir note 2, p. 660.   **5.** Cuthwulf, Anglo-Saxon, se battit contre les Bretons à Bedcanford (571) et prit quatre domaines, Lygeanburg, Aegelsburg, Benesington et Egonesham.   **6.** Voir note 1, p. 103.

le trône. Le trône était dit « chaise royale ». Sur les
deux murs se faisant vis-à-vis se déployait, en tableaux
successifs, une vaste tapisserie donnée aux lords par
Élisabeth et représentant toute l'aventure de l'Armada[1]
depuis son départ d'Espagne jusqu'à son naufrage
devant l'Angleterre. Les hauts accastillages[2] des
navires étaient tissus en fils d'or et d'argent, qui, avec
le temps, avaient noirci. À cette tapisserie, coupée de
distance en distance par les candélabres-appliques[3],
étaient adossés à droite du trône trois rangs de bancs
pour les évêques, à gauche trois rangs de bancs pour
les ducs, les marquis et les comtes, sur gradins et
séparés par des montoirs[4]. Sur les trois bancs de la
première section s'asseyaient les ducs ; sur les trois
bancs de la deuxième, les marquis ; sur les trois bancs
de la troisième, les comtes. Le banc des vicomtes, en
équerre, faisait face au trône, et derrière, entre les
vicomtes et la barre, il y avait deux bancs pour les
barons. Sur le haut banc, à droite du trône, étaient les
deux archevêques, Canterbury et York ; sur le banc
intermédiaire, trois évêques, Londres, Durham et Winchester ; les autres évêques sur le banc d'en bas. Il y a
entre l'archevêque de Canterbury et les autres évêques
cette différence considérable qu'il est, lui, évêque
« *par la divine providence* », tandis que les autres ne
le sont que « *par la divine permission* ». À droite du
trône, on voyait une chaise pour le prince de Galles[5],
et à gauche des pliants pour les ducs royaux, et en
arrière de ces pliants un gradin pour les jeunes pairs
mineurs, n'ayant point encore séance à la chambre.
Force fleurs de lys partout ; et le vaste écusson d'Angleterre sur les quatre murs, au-dessus des pairs comme
au-dessus du roi. Les fils de pairs et les héritiers de

---

1. Voir note 2, p. 87.   **2.** Désignait au départ les châteaux d'avant et
d'arrière aux extrémités d'un navire. Puis toute la partie d'un vaisseau qui
est hors de l'eau.   **3.** Dispositif d'éclairage fixé au mur et soutenant plusieurs branches de chandelier.   **4.** Sorte de borne, de billot ou de banc
dont on se sert ordinairement pour monter plus aisément sur un cheval.
5. Titre porté par les fils aînés des rois d'Angleterre depuis 1301.

pairie assistaient aux délibérations, debout derrière le trône entre le dais et le mur. Le trône au fond ; et des trois côtés de la salle, les trois rangs des bancs des pairs laissaient libre un large espace carré. Dans ce carré, que recouvrait le tapis d'état, armorié d'Angleterre, il y avait quatre sacs de laine, un devant le trône où siégeait le chancelier entre la masse [1] et le sceau, un devant les évêques où siégeaient les juges conseillers d'état, ayant séance et non voix, un devant les ducs, marquis et comtes, où siégeaient les secrétaires d'état, un devant les vicomtes et barons, où étaient assis le clerc de la couronne et le clerc du parlement, et sur lequel écrivaient les deux sous-clercs, à genoux. Au centre du carré, on voyait une large table drapée chargée de dossiers, de registres, de sommiers, avec de massifs encriers d'orfèvrerie et de hauts flambeaux aux quatre angles. Les pairs prenaient séance en ordre chronologique, chacun suivant la date de la création de sa pairie. Ils avaient rang selon le titre, et, dans le titre, selon l'ancienneté. À la barre se tenait l'huissier de la verge noire, debout, sa baguette à la main. En dedans de la porte, l'officier de l'huissier, et en dehors le crieur de la verge noire, ayant pour fonction d'ouvrir les séances de justice par le cri : *Oyez !* en français, poussé trois fois en appuyant solennellement sur la première syllabe. Près du crieur, le sergent porte-masse du chancelier.

Dans les cérémonies royales, les pairs temporels avaient la couronne en tête, et les pairs spirituels la mitre. Les archevêques portaient la mitre à couronne ducale, et les évêques, qui ont rang après les vicomtes, la mitre à tortil de baron [2].

Remarque étrange et qui est un enseignement, ce carré formé par le trône, les évêques et les barons, et

---

1. La masse est une sorte de bâton à tête d'or ou d'argent que l'on porte à l'occasion de certaines cérémonies.   2. La couronne ducale est un terme de blason qui désigne une couronne ouverte à fleurons, de même que le tortil, collier de perles qui s'enroule autour de la couronne du baron.

dans lequel sont des magistrats à genoux, c'était l'ancien parlement de France sous les deux premières races[1]. Même aspect de l'autorité en France et en Angleterre. Hincmar[2], dans le *de ordinatione sacri palatii*, décrit en 853 la chambre des lords en séance à Westminster au dix-huitième siècle. Sorte de bizarre procès-verbal fait neuf cents ans d'avance.

Qu'est l'histoire ? Un écho du passé dans l'avenir. Un reflet de l'avenir sur le passé.

L'assemblée du parlement n'était obligatoire que tous les sept ans.

Les lords délibéraient en secret, portes fermées. Les séances des communes étaient publiques. La popularité semblait diminution.

Le nombre des lords était illimité. Nommer des lords, c'était la menace de la royauté. Moyen de gouvernement.

Au commencement du dix-huitième siècle, la chambre des lords offrait déjà un très fort chiffre. Elle a grossi encore depuis. Délayer l'aristocratie est une politique. Élisabeth fit peut-être une faute en condensant la pairie dans soixante-cinq lords. La seigneurie moins nombreuse est plus intense. Dans les assemblées, plus il y a de membres, moins il y a de têtes. Jacques II l'avait senti en portant la chambre haute à cent-quatre-vingt-huit lords ; cent-quatre-vingt-six, si l'on défalque de ces pairies les deux duchesses de l'alcôve royale, Portsmouth et Cleveland. Sous Anne, le total des lords, y compris les évêques, était de deux cent sept.

Sans compter le duc de Cumberland, mari de la reine, il y avait vingt-cinq ducs dont le premier, Norfolk, ne siégeait point, étant catholique, et dont le dernier, Cambridge, prince électoral de Hanovre, siégeait,

---

1. Ici au sens de lignée royale, dynastie.   **2.** Hincmar (v. 806-882), archevêque de Reims en 845, fut conseiller de Charles le Chauve qu'il sacra roi de Lorraine. *De ordinatione sacri palatii* : « De l'organisation du palais sacré ».

quoique étranger. Winchester, qualifié premier et seul
marquis d'Angleterre, comme Astorga[1] seul marquis
d'Espagne, étant absent, vu qu'il était jacobite[2], il y
avait cinq marquis, dont le premier était Lindsey et
le dernier Lothian ; soixante-dix-neuf comtes, dont le
premier était Derby et le dernier Islay ; neuf vicomtes,
dont le premier était Hereford et le dernier Lonsdale ;
et soixante-deux barons, dont le premier était Aberga-
veny et le dernier Hervey. Lord Hervey, étant le dernier baron, était ce qu'on appelait « le puîné » de la
chambre. Derby, qui, étant primé par Oxford, Srehws-
bury et Kent[3], n'était que le quatrième sous Jacques II,
était devenu sous Anne le premier des comtes. Deux
noms de chanceliers avaient disparu de la liste des
barons, Verulam, sous lequel l'histoire retrouve
Bacon[4], et Wem, sous lequel l'histoire retrouve Jeffreys[5]. Bacon, Jeffreys, noms diversement sombres. En
1705, les vingt-six évêques n'étaient que vingt-cinq,
le siège de Chester[6] étant vacant. Parmi les évêques,
quelques-uns étaient de très-grands seigneurs : ainsi
William Talbot[7] évêque d'Oxford, chef de la branche
protestante de sa maison. D'autres étaient des docteurs
éminents, comme John Sharp[8], archevêque d'York,
ancien doyen de Norwick, le poète Thomas Spratt[9],
évêque de Rochester, bonhomme apoplectique, et cet
évêque de Lincoln qui devait mourir archevêque de
Canterbury, Wake[10], l'adversaire de Bossuet.

---

1. Noble et ancienne famille espagnole. Lors de la conquête française, le
marquis d'Astorga joua un rôle important dans la guerre contre Napoléon. Il
était possesseur de plus de trente marquisats et comtés.   2. Nom donné en
Angleterre, après la révolution de 1688, aux partisans du roi Jacques II et de ses
descendants.   3. Devancé dans l'ordre des préséances.   4. Voir
note 1, p. 574.   5. Voir note 1, p. 52.   6. Comté du nord-ouest de
l'Angleterre.   7. William Talbot, mort en 1730 après avoir été successivement évêque d'Oxford, de Sarum et de Durham (1722).   8. Voir
note 2, p. 440.   9. Thomas Spratt (1636-1713), prélat et littérateur
anglais, commença sa carrière en écrivant un poème à la gloire de Cromwell. L'adjectif « apoplectique » désigne une personne qui présente des pré-
dispositions pour une attaque d'apoplexie, brusque arrêt des fonctions
cérébrales.   10. Wake (1657-1737), évêque de Lincoln (1705) puis
archevêque de Cantorbéry (1716), fut mêlé aux vives polémiques reli-

Dans les occasions importantes, et lorsqu'il y avait lieu de recevoir une communication de la couronne à la chambre haute, toute cette multitude auguste, en robes, en perruques, avec coiffes de prélature[1] ou chapeaux à plumes, alignait et étageait ses rangées de têtes dans la salle de la pairie, le long des murs où l'on voyait vaguement la tempête exterminer l'Armada. Sous-entendu : Tempête aux ordres de l'Angleterre.

IV

LA VIEILLE CHAMBRE

Toute la cérémonie de l'investiture de Gwynplaine, depuis l'entrée sous la King's Gate jusqu'à la prise du test dans le rond-point vitré, s'était passée dans une sorte de pénombre.

Lord William Cowper n'avait point permis qu'on lui donnât, à lui chancelier d'Angleterre, des détails trop circonstanciés sur la défiguration du jeune lord Fermain Clancharlie, trouvant au-dessous de sa dignité de savoir qu'un pair n'était pas beau, et se sentant amoindri par la hardiesse qu'aurait un inférieur de lui apporter des renseignements de cette nature. Il est certain qu'un homme du peuple dit avec plaisir : ce prince est bossu. Donc, être difforme, pour un lord, c'est offensant. Aux quelques mots que lui en avait dits la reine, le lord chancelier s'était borné à répondre : *Un seigneur a pour visage la seigneurie.* Sommairement, et sur les procès-verbaux qu'il avait dû vérifier et certifier, il avait compris. De là des précautions.

___

gieuses de son époque. Il écrivit notamment une *Exposition de la doctrine de l'Église d'Angleterre* (1686) par laquelle il s'opposait à Bossuet (1627-1704), évêque de Meaux et écrivain français, qui lutta fermement contre le protestantisme.

1. Dignité des prélats.

Le visage du nouveau lord pouvait, à son entrée dans la chambre, faire une sensation quelconque. Il importait d'obvier à cela[1]. Le lord-chancelier avait pris ses mesures. Le moins d'événement possible, c'est l'idée fixe et la règle de conduite des personnages sérieux. La haine des incidents fait partie de la gravité. Il importait de faire en sorte que l'admission de Gwynplaine passât sans encombre, comme celle de tout autre héritier de pairie.

C'est pourquoi le lord-chancelier avait fixé la réception de lord Fermain Clancharlie à une séance du soir. Le chancelier étant portier, *quodammodo ostiarius*, disent les chartes normandes[2], *januarum cancellorumque potestas*, dit Tertullien[3], il peut officier en dehors de la chambre sur le seuil, et lord William Cowper avait usé de son droit en accomplissant dans le rond-point vitré les formalités d'investiture de lord Fermain Clancharlie. De plus, il avait avancé l'heure pour que le nouveau pair fît son entrée dans la chambre avant même que la séance fût commencée.

Quant à l'investiture d'un pair sur le seuil, et en dehors de la chambre même, il y avait des précédents. Le premier baron héréditaire créé par patente[4], John de Beauchamps, de Holtcastle, fait par Richard II[5], en 1387, baron de Kidderminster, fut reçu de cette façon.

Du reste, en renouvelant ce précédent, le lord-chancelier se créait à lui-même un embarras dont il vit l'inconvénient moins de deux ans après, lors de l'entrée du vicomte Newhaven à la chambre des lords[6].

Myope, comme nous l'avons dit, lord William Cowper s'était aperçu à peine de la difformité de Gwynplaine ; les deux lords parrains, pas du tout. C'étaient deux vieillards presque aveugles.

---

1. Parer à cela.   **2.** Voir note 2, p. 720.   **3.** *Quodammodo ostiarius*, « portier en quelque sorte », *januarum cancellorumque potestas*, « puissance des portes et barrières ». Tertullien (v. 150-160-v. 222), écrivain latin chrétien. **4.** Voir note 1, p. 646.   **5.** Voir note 1, p. 711.   **6.** Charles Cheyne, vicomte de Newhaven (v. 1624-1698), épousa lady Jane, la riche héritière de William Cavendish, et fut fait pair d'Écosse le 17 mai 1681.

Le lord-chancelier les avait choisis exprès.

Il y a mieux, le lord-chancelier, n'ayant vu que la stature et la prestance de Gwynplaine, lui avait trouvé « fort bonne mine ».

Au moment où les door-keepers avaient ouvert devant Gwynplaine la grande porte à deux battants, il y avait à peine quelques lords dans la salle. Ces lords étaient presque tous vieux. Les vieux, dans les assemblées, sont les exacts, de même que, près des femmes, ils sont les assidus. On ne voyait au banc des ducs que deux ducs, l'un tout blanc, l'autre gris, Thomas Osborne, duc de Leeds, et Schonberg[1], fils de ce Schonberg, allemand par la naissance, français par le bâton de maréchal et anglais par la pairie, qui, chassé par l'édit de Nantes, après avoir fait la guerre à l'Angleterre comme français, fit la guerre à la France comme anglais. Au banc des lords spirituels, il n'y avait que l'archevêque de Canterbury, primat d'Angleterre, tout en haut, et en bas le docteur Simon Patrick, évêque d'Ély, causant avec Evelyn Pierrepont, marquis de Dorchester, qui lui expliquait la différence entre un gabion[2] et une courtine[3], et entre les palissades et les fraises, les palissades étant une rangée de poteaux devant les tentes, destinée à protéger le campement, et les fraises étant une collerette de pieux pointus sous le parapet d'une forteresse empêchant l'escalade des assiégeants et la désertion des assiégés, et le marquis enseignait à l'évêque de quelle façon on fraise une redoute[4], en mettant les pieux moitié dans la terre et moitié dehors. Thomas Thynne, vicomte Weymouth,

---

1. Schonberg (Armand-Frédéric, duc de, 1618-1690) : né en Allemagne, il servit dans l'armée française. Louis XIV lui donna en 1674 le commandement de l'armée de Catalogne et le bâton de maréchal. Après la révocation de l'édit de Nantes (1685), qui supprimait tous les avantages accordés par Henri IV aux protestants, il se mit au service de Guillaume d'Orange qui, une fois roi d'Angleterre, le fit chevalier de la Jarretière.   2. Ouvrage de protection, de forme cylindrique, formé de branchages tressés et de grillage et destiné à être rempli de terre.   3. Mur rectiligne, compris entre deux bastions, dans des fortifications.   4. Ouvrage de fortification détaché.

s'était approché d'un candélabre et examinait un plan
de son architecte pour faire à son jardin de Long Leate,
en Wiltshire, une pelouse dite « gazon coupé », moyennant des carreaux de sable jaune, de sable rouge, de
coquilles de rivière et de fine poudre de charbon de
terre. Au banc des vicomtes il y avait un pêle-mêle
de vieux lords, Essex, Ossulstone, Peregrine, Osborn,
William Zulestein, comte de Rochford, parmi lesquels
quelques jeunes, de la faction qui ne portait pas perruque, entourant Price Devereux, vicomte Hereford, et
discutant la question de savoir si une infusion de houx
des apalaches[1] est du thé. – À peu près, disait Osborn.
– Tout à fait, disait Essex. Ce qui était attentivement
écouté par Pawlets de Saint-John, cousin du Bolingbroke[2] dont Voltaire plus tard a été un peu l'élève, car
Voltaire, commencé par le Père Porée[3], a été achevé
par Bolingbroke. Au banc des marquis, Thomas de
Grey, marquis de Kent, lord chambellan[4] de la reine,
affirmait à Robert Bertie, marquis de Lindsey, lord
chambellan d'Angleterre, que c'était par deux français
réfugiés, monsieur Lecoq, autrefois conseiller au parlement de Paris, et monsieur Ravenel, gentilhomme breton, qu'avait été gagné le gros lot de la grande loterie
anglaise en 1614[5]. Le comte de Wymes lisait un livre
intitulé : *Pratique curieuse des oracles des sibylles*[6].
John Campbell, comte de Greenwich, fameux par son
long menton, sa gaieté et ses quatre-vingt-sept ans,
écrivait à sa maîtresse. Lord Chandos se faisait les

---

1. Chaîne de montagnes situées dans l'est de l'Amérique du Nord et
parallèles à l'océan Atlantique.   2. Voir note 3, p. 293.   3. Charles
Porée (1675-1741), un des maîtres de Voltaire à Louis-le-Grand.   4. Voir
note 4, p. 699.   5. Hugo réutilise ici le procédé du chapitre « L'année
1817 » dans *Les Misérables* (I, III, 1), juxtaposition d'anecdotes et de faits
insignifiants qui contrastent avec le destin tragique de Fantine ou, ici, avec
le discours solennel de Gwynplaine. Sur la question des loteries, voir aussi
Harley, note 3, p. 700.   6. *Pratique curieuse ou les oracles des sibylles,
sur chaque question proposée, tirée des manuscrits de la Bibliothèque de
M. Claude Comiers*, Lyon et Paris, 1694. Ce titre souligne, fût-ce ironique-
ment, la dimension prophétique du discours de Gwynplaine.

ongles. La séance qui allait suivre devant être une séance royale où la couronne serait représentée par commissaires, deux assistants door-keepers disposaient en avant du trône un banc de velours couleur feu. Sur le deuxième sac de laine était assis le maître des rôles [1], *sacrorum scriniorum magister*, lequel avait alors pour logis l'ancienne maison des juifs convertis. Sur le quatrième sac, les deux sous-clercs à genoux feuilletaient des registres.

Cependant le lord-chancelier prenait place sur le premier sac de laine, les officiers de la chambre s'installaient, les uns assis, les autres debout, l'archevêque de Canterbury se levait et disait la prière, et la séance commençait. Gwynplaine était déjà entré depuis quelque temps, sans qu'on eût pris garde à lui ; le deuxième banc des barons, où était sa place, étant contigu à la barre, il n'avait eu que quelques pas à faire. Les deux lords ses parrains s'étaient assis à sa droite et à sa gauche, ce qui avait à peu près masqué la présence du nouveau venu. Personne n'étant averti, le clerc du parlement avait lu à demi-voix et, pour ainsi dire, chuchoté les diverses pièces concernant le nouveau lord, et le lord-chancelier avait proclamé son admission au milieu de ce qu'on appelle dans les comptes rendus « l'inattention générale [2] ». Chacun causait. Il y avait dans la chambre ce brouhaha pendant lequel les assemblées font toutes sortes de choses crépusculaires, qui, quelquefois, les étonnent plus tard.

Gwynplaine s'était assis, silencieusement, tête nue, entre les deux vieux pairs, lord Fitz Walter et lord Arundel.

Ajoutons que Barkilphedro, renseigné à fond comme un espion qu'il était, et déterminé à réussir dans sa

---

1. À l'origine, parchemin roulé, puis, plus généralement, registre où sont portées, par ordre chronologique, les affaires soumises à un tribunal ou à une assemblée. *Sacrorum scriniorum magister* : maître des archives sacrées.
2. Condamnation d'un comportement des assemblées que Victor Hugo connaissait bien, pour avoir été lui-même parlementaire.

machination, avait dans ses dires officiels, en présence
du lord-chancelier, atténué dans une certaine mesure la
difformité de lord Fermain Clancharlie, en insistant sur
ce détail que Gwynplaine pouvait à volonté supprimer
l'effet de rire et ramener au sérieux sa face défigurée.
Barkilphedro avait probablement même exagéré cette
faculté. D'ailleurs, au point de vue aristocratique,
qu'est-ce que cela faisait ? Lord William Cowper
n'était-il pas le légiste auteur de la maxime : *En Angleterre, la restauration d'un pair importe plus que la
restauration d'un roi* ? Sans doute la beauté et la
dignité devraient être inséparables, il est fâcheux qu'un
lord soit contrefait, et c'est là un outrage du hasard ;
mais, insistons-y, en quoi cela diminue-t-il le droit ?
Le lord-chancelier prenait des précautions et avait raison d'en prendre, mais, en somme, avec ou sans précautions, qui donc pouvait empêcher un pair d'entrer à
la chambre des pairs ? La seigneurie et la royauté ne
sont-elles pas supérieures à la difformité et à l'infirmité ? Un cri de bête fauve n'avait-il pas été héréditaire comme la pairie elle-même dans l'antique famille,
éteinte en 1347, des Cumin, comtes de Buchan, au
point que c'était au cri de tigre qu'on reconnaissait le
pair d'Écosse ? Ses hideuses taches de sang au visage
empêchèrent-elles César Borgia [1] d'être duc de Valentinois ? La cécité empêcha-t-elle Jean de Luxembourg [2]
d'être roi de Bohème ? La gibbosité empêcha-t-elle
Richard III [3] d'être roi d'Angleterre ? À bien voir le

---

1. César Borgia (1476-1507), fils du pape Alexandre VI, il fut nommé duc
de Valentinois par Louis XII en 1498. Il multiplia les actions militaires en Italie
et les assassinats. Les taches de sang, disgrace physique, sont aussi le reflet de
ses agissements politiques. Donné comme le modèle de l'homme de pouvoir
sans scrupules, il inspira, dit-on, *Le Prince* de Machiavel.   2. Jean Ier de
Luxembourg (1296-1346), dit Jean l'Aveugle, roi de Bohême (1310-1346),
fils de l'empereur germanique Henri VII. Il réunit à la Bohême la Moravie
et la Silésie et mourut à la bataille de Crécy à laquelle, bien qu'aveugle, il
avait participé du côté français.   3. Richard III (1452-1485), roi d'Angleterre, était bossu. Il se rendit impopulaire en faisant assassiner les enfants
de son frère, Édouard IV ; il fut vaincu et tué par le futur Henri VII.

fond des choses, l'infirmité et la laideur acceptées avec une hautaine indifférence, loin de contredire la grandeur, l'affirment et la prouvent. La seigneurie a une telle majesté que la difformité ne la trouble point. Ceci est l'autre aspect de la question, et n'est pas la moindre. Comme on le voit, rien ne pouvait faire obstacle à l'admission de Gwynplaine, et les précautions prudentes du lord-chancelier, utiles au point de vue inférieur de la tactique, étaient de luxe au point de vue supérieur du principe aristocratique.

En entrant, selon la recommandation que lui avait faite le roi d'armes et que les deux lords parrains lui avaient renouvelée, il avait salué « la chaise royale ».

Donc c'était fini. Il était lord.

Cette hauteur, sous le rayonnement de laquelle, toute sa vie, il avait vu son maître Ursus se courber avec épouvante, ce sommet prodigieux, il l'avait sous ses pieds.

Il était dans le lieu éclatant et sombre de l'Angleterre.

Vieille cime du mont féodal regardée depuis six siècles par l'Europe et l'histoire. Auréole effrayante d'un monde de ténèbres.

Son entrée dans cette auréole avait eu lieu. Entrée irrévocable.

Il était là chez lui.

Chez lui sur son siège comme le roi sur le sien.

Il y était, et rien désormais ne pouvait faire qu'il n'y fût pas.

Cette couronne royale qu'il voyait sous ce dais était sœur de sa couronne à lui. Il était le pair de ce trône.

En face de la majesté, il était la seigneurie. Moindre, mais semblable.

Hier, qu'était-il ? histrion. Aujourd'hui, qu'était-il ? prince.

Hier, rien. Aujourd'hui, tout.

Confrontation brusque de la misère et de la puissance, s'abordant face à face au fond d'un esprit dans une destinée et devenant tout à coup les deux moitiés d'une conscience.

Deux spectres, l'adversité et la prospérité, prenant possession de la même âme, et chacun la tirant à soi. Partage pathétique d'une intelligence, d'une volonté, d'un cerveau, entre ces deux frères ennemis, le fantôme pauvre et le fantôme riche. Abel et Caïn [1] dans le même homme.

V

CAUSERIES ALTIÈRES

Peu à peu les bancs de la chambre se garnirent. Les lords commencèrent à arriver. L'ordre du jour était le vote du bill [2] augmentant de cent mille livres sterling la dotation annuelle de Georges de Danemark, duc de Cumberland, mari de la reine. En outre, il était annoncé que divers bills consentis par sa majesté allaient être apportés à la chambre par des commissaires de la couronne ayant pouvoir et charge de les sanctionner, ce qui érigeait la séance en séance royale. Les pairs avaient tous leur robe de parlement par-dessus leur habit de cour ou de ville. Cette robe, semblable à celle dont était revêtu Gwynplaine, était la même pour tous, sinon que les ducs avaient cinq bandes d'hermine avec bordure d'or, les marquis quatre, les comtes et les vicomtes trois et les barons deux. Les lords entraient par groupes. On s'était rencontré dans les couloirs, on continuait les dialogues commencés. Quelques-uns venaient seuls. Les costumes étaient solennels, les atti-

---

1. Abel et Caïn (Genèse 4, 8-12), tous deux fils d'Adam et Ève, offrirent à Dieu des offrandes. Mais Dieu ne considéra que celles d'Abel ; Caïn se vengea en tuant son frère et fut maudit. Hugo traduit ici dans le registre mythique la conscience tragique et clivée de Gwynplaine. **2.** Voir note 2, p. 53.

tudes point ; ni les paroles. Tous, en entrant, saluaient le trône.

Les pairs affluaient. Ce défilé de noms majestueux se faisait à peu près sans cérémonial, le public étant absent. Leicester entrait et serrait la main de Lichfield ; puis Charles Mordaunt, comte de Peterborough et de Monmouth, l'ami de Locke[1], sur l'initiative duquel il avait proposé la refonte des monnaies ; puis Charles Campbell, comte de Loudoun, prêtant l'oreille à Fulke Greville, lord Brooke ; puis Dorme, comte de Caërnarvon ; puis Robert Sutton, baron Lexington, fils du Lexington qui avait conseillé à Charles II de chasser Gregorio Leti[2], historiographe assez mal avisé pour vouloir être historien ; puis Thomas Bellasyse, vicomte Falconberg, ce beau vieux ; et ensemble les trois cousins Howard, Howard, comte de Bindon, Bower-Howard, comte de Berkshire, et Stafford-Howard, comte de Stafford ; puis John Lovelace, baron Lovelace, dont la pairie éteinte en 1736 permit à Richardson[3] d'introduire Lovelace dans son livre et de créer sous ce nom un type. Tous ces personnages diversement célèbres dans la politique ou la guerre, et dont plusieurs honorent l'Angleterre, riaient et causaient. C'était comme l'histoire vue en négligé.

En moins d'une demi-heure, la chambre se trouva presque au complet. C'était tout simple, la séance étant royale. Ce qui était moins simple, c'était la vivacité des conversations. La chambre, si assoupie tout à l'heure, était maintenant en rumeur comme une ruche

---

1. Voir note 1, p. 285.   **2.** Gregorio Leti (1630-1701), historien, connu pour « son inexactitude et son goût pour le merveilleux » (*Biographie universelle de Michaud*). Il fut accueilli en Angleterre par Charles II qui lui permit d'écrire l'histoire de l'Angleterre. « Il se hâta de profiter de cette permission ; mais son ouvrage contenait des traits satiriques qui déplurent et il reçut l'ordre de sortir du royaume. »   **3.** Samuel Richardson (1689-1761), romancier anglais qui connut le succès grâce à *Paméla ou la Vertu récompensée* (1740). Dans un autre de ses romans célèbres, *Clarisse Harlowe* (1748), la vertueuse héroïne cherche refuge auprès d'un libertin sans scrupules, Lovelace.

inquiétée. Ce qui l'avait réveillée, c'était l'arrivée des lords en retard. Ils apportaient du nouveau. Chose bizarre, les pairs qui, à l'ouverture de la séance, étaient dans la chambre, ne savaient point ce qui s'y était passé, et ceux qui n'y étaient pas le savaient.

Plusieurs lords arrivaient de Windsor.

Depuis quelques heures, l'aventure de Gwynplaine s'était ébruitée. Le secret est un filet ; qu'une maille se rompe, tout se déchire. Dès le matin, par suite des incidents racontés plus haut, toute cette histoire d'une pairie retrouvée sur un tréteau et d'un bateleur reconnu lord, avait fait éclat à Windsor, dans les privés royaux. Les princes en avaient parlé, puis les laquais. De la cour l'événement avait gagné la ville. Les événements ont une pesanteur, et la loi du carré des vitesses [1] leur est applicable. Ils tombent dans le public et s'y enfoncent avec une rapidité inouïe. À sept heures, on n'avait pas à Londres vent de cette histoire. À huit heures, Gwynplaine était le bruit de la ville. Seuls, les quelques lords exacts qui avaient devancé l'ouverture de la séance ignoraient la chose, n'étant point dans la ville où l'on racontait tout et étant dans la chambre où ils ne s'étaient aperçus de rien. Sur ce, tranquilles sur leurs bancs, ils étaient apostrophés par les arrivants, tout émus.

— Eh bien ? disait Francis Brown, vicomte Mountacute, au marquis de Dorchester.

— Quoi ?

— Est-ce que c'est possible ?

— Quoi ?

— L'Homme qui Rit !

— Qu'est-ce que c'est que l'Homme qui Rit ?

— Vous ne connaissez pas l'Homme qui Rit ?

— Non.

---

1. L'une des lois de la chute des corps découvertes expérimentalement par Galilée. La hauteur verticale qu'un corps a parcourue dans sa chute est proportionnelle au carré de la vitesse acquise par ce corps lorsqu'il arrive au bas de cette hauteur.

— C'est un clown. Un boy de la foire. Un visage impossible qu'on allait voir pour deux sous. Un saltimbanque.

— Après ?

— Vous venez de le recevoir pair d'Angleterre.

— L'Homme qui Rit, c'est vous, mylord Mountacute.

— Je ne ris pas, mylord Dorchester.

Et le vicomte Mountacute faisait un signe au clerc du parlement, qui se levait de son sac de laine et confirmait à leurs seigneuries le fait de l'admission du nouveau pair. Plus les détails.

— Tiens, tiens, tiens, disait lord Dorchester, je causais avec l'évêque d'Ély.

Le jeune comte d'Annesley abordait le vieux lord Eure, lequel n'avait plus que deux ans à vivre, car il devait mourir en 1707.

— Mylord Eure ?

— Mylord Annesley ?

— Avez-vous connu lord Linnœus Clancharlie ?

— Un homme d'autrefois. Oui.

— Qui est mort en Suisse ?

— Oui. Nous étions parents.

— Qui avait été républicain sous Cromwell, et qui était resté républicain sous Charles II ?

— Républicain ? pas du tout. Il boudait. C'était une querelle personnelle entre le roi et lui. Je tiens de source certaine que lord Clancharlie se serait rallié si on lui avait donné la place de chancelier qu'a eue lord Hyde[1].

— Vous m'étonnez, mylord Eure. On m'avait dit que ce lord Clancharlie était un honnête homme.

— Un honnête homme ! est-ce que cela existe ? Jeune homme, il n'y a pas d'honnête homme.

— Mais Caton ?[2]

— Vous croyez à Caton, vous.

---

1. Edward Hyde, comte de Clarendon, chancelier en 1658.   2. Voir note 2, p. 264.

— Mais Aristide ?[1]

— On a bien fait de l'exiler.

— Mais Thomas Morus ?[2]

— On a bien fait de lui couper le cou.

— Et à votre avis, lord Clancharlie ?...

— Était de cette espèce. D'ailleurs un homme qui reste en exil, c'est ridicule.

— Il y est mort.

— Un ambitieux déçu. Oh ! si je l'ai connu ! je crois bien. J'étais son meilleur ami.

— Savez-vous, mylord Eure, qu'il s'était marié en Suisse ?

— Je le sais à peu près.

— Et qu'il a eu de ce mariage un fils légitime ?

— Oui. Qui est mort.

— Qui est vivant.

— Vivant !

— Vivant.

— Pas possible.

— Réel. Prouvé. Constaté. Homologué. Enregistré.

— Mais alors ce fils va hériter de la pairie de Clancharlie ?

— Il ne va pas en hériter.

— Pourquoi ?

— Parce qu'il en a hérité. C'est fait.

— C'est fait ?

— Tournez la tête, mylord Eure. Il est assis derrière vous au banc des barons.

Lord Eure se retournait ; mais le visage de Gwynplaine se dérobait sous sa forêt de cheveux.

— Tiens ! disait le vieillard, ne voyant que ses cheveux, il a déjà adopté la nouvelle mode. Il ne porte pas perruque.

---

1. Illustre Athénien (ve siècle av. J.-C.), surnommé le Juste pour ses vertus et sa probité dans les affaires publiques.   **2.** Thomas Morus ou Thomas More (1478-1535), homme politique et humaniste anglais, ami d'Érasme, qui condamna le divorce d'Henri VIII et qui, étant resté fidèle à sa foi catholique, fut exécuté par ce dernier.

Grantham abordait Colepepper.

— En voilà un qui est attrapé !

— Qui ça ?

— David Dirry-Moir.

— Pourquoi ça ?

— Il n'est plus pair.

— Comment ça ?

Et Henry Auverquerque, comte de Grantham, racontait à John, baron Colepepper, toute « l'anecdote », la bouteille épave portée à l'amirauté, le parchemin des comprachicos, le *jussu regis* contre-signé *Jeffreys*[1], la confrontation dans la cave pénale de Southwark, l'acceptation de tous ces faits par le lord-chancelier et par la reine, la prise du test dans le rond-point vitré, et enfin l'admission de lord Fermain Clancharlie au commencement de la séance, et tous deux faisaient effort pour distinguer entre lord Fitz Walter et lord Arundel la figure, dont on parlait tant, du nouveau lord, mais sans y mieux réussir que lord Eure et lord Annesley.

Gwynplaine, du reste, soit hasard, soit arrangement de ses parrains avertis par le lord-chancelier, était placé dans assez d'ombre pour échapper à la curiosité.

— Où ça ? où est-il ?

C'était le cri de tous en arrivant, mais aucun ne parvenait à le bien voir. Quelques-uns, qui avaient vu Gwynplaine à la Green-Box, étaient passionnément curieux, mais perdaient leur peine. Comme il arrive quelquefois qu'on embastille prudemment une jeune fille dans un groupe de douairières, Gwynplaine était comme enveloppé par plusieurs épaisseurs de vieux lords infirmes et indifférents. Des bons hommes qui ont la goutte[2] sont peu sensibles aux histoires d'autrui.

On se passait de main en main des copies de la lettre en trois lignes que la duchesse Josiane avait, affirmait-on, écrite à la reine sa sœur en réponse à l'injonction

---

1. Voir note 1, p. 52.   **2.** Maladie caractérisée par des poussées inflammatoires douloureuses aux articulations.

que lui avait faite sa majesté d'épouser le nouveau pair,
l'héritier légitime des Clancharlie, lord Fermain. Cette
lettre était ainsi conçue :

« Madame,

« J'aime autant cela. Je pourrai avoir lord David
pour amant. »

Signé *Josiane*. Ce billet, vrai ou faux, avait un
succès d'enthousiasme.

Un jeune lord, Charles d'Okehampton, baron
Mohun, dans la faction qui ne portait pas perruque, le
lisait et le relisait avec bonheur. Lewis de Duras, comte
de Feversham, anglais qui avait de l'esprit français,
regardait Mohun et souriait.

— Eh bien, s'écriait lord Mohun, voilà la femme
que je voudrais épouser !

Et les voisins des deux lords entendaient ce dialogue
entre Duras et Mohun :

— Épouser la duchesse Josiane, lord Mohun !

— Pourquoi pas ?

— Peste !

— On serait heureux !

— On serait plusieurs.

— Est-ce qu'on n'est pas toujours plusieurs ?

— Lord Mohun, vous avez raison. En fait de
femmes, nous avons tous les restes les uns des autres.
Qui est-ce qui a eu un commencement ?

— Adam, peut-être.

— Pas même.

— Au fait, Satan !

— Mon cher, concluait Lewis de Duras, Adam n'est
qu'un prête-nom. Pauvre dupe. Il a endossé le genre
humain. L'homme a été fait à la femme par le diable.

Hugo Cholmley[1], comte de Cholmley, fort légiste,
était interrogé du banc des évêques par Nathanaël
Crew, lequel était deux fois pair, pair temporel, étant
baron Crew, et pair spirituel, étant évêque de Durham.

---

1. Voir note 2, p. 59.

— Est-ce possible ? disait Crew.

— Est-ce régulier ? disait Cholmley.

— L'investiture de ce nouveau venu s'est faite hors de la chambre, reprenait l'évêque, mais on affirme qu'il y a des précédents.

— Oui. Lord Beauchamp sous Richard II[1]. Lord Chenay sous Élisabeth[2].

— Et lord Broghill sous Cromwell[3].

— Cromwell ne compte pas.

— Que pensez-vous de tout cela ?

— Des choses diverses.

— Mylord comte de Cholmley, quel sera le rang de ce jeune Fermain Clancharlie dans la chambre ?

— Mylord évêque, l'interruption républicaine ayant déplacé les anciens rangs, Clancharlie est aujourd'hui situé dans la pairie entre Barnard et Somers, ce qui fait que, dans un cas de tour d'opinions, lord Fermain Clancharlie parlerait le huitième.

— En vérité ! un bateleur de place publique !

— L'incident en soi ne m'étonne point, mylord évêque. Ces choses-là arrivent. Il en arrive de plus surprenantes. Est-ce que la guerre des deux roses[4] n'a pas été annoncée par l'assèchement subit de la rivière Ouse en Bedford le 1er janvier 1399 ? Or, si une rivière peut tomber en sécheresse, un seigneur peut tomber dans une condition servile. Ulysse, roi d'Ithaque, fit toutes sortes de métiers. Fermain Clancharlie est resté lord sous son enveloppe d'histrion. La bassesse de l'habit ne touche point la noblesse du sang. Mais la prise du test et l'investiture hors séance, quoique légale à la rigueur, peut soulever des objections. Je suis d'avis qu'il faudra s'entendre sur la question de savoir s'il y aurait lieu plus tard à questionner en conversation d'état le lord-chancelier. On verra dans quelques semaines ce qu'il y aura à faire.

Et l'évêque ajoutait :

---

1. Voir note 1, p. 711. **2.** Voir la Chronologie. **3.** Voir la Chronologie. **4.** Voir note 2, p. 710.

— C'est égal. C'est une aventure comme on n'en a pas vu depuis le comte Gesbodus.

Gwynplaine, l'Homme qui Rit, l'inn Tadcaster, la Green-Box, *Chaos vaincu*, la Suisse, Chillon[1], les comprachicos, l'exil, la mutilation, la république, Jeffreys, Jacques II, le *jussu regis*[2], la bouteille ouverte à l'amirauté, le père, lord Linnœus, le fils légitime, lord Fermain, le fils bâtard, lord David, les conflits probables, la duchesse Josiane, le lord-chancelier, la reine, tout cela courait de banc en banc. Une traînée de poudre, c'est le chuchotement. On s'en ressassait les détails. Toute cette aventure était l'immense murmure de la chambre. Gwynplaine, vaguement, au fond du puits de rêverie où il était, entendait ce bourdonnement sans savoir que c'était pour lui.

Cependant il était étrangement attentif, mais attentif aux profondeurs, non à la surface. L'excès d'attention se tourne en isolement.

Une rumeur dans une chambre n'empêche point la séance d'aller son train, pas plus qu'une poussière sur une troupe ne l'empêche de marcher. Les juges, qui ne sont à la chambre haute que de simples assistants ne pouvant parler qu'interrogés, avaient pris place sur le deuxième sac de laine, et les trois secrétaires d'état sur le troisième. Les héritiers de pairie affluaient dans leur compartiment à la fois dehors et dedans, qui était en arrière du trône. Les pairs mineurs étaient sur leur gradin spécial. En 1705, ces petits lords n'étaient pas moins de douze : Huntingdon, Lincoln, Dorset, Warwick, Bath, Burlington, Derwentwater[3], destiné à une mort tragique, Longueville, Lonsdale, Dudley and Ward, et Carteret, ce qui faisait une marmaille de huit comtes, de deux vicomtes et de deux barons.

Dans l'enceinte, sur les trois étages de bancs, chaque

---

1. Voir note 3, p. 260.   **2.** Sur ordre du roi.   **3.** James Radcliffe (1689-1716) manifesta un attachement personnel pour les Stuarts dont il tenta de restaurer l'autorité. Il fomenta une révolte en 1715 mais sans succès. Il fut condamné à mort et décapité.

lord avait regagné son siège. Presque tous les évêques étaient là. Les ducs étaient nombreux, à commencer par Charles Seymour, duc de Somerset, et à finir par Georges Augustus, prince électoral de Hanovre, duc de Cambridge, le dernier en date et par conséquent le dernier en rang. Tous étaient en ordre, selon les préséances : Cavendish, duc de Devonshire, dont le grand-père avait abrité à Hardwick les quatre-vingt-douze ans de Hobbes [1], Lennox, duc de Richmond ; les trois Fitz-Roy, le duc de Southampton, le duc de Grafton et le duc de Northumberland ; Butler, duc d'Ormond ; Somerset, duc de Beaufort ; Beauclerk, duc de Saint-Albans ; Pawlett, duc de Bolton ; Osborne, duc de Leeds ; Wriothesley Russell, duc de Bedford, ayant pour cri d'armes et pour devise : *Che sara sara* [2], c'est-à-dire l'acceptation des événements ; Sheffield, duc de Buckingham ; Manners, duc de Rutland, et les autres. Ni Howard, duc de Norfolk, ni Talbot, duc de Shrewsbury, ne siégeaient, étant catholiques ; ni Churchill [3], duc de Malborough, – notre Malbrouck, – qui était en guerre et battait la France en ce moment-là. Il n'y avait point alors de duc écossais, Queensberry, Montrose et Roxburghe n'ayant été admis qu'en 1707.

VI

LA HAUTE ET LA BASSE

Tout à coup, il y eut dans la chambre une vive clarté. Quatre door-keepers apportèrent et placèrent des deux côtés du trône quatre hautes torchères-candélabres chargées de bougies. Le trône, ainsi éclairé, apparut dans une sorte de pourpre lumineuse. Vide, mais

---

1. Voir note 5, p. 523.   **2.** Ce qui doit advenir adviendra.   **3.** Voir note 2, p. 293.

auguste. La reine dedans n'y eût pas ajouté grand chose.

L'huissier de la verge noire entra, la baguette levée, et dit :

— Leurs seigneuries les commissaires de sa majesté.

Toutes les rumeurs tombèrent.

Un clerc en perruque et en simarre [1] parut à la grande porte tenant un coussin fleurdelysé sur lequel on voyait des parchemins. Ces parchemins étaient des bills. À chacun pendait à une tresse de soie la bille ou bulle, d'or quelquefois, qui fait qu'on appelle les lois *bills* en Angleterre et *bulles* à Rome.

À la suite du clerc marchaient trois hommes en robes de pairs, le chapeau à plumes sur la tête.

Ces hommes étaient les commissaires royaux. Le premier était le lord haut-trésorier [2] d'Angleterre, Godolphin [3], le second était le lord-président du conseil, Pembroke [4], le troisième était le lord du sceau privé, Newcastle [5].

Ils marchaient l'un derrière l'autre, selon la préséance, non de leur titre, mais de leur charge, Godolphin en tête, Newcastle le dernier, quoique duc.

Ils vinrent au banc devant le trône, firent la révérence à la chaise royale, ôtèrent et remirent leurs chapeaux et s'assirent sur le banc.

Le lord-chancelier regarda l'huissier de la verge noire et dit :

— Mandez à la barre les communes.

L'huissier de la verge noire sortit.

Le clerc, qui était un clerc de la chambre des lords,

---

1. Voir note 1, p. 146.   **2.** Le lord haut-trésorier d'Angleterre est le troisième des grands officiers de la Couronne, le lord président du conseil, le quatrième et le lord du sceau privé, le cinquième. Entre les mains de ce dernier passent toutes les chartes, toutes les faveurs et les actes que le roi fait expédier. C'est un homme de confiance chargé d'apposer le sceau royal, après un ordre particulier du roi (Chamberlayne, 1re partie, chap. 12).   **3.** Voir note 6, p. 314.   **4.** Voir note 7, p. 314.   **5.** John Holles, duc de Newcastle (1662-1711), devint un homme riche et puissant dans le royaume. Il fut nommé le 26 mars 1705 lord du sceau privé.

posa sur la table, dans le carré des sacs de laine, le coussin où étaient les bills.

Il y eut une interruption qui dura quelques minutes. Deux door-keepers posèrent devant la barre un escabeau de trois degrés. Cet escabeau était de velours incarnat sur lequel des clous dorés dessinaient des fleurs de lys.

La grande porte, qui s'était refermée, se rouvrit, et une voix cria :

— Les fidèles communes d'Angleterre.

C'était l'huissier de la verge noire qui annonçait l'autre moitié du parlement.

Les lords mirent leurs chapeaux.

Les membres des communes entrèrent, précédés du speaker[1], tous tête nue.

Ils s'arrêtèrent à la barre. Ils étaient en habit de ville, la plupart en noir, avec l'épée.

Le speaker, très-honorable John Smyth, écuyer[2], membre pour le bourg d'Andover[3], monta sur l'escabeau qui était au milieu de la barre. L'orateur des communes avait une longue simarre de satin noir à larges manches et à fentes galonnées de brandebourgs d'or par derrière et par devant, et moins de perruque que le lord-chancelier. Il était majestueux, mais inférieur.

Tous ceux des communes, orateur et membres, demeurèrent en attente, debout et nu-tête, devant les pairs assis et couverts.

On remarquait dans les communes le chef-justice de Chester, Joseph Jekyll, plus trois sergents[4] en loi de sa majesté, Hooper, Powys et Parker, et James Montagu,

---

1. Président de la Chambre des communes, nommé par cette dernière au commencement de chaque législature.　　2. Chez Chamberlayne, c'est l'avant-dernier ordre de la petite noblesse, plus bas que les chevaliers, mais plus élevé que les gentilshommes.　　3. Ville du comté de Hamp à 68 km à l'ouest-sud-ouest de Londres.　　4. « Anciennement officier de justice chargé des poursuites judiciaires » (Littré).

solliciteur général, et l'attorney général[1] Simon Har-
court. À part quelques baronnets[2] et chevaliers, et neuf
lords de courtoisie[3], Hartington, Windsor, Woodstock,
Mordaunt, Gramby, Scudamore, Fitz-Harding, Hyde,
et Burkeley, fils de pairs et héritiers de pairies, tout le
reste était du peuple. Sorte de sombre foule silencieuse.

Quand le bruit de pas de toute cette entrée eut cessé,
le crieur de la verge noire, à la porte, dit :

— Oyez !

Le clerc de la couronne se leva. Il prit, déploya et
lut le premier des parchemins posés sur le coussin.
C'était un message de la reine nommant, pour la représenter en son parlement, avec pouvoir de sanctionner
les bills, trois commissaires, savoir : ... – Ici le clerc
haussa la voix.

— Sydney, comte de Godolphin.

Le clerc salua lord Godolphin. Lord Godolphin souleva son chapeau. Le clerc continua :

— ... Thomas Herbert, comte de Pembroke et de
Montgomery.

Le clerc salua lord Pembroke. Lord Pembroke toucha son chapeau. Le clerc reprit :

— ... John Hollis, duc de Newcastle.

Le clerc salua lord Newcastle. Lord Newcastle fit un
signe de tête.

Le clerc de la couronne se rassit. Le clerc du parlement se leva. Son sous-clerc, qui était à genoux, se
leva en arrière de lui. Tous deux faisant face au trône,
et tournant le dos aux communes.

Il y avait sur le coussin cinq bills. Ces cinq bills,
votés par les communes et consentis par les lords,
attendaient la sanction royale.

Le clerc du parlement lut le premier bill.

C'était un acte des communes, qui mettait à la
charge de l'État les embellissements faits par la reine

---

1. Officiers légaux, conseillers de la couronne. L'attorney général était
spécialement chargé de poursuivre les criminels dans les affaires les plus
importantes.   **2.** Voir note 7, p. 609.   **3.** Voir note 3, p. 716.

à sa résidence de Hampton-Court, se montant à un million sterling.

Lecture faite, le clerc salua profondément le trône. Le sous-clerc répéta le salut plus profondément encore, puis tournant à demi la tête vers les communes, dit :

— La reine accepte vos bénévolences[1] et ainsi le veut.

Le clerc lut le deuxième bill.

C'était une loi condamnant à la prison et à l'amende quiconque se soustrairait au service des trainbands. Les trainbands (troupe qu'on traîne où l'on veut) sont cette milice bourgeoise qui sert gratis et qui, sous Élisabeth, à l'approche de l'Armada, avait donné cent quatre-vingt-cinq mille fantassins et quarante mille cavaliers.

Les deux clercs firent à la chaise royale une nouvelle révérence ; après quoi le sous-clerc, de profil, dit à la chambre des communes :

— La reine le veut.

Le troisième bill accroissait les dîmes et prébendes[2] de l'évêché de Lichfield et de Coventry, qui est une des plus riches prélatures[3] d'Angleterre, faisait une rente à la cathédrale, augmentait le nombre des chanoines et grossissait le doyenné[4] et les bénéfices, « afin de pourvoir, disait le préambule, aux nécessités de notre sainte religion ». Le quatrième bill ajoutait au budget de nouveaux impôts, un sur le papier marbré[5], un sur les carrosses de louage fixés au nombre de huit cents dans Londres et taxés cinquante-deux livres par an chaque, un sur les avocats, procureurs et solliciteurs[6], de quarante-huit livres par tête par an, un sur les peaux tannées, « nonobstant, disait le préambule, les doléances des arti-

---

1. Terme anglais qui désigne une contribution forcée imposée par le roi à ses sujets. La première date de 1473, sous Édouard IV. Mais le terme n'est pas ici dénué d'ironie puisqu'il renvoie étymologiquement au sens de « bienveillance ». **2.** Partie des revenus d'une cathédrale accordée à un ecclésiastique. **3.** Voir note 1, p. 727. **4.** Circonscription ecclésiastique ayant à sa tête un doyen. **5.** Papier irisé « employé par les relieurs pour la couverture des livres » (P. Larousse). **6.** Officiers établis pour agir en justice au nom de ceux qui plaident en quelque juridiction.

sans en cuir, » un sur le savon, « nonobstant les réclamations de la ville d'Exeter [1] et du Devonshire où l'on
fabrique quantité de serge et de drap, » un sur le vin,
de quatre schellings par barrique, un sur la farine, un
sur l'orge et le houblon, et renouvelait pour quatre ans,
les besoins de l'État, disait le préambule, *devant passer
avant les remontrances du commerce*, l'impôt du tonnage [2] variant de six livres tournois par tonneau pour
les vaisseaux venant d'Occident à dix-huit cents livres
pour ceux venant d'Orient. Enfin le bill, déclarant
insuffisante la capitation ordinaire [3] déjà levée pour
l'année courante, s'achevait par une surtaxe générale
sur tout le royaume de quatre schellings ou quarante-
huit sous tournois par tête de sujet, avec mention que
ceux qui refuseraient de prêter les nouveaux serments
au gouvernement paieraient le double de la taxe. Le
cinquième bill faisait défense d'admettre à l'hôpital
aucun malade s'il ne déposait en entrant une livre sterling pour payer, en cas de mort, son enterrement. Les
trois derniers bills, comme les deux premiers, furent,
l'un après l'autre, sanctionnés et faits lois par une salutation au trône et par les quatre mots du sous-clerc « la
reine le veut » dits, par dessus l'épaule, aux
communes.

Puis le sous-clerc se remit à genoux devant le quatrième sac de laine, et le lord-chancelier dit :

— Soit fait comme il est désiré.

Ceci terminait la séance royale.

Le speaker, courbé en deux devant le chancelier,
descendit à reculons de l'escabeau, en rangeant sa robe
derrière lui ; ceux des communes s'inclinèrent jusqu'à
terre, et, pendant que la chambre haute reprenait, sans
faire attention à toutes ces révérences, son ordre du
jour interrompu, la chambre basse s'en alla.

---

1. Ville du sud de l'Angleterre, dans le comté du Devonshire.   **2.** Voir
note 3, p. 431.   **3.** Impôt levé par individu.

VII

LES TEMPÊTES D'HOMMES PIRES QUE LES TEMPÊTES D'OCÉANS

Les portes se refermèrent ; l'huissier de la verge noire rentra ; les lords commissaires quittèrent le banc d'état et vinrent s'asseoir en tête du banc des ducs, aux places de leurs charges, et le lord-chancelier prit la parole :

— Mylords, la délibération de la chambre étant depuis plusieurs jours sur le bill qui propose d'augmenter de cent mille livres sterling la provision annuelle de son altesse royale le prince mari de sa majesté, le débat ayant été épuisé et clos, il va être procédé au vote. Le vote sera pris, selon l'usage, à partir du puîné du banc des barons. Chaque lord, à l'appel de son nom, se lèvera et répondra *content* ou *non content*, et sera libre d'exposer ses motifs de vote, s'il le juge à propos. Clerc, appelez le vote.

Le clerc du parlement, debout, ouvrit un large in-folio exhaussé sur un pupitre doré, qui était le Livre de la Pairie.

Le puîné de la chambre à cette époque était lord John Hervey, créé baron et pair en 1703, duquel sont issus les marquis de Bristol.

Le clerc appela :

— Mylord John, baron Hervey.

Un vieillard en perruque blonde se leva et dit :

— Content.

Puis se rassit.

Le sous-clerc enregistra le vote.

Le clerc continua :

— Mylord Francis Seymour, baron Conway de Kil-lultagh.

— Content, murmura en se soulevant à demi un élégant jeune homme à figure de page, qui ne se doutait point qu'il était le grand-père des marquis d'Hertford.

— Mylord John Leveson, baron Gower, reprit le clerc.

Ce baron, d'où devaient sortir les ducs de Sutherland, se leva et dit en se rasseyant :

— Content.

Le clerc poursuivit :

— Mylord Heneage Finch, baron Guernesey.

L'aïeul des comtes d'Aylesford, non moins jeune et
non moins élégant que l'ancêtre des marquis
d'Hertford, justifia sa devise *Aperto vivere voto*[1] par
la hauteur de son consentement.

— Content, cria-t-il.

Pendant qu'il se rasseyait, le clerc appelait le cinquième baron :

— Mylord John, baron Granville.

— Content, répondit, tout de suite levé et rassis,
lord Granville de Potheridge, dont la pairie sans avenir
devait s'éteindre en 1709.

Le clerc passa au sixième.

— Mylord Charles Mountague, baron Halifax.

— Content, dit lord Halifax, porteur d'un titre sous
lequel s'était éteint le nom de Saville et devait
s'éteindre le nom de Mountague. Mountague est distinct de Montagu et de Mountacute.

Et lord Halifax ajouta :

— Le prince Georges a une dotation comme mari
de sa majesté ; il en a une autre comme prince de
Danemark, une autre comme duc de Cumberland, et
une autre comme lord haut-amiral d'Angleterre et d'Irlande, mais il n'en a point comme généralissime. C'est
là une injustice. Il faut faire cesser ce désordre, dans
l'intérêt du peuple anglais.

Puis lord Halifax fit l'éloge de la religion chrétienne,
blâma le papisme et vota le subside.

Lord Halifax rassis, le clerc repartit :

— Mylord Christophe, baron Barnard.

Lord Barnard, de qui devaient naître les ducs de Cleveland, se leva à l'appel de son nom.

---

1. Jeu de mots : « vivre en exprimant ses désirs » devient « vivre en
exprimant son vote ».

— Content.

Et il mit quelque lenteur à se rasseoir, ayant un rabat de dentelle qui valait la peine d'être remarqué. C'était du reste un digne gentilhomme et un vaillant officier que lord Barnard.

Tandis que lord Barnard se rasseyait, le clerc, qui lisait de routine, eut quelque hésitation. Il raffermit ses lunettes et se pencha sur le registre avec un redoublement d'attention, puis, redressant la tête, il dit :

— Mylord Fermain Clancharlie, baron Clancharlie et Hunkerville.

Gwynplaine se leva :

— Non content, dit-il.

Toutes les têtes se tournèrent. Gwynplaine était debout. Les gerbes de chandelles placées des deux côtés du trône éclairaient vivement sa face, et la faisaient saillir dans la vaste salle obscure avec le relief qu'aurait un masque sur un fond de fumée.

Gwynplaine avait fait sur lui cet effort qui, on s'en souvient, lui était, à la rigueur, possible. Par une concentration de volonté égale à celle qu'il faudrait pour dompter un tigre, il avait réussi à ramener pour un moment au sérieux le fatal rictus de son visage. Pour l'instant, il ne riait pas. Cela ne pouvait durer longtemps ; les désobéissances à ce qui est notre loi, ou notre fatalité, sont courtes ; parfois l'eau de la mer résiste à la gravitation, s'enfle en trombe et fait une montagne, mais à la condition de retomber. Cette lutte était celle de Gwynplaine. Pour une minute qu'il sentait solennelle, par une prodigieuse intensité de volonté, mais pour pas beaucoup plus de temps qu'un éclair, il avait jeté sur son front le sombre voile de son âme ; il tenait en suspens son incurable rire ; de cette face qu'on lui avait sculptée, il avait retiré la joie. Il n'était plus qu'effrayant.

— Qu'est cet homme ? ce fut le cri.

Un frémissement indescriptible courut sur tous les bancs. Ces cheveux en forêt, ces enfoncements noirs sous les sourcils, ce regard profond d'un œil qu'on ne

voyait pas, le modelé farouche de cette tête mêlant
hideusement l'ombre et la lumière, ce fut surprenant.
Cela dépassait tout. On avait eu beau parler de Gwynplaine, le voir fut formidable. Ceux même qui s'y
attendaient ne s'y attendaient pas. Qu'on s'imagine, sur
la montagne réservée aux dieux, dans la fête d'une soirée sereine, toute la troupe des tout-puissants réunie, et
la face de Prométhée [1], ravagée par les coups de bec
du vautour, apparaissant tout à coup comme une lune
sanglante à l'horizon. L'Olympe apercevant le Caucase, quelle vision ! Vieux et jeunes, béants, regardèrent Gwynplaine.

Un vieillard vénéré de toute la chambre, qui avait
vu beaucoup d'hommes et beaucoup de choses, et qui
était désigné pour être duc, Thomas, comte de Warton,
se leva effrayé.

— Qu'est-ce que cela veut dire ? cria-t-il. Qui a
introduit cet homme dans la chambre ? Qu'on mette
cet homme dehors.

Et apostrophant Gwynplaine avec hauteur :

— Qui êtes-vous ? d'où sortez-vous ?

Gwynplaine répondit :

— Du gouffre.

Et, croisant les bras, il regarda les lords.

— Qui je suis ? je suis la misère [2]. Mylords, j'ai à
vous parler.

Il y eut un frisson, et un silence. Gwynplaine
continua.

— Mylords, vous êtes en haut. C'est bien. Il faut
croire que Dieu a ses raisons pour cela. Vous avez le
pouvoir, l'opulence, la joie, le soleil immobile à votre
zénith, l'autorité sans borne, la jouissance sans partage,
l'immense oubli des autres. Soit. Mais il y au-dessous
de vous quelque chose. Au-dessus peut-être. Mylords,
je viens vous apprendre une nouvelle. Le genre humain
existe.

---

1. Voir note 1, p. 415.   2. Hugo a prononcé un discours sur la misère
en 1849 (*Actes et Paroles*). Voir Guy Rosa, « *"Lord Clown"* ou comment
V. Hugo devint un orateur républicain », voir la Bibliographie p. 856.

Les assemblées sont comme les enfants ; les incidents sont leur boîte à surprises, et elles en ont la peur, et le goût. Il semble parfois qu'un ressort joue, et l'on voit jaillir du trou un diable. Ainsi en France Mirabeau[1], difforme lui aussi.

Gwynplaine en ce moment sentait en lui un grandissement étrange. Un groupe d'hommes à qui l'on parle, c'est un trépied[2]. On est, pour ainsi dire, debout sur une cime d'âmes. On a sous son talon un tressaillement d'entrailles humaines. Gwynplaine n'était plus l'homme qui, la nuit précédente, avait été, un instant, presque petit. Les fumées de cette élévation subite, qui l'avaient troublé, s'étaient allégées et avaient pris de la transparence, et là où Gwynplaine avait été séduit par une vanité, il voyait maintenant une fonction. Ce qui l'avait d'abord amoindri, à présent le rehaussait. Il était illuminé d'un de ces grands éclairs qui viennent du devoir.

On cria de toutes parts autour de Gwynplaine :

— Écoutez ! Écoutez !

Lui cependant, crispé et surhumain, réussissait à maintenir sur son visage la contraction sévère et lugubre, sous laquelle se cabrait le rictus, comme un cheval sauvage prêt à s'échapper. Il reprit :

— Je suis celui qui vient des profondeurs. Mylords, vous êtes les grands et les riches. C'est périlleux. Vous profitez de la nuit. Mais prenez garde, il y a une grande puissance, l'aurore. L'aube ne peut être vaincue. Elle arrivera. Elle arrive. Elle a en elle le jet du jour irrésistible. Et qui empêchera cette fronde de jeter le soleil dans le ciel ? Le soleil, c'est le droit. Vous, vous êtes le privilège. Ayez peur. Le vrai maître de la maison va frapper à la porte. Quel est le père du privilège ? le hasard. Et quel est son fils ? l'abus. Ni le hasard ni l'abus ne sont solides. Ils ont l'un et l'autre un mauvais lendemain. Je viens vous avertir. Je viens vous dénon-

---

1. Voir note 1, p. 300.   2. L'allusion au siège de la Pythie reflète ici la dimension prophétique du discours de Gwynplaine.

cer votre bonheur. Il est fait du malheur d'autrui. Vous avez tout, et ce tout se compose du rien des autres. Mylords, je suis l'avocat désespéré, et je plaide la cause perdue. Cette cause, Dieu la regagnera. Moi, je ne suis rien, qu'une voix. Le genre humain est une bouche, et j'en suis le cri. Vous m'entendrez. Je viens ouvrir devant vous, pairs d'Angleterre, les grandes assises du peuple, ce souverain, qui est le patient, ce condamné, qui est le juge. Je plie sous ce que j'ai à dire. Par où commencer ? Je ne sais. J'ai ramassé dans la vaste diffusion des souffrances mon énorme plaidoirie éparse. Qu'en faire maintenant ? elle m'accable, et je la jette pêle-mêle devant moi. Avais-je prévu ceci ? non. Vous êtes étonnés, moi aussi. Hier j'étais un bateleur, aujourd'hui je suis un lord. Jeux profonds. De qui ? de l'inconnu. Tremblons tous. Mylords, tout l'azur est de votre côté. De cet immense univers, vous ne voyez que la fête ; sachez qu'il y a de l'ombre. Parmi vous je m'appelle lord Fermain Clancharlie, mais mon vrai nom est un nom de pauvre, Gwynplaine. Je suis un misérable taillé dans l'étoffe des grands par un roi, dont ce fut le bon plaisir. Voilà mon histoire. Plusieurs d'entre vous ont connu mon père, je ne l'ai pas connu. C'est par son côté féodal qu'il vous touche, et moi je lui adhère par son côté proscrit. Ce que Dieu a fait est bien. J'ai été jeté au gouffre. Dans quel but ? pour que j'en visse le fond. Je suis un plongeur, et je rapporte la perle, la vérité. Je parle, parce que je sais. Vous m'entendrez, mylords. J'ai éprouvé. J'ai vu. La souffrance, non, ce n'est pas un mot, messieurs les heureux. La pauvreté, j'y ai grandi ; l'hiver, j'y ai grelotté ; la famine, j'en ai goûté ; le mépris, je l'ai subi ; la peste, je l'ai eue ; la honte, je l'ai bue. Et je la revomirai devant vous, et ce vomissement de toutes les misères éclaboussera vos pieds et flamboiera. J'ai hésité avant de me laisser amener à cette place où je suis, car j'ai ailleurs d'autres devoirs. Et ce n'est pas ici qu'est mon cœur. Ce qui s'est passé en moi ne vous regarde pas ; quand l'homme que vous nommez l'huissier de la verge noire est venu me chercher de la part de la femme que vous nommez la reine, j'ai eu un moment l'idée de refuser. Mais il m'a semblé que l'obscure main de Dieu me poussait de ce côté, et j'ai obéi. J'ai senti qu'il fallait que je vinsse parmi vous. Pourquoi ? à cause de mes haillons d'hier. C'est pour prendre la parole parmi les rassasiés que Dieu m'avait mêlé aux affamés. Oh ! ayez pitié ! Oh ! ce fatal monde dont vous croyez être, vous ne le connaissez point ; si haut, vous êtes dehors ; je vous dirai moi, ce que c'est. De l'expérience, j'en ai. J'arrive de dessous la pression. Je puis vous dire ce que vous pesez. Ô vous les maîtres, ce que vous êtes, le savez-vous ? Ce que vous faites, le voyez-vous ? Non. Ah ! tout est terrible. Une nuit, une nuit de tempête, tout petit, abandonné, orphelin, seul dans la création démesurée, j'ai fait mon entrée dans cette obscurité que vous appelez la société. La première chose que j'ai vue, c'est la loi, sous la forme d'un gibet ; la deuxième, c'est la richesse, c'est votre richesse, sous la forme d'une femme morte de froid et de faim ; la troisième, c'est l'avenir, sous la forme d'un enfant agonisant ; la quatrième, c'est le bon, le vrai, et le juste, sous la figure d'un vagabond n'ayant pour compagnon et pour ami qu'un loup.

En ce moment, Gwynplaine, pris d'une émotion poignante, sentit lui monter à la gorge les sanglots.

Ce qui fit, chose sinistre, qu'il éclata de rire.

La contagion fut immédiate. Il y avait sur l'assemblée un nuage ; il pouvait crever en épouvante ; il creva en joie. Le rire, cette démence épanouie, prit toute la chambre. Les cénacles d'hommes souverains ne demandent pas mieux que de bouffonner. Ils se vengent ainsi de leur sérieux.

Un rire de rois ressemble à un rire de dieux ; cela a toujours une pointe cruelle. Les lords se mirent à jouer. Le ricanement aiguisa le rire. On battit des mains autour de celui qui parlait, et on l'outragea. Un pêle-mêle d'interjections joyeuses l'assaillit, grêle gaie et meurtrissante.

— Bravo, Gwynplaine ! – Bravo, l'Homme qui
Rit ! – Bravo, le museau de la Green-Box ! – Bravo,
la hure[1] du Tarrinzeau-field ! – Tu viens nous donner
une représentation. C'est bon ! bavarde ! – En voilà un
qui m'amuse ! – Mais rit-il bien, cet animal-là ! – Bonjour, pantin ! – Salut à lord Clown ! – Harangue, va !
– C'est un pair d'Angleterre, ça ! – Continue ! – Non !
non ! – Si ! si !

Le lord-chancelier était assez mal à son aise.

Un lord sourd, James Butler, duc d'Ormond, faisant
de sa main à son oreille un cornet acoustique, demandait à Charles Beauclerk, duc de Saint-Albans :

— Comment a-t-il voté ?

Saint-Albans répondait :

— Non content.

— Parbleu, disait Ormond, je le crois bien. Avec ce
visage-là !

Une foule échappée – et les assemblées sont des
foules – ressaisissez-la donc. L'éloquence est un mors ;
si le mors casse, l'auditoire s'emporte, et rue jusqu'à
ce qu'il ait désarçonné l'orateur. L'auditoire hait l'orateur. On ne sait pas assez cela. Se raidir sur la bride
semble une ressource, et n'en est pas une. Tout orateur
l'essaie. C'est l'instinct. Gwynplaine l'essaya.

Il considéra un moment ces hommes qui riaient.

— Alors, cria-t-il, vous insultez la misère. Silence,
pairs d'Angleterre ! juges, écoutez la plaidoirie. Oh !
je vous en conjure, ayez pitié ! Pitié pour qui ? Pitié
pour vous. Qui est en danger ? C'est vous. Est-ce que
vous ne voyez pas que vous êtes dans une balance et
qu'il y a dans un plateau votre puissance et dans l'autre
votre responsabilité ? Dieu vous pèse. Oh ! ne riez pas.
Méditez. Cette oscillation de la balance de Dieu, c'est
le tremblement de la conscience. Vous n'êtes pas
méchants. Vous êtes des hommes comme les autres, ni
meilleurs, ni pires. Vous vous croyez des dieux, soyez

---

1. Tête du sanglier, du cochon et, par extension, de certaines bêtes
fauves.

malades demain, et regardez frissonner dans la fièvre
votre divinité. Nous nous valons tous. Je m'adresse aux
esprits honnêtes, il y en a ici ; je m'adresse aux intelligences élevées, il y en a ; je m'adresse aux âmes géné-
reuses, il y en a. Vous êtes pères, fils et frères, donc
vous êtes souvent attendris. Celui de vous qui a regardé
ce matin le réveil de son petit enfant est bon. Les cœurs
sont les mêmes. L'humanité n'est pas autre chose
qu'un cœur. Entre ceux qui oppriment et ceux qui sont
opprimés, il n'y a de différence que l'endroit où ils
sont situés. Vos pieds marchent sur des têtes, ce n'est
pas votre faute. C'est la faute de la Babel sociale.
Construction manquée, toute en surplombs. Un étage
accable l'autre. Écoutez-moi, je vais vous dire. Oh !
puisque vous êtes puissants, soyez fraternels ; puisque
vous êtes grands, soyez doux. Si vous saviez ce que
j'ai vu ! Hélas ! en bas, quel tourment ! Le genre
humain est au cachot. Que de damnés, qui sont des
innocents ! Le jour manque, l'air manque, la vertu
manque ; on n'espère pas ; et, ce qui est redoutable, on
attend. Rendez-vous compte de ces détresses. Il y a des
êtres qui vivent dans la mort. Il y a des petites filles
qui commencent à huit ans par la prostitution et qui
finissent à vingt ans par la vieillesse. Quant aux sévérités pénales, elles sont épouvantables. Je parle un peu
au hasard, et je ne choisis pas. Je dis ce qui me vient
à l'esprit. Pas plus tard qu'hier, moi qui suis ici, j'ai
vu un homme enchaîné et nu, avec des pierres sur le
ventre, expirer dans la torture. Savez-vous cela ? non.
Si vous saviez ce qui se passe, aucun de vous n'oserait
être heureux. Qui est-ce qui est allé à Newcastle-on-
Tyne ? Il y a dans les mines des hommes qui mâchent
du charbon pour s'emplir l'estomac et tromper la faim.
Tenez, dans le comté de Lancastre, Ribblechester, à
force d'indigence, de ville est devenue village. Je ne
trouve pas que le prince George de Danemark ait
besoin de cent mille guinées de plus. J'aimerais mieux
recevoir à l'hôpital l'indigent malade sans lui faire
payer d'avance son enterrement. En Caërnarvon, à

Traith-maur comme à Traith-bichan, l'épuisement des pauvres est horrible. À Strafford, on ne peut dessécher le marais, faute d'argent. Les fabriques de draperie sont fermées dans tout le Lancashire. Chômage partout. Savez-vous que les pêcheurs de hareng de Harlech mangent de l'herbe quand la pêche manque ? Savez-vous qu'à Burton-Lazers il y a encore des lépreux traqués, et auxquels on tire des coups de fusil s'ils sortent de leurs tanières ? À Ailesbury, ville dont un de vous est lord, la disette est en permanence. À Penckridge en Coventry [1], dont vous venez de doter la cathédrale et d'enrichir l'évêque, on n'a pas de lits dans les cabanes, et l'on creuse des trous dans la terre pour y coucher les petits enfants, de sorte qu'au lieu de commencer par le berceau, ils commencent par la tombe. J'ai vu ces choses-là. Mylords, les impôts que vous votez, savez-vous qui les paie ? Ceux qui expirent. Hélas ! vous vous trompez. Vous faites fausse route. Vous augmentez la pauvreté du pauvre pour augmenter la richesse du riche. C'est le contraire qu'il faudrait faire. Quoi, prendre au travailleur pour donner à l'oisif, prendre au déguenillé pour donner au repu, prendre à l'indigent pour donner au prince ! Oh, oui, j'ai du vieux sang républicain dans les veines. J'ai horreur de cela. Ces rois, je les exècre ! Et que les femmes sont effrontées ! On m'a conté une triste histoire. Oh ! je hais Charles II [2] ! une femme que mon père avait aimée s'est donnée à ce roi, pendant que mon père mourait en exil, la prostituée ! Charles II, Jacques II ; après un vaurien, un scélérat ! Qu'y a-t-il dans le roi ? un homme, un faible et chétif sujet des besoins et des infirmités. À quoi bon le roi ? Cette royauté parasite, vous la gavez. Ce ver de terre, vous le faites boa. Ce

---

1. Hugo multiplie les exemples puisés aux quatre coins du pays : Newcastle-on-Tyne est une ville du N.-O. de l'Angleterre, Caërnarvon est une région du N.-O. du pays de Galles, Coventry se trouve dans les Midlands, Lancashire est le berceau de l'industrie textile anglaise.   2. Voir la Chronologie.

tenia, vous le faites dragon. Grâce pour les pauvres ! vous alourdissez l'impôt au profit du trône. Prenez garde aux lois que vous décrétez. Prenez garde au fourmillement douloureux que vous écrasez. Baissez les yeux. Regardez à vos pieds. Ô grands, il y a des petits ! ayez pitié. Oui ! pitié de vous ! car les multitudes agonisent, et le bas en mourant fait mourir le haut. La mort est une cessation qui n'excepte aucun membre. Quand la nuit vient, personne ne garde son coin de jour. Êtes-vous égoïstes ? sauvez les autres. La perdition du navire n'est indifférente à aucun passager. Il n'y a pas naufrage de ceux-ci sans qu'il y ait engloutissement de ceux-là. Oh ! sachez-le, l'abîme est pour tous.

Le rire redoubla, irrésistible. Du reste, pour égayer une assemblée, il suffisait de ce que ces paroles avaient d'extravagant.

Être comique au dehors, et tragique au dedans, pas de souffrance plus humiliante, pas de colère plus profonde. Gwynplaine avait cela en lui. Ses paroles voulaient agir dans un sens, son visage agissait dans l'autre ; situation affreuse. Sa voix eut tout à coup des éclats stridents.

— Ils sont joyeux, ces hommes ! C'est bon. L'ironie fait face à l'agonie. Le ricanement outrage le râle. Ils sont tout-puissants ! C'est possible. Soit. On verra. Ah ! je suis un des leurs. Je suis aussi un des vôtres, ô vous les pauvres ! un roi m'a vendu, un pauvre m'a recueilli. Qui m'a mutilé ? un prince. Qui m'a guéri et nourri ? un meurt-de-faim. Je suis lord Clancharlie, mais je reste Gwynplaine. Je tiens aux grands, et j'appartiens aux petits. Je suis parmi ceux qui jouissent et avec ceux qui souffrent. Ah ! cette société est fausse. Un jour viendra la société vraie. Alors il n'y aura plus de seigneurs, il y aura des vivants libres. Il n'y aura plus de maîtres, il y aura des pères. Ceci est l'avenir. Plus de prosternement, plus de bassesse, plus d'ignorance, plus d'hommes bêtes de somme, plus de courtisans, plus de valets, plus de rois, la lumière ! En attendant, me voici. J'ai un droit, j'en use. Est-ce un

droit ? Non, si j'en use pour moi. Oui, si j'en use pour
tous. Je parlerai aux lords, en étant un. Ô mes frères
d'en bas, je leur dirai votre dénûment. Je me dresserai
avec la poignée des haillons du peuple dans la main,
et je secouerai sur les maîtres la misère des esclaves,
et ils ne pourront plus, eux les favorisés et les arro-
gants, se débarrasser du souvenir des infortunés, et se
délivrer, eux les princes, de la cuisson[1] des pauvres, et
tant pis si c'est de la vermine, et tant mieux si elle
tombe sur des lions !

Ici Gwynplaine se tourna vers les sous-clercs agenouillés qui écrivaient sur le quatrième sac de laine.

— Qu'est-ce que c'est que ces gens qui sont à
genoux ? Qu'est-ce que vous faites là ? Levez-vous,
vous êtes des hommes.

Cette brusque apostrophe à des subalternes qu'un
lord ne doit pas même apercevoir, mit le comble aux
joies. On avait crié bravo, on cria hurrah ! Du battement des mains on passa au trépignement. On eût pu
se croire à la Green-Box. Seulement, à la Green-Box le
rire fêtait Gwynplaine, ici il l'exterminait. Tuer, c'est
l'effort du ridicule. Le rire des hommes fait quelquefois tout ce qu'il peut pour assassiner.

Le rire était devenu une voie de fait. les quolibets
pleuvaient. C'est la bêtise des assemblées d'avoir de
l'esprit. Leur ricanement ingénieux et imbécile écarte
les faits au lieu de les étudier et condamne les questions au lieu de les résoudre. Un incident est un point
d'interrogation. En rire, c'est rire de l'énigme. Le
sphinx, qui ne rit pas, est derrière.

On entendait des clameurs contradictoires :

— Assez ! assez ! – Encore ! encore !

William Farmer, baron Leimpster, jetait à Gwynplaine l'affront de Ryc-Quiney[2] à Shakespeare :

---

1. Ici, sensation semblable à la brûlure, douleur cuisante.   2. L'anecdote était déjà développée par Hugo dans *William Shakespeare* (I, I, 3, § IX).
Ryc-Quiney aurait demandé avec déférence quelque secours à Shakespeare.
Devant le refus de ce dernier, il aurait griffonné l'insulte au revers de la
lettre : *Histrion ! mime !*

— *Histrio ! mima !*

Lord Vaughan, homme sentencieux, le vingt-neuvième du banc des barons, s'écriait :

— Nous revoici au temps où les animaux péroraient. Au milieu des bouches humaines, une mâchoire bestiale a la parole.

— Écoutons l'âne de Balaam[1], ajoutait lord Yarmouth.

Lord Yarmouth avait l'air sagace que donne un nez rond et une bouche de travers.

— Le rebelle Linnœus est châtié dans son tombeau. Le fils est la punition du père, disait John Hough, évêque de Lichfield et de Coventry, dont Gwynplaine avait effleuré la prébende[2].

— Il ment, affirmait lord Cholmley, le législateur légiste. Ce qu'il appelle la torture, c'est la peine forte et dure, très-bonne peine. La torture n'existe pas en Angleterre.

Thomas Wentworth, baron Raby, apostrophait le chancelier.

— Mylord chancelier, levez la séance !

— Non ! non ! non ! qu'il continue ! il nous amuse ! hurrah ! hep ! hep ! hep !

Ainsi criaient les jeunes lords ; leur gaieté était de la fureur. Quatre surtout étaient en pleine exaspération d'hilarité et de haine. C'étaient Laurence Hyde, comte de Rochester, Thomas Tufton, comte de Thanet, et le vicomte de Hatton, et le duc de Montagu.

— À la niche, Gwynplaine ! disait Rochester.

— À bas ! à bas ! à bas ! criait Thanet.

Le vicomte Hatton tirait de sa poche un penny, et le jetait à Gwynplaine.

Et John Campbell, comte de Greenwich, Savage, comte Rivers, Thompson, baron Haversham, Warrig-

---

1. Épisode relaté dans l'Ancien Testament (Nombres, 22, 21-35). L'envoyé de Dieu apparaît miraculeusement à l'ânesse de Balaam. L'animal, doté de parole, révèle la présence de l'ange à son maître.   2. Voir note 2, p. 747.

ton, Escrik, Rolleston, Rockingham, Carteret, Langdale, Banester Maynard, Hunsdon, Caërnarvon, Cavendish, Burlington, Robert Darcy, comte de Holderness, Other Windsor, comte de Plymouth, applaudissaient.

Tumulte de pandemonium[1] ou de panthéon dans lequel se perdaient les paroles de Gwynplaine. On n'y distinguait que ce mot : Prenez garde !

Ralph, duc de Montagu, récemment sorti d'Oxford et ayant encore sa première moustache, descendit du banc des ducs où il siégeait dix-neuvième, et alla se poser les bras croisés en face de Gwynplaine. Il y a dans une lame l'endroit qui coupe le plus et dans une voix l'accent qui insulte le mieux. Montagu prit cet accent-là, et, ricanant au nez de Gwynplaine, lui cria :

— Qu'est-ce que tu dis ?

— Je prédis, répondit Gwynplaine.

Le rire fit explosion de nouveau. Et sous ce rire grondait la colère en basse continue. Un des pairs mineurs, Lionel Cranseild Sackville, comte de Dorset et de Middlesex, se leva debout sur son banc, ne riant pas, grave comme il sied à un futur législateur, et, sans dire un mot, regarda Gwynplaine avec son frais visage de douze ans en haussant les épaules. Ce qui fit que l'évêque de Saint-Asaph se pencha à l'oreille de l'évêque de Saint-David assis à côté de lui, et lui dit, en montrant Gwynplaine : – Voilà le fou ! et en montrant l'enfant : Voilà le sage !

Du chaos des ricanements se dégageaient des exclamations confuses, – Face de gorgone[2] ! – Que signifie cette aventure ? – Insulte à la Chambre ! – Quelle exception qu'un tel homme ! – Honte ! honte ! – Qu'on

---

1. Le pandemonium est le « lieu que l'on suppose être le point de réunion des esprits infernaux » (Littré).   2. Trois filles de divinités marines, dans la mythologie grecque. On retient souvent la plus célèbre, Méduse, objet d'horreur et d'épouvante, qui changeait en pierre quiconque croisait son regard. Hugo a déjà comparé Gwynplaine à Méduse dans le portrait qu'il fait de lui (voir p. 374).

lève la séance ! – Non ! qu'il achève ! – Parle, bouffon !

Lord Lewis de Duras, les mains sur les hanches, criait : – Ah ! que c'est bon de rire ! ma rate est heureuse. Je propose un vote d'actions de grâces ainsi conçu : La Chambre des lords remercie la Green-Box.

Gwynplaine, on s'en souvient, avait rêvé un autre accueil.

Qui a gravi dans le sable une pente à pic toute friable au-dessus d'une profondeur vertigineuse, qui a senti sous ses mains, sous ses ongles, sous ses coudes, sous ses genoux, sous ses pieds, fuir et se dérober le point d'appui, qui, reculant au lieu d'avancer sur cet escarpement réfractaire [1], en proie à l'angoisse du glissement, s'enfonçant au lieu de gravir, descendant au lieu de monter, augmentant la certitude du naufrage par l'effort vers le sommet, et se perdant un peu plus à chaque mouvement pour se tirer de péril, a senti l'approche formidable de l'abîme, et a eu dans les os le froid sombre de la chute, gueule ouverte au-dessous de vous, celui-là a éprouvé ce qu'éprouvait Gwynplaine.

Il sentait son ascension crouler sous lui, et son auditoire était un précipice.

Il y a toujours quelqu'un qui dit le mot où tout se résume.

Lord Scarsdale traduisit en un cri l'impression de l'assemblée :

— Qu'est-ce que ce monstre vient faire ici ?

Gwynplaine se dressa, éperdu et indigné, dans une sorte de convulsion suprême. Il les regarda tous fixement.

— Ce que je viens faire ici ? Je viens être terrible. Je suis un monstre, dites-vous. Non, je suis le peuple. Je suis une exception ? Non, je suis tout le monde. L'exception, c'est vous. Vous êtes la chimère, et je suis la réalité. Je suis l'Homme. Je suis l'effrayant Homme qui Rit. Qui rit de quoi ? De vous. De lui. De tout.

---

1. « Qui résiste à diverses actions physiques » (Littré).

Qu'est-ce que son rire ? Votre crime, et son supplice.
Ce crime, il vous le jette à la face ; ce supplice, il vous
le crache au visage. Je ris, cela veut dire : Je pleure.

Il s'arrêta. On se taisait. Les rires continuaient, mais
bas. Il put croire à une certaine reprise d'attention. Il
respira, et poursuivit :

— Ce rire qui est sur mon front, c'est un roi qui l'y
a mis. Ce rire exprime la désolation universelle. Ce rire
veut dire haine, silence contraint, rage, désespoir. Ce
rire est un produit des tortures. Ce rire est un rire de
force. Si Satan avait ce rire, ce rire condamnerait Dieu.
Mais l'éternel ne ressemble point aux périssables ;
étant l'absolu, il est le juste ; et Dieu hait ce que font
les rois. Ah ! vous me prenez pour une exception ! Je
suis un symbole. Ô tout-puissants imbéciles que vous
êtes, ouvrez les yeux. J'incarne tout. Je représente l'humanité telle que ses maîtres l'ont faite. L'homme est
un mutilé. Ce qu'on m'a fait, on l'a fait au genre
humain. On lui a déformé le droit, la justice, la vérité,
la raison, l'intelligence, comme à moi les yeux, les
narines et les oreilles ; comme à moi, on lui a mis au
cœur un cloaque de colère et de douleur, et sur la face
un masque de contentement. Où s'était posé le doigt
de Dieu, s'est appuyée la griffe du roi. Monstrueuse
superposition. Evêques, pairs et princes, le peuple,
c'est le souffrant profond qui rit à la surface. Mylords,
je vous le dis, le peuple, c'est moi. Aujourd'hui vous
l'opprimez, aujourd'hui vous me huez. Mais l'avenir,
c'est le dégel sombre. Ce qui était pierre devient flot.
L'apparence solide se change en submersion. Un cra-
quement, et tout est dit. Il viendra une heure où une
convulsion brisera votre oppression, où un rugissement
répliquera à vos huées. Cette heure est déjà venue, – tu
en étais, ô mon père ! – cette heure de Dieu est venue,
et s'est appelée République, on l'a chassée, elle reviendra. En attendant, souvenez-vous que la série des rois
armés de l'épée est interrompue par Cromwell armé
de la hache[1]. Tremblez. Les incorruptibles solutions

---

1. Voir la Chronologie.

approchent, les ongles coupés repoussent, les langues arrachées s'envolent, et deviennent des langues de feu éparses au vent des ténèbres [1], et hurlent dans l'infini ; ceux qui ont faim montrent leurs dents oisives, les paradis bâtis sur les enfers chancellent, on souffre, on souffre, on souffre, et ce qui est en haut penche, et ce qui est en bas s'entr'ouvre, l'ombre demande à devenir lumière, le damné discute l'élu, c'est le peuple qui vient, vous dis-je, c'est l'homme qui monte, c'est la fin qui commence, c'est la rouge aurore de la catastrophe, et voilà ce qu'il y a dans ce rire, dont vous riez ! Londres est une fête perpétuelle. Soit. L'Angleterre est d'un bout à l'autre une acclamation. Oui. Mais écoutez : Tout ce que vous voyez, c'est moi. Vous avez des fêtes, c'est mon rire. Vous avez des joies publiques, c'est mon rire. Vous avez des mariages, des sacres et des couronnements, c'est mon rire. Vous avez des naissances de princes, c'est mon rire. Vous avez au-dessus de vous le tonnerre, c'est mon rire.

Le moyen de tenir à de telles choses ! le rire recommença, cette fois accablant. De toutes les laves que jette la bouche humaine, ce cratère, la plus corrosive, c'est la joie. Faire du mal joyeusement, aucune foule ne résiste à cette contagion. Toutes les exécutions ne se font pas sur des échafauds, et les hommes, dès qu'ils sont réunis, qu'ils soient multitude ou assemblée, ont toujours au milieu d'eux un bourreau tout prêt, qui est le sarcasme. Pas de supplice comparable à celui du misérable risible. Ce supplice, Gwynplaine le subissait. L'allégresse, sur lui, était lapidation et mitraille. Il était hochet et mannequin, tête de turc, cible. On bondissait, on criait bis, on se roulait. On battait du pied. On s'empoignait au rabat. La majesté du lieu, la pourpre des robes, la pudeur des hermines, l'in-folio des per-

---

1. L'image emprunte à la fois à la Pentecôte (Actes des Apôtres, 2, 3-4), où des langues de feu descendent sur les apôtres et leur confèrent le don des langues, et à l'Apocalypse.

ruques [1], n'y faisait rien. Les lords riaient, les évêques riaient, les juges riaient. Le banc des vieillards se déridait, le banc des enfants se tordait. L'archevêque de Canterbury poussait du coude l'archevêque d'York. Henry Compton, évêque de Londres, frère du comte de Northampton, se tenait les côtes. Le lord-chancelier baissait les yeux pour cacher son rire probable. Et à la barre, la statue du respect, l'huissier de la verge noire, riait.

Gwynplaine, pâle, avait croisé les bras ; et, entouré de toutes ces figures, jeunes et vieilles, où rayonnait la grande jubilation homérique [2], dans ce tourbillon de battements de mains, de trépignements et de hourras, dans cette frénésie bouffonne dont il était le centre, dans ce splendide épanchement d'hilarité, au milieu de cette gaieté énorme, il avait en lui le sépulcre. C'était fini. Il ne pouvait plus maîtriser ni sa face qui le trahissait, ni son auditoire qui l'insultait.

Jamais l'éternelle loi fatale, le grotesque cramponné au sublime, le rire répercutant le rugissement, la parodie en croupe du désespoir, le contresens entre ce qu'on semble et ce qu'on est, n'avait éclaté avec plus d'horreur. Jamais lueur plus sinistre n'avait éclairé la profonde nuit humaine.

Gwynplaine assistait à l'effraction définitive de sa destinée par un éclat de rire. L'irrémédiable était là. On se relève tombé, on ne se relève pas pulvérisé. Cette moquerie inepte et souveraine le mettait en poussière. Rien de possible désormais. Tout est selon le milieu. Ce qui était triomphe à la Green-Box était chute et catastrophe à la chambre des lords. L'applaudissement là-bas était ici imprécation. Il sentait quelque chose comme le revers de son masque. D'un côté de ce masque, il y avait la sympathie du peuple acceptant Gwynplaine, de l'autre la haine des grands rejetant lord Fermain Clancharlie. D'un côté l'attraction, de l'autre

---

1. Métaphore qui rapproche sans doute les perruques d'un livre à demi ouvert..   **2.** Rire pareil à celui qu'Homère prête aux dieux de l'Olympe.

la répulsion, toutes deux le ramenant vers l'ombre. Il se sentait comme frappé par derrière. Le sort a des coups de trahison. Tout s'expliquera plus tard, mais, en attendant, la destinée est piège et l'homme tombe dans des chausse-trappes. Il avait cru monter, ce rire l'accueillait ; les apothéoses ont des aboutissements lugubres. Il y a un mot sombre, être dégrisé. Sagesse tragique, celle qui naît de l'ivresse. Gwynplaine, enveloppé de cette tempête gaie et féroce, songeait.

À vau-l'eau[1], c'est le fou-rire. Une assemblée en gaieté, c'est la boussole perdue. On ne savait plus où l'on allait, ni ce qu'on faisait. Il fallut lever la séance.

Le lord-chancelier, « attendu l'incident », ajourna la suite du vote au lendemain. La chambre se sépara. Les lords firent la révérence à la chaise royale et s'en allèrent. On entendit les rires se prolonger et se perdre dans les couloirs. Les assemblées, outre leurs portes officielles, ont dans les tapisseries, dans les reliefs et dans les moulures, toutes sortes de portes dérobées par où elles se vident comme un vase par des fêlures. En peu de temps, la salle fut déserte. Cela se fait très-vite, et presque sans transition. Ces lieux de tumulte sont tout de suite repris par le silence.

L'enfoncement dans la rêverie mène loin, et l'on finit, à force de songer, par être comme dans une autre planète. Gwynplaine tout à coup eut une sorte de réveil. Il était seul. La salle était vide. Il n'avait pas même vu que la séance avait été levée. Tous les pairs avaient disparu, même ses deux parrains. Il n'y avait plus çà et là que quelques bas officiers de la chambre attendant pour mettre les housses et éteindre les lampes que « sa seigneurie » fût partie. Il mit machinalement son chapeau sur sa tête, sortit de son banc, et se dirigea vers la grande porte ouverte sur la galerie. Au moment où il franchit la coupure de la barre, un door-keeper le débarrassa de sa robe de pair. Il s'en aperçut à peine. Un instant après, il était dans la galerie.

---

1. Voir note 4, p. 130.

Les hommes de service qui étaient là remarquèrent avec étonnement que ce lord était sorti sans saluer le trône.

VIII

SERAIT BON FRÈRE S'IL N'ÉTAIT BON FILS

Il n'y avait plus personne dans la galerie. Gwynplaine traversa le rond-point, d'où l'on avait enlevé le fauteuil et les tables, et où il ne restait plus trace de son investiture. Des candélabres et des lustres de distance en distance indiquaient l'itinéraire de sortie. Grâce à ce cordon de lumière, il put aisément retrouver, dans l'enchaînement des salons et des galeries, la route qu'il avait suivie en arrivant avec le roi d'armes et l'huissier de la verge noire. Il ne faisait aucune rencontre, si ce n'est çà et là quelque vieux lord tardigrade [1] s'en allant pesamment et tournant le dos.

Tout à coup, dans le silence de toutes ces grandes salles désertes, des éclats de paroles indistincts arrivèrent jusqu'à lui, sorte de tapage nocturne singulier en un tel lieu. Il se dirigea du côté où il entendait ce bruit, et brusquement il se trouva dans un spacieux vestibule faiblement éclairé qui était une des issues de la chambre. On apercevait une large porte vitrée ouverte, un perron, des laquais et des flambeaux ; on voyait dehors une place ; quelques carrosses attendaient au bas du perron.

C'est de là que venait le bruit qu'il avait entendu.

En dedans de la porte, sous le réverbère du vestibule, il y avait un groupe tumultueux et un orage de gestes et de voix. Gwynplaine, dans la pénombre, approcha.

C'était une querelle. D'un côté il y avait dix ou

---

1. Qui marche lentement.

douze jeunes lords voulant sortir, de l'autre un homme, le chapeau sur la tête comme eux, droit et le front haut, et leur barrant le passage.

Qui était cet homme ? Tom-Jim-Jack.

Quelques-uns de ces lords étaient encore en robe de pair ; d'autres avaient quitté l'habit de parlement et étaient en habit de ville.

Tom-Jim-Jack avait un chapeau à plumes, non blanches, comme les pairs, mais vertes et frisées d'orange ; il était brodé et galonné de la tête aux pieds, avec des flots de rubans et de dentelles aux manches et au cou, et il maniait fiévreusement de son poing gauche la poignée d'une épée qu'il portait en civa-dière[1] et dont le baudrier et le fourreau étaient passe-mentés d'ancres d'amiral.

C'était lui qui parlait, il apostrophait tous ces jeunes lords, et Gwynplaine entendit ceci :

— Je vous ai dit que vous étiez des lâches. Vous voulez que je retire mes paroles. Soit. Vous n'êtes pas des lâches. Vous êtes des idiots. Vous vous êtes mis tous contre un. Ce n'est pas couardise. Bon. Alors c'est ineptie. On vous a parlé, vous n'avez pas compris. Ici, les vieux sont sourds de l'oreille, et les jeunes, de l'in-telligence. Je suis assez un des vôtres pour vous dire vos vérités. Ce nouveau venu est étrange, et il a débité un tas de folies, j'en conviens, mais dans ces folies il y avait des choses vraies. C'était confus, indigeste, mal dit ; soit ; il a répété trop souvent savez-vous, savez-vous ; mais un homme qui était hier grimacier de la foire n'est pas forcé de parler comme Aristote et comme le docteur Gilbert Burnet[2], évêque de Sarum. La vermine, les lions, l'apostrophe au sous-clerc, tout cela était de mauvais goût. Parbleu ! qui vous dit le contraire ? C'était une harangue insensée et décousue et qui allait tout de travers, mais il en sortait çà et là

---

1. Voir note 6, p. 172.   **2.** Gilbert Burnet (1643-1715), historien anglais, évêque de Salisbury, lutta contre les catholiques et soutint Guillaume d'Orange. Il laissa de nombreux sermons ainsi que des écrits historiques.

des faits réels. C'est déjà beaucoup de parler comme
cela quand on n'en fait pas son métier, je voudrais vous
y voir, vous ! Ce qu'il a raconté des lépreux de Burton-
Lazers est incontestable ; d'ailleurs il ne serait pas le
premier qui aurait dit des sottises ; enfin, moi, mylords,
je n'aime pas qu'on s'acharne plusieurs sur un seul,
telle est mon humeur, et je demande à vos seigneuries
la permission d'être offensé. Vous m'avez déplu, j'en
suis fâché. Moi, je ne crois pas beaucoup en Dieu, mais
ce qui m'y ferait croire, c'est quand il fait de bonnes
actions, ce qui ne lui arrive pas tous les jours. Ainsi je
lui sais gré, à ce bon Dieu, s'il existe, d'avoir tiré du
fond de cette existence basse ce pair d'Angleterre, et
d'avoir rendu son héritage à cet héritier, et, sans m'inquiéter si cela arrange ou non mes affaires, je trouve
beau de voir subitement le cloporte se changer en aigle
et Gwynplaine en Clancharlie. Mylords, je vous
défends d'être d'un autre avis que moi. Je regrette que
Lewis de Duras ne soit pas là. Je l'insulterais avec
plaisir. Mylords, Fermain Clancharlie a été le lord, et
vous avez été les saltimbanques. Quant à son rire, ce
n'est pas sa faute. Vous avez ri de ce rire. On ne rit
pas d'un malheur. Vous êtes des niais. Et des niais
cruels. Si vous croyez qu'on ne peut pas rire de vous
aussi, vous vous trompez ; vous êtes laids et vous
vous habillez mal. Mylord Haversham, j'ai vu l'autre
jour ta maîtresse, elle est hideuse. Duchesse, mais guenon. Messieurs les rieurs, je répète que je voudrais bien
vous voir essayer de dire quatre mots de suite. Beaucoup d'hommes jasent[1], très-peu parlent. Vous vous
imaginez savoir quelque chose parce que vous avez
traîné vos grègues fainéantes à Oxford ou à Cambridge[2], et parce que, avant d'être pairs d'Angleterre

---

1. Se retrouve ici, placé dans la bouche de lord David, le procédé d'animali-
sation des individus omniprésent dès les premiers chapitres du roman. À la
« guenon », femelle du singe, répond ainsi le verbe « jaser », qui désigne les
cris que poussent certains oiseaux comme la pie et le geai.   **2.** Haut-de-
chausses ou culotte. L'hypallage permet ainsi de désigner avec mépris les
anciens écoliers des plus renommées institutions scolaires d'Angleterre,
concentrées dans les deux villes d'Oxford et de Cambridge, qui accueillaient

sur les bancs de Westminster-Hall, vous avez été ânes
sur les bancs du collège de Gonewill et de Caïus ! Moi,
je suis ici, et je tiens à vous regarder en face. Vous
venez d'être impudents avec ce nouveau lord. Un
monstre, soit. Mais livré aux bêtes. J'aimerais mieux
être lui que vous. J'assistais à la séance, à ma place,
comme héritier possible de pairie, j'ai tout entendu. Je
n'avais pas le droit de parler, mais j'ai le droit d'être
un gentilhomme. Vos airs joyeux m'ont ennuyé. Quand
je ne suis pas content, j'irais sur le Mont Pendlehill
cueillir l'herbe des nuées, le clowdesbery, qui fait tomber la foudre sur qui l'arrache. C'est pourquoi je suis
venu vous attendre à la sortie. Causer est utile, et nous
avons des arrangements à prendre. Vous rendiez-vous
compte que vous me manquiez un peu à moi-même ?
Mylords, j'ai le ferme dessein de tuer quelques-uns
d'entre vous. Vous tous qui êtes ici, Thomas Tufton,
comte de Thanet, Savage, comte Rivers, Charles Spencer, comte de Sunderland, Laurence Hyde, comte de
Rochester, vous, barons, Gray de Rolleston, Cary
Hunsdon, Escrick, Rockingham, toi, petit Carteret, toi,
Robert Darcy, comte de Holderness, toi William,
vicomte Halton, et toi, Ralph, duc de Montagu, et tous
les autres qui voudront, moi, David Dirry-Moir, un des
soldats de la flotte, je vous somme et je vous appelle,
et je vous commande de vous pourvoir en diligence[1]
de seconds et de parrains, et je vous attends face contre
face et poitrine contre poitrine, ce soir, tout de suite,
demain, le jour, la nuit, en plein soleil, aux flambeaux,
où, quand et comme bon vous semblera, partout où il
y a assez de place pour deux longueurs d'épées, et vous
ferez bien de visiter les batteries[2] de vos pistolets et le
tranchant de vos estocs, attendu que j'ai l'intention de
faire vos pairies vacantes, Ogle Cavendish, prends tes

---

l'élite aristocratique du pays. Le collège de Gonville et Caïus (1349) est l'un
des plus anciens de Cambridge.
    1. Rapidement.   **2.** Pièce de fer qui produisait, sous le choc du silex,
la mise à feu des pistolets.

précautions et songe à ta devise : *Cavendo tutus*[1]. Marmaduke Langdale, tu feras bien, comme ton ancêtre Gundold, de te faire suivre d'un cercueil. Georges Booth, comte de Warington, tu ne reverras pas le comté palatin de Chester et ton labyrinthe à la façon de Crète[2] et les hautes tourelles de Dunham Massie. Quant à lord Vaughan, il est assez jeune pour dire des impertinences et trop vieux pour en répondre ; je demanderai compte de ses paroles à son neveu Richard Vaughan, membre des communes pour le bourg de Merioneth. Toi, John Campbell, comte de Greenwich, je te tuerai comme Achon tua Matas[3], mais d'un coup franc, et non par derrière, ayant coutume de montrer mon cœur et non mon dos à la pointe de l'espadon[4]. Et c'est dit, mylords. Sur ce, usez de maléfices, si bon vous semble, consultez des tireuses de cartes, graissez-vous la peau avec les onguents et les drogues qui font invulnérable, pendez-vous au cou des sachets du diable ou de la vierge, je vous combattrai bénis ou maudits, et je ne vous ferai point tâter pour savoir si vous avez sur vous des sorcelleries. À pied ou à cheval. En plein carrefour, si vous voulez, à Piccadily ou à Charing-Cross, et l'on dépavera la rue pour notre rencontre comme on a dépavé la cour du Louvre pour le duel de Guise et de Bassompierre[5]. Tous. Entendez-vous ? Je vous veux tous. Dorme, comte de Caërnarvon, je te ferai avaler ma lame jusqu'à la coquille[6] comme fit

---

1. « En sûreté en se tenant sur ses gardes. »   2. Allusion au célèbre labyrinthe que Minos, roi de Crète, fit construire pour y enfermer le Minotaure.   3. Le chevalier d'Apchon, homme de guerre du XVIe siècle, se battit en duel contre Claude de Bourdeille, baron de Matas, qui le désarma, mais lui laissa la vie sauve. Le jeune d'Apchon reprit ses armes, poursuivit le baron à cheval et le tua en lui passant par-derrière son épée au travers du corps.   4. Grande et large épée à double tranchant que l'on tenait à deux mains.   5. En 1605, le roi Henri IV « avait, devant le duc de Guise, témoigné quelque jalousie à l'endroit de Bassompierre, qui prenait feu pour Mlle d'Entraigues. Le duc offrit au roi de le venger, ce qui fut accepté. Le combat eut lieu devant la salle des Suisses. Bassompierre reçut dans le ventre un furieux coup de lance et ne se tira de l'affaire que par miracle » (P. Larousse).   6. Collerette concave qui protège la main, près de la garde d'une épée.

Marolles à Lisle-Marivaux [1] et nous verrons ensuite, mylord, si tu riras. Toi, Burlington, qui as l'air d'une fille avec tes dix-sept ans, tu auras le choix entre les pelouses de ta maison de Middlesex et ton beau jardin de Londesburg en Yorkshire pour te faire enterrer. J'informe vos seigneuries qu'il ne me convient pas qu'on soit insolent devant moi. Et je vous châtierai, mylords. Je trouve mauvais que vous ayez bafoué lord Fermain Clancharlie. Il vaut mieux que vous. Comme Clancharlie, il a la noblesse, que vous avez, et comme Gwynplaine, il a l'esprit, que vous n'avez pas. Je fais de sa cause ma cause, de son injure mon injure, et de vos ricanements ma colère. Nous verrons qui sortira de cette affaire vivant, car je vous provoque à outrance, entendez-vous bien ? et à toute arme et de toute façon, et choisissez la mort qui vous plaira, et puisque vous êtes des manants en même temps que des gentilshommes, je proportionne le défi à vos qualités, et je vous offre toutes les manières qu'ont les hommes de se tuer, depuis l'épée comme les princes jusqu'à la boxe comme les goujats !

À ce jet furieux de paroles tout le groupe hautain des jeunes lords répondit par un sourire. – Convenu, dirent-ils.

— Je choisis le pistolet, dit Burlington.

— Moi, dit Escrick, l'ancien combat de champ-clos [2] à la masse d'armes et au poignard.

— Moi, dit Holderness, le duel aux deux couteaux, le long et le court, torses nus, et corps à corps.

— Lord David, dit le comte de Thanet, tu es écossais. Je prends la claymore [3].

— Moi, l'épée, dit Rockingham.

---

1. « Le règne de Henri III se termina par un duel fantastique. Désespéré de la perte de ce prince, un gentilhomme appelé L'Isle-Marivaux jura de ne pas lui survivre et jeta un cartel [lettre de provocation en duel] en l'air. Le seigneur de Marolles releva ce cartel et envoya le favori rejoindre son maître » (P. Larousse). 2. Enceinte où avaient lieu les duels, les tournois médiévaux. 3. Grande et large épée des guerriers écossais.

— Moi, dit le duc Ralph, je préfère la boxe. C'est plus noble.

Gwynplaine sortit de l'ombre.

Il se dirigea vers celui qu'il avait jusque-là nommé Tom-Jim-Jack, et en qui maintenant il commençait à entrevoir autre chose.

— Je vous remercie, dit-il. Mais ceci me regarde.

Toutes les têtes se tournèrent.

Gwynplaine avança. Il se sentait poussé vers cet homme qu'il entendait appeler lord David, et qui était son défenseur, et plus encore peut-être. Lord David recula.

— Tiens ! dit lord David, c'est vous ! vous voilà ! Cela se trouve bien. J'avais aussi un mot à vous dire. Vous avez tout à l'heure parlé d'une femme qui, après avoir aimé lord Linnœus Clancharlie, a aimé le roi Charles II.

— C'est vrai.

— Monsieur, vous avez insulté ma mère.

— Votre mère ? s'écria Gwynplaine. En ce cas, je le devinais, nous sommes...

— Frères, répondit lord David.

Et il donna un soufflet à Gwynplaine.

— Nous sommes frères, reprit-il. Ce qui fait que nous pouvons nous battre. On ne se bat qu'entre égaux. Qui est plus notre égal que notre frère ? Je vous enverrai mes parrains. Demain, nous nous couperons la gorge.

LIVRE NEUVIÈME

EN RUINE

I

C'EST À TRAVERS L'EXCÈS DE GRANDEUR QU'ON ARRIVE À L'EXCÈS DE MISÈRE

Comme minuit sonnait à Saint-Paul[1], un homme, qui venait de traverser le pont de Londres, entrait dans les ruelles de Southwark. Il n'y avait point de réverbères allumés, l'usage étant alors, à Londres comme à Paris, d'éteindre l'éclairage public à onze heures, c'est-à-dire de supprimer les lanternes au moment où elles deviennent nécessaires. Les rues, obscures, étaient désertes. Point de réverbères, cela fait peu de passants. L'homme marchait à grands pas. Il était étrangement vêtu pour aller dans la rue à pareille heure. Il avait un habit de soie brodé, l'épée au côté et un chapeau à plumes blanches, et point de manteau. Les watchmen[2] qui le voyaient passer disaient : « C'est un seigneur qui a fait un pari ». Et ils s'écartaient avec le respect dû à un lord et à une gageure.

---

1. Voir p. 450.   2. Gardiens, veilleurs, sentinelles.

Cet homme était Gwynplaine.

Il avait pris la fuite.

Où en était-il ? il ne le savait pas. L'âme, nous l'avons dit, a ses cyclônes, tournoiements épouvantables où tout se mêle, le ciel, la mer, le jour, la nuit, la vie, la mort, dans une sorte d'horreur inintelligible. Le réel cesse d'être respirable. On est écrasé par des choses auxquelles on ne croit pas. Le néant s'est fait ouragan. Le firmament a blêmi. L'infini est vide. On est dans l'absence. On se sent mourir. On désire un astre. Qu'éprouvait Gwynplaine ? une soif, voir Dea.

Il ne sentait plus que cela. Regagner la Green-Box, et l'inn Tadcaster, sonore, lumineux, plein de ce bon rire cordial du peuple ; retrouver Ursus et Homo, revoir Dea, rentrer dans la vie !

Les désillusions se détendent comme l'arc, avec une force sinistre, et jettent l'homme, cette flèche, vers le vrai. Gwynplaine avait hâte. Il approchait du Tarrinzeau-field. Il ne marchait plus. Il courait. Ses yeux plongeaient dans l'obscurité en avant. Il se faisait précéder par son regard : recherche avide du port à l'horizon. Quel moment que celui où il allait apercevoir les fenêtres éclairées de l'inn Tadcaster !

Il déboucha sur le bowling-green[1]. Il tourna un coin de mur, et eut, en face de lui, à l'autre bout du pré, à quelque distance, l'inn, qui était, on s'en souvient, la seule maison du champ de foire.

Il regarda. Pas de lumière. Une masse noire.

Il frissonna. Puis il se dit qu'il était tard, que la taverne était fermée, que c'était tout simple, qu'on dormait, qu'il n'y avait qu'à réveiller Nicless ou Govicum, qu'il fallait aller à l'inn et frapper à la porte. Et il y alla. Il n'y courut pas. Il s'y précipita.

Il arriva à l'inn, ne respirant plus. On est en pleine tourmente, on se débat dans les invisibles convulsions de l'âme, on ne sait plus si l'on est mort ou vivant, et l'on a pour ceux qu'on aime toutes sortes de délica-

---

1. Voir II, iii, 1, p. 439.

tesses ; c'est à cela que se reconnaissent les vrais cœurs. Dans l'engloutissement de tout, la tendresse surnage. Ne pas réveiller brusquement Dea, ce fut tout de suite la préoccupation de Gwynplaine.

Il approcha de l'inn en faisant le moins de bruit possible. Il connaissait le réduit, ancienne niche de chien de garde, où couchait Govicum ; ce réduit, contigu à la salle basse, avait une lucarne sur la place, Gwynplaine gratta doucement la vitre. Réveiller Govicum suffisait.

Il ne se fit aucun mouvement dans le bed-room[1] de Govicum. À cet âge, se dit Gwynplaine, on a le sommeil dur. Il frappa du revers de sa main un petit coup sur la lucarne. Rien ne remua.

Il frappa plus vivement et deux coups. On ne bougea pas dans le réduit. Alors, avec quelque frémissement, il alla à la porte de l'inn, et cogna.

Personne ne répondit.

Il pensa, non sans ressentir le commencement d'un froid profond : – Maître Nicless est vieux, les enfants dorment durement et les vieillards lourdement. Allons ! plus fort !

Il avait gratté. Il avait frappé. Il avait cogné. Il heurta. Ceci lui rappela un lointain souvenir, Weymouth, quand il avait, tout petit, Dea toute petite, dans ses bras.

Il heurta violemment, comme un lord, qu'il était, hélas !

La maison demeura silencieuse.

Il sentit qu'il devenait éperdu.

Il ne garda plus de ménagement. Il appela : Nicless ! Govicum !

En même temps il regardait aux fenêtres pour voir si quelque chandelle s'allumait.

Rien dans l'inn. Pas une voix. Pas un bruit. Pas une lueur.

---

1. Chambre à coucher.

Il alla à la porte cochère et la heurta, et la poussa,
et la secoua frénétiquement, en criant : Ursus ! Homo !
Le loup n'aboya pas.

Une sueur glacée perla sur son front.

Il jeta les yeux autour de lui. La nuit était épaisse,
mais il y avait assez d'étoiles pour que le champ de
foire fût distinct. Il vit une chose lugubre, l'évanouissement de tout. Il n'y avait plus une seule baraque sur le
bowling-green. Le circus n'y était plus. Pas une tente.
Pas un tréteau. Pas un chariot. Ce vagabondage aux
mille vacarmes qui avait fourmillé là avait fait place à
on ne sait quelle farouche noirceur vide. Tout s'en était
allé.

La folie de l'anxiété le prit. Qu'est-ce que cela voulait dire ? Qu'était-il donc arrivé ? Est-ce qu'il n'y
avait plus personne ? Est-ce que sa vie se serait écrou-
lée derrière lui ? Qu'est-ce qu'on leur avait fait, à
tous ? Ah ! mon Dieu ! Il se rua comme une tempête
sur la maison. Il frappa à la porte bâtarde, à la porte
cochère, aux fenêtres, aux volets, aux murs, des poings
et des pieds, furieux d'effroi et d'angoisse. Il appela
Nicless, Govicum, Fibi, Vinos, Ursus, Homo. Toutes
les clameurs, tous les bruits, il les jeta sur cette
muraille. Par instants il s'interrompait et écoutait, la
maison restait muette et morte. Alors, exaspéré, il
recommençait. Chocs, frappements, cris, roulements de
coups faisant écho partout. On eût dit le tonnerre
essayant de réveiller le sépulcre.

À un certain degré d'épouvante, on devient terrible.
Qui craint tout, ne craint plus rien. On donne des coups
de pied au sphynx. On rudoie l'inconnu. Il renouvela
le tumulte sous toutes les formes possibles, s'arrêtant,
reprenant, inépuisable en cris et en appels, donnant
l'assaut à ce tragique silence.

Il appela cent fois tous ceux qui pouvaient être là,
et cria tous les noms, excepté Dea. Précaution, obscure
pour lui-même, dont il avait encore l'instinct dans son
égarement.

Les cris et les appels épuisés, restait l'escalade. Il se

dit : Il faut entrer dans la maison. Mais comment ? Il cassa une vitre du réduit de Govicum, y fourra son poing en se déchirant la chair, tira le verrou du châssis et ouvrit la lucarne. Il s'aperçut que son épée allait le gêner : il l'arracha avec colère, fourreau, lame et ceinturon, et la jeta sur le pavé. Puis il se hissa aux reliefs de la muraille, et, bien que la lucarne fût étroite, il put y passer. Il pénétra dans l'inn.

Le lit de Govicum, vaguement visible, était dans le réduit, mais Govicum n'y était pas. Pour que Govicum ne fût pas dans son lit, il fallait évidemment que Nicless ne fût pas dans le sien. Toute la maison était noire. On sentait dans cet intérieur ténébreux l'immobilité mystérieuse du vide, et cette vague horreur qui signifie : Il n'y a personne. Gwynplaine, convulsif, traversa la salle basse, se cogna aux tables, piétina sur les vaisselles, renversa les bancs, culbuta les brocs, enjamba les meubles, alla à la porte donnant sur la cour, et la défonça d'un coup de genou qui fit sauter le loquet. La porte tourna sur ses gonds. Il regarda dans la cour. La Green-Box n'y était plus.

II

RÉSIDU

Gwynplaine sortit de la maison, et se mit à explorer dans tous les sens le Tarrinzeau-field ; il alla partout où, la veille, on voyait un tréteau, une tente, ou une cahute. Il n'y avait plus rien. Il frappa aux échoppes, quoique sachant très-bien qu'elles étaient inhabitées. Il cogna à tout ce qui ressemblait à une fenêtre, ou à une porte. Pas une voix ne sortit de cette obscurité. Quelque chose comme la mort était venu là.

La fourmilière avait été écrasée. Visiblement une mesure de police avait été prise. Il y avait eu ce qu'on

appellerait de nos jours une razzia. Le Tarrinzeau-field
était plus que désert, il était désolé, et l'on y sentait
dans tous les recoins le grattement d'une griffe féroce.
On avait pour ainsi dire retourné les poches de ce misérable champ de foire, et tout vidé. Gwynplaine, après
avoir tout fouillé, quitta le bowling-green, entra dans
les rues tortueuses de l'extrémité appelée l'Eeast-point,
et se dirigea vers la Tamise.

Il franchit quelques zigzags de ce réseau de ruelles
où il n'y avait que des murs et des haies, puis il sentit
dans l'air le frais de l'eau, il entendit le glissement
sourd du fleuve, et brusquement il se trouva devant un
parapet. C'était le parapet de l'Effroc-stone.

Ce parapet bordait un tronçon de quai très-court et
très-étroit. Sous le parapet la haute muraille Effroc-
stone s'enfonçait à pic dans une eau obscure.

Gwynplaine s'arrêta à ce parapet, s'y accouda, prit
sa tête dans ses mains, et se mit à penser, ayant cette
eau au-dessous de lui.

Regardait-il l'eau ? Non. Que regardait-il ?
L'ombre. Non pas l'ombre hors de lui, mais l'ombre
au dedans de lui.

Dans le mélancolique paysage de nuit auquel il ne
faisait pas attention, dans cette profondeur extérieure
où son regard n'entrait point, on pouvait distinguer des
silhouettes de vergues [1] et de mâts. Sous l'Effroc-stone,
il n'y avait que le flot, mais le quai en aval s'abaissait
en rampe insensible et aboutissait, à quelque distance,
à une berge que longeaient plusieurs bateaux, les uns
en arrivage, les autres en partance, communiquant avec
la terre par de petits promontoires d'amarrage,
construits exprès, en pierre ou en bois, ou par des pas-
serelles en planches. Ces navires, les uns amarrés, les
autres à l'ancre, étaient immobiles. On n'y entendait ni
marcher ni parler ; la bonne habitude des matelots étant
de dormir le plus qu'ils peuvent et de ne se lever que
pour la besogne. S'il y avait quelqu'un de ces bâti-

---

1. Voir note 6, p. 172.

ments qui dût partir dans la nuit à l'heure de la marée, on n'y était pas encore réveillé. On voyait à peine les coques, grosses ampoules noires, et les agrès, fils mêlés d'échelles. C'était livide et confus. Çà et là un falot [1] rouge piquait la brume.

Gwynplaine ne percevait rien de tout cela. Ce qu'il considérait, c'était la destinée.

Il songeait, visionnaire éperdu devant la réalité inexorable.

Il lui semblait entendre derrière lui quelque chose comme un tremblement de terre. C'était le rire des lords.

Ce rire, il venait d'en sortir. Il en était sorti souffleté.

Souffleté par qui ?

Par son frère.

Et en sortant de ce rire, avec ce soufflet, se réfugiant, oiseau blessé, dans son nid, fuyant la haine et cherchant l'amour, qu'avait-il trouvé ?

Les ténèbres.

Personne.

Tout disparu.

Ces ténèbres, il les comparait au songe qu'il avait fait.

Quel écroulement !

Gwynplaine venait d'arriver à ce bord sinistre, le vide. La Green-Box partie, c'était l'univers évanoui.

La fermeture de son âme venait de se faire.

Il songeait.

Qu'avait-il pu se passer ? Où étaient-ils ? On les avait enlevés évidemment. Sa destinée avait été sur lui Gwynplaine un coup, la grandeur, et sur eux un contre-coup, l'anéantissement. Il était clair qu'il ne les reverrait jamais. On avait pris des précautions pour cela. Et l'on avait fait en même temps main basse sur tout ce qui habitait le champ de foire, à commencer par Nicless et Govicum, afin qu'aucun renseignement ne pût lui être donné. Dispersion inexorable. Cette redou-

---

1. Fanal, grande lanterne accrochée à la poupe d'un navire.

table force sociale, en même temps qu'elle le pulvéri-
sait, lui, à la chambre des lords, les avait broyés, eux,
dans leur pauvre cabane. Ils étaient perdus. Dea était
perdue. Perdue pour lui. À jamais. Puissances du ciel !
où était-elle ? Et il n'avait pas été là pour la défendre !

Faire des conjectures sur des absents qu'on aime,
c'est se mettre à la question[1]. Il s'infligeait cette torture. À chaque coin qu'il s'enfonçait, à chaque suppo-
sition qu'il faisait, il avait un sombre rugissement
intérieur.

À travers une succession d'idées poignantes, il se
souvenait de l'homme évidemment funeste qui lui
avait dit se nommer Barkilphedro. Cet homme lui avait
écrit dans le cerveau quelque chose d'obscur qui à présent reparaissait, et cela avait été écrit d'une encre si
horrible que c'était maintenant des lettres de feu, et
Gwynplaine voyait flamboyer au fond de sa pensée ces
paroles énigmatiques, aujourd'hui expliquées : *Le destin n'ouvre pas une porte sans en fermer une autre.*

Tout était consommé. Les dernières ombres étaient
sur lui. Tout homme peut avoir dans sa destinée une
fin du monde pour lui seul. Cela s'appelle le désespoir.
L'âme est pleine d'étoiles tombantes.

Voilà donc où il en était !

Une fumée avait passé. Il avait été mêlé à cette
fumée. Elle s'était épaissie sur ses yeux ; elle était
entrée dans son cerveau. Il avait été, au dehors, aveuglé ; au dedans, enivré. Cela avait duré le temps qu'une
fumée passe. Puis tout s'était dissipé, la fumée et sa
vie. Réveillé de ce rêve, il se retrouvait seul.

Tout évanoui. Tout en allé. Tout perdu. La nuit.
Rien. C'était là son horizon.

Il était seul.

Seul a un synonyme : mort.

Le désespoir est un compteur. Il tient à faire son
total. Rien ne lui échappe. Il additionne tout, il ne fait

---

1. Torture infligée aux accusés pour leur arracher des aveux. Ici, jeu de
mots puisque Gwynplaine se perd en conjectures et forme des hypothèses.

pas grâce des centimes. Il reproche à Dieu les coups de tonnerre et les coups d'épingle. Il veut savoir à quoi s'en tenir sur le destin. Il raisonne, pèse et calcule.

Sombre refroidissement extérieur sous lequel continue de couler la lave ardente.

Gwynplaine s'examina, et examina le sort.

Le coup d'œil en arrière ; résumé redoutable.

Quand on est au haut de la montagne, on regarde le précipice. Quand on est au fond de la chute, on regarde le ciel.

Et l'on se dit : J'étais là !

Gwynplaine était tout en bas du malheur. Et comme cela était venu vite ! Promptitude hideuse de l'infortune. Elle est si lourde qu'on la croirait lente. Point. Il semble que la neige doit avoir, étant froide, la paralysie de l'hiver, et, étant blanche, l'immobilité du linceul. Tout cela est démenti par l'avalanche !

L'avalanche, c'est la neige devenue fournaise. Elle reste glacée, et dévore. L'avalanche avait enveloppé Gwynplaine. Il avait été arraché comme un haillon, déraciné comme un arbre, précipité comme une pierre.

Il récapitula sa chute. Il se fit des demandes et des réponses. La douleur est un interrogatoire. Aucun juge n'est minutieux comme la conscience instruisant son propre procès.

Quelle quantité de remords y avait-il dans son désespoir ?

Il voulut s'en rendre compte et disséqua sa conscience ; vivisection douloureuse.

Son absence avait produit une catastrophe. Cette absence avait-elle dépendu de lui ? Dans tout ce qui venait de se passer, avait-il été libre ? Point. Il s'était senti captif. Ce qui l'avait arrêté et retenu, qu'était-ce ? Une prison ? non. Une chaîne ? non. Qu'était-ce donc ? une glu. Il avait été embourbé dans de la grandeur.

À qui cela n'est-il pas arrivé, d'être libre en apparence, et de se sentir les ailes empêtrées ?

Il y avait eu quelque chose comme un panneau

tendu[1]. Ce qui est d'abord tentation finit par être captivité.

Toutefois, et sur ce point sa conscience le pressait, ce qui s'était offert, l'avait-il simplement subi ? Non. Il l'avait accepté.

Qu'il lui eût été fait violence et surprise dans une certaine mesure, cela était vrai ; mais lui, de son côté, dans une certaine mesure, il s'était laissé faire. S'être laissé enlever, ce n'était pas sa faute ; s'être laissé enivrer, ç'avait été sa défaillance. Il y avait eu un moment, moment décisif, où la question avait été posée ; ce Barkilphedro l'avait mis en face d'un dilemme, et avait nettement donné à Gwynplaine l'occasion de résoudre son sort d'un mot. Gwynplaine pouvait dire non. Il avait dit oui.

De ce oui, prononcé dans l'étourdissement, tout avait découlé. Gwynplaine le comprenait. Arrière-goût amer du consentement.

Cependant, car il se débattait, était-ce donc un si grand tort de rentrer dans son droit, dans son patrimoine, dans son héritage, dans sa maison, et, patricien, dans le rang de ses aïeux, et, orphelin, dans le nom de son père ? Qu'avait-il accepté ? une restitution. Faite par qui ? par la providence.

Alors il sentait une révolte. Acceptation stupide ! quel marché il avait fait ! quel échange inepte ! Il avait traité à perte avec cette providence. Quoi donc ! pour avoir deux millions de rente, pour avoir sept ou huit seigneuries, pour avoir dix ou douze palais, pour avoir des hôtels à la ville et des châteaux à la campagne, pour avoir cent laquais, et des meutes, et des carrosses, et des armoiries, pour être juge et législateur, pour être couronné et en robe de pourpre comme un roi, pour être baron et marquis, pour être pair d'Angleterre, il avait donné la baraque d'Ursus et le sourire de Dea ! Pour une immensité mouvante où l'on s'engloutit et où

---

1. Le panneau est un filet tendu pour prendre des lièvres, des cerfs ou d'autres bêtes à la chasse. Au figuré, piège.

l'on naufrage, il avait donné le bonheur ! Pour l'Océan, il avait donné la perle. Ô insensé ! ô imbécile ! ô dupe !

Mais pourtant, et ici l'objection renaissait sur un terrain solide, dans cette fièvre de la haute fortune qui l'avait saisi, tout n'avait pas été malsain. Peut-être y aurait-il eu égoïsme dans la renonciation, peut-être y avait-il devoir dans l'acceptation. Brusquement transformé en lord, que devait-il faire ? La complication de l'événement produit la perplexité de l'esprit. C'est ce qui lui était arrivé. Le devoir donnant des ordres en sens inverse, le devoir de tous les côtés à la fois, le devoir multiple, et presque contradictoire, il avait eu cet effarement. C'était cet effarement qui l'avait paralysé, notamment dans ce trajet de Corleone-lodge à la chambre des lords, auquel il n'avait pas résisté. Ce que, dans la vie, on appelle monter, c'est passer de l'itinéraire simple à l'itinéraire inquiétant. Où est désormais la ligne droite ? Envers qui est le premier devoir ? Est-ce envers ses proches ? Est-ce envers le genre humain ? Ne passe-t-on pas de la petite famille à la grande ? On monte, et l'on sent sur son honnêteté un poids qui s'accroît. Plus haut, on se sent plus obligé. L'élargissement du droit agrandit le devoir. On a l'obsession, l'illusion peut-être, de plusieurs routes s'offrant en même temps, et à l'entrée de chacune d'elles on croit voir le doigt indicateur de la conscience. Où aller ? sortir ? rester ? avancer ? reculer ? que faire ? Que le devoir ait des carrefours, c'est étrange. La responsabilité peut être un labyrinthe.

Et quand un homme contient une idée, quand il est l'incarnation d'un fait, quand il est homme symbole en même temps qu'homme en chair et en os, la responsabilité n'est-elle pas plus troublante encore ? De là la soucieuse docilité et l'anxiété muette de Gwynplaine ; de là son obéissance à la sommation de siéger. L'homme pensif est souvent l'homme passif. Il lui avait semblé entendre le commandement même du devoir. Cette entrée dans un lieu où l'on peut discuter l'oppression et la combattre, n'était-ce point la réalisa-

tion d'une de ses aspirations les plus profondes ?
Quand la parole lui était donnée, à lui formidable
échantillon social, à lui spécimen vivant du bon plaisir
sous lequel depuis six mille ans râle le genre humain,
avait-il le droit de la refuser ? avait-il le droit d'ôter sa
tête de dessous la langue de feu [1] tombant d'en haut et
venant se poser sur lui ?

Dans l'obscur et vertigineux débat de la conscience,
que s'était-il dit ? ceci : – Le peuple est un silence. Je
serai l'immense avocat de ce silence. Je parlerai pour
les muets. Je parlerai des petits aux grands et des
faibles aux puissants. C'est là le but de mon sort. Dieu
veut ce qu'il veut, et il le fait. Certes, cette gourde de
ce Hardquanonne où était la métamorphose de Gwynplaine en lord Clancharlie, il est surprenant qu'elle ait
flotté quinze ans sur la mer, dans les houles, dans les
ressacs, dans les rafales, et que toute cette colère ne lui
ait fait aucun mal. Je vois pourquoi. Il y a des destinées
à secret ; moi, j'ai la clef de la mienne, et j'ouvre mon
énigme. Je suis prédestiné ! j'ai une mission. Je serai
le lord des pauvres. Je parlerai pour tous les taciturnes
désespérés. Je traduirai les bégaiements. Je traduirai les
grondements, les hurlements, les murmures, la rumeur
des foules, les plaintes mal prononcées, les voix inin-
telligibles, et tous ces cris de bêtes qu'à force d'ignorance et de souffrance on fait pousser aux hommes. Le
bruit des hommes est inarticulé comme le bruit du
vent ; ils crient. Mais on ne les comprend pas, crier
ainsi équivaut à se taire, et se taire est leur désarmement. Désarmement forcé qui réclame le secours. Moi,
je serai le secours. Moi, je serai la dénonciation. Je
serai le Verbe du Peuple. Grâce à moi, on comprendra.
Je serai la bouche sanglante dont le bâillon est arraché.
Je dirai tout. Ce sera grand. –

Oui, parler pour les muets, c'est beau ; mais parler
aux sourds, c'est triste. C'était là la seconde partie de
son aventure.

---

1. Voir note 1, p. 765.

Hélas ! il avait avorté.

Il avait avorté irrémédiablement.

Cette élévation à laquelle il avait cru, cette haute fortune, cette apparence, s'était effondrée sous lui.

Quelle chute ! tomber dans l'écume du rire.

Il se croyait fort, lui qui, pendant tant d'années, avait flotté, âme attentive, dans la vaste diffusion des souffrances, lui qui rapportait de toute cette ombre un cri lamentable. Il était venu s'échouer à ce colossal écueil, la frivolité des heureux. Il se croyait un vengeur, il était un clown. Il croyait foudroyer, il avait chatouillé. Au lieu de l'émotion, il avait recueilli la moquerie. Il avait sangloté, on était entré en joie. Sous cette joie, il avait sombré. Engloutissement funèbre.

Et de quoi avait-on ri ? de son rire.

Ainsi, cette voie de fait exécrable dont il gardait à jamais la trace, cette mutilation devenue gaieté à perpétuité, ce rictus stigmate [1], image du contentement supposé des nations sous les oppresseurs, ce masque de joie fait par la torture, cet abîme du ricanement qu'il portait sur la face, cette cicatrice signifiant *jussu regis*, cette attestation du crime commis par le roi sur lui, symbole du crime commis par la royauté sur le peuple entier, c'était cela qui triomphait de lui, c'était cela qui l'accablait, c'était l'accusation contre le bourreau qui se tournait en sentence contre la victime ! Prodigieux déni de justice. La royauté, après avoir eu raison de son père, avait raison de lui. Le mal qu'on avait fait servait de prétexte et de motif au mal qui restait à faire. Contre qui les lords s'indignaient-ils ? contre le tortureur ? non. Contre le torturé. Ici le trône, là le peuple ; ici Jacques II, là Gwynplaine. Certes, cette confrontation mettait en lumière un attentat, et un crime. Quel

---

1. Marque que laisse une plaie, infligée en punition par la justice. Mais aussi, au sens religieux, marque des cinq plaies du Christ « qu'on prétend imprimées par faveur du ciel sur le corps de saint François d'Assise » (Littré). La défiguration de Gwynplaine est à la fois le témoin de l'inique justice des hommes et la marque de sa mission.

était l'attentat ? se plaindre. Quel était le crime ? souffrir. Que la misère se cache et se taise, sinon elle est
lèse-majesté. Et ces hommes qui avaient traîné Gwynplaine sur la claie[1] du sarcasme, étaient-ils méchants ?
non, mais ils avaient, eux aussi, leur fatalité ; ils étaient
heureux. Ils étaient bourreaux sans le savoir. Ils étaient
de bonne humeur. Ils avaient trouvé Gwynplaine inutile. Il s'était ouvert le ventre, il s'était arraché le foie
et le cœur, il avait montré ses entrailles, et on lui avait
crié : Joue ta comédie ! Chose navrante, lui-même il
riait. L'affreuse chaîne[2] lui liait l'âme, et empêchait sa
pensée de monter jusqu'à son visage. La défiguration
allait jusqu'à son esprit, et, pendant que sa conscience
s'indignait, sa face lui donnait un démenti et ricanait.
C'était fini. Il était l'Homme qui Rit, cariatide[3] du
monde qui pleure. Il était une angoisse pétrifiée en hilarité portant le poids d'un univers de calamité, et muré à
jamais dans la jovialité, dans l'ironie, dans l'amusement
d'autrui ; il partageait avec tous les opprimés, dont il
était l'incarnation, cette fatalité abominable d'être une
désolation pas prise au sérieux ; on badinait avec sa
détresse ; il était on ne sait quel bouffon énorme sorti
d'une effroyable condensation d'infortune, évadé de
son bagne, passé dieu, monté du fond des populaces
au pied du trône, mêlé aux constellations, et, après
avoir égayé les damnés, il égayait les élus ! Tout ce
qu'il y avait en lui de générosité, d'enthousiasme,
d'éloquence, de cœur, d'âme, de fureur, de colère,
d'amour, d'inexprimable douleur, aboutissait à ceci, un
éclat de rire ! Et il constatait, comme il l'avait dit aux
lords, que ce n'était point là une exception, que c'était
le fait normal, ordinaire, universel, le vaste fait souverain tellement amalgamé à la routine de vivre qu'on ne

---

1. Treillage de bois ou de fer. Traîner sur la claie était une punition
infamante infligée aux cadavres des suicidés ou des condamnés à mort.
2. Le chapitre conjoint les figures christiques et mythiques, Job, Lucifer et
ici Prométhée, enchaîné au rocher du Caucase (voir p. 752).   **3.** Allusion
au géant de la mythologie Atlas, qui portait la voûte céleste sur ses épaules.

s'en apercevait plus. Le meurt-de-faim rit, le mendiant rit, le forçat rit, la prostituée rit, l'orphelin, pour gagner sa vie, rit, l'esclave rit, le soldat rit, le peuple rit ; la société humaine est faite de telle façon que toutes les perditions, toutes les indigences, toutes les catastrophes, toutes les fièvres, tous les ulcères, toutes les agonies, se résolvent au-dessus du gouffre en une épouvantable grimace de joie. Cette grimace totale, il était cela. Elle était lui. La loi d'en haut, la force inconnue qui gouverne, avait voulu qu'un spectre visible et palpable, un spectre en chair et en os, résumât la monstrueuse parodie que nous appelons le monde ; il était ce spectre.

Destinée incurable.

Il avait crié : Grâce pour les souffrants ! En vain.

Il avait voulu éveiller la pitié ; il avait éveillé l'horreur. C'est la loi d'apparition des spectres.

En même temps que spectre, il était homme. C'était là sa complication poignante. Spectre extérieur, homme intérieur. Homme, plus qu'aucun peut-être, car son double sort résumait toute l'humanité. Et en même temps qu'il avait l'humanité en lui, il la sentait hors de lui.

Il y avait dans son existence de l'infranchissable. Qu'était-il ? un déshérité ? non, car il était un lord. Qu'était-il ? un lord ? non, car il était un révolté. Il était l'Apporte-lumière[1], trouble-fête effrayant. Il n'était pas Satan, certes, mais il était Lucifer. Il arrivait sinistre, un flambeau à la main.

Sinistre pour qui ? pour les sinistres. Redoutable à qui ? aux redoutés. Aussi ils le rejetaient. Entrer parmi eux ? Être accepté ? Jamais. L'obstacle qu'il avait sur la face était affreux, mais l'obstacle qu'il avait dans les

---

1. Littéralement Lucifer. Lucifer était, chez les Latins, le nom de Vénus, étoile brillante, autrement appelée *Stella matutina* (l'étoile du matin), de même que le bateau des comprachicos (voir note 1, p. 96). Chez les chrétiens, Lucifer est le nom de Satan, devenu, dans sa chute et sa lutte contre Dieu, Prince des Ténèbres. Par ailleurs, le nom de Prométhée dans la mythologie est aussi « Porte-feu ».

idées était plus insurmontable encore. Sa parole avait
paru plus difforme que sa figure. Il ne pensait pas une
pensée possible en ce monde des grands et des puissants dans lequel une fatalité l'avait fait naître et dont
une autre fatalité l'avait fait sortir. Il y avait, entre les
hommes et son visage, un masque, et, entre la société
et son esprit, une muraille. En se mêlant, dès l'enfance,
bateleur nomade, à ce vaste milieu vivace et robuste
qu'on nomme la foule, en se saturant de l'aimantation
des multitudes, en s'imprégnant de l'immense âme
humaine, il avait perdu, dans le sens commun de tout
le monde, le sens spécial des classes reines. En haut, il
était impossible. Il arrivait tout mouillé de l'eau du
puits Vérité[1]. Il avait la fétidité[2] de l'abîme. Il répugnait à ces princes, parfumés de mensonges. À qui vit
de fiction, la vérité est infecte. Qui a soif de flatterie
revomit le réel, bu par surprise. Ce qu'il apportait, lui
Gwynplaine, n'était pas présentable ; c'était, quoi ? la
raison, la sagesse, la justice. On le rejetait avec dégoût.

Il y avait là des évêques. Il leur apportait Dieu.
Qu'était-ce que cet intrus ?

Les pôles extrêmes se repoussent. Nul amalgame
possible. La transition manque. On avait vu, sans qu'il
y eût eu d'autre résultat qu'un cri de colère, ce vis-à-
vis formidable : toute la misère concentrée dans un
homme face à face avec tout l'orgueil concentré dans
une caste.

Accuser est inutile. Constater suffit. Gwynplaine
constatait, dans cette méditation au bord de son destin,
l'immensité inutile de son effort. Il constatait la surdité
des hauts lieux. Les privilégiés n'ont pas d'oreille du
côté des déshérités. Est-ce la faute des privilégiés ?
non. C'est leur loi, hélas ! Pardonnez-leur. S'émouvoir,
ce serait abdiquer. Où sont les seigneurs et les princes,
il ne faut rien attendre. Le satisfait, c'est l'inexorable.

---

1. On dit ordinairement que la vérité est cachée dans un puits car elle
est difficile à découvrir.   **2.** Infection, puanteur. Retour au cloaque et à
l'égout.

Pour l'assouvi, l'affamé n'existe point. Les heureux ignorent, et s'isolent. Au seuil de leur paradis comme au seuil de l'enfer, il faut écrire : « Laissez toute espérance [1]. »

Gwynplaine venait d'avoir la réception d'un spectre entrant chez les dieux.

Ici tout ce qu'il avait en lui se soulevait. Non, il n'était pas un spectre, il était un homme. Il le leur avait dit, il le leur avait crié, il était l'Homme.

Il n'était pas un fantôme. Il était une chair palpitante. Il avait un cerveau, et il pensait ; il avait un cœur, et il aimait ; il avait une âme, et il espérait. Avoir trop espéré, c'était même là toute sa faute.

Hélas ! il avait exagéré l'espérance jusqu'à croire en cette chose éclatante et obscure, la société. Lui qui était dehors, il y était rentré.

La société lui avait tout de suite, d'emblée, à la fois, fait ses trois offres et donné ses trois dons, le mariage, la famille, la caste. Le mariage ? il avait vu sur le seuil la prostitution. La famille ? son frère l'avait souffleté, et l'attendait le lendemain, l'épée à la main. La caste ? elle venait de lui éclater de rire à la face, à lui patricien, à lui misérable. Il était rejeté presque avant même d'avoir été admis. Et ses trois premiers pas dans cette profonde ombre sociale avaient ouvert sous lui trois gouffres.

Et c'était par une transfiguration traître que son désastre avait débuté. Et cette catastrophe s'était approchée de lui avec le visage de l'apothéose ! Monte ! avait signifié : Descends !

Il était une sorte de contraire de Job [2]. C'est par la prospérité que l'adversité lui était venue.

Ô tragique énigme humaine ! Voilà donc les embûches ! Enfant, il avait lutté contre la nuit, et il avait été plus fort qu'elle. Homme, il avait lutté contre le destin,

---

1. Formule inscrite sur la porte de l'Enfer, dans la description qu'en donne Dante (*Enfer*, III, 9). C'est aussi le titre d'un chapitre de *Notre-Dame de Paris* (« *Lasciate ogni speranza* », VIII, IV).   **2.** Voir note 1, p. 344.

et il l'avait terrassé. De défiguré, il s'était fait rayonnant, et de malheureux, heureux. De son exil il avait
fait un asile. Vagabond, il avait lutté contre l'espace,
et, comme les oiseaux du ciel, il y avait trouvé sa
miette de pain. Sauvage et solitaire, il avait lutté contre
la foule, et il s'en était fait une amie. Athlète, il avait
lutté contre ce lion, le peuple, et il l'avait apprivoisé.
Indigent, il avait lutté contre la détresse, il avait fait
face à la sombre nécessité de vivre, et, à force d'amalgamer à la misère toutes les joies du cœur, il s'était
fait de la pauvreté une richesse. Il avait pu se croire le
vainqueur de la vie. Tout à coup de nouvelles forces
étaient arrivées contre lui du fond de l'inconnu, non
plus avec des menaces, mais avec des caresses et des
sourires ; à lui, tout pénétré d'amour angélique,
l'amour draconien et matériel était apparu ; la chair
l'avait saisi, lui qui vivait d'idéal ; il avait entendu des
paroles de volupté semblables à des cris de rage ; il
avait senti des étreintes de bras de femme faisant l'effet
de nœuds de couleuvre ; à l'illumination du vrai avait
succédé la fascination du faux ; car ce n'est pas la chair
qui est le réel, c'est l'âme. La chair est cendre, l'âme
est flamme. À ce groupe lié à lui par la parenté de la
pauvreté et du travail, et qui était sa véritable famille
naturelle, s'était substituée la famille sociale, famille
du sang, mais du sang mêlé, et, avant même d'y être
entré, il se trouvait face à face avec un fratricide
ébauché. Hélas ! il s'était laissé reclasser dans cette
société dont Brantôme [1], qu'il n'avait pas lu, a dit : *Le
fils peut justement appeler le père en duel.* La fortune
fatale lui avait crié : Tu n'es pas de la foule, tu es de
l'élite ! et avait ouvert au-dessus de sa tête, comme une
trappe dans le ciel, le plafond social, et l'avait lancé

---

1. Retiré de l'activité politique, Pierre de Bourdeille, seigneur de Brantôme (1540-1614), se consacra aux Lettres, rédigeant notamment les *Vies
des dames illustres* et surtout les *Vies des dames galantes*, recueil d'anecdotes souvent licencieuses. Il écrivit aussi un *Discours sur les duels
célèbres*.

par cette ouverture, et l'avait fait surgir, inattendu et farouche, au milieu des princes et des maîtres. Subitement, autour de lui, au lieu du peuple qui l'applaudissait, il avait vu les seigneurs qui le maudissaient. Métamorphose lugubre. Grandissement ignominieux. Brusque spoliation de tout ce qui avait été sa félicité ! Pillage de sa vie par la huée ! arrachement de Gwynplaine, de Clancharlie, du lord, du bateleur, de son sort antérieur, de son sort nouveau, à coups de bec de tous ces aigles !

À quoi bon avoir commencé tout de suite la vie par la victoire sur l'obstacle ? À quoi bon avoir triomphé d'abord ? Hélas ! il faut être précipité, sans quoi la destinée n'est pas complète.

Ainsi, moitié de force, moitié de gré, car après le wapentake, il avait eu affaire à Barkilphedro, et dans son rapt il y avait eu du consentement, il avait quitté le réel pour le chimérique, le vrai pour le faux, Dea pour Josiane, l'amour pour l'orgueil, la liberté pour la puissance, le travail fier et pauvre pour l'opulence pleine de responsabilité obscure, l'ombre où est Dieu pour le flamboiement où sont les démons, le paradis pour l'Olympe !

Il avait mordu dans le fruit d'or[1]. Il recrachait la bouchée de cendre.

Résultat lamentable. Déroute, faillite, chute en ruine, expulsion insolente de toutes ses espérances fustigées par le ricanement, désillusion démesurée. Et que faire désormais ? s'il regardait le lendemain, qu'apercevait-il ? une épée nue dont la pointe était devant sa poitrine et dont la poignée était dans la main de son frère. Il ne voyait que l'éclair hideux de cette épée. Le reste, Josiane, la chambre des lords, était derrière, dans un monstrueux clair-obscur plein de silhouettes tragiques.

Et ce frère, il lui apparaissait comme chevaleresque

---

1. Fruit défendu du péché originel ou fruit du jardin des Hespérides, ce fruit d'or illustre la conjonction dans le texte de la mythologie et de la Bible.

et vaillant ! Hélas ! ce Tom-Jim-Jack qui avait défendu Gwynplaine, ce lord David qui avait défendu lord Clancharlie, il l'avait entrevu à peine, il n'avait eu que le temps d'en être souffleté, et de l'aimer.

Que d'accablements !

Maintenant, aller plus loin, impossible. L'écroulement était de tous les côtés. D'ailleurs, à quoi bon ? toutes les fatigues sont au fond du désespoir.

L'épreuve était faite, et n'était plus à recommencer.

Un joueur qui a joué l'un après l'autre tous ses atouts, c'était Gwynplaine. Il s'était laissé entraîner au tripot formidable. Sans se rendre exactement compte de ce qu'il faisait, car tel est le subtil empoisonnement de l'illusion, il avait joué Dea contre Josiane ; il avait eu un monstre. Il avait joué Ursus contre une famille, il avait eu l'affront. Il avait joué son tréteau de saltimbanque contre un siège de lord ; il avait l'acclamation, il avait eu l'imprécation. Sa dernière carte venait de tomber sur ce fatal tapis vert du bowling-green[1] désert. Gwynplaine avait perdu. Il n'avait plus qu'à payer. Paye, misérable !

Les foudroyés s'agitent peu. Gwynplaine était immobile. Qui l'eût aperçu de loin dans cette ombre, droit et sans mouvement, au bord du parapet, eût cru voir une pierre debout.

L'enfer, le serpent et la rêverie s'enroulent sur eux-mêmes. Gwynplaine descendait les spirales sépulcrales de l'approfondissement pensif.

Ce monde qu'il venait d'entrevoir, il le considérait, avec ce regard froid qui est le regard définitif. Le mariage, mais pas d'amour ; la famille, mais pas de fraternité ; la richesse, mais pas de conscience ; la beauté, mais pas de pudeur ; la justice, mais pas d'équité ; l'ordre, mais pas d'équilibre ; la puissance, mais pas d'intelligence ; l'autorité, mais pas de droit ; la splendeur, mais pas de lumière. Bilan inexorable. Il fit le tour de cette vision suprême où s'était enfoncée

---

1. Voir II, iii, 1, p. 439.

sa pensée. Il examina successivement la destinée, la situation, la société, et lui-même. Qu'était la destinée ? un piège. La situation ? un désespoir. La société ? une haine. Et lui-même ? un vaincu. Et au fond de son âme, il s'écria : La société est la marâtre. La nature est la mère. La société, c'est le monde du corps ; la nature, c'est le monde de l'âme. L'une aboutit au cercueil, à la boîte de sapin dans la fosse, aux vers de terre, et finit là. L'autre aboutit aux ailes ouvertes, à la transfiguration dans l'aurore, à l'ascension dans les firmaments, et recommence là.

Peu à peu le paroxysme s'emparait de lui. Tourbillonnement funeste. Les choses qui finissent ont un dernier éclair où l'on revoit tout.

Qui juge, confronte. Gwynplaine mit en regard ce que la société lui avait fait et ce que lui avait fait la nature. Comme la nature avait été bonne pour lui ! comme elle l'avait secouru, elle qui est l'âme ! Tout lui avait été pris, tout, jusqu'au visage ; l'âme lui avait tout rendu. Tout, même le visage ; car il y avait ici-bas une céleste aveugle, faite exprès pour lui, qui ne voyait pas sa laideur et qui voyait sa beauté.

Et c'est de cela qu'il s'était laissé séparer ! c'est de cet être adorable, c'est de ce cœur, c'est de cette adoption, c'est de cette tendresse, c'est de ce divin regard aveugle, le seul qui le vît sur la terre, qu'il s'était éloigné ! Dea, c'était sa sœur ; car il sentait d'elle à lui la grande fraternité de l'azur, ce mystère qui contient tout le ciel. Dea, quand il était petit, c'était sa vierge ; car tout enfant a une vierge, et la vie a toujours pour commencement un mariage d'âmes consommé en pleine innocence, par deux petites virginités ignorantes. Dea, c'était son épouse, car ils avaient le même nid sur la plus haute branche du profond arbre Hymen [1], Dea, c'était plus encore, c'était sa clarté ; sans elle tout était le néant et le vide, et il lui voyait

---

1. Hymen ou Hyménée, nom d'une divinité grecque qui présidait aux noces.

une chevelure de rayons. Que devenir sans Dea ? que
faire de tout ce qui était lui ? rien de lui ne vivait sans
elle. Comment donc avait-il pu la perdre de vue un
moment ? ô infortuné ! Entre son astre et lui il avait
laissé se faire l'écart, et, dans ces redoutables gravita-
tions ignorées, l'écart est tout de suite l'abîme ! Où
était-elle, l'étoile ? Dea ! Dea ! Dea ! Dea ! Hélas ! il
avait perdu sa lumière. Ôtez l'astre, qu'est le ciel ? une
noirceur. Mais pourquoi donc tout cela s'était-il en
allé ? Oh ! comme il avait été heureux ! Dieu pour lui
avait refait l'Éden, – trop, hélas ! – jusqu'à y laisser
rentrer le serpent ! mais cette fois ce qui avait été tenté,
c'était l'homme. Il avait été attiré au dehors, et là,
piège affreux, il était tombé dans le chaos des rires
noirs qui est l'enfer ! Malheur ! malheur ! que tout ce
qui l'avait fasciné était effroyable ! Cette Josiane,
qu'était-ce ? oh ! l'horrible femme, presque bête,
presque déesse ! Gwynplaine était à présent sur le
revers de son élévation, et il voyait l'autre côté de son
éblouissement. C'était funèbre. Cette seigneurie était
difforme, cette couronne était hideuse, cette robe de
pourpre était lugubre, ces palais étaient vénéneux, ces
trophées, ces statues, ces armoiries étaient louches,
l'air malsain et traître qu'on respirait là vous rendait
fou. Oh ! les haillons du saltimbanque Gwynplaine
étaient des resplendissements ! Oh ! où étaient la
Green-Box, la pauvreté, la joie, la douce vie errante
ensemble comme des hirondelles ? On ne se quittait
pas, on se voyait à toute minute, le soir, le matin, à
table on se poussait du coude, on se touchait du genou,
on buvait au même verre, le soleil entrait par la
lucarne, mais il n'était que le soleil, et Dea était
l'amour. La nuit, on se sentait endormis pas loin les
uns des autres, et le rêve de Dea venait se poser sur
Gwynplaine, et le rêve de Gwynplaine allait mystérieusement s'épanouir au-dessus de Dea ! On n'était pas
bien sûr, au réveil, de n'avoir pas échangé des baisers
dans la nuée bleue du songe. Toute l'innocence était
dans Dea, toute la sagesse était dans Ursus. On rôdait

de ville en ville ; on avait pour viatique et pour cordial
la franche gaieté aimante du peuple. On était des anges
vagabonds, ayant assez d'humanité pour marcher ici-
bas, et pas tout à fait assez d'ailes pour s'envoler. Et
maintenant, disparition ! Où était tout cela ? Était-ce
possible que tout se fût effacé ! Quel vent de la tombe
avait soufflé ? C'était donc éclipsé ! c'était donc perdu ! Hélas, la sourde toute-puissance qui pèse sur les
petits dispose de toute l'ombre, et est capable de tout !
Qu'est-ce qu'on leur avait fait ? Et il n'avait pas été là,
lui, pour les protéger, pour se mettre au travers, pour
les défendre, comme lord, avec son titre, sa seigneurie
et son épée, comme bateleur, avec ses poings et ses
ongles ! Et ici survenait une réflexion amère, la plus
amère de toutes peut-être. Eh bien, non, il n'eût pas pu
les défendre ! C'était lui précisément qui les perdait.
C'était pour le préserver d'eux, lui lord Clancharlie,
c'était pour isoler sa dignité de leur contact, que l'infâme omnipotence sociale s'était appesantie sur eux.
La meilleure façon pour lui de les protéger, ce serait
de disparaître, on n'aurait plus de raison de les persé-
cuter. Lui de moins, on les laisserait tranquilles. Gla-
çante ouverture où sa pensée entrait. Ah ! pourquoi
s'était-il laissé séparer de Dea ? Est-ce que son premier
devoir n'était pas envers Dea ? Servir et défendre le
peuple ? mais Dea, c'était le peuple ! Dea, c'était l'orpheline, c'était l'aveugle, c'était l'humanité ! Oh ! que
leur avait-on fait ? cuisson[1] cruelle du regret ! son
absence avait laissé le champ libre à la catastrophe. Il
eût partagé leur sort. Ou il les eût pris et emportés avec
lui, ou il se fût englouti avec eux. Que devenir sans
eux maintenant ? Gwynplaine sans Dea, était-ce possible ! Dea de moins, c'est tout de moins ! Ah ! c'était
fini. Ce groupe bien-aimé était à jamais enfoui dans
l'irréparable évanouissement. Tout était épuisé. D'ailleurs, condamné et damné comme l'était Gwynplaine,
à quoi bon lutter plus longtemps ? Il n'y avait plus rien

---

1. Voir p. 760.

à attendre, ni des hommes, ni du ciel. Dea ! Dea ! où
est Dea ? Perdue ! Quoi, perdue ! Qui a perdu son âme
n'a plus pour la retrouver qu'un lieu, la mort.

Gwynplaine, égaré et tragique, posa fermement sa
main sur le parapet comme sur une solution, et regarda
le fleuve.

C'était la troisième nuit qu'il ne dormait pas. Il avait
la fièvre. Ses idées, qu'il croyait claires, étaient
troubles. Il sentait un impérieux besoin de sommeil. Il
demeura ainsi quelques instants penché sur cette eau ;
l'ombre lui offrait le grand lit tranquille, l'infini des
ténèbres. Tentation sinistre.

Il ôta son habit, le plia et le posa sur le parapet. Puis
il déboutonna son gilet. Comme il allait l'ôter, sa main
heurta dans la poche quelque chose. C'était le red-book
que lui avait remis le librarian de la chambre des lords.
Il retira ce carnet de cette poche, l'examina dans la
lueur diffuse de la nuit, y vit un crayon, prit ce crayon,
et écrivit, sur la première page blanche qui s'ouvrit,
ces deux lignes :

« Je m'en vais. Que mon frère David me remplace
et soit heureux. »

Et il signa : Fermain Clancharlie, pair d'Angleterre.

Puis il ôta le gilet et le posa sur l'habit. Il ôta son
chapeau, et le posa sur le gilet. Il mit dans le chapeau
le red-book ouvert à la page où il avait écrit. Il aperçut
à terre une pierre, la prit et la mit dans le chapeau.

Cela fait, il regarda l'ombre infinie au-dessus de son
front.

Puis, sa tête s'abaissa lentement comme tirée par le
fil invisible des gouffres.

Il y avait un trou dans les pierres du soubassement
du parapet, il y mit un pied, de telle sorte que son
genou dépassait le haut du parapet, et qu'il n'avait
presque plus rien à faire pour l'enjamber.

Il croisa ses mains derrière son dos et se pencha.

— Soit, dit-il.

Et il fixa ses yeux sur l'eau profonde.

En ce moment il sentit une langue qui lui léchait les mains.

Il tressaillit et se retourna.

C'était Homo qui était derrière lui.

CONCLUSION

LA MER ET LA NUIT

I

CHIEN DE GARDE PEUT ÊTRE ANGE GARDIEN

Gwynplaine poussa un cri :

— C'est toi, loup !

Homo remua la queue. Ses yeux brillaient dans l'ombre. Il regardait Gwynplaine.

Puis il se remit à lui lécher les mains. Gwynplaine demeura un moment comme ivre. La rentrée immense de l'espérance, il avait cette secousse. Homo, quelle apparition ! Depuis quarante-huit heures, il avait épuisé ce qu'on pourrait nommer toutes les variétés du coup de foudre ; il lui restait à recevoir le coup de foudre de la joie. C'était celui-là qui venait de tomber sur lui. La certitude ressaisie, ou du moins la clarté qui y mène, la soudaine intervention d'on ne sait quelle clémence mystérieuse qui est peut-être dans le destin, la vie disant : me voilà ! au plus noir de la tombe, la minute où l'on n'attend plus rien ébauchant brusquement la guérison et la délivrance, quelque chose comme le point d'appui retrouvé à l'instant le plus critique de

l'écroulement, Homo était tout cela. Gwynplaine
voyait le loup dans de la lumière.

Cependant Homo s'était retourné. Il fit quelques pas,
et regarda en arrière comme pour voir si Gwynplaine
le suivait.

Gwynplaine s'était mis en marche à sa suite. Homo
remua la queue et continua son chemin.

Ce chemin, où le loup s'était engagé, c'était la pente
du quai de l'Effroc-stone. Cette pente aboutissait à la
berge de la Tamise. Gwynplaine, conduit par Homo,
descendit cette pente.

De temps en temps, Homo tournait la tête pour s'assurer que Gwynplaine était derrière lui.

Dans de certaines situations suprêmes, rien ne ressemble à une intelligence comprenant tout comme le
simple instinct de la bête aimante. L'animal est un
somnambule lucide.

Il y a des cas où le chien sent le besoin de suivre
son maître, d'autres où il sent le besoin de le précéder.
Alors la bête prend la direction de l'esprit. Le flair
imperturbable voit clair confusément dans notre crépuscule. Se faire guide apparaît vaguement à la bête
comme une nécessité. Sait-elle qu'il y a un mauvais
pas, et qu'il faut aider l'homme à le passer ? non probablement ; oui, peut-être ; dans tous les cas, quelqu'un le sait pour elle ; nous l'avons dit déjà, bien
souvent dans la vie, d'augustes secours qu'on croit
venir d'en bas viennent d'en haut. On ne sait pas toutes
les figures que peut prendre Dieu. Quelle est cette
bête ? la providence.

Parvenu sur la berge, le loup s'avança en aval sur
l'étroite langue de terre qui longeait la Tamise.

Il ne poussait aucun cri, il n'aboyait pas, il cheminait
muet. Homo, en toute occasion, suivait son instinct et
faisait son devoir, mais avait la réserve pensive du
proscrit.

Après une cinquantaine de pas, il s'arrêta. Une estacade[1] s'offrait à droite. À l'extrémité de cette estacade,

---

1. Jetée sur pilotis dont le pont est recouvert de planches.

espèce d'embarcadère sur pilotis, on entrevoyait une masse obscure qui était un assez gros navire. Sur le pont de ce navire, vers la proue, il y avait une clarté presque indistincte, qui ressemblait à une veilleuse, prête à s'éteindre.

Le loup s'assura une dernière fois que Gwynplaine était là, puis bondit sur l'estacade, long corridor planchéyé et goudronné, porté par une claire-voie de madriers, et sous lequel coulait l'eau du fleuve. En quelques instants, Homo et Gwynplaine arrivèrent à la pointe.

Le bâtiment amarré au bout de l'estacade était une de ces panses de Hollande à double tillac rasé[1], l'un à l'avant, l'autre à l'arrière, ayant, à la mode japonaise, entre les deux tillacs, un compartiment profond à ciel ouvert où l'on descendait par une échelle droite et qu'on emplissait de tous les colis de la cargaison. Cela faisait deux gaillards[2], l'un à la proue, l'autre à la poupe, comme à nos vieilles pataches[3] de rivière, avec un creux au milieu. Le changement lestait ce creux. Les galiotes[4] de papier que font les enfants ont à peu près cette forme. Sous les tillacs étaient les cabines communiquant par des portes avec ce compartiment central et éclairées de hublots percés dans le bordage[5]. En arrimant la cargaison, on ménageait des passages entre les colis. Les deux mâts de ces panses étaient plantés dans les deux tillacs. Le mât de proue s'appelait le Paul, le mât de poupe s'appelait le Pierre, le navire étant conduit par ses deux mâts comme l'Église par ses deux apôtres. Une passerelle, faisant passavant[6], allait, comme un pont chinois, d'un tillac à l'autre, par-dessus le compartiment du centre. Dans les

---

1. Pont supérieur du navire.   **2.** Partie extrême du pont supérieur d'un navire.   **3.** Petit vaisseau de guerre, mais aussi barque conçue pour transporter des passagers sur les fleuves.   **4.** Navire à voiles, à formes rondes, dont se servaient les Hollandais. On se souvient de la galiote de mess Lethierry dans *Les Travailleurs de la mer*.   **5.** Planches épaisses qui forment le revêtement de la membrure intérieure d'un navire.   **6.** Partie du pont supérieur qui sert de passage entre l'avant et l'arrière du navire.

mauvais temps, les deux garde-fous de la passerelle s'abaissaient à droite et à gauche, au moyen d'un mécanisme, ce qui faisait un toit sur le compartiment creux, de sorte que le navire, dans les grosses mers, était hermétiquement fermé. Ces barques, très-massives, avaient pour barre une poutre, la force du gouvernail devant se proportionner à la lourdeur du gabarit. Trois hommes, le patron avec deux matelots, plus un enfant, le mousse, suffisaient à manœuvrer ces pesantes machines de mer. Les tillacs d'avant et d'arrière de la panse étaient, nous l'avons dit déjà, sans parapet. Cette panse-ci était une large coque ventrue toute noire sur laquelle on lisait en lettres blanches, visibles dans la nuit : *Vograat. Rotterdam.*

À cette époque, divers événements de mer, et, tout récemment, la catastrophe des huit vaisseaux du baron de Pointi[1]* au cap Carnero, en forçant toute la flotte française de refluer sur Gibraltar, avaient balayé la Manche et nettoyé de tout navire de guerre le passage entre Londres et Rotterdam, ce qui permettait aux bâtiments marchands d'aller et venir sans escorte.

Le bateau sur lequel on lisait *Vograat*, et près duquel Gwynplaine était parvenu, touchait l'estacade par le bâbord de son tillac d'arrière presque à niveau. C'était comme une marche à descendre ; Homo d'un saut, et Gwynplaine d'une enjambée, furent dans le navire. Tous deux se trouvèrent sur le pont d'arrière. Le pont était désert et l'on n'y voyait aucun mouvement, les passagers, s'il y en avait, et c'était probable, étaient à bord, vu que le bâtiment était prêt à partir, et que l'arrimage était terminé, ce qu'indiquait la plénitude du

---

* 21 avril 1705.

---

1. Jean-Bernard Desjeans, baron de Pointis, chef d'escadre des armées royales de France. Il affronta la flotte anglaise devant Gibraltar, mais perdit des vaisseaux à cause de la tempête et de la supériorité numérique de l'adversaire.

compartiment creux, encombré de balles [1] et de caisses. Mais ils étaient sans doute couchés et probablement endormis dans les chambres de l'entre-pont sous les tillacs, la traversée devant se faire la nuit. En pareil cas, les passagers n'apparaissent sur le pont que le lendemain matin, au réveil. Quant à l'équipage, il soupait vraisemblablement, en attendant l'instant très-prochain du départ, dans le réduit qu'on appelait alors « la cabine matelote ». De là la solitude des deux points de poupe et de proue reliés par la passerelle.

Le loup sur l'estacade avait presque couru ; sur le navire il se mit à marcher lentement, comme avec discrétion. Il remuait la queue, non plus joyeusement, mais avec l'oscillation faible et triste du chien inquiet. Il franchit, précédant toujours Gwynplaine, le tillac d'arrière, et il traversa le passavant.

Gwynplaine, en entrant sur la passerelle, aperçut devant lui une lueur. C'était la clarté qu'il avait vue de la berge. Une lanterne était posée à terre au pied du mât d'avant : la réverbération de cette lanterne découpait en noir sur l'obscur fond de nuit une silhouette qui avait quatre roues. Gwynplaine reconnut l'antique cahute d'Ursus.

Cette pauvre masure de bois, charrette et cabane, où avait roulé son enfance, était amarrée au pied du mât par de grosses cordes dont on voyait les nœuds dans les roues. Après avoir été si longtemps hors de service, elle était absolument caduque [2] ; rien ne délabre les hommes et les choses comme l'oisiveté ; elle avait un penchement misérable. La désuétude la faisait toute paralytique, et de plus, elle avait cette maladie irrémédiable, la vieillesse. Son profil informe et vermoulu fléchissait avec une attitude de ruine. Tout ce dont elle était faite offrait un aspect d'avarie, les fers étaient rouillés, les cuirs étaient gercés, les bois étaient cariés.

---

1. Gros paquets de marchandises généralement enveloppés de toile et liés de cordes. **2.** Sens vieilli ici, qui touche à sa fin, qui est menacé par la ruine.

Les fêlures rayaient le vitrage de l'avant que traversait un rayon de la lanterne. Les roues étaient cagneuses[1]. Les parois, le plancher et les essieux semblaient épuisés de fatigue, l'ensemble avait on ne sait quoi d'accablé et de suppliant. Les deux pointes dressées du brancard avaient l'air de deux bras levés au ciel. Toute la baraque était disloquée. Dessous, on distinguait la chaîne d'Homo pendante.

Retrouver sa vie, sa félicité, son amour, et y courir éperdument, et se précipiter dessus, il semble que ce soit la loi et que la nature le veuille ainsi. Oui, excepté dans les cas de tremblement profond. Qui sort, tout ébranlé et tout désorienté, d'une série de catastrophes pareilles à des trahisons, devient prudent, même dans la joie, redoute d'apporter sa fatalité à ceux qu'il aime, se sent lugubrement contagieux, et n'avance dans le bonheur qu'avec précaution. Le paradis se rouvre ; avant d'y rentrer, on l'observe.

Gwynplaine, chancelant sous les émotions, regardait.

Le loup était allé silencieusement se coucher près de sa chaîne.

II

BARKILPHEDRO A VISÉ L'AIGLE ET A ATTEINT LA COLOMBE

Le marchepied de la cahute était abaissé ; la porte était entrebâillée ; il n'y avait personne dedans ; le peu de lumière qui entrait par la vitre du devant modelait vaguement l'intérieur de la baraque, clair-obscur mélancolique. Les inscriptions d'Ursus glorifiant la grandeur des lords étaient distinctes sur les planches décrépites qui étaient tout à la fois la muraille au

---

1. Qui a les genoux tournés en dedans. L'adjectif contribue à la personnification de la carriole.

dehors et le lambris au dedans. À un clou près de la porte, Gwynplaine vit son esclavine[1] et son capingot, accrochés, comme dans une morgue les vêtements d'un mort.

Il n'avait, lui, en ce moment-là, ni gilet ni habit.

La cahute masquait quelque chose qui était étendu sur le pont au pied du mât et que la lanterne éclairait. C'était un matelas dont on apercevait un coin. Sur le matelas quelqu'un était probablement couché. On y voyait de l'ombre se mouvoir.

On parlait. Gwynplaine, caché par l'interposition de la cahute, écouta.

C'était la voix d'Ursus.

Cette voix, si dure en dessus, si tendre en dessous, qui avait tant malmené et si bien conduit Gwynplaine depuis son enfance, n'avait plus son timbre sagace et vivant. Elle était vague et basse et se dissipait en soupirs à la fin de chaque phrase. Elle ne ressemblait que confusément à l'ancienne voix simple et ferme d'Ursus. C'était comme la parole de quelqu'un dont le bonheur est mort. La voix peut devenir ombre.

Ursus semblait monologuer plutôt que dialoguer. Du reste le soliloque était, on le sait, son habitude. Il passait pour maniaque à cause de cela.

Gwynplaine retint son haleine pour ne pas perdre un mot de ce que disait Ursus, et voici ce qu'il entendit :

— C'est très-dangereux, cette espèce de bateau. Ça n'a pas de rebord. Si on roule à la mer, rien ne vous arrête. S'il y avait du gros temps, il faudrait la descendre sous le tillac, ce qui serait terrible. Un mouvement maladroit, une peur, et voilà une rupture d'anévrisme[2]. J'en ai vu des exemples. Ah ! mon Dieu, qu'est-ce que nous allons devenir ? Dort-elle ? oui. Elle dort. Je crois bien qu'elle dort. Est-elle sans connaissance ? non. Elle a le pouls assez fort. Certaine-

---

1. Voir note 1, p. 404.   2. Poche formée par la dilatation des parois d'un vaisseau sanguin ou d'une cavité cardiaque. La paroi ainsi fragilisée peut se rompre et provoquer une hémorragie.

ment elle dort. Le sommeil, c'est un sursis. C'est le
bon aveuglement. Comment faire pour qu'on ne vienne
pas piétiner par ici ? Messieurs, s'il y a là quelqu'un
sur le pont, je vous en prie, ne faites pas de bruit. N'approchez pas, si cela vous est égal. Vous savez, une
personne d'une santé délicate, il faut des ménagements.
Elle a de la fièvre, voyez-vous. C'est tout jeune. C'est
une petite qui a de la fièvre. Je lui ai mis ce matelas
dehors pour qu'elle ait un peu d'air. J'explique cela
afin qu'on ait égard. Elle est tombée de lassitude sur
le matelas, comme si elle perdait connaissance. Mais
elle dort. Je voudrais bien qu'on ne la réveillât pas. Je
m'adresse aux femmes, s'il y a là des ladies. Une jeune
fille, c'est une pitié. Nous ne sommes que de pauvres
bateleurs, je demande qu'on ait un peu de bonté, et
puis, s'il y a quelque chose à payer pour qu'on ne fasse
pas de bruit, je paierai. Je vous remercie, mesdames et
messieurs. Y a-t-il quelqu'un là ? Non. Je crois qu'il
n'y a personne. Je parle en pure perte. Tant mieux.
Messieurs, je vous remercie si vous y êtes, et je vous
remercie bien si vous n'y êtes pas. – Elle a le front
tout en sueur. – Allons, rentrons au bagne, reprenons
le collier. La misère est revenue. Nous revoilà à vau-
l'eau[1]. Une main, l'affreuse main qu'on ne voit pas,
mais qu'on sent toujours sur soi, nous a subitement
retournés vers le côté noir de la destinée. Soit ; on aura
du courage. Seulement, il ne faut pas qu'elle soit
malade. J'ai l'air bête de parler haut tout seul comme
cela, mais il faut bien qu'elle sente qu'elle a quelqu'un
près d'elle si elle vient à se réveiller. Pourvu qu'on ne
me la réveille pas brusquement ! Pas de bruit, au nom
du ciel ! une secousse qui la ferait lever en sursaut ne
vaudrait rien. Il serait fâcheux qu'on vînt marcher de
ce côté-ci. Je crois que les gens dorment dans le bateau.
Je rends grâce à la providence de cette concession. Hé
bien ! et Homo, où est-il donc ? Dans tout ce boulever-
sement-là, j'ai oublié de l'attacher, je ne sais plus ce

---

1. Voir note 4, p. 130.

que je fais, voilà plus d'une heure que je ne l'ai vu, il
aura été chercher son souper dehors. Pourvu qu'il ne
lui arrive pas malheur ! Homo ! Homo !

Homo cogna doucement de sa queue le plancher du
pont.

— Tu es là ! Ah ! tu es là. Dieu soit béni ! Homo
perdu, c'eût été trop. Elle dérange son bras. Elle va
peut-être se réveiller. Tais-toi, Homo. La marée descend. On partira tout à l'heure. Je pense qu'il fera beau
cette nuit. Il n'y a pas de bise. La banderolle[1] pend le
long du mât, nous aurons une bonne traversée. Je ne
sais plus où nous en sommes de la lune. Mais c'est à
peine si les nuages remuent. Il n'y aura pas de mer.
Nous aurons beau temps. Elle est pâle. C'est la faiblesse. Mais non, elle est rouge. C'est la fièvre. Mais
non, elle est rose. Elle se porte bien. Je n'y vois plus
clair. Mon pauvre Homo, je n'y vois plus clair. Donc,
il faut recommencer la vie. Nous allons nous remettre
à travailler. Il n'y a plus que nous deux, vois-tu. Nous
travaillerons pour elle, toi et moi. C'est notre enfant.
Ah ! le bateau bouge. On part. Adieu, Londres ! bonsoir, bonne nuit, au diable ! Ah ! l'horrible Londres !

Le navire en effet avait la commotion sourde du
dérapement. L'écart se faisait entre l'estacade et l'arrière. On apercevait à l'autre bout du bâtiment, à la
poupe, un homme debout, le patron, sans doute, qui
venait de sortir de l'intérieur du navire et avait délié
l'amarre, et qui manœuvrait le gouvernail. Cet homme,
attentif seulement au chenal, comme il convient lorsqu'on est composé du double flegme du hollandais et
du matelot, n'entendant rien et ne voyant rien que l'eau
et le vent, courbé sous l'extrémité de la barre, mêlé à
l'obscurité, marchait lentement sur le tillac d'arrière,
allant et revenant de tribord à bâbord, espèce de fantôme ayant une poutre sur l'épaule. Il était seul sur le
pont. Tant qu'on serait en rivière, aucun autre marin
n'était nécessaire. En quelques minutes le bâtiment fut

1. Étendard long et fendu dont on ornait les bateaux.

au fil du fleuve. Il descendait sans tangage ni roulis.
La Tamise, peu troublée par le reflux, était calme. La
marée l'entraînant, le navire s'éloignait rapidement.
Derrière lui, le noir décor de Londres décroissait dans
la brume.

Ursus poursuivit :

— C'est égal, je lui ferai prendre de la digitale[1].
J'ai peur qu'il ne survienne du délire. Elle a de la sueur
dans la paume de la main. Mais qu'est-ce que nous
avons donc fait au bon Dieu ? Comme c'est venu vite
tout ce malheur-là ! Rapidité hideuse du mal. Une
pierre tombe, elle a des griffes, c'est l'épervier sur
l'alouette. C'est la destinée. Et te voilà gisante, ma
douce enfant ! On vient à Londres, on dit : c'est une
grande ville qui a de beaux monuments. Southwark,
c'est un superbe faubourg. On s'y établit. Maintenant,
ce sont d'abominables pays. Que voulez-vous que j'y
fasse ? Je suis content de m'en aller. Nous sommes le
30 avril. Je me suis toujours défié du mois d'avril ; le
mois d'avril n'a que deux jours heureux, le 5 et le 27,
et quatre jours malheureux, le 10, le 20, le 29 et le 30.
Cela a été mis hors de doute par les calculs de Cardan[2].
Je voudrais que ce jour-ci soit passé. Être parti, cela
soulage. Nous serons au petit jour à Gravesend et
demain soir à Rotterdam. Parbleu, je recommencerai la
vie d'autrefois dans la cahute, nous la traînerons, n'est-
ce pas, Homo ?

Un léger frappement annonça le consentement du
loup.

Ursus continua :

— Si l'on pouvait sortir d'une douleur comme on
sort d'une ville ! Homo, nous pourrions encore être
heureux. Hélas ! il y aurait toujours celui qui n'y est
plus. Une ombre, cela reste sur ceux qui survivent. Tu
sais qui je veux dire, Homo. Nous étions quatre, nous

---

1. Plante, appelée ainsi car sa corolle a la forme d'un doigt de gant
renversé. Utilisée comme médicament car son principe actif diminue la
fréquence des battements du cœur. **2.** Voir note 3, p. 47.

ne sommes plus que trois. La vie n'est qu'une longue perte de tout ce qu'on aime. On laisse derrière soi une traînée de douleurs. Le destin nous ahurit par une prolixité de souffrances insupportables. Après cela on s'étonne que les vieilles gens rabâchent. C'est le désespoir qui fait les ganaches[1]. Mon brave Homo, le vent arrière persiste. On ne voit plus du tout le dôme de Saint-Paul. Nous passerons tout à l'heure devant Greenwich[2]. Ce sera six bons milles[3] de faits. Ah ! je leur tourne le dos pour jamais à ces odieuses capitales, pleines de prêtres, de magistrats, de populaces. J'aime mieux voir remuer les feuilles dans les bois. – Toujours le front en sueur ! Elle a de grosses veines violettes que je n'aime pas sur l'avant-bras. C'est de la fièvre qui est là-dedans. Ah ! tout cela me tue. Dors, mon enfant. Oh oui, elle dort.

Ici une voix s'éleva, voix ineffable, qui semblait lointaine, qui paraissait venir à la fois des hauteurs et des profondeurs, divinement sinistre, la voix de Dea.

Tout ce que Gwynplaine avait éprouvé jusqu'à ce moment ne fut plus rien. Son ange parlait. Il lui semblait entendre des paroles dites hors de la vie dans un évanouissement plein de ciel.

La voix disait :

— Il a bien fait de s'en aller. Ce monde-ci n'est pas celui qu'il lui faut. Seulement il faut que j'aille avec lui. Père, je ne suis pas malade, je vous entendais parler tout à l'heure, je suis très-bien, je me porte bien, je dormais. Père, je vais être heureuse.

— Mon enfant, demanda Ursus avec l'accent de l'angoisse, qu'entends-tu par-là ?

La réponse fut :

— Père, ne vous faites pas de peine.

---

1. Mâchoire inférieure du cheval. Au sens figuré et populaire, désigne une personne dépourvue de talent et d'intelligence.   **2.** Ville proche de Londres, sur la rive droite de la Tamise.   **3.** Le mille anglais vaut 1609 mètres ; le mille marin, 1852 mètres. Il s'agit donc ici d'une distance approximative de dix kilomètres.

Il y eut une pause, comme pour une reprise d'haleine, puis ces quelques mots, prononcés lentement, arrivèrent à Gwynplaine :

— Gwynplaine n'est plus là. C'est à présent que je suis aveugle. Je ne connaissais pas la nuit. La nuit, c'est l'absence.

La voix s'arrêta encore, puis poursuivit :

— J'avais toujours l'anxiété qu'il ne s'envolât ; je le sentais céleste. Il a tout à coup pris son vol. Cela devait finir par là. Une âme, cela s'en va comme un oiseau. Mais le nid de l'âme est dans une profondeur où il y a le grand aimant qui attire tout, et je sais bien où retrouver Gwynplaine. Je ne suis pas embarrassée de mon chemin, allez. Père, c'est là-bas. Plus tard, vous nous rejoindrez. Et Homo aussi.

Homo, entendant prononcer son nom, frappa un petit coup sur le pont.

— Père, reprit la voix, vous comprenez bien que, du moment où Gwynplaine n'est plus là, c'est une chose finie. Je voudrais rester que je ne pourrais pas, parce qu'on est bien forcé de respirer. Il ne faut pas demander ce qui n'est pas possible. J'étais avec Gwynplaine, c'était tout simple, je vivais. Maintenant Gwynplaine n'y est plus, je meurs. C'est la même chose. Il faut ou qu'il revienne, ou que je m'en aille. Puisqu'il ne peut pas revenir, je m'en vais. Mourir c'est bien bon. Ce n'est pas difficile du tout. Père, ce qui s'éteint ici se rallume ailleurs. Vivre sur cette terre où nous sommes, c'est un serrement de cœur. Il ne se peut pas qu'on soit toujours malheureux. Alors on s'en va dans ce que vous appelez les étoiles, on se marie là, on ne se quitte plus jamais, on s'aime, on s'aime, on s'aime, et c'est cela qui est le bon Dieu.

— Là, ne te fâche pas, dit Ursus.

La voix continua.

— Par exemple, eh bien, l'an passé, au printemps de l'an passé, on était ensemble, on était heureux, il y a à présent bien de la différence. Je ne me souviens plus dans quelle petite ville nous étions, il y avait des arbres, j'entendais chanter des fauvettes. Nous sommes venus à Londres. Cela a changé. Ce n'est pas un reproche que je fais. On vient dans un pays, on ne peut pas savoir. Père, vous rappelez-vous ? un soir il y a eu dans la grande loge une femme, vous avez dit : c'est une duchesse ! j'ai été triste. Je crois qu'il aurait mieux valu rester dans les petites villes. Après cela, Gwynplaine a bien fait. Maintenant c'est mon tour. Puisque c'est vous-même qui m'avez raconté que j'étais toute petite, que ma mère était morte, que j'étais par terre dans la nuit avec de la neige qui tombait sur moi, et que lui, qui était petit aussi, et tout seul aussi, il m'avait ramassée, et que c'était comme cela que j'étais en vie, vous ne pouvez pas vous étonner que j'aie aujourd'hui absolument besoin de partir, et que je veuille aller voir dans la tombe si Gwynplaine y est. Parce que la seule chose qui existe dans la vie, c'est le cœur, et après la vie, c'est l'âme. Vous vous rendez bien compte de ce que je dis, n'est-ce pas, père ? Qu'est-ce qui remue donc ? il me semble que nous sommes dans une maison qui remue. Pourtant je n'entends pas le bruit des roues.

Après une interruption, la voix ajouta :

— Je ne distingue pas beaucoup entre hier et aujourd'hui. Je ne me plains pas. J'ignore ce qui s'est passé, mais il doit y avoir eu des choses.

Ces paroles étaient dites avec une profonde douceur inconsolable, et un soupir, que Gwynplaine entendit, s'acheva ainsi :

— Il faut que je m'en aille, à moins qu'il ne revienne.

Ursus, sombre, grommela à demi-voix :

— Je ne crois pas aux revenants.

Il reprit :

— C'est une barque. Tu demandes pourquoi la maison remue, c'est que nous sommes dans une barque. Calme-toi. Il ne faut pas trop parler. Ma fille, si tu as un peu d'amitié pour moi, ne t'agite pas, ne te donne pas de fièvre. Vieux comme je suis, je ne pourrais pas supporter une maladie que tu aurais. Épargne-moi, ne sois pas malade.

La voix recommença :

— Chercher sur la terre, à quoi bon ? puisqu'on ne trouve qu'au ciel.

Ursus répliqua, presque avec un essai d'autorité :

— Calme-toi. Il y a des moments où tu n'as pas d'intelligence du tout. Je te recommande de rester en repos. Après ça, tu n'es pas forcée de savoir ce que c'est que la veine cave. Je serais tranquille si tu étais tranquille. Mon enfant, fais aussi quelque chose pour moi. Il t'a ramassée, mais je t'ai recueillie. Tu te rends malade. C'est mal. Il faut te calmer et dormir. Tout ira bien. Je te jure ma parole d'honneur que tout ira bien. Nous avons un très-beau temps d'ailleurs. C'est comme une nuit faite exprès. Nous serons demain à Rotterdam qui est une ville en Hollande, à l'embouchure de la Meuse.

— Père, dit la voix, voyez-vous, quand c'est depuis l'enfance et qu'on a toujours été l'un avec l'autre, il ne faudrait pas que cela se dérangeât, parce qu'alors il faut mourir et qu'il n'y a même pas moyen de faire autrement. Je vous aime bien tout de même, mais je sens bien que je ne suis plus tout à fait avec vous, quoique je ne sois pas encore avec lui.

— Allons, insista Ursus, tâche de te rendormir.

La voix répondit :

— Ce n'est pas cela qui me manquera.

Ursus repartit, avec une intonation toute tremblante :

— Je te dis que nous allons en Hollande, à Rotterdam, qui est une ville.

— Père, continua la voix, je ne suis pas malade, si c'est cela qui vous inquiète, vous pouvez vous rassurer, je n'ai pas de fièvre, j'ai un peu chaud, voilà tout.

Ursus balbutia :

— À l'embouchure de la Meuse.

— Je me porte bien, père, mais voyez-vous, je me sens mourir.

— Ne va pas t'aviser d'une chose pareille, dit Ursus.

Et il ajouta :

— Surtout qu'elle n'ait pas de secousse, mon Dieu !

Il y eut un silence.

Tout à coup Ursus cria :

— Qu'est-ce que tu fais ? Pourquoi te lèves-tu ? Je t'en supplie, reste couchée !

Gwynplaine tressaillit, et avança la tête.

III

LE PARADIS RETROUVÉ ICI-BAS

Il aperçut Dea. Elle venait de se dresser toute droite sur le matelas. Elle avait une longue robe soigneusement fermée, blanche, qui ne laissait voir que la naissance des épaules et l'attache délicate de son cou. Les manches cachaient ses bras, les plis couvraient ses pieds. On voyait ses mains où se gonflait en embranchements bleuâtres le réseau des veines chaudes de fièvre. Elle était frissonnante, et oscillait plutôt qu'elle ne chancelait, comme un roseau. La lanterne l'éclairait d'en bas. Son beau visage était indicible. Ses cheveux dénoués flottaient. Aucune larme ne coulait sur ses joues. Il y avait dans ses prunelles du feu, et de la nuit. Elle était pâle de cette pâleur qui ressemble à la transparence de la vie divine sur une figure terrestre. Son corps exquis et frêle était comme mêlé et fondu dans le plissement de sa robe. Elle ondoyait tout entière avec le tremblement d'une flamme. Et en même temps on sentait qu'elle commençait à n'être plus que de l'ombre. Ses yeux, tout grands ouverts, resplendissaient. On eût dit une sortie de sépulcre et une âme debout dans une aurore.

Ursus, dont Gwynplaine ne voyait que le dos, levait des bras effarés.

— Ma fille ! ah ! mon Dieu, voilà le délire qui la prend ! le délire ! c'est ce que je craignais. Il ne faudrait pas de secousse, car cela pourrait la tuer, et il en faudrait une pour l'empêcher de devenir folle. Morte, ou folle ! quelle situation ! que faire, mon Dieu ? Ma fille, recouche-toi !

Cependant Dea parlait. Sa voix était presque indistincte, comme si une épaisseur céleste était déjà interposée entre elle et la terre.

— Père, vous vous trompez. Je n'ai aucun délire. J'entends très-bien tout ce que vous me dites. Vous me dites qu'il y a beaucoup de monde, qu'on attend, et qu'il faut que je joue ce soir, je veux bien, vous voyez que j'ai ma raison, mais je ne sais pas comment faire, puisque je suis morte et puisque Gwynplaine est mort. Moi, je viens tout de même. Je consens à jouer. Me voici ; mais Gwynplaine n'y est plus.

— Mon enfant, répéta Ursus, allons, obéis-moi. Remets-toi sur ton lit.

— Il n'y est plus ! il n'y est plus ! oh ! comme il fait noir !

— Noir ! balbutia Ursus, voilà la première fois qu'elle dit ce mot !

Gwynplaine, sans plus de bruit qu'un glissement, monta le marchepied de la baraque, y entra, décrocha son capingot et son esclavine, endossa le capingot, mit l'esclavine à son cou et redescendit de la cahute, toujours caché par l'espèce d'encombrement que faisaient la cabane, les agrès et le mât.

Dea continuait de murmurer, elle remuait les lèvres, et peu à peu ce murmure devint une mélodie. Elle ébaucha, avec les intermittences et les lacunes du délire, le mystérieux appel qu'elle avait tant de fois adressé à Gwynplaine dans *Chaos vaincu*. Elle se mit à chanter, et ce chant était vague et faible comme un bourdonnement d'abeille :

« *Mon enfant, répéta Ursus, allons, obéis-moi.* » (p. 816)
Illustration de Daniel Vierge. Paris, 1875.

> Noche, quita te de alli,
> El alba canta...*

Elle s'interrompit :

— Non, ce n'est pas vrai, je ne suis pas morte. Qu'est-ce que je disais donc ? Hélas ! je suis vivante. Je suis vivante, et il est mort. Je suis en bas, et il est en haut. Il est parti, et moi je reste. Je ne l'entendrai plus parler et marcher. Dieu nous avait donné un peu de paradis sur la terre, il nous l'a retiré. Gwynplaine ! c'est fini. Je ne le sentirai plus près de moi. Jamais. Sa voix ! je n'entendrai plus sa voix.

Et elle chanta :

> Es menester a cielos ir...**
> ... Dexa, quiero,
> A tu negro
> Caparazon.

Et elle étendit la main comme si elle cherchait où s'appuyer dans l'infini.

Gwynplaine, surgissant à côté d'Ursus brusquement pétrifié, s'agenouilla devant elle.

— Jamais ! dit Dea. Jamais ! je ne l'entendrai plus !

Et elle se remit à chanter, égarée :

> Dexa, quiero,
> A tu negro
> Caparazon !

Alors elle entendit une voix, la voix bien-aimée, qui répondait :

---

* Nuit, va-t'en.
L'aube chante.
** Il faut aller au ciel...
... Quitte, je le veux,
Ta noire enveloppe !

O ven ! ama !*
Eres alma,
Soy corazon.

Et en même temps Dea sentit sous sa main la tête
de Gwynplaine. Elle jeta un cri inexprimable :
– Gwynplaine !

Une clarté d'astre apparut sur sa figure pâle, et elle
chancela.

Gwynplaine la reçut dans ses bras.

— Vivant ! cria Ursus.

Dea répéta : – Gwynplaine !

Et sa tête se ploya contre la joue de Gwynplaine.
Elle dit, tout bas :

— Tu redescends ! merci.

Et, relevant le front, assise sur le genou de Gwynplaine, enlacée dans son étreinte, elle tourna vers lui
son doux visage, et fixa sur les yeux de Gwynplaine
ses yeux pleins de ténèbres et de rayons, comme si elle
le regardait.

— C'est toi ! dit-elle.

Gwynplaine couvrait sa robe de baisers. Il y a des
paroles qui sont à la fois des mots, des cris et des sanglots. Toute l'extase et toute la douleur s'y fondent et
éclatent pêle-mêle. Cela n'a aucun sens, et cela dit tout.

— Oui, moi ! c'est moi ! moi Gwynplaine ! celui
dont tu es l'âme, entends-tu ? moi dont tu es l'enfant,
l'épouse, l'étoile, le souffle ! moi dont tu es l'éternité !
C'est moi ! je suis là, je te tiens dans mes bras. Je suis
vivant. Je suis à toi. Ah ! quand je pense que j'étais au
moment d'en finir ! Une minute de plus ! Sans Homo !
Je te dirai cela. Comme c'est près de la joie le désespoir ! Dea, vivons ! Dea, pardonne-moi ! Oui ! à toi à
jamais ! Tu as raison, touche mon front, assure-toi que
c'est moi. Si tu savais ! mais rien ne peut plus nous

* Oh ! viens ! aime !
Tu es âme,
Je suis cœur.

séparer. Je sors de l'enfer et je remonte au ciel. Tu dis
que je redescends, non, je remonte. Me revoici avec
toi. À jamais, te dis-je ! Ensemble ! nous sommes
ensemble ! qui aurait dit cela ? Nous nous retrouvons.
Tout le mal est fini. Il n'y a plus devant nous que de
l'enchantement. Nous recommencerons notre vie heureuse, et nous en fermerons si bien la porte que le mauvais sort n'y pourra plus rentrer. Je te conterai tout. Tu
seras étonnée. Le bateau est parti. Personne ne peut
faire que le bateau ne soit pas parti. Nous sommes en
route, et en liberté. Nous allons en Hollande, nous nous
marierons, je ne suis pas embarrassé pour gagner ma
vie, qui est-ce qui pourrait empêcher cela ? Il n'y a
plus rien à craindre. Je t'adore.

— Pas si vite ! balbutia Ursus.

Deà, tremblante, et avec le frémissement d'un toucher céleste, promenait sa main sur le profil de Gwynplaine. Il l'entendit qui se disait à elle-même :

— C'est comme cela que Dieu est fait.

Puis elle toucha ses vêtements.

— L'esclavine, dit-elle. Le capingot. Il n'y a rien
de changé. Tout est comme auparavant.

Ursus, stupéfait, épanoui, riant, inondé de larmes,
les regardait et s'adressait à lui-même un aparté.

— Je ne comprends pas du tout. Je suis un absurde
idiot. Moi qui l'ai vu porter en terre ! Je pleure et je
ris. Voilà tout ce que je sais. Je suis aussi bête que si,
moi aussi, j'étais amoureux. Mais c'est que je le suis.
Je suis amoureux des deux. Vieille brute, va ! Trop
d'émotions. Trop d'émotions. C'est ce que je craignais.
Non, c'est ce que je voulais. Gwynplaine, ménage-la.
Au fait, qu'ils s'embrassent. Cela ne me regarde pas.
J'assiste à l'incident. Ce que j'éprouve est drôle. Je
suis le parasite de leur bonheur et j'en prends ma part.
Je n'y suis pour rien, et il me semble que j'y suis pour
quelque chose. Mes enfants, je vous bénis.

Et pendant qu'Ursus monologuait, Gwynplaine
s'écriait :

— Dea, tu es trop belle. Je ne sais pas où j'avais

l'esprit ces jours-ci. Il n'y a absolument que toi sur la terre. Je te revois, et je n'y crois pas encore. Sur cette barque ! Mais, dis-moi, que s'est-il donc passé ? Et voilà l'état où l'on vous a mis ! Où donc est la Green-Box ? On vous a volés, on vous a chassés. C'est infâme. Ah ! je vous vengerai ! je te vengerai, Dea ! on aura affaire à moi. Je suis pair d'Angleterre.

Ursus, comme heurté par une planète en pleine poitrine, recula et considéra Gwynplaine attentivement.

— Il n'est pas mort, c'est clair, mais serait-il fou ?

Et il tendit l'oreille avec défiance.

Gwynplaine reprit :

— Sois tranquille, Dea. Je porterai ma plainte à la chambre des lords.

Ursus l'examina encore et se frappa le milieu du front avec le petit bout de son doigt.

Puis, prenant son parti :

— Ça m'est égal, murmura-t-il. Cela ira tout de même. Sois fou, si tu veux, mon Gwynplaine. C'est le droit de l'homme. Moi, je suis heureux. Mais qu'est-ce que c'est que tout cela ?

Le navire continuait de fuir mollement et vite, la nuit était de plus en plus obscure, des brumes qui venaient de l'Océan envahissaient le zénith d'où aucun vent ne les balayait, quelques grosses étoiles à peine étaient visibles et s'estompaient l'une après l'autre, et au bout de quelque temps il n'y en eut plus du tout, et tout le ciel fut noir, infini et doux. Le fleuve s'élargissait, et ses deux rives à droite et à gauche n'étaient plus que deux minces lignes brunes presque amalgamées à la nuit. De toute cette ombre sortait un profond apaisement. Gwynplaine s'était assis à demi, tenant Dea embrassée. Ils parlaient, s'écriaient, jasaient, chuchotaient. Dialogue éperdu. Comment vous peindre, ô joie ?

— Ma vie !

— Mon ciel !

— Mon amour !

— Tout mon bonheur !

— Gwynplaine !

— Dea ! je suis ivre. Laisse-moi baiser tes pieds.

— C'est toi donc !

— En ce moment-ci, j'ai trop à dire à la fois. Je ne sais par où commencer.

— Un baiser !

— Ô ma femme !

— Gwynplaine, ne me dis pas que je suis belle. C'est toi qui es beau.

— Je te retrouve : je t'ai sur mon cœur. Cela est. Tu es à moi. Je ne rêve pas. C'est bien toi. Est-ce possible ? oui. Je reprends possession de la vie. Si tu savais, il y a eu toutes sortes d'événements. Dea !

— Gwynplaine !

— Je t'aime !

Et Ursus murmurait :

— J'ai une joie de grand-père.

Homo était sorti de dessous la cahute, et, allant de l'un à l'autre, discrètement, n'exigeant pas qu'on fît attention à lui, il donnait des coups de langue à tort et à travers, tantôt aux gros souliers d'Ursus, tantôt au capingot de Gwynplaine, tantôt à la robe de Dea, tantôt au matelas. C'était sa façon à lui de bénir.

On avait dépassé Chatham et l'embouchure de la Medway. On approchait de la mer. La sérénité ténébreuse de l'étendue était telle que la descente de la Tamise se faisait sans complication ; aucune manœuvre n'était nécessaire, et aucun matelot n'avait été appelé sur le pont. À l'autre extrémité du navire, le patron, toujours seul à la barre, gouvernait. À l'arrière, il n'y avait que cet homme ; à l'avant, la lanterne éclairait l'heureux groupe de ces êtres qui venaient de faire, au fond du malheur subitement changé en félicité, cette jonction inespérée.

IV

NON. LÀ-HAUT

Tout à coup, Dea, se dégageant de l'embrassement de Gwynplaine, se souleva. Elle appuyait ses deux mains sur son cœur, comme pour l'empêcher de se déranger.

— Qu'est-ce que j'ai ? dit-elle. J'ai quelque chose. La joie, cela étouffe. Ce n'est rien. C'est bon. En reparaissant, ô mon Gwynplaine, tu m'as donné un coup. Un coup de bonheur. Tout le ciel qui vous entre dans le cœur, c'est un enivrement. Toi absent, je me sentais expirer. La vraie vie qui s'en allait, tu me l'as rendue. J'ai eu en moi comme un déchirement, le déchirement des ténèbres, et j'ai senti monter la vie, une vie ardente, une vie de fièvre et de délices. C'est extraordinaire cette vie-là, que tu viens de me donner. Elle est si céleste qu'on souffre un peu. C'est comme si l'âme grandissait et avait de la peine à tenir dans notre corps. Cette vie des séraphins [1], cette plénitude, elle reflue jusqu'à ma tête, et me pénètre. J'ai comme un battement d'ailes dans la poitrine. Je me sens étrange, mais bien heureuse. Gwynplaine, tu m'as ressuscitée.

Elle rougit, puis pâlit, puis rougit encore, et tomba.

— Hélas ! dit Ursus, tu l'as tuée.

Gwynplaine étendit les bras vers Dea. L'angoisse suprême survenant dans la suprême extase, quel choc ! Il fût lui-même tombé, s'il n'eût eu à la soutenir.

— Dea ! cria-t-il frémissant, qu'est-ce que tu as ?

— Rien, dit-elle. Je t'aime.

Elle était dans les bras de Gwynplaine comme un linge qu'on a ramassé. Ses mains pendaient.

Gwynplaine et Ursus couchèrent Dea sur le matelas. Elle dit faiblement :

— Je ne respire pas couchée.

---

1. Ange de la première hiérarchie, représenté avec trois paires d'ailes.

Ils la mirent sur son séant.

Ursus dit :

— Un oreiller !

Elle répondit :

— Pourquoi ? j'ai Gwynplaine.

Et elle posa sa tête sur l'épaule de Gwynplaine, assis derrière elle et la soutenant, l'œil plein d'un égarement infortuné.

— Ah ! dit-elle, comme je suis bien !

Ursus lui avait saisi le poignet, et comptait les pulsations de l'artère. Il ne hochait pas le front, il ne disait rien, et l'on ne pouvait deviner ce qu'il pensait qu'aux rapides mouvements de ses paupières, s'ouvrant et se refermant convulsivement, comme pour empêcher un flot de larmes de sortir.

— Qu'a-t-elle ? demanda Gwynplaine.

Ursus appuya son oreille contre le flanc gauche de Dea.

Gwynplaine répéta ardemment sa question, en tremblant qu'Ursus ne lui répondît.

Ursus regarda Gwynplaine, puis Dea. Il était livide. Il dit :

— Nous devons être à la hauteur de Canterbury. La distance d'ici à Gravesend n'est pas très-grande. Nous aurons beau temps toute la nuit. Il n'y a pas à craindre d'attaque en mer, parce que les flottes de guerre sont sur la côte d'Espagne. Nous aurons un bon passage.

Dea, ployée et de plus en plus pâle, pétrissait dans ses doigts convulsifs l'étoffe de sa robe. Elle eut un soupir inexprimablement pensif, et murmura :

— Je comprends ce que c'est. Je meurs.

Gwynplaine se leva terrible. Ursus soutint Dea.

— Mourir ! Toi mourir ! non, cela ne sera pas. Tu ne peux pas mourir. Mourir à présent ! mourir tout de suite ! c'est impossible. Dieu n'est pas féroce. Te rendre et te reprendre dans la même minute ! Non. Ces choses-là ne se font pas. Alors c'est que Dieu voudrait qu'on doute de lui. Alors c'est que tout serait un piège, la terre, le ciel, le berceau des enfants, l'allaitement

des mères, le cœur humain, l'amour, les étoiles ! c'est
que Dieu serait un traître et l'homme une dupe ! c'est
qu'il n'y aurait rien ! c'est qu'il faudrait insulter la
création ! c'est que tout serait un abîme ! Tu ne sais ce
que tu dis, Dea ! tu vivras. J'exige que tu vives. Tu
dois m'obéir. Je suis ton mari et ton maître. Je te
défends de me quitter. Ah ciel ! Ah misérables hommes ! Non, cela ne se peut pas. Et je resterais sur cette
terre après toi ! Cela est tellement monstrueux qu'il n'y
aurait plus de soleil. Dea, Dea, remets-toi. C'est un
petit moment d'angoisse qui va passer. On a quelquefois des frissons, et puis on n'y pense plus. J'ai absolument besoin que tu te portes bien et que tu ne souffres
plus. Toi mourir ! qu'est-ce que je t'ai fait ? D'y penser, ma raison s'en va. Nous sommes l'un à l'autre,
nous nous aimons. Tu n'as pas de motif de t'en aller.
Ce serait injuste. Ai-je commis des crimes ? Tu m'as
pardonné d'ailleurs. Oh ! tu ne veux pas que je
devienne un désespéré, un scélérat, un furieux, un damné ! Dea ! je t'en prie, je t'en conjure, je t'en supplie à
mains jointes, ne meurs pas.

Et, crispant ses poings dans ses cheveux, agonisant
d'épouvante, étouffé de pleurs, il se jeta à ses pieds.

— Mon Gwynplaine, dit Dea, ce n'est pas ma faute.

Il lui vint aux lèvres un peu d'écume rose qu'Ursus
essuya d'un pan de la robe sans que Gwynplaine pros-
terné le vît. Gwynplaine tenait les pieds de Dea
embrassés et l'implorait avec toutes sortes de mots
confus.

— Je te dis que je ne veux pas. Toi, mourir ! je
n'en ai pas la force. Mourir oui, mais ensemble. Pas
autrement. Toi mourir, Dea ! Il n'y a pas moyen que
j'y consente. Ma divinité ! mon amour ! comprends
donc que je suis là. Je te jure que tu vivras. Mourir !
mais c'est qu'alors tu ne te figures pas ce que je
deviendrais après ta mort. Si tu avais l'idée du besoin
que j'ai de ne pas te perdre, tu verrais que c'est positi-
vement impossible. Dea ! Je n'ai que toi, vois-tu. Ce
qui m'est arrivé est extraordinaire. Tu ne t'imagines

pas que je viens de traverser toute la vie en quelques
heures. J'ai reconnu une chose, c'est qu'il n'y avait
rien du tout. Toi, tu existes. Si tu n'y es pas, l'univers
n'a plus de sens. Reste. Aie pitié de moi. Puisque tu
m'aimes, vis. Je viens de te retrouver, c'est pour te
garder. Attends un peu. On ne s'en va pas comme cela
quand on est à peine ensemble depuis quelques instants. Ne t'impatiente pas. Ah ! mon Dieu, que je souffre ! tu ne m'en veux pas, n'est-ce pas ? Tu comprends
bien que je n'ai pas pu faire autrement puisque c'est le
wapentake qui est venu me chercher. Tu vas voir que
tu vas respirer mieux tout à l'heure. Dea, tout vient de
s'arranger. Nous allons être heureux. Ne me mets pas
au désespoir. Dea ! je ne t'ai rien fait !

Ces paroles n'étaient pas dites, mais sanglotées. On
y sentait un mélange d'accablement et de révolte. Il
sortait de la poitrine de Gwynplaine un gémissement
qui eût attiré des colombes et un rugissement qui eût
fait reculer des lions.

Dea lui répondit, d'une voix de moins en moins distincte, s'arrêtant presque à chaque mot :

— Hélas ! c'est inutile. Mon bien-aimé, je vois bien
que tu fais ce que tu peux. Il y a une heure, je voulais
mourir, à présent je ne voudrais plus. Gwynplaine, mon
Gwynplaine adoré, comme nous avons été heureux !
Dieu t'avait mis dans ma vie, il me retire de la tienne.
Voilà que je m'en vais. Tu te souviendras de la Green-
Box, n'est-ce pas ? et de ta pauvre petite Dea aveugle ?
Tu te souviendras de ma chanson. N'oublie pas mon
son de voix, et la manière dont je te disais : Je t'aime !
Je reviendrai te le dire, la nuit, quand tu dormiras.
Nous nous étions retrouvés, mais c'était trop de joie.
Cela devait finir tout de suite. C'est décidément moi
qui pars la première. J'aime bien mon père Ursus, et
notre frère Homo. Vous êtes bons. L'air manque ici.
Ouvrez la fenêtre. Mon Gwynplaine, je ne te l'ai pas
dit, mais parce qu'il y a eu une fois une femme qui est
venue, j'ai été jalouse. Tu ne sais même pas de qui je
veux parler. Pas vrai ? Couvrez-moi les bras. J'ai un

peu froid. Et Fibi ? et Vinos ? où sont-elles ? On finit par aimer tout le monde. On prend en amitié les personnes qui vous ont vu être heureux. On leur sait gré d'avoir été là pendant qu'on était content. Pourquoi tout cela est-il passé ? Je n'ai pas bien compris ce qui est arrivé depuis deux jours. Maintenant je meurs. Vous me laisserez dans ma robe. Tantôt en la mettant je pensais bien que ce serait mon suaire. Je veux la garder. Il y a des baisers de Gwynplaine dessus. Oh ! j'aurais pourtant bien voulu vivre encore. Quelle vie charmante nous avions dans notre pauvre cabane qui roulait ! On chantait. J'écoutais les battements de mains ! Comme c'était bon, n'être jamais séparés ! Il me semblait que j'étais dans un nuage avec vous, je me rendais bien compte de tout, je distinguais un jour de l'autre, quoique aveugle, je reconnaissais que c'était le matin, parce que j'entendais Gwynplaine, je reconnaissais que c'était la nuit, parce que je rêvais de Gwynplaine. Je sentais autour de moi une enveloppe qui était son âme. Nous nous sommes doucement adorés. Tout cela s'en va, et il n'y aura plus de chansons. Hélas ! ce n'est donc pas possible de vivre encore ! Tu penseras à moi, mon bien-aimé.

Sa voix allait s'affaiblissant. La décroissance lugubre de l'agonie lui ôtait l'haleine. Elle repliait son pouce sous ses doigts, signe que la dernière minute approche. Le bégaiement de l'ange commençant semblait s'ébaucher dans le doux râle de la vierge.

Elle murmura :

— Vous vous souviendrez, n'est-ce pas, parce que ce serait bien triste que je sois morte si l'on ne se souvenait pas de moi. J'ai quelquefois été méchante. Je vous demande à tous pardon. Je suis bien certaine que, si le bon Dieu avait voulu, comme nous ne tenons pas beaucoup de place, nous aurions encore été heureux, mon Gwynplaine, puisqu'on aurait gagné sa vie et qu'on aurait été ensemble dans un autre pays, mais le bon Dieu n'a pas voulu. Je ne sais pas du tout pourquoi je meurs. Puisque je ne me plaignais pas d'être aveugle, je n'offensais personne. Je n'aurais pas mieux demandé que de rester toujours aveugle à côté de toi. Oh ! comme c'est triste de s'en aller !

Ses paroles haletaient, et s'éteignaient l'une après l'autre, comme si l'on eût soufflé dessus. On ne l'entendait presque plus.

— Gwynplaine, reprit-elle, n'est-ce pas ? tu penseras à moi. J'en aurai besoin, quand je serai morte.

Et elle ajouta :

— Oh ! retenez-moi !

Puis, après un silence, elle dit :

— Viens me rejoindre le plus tôt que tu pourras. Je vais être bien malheureuse sans toi, même avec Dieu. Ne me laisse pas trop longtemps seule, mon doux Gwynplaine ! C'est ici qu'était le paradis. Là-haut, ce n'est que le ciel. Ah ! j'étouffe ! Mon bien-aimé, mon bien-aimé, mon bien-aimé !

— Grâce ! cria Gwynplaine.

— Adieu ! dit-elle.

— Grâce ! répéta Gwynplaine.

Et il colla sa bouche aux belles mains glacées de Dea.

Elle fut un moment comme si elle ne respirait plus.

Puis elle se haussa sur ses coudes, un profond éclair traversa ses yeux, et elle eut un ineffable sourire. Sa voix éclata, vivante.

— Lumière ! cria-t-elle. Je vois.

Et elle expira.

Elle retomba étendue et immobile sur le matelas.

— Morte, dit Ursus.

Et le pauvre vieux bonhomme, comme s'écroulant sous le désespoir, prosterna sa tête chauve et enfouit son visage sanglotant dans les plis de la robe aux pieds de Dea. Il demeura là, évanoui.

Alors Gwynplaine fut effrayant.

Il se dressa debout, leva le front, et considéra au dessus de sa tête l'immense nuit.

Puis, vu de personne, regardé pourtant peut-être dans

ces ténèbres par quelqu'un d'invisible, il étendit les
bras vers la profondeur d'en haut, et dit :

— Je viens.

Et il se mit à marcher, dans la direction du bord, sur
le pont du navire, comme si une vision l'attirait.

À quelques pas c'était l'abîme.

Il marchait lentement, il ne regardait pas à ses pieds.

Il avait le sourire que Dea venait d'avoir.

Il allait droit devant lui. Il semblait voir quelque
chose. Il avait dans la prunelle une lueur qui était
comme la réverbération d'une âme aperçue au loin.

Il cria : – Oui !

À chaque pas il se rapprochait du bord.

Il marchait tout d'une pièce, les bras levés, la tête
renversée en arrière, l'œil fixe, avec un mouvement de
fantôme.

Il avançait sans hâte et sans hésitation, avec une précision fatale, comme s'il n'eût pas eu tout près le
gouffre béant et la tombe ouverte.

Il murmurait : – Sois tranquille. Je te suis. Je distingue très-bien le signe que tu me fais.

Il ne quittait pas des yeux un point du ciel, au plus
haut de l'ombre. Il souriait.

Le ciel était absolument noir, il n'y avait plus
d'étoiles, mais évidemment il en voyait une.

Il traversa le tillac.

Après quelques pas rigides et sinistres, il parvint à
l'extrême bord.

— J'arrive, dit-il. Dea, me voilà.

Et il continua de marcher. Il n'y avait pas de parapet.
Le vide était devant lui. Il y mit le pied.

Il tomba.

La nuit était épaisse et sourde, l'eau était profonde.
Il s'engloutit. Ce fut une disparition calme et sombre.
Personne ne vit ni n'entendit rien. Le navire continua
de voguer et le fleuve de couler.

Peu après le navire entra dans l'Océan.

Quand Ursus revint à lui, il ne vit plus Gwynplaine,
et il aperçut près du bord Homo qui hurlait dans
l'ombre en regardant la mer.

DOSSIER

1. CHRONOLOGIE DE L'HISTOIRE DE L'ANGLETERRE

L'Angleterre des Tudors (1485-1603)

Élisabeth Iʳᵉ (1558-1603), fille d'Henry VIII et d'Anne Boleyn.

Règne particulièrement brillant (II, ı, 3, p. 287-288) ; c'est l'époque où Shakespeare (1564-1616) compose une partie importante de son œuvre.

L'Angleterre des Stuarts (1603-1714)

Jacques Iᵉʳ (1603-1625), fils de Marie Stuart, reine d'Écosse.
Défend une conception absolutiste de la monarchie : le roi ne tient son pouvoir que de Dieu seul ; la vie et les biens de ses sujets sont entre ses mains ; il dispose du pouvoir de s'élever au-dessus des lois et d'en fixer de nouvelles. Cet autoritarisme place la monarchie en conflit avec le Parlement.

Charles Iᵉʳ (1625-1642), fils du précédent.
Aggravation du conflit entre le pouvoir royal absolutiste et le Parlement que Charles Iᵉʳ ne convoquera plus de 1629 à 1640 : période nommée la *eleven years tyranny* caractérisée par un renforcement de l'absolutisme (le *thorough system*).
— 1640 : Charles Iᵉʳ est contraint de convoquer le Parlement pour lever des troupes contre les Écossais révoltés. Le Parlement parvient à mettre à bas le *thorough system*.
— novembre 1641 : la révolte de l'Irlande s'ajoute à celle de l'Écosse et permet au Parlement d'accentuer sa pression. Le roi tente un coup de force en essayant de s'emparer de cinq meneurs, dont Pym et Hampden. Les Londoniens refusent de livrer les députés ; Charles Iᵉʳ quitte la capitale en janvier 1642.

La Révolution et le Protectorat de Cromwell (1642-1660)

— Période de guerre civile entre les partisans du roi et ceux du Parlement, dont l'armée est réorganisée par Fairfax et Cromwell (avec son régiment des « Côtes de fer », célèbre pour sa discipline et son fanatisme). Cette dernière remporte les batailles de Marston-Moor (1644) et de Naseby (1645) (voir II, ɪ, 3, p. 265).

— 30 janvier 1649 : exécution du roi Charles Iᵉʳ, malgré les réticences du Parlement et sur la volonté de Cromwell, chef de l'armée. Les divisions du Parlement favorisent l'intervention croissante de l'armée dans la vie du pays.

> Lord Clancharlie, contemporain de Cromwell, est partisan de la république (II, ɪ, 1, p. 259). La mère de Gwynplaine, Ann Bradshaw, est « la fille d'un régicide » (II, ɪ, 2, p. 279).

— 1649 : abolition de la Chambre des lords. Naissance d'un nouveau régime, un Commonwealth, qui remplace la monarchie sans instaurer officiellement la république. Les rivalités entre parlementaires et militaires se poursuivent même si l'ordre intérieur est peu à peu rétabli (victoire de Cromwell en Écosse à Dunbar, en 1650, conquête de l'Irlande en 1651).

— décembre 1653 : l'armée impose de nouvelles institutions. Le pouvoir est partagé entre un Conseil de 21 membres et un Lord Protecteur. Cromwell devient Protecteur.

Député aux Communes, Cromwell s'est surtout illustré comme chef de guerre. Premier unificateur des îles Britanniques, il a rétabli l'ordre intérieur et le prestige extérieur de l'Angleterre (voir II, ɪ, 3, p. 264-266). Comme Charles Iᵉʳ pourtant, il manque d'argent et se heurte au Parlement. Il tente alors entre 1656 et 1657 un gouvernement militaire strict mais doit rétablir le Parlement en 1657. Celui-ci lui offre la couronne en échange d'un accroissement de ses prérogatives. Un moment tenté, Cromwell renonce au projet devant l'hostilité de l'armée.

— 1659 : mort de Cromwell. Son fils Richard, incapable d'arbitrer les conflits entre les parlementaires et les chefs de l'armée, démissionne en mai. Le pays est plongé dans l'anarchie.

— printemps 1660 : Monk (II, ɪ, 1, p. 270) réussit à imposer sans difficulté le principe d'une restauration des Stuarts et convainc Charles II de faire la déclaration de Breda, où celui-ci accorde une amnistie et accepte les revendications des parlementaires (voir II, i, 1, p. 265).

Charles II (1660-1685)
Loin d'être un retour à la monarchie absolue de Charles Ier, la Restauration reconnaît la puissance du Parlement qui a rétabli la monarchie et consacre la victoire des classes possédantes sur la Couronne et sur les mouvements « démocratiques ».

— 1679 : vote de l'*Habeas corpus* qui interdit toute détention arbitraire et définit les droits et garanties du prévenu. Défense des libertés anglaises contre l'arbitraire du pouvoir royal.

— Après 1681, Charles II, qui bénéficie de meilleures recettes fiscales et des subsides de Louis XIV, se passe de Parlement : raidissement de l'autorité royale (voir II, i, 1, p. 266-267). Charles II donne à sa cour un éclat qui rivalise avec celui de Versailles. Période de plaisirs, après l'austérité puritaine (II, i, 1, p. 266, p. 272).

> *Lord Clancharlie, resté fidèle à la république, s'exile en Suisse* (II, i, 1, p. 260). *Son fils légitime, Fermain (le futur Gwynplaine), naît en 1680. Son fils bâtard, lord David Dirry-Moir, « venu au monde à l'instant où la république finissait »* (II, i, 2, p. 275) *en 1661, grandit à la cour de Charles II, dont sa mère est la maîtresse.*

Jacques II (1685-1688), frère du précédent
Duc d'York en 1643. Roi catholique d'une Angleterre protestante, il écrase dans le sang les rébellions de Monmouth et d'Argyll en 1685, assisté par son lord-chancelier Jeffreys, connu pour ses actes tyranniques et arbitraires.

> *Barkilphedro est un domestique du duc d'York* (II, i, 6, p. 317) ; *lord David progresse dans les positions de courtisan à la cour de Jacques II* (II, i, 2, p. 276-279). *Mort de lord Clancharlie et enlèvement de son fils légitime : Josiane, fille bâtarde de Jacques II, naît en 1682* (ibid., p. 280), *l'année même où Gwynplaine est défiguré par Jacques II, dit Hugo, ce qui est historiquement impossible. L'« erreur » pourrait provenir de la nécessité symbolique éprouvée par Hugo de faire*

naître son héros en 1680, et de montrer ainsi comment les principes progressistes adoptés par l'Histoire officielle et l'Habeas corpus de 1679 se trouvent bafoués dans la réalité du despotisme (voir P. Laforgue, Bibliographie).

La politique autoritaire (II, i, 1, p. 273) et le catholicisme militant de Jacques II inquiètent le Parlement. Les Whigs (les partisans du Parlement par opposition aux Tories, partisans de la prérogative royale) décident de faire appel au gendre (protestant) du roi, Guillaume d'Orange, Stathouder de Hollande, pour qu'il « rétablisse la Constitution ». En fait, cette mesure conduit à une révolution.

Révolution de 1688

— Débarqué en Angleterre en novembre 1688, Guillaume d'Orange rallie la majorité du pays autour de sa bannière (« Parlement libre, religion protestante »). Jacques II s'enfuit en France. Dès janvier 1689, la fille de Jacques II, Mary, et son époux, Guillaume d'Orange (Guillaume III), sont proclamés souverains. Contrairement à la révolution de 1642 qui avait mobilisé toute la population, la révolution de 1688 est faite par l'aristocratie qui s'en est réservé tout le bénéfice.

— 1689 : le *Bill des Droits* consacre la suprématie du Parlement, qui a « fait » le roi. Toute référence au droit divin disparaît.

Naissance de Dea en 1689.

— 1690 : Jacques II tente de reconquérir son trône en débarquant en Irlande. Il est écrasé sur la Boyne. Il revient en France se fixer à Saint-Germain-en-Laye, où il mourra le 5 septembre 1701.

Nuit du 29 au 30 janvier 1690 (toute la première partie du roman) : Gwynplaine est abandonné par les comprachicos et recueilli par Ursus avec Dea.

— 1694 : mort de la reine Mary.

— 1701 : par l'Acte d'Établissement, le Parlement écarte du trône la descendance mâle catholique des Stuarts, et donne la couronne, à la mort de Guillaume III, à Anne, fille protestante de Jacques II, puis aux Hanovres, descendants de Jacques Ier. Le principe constitutionnel vient remplacer la légitimité dynastique.

> *Lord David continue son ascension sous Guillaume* (II, ɪ, 2, p. 281).

ANNE (1702-1714), fille de Jacques II, épouse du prince Georges de Danemark (qui meurt en 1707).

Élevée dans l'anglicanisme malgré les convictions catholiques de son père, elle y restera toujours très attachée (voir II, ɪ, 5, p. 308-309). Le pouvoir royal ne cesse de diminuer tandis que s'accroît celui du Parlement. Le pouvoir est dans les mains des Whigs (Sunderland, Marlborough, Godolphin – *ibid.*, p. 314) jusqu'en 1710 où, la reine se fâchant avec les Marlborough, elle soutient les Tories.

> *Un soir, dans les derniers mois de l'hiver 1704-1705, Tom-Jim-Jack assiste à un discours d'Ursus. Une nuit d'avril 1705 [28 avril], billet d'amour de Josiane à Gwynplaine. Le lendemain matin [29 avril], arrestation de Gwynplaine qui est conduit à la cave pénale de Southwark. Le soir même, il se réveille à Corleone-lodge. « Tempête sous un crâne », jusqu'à l'aube. Le lendemain soir [30 avril], à la Chambre des lords. Minuit, ce même jour, puis la nuit, « C'était la troisième nuit qu'il ne dormait pas » (p. 798). Le roman se termine la nuit du 30 avril 1705.*

L'Angleterre des Hanovres (1714-1837)

GEORGE Iᵉʳ (1714-1727)

Le pouvoir glisse de plus en plus aux mains des ministres, les Hanovres se sentant plus attirés par leur électorat allemand que par l'Angleterre.

Frontispice de l'édition Hugues de *L'Homme qui rit* (1886).
Composition de Rochegrosse.

2. TEXTES DE HUGO AUTOUR DE *L'HOMME QUI RIT*

Ébauches de préface

DÉDICACE.

Il n'y a de lecteur que le lecteur pensif.
C'est à lui que je dédie mes œuvres.

Qui que tu sois, si tu es pensif en lisant, c'est à toi que je dédie mes œuvres.

Il y a deux sortes de drame : le drame qu'on peut jouer, et le drame qu'on ne peut pas jouer. Ce dernier participe de l'épopée. Aux personnages humains il mêle, comme la nature elle-même, d'autres personnages, les forces, les éléments, l'infini, l'inconnu.
Celui qui écrit ces lignes a fait de ces deux sortes de drame. Les drames du premier genre sont : *Hernani, Ruy Blas, les Burgraves*, etc. Les drames du second genre sont : *le Dernier Jour d'un condamné, Claude Gueux, N.-D. de P., les Misérables, les Travailleurs de la mer*, et ce livre, *l'Homme qui Rit.* On a interdit le théâtre aux premiers. On ne peut l'interdire aux seconds.
À ce drame-là, on ne ferme point le théâtre. Il échappe aux censures et aux polices.
Étant plus grand, il est plus libre.
Il peut affirmer l'âme humaine plus puissamment encore que le drame circonscrit dans la lutte brève des hommes. À la lutte des hommes, il ajoute la lutte des choses.

Reliquat de l'œuvre, I.N., p. 540.

Le seul vrai lecteur, c'est le lecteur pensif. C'est à lui que ce livre est adressé.

Peut-être ce lecteur découvrira-t-il dans ce livre plus d'un point de vue.

Le drame, – le roman c'est le drame hors cadre, – le drame comme la vie, comme la création, doit avoir plusieurs aspects et ouvrir plusieurs perspectives sans pour cela cesser d'être un.

L'unité se compose d'infini.

Au point de vue historique et politique, pour n'indiquer que celui-là, le vrai titre de ce livre serait *l'Aristocratie*.

Il n'y a de lecteur que le lecteur pensif. Toute œuvre digne de lui être offerte a, comme la vie et comme la création, plusieurs aspects et ouvre plusieurs perspectives sans pour cela cesser d'être une.

L'unité se compose d'infini.

Ce roman, cette histoire, ce drame, *l'Homme qui Rit*, s'il était ce que l'auteur l'a voulu faire, et s'il valait la peine d'être étudié, présenterait, à ceux qui aiment à méditer sur l'horizon mystérieux d'un livre, plus d'un point de vue.

Au point de vue historique et politique, pour n'indiquer que celui-là, son vrai titre serait *l'Aristocratie*.

De l'Angleterre tout est grand, même ce qui n'est pas bon ; même l'oligarchie. L'aristocratie anglaise c'est par excellence l'aristocratie. Pas de féodalité plus illustre, plus terrible et plus vivace.

C'est en Angleterre que le phénomène veut être étudié.

oct.-nov. 1868, I.N., p. 584.

Fragments

NOTE PRÉALABLE SUR LES COMPRACHICOS

I

Le sujet de ce livre, pour ceux qui voudront bien lire ces volumes [l'ouvrage] avec attention, est humain. Il est philosophique, et non historique. Si ce livre se rattache à quelque chose, c'est au côté éternel de l'homme, et non au côté passager. L'action sans doute, et c'est la loi du drame comme c'est la loi de la vie, se passe dans un pays et dans un temps, mais elle se passe surtout dans l'âme humaine. Le reflet d'histoire spéciale qui nous éclaire tous nous localise, mais ne nous circonscrit pas. L'infini du cœur n'est d'aucun siècle. L'homme n'est point daté. [...]

Reliquat, I.N., p. 549.

CORRESPONDANCE

Lettre à Albert Lacroix

Décembre 1868.

Mon cher éditeur,

Le roman historique est un très bon genre, puisque Walter Scott en a fait ; et le drame historique peut être une très belle œuvre, puisque Dumas s'y est illustré ; mais je n'ai jamais fait de drame historique ni de roman historique. Quand je peins l'histoire, jamais je ne fais faire aux personnages historiques que ce qu'ils ont fait, ou pu faire, leur caractère étant donné, et je les mêle le moins possible à l'invention proprement dite. Ma manière est de peindre des choses vraies par des personnages d'invention.

Tous mes drames, et tous mes romans qui sont des drames, résultent de cette façon de voir, bonne ou mauvaise, mais propre à mon esprit.

Par ordre du Roi[1] sera donc l'Angleterre vraie, peinte par des personnages inventés. Les figures historiques, Anne, par exemple, n'y seront vues que de profil. L'intérêt ne sera, comme dans *Ruy Blas, les Misérables*, etc., que sur des personnages résultant du milieu historique ou aristocratique d'alors, mais créés par l'auteur.

CFL, t. XIV, p. 1254.

Lettre à Auguste Vacquerie, 1869

H.-H., 27 janvier.

[...] Du drame dans les faits, ce livre passe au drame dans les idées. Tout le tome II y est consacré : histoire, philoso-

---

1. Premier titre de *L'Homme qui rit*.

phie, cœur humain. Puis le drame proprement dit reprend violemment au tome III jusqu'à la fin. L'ensemble, je crois, satisfera votre grand esprit. Je pense, en effet, n'avoir rien fait de mieux que *l'Homme qui Rit*.

C'est une trilogie qui commence :

1° *l'Aristocratie (l'Homme qui Rit)* ;

2° *la monarchie* ;

3° *Quatrevingt-treize*.

Et j'aurai *fait la preuve* de la Révolution. Ce sera le pendant des *Misérables*.

V.

Lettre au directeur du Daily Telegraph

Hauteville-House, 26 avril 1869

Je m'empresse, Monsieur, de répondre à votre lettre. Vous voulez bien attribuer à la publication de *l'Homme qui Rit* une importance qui vous fait souhaiter quelques lignes de moi, spécialement pour l'Angleterre. J'ai peu de chose à ajouter à la préface de *l'Homme qui Rit*. Ce n'est pas un livre anglais ; c'est un livre humain. Il est anglais cependant en ce sens qu'un certain côté, presque inconnu, de l'histoire d'Angleterre y est mis à nu et exposé en pleine lumière, ce qui semblera à l'Angleterre brusque peut-être, mais, à coup sûr, instructif. Le reste des mœurs espagnoles et papistes, personnifiées dans la duchesse Josiane, étonnera certainement la modestie anglaise actuelle, mais c'est au stuartisme et au catholicisme qu'il faut s'en prendre. Je ne suis, moi, qu'historien et philosophe ; je ne sais pas l'anglais ; pourtant, en m'en référant au jugement unanime, je désire que la traduction publiée ressemble à la traduction de mon livre *William Shakespeare*, qui est excellente, et non à la traduction des *Misérables*, qui est détestable et à refaire.

L'Homme qui Rit, je le répète, est surtout un livre humain. L'ancienne aristocratie anglaise y est peinte avec impartialité, et l'historien de *l'Homme qui Rit* a tenu compte de tout ce qu'il y a eu de vraie grandeur dans la domination souvent patriotique des lords. Le ROMAN, tel que je le comprends, tel que je tâche de le faire, est d'un côté DRAME et de l'autre HISTOIRE. Ce que l'Angleterre verra dans ce livre, *l'Homme qui Rit*, c'est ma profonde sympathie pour son progrès et pour sa liberté. Les vieilles jalousies de races n'existent pas pour moi ; je suis de toutes les races. Étant homme j'ai le monde pour cité, et je suis chez moi en Angleterre, de même qu'un anglais est chez lui en France. Effaçons le mot hospitalité, tout charmant qu'il est, et remplaçons-le par le mot droit, « sévère, mais juste ». J'aime l'Angleterre, et mon livre le lui prouve. Vous voulez que je le lui dise, c'est fait. Publiez ma lettre si vous le jugez à propos.

Recevez, Monsieur, la nouvelle assurance de ma cordialité.

VICTOR HUGO.
CFL, t. XIV, p. 1272.

APRÈS LA PUBLICATION ET L'ACCUEIL RÉSERVÉ DU PUBLIC

Carnets de Hugo (1869)

[*entre mai et juin.*] – Mes œuvres actuelles étonnent, et les intelligences contemporaines s'y dérobent le plus qu'elles peuvent.

*

Le succès s'en va.

Est-ce moi qui ai tort vis-à-vis de mon temps ? Est-ce mon temps qui a tort vis-à-vis de moi ? Question que l'avenir peut seul résoudre.

Si je croyais avoir tort, je me tairais, et ce me serait agréable. Mais ce n'est pas pour mon plaisir que j'existe, je l'ai déjà remarqué.

*

Si l'écrivain n'écrivait que pour son temps, je devrais briser et jeter ma plume.

*

Il est certain qu'un écart se fait entre mes contemporains et moi.

Je ne suis ni assez orgueilleux pour croire que je n'ai pas un tort, ni assez insensé pour croire qu'ils n'ont pas une raison.

Avoir un tort, ce n'est pas avoir tort. Avoir une raison, ce n'est pas avoir raison.

Quel est mon tort ?

Quelle est leur raison ?

*

[*août.*] – *L'Homme qui Rit* est un livre qui a eu en naissant des malheurs dont le principal est son éditeur. Ce livre est si peu jugé qu'on pourrait dire qu'il n'est pas même publié. Attendons.

*

[*été.*] – Ceux qui considèrent l'exil comme rien se trompent.

....

Il m'importe de constater l'insuccès de *l'Homme qui Rit*.

Cet insuccès se compose de deux éléments : l'un, mon éditeur ; l'autre, moi.

Mon éditeur. – Spéculation absurde, délais inexplicables, perte du bon moment, publication morcelée, retards comme pour attendre le moment d'engouffrer le livre dans le brouhaha des élections[1].

Moi. – J'ai voulu abuser du roman, j'ai voulu en faire une épopée. J'ai voulu forcer le lecteur à penser à chaque ligne. De là une sorte de colère du public contre moi.

CFL, t. XIV, p. 1517-1518.

---

1. Le premier tour des élections au Corps législatif les 23-24 mai 1869.

CHRONOLOGIE HUGOLIENNE

LE CONSULAT ET L'EMPIRE

1802 : Naissance de Victor Hugo le 26 février, à Besançon. Après Abel (1798) et Eugène (1800), il est le troisième et dernier fils de Léopold Hugo et de Sophie Trébuchet. Le père est républicain, soldat de la Révolution et de l'Empire ; la mère vendéenne et royaliste, de tendance voltairienne. Mésentente conjugale croissante et irrémédiable.

1807-1808 : Voyage en Italie de Sophie et de ses fils pour rejoindre Léopold, nommé gouverneur de la province d'Avellino. Après quatre mois à Naples, retour de Sophie et des enfants à Paris.

1809-1811 : Période heureuse dans la maison et le jardin des Feuillantines, un ancien couvent où Mme Hugo s'est installée.

1811 : Séjour de Sophie et des enfants en Espagne ; Léopold a été nommé général à Madrid.

1812 : Retour de Sophie aux Feuillantines avec Eugène et Victor ; Léopold a gardé Abel auprès de lui.

1813 : Départ des Feuillantines.

1814 : Léopold entame la procédure de divorce, avant de mettre Eugène et Victor à la pension Cordier (1815).

LA RESTAURATION

1818 : La séparation des époux Hugo est prononcée. Eugène et Victor quittent la pension et retrouvent leur mère.

1819 : Hugo fonde *Le Conservateur littéraire*, journal dont le titre rend hommage à Chateaubriand qui dirige *Le Conservateur* depuis 1818. C'est là qu'il fait paraître le premier *Bug-Jargal* (nouvelle). Tombe amoureux d'Adèle Foucher, son amie d'enfance des Feuillantines.

1820 : Sophie s'oppose aux amours de son fils.

1821 : Mort brutale de Sophie le 27 juin.

1822 : Hugo publie son premier recueil de poésie, *Odes et poésies diverses*, obtient une pension du roi. Le 12 octobre, il peut enfin épouser Adèle Foucher. Son frère Eugène devient fou ; il mourra à l'asile de Charenton en 1837.

1823 : *Han d'Islande*, premier roman. Hugo participe au journal *La Muse française*. Naissance et mort du premier enfant, Léopold. Période où Hugo se rapproche de son père.

1824 : *Nouvelles Odes* (poésie). Naissance de Léopoldine.

1825 : Hugo se rend au sacre de Charles X à Reims avec Nodier (mai). Premières vraies « vacances » d'été et premier voyage, dans les Alpes, qui inaugure la pratique hugolienne du voyage : une lente exploration des frontières naturelles de la France et des pays limitrophes, au gré des rencontres. Ce premier voyage donne lieu à un texte, *Fragment d'un voyage aux Alpes*, publié en revue (1829 ; 1831).

1826 : *Bug-Jargal* (roman) ; *Odes et Ballades* (poésie). Naissance de Charles.

1827 : *Cromwell* et sa préface (théâtre).

1828 : Mort du père de Hugo. Naissance de François-Victor.

1829 : *Les Orientales* (poésie). *Le Dernier Jour d'un condamné* (roman). Interdiction de *Marion Delorme* (théâtre). À vingt-sept ans, Hugo connaît une notoriété considérable puisqu'il apparaît comme le chef de file de la jeunesse romantique.

1830 : Première d'*Hernani* le 25 février. La « bataille » durera trente-six représentations, qui opposent les « crinières de la jeunesse » aux « crânes chauves », « l'enthousiasme à la routine, l'avenir au passé » (Théophile Gautier).

La Monarchie de Juillet

1830 : Naissance d'Adèle le 28 juillet, en pleine Révolution. Adèle (l'épouse) et Victor s'éloignent de plus en plus ; la jeune femme se découvre des sentiments pour l'ami de la famille, Sainte-Beuve. *Notre-Dame de Paris* (roman). *Les Feuilles d'automne* (poésie).

1831 : Première de *Marion Delorme*.

1832 : *Le roi s'amuse* (théâtre) : une seule représentation le 22 novembre aussitôt suivie de l'interdiction de la pièce.

Hugo intente un procès, qu'il perd, mais, pour la première fois, il a pris la parole en public.

1833 : *Lucrèce Borgia* et *Marie Tudor* (théâtre). Victor Hugo rencontre Juliette Drouet : ils s'aimeront, non sans orages ni infidélités de la part de Hugo, pendant cinquante ans. Avec le consentement d'Adèle, Hugo prend l'habitude, à partir de 1834, de voyager chaque été un mois avec Juliette : ils parcourront en dix ans la Normandie, la Belgique, la Champagne, la Suisse, la Provence, le Rhin, les Pyrénées espagnoles... Publications posthumes : *France et Belgique* (1892) ; *En Voyage. Alpes et Pyrénées* (1890).

1834 : *Littérature et philosophie mêlées* (recueil d'articles). *Claude Gueux* (roman).

1835 : *Angelo, tyran de Padoue* (théâtre). *Les Chants du crépuscule* (poésie).

1837 : *Les Voix intérieures* (poésie). Hugo devient l'ami du duc d'Orléans.

1838 : *Ruy Blas* (théâtre).

1840 : *Les Rayons et les Ombres* (poésie).

1841 : Hugo élu à l'Académie.

1842 : *Le Rhin. Lettres à un ami* (récit de voyage).

1843 : Échec des *Burgraves* au théâtre. Mariage de Léopoldine (février) avec Charles Vacquerie et mort du jeune couple, noyé dans la Seine, le 4 septembre. Hugo, alors en voyage avec Juliette dans les Pyrénées, apprend la nouvelle seulement le 9 septembre par les journaux. Immense douleur qui ne trouvera à s'exprimer que treize ans plus tard avec *Les Contemplations*.

1845 : Hugo nommé pair de France par Louis-Philippe.

LA SECONDE RÉPUBLIQUE

1848 : Élu député de droite à l'Assemblée. Lors des barricades de juin 1848, mandaté avec d'autres députés pour informer les insurgés des décisions de l'Assemblée, il se rend sur les barricades et outrepasse ses fonctions pour tenter de convaincre les insurgés de cesser le feu.

1849 : Élu à l'Assemblée législative, prononce un *Discours sur la misère*.

1850 : *Discours sur la liberté de l'enseignement*, moment clé de la conversion de Hugo à la république.

1851 : Hugo tente d'organiser la résistance populaire au coup d'État de Louis-Napoléon Bonaparte, le 2 décembre. Il doit s'enfuir à Bruxelles, aidé par Juliette.

LE SECOND EMPIRE

1852 : Installé à Bruxelles, il écrit *Napoléon le Petit* (pamphlet). Devançant l'expulsion que *Napoléon le Petit* ne saurait manquer de lui valoir, il s'installe avec sa famille dans l'île de Jersey, à Marine-Terrace. Il connaîtra dix-neuf ans d'exil.

1853 : *Châtiments* (poésie). François-Victor commence la traduction de toutes les œuvres de Shakespeare, dont aucune version complète n'existe en français.

1854 : Écrit *La Forêt mouillée*, la plus ancienne des pièces du théâtre écrit pendant et après l'exil. Publication posthume dans le *Théâtre en liberté* (1886).

1855 : Expulsé pour avoir défendu les rédacteurs du journal *L'Homme*, coupables d'avoir reproduit une attaque contre la reine Victoria, Hugo s'installe à Guernesey et y devient propriétaire d'Hauteville-House l'année suivante. Hauteville-House, décorée par Hugo dans un style étrange où se mêlent néo-gothique et surcharge baroque, devient une véritable œuvre hugolienne.

1856 : *Les Contemplations* (poésie). Commence *Dieu*, épopée divine inachevée comme *La Fin de Satan* (commencée en 1854, interrompue en avril 1860). Publiés à titre posthume, en 1891 pour *Dieu* et dès 1886 pour *La Fin de Satan*.

1859 : *La Légende des siècles* (Première série). Pendaison de John Brown en décembre, citoyen blanc américain, exécuté pour avoir dirigé une révolte d'esclaves en Virginie. Hugo écrit une lettre à l'Amérique (reprise dans *Actes et Paroles II*) ; il fait graver l'un de ses dessins du Pendu [datant de 1854, CFL, t. XVII, n° 502], avec l'épitaphe *Pro Christo sicut Christus*, « Pour le Christ, comme le Christ » et au-dessous « JOHN BROWN. 2 décembre 1859. CHARLESTON ». Le motif sera un épisode central de *L'Homme qui rit*.

1862 : Publication des *Misérables*, vaste fresque romanesque ébauchée en 1845, et reprise par Hugo en 1860. L'œuvre rencontre un formidable succès, tant en France qu'en Europe ; elle est aussitôt traduite en huit langues.

1863 : Adèle (la fille) s'enfuit au Canada pour rejoindre le lieutenant anglais Pinson qui n'en a cure... Elle deviendra folle. Hugo ne la reverra que neuf ans plus tard, ramenée de La Barbade par une femme noire qui l'avait recueillie. Adèle finira ses jours dans une maison de santé à Saint-Mandé.

1864 : *William Shakespeare* (essai de critique et d'esthétique).

1865 : *Les Chansons des rues et des bois* (poésie). Adèle s'installe définitivement à Bruxelles avec ses fils. Charles épouse Alice Lehaene.

1866 : *Les Travailleurs de la mer* (roman) remportent un immense succès. Écrit *Mille francs de récompense* et *L'Intervention* (théâtre, publication posthume respectivement en 1934 et 1951).

1867 : Hugo écrit *Mangeront-ils ?* (publication posthume dans le *Théâtre en liberté*, 1886). *Introduction à Paris-Guide*, commandé par Lacroix et Verboeckhoven pour l'Exposition universelle. La reprise d'*Hernani* à Paris lors de l'Exposition universelle est un triomphe, mais, à la suite de la publication de *La Voix de Guernesey* (poème dédié à Garibaldi où Hugo proteste contre l'intervention française en Italie), Napoléon III décide l'arrêt des représentations et interdit la reprise programmée de *Ruy Blas*. Naissance de Georges, fils de Charles et premier petit-fils de Hugo.

1868 : Mort de Georges, et naissance, la même année, d'un autre petit garçon qu'on appellera Georges lui aussi. Mort d'Adèle, l'épouse, le 27 août.

1869 : *L'Homme qui rit* est publié en 4 volumes (du 19 avril au 7 mai), après d'importants démêlés de Hugo avec son éditeur Albert Lacroix : celui-ci avait envisagé d'offrir le dernier roman de Hugo à toute personne qui achèterait 100 francs de livres dans son catalogue ; *L'Homme qui rit* ne pouvant être vendu séparément, cette spéculation aurait permis à l'éditeur d'écouler une partie de son stock ! Auguste Vacquerie écrivait à Hugo : « Au moins, que le mécontentement du public retombe tout entier sur le coupable. Pensez que ce Lacroix a dans les mains, non seulement un chef-d'œuvre, mais un succès certain, et qu'il lui inflige le supplice d'Hardquanonne ! Il écrase la poitrine de *L'Homme qui rit* de tout son fonds de librairie » (cité dans l'I.N., p. 586). Une fois parue, l'œuvre ne rencontre qu'un accueil mitigé. Écriture de *Torquemada*, du 1er mai au 21 juin, finie le 1er juillet. Naissance de Jeanne, fille de Charles.

LA TROISIÈME RÉPUBLIQUE

1870 : Hugo rentre à Paris le 5 septembre, le lendemain de la défaite de Napoléon III à Sedan. Il est accueilli par une foule immense.

1871 : Hugo, élu député, démissionne dès le 8 mars devant l'Assemblée majoritairement monarchiste. Mort brutale de Charles, le 13 mars ; Hugo part pour Bruxelles régler la succession de Charles. Il en est expulsé pour avoir publiquement ouvert sa maison aux proscrits de la Commune après la Semaine sanglante. Il part pour le Luxembourg, s'installe à Vianden pour l'été, et rentre à Paris en septembre.

1872 : *L'Année terrible* (poésie).

1873 : Hugo est à Guernesey (depuis août 1872) pour écrire *Quatrevingt-Treize*. Il rentre à Paris en juillet. François-Victor meurt le 26 décembre.

1874 : *Quatrevingt-Treize* (roman). *Mes Fils* (à l'origine, introduction à l'ouvrage de Charles, *Les Hommes de l'exil*).

1875 : *Actes et Paroles* (I : *Avant l'exil* ; II : *Pendant l'exil*. Discours et écrits politiques).

1876 : *Actes et Paroles* (III : *Depuis l'exil*). Hugo devient sénateur (extrême gauche) et propose une loi d'amnistie totale pour les communards.

1877 : *La Légende des siècles* (Nouvelle série). *L'Art d'être grand-père* (poésie). *Histoire d'un crime* (pamphlet sur le coup d'État de 1851), publié à un moment d'actualité puisque le maréchal royaliste Mac-Mahon a dissout l'Assemblée à majorité républicaine et que le spectre de la République trahie réapparaît.

1878 : *Le Pape* (poésie). Hugo est victime d'une congestion cérébrale (nuit du 27 au 28 juin). Il n'écrira presque plus mais publiera, aidé des fidèles Paul Meurice et Auguste Vacquerie, certains des manuscrits qu'il avait en réserve.

1879 : *La Pitié suprême* (poésie).

1880 : *Religions et Religion* (poésie). *L'Âne* (poésie).

1881 : *Les Quatre Vents de l'esprit* (poésie).

1882 : *Torquemada* (théâtre).

1883 : *La Légende des siècles* (III : Série complémentaire). *L'Archipel de la Manche*. Mort de Juliette le 11 mai.

1885 : Hugo meurt le 22 mai. Funérailles nationales : Hugo est conduit au Panthéon dans le corbillard des pauvres.

André Gill, *Le nouveau livre de Victor Hugo*,
L'Éclipse, 25 avril 1869.

BIBLIOGRAPHIE

ÉDITIONS DE RÉFÉRENCE

HUGO Victor, *L'Homme qui rit*, Paris, Imprimerie nationale, Librairie Ollendorff, 1907 [*Œuvres complètes* de V. Hugo, *Roman VIII*, éd. abrégée I.N.]. Avec un reliquat de l'œuvre et des documents illustrés.

HUGO Victor, *L'Homme qui rit*, Paris, Club français du livre, 1970 [*Œuvres complètes* de V. Hugo, t. XIV, éd. chronologique abrégée CFL]. Annotation par Jean Massin et Éliette Vasseur.

HUGO Victor, *L'Homme qui rit*, Paris, Robert Laffont, « Bouquins », 1985 [*Œuvres complètes* de V. Hugo, *Roman III*]. Présentation et annotation de Bernard Leuilliot.

HUGO Victor, *L'Homme qui rit*, Paris, GF-Flammarion, 1982, 2 t. Introduction par Marc Eigeldinger et Gérald Schaeffer, chronologie et notes par Gérald Schaeffer.

SOURCES DE *L'Homme qui rit*

Encyclopédie moderne. Dictionnaire abrégé des sciences, des lettres, des arts, de l'industrie, de l'agriculture et du commerce, nouvelle édition publiée par Firmin Didot frères sous la direction de M. Léon Rénier (1846-1852 ; 1856-1863), t. XIX, article « Loup ».

Journal historique de l'Europe pour l'année 1694, Strasbourg, 1696.

BEEVERELL James, *Les Délices de la Grand'Bretagne et de l'Irlande*, Leide, 1707.

DU CANGE, *Glossarium mediae et infimae latinitatis*, 1778, 3 vol.

CHAMBERLAYNE Edward, *L'État présent d'Angleterre*, traduit en français par de Neuville [notice BNF], Amsterdam, chez Paul Harret, 1688.

CHAUDON L.M. et DELANDINE F.A., *Nouveau dictionnaire historique ou histoire abrégée de tous les hommes qui se sont fait un nom par des talens* [sic], *des vertus, des forfaits*, huitième édition revue, corrigée et augmentée, Lyon, Bruyset aîné, 1804.

COYER Gabriel-François (Abbé), *Nouvelles Observations sur l'Angleterre, par un voyageur*, Paris, Vve Duchesne, 1779.

TRAVAUX CRITIQUES SUR V. HUGO ET SON ŒUVRE

La Gloire de Victor Hugo, Paris, Éditions de la Réunion des musées nationaux, 1985.

ALBOUY Pierre, *La Création mythologique chez Victor Hugo*, Paris, José Corti, 1963, réimpr. 1985.

BAUDOUIN Charles, *Psychanalyse de Victor Hugo* [Genève, Éditions du Mont-Blanc, 1943], Paris, Armand Colin, « U₂ », 1972.

BROMBERT Victor, *Victor Hugo et le roman visionnaire*, P.U.F., « Écrivains », 1985.

GAUDON Jean, « Croquis, dessins, griffonnages. Les notations graphiques de Victor Hugo », dans *De la lettre au livre*, CNRS, 1989, p. 115-139.

GAUDON Jean, « Victor Hugo, un écrivain sans "brouillons" », dans *Brouillons d'écrivains*, Catalogue de l'exposition de la Bibliothèque nationale de France, 2001, p. 62-67.

GOHIN Yves, *Victor Hugo*, Paris, P.U.F., « Que sais-je ? », 1987.

ROSA Annette, *Victor Hugo, l'éclat d'un siècle*, Paris, Éditions Messidor / La Farandole, 1985.

ROSA Guy, « Victor Hugo : voir aveuglément », dans *Du visible à l'invisible. Pour Max Milner*, t. II, *La Nuit transparente*, Paris, José Corti, 1988, p. 19-39.

SPIQUEL Agnès, *La déesse cachée. Isis dans l'œuvre de Victor Hugo*, Paris, Honoré Champion, « Romantisme et modernités », 1997.

UBERSFELD Anne, *Le Roi et le bouffon*, Paris, José Corti, 1974, réimpression 2001.

SUR LES ROMANS DE HUGO

BROMBERT Victor, *Victor Hugo et le roman visionnaire*, Paris, P.U.F., « Écrivains », 1985.

BUTOR Michel, « Victor Hugo romancier », dans *Répertoire II*, Paris, Éditions de Minuit, 1964, p. 215-242.

MESCHONNIC Henri, *Pour la Poétique IV. Écrire Hugo*, Paris, Gallimard, 1977, t. II.

ROMAN Myriam, *Victor Hugo et le roman philosophique*, Paris, Honoré Champion, « Romantisme et modernités », 1999.

SUR *L'Homme qui rit*

« *L'Homme qui rit* » ou la Parole-monstre de *Victor Hugo*, Éditions Sedes CDU, Société des Études romantiques, 1985. Contient :

— Guy ROSA : « Critique et autocritique dans *L'Homme qui rit* » ;

— Jean GAUDON : « Les vicissitudes du savoir » ;

— Claude GÉLY : « Choses vues, choses vécues : chemins d'Espagne dans *L'Homme qui rit* » ;

— Michel GRANET : « La mise en abyme de l'aventure et de l'écriture dans *L'Homme qui rit* » ;

— Yves GOHIN : « Histoire d'un ourson : *L'Homme qui rit* et *Mangeront-ils ?* » ;

— Bernard LEUILLIOT : « L'humour dans *L'Homme qui rit* » ;

— Antony ZIELONKA : « *L'Homme qui rit* : Roman humoristique ? » ;

— Michel COLLOT : « L'esthétique baroque dans *L'Homme qui rit* » ;

— C.W. THOMPSON : « À propos des lecteurs anglais de *L'Homme qui rit* : sources et ressources de Victor Hugo » ;

— Michel GRIMAUD : « Compétence narrative et nom propre » ;

— Jean-Pierre REYNAUD : « Le rire monstre » ;

— Laurent FOURCAUT : « La parole du monstre dans *L'Homme qui rit* » ;

— Jean MAUREL : « L'Homme qui (éc)rit » ;

— Pierre LAFORGUE : « Le romanesque et l'écriture de l'histoire dans *L'Homme qui rit* ».

ALBOUY Pierre, « Présentation de *L'Homme qui rit* », dans V. Hugo, *Œuvres complètes*, CFL, t. XIV, p. 5-26.

BERRET Paul, « Les Comprachicos et la mutilation de Gwynplaine dans *L'Homme qui rit*. Étude de sources », *Revue d'histoire littéraire de la France*, 1914, p. 503-518.

CELLIER Léon, « Chaos vaincu. Victor Hugo et le roman initiatique », dans *Centenaire des « Misérables ». Hommage à Victor Hugo*, Strasbourg, 1962, p. 213-223.

EIGELDINGER Marc, « *L'Homme qui rit* de Victor Hugo est-il un roman initiatique ? », C.E.R.M.E.I.L., n° 5-6, 1985, p. 129-137.

GAUDON Jean, « Savoir et effets de savoir : *L'Homme qui rit* », dans R. Debray-Genette et J. Neefs [dir.], *Romans d'archives*, P.U. de Lille, « Problématiques », 1987, p. 103-135.

GOHIN Yves, « *L'Homme qui rit* et *Les Destinées* », *Bulletin de l'Association des Amis d'Alfred de Vigny*, n° 14, 1984-1985, p. 6-15.

JARRETY Michel, « Liberté de *L'Homme qui rit* », *Revue d'histoire littéraire de la France*, janv.-févr. 1985, p. 41-53.

PEYRACHE-LEBORGNE Dominique, « L'érotique hugolienne dans *L'Homme qui rit* », *Romantisme*, n° 103, 1999, p. 19-29.

PRAT Marie-Hélène, « Aspects de la phrase hugolienne dans *L'Homme qui rit* », *L'Information grammaticale*, oct. 1984, n° 23, p. 24-29.

PRAT Marie-Hélène, « Victor Hugo ou "L'Homme qui parle" », *L'Information grammaticale*, janv. 1985, n° 24, p. 28-32.

ROMAN Myriam, « De *L'Homme qui rit* à *Nana* : mythe, roman, poème », dans V. GÉLY [dir.], *Mythe et récit poétique*, P.U. de Clermont-Ferrand, « Littératures », 1998, p. 105-118.

ROSA Guy, « *Les Travailleurs de la mer* et *L'Homme qui rit* », *Manuel d'histoire littéraire de la France*, t. V, *1848-1917*, Éditions sociales, 1977, p. 191-196.

ROSA Guy, « "Lord Clown" ou comment Victor Hugo devint un orateur républicain », dans C. CHARLE, J. LALOUETTE, M. PIGENET, A.-M. SOHN [dir.], *La France démocratique. Hommages offerts à Maurice Agulhon*, Publications de la Sorbonne, 1998, p. 335-342.

SAINT-GÉRAND Jacques-Philippe, « Note sur quelques-uns des titres de *L'Homme qui rit* », *L'Information grammaticale*, mars 1985, n° 25, p. 28-31.

SPIQUEL Agnès, « La dissémination du mythe d'Isis dans les romans hugoliens de l'exil », dans V. GÉLY [dir.], *Mythe et récit poétique, op. cit.*, p. 173-182.

UBERSFELD Anne, « *Chaos vaincu* ou la transformation », *Revue d'histoire littéraire de la France*, janv.-févr. 1984, p. 67-76.

Sur internet, un site consacré à V. Hugo (http : // groupugo. div.jussieu.fr) permet d'accéder au travail de l'équipe de recherches interuniversitaire domiciliée à l'Université Paris VII-Denis Diderot et de consulter la très complète chronologie historique de l'édition du CFL, interrogeable grâce à M. Guy Rosa.

Table des illustrations

Table

L'HOMME QUI RIT

PREMIÈRE PARTIE
LA MER ET LA NUIT

DEUX CHAPITRES PRÉLIMINAIRES

LIVRE PREMIER
LA NUIT MOINS NOIRE QUE L'HOMME

LIVRE DEUXIÈME
L'OURQUE EN MER

Table

LIVRE TROISIÈME
L'ENFANT DANS L'OMBRE

DEUXIÈME PARTIE
PAR ORDRE DU ROI

LIVRE PREMIER
ÉTERNELLE PRÉSENCE DU PASSÉ ;
LES HOMMES REFLÈTENT L'HOMME

Table 861

LIVRE DEUXIÈME
GWYNPLAINE ET DEA

LIVRE TROISIÈME
COMMENCEMENT DE LA FÊLURE

Livre Quatrième
LA CAVE PÉNALE

Livre Cinquième
LA MER ET LE SORT REMUENT SOUS LE MÊME SOUFFLE

Livre Sixième
ASPECTS VARIÉS D'URSUS

Livre Septième
LA TITANE

Table 863

Imprimé en France sur Presse Offset par

BRODARD & TAUPIN

GROUPE CPI

La Flèche (Sarthe).
N° d'imprimeur : 10490 – Dépôt légal Édit. 17419-01/2002
LIBRAIRIE GÉNÉRALE FRANÇAISE - 43, quai de Grenelle - 75015 Paris.

ISBN : 2 - 253 - 16082 - 2   ◈ 31/6082/7